Seit 1971 sind über 500 Taschenbücher aus Science Fiction und Fantasy im Bastei-Lübbe-Programm erschienen. Mit den Bänden der Jubiläumsbibliothek bedanken sich Verlag und Lektorat bei ihrer Leserschaft. Wir wünschen allen SF-Freunden ein umfangreiches Lesevergnügen und allen neuen Lesern von Science Fiction und Fantasy, daß sie mit diesen Bänden etwas von der Faszination dieser Literaturgattung erleben.

Die Jubiläumsbibliothek:

Band 24 068
Isaac Asimov präsentiert:
FASZINATION DER SCIENCE FICTION
Erzählungen von Larry Niven, Arthur C. Clarke, Norman Spinrad, Ursula K. LeGuin und anderen großen Autoren.

Band 20 072
Michael Moorcock
DAS BUCH CORUM
Ein keltisches Fantasy-Epos.

Band 24 070
DAS GROSSE ROBERT SHECKLEY-BUCH
Geschichten vom Meister der utopischen Satire über Bürokraten, Utopisten, Aliens, verliebte Roboter, schlecht beheizte Raumanzüge und viele andere Schrecken der Zukunft.

Band 24 071
FLASH GORDON
Die Abenteuer des legendären Science Fiction-Helden mit den schönsten Bildern aus dem berühmten Comic.

Band 24 075
Philip K. Dick
DIE WELTEN DES PHILIP K. DICK

Band 24 077
A. E. van Vogt
DER MEISTER DER ZUKUNFT

Bisher sind im BASTEI-LÜBBE Taschenbuchprogramm von A. E. VAN VOGT nachstehende Bände erschienen:

21 157 Das Reich der 50 Sonnen
21 165 Haus der Unsterblichen
21 170 200 Millionen Jahre später
21 178 Planeten zu verkaufen
22 004 Das Gedankenfenster
24 045 Das Atom-Imperium

Der Meister der Zukunft

A. E. van Vogt

BASTEI LÜBBE

SCIENCE FICTION

BASTEI-LÜBBE-TASCHENBUCH
Science Fiction Special
Band 24 077

Deutsche Lizenzausgabe 1985
Bastei-Verlag Gustav H. Lübbe GmbH & Co., Bergisch Gladbach
Ins Deutsche übertragen von Barbara Heidkamp,
Rosemarie Hundertmarck, Ulrich Kiesow und Bernd Müller
Titelillustration: Tim White
Umschlaggestaltung: Quadro-Grafik, Bensberg
Druck und Verarbeitung:
Elsnerdruck, Berlin
Printed in Western Germany
ISBN 3-404-24077-4

Der Preis dieses Bandes versteht sich einschließlich
der gesetzlichen Mehrwertsteuer.

Inhalt

Eine Dose Farbe

Die Landedüsen arbeiteten traumhaft. Sanft ließ sich die kleine Maschine auf einer Wiese in einem langen, schmalen, leuchtendgrünen Tal nieder. Ein paar Minuten später setzte der erste Mensch seinen Fuß auf venusischen Boden. Er stieg schwungvoll aus dem Fahrzeug und blieb auf dem saftigen Gras neben dem zigarrenförmigen Raumschiff stehen.

Kilgour tat einen tiefen, langsamen Atemzug. Die Luft war wie Wein, prickelnd süß, frisch und warm, vermutlich aufgrund der hohen Sauerstoffkonzentration. Er hatte das Gefühl, im Paradies gelandet zu sein. Er zog sein Notizbuch hervor und schrieb den Eindruck nieder. Solche Gedanken würden Gold wert sein, wenn er erst wieder zur Erde zurückgekehrt wäre. Und er würde das Geld auch verdammt gut gebrauchen können.

Er beendete die Notiz. Als er das Buch wieder einsteckte, bemerkte er den Würfel.

Der Würfel lag in einer kleinen Delle im Gras, so als sei er aus einer nicht allzu großen Höhe herabgefallen. Es handelte sich um einen durchscheinenden kristallinen Block mit einem Griff. Das Objekt hatte eine Kantenlänge von ungefähr zwanzig Zentimetern und schimmerte matt wie Elfenbein. Und anscheinend erfüllte es keinen bestimmten Zweck.

Kilgour holte ein paar Energie-Testgeräte aus dem Schiff und berührte mit den Drahtenden verschiedene Teile des Kristalls. Elektrizität: negativ; Elektronik: negativ. Das Ding war weder radioaktiv noch reagierte es auf eine der Säuren, die der Mann ausprobierte. Es leitete keine elektrischen Ströme, und es widersetzte sich einer elektronischen Umhüllung. Kilgour streifte einen Gummihandschuh über und berührte den Griff. Nichts geschah. Er ließ die behandschuhten Finger zärtlich über den Würfel gleiten und umfaßte den Griff schließlich mit einer entschlossenen Handbewegung. Keine Reaktion.

Kilgour zögerte einen Moment, dann zog er an dem Ding. Es ließ sich leicht anheben; er schätzte das Gewicht auf ungefähr vier Pfund. Unschlüssig setzte er den Würfel wieder ab, trat einen Schritt zurück und betrachtete ihn prüfend. Und dann bemächtigte sich seiner eine ungeheure Erregung, als ihm mit einemmal klar wurde, was er da vor sich hatte.

Der Würfel war ein produzierter Gegenstand. Es gab intelligentes Leben auf der Venus. Während seines einsamen, einjährigen Raumfluges hatte ihn immer wieder diese eine Frage beschäftigt; er hatte gehofft und davon geträumt. Und hier lag nun der Beweis. Die Venus war bewohnt.

Kilgour hastete zum Schiff zurück. Ich muß eine Stadt suchen, war sein einziger Gedanke. Es machte nichts, wenn er dabei Treibstoff verschwendete. Jetzt bestand ja die Möglichkeit, daß er ihn würde ersetzen können. Er hatte das Fahrzeug schon fast erreicht, als sein Blick noch einmal den Würfel streifte. Abrupt hielt er inne.

Was sollte er mit ihm anfangen? Es wäre dumm, ihn hier zurückzulassen. Wenn er dies Tal erst einmal verlassen hätte, würde er es vielleicht nie mehr wiederfinden. Andererseits mußte er vorsichtig sein mit Dingen, die er an Bord brachte. Angenommen, der Würfel wäre absichtlich dort niedergelegt worden, damit er ihn fände?

Aber dieser Gedanke schien einfach zu phantastisch; seine Zweifel ließen nach. Er würde noch ein paar Tests durchführen, beschloß er, und dann . . . Aufgeregt streifte er den Handschuh ab und berührte den Griff mit den bloßen Fingern.

»Ich enthalte Farbe!« erklang eine Stimme in seinem Kopf.

Kilgour zuckte zusammen. »Was?« stieß er hervor.

Er blickte sich erschreckt um, aber er war allein in dem grünen Tal, das sich in der Ferne verlor. Noch einmal berührte er den Handgriff.

»Ich enthalte Farbe.« Diesmal gab es keinen Zweifel. Der Gedanke war klar und deutlich in seinem Kopf.

Kilgour richtete sich langsam auf. Halb benommen starrte er seinen Fund an. Es brauchte lange, bis seine Gedanken die Vorstellung fassen konnten, daß es hier eine Rasse gab, deren Technologie so hoch entwickelt war, daß sie einen solchen Behälter bauen konnte. In ungläubigem Staunen schüttelte er den Kopf. Denn die menschliche Wissenschaft ließ eine solche Entwicklung noch nicht einmal ahnen! Ein Behälter, der sagte – was dieser gesagt hatte! Eine Dose, deren Etikett aus einem sich selbst identifizierenden Gedanken bestand!

Kilgours schlichtes, längliches Gesicht verzog sich zu einem breiten Grinsen. Seine graugrünen Augen begannen zu blitzen, seine Lippen teilten sich und entblößten ebenmäßige weiße Zähne. Dann lachte er fröhlich heraus. Eine Farbdose! Vermutlich bestand die Farbe aus anderen Zutaten als Bleiweiß, Leinöl und Farboxyden. Aber das würde er später untersuchen.

Für den Augenblick war dieser Besitz genug. Ganz gleichgültig, was er sonst noch auf der Venus entdecken würde, seine Reise hatte sich schon bezahlt gemacht. Gerade mit diesen einfachen, für den täglichen Gebrauch bestimmten Gegenständen ließ sich ein Vermögen machen. Entschlossen bückte er sich, ergriff den Henkel mit der bloßen Hand und begann, den Behälter anzuheben.

Kaum hatte er ihn ein paar Zentimeter vom Boden erhoben, als eine blendend helle Flüssigkeit herausspritzte, direkt auf seine Brust. Sie verteilte sich schnell über seinen ganzen Körper, klebte wie Leim, wirkte aber dünnflüssig. Beim Herausspritzen war die Substanz weiß gewesen, jetzt wechselte ihre Farbe zu Rot, Gelb, Blau, Violett, bis sie schließlich in einer Unzahl von Tönen schimmerte. Kilgour stand da, und seine durchnäßte Kleidung funkelte in allen Farben des Regenbogens. Und zunächst war er eher wütend als beunruhigt.

Er begann sich zu entkleiden. Er trug ein Sweatshirt und kurze Trainingshosen, sonst nichts. Die beiden Kleidungsstücke blitzten wie ein Feuerwerk, als er mit einer synchronen Bewegung gleichzeitig den Gürtel löste und sich das Hemd über den Kopf streifte.

Er spürte die Feuchtigkeit auch auf der nackten Haut, aber erst als er sein Hemd ausgezogen hatte – die Turnhose war von allein auf die Fußknöchel gerutscht –, erkannte er, was geschehen war: Die Flüssigkeit, die zuvor das Sweatshirt bedeckt hatte, haftete nun auf seiner Haut. Nicht ein Tropfen war auf den Boden gefallen. Auch auf den Hosen befand sich keine Farbe mehr.

Die ganze Farbe klebte auf seinem nackten Leib. Sie leuchtete auf, dabei verdünnte sie sich und verteilte sich über eine größere Fläche. Als Kilgour mit dem Hemd über die Farbschicht wischte, begann diese flackernd zu funkeln – wie eine Flamme, die man durch ein Prisma betrachtet. Die Farbe ließ sich nicht abwischen. Er rieb mit den Händen über den Körper. Warm und klebrig haftete die Flüssigkeit an seinen Fingern. Als er sie von den Händen schleuderte, schwappte sie glitzernd nach unten, nur um augenblicklich an einer anderen Stelle seines Körpers erneut emporzukriechen.

Die Farbe war ein Ganzes; kein Teil ließ sich vom anderen trennen. Sie floß bis zu einem bestimmten Punkt, dann hörte sie auf zu fließen. Sie nahm jede nur denkbare Form an, aber sie blieb immer ein Stück. Wie ein lebendiger, bunter Schal, veränderte sie ständig ihre Form, ohne jedoch ihre Einheit aufzugeben. Nach zehn Minuten war Kilgour dem Ziel, die Farbe loszuwerden, noch keinen Schritt nähergekommen.

»Farbe«, las Kilgour laut aus seinem medizinischen Handbuch, »kann mit Terpentin entfernt werden.«

Er hatte Terpentin in seinem Lagerraum, also holte er die Flasche und stieg wieder nach draußen. Nachdem er sich einen kräftigen Schuß in die hohle Hand gegossen hatte, begann er, das Terpentin großzügig aufzutragen. Das heißt: er versuchte es. Denn die Flüssigkeit rann aus seinen Fingern, bevor sie mit der Farbe in Berührung gekommen war. Die Farbe verweigerte den Kontakt.

Erst wiederholte Versuche überzeugten den verblüfften Kilgour von diesem Tatbestand. Immer noch fest entschlossen, sich der Farbe schnellstens zu entledigen, eilte Kilgour aufs Schiff zurück. In schneller Folge versuchte er es mit Benzin, Wasser, Wein, ja sogar mit einer kleinen Menge seines kostbaren Treibstoffes. Aber die Farbe ließ keine Berührung mit einer dieser Flüssigkeiten zu. Kilgour nahm ein Duschbad. Das Wasser rieselte prickelnd auf jene Körperteile, die nicht von Farbe bedeckt waren. Aber dort, wo sie haftete, hatte er überhaupt keine körperlichen Empfindungen.

Und sie ließ sich mit Sicherheit nicht abwaschen.

Er ließ Wasser in seine Badewanne laufen und setzte sich hinein. Die Farbe kroch seinen Hals hinauf, legte sich um sein Kinn, dann floß sie weiter über Mund und Nase. Sie drang weder in den Mund noch in die Nasenlöcher ein, aber sie bedeckte beide Öffnungen. Kilgour hielt den Atem an und blieb hartnäckig sitzen. Da bemerkte er, daß die Farbe sich in Richtung auf seine Augen weiterschob. Er sprang aus der Wanne und tauchte den Kopf unter Wasser.

Die Farbe zog sich von seiner Nase zurück, verharrte einen Augenblick am Mund und kroch dann halbwegs bis zum Kinn hinab. Dort schien sie eine Art Ankerplatz gefunden zu haben, denn sie rührte sich keinen Zentimeter weiter, wie oft und wie tief Kilgour auch den Kopf ins Wasser tauchte.

Offensichtlich war die Farbe, nachdem sie den Kopf erreicht hatte, nicht bereit, diese günstige Stellung wieder aufzugeben. Kilgour breitete eine Gummimatte über seinen Lieblingssessel und ließ sich nieder, um in Ruhe nachzudenken. Die ganze Angelegenheit war einfach zu lächerlich. Er würde zum Gespött des ganzen Sonnensystems werden, wenn jemals herauskommen sollte, in welch abenteuerliche Lage er durch eigenes Verschulden geraten war.

Durch irgendeinen Zufall war eine Dose mit venusischer Farbe auf diese unbewohnte Wiese gefallen oder dort vergessen worden; und hier saß er nun und war mit dem Zeug beschmiert. Die Tatsache, daß die Farbe so schnell über Mund und Nase geflossen war, zeigte, daß sie zur tödlichen Gefahr werden konnte. Angenommen, sie hätte seine Atemöffnungen nicht wieder freigegeben, dann wäre er innerhalb weniger Minuten erstickt und läge jetzt tot in der Badewanne.

Kilgour fühlte, daß ihm ein kalter Schauer über den Rücken lief. Und die Kälte blieb, auch als ihm eingefallen war, daß er sich sicherlich leicht einen Trichter in den Mund hätte zwängen können, um auf diese Weise weiterzuatmen. Der kalte Schauer blieb, weil es nur ein Zufall war, daß das unglaubliche Zeug nicht über seine Augen gekrochen war.

Er stellte sich einen blinden, halb erstickten Mann vor, der in einer geräumigen Vorratskammer nach einem Trichter sucht.

Es dauerte eine Weile, bis seine normalerweise heitere Gemütsverfassung halbwegs wiederhergestellt war. Er saß aufrecht im Sessel und zermarterte sich das Hirn. Farbe, dachte er, die aus ihrem Behälter springt, die nicht tocknet, andererseits auch nicht wirklich flüssig ist, weil sie weder in die Kleidung eindringt noch gemäß den Gesetzen der Schwerkraft fließt . . . und die sich von keiner anderen Flüssigkeit berühren läßt.

Kilgour hielt inne, wie von einer plötzlichen Erleuchtung getroffen. Ja natürlich! Wasserfest! Er hätte auch schon früher darauf kommen können, daß dies keine normale Farbe war. Sie war wasserfest, wetterfest, unempfindlich gegen Lösungsmittel – die Farbe aller Farben.

Kilgour wurde immer aufgeregter. Er sprang auf und begann

nervös auf und ab zu gehen. Seit fünfundzwanzig Jahren, seit die ersten Raumschiffe zu den Mondwüsten und später zu den Halbwüsten des Mars aufgebrochen waren, war Venus der Traum der Raumfahrer. Expeditionen dorthin waren jedoch so lange verboten, bis ein Mittel gefunden war, das die Schiffe davor bewahrte, in die Sonne zu stürzen. Dies Schicksal hatte nämlich zwei Raumschiffe ereilt. Und es war inzwischen mathematisch erwiesen, daß alle Schiffe so enden würden, wenn sie nicht einen bestimmten Zeitpunkt abwarteten, an dem sich die Erde und die Venus in einer bestimmten Konstellation zueinander und zu Jupiter befänden.

Diese idealen Bedingungen würden nicht vor Ablauf von achtundzwanzig Jahren eintreffen, hieß es damals. Aber ein halbes Jahr, bevor Kilgour aufgebrochen war, hatte ein berühmter Astronom herausgefunden, daß ein Teil der Bedingungen schon jetzt eintreffen und für ungefähr ein Jahr bestehenbleiben würde. Der Bericht schlug unter den Raumfahrern wie eine Bombe ein. Und obwohl die Regierung sich weigerte, die Sperre aufzuheben, hatte Kilgour erfahren, daß ein hoher Offizier der Raumpatrouille privat geäußert hatte, er würde beide Augen zudrücken, wenn irgend jemand zur Venus aufbrechen sollte. Und er würde zudem dafür sorgen, daß Männer mit der gleichen Einstellung die vor dem Start notwendigen Inspektionen durchführen würden. Verschiedene Expeditionen, angeblich mit dem Ziel Mars, wurden gerade ausgerüstet, als Kilgour seine kleine Maschine ins All hinaussteuerte – Richtung Venus.

Auf die Venus hatte man große Hoffnungen gesetzt, aber dies hier übertraf alle Erwartungen. Kilgour hielt inne. Eine Rasse, die eine vollkommene Farbe entwickeln konnte, *irgend etwas* Vollkommenes, war es wert, daß man sie näher kennenlernte.

Seine Gedankenkette riß ab, als er an seinem Körper hinabblickte. Voller Schrecken stellte er fest, daß die in Millionen von Farbnuancen schillernde Substanz begonnen hatte, sich auszubreiten. Zunächst hatte sie ein Viertel seines Körpers bedeckt, jetzt war es schon ein gutes Drittel. Wenn sie in diesem Tempo weitermachte, würde sie ihn bald von Kopf bis Fuß einhüllen, samt Augen, Nase, Ohren, Mund und allem anderen.

Es war höchste Zeit, daß er sich ernsthaft daranmachte, Mittel und Wege zu finden, sie endlich loszuwerden.

Kilgour schrieb:

»Eine vollkommene Farbe sollte wasserfest, wetterfest, schön und leicht zu entfernen sein.«

Düster starrte er auf die letzten Worte. Und dann schleuderte er in einem plötzlichen Zornesausbruch den Bleistift zu Boden und eilte ins Badezimmer. Mit einem häßlichen Grinsen starrte er in den Spiegel. »Hübsch siehst du aus«, knurrte er sein schimmerndes Spiegelbild an, »wie ein Zigeuner, der sich zum Tanz herausgeputzt hat.«

Aber die Wirklichkeit übertraf bei weitem diese Beschreibung. Sein Körper schillerte in ungefähr neunzig verschiedenen Farbtönen. Und keine der unzähligen Nuancen büßte durch Vermischung mit den anderen etwas von ihrer Leuchtkraft ein. Alle waren scharf gegeneinander abgegrenzt und schienen sich in ihrer Intensität gegenseitig zu steigern. Sonderbarerweise war der Gesamteindruck trotzdem nicht unangenehm. Die Farben waren leuchtend, ohne in den Augen zu schmerzen; sie schillerten und funkelten, ohne den guten Geschmack zu verletzen. Eigentlich war Kilgour vor den Spiegel getreten, um sich selbst zu verhöhnen, doch nun verharrte er bewundernd ein paar Minuten beim Anblick dieser unvergleichlichen Farbenpracht.

Schließlich wandte er sich ab. »Wenn ich doch nur einen Löffelvoll losbekäme«, dachte er, »dann könnte ich ihn in einer Retorte analysieren.«

Aber das hatte er schon versucht. Mit plötzlicher Hoffnung probierte er es noch einmal. Doch wie bei seinem ersten Versuch floß die Farbe zunächst bereitwillig auf den Löffel, nur um gleich wieder auf seine Haut zurückzuschnellen, als er den Löffel hob. Kilgour holte ein Messer und versuchte damit, die Farbe auf dem Löffel festzuhalten. Aber sobald er die Hand hob, glitt die Farbe wie Öl zwischen Messerklinge und Löffel hindurch.

Er sah ein, daß seine Kraft offensichtlich nicht ausreichte, das Messer fest genug auf den Löffel zu pressen. Deshalb ging er in den Lagerraum. Dort befand sich ein kleines Gefäß mit Schraubdeckel, das für Erd- oder Pflanzenproben bestimmt war. Aber das Gefäß war sehr klein, und nur mit Mühe gelang es ihm, eine winzige Farbmenge hineinzubekommen. Und er brauchte länger als eine Minute, um den Deckel fest zu verschließen. Doch als er ihn schließlich wieder öffnete, bedeckte eine kleine Farbpfütze ein Viertel des Bodens.

Kilgour ließ sich in den Sessel fallen. Ihm wurde mit einemmal schwindelig. In seinem Kopf drehte sich alles, und es dauerte einige Minuten, bis er darüber nachdenken konnte, was er als nächstes zu tun hätte. Logischerweise sollte er natürlich die Farbe mühselig – und es würde verdammt mühselig werden – mit der Methode entfernen, die er gerade entwickelt hatte. Doch zunächst – er goß die Farbe in einen Meßbecher; es war etwas mehr als ein Teelöffel voll.

Mindestens fünfhundert solcher Löffelvoll befanden sich seiner Schätzung nach auf seinem Körper, und für jeden Löffel würde er – er entfernte einen zweiten Löffel, und diesmal stoppte er die Zeit – etwas mehr als zwei Minuten brauchen.

Tausend Minuten! Fast siebzehn Stunden! Kilgour lächelte kläglich. Er würde während dieser Zeitspanne vier- oder fünfmal Nahrung zu sich nehmen müssen, und gerade jetzt war ein solcher Zeitpunkt gekommen. Während er aß, überdachte er noch einmal das Problem, diesmal allerdings mit der Ruhe eines Mannes, der schon eine Lösung gefunden hat und es sich deshalb leisten kann, auch andere Möglichkeiten in Betracht zu ziehen.

Siebzehn Stunden war eine lange Zeit. Sicher, jetzt, da er etwas Farbe hatte, könnte er in sein kleines chemisches Labor gehen und schnell ein paar Dutzend Tests durchführen, die möglicherweise die ganze Schweinerei in ein paar Minuten beseitigen würden.

Vielleicht hätte ein größeres und besser eingerichtetes Labor zu einem Ergebnis geführt. Seins jedenfalls war zu klein. Die Farbe weigerte sich, mit den vorhandenen Säuren, Laugen und anderen Chemikalien zu reagieren. Sie ließ sich nicht mischen, ging keine Verbindung ein. Sie ließ sich nicht entzünden, verhielt sich auch völlig indifferent gegen die Metalle, die Kilgour zur Verfügung hatte, und sie schien keinen der Stoffe, die er benutzte, in irgendeiner Weise zu beeinflussen, weder als Katalysator noch auf andere Art.

Die Farbe rührte sich nicht. Punktum!

»Natürlich!« knurrte Kilgour wütend. »Wie konnte ich das nur vergessen! Das Zeug ist schließlich wetterfest, und zwar mit einem großen W. Die perfekte Farbe!«

Er wandte sich wieder seinem Schraubbehälter zu. Er entwickelte bald eine solche Geschicklichkeit im Auf- und Zuschrauben, daß er für einen Teelöffel Farbe nicht mehr länger als fünfundvierzig Sekunden brauchte. Und er war so in seine Arbeit vertieft, so darauf bedacht, die Geschwindigkeit beizubehalten, daß er schon einen halben Eimervoll Farbe zusammenhatte, bevor ihm mit einem fürchterlichen Schock klar wurde, daß sich auf seinem Körper noch genausoviel Farbe befand wie vorher.

Kilgour schauderte bei dem schrecklichen Gedanken, der ihm kam. Fieberhaft maß er die Farbe in dem halbvollen Eimer. Es gab keinen Zweifel: Er hatte in den Eimer fast so viel Farbe geleert, wie der würfelförmige Originalbehälter auf ihn gespritzt hatte – aber die Menge auf seinem Körper hatte sich nicht verringert.

Einmal aufgetragen, erneuerte sich diese Farbe aller Farben von selbst.

Er fügte diesen Satz ans Ende seiner Notizen über die Eigenschaften der Farbe. Dann wurde ihm bewußt, daß er stark schwitzte. Der Schweiß stand in großen Tropfen auf den freien Stellen seines Körpers. In Kilgours Gehirn bildete sich ein weiterer Gedanke. Er griff nach dem Notizbuch und schrieb: »Die vollkommene Farbe ist zudem kälte- und hitzebeständig.«

Innerhalb der nächsten dreißig Minuten wurde es ihm unmöglich, länger objektiv zu bleiben. Die Farbe bedeckte seinen Körper inzwischen fast zur Hälfte. Und da die harte Arbeit ihn stark erwärmt hatte, wurde der Hitzestau bald unerträglich. Er hatte Angst, dachte voller Panik: »Ich muß hier raus. Ich muß eine venusische Stadt finden und mir ein Gegenmittel besorgen.«

Es war jetzt nicht mehr wichtig, ob er sich lächerlich machte oder nicht.

In panischer Hast eilte er zum Kontrollraum. Seine Hand hatte den Starthebel schon ergriffen, da hielt er im letzten Moment inne.

Der Würfel! Er hatte gesagt: »Ich enthalte Farbe.« Sicherlich könnte er auch eine Gebrauchsanweisung liefern, mitteilen, wie sein Inhalt zu handhaben und gegebenenfalls zu entfernen sei.

»Mein Gott, was bin ich doch für ein Schwachkopf«, dachte Kilgour, während er nach draußen rannte, »daran hätte ich von Anfang an denken müssen.«

Die Kristall-»Dose« lag noch an der gleichen Stelle im Gras; Kilgour ergriff sie. »Ich enthalte ein Viertel Farbe«, sagte die Stimme in seinem Kopf.

Also hatte sie drei Viertel ihres Inhalts auf ihn entleert. Das war eine wichtige Information. Er würde gut daran tun achtzugeben, daß er nicht auch noch den Rest dieser Schreckenssubstanz abbekam, die seinen Körper als luftdichte Hülle aus flüssigem Glanz umschloß.

Vorsichtig betastete er den Kanister mit bloßen Händen. Fast augenblicklich kam die Antwort: »Anweisung: Kontrollinstrumente entlang der zu bemalenden Fläche befestigen, anschließend Farbe auftragen. Die Farbe trocknet, sobald die gesamte Fläche mit Farbe bedeckt ist. Um sie zu entfernen, eine Terarde lang Verdunkler über die Farbe stülpen.« Das unverständliche Wort schien sich auf eine kurze Zeitspanne zu beziehen. »Achtung«: fuhr die Stimme fort, »Verdunkler sind in jeder Eisenwaren- oder Farbhandlung erhältlich.«

»Toll«, dachte Kulgour wütend. »Ich werde also schnell mal loslaufen und mir einen besorgen.«

Doch trotz dieses ironischen Gedankens fühlte er sich irgendwie besser. Er war auf einer praktisch denkenden Welt gelandet. Die Venus war offensichtlich kein alptraumhafter Planet, wo Kreaturen mit zehn Augen und acht Beinen haßerfüllt stöhnend und kreischend auf die menschlichen Eindringlinge losgingen. Leute, die Farbe benutzten, würden ihn nicht so ohne weiteres umbringen. Das war die ganze Zeit über klargewesen. Intelligenz schloß ein halbwegs vernünftiges Aussehen ein und ein überschaubar organisiertes Weltbild. Natürlich würden nicht alle außerirdischen Rassen die Menschen lieben. Aber die Menschen liebten einander in der Regel ja auch nicht.

Wenn der Kristallwürfel und die Farbe bezeichnend für die Zivilisation der Venus waren, dann war sie der menschlichen überlegen. Und folglich würden ihre Bewohner über kleinliche Racheakte erhaben sein. Die abenteuerliche und zugleich lächerliche Lage, in die er sich gebracht hatte, war durch diese Überlegung schon grundsätzlich geklärt.

Doch abgesehen davon, wurde ihm von Minute zu Minute heißer unter seinem Farbmantel. Es war höchste Zeit, daß er einen Venusianer fand. Er hob die Dose auf, indem er vorsichtig eine Hand darunter schob. Sofort erklang die Stimme:

»Zusammensetzung der Farbe gemäß Regierungsverordnung:

!?!?! – 7%

?!?!? – 13%

Flüssiges Licht – 80%«

»Flüssiges was?« fragte Kilgour laut.

»Achtung«: dachte es weiter, »diese Farbe darf nicht in der Nähe von flüchtigen Substanzen angewandt werden.«

Es folgte keine Erklärung, obwohl Kilgour auf weitere Gedanken wartete. Offensichtlich hatten die Venusianer genügend Respekt vor ihren Regierungsbestimmungen, um sie ohne Nachfrage zu befolgen. Er selbst hatte ja schon versucht, die Farbe mit füchtigen Stoffen in Berührung zu bringen, wie Terpentin, Benzin, Raketentreibstoff und ein paar anderen explosiven Flüssigkeiten. Und nichts war passiert. Die Vorschrift war albern, falls sie überhaupt etwas zu bedeuten hatte.

Kilgour setzte den Würfel ab und eilte zum Kontrollraum zurück. Glatt lag der Starthebel in seiner Handfläche, als er ihn bis zum Anschlag durchdrückte. Angespannt wartete er darauf, daß die automatische Zündung erfolgte.

Nichts geschah.

In Kilgour regte sich ein Verdacht. Er stieß den Starthebel in die Ausgangsposition zurück und zog ihn erneut nach unten. Aber die Zündung erfolgte nicht.

Alles drehte sich vor seinen Augen. Die Vorahnung wurde zu einer schrecklichen Kraft, die seinen Körper erzittern ließ. Er hatte den Treibstoff in den Tank zurückgegossen, nachdem er vergeblich versucht hatte, die Farbe damit zu entfernen. Es waren nur ein paar Liter gewesen, aber Raumfahrer müssen sparsam sein. Er hatte sie zurückgegossen, weil die Farbe sie offensichtlich in keiner Weise verändert hatte.

»Achtung!« hatte die Dose gesagt. »Diese Farbe darf nicht in der Nähe von flüchtigen Substanzen angewandt werden.«

Also hatte die scheinbar indifferente Farbe die achtundsechzigtausend Liter Treibstoff in seinem einzigen Tank unbrauchbar gemacht.

Er wollte es noch einmal mit dem Radio versuchen. Er hatte damit begonnen, Signale auszusenden, als er noch Millionen Kilometer von der Venus entfernt war. Aber aus der großen Leere hatte er keine Antwort erhalten. Und dennoch, die Venusianer *mußten* so etwas wie Radio haben. Auf einen Notruf würden sie sicher antworten. Aber sie taten es nicht. Eine halbe Stunde verstrich, doch alle Rufe blieben unbeantwortet. Sein Empfänger blieb stumm; selbst Störgeräusche fehlten auf allen Wellenlängen. Er war allein in einem Universum würgender, wachsender, zum Wahnsinn treibender Farbe.

Verdunkler – flüssiges Licht – vielleicht strahlte die Farbe nicht nur am hellen Tage. Als er das Licht löschte – er hatte den Finger noch am Schalter –, bemerkte er zum ersten Mal, wie dunkel es draußen war. Die Luftschleuse war offen, und langsam trat Kilgour in die Nacht hinaus, deren Schwärze kein Stern erhellte. Die Dunkelheit war intensiv. Natürlich, dachte er, die Wolken, die ewigen Wolken der Venus. So hell strahlte die Sonne hier, bedingt durch die geringere Distanz, daß bei Tage die Wolken ein notwendiger Schutz waren, der dennoch die schmerzende Helligkeit nur wenig mildern konnte.

Jetzt, bei Nacht, war es anders. Die Wolken umschlossen den Planeten wie Wände und Decke einer Dunkelkammer. Natürlich gab es noch Licht. Kein Planet, der sich so nah bei einer Sonne befand, konnte völlig frei sein von Licht und Energie. Sein Seleniometer würde wahrscheinlich auch jetzt noch Hunderttausendstel registrieren. Kilgour ließ seinen Blick über den Boden schweifen und bemerkte, daß das Licht seiner Farbe ihn in einen farbigen Glanz tauchte. Verwundert trat er aus dem Lichtkegel, der durch die geöffnete Schleusentür nach draußen fiel. Hier, in der völligen Dunkelheit, funkelte sein Körper wie ein vielflammiges, aber unverständliches Feuerzeichen. Er war so hell, daß er tanzende Muster aus Licht und Farbe auf das Gras warf. Er würde einen schönen Leichnam abgeben.

Er malte sich aus, wie er mit ausgestreckten Gliedern am Boden liegen würde, von Kopf bis Fuß mit Farbe bedeckt. Irgendwann einmal würden ihn vielleicht die Venusianer auf dieser einsamen Wiese finden und sich dann fragen, wer er wohl sei und woher er gekommen wäre. Denn offensichtlich kannten sie keine Raumfahrt.

Oder doch? Kilgour hielt einen Augenblick in seinen fiebrigen Gedanken inne. War es möglich, daß die Venusianer absichtlich jeden Kontakt mit der Erde und ihren Bewohnern vermieden hatten?

Aber sein Gehirn konnte sich auf solche, im Moment so unwichtige Überlegungen nicht konzentrieren. Er ging zurück ins Schiff. Da war doch etwas, dachte er, irgend etwas, was er tun wollte . . . Er konnte sich nicht darauf besinnen, bis sein Blick auf das Radio fiel. Er schaltete es an. Und schoß in die Höhe, als eine mechanische Stimme ertönte:

»Erdling«, sagte sie. »Bist du da? Erdling, bist du da?«

Kilgour umklammerte das Sendegerät. »Ja«, keuchte er schließlich. »Ja, ich bin hier und befinde mich in einer schrecklichen Lage. Ihr müßt sofort herkommen.«

»Wir kennen deine Lage«, sagte die ausdruckslose Stimme, »aber wir haben nicht die Absicht, dich daraus zu befreien.«

»Was?« schrie Kilgour fassungslos.

»Der Farbbehälter«, fuhr die Stimme fort, »wurde wenige Augenblicke nach deiner Landung von einem unsichtbaren Schiff abgeworfen. Seit ein paar tausend Jahren beobachten wir, die ihr Venusianer nennt, mit wachsendem Unbehagen die Entwicklung der Zivilisation auf dem dritten Planeten dieses Sonnensystems. Wir sind kein Volk, das Abenteuer sucht, und unsere überlieferte Geschichte kennt keinen einzigen Krieg. Das bedeutet nicht, daß unser Kampf ums Überleben nicht auch hart gewesen ist. Aber wir haben einen ungeheuer langsamen Stoffwechsel, und deshalb haben unsere Psychologen schon vor langer Zeit entschieden, daß wir uns für die Raumfahrt nicht eignen.

Demzufolge haben wir uns völlig darauf konzentriert, eine rein venusische Lebensart zu entwickeln. Und als dein Schiff sich unserer Atmosphäre näherte, wurden wir vor die Entscheidung gestellt, unter welchen Bedingungen wir Beziehungen zu menschlichen Wesen herstellen sollten. Wir beschlossen, den Farbbehälter dort abzustellen, wo du ihn finden würdest. Falls unser Test fehlgeschlagen wäre, und du nicht mit der Farbe in Berührung gekommen wärst, hätten wir eine andere Methode entwickelt, um dich zu prüfen.

Ja, du hast richtig gehört. Du bist getestet worden und wirst es noch. Es sieht so aus, als ob du den Test nicht bestehen wirst. Das ist bedauerlich, denn es bedeutet, daß allen Leuten deiner Intelligenzstufe oder darunter der Zutritt zur Venus verwehrt sein wird. Es war sehr schwierig für uns, einen Test für eine fremde Rasse zu entwickeln. Und deshalb mußt du sterben, wenn du die Aufgabe nicht lösen kannst, damit wir andere, die nach dir kommen, einer solchen oder ähnlichen Prüfung unterziehen können, ohne daß sie ahnen, daß sie getestet werden. In diesem Punkt müssen wir konsequent sein. Unsere Absicht ist, einen Menschen zu finden, der unseren Test besteht. Anschließend werden wir ihn mit unseren Instrumenten untersuchen, und das Ergebnis dieser Prüfung wird der Maßstab sein, an dem wir alle zukünftigen Besucher der Venus messen werden. Alle diejenigen, deren Intelligenz der des erfolgreichen Kandidaten entspricht oder höher ist, sind auf unserem Planeten willkommen. So lautet unser unabänderlicher Beschluß.

Die Testperson muß ebenfalls in der Lage sein, die Venus ohne unsere Hilfe zu verlassen. Warum dies notwendig ist, wirst du bei Gelegenheit verstehen. Später einmal werden wir den Menschen helfen, ihre Raumschiffe zu verbessern. Wir sprechen zu dir mit Hilfe einer mechanischen Sprechmaschine. Die einfachen Gedanken des Farbbehälters wurden diesem von einer komplizierten Gedankenmaschine aufgeprägt. Es ist sehr schwierig, mit einem nichtvenusischen Gehirn in Kommunikation zu treten. Doch nun leb wohl. Und obwohl es seltsam klingen mag, viel Glück.«

Ein Knacken folgte, dann verstummte das Radio. Und auch Kilgours hektisches Drehen an dem Frequenzrad entlockte dem Gerät keinen weiteren Ton.

Er saß im Raumschiff, hatte alle Lichter gelöscht und wartete auf den Tod. Aber es war kein ergebenes Warten. Der starke Lebenswille ließ sein ganzes Sein erzittern. Ein Verdunkler! Was in Gottes Namen mochte das sein?

Diese Frage stellte sich Kilgour wieder und wieder. Eine Stunde lang saß er in dem von seiner Farbhülle phantastisch erhellten Raum. Er hielt sein Notizbuch in der Hand und ging die Aufzeichnungen fieberhaft immer wieder von neuem durch.

Die vollkommene Farbe, bestehend aus – achtzig Prozent flüssigem Licht. Licht war Licht. Flüssiges Licht mußte denselben Gesetzen gehorchen wie Lichtstrahlen. Oder doch nicht? Die vollkommene Farbe hatte folgende Eigenschaften – aber sein Geist weigerte sich, sie alle noch einmal zu rekapitulieren. Er fühlte sich krank, und immer wieder mußte er gegen die Übelkeit ankämpfen.

Sein Körper war überhitzt, er hatte hohes Fieber. Seine Füße baumelten in einer Schüssel kalten Wassers. Er hatte die Theorie entwickelt, daß sein Blut, wenn es einen Bereich zum Abkühlen hätte, immerhin nicht anfangen würde zu kochen.

Tatsächlich, das wußte er, war die Gefahr nur gering, daß seine Temperatur noch über den augenblicklichen, fast unerträglichen Stand ansteigen würde. Der Erzeugung von Körperwärme war eine Grenze gesetzt, besonders, da er seit einiger Zeit nur noch Vitaminkapseln und keine Kalorien mehr zu sich genommen hatte. Es wäre Wahnsinn gewesen, wenn er seinen Körper durch Nahrungszufuhr zu weiterer Wärmeproduktion angeregt hätte. Die eigentliche Gefahr bestand darin, daß seine Haut unter der Farbschicht nicht atmen konnte. Er würde unweigerlich erstikken, nur wann, das wußte er nicht.

Diese Ungewißheit machte Kilgour nicht ruhiger. Sonderbar, dachte er, daß der Tod, jetzt, da er ihn erwartete, nur so langsam kommen wollte. Langsam? Der Gedanke riß Kilgour aus seinem Dämmerzustand. Er sprang auf. Der Tod ließ sich *tatsächlich* Zeit. Er rannte ins Badezimmer und starrte schwindlig vor Erregung sein Spiegelbild an.

Die Farbe bedeckte seinen Körper noch immer zur Hälfte; sie hatte sich während der letzten Stunde nicht weiter ausgedehnt. *Die vergangene Stunde, die er, abgesehen von dem Licht, das die Farbe erzeugte, in völliger Dunkelheit zugebracht hatte.*

Die Farbfläche, das stellte Kilgour bei genauerer Prüfung fest, war allerdings auch nicht kleiner geworden. Sie bedeckte nach wie vor seinen Körper zur Hälfte. Aber das war nur natürlich. Sie sollte schließlich die undurchdringliche venusische Nacht überdauern. Doch angenommen, er stiege in die noch größere Dunkelheit seines gegen Energie isolierten leeren Treibstofftanks?

Eine halbe Stunde verbrachte Kilgour im Tank, dann kletterte er benommen, aber immer noch entschlossen wieder heraus. Absolute Dunkelheit mußte die Lösung sein, und doch hatte er das Gefühl, etwas Entscheidendes übersehen zu haben. Wenn Dunkelheit allein genügte, sagte er sich, dann müßte sich der Treibstoff in seinem vollen Tank inzwischen reaktiviert haben. Er drückte den Starthebel, aber die Zündung erfolgte nicht. Irgend etwas fehlte noch zur Lösung.

Das Problem, dachte Kilgour, liegt darin, die achtzig Prozent flüssiges Licht aus der Farbe zu filtern. Man müßte dazu entweder eine totale Finsternis erzeugen oder einen anderen Weg finden. Aber eine noch tiefere Finsternis als die im Innern seines Tankes gab es doch gar nicht. Er war gegen alle Energien, die von außen eindringen könnten, isoliert. Wo also lag der Fehler?

Die Isolierung! Das war es. Das Licht der Farbe wurde von den Wänden reflektiert und anschließend von der Farbe wieder resorbiert. Es konnte nicht entkommen. Die Lösung lautete also: Isolierung entfernen.

Nein, das war auch falsch. Kilgours Eifer erlahmte allmählich.

Wenn man die Isolierung entfernte, dann könnte das Licht entkommen, das stimmte schon, aber die eindringende Energie der Außenwelt würde vermutlich die abgegebene Menge ersetzen. Und dennoch, man sollte es besser ausprobieren.

Das tat er auch, und es kam, wie er vorausgesehen hatte. Als er aus dem Tank stieg, war er noch genauso von Farbe bedeckt wie vorher. Fast übermannte ihn Hoffnungslosigkeit. Doch während er noch so stand, traf ihn die richtige Antwort wie ein Donnerschlag!

Auf der Heimreise, ungefähr einen Monat später, fing Kilgour Radiosignale eines anderen Schiffes auf, das sich der Venus näherte. Er erzählte, was ihm widerfahren war, und schloß seinen Bericht mit den Worten: »Ihr werdet also keine Schwierigkeiten bekommen, wenn ihr landet. Im Gegenteil: Die Venusianer werden euch die Schlüssel zu ihren farbenprächtigen Städten überreichen.«

»Einen Moment mal«, kam die verwirrte Antwort. »Wenn wir richtig verstanden haben, dann hast du doch eben erzählt, daß die Venusianer nur Leute reinlassen, deren Intelligenz mindestens ebenso groß ist wie die der Testperson. Du mußt ein heller Bursche sein, wenn du ihren Test bestanden hast. Wir dagegen sind nur ein Häuflein trotteliger Raumfahrer. Was haben wir also davon?«

»Euch liegt eine Welt zu Füßen«, antwortete Kilgour fröhlich, »und zwar die Venus. Wie die meisten Raumfahrer, war auch ich niemals berühmt für meinen hohen I. Q. Meine Stärke waren immer Energie, Mut und Abenteuerlust.« Bescheiden schloß er: »Da ich nun mal zum Maßstab für zukünftige Besucher erhoben worden bin, möchte ich behaupten, daß selbst bei meiner vorsichtigen Schätzung neunundneunzig Prozent aller Menschen jetzt die Venus besuchen können.«

»Aber . . .«

Kilgour schnitt ihm das Wort ab. »Fragt mich nicht, warum der Test so leicht war. Vielleicht werdet ihr es verstehen, wenn ihr sie vor euch seht.« Er runzelte die Stirn. »Sie werden euch vermutlich nicht gefallen, Leute. Aber wenn ihr erst mal einen Blick auf ihre mehrbeinigen und vielarmigen Körper geworfen habt, dann wird euch möglicherweise klar, was sie damit meinten, als sie sagten, es wäre so schwer, einen Test für eine fremde Rasse zu entwickeln. Noch weitere Fragen?«

»Ja natürlich. Wie, um alles in der Welt, bist du denn nun die Farbe losgeworden?«

Kilgour grinste. »Photozellen und Bariumsalz. Ich nahm einen Satz Photozellen und eine Bariumbatterie mit in den Tank. Die haben das Licht der Farbe absorbiert. Der Rest, ein feiner, bräunlicher Staub, rieselte zu Boden, und ich war wieder frei. Den Treibstoff habe ich auf die gleiche Weise reaktiviert.«

Er lachte fröhlich. »Und nun, macht's gut, Leute. Bis bald mal. Ich habe eine Fracht an Bord, die ich loswerden will.«

»Eine Fracht? Was denn?«

»Farbe natürlich. Tausende von Kanistern mit der herrlichsten Farbe. Die Erde soll von nun an bis ans Ende ihrer Tage in Schönheit erstrahlen. Und ich habe die Exklusivrechte.«

In der ewigen Nacht des Alls schwebten die beiden Schiffe aneinander vorbei, ihren verschiedenen Zielen entgegen.

Das Monster

Das große Schiff verharrte auf einer Höhe von dreihundert Metern über einer der Städte. Unter ihm erstreckte sich totale Verwüstung. Während Enash in seiner Energieblase hinabschwebte, konnte er beobachten, daß die Gebäude vom Alter zerstört worden waren.

»Keine erkennbaren Kriegsschäden!« Eine körperlose Stimme drang für einen Moment an Enashs Ohren. Er stellte sie ab.

Auf dem Boden angekommen, ließ er die Blase zerfallen. Er stand in einer von Mauern eingeschlossenen Behausung, die von Pflanzen überwuchert war. Im hohen Gras außerhalb des Gebäudes lagen mehrere Skelette. Sie gehörten länglichen, zweiarmigen und zweibeinigen Wesen, deren Schädel in allen Fällen am Ende einer dünnen Wirbelsäule befestigt waren. Alle Skelette schienen voll ausgewachsen und in einem guten Erhaltungszustand, doch als Enash sich bückte, um eins von ihnen zu berühren, zerfiel ein ganzes Knochensegment zu Staub. Als er sich wieder aufrichtete, stellte er fest, daß Yoal in der Nähe niederging. Er wartete, bis der Historiker seine Blase verlassen hatte, dann sagte er:

»Was halten Sie davon, wenn wir hier unsere Methode zur Wiederbelebung lang Verstorbener einsetzen?«

Yoal war in Gedanken versunken. »Ich habe mich bei mehreren Leuten, die hier gelandet sind, erkundigt. Irgend etwas stimmt hier nicht. Der Planet ist völlig ohne Leben, es gibt nicht einmal Insekten auf ihm. Bevor wir eine Kolonisierung riskieren, müssen wir herausfinden, was hier geschehen ist.«

Enash erwiderte nichts. Ein leichter Wind war aufgekommen und raschelte in den Blättern einer Baumgruppe nicht weit vom Gebäude. Enash deutete auf die Bäume. Darauf nickte Yoal und sagte: »Ja, das Pflanzenleben ist nicht befallen, aber es bestehen auch große Unterschiede zwischen pflanzlichen und aktiven Lebensformen.«

Sie wurden unterbrochen. Aus Yoals Empfänger drang eine Stimme: »Ungefähr im Zentrum der Stadt ist ein Museum entdeckt worden. Wir haben die Stelle mit einem roten Licht markiert.«

»Ich werde Sie begleiten«, erklärte Enash. »Dort könnten Skelette von Tieren und intelligenten Wesen aus unterschiedlichsten Entwicklungsstufen zu sehen sein. Sie haben meine Frage noch nicht beantwortet: Werden Sie diese Wesen wiederbeleben?«

Yoal antwortete bedächtig: »Ich werde dem Rat diese Frage vorlegen, aber ich glaube nicht, daß es Einwände geben wird. Wir müssen den Grund für die Katastrophe in Erfahrung bringen.« Er schwenkte einen Saugrüssel im Halbkreis, dann fuhr er fort: »Natürlich müssen wir vorsichtig vorgehen und mit den frühesten Entwicklungsständen beginnen. Wir haben keine Skelette von Kindern gefunden; das deutet darauf hin, daß die Rasse die persönliche Unsterblichkeit erreicht hatte.«

Der Rat kam, um die Ausstellungsstücke zu besichtigen, eine reine Formsache, wie Enash wußte. Die Entscheidung war bereits gefällt. Es würde Wiederbelebungen geben. Einer der Gründe hierfür war die Neugierde. Das Weltall war riesig, die Reisen lang und eintönig. Nur die Landungen boten eine interessante Abwechslung. Es bestand immer die Möglichkeit, daß man auf neue Lebensformen stieß, die man untersuchen konnte.

Das Museum sah nicht ungewöhnlich aus: riesige Hallen, von hohen Kuppeln überwölbt. Plastiken von verschiedenen fremdartigen Tieren waren ausgestellt, Kunstgegenstände und Werkzeuge. Es war mehr, als das Auge in einer kurzen Frist zu fassen vermochte: Die Entwicklungsgeschichte einer Rasse zu einer dichten Folge von zeitlich geordneten Relikten zusammengedrängt. Genau wie die anderen war Enash froh, als man endlich auf eine Reihe von Skeletten und präparierten Körpern stieß. Er nahm hinter einem Energieschirm Platz und sah den Biologen dabei zu, wie sie einen konservierten Leichnam aus einem Steinsarkophag hoben. Der Körper war in viele Lagen Tuch gewickelt. Die Fachleute machten sich nicht die Mühe, das verrottete Gewebe zu entfernen. Greifzangen bohrten sich durch den Stoff und entnahmen ein Stück des Schädels – eine gut eingespielte Prozedur. Man konnte jeden Teil des Skeletts verwenden, aber die vollkommensten Wiederbelebungen, die vollständigsten Rekonstruktionen kamen immer dann zustande, wenn man Stücke aus einem bestimmten Teil des Schädels verwendete.

Hamar, der Chefbiologe, sprach ein paar Erläuterungen zu dem ausgewählten Körper: »Die Chemikalien, die zur Mumifizierung der Leiche verwendet wurden, lassen auf ein rudimentäres, chemisches Grundwissen schließen. Die Zeichen auf dem Sarkophag deuten auf eine grobe, untechnisierte Kultur. In einer solchen Zivilisation kann man nicht erwarten, daß die Möglichkeiten des Nervensystems voll ausgenutzt werden. Unsere Sprachexperten haben die Stimmzeichen bereits analysiert. Jedes Ausstellungsstück ist mit einer Erklärung in vielen unterschiedlichen Sprachen versehen – die Sprache, die zu Lebzeiten unseres Versuchsobjekts verwendet wurde, ist von seinen Nachkommen bereits analysiert worden. Wir konnten die Erkenntnisse in unseren Universalübersetzer eingeben. Wenn sich nun jemand mit einer wiederbelebten Person unterhalten will, braucht er nur in den Kommunikator zu sprechen, und alle seine Worte werden in die Sprache des Objekts übersetzt; der umgekehrte Weg ist natürlich auch möglich. Aha, ich sehe, wir können mit der ersten Wiederbelebung beginnen.«

Enash beobachtete interessiert, wie der Deckel des plastischen Rekonstrukteurs verschlossen und der Wachstumsprozeß in Gang gesetzt wurde. Erregung hatte ihn erfaßt, denn er wußte, was nun kam, es blieb nichts dem Zufall überlassen. In ein paar Minuten würde ein lebensgroßes Wesen aus der Frühzeit dieser Welt die Augen aufschlagen und sie anstarren. Der Vorgang war technisch einfach, ein Scheitern praktisch unmöglich.

... aus den Schatten der winzigen Kleinheit erwächst das Leben. Die Ebene des Anfangs und Endes, des Lebens und Nicht-Lebens. In jenem dämmrigen Bereich schwingt die Materie mit Leichtigkeit von einem Zustand zum anderen, dem Zustand des Organischen und des Anorganischen. Elektronen unterscheiden nicht zwischen belebt und unbelebt. Atome wissen nichts über Leblosigkeit. Aber wenn sich Atome zu Molekülen zusammenfinden, so gibt es in diesem Vorgang einen Schritt, einen winzigen Schritt – und der bedeutet Leben oder Nicht-Leben. Ein Schritt, und dann die Dunkelheit. Oder das Leben.

Ein Stein oder eine lebende Zelle. Ein Goldkörnchen oder ein Grashalm. Der Sand am Meer oder – fast ebenso zahlreich – das Heer der Mikroorganismen im unendlichen Ozean ... Die Entscheidung fällt irgendwo in der Zwielichtzone der Materie. In jeder lebenden Zelle ist die Form des gesamten Organismus enthalten. Wenn einem Krebs ein Bein ausgerissen wird, so wächst ihm ein neues. Beide Hälften eines Plattwurms wachsen, und bald gibt es zwei neue Würmer, zwei Wesen, zwei Verdauungssysteme, beide so freßgierig wie das ursprüngliche. Jeder Teil ist zu einem vollkommenen, unversehrten Ganzen geworden, die Erfahrung hat keine Spuren hinterlassen. Jede Zelle kann das Ganze sein. Jede Zelle trägt die Erinnerung an so winzige Einzelheiten in sich, daß man diesen Erinnerungsschatz niemals in Worte fassen könnte.

Aber – und das ist ein Paradoxon – das Gedächtnis ist nichts Organisches. Eine gewöhnliche Schallplatte erinnert sich an Geräusche. Ein Tonbandgerät gibt mühelos die Worte wieder, die eine Stimme vor Jahren auf das Band gesprochen hat. Die Erinnerung ist ein physiologischer Eindruck, eine Markierung auf einer Materie, eine Veränderung von Molekülformen. In der Form ist die Struktur der Wiedergabe unveränderlich festgelegt.

Aus dem Schädel der Mumie hatte man die billionenfachen Erinnerungsformen gewonnen, die nun zur Rekonstruktion herangezogen wurden. Wie immer konnte man sich auf dieses Gedächtnis verlassen.

Ein Mensch blinzelte und öffnete die Augen.

»Ist es also wahr«, sagte er. Während er sprach, wurden seine Worte in das Idiom der Ganae übersetzt. »Der Tod ist nichts anderes als ein Übergang in ein anderes Leben . . . Doch wo sind meine Bediensteten?« Beim letzten Satz hatte seine Stimme einen klagenden Tonfall angenommen.

Er richtete sich auf und stieg aus dem Kasten, der sich in dem Augenblick, als er erwachte, automatisch geöffnet hatte. Er entdeckte die Fremden und erstarrte, aber nur für einen kurzen Moment. Denn er verfügte über Stolz und eine arrogante Form von Mut, die ihn auch jetzt nicht verließ. Zögernd ließ er sich auf die Knie sinken und entbot seinen Gruß, doch offenbar machten ihm starke Zweifel zu schaffen. »Stehe ich vor den Göttern Ägyptens?« Er richtete sich wieder auf. »Was für eine Narretei ist dies? Ich verbeuge mich nicht vor namenlosen Dämonen!«

Kapitän Gorsid befahl: »Tötet ihn!«

Das zweibeinige Ungeheuer löste sich zuckend im Strahl einer Energiepistole auf.

Der zweite wiedererweckte Mensch erstarrte und zitterte vor Angst. »O Gott, ich schwöre, ich rühre keinen Tropfen mehr an. Von weißen Mäusen habe ich schon gehört, aber . . .«

Yoal unterbrach ihn neugierig: »Was ist das für eine Flüssigkeit, wovon du keinen Tropfen mehr anrühren willst, Wiedererweckter?«

»Na, den Fusel natürlich, dies Teufelszeug, das sie einem im Goldenen . . . Ogottogott!«

Kapitän Gorsid sah Yoal fragend an. »Sollen wir uns noch länger mit ihm aufhalten?«

Yoal war unschlüssig. »Ich bin neugierig.« Er wandte sich an den Mann. »Was würdest du sagen, wenn ich dir erklärte, daß wir Besucher von einem anderen Stern seien? Wie würdest du reagieren?«

Der Mann starrte ihn an. Er war offensichtlich verwirrt, seine Angst beherrschte ihn ganz. »Sehen Sie«, begann er, »ich fuhr die Straße runter und dachte an nichts Böses. Ich gebe zu, ich habe einen oder zwei zuviel getrunken, ich vertrage diesen neumodischen Schnaps einfach nicht so gut. Den anderen Wagen habe ich überhaupt nicht gesehen; das kann ich beschwören! Wenn dies eine neue Methode sein soll, Leute zu bestrafen, die betrunken Auto gefahren sind, dann haben Sie Ihr Ziel erreicht. Ich werde nie wieder einen Schluck Alkohol trinken, solange ich lebe. Das schwöre ich!«

Yoal ergriff das Wort: »Er hat offenbar ein Auto benutzt, dies Gerät scheint für ihn nichts Besonderes zu sein. Wir aber haben nirgendwo eins dieser Autos gesehen. Nicht einmal im Museum sind sie ausgestellt.«

Enash bemerkte, daß man allgemein auf einen Kommentar zu Yoals Bemerkung wartete. Er stellte voll Unbehagen fest, daß niemand das Schweigen brechen würde, wenn er es nicht täte, also sagte er: »Laßt ihn ein Auto beschreiben. Wie funktioniert es?«

»Aber gern, aber gern«, versicherte der Mensch. »Ich laufe auch über einen Kreidestrich und beantworte alle Ihre Fragen. Scheinbar bin ich so voll, daß ich nicht mehr richtig gucken kann, aber mit Autos kenn ich mich aus. Wie soll es funktionieren? Sie legen 'nen Gang ein und treten aufs Gas.«

»Gas!« wiederholte der technische Offizier Veed. »Verbrennungsmotor. Jetzt können wir ihn zeitlich einordnen.«

Kapitän Gorsid nickte der Wache mit der Strahlenpistole zu.

Der dritte Mensch richtete sich auf und sah seine Gegenüber nachdenklich an. »Von den Sternen?« fragte er nach einer Weile. »Verwenden Sie ein bestimmtes System oder war es blinder Zufall?«

Die Ganae-Ratsherren im Kuppelsaal rückten nervös auf den Stühlen. Enash spürte, daß Yoal ihn anschaute. Die Bestürzung in den Augen des Historikers erschreckte ihn. Er dachte: Die Anpassung des Zweibeiners an die überraschende Situation, seine Erfassung der Wirklichkeit, war außerordentlich schnell. Kein Ganae hätte es mit dieser Reaktionsschnelligkeit aufnehmen können.

Hamar, der Chefbiologe, wandte sich an die Versammlung: »Schnelles Denkvermögen ist nicht notwendigerweise ein Zeichen für Überlegenheit. Der langsame, sorgfältige Denker nimmt im Bereich des Intellekts ebenfalls einen hohen Rang ein.«

Enash gestand sich ein, daß es nicht die Schnelligkeit des fremden Denkens gewesen war – es war die Genauigkeit, mit der die Frage auf die Situation paßte. Er versuchte sich vorzustellen, wie er selbst vom Tod wiedererweckt würde. Hätte er augenblicklich begriffen, daß er fremden Wesen von einem anderen Stern gegenüberstand? Enash wußte, daß er nicht so reagiert hätte.

Er erwachte aus seinen Gedanken, denn der Mann war aus dem Kasten gestiegen. Enash und die anderen beobachteten ihn dabei, wie er rasch zu einem Fenster ging und hinausschaute. Ein Blick nur, dann wandte er sich ab.

»Sieht es überall so aus?« fragte er.

Wieder sorgte seine Reaktionsschnelligkeit für einiges Aufsehen. Yoal beantwortete schließlich die Frage:

»Ja. Verwüstung, Tod, Ruinen, Verödung. Kannst du dir vorstellen, was geschehen ist?«

Der Mann kam vom Fenster zurück und trat vor den Energieschirm, der die Ganae schützte. »Darf ich mir das Museum ansehen? Ich möchte feststellen, in welchem Zeitalter ich mich befinde. Als ich noch lebte, besaßen wir mehrere Vernichtungsmöglichkeiten. Welche dann schließlich angewandt wurde, hängt von der verstrichenen Zeit ab.«

Die Ratsherren sahen Kapitän Gorsid an. Der ergriff zögernd das Wort: »Lassen Sie ihn nicht aus den Augen!« befahl er dem Soldaten mit der Strahlenpistole. Dann wandte er sich an den Mann: »Du machst dir gewisse Hoffnungen; das haben wir natürlich durchschaut. Du willst die Situation unter deine Kontrolle und dich selbst in Sicherheit bringen. Ich kann dir versichern, wenn du keine falsche Bewegung machst, wird dir nichts geschehen.«

Dem Mann war nicht anzusehen, ob er diese Lüge glaubte oder nicht. Er ließ auch durch keinerlei Anzeichen erkennen, ob er die rußgeschwärzte Stelle auf dem Fußboden bemerkt hatte, wo seine beiden Vorgänger von der Strahlenpistole zu einem Nichts verbrannt worden waren. Er ging mit aufmerksamer Miene zur nächsten Tür, musterte die zweite Wache, die ihn dort erwartete, und trat zögernd über die Schwelle. Der andere Soldat folgte ihm, danach kam der mobile Energieschirm und in seinem Schutz, einer nach dem anderen, die Ratsherren.

Enash ging als dritter durch die Tür. Der Raum enthielt Skelette und Tierplastiken. Das anschließende Zimmer hatte Enash in Ermangelung einer besseren Bezeichnung den Kulturraum genannt. Er enthielt Gerätschaften aus einer einzelnen Zivilisationsepoche, die auf einer hohen Stufe zu stehen schien. Enash hatte sich den Raum vorhin genauer angesehen, und sein erster Gedanke beim Anblick der Maschinen war jetzt: Atomenergie. Er stand mit seiner Erkenntnis nicht allein. Kapitän Gorsid rief dem Mann eine Warnung zu:

»Du darfst nichts berühren. Eine falsche Bewegung bedeutet den Feuerbefehl für die Wachen.«

Der Mann stand entspannt in der Mitte des Raumes. Enash mußte sich eingestehen, daß ihm der Fremde nicht geheuer war, seine Ruhe jedoch war bewunderungswürdig. Er wußte sicher längst, welches Schicksal ihm bevorstand, doch er schaute nachdenklich in die Runde und sagte schließlich bedächtig: »Ich brauche nicht weiter zu gehen. Vermutlich wissen Sie besser als ich, wieviel Zeit zwischen meiner Geburt und der Erbauung dieser Maschinen vergangen ist. Dort drüben sehe ich ein Instrument, das nach seiner Bezeichnung zu schließen Atomexplosionen zählt. Sobald eine gewisse Anzahl von Explosionen stattgefunden hat, verschließt das Gerät automatisch die Energiezufuhr für eine bestimmte Zeit, um Kettenreaktionen zu verhindern. Zu meiner Zeit besaßen wir eine Menge grober Einrichtungen, um Atomreaktionen zu begrenzen, aber es hat zweitausend Jahre gedauert, bis wir von den Anfängen der Atomindustrie bis zu diesem Entwicklungsstand vorgedrungen waren. Nützen Ihnen diese Angaben etwas?«

Die Ratsherren richteten ihre Blicke auf Veed, doch der technische Offizier zögerte. Schließlich sagte er: »Vor neuntausend Jahren besaßen wir ebenfalls über tausend Möglichkeiten, um Atomexplosionen zu begrenzen.« Er unterbrach sich und fuhr dann langsam fort: »Ich habe jedoch noch nie von einem Gerät gehört, das zu diesem Zweck einzelne Atome zählt.«

»Und doch«, murmelte Shuri, der Astronom, tonlos, »ging diese Rasse zugrunde.«

Es entstand ein langes Schweigen, das endlich von Gorsid unterbrochen wurde, der einer Wache einen Befehl gab: »Tötet das Ungeheuer!«

Doch es war die Wache, die von einer blauen Flamme eingehüllt zu Boden stürzte. Sekundenbruchteile später traf es auch die andere Wache. Blaue Flammen schlugen aus ihrem Leib. Flammenzungen leckten am Energieschirm, zogen sich zurück, loderten heftiger, zogen sich noch einmal zurück und flackerten dann hell auf. Durch einen feurigen Vorhang konnte Enash beobachten, daß der Mann durch eine Tür an der gegenüberliegenden Seite des Raumes lief. Die Maschine, die Atome zählte, erstrahlte in blauer Glut.

Kapitän Gorsid brüllte in den Kommunikator: »Bewacht alle Ausgänge mit Strahlenpistolen. Die Raumschiffe sollen die schweren Waffen schußbereit machen!«

Jemand sagte: »Mentale Kontrolle. Irgendeine Art der Gedankensteuerung. Auf welche Wesen sind wir hier gestoßen?!«

Sie zogen sich zurück. Die blaue Flamme war bis zur Decke emporgewachsen und versuchte, den Schirm zu überwinden. Enash warf einen letzten Blick auf die Maschine. Offenbar zählte sie immer noch Atome, denn ihr Glühen hatte eine höllische Intensität angenommen. Enash hetzte mit seinen Gefährten zurück in den Raum, wo man den Fremden wiederbelebt hatte. Dort breitete sich sofort ein zweiter Energieschirm schützend hinter ihnen aus. Jetzt waren sie in Sicherheit. Sie konnten in die Energieblasen steigen, durch die Saaltüren nach draußen gleiten und zum Schiff emporschweben. Das Schiff stieg auf und ließ eine Atombombe hinab zur Planetenoberfläche fallen. Eine pilzförmige Fackel verhüllte das Museum und die Reste der Stadt.

»Aber nun wissen wir immer noch nicht, woran diese Rasse gestorben ist«, flüsterte Yoal Enash ins Ohr, kaum daß sich das donnernde Tosen der Explosion gelegt hatte.

Am dritten Tag, nachdem die Ganae die Bombe geworfen hatten, am achten Tag seit ihrer Ankunft auf dem Planeten also, kroch wieder einmal die fahlgelbe Sonne über den Horizont. Enash schwebte mit den anderen zu einer unbekannten Stadt hinab. Er war mit ihnen gekommen, um sich gegen eine weitere Wiederbelebung auszusprechen.

»Als Meteorologe«, erklärte er, »sehe ich keine Gründe, die gegen eine Kolonisierung durch die Ganae sprechen würden. Also wüßte ich nicht, warum wir weitere Risiken eingehen sollten. Die Rasse hat die verborgenen Möglichkeiten ihres Nervensystems offenbar erkannt und . . .«

Er wurde von Hamar, dem Biologen, unterbrochen. Dieser wandte mit nüchterner Stimme ein: »Wenn sie so hochentwikkelt waren, warum sind sie dann nicht zu einem anderen Sternensystem ausgewandert, um sich zu retten?«

»Ich möchte annehmen«, erwiderte Enash, »daß sie nicht über unsere Methode zur Entdeckung von Sternen mit Planetenfamilien verfügten.« Sein Blick wanderte über den Kreis seiner Gesprächspartner. »Wir sind uns doch darin einig, daß dies eine absolut einzigartige Entdeckung war. Sie ist uns durch Glück und nicht durch Geschicklichkeit in den Schoß gefallen.«

Er konnte es ihren Mienen ansehen, daß sie seine Argumente im Geist bereits zurückgewiesen hatten. Er fühlte sich hilflos im Angesicht einer drohenden Katastrophe. Vor seinen inneren Augen sah er deutlich, wie diese große Rasse dem Tod gegenüberstand. Er muß schnell herangekommen sein, aber nicht so schnell, daß er sie überrascht hätte. Es lagen zu viele Skelette draußen im Freien, in den Gärten der wunderschönen Häuser, so als ob die Männer und Frauen herausgetreten wären, um den Untergang ihrer Art zu erwarten. Enash versuchte den Ratsherren diesen letzten Tag vor langer, langer Zeit zu schildern, diese Ruhe, mit der die Fremden ihr Ende hingenommen hatten. Aber seine beschwörenden Bilder hatten keine Wirkung. Die Gefährten rückten nervös auf den Stühlen, die man hinter einer tiefgestaffelten Reihe von Energieschirmen aufgestellt hatte. Schließlich ergriff Kapitän Gorsid das Wort:

»Können Sie uns sagen, was diese heftige, emotionale Reaktion in Ihnen ausgelöst hat, Enash?«

Die Frage traf Enash völlig unvorbereitet. Er hatte die eigene Emotionalität nicht erkannt. Was ihn bewegte, war heimlich und allmählich über ihn gekommen. Plötzlich wurde ihm klar, was die Gefühle ausgelöst hatte.

»Es war der dritte«, erklärte er zögernd. »Ich habe ihn durch die Flammenwand beobachtet und gesehen, wie er in der Tür stand und uns neugierig betrachtete, unmittelbar bevor wir davongelaufen sind. Seine Tapferkeit, die Ruhe, die geschickte Art, wie er uns überlistet hatte ... Das alles ist zusammengekommen.«

»Und hat zu seinem Tod geführt«, ergänzte Hamar. Jedermann begann zu lachen.

»Kommen Sie, Enash«, sagte Vizekapitän Mayad aufmunternd, »Sie wollen doch wohl nicht andeuten, daß diese Rasse tapferer als unsere eigene ist, oder daß wir, bei all unseren Sicherheitsvorkehrungen, uns vor einem einzelnen Gegner fürchten müßten?«

Enash schwieg, sein Kopf war leer. Er hatte sich von Gefühlen beherrschen lassen. Diese Erkenntnis machte ihm noch immer zu schaffen. Er wollte nicht, daß seine Vernunft in Zweifel gezogen wurde. Trotzdem setzte er noch einmal zu einem schüchternen Widerspruch an: »Ich möchte einfach klarstellen, daß es mir nicht unbedingt notwendig erscheint, den Grund für das Aussterben dieser Rasse herauszufinden.«

Kapitän Gorsid gab dem Biologen ein Zeichen. »Fahren Sie jetzt mit der Wiederbelebung fort!«

Dann wandte er sich an Enash: »Dürfen wir es wagen, nach Gana zurückzukehren und eine Masseneinwanderung zu empfehlen, ohne daß wir unsere Untersuchungen hier tatsächlich zu einem Ende geführt haben? Das ist unmöglich, mein Freund.«

Das war ein altes Argument, und Enash mußte sich eingestehen, daß er es nicht völlig von der Hand weisen konnte. Er hing diesem Gedanken nicht weiter nach, denn soeben hatte sich der vierte Mensch bewegt.

Der Mann richtete sich auf. Und verschwand.

Es trat ein totales, schreckerfülltes Schweigen ein. Dann erklärte Kapitän Gorsid mit belegter Stimme. »Er kann den Raum nicht verlassen. Das wissen wir. Also muß er hier irgendwo sein.«

Links und rechts von Enash waren die Ganae von ihren Stühlen gesprungen und starrten durch die Energieschirme. Die Wachen hielten die Strahlenpistolen schlaff in den Sauggreifern. Aus den Augenwinkeln beobachtete Enash, wie einer der Techniker, die für die Sicherheitsschirme verantwortlich waren, Veed heranwinkte, um ihm etwas zu zeigen. Die Miene des Offiziers verfinsterte sich. »Soeben erfahre ich, daß die Zeiger um zehn Grad auf der Skala ausgeschlagen haben, als der Mann verschwand. Das bedeutet: ein Vorgang auf Kernebene!«

»Bei allen Ganae!« flüsterte Shuri. »Wir sind auf etwas gestoßen, vor dem wir uns immer gefürchtet haben!«

Gorsid brüllte in den Kommunikator: »Alle Lokalisierer auf dem Schiff sofort zerstören! Verstanden? Lokalisierer zerstören!«

Der Kapitän sah sich gehetzt um. »Shuri!« schrie er. »Ihre Leute haben mich offenbar nicht verstanden! Ordnen Sie an, daß alle Lokalisierer und alle Rekonstruktionsmaschinen augenblicklich vernichtet werden!«

»Los, Leute, beeilt euch!« kommandierte Shuri mit versagender Stimme.

Nachdem die Befehle ausgesprochen waren, fiel den Ganae das Atmen wieder leichter. Sie lächelten grimmig und zufrieden. »Wenigstens kann er jetzt niemals Gana entdecken«, stellte Vizekapitän Mayad fest. »Die Methode, Sonnen mit Planeten zu orten, wird unser großes Geheimnis bleiben. Also müssen wir auch keine Vergeltung fürchten für ...« Er brach ab, nach einer kurzen Pause fuhr er fort: »Was rede ich denn da? Wir haben ihnen gar nichts getan. Für das Unheil, das diese Rasse befallen hat, sind wir nicht verantwortlich.«

Doch Enash wußte, woran Mayad gedacht hatte. In Augenblikken wie diesem traten die Schuldgefühle an die Oberfläche. Es erschienen die Geister all jener Rassen, die die Ganae vernichtet hatten. Denn wann immer sie auf einem fremden Planeten landeten, vernichteten sie zuerst alles intelligente Leben, das sie dort vorfanden. Ein dunkler Abgrund von Haß und namenlosem Schrecken lag hinter ihnen, eine endlose Reihe von Tagen, an denen sie tödliche Strahlen auf die ahnungslosen Bewohner irgendeiner friedfertigen Welt gerichtet hatten. Diese Erlebnisse hatten in Mayads Worten mitgeschwungen.

»Ich kann mir einfach nicht vorstellen, daß er entkommen ist«, erklärte Kapitän Gorsid. »Er ist noch hier im Raum und wartet darauf, daß wir die Energieschirme abschalten und ihm so die Flucht ermöglichen. Nun, da kann er lange warten!«

Wieder entstand langes Schweigen, während die Ganae in die Leere der Energieummantelung starrten. Der Rekonstruktor ruhte dort blinkend auf einem Metallgestänge. Mehr war nicht zu sehen. Kein unnatürliches Leuchten oder gar ein Schatten. Die gelben Sonnenstrahlen erfüllten den Raum mit ihrem klaren Schein, in dem sich nichts verbergen konnte.

»Wachen!« befahl Kapitän Gorsid. »Zerstört den Rekonstruktor! Ich hatte gehofft, daß er hierher zurückkehren würde, um den Apparat zu untersuchen, aber das Risiko sollten wir besser nicht eingehen.«

Die Maschine entflammte in lodernder Weißglut. Enash hatte insgeheim gehofft, die tödliche Energie würde das zweibeinige Ding zwingen, sich zu zeigen, doch seine Hoffnung wurde enttäuscht.

»Wo kann er nur sein?« murmelte Yoal.

Enash wandte sich seinem Nachbarn zu, um diese Frage zu erörtern. Da sah er plötzlich, daß das Monster gar nicht weit von ihnen unter einer Baumgruppe stand und sie beobachtete. Es mußte gerade in diesem Augenblick dort erschienen sein, denn es war ein allgemeiner, unterdrückter Aufschrei der Ganae zu hören. Alle zogen sich sofort zurück. Mit beachtlicher Geistesgegenwart fuhr einer der Techniker einen Schirm zwischen den Ratsherren und dem Ungeheuer auf. Die Kreatur kam langsam näher. Sie war schlank und ging hochaufgerichtet. Ihre Augen leuchteten wie von einem inneren Feuer.

Als der Mann den Schirm erreicht hatte, blieb er stehen, streckte den Arm aus und legte eine Hand auf den Energieschirm. Die unsichtbare Wand flackerte plötzlich auf und nahm verschiedene, schnell wechselnde Farben an. Auf dem Schirm erschien so etwas wie der farbige, leuchtende Schatten des fremden Wesens. Dann verblaßten die Farben, der Schatten wurde unsichtbar. Das Ungeheuer war durch den Schirm gestiegen.

Es lachte – ein seltsames Geräusch. Dann wurde es ernst. »Als ich erwachte, habe ich mich gleich gefragt, was ich mit euch anstellen sollte«, sagte der Mann. »Es war eine seltsame Situation.«

Die Worte, gesprochen in der frühen Morgenstunde auf einer Welt der Toten, hatten für Enashs Ohren einen schicksalhaften Klang. Es dauerte eine Weile, bis eine Stimme das lähmende Schweigen brach. Die Stimme war so verzerrt und unnatürlich, daß Enash sie nicht sogleich erkannte. Sie gehörte Kapitän Gorsid:

»Tötet ihn!«

Als die Strahlenpistolen wieder abgeschaltet wurden, stand das Ungeheuer immer noch an seinem Platz. Es kam langsam näher, bis es nur noch zwei Meter vom nächsten Ganae entfernt war. Enash war durch seine Gefährten von dem Fremden getrennt. Der Mann sagte langsam:

»Mir bieten sich zwei Vorgehensweisen an. Die eine fußt auf der Dankbarkeit für meine Wiederbelebung, die andere auf der Wirklichkeit. Ich weiß, wer ihr seid. Ja, ich *kenne* euch, und das macht es mir schwer, Gnade walten zu lassen. Nun gut, wollen wir es so probieren: Verratet mir eure Methode der Planetenortung. Wenn wir eure Lokalisatoren besessen hätten, wären wir niemals in jene verzweifelte Lage geraten.«

Enash war äußerst erregt. Das schreckliche Geschehen, die Folgen, die es haben konnte, hatten ihn zutiefst aufgewühlt. Eigentlich konnte er an nichts anderes denken, und doch kam ihm eine Frage in den Sinn, die er dem Fremden unbedingt stellen mußte:

»Was ist euch zugestoßen?«

Der Mann wurde bleich. Es fiel ihm schwer, über jene ferne Zeit zu sprechen. »Ein kosmischer Sturm. Eine Wolke aus dem Raum, die den Rand unserer Galaxis streifte. Sie hatte einen Durchmesser von neunzig Lichtjahren . . . Was hätten wir dagegen unternehmen sollen? An ein Entkommen war nicht zu denken. Vor langer Zeit hatten wir die Raumfahrt aufgegeben, und um Schiffe zu bauen, war es bereits zu spät. Außerdem hatten wir nur einen einzigen Stern entdeckt, der Planeten besaß: Castor. Aber dieser lag ebenfalls in der Bahn des Sturms.« Er brach ab. »Die Methode?« fragte er nach einer Pause.

Auf den Mienen der Ganae in Enashs Nähe war Erleichterung zu lesen. Die Furcht vor der Vernichtung ihrer Rasse war von ihnen genommen. Voll Stolz stellte Enash fest, daß die Angst um das eigene Leben für seine Gefährten weniger schrecklich war.

»Ach«, erwiderte Yoal selbstbewußt, »ihr kennt das Geheimnis nicht? Trotz eurer überragenden Leistungen ist unsere Rasse die einzige, die über die Galaxis herrschen kann.« Er wandte sich lächelnd an die versammelten Ganae. »Meine Herren, wir sind mit Recht stolz auf die große Errungenschaft der Ganae. Ich würde vorschlagen, daß wir aufs Schiff zurückkehren. Unsere Geschäfte auf diesem Planeten sind abgeschlossen.«

Es entstand allgemeine Verwirrung, während die Ganae ihre Energieblasen aktivierten. Enash fragte sich, ob das zweibeinige Wesen etwas unternehmen würde, um ihren Aufbruch zu verhindern. Aber als er das Monster ins Auge faßte, stellte er fest, daß es in gemächlichem Tempo eine Straße entlangging.

Wenn Enash sich später an das Ungeheuer erinnerte, hatte er immer dieses Bild vor Augen, dieses Bild und die Tatsache, daß keine der drei Atombomben, die sie auf die Stadt warfen, detonierte.

»So leicht werden wir den Planeten nicht aufgeben«, verkündete Kapitän Gorsid. »Ich schlage vor, daß wir noch einmal mit der Kreatur sprechen.«

Sie schwebten zur Stadt hinab, Enash, Yoal, Veed und der Kapitän. Gorsids Stimme drang an ihre Ohren:

»... meiner Meinung nach« – durch die halbtransparente Energieblase konnte Enash undeutlich die Formen der anderen drei Kapseln erkennen – »haben wir vorschnelle Schlüsse über diesen Zweibeiner gezogen. Mutmaßungen, die nicht durch Tatsachen untermauert sind. Zum Beispiel: Als die Kreatur erwachte, ist sie verschwunden! Warum? Weil sie Angst hatte, natürlich. Das Ungeheuer wollte zunächst einmal die Lage ermitteln. Es hat sich *selbst* nicht für allmächtig gehalten.«

Das klang durchaus logisch. Enash spürte, wie er neuen Mut schöpfte. Nun erstaunte es ihn fast, daß er so leicht in Panik geraten war. Er begann, die Gefahr in einem neuen Licht zu sehen. Ein einzelnes Wesen auf einem ganzen Planeten! Wenn man entschlossen zu Werke ging, konnten durchaus Kolonien angesiedelt werden, so als ob es den Mann gar nicht gäbe. Es hatte schon früher solche Fälle gegeben, darauf besann Enash sich jetzt. Auf mehreren Planeten hatte ein kleiner Teil der Ureinwohner die Vernichtungsstrahlen überlebt und sich in entlegene Gebiete zurückgezogen. Diese Kreaturen wurden dann meist nach und nach von den Kolonisten zur Strecke gebracht. Es gab sogar zwei Fälle, wo die eingeborenen Rassen immer noch einen Teil ihrer Welt bevölkerten. Es hatte sich erwiesen, daß es ungeheuer schwierig war, sie zu vernichten, ohne die Ganae-Siedler zu gefährden. Also verschonte man die letzten Überlebenden. Ein einzelnes Wesen würde nicht viel Platz beanspruchen.

Als sie das Ungeheuer entdeckten, war es gerade dabei, die unteren Räume eines kleinen Wohnhauses auszufegen. Es lehnte den Besen an die Wand und trat hinaus auf die Terrasse. Seine Füße steckten in Sandalen, und am Körper trug es ein weites Gewand aus einem schimmernden Stoff. Es musterte die Ganae mit einem gelangweilten Gesichtsausdruck und wartete schweigend ab.

Kapitän Gorsid eröffnete das Gespräch. Enash lauschte den Ausführungen, die der Schiffskommandant in den Übersetzer sprach, mit Bewunderung. Der Kapitän war sehr aufrichtig; auf diese Strategie hatten sich die Ganae geeinigt. Er erklärte, man könne von den Ganae nicht erwarten, daß sie die Toten auf dem Planeten wiederbelebten. Ein solcher Altruismus wäre völlig unnatürlich in Anbetracht der Tatsache, daß die ständig anwachsenden Ganae-Horden dauernd neuen Lebensraum benötigten. Das Problem dieses Wachstums ließe sich nur durch das Erschließen neuer Welten lösen. Die Kolonisten würden jedoch die Rechte des einzigen Überlebenden dieser Welt durchaus respektieren.

An diesem Punkt wurde der Kapitän von dem Zweibeiner unterbrochen: »Aber was ist der Sinn dieser endlosen Expansion?« Die Frage schien ihn zu interessieren. »Was wird geschehen, wenn Ihre Rasse einmal jeden Planeten in der Galaxis in Besitz genommen hat?«

Kapitän Gorsid warf Yoal einen ratlosen Blick zu, danach schaute er Veed und Enash an. Enash zuckte ablehnend mit dem Oberkörper; die Kreatur tat ihm leid. Der Mann würde es niemals verstehen. Hier ging es um zwei alte, gegensätzliche Gesichtspunkte: Die Lebenskraft stand gegen die Dekadenz. Die eine Rasse dehnte sich über alle Sterne aus, die andere verfiel und ging dem Ende entgegen.

»Warum kontrolliert ihr die Brutkammern nicht?« schlug der Mann vor.

»Da könnten wir ebensogut die Regierung stürzen«, konterte Yoal.

Der Ganae hatte ohne Heftigkeit gesprochen, und Enash beobachtete, wie seine Gefährten über die Naivität des Zweibeiners nachsichtig lächelten. Er spürte, daß sich die intellektuelle Kluft zwischen ihnen erweitert hatte. Die Kreatur hatte keine Vorstellung von den natürlichen Lebenskräften und ihrer Entfaltung.

»Wenn ihr sie nicht kontrollieren wollt, könnten wir es für euch tun«, sagte der Mann.

Tiefes Schweigen trat ein.

Die Ganae strafften sich. Enash spürte es in sich selbst und konnte es auch an den anderen beobachten. Sein Blick huschte von einem Gesicht zum anderen und blieb an der Gestalt in der Terrassentür hängen. Nicht zum ersten Mal kam Enash der Gedanke, daß der Feind völlig hilflos erschien. *Warum,* so fragte er sich, *packe ich ihn nicht einfach mit den Saugrüsseln und erdrücke ihn?*

Der Feind konnte Atom- und Gravitationsenergien durch Gedankenkraft steuern, aber war er auch gegen einen herkömmlichen makrokosmischen Angriff geschützt? Wahrscheinlich war er das, sagte sich Enash. Die Macht, die der Fremde vor ein paar Stunden zur Schau gestellt hatte, mochte ihre Grenzen haben. Wo aber diese Beschränkungen lagen, hatten die Ganae nicht feststellen können. Schwäche und Stärke konnten manchmal dasselbe sein. Wie dem auch sein mochte, die schrecklichste aller Drohungen war ausgesprochen: »Wenn ihr nicht kontrolliert . . . werden wir es tun.«

Die Worte hallten in Enashs Kopf. Ihre Bedeutung wurde ihm erst allmählich klar, und in gleichem Maße schwand seine Zuversicht. Er hatte sich immer in der Rolle eines Zuschauers gesehen. Auch als er sich in der Versammlung gegen die Wiederbelebung ausgesprochen hatte, war er sich bewußt gewesen, daß ein Teil von ihm die Szene gleichsam losgelöst wie aus der Ferne beobachtete. Enash sah nun ein, daß es dieser Wesenszug war, der ihn den anderen so leicht hatte nachgeben lassen. Wenn er seine gesamte Vergangenheit an sich vorüberziehen ließ, so war es eigentlich immer so gewesen: Er hatte sich nie wirklich als Teilnehmer an der Eroberung einer fremden Welt betrachtet. Er hatte nur zugesehen, über das Geschehen nachgedacht und Spekulationen über das Leben der zukünftigen Siedler angestellt, ein Leben, das für ihn keine Bedeutung hatte. Nun hatte sich Enashs Einstellung mit einem Schlage geändert. Eine unwiderstehliche Woge von Emotionen riß ihn mit sich fort. Er spürte, wie er versank und mit dem Massenwesen Ganae verschmolz. Kraft und Willensstärke seiner ganzen Rasse strömten jetzt durch Enashs Adern.

»Kreatur, höre mir zu!« knurrte er. »Wenn du irgendeine Hoffnung gehegt hast, deine Rasse könnte wiederbelebt werden, so lasse sie fahren!«

Der Mensch sah ihn an und schwieg. Enash fuhr fort: »Wenn du uns vernichten könntest, so hättest du es längst getan. Aber auch du hast deine Grenzen! Unser Schiff ist so konstruiert, daß es in seinem Innern niemals zu einer Kettenreaktion kommen kann. Für jede Platte aus unstabilem Material gibt es ein Gegenstück, so kann es an Bord niemals zur Entwicklung einer kritischen Masse kommen. Du könntest möglicherweise in unserem Schiffsantrieb Explosionen auslösen, aber diese wären eng begrenzt. Eigentlich würde nur das geschehen, was im Antrieb sowieso während jeder Fahrt geschieht . . .«

Enash merkte plötzlich, daß Yoal seinen Arm ergriffen hatte. »Achtung!« warnte der Historiker. »Sie dürfen in Ihrem gerechten Zorn keine Informationen preisgeben!«

Enash schüttelte den Saugnapf ab. »Wir dürfen uns nichts vormachen«, versetzte er. »Dies Ding hat uns bereits die meisten Rassegeheimnisse entrissen, indem es nur unsere Körper genau betrachtet hat. Wir würden einfältig handeln, wenn wir annähmen, daß es die Möglichkeiten der Situation nicht längst voll erkannt hat.«

»Enash!« Die Stimme des Kapitäns klang herrisch.

Enashs Zorn legte sich ebenso rasch, wie er gekommen war. Er trat zurück. »Ja, Herr Kapitän?«

»Ich denke, ich weiß, was Sie sagen wollten«, erklärte Kapitän Gorsid. »Ich kann Ihnen versichern, daß ich der gleichen Ansicht bin, doch ich bin der ranghöchste Ganae hier. Darum ist es an mir, das Ultimatum zu übergeben.«

Er wandte sich dem Menschen zu; sein Schuppenkörper ragte weit über dem Fremden auf. »Sie haben eine unverzeihliche Drohung ausgesprochen. Auf eindeutige Weise haben Sie uns zu verstehen gegeben, daß Sie den überschäumenden Geist der Ganae an seiner Ausbreitung hindern wollen.«

»Nicht den Geist«, erwiderte der Mann und lachte kaum hörbar. »Nein, nicht den Geist.«

Der Kapitän nahm die Unterbrechung nicht zur Kenntnis. »Deshalb bleibt uns keine andere Wahl. Wir gehen davon aus, daß es Ihnen, wenn man Ihnen genügend Zeit läßt, gelingen würde, die Materialien und Werkzeuge zum Bau eines Rekonstruktors zu beschaffen. Nach unserer Ansicht würden Sie zur Herstellung eines solchen Apparates mindestens zwei Jahre benötigen, *selbst wenn Sie den Bauplan kennen.* Es handelt sich nämlich um eine äußerst komplizierte Maschine, die der einzige Überlebende einer Rasse, die freiwillig auf Technik verzichtet hat, nicht ohne weiteres zusammenbauen kann.

Sie hatten nicht genügend Zeit, um Raumschiffe zu bauen. Wir werden Ihnen nicht genug Zeit lassen, einen Rekonstruktor nachzubauen.

In ein paar Minuten wird unser Schiff mit dem Abwurf von Atombomben beginnen. Möglicherweise können Sie Explosionen in Ihrer unmittelbaren Nachbarschaft verhindern. Darum werden wir mit der Bombardierung auf der anderen Seite des Planeten anfangen. Wenn Sie uns tatsächlich dabei behindern, werden wir davon ausgehen, daß wir Hilfe benötigen. Bei maximaler Reisegeschwindigkeit können wir in sechs Monaten einen Punkt erreichen, von dem aus wir uns mit dem nächstgelegenen Ganae-Planeten in Verbindung setzen können. Dann wird eine Flotte hierher entsandt, eine Streitmacht, die so riesig ist, daß all Ihr Widerstand vergeblich sein wird. In jeder Minute werden wir hundert oder gar tausend Bomben abwerfen. Von all den Skeletten in den Städten wird nicht ein Staubkorn mehr übrigbleiben.

Das ist unser Plan. So wird es geschehen. Nun machen Sie mit uns, was Sie wollen; wir sind in Ihrer Hand.«

Der Mann schüttelte den Kopf. »Ich werde nichts gegen Sie unternehmen – jetzt nicht.« Er machte eine Pause und fuhr dann langsam fort, wobei er jedes Wort nachdrücklich betonte: »Sie haben recht vernünftig argumentiert, schlüssig, aber mit einer Einschränkung. Ich bin nicht allmächtig, doch es scheint mir, daß Sie einen winzigen Punkt übersehen haben. Ich werde Ihnen nicht sagen, was ich damit meine. Und nun«, er hob die Hand, »wünsche ich Ihnen einen guten Tag. Gehen Sie auf Ihr Schiff zurück und machen Sie sich auf den Weg. Ich habe viel zu tun.«

Enash hatte dem Fremden schweigend zugehört, nach und nach hatte sich eine übermächtige Wut in ihm aufgebaut. Mit einem Zischlaut sprang er vor, die Sauggreifer weit von sich gestreckt. Die glatte Haut des Fremdlings war unmittelbar vor ihm, als etwas an ihm riß. Er lag im Raumschiff.

Enash konnte sich an keine Bewegung erinnern, auch nicht an einen Schmerz oder Bewußtlosigkeit. Veed, Yoal und Kapitän Gorsid standen in seiner Nähe. Sie waren ebenso verblüfft wie er selbst. Enash blieb ruhig liegen. Er mußte wieder und wieder an einen Satz des Menschen denken: *Sie haben einen winzigen Punkt übersehen.* Übersehen? Das bedeutete, sie hätten es bemerken können. Was mochte es sein? Enash dachte immer noch über diese Frage nach, als Yoals Stimme an seine Ohren drang:

»Ich fürchte, wir müssen damit rechnen, daß unsere Bomben allein nichts ausrichten werden.«

Keine Bombe zündete.

Vierzig Lichtjahre von der Erde entfernt trat der Rat zusammen, und Enash wurde hinzugerufen. Yoal begrüßte ihn mit düsterer Miene.

»Das Ungeheuer ist an Bord.«

Diese Mitteilung traf Enash wie ein Donnerschlag. Fast im gleichen Augenblick hatte er eine Erkenntnis. »Ich weiß jetzt, was er damit meinte: wir hätten etwas übersehen! Daß er durch reine Geisteskraft den Weltraum bereisen kann . . . Bis zu einer gewissen Grenze . . . er hat sogar einmal eine Zahl genannt. Ich glaube, es waren neunzig Lichtjahre.« Er seufzte. Es überraschte ihn nicht, daß die Ganae, die auf Schiffe angewiesen waren, nicht sofort an diese Möglichkeit gedacht hatten. Langsam begann Enash, sich aus der Wirklichkeit zurückzuziehen. Nun, nachdem ihn der Schock getroffen hatte, fühlte er sich wieder alt und erschöpft. Ein Teil seines Verstandes war seltsam entrückt und desinteressiert an der Gegenwart. Ein paar Minuten später kannte Enash die ganze Geschichte: Ein Hilfssanitäter hatte auf dem Weg zu einem Lagerraum einen Menschen in einem der unteren Korridore erspäht. Das Schiff verfügte über eine vielköpfige Besatzung, und so war es fast ein Wunder, daß man den Eindringling nicht schon früher bemerkt hatte. Enash kam ein Gedanke:

»Aber wir steuern keinen unserer Heimatplaneten an . . . Falls er sich an Bord geschlichen hat, um unsere Heimatwelten zu orten, wir jedoch nur unsere Video . . .« Er brach ab. Das war es, natürlich! Früher oder später mußten sie ihre Video-Peilstrahlen einsetzen. Dann konnte der Mann im gleichen Augenblick, wo die Verbindung zustande kam, das Heimatsystem lokalisieren und dorthin springen.

Enash konnte die Entscheidung in den Gesichtern seiner Gefährten lesen. Unter den gegebenen Umständen war nur eine einzige Entscheidung denkbar. Und doch ließ Enash die Furcht nicht los, daß sie etwas Wichtiges übersehen haben könnten. Er ging langsam zu der gewaltigen Bildscheibe an der Stirnwand der Kabine. Dort war ein Bild zu sehen, so scharf, so lebendig, so majestätisch, daß ein unvorbereiteter Betrachter bei seinem Anblick zutiefst erschrocken wäre. Selbst Enash, der das Bild kannte, spürte im Angesicht der unendlichen Leere eine tiefe Beklemmung. Die Videotafel zeigte einen Abschnitt der Milchstraße. Vierhundert *Millionen* Sterne, gesehen durch Teleskope, die mit Leichtigkeit das Licht eines roten Zwergs in dreißigtausend Lichtjahren Entfernung aufnehmen konnten.

Die Videoscheibe hatte einen Durchmesser von zwanzig Metern. Sie zeigte ein Bild, das es sonst nirgends zu sehen gab. Andere Galaxien besaßen einfach keine solche Unmenge von Sternen. Eine von hunderttausend leuchtenden Sonnen verfügte über Planeten.

Das war die ungeheure Tatsache, die die Besatzung jetzt zu einer unwiderruflichen Handlung verurteilte. Erschöpft sah sich Enash um.

»Das Ungeheuer ist sehr geschickt«, sagte er leise. »Wenn wir weiterreisen, bleibt es bei uns, verschafft sich einen Rekonstruktor und kehrt auf seine Weise zu seinem Heimatplaneten zurück. Wenn wir den Richtstrahl benutzen, dann huscht es an ihm entlang, nimmt von einer unserer Welten einen Rekonstruktor mit sich fort und erreicht auch dann seinen Planeten lange vor uns. So oder so kann er genügend Mitglieder seiner Rasse wiederbeleben, bis unsere Flotte auf dem Planeten eintrifft. Mehrere dieser Wesen könnten uns eine schreckliche Schlacht liefern.«

Enash schüttelte den Oberkörper. Seine Überlegungen waren schlüssig, dennoch erschienen sie ihm unvollständig. Er sagte nachdenklich: »Wir besitzen jetzt einen Vorteil. Welche Entscheidung wir auch treffen werden, diesmal gibt es keinen automatischen Übersetzer, und der Fremde kann unsere Pläne nicht erfahren. Er weiß allerdings, daß weder er noch wir selbst das Schiff zur Explosion bringen können. Uns bleibt nur ein Weg.«

Danach trat tiefes Schweigen ein, das erst von Kapitän Gorsid unterbrochen wurde: »Nun, meine Herren, ich sehe, Sie wissen, was zu tun ist. Wir werden die Maschinen auf volle Kraft schalten, das Ruder festlegen und danach den Kontrollraum zerstören. Wir werden ihn mit uns nehmen.«

Sie maßen einander mit ihren Blicken; Rassestolz funkelte in ihren Augen. Enash berührte einen jeden ein letztes Mal mit dem Sauggreifer.

Eine Stunde später – die Hitze war inzwischen beträchtlich angestiegen – kam Enash plötzlich der Gedanke, der ihn zum Kommunikator hasten ließ, um sich mit Shuri, dem Astronomen, in Verbindung zu setzen. »Shuri!« rief er. »Als das Ungeheuer erwachte – erinnerst du dich –, da hatte Kapitän Gorsid Schwierigkeiten mit deinen Untergebenen. Sie sollten die Lokalisatoren zerstören, aber sie gehorchten nicht sofort. Wir haben nie daran gedacht, sie zu fragen, wie es zu der Verzögerung kam. Frag sie ... frag sie jetzt!«

Nach einer unerträglich langen Wartezeit drang Shuris Stimme schwach durch das anschwellende Rauschen im gestörten Sprechgerät. »Sie ... konnten ... den ... Raum ... nicht ... betreten. Die Tür ... war ... verschlossen.«

Enash sank zu Boden. Sie hatten mehr als einen Punkt übersehen, das erkannte er jetzt. Der Mensch war aufgewacht und hatte sofort die Situation erkannt. Dann, als er verschwand, war er direkt ins Schiff eingedrungen und hatte dort das Geheimnis des Lokalisators und möglicherweise auch des Rekonstruktors entschlüsselt – falls er den Wiederbelebungsapparat nicht schon beim Erwachen analysiert hatte. Als er wieder auf der Erde auftauchte, hatte er von den Ganae schon alles bekommen, was er wollte. Den Rest seiner Aktionen hatte er nur durchgeführt, um sie zu dieser Verzweiflungstat zu treiben.

In ein paar Augenblicken, vielleicht in diesem Moment, würde *er* das Schiff verlassen, mit der sicheren Gewißheit, daß in nächster Zeit keine fremde Rasse von der Existenz seines Planeten erfahren würde. Und mit dem Wissen, daß die eigene Rasse wieder leben und niemals mehr sterben würde.

Enash zog sich schwerfällig hoch, klammerte sich an den dröhnenden Kommunikator und brüllte seine eben gewonnenen Erkenntnisse hinein. Er bekam keine Antwort. Aus dem Sprechgerät drangen nur die von der nahen, gigantischen Energiequelle verursachten Störungen. Enashs Schuppenhaut begann, sich unter der Hitzeeinwirkung zu pellen; er schleppte sich zum Materie-Transmitter. Aus dem Gerät schlug eine purpurne Stichflamme. Da rannte Enash heulend und brüllend zum Sprechgerät zurück.

Auch ein paar Minuten später noch schluchzte und wimmerte er in den Kommunikator, während das Schiff in das Herz einer weißblauen Sonne stürzte.

Lieber Brieffreund

Planet Aurigae II

Lieber Brieffreund,
als ich Deinen Brief vom interstellaren Korrespondenzklub erhielt, war mein erster Impuls, ihn zu ignorieren. Jemand wie ich, der die letzten siebzig planetarischen Perioden – Du bezeichnest das als Jahre, glaube ich – in einem aurigaeanischen Gefängnis verbracht hat, ist wahrscheinlich kein sehr unterhaltsamer Briefpartner. Aber da mein Leben sehr langweilig ist, habe ich mich schließlich doch darangemacht, Dir zu schreiben.

Deine Beschreibung der Erde hört sich aufregend an. Ich würde dort gern für eine Weile leben und hätte auch eine Anregung für unsere Beziehung, aber ich werde erst wieder darauf zurückkommen, wenn ich die Sache weiterentwickelt habe.

Dir ist sicher schon das Material aufgefallen, auf dem dieser Brief geschrieben ist. Es handelt sich um ein hochempfindliches Metall, sehr dünn und flexibel. Für Dich habe ich auch ein paar Blätter beigelegt. Wenn man einen Wolframstift in eine starke Säure taucht, kann man prima darauf schreiben. Es liegt mir sehr am Herzen, daß Du es benutzt, denn meine Finger sind – im wahrsten Sinne des Wortes – zu heiß, um Papier anzufassen, ohne es zu beschädigen.

Für den Augenblick will ich nicht mehr sagen. Es ist immerhin möglich, daß Du nicht mit einem abgeurteilten Verbrecher korrespondieren möchtest. Deshalb überlasse ich Dir den nächsten Schritt. Dank für Deinen Brief. Er hat einen Augenblick der Freude in mein düsteres Leben gebracht, auch wenn Du seine Bestimmung nicht vorher kanntest.

Skander

Aurigae II

Lieber Brieffreund,
Deine prompte Antwort auf meinen Brief hat mich glücklich gemacht. Es tut mir leid, daß Dein Doktor meint, er hätte Dich zu sehr aufgeregt, und es tut mir ebenfalls leid, daß die Beschrei-

bung meiner düsteren Lage Dich traurig gemacht hat. Aber es freut mich, daß Du so viele Fragen stellst, und ich werde versuchen, sie alle zu beantworten.

Du sagst, der internationale Korrespondenzklub hätte keine Belege darüber, daß er Briefe nach Aurigae geschickt habe. Weiterhin hätte man Dir mitgeteilt, daß die Temperaturen auf dem zweiten Planeten der aurigaeanischen Sonne weit über 250° lägen, und daß von Leben auf diesem Planeten nichts bekannt sei. Dein Klub hat recht, was die Briefe und die Temperaturen betrifft. Du würdest unser Klima sicher als sehr heiß bezeichnen. Aber wir sind keine Lebensform, die aus Kohlenwasserstoff besteht, und finden 250° äußerst angenehm.

Ich möchte mich entschuldigen, weil ich Dich über die Art und Weise, wie ich zu Deinem ersten Brief gelangt bin, beschwindelt habe. Aber ich wollte Dich nicht beunruhigen, indem ich Dir zu viel auf einmal erzähle. Schließlich konnte ich nicht davon ausgehen, daß Du begeistert sein würdest, von mir zu hören.

Um die Wahrheit zu sagen, ich bin Wissenschaftler und weiß seit einigen Jahrhunderten, wie die anderen Mitglieder meiner Rasse auch, daß es noch andere bewohnte Systeme in der Galaxis gibt. Seit ich die Genehmigung habe, in meinen Freistunden zu experimentieren, vertreibe ich mir die Zeit mit Kommunikationsversuchen. Ich habe einige einfache Systeme entwickelt, mit denen ich mich in den galaktischen Informationsaustausch einschalten kann. Aber erst mit Hilfe der von mir erfundenen Subraumwellenregulierung ist es mir gelungen, Deinen Brief (zusammen mit ein paar anderen, die ich aber nicht beantwortet habe) in meine Kühlkammer zu ziehen.

Ich benutze die Kühlkammer sowohl als Empfangs- als auch als Abfertigungsraum. Weil Du so freundlich warst, das Schreibmaterial zu benutzen, das ich Dir geschickt habe, konnte ich Deinen Brief leicht aus dem Postberg herausfinden, der sich rund um das nächste Hauptquartier des interstellaren Korrespondenzklubs ansammelt.

Wie ich Deine Sprache gelernt habe, willst Du wissen? Nun, sie ist ziemlich leicht, besonders die Schriftsprache. Sie hat mir keine Schwierigkeiten bereitet. Wenn Du nach allem weiter interessiert bist, mir zu schreiben, so würde ich mich glücklich schätzen, die Korrespondenz fortzusetzen.

Skander

Lieber Brieffreund,

Deine Begeisterung ist erfrischend. Du sagst, daß ich Deine Frage nicht beantwortet hätte, wie ich es mir vorstellte, die Erde zu besuchen. Ich muß zugeben, daß ich auf diesen Punkt absichtlich nicht eingegangen bin, denn mein Experiment ist noch nicht weit genug fortgeschritten. Bitte gib mir noch ein wenig Zeit, dann werde ich in der Lage sein, Dir alle Einzelheiten zu erklären. Du hast schon recht mit Deiner Vermutung, daß ein Lebewesen, das an eine Temperatur von 250° gewöhnt ist, Schwierigkeiten mit den irdischen Bedingungen haben könnte. Aber es war niemals meine Absicht, frei auf der Erde herumzuspazieren. Also mach Dir keine unnötigen Gedanken. Wir wollen das Thema fallenlassen, bis es soweit ist.

Ich weiß die zartfühlende Art zu schätzen, mit der Du Dich nach den Hintergründen meiner Gefangenschaft erkundigst. Aber Deine Rücksicht ist überflüssig. Ich habe verbotene Experimente mit meinem Körper angestellt, und zwar auf eine Art, von der man behauptete, daß sie die öffentliche Gesundheit gefährdeten. Einmal habe ich zum Beispiel meine Körpertemperatur auf ungefähr 50° herabgesenkt und damit den radioaktiven Zyklus meiner Umgebung verkürzt. Das hatte zur Folge, daß in meiner Stadt der normale Energiefluß zwischen den einzelnen Personen in unerwarteter Weise unterbrochen wurde. Deshalb wurde ich verhaftet. Ich muß jetzt noch dreißig weitere Jahre absitzen. Es wäre schön, wenn ich meinen Körper verlassen und frei durch das Universum reisen könnte – aber wie gesagt, über dieses Thema werden wir später sprechen.

Ich möchte nicht behaupten, daß wir eine überlegene Rasse sind. Wir besitzen einige Eigenschaften, die Dein Volk offensichtlich nicht hat. Wir leben länger, aber nicht weil wir irgendwelche Entdeckungen gemacht haben, mit denen wir unsere Lebenszeit verlängern können, sondern weil unsere Körper aus einem dauerhafteren Element bestehen – ich weiß nicht, wie Ihr es bezeichnet, aber es hat das Atomgewicht von 52,9*. Die wissenschaftlichen Errungenschaften meines Volkes sind eigentlich normal für eine Rasse mit unserer psychischen Struktur. Die Tatsache, daß wir mit Temperaturen arbeiten können, die so hoch

* radioaktives Isotop von Chrom, Anmerkung des Autors.

sind wie – ich weiß nicht, wie ich es ausdrücken soll – war sehr hilfreich bei der Entwicklung von Subraumenergien, die ja extrem heiß sind und eine äußerst genaue Justierung erfordern. Später einmal werden diese Justierungen von Maschinen durchgeführt werden, aber in dem momentanen Entwicklungsstadium muß die Arbeit noch von »Hand« erledigt werden – ich habe das Wort in Anführungszeichen gesetzt, weil wir keine Hände in Eurem Sinne haben.

Ich lege eine fotografische Platte bei, die so behandelt worden ist, daß sie sich für Dein Klima eignet. Es würde mich freuen, wenn Du sie aufstellen und ein Foto von Dir machen würdest. Du brauchst nichts weiter zu tun, als sie gemäß den Gesetzen des Lichtes aufzubauen – mit anderen Worten, Ausfallswinkel gleich Einfallswinkel. Du mußt Dich nur genau vor die Platte stellen. Wenn Du das getan hast, *denke* »fertig!« Dann wird das Bild automatisch aufgenommen.

Würdest Du das wohl für mich tun? Wenn es Dich interessiert, kann ich Dir auch ein Foto von mir schicken. Aber ich muß Dich warnen. Mein Aussehen wird Dir vielleicht einen Schock versetzen.

Mit freundlichem Gruß
Skander

Aurigae II

Lieber Brieffreund,
nur eine kurze Nachricht, um Deine Frage zu beantworten. Es ist nicht nötig, daß Du die Platte in eine Kamera steckst. Du beschreibst das als einen dunklen Kasten. Ich versichere Dir, das Foto wird aufgenommen, wenn Du »fertig!« denkst. In diesem Moment fällt das Licht auf die Platte.

Skander

Aurigae II

Lieber Brieffreund,
Du schreibst, daß Du, während Du auf meinen letzten Brief gewartet hast, die fotografische Platte einem Doktor im Hospital gezeigt hast – ich kann mir zwar weder unter Doktor noch unter Hospital etwas vorstellen, aber lassen wir das – und daß er das

Problem Regierungswissenschaftlern unterbreitet hat. Problem? Das verstehe ich nicht. Ich dachte, wir hätten eine angenehme Korrespondenz, privat und persönlich.

Ich freue mich auf Dein Foto und bedanke mich im voraus.

Skander

Aurigae II

Lieber Brieffreund,
ich versichere Dir, ich bin nicht verärgert über Deine Handlungsweise. Sie hat mich nur etwas erstaunt, und es tut mir leid, daß man Dir die Platte nicht zurückgegeben hat. Mit Regierungen kenne ich mich aus, deshalb vermute ich, daß man sie Dir so bald nicht wieder aushändigen wird. Ich habe mir also die Freiheit genommen, Dir eine zweite Platte zu schicken.

Es ist mir unbegreiflich, warum man Dich davor gewarnt hat, die Korrespondenz mit mir weiterzuführen. Was glauben die denn, was ich Dir tun könnte? – Dich auffressen über diese große Entfernung? Es tut mir leid, aber Wasserstoff verträgt sich nicht mit meiner Diät.

Wie dem auch sei, ich hätte Dein Foto gern zur Erinnerung an unsere Freundschaft, und ich werde Dir meins schicken, sobald ich Deins erhalten habe. Du kannst damit machen, was Du willst, es behalten, zerreißen oder Deiner Regierung weitergeben – mir bleibt jedenfalls die Gewißheit, daß ich mich fair verhalten habe.

Mit den besten Grüßen

Skander

Aurigae II

Lieber Brieffreund,
Dein letzter Brief hat so lange auf sich warten lassen, daß ich schon befürchtete, Du hättest die Korrespondenz abgebrochen. Ich war etwas enttäuscht, daß Du Dein Foto nicht beigelegt hast, verwirrt über die Bemerkung, daß Du einen Rückfall erlitten hättest, und froh über Deine Ankündigung, daß Du es schicken würdest, sobald es Dir wieder besser ginge – was immer das heißen mag. Die Hauptsache aber ist, daß Du geschrieben hast; und ich akzeptiere auch die Philosophie Deines Klubs, der seine Mit-

glieder bittet, nicht über traurige Angelegenheiten zu schreiben. Wir haben alle unsere Probleme und denken immer, daß sie schlimmer seien als die der anderen. Ich zum Beispiel sitze hier im Gefängnis und bin dazu verdammt, die nächsten dreißig Jahre einsam zu verbringen, vom Strom des Lebens abgeschnitten. Nur daran zu denken ist hart, obwohl ich weiß, daß nach meiner Entlassung noch ein langes Leben auf mich wartet.

Trotz Deines freundlichen Briefes betrachte ich unsere Freundschaft erst dann als völlig wiederhergestellt, wenn Du mir Dein Foto geschickt hast.

In Erwartung
Skander

Aurigae II

Lieber Brieffreund,
das Foto ist angekommen. Wie Du richtig vermutest, bin ich von Deinem Erscheinungsbild überrascht. Von Deiner Beschreibung her hatte ich geglaubt, mir Deinen Körper in etwa vorstellen zu können. Aber das beweist nur wieder einmal, daß Worte nicht dazu in der Lage sind, jemandem ein Objekt zu beschreiben, das dieser noch nie zuvor gesehen hat.

Du wirst schon bemerkt haben, daß ich ein Foto von mir beigelegt habe, so wie ich es versprochen hatte. Ich möchte wetten, daß auch ich untersetzter, metallischer Bursche anders aussehe, als Du vermutet hast. Die verschiedenen Rassen, mit denen wir schon kommuniziert haben, ziehen sich von uns zurück, wenn sie feststellen, daß wir in hohem Maße radioaktiv sind. Wir sind im wahrsten Sinne des Wortes eine radioaktive Lebensform, (soweit wir wissen) die einzige im Universum. Dermaßen isoliert zu sein, ist schon quälend. Du wirst Dich erinnern, daß ich gelegentlich erwähnte, ich hätte Hoffnungen, nicht nur der scheußlichen Gefangenschaft zu entfliehen, die ich hier erdulden muß, sondern auch meinem Körper, der nicht entkommen kann.

Vielleicht interessiert es Dich zu hören, wie weit diese Idee inzwischen gediehen ist. Das zugrunde liegende Problem betrifft den Persönlichkeitsaustausch mit einer anderen Person. Es ist nicht wirklich ein Austausch in der allgemein verbreiteten Wortbedeutung. Es ist notwendig, einen Abdruck von beiden Individuen herzustellen, und zwar sowohl von ihrem Geist und ihren

Gedanken als auch von ihren Körpern. Dieser Teil ist ein rein mechanischer Vorgang; man braucht nur vollständige Fotografien herzustellen und sie auszutauschen. Mit vollständig meine ich, jede Schwingung muß natürlich festgehalten sein. Der nächste Schritt besteht darin, die beiden Fotos auszutauschen, so daß beide Individuen in ihrer Nähe ein Abbild des anderen haben. (Es ist schon zu spät, Brieffreund. Ich habe den Subraum-Energiefluß zwischen den beiden Platten schon in Bewegung gesetzt; Du kannst also ebensogut weiterlesen.) Wie ich schon sagte, handelt es sich nicht ganz genau um einen Persönlichkeitsaustausch. Die ursprüngliche Persönlichkeit jedes Individuums wird unterdrückt, buchstäblich aus dem Bewußtsein gedrängt, und durch die Bild-Persönlichkeit von der Fotoplatte ersetzt.

Du wirst eine vollständige Erinnerung an Dein Leben auf der Erde mitnehmen, und ich die Erinnerung an meine Zeit auf Aurigae. Gleichzeitig mit unserem Eintritt in den Empfängerkörper wird dessen Erinnerung unscharf und verschwommen. Aber ein Teil wird immer versuchen, nach oben zu drängen, das Bewußtsein wiederzuerlangen, nur hat er nicht die Kraft, es zu vollbringen.

Sobald ich der Erde überdrüssig bin, werde ich auf die gleiche Weise den Körper mit Angehörigen anderer Rassen tauschen. In dreißig Jahren werde ich meinen Körper zurückfordern, und Du kannst den Körper haben, den ich zuletzt bewohnt haben werde.

Eigentlich sollte dies Arrangement für uns beide sehr zufriedenstellend werden. Du, mit Deiner kurzen Lebenserwartung, wirst, wenn es vorüber ist, all Deine Zeitgenossen überlebt und eine interessante Erfahrung gemacht haben. Ich gebe zu, daß ich bei dem Austausch den besseren Teil erwische – aber nun genug der Erklärungen. Wenn Du an diese Zeile des Briefes gekommen bist, werde schon ich es sein, der sie liest. Falls noch ein Teil von Dir bei Bewußtsein ist, sage ich, machs gut, Brieffreund. Es war nett, all die Briefe von Dir zu bekommen. Ich werde Dir von Zeit zu Zeit schreiben, um Dich wissen zu lassen, wie die Sache bei mir so läuft.

Skander

Aurigae II

Lieber Brieffreund,
vielen Dank, daß Du die Angelegenheit vorangetrieben hast. Ich habe lange Zeit gezögert, es zuzulassen, daß Du Dich selbst so austrickst. Du mußt wissen, die Regierungswissenschaftler hatten die erste Fotoplatte, die Du mir geschickt hast, analysiert und herausgefunden, welcher Art sie war. Deshalb lag die endgültige Entscheidung bei mir. Ich beschloß, daß jemandem, der so eifrig darauf bedacht ist, einen anderen übers Ohr zu hauen, der Erfolg gegönnt werden sollte.

Inzwischen weiß ich, daß Du mir nicht leid zu tun brauchst. Dein Plan, die Erde zu erobern, hätte zu nichts geführt, aber die Tatsache, daß Du überhaupt einen solchen Gedanken hattest, läßt jedes Mitgefühl erlöschen.

Du wirst unterdessen festgestellt haben, daß ein Mensch, der seit seiner Geburt gelähmt ist und von Herzattacken heimgesucht wird, kein langes Leben zu erwarten hat. Ich freue mich, Dir mitteilen zu können, daß es Deinem früher so einsamen Brieffreund gutgeht, und ich bin froh, mit dem Namen zu unterzeichnen, an den ich mich sicher noch gewöhnen werde.

Mit freundlichen Grüßen
Skander

Das verzauberte Dorf

»Erkunder einer neuen Grenze«, so hatte man sie genannt, bevor sie zum Mars aufgebrochen waren.

Als das Schiff in der Marswüste zerschellte, waren alle getötet worden, alle bis auf - wunderbarerweise - einen einzigen Mann. Immer wieder spie Bill Jenner diese Worte in den unablässigen Sandwind. Er verachtete sich für den Stolz, den er empfunden hatte, als er sie zum ersten Mal hörte.

Seine Wut verrauchte mit jeder Meile, die er wanderte, und der brennende Kummer über den Tod seiner Freunde verwandelte sich nach und nach in einen dumpfen Schmerz. Langsam wurde ihm klar, daß ihm ein tödlicher Fehler unterlaufen war.

Er hatte die Geschwindigkeit des Raumschiffes unterschätzt. Als sie sich dem Mars näherten, hatten er und die anderen einen Polarozean entdeckt, den sie ansteuern wollten. Jenner hatte die Entfernung auf vierhundert Kilometer geschätzt; tatsächlich aber hatte das Schiff eine unendlich viel größere Strecke zurückgelegt, bevor es schließlich außer Kontrolle geriet.

Die Tage erstreckten sich hinter ihm, so gleichförmig und endlos wie der heiße, rote, fremdartige Sand, der seine Haut unter der zerrissenen Kleidung versengte. Wie eine große, lebende Vogelscheuche wanderte er durch die unendliche Wüste - er würde nicht aufgeben.

Als er das Gebirge erreichte, war seine Nahrung schon lange aufgebraucht. Von seinen vier Wasserflaschen war nur noch eine übrig, und sie enthielt so wenig Wasser, daß er sich nur hin und wieder die aufgesprungenen Lippen und die geschwollene Zunge benetzte, wenn der Durst unerträglich wurde.

Jenner mußte ziemlich hoch klettern, bevor ihm klar wurde, daß es diesmal keine Düne war, was ihm den Weg versperrte. Er hielt an, und als er an dem Berg emporblickte, duckte er sich unwillkürlich. Einen Moment lang traf ihn die Einsicht in die verzweifelte Sinnlosigkeit seiner Reise wie ein Schlag - doch er erreichte den Gipfel. Unter ihm erstreckte sich ein Tal, das von Hügeln umgeben war, die ungefähr die gleiche Größe hatten wie der Berg, auf dem er stand. Und in den Talkessel schmiegte sich ein Dorf.

Er erkannte Bäume und den Marmorboden eines Hofes. Eine Reihe Gebäude drängte sich dicht um eine freie Fläche, die der Dorfplatz zu sein schien. Die meisten waren niedrig, aber Jenner entdeckte vier Türme, die anmutig in den Himmel ragten. Ihr Marmorglanz erstrahlte im Sonnenlicht.

Ein schwaches Geräusch drang an das Ohr des Mannes, ein hoher, schriller Pfeifton. Das Pfeifen schwoll an, wurde leiser und verstummte völlig. Dann erhob es sich von neuem, klar und unangenehm. Jenner begann zu laufen, aber der gespenstische, unnatürliche Lärm ließ nicht nach.

Er glitt auf einem glatten Fels aus und verletzte sich, als er fiel. Dann rutschte er die halbe Strecke bis zum Dorf den Hügel hinab. Auch aus der Nähe gesehen wirkten die Gebäude neu und hell. Ihre schimmernden Mauern reflektierten das Licht. Überall wuchsen Pflanzen – rötlichgrüne Sträucher und gelblichgrüne Bäume, an denen zahllose rote und purpurfarbene Früchte hingen.

Gierig stürzte sich Jenner auf den nächstgelegenen Baum. Von nahem wirkte er trocken und spröde. Die große, rote Frucht jedoch, die Jenner vom untersten Ast pflückte, war weich und saftig.

Als er sie an den Mund führte, fiel ihm ein, daß man sie während der Ausbildungszeit davor gewarnt hatte, irgendwelche Nahrung auf dem Mars zu sich zu nehmen, die nicht chemisch analysiert worden war. Aber dieser Rat war wertlos für einen Mann, dessen einzige chemische Ausrüstung sein eigener Körper war.

Dennoch ließ die Möglichkeit einer Gefahr ihn vorsichtig handeln. Behutsam biß er ein kleines Stück aus der Frucht. Es schmeckte bitter, und er spuckte es hastig wieder aus. Der Saft, der in seinem Mund zurückgeblieben war, verätzte ihm die Schleimhäute. Sie brannten wie Feuer, und Jenner krümmte sich vor Schmerz und Übelkeit. Seine Muskeln begannen unkontrolliert zu zucken, und er mußte sich auf den Boden legen, um zu verhindern, daß er fiel. Es schien ihm Stunden zu dauern, bis das schreckliche Zittern seinen Körper verließ und er wieder klar sehen konnte. Angewidert starrte er den Baum an.

Schließlich ließ der Schmez nach, und Jenner entspannte sich langsam. Eine sanfte Brise ließ die trockenen Blätter rascheln. Die Bäume in der Nähe stimmten in das Flüstern ein; da erkannte der Mann mit einemmal, daß der Wind hier im Tal nur ein Hauch war, verglichen mit den Sandstürmen auf der Wüstenebene jenseits der Berge.

Außer dem Rauschen der Blätter war kein Laut zu hören. Jenner erinnerte sich plötzlich an den hohen, an- und abschwellenden Pfeifton, den er vorher wahrgenommen hatte. Er lag ganz still und lauschte, aber das Rascheln der Blätter im Winde war das einzige Geräusch. Das gräßliche Pfeifen hatte aufgehört. Er fragte sich, ob es wohl ein Alarmsignal gewesen war, mit dem die Dorfbewohner vor seiner Ankunft gewarnt werden sollten.

Ängstlich richtete er sich auf und tastete nach seiner Pistole. Ein Schrecken durchfuhr ihn; sie war nicht mehr da. Er war völlig verwirrt, doch dann fiel ihm allmählich wieder ein, daß er sie schon vor ungefähr einer Woche zum ersten Mal vermißt hatte. Unsicher blickte er sich um, entdeckte aber kein Anzeichen von Leben. Er straffte sich innerlich. Da es keinen anderen Ort gab, zu dem er sich wenden könnte, mußte er hier bleiben, und er würde, falls notwendig, bis zum Tode kämpfen, um in diesem Dorf bleiben zu können.

Jenner trank einen kleinen Schluck Wasser und befeuchtete Lippen und Zunge. Dann verschloß er die Flasche wieder sorgfältig und machte sich auf den Weg zum nächstgelegenen Gebäude. Eine Doppelreihe Bäume führte auf das Haus zu. Er machte einen großen Bogen, um es aus verschiedenen Blickwinkeln betrachten zu können. Auf einer Seite führte ein breiter Torweg ins Innere. Undeutlich erkannte er den schimmernden Glanz eines polierten Marmorbodens.

Eins nach dem anderen untersuchte Jenner die Gebäude des Dorfes, wobei er ständig einen respektvollen Abstand hielt. Es gab kein Anzeichen von Leben. Als Jenner das hintere Ende der Marmorplattform erreicht hatte, auf der das Dorf errichtet war, drehte er sich entschlossen um. Jetzt war der Zeitpunkt gekommen, das Innere der Häuser zu erforschen.

Er wählte einen der vier Türme. Als er bis auf ein paar Meter herangekommen war, bemerkte er, daß er sich tief bücken müßte, um ins Innere zu gelangen.

Jenner hielt einen Moment inne, als ihm die Bedeutung dieser Beobachtung klar wurde: Die Gebäude waren für Wesen gebaut worden, die sich sehr stark von Menschen unterschieden.

Er ging weiter, bückte sich und betrat zögernd das Bauwerk; jeder Muskel seines Körpers war gespannt.

Jenner befand sich in einem Raum ohne Möbel. Jedoch vor einer der Marmorwände erstreckten sich mehrere niedrige Marmorzäune. Sie bildeten zusammen eine Gruppe von vier niedrigen gatterartigen Kammern. Jedes Gatter hatte eine Rinne im Boden.

Der zweite Raum war mit vier geneigten Marmorflächen ausgestattet, die alle nach oben hin abgeschrägt waren, so daß sie eine Art Podium bildeten. Insgesamt befanden sich vier Zimmer im Erdgeschoß. Von einem führte eine geschwungene Rampe nach oben, offensichtlich in ein Turmzimmer.

Aber Jenner untersuchte das Obergeschoß nicht. Seine frühere Furcht, daß er auf fremdartige Lebensformen treffen könnte, begann der schrecklichen Überzeugung zu weichen, daß dies nicht geschehen würde. Denn kein Leben bedeutete: Keine Nahrung. In panischer Hast eilte er von Haus zu Haus, lugte in die stillen Zimmer und hielt nur hin und wieder an, um heiser zu rufen.

Schließlich gab es keinen Zweifel mehr. Er war allein in einem verlassenen Dorf auf einem unbewohnten Planeten, ohne Nahrung, ohne Wasser – mit Ausnahme des winzigen Restchens in seiner Feldflasche – und ohne Hoffnung.

Im vierten und kleinsten Raum in einem der Türme gab Jenner auf. Das Zimmer hatte nur ein einziges Gatter; in diesem ließ er sich erschöpft nieder. Augenblicklich schlief er ein.

Als Jenner erwachte, fielen ihm nacheinander zwei Veränderungen auf. Die erste nahm er wahr, noch bevor er die Augen öffnete – das Pfeifen war wieder da; hoch und schrill zitterte es an der Grenze der Hörbarkeit.

Die andere Veränderung bestand in einem feinen Flüssigkeitsnebel, der von der Decke auf ihn herabsprühte. Beim ersten Atemzug erkannte der Techniker Jenner den Geruch, und er kämpfte sich hastig aus dem Raum. Er hustete, die Augen tränten ihm, und sein Gesicht brannte von der chemischen Reaktion.

Er zog sein Taschentuch hervor und wischte sich eilig alle freiliegenden Hautflächen ab.

Als er die Straße erreicht hatte, blieb er stehen und versuchte, sich darüber klarzuwerden, was geschehen war.

Das Dorf schien unverändert.

Die Blätter zitterten im sanften Wind. Die Sonne stand über einem Berggipfel. Aus ihrer Lage schloß Jenner, daß es wieder

Morgen war; er hatte also mindestens zwölf Stunden geschlafen. Strahlend weißes Licht überflutete das Tal. Die hinter den Bäumen und Sträuchern halbverborgenen Gebäude funkelten und glänzten.

Der Ort schien eine Oase in der riesigen Wüste zu sein. Nun gut, dachte Jenner grimmig, eine Oase, aber nicht für menschliche Wesen. Für ihn war sie, mit ihren giftigen Früchten, eher eine quälende Fata Morgana.

Jenner ging zurück in das Gebäude und spähte vorsichtig in den Raum, wo er geschlafen hatte. Der Benzinnebel war verflogen. Es war kein Geruch zurückgeblieben, die Luft war frisch und rein.

Er schritt über die Schwelle, halb entschlossen, einen Test durchzuführen. Denn vor seinem inneren Auge begann sich ein Bild zu formen, die Vision einer marsianischen Kreatur, die auf dem Boden des Gatters lag, während ein linder Benzinregen auf sie herabrieselte. Die Tatsache, daß die Chemikalie für Menschen tödlich war, war nur ein weiteres Indiz dafür, wie grenzenlos fremdartig die Lebensformen waren, die sich auf dem Mars entwickelt hatten. Die Bedeutung des Benzinnebels war nur wenig zweifelhaft: Die fremdartige Kreatur war daran gewöhnt, ein morgendliches Duschbad zu nehmen.

Äußerst behutsam bewegte sich Jenner auf das Gatter in dem »Badezimmer« zu. Als seine Hüften sich auf gleicher Höhe mit dem Eingang befanden, sprühte die gebliche Flüssigkeit von der Decke herab auf seine Beine. Hastig zog Jenner den Fuß zurück. Das Sprühen hörte so unvermittelt auf, wie es begonnen hatte.

Er wiederholte den Versuch, um sicherzugehen, daß es sich um einen automatischen Vorgang handelte. Die Benzindusche schaltete sich ein, stoppte aber sofort, als er den Fuß zurückzog.

Jenners rissige Lippen öffneten sich vor Verwunderung. Er dachte: »Wenn dieser Vorgang automatisch gesteuert wird, könnte es auch noch andere Automatiken in der Stadt geben.«

Schwer atmend eilte er in den äußeren Raum; dort befanden sich zwei der gatterartigen Verschläge. Vorsichtig schob er den Fuß in einen. Kaum hatte er die Schwelle überschritten, als sich eine schleimartige Substanz in die Rinne an der Wand ergoß.

Angewidert und fasziniert starrte er auf den ölig wirkenden Schleim. Nahrung, dachte er, und Flüssigkeit. Der Gedanke an die giftige Frucht ließ ihn zögern, doch dann zwang er sich dazu, sich zu bücken und einen Finger in die heiße, feuchte Masse zu tauchen. Langsam führte er den tropfenden Finger zum Mund.

Die Substanz schmeckte fade und breiig, wie gekochte Zellulose, verursachte aber ein scheußliches Brennen im Hals. Das Wasser schoß Jenner in die Augen, und seine Lippen begannen konvulsisch zu zucken. Er spürte, daß ihm schlecht wurde, und rannte zur Tür, schaffte es aber nicht mehr rechtzeitig.

Als er schließlich nach draußen gelangte, fühlte er sich schwach und von einer grenzenlosen Gleichgültigkeit erfüllt. In diesem deprimierten Zustand wurde er sich wieder des schrillen Pfeiftones bewußt.

Es wunderte ihn, daß er das scheußliche Geräusch für ein paar Minuten hatte vergessen können. Seine Augen forschten nach der Quelle des Tones, aber es schien keine zu geben. Suchend wanderte er durch das Dorf, aber immer, wenn er sich einer Stelle näherte, wo ihm das Pfeifen am lautesten schien, wurde es schwächer und zog sich auf die andere Seite des Ortes zurück.

Jenner versuchte sich vorzustellen, welchen Nutzen eine außerirdische Kultur aus einem nervenzermürbenden Lärm ziehen könnte – aber natürlich, dachte er dann, vielleicht empfanden sie ihn gar nicht als unangenehm.

Er hielt an und schnippte mit den Fingern, denn plötzlich kam ihm eine gewagte, aber plausible Erklärung in den Sinn. War es vielleicht Musik?

Er spielte mit dem Gedanken, versuchte sich auszumalen, wie das Dorf vor undenklichen Zeiten einmal ausgesehen haben mochte. Vielleicht hatte hier ein musikliebendes Volk gewohnt, das es liebte, seine täglichen Arbeiten von süßen Melodien begleiten zu lassen.

Das gräßliche Pfeifen dauerte fort, wurde ständig leiser und lauter. Jenner versuchte, ihm zu entkommen, versteckte sich hinter Gebäuden, suchte Schutz in verschiedenen Räumen, wobei er hoffte, daß einer schalldicht sein möge. Aber vergebens – das Pfeifen folgte ihm überallhin.

Er zog sich in die Wüste zurück, aber erst, nachdem er einen Berghang halb erstiegen hatte, war der Lärm leise genug, um ihn nicht mehr zu stören. Schließlich ließ er sich erschöpft, aber unendlich erleichtert in den Sand fallen und dachte nur: Was nun?

Die Szenerie, die sich vor ihm ausbreitete, war sowohl himmlisch als auch teuflisch. Alles war ihm inzwischen so vertraut –

der rote Sand, die Berge und das fremde Dorf, das so viel versprach und so wenig hielt.

Jenner ließ einen fiebrigen Blick über die Ortschaft gleiten und leckte sich die rissigen, ausgetrockneten Lippen. Er wußte, daß er schon bald ein toter Mann sein würde, wenn es ihm nicht gelänge, die automatischen Nahrungsspender zu ändern, die sich hinter den Wänden oder unter den Fußböden der Gebäude befinden mußten.

In weit zurückliegenden Zeiten hatten Reste der marsianischen Zivilisation in diesem Dorf überlebt. Die Bewohner waren inzwischen längst ausgestorben, aber die Ortschaft lebte weiter, hielt sich frei von Sand und stand in ständiger Bereitschaft, als Zufluchtsstätte für jeden Marsianer zu dienen, der jemals des Weges kommen sollte. Aber es gab keine Marsianer mehr. Es gab nur Bill Jenner, Pilot des ersten Raumschiffes, das auf dem Mars gelandet war.

Er mußte das Dorf dazu bringen, Nahrung zu spenden, die sein Körper vertragen konnte. Er mußte es zwingen, seine Gewohnheiten zu ändern, und das ohne Werkzeuge außer seinen Händen und mit mangelhaften Kenntnissen in Chemie.

Er umklammerte seine Feldflasche. Nachdem er ein paar Tropfen genippt hatte, kämpfte er wieder mit schrecklicher Anstrengung den Drang nieder, sie bis zum Ende zu leeren. Dann stand er auf und stieg den Hang hinab.

Er gab sich noch drei Tage. Länger würde er nicht überleben können. In dieser Zeit mußte er die Stadt besiegen.

Er befand sich schon im Hain, als er unvermittelt bemerkte, daß die »Musik« aufgehört hatte. Erleichtert beugte er sich über einen kleinen Strauch, umklammerte ihn fest – und zog.

Er löste sich leicht aus dem Grund. Auf seiner Unterseite war eine Marmorplatte befestigt. Jenner starrte sie verwundert an, denn er hatte geglaubt, die Pflanzen wüchsen durch Löcher im Stein. Aber der Strauch war nur auf der Oberfläche des Marmors befestigt. Und dann fiel ihm noch etwas auf – das Gewächs hatte keine Wurzeln. Instinktiv blickte Jenner auf die Stelle, wo er die Steinplatte mit dem Strauch entfernt hatte. Dort war Sand.

Er warf den Busch fort, ließ sich auf die Knie nieder und grub mit den Händen im Sand. Lose rannen die Körnchen durch seine Finger. Er grub tiefer, drückte seinen Arm mit aller Kraft hinab. Sand – nichts als Sand.

Jenner erhob sich und riß verzweifelt an einem anderen Strauch. Er löste sich genauso leicht, nahm eine Marmorplatte mit sich und hatte gleichfalls keine Wurzeln. Wo er gestanden hatte, war Sand.

In panischem Unglauben lief Jenner zum nächsten Obstbaum und schüttelte ihn. Zunächst spürte er einen Widerstand, dann zersprang die Marmorplatte, auf der er gestanden hatte, und hob sich langsam. Krachend fiel der Baum um, und seine trockenen Blätter und Zweige zersplitterten in tausend Stücke. Wo sich die Marmorplatte befunden hatte, war ebenfalls Sand.

Überall Sand. Eine Stadt, die auf Sand errichtet war. Mars, Planet des Sandes. Das stimmte natürlich nicht ganz. Periodisch auftretende Vegetation in der Nähe der eisbedeckten Pole war beobachtet worden. Aber bis auf die zähesten Gewächse starb alles ab, sobald der Sommer kam. Die Forscher hatten vorgehabt, nahe bei einem der schmalen, gezeitenlosen Ozeane zu landen.

Als das Schiff außer Kontrolle geriet, hatte es mehr als nur sich selbst zerstört. Es hatte auch die Lebenschancen des einzigen Überlebenden vernichtet.

Langsam kehrte Jenner in die Wirklichkeit zurück. Er hatte eine Idee. Er packte einen der Sträucher, die er vorher ausgerissen hatte, stemmte den Fuß auf die Marmorplatte, an der er befestigt war, und begann zu ziehen, behutsam zunächst, doch dann immer stärker.

Schließlich löste sich der Busch, aber es gab keinen Zweifel, daß Stein und Pflanze zusammengehörten. Beide waren Teil eines Ganzen; der Strauch wuchs aus dem Marmor hervor.

Marmor? Jenner kniete sich neben eins der Löcher und untersuchte die Anschlußstelle. Der Stein war porös – vermutlich eine Art Kalkstein, aber kein wirklicher Marmor. Als er die Hand ausstreckte, um ein Stück abzubrechen, wechselte der Stein die Farbe. Verwirrt hielt Jenner inne. Rund um die Bruchstelle verfärbte sich die Platte zu einem leuchtenden Gelborange. Er betrachtete sie unschlüsig, dann berührte er sie probeweise.

Es war, als hätte er den Finger in Säure getaucht. Jenner verspürte einen heftigen, brennenden Schmerz. Stöhnend schüttelte er die Hand.

Der anhaltende Schmerz ließ Jenner fast ohnmächtig werden. Er wankte keuchend vorwärts, wobei er die verletzten Glieder an den Körper preßte. Als der Schmerz schließlich nachließ und er in der Lage war, die Verletzung zu betrachten, stellte er fest, daß die Haut sich abgeschält hatte und Blutblasen das rohe Fleisch bedeckten. Er warf einen grimmigen Blick auf den Stein; die Kante leuchtete immer noch gelborange.

Das Dorf war auf der Hut, bereit, sich gegen weitere Angriffe zu verteidigen.

Von einer plötzlichen Mattigkeit ergriffen, kroch Jenner in den Schatten eines Baumes. Es gab nur eine mögliche Erklärung für das, was geschehen war, aber sie widersprach jedem gesunden Denken: Das verlassene Dorf war lebendig.

Während Jenner im Schatten lag, versuchte er dem Gedanken Form zu geben. Er stellte sich eine gigantische, lebende Substanz vor, die die Form von Gebäuden ausbildete, sich einer anderen Lebensform anpaßte, um ihr – in des Wortes weitester Bedeutung – zu dienen.

Wenn sie einer Rasse dienen konnte, warum dann nicht auch einer anderen? Wenn sie in der Lage war, sich Marsianern anzupassen, warum nicht auch menschlichen Wesen?

Es wäre natürlich nicht einfach. Jenner hatte die vage Vermutung, daß wesentliche Elemente vielleicht nicht zur Verfügung stehen würden. Den Sauerstoff für Wasser könnte man aus der Luft gewinnen ... der Sand enthielt sicherlich Tausende von Elementen ... Obwohl er wußte, daß es seinen Tod bedeutete, wenn er die Lösung nicht fände, schlief er ein, während er darüber nachdachte, welche Elemente das wohl sein könnten.

Als er erwachte, war es völlig dunkel.

Jenner erhob sich schwerfällig. Er spürte ein Ziehen in den Muskeln, das ihn alarmierte. Mit etwas Wasser aus der Feldflasche befeuchtete er sich den Mund, dann stolperte er auf den Eingang des nächstgelegenen Hauses zu. Außer dem Schlurfen seiner Schritte auf dem »Marmor« war kein Laut zu hören.

Er hielt kurz an, lauschte und sah sich um. Der Wind hatte sich gelegt. Man konnte die Gipfel der Hügel, die das Tal umschlossen, nicht erkennen, die Gebäude aber waren schwach zu sehen, schwarze Schatten in einer Schattenwelt.

Zum ersten Mal schien es Jenner, trotz seiner neuen Hoffnung, daß es besser für ihn wäre, wenn er stürbe. Selbst wenn er überlebte, was hätte er zu erwarten? Er erinnerte sich nur zu gut, wie schwer es gewesen war, Interesse für die Reise zu wecken und die gigantische Summe aufzubringen, die für das Unternehmen erforderlich war. Er erinnerte sich an die Probleme, die die Konstruktion des Raumschiffes bereitet hatte; und die Männer, die sie schließlich lösen konnten, lagen jetzt irgendwo auf der Marswüste begraben.

Es würde vielleicht zwanzig Jahre dauern, bevor ein zweites Schiff von der Erde aufbrechen würde, um den einzigen Planeten des Sonnensystems anzusteuern, der Hinweise auf Leben zeigte.

Und während all dieser Jahre mit ihren unzähligen Tagen und Nächten würde er hier allein sein. Auf mehr konnte er nicht hoffen – falls er überlebte. Jenner tastete sich in einen Raum vor, der ein odiumartiges Gebilde enthielt, und während er hinaufkletterte, dachte er über ein anderes Problem nach: Wie machte man einem lebenden Dorf klar, daß es seine Abläufe ändern mußte? Sicherlich hatte es schon irgendwie mitbekommen, daß es einen neuen Bewohner hatte. Wie sollte er dem Dorf klarmachen, daß er Nahrung brauchte, die eine andere chemische Zusammensetzung hatte als die Speisen, die es früher produziert hatte, daß er zwar Musik liebte, aber in einer anderen Tonart, und daß er nichts gegen eine Morgendusche einzuwenden hätte – nur müßte sie aus Wasser bestehen und nicht aus Benzin?

Jenner versank in einen unruhigen Dämmerschlaf, wie ein Mensch, der eher krank als müde ist. Zweimal wachte er auf, mit heißen Lippen und brennenden Augen, den Körper schweißbedeckt. Ein paarmal weckte ihn seine eigene heisere Stimme aus der Bewußtlosigkeit, die Angst und Wut in die Nacht hinausschrie.

Dann nahm er an, daß er stürbe.

Die langen Stunden der Dunkelheit hindurch wälzte er sich auf seinem Lager hin und her; Hitzewellen umnebelten ihm die Sinne. Als der Tag anbrach, stellte er mit schwacher Verwunderung fest, daß er noch lebte. Ruhelos kletterte er von dem Podium hinab und wandte sich zur Tür.

Schneidend kalter Wind empfing ihn, aber er empfand ihn als Wohltat für sein erhitztes Gesicht. Jenner fragte sich, ob er wohl genug Pneumokokken im Blut hätte, um sich eine Lungenentzündung zu holen. Er konnte es sich nicht vorstellen.

Nach ein paar Sekunden begann er zu zittern und zog sich ins Haus zurück. Zum ersten Mal fiel ihm auf, daß, obwohl die Eingänge keine Türen besaßen, kein Wind in die Häuser drang. Die Räume waren kalt, aber nicht zugig.

Jenner begann zu überlegen: Woher war die schreckliche Hitze in seinem Körper gekommen? Er wankte zu dem Podium hinüber, auf dem er die Nacht verbracht hatte. Innerhalb von Sekunden war er schweißgebadet; die Temperatur betrug weit über sechzig Grad. Verzweifelt über seine Dummheit, kletterte er von der Plattform herab. Jenner schätzte, daß er während der Nacht mindestens zwei Liter Flüssigkeit auf diesem Heizofen von einem Bett ausgeschwitzt hatte.

Das Dorf war nicht für Menschen gemacht. Die Heizvorrichtung der Betten war für fremde Kreaturen bestimmt, denn die Temperatur war menschlichen Wesen fast unerträglich.

Jenner verbrachte den größten Teil des Tages im Schatten eines Baumes. Er war erschöpft, und nur von Zeit zu Zeit erinnerte er sich daran, daß er ein Problem lösen mußte. Als das Pfeifen begann, störte es ihn zunächst, aber er war zu müde, vor ihm zu fliehen. Seine Sinne waren inzwischen so benebelt, daß er es über längere Zeiträume gar nicht wahrzunehmen schien.

Am späten Nachmittag fielen ihm die Bäume und Sträucher ein, die er tags zuvor ausgerissen hatte, und er fragte sich, was wohl aus ihnen geworden sein mochte. Er benetzte seine Zunge mit den letzten Wassertropfen, die noch in der Feldflasche verblieben waren, und stand lustlos auf. Dann machte er sich auf den Weg, um nach den vertrockneten Überresten zu sehen.

Es waren keine mehr da. Jenner fand selbst die Stelle nicht mehr wieder, wo er die Pflanzen entfernt hatte. Das lebende Dorf hatte das tote Gewebe absorbiert und die Verletzung in seinem »Körper« verschlossen.

Diese Tatsache schreckte Jenner auf. Er begann von neuem nachzudenken . . . über Mutationen, genetische Neuordnungen und Lebensformen, die sich einer veränderten Umgebung anpassen konnten. Er hatte während der Vorbereitungszeit auf den Raumflug Vorlesungen zu diesen Themen gehört, aber sie waren ziemlich allgemein gehalten und hatten eher den Zweck, die Forscher auf Probleme vorzubereiten, mit denen Menschen auf einem fremden Planeten konfrontiert werden könnten. Das Prinzip war ganz einfach: Paß dich an oder stirb.

Er mußte das Dorf dazu bringen, daß es sich ihm anpaßte. Jenner bezweifelte, daß er es ernsthaft würde beschädigen können, aber er mußte es versuchen. Wenn er überleben wollte, hatte er keine andere Wahl, als sich feindselig zu verhalten.

Krampfhaft begann er, seine Tasche zu durchsuchen. Bevor er das Raumschiff verlassen hatte, hatte er sich mit tausenderlei kleinen Gegenständen ausgerüstet: einem Klappmesser, einem Faltbecher aus Metall, einem Mikroradio und einem winzigen Akku, der sich mit Hilfe eines kleinen Drehrädchens aufladen ließ. Zu diesem paßte ein leistungsstarker, elektrischer Feueranzünder, den er in einer anderen Tasche fand.

Jenner verband den Feueranzünder mit dem Akku und ließ das rotglühende Ende vorsichtig über den »Marmor« gleiten. Die Reaktion erfolgte schnell. Das Material nahm diesmal ein zorniges Purpurrot an. Als sich ein größerer Bereich des Bodens verfärbt hatte, eilte Jenner zum nächsten Nahrungsgatter und ging so weit hinein, wie nötig war, um die Speisezufuhr zu aktivieren.

Diesmal gab es eine deutliche Verzögerung. Als sich die Nahrung schließlich in den Trog ergoß, wurde klar, daß das lebende Dorf den Grund für Jenners Handlungsweise verstanden hatte: Das Essen hatte jetzt eine blaßgelbliche Farbe, während es vorher dunkelgrau gewesen war.

Jenner steckte den Finger hinein und zog ihn mit einem gellenden Schmerzensschrei wieder zurück. Es schmerzte noch für eine geraume Weile. Die Frage war nun: Hatte das Dorf ihm diese Nahrung angeboten in der Absicht, ihn zu verletzen, oder versuchte es seine Bedürfnisse zu befriedigen, ohne zu wissen, was er essen konnte?

Jenner beschloß, dem Ort eine zweite Chance zu geben, und betrat das Nachbargatter. Eine gelbe, sandige Substanz strömte in die Rinne. Diesmal schmerzte sein Finger nicht, als er ihn probeweise hineinsteckte. Aber als er von dem Zeug kostete, spie er angeekelt aus. Es schmeckte wie eine Mischung aus Tonerde und Benzin.

Durst quälte ihn, und der scheußliche Geschmack in seinem Mund ließ Jenner noch dringender nach Wasser verlangen. Verzweifelt eilte er nach draußen, riß die Wasserflasche auf, um an die Feuchigkeit in ihrem Inneren zu gelangen. In seiner Hast verlor er ein paar kostbare Tropfen; sie spritzten auf den Boden. Jenner legte sich hin und leckte sie auf.

Eine halbe Minute später leckte er immer noch, und immer noch war Wasser vorhanden.

Die Erkenntnis traf ihn wie ein Keulenschlag. Er stand auf und starrte benommen auf die winzigen Tröpfchen, die auf dem glatten Stein glänzten. Während er sie betrachtete, preßte sich ein weiteres durch die Oberfläche und schimmerte im Licht der untergehenden Sonne.

Jenner ließ sich erneut auf dem Boden nieder und saugte mit der Zungenspitze jedes sichtbare Tröpfchen auf. Lange Zeit lag er so da, den Mund gegen den »Marmor« gepreßt, und saugte gierig die winzigen Wassermengen ein, die das Dorf ihm spendete.

Die weiße Sonne versank hinter einem Hügel. Wie ein schwarzer Vorhang brach die Nacht herein. Die Luft wurde kalt, dann eisig. Jenner zitterte, als der Wind durch seine zerrissenen Kleider pfiff. Aber was ihn schließlich zum Aufhören zwang, war die Auflösung des Steins, von dem er getrunken hatte.

Er erhob sich verwundert und tastete behutsam die Oberfläche ab. Sie war tatsächlich zerfallen. Offensichtlich hatte der Stein alles verfügbare Wasser aus sich herausgepreßt und sich bei diesem Vorgang selbst zerstört. Jenner schätzte, daß er alles in allem dreißig Kubikzentimeter Wasser zu sich genommen hatte.

Das Dorf hatte damit seinen guten Willen bewiesen, dem neuen Bewohner entgegenzukommen. Aber die Demonstration enthielt noch einen weiteren, weniger befriedigenden Hinweis: Wenn das Dorf jedes Mal einen Teil seiner selbst zerstören mußte, um einen Schluck Wasser zu produzieren, war klar, daß der Vorrat nicht unbegrenzt halten würde.

Jenner eilte in das nächste Gebäude, kletterte auf ein Podium und stieg hastig wieder herab; die Hitze war unerträglich. Er wartete ab, um der Intelligenz des Ortes eine Möglichkeit zu geben, die Temperatur auf seine Bedürfnisse abzustimmen. Dann legte er sich wieder hin. Die Hitze war unverändert.

Er gab auf; er war zu müde, um über eine Methode nachzudenken, wie er dem Dorf mitteilen könnte, daß er eine andere Schlafzimmertemperatur benötigte. Jenner legte sich auf den Boden und versank bald in Schlaf. Mehrmals wachte er auf, von dem Gedanken gequält, daß die Stadt ihn nicht lange würde am Leben erhalten können. »Nicht genug Wasser. Auch wenn sie sich noch so viel Mühe gibt . . .« Dann schlief er wieder ein, nur um kurze Zeit später mit dem gleichen unglücklichen Gedanken zu erwachen.

Und dennoch – am nächsten Morgen war er wieder zum Weiterkämpfen bereit. Er hatte seine Entschlossenheit zurückerlangt, die eiserne Willenskraft, mit deren Hilfe er mindestens siebenhundert Kilometer durch eine unbekannte Wüste zurückgelegt hatte.

Er eilte zur nächsten Nahrungsrinne. Nachdem er sie aktiviert hatte, mußte er länger als eine Minute warten. Dann ergoß sich ein Fingerhut voll Wasser auf den Boden.

Jenner leckte es auf und wartete voller Hoffnung auf mehr. Er wartete vergebens, und düster sagte er sich, daß jetzt irgendwo im Ort eine Gruppe Zellen abgestorben waren, weil sie ihr Wasser für ihn geopfert hatten.

Da beschloß Jenner, daß es seine Aufgabe war, neue Wasserquellen für das Dorf zu finden. Denn der Mensch konnte sich bewegen, das Dorf nicht.

In der Zwischenzeit mußte der Ort ihn natürlich am Leben erhalten. Das bedeutete, er brauchte Lebensmittel, mit denen er sich während der Suche ernähren konnte.

Jenner begann, seine Taschen zu durchsuchen. Als sein Nahrungsvorrat zur Neige gegangen war, hatte er alle Reste und Stückchen in kleine Stoffstreifen gewickelt und so bei sich getragen. Dennoch waren Krumen abgebröselt und hatten sich in seinen Taschen verteilt. Oft, während der langen Wanderung durch die Wüste, hatte er nach diesen Überbleibseln gesucht. Jetzt trennte er die Säume auf und fand tatsächlich winzige Nahrungspartikel: Fleisch, Brot, Fett und andere undefinierbare Substanzen.

Vorsichtig lehnte Jenner sich über das nächste Gatter und ließ die Krümel in den Trog fallen. Das Dorf würde ihm nicht mehr anbieten können, als eine Nachbildung dieser Nahrung. Aber wenn es in der Lage war, aus ein paar verschütteten Wassertropfen zu schließen, daß sein neuer Bewohner Wasser brauchte, dann würden diese Brösel auch ausreichen als Hinweis auf die chemische Zusammensetzung der Nahrung, die es produzieren sollte.

Jenner wartete ab. Dann betrat er ein anderes Gatter und aktivierte die Nahrungszufuhr. Ein knapper Liter einer cremigen Substanz floß auf den Boden der Rinne. Aus der geringen Menge schloß der Mann, daß das Essen möglicherweise Wasser enthielt.

Er kostete. Die Substanz schmeckte muffig und abgestanden

und verströmte einen unangenehm schalen Geruch. Sie war fast so trocken wie Mehl, aber sein Magen weigerte sich nicht, sie anzunehmen.

Jenner aß langsam; er war sich bewußt, daß er in diesem Moment dem Dorf völlig ausgeliefert war. Er konnte nicht sicher sein, ob die Nahrung nicht irgendein schleichendes Gift enthielt.

Als er sein Mahl beendet hatte, aktivierte er den Futtertrog in einem anderen Gebäude. Er aß nicht, sondern aktivierte einen weiteren Trog. Diesmal erhielt er ein paar Tropfen Wasser.

Danach machte sich Jenner zu einem der Türme auf; er hatte etwas ganz Bestimmtes im Sinn. Er begann die Rampe hinaufzusteigen, die ins Obergeschoß führte. Als er in ein Zimmer kam, hielt er nur kurz an, denn es schien sich um ein weiteres Schlafzimmer zu handeln. Die ihm inzwischen vertrauten plattformartigen Gebilde standen dort zu einer Dreiergruppe formiert.

Ihn interessierte nur die Rampe, deren Windung sich weiter nach oben fortsetzte. Nach einer Weile erreichte Jenner wieder ein Zimmer; es war kleiner als das vorherige und schien keine bestimmte Funktion zu erfüllen. Die Rampe führte weiter nach oben, bis sie schließlich auf der Spitze des Turmes endete. Jenner befand sich nun ungefähr zwanzig Meter über dem Erdboden, hoch genug, um über die Hügelkette hinwegzublicken. Er hatte damit gerechnet, war aber vorher zu schwach für den Aufstieg gewesen. Nun suchte er den Horizont in jeder Himmelsrichtung ab. Und fast im gleichen Augenblick erstarb die Hoffnung, die ihn hierher gelockt hatte.

Die Aussicht war unendlich trostlos; die rote Wüste erstreckte sich, so weit das Auge reichte, und Sandwolken verhüllten den Horizont.

Verzweifelt starrte Jenner in die Ferne. Wenn es irgendwo dort draußen einen marsianischen Ozean gab, dann lag er außerhalb seiner Reichweite.

In plötzlich aufwallendem Zorn gegen sein Schicksal schüttelte er die geballte Faust. Sein nahes Ende schien nun unausweichlich. Die schlimmste Möglichkeit, mit der er gerechnet hatte, war, sich in einer Gebirgsregion zu befinden. Meere und Gebirge waren in der Regel die beiden Hauptwasserquellen. Aber natürlich, er hätte wissen müssen, daß es auf dem Mars nur sehr wenige Berge gab. Es wäre schon ein unglaublicher Zufall gewesen, wenn er sich tatsächlich in eine Gebirgsregion verirrt hätte.

Jenners Zorn legte sich. Er hatte keine Kraft mehr für solche Gefühle. Stumpf und gleichgültig stieg er die Rampe wieder hinab.

Die Tage zogen vorüber, wie viele es waren, hätte Jenner nicht zu sagen vermocht. Jedes Mal, wenn er zum Essen ging, wurde die angebotene Wassermenge kleiner. Bei jeder Mahlzeit sagte er sich, daß sie seine letzte sein konnte. Es war unvernünftig zu glauben, daß das Dorf sich seinetwegen selbst zerstören würde, wo sein Schicksal ohnehin besiegelt war.

Noch schlimmer war, daß ihm nach und nach klar wurde, daß die Nahrung nicht gut für seinen Körper war. Er hatte das Dorf in die Irre geführt, als er ihm schale, vielleicht sogar verdorbene Krumen gab, um zu zeigen, welche Art von Nahrung er benötigte. Das schlechte Essen verlängerte nur seinen Todeskampf. Manchmal war Jenner stundenlang benommen, nachdem er etwas gegessen hatte. Immer häufiger hatte er Kopfschmerzen, und sein Körper wurde von Fieberkrämpfen geschüttelt.

Das Dorf tat, was es konnte. Der Rest war seine Aufgabe, aber er konnte es nicht einmal zu einer Annäherung an irdische Nahrung bewegen.

Zwei Tage lang war er so krank, daß er nicht mehr die Kraft besaß, sich zu einem der Tröge zu schleppen. Stunde um Stunde lag er auf dem Boden. Irgendwann während der zweiten Nacht wurden die Schmerzen so unerträglich, daß er einen Entschluß faßte.

»Wenn ich es schaffe, mich auf eine Schlafplattform zu legen«, dachte er, »dann wird die Hitze mich töten. Und wenn das Dorf meinen Körper absorbiert, kann es einen Teil des verlorenen Wassers zurückgewinnen.«

Er brauchte mehr als eine Stunde, um sich mühsam die Rampe hochzuziehen, die zu dem nächstgelegenen Podium führte. Als er es schließlich geschafft hatte, lag er dort wie ein Toter. Sein letzter bewußter Gedanke war: »Liebe Freunde, ich komme.«

Die Halluzination war so vollkommen, daß er für einen Augenblick glaubte, wieder im Kontrollturm des Raumschiffs zu sein, und um ihn herum waren seine früheren Gefährten.

Mit einem Seufzer der Erleichterung versank Jenner in einen traumlosen Schlaf.

Er erwachte durch den Klang einer Geige. Es war eine süße, wehmütige Musik, die ihm vom Aufstieg und Untergang einer lang ausgestorbenen Rasse erzählte.

Jenner lauschte eine Weile, dann wurde ihm mit einem Schlag die Wahrheit bewußt. Diese Klänge waren ein Ersatz für das Pfeifen – das Dorf hatte seine Musik für ihn umgestellt.

Und langsam schlich sich eine weitere Sinneswahrnehmung in sein Bewußtsein: Die Plattform fühlte sich angenehm warm an, kein bißchen heiß. Er hatte ein Gefühl von äußerstem körperlichen Wohlbehagen.

Schnell kletterte er die Rampe hinab und eilte zum nächsten Gatter. Während er vorwärts kroch, die Nase dicht über dem Boden, füllte sich der Trog mit einer dampfenden Masse. Der Geruch war so angenehm und appetitanregend, daß er sein Gesicht hineinfallen ließ und begann, sie gierig zu schlürfen. Die Substanz schmeckte wie eine angedickte Fleischsuppe und hatte eine angenehme Temperatur. Er aß alles auf, und zum ersten Mal verspürte er kein Bedürfnis nach Wasser.

»Ich habe gewonnen«, dachte Jenner. »Das Dorf hat einen Weg gefunden.«

Nach einer Weile fiel ihm etwas ein, und er kroch zum Badezimmer. Vorsichtig, wobei er die Decke im Auge behielt, schlüpfte er in das Duschgatter. Ein gelblicher Nebel senkte sich herab, kühl und wohltuend.

Außer sich vor Freude wedelte Jenner mit seinem einen Meter langen Schwanz. Dann hob er die längliche Schnauze, damit die dünnen Flüssigkeitsstrahlen alle Verunreinigungen fortschwemmen konnten, die noch an seinen spitzen Zähnen hafteten.

Anschließend watschelte er nach draußen, um ein Sonnenbad zu nehmen und der zeitlosen Musik zu lauschen.

Ein Prozeß

Im hellen Licht jener fernen Sonne lebte und atmete der Wald. Er war sich des Schiffes bewußt, das durch die dünnen Nebel der höheren Luftschichten herabschwebte. Er empfand eine instinktive Feindseligkeit für das fremde Ding, war aber zunächst nicht beunruhigt.

Auf einer Fläche von abertausend Quadratkilometern war der Boden von seinen Wurzeln durchwoben; Millionen Wipfel wiegten sich sanft im Hauch von tausend schläfrigen Lüftchen. Weit in der Ferne, entlang der endlosen Küste und auf den Hügeln und Bergen erstreckten sich andere Wälder, die genauso stark und mächtig waren wie er selbst.

Seit undenklichen Zeiten hütete der Wald das Land vor einer Gefahr, von der er nur eine unklare Vorstellung hatte. Aber allmählich begann er, sich zu erinnern, welcher Art die Gefahr gewesen war. Sie war von Schiffen ausgegangen, ganz ähnlich jenem, das dort aus dem Himmel herabsank. Der Wald wußte nicht mehr genau, wie er sich damals verteidigt hatte, aber er war sich sicher, daß eine Verteidigung unbedingt erforderlich gewesen war.

Während die Anwesenheit des Schiffes, das über den graurosa Himmel glitt, immer deutlicher in sein Bewußtsein drang, flüsterten seine Blätter die endlose Geschichte von siegreich überstandenen Schlachten. Gedanken strömten langsam durch die Schwingungskanäle, und die majestätischen Glieder von abertausend Bäumen begannen unmerklich zu zittern.

Das gewaltige Ausmaß dieses Vibrierens, das nach und nach den ganzen Wald ergriff, erzeugte schließlich einen Klang und eine Spannung. Zunächst kaum wahrnehmbar, wie ein Windhauch in einem grünen Tal, wurde der Klang zunehmend stärker.

Er nahm Substanz an, wurde allumfassend. Und dann vibrierte der ganze Wald vor Feindseligkeit und wartete darauf, daß das Ding aus dem Himmel sich näherte.

Der Wald mußte nicht lange warten.

Das Schiff verließ seine Bahn. Seine Geschwindigkeit war höher, als es zunächst den Anschein gehabt hatte. Und es war größer. Wie ein Gigant schwebte es über dem Wald; dann ging es tiefer, ohne sich um die Baumwipfel zu kümmern. Zweige brachen, Äste splitterten, ganze Bäume wurden umgeknickt, so als seien sie substanzlos, schwach und ohne Bedeutung.

Und dann landete das Schiff. Es schnitt sich eine Bahn durch den Wald, der die Fahrt mit Heulen und Stöhnen begleitete. Zwei Kilometer hinter der Stelle, wo der Rumpf den ersten Wipfel gestreift hatte, setzte das Schiff schwer auf dem Boden auf. Der Streifen niedergemähter Bäume pulsierte zitternd im Sonnenlicht. Es war ein Pfad der Zerstörung; und genau dasselbe, so entsann sich der Wald plötzlich, war auch damals geschehen.

Er machte sich daran, das verstümmelte Gebiet abzutrennen. Er zog die Säfte zurück und stellte in der gesamten betroffenen Region das Vibrieren ein. Später einmal würde er durch neues Wachstum ersetzen, was zerstört wurde, aber für den Augenblick fand er sich damit ab, daß ein Teil von ihm getötet worden war. Er wußte, was Angst ist.

Seine Angst war mit Zorn vermischt. Der Wald spürte, wie das Schiff auf den gestürzten Bäumen lastete, auf einem Teil seiner selbst, der noch nicht abgestorben war. Er fühlte die Kälte und Härte des Stahls, und seine Furcht und sein Zorn wuchsen.

Ein Gedankenwispern durchlief die Vibrationskanäle. *Warte,* flüsterte es, *ich berge in mir eine Erinnerung. Es ist eine Erinnerung aus langvergessenen Tagen, als schon einmal Schiffe wie dieses landeten.*

Auf Einzelheiten konnte sich der Wald nicht mehr besinnen, und so startete er – unsicher und entschlossen zugleich – seinen ersten Angriff. Er wuchs um das Schiff herum.

Vor langer Zeit hatte der Wald entdeckt, daß er die Kraft des Wachstums besaß. Er war nicht immer so groß gewesen wie jetzt. Er war gewachsen und hatte eines Tages bemerkt, daß er sich einem anderen Wald näherte.

Die beiden Kolosse aus wachsendem Holz mit ihren weitverzweigten Wurzelmassen hatten sich einander vorsichtig genähert, langsam und voller Verwunderung darüber, daß dort eine zweite Lebensform existierte, die ihnen selbst so ähnlich war. Sie hatten sich einander genähert, berührt – und jahrelang bekämpft.

Während des langen Kampfes war fast das gesamte Wachstum

im zentralen Teil des Waldes zum Stillstand gekommen. Die Bäume hatten aufgehört, neue Triebe zu bilden. Die Blätter waren härter geworden, weil sie ihre Funktion länger ausüben mußten. Die Wurzeln waren langsamer gewachsen. Der Wald hatte alle zur Verfügung stehende Kraft auf die Angriffs- und Verteidigungsprozesse konzentriert.

Mauern aus Bäumen waren über Nacht entstanden. Gigantische Wurzeln hatten sich kilometertief in den Boden gebohrt, Fels und Erz zersprengt und einen Schutzwall aus lebendem Holz gegen den Eindringling errichtet. Auf der Oberfläche hatte sich die Wand aus Bäumen so lange verdickt, bis sie schließlich mehr als einen Kilometer maß. Die Bäume hatten dort so dicht gestanden, daß sich ihre Stämme nahezu berührten. Als dieses Stadium erreicht war, war die große Schlacht allmählich abgeebbt. Der Wald hatte die Anwesenheit seines Feindes akzeptiert.

Später hatte er gegen einen zweiten Wald, der ihn aus einer anderen Richtung angriff, gekämpft und war zu einem ähnlichen Waffenstillstand gelangt.

Im Laufe der Zeit waren diese Demarkationslinien etwas genauso Nützliches und Selbstverständliches geworden wie die Grenzen, die der große Ozean und das Gebirge mit seinem ewigen Eis zogen.

Genau wie bei seinem Kampf gegen die beiden anderen Wälder, mobilisierte der Wald jetzt alle seine Kräfte gegen den fremden Eindringling. Bäume schossen in die Höhe mit einer Geschwindigkeit von etlichen Zentimetern in der Minute. Schlingpflanzen eilten an den Stämmen empor und ließen sich auf das Raumschiff fallen. In rasendem Tempo krochen unzählige Triebe über das Metall, dann streckten sie sich zu den Bäumen auf der anderen Seite aus und wanden sich um deren Stämme. Die Wurzeln der Bäume gruben sich tief in den Boden, bis sie fest im Fels verankert waren. Ihre Stämme nahmen ständig an Umfang zu, und die Schlinggewächse schwollen zu armdicken Tauen an.

Als das Licht des ersten Tages der Dämmerung wich, war das Schiff unter etlichen tausend Tonnen Holz begraben und so vollständig von Pflanzen umhüllt, daß nichts mehr von ihm zu sehen war.

Jetzt war der Zeitpunkt für die endgültige Zerstörung gekommen.

Kurz nach Einbruch der Dunkelheit begannen winzige Wurzeln über die Unterseite des Schiffes zu kriechen. Sie waren so unendlich klein, daß ihr Durchmesser im Anfangsstadium nicht mehr als ein paar Dutzend Atome betrug, so winzig, daß für sie das scheinbar so feste Metall des Schiffrumpfes fast wie Leere war, so über alle Maßen klein, daß sie mühelos den Stahl durchdringen konnten.

Als dies geschah, holte das Schiff zum Gegenschlag aus; es schien beinahe, als habe es nur auf diesen Augenblick gewartet. Das Metall wurde warm, dann heiß, schließlich kirschrot. Das war genug; die winzigen Wurzeln verkohlten und starben. Als die sengende Hitze die größeren Wurzeln erreichte, begannen sie langsam zu schwelen.

Dann eröffnete das Schiff das Feuer. Aus Hunderten von Öffnungen in seinem Rumpf schossen die Flammen. Schlingpflanzen und Bäume fingen an zu brennen. Es war kein Aufflammen wie bei einem Waldbrand, wo in unkontrollierbarer Wut die Feuerzungen von Baum zu Baum springen. Vor langer Zeit schon hatte der Wald gelernt, mit Bränden, die durch Blitze oder durch Selbstentzündung entstanden, fertigzuwerden: Er mußte Säfte in das betroffene Gebiet schicken. Je grüner ein Baum war, je mehr Saft er enthielt, um so mehr Widerstand konnte er dem Feuer entgegenbringen.

Der Wald konnte sich nicht sofort erinnern, schon jemals einem Feuer begegnet zu sein, das fähig gewesen wäre, einen Wall von Bäumen anzugreifen, die aus sämtlichen Spalten in ihrer Rinde Feuchtigkeit ausschwitzten.

Aber dieses Feuer war dazu in der Lage; es war nicht nur Hitze, es war Energie. Es nährte sich nicht vom Holz der Bäume, es wurde aus einer Quelle gespeist, die es in sich selbst trug.

Und diese Tatsache weckte schließlich die Erinnerung des Waldes. Klar und unmißverständlich wußte er mit einemmal, was er zu tun hatte, um sich selbst und seinen Planeten von einem Eindringling wie diesem zu befreien.

Er begann, sich aus der Nähe des Schiffes zurückzuziehen. Er verließ das Netzwerk aus Zweigen und Ranken, mit dem er das fremde Gebilde hatte fesseln wollen. Als nun der kostbare Saft in die Bäume stieg, die die zweite Verteidigungslinie bildeten, flammte das Feuer heller auf, so strahlend, daß die ganze Szenerie in ein gespenstisches Licht getaucht wurde.

Da bemerkte der Wald, daß keine Energiestrahlen mehr vom Schiff abgeschossen wurden. Glut, Flammen und Rauch rührten ausschließlich von brennendem Holz her.

Und dies, so entsann sich der Wald, war gleichfalls schon einmal geschehen – damals.

Dem Wald wurde klar, daß es nur eine Möglichkeit gab, sich des Eindringlings zu entledigen. Krampfhaft und widerstrebend zugleich begann er mit den Vorbereitungen. Krampfhaft, weil er die grauenhafte Gewißheit hatte, daß die Flammen vom Schiff ganze Waldstriche auslöschen konnten. Und widerstrebend, weil es eine Verteidigungsmethode war, die auch ihn selbst verletzte; er würde Energieverbrennungen hinnehmen müssen, die kaum weniger heftig sein würden als die Strahlen vom Schiff.

Tausende von Wurzeln wuchsen auf Erd- und Gesteinsschichten zu, die sie seit der Landung der früheren Schiffe immer sorgfältig vermieden hatten. Obwohl höchste Eile geboten war, war es ein langwieriger Prozeß. Die winzigen Wurzelfäden zitterten vor Widerwillen. Dennoch quälten sie sich in die tiefliegenden Erzschichten und sogen durch einen komplizierten osmotischen Prozeß Körnchen von reinem Metall aus dem unreinen Gesteinsmaterial. Die Körner waren kaum größer als jene Wurzeln, die in die Schiffswand eingedrungen waren, klein genug jedenfalls, um von dem Saft durch das Labyrinth der größeren Wurzeln transportiert zu werden.

Bald wanderten Tausende solcher Körnchen durch die Kanäle, dann waren es Millionen. Und obwohl jedes einzelne von ihnen unendlich klein war, schimmerte der Boden, dort, wo sie abgeladen wurden, schon bald metallisch im Licht des ersterbenden Feuers. Als sich die Sonne dieser Welt erneut über den Horizont schob, glänzte die Farbe silbrig in einem Umkreis von fünfzig Metern um das Schiff herum.

Kurz nachdem die Sonne den Zenit überschritten hatte, schien das Schiff zu bemerken, was vorging. Ein Dutzend Luken öffnete sich, und seltsame Objekte schwebten heraus. Sie begannen das silbrige Material abzuschöpfen, wobei sie Geräte benutzten, deren nüsternartige Öffnungen den Staub gleichmäßig einsogen. Sie arbeiteten mit größter Vorsicht, dennoch hatten sie eine Stunde vor Einbruch der Dunkelheit mehr als zwölf Tonnen des dünn verteilten Uran 235 eingesammelt.

Als die Nacht anbrach, verschwanden die sonderbaren zweibeinigen Objekte wieder im Schiff; die Luken schlossen sich. Der lange, torpedoförmige Rumpf erhob sich ein wenig, dann schoß das Schiff in höhere Himmelsregionen, wo noch immer die Sonne schien.

Der Wald wurde sich der veränderten Situation erst bewußt, als die Wurzeln unter dem Schiff ein Nachlassen des Druckes meldeten. Aber es dauerte noch Stunden, bevor er sich zu der Entscheidung entschloß, daß der Feind tatsächlich vertrieben war. Und weitere Stunden vergingen, bevor ihm klar wurde, daß er den restlichen Uranstaub, der noch über dem Gelände hing, entfernen mußte. Die Strahlung breitete sich zu weit aus.

Das folgende Ereignis hatte eine ganz einfache Ursache. Der Wald hatte die radioaktive Substanz aus dem Gestein gesogen. Um sich ihrer wieder zu entledigen, brauchte er sie nur wieder in den nächstgelegenen Felsschichten abzulagern, besonders in solchen, die in der Lage waren, Radioaktivität zu absorbieren. Für den Wald war die Lage völlig klar.

Eine Stunde, nachdem er damit begonnen hatte, den Plan auszuführen, erhob sich die pilzförmige Explosionswolke in den Himmel.

Weder sah noch hörte der Wald die gigantische Silhouette des Todes. Sie zu verstehen, lag weit außerhalb seiner Fähigkeit. Doch was er spürte, war genug. Ein Hurricane knickte die Bäume auf einer Fläche von vielen Quadratkilometern. Die Druckwelle aus Hitze und Strahlung entfachte zahlreiche Feuer, und der Wald brauchte Stunden, um sie einzudämmen.

Die Furcht ließ langsam nach, als er sich erinnerte, daß auch dies schon einmal geschehen war. Weit exakter als die Erinnerung war die Vorstellung, welche Möglichkeiten das Geschehene eröffnete ... das besondere Wesen dieser Gelegenheit.

Am nächsten Morgen, kurz nach Tagesanbruch, begann der Wald mit dem Angriff. Sein Opfer war der Nachbarwald, der seinerzeit, wie er sich zu erinnern glaubte, in sein Territorium eingedrungen war.

Entlang der Grenzlinie, die die beiden Kolosse voneinander trennte, flammten viele kleine Atomexplosionen auf. Der Schutzwall aus Bäumen, den der andere Wald zu seiner Verteidigung errichtet hatte, brach unter den Druckwellen und der Strahlung zusammen.

Der feindliche Wald reagierte auf die althergebrachte Weise

und mobilisierte seine Saftreserven. Während er all seine Kräfte auf die gigantische Aufgabe konzentrierte, einen neuen Schutzwall wachsen zu lassen, zündeten die Bomben ein zweites Mal. Die Explosionen zerstörten seine zentrale Saftversorgung, und obwohl er nicht verstand, was geschah, war er von diesem Augenblick an verloren.

Der angreifende Wald schickte einen endlosen Vorrat von Wurzeln in das Niemandsland, in dem die Bomben explodiert waren. Wo sich ihm Widerstand entgegensetzte, zündete er weitere atomare Explosionen. Gegen Mittag des folgenden Tages zerstörte eine gewaltige letzte Druckwelle die empfindsamen Zentralbäume des befehdeten Waldes – die Schlacht war vorüber.

Der Wald brauchte Monate, um in das Gebiet des geschlagenen Feindes hineinzuwachsen, die sterbenden Wurzeln des Gegners auszupressen, die wehrlosen Bäume umzustoßen und sich selbst in den unanfechtbaren Besitz des Territoriums zu bringen.

Sobald diese große Aufgabe abgeschlossen war, stürzte er sich voll Wut auf den Wald zu seiner anderen Seite. Und wieder versuchte er, den Gegner mit Atomexplosionen und einem Hagel aus Feuer auszulöschen.

Ihm wurde mit den gleichen Waffen pariert. Atombomben!

Denn das Wissen des Waldes war über das Wurzelgeflecht, das die beiden Giganten voneinander trennte, zu seinem Gegner durchgesickert.

Beinahe hätten die beiden Kolosse sich gegenseitig vernichtet. Jeder wurde zum Krüppel und mußte sich dem schmerzhaften Prozeß des Nachwachsens unterziehen. Während die Jahre vergingen, verblaßte die Erinnerung an die Ereignisse immer mehr. Aber das war völlig bedeutungslos. Denn tatsächlich kamen die Schiffe nach Belieben. Und es gelang dem Wald niemals, seine Atombomben zu zünden, wenn ein Schiff in ihm gelandet war.

Das einzige Mittel, den Feind zu vertreiben, bestand darin, seinen Körper mit einer Wolke radioaktiven Staubes zu umhüllen. Wenn das geschah, saugten die Maschinen das Material auf und zogen sich eilig zurück.

So einfach war der Sieg.

Schiff der Dunkelheit

D'Ormand mußte einsehen, daß es etwas anderes war, eine Sache auf der Erde zu beschließen, als sie im Weltraum auszuführen. Seit sechs Monaten folgte er einem Kurs, der ihn aus dem Sonnensystem führte und fort von dem gigantischen Spiralrad der Hauptgalaxis. Und jetzt war der Augenblick gekommen, um zum Sprung in die Zeit anzusetzen.

Mit zitternden Fingern stellte D'Ormand die Skala der Zeitmaschine auf das Jahr 3 000 000 ein. Seine Hand legte sich auf den Schalter, doch er zögerte. Laut Hollay konnte man den starren Gesetzen, die den Zeitfluß auf den Planeten bestimmten, hier draußen mit Leichtigkeit entkommen, hier, in dieser sonnenlosen Finsternis. Zunächst müßte man das Schiff auf absolute Höchstgeschwindigkeit bringen, hatte Hollay geraten, so könnte man das Gewebe des Raums bis zum Zerreißen spannen. Dann mußte man handeln.

D'Ormand brach der Schweiß aus. *Jetzt,* dachte er und stieß den Hebel nach vorn. Ein ekliges Knarren war zu hören, danach das durchdringende Kreischen von reißendem Metall. Plötzlich war das gleichmäßige Fluggefühl wieder da.

D'Ormands Sicht war getrübt, aber während er noch den Kopf schüttelte, konnte er schon deutlich spüren, daß er bald wieder klar sehen würde. Er lächelte grimmig, wie es ein Mann tut, der sein Leben riskiert und gewonnen hat.

Das Sehvermögen kehrte mit einem Schlage zurück. D'Ormand warf einen Blick auf das Steuerpult der Zeitmaschine und fuhr erschreckt zusammen. Es war verschwunden.

Er sah sich ungläubig um. Aber in seiner Umgebung gab es nicht viel zu sehen. Schließlich befand er sich nicht in einem *großen* Schiff. Der eine Schiffsraum beherbergte den Antrieb, eine Koje, die Treibstofftanks und eine Kombüse. Hier konnte dem Blick nichts verborgen bleiben. *Die Zeitmaschine war nicht mehr da!*

Das also war das metallische Reißen gewesen, das er gehört hatte. Die Zeitmaschine hatte sich losgerissen, war in der Zeit verschwunden und hatte das Schiff zurückgelassen. Er hatte versagt. Er seufzte leise, da nahm er aus den Augenwinkeln eine Bewegung wahr. Mit einem schmerzhaften Ruck warf er sich herum. Durch die oberen Sichtscheiben sah er das dunkle Schiff.

Ein Blick genügte, und D'Ormand wußte: Aus welchem Grund auch immer die Zeitmaschine verschwunden war – versagt hatte sie jedenfalls *nicht.*

Zunächst dachte er, daß er das Schiff nur deshalb wahrgenommen hatte, weil es sich in unmittelbarer Nähe befand, doch dann begriff er, was es mit dem unheimlichen Fahrzeug auf sich hatte, und mit dieser atemberaubenden Erkenntnis hatte er auch den Beweis, daß es sich tatsächlich um ein Fahrzeug aus dem Jahre 3 000 000 handeln mußte.

Auf die Faszination folgten die Zweifel und das nackte Entsetzen. Nicht allein die Tatsache, daß er es überhaupt sehen konnte, war unnatürlich, sondern auch das Schiff selbst.

Es mußte aus einem Alptraum stammen. Mit seiner Länge von drei Kilometern, seiner Breite von achthundert Metern und seiner Rumpfdicke von nur dreißig Zentimetern glich es einem Floß, das eigens für das finstere Meer des Weltraums geschaffen war, eine Plattform, die auf der dunklen, sternenlosen Leere trieb.

Auf dem breiten Deck standen Männer und Frauen. Sie waren nackt, und nichts – rein gar nichts – schützte ihre Körper vor der Kälte des Raums. Im luftlosen Nichts konnten sie nicht atmen, und doch lebten sie.

Sie lebten, und sie standen auf dem breiten, dunklen Deck; und sie blickten empor zu ihm und winkten und riefen. Es war dies wohl der eigentümlichste Ruf, den je ein sterblicher Mensch vernommen hat. Mehr als ein Gedankenruf, drängender, stärker, erregender. Man konnte ihn im Körper spüren, so wie Hunger oder Durst. Der Drang wuchs wie die Sucht nach einem Rauschgift.

D'Ormand mußte mit seinem Schiff auf der Plattform niedergehen. Er mußte hinabschweben, um einer von ihnen zu werden. Er mußte . . . ein ursprüngliches, schrankenloses, schreckliches Verlangen.

Das Raumschiff setzte hastig zur Landung an. Fast gleichzeitig verspürte D'Ormand ein unüberwindliches Verlangen nach Schlaf.

Ihm blieb gerade noch Zeit für einen verzweifelten Gedanken.

Ich muß mich dagegen wehren! Ich muß fort von hier! Auf der Stelle! Der Schlaf übermannte ihn im Augenblick der größten Furcht.

Stille! Er lag mit geschlossenen Augen in einer Welt, die so still war wie der ...

D'Ormand konnte sich auf keinen passenden Vergleich besinnen. Es gab keinen. In seinem bisherigen Leben hatte er keine Erfahrung gemacht, die mit diesem intensiven Schweigen zu vergleichen war, diesem totalen Fehlen von Geräuschen, das ihn bedrängte wie ... Wieder fand er keinen Vergleich. Es gab nur das Schweigen.

Wie seltsam, dachte er. Er verspürte den schwachen Wunsch, die Augen zu öffnen, doch der Impuls war rasch wieder vergangen. Was blieb, war die Überzeugung, daß er, D'Ormand, der so viele Monate allein in einem Raumschiff im Weltall verbracht hatte, eigentlich eine genaue Vorstellung von der Stille haben müßte.

Doch bisher hatte er zumindest immer das Geräusch des eigenen Atems gehört, hin und wieder auch die saugenden Laute, die seine Lippen auf dem Mundstück der Nahrungstube verursachten, das Rascheln seines Anzugs, wenn er eine Bewegung machte. Aber dies hier ...?

Sein Verstand weigerte sich, es zu definieren. D'Ormand öffnete die Augen. Was er sah, unterschied sich kaum von dem, was seine Ohren wahrnahmen. Er lag teils auf der Seite, teils auf dem Rücken. Ein torpedoförmiger Gegenstand in der Nähe verstellte ihm den Blick auf die Sterne. Das Gebilde war knapp zehn Meter lang und vier Meter dick. Außer ihm gab es nichts zu sehen – nur Sterne und die Schwärze des Alls.

Kein überraschender Anblick. Er verspürte keine Furcht. Sein Geist und normales Leben schienen weit entfernt zu sein. Ferner noch die Erinnerungen daran. Endlich gewann ein Wunsch die Oberhand in D'Ormands Denken: Er wollte wissen, in welcher Lage er sich befand und in welcher Umgebung.

Er besann sich auf ein schwarzes Schiff – eine bedrückende Erinnerung. Dann Schlaf. Jetzt die Sterne und die interstellare Nacht. Eigentlich müßte er noch in seinem Pilotensessel sitzen, vor sich den Sichtschirm, der ihm den Sternenhimmel zeigte.

Und doch – soviel wußte D'Ormand genau – er saß nicht. Er

lag auf dem Rücken und starrte hinauf in einen Himmel voller Sterne. Und dann war da noch dieser Fleck, der ihn an ein Raumschiff erinnerte.

Ein Teil seines Verstandes wehrte sich hartnäckig gegen diesen Gedanken. Denn schließlich besaß er das einzige irdische Raumschiff in diesem Teil des Universums. Ein zweites Schiff konnte es nicht geben. Plötzlich stand D'Ormand auf den Füßen. Er konnte sich nicht daran erinnern, daß er aufgestanden war. Eben noch lag er auf dem Rücken, und im nächsten Augenblick stand er schwankend an Deck. Auf einem breiten Deck, neben seinem Raumschiff. Er konnte die gesamte Fläche der Plattform überblicken, auch wenn sie im Dunkel lag. Überall standen, saßen und lagen nackte Männer und Frauen, die ihm keinerlei Beachtung schenkten.

D'Ormand krallte sich mit gefühllosen Fingern an der Luftschleuse des Raumschiffes fest und versuchte, sie mit schierer Körperkraft aufzureißen. Nach einer Weile übernahm das Raumfahrertraining das Kommando über seine sinnlosen Handlungen. Er stellte fest, daß er den Schließmechanismus der Schleuse sorgfältig untersuchte und probeweise hier und da die Finger ansetzte. Dann trat er ein paar Schritte zurück, um das ganze Schiff überblicken zu können.

Aus irgendeinem Grund gelang es D'Ormand, weiterhin die Ruhe zu bewahren und stumm um das Raumschiff herumzugehen und in die Bullaugen zu schauen. Der Anblick der vertrauten Geräte im Innern ließ D'Ormand noch einmal die Fassung verlieren, doch diesmal gewann er die Beherrschung rascher wieder zurück.

Schließlich blieb er ganz still stehen, wies alle unwesentlichen Gedanken zurück und konzentrierte sich ganz auf eine Sache – auf einen Gedanken, der so atemberaubend war, daß er seine ganze Verstandeskraft zusammenfassen mußte, um ihn festzuhalten und seine grenzenlose Wirklichkeit zu begreifen.

Es wurde schwerer und nicht leichter, die Tatsache hinzunehmen, daß er sich auf dem Plattformschiff befand. Sein Denken wanderte im Kreis, zersplitterte in Zweifel, Angst und Unglauben, aber die Gedanken kamen immer wieder zu einem Punkt zurück, zur Wirklichkeit. Was blieb ihm sonst übrig? Es gab keinen Ausweg. Er konnte nichts, gar nichts tun als abzuwarten, welches Schicksal ihm seine Häscher zugedacht hatten.

Er setzte sich auf den Boden und wartete.

Eine Stunde verrann. Eine Stunde, wie es sie in der Geschichte seiner Welt niemals zuvor gegeben hattc: Ein Mensch aus dem Jahre 2975 beobachtete auf einem Raumschiff eine Szene, die sich dreißigtausend Jahrhunderte später abspielt.

Es dauerte eben diese Stunde, bis sich D'Ormand darüber klar wurde, daß es eigentlich gar nichts zu beobachten gab. Niemand schien ihn wahrgenommen zu haben. Hin und wieder ging ein Mensch an ihm vorüber. Deutlich sichtbar zeichnete er sich von den tiefer stehenden Sternen ab. Doch eigentlich geschah nichts auf dieser Plattform mit ihrer Fracht aus übermenschlichen Wesen.

Niemand kam zu D'Ormand, um dessen Bedürfnis, dessen Verlangen nach Informationen zu stillen. Mit Schrecken begriff er, daß es an ihm war, die Initiative zu ergreifen. Er mußte den ersten Schritt tun.

Er stellte fest, daß er wieder halb auf den Rücken gesunken war. Er hatte schon soviel kostbare Zeit vergeudet. Offenbar war er völlig von Sinnen gewesen, nun ja, das war kein Wunder.

Aber das war nun vorbei! Voller Entschlossenheit sprang er auf die Füße. Doch dann zögerte er und blieb schwankend stehen. Sollte er sich tatsächlich einem Wesen aus der Besatzung dieses Nachtschiffes nähern? Sollte er Fragen durch Gedankenübertragung stellen?

Die Fremdheit erschreckte ihn. Diese Wesen waren keine Menschen. Nach drei Millionen Jahren konnte die Verwandtschaft mit ihnen nicht enger sein als die zu einem Affen aus D'Ormands Gegenwart.

Drei Millionen Jahre, 16×10^{10} Minuten, und in jeder Sekunde dieser unfaßlichen Zeitspanne waren Menschen gestorben und andere wurden geboren. Das Leben war seinen gewundenen, faszinierenden Pfaden gefolgt bis hierher zu diesen Ultra-Menschen. Die Evolution war so weit fortgeschritten, daß diese Wesen den Weltraum selbst als Lebensraum gewonnen hatten. Eine unglaubliche Adaption des Lebens, unglaublich und zugleich so einfach, daß eine einzige Schlafperiode ausgereicht hatte, ihn, einen Fremden, ebenfalls an diesen Lebensraum anzupassen.

D'Ormand unterbrach seine Überlegung an dieser Stelle. Etwas hatte ihn stutzen lassen: die plötzliche Eingebung, daß er überhaupt nicht abschätzen konnte, wie lange er geschlafen haben mochte. Es konnten Jahre oder Jahrhunderte vergangen sein. Für den Schlafenden existiert die Zeit nicht.

Nun erschien es ihm noch wichtiger, sich über seine Umgebung Klarheit zu verschaffen. Sein Blick blieb an einem Mann hängen, der in etwa dreißig Metern Entfernung langsam an ihm vorüberging. Er eilte zu ihm hin, doch im letzten Augenblick zuckte er entsetzt zurück. Zu spät. Seine ausgestreckte Hand hatte bereits die nackte Haut berührt.

Der Mann blieb stehen und schaute D'Ormand an; er leistete keinen Widerstand, doch D'Ormand zog seine Hand zurück. Mit schmerzverzerrter Miene krümmte er sich unter den Augen des Fremden, die aus schmalen Schlitzen brennende Lanzen auf ihn schleuderten. Seltsamerweise war es nicht die dämonische Kraft, welche aus diesem Blick sprach, die D'Ormand vor Angst erbeben ließ, sondern die Seele, die in diesen Augen flackerte. Es war ein unfaßlich fremder Geist, der ihn mit atemberaubender Intensität durchbohrte.

Dann wandte sich der Mann ab und setzte seinen Weg fort.

D'Ormand zitterte. Doch nach einem kurzen Moment wurde ihm klar, daß er nicht aufgeben konnte. Er dachte gar nicht weiter darüber nach, sondern tat ein paar schnelle Schritte und ging Schulter an Schulter mit dem rätselhaften Fremdling weiter. Gemeinsam kamen sie an Männern und Frauen vorüber. Jetzt, da er unter den Fremden umherging, bemerkte D'Ormand eine Tatsache, die ihm bis dahin entgangen war: Es befanden sich mindestens dreimal so viel Frauen wie Männer auf der Plattform.

Die Verwunderung über diese Feststellung war bald wieder vergangen. Seite an Seite mit dem Gefährten unternahm er den seltsamsten Spaziergang seines Lebens. Jetzt gingen sie am Rand der Plattform entlang, und mit erzwungener Gelassenheit schaute D'Ormand in einen Milliarden Lichtjahre tiefen Abgrund hinab.

Er begann, sich besser zu fühlen. In seinem Kopf arbeitete es. Wie kann ich die geistige Kluft, die mich von diesem dunklen Fremden trennt, überwinden, dachte er. Als man ihn zur Landung auf dem dunklen Schiff verlockt hatte, mußte Telepathie im Spiel gewesen sein. Vielleicht würde er eine Antwort erhalten, wenn er sich nur genügend auf einen Gedanken konzentrierte?

Er unterbrach diese Überlegungen, denn es war ihm – nicht

zum ersten Mal – etwas anderes in den Sinn gekommen: Er trug noch immer seine Kleidung. Er betrachtete den Fakt aus einer anderen Perspektive: *Sie* hatten ihm die Kleider nicht genommen. Warum? Welche Psychologie steckte dahinter?

Ratlos setzte er seinen Weg fort. Den Kopf hielt er gesenkt und betrachtete abwechselnd die eigenen behosten Beine und die nackten des Fremden, die sich in gleichmäßigem Rhythmus neben ihm bewegten.

Als D'Ormand einen ersten Impuls vernahm, geschah das so allmählich und sanft, daß er ihn kaum als fremden Gedanken erkannte. Er hatte nur plötzlich die Ahnung, daß eine große Schlacht unmittelbar bevorstand und daß er selbst sich als würdig erweisen müßte. Dann könnte er für immer auf dem Schiff bleiben. Sonst müßte er die Verbannung auf sich nehmen.

D'Ormands Verständnis tat einen Sprung. Eben noch hatte ihn ein dunkles Ahnen erfüllt, und im nächsten Augenblick konnte er die ganze Tragweite seiner Situation erfassen.

In plötzlichem Schrecken hastete er zu seinem Raumschiff. Während er noch an der Luke zerrte, begriff er, daß er auf diese Weise nicht entkommen konnte. Erschöpft und verzweifelt sank er aufs Deck. Das Ausmaß seines Entsetzens raubte ihm den Atem. Und dennoch konnte es keinen Zweifel geben: Man hatte ihm eine Information und eine Warnung übermittelt, mitleidlos und von stählerner Kälte: Er mußte sich in das Leben auf diesem Schiff einfügen, bevor er an der phantastischen Schlacht teilnehmen konnte. Er mußte sich würdig erweisen, danach konnte er für ewige Zeit auf dem Schiff leben.

Für immer . . .! Das war eine Vorstellung, die D'Ormand minutenlang bis ins Innerste erschütterte. Sie war so unwirklich, daß er sie nicht fassen konnte. Es erschien ihm plötzlich unwahrscheinlich, daß er die fremde Gedankenbotschaft richtig verstanden hatte. Eine Schlacht stand bevor – das war doch sinnlos! Er sollte sich »würdig« erweisen oder das Exil ertragen! Was ertragen? D'Ormand zermarterte sein Hirn, aber die Aussage blieb dieselbe: *das Exil!* Vielleicht war damit der Tod gemeint, entschied er endlich voll kalter Logik.

Er lag an Deck, in tiefes Nachdenken versunken. Plötzlich erfüllte ihn ein tiefer Ärger über sich selbst. Was für ein Narr er gewesen war! Mitten in einem aufschlußreichen Gedankenaustausch hatte er die Nerven verloren!

Hatte er etwa keinen Erfolg gehabt?! Er hatte um Informationen gebeten, und man hatte ihm geantwortet. Er hätte sich zusammenreißen müssen und eine der hundert Fragen stellen, die ihm in den Sinn kamen: *Wer seid Ihr? Wohin fährt das Schiff? Wie wird die Plattform angetrieben? Warum sind viel mehr Frauen als Männer an Bord?*

D'Ormand schrak zusammen. Von seinen heftigen Gedanken mitgerissen, hatte er sich in eine sitzende Haltung aufgerichtet. Jetzt öffnete er die Augen und entdeckte eine Frau. Sie war wenig mehr als einen Meter von ihm entfernt.

Er ließ sich wieder aufs Deck sinken. Die glühenden Augen der Frau starrten ihn unverwandt an; D'Ormand wich weiter zurück und lag endlich mit dem Rücken auf der Plattform. Er lag da und starrte hinauf zu der leuchtenden Spirale der Milchstraße, die er vor so langer Zeit hinter sich gelassen hatte. Die Lichtpunkte, die zusammen den prachtvoll strahlenden Wirbel bildeten, waren ihm so fern wie niemals zuvor.

Das Leben, das er bisher geführt hatte – die schnellen Sprünge zu den fernen Sternen, die angenehmen Wochen in entlegenen Teilen der Galaxis – waren unwirklich geworden. In seinen Gedanken hatte er sich weiter von ihnen entfernt als in Raum und Zeit.

D'Ormand gab sich einen Ruck und stand auf. Jetzt war nicht der richtige Augenblick für wehmütige Erinnerungen. Er mußte sich zu dem Eingeständnis zwingen, daß er vor einer schweren Entscheidung stand. Die Frau war gewiß nicht zu ihm gekommen, um ihn in Ruhe zu betrachten. Sie hatte eine Aufgabe für ihn, und er mußte sich ihr stellen. D'Ormand wandte sich der Frau zu, um sie genauer anzusehen.

Ein angenehmer Anblick. Ihr Gesicht war wohlgeformt und jugendlich. Das dunkle Haar war ungekämmt, aber nicht verfilzt und ebenfalls hübsch anzuschauen. Ihr Körper . . .

D'Ormand zuckte förmlich zusammen. Jetzt erst bemerkte er, daß sie sich in einem Punkt von allen anderen unterschied. Sie war bekleidet. Sie trug ein oben eng anliegendes Kleid mit einem weiten Rock, unter dem nackte Füße hervorschauten.

Angezogen! Nun konnte es keinen Zweifel mehr geben. Die Frau wollte zu ihm. Doch was mochte man von ihm erwarten?

Voller Ratlosigkeit betrachtete D'Ormand das Gesicht der Frau. Ihre Augen waren wie dunkle Edelsteine; sie ließen ihn nicht los. Was für Gedanken mochten sich hinter diesen Fenstern ihrer Seele verbergen? Wenn er nur hindurchschauen könnte! Er würde eine Welt erblicken, drei Millionen Jahre älter als die, die er kannte.

Eine beunruhigende Vorstellung! Seltsame, verdrehte Gedanken schossen ihm durch den Kopf. Er dachte: Die Frau ist die Kathode, der Mann die Anode. Alle Kraft entspringt aus ihrer Beziehung, und das um so mehr, als eine Anode in Verbindung mit drei Kathoden treten kann.

D'Ormand horchte in sich hinein. So etwas sollte er gedacht haben? Niemals!

Etwas durchzuckte ihn wie ein Stromstoß. Es war wieder geschehen! Die seltsame Gedankenkommunikation dieser Fremden hatte unbemerkt sein Bewußtsein beeinflußt. Diesmal hatte er erfahren, daß eine oder mehr Frauen eine Beziehung mit einem Mann unterhalten konnten. Das erklärte, warum die Frauen auf dem Schiff in der Überzahl waren.

D'Ormands Erregung legte sich wieder. Und nun? Er wußte noch immer nicht, warum die Frau zu ihm gekommen war. Es sei denn, sie machte ihm einen äußerst ungewöhnlichen Heiratsantrag.

D'Ormand versenkte sich wieder in den Anblick der Frau. Zum ersten Mal seit Monaten kam ihm ein zynischer Gedanke: Zwölf Jahre lang hatte er es verstanden, sich allen heiratsfähigen jungen Frauen zu entziehen, doch jetzt hatte man ihn erwischt! Es half nichts, er mußte sich eingestehen, daß die Frau zu ihm gekommen war, um ihm die Hochzeit anzutragen.

Der fremde Mann hatte D'Ormand klargemacht, daß die Zeit drängte. Und darum eilte er mit zwei Schritten zu der Frau hinüber, zog sie in die Arme und küßte sie. Es kommt darauf an, daß ich schnell handele, dachte er, spontan und ohne Hintergedanken.

Seine Zuversicht war schnell verflogen. Die Lippen der Frau waren weich und passiv. Sie boten ihm keinen Widerstand, aber andererseits reagierten sie auch nicht so, als ob ihnen die Bedeutung eines Kusses vertraut gewesen wäre. Für D'Ormand war es so, als ob er ein Kleinkind geküßt hätte. Es war die gleiche Unschuld, die ihm hier begegnete.

Ihre Augen, die den seinen jetzt so nahe waren, leuchteten. Unverständnis lag in diesem Blick und gleichzeitig eine Weichheit, eine Passivität, so allumfassend, daß D'Ormand sie als unnormal empfand. Eine Sache war ihm sofort klargeworden: Die junge Frau war noch niemals geküßt worden. In den Augen flakkerte eine seltsame Unentschlossenheit, doch dann änderte sich plötzlich ihr Ausdruck.

Die Veränderung war verblüffend. Jetzt zeigte sich eine tiefe Bestürzung im Gesicht der Fremden. Sie befreite sich aus D'Ormands Umarmung mit einer geschickten, fließenden Bewegung. Dann wandte sie sich um und ging davon. Ohne sich noch einmal umzuschauen, wurde sie wieder zu einer dieser fernen, schattenhaften Gestalten.

Betroffen sah D'Ormand ihr nach. Ein Teil von ihm empfand eine grimmige Befriedigung über die Verwirrung, die er ausgelöst hatte, doch er mußte bald einsehen, daß er wieder gescheitert war. Noch einmal hatte er wertvolle Zeit vergeudet. Es war ihm noch immer nicht gelungen, sich in das Leben auf dem dunklen Schiff einzufügen.

Die Betroffenheit wurde geringer, aber sie verließ ihn nicht. D'Ormand machte auch nicht den Versuch, sich vollends von ihr zu befreien. Er durfte nicht aus dem Bewußtsein verlieren, daß man ihn gewarnt hatte. Daß er den Sinn der Warnung nicht begriff, mußte nicht bedeuten, daß sie sinnlos war.

So legte er sich wieder auf den Rücken und schloß die Augen. Eine ganze Periode hatte er nun schon inmitten des reinen Lebens *Iirs* verbracht, und es war ihm noch immer nicht gelungen, sich einzufügen.

Was? D'Ormand schrak zusammen. Das waren doch nicht *seine* Gedanken!

Er riß die Augen auf und zuckte zurück. Männer mit feurig funkelnden Augen standen unmittelbar vor ihm. D'Ormand kam nicht dazu, sich zu fragen, woher die Fremden so plötzlich gekommen sein mochten.

Sie handelten. Einer von ihnen streckte die Hand aus. Plötzlich lag ein Messer darin, ein Messer, das aus dem Nichts erschienen war, und dessen lange Klinge vielfarbig leuchtete. Im gleichen Augenblick sprangen die anderen Männer vor. Sie packten D'Ormand und hielten ihn fest. Die *lebendige* Klinge sauste nieder. Sie zielte auf seine Brust.

D'Ormand wollte schreien. Mund, Zunge und Kehle vollführten die Pantomime eines Schreis, doch es war kein Laut zu hören.

In der luftlosen Nacht des Raumes waren alle Anstrengungen vergeblich.

In seiner Angst vor dem Schmerz krümmte sich D'Ormand wie ein Wahnsinniger. Doch als die vibrierende Klinge durch Haut und Muskeln drang, spürte er gar nichts. Es war wie das Sterben in einem Traum, wenn der harte Griff der Hände und sein eigener, verzweifelter Kampf nicht gewesen wären. Gleichzeitig folgte D'Ormand dem Weg, den die Klinge nahm.

Die Männer schnitten ihm das Herz aus der Brust. Mit dem Blick eines Irrsinnigen betrachtete D'Ormand die Hände dieser Nachtdämonen, in denen sein Herz ruhig und gleichmäßig schlug.

Da gab er den Kampf auf. Wie ein von den Augen einer Schlange behexter Vogel beobachtete er gebannt die Vivisektion seines eigenen Körpers.

Er stellte bald fest, daß die Femden alle Organe an ihren ursprünglichen Platz zurücklegten, nachdem sie sie ausgiebig betrachtet hatten. Mit einigen beschäftigten sie sich sehr eingehend. Bald darauf bemerkte D'Ormand eine Veränderung.

Aus seinem Körper drang Wissen. Schon im ersten Augenblick des Verstehens fühlte er schwach, daß es nun nur noch eine Sache gab, die ihn am vollkommenen Verständnis hinderte: Er mußte alles Wissen in Gedanken übertragen. Dabei entsprachen die Informationen reinen Emotionen. Wie diese kribbelten sie in seinen Nervenbahnen und versprachen ihm neue millionenfache Arten der Lebensfreude.

Langsam und unbeholfen, wie ein Dolmetscher, der keine Sprache vollends beherrscht, formte D'Ormand das wundervolle Fließen in Gedankenstrukturen um. Indem er das tat, veränderte er es. Er nahm ihm seinen Glanz, so als ob er aus einem kleinen, flinken Lebewesen das Leben herauspreßte, um am Ende enttäuscht auf den toten Körper zu starren.

Aber die Tatsachen, nackt und ihrer Schönheit beraubt, erfüllten sein Hirn: Die Plattform war kein Schiff, sondern ein Kraftfeld. Es wurde durch Willenskraft gesteuert. Die Menschen auf dem Schiff nannten sich Iir. Wahrhaftig existieren konnte man nur, wenn man mit der Lebensenergie eins geworden war. Dies war ein Existenzgenuß, den Mutter Natur den Männern vorbehalten hatte. Die Frauen in ihrer Eigenschaft als Kathoden schufen das Feld, aber der Mann, die anodische Kraft, war das Zentrum der Energie.

Die Stärke dieser Energie hing davon ab, in welchem Ausmaß die Iir auf dem Schiff sich auf ein gemeinsames Handlungsziel einigen konnten. Und da nun die Schlacht mit einem anderen Plattformschiff unmittelbar bevorstand, war es lebenswichtig, daß alle Iir ihr reines Wollen auf einen Punkt konzentrierten. Nur dann konnten sie die zusätzliche Energie erzeugen, die für den Sieg im Kampf dringend benötigt wurde.

Er, D'Ormand, war ein Störfaktor. Er war daran schuld, daß eine der Frauen zeitweilig als Kathode ausfiel. Er mußte sich einfügen – und zwar schnell!

Das wundersame Messer zog sich aus seinem Körper zurück und verschwand in das Nichts, aus dem es erschienen war. Die Männer entfernten sich wie nackte, nächtliche Gespenster.

D'Ormand unternahm keinen Versuch, ihnen zu folgen. Er fühlte sich matt und ausgelaugt. Sein Verstand bemühte sich noch, den gewalttätigen Akt zu verarbeiten, dessen Opfer er geworden war. Eines war ihm klar: Noch niemals war er dem Wahnsinn so nahe gewesen, und er hatte den kritischen Punkt noch nicht überwunden. Die tiefen Depressionen, die ihn plagten, waren ein untrügliches Zeichen.

Erst allmählich konnte er wieder einen klaren Gedanken fassen: Die Fähigkeit, im Weltraum zu leben, war das Ergebnis einer radikalen Entwicklung, die sich über eine gewaltige Zeitspanne erstreckt hatte, und doch hatten die Iir ihn, der an dieser Evolution nicht teilgenommen hatte, an diese extremen Lebensbedingungen angepaßt. Das war seltsam.

Aber es spielte keine Rolle. Er war in die Hölle gestürzt, und es half ihm nicht, wenn er eine logische Begründung dafür fand, warum es eigentlich nicht so sein dürfte, wie es war. Es kam darauf an, daß ihm die geistige Anpassung gelang – und zwar sofort!

D'Ormand sprang auf die Füße. Irgendwie wollte er mit dieser Aktion seine Entschlossenheit unterstreichen, doch sie führte dazu, daß er etwas bemerkte, das ihm bis dahin nicht aufgefallen war: die Schwerkraft.

Sie entsprach ungefähr ein g, schätzte er. In physikalischer Hinsicht konnte man sie nicht einmal als ungewöhnlich bezeichnen. Schon zu seiner Zeit war die Erzeugung von künstlicher Schwerkraft etwas Alltägliches. Nein, aufschlußreich war etwas anderes: Auch wenn es die Iir vielleicht selbst nicht wußten, die

Schwerkraft deutete darauf hin, daß sie von der Erde stammten. Warum sonst sollten Wesen, die in den tiefsten Regionen des Weltraums existieren konnten, so etwas benötigen. Ja, wieso brauchten sie überhaupt ein Schiff?

D'Ormand gestattete sich ein ironisches Lächeln. Denn er hatte soeben herausgefunden, daß die Menschen auch nach drei Millionen Jahren noch zu unlogischem Denken neigten. Diese Erkenntnis bereitete ihm eine gewisse Genugtuung, aber er beschloß, nicht weiter über das Paradoxon nachzudenken.

Er ging zu seinem Raumschiff hinüber. Nicht, daß er eine neue Hoffnung in das kleine Fahrzeug gesetzt hätte, aber er war der Ansicht, daß er es nicht auslassen dürfte, wenn er noch einmal jede Handlungsmöglichkeit überprüfen wollte.

Und doch verspürte er von neuem eine tiefe Enttäuschung, als es ihm nicht gelang, die Einstiegsluke zu öffnen. Er ging um den Rumpf herum, schaute noch einmal durch ein Bullauge ... Und fast wäre ihm der Verstand stehengeblieben! Von dieser Seite hatte er vorher nicht in die Kabine geblickt, und darum hatte er auch nicht die Skalen und Instrumente sehen können. Jetzt stellte er fest, daß die Kontrolleuchten brannten.

Die Energiezufuhr war eingeschaltet!

D'Ormand umklammerte die Einfassung des Bullauges wie ein Ertrinkender. Er konnte einfach nicht fassen, was er dort sah. Der Antrieb lief! Bei der Landung mußte er – möglicherweise einem letzten, verzweifelten Fluchtimpuls gehorchend – die Antriebsenergie eingeschaltet haben. Ein Gedanke traf D'Ormand wie ein Schlag: Warum war das Raumschiff nicht längst davongestürmt? Eigentlich müßte es sich mit annähernder Höchstgeschwindigkeit bewegen!

Dafür konnte es nur eine Erklärung geben. Er hatte sich geirrt, als er die Schwerkraft auf dem Plattformschiff bestimmte. Für ihn betrug sie ein g, das schon, aber wie groß war sie für das auf Hochtouren laufende Raumschiff?

Es lag also nicht an den Iir, wenn er die Luke nicht öffnen konnte. Denn aus Sicherheitsgründen ließen sich die Luftschleusen der kleinen Raumschiffe nicht öffnen, solange die Energiezufuhr eingeschaltet war. So waren sie konstruiert. Wenn aber der Energiefluß unter einen bestimmten Wert gesunken war, konnte man die Luke ohne Mühe zur Seite klappen.

D'Ormand mußte so lange am Leben bleiben, bis dieser Punkt

erreicht war. Wenn er dann die Energiereserven für den Alarmstart aktivierte, konnte er entkommen. Der geballten Kraft des Atomantriebs würde das Plattformschiff nicht widerstehen können.

Diese Hoffnung war so groß, daß er sie nicht durch Zweifel in Frage stellen mochte. Er mußte einfach daran glauben, daß es eine Fluchtmöglichkeit für ihn gab. In der Zwischenzeit wollte er die junge Frau suchen und sie besänftigen. Außerdem mußte er herausfinden, was es mit diesen Anoden und der Universalenergie auf sich hatte.

Und er mußte die Schlacht überleben.

Die Zeit verging. D'Ormand, eine nächtliche Gestalt in dieser Welt der Finsternis, wanderte über das Deck auf der Suche nach der jungen Frau, die er geküßt hatte; und während er dahinschritt, veränderte die helle Galaxis über ihm sichtlich ihre Stellung.

Seine Fehlschläge ließen ihn verzweifeln. Zweimal hatte er sich neben Gruppen niedergelassen, die aus einem Mann und mehreren Frauen bestanden. Er hatte auf eine Information gewartet oder darauf, daß ihm noch einmal eine Frau ein Angebot machte. Aber niemand teilte ihm etwas mit. Die Frauen schauten ihn nicht einmal an.

D'Ormand suchte sich schließlich eine Erklärung für diese absolute Teilnahmslosigkeit: *Sie haben erkannt, daß ich mich einfügen will. Und das genügt ihnen.*

Entschlossen, den Mut nicht sinken zu lassen, kehrte er zu seinem Schiff zurück. Der Schließmechanismus der Luke ließ sich noch immer nicht bewegen; D'Ormand legte sich auf das harte Deck und streckte sich aus. Da schwenkte die Plattform heftig herum.

Er verspürte keine Schmerzen, aber der Ruck mußte außergewöhnlich heftig gewesen sein. D'Ormand rutschte über das Deck . . . zehn, zwanzig, dreißig Meter weit. Er war so benommen, daß er seine Umgebung nur noch verschwommen wahrnahm. Wie durch einen Nebel erblickte er das andere Schiff.

Die zweite Plattform hatte ähnliche Ausmaße wie die, auf der er sich befand. Sie verdeckte den Himmel auf der Steuerbordseite, glitt in einer flachen Kurve herab. Scheinbar hatte das Iir-Schiff gedreht, um dem Feind die Breitseite zuzuwenden.

In D'Ormands Kopf hämmerte es. Er rang um seine Fassung. Wahnsinn! Ein Alptraum! Was er erlebte, konnte nicht die Wirklichkeit sein. Außer sich vor Erregung richtete er sich auf, um das Schauspiel besser beobachten zu können.

Das Iir-Schiff drehte sich erneut. Diesmal gab es einen leichten Stoß. D'Ormand prallte aufs Deck, aber er konnte den Sturz mit den Händen abfangen. Sofort kam sein Oberkörper wieder hoch. Er wollte nichts verpassen.

Er stellte fest, daß die beiden Plattformen nun Seite an Seite lagen. Auf der gewaltigen Fläche des anderen Schiffes erblickte er Männer und Frauen, nackt und nicht von den Iir zu unterscheiden. Für D'Ormand war jetzt klar, wozu die Wendemanöver des Schiffes gedient hatten:

Er rechnete mit einem altmodischen, blutrünstigen Enterangriff.

... jetzt kommt es darauf an, dachte D'Ormand. Auf keinen Fall durfte er bei den Ereignissen, die nun hereinbrechen würden, ein Störfaktor sein.

Vor Erregung zitternd saß er auf dem Deck. Er schien sich richtig verhalten zu haben, denn plötzlich eilte aus der Nacht *die* junge Frau heran. Sie rannte, am Körper trug sie noch immer das schwarze Gewand. Sie stürzte vor ihm zu Boden. Ihre Augen waren Ovale aus glühendem Bernstein. Erregung und Furcht leuchteten aus ihnen.

Im nächsten Augenblick begannen D'Ormands Nerven unter dem Anprall fremder Gefühlsmuster zu vibrieren. Man hatte ihr eine neue Chance gegeben. Wenn es diesmal gelänge, ein Anodenzentrum zu bilden, dann würden ihre Siegeschancen steigen, und sie würde der Verbannung entgehen. Sie hatte die Macht der Reinheit getrübt, weil ihr gefallen hatte, was er mit ihr gemacht hatte.

Sie hatte ihm noch mehr mitzuteilen, doch D'Ormand hatte aufgehört, die Botschaften zu übersetzen. Er war sprachlos. Jetzt fiel ihm ein, daß ihm bereits die Männer mitgeteilt hatten, er sei daran schuld, daß eine Frau als Kathode ausfiel. Er habe sie verdorben.

Durch einen Kuß!

Die uralte Beziehung zwischen Mann und Frau hatte also noch nichts von ihrer Macht verloren. D'Ormand stellte sich plötzlich vor, wie er – ein Dieb in der Nacht – über das Deck des dunklen

Schiffes schlich und allen Frauen Küsse raubte ... Wie er so die gesamte Organisation dieser Menschen durcheinanderbrachte ...

Er riß sich mit Gewalt von dieser Vorstellung los. Ich bin ein Narr, schalt er sich selbst. Wie kann ich solche Gedanken haben, wo ich mich mit jeder Faser meines Körpers darauf konzentrieren sollte, eine Verbindung mit diesen Wesen einzugehen, damit ich am Leben bleiben kann. Er mußte endlich den Einstieg finden!

Die junge Frau stieß ihn an. Mit einem Ruck kehrte D'Ormand in die Wirklichkeit zurück. Nach wenigen Augenblicken hatte er begriffen, was die Frau von ihm wollte: mit gekreuzten Beinen beieinander sitzen ... sich an den Händen halten ... das Bewußtsein aufgeben ...

Soweit es seinen Körper betraf, fügte sich D'Ormand ihren Wünschen. Er streckte ihr die Hände hin und beobachtete, wie sie die Augen schloß. Es sah aus, als ob sie betete.

Überall um sich her konnte D'Ormand jetzt Menschengruppen erblicken. Die Männer saßen, wie er, mit gekreuzten Beinen, die Frauen knieten. An einer Gruppe in der Nähe konnte er beobachten, daß die Iir sich so an den Händen hielten, daß sie eine geschlossene Kette bildeten.

Sein Blick wanderte zu dem anderen Schiff hinüber. Auch dort saßen Männer und Frauen in Gruppen an Deck und hielten sich bei den Händen.

In jener Stunde blickten die Sterne hinab auf eine Szene, die es gar nicht hätte geben dürfen – auf die höchste Steigerung eines atavistischen Brauchs, das Gebet vor der Schlacht. Voller Zynismus wartete D'Ormand darauf, daß die feierliche Ouvertüre zu Ende ging, daß aus dem Nichts die glühenden Messer erschienen und in mordgierigen Händen zum Leben erwachten.

Diese Tatsache ließ sich nur mit Zynismus ertragen: daß es nach drei Millionen Jahren immer noch Krieg gab. Eine andere Art von Kriegen zwar, aber das änderte nichts an der deprimierenden Erkenntnis.

In diesem düsteren Augenblick wurde er plötzlich zur Anode. Etwas regte sich in seinem Innern. Kein Schmerz oder Feuer, sondern ein pulsierender Strom. Eine kalte Flamme, die heftiger und heftiger loderte. Ein Gefühl des Überschwangs erfüllte ihn, um ihn her schien alles in Bewegung zu geraten.

Das Weltall selbst begann zu leuchten. Die Milchstraße loderte ihm entgegen. Sonnen, die eben noch winzige Lichtpunkte gewesen waren, blähten sich zu monströser Größe auf, sobald sein Blick sie traf, und schrumpften wieder zusammen, wenn er in eine andere Richtung schaute.

Die Entfernungen verloren ihre Bedeutung. Während sich D'Ormands Gesichtskreis ins Unermeßliche ausweitete, schrumpfte das Universum zusammen. Milliarden Galaxien, Billionen Planeten enthüllten ihre mannigfaltigen Geheimnisse vor seinem schrecklichen, alles durchdringenden Blick.

Namenlose Dinge nahm er wahr, bevor sein kolossaler Geist von diesem unfaßbaren Sturz in die Unendlichkeit zurückkehrte. Als er endlich wieder auf dem Schiff war, wurde ihm klar, daß die Schlacht bereits in vollem Gange war. Es war ein Kampf des Geistes, nicht der Körper. Der Sieg gehörte der Partei, der es gelang, die Energie beider Schiffe unter Kontrolle zu bringen. Wenn das erreicht war, konnten die Sieger mit der universalen Kraft verschmelzen.

Die Selbstauflösung war das hohe Ziel, nach dem beide Parteien strebten. Sie wollten eins werden mit dem *Urgrund.* Für immer sollten ihre Geister in der immerwährenden Energie baden können, bis . . .

Bis *was?*

Urplötzlich war D'Ormand von tiefer Abscheu erfüllt. Die Ekstase war zerstoben. Alles ging blitzschnell. Er begriff, was es bedeutete, wenn die Schreckensvision der Iir Wirklichkeit wurde, wenn sie den Sieg davontrugen. In seinem Entsetzen hatte er die Hände des Mädchens losgelassen und so den Kontakt zur universalen Energie unterbrochen. Jetzt stellte er fest, daß er allein in der Dunkelheit saß.

D'Ormand schloß die Augen. Haltlos zitternd stemmte er sich gegen den Anprall panischen Schreckens. Das Schicksal hatte ihm einen diabolischen Streich gespielt . . . Er war entkommen, und zwar im allerletzten Augenblick.

Denn die Iir hatten tatsächlich gesiegt. Sie hatten ihr Ziel, die Selbstvernichtung, erreicht . . . Hilflos zuckte D'Ormand mit den Schultern. *Es war nicht übel, eine Anode zu sein,* dachte er matt. Aber er war nicht dazu bereit gewesen, in diese finstere Unendlichkeit einzugehen.

Finsternis? Jetzt erst nahm er dämmrig wahr, was ihm unter

dem Anprall der heftigen Gefühle verborgen geblieben war: Er saß nicht mehr auf dem Deck des Plattformschiffs. Es gab kein Schiff mehr.

Und es war entsetzlich dunkel!

Aus den Augenwinkeln bemerkte D'Ormand eine Bewegung. Das andere Schiff. Hoch über ihm zog es seine Bahn durch den Himmel, und kurze Zeit später war es in der ewigen Dunkelheit verschwunden.

Also war die Schlacht vorüber. Doch was nun?

Dunkelheit ringsumher. Die Iir hatten gewonnen. Sie waren jetzt ein Teil der Universalenergie. Als seine Schöpfer verschwunden waren, hatte das Schiff sich wieder in einen elementaren Energiezustand zurückverwandelt; es existierte nicht mehr. Wo aber war D'Ormands kleines Schiff?

Von Panik ergriffen, versuchte D'Ormand, gleichzeitig in alle Richtungen zu schauen. Doch sosehr er sich auch bemühte, nirgendwo war eine Spur vom Raumschiff zu entdecken. Ihm wurde klar, was geschehen war:

In dem Augenblick, wo sich die Plattform auflöste, war das kleine Schiff davongeflogen. Schließlich war der Antrieb eingeschaltet gewesen. Jetzt schoß es irgendwo durch das Weltall, mit einem Tempo von neunzig Millionen Meilen in der Sekunde.

D'Ormand war allein in der endlosen Nacht, ein Treibgut im Weltraum

Das war die Verbannung.

Lähmendes Entsetzen strömte in Wellen durch seinen Geist. Schreckliche Gedanken erwachten zu tobendem Leben, doch nach einer Weile verspürte er nichts als tiefe Resignation.

So also sah die Zukunft aus. Nichts als eine endlose Kette von Gefühlen und Gedanken, bis dann irgendwann der Wahnsinn kam. Das war das Exil, vor dem sich die junge Frau gefürchtet hatte.

Plötzlich war D'Ormand von Leben erfüllt. Er wand sich, er warf den Kopf hin und her, und schließlich hatte er sie entdeckt – ihr Körper zeichnete sich deutlich von den fernen Sternen der Milchstraße ab.

Sie schwebte ganz in der Nähe, stellte er zu seiner Überraschung fest. Nicht einmal vier Meter mochten es sein. Nach und nach würden sie aufeinander zutreiben, in immer enger werdenden Kreisen.

Und bald würden sie einander so nahe sein, daß sie sich berühren und eine Anoden-Kathoden-Verbindung eingehen konnten. Dann besäßen sie die Macht, das Raumschiff zu orten und im gleichen Augenblick bei ihm zu sein.

Und so hatten Nacht und Einsamkeit ein Ende.

An Bord des Raumschiffes konzentrierte D'Ormand sich darauf, die Position zu bestimmen. Er vergaß keinen Augenblick, daß die junge Frau in seiner Nähe war, aber die Aufgabe forderte seine ungeteilte Aufmerksamkeit. Zunächst einmal mußte er mit einer mühseligen Methode nach dem Prinzip Versuch und Irrtum das große Himmelsleuchtfeuer Antares lokalisieren. Dann war es nicht mehr schwierig, die Position der strahlenden Mira im Jahre 3000000 n. Chr. ausfindig zu machen.

Aber Mira war nicht da.

D'Ormand ließ verblüfft die Fingerknöchel knacken. Dann zuckte er die Achseln. Beteigeuze müßte genügen.

Fehlanzeige! Ein großer roter Stern stand 103 Lichtjahre von der Stelle entfernt, wo der Superriese hätte sein sollen. Das war einfach lächerlich. Er konnte sich nicht vorstellen, daß alle seine Berechnungen nicht stimmen sollten.

Ihn überlief ein Zittern. Mit unsicherer Hand schrieb er ein paar Zeilen nieder. Er hatte eine Eingebung gehabt, und jetzt bestimmte er die Position von Sol, so, wie sie sein müßte, wenn seine unwahrscheinliche Voraussetzung zutraf.

Das Unmögliche war Wirklichkeit geworden! Er war gar nicht in die Zukunft gereist, sondern in die Vergangenheit. Die Zeitmaschine mußte verrückt gespielt haben, denn sie hatte ihn ins Jahr 37000 vor Christus befördert.

Ein neuer Gedanke unterbrach D'Ormands Überlegungen: *Menschen ...? Zu dieser Zeit?*

D'Ormand riß sich von seinen Berechnungen los und wandte sich der jungen Frau zu. Er setzte sich mit gekreuzten Beinen auf den Boden und bedeutete ihr, niederzuknien und seine Hände zu erfassen. Ein Augenblick der Anodenenergie würde genügen, um das Schiff noch in dieser Sekunde zur Erde zu befördern und Klarheit zu schaffen.

Zu seiner Überraschung mußte D'Ormand feststellen, daß das Mädchen keine Anstalten machte, auf sein Vorhaben einzugehen. Ihre braunen Augen blickten ihn kalt und abweisend an.

Offenbar hatte sie ihn nicht verstanden. Daher stand er wieder auf, ergriff sie beim Arm und drückte sie sanft zu Boden.

Sie wich vor ihm zurück. D'Ormand beobachtete sie verwirrt. Gerade, als er begriffen hatte, daß sie sich ihm nie wieder als Kathode unterordnen würde, trat sie auf ihn zu, schlang ihm die Arme um den Nacken und küßte ihn.

D'Ormand stieß sie zurück. Doch dann tätschelte er – erschrocken über die eigene Brutalität – ihren Arm. Sehr nachdenklich kehrte er zum Pilotensitz zurück. Er machte sich daran, Kreisbahnen auszurechnen, die Bremskraft der nächstgelegenen Sonnen und die Energiemenge, die dem Schiffsantrieb noch zur Verfügung stand. Es würde sieben Monate dauern, fand er heraus, lange genug, um der Frau die einfachsten Grundbegriffe des Sprechens beizubringen . . .

Das erste verständliche Wort, das sie hervorbrachte, war ihre Version seines Namens. Sie nannte ihn Ardom – eine Verzerrung, die D'Ormand auf einen Gedanken brachte. Er wußte nun, wie er die Frau nennen wollte.

Als sie endlich auf einem großen, unberührten, von grünen Wäldern bedeckten Planeten landeten, hatte er sich längst an ihre stockende, ernste Redeweise gewöhnt.

Es fiel ihm leicht, sie bei dem Namen zu nennen, den er für sie ausgesucht hatte: Eva, die Mutter aller Menschen.

Ins Deutsche übersetzt von Ullrich Kiesow.

Der Ultra-Mensch

I

An der Tür glänzte ein poliertes Messingschild:

Dr. RICHARD CARR
Psychologe
Mondstation

Im Büro hinter der Tür stand ein rundlicher, junger Mann an einem der beiden Fenster und spähte mit einem Fernglas nach unten auf den vierten Stock des gegenüberliegenden Gebäudes. An einem Band um den Hals hing ein kleines Mikrofon, und aus seinem Mund ergoß sich ein endloser Strom von halblauten Kommentaren: »Jetzt, äh . . . denkt der Mann an etwas Technisches. Er möchte zu diesen technischen Dingen zurückkehren, aber er sagt zu ihr: ›Wir müssen uns beeilen!‹ Warum er zur Eile drängt, verstehe ich nicht ganz, denn aus einem Grund, den ich nicht erfassen kann, möchte auch sie schnellstens aufbrechen. Sie kann ihn aber nicht so einfach gehen lassen, darum schlägt sie vor: ›Laß uns einen kleinen Spaziergang machen und über die Zukunft sprechen . . .‹ Der Mann erwidert: ›Ehrlich gesagt sehe ich für uns keine Zukunft . . .‹« Carr unterbrach seinen Bericht. »Herr Oberst, die Unterhaltung wird jetzt sehr persönlich. Wir sollten uns jemand anderen vornehmen.«

Oberst Wentworth, der am anderen Fenster stand, fragte: »Können Sie mir sagen, in welcher Sprache sie sich unterhalten haben?«

»Nein, nicht genau. Eine slawische Sprache. Es sind Osteuropäer. Nach der Art, wie sich ihre Gesichtslinien bewegen, würde ich sagen . . . ja, es sind Polen.« Wentworth schaltete den Recorder ab, auf den er mit Hilfe eines Richtmikrofons die tatsächliche Unterhaltung des beobachteten Paares aufgenommen hatte.

Der Oberst war gut einen Meter achtzig groß, achtunddreißig Jahre alt und von fast zartem Körperbau. Seine grauen Augen blickten so ruhig, daß ihnen die wache Intelligenz des Mannes nicht anzusehen war. Seit acht Jahren stand er jetzt im Dienst der

Sicherheitsabteilung der Mondstation, aber seine steifen, britischen Umgangsformen hatte er noch nicht abgelegt. Da Carr, der amerikanische Psychologe, eben erst auf dem Mond eingetroffen war, war dies die erste Begegnung der beiden Männer.

Jetzt griff Wentworth nach dem Richtmikrofon und beobachtete durch die eingebaute Visiereinrichtung die Menschen im gegenüberliegenden Gebäude. Carr schien sich nicht klar darüber zu sein, aber Wentworth war sich durchaus bewußt, daß sie sich bei ihrer derzeitigen Unternehmung außerhalb der Legalität bewegten. Auf dem Mond lebte ein buntes Gemisch von Angehörigen vieler Nationen. Internationale Abkommen regelten das Zusammenleben, und es war gewiß nicht erlaubt, die Gedanken eines Mondbewohners zu lesen, indem man heimlich das Spiel seiner Gesichtszüge beobachtete.

Dennoch forderte Wentworth den Amerikaner auf, sich ein neues Ziel zu suchen. Dabei hielt der Oberst sein Gesicht abgewandt, denn es waren einige Gedanken darauf zu lesen, die er zu diesem Zeitpunkt lieber für sich behalten wollte. Wentworth sagte:

»Kommen Sie, ein Paar sollten wir uns noch vornehmen! Sehen Sie die rothaarige Frau und den kleinen Mann?«

Carr gab keine Antwort. Seine Aufmerksamkeit wurde offenbar stark von einer Beobachtung unten in der Straße in Anspruch genommen. Plötzlich erklärte er aufgeregt: »Herr Oberst, der Mann dort unten! Der große, hagere Typ mit der auffälligen Kopfbedekkung . . . Sehen Sie ihn? *Das ist kein menschliches Wesen!*«

Wentworth war verblüfft. »Wovon reden Sie eigentlich?«

Dann riß er das Fernglas hoch, doch im gleichen Augenblick schrie Carr mit schriller Stimme: »O Gott, er hat mich entdeckt! Er will mich töten! Vorsicht!«

Wentworth ließ sich instinktiv fallen. Fast gleichzeitig flammte ein Blitz auf, heller als das Tageslicht. Glas zersplitterte, und Putz fiel von der Zimmerdecke.

Dann trat Schweigen ein.

Aus den Augenwinkeln hatte der Oberst beobachtet, daß auch Carr sich auf den Boden geworfen hatte. Daher ging er davon aus, daß der Mann unverletzt geblieben war. Er beschloß, keine Zeit zu verschwenden, kroch auf Händen und Knien zum Schreibtisch und zog das Telefon zu sich herunter. Sekunden später schrillten die Alarmglocken.

II

Dr. Boris Denovitsch, der kürzlich ernannte Leiter der psychiatrischen Abteilung, lauschte den Erläuterungen des automatischen Dolmetschers mit mißtrauisch gerunzelter Stirn. Der Psychiater hatte selten eine unglaubwürdigere Geschichte gehört. Er rückte den Kopfhörer zurecht und sprach dann mit weichem russischen Klang in das kleine Mikrofon:

»Wollen Sie tatsächlich behaupten, Oberst Wentworth, dieser junge Amerikaner könne die Gedanken von Menschen aus ihrem *Mienenspiel* herauslesen? Es dürfte sich doch wohl eher um eine herkömmlichere Form der Telepathie handeln, oder nicht?«

Wentworth betrachtete nachdenklich seinen nervösen, mittelalten Gesprächspartner. Der Oberst hatte etwas erkannt, dessen sich weder Carr noch Denovitsch bewußt waren. Denovitsch hatte so reagiert, wie er es erwartet hatte, doch er mußte sich Gewißheit verschaffen.

Der Russe fuhr fort: »Sie haben bereits alles überprüft? Sprachen und so weiter?«

Wentworth war allerdings davon überzeugt, daß eine gründliche Überprüfung angebracht war. Und so hatte er zwanzig bedeutungsvolle Minuten in der Übersetzungsabteilung verbracht. Er sagte: »Unter den Leuten, deren Gespräche ich aufgenommen habe, waren Polen, Deutsche, Griechen und Japaner.«

»Und das, was Carr über sie berichtet hat, deckt sich mit den Übersetzungen?«

»Nicht Wort für Wort, aber das Wesentliche hat er in jedem Fall erfaßt.«

Der russische Psychiater preßte die Lippen zusammen. Für ihn war es klar, daß der Sicherheitsbeamte einer geschickten Täuschung durch den amerikanischen Psychologen aufgesessen war. Wie und warum das geschehen konnte, interessierte Denovitsch nicht. Oberst Wentworth sagte: »Sie sollten sich das Band bis zum Ende anhören.«

»Das dürfte nicht notwendig sein«, entgegnete Denovitsch höflich. »Ich nehme an, Carr war erfolgreich. Aber können wir nicht ebensogut davon ausgehen, daß er ein Sprachgenie ist, das perfekt von den Lippen ablesen kann?«

Der Sicherheitsbeamte wandte sich an seine Sekretärin: »Lassen Sie das Band bis zu der markierten Stelle durchlaufen!« Dann sprach er Denovitsch an: »Das *müssen* Sie sich anhören, Herr Doktor!«

Als das Band wieder eingeschaltet wurde, konnte man zunächst die Stimme Wentworths vernehmen, der Carr aufforderte, sich einem anderen Paar zuzuwenden. Dann gab es eine kleine Pause. Darauf folgte Carrs schriller Schreckensruf, der Wentworth auch beim zweiten Abspielen in die Glieder fuhr.

Denovitsch saß kerzengerade in seinem Stuhl, als das Explosionsgeräusch und das Splittern von Glas aus dem Lautsprecher drangen. Er bemerkte kaum, wie Wentworth den Recorder ausschaltete. Es dauerte eine Weile, bis er die Sprache wiederfand und fragen konnte: »Was war das? Was ist geschehen?«

Als Wentworth mit seinem Bericht zum Ende gelangt war, hatte sich Denovitsch wieder erholt. »Das Ganze muß ein Schwindel sein«, stellte er fest. »Haben Sie aus dem Fenster geschaut? Was haben Sie gesehen?«

»Ich war völlig überrascht«, gestand Wentworth. »Ich hatte mich auf den Boden geworfen. Es hat bestimmt zwei, drei Minuten gedauert, bis ich zum Fenster gegangen bin.«

»Also haben Sie den großen, hageren Nicht-Menschen gar nicht selbst gesehen?« fragte Denovitsch.

Der Oberst mußte zugeben, daß nirgendwo eine Person zu sehen gewesen war, auf die diese Beschreibung zugetroffen hätte.

Darauf lehnte sich der sowjetische Psychiater gelassen in seinem Sessel zurück. Oder vielmehr, er bemühte sich um Gelassenheit, denn in Wirklichkeit war er äußerst gereizt. Seit langem hatte er keinen solchen Zorn verspürt. Dies negative Gefühl richtete sich ausschließlich gegen Dr. Richard D. Carr, den amerikanischen Psychologen. Es gelang ihm jedoch, sich zu beherrschen. Er schlug vor: »Wie wäre es, wenn Dr. Carr auf der Stelle eine Probe seiner Fähigkeit liefern würde. Ich wüßte eine geeignete Versuchsperson für ihn. Ich erhielte so einen Eindruck von seinen Möglichkeiten, und er könnte einmal zeigen, wozu er tatsächlich fähig ist.« Der Psychiater lächelte grimmig. »Wie wäre es, wenn er *meine* Gedanken auf *meinem* Gesicht lesen würde?«

Offenbar fand Denovitsch großen Gefallen an seinem eigenen Vorschlag; dabei bemerkte er nicht, wie dringend die Angelegenheit für Wentworth war. Der Sicherheitsbeamte biß sich auf die Lippen, doch dann erwiderte er: »Ich werde Dr. Carr hierher bitten. Dann können wir darüber sprechen.«

Wentworth holte Dr. Carr am Lift ab. Als dieser den Aufzug verließ, hatte ihm Wentworth den Rücken zugewandt, und er erwiderte den Gruß des Psychologen nur mit einem kurzen Blick über die Schulter. »Kommen Sie hier entlang, Herr Doktor«, sagte er.

Während ihres Weges zum Büro des russischen Psychiaters blieb Wentworth stets ein paar Schritte vor Carr und hielt sein Gesicht vor ihm verborgen.

Als sie das Büro erreicht hatten, ließ der Sicherheitsbeamte Carr den Vortritt, so daß dieser als erster Denovitsch gegenüberstand. Der Russe hatte Kopfhörer aufgesetzt, und das Mikrofon des automatischen Dolmetschers war an seinem Revers festgesteckt.

Auf der Erde hatte er eine bestimmte Technik entwickelt, um unerwünschte Besucher rasch wieder loszuwerden: Er fing sie nach Möglichkeit dicht hinter der Türe ab und vermied es, ihnen einen Platz anzubieten.

Der erste Blick auf das ungesund wirkende, runde Gesicht des Amerikaners und der schlaffe Druck der weichen kleinen Hand veranlaßten Denovitsch nicht, von dem gewohnten Verfahren abzuweichen. Er ließ die Bürotür offenstehen und zeigte hinaus in den Gang. »Kommen Sie bitte mit!«

Carr rührte sich nicht, auf seinen Lippen zeigte sich ein verständnisvolles Lächeln. Denovitsch blieb stehen. Er hielt die Türklinke in der Hand und blickte zu dem Amerikaner zurück.

Dr. Carr sagte leise: »Wir sollten uns um ein besseres Verständnis bemühen, Herr Doktor.«

Denovitsch grinste voller Ironie. »Ach ja, Sie können ja in Gesichtern lesen. Das hatte ich vergessen. Nun, was haben Sie in meinem gesehen?«

Carr lächelte noch immer auf dieselbe stille Weise. »Möchten Sie wirklich, daß ich das laut ausspreche?«

Der Psychiater fühlte sich keineswegs verunsichert. »Ach, das möchte ich Ihnen ersparen«, erklärte er großmütig.

Wentworth, der sich vorgenommen hatte, bei den ersten Anzeichen einer aufkeimenden Feindseligkeit augenblicklich einzuschreiten, hielt den Zeitpunkt für gekommen. Er versicherte, daß Carrs Fähigkeiten sowohl unter experimentellen als auch unter praktischen Bedingungen überprüft werden könnten, und fügte hinzu: »Aber jetzt möchte ich Sie beide bitten, mich zum Hafen zu begleiten . . .«

Auch während Wentworth diese Worte gesprochen hatte, hatte er es vermieden, den amerikanischen Psychologen anzusehen, doch nun spürte er, daß dieser ihn anstarrte.

»Bisher habe ich darauf geachtet, Ihre Intimsphäre nicht zu verletzen, Mr. Wentworth«, sagte Carr bedächtig. »Aber inzwischen habe ich ein-, zweimal durch Ihre steife, britische Maske geschaut, und trotz aller Täuschungsmanöver ist es mir nicht entgangen, daß Sie etwas über meine besondere Fähigkeit wissen. Etwas, das . . .« Carr brach ab und runzelte nachdenklich die Stirn. »Was ich kann, ist für Sie nicht neu. Sie haben es schon einmal erlebt.«

Wentworth hielt den Kopf weiterhin zur Seite gewandt. »Sie sind auf der richtigen Spur«, erklärte er. »Ich werde Ihnen beiden so bald wie möglich die ganze Geschichte erzählen. Aber jetzt wartet eine dringende Aufgabe auf uns. Einverstanden?«

Während er neben Carr durch den Korridor ging, dachte er daran, daß der Amerikaner sehr nützlich sein könnte, um den Außerirdischen zu lokalisieren. Aber die Zeit spielte eine entscheidende Rolle. Eile war geboten, wenn sie von der wunderbaren Fähigkeit des Psychologen profitieren wollten.

Was weder Carr noch Denovitsch wußten, war folgendes: Schon seit den ersten Anfängen der Mondstation war es immer wieder vorgekommen, daß einzelne Menschen eine plötzlich heftige Steigerung ihrer ESP- oder PSI-Fähigkeiten erlebten, manche entdeckten auch erst in der Mondstation, daß sie eine übernatürliche Fähigkeit besaßen. Diese übersinnliche Begabung war von Mensch zu Mensch völlig verschieden. Meist entsprach sie einem besonderen Interesse, das schon vorher vorhanden war, und auf dem Mond wurde eine übersinnliche Fähigkeit daraus. Gelegentlich war der Übergang so fließend und unscheinbar, daß die Betroffenen ihn zunächst gar nicht bemerkten.

Dies war das erste Stadium der Entwicklung. Es dauerte zwei Tage.

Am Ende dieser Periode verging die Fähigkeit sehr schnell und war mehrere Stunden lang nicht mehr vorhanden. Die Menschen vergaßen dann sogar, daß sie jemals diese außergewöhnliche Begabung besessen hatten.

Dann war die ESP-Kraft mit einem Schlage wieder da, aber in einer veränderten Form:

Sie war jetzt ins Unermeßliche gesteigert, ging also weit über den ersten Zustand hinaus. Wentworth hatte diese Form einmal mit den Leistungen eines Lebewesens im Todeskampf verglichen, das für kurze Zeit wahrhaft herkulische Kräfte entfaltet. Für ein paar Stunden kann man dann einen Menschen erleben, der eine unglaubliche Macht besitzt, eine Macht, die in ferner Zukunft vielleicht einmal allen Menschen zuteil wird.

Doch das Finale kam nun schnell. Nach wenigen Stunden verging auch diese übersteigerte Fähigkeit, um danach niemals wiederzukehren. Wentworth wußte, daß Carr sich bereits seit achtundvierzig Stunden auf dem Mond befand. Er nahm an, daß der Psychologe seit seiner Ankunft die Fähigkeit zum Lesen von Gesichtern besaß. Das bedeutete: die zweitägige erste Phase stand unmittelbar vor ihrem Ende.

Die Zeit wurde also knapp. Es durfte keine Minute verschwendet werden. Wenn man Carr jetzt die Eigenschaften seiner Fähigkeit schilderte, würde man ihn nur verwirren. Also wandte Wentworth sein Gesicht ab und versuchte, jeden seiner Gedanken geheimzuhalten.

III

Die drei Männer hatten die Haltestelle der Stationsbahn erreicht. Kurze Zeit später stiegen sie in der Empfangshalle des Raumhafens unterhalb des Landeplatzes wieder aus. Sie hatten die Kabine der Einschienenbahn kaum verlassen, als ihnen ein Abfertigungsbeamter des Raumhafens entgegeneilte.

Wentworth kannte den Mann – er war schon lange auf dem Mond stationiert – und nickte ihm zu. Der Beamte gab ihm ein Zeichen mit der Hand und lief an den Männern vorüber. Darauf wollte Wentworth seine Begleiter zu dem Korridor führen, aus dem der Raumhafenbedienstete gekommen war, doch Carr blieb plötzlich stehen.

»Herr Oberst«, sagte er. »Ich möchte gern mit diesem Beamten reden.«

»Mit wem?« fragte Wentworth, der die Begegnung schon wieder vergessen zu haben schien.

»Mit diesem Raumhafenmann, der eben an uns vorübergegangen ist.«

»Mit Peterson? Aber sicher.« Er drehte sich um und rief: »He, Pete, komm zurück!

Doch Carr eilte dem Beamten entgegen. Als Denovitsch bemerkte, daß ihm etwas entging, standen die beiden Männer bereits in einiger Entfernung beieinander und unterhielten sich. Der Uniformierte nickte zweimal, dann begann er plötzlich hysterisch zu lachen.

Überraschend laut schallte das Lachen durch die Gänge. Einige Leute, die aus der Gepäckabfertigung gekommen waren, blieben stehen und sahen sich um.

Da brach Peterson unvermittelt in Tränen aus. Denovitsch, der inzwischen aufmerksam geworden war, brachte sich mit ein paar raschen Schritten in Hörweite. Wentworth folgte ihm auf dem Fuß.

Der Abfertigungsbeamte, geschüttelt von einer Mischung aus Schluchzen und Lachen, rang verzweifelt um seine Selbstbeherrschung.

Er prustete: »Was haben Sie gesagt? Ich habe Sie nicht ganz verstanden . . . Sagen Sie mal, was ist eigentlich mit mir los? So etwas ist mir noch nie passiert!« Er schluckte krampfhaft, hatte sich endlich wieder gefaßt und war sofort von Zorn erfüllt.

»Sie . . . Sie . . . Sie!« tobte er. »Was haben Sie mit mir gemacht?«

»Gestern nachmittag ist jemand hier in der Halle gewesen und hat die Kontrolle über Ihren Verstand übernommen«, erklärte Dr. Carr sachlich. »Berichten Sie uns genau, was geschehen ist!«

»Tja . . . Äh . . .« Petersons Zorn war schnell verraucht. »Ach, Sie meinen diese Neger! Es waren drei . . . Einer sah so unheimlich aus, hohlwangig . . . irgendwie merkwürdig. Darum habe ich ihn gebeten, seine Kopfbedeckung abzunehmen.«

Er brach ab und starrte Carr an. Sein Gesichtsausdruck war so verwirrt, daß er fast blödsinnig wirkte.

»Was hat der Mann mit Ihnen gemacht?« drängte Carr.

»Wie . . . Äh . . .?« Peterson riß plötzlich die Augen weit auf. »Er hat mich angestrahlt . . . Da war eine Art Licht oben in seinem . . .« Wieder verstummte er, seine Augen blickten ins Leere. »Wovon rede ich eigentlich? Ich glaube, ich träume.«

Denovitsch trat vor. Er hegte jetzt keine Zweifel an Carrs Fähigkeiten mehr, denn soeben hatte er – das stand für ihn fest – die schnellste hypnotische Analyse seines Lebens beobachtet.

Seine Stimme war ein leises, ärgerliches Zischen: »Dr. Carr, lassen Sie den Mann jetzt in Ruhe!«

Der Amerikaner schaute ihn überrascht an. Denovitsch glaubte zu spüren, wie der andere in seinen Zügen forschte.

»Hm, hm«, murmelte Carr. Dann erklärte er mit fester Stimme: »Einen Augenblick noch, Herr Doktor!«

Er wandte sich an den Abfertigungsbeamten: »Begeben Sie sich in Ihr Quartier und legen Sie sich hin! Wenn Sie sich in einer Stunde nicht besser fühlen, dann kommen Sie bitte in mein Büro!« Er übergab Peterson eine Karte.

Danach ging er zu Wentworth hinüber. »Wir müssen unbedingt mit dem Raumhafendirektor sprechen«, erklärte er.

Der Hafenchef war um einiges schwerer als Carr. Er war Italiener, immer gut gelaunt, fleißig und etwas voreilig in seinem Urteil. Sein Name war Carlo Pontine. Denovitschs Autodolmetscher ignorierte er und benutzte statt dessen seinen eigenen Übersetzungsapparat.

»Die drei Afrikaner kommen aus Vastuland.« Der Italiener schaute vielsagend gegen die Decke. »Da kommen einige Schwierigkeiten auf Sie zu, meine Herren.«

Wentworth, der inzwischen die farbige Abteilung des Sicherheitsdienstes eingeschaltet hatte, wußte, worauf der Hafendirektor hinauswollte: Der Außerirdische hatte Glück oder Geschick bewiesen, als er die Rolle eines Farbigen wählte, denn die Spannungen zwischen den Rassen boten ihm nun einen zusätzlichen Schutz. Wentworth konnte nur hoffen, daß Carrs Fähigkeiten dieses Hindernis überwinden würden.

Pontine besaß Fotografien aller drei Afrikaner. Unter ihnen war eine auffällig große, hagere Gestalt, die auf dem Kopf eine Art Turban trug. Farbe und Beschaffenheit des Stoffes ließen auf einen Mohammedaner schließen, aber die Gesichtshaut unter dem tief in die Stirn geschobenen Turban war leicht als nichtmenschlich zu erkennen.

Bei einer leichten Vergrößerung konnte man bereits sehen, daß ein dunkles Farbpigment hastig auf eine stark geschuppte Haut aufgetragen war.

Augenblicke später gab Wentworth mit nervöser Stimme die Alarmmeldung in die Bild- und Sprechanlage des Sicherheitsdienstes ein. Dann schaltete er den Notstandskanal ein und betrachtete nachdenklich den leeren Bildschirm.

Er konnte sich gut vorstellen, was nun draußen in den Gängen und Unterkünften der Station vor sich ging. In allen Sektoren begannen die Abwehrmänner die Korridore und Büros zu kontrollieren, jeder den Abschnitt, für den er zuständig war. Darüber hinaus würde jeder, der die gesuchte Person irgendwann zuvor beobachtet hatte, jetzt sofort überprüfen, ob sie sich eventuell noch an diesem Platz aufhielt.

Der Oberst hatte diesen Gedanken kaum beendet, als der Summer ertönte. Wentworth drückte auf einen Knopf, und auf dem Bildschirm erschien das glattrasierte Gesicht eines jungen Mannes: Ledoux von der französischen Abteilung.

»Oberst Wentworth?«

»Ja bitte?«

»Der Gesuchte hat gestern nachmittag ein Apartment in diesem Sektor bezogen. Er hat es allerdings vor einer Stunde verlassen, und seitdem habe ich ihn nicht mehr gesehen.«

Kaum daß Ledoux seine Meldung beendet hatte, war wieder der Summer zu hören:

»Ich habe den Mann vor ungefähr fünfunddreißig Minuten gesehen. Er ging in Richtung R-1.«

Wentworth stieß einen stummen Seufzer aus. R-1 war der größte Wohnkomplex für Besucher und bestand aus eintausendfünfhundertvierundfünfzig Einzelapartments, die derzeit zum größten Teil unbewohnt waren. Ein einfallsreicher Architekturkünstler hatte die Wohnanlage nach hochmodernen Gesichtspunkten gestaltet und dabei keine Rücksichten auf die Wünsche der Sicherheitsabteilung genommen. R-1 mit seinen unzähligen Korridoren, Hintertreppen, Gemeinschaftsräumen, drei Dutzend Restaurants, vier Theatern, Kellergärten, Liebeslauben und Zufahrten zum Verkehrsnetz war ein wahres Sieb mit Hunderten von Ausgängen.

Die Wohnanlage war der beste Unterschlupf, den man auf dem Mond finden konnte. Es war ein Unglück, daß dieser Außerirdische sie entdeckt und sich dorthin zurückgezogen hatte. Wentworth drückte mit düsterer Miene auf die Taste, die Alarm H auslöste.

Nachdem das geschehen war, sprang er auf, ergriff Denovitsch beim Arm und stürmte mit den Worten »Kommen Sie mit!« aus dem Büro.

Wentworth hatte plötzlich erkannt, daß sie eine gute Chance besaßen: Zur Zeit war der Teil des Mondes, auf dem die Station stand, von der Sonne abgewandt. Der Oberst liebte die Mondnacht, in der man die mächtige Erde betrachten konnte, aber es gab nicht viele Besucher, die seinen Geschmack teilten, und daher waren nur achtunddreißig Apartments in R-1 belegt. Es war keine unlösbare Aufgabe, diese Unterkünfte zu überprüfen.

Wentworth informierte seine Begleiter rasch darüber, welche Strategie er sich zurechtgelegt hatte: Wenn sie in R-1 angekommen waren, wollten sie gemeinsam von Tür zu Tür gehen. Falls ein Bewohner öffnete, sollte Carr seine Gesichtszüge studieren, während Wentworth Fragen stellte.

Bei der Ausführung des Plans zeigte es sich dann, daß Carr meist schon abwinkte, bevor der Apartmentbewohner überhaupt etwas gesagt hatte. Dann hasteten Denovitsch, Carr, Wentworth und der Rest ihrer kleinen Gruppe weiter zur nächsten Wohnung.

Irgend jemand mußte den Fremden gesehen haben!

Die siebente Tür wurde von einer jungen Frau geöffnet, die ihnen fragend entgegensah. Sie trug ein eng anliegendes, schwarzes Kleid, und Wentworth fragte sich unwillkürlich, wer sie wohl zu einer Touristenfahrt auf den Mond überredet haben mochte. Andererseits hatte es ihn schon häufig überrascht, was für unterschiedliche Urlauber die Reise zum Mond antraten.

Er bemerkte, daß Carr zögerte. Der Psychologe wirkte einen Moment lang verunsichert. Dann sagte er mit fester Stimme: »Er ist in dieser Wohnung!«

Jemand packte die Frau, riß sie aus der Türöffnung und preßte ihr gleichzeitig die Hand auf den Mund. Ein leiser, erstickter Schreckensruf war dennoch zu hören. Sekunden später brachten die Männer auf ein Zeichen Wentworth' den Polizeiroboter in Stellung. Das Gerät rollte auf seinen weichen Gummirollen durch die Türöffnung, und die Männer hielten sich dicht hinter ihm.

Wentworth blieb neben dem Türrahmen abwartend stehen; er fragte sich noch einmal, ob er die richtigen Befehle erteilt hatte: ohne zu zögern und erbarmungslos zuzuschlagen. Dies war der erste Außerirdische, der je im Sonnensystem aufgetaucht war. Hatten sie das Recht, ihn auf der Stelle zu töten?

Die Zweifel des Sicherheitsbeamten waren rasch verflogen.

Der Fremde hatte versucht, Dr. Carr umzubringen. Außerdem hatte er sich heimlich in die Mondstation eingeschlichen, auch das sprach für seine Schuld. Offenbar war ihnen die Kreatur feindlich gesonnen, also gab es keinen Grund, sie zu schonen.

Wentworth' Überlegungen wurden urplötzlich unterbrochen. Heftige Erregung nahm ihm den Atem, seine Haut begann zu prickeln – die Vibrationswaffe des Polizeiroboters hatte das Feuer eröffnet, sie war auf Höchstleistung eingestellt.

Als der Oberst sich gerade zum Gelingen seines Schlachtplans gratulieren wollte, wurde es plötzlich hell im Korridor. Durch die Tür strahlte ein Licht, heller als das der Sonne.

Genauso überraschend, wie es aufgeflammt war, verging das gleißende Licht. Das Geräusch fallenden Mörtels war zu hören, dann trat Stille ein. Wentworth wartete, bleich und atemlos.

IV

Aus der Sicht des Fremden hatten sich die Ereignisse wie folgt zugetragen: Xilmer stellte fest, daß der Augenblick der Konfrontation gekommen war. Er hatte die Möglichkeit, dem Kampf auszuweichen oder ihn aufzunehmen, und so sandte er eine Botschaft zur *Giyn* hinauf, dem Schlachtschiff, das fern der Mondbahn um die Erde kreiste. Xilmer bat um Anweisungen und schilderte die Lage:

»Bei meinem bisherigen Geheimaufenthalt bin ich nur auf eine Sache gestoßen, die mir Kopfzerbrechen bereitet: Ungefähr vor einer Stunde bin ich von einem dieser Wesen erkannt worden. Dabei befand sich die Kreatur in einiger Entfernung von mir. Aus diesem Ereignis muß ich schließen, daß es zwei Arten von Lebewesen auf der Mondstation gibt. Eine Gruppe, die Mehrzahl der Bewohner – ist völlig bedeutungslos; die andere – und dazu zähle ich das Wesen, das mich entdeckt hat – verfügt offensichtlich über erstaunliche Fähigkeiten. Darum schlage ich vor, daß ich zunächst die Auseinandersetzung vermeide. Ich kann dies Apartment verlassen, indem ich ein Loch in die Außenwand sprenge. Danach würde ich den Raum aufsuchen, in dem sich der Mensch aufhielt, der mich entdeckt hat. Mir scheint es unerläßlich, daß wir uns zunächst ein genaues Bild von der überlegenen Menschensorte verschaffen, bevor wir eine endgültige Entscheidung treffen.« Aus dem Turban, in dem sich das Kommunikationsgerät des Fremden verbarg, drang jetzt die mahnende Antwort: »In genau vierundzwanzig Stunden werden wir eine riskante Sub-Raum-Verbindung zur Flotte herstellen. Dann müssen wir der Hauptmacht melden können, ob es sich lohnt, daß sie sich hierher in Marsch setzt.«

»Ich muß vorsichtig ans Werk gehen«, wandte Xilmer ein. »In den Gängen darf ich mich nicht blicken lassen, daher muß ich mir meinen Weg durch die Wände bahnen. Bevor ich dies Apartment verlasse, sollte ich die Erinnerung an mich aus den Gehirnen der Angreifer löschen. Aber alles in allem werde ich nicht länger als ein paar Stunden brauchen.«

»Auf jeden Fall solltest du dich kurz ihren Waffen aussetzen«, bestimmte der Schlachtschiffkommandant. »Wir müssen wissen, welche Technologie diesen Menschen für einen solchen Fall zur Verfügung steht.«

»In Ordnung!« erwiderte Xilmer.

Mit einem unguten Gefühl in der Magengrube spähte Wentworth um den Türpfosten. Er sah zwei Männer, die sich benommen von den Trümmern des Roboters befreiten.

»Was ist geschehen?« fragte er.

Zu seiner Überraschung konnten ihm die Männer darauf keine klare Antwort geben. Sie hatten jedoch eine menschenähnliche Gestalt gesehen, als sie ins Wohnzimmer eindrangen.

Sergeant Gojinski schüttelte den Kopf, um die Benommenheit abzustreifen. Dann sprach er mit unsicherer Stimme in sein Übersetzungsmikrofon: »Er stand da und schaute uns an. Angst schien er nicht zu haben. Dann habe ich den Vibrostrahl auf ihn gerichtet, und da . . .«

»Na los, weiter!« drängte Wentworth.

»Ja, also, ich habe den Abzug durchgerissen, und der Vibrostrahl hat sich auch tatsächlich gelöst . . . Aber dann wurde es plötzlich unheimlich hell. Ich glaube, in dem Augenblick habe ich die Besinnung verloren. Als ich wieder zu mir kam, sah ich das Loch in der Wand. Und der Bursche war verschwunden.«

Der andere Sicherheitsbeamte – er stammte aus Südamerika – bestätigte die Beobachtungen seines Vorgesetzten.

Wentworth lauschte dem Bericht voller Unbehagen. Scheinbar hatten sie es hier mit einer überlegenen Waffentechnik zu tun. Unentschlossen trat er zu dem Loch in der Zimmerwand. Das Stahlskelett war glatt durchschnitten worden. Der Oberst richtete seinen Geigerzähler auf die Schnittflächen, aber das Gerät blieb stumm.

Es handelte sich also um eine machtvolle Energie, die von keiner Strahlung begleitet wurde.

Wentworth straffte sich. Innerhalb der Station gab es Dutzende von mobilen Robotern, die in Notfällen eingesetzt werden konnten. Doch die meisten von ihnen waren abgeschaltet und mußten zuerst einmal aufgeladen werden, ein Vorgang, der mehr als eine Stunde dauerte.

Der Oberst schilderte seinen Leuten mit knappen Worten die Lage und erteilte allen Beobachtern den Befehl, so lange auf ihren Posten zu bleiben, bis die Roboter einsatzklar waren. Er sei inzwischen im Büro von Dr. Denovitsch zu erreichen.

Auf dem Weg dorthin wurde er von Dr. Carr eingeholt. Ohne den Amerikaner anzusehen, sagte Wentworth: »Ich möchte, daß Sie sich bei weiteren Aktionen im Hintergrund halten, Herr Doktor. Vergessen Sie nicht, daß der Fremde Sie sofort töten wollte, als er bemerkte, daß Sie ihn entdeckt hatten. Ansonsten hat er sich bisher nicht die Mühe gemacht, einen Menschen umzubringen. Das erscheint mir sehr bedeutungsvoll.«

»Wäre es nicht möglich, daß ich ihn erschreckt habe, und daß er deshalb die Beherrschung verloren hat?« fragte Carr mit nervöser Stimme.

Das war natürlich eine Möglichkeit, aber Wentworth wollte jedes Risiko vermeiden.

Carr fuhr fort; etwas schien ihm Sorgen zu bereiten: »Da ist eine Sache, die ich Ihnen mitteilen muß: Als ich eben in das Gesicht dieser jungen Frau geschaut habe, hatte ich für eine Sekunde das Gefühl, daß ich es nicht lesen könnte. Wäre es möglich, daß der Außerirdische ein Mittel besitzt, menschliche Gedanken so zu beeinflussen, daß sie sich auf den Gesichtern nicht mehr zeigen?«

Der füllige, junge Mann tat Wentworth leid, denn das zeitweilige Aussetzen seiner Fähigkeit konnte nur bedeuten, daß seine ESP-Kraft bereits im Schwinden begriffen war. Das Ende der ersten Phase stand unmittelbar bevor. Ein grausames Geschick ...

Für Wentworth stand fest, daß jetzt der Augenblick gekommen war, wo Carr die Wahrheit erfahren mußte.

Er blickte dem Psychologen ins Gesicht und sagte: »Versuchen Sie doch einmal, in meinen Zügen zu lesen!«

Carr warf ihm einen raschen Blick zu. Dann runzelte er plötzlich die Stirn; alle Farbe wich aus seinen Wangen.

»Ich habe Schwierigkeiten«, erklärte er. »Sie denken, meine Fähigkeit, in Gesichtern zu lesen, ist . . .« Er brach ab. »Nein, das paßt nicht . . . Sie denken etwas anderes, aber es ist schwierig zu erkennen.«

Für Wentworth war das ein weiterer Beweis, daß Carrs außerordentliche Fähigkeit schon fast vollständig verschwunden war. Er sagte: »Kommen Sie mit in Dr. Denovitschs Büro. Ich muß Ihnen eine lange Geschichte erzählen.«

Eine Stunde später waren die Roboter noch immer nicht startklar, und Wentworth hatte seinen Bericht beendet.

Carrs Gesicht hatte einen hilflosen, verwirrten Ausdruck angenommen. Es bereitete ihm große Schwierigkeiten, die Mitteilungen des Obersten zu verarbeiten. »Meine Fähigkeit ist mir gar nicht so außergewöhnlich vorgekommen«, murmelte er. »Ich lese schon seit Jahren zum Spaß in Gesichtern meiner Mitmenschen.«

»Aber wann hat Ihre Fähigkeit mit voller Kraft eingesetzt?« wollte Wentworth wissen.

»Tja, das geschah während des Flugs zum Mond«, erwiderte Carr langsam. »Ich beobachtete die Gesichter der Mitreisenden, und plötzlich wußte ich, was sie dachten, so, als hätten sie es laut ausgesprochen. Kurz darauf hatte ich mich bereits an diese neue Erfahrung gewöhnt.«

»Also sind die ersten zwei Tage tatsächlich bereits abgelaufen«, stellte Wentworth fest. »Wir können davon ausgehen, daß es in ein paar Stunden zu der bekannten Übersteigerung Ihrer Fähigkeiten kommen wird.«

Carr war leichenblaß geworden. »Aber welche Form wird meine Kraft dann annehmen?« murmelte er. »Ich kann mir nicht vorstellen, daß ich noch mehr aus den Gesichtern lesen könnte, denn ich weiß, daß mir bisher schon nichts verborgen blieb.«

Denovitschs Gesicht hatte einen finsteren Ausdruck angenommen, eine Ader an seiner Schläfe war deutlich hervorgetreten. »Ich habe kein Verständnis für diese Geheimniskrämerei!« polterte er. »Warum bin ich nicht schon bei Carrs Ankunft über die Sache informiert worden? Wieso wird dieser gesamte Komplex vor der Öffentlichkeit verborgen gehalten?«

Der englische Sicherheitsoffizier wies ihn in nüchternen Worten darauf hin, daß die Mondstation in ihrer derzeitigen Form gerade einmal acht Jahre alt war. Die Raumfahrt war etwas Neues, und die Menschen neigten nun einmal zur Panik. Wenn die merkwürdigen Vorgänge bekannt wurden, konnte das zu einem Rückschlag in der Raumfahrtentwicklung führen. Inzwischen hatte man allerdings beschlossen, die Informationssperre aufzuheben. Es war ein Report in Arbeit, der veröffentlicht werden sollte, sobald die UN-Sicherheitsabteilung ihn geprüft und freigegeben hatte.

Wentworth wandte sich an Dr. Carr: »Haben Sie eigentlich Aufzeichnungen angelegt?«

»Ich habe mir Notizen über den gesamten Ablauf gemacht«, erwiderte der Amerikaner.

»Sie waren der erste, der das getan hat«, sagte Wentworth. »Das wird sehr hilfreich für uns sein.« Er dachte einen Moment lang nach, dann fuhr er fort: »Tja, Dr. Carr, Sie kennen nun die ganze Geschichte. Ich denke, ich sollte einmal nachsehen, ob unsere Roboter jetzt endlich einsatzklar sind.« Er ging zur Tür, drehte sich aber noch einmal um. »Dr. Denovitsch, ich wäre Ihnen sehr verbunden, wenn Sie ein Auge auf Ihren jüngeren Kollegen haben könnten . . .«

Der Psychiater nickte schweigend.

Als die beiden Männer allein waren, trat er dicht zu Dr. Carr heran. Sein Gesichtsausdruck war besorgt.

»Das alles scheint Ihnen einen gehörigen Schock versetzt zu haben«, stellte er fest. »Wie wäre es, wenn ich Ihnen ein leichtes Beruhigungsmittel injiziere? Dann können Sie den zeitweiligen Verlust Ihrer Fähigkeit sicher leichter ertragen.«

Carr betrachtete den russischen Psychiater aus schmalen Augen. »Meine Kraft mag inzwischen nachgelassen haben«, sagte er. »Aber Sie sollten sich schämen für das, was ich in Ihren Zügen entdecke.«

»Sie haben sich geirrt! Sie lesen mich völlig falsch!« protestiete Denovitsch.

»Sie beabsichtigen, meine Notizen zu stehlen, während ich schlafe«, erklärte Carr mit fester Stimme.

»Ich habe tatsächlich an Ihre Notizen *gedacht*«, entgegnete Denovitsch, »und daran, wie wichtig sie für uns alle sind. Ich bin gar nicht auf die Idee gekommen, daß Sie sie vor mir geheimhalten wollen.«

»Entschuldigen Sie bitte«, murmelte Carr. »Möglicherweise habe ich mich wirklich geirrt und etwas Falsches gelesen.« Er wechselte das Thema. »Wir sind vermutlich beide sehr angespannt. Ich will Ihnen einen Vorschlag machen.«

Dann wies Carr darauf hin, daß sie beide Experten waren, die einem einzigartigen Phänomen gegenüberstanden. Also wäre es sinnvoll, wenn sie gemeinsam das Nachlassen der Fähigkeit Schritt für Schritt verfolgten. »Wenn wir ein ständiges Gespräch unterhalten, können wir vielleicht verhindern, daß die Erinnerung an meine Kraft aus meinem Gedächtnis verschwindet.«

Denovitsch griff den Vorschlag seines Kollegen dankbar auf, und zweieinhalb Stunden lang schien es, als sei ihr Bemühen von Erfolg gekrönt, denn das Erinnerungsvermögen Dr. Carrs ließ nicht nach.

Dann läutete das Telefon.

Wentworth war am Apparat. Er berichtete, daß die Suchtrupps voll ausgerüstet und durch die Roboter verstärkt worden waren. Man könne nun mit der Suche beginnen. »Ich wollte Sie fragen, ob Sie uns begleiten wollen?«

Denovitsch entgegnete, daß er das Experiment mit Dr. Carr für so wichtig hielt, daß er es nicht unterbrechen wollte.

Als er den Hörer aufgelegt hatte, stellte er zu seiner Überraschung fest, daß der Amerikaner mit geschlossenen Augen im Sessel saß. Sein Kopf war zur Seite gesunken, der Körper erschlafft. Denovitsch schüttelte ihn sanft, doch Carr war fest eingeschlafen. Er atmete tief und regelmäßig.

Denovitsch verschwendete keine Sekunde. Er spritzte ein Schlafmittel in die Vene des Psychologen. Dann schickte er seine Sekretärin mit einem Auftrag fort, der sie für den Rest des Tages vom Büro fernhalten würde. Nach kurzer Suche fand er in der Hosentasche des Schlafenden ein Schlüsselbund. Denovitsch holte seine Minikamera aus der Schreibtischschublade und stürmte durch den Korridor zum Aufzug. Sein Ziel war der amerikanische Sektor.

Er hatte nicht das Gefühl, etwas Unrechtes zu tun. »Man darf nicht zimperlich sein«, sagte er leise zu sich. »Das nationale Wohl geht schließlich über alles.«

Die Aufzeichnungen fand er fast auf Anhieb. Sie waren überraschend umfangreich. Mit fachmännischer Sorgfalt machte sich der Russe an die Arbeit. Eine halbe Stunde später hatte er noch nicht einmal die Hälfte der Blätter abgelichtet, als er hinter sich ein Geräusch hörte.

Denovitsch war nicht leicht aus der Fassung zu bringen. Er drehte sich langsam um. Doch dann packte ihn lähmendes Entsetzen.

Vor ihm stand eine unheimliche Erscheinung.

Wie irgend jemand diese Kreatur für einen Menschen gehalten haben konnte, begriff Denovitsch nicht. Der Körper war unnatürlich hager, und das geschwärzte Gesicht erinnerte nur von fern an das eines Menschen. Aber diese Beine. Sie waren zwar von dem bodenlangen Gewand verborgen, aber so, wie sie sich unter dem Stoff abzeichneten . . . Falsch! Unmenschlich! Mit einem einzigen Blick hatte der Psychiater all diese unstimmigen Einzelheiten registriert.

Dann sprach ihn eine Stimme an, die aus der turbanähnlichen Kopfbedeckung des Fremden zu kommen schien: »Wo . . . ist . . . Dr. Carr?«

Noch nie im Leben hatte Dr. Denovitsch eine Neigung zum Märtyrertum entwickelt. Einzig seine Zugehörigkeit zum Kommunismus hatte ihm gelegentlich Schwierigkeiten bereitet, denn die Parteidoktrin forderte von ihren Mitgliedern unerbittlich, immer zum »Wohle des Volkes« zu handeln, ungeachtet jedweder persönlichen Gefahr. Wenn man einmal nicht nach dieser Maxime handelte, bedeutete das Selbstkritik und möglicherweise Bestrafung.

Denovitsch hatte das Problem für sich persönlich schon seit einiger Zeit gelöst. In Krisenfällen fragte er sich blitzschnell: Wie groß ist die Chance, daß etwas herauskommt?

Diese Frage stellte er sich auch jetzt, und er entschied, daß die Möglichkeit einer Entdeckung ausgesprochen gering war. Wenn er die Begegnung mit der Kreatur überstehen wollte, konnte es nur einen Weg geben: totale Unterwerfung. Denovitsch wurde von einem einzigen Gedanken beherrscht: *Vielleicht läßt er mich am Leben!*

»Elf Stockwerke weiter unten, im russischen Abschnitt, in meinem Büro, Nr. 422N.« Seine Stimme klang sehr heiser.

Das Wesen starrte ihn schweigend an. Dann sagte es verächtlich: »Machen Sie sich keine Sorgen. Wir sind nicht auf Menschenleben aus. Und was die geheimen Aufzeichnungen betrifft, bei denen ich Sie gestört habe – ich werde Ihnen die Erinnerung daran lassen.«

Ein unbeschreiblich heller Lichtstrahl zuckte aus dem Turban und traf die Stirn des Psychiaters.

Finsternis!

V

Da Xilmer sehr vorsichtig zu Werke ging, dauerte es eine geraume Weile, bis er das Büro 422N gefunden hatte. Doch endlich beugte er sich über den schlafenden Dr. Carr und sandte eine Botschaft aus, in der er Carrs bewußtlosen Zustand beschrieb.

»Nach meiner Einschätzung könnte ich ihn leicht töten. Ich wüßte nicht, wie er oder jemand anderer mich daran hindern sollte.«

»Warte!«

Es gab eine Pause von mehreren Minuten, bevor die nächste Botschaft eintraf:

»Berichte uns genau, was es mit seiner Besinnungslosigkeit auf sich hat!«

Xilmer schilderte geduldig, was er über die ESP-Fähigkeiten des Schlafenden in dessen Verstand gelesen hatte, und daß Denovitsch ihm ein Schlafmittel injiziert hatte. »Durch dieses Schlafmittel ist er uns jetzt hilflos ausgeliefert«, schloß er seinen Bericht. »Er kann nichts unternehmen, und wir dürfen ihn auf keinen Fall aufwecken. Schließlich kann niemand sagen, wozu er nach dem ESP-Sprung fähig ist.«

»Warte!«

Wieder schwieg das Empfangsgerät in der Kopfbedeckung des Fremden eine Zeitlang. Dann kam die nächste Anweisung: »Nach unseren Berechnungen liegt der ESP-Sprung bereits hinter ihm. Er befindet sich im Zustand der übersteigerten Fähigkeit. Untersuche jetzt den niederen Teil seines Gehirns!«

»Das habe ich bereits getan!«

»Mit welchem Ergebnis?«

»Trotz seines bewußtlosen Zustandes beobachtet mich ein Teil seines Verstandes, und ich würde sagen, daß dieser Teil auch unser gegenwärtiges Gespräch verfolgt.«

... Aber es gab keine Energieverbindungen, die so stark waren, daß man einen Kraftstrom hätte steuern können. Also konnte Carr den Kampf nicht aufnehmen. Worin der ESP-Sprung auch bestehen mochte, er war jedenfalls keine Waffe, mit der man einen Schlag führen konnte.

Xilmer ergänzte: »Eines scheint mir gewiß zu sein: Wenn wir verhindern, daß dieser Mann erwacht, werden sich die Einwohner dieses Sonnensystems nicht gegen uns verteidigen können.«

»Das ist schade«, lautete die zynische Erwiderung.

Xilmer und sein Gesprächspartner genossen für einen Augenblick schweigend das Gefühl totaler Überlegenheit, dann fragte er routinemäßig: »Wie lautet also die Anweisung?«

»Töte ihn!«

Als Denovitsch zu sich kam, lag er auf dem weichen Teppich.

Er stemmte sich hoch und schaute sich um. Voll Erleichterung registrierte er, daß der Außerirdische verschwunden war. Dann stand er auf den Füßen und schlich zur Tür. Auch auf dem Gang war niemand zu sehen.

Von leichter Panik ergriffen, suchte er seine Ausrüstung zusammen. Als ihm klar wurde, daß er eigentlich noch einige Seiten der Aufzeichnungen fotografieren mußte, stutzte er für einen Augenblick. Dann raffte er kurzentschlossen alle Notizen des Psychologen zusammen und verließ eilig das Zimmer.

Während er durch den Korridor hastete, warf er einen raschen Blick auf die Armbanduhr. Seit er die Besinnung verloren hatte, waren mehrere Stunden vergangen. Diese Erkenntnis jagte ihm einen Schrecken ein. Er dachte: *Die Kreatur hat viel Zeit gehabt, um sich mit Carr zu beschäftigen.*

Er hatte erwartet, daß sein Büro in Trümmern läge, doch auf den ersten Blick schien alles in Ordnung zu sein. Denovitsch beeilte sich, die gestohlenen Aufzeichnungen in einem Schrank einzuschließen, dann lief er ins Behandlungszimmer hinüber, wo er den schlafenden Carr zurückgelassen hatte.

Die Couch war leer.

Denovitsch wollte das Zimmer eben wieder verlassen, als er in einer Ecke einen merkwürdigen Gegenstand liegen sah. Er trat hinzu und erkannte Xilmers Turban. Das Tuch war halb abgewikkelt und mit blauen Flecken besprenkelt. Durch den Stoff schimmerte hier und da ein glänzendes Metallgestänge.

Jetzt entdeckte Denovitsch auch, daß der Teppich an mehreren Stellen von blauen, verkrusteten Flecken bedeckt war.

Während er noch auf den Boden starrte, klangen Stimmen aus seinem Büro herüber. Er erkannte Wentworth' Bariton, und die andere, leisere Stimme mußte Dr. Carr gehören. Denovitsch richtete sich auf. Im gleichen Augenblick kamen die beiden Männer zur Tür herein.

Der russische Psychiater stellte fest, daß noch weitere Männer in sein Büro eingedrungen waren. Diese kamen jedoch nicht näher. Einen von ihnen erkannte er – ein Mitglied der sowjetischen Geheimpolizei. Einen Moment lang begegneten sich ihre Blicke, dann schaute der Polizist bedeutungsvoll zur Seite.

Wentworth rief: »Ach, da sind Sie ja, Herr Doktor!«

Denovitsch erwiderte nichts. Er starrte das runde Gesicht des Amerikaners an und dachte daran, daß dieser sich eben jetzt in seinem übersteigerten Zustand befinden mußte.

Wenn Carr schon zuvor in Gesichtern lesen konnte, wie klar mußte ihm dann jetzt alles vor Augen stehen, was in den vergangenen Stunden geschehen war. Der Gedanke schnürte Denovitsch die Kehle zu, aber es gelang ihm, seine Fassung wiederzugewinnen. Unzählige Entschuldigungen und Ausflüchte drängten sich auf seine Zunge und warteten darauf, ausgesprochen zu werden.

»Dr. Carr ist sehr verwirrt, Sir«, sagte Wentworth. »Als er zu sich kam, lag er auf Ihrer Couch und konnte sich nicht daran erinnern, wie er dort hingeraten war. Dies Ding« – er zeigte auf Xilmers Turban – »lag bereits auf dem Boden. Als er hinausging, hat er Ihren Namen auf dem Türschild gelesen, nur daher kennt er Sie, denn er hat an das erste Stadium seiner ESP-Zeit keine Erinnerung mehr. Was ist geschehen?«

Noch während Wentworth redete, hatte Denovitsch in rasender Eile nach einer Erklärung für sein Verschwinden gesucht. Aber er hütete sich, eine schnelle Antwort zu geben. So als hätte er die Frage des Briten gar nicht bemerkt, wandte er sich an Dr. Carr:

»Wie geht es Ihnen, Herr Doktor?«

Carr sah ihn sehr lange forschend an. Endlich antwortete er knapp: »Nicht schlecht.«

»Sie sind nicht verletzt?«

»Nein. Sollte ich es sein?« Der Blick seiner Augen war durchdringend und nervös zugleich.

»Wie ist es mit dem äh . . . Sprung?« fragte Denovitsch.

»Dem was?«

Denovitsch war wie vom Donner gerührt. Er hätte nicht sagen können, was er erwartet hatte, jedenfalls war es nicht dieser Allerweltsmensch mit seinen völlig normalen Antworten. Nicht einmal Erinnerungen besaß er.

»Sie können sich also nicht darauf besinnen, was geschehen ist?« vergewisserte sich Denovitsch noch einmal.

Carr schüttelte den Kopf. »Nein, Herr Doktor. Wahrscheinlich wissen Sie mehr als ich. Wie bin ich in Ihre Praxis gelangt? War ich krank?«

Denovitsch schaute Wentworth ratlos an. Er hatte jetzt eine Geschichte parat, aber er wagte noch nicht, sie zu präsentieren.

»Herr Oberst«, sagte er. »Wenn Sie mich zunächst ins Bild setzen würden, dann werde ich das meine berichten.«

Wentworth fügte sich der Bitte: Nach ihrem Telefongespräch hatte er sich einem Suchtrupp angeschlossen. Die Suche blieb jedoch ohne Erfolg. Vor ein paar Minuten hatte jemand Carr durch einen Korridor gehen sehen. Da es jedoch jedermann verboten war, seine Wohnräume zu verlassen, hatte man Wentworth informiert, damit er sich der Sache annehmen konnte. Kurz darauf hatte er Carr gefunden.

»Ich wußte ja, wo er sich zuletzt aufgehalten hatte. Als ich ihn fragte, was geschehen war, konnte er mir jedoch nur berichten, daß er aufgewacht war und den Turban und dieses klebrige Zeug entdeckt hat.«

Er bückte sich und berührte vorsichtig einen der blauen Flecke mit der Fingerspitze. Nachdem er offensichtlich keine Schmerzen spürte, führte er den Finger unter die Nase und roch daran. Er schnitt eine Grimasse.

»Es muß sich um das Blut dieser Kreatur handeln«, stellte er fest. »Ein widerlicher Geruch.«

»Was für eine Kreatur?« fragte Carr. »Und vor allem, meine Herren, was . . .«

An dieser Stelle brach er ab, denn plötzlich war aus Xilmers Kopfbedeckung eine Stimme zu vernehmen:

»Wir haben Ihre Unterhaltung verfolgt. Aus dem Gehörten schließen wir, daß unserem Agenten etwas zugestoßen ist.« Die Stimme sprach akzentfreies Englisch.

Wentworth beugte sich über den Turban. »Können Sie uns hören?« fragte er.

Die Stimme fuhr fort: »Geben Sie uns eine genaue Beschreibung des derzeitigen Zustands unseres Agenten!«

»Dazu sind wir bereit«, erwiderte Wentworth entschlossen, »aber wir erwarten von Ihnen, daß Sie uns auch einige Informationen geben.«

»Wir sind zur Zeit etwa fünfhunderttausend Kilometer von Ihnen entfernt. In etwas weniger als einer Stunde werden Sie uns sehen können, und wenn wir mit Ihren Erklärungen nicht zufrieden sind, werden wir dann Ihre Mondstation völlig vernichten. Also beeilen Sie sich!«

Die Drohung klang ernst und überzeugend. »Mein Gott«, stammelte einer der Männer im anderen Zimmer.

Wentworth benötigte einen Augenblick, um sich zu fassen, dann lieferte er eine sehr genaue Beschreibung dessen, was von Xilmer übriggeblieben war.

Als er seinen Bericht beendet hatte, sagte die Stimme: »Warten Sie!«

Es dauerte drei Minuten, bis sie sich wieder meldete: »Wir müssen genau wissen, was geschehen ist. Befragen Sie Dr. Carr!«

»Mich?« krächzte Carr erschreckt.

Wentworth hielt sich einen Finger vor die Lippen, dann bedeutete er den Männern im Büro, daß sie sich zurückziehen sollten. »Holen Sie es aus ihm heraus!« befahl er Denovitsch. Anschließend schlich er auf Zehenspitzen zum Telefon im Nachbarraum.

Als der Russe sich Dr. Carr zuwandte, konnte er hören, wie Wentworth mit gedämpfter Stimme den Großalarm auslöste. Bevor er seine erste Frage stellte, schloß er die Tür:

»Doktor, was ist das letzte, woran Sie sich erinnern können?«

Der amerikanische Psychologe schluckte, als ob ihm ein unverdaulicher Bissen die Kehle verstopfte. Dann stellte er eine Gegenfrage: »Wie lange befinde ich mich jetzt in der Mondstation?«

Denovitsch hatte den Sinn der Frage sofort begriffen: *Natürlich! Sein Gedächtnis setzt genau an der Stelle aus, wo seine ESP-Fähigkeit erwacht ist.*

Etwas anderes fiel ihm ein: Vor ein paar Minuten hatte Carr gefragt, ob er krank gewesen sei. *Das ist es,* dachte Denovitsch, *er muß annehmen, daß er geisteskrank ist!*

Erregung befiel ihn, als er erkannte, welche Möglichkeiten sich aus dieser Blitzanalyse ergaben. Er versuchte sich vorzustellen, wie er sich in Carrs Rolle fühlen würde. Sofort hatte er das Problem seines Gegenübers erkannt: ein amerikanischer Psychologe, der seinem sowjetischen Kollegen eingestehen soll, daß er sich für geisteskrank hält!

Also fragte Denovitsch behutsam: »Dr. Carr, Sie befürchten, daß Ihr Verstand Sie im Stich gelassen hat. Welche Fehlfunktion meinen Sie?«

Als Carr nicht sogleich antwortete, stieß Denovitsch weiter vor: »Sperren Sie sich nicht. Für uns alle steht viel auf dem Spiel. Reden Sie!«

Carr seufzte. »Ich habe an mir Symptome von Paranoia festgestellt.« Man konnte seiner Stimme anhören, wie nahe er den Tränen war.

»Welche Symptome? Schnell!«

Carr hob hilflos die Hand. »Es ist alles sehr unbestimmt. Als ich erwachte, habe ich Zeichen wahrgenommen.«

»Zeichen?«

»Nun, alles hat etwas zu bedeuten.«

»Ah, ich verstehe«, entgegnete Denovitsch. »Können Sie Beispiele nennen?«

»Tja, ich brauche nur Sie anzusehen. Sie sind eine Ansammlung von bedeutungsvollen Zeichen. Selbst die Art, wie Sie gerade stehen, ist ein Signal.«

Denovitsch war geradezu schockiert. Was Carr da beschrieb, waren tatsächlich klassische Symptome für eine Paranoia. Sollte dies etwa die zweite Stufe seiner ESP-Fähigkeiten sein? Welch eine Enttäuschung, nachdem sich die erste Stufe so wirkungsvoll manifestiert hatte!

»Könnten Sie das näher beschreiben?« fragte er mit erzwungener Geduld.

»Nun . . . äh . . .«, Carrs Gesicht war eine Maske der Hilflosigkeit. »Sie senden eine pulsierende Strahlung aus.«

Stockend beschrieb er, daß er Denovitschs Körper als einen Komplex aus Energiekreisläufen wahrnahm. Die einzelnen Kreisläufe sandten eine starke Strahlung aus. Carr schaute in das Gesicht des Mannes, in den entblößten Teil seines Körpers. Er nahm die Oberflächensignale wahr, und er konnte *durch* die Haut ins Innere schauen, in die atomare Struktur. Die Atome waren wie goldene Kügelchen. Milliarden in einem Kubikmillimeter, alle pulsierten, signalisierten und waren eingespannt in ein kolossales Geflecht aus Verbindungslinien.

Es gab Verbindungen zu den fernen Sternen des Universums und zum Zerreißen dünn gespannte Fäden zu verschiedenen Menschen in der Mondstation.

Ein gewaltiger Strang aus solchen Linien erstreckte sich – durch Wände und die Leere des Alls – bis zur Erde. Zu allen Menschen, die Denovitsch je getroffen hatte, zu allen Plätzen, an denen er sich jemals aufgehalten hatte.

Dieser Verbindungsstrang sandte die intensivsten Signale aus. Carr folgte ihnen bis zu einer energiegeladenen Stelle in Denovitschs Leben und stieß auf eine junge Frau mit tränenüberströmtem Gesicht.

Es gab einen starken Gedanken, zu dem sich die Zeichenimpulse vereinigten:

»Ich habe dir vertraut, und du hast mich verraten.«

»Aber ... Natascha ...!« stammelte ein junger Denovitsch.

»Sehen Sie ...«, sagte Carr und hob hilflos die Schultern. »Was ist mit Ihnen?«

Der russische Psychiater fragte sich erschreckt, ob sein Gesicht so blutleer aussah, wie er sich fühlte.

»Was ...? Wie ...?« murmelte er. Dann verschlug es ihm die Sprache. Er war völlig verwirrt. Natascha! Vor vielen Jahren hatte er sie geschwängert. Sie war bei der Geburt gestorben. »Können Sie mit Ihrer Fähigkeit noch etwas bewirken?« fragte Denovitsch gepreßt.

»Nun, ich denke schon.«

Nachdem Carr diese Worte ausgesprochen hatte, trennte er mit einem Ruck den Strang der Linien durch, die Denovitsch mit dem Mädchen verbanden, und er konnte wahrnehmen, wie all diese Verbindungen, so als hätte man ein Gummiband durchschnitten, zu dem Russen zurücksprangen.

Denovitschs Lippen öffneten sich zu einem Schrei, so tierhaft und schmerzerfüllt zugleich, daß Carr aufgeregt zu Wentworth ins Nachbarbüro stürzte.

Der Psychiater versuchte, sich zur Couch zu schleppen, aber die Knie versagten ihm den Dienst. Er stürzte schwer auf den Boden, wo er zuckend und stöhnend liegenblieb. Und dann begann er wie ein Wahnsinniger zu kreischen.

Der russische Geheimpolizist erschien in der Tür und starrte Denovitsch aus weit aufgerissenen Augen an. Wentworth hatte sich als erster gefaßt. Er alarmierte den medizinischen Notdienst.

Kurz darauf stürmten zwei Männer ins Zimmer. Sie injizierten ein starkes Beruhigungsmittel, und das durchdringende Schreien verwandelte sich allmählich in Stöhnen und halblautes Schluchzen, um endlich ganz zu verstummen. Dann legten sie den Bewußtlosen auf eine Trage und eilten hinaus auf den Gang, wo ein kleiner Krankenwagen stand.

Die Stimme in Xilmers Turban knarrte: »Wir verlangen, daß Dr. Carr sehr genau beschreibt, was er mit Denovitsch gemacht hat.«

Carr warf Wentworth einen hilflosen Blick zu. »Ich habe die Linien durchtrennt. Dabei sind – so nehme ich an – alle Schutzbarrieren, die er zwischen sich und dem Mädchen errichtet hatte, mit einem Schlage zusammengebrochen. Was wir erlebt haben, war der ungehinderte Anprall all seiner Schuldgefühle.«

»Warten Sie!« befahl die Stimme.

Wentworth, der keinen Augenblick vergessen hatte, daß die Kopfbedeckung des Außerirdischen mit einer Energiewaffe ausgestattet war, gab allen Anwesenden das Zeichen, den Raum zu verlassen. Er selbst bezog Stellung in der Nähe der Tür.

Ein, zwei Minuten vergingen, dann setzte die Stimme wieder ein: »Zweifellos verfügt Dr. Carr über eine außerordentliche Kraft. Die Analyse von Xilmers Tod hat ergeben, daß sich Carrs Verstand – obwohl er sich im Zustand der Bewußtlosigkeit befand – verteidigte, indem er die Energielinien durchschnitt, die Xilmers Tötungsabsicht signalisierten. Auf diese Weise kam es zu einer völligen Umkehrung: Xilmer setzte seinen *Mirt,* die Waffe in seiner Kopfbedeckung, ein, um Selbstmord zu begehen. Der Zustand seiner sterblichen Überreste beweist, daß eine fast vollständige Selbstauflösung stattfand.«

Wentworth sah Carr fragend an. »Können Sie dazu etwas sagen?« flüsterte er.

Carr schüttelte den Kopf.
»Keine Erinnerung?«
Wieder war Kopfschütteln die Antwort.
Wieder ergriff die Stimme das Wort. Sie hatte einen sarkastischen Klang. »Wir werden natürlich abwarten, bis dieser Mann mit den erstaunlichen Fähigkeiten den kompletten Zyklus durchlaufen hat. Nach allem, was wir wissen, dürfte er in ein paar Stunden mit seiner Kraft am Ende sein. Danach werden Sie wieder von uns hören.«
Stille.

VI

Etwa zwei Stunden, vielleicht auch weniger.
Männer trafen sich zu erregten Konferenzen. Carr hielt sich im Hintergrund, und schließlich, als der Klang der Stimmen drängender und aufgeregter wurde, schlich er unbemerkt davon – zurück in das Zimmer, wo immer noch Xilmers Turban lag. Dort blieb er stehen und schloß die Augen. Er betrachtete ein Universum aus unzähligen Signalen.
Milliardenfach pulsierten diese Zeichen um den Apparat in der Kopfbedeckung des Fremden. Billionen Verbindungslinien konzentrierten sich aus dem All auf diesen einen Punkt.
Mit sachlichem Interesse blickte Carr an diesen Linien entlang. Das Phänomen hatte aufgehört, ihn zu beunruhigen. Er hatte sich daran gewöhnt, daß er die Fähigkeit besaß, die Bedeutung von Millionen Linien gleichzeitig zu erfassen.
Das Universum öffnete sich vor seinem durchdringenden Blick. Er sah, daß die pulsierenden Zeichen nur die Oberfläche der Grundstruktur des Kosmos bildeten.
Darunter lag die Wahrheit.
Er merkte plötzlich, daß sich Wentworth zu ihm gesellt hatte. »Dr. Carr«, sagte der Sicherheitsoffizier leise, »wir haben in unseren Beratungen beschlossen, die Nuklearwaffen aus der UN-Weltraumstation über dem Atlantik hierher zu beordern. Sie werden uns in etwa fünf Stunden zur Verfügung stehen. Doch unsere erste Hoffnung gilt Ihnen und Ihren Fähigkeiten. Was können Sie tun?«

»Ich kann . . . experimentieren«, erwiderte Carr stockend, »mit Signalen.«

Man konnte dem Oberst ansehen, daß er zutiefst enttäuscht war. Für ihn stand fest, daß Signale und Zeichen vielleicht als Kommunikationsmittel dienen konnten, aber nicht als Waffe. Die Fähigkeit des Amerikaners hatte sich auf eine logische Weise gesteigert: Zuerst hatte er in den Gesichtern lesen können, jetzt war er offenbar in der Lage, Kommunikationswege auf eine übernatürliche Art zu verstehen und möglicherweise zu manipulieren.

Das war gewiß eine außerordentliche Gabe, aber um diese schreckliche Lage zu bewältigen, benötigte man etwas anderes.

»Wie wollen Sie experimentieren?« fragte Wentworth höflich.

»So!« entgegnete Carr.

Und war verschwunden.

Wentworth erstarrte. Dann fiel sein Blick auf Xilmers Turban. Ihm war klar, daß der Feind auf keinen Fall erfahren durfte, was geschehen war, und darum schlich er auf Zehenspitzen aus dem Zimmer. Im Nachbarbüro drückte er die Taste der Sprechanlage und wies seine Agenten an, sofort mit einer Suchaktion zu beginnen. Carr mußte so schnell wie möglich wiedergefunden werden.

Nach zehn Minuten schien festzustehen, daß sich der rundliche junge Mann nicht mehr auf dem Gebiet der Mondstation befand. Während immer noch Einzelmeldungen eintrafen, die diese unwahrscheinliche Tatsache bestätigten, hatte Wentworth bereits ein Treffen aller führenden Wissenschaftler der Station einberufen. Männer und Frauen von verschiedenen Nationen sprachen in ihre Autodolmetscher und schilderten, wie sie die Lage einschätzten.

Alle wissenschaftlichen Spekulationen mündeten schließlich in eine Frage: »Was kann ein einzelner gegen eine solche Übermacht unternehmen?«

Und wer eine genauere Kenntnis von Carrs Fähigkeiten besaß, fragte: »Wie groß ist die Mindestzahl der Verbindungslinien, die durchtrennt werden müssen, damit die Angreifer zurückgeschlagen werden?«

Wentworth schaute von einem zum anderen; ihm wurde klar, daß keiner dieser überragenden Fachleute eine Antwort auf die Fragen geben konnte.

Als Carr auf der *Giyn* eintraf, begann für ihn eine Periode der – nein, nicht Verwirrung, denn er hatte das Problem voll erfaßt, sondern der Gewalt.

Er hatte sich einen leeren Raum für die Ankunft ausgewählt. Es schien sich um eine Art Laboratorium zu handeln. Instrumente, Tische, Apparate ... Er war von diesen schweigenden Gegenständen umgeben; keine Bedrohung ging von ihnen aus.

Doch er kannte das Abwehrsystem der *Giyn* nicht, ein System, das so programmiert war, daß es sich automatisch gegen alle unregistrierten Lebensformen zur Wehr setzte. Im Ruhezustand hatte dies Verteidigungsnetz keine sichtbaren Linien. Diese zeigten sich erst, wenn der Mechanismus ausgelöst wurde.

Das Auslösen erzeugte Gewalt.

In dem Augenblick, wo er im Laborraum erschien, konzentrierten sich die Waffen in Wänden, Decke und Boden auf ihn. Kraftlinien standen plötzlich im Raum und versuchten, ihm ihr Netz überzuwerfen.

Dies war nur der erste Angriff eines abgestuften Systems, das mit jedem Zug stärkere Vernichtungskräfte ins Feld führte. Auf die Energiefalle folgte eine *Mirt*-Entladung, die den Eindringling besinnungslos machen sollte. Der nächste *Mirt*-Beschuß war von lebensvernichtender Kraft, und hieran schloß sich ein Atomschlag an, so stark, wie er auf begrenztem Raum eben sein konnte.

All diese Attacken waren für Carrs Verstand nur Zeichen, verräterische Signale, die er leicht bis zu ihrer Quelle zurückverfolgen konnte. Zyklen, die in einer vorprogrammierten Bahn verliefen. Alle Kreisläufe schlossen sich. Schweigen trat ein.

Irgendwo an Bord wurde der Verstand eines lebenden Wesens aufmerksam. In Carrs Kopf ertönte eine erstaunte Stimme:

»Wer bist du?«

Er gab keine Antwort.

Die gewaltige Zahl von Signalen, die ihm von allen Seiten zugeströmt waren, hatte ihm mitgeteilt, daß er sich auf einem Schiff befand, auf einem Koloß von dreißig Kilometern Länge, acht Kilometern Breite und sieben Kilometern Höhe. Die Besatzung bestand aus achttausend Gizdanern, die nun alle gleichzeitig alarmiert wurden und ihre Gedanken in eine Richtung lenkten.

Ihrer aller Aufmerksamkeit konzentrierte sich auf den Eindringling. Wie Eisenfeilspäne in einem Magnetfeld richteten sich die Gedanken zu einem einheitlichen Muster aus, zu einer Gesamtstruktur, die Carr überschauen konnte.

Und so isolierte er aus der Masse die einzelnen Verbindungslinien mit einem durchdringenden, alles verstehenden Blick – und schnitt sie ab!

Danach wählte er eine andere Masse von Verbindungen aus. Diesmal suchte er mit unfehlbarem Geschick jene Linien heraus, die zur Grundwahrheit wiesen. Er zog sie zu sich heran, flocht sich selbst in ihren Strang hinein – und schritt durch ein Energievakuum geradewegs in das Zimmer auf der Mondstation, wo der betäubte Denovitsch schlief. Dr. Carr spürte, daß seine Fähigkeit im Schwinden begriffen war.

Eilig fügte er jene Linien wieder zusammen, die er durchtrennt hatte, und er konnte beobachten, wie der innere Schutzwall des Psychiaters wieder Gestalt annahm. Dann eilte Carr aus dem Zimmer, hinaus aus der Krankenstation zur nächsten Telefonzelle. Er wählte Wentworths Nummer.

Es dauerte einige Zeit, bis der Sicherheitsoffizier an den Apparat kam. Endlich dröhnte seine aufgeregte Stimme aus dem Hörer: »Doktor, was ist geschehen?«

»Sie sind fort«, erwiderte Carr schlicht.

»A . . . aber . . .?« Wentworth brachte nur ein verwirrtes Stottern zustande. Schließlich hatte er seine Fassung zurückgewonnen und konnte eine klare Frage stellen:

»Herr Doktor, wir haben uns den Kopf darüber zerbrochen, was wohl die geringste Anzahl von Verbindungslinien ist, die Sie durchtrennen mußten.«

»Genau das habe ich mich auch gefragt.«

»Aber was ist das für eine Zahl. Was ist der kleinste Nenner, auf die man die Kommunikation so vieler Einzelwesen reduzieren kann?« Carr nannte ihm die Zahl.

»Das ist doch . . .!« stammelte Wentworth ehrfurchtsvoll. »Nun ja, natürlich . . . Herzlichen Glückwünsch, Herr Doktor!«

Stunden später. Carrs Fähigkeit war bereits erstorben, und die *Giyn* näherte sich mit ständig steigender Beschleunigung dem Rand des Sonnensystems, stellte der Kreuzer eine Subraum-Verbindung zur Hauptflotte her, die in einem anderen Teil der Galaxis patrouillierte.

»Habt ihr etwas für uns?« fragte der Flottenkommandant.

»Nein«, antwortete der Kapitän der *Giyn.*

»Es hieß doch, ihr würdet euch einem bewohnten System nähern, das ungefährlich schien.«

»Ich weiß nicht, wieso ein solcher Eindruck entstehen konnte. Das System ist völlig uninteressant.«

»Verstanden. Ende!«

Als der Kapitän der *Giyn* die Verbindung unterbrach, hatte er für einen Sekundenbruchteil eine Vision; eine Stimme sagte wie in einem Traum, daß er etwas Wichtiges über das System, das sie soeben verließen, vergessen hatte.

Wenn er eine gewisse Fähigkeit besessen hätte, dann hätte er bemerken können, daß alle Verbindungslinien zur Erde und zum Mond durchschnitten und zu kleinen Knäueln zusammengerollt waren.

Das Gefühl, etwas vergessen zu haben, verblaßte und verschwand ...

Für immer.

Perfekte Zukunft

Am Tag, als Steven Dalkins achtzehn Jahre alt wurde, erhielt er ein Schreiben von der Kreditanstalt der Einheitsregierung. Man teilte ihm mit, daß man auf seinen Namen ein Konto eröffnet habe, Kontostand: eine Million Dollar. Außer Geburtstagsglückwünschen enthielt der Brief noch die üblichen Ratschläge für einen Achtzehnjährigen. In ernstem Ton wurde darauf hingewiesen, daß der fragliche Betrag – die eine Million – seine voraussichtlichen Lebenseinkünfte darstellte.

Gehe vorsichtig mit dem Geld um! (Darauf liefen die Ermahnungen hinaus.) Es mag sein, daß das alles ist, was du je bekommen wirst.

Dalkins vergeudete keine Zeit. Innerhalb von neun Tagen – seinen Geburtstag eingerechnet – hatte er $ 982 543,81 ausgegeben. Während er sich noch den Kopf darüber zerbrach, was er mit den verbliebenen siebzehntausend Dollar anfangen könnte, stolzierte ein Beamter des Schatzamtes in sein Luxusapartment und erklärte ihn für verhaftet.

Dalkins drückte die Zigarette in einem bereitstehenden Aschenbecher aus – es überraschte ihn, im Vorzimmer des Psychiaters überhaupt einen Aschenbecher vorzufinden – und ging durch die Tür, auf die das Mädchen gedeutet hatte. Nachdem er das Sprechzimmer betreten hatte, wartete er mit geheuchelter Höflichkeit darauf, daß man Notiz von ihm nahm.

Der Mann hinter dem Schreibtisch war ungefähr fünfzig Jahre alt, hager und ohne graue Strähnen im Haar. Er war damit beschäftigt, Linien auf ein Blatt zu zeichnen. Ohne aufzublicken, sagte er: »So setzen Sie sich doch!«

Zwei Sitzmöbel standen zur Auswahl: ein harter Stuhl und ein schwerer, gepolsterter Sessel. Mit einem Seufzer ließ sich Dalkins in den Sessel sinken.

Wieder hob Dr. Buhner nicht den Blick, als er sprach: »Ich habe mir schon gedacht, daß Sie den Sessel wählen würden.«

Dann zog er einen weiteren Strich. Dalkins sah ihm verächtlich dabei zu. Er fürchtete sich nicht. Als er zu diesem Gespräch ging, hatte er mit stereotypen Fragen gerechnet. Auf jede Art von

Urteil war er vorbereitet. Die Belanglosigkeit der Situation empfand er als Beleidigung.

»Sie haben mich rufen lassen, Dr. Buhner?« fragte er mit triefend höflicher Stimme.

Das war nicht ganz zutreffend. Man hatte ihn gezwungen, die Praxis aufzusuchen. Der Psychiater gab keine Antwort. Dalkins zuckte die Achseln und ließ sich tiefer in den Sessel sinken.

Nach einer Weile sagte Dr. Buhner: »Ihre Reaktion ist sehr aufschlußreich.« Er zeichnete eine neue Linie auf das Blatt.

Dalkins starrte mit finsterer Miene auf den gesenkten Kopf. »Schauen Sie mich an!« zischte er. »Das ist doch keine Art, einen Menschen zu behandeln!«

»Aber nein, natürlich nicht. Im Gesetz ist der Mensch als nicht-entartetes Wesen definiert. Sie sind eine entartete Person und daher nach dem Gesetz kein menschliches Wesen.«

Dalkins fuhr empört zusammen, doch dann zwang er sich, ruhig zu bleiben. »Habe ich etwa keine Hände?« fragte er voll Ironie. »Keine Organe, Sinne, Gefühle, Leidenschaften. Nehme ich nicht die gleiche Nahrung zu mir wie andere auch? Bin ich nicht von den gleichen Krankheiten bedroht?« Das habe ich hübsch formuliert, dachte er zufrieden.

Noch immer hob Dr. Buhner nicht den Kopf von seinem Blatt. »Interessante Assoziationen . . .« murmelte er. Der Stift fuhr wieder über das Blatt. Dann schaute er sein Gegenüber zum ersten Male aus klaren, grauen Augen an. »Ich habe eine Frage: Hat es einen bestimmten Grund, daß Sie Ihr Geld innerhalb von zehn Tagen ausgaben?«

Das wuschelköpfige Gesicht des Jungen grinste höhnisch. »Das möchten Sie wohl gern wissen?«

Dr. Buhner stand auf. »Nun, ich denke, das genügt mir. Ich werde empfehlen, daß alle Dinge, die Sie angeschafft haben, beschlagnahmt werden, bis auf zwei Anzüge und einige weitere Kleidungsstücke und Dinge dieser Art. Die auf Ihrem Konto verbliebenen siebzehntausend Dollar werden ebenfalls beschlagnahmt. Ihnen bleiben also nur noch ein paar hundert Dollar und Ihr Apartment. Vielleicht ist Ihnen bekannt, daß man einem Menschen innerhalb von fünf Jahren nicht mehr als einhunderttausend Dollar fortnehmen darf – für den Fall, daß Sie wegen eines Verbrechens mit einer Geldstrafe belegt werden. Die Habe entarteter Personen kann jedoch restlos beschlagnahmt werden.

Was Sie betrifft, so denke ich daran, Ihnen aus dem beschlagnahmten Vermögen in jeder Woche einhundert Dollar auszuzahlen. Das gilt allerdings nur, wenn Sie sich regelmäßig zur Therapie bei mir einfinden. Wenn Sie fernbleiben, bekommen Sie auch kein Geld.«

Dalkins lachte verächtlich. »Sie werden mich nie wiedersehen!« sagte er. »Es sei denn, Sie lassen mich durch die Polizei vorführen, damit ich mir Ihre lächerlichen Analysen und beschränkten Vorurteile anhören kann.«

Der Psychiater sah den jungen Mann aufmerksam an. Sein Gesicht war völlig ausdruckslos. Nur der Klang seiner Stimme schien anzudeuten, daß Dalkins' letzte Worte den Panzer berufsmäßiger Teilnahmslosigkeit durchdrungen hatten. »Also gut. Was geht in Ihrem Kopf vor? Was haben Sie vor?«

Dalkins stand in der Tür. Er spürte, wie sich in seinem Innern jenes großartige Gefühl erneuerte, das ihn zu seinen Handlungen getrieben hatte. In den ersten Stunden nach seiner Festnahme war er nämlich unsicher geworden, er hatte sich sogar gefragt, ob die Leute, die seine Taten für wahnsinnig hielten, vielleicht recht hatten.

Niemals wieder durfte er auf solche Art an sich zweifeln!

Der Glaube an die Richtigkeit seines Handelns schwang in seiner Stimme mit, als er antwortete: »Sie haben Ihre Chance gehabt. Bestellen Sie dem Großen Bruder, daß er sich beim nächsten Mal einen Mann suchen soll, wenn es darum geht, Männerarbeit zu erledigen. Mein Sohn, Sie haben die Sache vermasselt!«

Dr. Buhner gefiel es sehr, daß es doch noch zu einem lebendigen Dialog gekommen war, während die Aufzeichnungsbänder liefen. »Vielleicht würde für uns beide manches leichter, wenn ich Sie besser verstünde«, sagte er rasch. »Im Moment halte ich Sie für ein ausgesprochenes Luxusgeschöpf. Unser Steven Dalkins ist gewiß kein Asket.«

Steven lachte. »Ich habe den Sessel gewählt, weil Sie das von mir erwarteten. Ich bin ausfallend geworden, weil Sie damit gerechnet haben. Ich habe mich halt an Ihre Erwartungen angepaßt, aber das heißt nicht, daß Sie mich verstanden haben.«

»Sie sind nicht so außergewöhnlich, wie Sie vielleicht denken. Die Belastbarkeit der menschlichen Persönlichkeitsstruktur läßt nur geringe Abweichungen im Verhalten zu.«

Steven zuckte die Achseln.

Dr. Buhner schob rasch eine neue Frage nach: »Was ist denn falsch daran, wenn jeder normale Mensch an seinem achtzehnten Geburtstag eine Million erhält? Wegen dieser Regelung und einiger weiterer Errungenschaften bezeichnen viele Leute unser Leben als das goldene Zeitalter.«

»Schwatzen Sie nur, wie Sie es verstehen«, versetzte Steven. »Und wenn Sie fertig sind, dann lassen Sie mich gehen. Sie verschwenden nur meine kostbare Zeit. In Zukunft werde ich nur noch mit richtigen Männern sprechen.«

Ohne eine Erwiderung abzuwarten, zog Dalkins die Tür auf. Der Psychiater rief ihm nach: »Tun Sie mir einen Gefallen und schauen Sie einmal in den Spiegel im Vorzimmer. Sehen Sie sich den Burschen näher an, der nur mit richtigen Männern sprechen will.«

»Okay, okay!« rief Dalkins zurück. »Ich weiß, daß ich nur einen Meter achtundsechzig groß bin und nicht wie ein Achtzehnjähriger aussehe.«

»Wie ein Fünfzehnjähriger vielleicht.«

»Klein, aber oho!« rief Steven. »Schon mal gehört?«

Er war unentschlossen stehengeblieben. Nach einem kurzen Augenblick des Schweigens verkündete er: »Und zu Ihrer Information: Ich bin keine entartete Person. Sie sind es, der sich ändern muß; das werden Sie schon noch einsehen!«

Buhner lächelte so, wie er es immer tat, wenn er einem Menschen gegenüberstand, der sich selbst für normal und alle anderen für unnormal hielt. »Wenn Sie keine entartete Person sind, wer sollte dann eine sein?«

Er sprach gegen die geschlossene Tür.

Nachdem der junge Mann gegangen war, setzte Dr. Buhner sich wieder hinter seinen Schreibtisch. Das feine Lächeln umspielte noch immer seine Lippen. Kurz darauf trat ein anderer Mann ins Zimmer und ließ sich schweigend in den Sessel sinken, in dem Dalkins kurz zuvor gesessen hatte.

»Nun, haben Sie alles gehört?« fragte Dr. Buhner.

Der andere nickte stumm.

»Was halten Sie von der Angelegenheit?«

Diesmal strich sich der Mann im Sessel zur Antwort mit der Hand über das Kinn.

»Er erschien mir aufrichtig – auf seine entartete Weise, natürlich«, erklärte der Psychiater.

Bevor der Besucher etwas darauf sagen konnte, öffnete sich die Zimmertür. Das Mädchen aus dem Vorzimmer kam herein und brachte zwei Computerbögen. Sie gab beiden Männern ein Blatt und ging wieder hinaus.

Leises Papiergeraschel war zu hören, als Dr. Buhner und sein Gast die ausgedruckten Informationen überflogen. Dann faltete der Besucher sein Blatt sorgfältig zusammen, räusperte sich und sagte: »Seine physiologische Reaktion auf Ihre Frage läßt vermuten, daß er weiß, wie lange es dauert, bis größere Geldausgaben entdeckt werden. Die Zehn-Tage-Frist scheint ihm bekannt zu sein.«

»Dies Wissen ist als Spezialinformation eingestuft«, entgegnete der Psychiater. »Es ist also nicht geheim; es wird nur nicht publik gemacht. Abertausende von Menschen haben während ihrer Ausbildung von der Frist gehört.«

Der andere Mann klopfte auf den Bogen, der jetzt auf seinem Schoß lag. »Hieraus geht hervor, daß er das meiste Geld für die Produktion eines Filmes ausgegeben hat. Besteht Aussicht, daß das Geld wieder eingespielt wird?«

Dr. Buhner schüttelte den Kopf. »Ich habe den Film einem Komitee von Leuten aus der Branche vorführen lassen. Ihr Bericht hat mein Urteil bestätigt: Es ist ein übel zusammengestückeltes Machwerk. Offensichtlich kannte keiner der Beteiligten das komplette Drehbuch. Nichts paßt zueinander. Offenkundig hat er den Film nur deshalb produziert, weil er auf diese Weise schnell eine Menge Geld ausgeben konnte.«

Der Besucher schaute verdrossen. »Hatten Sie schon jemals mit einem vergleichbaren Fall zu tun?« fragte er.

»Einmal, doch es gab einen Unterschied. Als wir die Ausgaben nachprüften, entdeckten wir, daß der Mann fünfzigtausend Dollar auf die Seite geschafft und noch einmal fünfzigtausend für eine Bestechung ausgegeben hatte.«

»Ja, um Himmels willen! Wen hat er denn bestochen?«

Der Besucher besann sich auf die Schweigepflicht des Psychiaters und entschuldigte sich hastig.

»Der Mann wurde natürlich streng bestraft. Inzwischen ist der Vorfall aus seinen Akten gelöscht.« Dr. Buhner warf einen Blick auf den Computerbogen.

»Was werden Sie nun in der Sache Dalkins unternehmen?« fragte sein Gegenüber.

»Zunächst einmal bleibt uns nichts anderes übrig als abzuwarten. Er besitzt kein verstecktes Geld. Also wird der Augenblick der Wahrheit schnell herankommen.«

»Aber hier steht«, der Mann tippte auf den Bogen, »sein Apartment ist für zwei Monate im voraus bezahlt. Wie sieht es mit seiner Vorratskammer aus?«

»Große Mengen von Nahrungsmitteln.«

»Das bedeutet, er kann die nächsten beiden Monate ein ausgesprochenes Luxusleben führen, nicht wahr?«

Der Psychiater blickte zerstreut auf. »Was mir mehr zu schaffen macht, ist folgendes: Nach der Computeranalyse ist er keine entartete Person.«

Nachdem Steven Dalkins Dr. Buhners Büro verlassen hatte, gelangte er in einen blitzend sauberen Korridor. Von dort fuhr er mit dem Aufzug ins Parterre und trat hinaus in eine Welt, die sich in den letzten fünfzig Jahren kaum verändert hatte. Überall standen noch dieselben Gebäude oder Bauwerke, die in einem gleichbleibenden Stil errichtet worden waren. Glas, Beton, Ziegel und Plastikelemente türmten sich in luftigen Höhen. Eine vollkommene Architektur, früheren Bauformen himmelweit überlegen – so hatte man Steven seit seinen Kindertagen immer wieder versichert.

Das goldene Zeitalter war angebrochen. Ein Achtzehnjähriger, dem eine Million zugewiesen wurde, mußte natürlich ein Leben lang für diese Summe arbeiten. Aber schließlich schadet die Arbeit dem Menschen nicht. Welcher Normalbürger wollte das bestreiten?

Den meisten Menschen gelang es nicht, ihre Schuld zu begleichen. Sie verdienten einfach nicht genug Geld. Aber ein nicht entarteter Bürger gab normalerweise auch nicht das ganze, ihm zugeteilte Geld aus.

Wenn ein Mensch starb, fiel der Rest seiner Million an den Staat zurück. Wenn er der Gesellschaft noch eine Arbeitsleistung schuldete, so wurde diese nun offiziell gelöscht. Die Hinterbliebenen erbten niemals Geld, sondern nur ein paar persönliche Habseligkeiten. Das Leben bewegte sich in einer festen Bahn. Jedermann hatte den gleichen Ausgangspunkt, eine Million Dollar. Das Gesetz erlaubte es nicht, diese Summe oder auch nur einen Teil zweimal an dieselbe Person auszuzahlen. Für Menschen, die sich in einer Lage wie Steven befanden, war eine staatliche Unterstützung nicht vorgesehen. Wenn er eine Arbeit aufnahm, würde sein Lohn automatisch beschlagnahmt werden, um seine Schulden zu begleichen.

Steven, der sich aus alledem nichts zu machen schien, bestieg ein Elektrotaxi. Nach einer Weile hatte das Taxi die Straße am Flußufer erreicht und hielt vor einem eindrucksvollen Apartmenthaus. Steven stieg aus, zahlte für die Fahrt und schlenderte über die sonnenbeschienene Straße zur Eingangshalle des Gebäudes. Sein Blick fiel auf ein Fahrzueug, das am gegenüberliegenden Straßenrand angehalten hatte. Soeben stieg der Fahrer aus, offenbar um die Aussicht über den Fluß zu genießen.

Später berichtete dieser Mann Dr. Buhner: »Mr. Dalkins hat das Gebäude betreten, in dem sich sein Apartment befindet, und es während der nächsten zwei Stunden nicht wieder verlassen.«

Die Tage verstrichen, und Steven kam nicht wieder zum Vorschein.

Nachdem auf diese Weise eine Woche vergangen war, ohne daß sich etwas ereignet hätte, stellten die Beobachter folgende Überlegung an: »Nun denn, warum sorgen wir nicht dafür, daß das geschieht, was normalerweise passiert, wenn ein männlicher Bürger achtzehn Jahre alt geworden ist?«

Und so traf kurz darauf ein Schreiben des Computer-Partner-Dienstes in Stevens Apartment ein. Man teilte ihm mit, daß eine gewisse junge Frau (Name: Stacy Aikens; Alter: dreiundzwanzig) zur Heirat mit ihm ausgesucht worden war.

Außerdem enthielt das Schreiben noch einige Erläuterungen:
Wie Ihnen bekannt sein dürfte, haben beide Parteien nach dem Computerentscheid vierzehn Tage Zeit, um sich zu treffen. Dann müssen Sie sich dazu äußern, ob sie den Partner akzeptieren oder nicht. Ist eine Partei zur Verbindung bereit, die andere jedoch nicht, so erhält erstere noch dreimal die Gelegenheit, einen Heiratskandidaten kennenzulernen. Die Partei, die sich geweigert hat, die zugewiesene Person zu akzeptieren, bekommt nur noch zwei Gelegenheiten.

Wenn ein Kandidat alle drei Chancen aufgebraucht hat, kann er erst nach Ablauf eines Jahres wieder Partnervorschläge anfordern.

Sollte ein Kandidat im Privatleben einem potentiellen Lebensgefährten begegnen, so ist auch zwischen diesen beiden eine Eheschließung möglich. Allerdings nur unter der Voraussetzung, daß die Computeranalyse keine

Einwände gegen die Verbindung erbringt. Wir weisen darauf hin, daß Stacy Aikens nicht darauf besteht, daß ihr Partner über finanzielle Mittel verfügt.

Ein potentieller Kandidat, der einstweilen keine Ehe eingehen will, muß dies der Vermittlung unverzüglich mitteilen.

Dalkins unternahm gar nichts. Er legte keinen Widerspruch ein und verlangte auch nicht, daß sein Name von der Liste gestrichen würde. Er setzte sich nicht mit der Frau in Verbindung, doch als diese ihn nach zwölf Tagen anrief, erklärte er, daß er sie akzeptierte.

Dr. Buhner, dem diese Entwicklung sehr behagte, traf sich mit einem Mann vom Schatzamt. »Glauben Sie tatsächlich, daß er sie heiraten wird?« fragte der Beamte.

Buhner lächelte. »Er sitzt in der Klemme. Wenn er seine Geschlechtsorgane entkapseln lassen will, muß er heiraten. Was er auch im Schilde führen mag, auf die Entkapselung scheint er großen Wert zu legen.«

»Vielleicht hat er es einfach auf ihr Geld abgesehen?«

Das zuversichtliche Lächeln wich nicht von Dr. Buhners Zügen. »Keine Gefahr! Wir haben ihre Bezüge so limitiert, daß ihr monatlich genau doppelt soviel Geld zur Verfügung steht wie bisher – dazu kommt ein kleiner Etat für spezielle Ausgaben. Nein, nein . . .« Er winkte ab, dachte einen Augenblick nach und fuhr dann fort: »Es ist schon ein Segen, daß es den Biologen gelungen ist, das männliche Geschlechtsorgan zu verkapseln. Bei der späteren Entkapselung wird es dann einfach so manipuliert, daß Geschlechtsverkehr nur noch mit einer Frau, der Ehefrau natürlich, möglich ist. Dieser Vorgang hat das menschliche Familienleben, ja sogar die gesamte Geschichte positiv verändert. Da Frauen im Durchschnitt sieben Jahre älter werden als Männer, werden nur noch Ehen geschlossen, in denen der männliche Partner sieben Jahre jünger ist. Was nun Dalkins betrifft«, schloß der Psychiater, »ich wette mit Ihnen, daß er zur Eheschließung erscheint.«

Auf dem Schild über dem Eingang stand: „HORMONFIXIERUNGSZENTRALE und darunter: STANDESAMT FÜR SCHNELLTRAUUNGEN. Vor den Türen hatte sich eine kleine Menschenschlange angesammelt, als Steven eintraf. Die Männer standen auf der einen Seite einer niedrigen Trennschranke, die Frauen auf der anderen. Bis auf eine Ausnahme waren alle Männer knapp unter Zwanzig und alle Frauen etwas darüber. Ein einziger Mann war mindestens vierzig Jahre alt. Da sich unter den Frauen keine Kandidatin befand, die altersmäßig zu ihm gepaßt hätte, schloß Steven, daß es sich bei dem Mann um einen Spitzel handelte. Er grinste ihn höhnisch an.

Steven stellte sich am Ende der männlichen Schlange auf und warf einen Blick auf die Reihe der Frauen. Sofort hatte er Stacy Aikens entdeckt. Die junge Frau hatte ihn ebenfalls erkannt und starrte ihn neugierig an. Ihre Blicke begegneten sich. Sie sahen sich an diesem Tag zum ersten Mal, und Steven fand es angemessen, der Frau zuzulächeln. Sie erwiderte sein Lächeln, wobei sie auffallend große Zähne enthüllte.

Stacy trat nun aus der Schlange und stellte sich, so wie es die Vorschrift verlangte, neben Steven auf. An der Art, wie sie ging, konnte er erkennen, daß sie recht kurze Beine haben mußte.

Ihre körperliche Erscheinung war für Steven nicht wichtig. Seit mehr als vierzig Jahren hatte sich die allgemeine Einstellung zu solchen Dingen geändert, und auch wenn Dalkins in vielen Dingen ein Nonkonformist sein mochte, so teilte er doch in dieser Frage die Haltung seiner Zeitgenossen. Man war allgemein der Ansicht, daß alle normalen Menschen ohne Ausnahme als schön zu betrachten seien.

Das Erscheinungsbild – oder die Attraktivität, die früher eine große Rolle gespielt hatte – tauchte in den Computerbögen nicht mehr auf. Das Gewicht war ein Faktor, das Alter und die Körpergröße. Dementsprechend war die Frau auf der anderen Seite der Barriere ein Meter dreiundfünfzig groß (passend zu Stevens einhundertachtundsechzig Zentimetern). Sie wog achtundneunzig Pfund (er einhundertfünfundzwanzig) und war fünf Jahre älter als er.

Dicke heirateten überall auf der Welt Dicke, Dünne Dünne und die Mittelmäßigen taten sich mit den Durchschnittlichen zusammen. Der unsinnige Brauch, daß Männer jüngere Frauen heirateten, war natürlich längst abgeschafft; dafür hatten die Erkenntnisse der Biochemie gesorgt. Man lebte im goldenen Zeitalter, nicht nur in wirtschaftlicher sondern auch in sexueller Hinsicht.

Nach kurzer Zeit saßen sie im Innern des Gebäudes in kleinen Kabinen. Die durchsichtigen Zellen der beiden Heiratskandidaten waren aneinandergebaut, so daß sie sich gegenseitig sehen konnten. Auch die anderen Paare konnte man hinter den dicken, klaren Plastikwänden erkennen. Da Steven auf einer formlosen Schnelltrauung bestanden hatte, unterzeichneten sie beide ein kleines Plastikplättchen mit einem Spezialstift. Die Signaturen wurden sofort an den Computer in der Hauptstadt weitergeleitet, damit er seine Sozialstatistiken auf den neuesten Stand bringen konnte. Der Akt des Unterschreibens war bereits die komplette Hochzeitszeremonie. Anschließend mußte nur noch die Entkapselung des männlichen Partners erfolgen und die Hormonfixierung auf seine zukünftige Ehefrau. Damit war der Ehebund vor dem Gesetz besiegelt.

Der Aufforderung des Computers gehorchend, öffnete Steven auf dem rechten Oberschenkel seiner speziellen Hochzeitshose einen Reißverschluß. Er folgte auch der nächsten Anweisung und lehnte sich zurück. Zwei Greifarme legten Gurte um sein Bein. Sie zogen sich zurück, und ein kleiner Glasbehälter, der vorn mit einer Nadel versehen war, kam heran. Die Nadel näherte sich dem entblößten Oberschenkel und bohrte sich in die Haut. Steven konnte beobachten, wie eine rote Flüssigkeit durch die Nadel in seinen Körper wanderte. Dann zog sich die automatische Spritze wieder zurück.

Der Computer verkündete: »Jetzt erfolgt Schritt zwei. Halten Sie den rechten Arm still!«

Dalkins, der den Mann vom Eingang nicht aus den Augen gelassen hatte, wußte, daß dieser ein paar Meter entfernt stand und die »Hochzeitszeremonie« beobachtete. Offenbar war er sehr davon überzeugt, daß alles reibungslos verlief, da er Steven den Rücken zugekehrt hatte.

Jetzt! dachte Dalkins.

Das Visifon läutete. Dr. Buhner drückte auf den Annahmeknopf und steckte den winzigen Hörer ins Ohr. »Dr. Buhner am Apparat«, sagte er.

Das Bild auf dem Schirm zeigte den Mann vom Schatzamt. Der Beamte hatte eine äußerst betrübte Miene aufgesetzt. »Hier ist Roosley. Was ist schiefgelaufen?«

Dr. Buhner war der vorwurfsvolle Ton des Anrufers nicht entgangen. »Ich möchte zunächst einmal eines klarstellen«, sagte er rasch.

»Und zwar?«

»Ich konnte die Situation nicht beeinflussen. Das Gesetz verbietet es.«

»Aber es war doch einer Ihrer Beobachter anwesend!«

»Dennoch waren mir die Hände gebunden; verstehen Sie das nicht?«

»Das muß ich wohl«, seufzte Roosley resigniert.

»Es ist folgendes geschehen«, berichtete Dr. Buhner. »Anscheinend kannte unser Steven die Prozedur bis in alle Einzelheiten, während die meisten Menschen die Zeremonie durchlaufen, ohne eine genaue Vorstellung von ihr zu haben.«

»Als ich verheiratet wurde«, wandte Roosley ein, »saß ich in einer kleinen Kabine und war an einen Stuhl gefesselt. Ich hätte überhaupt keine Chance gehabt zu entkommen.«

»Wenn Sie Spezialwerkzeuge für Computer mitgebracht hätten«, entgegnete der Psychiater, »und eine automatische Pistole, um das Kabinenschloß aufzuschießen . . .«

Das Gesicht auf dem Bildschirm war nachdenklich geworden. »Was werden Sie jetzt unternehmen?«

»Nichts.«

»Wieso nicht?«

»Es gibt kein Gesetz, das das, was Steven getan hat, verbietet.«

»Wollen Sie etwa behaupten, daß es erlaubt ist, Maschinen unbrauchbar zu machen und sich den Weg aus einem geschlossenen Gebäude freizuschießen?«

»Die Hormonfixierungsgesellschaft kann ihn für alle entstandenen Schäden haftbar machen, aber da er kein Geld hat, würde sich das für die Firma kaum lohnen.«

»A . . . aber«, stammelte der Beamte, »der Zustand, in dem Dalkins sich jetzt befindet, kann doch nicht legal sein: ein sexuell freier Mann!«

»Das ist nicht strafbar.«

»Aber . . .!« Roosley schluckte.

»Das Gesetz verlangt, daß die Geschlechtsorgane aller männlichen Wesen verkapselt werden, sobald sie die Pubertät erreicht haben. Wenn ein Mann die Ehe eingehen will, wird sein Organ entkapselt, und gleichzeitig wird er hormonell auf seine Ehefrau fixiert. Wenn diese Prozedur an irgendeinem Punkt unterbrochen wird, bedeutet das nach dem Gesetz nur, daß die Ehe ungültig ist. Das Hochzeitsritual geht auf ein Konzept der Kommunistischen Partei Chinas zurück. Darin war bei Verstößen die Todesstrafe vorgesehen – auf diesen Punkt haben wir verzichtet. Das Prinzip jedoch war damals wie heute das gleiche: Es ist eine Falle für das Individuum. Bevor ein Junge weiß, was mit ihm geschieht, haben wir ihn sexuell kaltgestellt. Wenn er herangewachsen ist, verbinden wir ihn unauflöslich mit einer Frau für den Rest seines Lebens. Diese Verbindung steht unter dem Schutz des Gesetzes und darf nicht gebrochen werden. Es ist gerechtfertigt, daß der Staat zu diesen etwas fragwürdigen Mitteln greift, denn der Zweck ist schließlich eine friedliche, schwer arbeitende Bevölkerung.«

»Was wird aus Stevens Frau?« fragte Roosley nach einer Weile.

»Sie gilt als unverheiratet, da die Zeremonie nicht vollendet wurde. Inzwischen ist sie in ihre Wohnung zurückgekehrt.«

»Und wo ist Steven?«

»Er ist noch nicht in sein Apartment zurückgekehrt.«

Roosley rang sichtlich um seine Fassung. »Soviel ich weiß, geschieht es seit einem Vierteljahrhundert zum ersten Mal, daß dort draußen« – seine Hand beschrieb einen weiten Bogen in der Luft – »ein Mann frei herumläuft, der mit mehr als einer Frau den Geschlechtsakt vollziehen kann.«

»Es gab eine Zeit, da war jeder Mann dazu in der Lage.«

»Und das soll *nicht* illegal sein?«

»Nein. Es ist zwar unerwünscht, aber es ist ein natürlicher Zustand. Bisher ist kein natürlicher Zustand für ungesetzlich erklärt worden.«

Im Gesicht des Beamten arbeitete es. Es war ihm anzusehen, welche Mühe es ihm bereitete, die ganze Tragweite der Situation zu verarbeiten. Schließlich murmelte er: »Du liebe Güte! Ein Mann und all die vielen unverheirateten Frauen zwischen achtzehn und fünfundzwanzig!«

»Vielleicht hat er es gar nicht auf die Frauen abgesehen«, versuchte Dr. Buhner ihn zu beschwichtigen. »Dazu hätte er jedenfalls nicht all sein Geld zu verschleudern brauchen.«

»Aber was führt er dann im Schilde?«

»Meine Assistenten sind dabei, sich ein vollständiges Bild von seiner Persönlichkeit und seinem Werdegang zu verschaffen«, berichtete Dr. Buhner. »Möglicherweise finden sie etwas, das uns weiterhilft.«

»Was wird er nun tun? Womit rechnen Sie?«

»Er hat seine Spuren geschickt verwischt«, gab der Psychiater zu. »Wir wissen nicht, was er treibt. Möglicherweise ist er doch hinter den Frauen her . . .«

Roosley murmelte etwas Unverständliches und unterbrach die Verbindung.

Buhner zögerte einen Augenblick, dann wählte er eine spezielle Nummer. Als sich diesmal das Visifon mit einem Klicken einschaltete, erschien kein Bild auf dem Schirm. Nur die tiefe, entschlossene Stimme eines Mannes war zu hören. »Ich habe Ihren Bericht gelesen, Herr Doktor. Ich stimme Ihnen darin zu, daß wir Stevens Fall an die Öffentlichkeit bringen sollten. Auch wenn Ihre Vorhersagen nicht eintreffen, ist es einen Versuch wert. Viel Glück.«

Steven saß im Gras, den Rücken an einen Parkbaum gelehnt und schaute hinauf in den Himmel. Seine Haltung war eine schauspielerische Pose, denn in Wirklichkeit hielt er ständig Ausschau nach möglichen Beobachtern. Er war sich nicht sicher, ob er tatsächlich alle Verfolger abgehängt hatte, und er ging davon aus, daß das Schatzamt nur allzugern wissen würde, wie er ohne Geld überleben wollte.

»Das ist ganz einfach!« rief er vier verdächtigen Gestalten zu, die an ihm vorübergingen und ihn jetzt verwundert anschauten. »Die Welt zahlt eine Menge für Kreativität und das meiste für die Rebellion!«

Einer der vier, ein dreißijähriger Mann, kam zu ihm und sah auf ihn hinab. »He, Sie sind der Bursche, der die Million auf den Kopf gehauen hat! Ich habe in den Nachrichten von Ihnen gehört. Warum haben Sie das gemacht?«

Steven war überrascht. »Sie haben meinen Fall also tatsächlich publik gemacht!« rief er erfreut. Dann hatte er sich wieder gefangen und setzte eine ernste Miene auf. »Gehen Sie weiter, mein Herr! Wenn Sie es nicht von allein verstehen, hat es keinen Sinn, es Ihnen zu erklären.«

Bei Anbruch der Abenddämmerung stand Steven gemächlich auf. Er bummelte noch ein Weilchen durch den Park, um einen eventuellen Verfolger zu täuschen, dann schlich er zu einer Stelle, wo ein kleiner Bach in einem Kanalrohr verschwand. Er tastete suchend in der Öffnung des Rohres, und als er die Hand wieder hervorzog, hielt er einen wasserdichten Behälter darin. Den klappte er auf und entnahm ihm zwei aufgerollte Schilder, die er – wie ein klassischer Sandwichman – auf Brust und Rükken befestigte. Auf der Vorderseite stand:

Ich bin Steven Dalkins,
der Trottel, der eine Million
verjubelt hat.

Und Auf Stevens Rückseite konnte man lesen:

Heute abend um 8 Uhr
werde ich im Westpark
meine Geschichte erzählen!

Er hatte nicht vor, dies Versprechen einzuhalten. Vielleicht würde er irgend jemand dort hinschicken, für den Fall, daß tatsächlich Zuhörer kämen. Eigentlich diente das Schild nur dazu, seine Verfolger irrezuführen.

Steven wanderte mit einem zuversichtlichen Lächeln durch die Straßen. Der Himmel war dunkel geworden, und die Gehsteige begannen, das Licht abzustrahlen, das sie während des Tages gespeichert hatten. Die Fronten der Geschäftshäuser leuchteten auf die gleiche Weise. Die meisten Menschen, die an Steven vorübergingen, warfen ihm tadelnde Blicke zu, aber hin und wieder gab es auch eine andere Reaktion, die dem aufmerksamen Dalkins nicht entging.

Wann immer es möglich war, sprach er solche Passanten mit leiser Stimme an. »Wir müssen etwas unternehmen, nicht wahr? Wir treffen uns heute abend im . . .« Und er nannte einen anderen Park. Seinen größten Augenblick hatte Steven, als ein junger Mann mit hochrotem Kopf ein paar Schritte neben ihm blieb. »Sie haben tatsächlich einen Plan, wie man den Hundesöhnen eins auswischen kann?« fragte der Bursche.

»Klar«, erwiderte Steven.

»Dann bin ich dabei«, zischte der Junge. »Ich werde meine Bande mitbringen! Mein Name ist Jack.«

»Fein!«

Zum Treffpunkt im Park kamen acht Personen, die Steven einzeln angesprochen hatte, zwei von ihnen waren Frauen. Etwas später traf Jacks »Bande« ein. Sie bestand aus sieben kräftigen, jungen Männern und vier Frauen. Allesamt machten sie einen aufrichtigen Eindruck.

Niemand fragte »Warum?«. Die Männer und Frauen *wußten,* daß etwas getan werden mußte, und jeder von ihnen war froh darüber, daß endlich jemand den ersten, entscheidenden Schritt getan hatte.

Vom Kern des Übels hatten sie alle bereits eine feste Vorstellung, darum wurde dieser Punkt gar nicht erst besprochen. Nur die Details der anstehenden Aktionen mußten noch diskutiert werden, und hierfür hatte Steven schon einen Plan parat.

So gründeten sie gleich bei ihrem ersten Treffen den Umstürzlerbund. Man einigte sich darauf, daß Steven für seine verlorene Million entschädigt werden müßte. Alle Anwesenden schrieben ihm einen Schreck über tausend Dollar aus. Jedes zukünftige Mitglied – darüber hatte man sich rasch geeinigt – würde Steven die gleiche Summe überschreiben.

»Du wirst vermutlich nicht deine ganze Million zurückbekommen«, sagte Jack Brooks, der Junge mit dem roten Gesicht, »aber ich bin sicher, daß wir ebenso viele entschlossene Leute zusammenbekommen wie seinerzeit die russischen Attentäter, die Alexander den Zweiten ermordeten. Mit fünfhundert Mitgliedern können wir durchaus rechnen.«

»Ich erwarte, daß viel mehr Leute zu uns stoßen«, verkündete Steven selbstbewußt.

Am Ende des ersten Monats hatte der Geheimbund 2782 Mitglieder. Im zweiten Monat erging an alle Mitglieder die Aufgabe, fünf weitere entartete Personen ausfindig zu machen. Bald überstiegen Stevens Einkünfte eine Million, und er verkündete, daß er den Überschuß benutzen wollte, um die Ausgaben des Bundes zu bestreiten. Die erste Stufe seines Plans hatte er nur einem kleinen, intimen Kreis von Gefolgsleuten enthüllt, zu dem auch Jack gehörte. Andere Mitglieder erfuhren nur, daß es sich bei der geplanten Aktion um etwas »Gewaltiges« handelte, und daß es unklug wäre, wenn zu viele Leute von dem Plan erführen.

Kurz vor Ende des vierten Monats verfügte der Umstürzlerbund über 53 064 Mitglieder, und er holte zu einem ersten, herausfordernden Schlag aus.

Die Behörden hatten beschlossen, der Öffentlichkeit Stevens besonderen Zustand bekanntzumachen. Alle Mädchen und Frauen wurden aufgefordert, augenblicklich die Polizei zu verständigen, wenn sich ihnen ein kleingewachsener, junger Mann auf eindeutige Weise näherte. Dr. Buhner bezweifelte, daß man Steven auf diese Weise etwas anhaben konnte. Er sagte sich, daß die meisten Frauen vom Charme eines sexuell befreiten Mannes unwiderstehlich angezogen würden. Sie würden ihn nicht anzeigen. Er hoffte jedoch, daß man Steven durch den Aufruf einschüchtern konnte.

Dennoch lag der Psychiater oft nächtelang wach. Noch nie in seinem Leben hatte er so sehr unter Nervosität zu leiden gehabt.

Tagsüber ließ er sich von den Fortschritten berichten, die Stevens Bewegung machte. Als die Zahl immer weiter wuchs, steigerte sich die Erregung jener Regierungsmitglieder, die einen Anspruch darauf hatten, in die Lage eingeweiht zu werden.

Wenn einer dieser Herren gar zu nervös wurde, dann wandte er sich an Dr. Buhner. An diesem Vormittag hatte der Anrufer ein feistes, rotes Gesicht und fragte mit eisiger Stimme:

»Was wollen Sie gegen diese Strolche unternehmen?«

»Wir bereiten die große Säuberung vor.«

»Wie meinen Sie das?«

Buhner erklärte es ihm: Die Polizei hatte erkannt, was auf sie zukam. Aus dem Dickicht der Gesellschaft drängte ein eigenartiger Menschenschlag ans Licht. Diese Individuen wurden von dem einen Verlangen geeint, ihre Umgebung, über die sie sich aus irgendeinem obskuren Grund geärgert hatten, in Stücke zu hauen.

Dieser Drang aller Nonkonformisten zur Gewalttätigkeit hatte auch einige edle Züge. Diese Leute liebten einander, und sie standen treu zu ihrem Anführer. In früheren Zeiten waren manchmal spektakuläre Taten notwendig gewesen, wenn ein Anführer treue Gefolgsleute um sich scharen wollte. Bei der Bewegung jedoch, mit der man es in *diesem* Jahr zu tun hatte, waren die

Mitglieder stolz darauf, einem Manne zu folgen, der seine Dollarmillion zum Fenster hinausgeworfen hatte. Das hatte genügt, um Steven Dalkins zum unangefochtenen Kopf der Bewegung zu machen.

Die Polizei hatte leichtes Spiel. Alle Schecks wurden auf ein Konto ausgestellt, und jeder trug deutlich sichtbar die Unterschrift eines Mitglieds. Männer, Jungen, Frauen und Mädchen waren leicht zu identifizieren. Die Polizeistationen im ganzen Land erhielten Computerbögen über die Bundesmitglieder in ihrem Bezirk. Detektive stellten heimlich Nachforschungen in der Nachbarschaft der Verdächtigen an.

Natürlich konnte man niemanden allein deswegen verhaften, weil er einen Scheck auf Steven Dalkins ausgestellt hatte. Dies konnte aber auf Grund einer illegalen Aktion geschehen.

»Aber wir leben doch in einer vollkommenen Welt! Wogegen werden sie sich wenden?« So lautete die Frage, die Dr. Buhner immer wieder zu hören bekam, und auch dieser Anrufer stellte sie. Der Psychiater antwortete darauf mit seiner Standarderklärung: »Vor zwölf Jahren führte Charley Huyck eine Revolte an, die sich gegen das computerisierte Erziehungssystem richtete. Vor dreiundzwanzig Jahren leiteten die Gebrüder Gilbert einen Aufstand gegen das Gruppenwahlsystem. Nachdem es zur offenen Revolte gekommen war, wurden alle Widerständler verhaftet. Man beschuldigte sie, entartete Personen zu sein. Sie wurden verurteilt und ausgemerzt.«

»Was wird Dalkins angreifen?« fragte der schwergewichtige Politiker.

»Etwas Fundamentaleres, nehme ich an.«

»Ja, zum Teufel!« polterte der Politiker. »Was könnte wohl fundamentaler sein als unsere politische Ordnung?«

»Tja . . .« entgegnete Dr. Buhner vielsagend.

Sein Gesprächspartner hatte sich wieder beruhigt. »Glauben Sie, Dalkins weiß, daß wir all diese Schecks zurückverfolgen können?«

»Ja, ich nehme an, daß er das weiß, denn er hat einen Teil des Geldes auf eine andere Bank transferiert.«

»Aber das . . .! Wir können doch nicht . . .!«

Dr. Buhner schüttelte den Kopf. »Wie Privatfirmen mit ihrem Geld umgehen, entzieht sich unserer Kontrolle. Das wäre eine Bedrohung für die freie Marktwirtschaft. Außerdem müßten die

Computersysteme umgestellt und ein neues Gesetz erlassen werden. Aber das wird nicht nötig sein. Uns kommt es nur darauf an, diese Leute zu fassen und uns vom Halse zu schaffen.«

In der nächsten schlaflosen Nacht wurde sich Dr. Buhner plötzlich mit Schrecken darüber klar, daß bereits vier Monate verstrichen waren, ohne daß etwas geschehen war. Wenn Roosleys Visionen Wirklichkeit geworden wären, dann müßte es inzwischen Horden von geschändeten Jungfrauen geben. Doch bisher hatte sich kein Mädchen gemeldet; und das bereitete dem Psychiater Kopfzerbrechen. War es tatsächlich möglich, so fragte er sich, daß Steven Dalkins sich während der ganzen Zeit verantwortungsvoll verhalten und nicht einen Verführungsversuch unternommen hatte?

Wenn der Bursche nicht länger hinter den Frauen her war – was trieb er dann?

Als Dr. Buhner am nächsten Morgen aus dem Fenster seines hochgelegenen Apartments blickte, war der Himmel klar und so blau wie der Swimmingpool eines Ferienhotels. Der Doktor bereitete sich ein Frühstück aus schmackhaftem Fleischersatz. Kaum hatte er nichtsahnend und gut gelaunt die erste Gabel zum Mund geführt, da leuchtete an seinem Fernseher die rote Lampe auf. Gleichzeitig war der Alarmton zu hören. Der Bildschirm flackerte auf und zeigte einen jungen Mann, der auf einen kleinen Podest stieg. Der Junge sagte: »Meine Damen und Herren, bitte erschrecken Sie nicht! Ich überbringe eine Botschaft des Umstürzlerbundes. Wir haben soeben die wichtigsten Sendestationen des amerikanischen Kontinents besetzt. Dies geschah, weil wir Ihnen etwas mitteilen möchten. Unser Führer, Steven Dalkins, nimmt an, daß Sie es gern erfahren würden.«

Anschließend erklärte und demonstrierte er (mit Hilfe eines Mädchens, das plötzlich erschienen war), durch welche chemische Methode die Hormonfixierung von Ehepartnern aufgehoben werden konnte. Interessenten könnten sich das erforderliche Medikament ganz in der Nähe beschaffen – und er zählte mehrere Örtlichkeiten in der Stadt auf. Gleichzeitig würden im ganzen Land ähnliche Botschaften ausgestrahlt.

Mit eindringlicher Stimme fuhr er fort: »Halten Sie einen Scheck über eintausend Dollar bereit, und denken Sie immer daran: Dies kann Ihre einzige Chance sein, unser kleines Kästchen mit der Spritze und dem Medikament zu erwerben. Sie können Ihren Set jetzt kaufen und später entscheiden, ob Sie ihn benutzen wollen. Wenn Sie zu entschlossenem Handeln fähig sind, dann schlagen Sie zu, bevor der Verkauf von den Behörden unterbunden werden kann. Danach haben Sie noch genügend Zeit zum Nachdenken.«

Einer der genannten Plätze lag nur etwa einen Kilometer von Dr. Buhners Apartment entfernt. Es dauerte nur Sekunden, dann stand der Psychiater im Hochgeschwindigkeitslift und stürzte abwärts. Auf der Straße hetzte er zum nächsten Elektrotaxi; den Scheck schrieb er im Wagen aus. Dennoch drängten sich, als er sein Ziel erreicht hatte, bereits hundert Männer und etwa fünfzig Frauen um einen Helikopter, der am Rande eines kleinen Parks gelandet war. Buhner drängte nach vorn; wie die Leute um ihn her schwenkte er den Scheck in der Luft. Bald konnte er die drei Mädchen und vier Männer sehen, die vor dem Hubschrauber standen, die Schecks in Empfang nahmen, sie überprüften und dann die kleineren Kästchen in die ausgestreckten Hände legten. Die Schecks wanderten in eine Metallkassette.

Dr. Buhner war gerade noch rechtzeitig gekommen. Er hatte eben seinen Scheck übergeben und ein Kästchen an sich gerissen, als einer der jungen Männer einen lauten Warnruf ausstieß: »Die Polizei kommt! Macht, daß ihr fortkommt, Leute!«

Sekunden später waren die jungen Leute mitsamt den restlichen Kästchen und den Schecks im Hubschrauber verschwunden. Die Luke hatte sich noch nicht geschlossen, da stieg der Helikopter bereits wie eine aufgeschreckte Libelle in den Himmel auf. Bald konnte man ihn nicht mehr von den zahlreichen anderen Luftfahrzeugen unterscheiden, in denen die Käufer gekommen waren und die während der letzten Minuten fortwährend aus der Umgebung des Parks gestartet waren.

Dr. Buhner kehrte in derangiertem Zustand in sein Apartment zurück, aber er verspürte ein Triumphgefühl, das noch anhielt, als er den großen Männern seinen Bericht erstattete.

Die Laboranalyse der sieben Spritzen in Buhners Kästchen ergab, daß sie tatsächlich ein Medikament enthielten, mit dem man die hormonelle Fixierung aufheben konnte.

Später am selben Tag traf der Bericht des Computernetzes ein: Der Umstürzlerbund hatte an 6224 verschiedenen Plätzen insgesamt 883912 Kästchen verkauft. Für jedes hatte der Bund einen Scheck über tausend Dollar erhalten. Alle Schecks waren auf Steven Dalkins ausgestellt.

Geld und Macht werfen einen langen Schatten. Kaum daß sich die erste Überraschung gelegt hatte, begannen einige Mitglieder der Organisation darüber nachzudenken, wie es wohl wäre, wenn der nächste Medikamentenverkauf acht oder gar *achtzig* Milliarden erbrächte.

Die Gedanken wurden zu einem erregten Gemurmel, das bald an Stevens Ohren drang. *Das ist der Wendepunkt,* dachte er. Und noch am selben Tag tippte er den Computerschlüssel, der ihn in einer Ringschaltung mit den Visifonanschlüssen aller Bundesmitglieder verband. Er trat vor die Visikamera. Die intelligenten, grauen Augen strahlten, die Wangen waren gerötet, der jungenhafte Körper angespannt. Sein Blick war in das Objektiv gerichtet, so daß alle Mitglieder direkt in seine entschlossenen Augen schauen konnten.

Er beschrieb mit knappen Worten, welche Möglichkeiten einige Mitglieder des Bundes entdeckt hatten, und schloß mit der Erklärung: »Jack denkt in größeren Maßstäben, als ich es vermag. Jeder Mensch hat seine Grenzen, und ich weiß, daß ich alles erreicht habe, was ich erreichen kann. Daher . . .«

An dieser Stelle machte er eine dramatische Pause, dann fuhr er mit fester Stimme fort: ». . . trete ich hiermit von meinem Amt im Umstürzlerbund zurück. An meine Stelle tritt mein guter Freund Jack Brooks, dem ich alles Gute wünsche.« Zum Schluß folgte noch eine kleine Ergänzung: »Die nötigen Ausgaben für die nächste Aktion der Bewegung werde ich von meinem Konto bestreiten. In dieser Angelegenheit bin ich weiter unter der alten Codenummer zu sprechen. Liebe Freunde, lebt wohl!«

Stevens Gesicht auf dem Bildschirm war kaum verblaßt, als in einem anderen, fernen Apartment ein junger Mann mit wahrhaft krebsrotem Gesicht nach seinem Visi-Apparat griff, eine Nummer wählte und in die Sprechmuschel brüllte: »Steve, du . . . du . . . du . . .! Was soll das heißen: nötige Ausgaben? Ich beanspruche die volle Verfügungsgewalt über das Bundesvermögen! Meinetwegen kannst du zehn Millionen behalten. Also los, beweise, daß du zu unserer Bewegung stehst!«

Da sie über eine private Leitung miteinander sprachen, sagte Steven: »Wenn ich die Verfügungsgewalt über das Konto aufgebe, könntest du in Versuchung geraten, etwas gegen mich zu unternehmen.«

»Dann schreibe einen Scheck über achtundzwanzig Millionen aus – für die nächste Medikamentenaktion!« brüllte Jack. »Und zwar auf der Stelle!«

»Aber sicher«, erwiderte Steven.

Nach dem Gespräch begann Jack Brooks im Zimmer auf und ab zu gehen. »Dieser Hundesohn!« knurrte er. »Macht sich mit achthundert Millionen Dollar aus dem Staub!«

Plötzlich blieb er stehen und grinste. »O nein, Steven, das wirst du nicht!« Er trat ans Visifon und wählte Dr. Buhners Nummer. Als der Psychiater sich meldete, sagte er: »Steven Dalkins geht jeden Abend bei Beginn der Dämmerung in einem der Stadtparks spazieren.«

Dr. Buhner mußte zunächst einmal drei Termine wahrnehmen. Während der ganzen Zeit dachte er darüber nach, was er mit dem Tip anfangen sollte.

Zunächst hatte er ein Treffen mit Computeringenieuren und Verwaltungsleuten. Die Frage war: Waren die Elektronengehirne so programmiert, daß sie 883 000 Namen überprüfen konnten.

Die Antwort: Für exakte Logik gab es keine Beschränkung. Alle Informationen waren zugänglich, die Transaktionen konnten zurückverfolgt werden, gesetzliche Einwände bestanden nicht. Mit einem Wort: Ja.

Anschließend war Dr. Buhner mit den Direktoren der Biochemiker-Kammer verabredet. Die Herren hielten eine interessante Information für ihn bereit: Ein langjähriger Angestellter in einer Firma, die einen Anti-Fixierungs-Wirkstoff produzierte (insgesamt waren sieben solche Wirkstoffe erforderlich), hatte vor ein paar Monaten seine Stellung aufgegeben. Man hatte inzwischen ermittelt, daß es dem Mann gelungen war, sich heimlich über die Zusammensetzung des Wirkstoffes zu informieren.

»Es wäre möglich«, erklärte der Chemiker, »daß eine Gruppe von sieben oder mehr Personen sich schon vor einigen Jahren die Anstellung in den verschiedenen Laboratorien erschlichen hat. Die Leute verschafften sich die nötigen Informationen und warteten darauf, daß jemand wie dieser Steven Dalkins auf der Bildfläche erschien . . .«

Dr. Buhners dritte Verabredung galt einem Regierungskomitee. Ein Wirtschaftsexperte erklärte seinen zerstreuten Zuhörern mit erschütterter Stimme, daß das gegenwärtige ökonomische System (eine Million Dollar für jeden) nur dann funktionieren konnte, wenn die Ausgaben der Bevölkerung in etwa konstant blieben. Eine zusätzliche Ausgabe von eintausend Dollar pro Person – und noch dazu von einer beträchtlichen Anzahl von Einzelindividuen – durfte es einfach nicht geben.

Ganz ohne Frage, dachte Dr. Buhner, Steven hat unserer vollkommenen Welt einen Tiefschlag versetzt ...

Die Frage war: Was konnte man dagegen tun. Dr. Buhner meldete sich vorsichtig zu Wort: »Es will mir scheinen, daß der Versuch, die Genitalien des Menschen zu kontrollieren, durch Steven zum Scheitern gebracht wurde. Es kann sein, daß dies nur ein Nebeneffekt seines eigentlichen Vorhabens ist.«

Der Psychiater führte aus: »Wenn achthunderttausend Menschen gleichzeitig gegen ein System verstoßen, dann muß – so verlangt es die Theorie – das System überprüft werden, und nicht das Individuum.« Er ließ eine persönliche Empfehlung folgen und schloß: »Zur Person Steven selbst kann ich keine Lösung vorschlagen. Nach einem vagen Gerücht ist er dabei, die Verbindung zu seinen Gefolgsleuten abzubrechen. Das dürfte ihm gar nicht leichtfallen.«

Am folgenden Tag, zur Mittagszeit, verkündete der gewählte Sekretär der Einheitsregierung den Bürgern folgende Botschaft:

> Es erscheint der Regierung nicht ratsam, 883 000 Männern über hundert Millionen unverheiratete junge Frauen auszuliefern. Daher genehmigt die Einheitsregierung den freien Verkauf von Entfixierungsmitteln an alle Personen über achtzehn Jahre, die die Verbindung mit ihrem Ehepartner lösen wollen. Der Preis für ein Medikamentenset beträgt zehn Dollar. Die Namen aller Personen, die ein Set erstehen oder bereits erstanden haben, werden veröffentlicht. Wenn Bürger, die bereits ein Set gekauft haben, dies vor dem Monatsende zurückgeben, werden ihre Namen nicht zur Veröffentlichung gebracht.

Als Jack Brooks diese schicksalhaften Worte vernahm, sprang er auf die Füße und begann wie ein Wahnsinniger gegen die Wände seines Apartments anzurennen. Endlich sank er – von der Erschöpfung übermannt – in einen Sessel und brütete über die bittere Tatsache nach, daß niemand für ein Ding tausend Dollar ausgeben würde, das er an jeder Ecke für zehn kaufen konnte.

Sein Traum von acht Milliarden Dollar hatte sich in blauen Dunst aufgelöst. In Jacks Mundwinkeln klebte Schaum; er war außer sich vor Wut. Sein geballter Zorn galt einem Menschen: Steven Dalkins. Steven hatte gewußt, was geschehen würde! Wie konnte er sich nur rächen an diesem ... diesem ...?

Kurz nach Anbruch der Abenddämmerung brachen vierzehn Steven Dalkins' zu ihrem Spaziergang auf – so lauteten jedenfalls die Meldungen, die aus den vierzehn Stadtparks von den Agenten Dr. Buhners an den Psychiater abgesetzt wurden.

Ob der echte Steven unter den vierzehn war? Für Dr. Buhners Zwecke spielte das keine große Rolle. Er stand am Rand eines breiten Parkwegs und beobachtete einen ein Meter zweiundsechzig großen jungen Mann, der ihm entgegentrabte. Wenn es sich bei dem Jogger tatsächlich um Steven Dalkins handelte, so hatte er sich geschickt geschminkt. Eine dicke Make-up-Schicht verbarg alle signifikanten Gesichtszüge.

Als dieser besagte Steven auf Höhe des Psychiaters war, lief dieser ein paar Schritte neben ihm her und rief: »Bitte bestellen Sie Mr. Dalkins, daß er Dr. Buhner anrufen soll! Sagen Sie ihm, daß er eine Erklärung für all seine Taten schuldig ist ...«

Weiter kam Dr. Buhner nicht, denn die Dalkins-Gestalt beschleunigte plötzlich ihre Schritte. Der Junge rannte zum Parkausgang, sah sich kurz nach allen Seiten um, und dann entdeckte er, was er suchte. Er stürmte zu einem parkenden Auto hinüber, in das gerade eine Frau einsteigen wollte. Es gab ein kurzes Handgemenge zwischen den beiden, das Steven gewann. Der Wagen fuhr an. Dr. Buhner schaute hinter dem Fahrzeug her. Er sah den Jungen auf dem Fahrersitz und die Frau neben ihm. Ihr Kopf lag schlaff auf der Rückenlehne; plötzlich rutschte sie tiefer in den Sitz.

Buhners Männer fanden den abgestellten Wagen zwanzig Minuten später in einer Nebenstraße. Im Fußraum vor dem Beifahrersitz lag eine Frauenleiche.

»Nun bin ich gespannt, wie er sich da herauswinden will«, murmelte Jack Brooks, nachdem ihm der Mörder das Gelingen der Unternehmung gemeldet hatte. Jacks rosiges Gesicht verzerrte sich zu einem maskenhaften Lächeln. »Es war zwar recht aufwendig, die vierzehn Stevens loszuschicken, aber die Sache hat sich gelohnt!«

Seine Stimmung hob sich auch aus einem anderen Grund: Es war durchaus möglich, daß eine beträchtliche Anzahl von Männern ihren Wagen oder einen anderen Wertgegenstand gegen ein Medikamentenkästchen des Umstürzlerbundes eintauschen würden. Die Sets der Regierung waren zwar billiger, aber nicht jeder Käufer wünschte, daß sein Name auf einer öffentlichen Liste erschien. Es war nur schade, daß es in der vollkommenen Welt kein Bargeld gab, und daß alle Finanztransaktionen von den Computern erfaßt wurden, aber – Jack zuckte die Achseln – auch dazu würde ihm schon noch etwas einfallen.

Die Medien verbreiteten die Nachricht von dem Mord. Alle Tatumstände wurden genau beschrieben.

Um sechzehn Uhr fünfzehn rief Steven Dr. Buhner an.

Ein paar Stunden später . . .

Der Psychiater, der seine Ausrüstung selbst trug, traf zu dem verabredeten Gespräch ein. Ein junger Mann erwartete ihn und geleitete ihn zu einem großen, geschmackvoll eingerichteten Vorzimmer. Dort wurde der Psychiater von einem hübschen Mädchen in Empfang genommen und in ein noch geräumigeres Büro geführt. Das junge Mädchen ging wieder hinaus und zog die Tür hinter sich ins Schloß.

Schweigend baute Dr. Buhner seine Geräte auf, dann wandte er sich dem jungen Mann zu, der hinter einem polierten Schreibtisch saß. Steven Dalkins deutete auf einen Sessel und einen Stuhl, die vor dem Tisch standen. Der Psychiater setzte sich auf den Stuhl.

»Hmmm«, brummte Steven, »ich habe mir gedacht, daß Sie den Stuhl wählen würden.«

Er lehnte sich zurück; ein ironisches Lächeln spielte auf seinen Lippen. »Wie ist das, Herr Doktor, wenn man so von oben herab behandelt wird?«

Dr. Buhner sah ihn aus seinen grauen Augen ruhig an und sagte: »Steven, als ich zu Ihrer Wohnung aufgebrochen bin, waren bereits mehr als vierzigtausend Mitglieder des Umstürzlerbundes verhaftet.«

»Dies ist nur *eine* meiner Wohnungen«, erwiderte Steven.

Sein Gegenüber ignorierte die Unterbrechung. »Vier Fünftel von ihnen haben sich dafür entschieden, in eine der Raumkolonien auszuwandern. Auf diese Weise können sie nämlich ihr Geld behalten.« Er lächelte grimmig. »Nicht jeder setzt gern seine Million aufs Spiel.«

»Also stecke ich allein in der Klemme?«

»Steven«, sagte Dr. Buhner eindringlich, »wer könnte der Mörder dieser Frau sein, beziehungsweise den Mord befohlen haben?« Er wartete eine Zeitlang, ob Steven sein Schweigen unterbrechen würde, und fuhr dann fort: »Vielleicht haben wir ihn schon in Haft und können Ihre Aussage in ein paar Sekunden überprüfen?« Er deutete auf die Maschinen, die auf den genialen Jungen hinter dem Schreibtisch gerichtet waren, und drängte: »Steven, wie können Sie nur einen Menschen schützen, der Ihnen einen Mord anhängen wollte?«

»Was geschieht mit einem überführten Mörder?« fragte Steven nach einer Weile.

»Niemand wird heutzutage wegen Mord verurteilt«, erwiderte der Psychiater. »Es gibt nur *ein* Verbrechen: die Entartung.«

»Also gut, was geschieht mit einem Menschen, der wegen Entartung verurteilt wird?«

»Das ist eine Geheimsache.«

»Es heißt, diese Leute würden hingerichtet. Ist es so?«

»Ich habe mit diesen Dingen nichts zu tun, aber ich habe von dem Gerücht gehört.« Wieder lächelte der Psychiater grimmig. »Sie haben ja inzwischen einige entartete Individuen kennengelernt, Steven. Ich frage Sie, was Sie mit diesen Leuten tun würden.«

Steven zögerte. »Es ist unfair«, sagte er schließlich, »wenn die Nicht-Entarteten über solche Menschen urteilen, die durch ein unglückliches Schicksal oder ein Kindheitstrauma entarteten.«

»Aber Sie haben sich Gedanken darüber gemacht, nicht wahr?«

Die Augen des Jungen blickten ins Leere. »Viele von ihnen sind ausgesprochen warmherzig«, wich er aus.

Buhner blieb hartnäckig. »Steven, wissen Sie, wie viele Morde in den letzten vier Monaten von Ihren Anhängern begangen wurden?«

Auf Stevens Gesicht lag plötzlich ein müdes, melancholisches

Lächeln. »Die meisten von ihnen sind in anderer Hinsicht entartet«, sagte er. »Aber von Leuten mit dieser speziellen Entartung wurden ungefähr achthundert Menschen umgebracht.«

»Warum? Wissen Sie, warum sie es getan haben?«

»Die Opfer haben irgend etwas getan oder gesagt, das die Ideale der Mörder beleidigt hat.«

Als Dr. Buhner wieder sprach, lag ein Anflug von Trauer, die er bei diesem Thema immer empfand, in seiner Stimme: »Nach allem, was wir wissen, steht dem Menschen in unserem großen Universum nur eine kleine Lebensspanne zur Verfügung. In ihrer rechthaberischen Raserei haben diese Leute fast tausend Menschen um ihr kurzes Leben gebracht. Sagen Sie mir, was soll mit Individuen geschehen, die so etwas tun?«

Die Blicke der beiden Männer trafen sich, aber der jüngere schaute schnell zu Boden. Für ihn gab es keine Frage mehr. Vier Monate lang hatte er in enger Verbindung mit Entarteten gestanden. Er hatte erlebt, wie sie die Wahrheit verzerrten und verdrehten. Die Zeit hatte Wunden hinterlassen, die nicht vernarbt waren.

Tiefe Entschlossenheit lag auf seinen Zügen.

Er sagte: »Sein Name ist Jack Brooks.«

Dr. Buhner trat an seine Apparate, betätigte ein paar Knöpfe, warf einen kurzen Blick auf einen Anzeiger und sagte: »Er ist unter den Verhafteten.« Noch einmal hantierte er an den Geräten, dann verkündete er: »Der Computer hat ihn gefragt, ob er den Mord begangen oder befohlen hat. Er hat es abgestritten, aber sein Herz, seine Leber, Lungen und Blutgefäße erzählen eine andere Geschichte.«

Dr. Buhner blickte den Jungen über die Apparate hinweg an. »Also, Steven, ich gehe davon aus, daß Sie keine entartete Person sind, darum muß es einen tiefliegenden Grund für Ihre Taten geben – wie dieser Grund beschaffen sein mag, entzieht sich allerdings meiner Vorstellungskraft.«

Steven erwiderte: »Ich möchte, daß Sie mich zu einem bestimmten Ort begleiten.«

»Haben Sie etwas dagegen, daß verläßliche Zeugen zugegen sind?«

»Nein.«

Dr. Buhner, der Präsident der Einheitsregierung, Roosley und zwei weitere wichtige Persönlichkeiten standen auf einer Seite einer baumgesäumten Allee und sahen Steven dabei zu, wie er ein kleines Haus auf der anderen Straßenseite ansteuerte.

Vor dem Gartentor blieb er stehen und stieß zwei lange und zwei kurze Pfiffe aus.

Eine Minute verstrich, dann öffnete sich die Haustür.

Ein flinkes, kleines Persönchen kam zum Vorschein. Ein Kind? Nein. Das junge Mädchen stürmte auf Steven zu. Ihr kleiner Körper prallte mit einer solchen Wucht gegen seinen kleinen Körper, daß er ein paar Schritte rückwärts taumelte. Dann preßten das quicklebendige Mädchen und der hochbegabte Junge ihre Münder wieder und wieder gegeneinander – Körper drängte mit energischer Kraft gegen Körper.

»O nein«, stammelte Dr. Buhner, »er hat das alles nur getan, weil er ein Mädchen seines Alters heiraten wollte!«

Als ob er die Worte gehört oder zumindest damit gerechnet hatte, daß sie jemand aussprach oder dachte, drehte Steven sich um und rief: »Aber das ist nicht illegal, jetzt nicht mehr!«

»Liebe«, murmelte der Psychiater. »An so etwas habe ich nicht mehr gedacht, seit ich achtzehn war und die kleine Esther aufgeben mußte.«

Plötzlich versagten die Beine ihm den Dienst. Er sank ins Gras und nahm undeutlich wahr, daß die anderen sich besorgt über ihn beugten.

Es war natürlich lächerlich, doch dicke Tränen der Reue kullerten über seine Wangen . . . Ach was, so belog er sich, die kleine Esther ist inzwischen sowieso zur großen Esther geworden – verheiratet und mit einem Stall voll kleiner Estherchen. Und außerdem, jeder weiß, daß eine junge Liebe nicht von Dauer ist . . .

Diese Argumente, so schlagkräftig sie auch sein mochten, verhallten ohne Wirkung. Sie wurden von einem übermächtigen Gefühl aus dem Felde geschlagen: Dr. Buhner erkannte, daß er seine Emotionen nicht hatte ausleben dürfen. Leise murmelnd kam er auf die Füße, schüttelte die hilfreichen Hände ab und stapfte durch die dämmrige Allee davon.

Er hatte wichtige Dinge zu tun. Zum Beispiel mußte er sich von dreißig Jahren erholen, die er ohne Liebe verlebt hatte.

Das Pendel

»Gut so, Hud! Stop!«

Wenn Hudman von jemand auf englisch angesprochen wurde, dann übersetzte dieser das Gehörte stumm ins Holländische, darauf formulierte er – ebenfalls auf holländisch – seine Antwort, um sie anschließend ins Englische zu übersetzen, bevor er sie laut aussprach. Diese umständliche Prozedur hatte ihm bei seinen Kameraden den Spitznamen »der langsame Holländer« eingetragen.

Auch jetzt übersetzte Hud stumm die Anweisung, während er nach der Taste auf dem Steuerpult griff. Von der Kontrolltafel an Deck des gemächlich vorwärtsgleitenden Schiffes wurde das Stopsignal auf den Meeresboden weitergeleitet, wo in vier Kilometern Tiefe die schweren Apparate aufgestellt wurden. Beim Niederdrücken der Taste murmelte Hud auf holländisch das Kommando: *»Zo is het goed, Hud, stopp!«*

Er spürte plötzlich ein Kribbeln in den Fingerspitzen, die auf der Taste lagen. Erschreckt wollte er die Hand zurückziehen, doch er kam nicht mehr dazu, denn plötzlich vernahm er ein paar gänzlich fremde Laute, die ihn erstarren ließen: *»Booska, Hud, manu fa coor. Yat!«*

»Hmpf?« machte der verdutzte Hud – auf englisch.

Diesen Augenblick sollte er ein Leben lang nicht vergessen. Das, was ihm geschehen war und was nun folgte, war ein phantastisches und absolut unglaubliches Erlebnis.

Das Schiff schwamm damals auf einer ruhigen, tropischen See. So weit die hundert Mann Besatzung sehen konnten, erstreckte sich das endlose Meer; die frühe Nachmittagssonne glitzerte auf den ruhelosen, kleinen Wellen.

Die Luft war heiß und stickig. Doch hin und wieder schwappte eine größere Woge gegen die Bordwand des tief im Wasser liegenden Schiffs, dann sprühte feine, kühle Gischt über die Decks und brachte den Männern eine gewisse Erleichterung.

Ihr Arbeitsplatz lag fern von allen Häfen und menschlichen Ansiedlungen und – wie gesagt – vier Kilometer unter der Wasseroberfläche. Plötzlich . . .

Hud mußte eine ungewöhnliche, heftige Bewegung gemacht haben, denn ein Kollege rief ihm zu: »He, Hud, was ist denn mit dir los?«

Hudman bewegte sich nicht, ihm war dunkel bewußt, daß etwas mit ihm nicht stimmte, aber er war unfähig, irgendeine Entscheidung zu treffen. In seinem Gehirn herrschte völliges Durcheinander: Bilder, Geräusche, Stimmen, Menschen, alles trudelte von zuckenden Blitzen begleitet vor seinen inneren Augen vorüber. Ein Auge, ein Finger, ein Wort, ein Fenster, ein weißes Tuch, eine blaue Hose, eine blonde Frau, die ihr langes Haar genau über dem höchsten Punkt des Schädels zu einem festen Knoten zusammengebunden hatte, ein breiter Fluß . . . Dies waren einige Bilder, die sich aus der Flut herauslösten, so daß Hud sich später an sie erinnern konnte. Er hatte jedoch das Gefühl, daß Hunderte, wenn nicht Tausende solcher Visionen vorüberhuschten.

Durch diesen tosenden, wahnsinnigen Wirbel hindurch konnte Hud wahrnehmen, daß der vierschrötige Italiener seinen Beobachterplatz verließ und zu ihm herübergelaufen kam. Hud selbst kauerte immer noch schwankend hinter dem Steuerpult der Winde, doch jetzt kippte er plötzlich zur Seite.

»He, Mann, paß auf!« schrie Sputoni.

Dann stand er neben Hud und hielt ihn in festem Griff. Benommen spürte der Holländer, wie sich hartes Leder gegen sein Gesicht preßte. Es war gut, daß die Lederjacke des Italieners von der Gischt feucht und kalt war, und es war gut, daß er starke Arme hatte.

Nicht so gut war das, was der Mann ihm zurief: »Geht es dir besser? Ja? Sag mir, wenn es dir bessergeht, dann lasse ich dich wieder los. Ich glaube, du hast einen Herzanfall, oder?«

Die letzten Worte drangen durch den Wirbel der tausend Bilder; sie erfüllten Hud mit Schrecken. »Großer Gott!« dachte er, und zum ersten Mal seit vielen Jahren verzichtete er auf eine Übersetzung ins Holländische. »Großer Gott, ist das möglich? So ist es also, wenn man eine Herzattacke erlebt?«

Wie durch einen Nebel nahm Hud wahr, daß er zu der Stelle geschleppt wurde, wo der Hubschrauber festgezurrt war. Ein Mann polterte die Treppe zur Kommandobrücke hinab und griff ihm stützend unter die Achseln. Von irgendwo hallte eine Stimme über das Deck. Sie hatte jenen feinen Klang, wie ihn die

Seeluft manchmal erzeugt. Sie rief: »Wir sollten ihn besser zur Insel schaffen und zu einem Arzt bringen!«

Danach lag Hud lange Zeit auf dem Boden des Hubschraubers; jemand hatte ein Kissen unter seinen Kopf geschoben. Sputoni kauerte neben ihm auf einem Sitz, und in seinen Ohren dröhnte der Lärm des Motors und der Rotorblätter. In Huds Kopf breitete sich die Erkenntnis aus, daß es ihm besserging. Die Bilder und Stimmen begannen, sich in den Hintergrund zurückzuziehen. Sie waren noch da, aber sie bedrängten ihn nicht mehr so unerbittlich.

In gleichem Maße, wie sich der Wirbel entfernte, fand Hud wieder zu sich selbst. Die Normalität gewann die Oberhand und behauptete sich.

Endlich befand sich Hud wieder in einem Zustand, wo er Entscheidungen treffen konnte, wenn es auch im Augenblick nichts zu entscheiden gab.

Seit frühester Jugend hatte Hud die Gewohnheit entwickelt, allen Problemen mit gründlichem Nachdenken zu begegnen. So tat er es auch jetzt. Irgendwie hatte er sich bisher niemals klargemacht, daß einem Menschen, der in eine schwere physische Krise gestürzt wird, jede Entscheidungsmöglichkeit aus der Hand genommen ist. *Bei dem, was auf dem Schiff geschehen ist, konnte ich überhaupt keinen Einfluß nehmen. Ich hatte keine Wahl. Alles lief völlig automatisch ab!*

Da Hud Automatismen haßte, fragte er sich, still auf dem Boden liegend, was er jetzt unternehmen könne. Was wäre sinnvoll? Nach ein paar Minuten hatte er sich entschieden: Abwarten! Ich werde abwarten und herausfinden, was schiefgelaufen ist.

Er wartete ab.

Seit Monaten schon arbeiteten sie in der Umgebung der Insel Tengu (in einem Radius von etwa achthundert Kilometern). Deshalb hatte man auf dem Flugplatz der Hauptstadt Askara einen eigenen Landeplatz für sie abgeteilt. Dieser Platz war nicht eben imposant; eigentlich bestand er nur aus ein paar Absperrungen aus Seilen und einer niedrigen Baracke, neben der ein Schild aufgestellt war: *Zutritt für Unbefugte verboten – Die Regierung der Vereinigten Staaten.*

Der Hubschrauber landete auf seine typische geräuschvolle, aber sanfte Weise. Sputoni lief in einen Schuppen und chauffierte einen Jeep neben den Helicopter. Kurze Zeit später fuhren sie die Hauptstraße entlang. Ihr Ziel war die Praxis von Dr. Kyet, der offiziell mit der medizinischen Betreuung der Schiffsbesatzung beauftragt war.

Zunächst hockte Hud teilnahmslos neben dem Italiener, doch irgendwann runzelte er die Stirn. Er rückte sich auf dem Sitz zurecht, schaute hierhin und dorthin und nahm wieder Anteil an seiner Umgebung.

Die Hauptstraße von Askara ist es auch wert, daß man sie genauer betrachtet. Sie war schmal, und die Häuser drängten sich so dicht an die zweispurige Fahrbahn, daß die Fußgänger sich den Platz mit den Automobilen teilen mußten. An diesem Tag zogen sehr merkwürdige Kunden an den Schaufenstern der vielen kleinen Läden vorüber. Als Hud sie zum ersten Mal wahrnahm, fuhr er sich erstaunt mit der Zunge über die Lippen. Nachdem er zum vierten Mal die gleiche Beobachtung gemacht hatte, richtete er sich kerzengerade im Sitz auf. Er stieß den Fahrer in die Seite und sagte: »He, Spute, jetzt sieh dir doch nur all diese Burschen und Mädchen in den blauen Hosen an! Und was für merkwürdige weiße Hemden sie tragen!«

»Ja«, sagte Sputoni, »hab ich schon gesehen. Vielleicht liegt irgendein ausländisches Kriegsschiff im Hafen?«

»Hm?« machte Hud. »Ach ja, klar«, sagte er dann. So muß es sein, dachte er, wie sonst? Er stellte fest, daß man die Mädchen eigentlich nur daran von den Jungen unterscheiden konnte, daß erstere ihre Haare oben auf dem Kopf zu einem festen Knoten zusammengedreht hatten. Irgendwie war ihm dies Bild vertraut, so als hätte er es schon einmal gesehen.

Die Erklärung, die Sputoni gegeben hatte, war völlig ausreichend. Zum ersten Mal seit der Herzattacke – insgeheim hatte Hud sie als solche akzeptiert – begann er, was er hörte und sagte, wieder ins Holländische zu übersetzen. Die Rückkehr in die Normalität war fast abgeschlossen.

Sputoni begleitete ihn ins Wartezimmer, aber er setzte sich nicht. Statt dessen trat er mit den Füßen auf der Stelle und öffnete ein paarmal den Mund, als ob er etwas sagen wollte. Hudman grinste den kleingewachsenen, kräftigen Burschen verständnisvoll an und sagte: »Hör mal, Spute, ich bin hier in guten Händen. Warum nutzt du nicht die Gelegenheit und gehst mal rüber nach Klein-Italien, um mit dem Wirt ein wenig Italienisch zu plaudern?«

»Ja, das ist, äh . . . eine gute Idee.« Das runde Gesicht strahlte erleichtert. Sputoni stand schon an der Zimmertür.

Hudman rief ihm nach: »Holst du mich in – na, sagen wir – einer Stunde wieder ab?«

»Geht in Ordnung!«

Dr. Kyet erwies sich als hübscher, braunhäutiger Eingeborener. Er sprach akzentfreies Englisch. Nachdem seine ebenfalls milchkaffeefarbene Assistentin Hud untersucht hatte, kam der Doktor nach einer kurzen Pause ins Sprechzimmer; in der Hand hielt er eine Karteikarte. »Wenn das eine Herzattacke war«, verkündete er, »dann ist jetzt nichts mehr von ihr festzustellen. Also kann es keine gewesen sein. Ihre Pumpe ist vielleicht die beste, die mir im letzten Jahr untergekommen ist.«

»Dat is goed! Bedankt Mijnher!« murmelte Hud lautlos, und einen Augenblick später trompetete er begeistert. »Das ist schön! Vielen Dank!«

Sputoni würde erst in zwanzig Minuten zurückkommen. Hudman, der sich geradezu beschwingt fühlte, beschloß, nicht auf ihn zu warten. Und so stieß er mit einem breiten Grinsen schwungvoll die Tür zur Straße auf und trat mitten unter eine Gruppe dieser blaubehosten Männer, die ihm bereits auf der Herfahrt aufgefallen waren.

Hudman entschuldigte sich: »Verzeihung, meine Herren. Ich hätte nicht . . .«

Er brach ab. Sie starrten ihn an. Sie alle. Nur *ihn.* Und alle hatten sie karmesinfarbene Augen – glänzende, große, leicht vorquellende, rote Augen – und graubleiche Gesichter. Und (so dachte Hud urplötzlich) es hing ein merkwürdiger Geruch in der Luft.

Er brachte den Geruch aber nicht mit den Fremden in Verbindung. Schließlich befand er sich mitten im exotischen Askara. Sein Blick fiel auf eine umgestürzte Mülltonne in unmittelbarer Nähe. Der ekelhafte Inhalt hatte sich auf die Fahrbahn ergossen, über einer gelblichen Lache tummelte sich ein Schwarm von Insekten. Außerdem sah Hud einen Hund, der mit gekrümmtem Rücken und steil aufgerichtetem Schwanz neben einer Hausecke hockte, und direkt neben dem Hund erleichterte sich eine dieser Blauhosen an einem Laternenpfahl.

Das war in etwa alles, was Hud von der farbenprächtigen Szenerie der Hauptstraße wahrnehmen konnte, denn im nächsten

Augenblick trat einer der fremden Männer dicht an ihn heran und berührte seine Hand mit einem kleinen, glänzenden Gegenstand, der an einen Drehbleistift erinnerte ...

Hud ging mit der Gruppe. Er fragte sich nicht, warum er das tat, dachte auch nicht daran, daß es für unbeteiligte Beobachter so aussehen müßte, als ob er den Fremden freiwillig folgte.

Er hatte immer noch Augen für seine Umgebung. Er bemerkte zum Beispiel, wie seltsam die weißen Hemden aussahen, die diese Leute trugen. Potzdonner, dachte er. Das sind nichts weiter als Wickeltücher mit einem Schlitz in der Mitte, durch den man den Kopf schieben konnte. Die Enden der Tücher hatten die Fremden hinten und vorn in die Hosen gestopft. An den Seiten des Oberkörpers kam ihre grauweiße Haut zum Vorschein.

Die jungen Männer geleiteten Hud zu einem kleinen Restaurant. Über der Tür bemerkte er ein Schild: HAGLESTEIN'S BAR. *Komm rein, wenn du eine trockene Kehle hast!* Ohne an Widerstand zu denken, trat Hudman ein. Man führte ihn zu einem Ecktisch, an dem ein großer Mann saß, der ebenso gekleidet war wie seine Begleiter: blaue Hose und Wickelhemd. Er sah Hud mit großen roten Augen an.

Die jungen Leute blieben vor dem Tisch stehen, und Hud tat es ihnen nach. Da er vor sich die Zimmerecke hatte, schaute er zur Seite und konnte beobachten, wie seine Häscher – so nannte er sie später bei sich – die Hände hoben und die Handflächen nach außen kehrten. Ein Gruß? fragte sich Hudman.

Der große Mann vollführte eine ähnliche Geste. Dann sah er wieder Hudman an und sagte langsam auf englisch: »S-s-setzen!« Dabei deutete er auf einen Stuhl, der vor dem Tisch stand.

In Huds Ohren hatte das Wort wie ein Befehl geklungen. Diese Erkenntnis ließ ihn stutzen und darüber nachdenken, wie er überhaupt vor diesen Tisch geraten war. Ja, wie, zum Teufel? Der Mann am Tisch schien zu bemerken, daß Hud Schwierigkeiten hatte, denn er ergänzte mühsam: »Bit-täh!«

Offenbar war es ihm so gelungen, den aus dem Unterbewußten aufsteigenden Widerwillen Huds zu überwinden, denn dieser setzte sich nun ohne weiteres Zögern auf den zugewiesenen Stuhl. Im gleichen Moment gab der ältere Mann den jungen ein Zeichen, und sie entfernten sich.

Geistesabwesend registrierte Hud, daß die Männer vor der Tür des Lokals stehenblieben, um dort zu warten. Aus irgendeinem Grunde war er mit dem Verhalten der Fremden durchaus einverstanden, und so wandte er sich wieder dem großen Mann zu, denn dieser hatte soeben langsam zu sprechen begonnen: »Mir ist eine große Mühe . . .« Der Mann brach ab und legte den Kopf schief, er schien in sich hineinzuhorchen. ». . . mit dem englischen Sprache. Aber mir kommt eine interessierte Frage: Was tut ihr auf dem Wasser? Ich . . . Anscheinend bekomme ich aus deinem Kopf kein klares Bild. Was habt ihr ins tiefe Meer geworfen? Es hat mein Grab erschüttert.«

Hudman wollte gerade wiederholen: »Grab?«, da fiel ihm ein, daß sein Gegenüber Schwierigkeiten mit der englischen Sprache hatte, so sagte er ausweichend: »Das Wasser ist dort vier Kilometer tief.«

»Hmmm.« Die roten Augen nahmen einen nachdenklichen Ausdruck an. »Die Erdkruste hat einen gehörigen Stoß abbekommen. Ich frage mich, wie lange es dauern wird.«

»Wir sind hier in den Tropen«, erklärte Hud verwirrt, aber unverdrossen. »Das bedeutet: Das Wasser an der Oberfläche ist warm. In der Tiefe aber – von ein paar vereinzelten Strömungen einmal abgesehen – ist das Wasser kalt und unbewegt. Wie eine Wüste: keine Bewegung, keine Leben, für alle Zeit.«

Der Mann nickte und sprach wiederum einen seiner rätselhaften Sätze: »Wir dort, das spüre ich. Nicht für alle Zeit, aber sehr lange.«

»Die Oberfläche des tropischen Meeres ist warm«, fuhr Hud beharrlich fort, »also haben wir ein Rohrleitungs- und ein Pumpsystem installiert und pumpen warmes Wasser von der Oberfläche nach unten. Damit setzen wir eine Entwicklung in Gang. Wir haben gerade erst angefangen, aber wenn alles wie geplant verläuft, steigt das warme Wasser aus der Tiefe wieder auf und trägt Nährstoffe vom Meeresboden mit hinauf. Das Leben beginnt sich zu rühren.«

»Wir haben uns gerührt«, bestätigte der Mann.

»Ich habe nicht von solchen Lebewesen wie ihr es seid gesprochen«, erwiderte Hud ernsthaft. »Der Lebenszyklus des Meeres setzt an einer Stelle ein, wo es ihn bisher nicht gegeben hat. Winzige Lebewesen werden von größeren gefressen, und diese wiederum dienen kleinen Fischen als Nahrung. Wo es Futter gibt, ist auch eine Vermehrung möglich. Und solange wir das Wasser bewegen, wird auch die Fortpflanzung weitergehen. Wir werden unsere Pumpstationen im Abstand von fünfundsiebzig Kilometern errichten. In ein paar Jahren wird es in diesen Gewässern so viele Fische geben, daß man ein paar Milliarden Menschen damit ernähren kann.«

»Gut«, nickte der rotäugige Mann. »Es gibt viele von uns. Wir brauchen soviel Nahrung, wie es nur irgend geben kann.« Er unterbrach sich und runzelte die Stirn. »Das große Problem ...«, fuhr er nachdenklich fort, wobei er suchend zur Seite schaute, »wo bringen wir sie alle unter?«

Hudman war an einem Punkt angelangt, wo er nichts mehr sagen konnte. Ein Kind kann es möglicherweise ertragen, wenn es ein paar unsinnige Sätze hintereinander zu hören bekommt, aber Hud war ein erwachsener Mann, und er hatte jede der sinnlosen Bemerkungen seines Gesprächspartners vernommen. Also holte Hud erst ein paarmal tief Luft. Dann probierte er es mit einer neuen Frage: »Wie viele von euch gibt es denn eigentlich?«

Völlig unerwartet füllten sich die Augen des alten Mannes mit Tränen. »Ach, es ist zu schrecklich«, schluchzte er. »Dreißig Milliarden, und wir können nur einen kleinen Bruchteil hierherbringen, nicht einmal du würdest es können!«

»*Ich?* Was soll das heißen?« Hud hatte das starke Gefühl, daß er zum Narren gehalten werden sollte.

Dagegen sprachen die Tränen des Mannes, die auch jetzt nicht versiegen wollten. »Ich bezweifle, daß wir mehr als acht retten können«, klagte er. »Du bist ein recht guter Katalysator, aber du bist nur eine Person.«

»Acht Milliarden?« fragte Hud tonlos.

Die Antwort des Mannes ließ auf sich warten. Mindestens zwölf Sekunden lang saß er schweigend da. Seine Tränen hörten auf zu fließen. Hudman bereitete sich auf etwas vor, auf etwas, das ihm immer ungewisser wurde. Er fühlte eine seltsame Leere im Kopf.

Er war offensichtlich an einen Wahnsinnigen geraten. Nun war Hud ein geduldiger Mensch. Absonderliche Verhaltensweisen anderer störten ihn nicht, jedenfalls so lange nicht, wie sie ihn nicht selbst betrafen. Der kräftige Alte erholte sich rasch. Plötzlich verzog sich das graubleiche Gesicht zu einem freundlichen Lächeln. »Mein Freund«, sagte er mit klarer Stimme, »du hast uns gerettet; dafür will ich dir danken. Es war eine lange Wartezeit. Mein Name ist Luuan.«

Auch Hudman stellte sich vor. »Und wofür willst du mir danken, Potzdonner?«

»Mein Name ist Luuan«, berichtigte der Fremde sanft. Nachdem er das gesagt hatte, schob er plötzlich die linke Schulter vor und richtete sich in seinem Stuhl auf. Dann fuhr er fort: »Man muß eines nach dem anderen erledigen. Dadurch, daß ich deiner komischen Sprache gelauscht und sie selbst zu sprechen versucht habe, konnte ich erkennen, was zunächst das wichtigste ist: Wir werden dafür sorgen, daß die Erde wieder mit einer Zunge spricht. Indem du mich – als du das Erhitzungssystem versenktest, zufällig gerettet hast, konntest du der Welt einen großen Dienst erweisen: Bald wird es wieder eine gesunde, universelle Sprache geben.« Er dachte einen Moment lang nach und ergänzte dann: »Ich glaube, du hast dieses Problem selbst schon bemerkt, da du ja Englisch in eine dir besser verständliche Sprache übersetzt. Wenn du erst einmal die vollkommene Sprache erlernt hast, kannst du dir diese Mühe sparen.«

Hudman hatte den Ausführungen seines Gesprächspartners aufmerksam zugehört und sogar einen Teil davon ins Holländische übersetzt. Doch nun blickte er zufällig auf seine Armbanduhr und fuhr erschreckt zusammen.

»Oh, zum Teufel!« stöhnte er. »Ich muß dringend zurück aufs Schiff!«

Er sprang auf. Dabei hatte er nicht das Gefühl, ein Gefangener zu sein, und es schien ihm, daß er auch vorher keiner gewesen war. Doch als er einen kurzen Blick auf Luuans Gesicht warf, kamen ihm Zweifel an diesen Gefühlen. Hud war im Begriff zu gehen, doch jetzt wurde er von dem unglücklichen Ausdruck in den karminroten Augen zurückgehalten.

Luuan erklärte: »Gerade habe ich den Übernahmebefehl gegeben.« Seine Mundwinkel zuckten nervös. »Aber ich bin unsicher. Etwas in deinem Verstand bekomme ich nicht zu fassen.«

»Den Befehl, was zu übernehmen?« fragte Hud.

»Die Welt«, erwiderte Luuan nüchtern. »In ein paar Minuten werden meine Leute die Lagerhäuser und Geschäfte besetzen, die Polizeiwache und den Sender, den Hafen, den Flugplatz . . .«

Der Ausdruck der purpurnen Augen verdüsterte sich. »Woher kommen diese Flugzeuge? Woher kommen die Schiffe?«

In diesem Augenblick dämmerte in seinem Zuhörer eine erste

Erkenntnis: »Augenblick mal«, murmelte Hud. »Willst du mir etwa sagen, daß wir unten auf dem Meeresboden etwas ausgelöst haben? Daß wir in dem Moment, wo ich diese falsche Herzattacke hatte, mit unserem warmen Wasser dich und diese, diese . . . befreit haben?« Hudman deutete bei seinen Worten auf das Fenster, vor dem noch immer die jungen Menschen standen. »Habt ihr da unten, in vier Kilometern Tiefe, gelegen und geschlafen?«

»So ist es«, nickte der große Mann, »und wenn ich die Wassertiefe bedenke, müssen wir unglaublich lange geschlafen haben . . . Viele hunderttausend Jahre.«

»Und ihr wollt die Welt übernehmen?«

»Wir werden allen viel Gutes tun«, erklärte Luuan. »Mach dich auf gewaltige Fortschritte gefaßt!«

Hudman hatte das Versprechen kaum gehört. Seine Aufmerksamkeit galt inzwischen einem neuen, praktischeren Aspekt: »Wie viele Soldaten hast du?«

Luuan schien ihn nicht verstanden zu haben. Er schaute ihn fragend an, sagte dann: »Genug« und zögerte erneut. Sein Gesichtsausdruck war verwirrt, er hob hilflos die Hand. »Ach, diese englische Sprache! Wir nennen sie nicht Soldaten. Sie sind, tja . . .« Er schüttelte ratlos den Kopf. »Guliten, Gehilfen des . . . Es hat keinen Sinn. Das kann ich nicht übersetzen.«

Dann nickte er ein paarmal hintereinander, voller Entschlossenheit. »Wir werden morgen in allen Schulen mit dem Unterricht in der gesunden Sprache beginnen.«

Reflexartig übersetzte Hud den Stoßseufzer des Mannes ins Holländische.

Sein innerer Monolog wurde unterbrochen. »Dein Schiff . . . deine Arbeit . . .?« fragte Luuan. »Sind sie auch sicher?«

Hud verstand nicht, was diese Frage bedeuten sollte, aber sie schien eine versteckte Drohung zu enthalten. Er hatte das Gefühl, Luuan dachte darüber nach, ob er ihn gehen lassen konnte oder nicht.

Hud wurde von wachsender Angst gepackt. *Ich bin ihr Gefangener. Dieser Bursche hat meine Hand mit diesem . . . diesem Ding berührt, und ich bin ihnen gefolgt, als hätten sie mich hypnotisiert.*

Nichts war Hud so sehr zuwider wie die Vorstellung, jemand könnte ihm vorschreiben, wohin er gehen oder – wie in diesem Fall – nicht gehen dürfe. Der Holländer reagierte fast automatisch. Er beugte sich vor, griff zu, spannte alle seine Muskeln an.

Der große Fremde folgte dem Griff leicht wie eine Feder. Er schwebte aus seinem Stuhl, als sei er ein Gasballon. Hud zog ihn zu sich heran, und der umfangreiche Leib stieß irgendwelche Gegenstände von der Tischplatte. Dann war sein Gesicht nur noch ein paar Zentimeter von Huds Nase entfernt.

»Hör zu!« brüllte er den Fremden an. »Ich weiß nicht, was du im Schilde führst, aber eines kann ich dir sagen: Misch dich nicht in meine Angelegenheiten!«

Die roten Augen, so nahe vor den seinen, sahen Hudman furchtlos an. Luuan sagte: »Du mußt keine Angst vor uns haben! Du bist ein Katalysator. Wir brauchen dich. Ich denke doch nur darüber nach, wo zur Zeit der beste Platz für dich wäre. Später erfährst du eine besondere Behandlung. Nun sage mir, wohin willst du?«

Es dauerte eine Weile, doch dann verflog der wilde Zorn, der Hud so unvermittelt übermannt hatte. Daß der ältere Mann keinerlei Anzeichen von Furcht erkennen ließ, hatte den Holländer besänftigt. Er schaute zwar weiterhin grimmig drein, aber er stellte Luuan behutsam auf die Beine. Nachdem er sich vergewissert hatte, daß der Fremde sein Gleichgewicht gefunden hatte, ließ er ihn los.

Luuan ging um den Tisch herum und setzte sich wieder in seinen Stuhl. Ein feines Lächeln spielte um seine Lippen. Er sagte: »Du bist ein starker Mann, aber nicht gefährlich.«

Hud blinzelte. Er wußte nicht, wie er auf diese Einschätzung reagieren sollte.

»Ich habe es daran gemerkt, wie du mich angefaßt hast«, erklärte Luuan. »Ein kraftvoller Griff, aber ohne Absicht, mich zu verletzen. Eine defensive Attacke also; interessant, nicht wahr? Vielleicht möchtest du jetzt meine Frage beantworten?«

Hudman entgegnete: »Katalysator ist ein bedeutungsvolles Wort. Darum würde ich gern eines wissen: Was geschieht, wenn mir jemand das Lebenslicht ausbläst?«

Luuan breitete hilflos die Arme aus. »Wir verschwinden dorthin, wo wir herkamen.«

»Ihr alle?«

»Alle acht Milliarden.« Der runde Kopf nickte traurig.

»Großer Gott!«

»Ich sehe kein klares Bild«, sagte Luuan. »Vielleicht finden wir uns alle im Grab wieder, vielleicht auch auf dem versinkenden Land zwischen den auseinandertreibenden Kontinenten. Ich kann nicht sagen, was geschehen wird.«

Es dauerte einige Zeit, bis Hudman die Worte verdaut hatte, dann beschloß er, Luuan zu erklären, warum er sich auf dem Meer sicher fühlte: »Seit ich 16 wurde, fahre ich zur See. Und jetzt bin ich 28. Das Schiff ist ein großer, umgebauter Frachter. Wir arbeiten nun schon fast zwei Jahre an dem Pumpsystem.«

»Aha.« Anscheinend hatte Hud die Bedenken des Fremden zerstreuen können. »Wann steuert ihr das nächste Mal den Hafen an?«

»Wir werden in der nächsten Woche hier anlegen.«

»Unser Problem ist es«, erklärte Luuan, »wie wir dich beschützen sollen, ohne dich wahnsinnig zu machen ... Wahrscheinlich bist du auf dem Schiff am sichersten.« Er nickte stumm mit dem Kopf. »Wir haben viele wichtige Dinge zu erledigen. Wir müssen uns an die Welt gewöhnen, so wie sie heute ist. Nimm dich in acht! Wenn ihr in der nächsten Woche hierher kommt, dann besuche mich bitte.«

Hudman fand, daß ihr Gespräch nun lange genug gedauert hatte. Er stürmte durch die Tür nach draußen, mitten hindurch durch die Gruppe der blaubehosten Männer und die Straße hinunter zu der kleinen italienischen Bar. Erleichtert stellte er fest, daß Sputoni noch dort war.

»He!« rief der Italiener besorgt. »Wo hast du gesteckt? Was hat der Doktor gesagt?«

Der wolkenlose Himmel war bereits dunkel geworden, als sie vom Deck des Frachters in den hell erleuchteten Speisesaal traten.

Hudman entschied sich für ein Fischgericht.

Anschließend beschloß er, Karten zu spielen.

Als er müde wurde, entschied er sich fürs Schlafengehen.

Er stand auf und ging zur Tür. Sputoni, der auf einem Barhokker saß, rief ihm etwas nach: »He, Hud, erzähl diesen Burschen hier von den merkwürdigen Matrosen, die wir gesehen haben!«

Es dauerte eine Weile, bis Hudman die englisch-holländische Übersetzungsprozedur hinter sich gebracht und begriffen hatte, daß sich der Ausdruck »Matrosen« auf Luuans Volk bezog.

Inzwischen hatte Sputoni schon weitergeredet: »Der alte Grue hier«, er deutete auf den grauhaarigen Chefelektriker auf dem Nachbarhocker, »behauptet nämlich, daß er kein Land auf der Erde kennt, in dem die Seeleute solche Uniformen tragen. Aber wir haben sie doch wirklich gesehen, nicht wahr?«

Hudman hatte einen großen Teil des Abends damit verbracht, sich einzureden, daß Luuan sich getäuscht hatte, als er ihn, Hudman, als ungefährlich bezeichnete. Ungefährlich, das bedeutete schließlich, es spielte keine Rolle, welche Entscheidungen er traf. Und so knurrte Hudman jetzt mit gefährlicher Stimme über die Schulter: »Stimmt alles! Wort für Wort!«

Am nächsten Morgen verkündete der Kapitän über die Sprechanlage: »Wir fahren in der nächsten Woche nicht nach Tengu. Dort ist irgend etwas im Gange, eine Rebellion, heißt es.«

Auch das Meer spricht eine Sprache – Blubbern, Platschen, Murmeln, Klatschen, Gurgeln, Zischen, Flüstern. Eine endlose Wiederholung der gleichen Laute, das ist der erste Eindruck. Und doch hatte Hud, der dem Meer seit Jahren lauschte, irgendwann erkannt, daß die Sprache des Ozeans sich niemals genau wiederholte, auch wenn das Meer immer wieder die gleichen einfachen Geschichten erzählte. Diese Geschichten hatten vieles gemeinsam mit der Musik: Sie wandten sich direkt an das Gefühl und brauchten nicht ins Holländische übersetzt zu werden.

Ein Tag nach dem anderen verging. Hud saß hinter dem Steuerpult und lauschte der Sprache des Ozeans. Er half beim Absenken eines Aufheizers, dann wurde der nächste abgesetzt und dann weitere. Die Routine lief in einem Rhythmus ab, der Hud nicht unangenehm war. Das Alltagseinerlei und das Leben auf See in seiner Abgeschiedenheit ließen das Treffen mit Luuan immer mehr zu einem Erlebnis werden, das eher zu einem Traum als zur Wirklichkeit zu gehören schien. So verspürte Hudman nur noch ein äußerst vages Gefühl der Bedrohung, als der Kapitän die Mannschaft am achten Tag in den Speisesaal zitierte. Als Hudman zu den anderen stieß, hatten sich diese bereits vor dem Fernseher versammelt. Sie betrachteten gemeinsam das blauweiße Wasser eines schnell fließenden Flusses. Es war hübsch anzuschauen, wie die weißen Wellen auf dem sprudelnden, kräftig blauen Wasser tanzten.

Der Flußlauf wurde offenbar von einem Hubschrauber aus gefilmt, er erstreckte sich bis zum Horizont. Nicht so weit, wie das menschliche Auge sehen konnte, sondern so weit, wie das Teleobjektiv der Fernsehkamera reichte.

Hudman betrachtete mit gerunzelter Stirn den Bildschirm. Er fragte sich, wieso der Kapitän ihn und die anderen von der Arbeit fortgeholt hatte, nur damit sie sich im Fernsehen einen Kulturfilm anschauten. Gewiß, der Fluß, so überaus lebendig und bewegt, war ein interessanter Anblick, aber war er es wert, daß deswegen die Arbeit unterbrochen wurde?

Während Hudman noch mit seinen kritischen Überlegungen beschäftigt war, ertönte irgendwo aus dem Hintergrund die erstaunte Stimme Sputonis: »Du liebe Güte! Wo kommen denn alle diese Menschen her?«

Menschen!

Bisher hatte Hudman stehend die Übertragung auf dem Bildschirm verfolgt. Jetzt ließ er sich auf einen Stuhl fallen. Seine Augen wurden schmal, während er voller Abscheu auf den Schirm starrte. Ihm fiel wieder ein, was Luuan gesagt hatte: Acht Milliarden! ACHT MILLIARDEN!!! Die Zahl klang absurd angesichts einer Weltbevölkerung von vier Milliarden und Hungersnöten überall auf der Erde.

Auf dem Bildschirm gab es einen Schnitt. Die Übertragung wurde jetzt von einer Kamera auf dem Boden fortgesetzt, die auf einem fahrbaren Untersatz montiert war und den Strom im Tempo der vorwärtsströmenden Menschenmassen begleitete. Zwei Reporter liefen auf einen vorübereilenden Jungen und ein Mädchen zu. Die beiden trugen blaue Hosen und weiße Hemden, das Mädchen hatte die Haare zu einem Knoten auf der Mitte des Kopfes zusammengesteckt. Sie achteten nicht auf die Mikrofone, die ihnen entgegengehalten wurden, sondern setzten, ohne ihren Schritt zu verhalten oder zu beschleunigen, ihren Weg wie Automaten fort.

Doch ein blau-weiß gekleideter Mann, der weiter innen in der unglaublichen Masse ging, schien die Reporter bemerkt zu haben. Es dauerte fast eine Minute, bis er sich einen Weg zum Rand gebahnt hatte und vor ein Mikrofon trat. Er sprach ein stokkendes Englisch, das Hudman bereits von seiner Unterhaltung mit Luuan kannte.

Die sensationellen Mitteilungen dieses rotäugigen Mannes wurden in die ganze Welt übertragen. Er sagte:

»Ich bin Helfer. Wir kommen aus einer lang vergangenen Zeit. Wie lange, ist ungewiß, aber sehr lange. Ich habe von unserem Luuan«, er gebrauchte das Wort wie einen Titel, »die Erlaubnis, Informationen zu geben. Es gibt zwei Gruppen von uns. Zusammen sind wir acht Milliarden und mehrere Millionen. Unsere Rettung kam, als John Hudman eine Einheit durch ein Heizgerät aktivierte, das er im Meer versenkte. Wir verfügen über eine sehr fortgeschrittene geistige und wissenschaftliche Kultur. Wir werden das Leben auf neue Höhen führen. Aber wir benötigen sofort viel Nahrung, die wir durch unsere Methoden schnell vervielfachen werden. Wir verlangen schnelle Maßnahmen von allen Regierungen. Hilfslieferungen sollen zur Halbinsel von Monterey an der Westküste der Vereinigten Staaten und nach Nordholland in Europa gebracht werden. Unsere Leute werden bald dort sein, um die Güter in Empfang zu nehmen und an uns weiterzuleiten. Wir kommen in Freundschaft. Es wird niemandem etwas geschehen. Jedermann wird Vorteile genießen; zunächst einmal dadurch, daß er eine neue universelle Grundsprache erlernt. Mein letztes Wort: Luuan wünscht, daß das Schiff, auf dem Hudman ist, sofort nach San Francisco fährt. John Hudman, falls du jetzt zuhörst: Es ist Zeit, daß du wieder mit Luuan sprichst. Das wird für jedermann von großem Nutzen sein . . .«

An Bord des Schiffes *U.S.S. Menasco* richteten sämtliche Besatzungsmitglieder wie ein Mann ihre Augen auf Hudman. Dieser war mindestens ebenso überrascht wie sie. Er hockte auf seinem Stuhl, und dicke Schweißtropfen traten ihm auf die Stirn. Das Allerschrecklichste war geschehen. Ihm war, als müsse er im Boden versinken.

Nachdem er eine unendlich lange Zeit die anklagenden Blicke ertragen hatte, räusperte er sich und murmelte: »Hört mal, ich war an Deck und habe meine Arbeit getan. Genau wie Sputoni; er hat seinen Kram erledigt und ich meinen . . . Ich habe nur meine Arbeit getan, genau wie ihr alle . . .«

Als darauf von allen Seiten Fragen auf ihn niederprasselten, erklärte Hudman kleinlaut: »Ja, ich habe mich in einer Kneipe mit diesem Burschen unterhalten. Er hat nur Unsinn geredet, und da habe ich so getan, als würde ich ihm jedes Wort glauben. Ja, zum Teufel! Wie hätte ich denn ahnen sollen, daß es tatsächlich so kommt, wie er prophezeit hat.« Bei diesen Worten deutete er mit der rechten Hand auf den Bildschirm an der Wand.

Dann erklärte Kapitän Eli Bjornson, ein großer, rothaariger Norweger, die Arbeitsunterbrechung für beendet, und die Männer verließen langsam den Raum. Der Funker trat zum Kapitän und flüsterte ihm etwas zu. Kurze Zeit später wurde Hudman durch die Sprechanlage in die Kapitänskajüte gerufen.

Als Hudman die Kabine betrat, saß der Kapitän an seinem Tisch und hielt die Sprechmuschel in der Hand. Er winkte Hudman zu sich heran und sagte: »Das Pentagon will mit Ihnen sprechen.«

Normalerweise wurde Hudmans Handeln von natürlichem Mißtrauen und gesundem Menschenverstand beherrscht. Beides ließ ihn im Stich, als er die Ankündigung des Kapitäns vernahm. Voller Naivität plauderte er vieles aus, das er besser für sich behalten hätte, denn er war in seinem tiefsten Inneren davon überzeugt, daß die Regierung der Freund eines jeden einzelnen Bürgers ist. So erfüllte es ihn geradezu mit Erleichterung, daß er seine Probleme jetzt in die Hände der Staatsgewalt legen konnte. Außerdem war er ein Angestellter der US-Marine und als solcher davon überzeugt, daß man keine Wahrheit vor den Militärs zurückhalten durfte, ganz abgesehen von den Strafen, die auf Unehrlichkeit standen.

Als Hudman mit seinem Bericht fast zu Ende gekommen war, verlangte die Stimme aus dem Hörer: »Geben Sie mir jetzt wieder Kapitän Bjornson!«

Hudman händigte dem Kapitän den Hörer aus, und dieser gab ihm durch eine Handbewegung zu verstehen, daß er jetzt die Kabine verlassen sollte. Hudman ging hinaus und schloß jetzt endlich – viel zu spät – seinen Mund.

Ein Geräusch!

Hudman öffnete blinzelnd die Augen. Es war stockfinster in seiner Kabine. Erst nach ein paar Augenblicken begriff er, daß jemand an die Tür geklopft hatte, da erklang das Pochen zum zweiten Mal.

Hudman schüttelte die Schläfrigkeit ab und rief: »Ja! Wer ist denn da?«

»Ich bin's, Les Reed, der Funker!«

»Ach so, Les!« Hudman richtete sich auf und tastete nach dem Schalter seiner Leselampe. »Was gibt's denn, Les?«

»Ich habe eine Botschaft für dich, von General Laroux!«

Endlich hatte Hudman den Schalter gefunden. Er stand barfüßig vor der Koje, im zerdrückten Schlafanzug und warf einen Blick auf den Wecker: 2:24 Uhr.

Ihm kam ein reumütiger Gedanke: Er hatte nämlich den Funker von Anfang an nicht leiden können,und diese Abneigung erwies sich jetzt offenbar als dummes Vorurteil. Einmal, nachdem er ein Glas zuviel getrunken hatte, hatte Hudman Reed sogar als »schleimigen Speichellecker« bezeichnet. Damit hatte er ausgesprochen, was er tatsächlich von ihm dachte. Und nun überraschte ihn der Funker damit, daß er sich die Mühe machte, ihm mitten in der Nacht die Botschaft zu überbringen.

»Ja, Les, eine Sekunde! Ich komme sofort, Les!«

Ein, zwei, drei, vier Schritte bis zur Tür. Der Türknopf liegt kühl in der Hand, der kleine Finger öffnet geschickt die Verriegelung. Knopf drehen, der Tür ausweichen, die sich nach innen öffnet.

Im Gang steht der ein Meter achtzig große, schnurrbärtige Funker, die rechte Hand auf dem Rücken verborgen.

»Also Les, was ist das für eine Botschaft, von diesem, na, ich kann den verdammten Namen einfach nicht aussprechen, diesem La ... La ...«

»Laroux«, antwortete Les Reed. Er zog die rechte Hand hinter dem Rücken hervor, und es lag eine Pistole darin. In diesem Augenblick mußte er so etwas wie einen Gewissensbiß verspürt haben, denn er murmelte: »Tut mir leid. Der General hat es befohlen ...«

Dann zuckte ein greller Blitz auf, und das Krachen eines Pistolenschusses hallte durch den langen, engen Korridor.

In Hudmans Kopf flammten Millionen, Billionen leuchtender Bilder auf. Sie ähnelten den Visionen jenes ersten Tages, als das Seil der Winde einen Energiestoß vom tiefsten Meeresgrund direkt in Hudmans Hand geleitet hatte. Wieder sah er die fremdartigen Gebäude und Gesichter, ferne Städte, glühende Sonnenuntergänge, Bäume, Grasländer, Felsenstrände und Menschen, Menschen, Menschen, alle in blauen Hosen und weißen Wickelhemden.

Aus diesem rasenden Wirbel löste sich allmählich Luuans Gesicht. Es wurde größer und deutlicher. Die karminroten Augen schauten gelassen. Die vertraute Stimme sagte: »Du bist in Sicherheit, Hud. Die Guliten – sie erreichen dich durch die geistige Verbindung, die ich mit dir habe – bieten dir vollkommenen Schutz. Aber dieser General bereitet uns große Schwierigkeiten. Als wir am vergangenen Abend das Pentagon übernahmen, war er verschwunden.«

Die Stimme fuhr fort: »Um dich zu retten, mußten wir ein Ungleichgewicht in der Zeit schaffen, eine Schwingung, die noch eine Weile fortdauern wird. Stell dir einen See vor, in den jemand einen Stein wirft. Es entstehen Ringe und Wellen, die, wie in deinem Fall, irgendwann an einen fernen Strand schlagen . . .«

Als Hudman gemeinsam mit anderen Matrosen und Passagieren von mehreren Schiffen an einen Abzweig im Korridor kam, blieb er zögernd stehen. Er wollte nach rechts gehen, aber ein Gefühl riet ihm, den linken Weg einzuschlagen.

Er konnte keinen Entschluß fassen. Die anderen gingen an ihm vorüber nach rechts. Da wandte er sich schließlich um und bog in den linken Gang ein. Er wollte drei Männer in blauen Hosen und weißen Hemden überholen, doch einer von ihnen berührte seinen Arm. *»Komt u hierheen!«* sagte er in etwas unbeholfenem Holländisch. *»Luuan wacht for u.«* (Kommen Sie hier entlang. Luuan wartet auf Sie.)

Hudman hatte gegen die Einladung nichts einzuwenden, aber er blieb dennoch bei seinem ursprünglichen Vorhaben: *»Ik wou eigentlijk een Kamer zoeken. Dan ga ik tot Luaan.«* (Ich wollte mir eigentlich zuerst ein Zimmer suchen. Dann gehe ich zu Luuan.)

Darauf wiederholte der junge Mann noch einmal mit energischer Stimme: *»Luuan wacht for u, mijnher!«*

Hud saß in einem Jeep, der von einem Mann in blauer Hose, weißem Wickelhemd und mit blaßgrauer Hautfarbe chauffiert wurde. Sie fuhren durch die vertrauten Straßen, die von blauweiß gekleideten Leuten übervölkert waren. Aber auch die Einwohner von San Francisco waren unterwegs. Sie mischten sich unter die Fremdlinge, denn schließlich waren sie Bürger einer der drei amerikanischen Städte (die anderen beiden sind New York und New Orleans), die sich durch zu viele alte, schmutzige Häuser und zu viele weltoffene Bewohner auszeichneten.

An der vierten roten Ampel konnte Hudman, der in der Hafenstadt zur Welt gekommen war, nicht länger an sich halten. Blitzschnell rutschte er vom Sitz und sprang aus dem Jeep. »Ich bin gleich zurück!« rief er über die Schulter.

Einen Wimpernschlag später stand er vor einem typischen Bürger der Stadt, einem gutgekleideten Japaner.

»Entschuldigen Sie bitte«, sagte Hudman.

Als der andere überrascht stehenblieb, schilderte ihm Hudman mit ein paar knappen Worten, daß er gerade mit einem Schiff im Hafen angekommen wäre und von der Übernahme bisher nur in Radio und Fernsehen gehört hätte. »Wie ist es?« fragte er. »Was geschieht? Was bekommen Sie davon zu spüren?«

»Zu viele Menschen«, lautete die höfliche Erwiderung, »und nicht genug zu essen. Fünfzig Leute sind in mein Haus gezogen. Aber die Sache hat auch ihr Gutes: Sie alle lernen einen japanischen Dialekt, den ich in meiner Kinderzeit gesprochen habe. Sehr interessant. Ich lerne ihre Sprache, und sie lernen meine. Jetzt entschuldigen Sie mich bitte.« Er ging um Hudman herum und setzte seinen Weg fort.

Ein Mädchen mit schwarzem Haar und hellbrauner Haut ging an Hudman vorüber. Er eilte neben ihr her, sagte ein paar erklärende Worte und wiederholte seine Fragen. Sie hob die Hand an die Stirn und seufzte. »Dreißig von ihnen leben mit mir in einem Zimmer«, sagte sie resigniert. »Wir schlafen in Schichten. Aber sie sind sehr höflich. Zwei Mädchen teilen das Bett mit mir, die anderen schlafen auf dem Fußboden. Und alle lernen sie Tagalog, eine Sprache, die ich als Kind auf den Philippinen gesprochen habe. Auf Wiedersehen!« Sie begann plötzlich zu laufen und war bald hinter einer Hausecke verschwunden.

Eine Hand faßte von hinten nach Hudmans Schulter. »Weißer Lümmel!« zischte eine Stimme in sein Ohr. »Womit hast du meine farbige Schwester so erschreckt, daß sie davongelaufen ist?«

Hudman stöhnte innerlich auf, flog herum und griff zu. In solchen Dingen war er niemals langsam. In seinen Fäusten hielt er einen ein Meter neunzig großen Neger, der ihn seinerseits fest umschlungen hatte.

»Donnerwetter!« lachte der Bursche jetzt. »Du bist ja richtig kräftig! Es müssen solche Kraftprotze wie du gewesen sein, die einst meine Urgroßmutter vergewaltigt haben!«

Hudman seufzte tief. Er hatte es hier mit einem Aspekt des Großstadtlebens zu tun, um den sich die Eindringlinge offensichtlich noch nicht gekümmert hatten. Also mußte er es selbst in die Hand nehmen. »Woher weißt du eigentlich, daß deine Urgroßmutter vergewaltigt wurde?« fragte er.

»Sieh mich einmal genauer an!« knurrte der Farbige. »Siehst du nicht, daß ich eine Menge weißes Blut in den Adern habe? Nimm doch nur diese schmalen Lippen, die kleine Nase und die typisch weiße Schädelform.«

»Jetzt hör mir genau zu!« polterte Hudman. »Mein Urgroßvater kommt als Täter nicht in Frage. Denn ich bin ein russischer Seemann, und mein Schiff ist eben erst eingelaufen. Im Moment interessiere ich mich nur dafür, woher all diese merkwürdigen Gestalten in den blauen Hosen kommen. Es soll eine Invasion gegeben haben, hat man mir gesagt. Was hältst du von der Sache? Hast du darunter zu leiden?«

Das schwarze Gesicht nahm plötzlich einen geradezu angewiderten Ausdruck an. »Ich treffe in letzter Zeit nur noch Russen!« schnaubte der große Farbige empört. »Drei Mädchen habe ich aufgerissen. Ich wollte ihnen das heimzahlen, was meiner Urgroßmutter angetan wurde. Was soll ich dir sagen?! Alle drei waren Russinnen. Ich habe ihnen nichts getan, denn sie haben mir damit gedroht, daß mich die sowjetische Geheimpolizei schwer bestraft, wenn ich ihnen auch nur ein Haar krümme.«

Er brach ab und wechselte das Thema: »Als all diese Blauhosen in unserem Viertel aufgetaucht sind, bin ich aus dem Haus gelaufen. Seitdem bin ich unterwegs.« Er grinste plötzlich und zeigte eine Doppelreihe weißer Zähne. »Okay, Seemann, du magst zwar ein Russe sein, aber es gibt eine Sache, die für dich spricht: Du bist fast so groß wie ich.«

Er schob Hudman zurück und holte mit der rechten Hand aus, um ihm zum Abschied noch rasch einen Zahn auszuschlagen. Und genau in diesem Augenblick ...

... saß Hudman Luuan gegenüber in einem Büro. Diesmal befand sich zwischen ihnen nicht etwa ein kleiner Restauranttisch, sondern ein breiter, polierter Chefschreibtisch, und die beiden Männer saßen in bequemen, schweren Ledersesseln. Hinter Luuans Rücken blickte ein großes Fenster auf die Bucht von San Francisco.

Diesmal haben mich die Wellen nicht weit fortgetragen, dachte er.

Und was ihm noch wichtiger erschien: Er hatte sich einige Informationen verschafft, die auf dem *U.S.S. Menasco* nicht zur Verfügung standen.

Während Hudman in seinem Sessel saß und den Mann mit der graubleichen Haut und den purpurnen Augen betrachtete, fühlte er, wie sich sein Zustand spürbar besserte. Nicht viel, aber ein wenig. Er fühlte, daß eine Veränderung in ihm vorging. In dem Augenblick, wo er diesen Wandel bemerkte, verbesserte sich sein Befinden noch einmal.

Er stellte fest, was zum Teil für dieses Gefühl verantwortlich sein mochte: Er genoß den Schutz einer hochentwickelten Wissenschaft.

Hudmans zweite Erkenntnis war noch bedeutungsvoller: Er war tatsächlich eine Schlüsselfigur. Diese Leute brauchten ihn. Alles war so, wie Luuan es bei ihrer ersten Begegnung beschrieben hatte.

Von diesem Gefühl heiterer Gelöstheit ergriffen, deutete Hudman auf das Panoramafenster und sagte: »Einen hübschen Blick über die Stadt hat man hier.«

Zu seiner Überraschung mußte Hudman feststellen, daß Luuan, den er bisher meist in ausgeglichener Stimmung erlebt hatte, ihn mit düsterer Miene anstarrte. Der alte Mann sagte betrübt: »Niemand konnte die Botschaft in deinen Kopf bekommen. Während der ganzen Zeit, wo du mit dem Pentagon-Mann geredet hast, haben verschiedene Guliten versucht, das geistige Band zwischen uns beiden zu benutzen, um dir zu sagen: ›Hud, bitte halt den Mund! Was zwischen dir und Luuan besprochen wurde, muß ein Geheimnis bleiben!‹«

Es war Hud nicht gegeben, dem Fremden die Psychologie eines »langsamen Holländers« zu erklären, denn er konnte mit dem Begriff »Psychologie« nichts anfangen.

Luuan fuhr fort: »Hud, was soll nun mit dem wahnsinnigen General da oben im Orbit geschehen?« Bei diesen Worten deutete er hinauf zur Zimmerdecke.

Hudman dachte: *Er meint Laroux. Das ist der General, der mich umbringen lassen wollte.*

Wollte? Er runzelte die Stirn. *Was ist denn eigentlich wirklich geschehen?*

Eine dunkle Ahnung regte sich in seinem Innern, doch er bekam sie nicht zu fassen. Gleichzeitig kam ihm eine drängende Frage in den Sinn:

»Luuan, ich begreife nicht, was diese Guliten tun. Plötzlich bin ich in San Francisco. Plötzlich sitze ich hier. Mit einem Schlag, von einer Sekunde auf die andere. Sag mir schnell, was das zu bedeuten hat, bevor es wieder geschieht!«

Hudman stellte fest, daß dies Problem ihn so sehr beschäftigte, daß er sich bei seiner Frage nicht einmal die Zeit genommen hatte, die Worte ins Holländische und zurück zu übersetzen. Er hatte einfach Englisch gesprochen und gedacht.

Der große alte Mann machte eine ungewisse Handbewegung, doch er bemühte sich, die Frage zu beantworten. »Viele geschulte Gehirne können gemeinsam die Zeit verkrümmen«, erklärte er. »Aber dieser Prozeß ist schwierig zu stoppen. Denk an ein Pendel, das jemand heftig angestoßen hat. Es dauert eine Weile, bis es zur Ruhe kommt.«

Hudman benötigte einige Zeit, um diese Worte zu verdauen. Schließlich erklärte er besorgt: »Als es zum ersten Mal geschehen ist, hat es schätzungsweise dreißig Minuten gedauert. Diesmal . . . Nun, ich sitze jetzt seit etwa fünf Minuten hier. Glaubst du, daß es wieder dreißig Minuten dauern wird?«

Luuan nickte. »Es gibt Ausnahmen, aber normalerweise werden die Zeiten jedesmal ein wenig länger. Wir wollen hoffen, daß wir es im Moment nicht mit einer Ausnahme zu tun haben. Ich möchte nicht, daß jetzt etwas geschieht, das dich zurück aufs Schiff wirft. Man muß vermeiden, dorthin zurückzukehren, wo es angefangen hat. Das verlangsamt die Abläufe. Auf dem Schiff kann es Monate dauern, bis es wieder geschieht. Am Ende kann ein Pendelschwung fünfzig Jahre dauern und nicht nur fünfzig Minuten. Man darf nicht daran denken, damit kann man es manchmal verhindern. Schnell das Thema wechseln.«

Hudman mußte sich eingestehen, daß er sich nun nicht mehr so großartig fühlte.

Eine Zeitlang konnte er gar keinen Gedanken fassen, doch dann kam ihm etwas in den Sinn, das so abseitig war, daß er unwillkürlich grinsen mußte.

»Übrigens«, verkündete er. »Ich soll dir etwas ausrichten von meinem Kollegen Sputoni: Du sollst die italienische Sprache in Frieden lassen, und zwar insbesondere einen Dialekt, der in der südlichen Schweiz gesprochen wird. Es handelt sich dabei um eine italienische Variante der rätoromanischen Sprache. Spute behauptet, daß sie eng mit dem Lateinischen verwandt ist, er nennt sie Furlanisch.«

Luuans Gesichtsausdruck war seltsam angespannt. Nun schloß er für ein paar Sekunden die Augen. Er öffnete sie wieder und erklärte: »Augenblick bitte, Hud. Ich habe gerade eine telepathische Verbindung mit einem Guliten in Friaul.« Luuans Lider schlossen sich wieder. Er schien intensiv zu lauschen. Seine Lippen bewegten sich, und er begann langsam zu sprechen, so als ob er etwas übersetzte:

»Che devio far? (Was soll ich tun?) *Uto famio plazhay?* (Kannst du mir einen Gefallen tun?) *Doily izza chesso?* (Wo ist das Badezimmer?)«

Luuan öffnete die Augen und schüttelte den Kopf. »Eine hübsche Sprache, aber wie das meiste, was heute auf der Erde gesprochen wird, nicht so gut wie Uxtaguganazanisch.«

Der alte Mann zuckte mit den Schultern. »Kein Problem«, erklärte er. »Das Sprachproblem haben wir bald gelöst. Wir erlernen überall eure Sprachen, und ihr lernt die unsere. Bald werden alle Leute eine gesunde Sprache sprechen. Im Moment gibt es nur eine Schwierigkeit: Jemand muß General Laroux berühren, damit wir ihn kontrollieren können.«

Hudman mußte an das Mädchen von den Philippinen und an den Japaner denken, mit denen er auf der Straße geredet hatte. Er nickte. »Wenn ich wieder aufs Schiff komme, werde ich Spute sagen, daß ihr beim Lehren der Sprache sehr behutsam vorgehen werdet, und . . .«

Er brach plötzlich ab. *Da ist es passiert,* dachte er. *Jetzt habe ich doch wahrhaftig vom Schiff gesprochen! Wenn ich jetzt noch darüber nachdenke, wie es war, als Les seine Pistole auf mich abgefeuert hat, dann . . .*

Seine Überlegung wurde von Luuan unterbrochen, der aufgeregt auf ihn einredete: »Hud, solche Gedanken darfst du nicht haben! Meine Guliten unterhalten alle ein positives Gefühl für dich. Der Heilungsprozeß benötigt eine Menge positive . . .«

Die Zeit sprang.

. . . Kapitän Eli Bjornson erwachte, weil er ein Kratzgeräusch hörte . . . Er riß die Augen auf . . . Absolute Finsternis . . .

Der seltsame Laut war wieder zu hören. Da war jemand an der Kabinentür. Der Kapitän knipste das Licht an, zog die Automatikpistole unter dem Kopfkissen hervor, entsicherte sie und schlüpfte aus dem Bett. Sekunden später hatte er die Tür aufgerissen und starrte hinab auf den Mann, der ausgestreckt im Korridor lag, mit der Hand nach der verschwundenen Tür tastend.

»Hud!«

Was nun kam, dauerte eine Weile. Denn Bjornson mußte den

schwergewichtigen Körper allein über den Boden bis zu seiner Couch schleifen. Schnaufend und keuchend gelang es ihm schließlich, den Leblosen auf die Liege zu wuchten. Der Kapitän war für die medizinische Versorgung der Mannschaft zuständig. Er hatte sofort erkannt, daß der Mann einen Schock erlitten hatte. Nun ging es darum, die Ursache für diesen Zustand zu ermitteln, also streifte er ihm die Kleider vom Leib und untersuchte den Körper.

Was er entdeckte, überraschte ihn zutiefst: Die Haut war an vielen Stellen mit getrocknetem Blut bedeckt, aber die zwei Wunden, eine im Bauch und die andere im Rücken, wo die Kugel ausgetreten war, waren gut verheilt.

Bjornson wischte das geronnene Blut ab, reinigte die Wunden und injizierte ein Mittel gegen Schock. Dann zog er einen Stuhl an die Couch und verbrachte die nächsten Stunden damit, dem Gemurmel des Verletzten zuzuhören.

Dreimal beugte sich der Kapitän vor, um eine Frage zu stellen. Die erste lautete:

»Was hast du mit Les Reed gemacht?«

Es erwies sich, daß Hud einen Schritt nach vorn getan, dem Mann die Pistole entrissen und sie ihm auf den Schädel geschlagen hatte.

Nachdem er das herausgefunden hatte, griff der Kapitän nach seinem Sprechgerät und verständigte den diensthabenden Offizier. (Man hatte bald festgestellt, daß Reed einen Schädelbruch davongetragen hatte. Sein Leben hing lange in der Schwebe, doch schließlich kam er durch.)

Beim zweiten Mal ließ sich der Kapitän eine Bemerkung Hudmans näher erläutern, und er erfuhr folgendes: »Ich empfange Gedankenbotschaften von Luuan. Er will, daß ich mit diesem General rede.«

»Und?« fragte der Kapitän. »Sind Sie dazu bereit?«

Das war die dritte Frage, und sie wurde von Hudman kaum hörbar bejaht.

»Tja«, erklärte der rothaarige Skandinavier mit herzlicher Stimme, »zunächst müssen Sie wieder auf die Beine kommen. Und wenn das geschafft ist, müssen wir dafür sorgen, daß die Abwehr kein zweites Mal die Gelegenheit bekommt, einen Todesschützen auf Sie zu hetzen.«

Als das Treffen mit dem General endlich zustande kam, hatte man sich auf einen Berggipfel in Baja, Kalifornien geeinigt. Die moderne Luftfähre fiel wie ein Stein aus den Wolken, doch das Landemanöver war natürlich so vorausberechnet, daß das Fahrzeug während der letzten hundert Meter seinen Fall kontinuierlich verlangsamte, bis es schließlich auf dem Boden aufsetzte. Kurz darauf landete in der Nähe ein Hubschrauber. Es wurden ein paar Signale ausgetauscht, und dann kletterten Sputoni und der General etwa gleichzeitig aus den beiden Flugmaschinen. Der Offizier ließ sich geduldig durchsuchen und hatte nichts dagegen einzuwenden, daß zwei Techniker, die ebenfalls mit dem Hubschrauber gekommen waren, seine Raumfähre inspizierten.

Das Vorgehen der Männer amüsierte ihn. *Diese armen Irren,* dachte er. *Sie begreifen nicht, daß alles, was sie tun, sinnlos ist. Ich besitze die absolute Macht; meine Stellung ist uneinnehmbar!*

Nachdem fünfzehn Minuten verstrichen waren, landete ein zweiter Hubschrauber auf einer Felsplatte etwa fünfzig Meter vom Landeplatz des Generals entfernt. Hudman kletterte aus diesem Helicopter und ging langsam auf Laroux zu. Gleichzeitig zog sich Sputoni zurück und ging mit gezückter Pistole auf einem Felsvorsprung in Stellung.

Die Landschaft um den Treffpunkt war rauh und unberührt. Hudman stand einem schlanken Mann in einer prachtvollen Uniform gegenüber. Der Offizier – er mochte etwa vierzig Jahre alt sein – hatte eine straffe Haltung eingenommen. Sein Uniformrock war von Orden und goldenen Tressen übersät. Insgesamt bot er ein beeindruckendes Bild, und so verschaffte es Hudman eine gewisse Erleichterung, daß ihm zumindest die Stimme des Mannes vertraut erschien. Nachdem sie einen Gruß getauscht hatten, sagte Hudman: »Luuan läßt fragen, was Sie fordern, Sir.«

Der Holländer kam sofort zur Sache. Eine andere Art der Verhandlungsführung hatte er nicht gelernt.

Auch General Laroux war es gewohnt, niemals Zeit zu verschwenden. So hatte er, als Hudman ihm seinerzeit von dem kleinen Gerät erzählte, mit dem man ihn auf der Stelle hypnotisiert hatte, sofort begriffen, daß man es mit einer überlegenen Zivilisation zu tun hatte. Augenblicklich hatte Laroux erkannt, daß die Machtübernahme durch die Fremden unmittelbar bevorstand, und er hatte befohlen, die großen Raketen startklar zu machen. Eins nach dem anderen wurden die schönen, schlanken Ungeheuer in Umlaufbahnen um die Erde geschossen.

Anschließend bestieg Laroux die Fähre und startete, um selbst Zuflucht im Weltraum zu suchen.

Während er rastlos um die Erde kreiste, hatte er viel Zeit, die Lage zu analysieren. Unterbewußte Ängste und Stimmungen formten schließlich einen Gedanken, der sein bewußtes Handeln durchdrang. Die Analyse der Situation erbrachte für Laroux in etwa das folgende Ergebnis:

Ich habe versucht, meine Pflicht zu tun. Zunächst gab ich den Auftrag, diesen Hudman aus der Welt zu schaffen. Daß der Anschlag scheiterte, ist nicht meine Schuld. Meine zweite Maßnahme – die Atomraketen im Weltraum in Stellung zu bringen – hat einen schrecklichen Nachteil: Wenn ich eine Bombe zünde und damit zehn Millionen dieser Eindringlinge erledige, werde ich unweigerlich auch eine Million Amerikaner töten. Ich bin also in einer Position, in der ich verhandeln muß. Auf jeden Fall aber kann ich die atomare Drohung benutzen, um ein altes Unrecht auszugleichen . . .

Auf einem Berggipfel standen zwei Männer, die über das Schicksal der Welt zu entscheiden hatten.

Es ging ein kräftiger Wind, der die Haare des Generals zerzauste. Hudman blies er ins Gesicht wie eine kühle Seebrise über einem tropischen Meer. Obwohl das Rauschen des Windes deutlich zu hören war, schien es Hudman, er sei von absoluter Stille umfangen.

Plötzlich geschah etwas Unerwartetes: Das ovale, ernste Gesicht des Generals wurde von einem Lächeln erhellt.

Der Offizier sagte: »Ich bin gern bereit, Luuan durch Sie übermitteln zu lassen, worin unsere Forderungen bestehen.« Als er fortfuhr, war das Lächeln wieder verschwunden: »Dabei kommen mir Shakespeares Verse in den Sinn: ›Es sind Gezeiten, die das Geschick der Menschen bestimmen und sie ergreifen wie eine Flut . . .‹«

Das Lächeln kehrte noch einmal zurück. »Hud, wissen Sie eigentlich, wie gut es das Schicksal mit uns meint? Alles, was wir uns je erträumt haben, kann jetzt wahr werden.«

Das Gesicht blieb heiter, doch es nahm einen fast diabolischen Ausdruck an. »Wir beide, Sie und ich, können ein Gespann bilden, das die Welt noch nicht gesehen hat. Sie mit Ihrer telepathischen Verbindung zu Luuan, und ich mit der ungeheuren Macht dort oben am Himmel.«

»Mhh . . .« murmelte Hud unsicher.

»Bevor ich Washington verlassen habe«, erklärte der General, »habe ich mir Ihre Akte kommen lassen. Daher weiß ich nur, daß Ihr Vater Holländer war und Ihre Mutter zu drei Vierteln russisch und zu einem Viertel von den Nez-Perce-Indianern abstammte.«

Hudman schluckte. Seit sein Vater gestorben war – Hudman war noch ein Teenager gewesen –, hatte er nicht mehr an die Familie seiner Mutter gedacht. Er holte tief Luft. »Worauf wollen Sie eigentlich hinaus, Herr General?« fragte er.

Der Offizier in seiner prachtvollen Uniform schwieg. Es dauerte eine Zeitlang, bis er wieder das Wort ergriff. Er antwortete jedoch nicht auf Hudmans Frage, sondern sagte: »Ich stehe in Verbindung mit der Seperatistenbewegung in der Provence.«

Verblüfft konnte Hudman beobachten, daß Laroux durch seine eigenen Worte in eine tiefe Gemütsbewegung geraten war. Im Gesicht des Offiziers zuckte es, sein Adamsapfel hüpfte auf und ab.

Schließlich brach der General gar in Tränen aus. »Als ich ein Kind war«, schluchzte er, »habe ich Provenzalisch gesprochen. Das ist die ursprüngliche Sprache aller Franzosen«, erklärte er hastig.

»Ich dachte immer, es sei ein französischer Dialekt«, murmelte Hudman.

Der General sah ihn aus tränenerfüllten Augen grimmig an. »Es ist das ursprüngliche Französisch!« wiederholte er mit heftiger Stimme.

»Ah, ja?« erwiderte Hudman.

Laroux war immer noch außer sich. »Diese verdammten Pariser!« schrie er. »Bedenken Sie, die Sprache der großen Troubadoure aus dem Mittelalter, die Sprache, in der die schönste Lyrik aller Zeiten geschrieben wurde, ignoriert und entwürdigt von diesen stupiden Pragmatikern in Paris!«

Hudman, der nichts über die Geschichte der europäischen Sprachen wußte, soweit es sich nicht um Holländisch handelte, hatte die erschreckende Verwandlung seines Gesprächspartners mit sorgenvoller Miene beobachtet. *Ob ich auch so bin,* fragte er sich, *wenn ich mich für meine Sprache einsetze?*

Er mußte an Luuan denken, der seinerseits davon ausging, daß die Sprache, die er als Kind erlernt hatte, von jedermann verstanden werden müsse, dabei war er von Menschen umgeben, die eine Sprache benutzten, die sich aus dem Niederdeutschen entwickelt hatte und heutzutage allgemein als »Englisch« bezeichnet wurde. Laroux dagegen liebte sein Provenzalisch, den Dialekt einer schrecklichen Sprache – des Französischen –, von dem Hudman wußte, daß in ihm kein Wort so ausgesprochen wurde, wie man es schrieb.

»Jetzt hören Sie mir einmal zu, Herr General!« setzte Hudman an. Doch da erkannte er, daß sich der Offizier inzwischen wieder gefaßt hatte. Das Gesicht hatte sich entspannt, und Laroux zog gerade ein Taschentuch aus einer Rocktasche, um seine Tränen zu trocknen.

Hudman befand, daß er die Lage wieder im Griff hatte. Er sagte: »Ich stelle fest, daß wir eins gemeinsam haben, unseren Nationalstolz.«

Plötzlich wurde Hudman klar, daß er soeben ein Thema angeschnitten hatte, das er sonst geflissentlich vermied. Er hatte immer darauf geachtet, nicht zu tief über diesen Punkt nachzudenken, denn von einer solchen Analyse war es nur noch ein kleiner Schritt bis zur Enthüllung einer Wirklichkeit, der Hudman nicht ins Auge sehen wollte.

Er warf einen flüchtigen Blick auf den General, der sich weiter erholt hatte und sein Gegenüber mit nachdenklicher Miene beobachtete.

Hudman zwang sich zum Weiterreden: »Seit ein paar Jahrzehnten ist es geradezu Mode geworden, daß die Menschen um jeden Preis die Sprache ihrer Vorfahren sprechen wollen. Aber jeder Mensch interessiert sich eben nur für einen bestimmten Dialekt, und nicht für Ihren oder meinen. Sie haben Ihr Provenzalisch . . .«

»Und Sie Ihre Nez-Perce-Sprache«, unterbrach ihn der Offizier.

Hudman, der den Mund noch zum Sprechen geöffnet hatte, verstummte. Erst als ein Speichelfaden über sein Kinn rann, preßte er die Lippen zusammen und suchte nun seinerseits nach einem Taschentuch.

General Laroux fuhr verständnisvoll lächelnd fort: »Ich habe die Erfahrung gemacht, Hud, daß Amerikaner mit indianischen

Vorfahren gewöhnlich stark an ihrer Abstammung interessiert sind. Sie haben Nez Perce gelernt, nicht wahr?«

Hudman setzte zweimal zu einer Erwiderung an und brachte kein Wort heraus. Hätte er etwa zugeben sollen, daß es *Holländisch* war, das er mühevoll gelernt hatte. Er mußte an die Beerdigung seines Vaters denken. Damals war er gerade sechzehn geworden, und er hatte sich geschworen: »Lieber, großartiger Vater, solange ich lebe, wirst auch du niemals tot sein! Mit ganzem Herzen werde ich mich bemühen, all das zu bewahren, was dir etwas bedeutet hat.«

Mit sechzehn neigt man dazu, Dinge zu verwechseln. Hudmans Vater hatte in Wirklichkeit wenig auf seine holländische Abstammung gehalten. Seine Familie lebte schon in der dritten Generation in Amerika, und sie war zu einer Zeit eingewandert, als noch vom »Schmelztiegel« die Rede war. Damals schämten sich die Kinder, wenn ihre Eltern mit einem ausländischen Akzent sprachen, und jedermann war bemüht, möglichst schnell Englisch zu lernen, das schließlich als Weltsprache galt.

»Ich . . .« murmelte Hudman.

Er konnte nicht weitersprechen. Ein Gedanke hinderte ihn daran: General Laroux hat einen Fehlschluß gezogen. Dadurch bleibt das Andenken meines Vaters gewahrt. Auch daß mein Interesse am Holländischen auf etwas schwachen Beinen steht, wird jetzt verborgen bleiben. Wer weiß, wozu das gut sein kann, wenn diese blödsinnige Uxtaguganazanisch-Sache erst einmal angelaufen ist?

Hudman fand Gefallen an diesem Gedanken, er flößte ihm Selbstvertrauen ein. So fand er die Kraft, das Gespräch wieder aufzunehmen, und den Mut zu einer listigen Täuschung.

»Ja, ich habe mich einmal für Nez Perce interessiert«, murmelte er, so als hätte er sich eben darauf besonnen. »Aber schließlich bin ich nur zu einem Achtel ein Indianer, und so ist das Interesse rasch wieder erlahmt.« Während er so sprach, war ihm etwas eingefallen.

»He!« rief er plötzlich. »Wissen Sie was?«

Der General erwiderte nichts; er sah ihn nur abwartend an.

Hudman fuhr fort: »Es gibt eine Geschichte, die der indianische Teil meiner Familie immer wieder erzählt hat. Als die ersten Weißen nach Oregon kamen, wissen Sie, was mein Ururgroßvater da gesagt hat?«

Laroux schwieg.

»Das muß doch bald mal ein Ende haben. So viele kann es doch von ihnen gar nicht geben. Das hat er gesagt, Herr General, wirklich!« Hudman hob die Achseln und breitete die Arme aus. »Vom Standpunkt der Indianer aus gesehen, kamen die Weißen damals aus dem Nichts, genau wie heute diese Uxtaguganazanen.«

Auf dem Gesicht des Generals konnte man ablesen, daß er mit diesem Vergleich nicht ganz einverstanden war. »Die ersten Siedler in Amerika«, wandte er ein, »waren Individualisten. Diese Uxta . . . Uxta . . .«, er brach ab und machte eine wegwerfende Handbewegung, »Uxtaner scheinen eine streng reglementierte Rasse zu sein.«

»Wer weiß schon, wie die ersten weißen Siedler auf die Indianer wirkten«, entgegnete Hudman.

»Und außerdem«, fuhr Laroux hartnäckig fort, »benutzen sie ohne zu zögern dieses Hypnotisiergerät, um jedermann, dem sie begegnen, unter ihre Kontrolle zu bringen. Und daher . . .«

Völlig unvermittelt tat der General etwas Faszinierendes: Er stand neben einem hohen Busch. Der Boden unter den Füßen der beiden Männer bestand zum größten Teil aus Felsgestein, und sie standen an einem Punkt, von dem man – an diesem sonnigen Tag – in alle Richtungen einen überaus großartigen Ausblick hatte. (Falls man einen endlosen Blick auf eine verödete Felslandschaft tatsächlich als großartig bezeichnen will.) Da stand der General also inmitten dieser menschenleeren Einöde, und plötzlich straffte er sich mit einem Ruck, nahm Haltung an und sprach in dem förmlichen Ton, mit dem ein hoher Offizier seinen Adjutanten anredet:

»Mr. Hudman, bestellen Sie König Luuan, daß er sich meinen Forderungen beugen muß. Sonst werde ich meine Bomben von dort oben«, diesmal zeigte er nicht hinauf, aber einen raschen, aufwärts gerichteten Blick konnte er nicht unterdrücken, »eine nach der anderen auf größere Ansammlungen von Uxtanern abwerfen.

Ich verlange folgendes«, fuhr Laroux fort, »und nun hören Sie mir genau zu: In Frankreich – und zwar in ganz Frankreich – wird in Zukunft an allen Schulen Provenzalisch unterrichtet. Außerdem«, seine Stimme klang jetzt nicht mehr so formell wie eben noch, er lächelte sogar wieder, »wird hier in den Vereinigten Staaten Nez Perce als Nationalsprache eingeführt. Für alle Zeit!«

Hudman schluckte.

Dann meldete sich in seinem Kopf Luuans Stimme zu Wort: »Ich habe meine Guliten angewiesen, die eben genannten Forderungen zu überprüfen. Die Sprache der Provence enthält viele nicht-französische Ausdrücke, aber immerhin noch genügend Französisch, um sie leicht an den Schulen unterrichten zu können. Nez Perce – übrigens bedeutet der Ausdruck ›durchbohrte Nasen‹ und wurde den Indianern von den französischen Siedlern in Oregon verliehen – ist eine schlichte, sehr einfache Sprache. Die meisten Wörter beziehen sich auf die Jagd, auf die Natur, das Fischen und die Tiere. Technische Ausdrücke kommen praktisch nicht vor. Dürfte also auch einfach zu lehren sein. Es macht sowieso keinen Unterschied mehr. Durch unsere von-Verstand-zu-Verstand-Methode haben inzwischen alle Menschen die gesunde Sprache gelernt. Warum sollen wir nicht in den USA Nez Perce und in Frankreich Provenzalisch in unsere Methode aufnehmen. Bald ist in allen Menschen durch behutsame Suggestion die Erinnerung an ihre Muttersprache verblaßt; dafür werden wir sorgen.«

Während der ganzen Zeit, die Luuans Botschaft dauerte, hatte Hudman versucht, darauf hinzuweisen, daß sein Interesse eigentlich dem Holländischen galt. Doch als Luuan zum Ende gekommen war, hatte sich sein Widerstand gelegt. *Ich habe es wieder verpatzt,* dachte er resigniert.

Seine Hauptsorge jedoch galt den tödlichen Atombomben des Generals. Darum vermied er es, Einwände gegen Laroux' Forderungen vorzutragen.

So nahm das Gespräch seinen Gang. Man schritt langsam voran, denn der General bestand darauf, daß alle Punkte bis ins letzte geklärt wurden. »Ich möchte ausdrücklich darauf hinweisen«, sagte er zum Beispiel, »daß ich nichts dagegen habe, wenn in der gesamten übrigen Welt Uxtanisch gelehrt wird. Es hat gewiß sein Gutes, wenn man solche merkwürdigen Sprachen wie Japanisch, Chinesisch, Russisch oder Hindi durch eine Weltsprache ersetzt.«

Bei diesen Worten nahm sich Hudman vor, Luuan gelegentlich darauf hinzuweisen, daß er die Finger von der holländischen Sprache lassen sollte . . .

Diese Überlegung wurde von einem eigentümlichen Gefühl begleitet. Hudman begann zu fürchten, er könnte durch solche Gedanken den nächsten Zeitsprung auslösen.

Aber die Sekunden verrannen, und nichts geschah. Endlich ging das Gespräch zu Ende, und Hudman trat langsam den Rückzug an. Als er sich zehn Meter vom General entfernt hatte, rief er »Auf Wiedersehen!« und »Ja!« aus einer Entfernung von zwanzig Metern, denn Laroux hatte vorgeschlagen, daß man sich in nächster Zeit unbedingt noch einmal treffen müßte.

Bald darauf schaute Hudman aus der sicheren Geborgenheit des Hubschraubers Nr. 2 auf die Erde hinab und beobachtete, wie das Land jenes monotone Aussehen annahm, das es immer hat, wenn man es aus großer Höhe betrachtet.

Auf dem Berggipfel gestaltete sich der Abflug der Luftfahrzeuge in umgekehrter Reihenfolge wie die Ankunft: Die beiden Techniker verließen eilig die Fähre und hasteten zum Hubschrauber Nr. 1. Darauf kletterte Sputoni von seinem Hochsitz, ging an Laroux vorüber und bestieg ebenfalls Nr. 1. Anschließend strebte der General mit großen Schritten der Fähre zu.

Da die Raumfähre schneller und leistungsstärker als der Helicopter war, hatte sie ihn bald überholt. Wie eine plumpe Krähe, die zu einem Wettflug mit einem Falken angetreten ist, fiel der Hubschrauber rasch zurück.

In den Abendstunden setzte das *U.S.S. Menasco* zu einem Täuschungsmanöver an. Das Schiff dampfte in mäßigem Tempo nach Süden, so als wäre es ein gewöhnlicher, großer Küstenfrachter. Nachdem jedoch die Dämmerung hereingebrochen war, schwenkte der Bug nach Westen ab.

Ein untröstlicher Hudman hockte in seiner Kabine und betrachtete den dunklen Ozean durch ein Bullauge. Er dachte voller Verbitterung über das nach, was ihm Luuan über die Zeitsprünge gesagt hatte. Es war nur allzu wahr, daß die Perioden länger wurden, wenn er zum Schiff, dem Ausgangspunkt, zurückkehrte. Ihm fiel ein, wie Luuan einmal sogar von einer fünfzig Jahre währenden Zeitspanne gesprochen hatte, doch das bezog sich – falls er sich richtig erinnerte – auf einen späteren Pendelschwung.

O Gott, dachte er, *was ist das für ein Leben, das ich da vor mir habe!*

Und das Schlimmste daran: Alles lief völlig automatisch ab. Niemals hatte er die Wahl, keine einzige Entscheidung konnte er fällen. Er brauchte sich zu keinem Entschluß durchzuringen.

Mitten hinein in diese düstere Stimmung drang das Knacken

der Sprechanlage. Die Stimme von Kapitän Bjornson fragte: »Hud, wollen Sie nicht auf ein Schwätzchen in meine Kabine kommen?«

Natürlich war sich Hudman darüber im klaren, daß diese Einladung eigentlich einen Befehl darstellte. Aber so, wie sie der Kapitän formuliert hatte, konnte sich Hudman wenigstens sekundenlang einreden, daß es ihm freistand, die Einladung anzunehmen oder auszuschlagen.

Und so traf er seine Entscheidung und erwiderte mit dankbarer Stimme: »Ja, Herr Kapitän, ich komme sofort.«

Er zog die Schuhe an, ging durch einen langen Gang und eine Treppe hinauf und stand schließlich vor der Tür mit der Aufschrift PRIVAT in großen Messingbuchstaben.

»Herein, Hud«, erwiderte die Stimme des Kapitäns auf Hudmans schüchternes Klopfen.

Hudman folgte der Aufforderung. Kaum hatte er die Tür hinter sich geschlossen, als er sich unbehaglich zu fühlen begann. In der Kapitänskabine war eine dämmrige Beleuchtung eingeschaltet, die Hud unvertraut war. Es brannte nur eine kleine Lampe auf Bjornsons Schreibtisch. Der Kapitän saß hinter dem Tisch und deutete auf einen Stuhl, der auf einer Stirnseite stand. Er wartete ab, bis Hudman sich hingesetzt hatte, dann sagte er: »Ich habe noch einmal über die ganze Sache nachgedacht.«

Er stand auf, ging zu einem Schrank und kam mit zwei Gläsern und einer halbgefüllten Schnapsflasche zurück. Er stellte die Gläser auf der Tischplatte ab und schenkte sie beide voll, schob Hud eines zu und setzte sich wieder in seinen Sessel. »Wir müssen uns einmal in Ruhe unterhalten, Hud. Was sollen wir unternehmen?«

Hudman trank einen Schluck, nachdem er vergeblich darauf gewartet hatte, daß der rothaarige Norweger nach seinem Glas griff, und schwieg. Der Kapitän fuhr fort: »Meine Familie kommt aus einer Landschaft in Norwegen, wo man einen örtlichen Dialekt spricht, der Streele genannt wird. Ich fürchte, der wird nun bald verschwunden sein, hm?«

Hudman, der sich plötzlich unerklärlich müde fühlte, murmelte nur: »Du meine Güte, schon wieder ein Dialekt . . .«

Dann raffte er sich auf und sagte laut: »Dieses Streele, ist das nur eine besondere Art der Aussprache wie zum Beispiel der Texas-Slang, oder ist es eine echte, eigenständige Sprache?«

»Ein echter Dialekt«, lautete die Antwort. »Ein gewöhnlicher Norweger versteht es überhaupt nicht.«

»Es muß Milliarden von Wörtern auf der Erde geben«, brummelte Hudman, »und alle sind sie heilig ... Ich habe erfahren, daß Reed bereit war, auf mich zu schießen, weil er aus einem Teil Englands stammt, in dem eine ganz bestimmte Mundart vorherrscht. Manchmal hat er sie gebraucht; wir haben immer gedacht, um sich darüber lustig zu machen, dabei war ihm die Sache völlig ernst.«

»Genau.« Die Stimme schien aus weiter Ferne zu kommen. Schläfrigkeit hatte sich wie ein Schleier über Huds Augen gelegt, so daß er Bjornson kaum noch wahrnehmen konnte. »Also stellt sich die Frage, dürfen wir zulassen, daß all dies tatsächlich geschieht?«

»Ich wüßte nicht, wie Sie es verhindern könnten«, erwiderte Hudman. »Es sei denn, Sie schießen noch einmal auf mich, und Luuan und seine Guliten können mich diesmal nicht beschützen. Ich habe so ein Gefühl, als ob sie mich eben jetzt zu erreichen versuchten, aber ich bin so müde, ich kann sie nicht aufnehmen ...«

Von irgendwo fragte jemand: »Und wie ist es, wenn man deinen Schnaps vergiftet? Können sie dich auch davor schützen?«

»Ich wollte gerade sagen«, erwiderte Hudman, »das ist aber ein starker Stoff, den Sie mir eingeschenkt haben. Ich ...« Sein Kopf fiel nach vorn, dicht über der Tischplatte fing er ihn ab. »Waaas?«

»Und wenn das nicht funktioniert, könnten wir dich in kleine Stücke schneiden.«

»Sie ... Sie ...!« stammelte Hudman, kippte zur Seite und fiel schwer auf den Boden.

»Tut mir leid, Hud.«

Hudman blieb liegen. Er hielt die Augen geschlossen, war halb bei Bewußtsein und spürte unter sich den Boden der Kapitänskajüte.

Plötzlich, ein anderes Gefühl ... Erde! Ich liege im Gras! Du liebe Güte!

Er blinzelte, öffnete endgültig die Augen und richtete sich auf.

Er saß auf einem Hang. Rings um ihn her erstreckte sich bis zum Horizont eine Stadt. Hier und da funkelte ein kristallenes

Glitzern von den Häusern herüber, ein goldener Schein war zu sehen und unzählige, kurz aufzuckende, silberne, rote und violette Blitze. Niemals zuvor hatte Hud etwas Ähnliches gesehen – auf all seinen Reisen nicht.

Die Erkenntnis traf ihn wie ein Schlag. »He!« Er sprach jetzt Englisch – Holländisch erschien ihm plötzlich sehr fern und unbedeutend. »Ein neuer Zeitsprung!«

Von tiefer Erregung gepackt sprang er auf. Von Augenblick zu Augenblick reifte in ihm die ungeheure Gewißheit, daß ihn das Pendel der Zeit diesmal eine beträchtliche Strecke geschleudert hatte. Aus irgendeinem Grunde wußte er, daß diese Stadt aus Gold, Silber und Kristall das alte, gigantische Uxtaguganaza war. So hatte es ausgesehen, bevor es in den Tiefen des Pazifischen Ozeans versank.

Drüben im zwanzigsten Jahrhundert war Hudman wahrscheinlich tot. Vergiftet und in Stücke gerissen. Aber dem guten alten Luuan und seinen Guliten war es offenbar gelungen, sich in die Waagschale der Zeit zu werfen und ihn hierher zu bringen, Millionen Jahre in die Vergangenheit!

Wie lange mochte es diesmal dauern? Die Frage bereitete ihm keine schweren Sorgen. Eigentlich war sie so unwesentlich wie seine Leidenschaft für die holländische Sprache.

Während Hudman den Hang hinunterstieg, fühlte er sich wie ein Einwanderer in einem neuen Land – erregt, erlebnishungrig und bereit, sich in das Neue einzufügen, nicht mehr an die Vergangenheit zu denken, allen Nationalstolz zu vergessen und in einen Schmelztiegel zu stürzen.

Er wollte sich ihr ganz und gar hingeben, dieser neuen Welt.

Der Klang irren Gelächters

1. Kapitel

Als die Nachricht vom Unfall ihres Mannes sie erreichte, fiel Marie sofort einer seiner Aphorismen ein, den sie stets als genauso beleidigend empfunden hatte wie all seine anderen widerwärtigen Ideen auch: »Die erste Reaktion der Ehefrau eines modernen Mannes bei seinem Ableben ist Erleichterung. Heutzutage hat jede Frau das Gefühl, den falschen Mann geheiratet zu haben, und sieht nun die Chance gekommen, einen besseren zu finden.«

Eine mehrdeutige Redewendung, aber Marie war immer der Überzeugung gewesen, daß Carl sie vor allem deswegen niedergeschrieben und ständig zitiert hatte, um herauszufinden, was sie wohl empfinden würde, wenn dieser Fall jemals eintreffen sollte.

Sie befand sich in ihrem Elternhaus. Nachdem Marie den Hörer auf die Gabel zurückgelegt hatte, konnte sie immer noch nicht so recht glauben, daß ihr Mann ernstlich verletzt sein sollte. Nicht er, dieser grandiose Zyniker!

Als Mitgewinner – er und sie – des Nobelpreises in Physik im vergangenen Jahr, Chef eines eigenen Fabrikationslabors, Präsident einer Aktiengesellschaft, erklärter Liebhaber Dutzender Frauen, Verfasser einer extrem mechanistischen Philosophie weiblichen Verhaltens, die er eigenhändig in einem unveröffentlichten Buch mit dem Titel: *Die Frau ist dem Untergang geweiht* – Aphorismen von Dr. Carl Hazzard, niedergelegt hatte ... war er ihr irgendwie immer unverwundbar vorgekommen.

Später – sie war gerade mit den Vorbereitungen für ihren Flug beschäftigt, zuerst nach New York und dann weiter zur Westküste – erreichte sie ein zweiter Anruf, der sie mit genaueren Informationen versorgte: Dr. Angus MacKerrie, der Chef-Chirurg der Gehirnforschungs-Stiftung, hatte Carl operiert und sein Gehirn, ein paar Minuten bevor der Tod eingetreten wäre, erfolgreich aus seinem zertrümmerten Körper entfernen können.

Zunächst war sie völlig verwirrt, doch dann erinnerte sie sich wieder an alles.

Carl und sie und viele andere Wissenschaftler hatten vor ein paar Jahren ein Abkommen mit der Stiftung unterzeichnet, worin sie sich bereit erklärten, ihre Gehirne zu spenden. Ziel dieses Abkommens war, ihre Denkfähigkeit über den Tod hinaus am Leben zu erhalten.

Marie war sich nicht klar darüber, was sie eigentlich fühlte. Aber gewiß war es kein Kummer.

Der dritte Anruf – er kam von Dr. Walter Drexel, dessen Stimme sonderbar angespannt klang – war kurz. Er hatte ihren Flugplan erhalten und sagte: »Marie, ich weiß, daß es dir sonderbar vorkommen wird, aber ich muß dich in New York treffen. Es ist sehr wichtig.«

Er holte sie am Flugplatz ab, ein großer, ernster, gutaussehender und gutgekleideter Mann Anfang Vierzig.

Er hatte, wie er sagte, ein kleines Zimmer für sie bestellt in einem Luxushotel auf der 48. Straße. Und in einem nahe gelegenen exklusiven Restaurant hatte er einen Tisch reservieren lassen. Das alles war tatsächlich sehr sonderbar, aber Walter war der Chef-Physiker im Hazzard-Laboratorium gewesen, und wie die Dinge standen, war es gut möglich, daß er in Zukunft Carls Stellung einnehmen würde. Als Marie mit ihm in ein Taxi stieg, war sie verwirrt, aber nicht beunruhigt.

Das Essen hatte sehr privaten Charakter; der reservierte Tisch stand in einer Nische. Als die Cocktails serviert waren, begann er mit leiser Stimme: »Nachdem du abgereist warst – auf Carls Vorschlag hin, wie ich annehme . . .«

Sie nickte. »Er wollte, daß ich meine Eltern besuche.«

». . . ließ er mich in sein Büro kommen. Er sagte, daß er einen Blickwechsel zwischen dir und mir beobachtet hätte, aus dem er schließen müßte, daß wir eine Affäre hätten.«

Irgend etwas in Maries Inneren gab nach. Die alte Scham. Sie sagte traurig: »Mach dir keine Gedanken, Walter, das habe ich schon öfters durchgemacht.«

Walter fuhr fort: »Er setzte mir eine Frist von einer Woche und sagte, der einzige Grund, warum er mich nicht feuerte, sei, daß er nicht den Verdacht erwecken wollte, meine Entlassung habe etwas mit dir zu tun. Dein Ruf dürfe nicht befleckt werden, meinte er. Und ich sollte mir eine, für die Außenstehenden plausible, Begründung ausdenken, warum ich ginge.«

»Du bist ab sofort wieder eingestellt«, sagte Marie.

»Danke, Marie.« Der Physiker war ernst. »Aber wenn es sich nur darum gehandelt hätte, wäre ich in Los Angeles geblieben und hätte dort mit dir darüber geredet. Ich glaube, Carl wollte mir, als deinem vermeintlichen Liebhaber, den Dolch ins Herz stoßen, denn er drohte damit, er würde die Presse über all deine anderen zahlreichen Affären unterrichten, er wollte der Welt endlich mitteilen, welch alptraumhafte Existenz er an der Seite einer leichtsinnigen Frau geführt habe.«

»Dieser Schürzenjäger hat *so etwas* behauptet!«

Die ungeheuerliche Verdrehung der Wahrheit versetzte Marie für einen Augenblick in Wut, aber sie war nicht überrascht. Schon im ersten Jahr ihrer Ehe hatte Carl ihr mitgeteilt, daß er eine Geliebte hätte oder zwei, oder drei. Sie hatte bei der Nachricht auf dem Absatz kehrtgemacht und sich in ihr Zimmer zurückgezogen. Kurze Zeit später hatte Carl einen Verdacht gegen *sie* geäußert, und zwar mit einer Formulierung, die man als seinen Einstiegsaphorismus bezeichnen könnte: »Die Bezeichnung ›anständige‹ Frau ist irreführend. Jedes weibliche Wesen verschafft sich Rückendeckung in einer psychologisch sicheren Ecke. ›Anständig‹ zu sein, ist nur eine dieser Ecken, aber es muß eine der sichersten sein, denn die Mehrheit der amerikanischen Frauen benutzt sie als Operationsbasis.«

Carl hatte behauptet, daß ihre scheinbare Gefühlskälte nur eine Spielart von »In-die-Ecke-Zurückziehen« sei. Nach einer Weile war sie fähig, das Gespräch wiederaufzunehmen. »Du hast ihm ja wohl gesagt, daß du unschuldig bist«, sagte sie.

Walter antwortete ernst. »Marie, ich hatte das Gefühl, mit einem Geisteskranken zu reden. Während er all die scheußlichen Dinge über dich zum besten gab, funkelten seine schwarzen Augen, seine Lippen zitterten, und Schweißtropfen bildeten sich auf seinen Wangenknochen.«

Sie sah Carl vor sich; diesen Carl kannte sie nur zu gut. »Offensichtlich begann gerade einer seiner periodisch auftretenden Eifersuchtsphasen«, sagte sie. »Er hat mich früher sogar schon einmal von einem Detektiv überwachen lassen. Ein anderes Mal überraschte ich ihn dabei, wie er in meinem Zimmer herumschnüffelte. Er behauptete, er könnte die Anwesenheit eines Mannes riechen – eine Lüge, denn kein Mann hat jemals mein Zimmer betreten. Carls scharfsinnigste Aphorismen sind in solchen Phasen entstanden.«

Marie hielt inne; sie spürte, daß wieder der altbekannte Ekel in ihr hochstieg.

»Marie«, begann Walter, »diese Gehirnoperation ändert alles. Bist du dir im klaren darüber, daß die Gehirnforschungs-Stiftung damit rechnet, mit Carl in Verbindung treten zu können, sobald die Narkose vorüber ist?«

Daran hatte Marie überhaupt nicht gedacht.

Aber jetzt erinnerte sie sich wieder an all die Monate, während derer ihre und Carls Gehirnströme aufgezeichnet und in Korrelation zu der Art ihres Sprechens gebracht worden waren. Jede Silbe, jeder Klang war in ein Analogon umgesetzt und in einem Computer gespeichert worden.

Mit düsterer Stimme setzte Walter seine Rede fort. »Marie, wenn Carl aus der Narkose erwacht und sich immer noch in dieser eifersüchtigen Geistesverfassung befindet, könnte er etwas gegen uns sagen.«

Marie erstarrte vor Angst. Ein Wort der Anklage würde genügen, um Walters und ihren Ruf zu ruinieren.

Walter kam zum Schluß, seine Stimme hatte einen verzweifelten Klang. »Marie, du bist seine Frau. Telegrafiere der Stiftung, daß sie bis zu unserem Eintreffen alle Kommunikationsversuche unterlassen solle. Du und ich, wir müssen als erste mit Carl reden. Schöpfe deine rechtlichen Möglichkeiten aus, egal, was die Leute darüber denken mögen.«

»Aber wir haben ein Abkommen unterzeichnet«, flüsterte sie, »in dem wir uns verpflichten ...«

»Du mußt!« Walters Stimme klang heiser. »Es gibt keine andere Möglichkeit!«

Mit zitternden Fingern zog er zwei Telegrammformulare aus der Brusttasche. »Dies ist für deinen Rechtsanwalt. Wie heißt er?«

»Bob Lindley. Carls Rechtsanwalt«, korrigierte sie dann.

»Jetzt ist er dein Rechtsanwalt«, erwiderte Walter. »Das andere Telegramm geht an Dr. MacKerrie von der Stiftung.«

Er las ihr die Texte vor. Sie waren weitgehend gleichlautend. Der Rechtsanwalt wurde gebeten, sich umgehend mit der Stiftung in Verbindung zu setzen und ihr alle Kommunikationsversuche mit Carl zu untersagen, soweit keine ausdrückliche Erlaubnis von Marie vorläge. Das Telegramm an MacKerrie erhob die gleiche dringende Forderung.

Die Erwähnung von Dr. MacKerrie erinnerte Marie daran, daß er es gewesen war, der die unzähligen enzephalographischen Aufzeichnungen von Carls und ihren Gehirnwellen gemacht hatte. Und sie erinnerte sich an noch etwas. Carl hatte immer das Gefühl gehabt, daß »Mac« länger blieb als nötig war, »denn«, so hatte er es in seiner mechanistischen Art formuliert, »seine Libido spürt die Nähe einer brachliegenden Frau, deine nämlich, meine Süße.«

Und dann kam ihr unvermittelt eine weitere Redensart von Carl in den Sinn. »Wenn eine Frau entdeckt, daß ein Mann sie liebt, verspürt sie den starken Impuls, ihn zu benutzen. Das ist nicht immer weise.«

Aber dennoch hatte sie jetzt die Hoffnung: »Wenn Carl recht hatte, und Mac sich tatsächlich in mich verliebt hat . . . dann wird er die anderen schon überzeugen . . .«

Laut und mit ruhiger Stimme sagte sie: »Teil ihnen mit, mit welchem Flugzeug wir morgen ankommen – und schick die Telegramme ab.«

»Mit welchem Flugzeug *du* ankommen wirst«, verbesserte sie Walter. »Auf *mich* darf kein Verdacht fallen.«

Dann eilte er in die Empfangshalle, um die Nachrichten abzuschicken.

2. Kapitel

Am Morgen.

Eine Stunde, nachdem die große Düsenmaschine New York verlassen hatte, wurde Marie die erste Antwort auf ihr Telegramm ausgehändigt. Sie lautete:

ERÖFFNUNGSINTERVIEW KANN NICHT MEHR GESTOPPT WERDEN. FERNSEH- UND RADIOVERTRÄGE SCHON ABGESCHLOSSEN. STIFTUNG VERSPRICHT FÜR DIE ZUKUNFT VOLLSTÄNDIGE KOOPERATION. ALLES LIEBE, MAC.

Marie bemerkte, daß Walter sich vom Nebensitz herüberbeugte und versuchte mitzulesen. Sie reichte ihm das Telegramm und flüsterte: »Das klingt nicht so, als ob Carl irgendwelche Anschuldigungen erhoben hätte.«

Sie war erleichtert, hatte das Gefühl, eine Krise überwunden zu haben.

Da sah sie, daß Walter dabei war, wütend etwas auf die Rückseite des Bogens zu schreiben. Als er ihr das Blatt zurückgab, waren seine Züge entstellt und seine Pupillen geweitet. Er zischte:

»Marie, du mußt die Fernseh- und Radioübertragung stoppen! Hör zu!« Er entriß ihr das Telegramm wieder und las leise vor, was er geschrieben hatte. »Werde die Stiftung, Fernseh- und Rundfunkgesellschaften in Millionenhöhe verklagen, wenn Interview ohne meine Einwilligung gesendet wird.«

Während sie zuhörte, dachte Marie, *die werden denken – und Mac wird denken – daß ich hysterisch bin.*

Ihr fiel ein, daß einer von Carls Aphorismen die Reaktion eines hochstehenden Mannes auf eine hysterische Frau folgendermaßen beschrieb: »Er ist vor die Entscheidung gestellt, sie entweder niederzuschlagen oder für sie zu sorgen.«

»Ist das nötig, Walter?« fragte sie mit zitternder Stimme. »Ist das wirklich nötig?«

Er antwortete rauh und heiser. »Es darf keine Sekunde hinausgezögert werden.«

»Und du gibst mir auch nicht aus Angst einen schlechten Rat?«

»Marie, wir dürfen nicht zulassen, daß Carls Worte gesendet werden, bevor wir wissen, was er zu sagen hat.«

Er hatte recht. Sie nickte. »In Ordnung – schick es ab!«

Die Stewardess nahm das Telegramm in Empfang und kehrte fast augenblicklich mit einem anderen zurück. Diesmal kam die Nachricht vom Rechtsanwalt.

Wir haben Verhandlungen mit der Stiftung eingeleitet. Die rechtliche Lage ist aufgrund der einzigartigen Umstände unklar. Suchen Sie mich bitte auf, wenn Sie zurückkommen. Es sind viele dringliche Fragen zu besprechen.

Das Telegramm war mit »Bob L.« unterzeichnet.

Eine Stunde, bevor das Flugzeug landete, wurde Marie das dritte Telegramm überreicht, noch einmal von Dr. MacKerrie:

Okay, okay. Wir erwarten dich am Flugplatz. Alles Liebe, Mac.

Während Marie die Zeilen las, dachte sie, *sie haben beschlossen, für mich zu sorgen.*

Sie schämte sich schrecklich.

»Mac« erwartete sie am Fuß der Gangway. Er war ein mittelgroßer, glattwangiger und gutaussehender Mann Anfang Vierzig und wirkte genauso sanft und sensibel, wie Marie ihn in Erinnerung hatte.

Im Innern des Flughafengebäudes warteten Reporter, aber Mac hatte mit der Fluggesellschaft ausgemacht, sie nicht an Marie heranzulassen. Er führte Walter und sie zu einer Limousine, die, wie Marie erkannte, dem Hazzard-Laboratorium gehörte. Der Fahrer war ein technischer Angestellter; er begrüßte sie mit einem Ausdruck von Bedauern und Sympathie.

Mac hatte folgenden Plan ausgearbeitet: Zunächst sollte sie nach Hause gehen, später dann in die Gehirnforschungsstiftung kommen, um sich die Aufzeichnung des ersten Interviews mit Carls Gehirn anzusehen. Anschließend könnte sie dann direkt mit Carl sprechen.

Das alles klang so sachlich, überlegt und bar jeder Tücke, daß Marie bestürzt zusammenzuckte, als Walter sich zu ihr umwandte und barsch sagte: »Sobald ich Frau Dr. Hazzard zu Hause abgesetzt habe, werde ich in die Stiftung kommen und die Bedingungen ausarbeiten, unter denen das alles stattfinden kann. In Ordnung?«

Falls MacKerrie verwundert war über diese Worte, so zeigte er es jedenfalls nicht. »Wie Sie und Dr. Hazzard es wünschen«, sagte er ruhig.

Kurz nach drei Uhr fuhr Marie die Einfahrt zum Stiftungsgebäude hinauf.

Walter erwartete sie schon und parkte den Wagen für sie. Als er zurückkam, berichtete er mit leiser Stimme: »Ich bin seit Mittag hier, und es ist jetzt folgendermaßen arrangiert: Zuerst die Aufzeichnung, anschließend gehen wir in den Computerraum, und du kannst mit Carl reden . . .«

»Hast du den Film schon gesehen?«

Er schüttelte den Kopf. Schweigend geleitete er sie zum Vorführraum.

Marie setzte sich im Halbdunkeln nieder. Sie fühlte sich

gleichzeitig stumpf und angespannt, wußte nicht, was sie erwarten würde.

Die Leinwand wurde hell, der Film begann. Als erstes sah man eine durchsichtige Plastikkuppel mit einem Durchmesser von ungefähr hundertfünfzig Zentimetern. Zahllose Lichtreflexe funkelten auf dem Gebilde, deshalb dauerte es ein paar Minuten, bevor Marie erkennen konnte, daß sich im Innern der Kuppel ein ovaler Behälter befand. Dieser wiederum enthielt ein graurosafarbenes Objekt, das in einer klaren Flüssigkeit schwamm. An der Unterseite der seltsamen Masse waren ein paar bunte Schläuche befestigt, aber diese war nur sehr schwer auszumachen.

Marie starrte verständnislos auf die Kuppel mit ihrem rätselhaften Inhalt. Doch dann . . .

Sie hielt den Atem an, schloß die Augen und sank mit dem Rücken gegen die Stuhllehne.

Carls Gehirn!

Eine Stimme sagte etwas. Marie öffnete die Augen und stellte fest, daß die Abbildung des Gehirns durch die vertraute Gestalt von Dr. Angus MacKerrie ersetzt worden war. Er stand neben einer Maschine, die ihr geübter Blick sofort als Computer identifizierte.

MacKerrie sagte gerade: »Bei der Unterhaltung, die Sie gleich hören werden, wird Sie die Geschwindigkeit überraschen. Dieses Tempo wird zum einen durch die Tatsache ermöglicht, daß elektronische Geräte in der Lage sind, Unterschiede von einem Hundertmillionstel in der Aufzeichnung einer Gehirnwelle wahrzunehmen, zum anderen dadurch, daß wir schon vor langer Zeit Analoga von Dr. Hazzards Stimme hergestellt haben, die in diesem Computer gespeichert sind.«

Er beugte sich vor und drückte einen Knopf. »Dr. Carl Hazzard, hier spricht Dr. MacKerrie. Können Sie mich verstehen?«

Er nahm den Finger vom Knopf.

Es war Carls Stimme, die antwortete. Die Antwort war so prosaisch, so natürlich, daß Marie sich vor Verwunderung gerade aufrichtete. Die Stimme sagte: »Ja. Sie wollen wissen, ob ich Ihre Frage empfangen habe.«

»Richtig. Verstehen Sie Ihre Situation, Doktor?«

»Ich verstehe sie nur zu gut. Mein Gehirn ist aus meinem inzwischen toten Körper entfernt worden und wird jetzt in einer Nährlösung am Leben erhalten.«

»Wie fühlen Sie sich?«

»Ganz gut. Offensichtlich löst die Maschinerie, die für mich sorgt, in meinem Gehirn keine Angst aus.«

»Können Sie Ihre genaue sensorische Empfindung beschreiben?«

»Es ist, als ob ich mich in einem pechschwarzen Raum aufhielte, mich aber gleichzeitig erinnerte, wie dieser Raum aussieht. Das verschafft mir im Augenblick eine gewisse, scheinbare Befriedigung.«

»Haben Sie, abgesehen davon, daß Sie keinen Körper haben, das Gefühl, normal zu sein?«

»Diese Frage ist nicht leicht zu beantworten. *Mein* Gefühl sagt mir, ja, ich bin normal. Aber wir beide wissen, auf wie subtile Weise Gehirnmechanismen in Unordnung geraten können. Der Mensch empfängt Informationen über die Außenwelt durch seine Sinne. Ich habe nur noch Gehirnimpulse, die von einer Maschine ausgelöst werden, und ich habe einen Bestand von früher gespeicherten Daten. Wir müssen abwarten und sehen, was passieren wird. Wo ist meine Frau?«

Marie fuhr hoch, als das Gespräch plötzlich diese Wendung nahm.

MacKerrie antwortete ruhig: »Sie ist unterwegs von New Hampshire nach Hause. In ein paar Stunden wird sie wohl hier sein.«

»Die gute Marie. Wir haben eine perfekte Ehe geführt.«

Maries Atem ging stoßweise, als sie diese Bemerkung hörte, eine Redewendung, die Carl früher so oft benutzt hatte. Ihr fiel einer seiner Aphorismen ein: »Eine perfekte Ehe besteht dann, wenn die Frau durch emotionale Bande an ihren Mann gefesselt ist und nicht einmal den Versuch unternimmt, diese Bande verstehen zu wollen.«

Carl hatte fortwährend behauptet, ihrer Ehe fehlte die sexuelle Komponente. Das läge daran, hatte er erklärt, daß er das wahre Wesen der Frau anfangs nicht erkannt hätte. »Unter normalen Umständen«, so hatte er es formuliert, »wird eine Frau es akzeptieren, daß ihr Mann die Gesellschaft anderer weiblicher Wesen sucht.« Viel zu spät habe er erkannt, wie diese »normalen Umstände« beschaffen sein müßten. Danach hatte er ihr gewöhnlich versichert: »Wenn du mir erklären kannst, warum du all die Jahre bei mir geblieben bist, dann werde ich mich sofort ändern und dem Gattenbild entsprechen, das du dir zu wünschen glaubst.«

Marie hatte es stets abgelehnt, darauf zu antworten. Die frühe Katastrophe ihrer Ehe hatte sie abgestumpft, so daß sie all ihr Denken und Fühlen dem reinen Bereich der Wissenschaft widmete. Und weil es niemals einen anderen Mann gab, schien auch die Frage der Scheidung gegenstandslos.

Plötzlich bemerkte sie, daß Walter auf dem Nebensitz erstarrte. Seine Finger gruben sich schmerzhaft in ihren Arm.

Als sie ihre Aufmerksamkeit wieder der Leinwand zuwandte, wurde ihr klar, daß Dr. MacKerrie gerade eine sehr wichtige Frage stellte:

»... Doktor, die Person, die sie überfahren hat, konnte bisher nicht festgenommen werden. Sind Sie in der Lage, der Polizei einen Hinweis zu geben?«

Marie hielt den Atem an, als Carl sagte: »Der Unfall war ein sehr verwirrender Moment für mich. Es gibt zwar gewisse Eindrücke, aber ich brauche Zeit, um sie zu ordnen. Können Sie mich, bis es soweit ist, vor weiteren Anschlägen schützen?«

»Die Polizei hat eine Wache aufgestellt. Sie brauchen also keine Angst zu haben.«

Marie seufzte erleichtert, und während Dr. MacKerrie fortfuhr, lockerte Walter allmählich seinen Griff.

»Dr. Hazzard, wie stellen Sie sich Ihren zukünftigen Wirkungsbereich vor?«

»Ich werde selbstverständlich weiter wissenschaftlich arbeiten. Meine Geisteskräfte scheinen von dem Geschehenen nicht beeinträchtigt worden zu sein.«

Das Interview endete damit, daß Dr. MacKerrie sagte: »Dr. Carl Hazzard, wir danken Ihnen für dies Gespräch. Möchten Sie zum Abschied unseren Hörern draußen noch etwas sagen?«

»Ja, ich hoffe, daß ich bald wieder zu ihnen sprechen kann.«

»Das wird ganz gewiß geschehen«, sagte MacKerrie herzlich.

3. Kapitel

Die Leinwand wurde dunkel.

Das Licht ging an.

Walter erhob sich mit einer schnellen, nervösen Bewegung. Sein hageres Gesicht war verzerrt. »Die ganze Passage über den Unfall, wer ihn überfahren hat, muß herausgeschnitten werden«, sagte er scharf.

Marie starrte ihn verwundert an, aber als sie sein gespanntes und ernstes Gesicht sah, dachte sie ängstlich: Bin ich mir überhaupt klar darüber, welche Gefahren auf uns zukommen?

In den letzten Minuten war sie ganz von dem erregenden Gefühl beherrscht gewesen, Zeuge einer wissenschaftlichen Großtat zu sein. Sie zögerte, dann sagte sie: »Sorge dafür, daß auch der Abschnitt entfernt wird, wo davon die Rede ist, daß ich mich auf der Heimfahrt befinde. Dadurch wird das Interview datiert, und das sollte nicht sein.«

Walter eilte zum Vorführraum. Als er zurückkam, sagte er fast fröhlich: »So, das wäre erledigt. Ich werde später noch einmal nachfragen, um sicherzugehen. Und jetzt . . .« Sein Gesicht nahm einen besorgten Ausdruck an. »Marie, du mußt jetzt stark sein.«

»Warum?« fragte sie erstaunt.

»Du wirst gleich Carls Gehirn sehen.«

Marie zuckte zusammen; ihr fiel ein, wie sie auf die bloße Abbildung im Film reagiert hatte.

Walter fuhr fort: »MacKerrie meint, es sei besser, wenn du dich von Anfang an daran gewöhnst.«

Er führte sie zu einem Raum, in dessen Mitte eine Fernsehkamera aufgebaut war; an einer Wand stand der Computer, den sie schon aus dem Film kannte.

Walter schob sie zu der Maschine. »Hier, der blaue Knopf«, erklärte er.

Als Marie den Raum durchquerte, fiel ihr Blick auf etwas hinter dem Computer: Die Glaskuppel mit Carls Gehirn. Hastig blickte sie zur Seite und stellte sich, nachdem sie den Knopf gefunden hatte, so auf, daß sie der Kuppel den Rücken zuwandte. Sie starrte in die Kamera, die Walter jetzt auf sie richtete.

Walter erklärte nüchtern: »Ich habe mich einverstanden erklärt, daß dies Interview gefilmt wird, weil es verdächtig ausgesehen hätte, wenn ich mich geweigert hätte.«

Marie, die überzeugt war, daß die ganze Angelegenheit ohnehin schon in höchstem Maße verdächtig aussah, schwieg unglücklich.

»Ich habe natürlich«, sprach Walter weiter, »meine Zustimmung davon abhängig gemacht, daß ich die Kamera bediene und wir beide während des Interviews mit Carl allein sind. Sie haben eingewilligt. Du wirst bemerkt haben, daß sich der Polizeiposten jetzt im Korridor aufhält.«

Marie hatte es nicht bemerkt. Sie konnte sich nicht erinnern, überhaupt irgend etwas auf dem Flur wahrgenommen zu haben.

»Fertig?« fragte Walter.

Marie zögerte. Sie wollte Walter die Gefahr klarmachen, die in dieser Heimlichtuerei steckte. Die Leute würden sich Gedanken machen.

Walter fuhr fort: »Du erinnerst dich sicher noch, daß der Computer nur Analoga von deiner und natürlich von Carls Stimme hat. Carl wird also die Worte empfangen, die du sprichst, aber was ich sage, wird ihn nicht erreichen. Und er empfängt *deine* Botschaft auch nur, während du den Knopf drückst. Vorher nicht und nachher nicht. Wenn du dir diesen einfachen Sachverhalt einprägst, dann können wir praktisch alles sagen oder tun, ohne daß er es erfährt. Außer natürlich, wir erzählen es ihm. Ist jetzt noch irgend etwas unklar?«

»Aus welchem Grund sind wir hier?« lautete Maries einfache Gegenfrage.

Walters magerer Körper sackte ein wenig zusammen, seine Stimme überschlug sich. »Um rauszukriegen, was es mit dieser Anschuldigung auf sich hat. Wir müssen ihn in unser Labor bekommen, wo wir seine gesamte Kommunikation kontrollieren können.«

Marie schluckte, dann nickte sie. Wenn das erreicht war, dann würde der alptraumhafte Druck, der auf ihr lastete, wohl endlich aufhören.

Zuversichtlich erwartete sie das Signal.

Als der kleine rote Punkt unterhalb des Objektivs aufleuchtete, drückte sie entschlossen den blauen Knopf, hielt ihn in dieser Stellung und sagte: »Carl, hier spricht Marie.«

Die Antwort erfolgte mit der gleichen Geschwindigkeit, die sie schon bei der Filmvorführung so verblüfft hatte. »Marie, ich bin so froh, daß du da bist. Ich muß unbedingt mit dir reden.«

»Ist alles in Ordnung, Lieber?«

Die gefühlvolle Anrede kostete sie keine Mühe. Carl hatte immer darauf bestanden, daß sie ihn ›Liebling‹ oder ›mein Lieber‹ nannte, und zwar »aus Gründen der Höflichkeit, meine Süße«. Die Floskel war damals bedeutungslos – und jetzt ebenfalls.

»Mein Liebling«, sagte Carl, »mir ist etwas Schreckliches widerfahren. Ich bin ein Nichts geworden, ein Geist, der von einer unendlichen Nacht umhüllt wird. Ich brauche dich jetzt mehr als jemals zuvor.«

Marie schirmte sich gegen die emotionale Annäherung ab. Mit ruhiger Stimme erwiderte sie: »Vielleicht sollte ich dich nach Hause holen.«

»Ja, so bald wie möglich«, lautete Carls Antwort. »Ich muß dort mit dir zusammensein.«

»Ich werde mit Dr. MacKerrie sprechen«, sagte Marie. »Ich bin sicher, das wird sich machen lassen – wenn du es wünschst.«

»Ich kann dir gar nicht sagen, wie sehr ich es mir wünsche.« Er mußte bemerkt haben, daß sie dazu bereit war, denn er sagte: »Seit der Operation habe ich anscheinend viel geschlafen, aber immer, wenn ich aufwache, umhüllt mich absolute Schwärze.«

Marie verhärtete sich. »Kann ich im Moment noch irgend etwas für dich tun, Liebster?« fragte sie.

Pause.

»Marie, ist das eine Rundfunksendung?«

Augenblicklich wurde sie wachsam. »Es ist eine Videoaufzeichnung, die später ausgestrahlt werden soll.«

»Ich möchte etwas Persönliches mit dir besprechen.«

»Nur zu.«

»Kannst du den Kameramann wegschicken und die Kamera ausschalten?«

Marie warf Walter einen Blick zu; er nickte. Das kleine rote Licht ging aus.

»Die Kamera ist aus, Carl, und der Kameramann ist nach draußen gegangen, um eine Zigarette zu rauchen.«

»Marie, ist alles in Ordnung bei dir?«

»So gut, wie man es nur wünschen kann.«

»Und du hast dich auch nicht in irgendeine unmögliche Lage gebracht?«

Maries Lächeln wurde plötzlich angestrengt. Sie erkannte, was sich hinter Carls Frage verbarg, eine Einstellung, die sie immer irritiert hatte: Carl war davon überzeugt, daß sie sofort Unannehmlichkeiten bekommen würde, wenn sie auf sich selbst gestellt wäre.

»Nein, ich bin in keiner unmöglichen Lage.« Ihre Antwort klang schroff.

»Sei nicht böse, Liebling. Aber der Gedanke, wie du dort draußen ohne mich zurechtkommen sollst, macht mir sehr zu schaffen.«

Die Erkenntnis, daß Carl sogar jetzt noch die Fähigkeit besaß, sie in Wut zu bringen, traf Marie wie ein Schlag. Sie legte sich gerade eine hitzige Antwort zurecht, als sie bemerkte, daß Walter ihr krampfhaft zuwinkte. Vorsichtig nahm sie den Finger vom Knopf und blickte ihn fragend an.

»Frag ihn, was er mit unmöglicher Lage meint«, sagte Walter.

Es kostete Marie einige Mühe, sich darauf zu besinnen, weshalb Walter und sie überhaupt hier waren, was sie herauszufinden versuchten. Sie stellte die Frage.

»Marie«, antwortete Carl, »die Situation enthält sehr viel mehr Energie, als du zu bemerken scheinst. Ich habe das Gefühl, als ob ich dich davor bewahren müßte, daß du in irgendwelche abenteuerlichen Verstrickungen gerätst – Verstrickungen, die durch die weiblichen Emotionen herbeigeführt werden. Du kennst meine Theorien . . .«

Marie kannte sie zur Genüge und haßte sie.

Walter winkte wieder. »Frag ihn, was er mit Energie meint.«

Da es sich um einen alten Terminus von Carl handelte, war Marie in der Lage, ihn zu erklären.

Carl war der Ansicht, daß das gesamte menschliche Verhalten auf mechanischen Abläufen beruhe. Das menschliche Handeln sei eine Folge physikalischer und chemischer Prozesse und der elektromagnetischen Ströme in Körper und Gehirn des Menschen. Er glaubte, daß seine Theorie auch unter normalen Umständen zuträfe, nur seien dann die Abläufe nicht so offensichtlich.

Deutlich sichtbar hingegen würden sie, wenn eine Bedrohung das Gefühl der Angst weckte.

Je mehr die Faktoren von Bedrohung und Angst zunähmen, um so stärker würde der Energiefluß, bis er schließlich die Person dominierte.

Nach und nach werde die Energie dann sämtliche Schranken

überwinden, Zurückhaltung, Moral, kurze, alle menschlichen Werte. Die Lösung der Situation träfe demzufolge dann ein, wenn alle Beteiligten sich übereinstimmend wie Marionetten verhielten.

Ungeduldig schloß Marie: »Carl erörterte ständig den niedrigen Rang der menschlichen Natur, obwohl er sich selbst wie ein niedrig stehendes menschliches Wesen verhielt.«

»Frag ihn, welche Energie in dieser Situation ist«, sagte Walter mit angespannter Stimme.

Die Frage holte Marie aus ihrer kritisch-subjektiven Stimmung zurück. Mit gedämpfter Stimme gab sie die Nachfrage an Carl weiter.

Er antwortete: »Meine Liebe, denk doch einmal nach! Irgend jemand hat mich überfahren. Haben sie ihn schon gefaßt? Was ich jetzt sagen muß, sage ich nicht gern, aber mein erster Verdacht fiel auf Walter. Natürlich weiß ich, daß diese Möglichkeit einen tiefen Eindruck auf dich machen könnte, besonders im Hinblick auf das, was zwischen euch vorgefallen ist. Nun, Marie, wenn er schuldig ist, nimm einmal an, die Polizei kommt ihm auf die Spur. Marie, ich flehe dich an, sei vorsichtig. Bei menschlichen Beziehungen kann die Energie maßlos sein.«

Er brach ab. »Hast du schon mit Walter gesprochen?«

Carls Worte waren jetzt so mahnend, daß Marie Walter einen hilfesuchenden Blick zuwarf. Er nickte ihr zu und sagte ruhig: »Sag ja, Marie. Wir müssen wissen, was in ihm vorgeht. Sag ihm, daß ich dir erzählt habe, daß er mich gefeuert hat und aus welchem Grund.«

Marie drückte den Knopf und erstattete Carl hastig Bericht.

Er antwortete: »Bitte Walter, die Stelle zu behalten. Und, Marie, wenn du etwas mit ihm hast, dann zieh dich zurück. Du kennst meine Einstellung in bezug auf Mord. Das ist die größte Energie von allen, er übt den größten Druck aus.«

Marie nahm sich zusammen; sie erwiderte ruhig: »Carl, erinnere dich bitte an deine früheren Eifersuchtsanfälle – damals hast du auch Dinge gesehen, die gar nicht da waren. Und ich bin ziemlich sicher, im Grunde weißt du ganz genau, daß deine jetzigen Beschuldigungen genauso unsinnig sind wie deine vergangenen. Dein Verdacht, wie du es nennst, daß Walter dich überfahren hat, gehört in die gleiche Kategorie, stimmts? So, und jetzt hör mir gut zu! Ich habe nichts mit Walter, und ich werde auch nichts mit ihm haben. Du hast mich als Frau zerstört, und falls du in der jetzigen Situation meine Unterstützung haben möchtest – die du haben kannst –, dann solltest du diese Gedanken endlich fallenlassen. Befaß dich lieber mit wissenschaftlichen Überlegungen und wissenschaftlicher Arbeit, denn das sollte in Zukunft dein ausschließliches Betätigungsfeld sein.«

Nachdem Marie gesprochen hatte, und sie hatte die Wahrheit gesagt, blickte sie Walter fragend an.

Er bedeutete ihr, noch einmal den Knopf loszulassen. Als sie es getan hatte, sagte er drängend: »Marie, er muß irgendeinen Plan verfolgen.«

Marie konnte sich nicht vorstellen, was das sein könnte.

Walter fuhr fort: »Marie, denk nach! Hat er jemals etwas getan, das uns einen Hinweis auf seine Ziele geben könnte? Diese Eifersuchtsanfälle – was gehörte sonst noch zu dem Schema? So, wie du ihn beschrieben hast, muß er jedes Mal nahezu geistesgestört gewesen sein.«

Marie schüttelte müde den Kopf.

Das Schema war jedes Mal das gleiche gewesen: Grundlose Eifersucht, gefolgt von schrecklichen Gewissensbissen.

Jedes Mal war sie völlig unschuldig gewesen, ein Verhältnis mit einem anderen Mann zu haben.

»Carl sagte immer«, begann sie langsam, »daß jeder Mensch seine ganz spezifische Form von Nervenzusammenbruch erfährt. Aber außer diesen Phasen verrückter Eifersucht kenne ich bei ihm keinen anderen Gemütszustand als eiskalten, gutgelaunten Zynismus.«

»Marie –« Es war Carl – »Versprich mir, daß ich bei dir bleiben kann. Wenn du das versprichst, werde ich genau das tun, was du von mir verlangst. Ich möchte nicht von lauter Fremden umgeben sein. Wirst du darüber nachdenken, Liebling?«

»Aber natürlich kannst du bei mir bleiben, Lieber«, sagte Marie erleichtert.

Als Walter und sie kurz darauf das Gebäude verließen, sagte Walter: »Was hat er damit gemeint, daß Mord die stärkste Energie ist?«

Marie erklärte es ihm. Mord und Mörder hatten Carl immer fasziniert. Ein Mord mußte heimlich begangen werden, glaubte er.

»Ein Mörder, meine Liebe«, hatte Carl ihr mehr als einmal erläutert, »befindet sich auch dann in einer ausreichend gefährlichen Situation, wenn nur er allein von seiner Tat weiß. Dies Wissen stellt eine kolossale Belastung dar. Wenn jedoch noch eine andere Person sein Geheimnis kennt, dann ist er dem Untergang geweiht, oder er muß diese Person töten.«

Walter schien darüber nachzudenken, denn er schwieg. Schließlich sagte er: »Ich zermartere mir das Gehirn, wie ich beweisen kann, daß wir kein Verhältnis miteinander hatten. Ich bin, zum Beispiel, seit meinem neunundzwanzigsten Lebensjahr impotent, und zwar auf Grund meiner Entdeckung, daß meine Frau mit jedem männlichen Fakultätsangehörigen des Colleges schlief, an dem ich damals lehrte.«

›Welch phantastisches Bekenntnis er ablegt‹, dachte Marie. Aber natürlich, es erklärte eine Menge.

Walter fuhr ernsthaft fort: »Aber wie könnte ich jemals ein so persönliches Argument ins Spiel bringen?« Er schüttelte den Kopf. »Nein, Marie, die Angelegenheit ist noch nicht zu Ende. Ich fürchte, sie hat gerade erst begonnen.«

Aber Maries Gedanken hatten sich einem anderen Punkt zugewandt: Walters Verhalten. Sie sprach ihn darauf an. »Walter, bist du dir klar darüber, wie verdächtig dein Benehmen MacKerrie und den anderen vorgekommen sein muß?«

Walter schüttelte den Kopf, und plötzlich verschwand der düstere, ernste Ausdruck von seinen Zügen. Er lächelte schwach. »Mach dir keine Sorgen«, sagte er zuversichtlich, »sie denken, daß du dahintersteckst, und jedermann weiß, daß Frauen so sind.«

»Wie sind?«

»Unvernünftig, irrational.«

»Ich bin *nicht* irrational«, sagte Marie empört.

»Ich weiß«, erwiderte Walter, »aber sie wissen es nicht. Es schadet nichts, wenn man sich die verbreitete Meinung zunutze macht.«

»Aber du ruinierst mich!« schrie sie.

Er klopfte ihr beschwichtigend auf den Arm. »Sieh mal, Marie«, sagte er, »keine Frau kann sich von der Meinung der Männer zu diesem Thema freimachen. Es läßt sich nun einmal nicht beweisen.«

Dann sagte er: »Darf ich dir einen Rat geben?«

Marie zögerte. Ihr fiel wieder einer von Carls Aphorismen ein:

»Der Versuch, eine Witwe zu beherrschen, findet noch vor dem Begräbnis statt: für gewöhnlich wird er schon in die Wege geleitet, während ihr Herr und Meister seine letzten Atemzüge aushaucht.«

Aber nachdem sie kurz nachgedacht hatte, mußte sie zugeben, daß der Fall hier anders lag. Daß Walter sie zu beeinflussen versuchte, war ja ausschließlich auf die Verrücktheit des Aphorismenautors selbst zurückzuführen.

Sie wollte Walter gerade mitteilen, daß sie bereit sei, seinen Rat zu hören, als dieser, ohne ihre Antwort abzuwarten, begann: »Niemand hat etwas dagegen, wenn eine Frau, die gerade Witwe geworden ist, sich für ein paar Tage aus der Öffentlichkeit zurückzieht. Du solltest diesen Vorteil voll ausnutzen.«

Das Wort, laut ausgesprochen, verwirrte Marie.

»Aber ich bin doch gar keine Witwe«, protestierte sie.

Walter warf ihr einen kurzen Blick zu; sein hübsches, jungenhaftes Gesicht hatte wieder einen gespannten Ausdruck angenommen. »Wenn du keine Witwe bist, was bist du dann?« fragte er verwundert.

Darauf wußte Marie keine Antwort, aber sie sagte sofort: »Ich bin für niemanden zu sprechen, wenn es das ist, was du willst – außer für meinen Anwalt.«

»In Ordnung«, sagte Walter.

4. Kapitel

Die Verabredung war für zwei Uhr getroffen worden.

Punkt zwei betrat ein junger Mann das Büro, wo Marie ihn erwartete. Er strahlte gute Laune aus und stellte sich als Robert Lindley vor, der Sohn des Seniorpartners.

Marie sah ihn heute zum ersten Mal, aber sie erinnerte sich, daß Carl einen Narren an ihm gefressen hatte. »Mein Typ!« hatte er lakonisch gesagt. Das war zwar in Maries Augen keine Empfehlung, aber nach einem kurzen Blick auf das strahlende Gesicht des jungen Mannes beschloß sie, mit ihrem Urteil abzuwarten.

Der Anwalt hielt ein Dokument in der Hand, und Marie nahm an, daß es sich um das Testament handelte. Er stand dort in seinem makellosen, gut gebügelten Anzug hinter dem polierten Schreibtisch. Hinter ihm befand sich das strahlend saubere Fenster, von dem aus man den Boulevard überblicken konnte . . . Er stand da und blickte Marie mit leicht geneigtem Kopf aus halbgeschlossenen Augen nachdenklich an.

»Ihr Gatte war ein Narr«, sagte er. »Sie sind wesentlich attraktiver als die anderen.«

Marie vermutete, daß mit »die anderen« Carls Mätressen gemeint waren. Die Pluralform machte sie betroffen, obwohl sie immer angenommen hatte, daß Carl eine Freundin nach der anderen gehabt hatte – keine für sehr lange Zeit, dafür aber war es eine lange Liste von Verflossenen, die in seiner fünfzehnjährigen Schürzenjägerzeit zusammengekommen war.

Der junge Mann fuhr fort: »Da Sie um die Verlesung des Testamentes unter vier Augen gebeten haben, nehme ich an, daß Sie Ihren Mann für juristisch tot halten.«

»Ich möchte nichts weiter, als mich den Gesetzen fügen«, erwiderte Marie.

»Es gibt keine Gesetze.« Lindleys Augen blitzten vor Eifer. »Ich würde gern einen Präzedenzfall schaffen. MacKerrie hat mir gesagt, daß nur das Gehirn denke; es sei erwiesen, daß beim Verhalten kein anderer Körperteil eine entscheidende Rolle spiele und beim Denkprozeß überhaupt keine.«

Marie stellte fest, daß sie ohne lange Einleitung mitten beim Kern der Unterredung angelangt waren.

Lindley setzte sich und tippte mit dem Finger auf das Testament. »Hierin«, sagte er, »wird der Hauptanteil des Vermögens Ihnen überlassen. Allerdings sieht Ihr Gatte im Falle seines Ablebens für drei Frauen eine Rente vor.«

»Drei!« entfuhr es Marie unfreiwillig.

Sie schloß die Augen. Bei dem Gedanken an die Publizität, die ein solches Trio von Erbinnen erlangen würde, sank sie innerlich zusammen.

Als sie die Augen wieder öffnete, starrte Lindley sie an, nüchtern, aber mit glänzendem Blick. »Bei den drei Frauen handelt es sich um frühere Sekretärinnen, die an speziellen Projekten mitgearbeitet haben, aber dennoch – warum sollen wir nicht vor Gericht gehen und Ihren Gatten als lebendig erklären lassen?«

»Aber . . .«

Sie hielt inne. Während sie in ihrem Stuhl saß, drang die

Stimme des Anwalts wie durch Nebelschleier an ihr Ohr. Sie hörte, wie er ihr kühl auseinandersetzte, daß die anderen im Testament benannten Erbinnen keinen Anspruch auf die Erbschaft erheben könnten, wenn die Person, die das Testament verfaßt hätte, nicht ausdrücklich als tot erklärt sei.

»Die Entscheidung liegt bei Ihnen, Frau Dr. Hazzard«, schloß er.

Marie bemerkte plötzlich, daß der junge Mann um den Schreibtisch herum auf sie zukam. Er beugte sich vorsichtig über sie. »Ich dachte, Sie wüßten Bescheid«, sagte er. »Ihr Gatte hatte mir versichert, daß er keine Geheimnisse vor Ihnen hätte. Natürlich war ich persönlich über seine Entscheidung auch sehr erstaunt.«

Marie schüttelte den Kopf. »Das ist es nicht.«

Was im einzelnen es war, das sie von einer spontanen Zustimmung abhielt, hätte sie nicht sagen können. Es waren unklare Gedanken und Gefühle, ein Widerwillen dagegen, sich endgültig festzulegen, aber sie wäre nicht in der Lage gewesen, es klar zu formulieren.

Laut sagte sie schließlich: »Was diese Erbschaften betrifft, bin ich die Verwalterin? Müßte ich die Schecks unterschreiben?«

»Die Erbinnen haben den ersten Anspruch auf das Vermögen. Die Auszahlung könnte über unser Büro laufen. Die Rente beträgt für jede sechshundert Dollar – zusammen also achtzehnhundert Dollar im Monat.«

»Und sie kommt an erster Stelle?«

»Ich fürchte ja.«

Marie addierte im Geiste: Das machte im Jahr einundzwanzigtausendsechshundert Dollar.

Pfui, dachte sie.

Sie richtete sich im Stuhl auf, fühlte sich klug, korrekt und entschlossen.

»Wir sollten darum kämpfen, daß er lebendig erklärt wird!« sagte sie.

»Braves Mädchen!« Lindley strahlte. »Das wird ein Präzedenzfall!«

Sein glattrasiertes Gesicht wurde unvermittelt wieder ernst. »Sie wissen, daß wir eine größere Chance für diese gerichtliche Verfügung haben, wenn es keine Auseinandersetzung gibt.«

Augenblicklich war Marie auf der Hut. »Was meinen Sie damit?«

Der Anwalt spreizte die Finger. »Erlauben Sie mir, mit diesen Frauen in Verbindung zu treten. Wir sollten ihnen ein Angebot von, sagen wir einmal, zweihundert Dollar monatlich über einen Zeitraum von drei Jahren machen; natürlich nicht öffentlich. Ich könnte mir vorstellen, daß sie eher bereit sind, auf ein solches Angebot einzugehen, als zu riskieren, bei einem Prozeß alles zu verlieren.«

Marie entsann sich auf ihre anfänglichen Vorbehalte gegen den jungen Mann. Er rang ihr ein Zugeständnis nach dem anderen ab, ein Verkäufertrick. Sie wies ihn darauf hin und schloß: »Wenn ich dem zustimme, was zaubern Sie dann noch aus dem Ärmel?«

Der junge Lindley lächelte. Plötzlich sah er sehr jungenhaft aus. »Zwei Dinge noch«, sgte er. »Das eine ist geschäftlich und betrifft die Aktiengesellschaft und ihre Angelegenheiten. Damit waren immer Coster, Pierce und Drew betraut, die auf Vertragsrecht spezialisiert sind.«

»Sie können versichert sein, daß Carl niemals gewagt hätte, *ihnen* das Ansinnen zu unterbreiten, einen Detektiv anzuheuern, um seine Frau beschatten zu lassen«, erwiderte Marie scharf. »Aber«, sie nickte, »ich gebe zu, eine Aktiengesellschaft, das bedeutet natürlich eine veränderte Rechtslage.«

»Wie dem auch sei«, sagte Lindley, »er hat seine Anteile Ihnen vermacht. Wir müssen das Gericht dazu veranlassen, daß Ihnen das Stimmrecht übertragen wird.«

Marie sagte, sie habe verstanden, und fügte hinzu: »Und was ist die andere Sache? Ich vermute, nichts Geschäftliches.«

»Nein, es ist etwas Persönliches«, gab Lindley zu. »Aber abgesehen von einer möglichen Verlegenheit wird es Ihnen weiter nichts ausmachen.«

Marie wollte wissen, um was es sich handelte.

»Sehen Sie«, begann er zögernd, »ich bin zu jung, um Ihnen irgendwelche Ermahnungen zu geben, nicht wahr?«

»Nun . . .«

»Sie müssen sich vorstellen, ich wäre ein Graubart in einem Büro, der Sie wie eine Eule über seine Brille hinweg ansieht. Können Sie das?«

Marie lachte über das alberne Bild, das er gezeichnet hatte. Aber sie blickte ihn nur erwartungsvoll an.

Und arglos.

Der junge Mann zog ein sauberes weißes Schnupftuch aus der Tasche seines dunkelgrauen Anzuges und wischte sich das Gesicht, auf dem sich plötzlich Schweißperlen zu bilden begannen. »Als alter Mann bin ich nicht gut, und für mein Alter zu unverschämt«, murmelte er, »also sage ich es einfach gerade heraus: Ihr Gatte ist erst seit ein paar Tagen tot – ich gebrauche das Wort tot im juristischen Snne von unfähig. Wenn Sie in neun Monaten und zehn Tagen zuzüglich einer Woche ein Kind bekommen sollten, so würde es noch als seines angesehen – wenn Sie behaupten, daß er der Vater ist und in der Zwischenzeit nichts getan haben, das diese Behauptung in Frage stellen könnte.«

Die Zeit blieb stehen.

Nur ganz allmählich gewann das Zimmer wieder sein normales Aussehen zurück, aber Marie glaubte sich immer noch von der tunnelartigen Vision umpfangen. Die Schwärze wollte nicht vollständig weichen.

»Wovon, um Himmels willen, reden Sie?« stieß sie hervor.

Die Gestalt am Ende des Tunnels antwortete mit hohler Stimme. »Walter!«

Diesmal sank sie nicht in die Schwärze zurück. Sie saß da und fühlte sich völlig leer. Nur in ihrem Magen saß die Angst wie ein eiskalter Kloß.

Sie hörte, wie die Stimme des Mannes erzählte, daß Carl vor zwei Wochen den jungen Lindley aufgesucht und damit beauftragt hätte, einen Detektiv anzuheuern, um Marie und Walter beschatten zu lassen.

»Dazu ist es aber nicht gekommen«, sagte der Anwalt. »Wir haben ein neues Testament aufgesetzt, aber Ihr Gatte ist nicht gekommen, um es zu unterzeichnen. Er hat den Detektiv entlassen, bevor dieser seine Tätigkeit aufgenommen hatte, und Sie zu Ihren Eltern geschickt. Den Rest kennen Sie.«

Marie hatte ihre Fassung wiedererlangt. »Sind Sie fertig?« fragte sie grimmig.

»Offensichtlich«, erwiderte Lindley trocken und blickte sie mit seinen grauen Augen sonderbar an.

»Gut, dann wollen wir jetzt wieder in die Realität zurückkehren.«

»Es war nicht leicht, all das einer Frau zu sagen«, verteidigte er sich, »aber falls der Verdacht Ihres Gatten auf Wahrheit beruhte, so sind jetzt die Weichen für eine Lösung gestellt, die alle grundlegenden menschlichen Bedürfnisse und Motive befriedigen könnte. Sie wollen doch ein Kind, oder nicht?«

Hastig fügte er hinzu: »Schauen Sie, wenn er als lebendig erklärt wird, dann wird es schrecklich schwer werden, eine Scheidung zu erwirken bei der Lage, in der er sich befindet. Das bedeutet, jetzt oder nie.«

»Warum fragen Sie nicht Ihren Vater, wie oft es schon nach genau diesem Schema abgelaufen ist«, sagte Marie. »Die Drohung, das Testament zu ändern, dann wird ein Detektiv bestellt und wieder abbestellt, bevor er herausfinden kann, daß der Verdacht gegenstandslos ist – meine Ehe war sehr anstrengend, Herr Lindley.«

Der Anwalt schwieg. Schließlich sagte er: »Ich glaube, ich sollte jetzt nichts mehr sagen, außer – wie lauten Ihre Instruktionen?«

»Sie glauben mir nicht?« fragte Marie hoffnungslos.

»Aber natürlich«, sagte er herzlich. Zu herzlich.

»Es ist anscheinend schwer zu glauben«, sagte Marie, »daß eine Frau vierzehn Jahre lang treu geblieben sein sollte.«

Der junge Lindley hüllte sich in diskretes Schweigen.

Marie erhob sich. »Wann können wir vor Gericht gehen?« fragte sie müde.

»Je eher, desto besser«, erwiderte der Anwalt beflissen. »Ich werde mich noch heute an die Arbeit machen.«

Als Marie das Büro verließ und zum Parkplatz ging, der im hellen Licht der Nachmittagssonne vor ihr lag, hatte sie das Gefühl, gescheitert zu sein. Sie dachte: *Ich kann Carls Schlingen nicht entkommen. Wohin ich mich auch wende, überall ist die Lüge mir schon vorausgeeilt.*

Fast überall, räumte sie dann ein.

5. Kapitel

Als Marie nach Hause kam, sah sie, daß ein großer Lieferwagen langsam in die Zufahrt zum Laboratorium einbog. Sie überholte, parkte ihren Wagen und beobachtete, wie das Fahrzeug langsam und vorsichtig an die Laderampe des Labors heranfuhr. Die großen Türen öffneten sich.

Dr. MacKerrie trat auf die Rampe; nach ihm Walter und einige andere Mitglieder des Forschungsteams. Sie beobachteten den Chirurgen, der das Ausladen von Carls Gehirn und der dazugehörigen Ausrüstung überwachte. In einem speziellen Raum war Platz geschaffen worden, um Temperaturregler zu installieren. Dort sollte in Zukunft Carls Zuhause sein.

MacKerrie ging in eine der Baracken.

Walter wandte sich zum Haus, um herauszufinden, was der Anwalt gesagt hatte.

Während der Heimfahrt hatte Marie ihren Frieden mit Lindleys verrückten Ideen gemacht. Daher war sie überrascht, daß Walters Gesicht aschfahl wurde, als sie ihm von der Unterredung berichtete. Sein Körper wurde so verkrampft, daß sie ihn mißtrauisch anstarrte.

Unvermittelt bildeten sich rote Flecken auf Walters Wangen. Mit leiser, zorniger Stimme zischte er: »Sag diesem gottverdammten Narren, er soll sich um seine eigenen gottverdammten Angelegenheiten kümmern!«

Er trat einen Schritt vor und umklammerte Maries Schulter mit einem stählernen Griff. Seine Stimme zitterte vor Anspannung, als er sagte: »Was hast du ihm erzählt?«

»Nichts«, flüsterte Marie.

Der Zornesausbruch kam so überraschend, daß sie wie gelähmt war und sich plötzlich schuldig fühlte. Sie sah, was Walter dachte: Daß der junge Lindley ein Geständnis aus ihr herausgelockt hatte. Walters Reaktion brannte ein tödliches Bild in ihr Gehirn: *Jeder* Verdacht gegen ihn konnte Kräfte entfesseln, die in der Lage sein würden, ihn zu ruinieren.

Der Schmerz wurde auf einmal unerträglich. Sie versuchte, sich zu befreien. »Laß mich los!« keuchte sie. »Du tust mir weh!«

So unvermittelt, wie er begonnen hatte, legte sich der gewalttätige Ausbruch wieder.

Er ließ sie los. Dann mußte er sie auffangen, denn die Knie gaben ihr nach; sie war einer Ohnmacht nahe. Fast stöhnend flehte er: »Marie, verzeih mir.«

Marie stand benommen da, sie rieb sich die Schultern. Aber sie hatte all seine Gefühle und Gedanken in einem *Rapport der Logik* durchschaut – so hatte Carl einmal das Phänomen des augenblicklichen Verstehens bezeichnet. Deshalb sagte sie leise: »Es gibt nichts zu verzeihen. Ich verstehe . . .«

Sie hielt an. Denn das Verstehen half ihr nichts. Ihr Körper zitterte unkontrolliert. »Hilf mir!« flüsterte sie.

Sie ließ zu, daß Walter ihr auf eine Couch half. Dort lag sie und zitterte.

Und zitterte.

»Hol Dr. MacKerrie«, murmelte sie. »Ich brauche ein Beruhigungsmittel.«

Walter zögerte, und plötzlich fühlte sie, wie Zorn in ihr hochstieg. Denn sicher stellte er wieder irgendwelche vorsichtigen Überlegungen an, die ihren Zustand als zweitrangig einstuften.

Walter verbeugte sich leicht und sagte langsam: »Irgendeinen anderen Arzt, aber nicht Mac.«

»Um Himmels willen«, flehte sie, »es ist ein Notfall!«

Maries Drängen veranlaßte Walter, zur Tür zu gehen. Doch plötzlich hielt er an und wandte sich um. »Nein«, sagte er, und seine Stimme hatte einen entschiedenen Klang, »nicht Mac! Ich weigere mich, ihn in die Sache hineinzuziehen!«

Marie rappelte sich hoch und rannte zur Tür. Sie stieß sie auf. »Frau Gray!« schrie sie.

Die Haushälterin kam aus der Küche geeilt. »Es geht mir nicht gut«, schluchzte Marie. »Holen Sie Dr. MacKerrie. Baracke D!«

Walter hatte sie eingeholt. »Ich hol ihn schon«, sagte er leise.

Maries Blick fiel auf Walters Gesicht, als dieser durch die Diele ging. Es war schneeweiß.

MacKerrie gab ihr einen Tranquilizer, so wenigstens nannte er das Medikament. Er war sachlich, professionell, kompetent. Langsam fühlte Marie sich besser, deshalb sagte sie entschuldigend: »Ich glaube, die ganze Angelegenheit hat mich plötzlich umgehauen.«

Diese Erklärung hatte sie sich schnell zurechtgelegt, während sie auf den Arzt wartete. Sie haßte sich selbst, daß sie so überreizt war.

MacKerrie nickte und tätschelte ihr beruhigend die Hand. Dann verließ er den Raum mit den Worten: »Rufen Sie mich, wenn Sie mich brauchen sollten.«

Sie war wieder mit Walter allein. Er saß leicht vorgebeugt im Stuhl und beschattete sich mit der Hand die Augen. Er wirkte schrecklich niedergeschlagen.

Marie richtete sich auf. »Es tut mir leid«, sagte sie.

Walter straffte sich langsam. »Was ich jetzt sage, ist nicht persönlich gemeint«, sagte er. »Ich hoffe, du glaubst mir das. Aber der Gedanke hat sich in meinem Kopf festgesetzt, also kann ich ihn ebensogut aussprechen: Das hat uns gerade noch gefehlt, eine hysterische Frau.«

Marie konnte nichts erwidern. Noch niemals zuvor hatte sie sich so schwach und kraftlos gefühlt.

Walter fuhr fort: »Zum ersten Mal ergibt das, was du am ersten Tag zu mir gesagt hast, einen Sinn – daß der Mörder dem Untergang geweiht ist, wenn seine Tat zwei Menschen bekannt ist. Ich bin zwar kein Mörder, aber man könnte mich zum Mörder erklären. Und ich habe Angst. Selbst in meinen düstersten Visionen hätte ich mir nicht vorstellen können, daß du zusammenbrichst.«

»Es war der Schock über deine plötzliche Wut«, flüsterte Marie, »und dann der schreckliche Schmerz, als du mich gepackt hieltest. Ich mag mir nicht vorstellen, daß sich so etwas wiederholen könnte. Ich kann es einfach nicht.«

Dann fügte sie hinzu: »Und ich glaube auch nicht, daß ich Herrn Lindley irgendwelche Zugeständnisse gemacht habe.«

Während sie ihre Unterredung mit dem jungen Anwalt ganz genau wiedergab, hellten sich Walters Züge allmählich auf. Als sie an die Stelle kam, wo Lindley ihr vorgeschlagen hatte, mit Walter ein Kind zu zeugen, lief dieser dunkelrot an, entspannte sich aber wieder, als sie ihm ihre Reaktion schilderte.

Sie wurde nachdenklich. »Ich glaube eigentlich nicht, daß er gegen mich intrigieren wollte«, sagte sie ernst. »Schließlich bin ich eine Klientin, von der er mindestens fünftausend Dollar im Jahr erwarten kann, manchmal vielleicht sogar fast zehntausend.«

»So viel?« Walter wirkte überrascht.

»Wir müssen alle Verträge Punkt für Punkt durchgehen«, sagte sie. »Carl hat mich immer wieder darauf hingewiesen, daß wir uns kein Durcheinander und keine Versäumnisse leisten können.«

»Ich verstehe«, sagte Walter. Er schien jetzt entspannter zu sein. Zögernd begann er wieder zu sprechen: »Was ich jetzt sagen möchte, bezieht sich nicht auf die gegenwärtige Lage. Überhaupt widerstrebt es mir, mich in deine geschäftlichen Angelegenheiten einzumischen. Aber ich habe einen Bruder, der Anwalt ist, und ich wollte vorschlagen, daß du ihm deine Angelegenheiten überträgst. Nicht jetzt, sondern später, wenn Lindley die Sache mit den drei Frauen geregelt hat und Carl lebendig erklärt ist. Wirst du darüber nachdenken? Ich *weiß,* daß er uns schützen würde.«

»Natürlich werde ich es mir durch den Kopf gehen lassen«, sagte Marie, um ihn zu entschädigen. Sie fühlte sich immer noch schuldig.

Als Walter gegangen war, ließ Marie sich wieder auf das Sofa fallen. Das Bewußtsein, daß sie sich selbst nie wieder würde trauen können, machte sie unendlich traurig.

Während sie auf der Couch lag, wurde ihr nach und nach bewußt, daß das Zittern nicht aufgehört hatte; es war noch da, tief in ihrem Innern.

Warten.

Am nächsten Morgen erreichte sie ein Ferngespräch von einer Universität im Osten. Es handelte sich um eine große Bestellung von Ausrüstungsgegenständen aus der Hazzard-Fabrikation, die für ein NASA-Projekt gebraucht wurden. Irgend jemand mußte jedenfalls dorthin fahren, um die genaue Auflistung persönlich in Empfang zu nehmen. In der Vergangenheit hatte Carl immer solche Reisen unternommen.

Nachdem die Angelegenheit diskutiert worden war, wurde klar, daß entweder Marie zusammen mit einem der anderen Physiker fahren mußte oder Walter allein. Sonst war keiner qualifiziert genug.

Marie wollte Walter die Aufgabe übertragen, aber er weigerte sich.

»Ich möchte nicht weg von der Situation hier«, sagte er nervös. »Wer weiß, was nicht alles passieren kann, während ich unterwegs bin. Es ist noch zu früh für mich, irgendwelche Reisen zu unternehmen.«

Marie wurde ungeduldig. »Du mußt diese Aufgabe schon übernehmen, wenn du Chef-Physiker bleiben willst«, sagte sie. »Und außerdem, was willst du hier unternehmen, das ich nicht genausogut tun könnte?«

Er blickte sie düster an. »Um mich zu schützen, kann ich mich auf niemand anderen verlassen als auf mich selbst. Am allerwenigsten auf eine Frau. Das ist ein Axiom.«

»Nun schau mal, du möchtest doch die Stelle als Chef-Physiker behalten, nicht wahr?«

»Ich glaube schon.« Er schien ihr kaum zuzuhören.

»Dann mußt du dich auch so verhalten, als ob alles normal sei. Da ich mit Carl reden kann, sollte ich auch hier sein. Oder möchtest du, daß er Mac überlassen bleibt?«

Am späten Nachmittag fuhr Marie den widerstrebenden Walter zum Flughafen. Er war so nervös und geistesabwesend, daß er vergaß, ihr auf Wiedersehen zu sagen; er ging am Schalter vorbei, ohne sich umzusehen.

Als Marie heimfuhr, spürte sie Erleichterung. Walter hatte eine Atmosphäre von Spannung und Schrecken verbreitet; es war eine Wohltat, ihr für eine Weile entronnen zu sein.

6. Kapitel

Zu Hause. Erleichterung und Freude. Zweimal ertappte Marie sich dabei, daß sie leise vor sich hin summte. Sie aß allein, aber fröhlich, danach nahm sie einen Roman zur Hand – es war lange her, seit sie das letzte Mal zum puren Vergnügen gelesen hatte.

Kurz nach neun ging das Telefon. Es war Dr. MacKerrie. »Ich würde gern herüberkommen und mit Ihnen reden«, sagte er.

»Hat das nicht bis morgen Zeit?« fragte sie. »Ich wollte gerade ins Bett gehen.«

Aber sonderbarerweise gab er nicht nach.

Kurz darauf trat er ein, ein gutaussehender, mittelgroßer Mann in den Vierzigern, der bedeutungsvoll lächelte. Irgendwie wirkte er ein bißchen zu weich; ihm fehlte die Strenge, die sowohl Carl als auch Walter besaßen. Marie bat ihn, Platz zu nehmen. Sie wies ihm einen Stuhl, der ihrem gegenüberstand. Er zog seinen Stuhl dicht zu ihr heran und begann mit leiser Stimme zu sprechen.

»Marie, wie Sie wissen – und das habe ich auch dem Polizeiinspektor gesagt – sind Sie und ich die einzigen, die bisher mit Carl gesprochen haben.«

Als MacKerrie den Polizeiinspektor erwähnte, hatte Marie das deutliche und unangenehme Gefühl eines Schlages. Nur mit Mühe brachte sie ein »und?« zustande.

MacKerrie blickte sie mit seinen graublauen Augen ruhig an. »Was auch immer Carl gesagt hat, Sie und ich sind die einzigen, denen er es gesagt hat.«

Krach!

Es dauerte einen Moment, bis Marie aus der eigentümlichen Verwirrung, die sie plötzlich umfangen hatte, in die Realität zurückfand und feststellte, daß sie ihren Aschenbecher hatte fallen lassen.

Ihr wurde bewußt, daß MacKerrie lächelnd auf dem Boden kniete und die Scherben aufsammelte. »Immer noch nervös, wie ich sehe«, sagte er leichthin.

Marie kniete sich neben ihn und versuchte verzweifelt, ihm beim Auflesen der Kippen und Scherben behilflich zu sein. Sie wußte selbst nicht, was sie eigentlich wollte, denn das innere Zittern wurde mit jedem Augenblick stärker. Sie fühlte einen schwachen Impuls, seinen guten Willen anzuerkennen, und hatte das starke Bedürfnis, ihn daran zu hindern, noch mehr zu sagen, als er bisher gesagt hatte.

Sie war überzeugt, daß er Bescheid wußte. Carl hatte es ihm gesagt.

Sie begann gerade etwas davon zu murmeln, daß Carls Auslegung der Geschichte nicht unbedingt glaubwürdig sei – als es geschah.

Sie wurde umarmt. Macs Gesicht näherte sich ihrem. Er preßte seine Lippen erst auf ihre Wangen, dann auf ihren Mund.

»Mach dir keine Sorgen«, flüsterte er. »Ich bin auf deiner Seite, und du hoffentlich auf meiner.«

Während der folgenden Minuten, die wie im Zeitraffer dahinflogen, erkannte Marie nebelhaft, was sein Preis war, und stumpf stellte sie fest, daß sie dabei war, ihn zu bezahlen.

Ja, das war das Gefühl, das sie vollständig beherrschte: Stumpfheit und Leere in ihrem ganzen Körper.

Nachdem Mac gegangen war, erwachte sie langsam wieder zum Leben. Ihr Körper erholte sich nach und nach von der teilweisen Lähmung. Sie erinnerte sich an die Wärme seiner Worte und die Gefühlsintensität, die er ausgestrahlt hatte.

Keine Bedrohung, nur Liebe.

Konnte es möglich sein, daß die Angst, die er in ihr hervorgerufen hatte, nur eine Projektion ihres kranken Gehirns war?

Aber was auch immer der Grund gewesen sein mochte, sie hatte ihre eigene Wahrhaftigkeit verraten, ihr Lebensgesetz gebrochen, und ihr Widerstand gegen Carls Untreue hatte nun völlig seine Bedeutung verloren.

Während sie in der Dunkelheit lag und sich noch einmal auf alles besann, dachte sie bestürzt: »So etwas habe ich noch nie getan.«

Es war Sex in Farbe gewesen, den eine Frau erfahren hatte, die vorher nur Schwarzweiß kennengelernt hatte.

Sie hatte sich dem Mann auf einer primitiven Stufe ihres Wesens angeboten. Durch ihr ganzes Verhalten hatte sie ihn förmlich aufgefordert, sie zu nehmen und sie zugleich zu umsorgen und zu beschützen. Und sie hatte den Preis für diese Bitte bezahlt dadurch, daß sie auf seine Zärtlichkeiten mit Leidenschaft und unkontrollierter Erregung geantwortet hatte.

Auch ganz zu Beginn ihrer Ehe hatte Carl sie niemals so erregen können.

Scham und Schuldgefühle überfluteten ihr Bewußtsein wie Schmutzwasser, das sich aus einem zerbrochenen Abflußrohr ergießt.

Doch schließlich löschte die Dunkelheit des Schlafes alle Erinnerungen.

Als Marie am nächsten Morgen erwachte, war sie wieder zu klarem Denken fähig, und sie hatte eine Lösung, die sie für das Resultat ihrer Schuldgefühle und Reue hielt.

Es war vorbei.

Es mußte ein Geheimnis bleiben, begraben im hintersten Winkel ihres schamerfüllten Bewußtseins.

Es durfte nicht wieder passieren.

Was genau sie Dr. MacKerrie sagen wollte, wußte sie noch nicht. Aber es mußte etwas sein, das ihn von weiteren Annäherungsversuchen abhielt, ohne ihn zu verletzen und zu ihrem Gegner zu machen.

Ihre Erinnerung erfüllte sie jedoch mit Sorge.

Carl hatte ihr mehr als einmal gesagt: »Meine Liebe, du spielst mit äußerstem Geschick das niedrigste aller weiblichen Spiele; und dies Spiel heißt: ich brauche jemanden, der sich um mich kümmert. Bei mir hast du dich in eine so unerschütterliche moralische Position gebracht, daß ich mich um dich kümmere, ohne eine Gegenleistung zu fordern. Aber eines Tages wirst du entdecken, wie viel du zu tun bereit bist, um dies Bedürfnis zu befriedigen.«

Nachdem, was letzte Nacht geschehen war, glaubte Marie, sich gegen diese Analyse nicht mehr verteidigen zu können: Sie hatte das Weibliche auf einer unerwarteten, verzweifelten Stufe verkörpert.

Beim Ankleiden kämpfte sie die Angst vor dem Wiedersehen mit Mac nieder; sie wußte, daß sie dem Treffen nicht aus dem Weg gehen konnte.

Aber zuletzt siegte doch ihr Widerwille. Sie blieb im Haus, schloß die Tür ab und zog die Rollos herunter. Als das Telefon läutete, hob sie nicht ab. Sie hatte Frau Gray angewiesen zu sagen, daß sie für niemanden zu sprechen sei.

Während Marie im Halbdunkel lag, versuchte sie an nichts zu denken. Sie stellte ihren spontanen Entschluß, für eine Weile unsichtbar zu bleiben, nicht länger in Frage. Der Widerwille, den sie in allen Fasern ihres Körpers spürte, hatte sie dazu veranlaßt: Es war der Widerwille dagegen, jemanden mit der schockierenden Äußerung zu konfrontieren, daß sich alles geändert habe.

Mac würde nach und nach merken, daß etwas nicht stimmte. Und wenn sie ihm dann schließlich alles erzählte, würde er sich damit abfinden, daß sie ihn zurückwies.

Auch am nächsten Tag war sie für niemanden zu sprechen. Aber als sie um sieben Uhr ein Telegramm von Walter erhielt, worin er ihr mitteilte, daß er am nächsten Abend zurückfliegen würde, hatte sie das Gefühl, die Sache mit MacKerrie müsse vom Tisch, bevor Walter wieder auf der Bildfläche erschiene.

Sie wartete bis zum Einbruch der Dunkelheit, dann machte sie einen Spaziergang im Garten. Eine Minute später hörte sie das Geräusch von Schritten, und MacKerrie tauchte neben ihr auf.

»Marie, was ist los?«

In der Dunkelheit der Nacht schwankte sein verschatteter Körper unruhig, seine Stimme klang besorgt.

»Das weißt du ganz genau«, erwiderte sie. »Ich war in höchstem Maße verstört, und das hast du ausgenutzt! Du, ein Arzt.«

Sie waren stehengeblieben. Aber an der Haltung seines Körpers sah Marie, daß er sich weder schuldig fühlte noch ewas bedauerte. »Marie«, sagte er leise, »ich bin nicht dein Arzt. Und wenn eine Frau so auf die Zärtlichkeiten eines Mannes reagiert wie du auf meine, dann kann sie ihn nicht so ohne weiteres wieder loswerden.«

»Ich achte dich, aber ich liebe dich nicht«, antwortete Marie beherrscht. »Und ich habe weder für einen Liebhaber Bedarf noch für einen Mann.«

MacKerrie schien nachzudenken. Dann sagte er: »Kann ich irgendwann einmal vorbeikommen und dir die Geschichte meines Lebens und meiner Ehe erzählen?«

Die Frage machte Marie bewußt, wie wenig sie über diesen Mann wußte. »Erzähl es jetzt«, sagte sie.

Macs Ehegeschichte war kurz. Seine Frau lebte in einem Heim für Geisteskranke, sie war unheilbar geistesgestört. Bedingt durch ihre Krankheit hatte er begonnen, sich für das menschliche Gehirn als physiologisches Phänomen zu interessieren.

»Aber«, sagte er, »ich bin Chirurg und kein Psychiater. Was auch immer das Ich sein mag, es denkt und handelt mit Hilfe eines organischen Mechanismus, den man sezieren kann. Bei menschlichen Wesen ist dieser Mechanismus – das Gehirn – so komplex, daß ich ihm als Forschungsobjekt von nun an meine ganze Aufmerksamkeit widmen werde.«

Marie sagte nichts. MacKerries Geschicklichkeit in seinem Spezialgebiet war sprichwörtlich, und sein Ruhm war, seit er Carls Gehirn umgesetzt hatte, fast ins Unermeßliche gestiegen.

Aber sie fand, daß sein Desinteresse an dem psychologischen Aspekt des Geisteszustandes seiner Frau einiges zeigte: Schuld vielleicht. Aber auch Gedankenlosigkeit.

Sie analysierte, daß MacKerrie, unabhängig von der persönlichen Wärme, die er immer ausstrahlte, kein Interesse daran hatte, was andere Menschen fühlten und warum sie es fühlten.

Erstaunt sagte sie: »Wenn ich dich richtig verstehe – und das ist jetzt nicht persönlich gemeint, hat nichts mit mir zu tun –, dann erwartest du, daß irgendeine gute Frau Verständnis für deine Situation aufbringt, dich tröstet und eine dauerhafte, wenn auch kaputte Beziehung mit dir eingeht? Habe ich recht?«

Wenn sie gehofft hatte, ihn in Verlegenheit zu bringen, dann hatte sie sich getäuscht. Er sagte nur: »Ich hatte gehofft, du würdest mich lieben und – ich gebe es zu – meine Lage tolerieren.«

Marie antwortete mit Bestimmtheit: »Ich glaube, unter den gegebenen Umständen und in Anbetracht deiner Stellung hier, habe ich das Recht, von dir zu verlangen, daß du mir versprichst, nie wieder eine persönliche Beziehung zwischen uns zur Sprache zu bringen. Willst du das tun?«

»Nein.«

MacKerries sofortige Weigerung erinnerte Marie an eine Beobachtung des furchtbaren Philosophen Dr. Carl Hazzard:

»Wenn jemand dir etwas abschlägt, Liebling«, hatte er gesagt, »dann darum, weil er glaubt, der Stärkere zu sein. Wenn er damit falsch liegt, versetze ihm einen Schubs, und er wird umfallen. Wenn er aber recht hat, dann sei still. Worte können nichts ausrichten gegen eine Position der Stärke.«

Marie fragte sich: *In welcher Hinsicht glaubt Mac, der Stärkere zu sein?*

Sie testete ihn: »Warum willst du es nicht versprechen? Nenne mir einen Grund.«

MacKerrie entgegnete sanft: »Wenn du mir erklären willst, aus welchem Grund du dich mir letzte Nacht hingegeben hast, dann werde ich deine Frage beantworten.«

Es war Marie natürlich unmöglich, ihm zu sagen, daß sie Angst gehabt hatte, er könnte Carls Lüge glauben, und daß diese unvorstellbare Angst sie in eine wachsartige Substanz verwandelt hatte, die um Gnade flehte.

Deshalb erwiderte sie: »Ich habe es dir doch schon gesagt. Ich hatte einen Nervenzusammenbruch erlitten, und du hast meinen Zustand ausgenutzt.«

Schweigen. Sie drängte: »Was hast du dazu zu sagen?«

»Marie«, MacKerries Stimme klang geduldig, »jeder Mann ist wohl schon mit dem Problem konfrontiert worden, das die Frau in der heutigen Gesellschaft hat. Wenn sie sich einem normalen Impuls überläßt, fühlt sie sich sofort verletzlich und glaubt, ihr Verhalten durch irgendeinen extremen Umstand rechtfertigen zu müssen. Ich verstehe die Physiologie deiner Hingabe, und mehr brauche ich nicht. Deinen momentanen Impuls, dich zu rechtfertigen, führe ich auf die gesellschaftlichen Zwänge zurück, die ich als Wissenschaftler schon lange zu ignorieren gelernt habe. Die Tatsache, daß du auf meine Liebkosungen in der bemerkenswerten Weise reagiert hast, zeigt, daß wir sexuell gut zueinander passen. Alles andere ist weibliche Vernebelung, was Frauen eben so machen, wie ich schon sagte. Habe ich deine Frage damit beantwortet?«

Marie drehte sich abrupt um und ging fort.

Zumindest hatte sie mit ihm gesprochen.

Der Rest hing davon ab, wieviel er tatsächlich wußte.

Sie schlief mit Hilfe einer Schlaftablette, aber es war ein unruhiger, traumerfüllter Schlaf. Und als sie erwachte, konnte sie sich an keinen der Träume erinnern.

7. Kapitel

In der nächsten Nacht kam Walter zurück. Er brachte einen Stapel Bestellungen mit. Besonders dringend gewünscht war eine Gruppe von Sonderanfertigungen, die man für die Arbeit mit Helium bei extrem niedrigen Temperaturen benötigte. Einige Teile würden fünfzigtausend Dollar einbringen; der ganze Posten belief sich auf über eine Million.

Walters Laune schien sich durch den großen Erfolg seiner Reise erheblich gebessert zu haben. »Es war wirklich gut, daß ich gefahren bin«, sagte er.

Kurz nachdem er gegangen war, um seine Koffer auszupakken, läutete das Telefon. Marie hob ab und verspürte einen Schock, als sie Macs Stimme vernahm, die einen völlig verstörten Klang hatte.

»Marie, mir geht es sehr schlecht. Kannst du wohl einen Arzt rufen?«

Sofort hatte sie eine Kette von Gedankenassoziationen, Gedanken, die ihr vorher nie gekommen waren. *Er glaubt, daß Walter und ich ein Verhältnis haben. Er weiß, daß Walter zurück ist, und steigert sich jetzt in etwas hinein. Nun, das ist seine Sache, sein Zusammenbruch, seine Dummheit, und nicht meine.*

Was sie erstaunte, war die plötzliche Erkenntnis, daß Mac, während er mit ihr geschlafen hatte, geglaubt haben mußte, daß er damit in Walters Territorium eingedrungen war.

Unvermittelt spürte Marie, wie ein ungeheurer Zorn auf Mac in ihr hochstieg. Sie sagte scharf: »Wenn du mich anrufen kannst, dann kannst du sicher auch deinen Arzt anrufen.«

Mac antwortete bekümmert: »Ich werde die ganze Nacht krank hier liegen. Denk an mich, ja?«

»Natürlich«, sagte Marie ärgerlich und legte auf.

Und dann kam ihr plötzlich der Gedanke, Mac könne sie während der Nacht anrufen, im Glauben, Walter sei bei ihr. Sofort stiegen wieder all die Frustration, die Hilflosigkeit und der Groll hoch, den sie über ihre Lage empfand.

. . . Alle diese Leute machten sich falsche Vorstellungen über sie, und sie hatte keine Möglichkeit, sie von der Wahrheit zu überzeugen.

Sie nahm den Hörer von der Gabel und legte ihn außer Sichtweite auf den Boden.

Die Nacht verging, ohne daß etwas geschah.

Als sie früh am nächsten Morgen ihr Frühstück aß, dachte sie: *In Wirklichkeit sind die Männer dem Untergang geweiht. Ihr ganzes Denken dreht sich um Sex. Aber abgesehen davon, sind sie wahrscheinlich einigermaßen menschlich.*

Marie glaubte, eine wichtige Beobachtung gemacht zu haben. Und diesmal war es zur Abwechslung ihre und nicht Carls.

Es war ein wichtiger Tag.

Kurz vor Mittag wurde bei Gericht das körperlose Gehirn von Dr. Carl Hazzard zur »lebenden Person« erklärt.

Frau Dr. Marie Hazzard wurde zur offiziellen Hüterin dieses Gehirns bestellt mit der Empfehlung, jede nur denkbare Möglichkeit der modernen Wissenschaft zu Hilfe zu nehmen, im besonderen die Fähigkeiten und Kenntnisse der Gehirnforschungs-Stiftung, um »den zarten Lebensfaden zu erhalten, der der Welt von Ihrem Gatten geblieben ist«.

Nachdem er das ganze Urteil verlesen hatte, blickte der Richter, ein großer, gemütlich wirkender Mann, Marie freundlich lächelnd an und sagte: »Gnädige Frau, erlauben Sie mir, Ihnen anläßlich dieses geschichtsträchtigen Urteils zu gratulieren. Die Bestimmtheit, mit der Sie Dr. Carl Hazzard den Status einer lebenden Person zuerkannt haben, folgt der humanitären Tradition, die die heutige wissenschaftliche Elite auszeichnet, und ist zugleich ein persönlicher Triumph der Ethik und Moral einer Frau.«

Rechtsanwalt Lindley geleitete Marie aus dem Gerichtssaal. Auf dem Flur sagte er leise zu ihr: »Das war aber eine unerwartete Eloge. Man wird sie auf der ganzen Welt zitieren. Ein Filmstar könnte sich da noch irgendwo rausmogeln, aber keine Nobelpreisträgerin in Physik.«

Marie wußte, was er damit meinte. Keine Scheidung, ein öffentliches Leben und totale Anpassung an die gesellschaftlichen Normen.

Der junge Mann fuhr fort: »Zu meinem Bedauern muß ich feststellen, daß es keine körperlichen Anzeichen dafür gibt, daß die Frau des berühmten Wissenschaftlers ein Kind von ihrem Mann erwartet, das ein paar Tage vor dessen endgültigem Unfall gezeugt worden ist. Oder kann ich eine solche Erklärung doch noch an die Presse weitergeben?«

Marie fiel Walters Reaktion auf ihre frühere Unterredung mit dem jungen Mann ein, und sie sagte unglücklich: »Offensichtlich glauben Sie inzwischen den exotischen Phantastereien meines Mannes. Es tut mir leid, Sie enttäuschen zu müssen, aber was Sie vorgeschlagen haben, war niemals möglich.«

»Zu dumm.« Er schüttelte bedauernd den Kopf. »Schade, daß ich Walter verscheucht habe.«

Das war direkt, zeigte, wie sehr der Anwalt von dieser fixen Idee besessen war, so daß Marie schockiert dachte: *Was mag er im Schilde führen?*

Bevor Marie etwas erwidern konnte, sprach der junge Lindley weiter. »Bedenken Sie, die Aktenschränke von Rechtsanwälten sind ruhige Grabkammern für die Gerippe von etlichen Familien, ganz gleich, was andere Leute davon halten mögen. Da es nicht mein Geschäft ist, die Schuld eines Menschen zu beweisen, sondern nur, ihn oder sie zu beraten, welchen Kurs sie einschlagen sollten, kann mein Wissen weder für Sie noch für Walter gefährlich werden. Überdies weiß ich nicht mehr als das, was Ihr Gatte mir erzählt hat.«

»Ich habe Ihnen doch schon gesagt, daß Carl ein äußerst eifersüchtiger Mann war«, warf Marie ein. »Er hat solche Phasen immer wieder durchlaufen, und das wüßten Sie auch längst, wenn Sie Ihren Vater einmal gefragt hätten.«

Der junge Mann nickte sachlich. »Ein einigen Männern gemeinsamer Charakterzug, läßt sich wahrscheinlich bis zu den Neandertalern zurückverfolgen.«

Marie nahm sich zusammen und erwiderte eisig: »Ich verstehe nicht, wie Sie diesen Vorschlag ein zweites Mal zur Sprache bringen konnten.«

Bob Lindley antwortete ruhig: »Ein Rechtsanwalt sagt seinem Mandanten, was er für richtig hält – oder möchten Sie lieber von einer anderen Kanzlei vertreten werden?«

Das war es also! Marie seufzte. Der Anwalt gab ihr zu verstehen, daß er sie durch sein geheimes Wissen in der Hand hatte. Sein Büro würde sie also von nun an vertreten.

Er mußte eine Intuition gehabt haben. Vielleicht wußte er auch, daß Walters Bruder Rechtsanwalt war, obwohl Marie sich das kaum vorstellen konnte. Aber welche Erklärung gäbe es sonst für diese fast offene Erpressung?

Marie unterdrückte ihre Angst. »Seien Sie nicht albern«, sagte sie leichthin. »Ich bin sehr zufrieden mit Ihrer Arbeit, nur sollten Sie dies dumme Thema nicht noch einmal anschneiden.«

»Wenn Sie es so wünschen«, sagte Bob Lindley, »dann wollen wir die ganze Angelegenheit vergessen; sie ist niemals zur Sprache gekommen.«

Das würde etwas schwer werden, dachte Marie grimmig, als sie sich trennten. Er hatte seinen Standpunkt mit einer Deutlichkeit vertreten, die zeigte, daß ihre tolerante Morgenphilosophie unrealistisch war.

Carl hat recht, dachte sie, *es sind doch die Frauen, die dem Untergang geweiht sind. All die Männer hier erreichen, was sie wollen, während ich . . .*

Sie wußte nicht, wie der Satz weitergehen würde. Aber sie spürte, daß sie das Opfer erbarmungsloser Umstände war.

8. Kapitel

Zu der Zeit, als sie den Nobelpreis erhalten hatten, hatte ein berühmter Künstler Carl und sie gemalt – zwei Einzelporträts. Wie so viele Moderne war er auch nicht in der Lage gewesen, einen lebensnahen Ausdruck zu treffen. Aber immerhin hatte er es geschafft, auf Carls Konterfei das idealisierte Gesicht mit diabolisch funkelnden Augen zu versehen.

Carl war entzückt gewesen. Er war immer der Überzeugung gewesen, abgesehen von den Augen sei seine Erscheinung ziemlich durchschnittlich: ein magerer Körper, eingefallene Wangen – aber durchbohrend blickende, funkelnde Augen.

Eben dieses Porträt hatte Marie im Gehirn-Raum aufgehängt.

Einige Tage lang war eine Konstruktion um Carls Gehirn gebaut worden. Carl hatte die Angst geäußert, etwas könnte auf die Kuppel fallen, die ihn beherbergte. Deshalb wurde ein geschwungenes Schutzdach aus Stahl errichtet und an Stahlträgern über der Kuppel befestigt. Selbst ein Meteorit würde es jetzt schwer haben, Carl zu töten, dachte Marie.

Ein Tag verging. Ihm folgten weitere.

Marie begann, leichter zu atmen. Sie vermutete zwar, daß der Aufruhr, den Carls Unfall entfacht hatte, noch anhielt – die Polizei, Mac, die anderen Frauen – aber wenigstens verhielten sich im Moment alle still.

Und so sollten sie auch weitermachen!

Und dann öffnete sich eines Tages gegen Mittag ihre Wohnungstür, und Walter trat ein. Besonders überraschend war, daß er nicht wie sonst die Höflichkeit besessen hatte, sie telefonisch von seinem Kommen zu unterrichten.

Er hatte auch nicht angeklopft.

Sein Gesicht wirkte starr und verkniffen. »Ich habe gerade mit Mac gesprochen«, sagte er drohend.

Marie hatte schon den Mund geöffnet, um ihm wegen seiner Manieren eine scharfe Zurechtweisung zu geben; jetzt verspürte sie plötzlich Angst. »Mac?« wiederholte sie.

»Er hat mir gestanden, daß er dich liebt und gute Gründe hat anzunehmen, daß du seine Gefühle erwiderst.«

Das wilde Glitzern in Walters Augen ließ sie zurückzucken. »Er hat keine Gründe«, sagte sie, »aber was kümmert dich das überhaupt?«

Er trat einen Schritt auf sie zu, und bevor ihr klar wurde, was er vorhatte, war seine Hand schon oben und versetzte ihr eine wohlgezielte Ohrfeige. Er sagte grob: »Hör auf mit dem Unfug. Wir beide stecken gemeinsam in dieser Klemme.«

Der Schlag löste in Maries Körper einen Schüttelkrampf aus. Sie sank zu Boden und dachte verstört: *Kann ich zulassen, daß er mir so etwas antut? Ich sollte ihn verhaften lassen.*

Aber ihr inneres Zittern verriet ihr, daß sie es nicht wagen würde.

»Rede schon«, drängte Walter, »hat er wirklich keinen Grund?«

Wie durch Nebelschwaden sah Marie den Mann, dessen hübsches Gesicht von Schweiß glänzte. Die dunklen Augen hatten sich zu schmalen Schlitzen verengt und funkelten unnatürlich, der große Körper war verspannt und steif. Schockiert bemerkte Marie, daß Walter während der letzten Wochen stark abgenommen hatte.

Seine ganze Erscheinung drückte eine so krankhafte Introvertiertheit und fast manische Egozentrik aus, daß sich in Marie die Überzeugung zu bilden begann, daß sie in ernster Gefahr schwebte.

All diese Wahrnehmungen machte sie in Sekundenbruchteilen. Es waren keine wirklichen Gedanken, eher eine Kette von Gefühlen, die augenblicklich ihren Widerstand zusammenbrechen ließ. Und so erzählte sie, während sie von Weinkrämpfen geschüttelt wurde, die Geschichte ihres einzigen Seitensprungs mit Mac. Als sie fertig war, ging Walter zum Sofa hinüber und ließ sich schwer auf die Polster fallen. Alle Farbe war aus seinem Gesicht gewichen. Schließlich murmelte er: »Daß ich *diesen* Preis würde zahlen müssen, hätte ich niemals erwartet.«

»Den Preis, den *du* zahlen mußt?« schrie Marie. »Bist du verrückt geworden?«

Walter erhob sich langsam, und Marie sah, daß er den Kopf schüttelte. Seine Gesichtsmuskeln waren so verzerrt, daß er fast wie ein Fremder aussah.

»Marie«, keuchte er, »wir sind wieder ganz am Anfang. Das ist jetzt der äußerste Druck.»

»Aber Mac wird dich niemals hintergehen«, sagte sie. »Du wirst schon sehen, er ist ein guter Mensch.«

Und da tat Walter etwas Sonderbares: Er bückte sich, legte sich auf den Boden und rollte sich wie ein Säugling zusammen. Marie verspürte einen eigenartigen Schock, während sie ihn dabei beobachtete; sie war aufs äußerste verwirrt. Unsicher ging sie zu Walter hinüber, beugte sich über ihn und sagte mit zitternder Stimme: »Walter, was machst du?«

Ein leises Schnarchen war die Antwort. Ungläubig bückte sie sich und drehte ihn auf den Rücken.

Er war fest eingeschlafen.

Die Wahrheit traf sie wie ein zweiter Schlag: Dies war der Ausdruck elementarer Angst.

Sie überlegte, ob sie Mac holen sollte, entschied sich aber dagegen. Ungefähr eine Stunde später begann Walter sich zu rühren, und sie ging zu ihm und schüttelte ihn.

Er richtete sich halb auf und starrte sie an. Dann ergriff er ihre Hand, zog sie zu sich herab und begann mit dem Vorspiel zum Liebesakt.

Der Kampf war so verbissen, daß außer dem schweren Atmen kein Laut zu hören war. Während Marie sich zu befreien versuchte, tauchte irgendwo in ihrem Gehirn die Frage auf: *Aber er ist doch impotent, wieso ...* Und dann wurde ihr allmählich klar, daß durch das Freisetzen der elementaren Triebe die psychischen Schranken offensichtlich eingerissen wurden.

Mit einem plötzlichen Ruck riß sie sich los und stolperte zur Tür. Bevor sie fliehen konnte, war er neben ihr und hielt sie wieder gepackt.

»Walter, hör zu! Hör endlich auf mit dem Unsinn!« stieß sie keuchend hervor.

Er flüsterte heiser: »Marie, wir stecken alle beide in dieser Mordgeschichte. Ich möchte, daß du dir darüber klar bist.«

»Bist du verrückt? Es gibt keinen Mord!«

Diese Worte schienen irgend etwas in ihm auszulösen; er lokkerte seinen Griff. Mit einem leicht erstaunten Ausdruck starrte er sie an. Dann sagte er: »Marie, eine Frau, die in einer so üblen Lage steckt wie wir, darf man nicht dem falschen Mann anvertrauen.«

Mit diesen Worten drehte er sich um und ging zur Tür. Marie verstellte ihm den Weg. »Was hast du vor?« fragte sie.

Walter sah sie an. Seine Augen waren ausdruckslos; er schien sie kaum wahrzunehmen. Marie, die schon zum Sprechen angesetzt hatte, schloß wieder den Mund. Zum ersten Mal traf sie die Einsicht: *Das ist jetzt* sein *Nervenzusammenbruch.*

Er schien sie vergessen zu haben. Wortlos öffnete er die Tür und ging hinaus.

Marie ließ ihn gehen, denn sie waren tatsächlich wieder ganz am Anfang angekommen, und alles Weitere, das wußte sie nun, hing jetzt von ihr ab.

Sobald Walter fort war, zog sie ein frisches Kleid an und eilte zum Gehirn-Raum. Sie mußte endlich herausfinden, was Carl Dr. MacKerrie erzählt hatte.

9. Kapitel

Als Marie ein paar Minuten später den blauen Knopf drückte, war sie gefaßt und energisch. »Carl, kannst du mich verstehen?«

»Marie, ich habe darüber nachgedacht, was du mir erzählt hast – daß du vor ein paar Tagen krank gewesen bist.«

Es dauerte einen Moment, bevor sie sich erinnerte, von was er sprach: es war ihre Entschuldigung dafür, daß sie ihn nicht besucht hatte, als sie im Haus geblieben war, um Mac aus dem Wege zu gehen.

Sie zögerte. Die unerwarteten Worte hatten ihr eigenes Vorhaben fürs erste vereitelt. »Und?« fragte sie schließlich.

»Es tut mir leid, dir das sagen zu müssen, aber ich glaube nicht, daß du krank warst. Du hast mich vergessen.«

»Nein, mein Lieber, das ist nicht wahr«, erwiderte Marie.

Jetzt würde sie sich erst mit dieser Frage aufhalten müssen, dachte sie ungeduldig.

»Es ist ein typischer Charakterzug der Frauen, daß sie für einen unnützen Mann nur Verachtung empfinden«, sagte Carl. »Ich bin nun wohl der unnützeste Mann in der Geschichte der Menschheit, und schon fängst du an, mich zu vernachlässigen. Bald wird es Tage geben, einer nach dem anderen, an denen du kaum noch weißt, daß ich hier bin.«

Seine Worte ließen sich mit ihrer Absicht verknüpfen, deshalb sagte sie: »Die Kommunikation zwischen uns ist genau das Thema, über das ich mit dir sprechen möchte. Und also lautet meine erste Frage: Hast du Dr. MacKerrie gegenüber irgend etwas geäußert, das deine subjektive Einschätzung unserer Beziehung betrifft?«

Schweigen; dann sagte er: »Das ist eine pointierte Frage.«

»Ja oder nein?«

»Warte einen Augenblick. Ich muß darüber nachdenken, was ich ihm gesagt habe.«

Diesmal dauerte das Schweigen länger. Während Marie auf Carls Antwort wartete, betrachtete sie geistesabwesend sein Gehirn. Es lag da in seinem transparenten Behältnis und wurde von einer ebenfalls transparenten Konstruktion abgestützt. Marie bemerkte bei dieser genauen Beobachtung, daß das Gehirn sich in genau der gleichen Lage befand, die es innegehabt hätte, wenn es noch in Carls Kopf gewesen wäre und dieser gestanden hätte.

Während sie diesen Gedanken nachhing, wurde ihr plötzlich bewußt, was sie tat: sie betrachtete das Gehirn! Sie schluckte und wollte sich abwenden, doch dann hielt sie inne. Sorgfältig sah sie sich die Monstrosität an. Da lag es nun: rosa und grau, faltig und in sich verschlungen.

... Die zentrale Schaltstelle eines menschlichen Wesens; zugleich Essenz des Mensch-Seins und Zentrum all der Nervenbahnen, die jetzt, unter Stress, so unkontrolliert arbeiteten.

Marie sagte sich, daß sie sich an den Gedanken gewöhnen mußte, daß dies Ding hier alles war, was von Carl übriggeblieben war, von dem Mann, den sie vor langer Zeit genug geliebt hatte, um ihn zu heiraten, der fast ein Jahr lang ihr Liebster gewesen war und der sich, nachdem sie die Wahrheit erfahren hatte, bereit erklärt hatte, sie zu einer seiner Konkubinen zu machen. Er hatte ihr einmal allen Ernstes seine Mittwochnächte angeboten.

Die Gedankenkette riß ab, als Carl zu sprechen begann. »Ja«, sagte er.

Es dauerte einige Sekunden, bevor Marie sich auf die Frage besann, die sie ihm gestellt hatte. »Was hast du ihm erzählt?« sagte sie schließlich.

»Daß du und ich seit vierzehn Jahren keinen intimen Verkehr mehr hatten.«

»Oh!«

Hastig erklärte er: »Sieh einmal, Liebes, er ist Arzt.«

»Aber nicht *mein* Arzt«, erwiderte Marie. Sie versuchte ihren Zorn niederzukämpfen. »Was hast du ihm sonst noch gesagt?«

»Nun . . .«

»Erzähl es mir!«

»Marie . . .«, flehend, »bitte quäl mich nicht so. Ich kann es nicht ertragen. Denk doch an meine Lage – allein in dieser Dunkelheit. Ich brauche dein Mitgefühl und Verständnis, nicht deine Wut.«

Marie wurde etwas nachgiebiger. »In Ordnung, mein Lieber. Aber warum erzählst du mir nicht einfach alles; dann können wir es in Ruhe besprechen.«

»Ich schäme mich für manches.«

»Bitte erzähl es mir. Unsere zukünftige Kommunikation hängt davon ab. Sie ist nur auf der Basis vollständiger Aufrichtigkeit möglich.«

»Also gut, Marie. Als mir die Hoffnungslosigkeit meiner Lage wirklich bewußt wurde, stellte ich mir vor, wie du dort draußen lebst – eine schöne achtunddreißigjährige Frau, die auf Männer wirkt –, während ich hier gefangen bin, untätig und blind, und mich nur mit Hilfe dieses verfluchten Apparates verständlich machen kann. Eine Zeitlang war ich fast verrückt vor Eifersucht und Angst. Ich habe Mac erzählt, daß ich glaube, daß Walter mich umgebracht hat.«

Also stimmten ihre Befürchtungen. Marie wurde unendlich traurig.

Carl fuhr fort: »Ich bin ziemlich sicher, daß er es war. Ich habe ihn nämlich, nachdem du zu deinen Eltern gefahren warst, in einer Art und Weise bedroht, die sich kein Mann von einem anderen gefallen läßt. Du wirst das nicht verstehen, weil du in die weiblichen Denkschemata eingebunden bist. Aber ich habe ihn dermaßen provoziert, daß ich nun die Quittung bekommen habe; ich hätte wissen müssen, was mir blüht. Eifersucht ist kein weiser Ratgeber. Halte dich von Walter fern, Marie. Er ist gefährlich.«

Marie erinnerte sich an Walters Haltung, wie er auf dem Boden geschlafen hatte, und zuckte die Schultern. Dann wurde sie sich der Verachtung bewußt, die ihre Geste ausdrückte, und Schuldgefühle stiegen in ihr hoch. Aber nach einem Augenblick des Nachdenkens wies sie diese Gefühle von sich. Walter hatte durch sein Verhalten ausgedrückt, daß er von ihr die Lösung seiner Probleme erwartete. Schuld zu empfinden war in einer solchen Situation nicht angebracht.

Carl begann wieder zu sprechen: »Marie, ist wirklich alles in Ordnung bei dir?«

»Natürlich, Liebling«, log sie.

»Das verstehe ich nicht.« Seine Stimme klang schmerzlich. »In meiner Vorstellung müßtest du jeden Augenblick tiefer in Schwierigkeiten geraten, bis die ganze Sache – Bum! – mit einem gigantischen Knall explodiert.«

Er hatte ihr nicht gesagt, was er mit dieser prophezeiten Explosion meinte, und Marie hatte nicht zu fragen gewagt aus Angst, seinen Verdacht zu erregen, wenn sie auch nur ganz vorsichtig dies Thema anschnitte.

Das hat uns gerade noch gefehlt, daß jetzt auch Carl einen Nervenzusammenbruch bekommt, dachte sie.

Bevor sie etwas erwidern konnte, sagte Carl entschuldigend: »Marie, Liebling, ich muß dir noch etwas gestehen.«

Das Wort versetzte ihr einen Stich, aber in Sekundenschnelle hatte sie sich wieder gefangen. »Gestehen?« fragte sie ruhig.

»Ja«, fuhr er düster fort, »mich quält ständig der Gedanke an die unvermeidliche Tatsache, daß du mit anderen Männern schlafen wirst, während ich hier – nun, du weißt es ja – hilflos liege.«

Marie wagte nicht, etwas zu erwidern, aus Angst, es könnte das Falsche sein.

»Und so habe ich mir ausgemalt«, sprach er weiter, »wie du ein Opfer männlichen Wahnsinns würdest – den es gibt, Marie; versteh mich nicht falsch. Und während ich in dir noch eine reine Unschuld sah, würdest du schon das Leben einer Prostituierten führen.«

Nach einer kurzen Pause fuhr er fort: »Um ehrlich zu sein, ich fragte mich, wie es wohl enden würde.«

Marie hielt den Atem an.

Carl sprach weiter: »Was mir Kummer macht, ist, daß ich mir als einziges Ende nur eine Art Krise vorstellen kann, bei der du getötet wirst. Und es würde voraussichtlich wie Selbstmord aussehen.«

Plötzlich füllten sich Maries Augen mit Tränen.

Während der vergangenen schrecklichen Wochen hatte sie tief in ihrem Innern das Gefühl gehabt, daß sie tatsächlich dem Untergang geweiht war.

Und jetzt sagte Carl es auch.

Er erhob wieder die Stimme. »Ich sehe jetzt, daß ich unrecht hatte. Ich habe meine eigenen Theorien außer acht gelassen. Die Operationsbasis jeder Frau ist uneinnehmbar. Du wirst sicher einwenden, daß eine Prostituierte wohl kaum ihre Handlungsweise rechtfertigen könne. Aber du irrst dich. Sie tut es. Und genauso würdest du dich verhalten, wenn du tatsächlich ein Verhältnis mit Walter gehabt haben solltest: er würde niemals ein Unrecht an deiner Handlungsweise entdecken können. Ich hatte nur das eine vergessen: Was deine Position unanfechtbar macht, ist die sonderbare Reinheit der Frigidität. In unserer Gesellschaft ist der moralische Status einer frigiden Frau absolut unerschütterlich. Es stellt sich nur die Frage, warum du so geworden bist. Ich glaube, die Ursache wurzelt in der Tatsache, daß du, als wir heirateten, diesen Schritt als etwas Endgültiges angesehen hast. Welchen Grund könnte es sonst dafür geben, daß du mir bis jetzt, bis zu dieser Minute, treu geblieben bist? Und ich bin inzwischen von deiner Treue überzeugt. Nachdem ich dir das gesagt habe, fühlst du dich jetzt besser?«

Marie seufzte.

Sie vermutete, daß nun, nachdem sie in seinen Augen wieder rein war, der unvermeidliche Vorschlag folgen würde, gemeinsam Selbstmord zu begehen.

Nach einer langen Pause erhob Carl wieder die Stimme. »Marie«, sagte er.

»Ja, mein Lieber?«

»Laß mir Zeit, über alles nachzudenken, und bitte komm heute abend wieder. Wirst du das tun? Ich muß dir etwas sehr Wichtiges mitteilen.«

Von neuem war Marie überrascht, wie vollständig der Ablauf mit der Vergangenheit übereinstimmte. Ohne eine Abweichung im Schema hatte es sich immer folgendermaßen abgespielt: Eifersucht, wahnsinnige Eifersucht, Erkenntnis ihrer Unschuld und danach die ernste Ankündigung einer wichtigen Mitteilung, die sich jedes Mal als ein Vorschlag zum gemeinsamen Selbstmord erwiesen hatte. Carl schien gar nicht zu bemerken, wie stereotyp sein emotionales Verhalten war; jedes Mal, wenn er mit seinem Vorschlag herausrückte, hatte er offensichtlich all die vergangenen Male völlig vergessen.

Aber Marie dachte: *Ich werde heute abend wiederkommen, und ich werde ihm zuhören.*

Sie versprach es ihm und ging.

10. Kapitel

Am Nachmittag drang der Schrecken zum ersten Mal in ihr Bewußtsein vor.

Selbstmord, dachte sie. *Ist das möglicherweise* seine *Art, auf einen Nervenzusammenbruch zuzusteuern?*

Das Schema war schon so oft in der gleichen Weise abgelaufen, daß es für sie fast zu etwas Normalem geworden war – etwas, womit man sich abfinden mußte.

Aber es war nicht normal. Es war in höchstem Maße unnormal.

Was sie bestürzte, war ihre eigene Unachtsamkeit. Das Versprechen, das sie ihm gegeben hatte, um ihn zu beruhigen, hatte jetzt eine Krise ausgelöst.

Marie eilte zum Gehirnraum zurück und suchte ihn nach Explosionsstoffen ab – fand aber nichts.

Als nächstes ging sie ängstlich die Liste der Chemikalien und Gegenstände durch, die von Zeit zu Zeit auf Carls Wunsch in den Gehirnraum gebracht worden waren. Sie untersuchte jeden aufgeführten Posten.

Nichts.

Nichts jedenfalls, das einem Menschen dabei helfen könnte, Selbstmord zu begehen.

Sie suchte Mac und befragte ihn, ohne ihm eine Erklärung für ihre Frage zu geben. Sein sanftes Gesicht wurde nachdenklich; schließlich schüttelte er den Kopf.

»Die einzige Sache, an die ich mich erinnern kann, ist, daß Carl mich vor ein paar Jahren fragte, was wir mit seinem Gehirn vorhätten, wenn er gestorben sei. Ich sagte ihm das gleiche wie dir, daß unser Plan sei, die Gehirne möglichst vieler Wissenschaftler so lange wie möglich am Leben zu erhalten. Wie du weißt, ist unser Vorhaben fehlgeschlagen: Wir sind niemals rechtzeitig zur Stelle. Aber ich bin sicher«, schloß er, »daß Dr. Hazzard nicht damit rechnete, daß ihm in nächster Zukunft etwas zustoßen könnte. Von daher ist es unwahrscheinlich, daß er irgendwelche Vorbereitungen getroffen hat.«

Marie dachte an die vielen Selbstmordpakte, die Carl ihr vorgeschlagen hatte, und sagte düster: »Er war von der Idee des Todes besessen. Er konnte sie niemals ganz aus seinem Denken verdrängen. Gibt es eine Möglichkeit, wie er sich selbst töten könnte?«

Aber Mac war nicht der geeignete Adressat für eine solche Frage. Mit einem gutmütigen Schmunzeln sagte er: »So wie die Dinge im Moment liegen, wird Carl wahrscheinlich ewig leben.«

Plötzlich wurde er ernst: »Und diese Tatsache stellt uns alle vor die Notwendigkeit, endgültige Entscheidungen zu treffen.«

Er brach ab, dann sagte er bestimmt: »Die Welt ist hart, Marie, und ich bin in gewisser Hinsicht genauso hart wie alle anderen. Wenn ich beobachte, wie eine Frau den Weg einschlägt, den du eingeschlagen hast, dann weiß ich, daß ich alles Notwendige unternehmen werde, um sie aufzuhalten.«

Marie zuckte zusammen. »Was meinst du damit?« fragte sie.

»Es fällt mir nicht leicht, grausam zu sein«, antwortete er, »aber mir bleibt keine andere Wahl: Du mußt dich zwischen Walter und mir entscheiden.«

Aus irgendeinem Grund konnte Marie ihm nicht böse sein. Wortlos drehte sie sich um und verließ ihn.

Früher Abend.

Marie dachte an die Aphorismensammlung.

Sie eilte in Carls Zimmer. Als erstes durchstöberte sie die Schubladen seines Schreibtisches, den sie bisher nicht angerührt hatte. Als nächstes durchsuchte sie seinen Kleiderschrank, anschließend die Kommode.

Und dort fand sie ein Adressenbuch. Es war zwar nicht das, wonach sie gesucht hatte, aber sie hielt inne, um einen Blick auf die beachtliche Liste von Frauennamen und Adressen zu werfen. Es waren insgesamt achtundzwanzig. Neben den meisten war ein altes Datum notiert.

Wahrscheinlich waren das die Verflossenen der letzten Jahre.

... Ann, Lil, Diane, Esther, Grace, June, Velvet ...

Marie hielt an. »Velvet!« zischte sie.

Als sie das kleine Notizbuch gerade wieder ungeduldig in die Schublade zurückwerfen wollte, sah sie den roten Einband des Buches, dessentwegen sie hierhergekommen war.

Die Frau ist dem Untergang geweiht.

Hastig ergriff sie das Bändchen und eilte durch das stille Treppenhaus auf ihr Zimmer. Dort setzte sie sich in einen Sessel, schlug das Buch auf und las den einzigen Paragraphen von Seite eins:

> Das größte unerforschte Universum befindet sich nicht draußen im Weltraum oder auf anderen Sternen oder in fernen Galaxien. Es befindet sich genau zwischen deinen Ohren, meine liebe Marie.

Marie preßte die Lippen aufeinander. Klatschend schloß sie das Bändchen und betrachtete achselzuckend den handgedruckten Titel auf dem Einband. Unter der Titelzeile in Langschrift stand: »Nur im Falle meines Todes von meiner Frau, Dr. Marie Hazzard, zu lesen. Siehe Seite 2.«

Sie öffnete das Buch wieder und schlug Seite 2 auf. Auch diese Seite enthielt nur einen einzigen Paragraphen, aber er war etwas länger als der erste.

> Natürlich kann man die Zukunft nicht genau voraussagen, aber mir ist der Gedanke gekommen, daß ein Mensch wie ich ein vorzeitiges Ende finden könnte, und zwar durch die Hand eines eifersüchtigen Ehemannes, einer verlassenen Geliebten oder sogar – was Gott verhüten möge – durch die Hand von Marie, meiner lang-leidenden Gattin. Wer kann sagen, was in diesen langen, treulosen Jahren im Köpfchen jener Frau vorgegangen sein mag; sie selbst weiß es am allerwenigsten.

Typisch Carl, dachte Marie, *er schrieb immer dann, wenn seine Zerstörungswut ihren Höhepunkt erreicht hatte.*

Daraufhin las sie all die kleinen Perlen der Feindseligkeit in dem Büchlein durch und hatte dabei fast das Gefühl, daß Carl die Sätze laut spräche; denn sie kannte jede Zeile. Es gab keine Überraschung. Zu oft hatte Carl mit seiner höhnischen Stimme in den vergangenen Jahren die Worte wiederholt. Aber ein paar der Sprüche hatte sie doch vergessen.

Sie hatte gehofft, aus Carls Worten erfahren zu können, wie sie ihn behandeln mußte. Deshalb war die Einsicht, daß es nichts Neues gab und daß sie sich auf sich selbst verlassen mußte, eine bittere Enttäuschung.

Verzweifelt ging sie in das verlassene Labor und begann mit den mechanischen Vorbereitungen, die im rein physischen Bereich von Hilfe sein könnten, für den psychischen Bereich aber völlig wertlos waren; die Krise und ihre Folgen würden sie nicht abwehren können. Als erstes machte sie sich daran, eine Fernsehkamera im Gehirnraum und einen Bildschirm in der Nähe der Außentür zu installieren.

Das war relativ einfach; am anstrengendsten war es, einige Gegenstände zu verrücken, die etwas zu schwer für sie waren. Aber alles, was sie brauchte, stand zur Verfügung. Denn das Labor bediente sich der Fernsehtechnik bei der Herstellung gefährlicher Gegenstände, die dann mit Hilfe ferngesteuerter Instrumente zusammengesetzt wurden.

Als nächstes installierte sie eine Schaltung, um den blauen Knopf über Fernbedienung drücken zu können. Das war weniger schwierig als zeitraubend. Denn im ganzen Labor gab es nichts, das sie für die Konstruktion hätte verwenden können. Sie ging in den Maschinenraum und stellte einen Notbehelf her.

Kurz nach zehn Uhr dreißig war sie fertig.

Während sie an der offenen Tür stand und die frische Luft in tiefen Zügen einatmete, um sich von der körperlichen Anstrengung zu erholen, fiel ihr das Versprechen ein, das sie Walter damals gegeben hatte: daß sie hinsichtlich Carls nichts unternehmen würde, ohne sich vorher mit ihm zu beraten.

In einem Anflug von Ärger wollte sie das Versprechen brechen. Doch dann besann sie sich anders und ging zu Walters Baracke hinüber. Fast eine Minute lang drückte sie die Klingel, bevor sie sich entschloß, ihren Passepartout zu benutzen.

Walter lag im Bett, in bodenlosen Schlaf versunken. Auch ihr Schütteln vermochte nicht, ihn aufzuwecken.

Kopfschüttelnd verließ Marie das Gebäude. Ihr kam der Gedanke, daß dies Walters Art war, den »Preis« zu bezahlen – mit Schlaf, Vergessen.

Als sie zum Labor zurückging, stellte sie sich vor, wie Mac hilflos krank in seiner Baracke liege, während Walter sich in tiefer Bewußtlosigkeit befand und Carl wie ein Automat dem Finale seines Eifersuchtszyklus' entgegensteuerte. Alle drei waren sie brillante Männer auf ihren Gebieten; kompetent, geschickt . . .

Aber diese Fähigkeiten zählten hier nicht.

In einer sonderbaren Weise war es beruhigend: Gerade das Mechanische des Ablaufs machte ihn irgendwie vorhersehbar.

Wies auf eine Lösung hin.

. . . Wenn die frigide Marie auftauen würde, würden die Männer mit Körpern einen unsicheren Waffenstillstand aufrechterhalten, während der Mann ohne Körper mit dem Intrigieren weitermachen würde.

War Carl in der Lage, etwas zu unternehmen?

Das mußte sie herausfinden, bevor sie endgültig der Entscheidung ins Auge sehen wollte, wie sie sich in einer Situation verhalten sollte, die zu einem unwürdigen männlichen Kampf um ihren Besitz herabgesunken war. Sie betrat das Labor und drückte den Schalter herunter. Dann aktivierte sie mit einer entschlossenen Bewegung das Relais, das den blauen Knopf im mehr als dreißig Meter entfernten Gehirnraum betätigte.

Während sie die Szene auf dem Monitor beobachtete, sagte sie: »Carl, hier bin ich.«

»Sind wir allein?«

»Ja.« Dann fuhr sie fort: »Es ist fast elf Uhr.«

»Gut«, sagte er. »Es ist wichtig, daß wir allein sind. Was ich sagen möchte, ich nur für deine Ohren bestimmt.«

Wie sie vorausgesehen hatte, schlug er ihr einen Selbstmordpakt vor.

»Das wird uns auf einer anderen Existenzebene zusammenführen, Liebste, wo wir in Ewigkeit die wahren Liebenden sein werden, zu denen wir bestimmt sind.« Nach einer kurzen Pause sprach er weiter: »Was die Sache so dringend macht, Liebling, ist die traurige Tatsache, daß Reinheit nicht anhält, auch bei einer anständigen Frau nicht . . .«

Marie war unendlich überrascht. *Ist das ein männlicher Grundimpuls,* fragte sie sich, *das Verlangen nach Keuschheit bei einer Frau?*

Carl gehörte mit Sicherheit zu den Männern, die am wenigsten das Recht hatten, von ihren Frauen Keuschheit zu verlangen. Dennoch geriet er über diesen Punkt jetzt in Panik . . . Es mußte irgend etwas im männlichen Gehirn geben, ein Nervenzentrum vielleicht, das dem Mann unablässig einredete, daß seine Frau sein alleiniges Eigentum sei.

Marie wurde klar, daß sie diesen Zwang bei Carl immer schon gespürt hatte und deshalb auch besonders vorsichtig gewesen war. Daß er sie dennoch beschuldigt hatte, zeigte nur, wie stark und irrational diese Kraft war.

Sie bemerkte, daß es an der Zeit war, etwas auf seinen Vorschlag zu erwidern.

»Du brauchst dir keine Sorgen zu machen, mein Lieber«, sagte sie. »Ich bin nicht bereit, meine Frigidität zu verlieren.«

»Aber du liebst mich, das stimmt doch, oder?«

»Nein, Liebling, es stimmt nicht. Du hast meine Liebe vor langer Zeit verloren, erinnerst du dich?«

»Du kennst deine eigene Wahrheit nicht, meine süße Marie. Also stelle ich fest, daß ich für uns beide entscheiden muß.«

»Wie du es immer getan hast«, sagte Marie.

Aber irgend etwas in seiner Stimme löste einen Alarm in ihrem Innern aus. Ängstlich dachte sie: *Er klingt, als ob er tatsächlich etwas vorhätte.*

Nervös wartete sie, daß er weiterspräche.

»Marie«, fuhr er fort, »du weißt, daß kein menschliches Wesen eine Lage wie die meinige lange ertragen kann, ohne zu verzweifeln. Und deshalb habe ich, als Dr. MacKerrie auf die Möglichkeit zu sprechen kam, mein Gehirn und deines nach dem Tode am Leben zu erhalten . . . Du erinnerst dich doch noch, wie er das erste Mal darauf zu sprechen kam . . . Kurzum, mir wurde klar, daß ich ziemlich hilflos sein würde, wenn dieser Fall jemals eintreten sollte. Also installierte ich, als er mir zeigte, wie sie meine Stimme durch Analoga neuerschaffen wollten, ein paar Relais, die ausschließlich durch den Klang meiner Stimme betätigt werden konnten – und durch sonst nichts. Ich habe in der Wand jedes Raumes hier im Labor eins angebracht. Und, Liebling, bitte glaube mir, wenn ich dir sage, daß das, was ich jetzt tun werde, uns auf einer anderen Seinsebene zusammenführen wird – wahre Liebende für ewige Zeiten. Ich bin sicher, daß das auch dein aufrichtiger Wunsch ist, mein Herz, deshalb . . .«

Er hielt inne. »Lauf nicht fort, Liebste. Es ist zu spät. Du wirst es nicht mehr rechtzeitig nach draußen schaffen. Leb wohl, Liebling, wir werden uns im Jenseits wiedersehen . . .«

Als Marie durch den Garten rannte, hörte sie Carls Stimme über den Fernsehlautsprecher jenseits der Wand; er kreischte irgend etwas – zweifellos das Auslösesignal.

Der Mechanismus, den Carl aufgebaut hatte, mußte eine Verzögerung enthalten, denn Marie befand sich schon neben dem Haupthaus in Sicherheit, als eine Explosion den Teil des Labors erschütterte, der den Gehirnraum enthielt.

Die Druckwelle streifte sie.

Marie starrte unbeweglich auf das sich langsam ausbreitende Feuer.

11. Kapitel

Zunächst war sie völlig fassungslos.

Nach einer Weile bemerkte sie, daß eine Menschenmenge zusammenströmte. In der Ferne hörte man eine Feuerwehrsirene.

Ein paar Sekunden später – so schien es ihr jedenfalls – donnerten neun riesige Löschwagen hintereinander auf das Gelände. Feuerwehrmänner eilten an ihr vorbei.

Marie nahm sie kaum wahr.

Sie hatte eine Vision.

Sie sah Walter und Mac in ihren Baracken. Beide hatten einen geöffneten Koffer vor sich; sie packten.

Die Vorstellung war so lebendig, daß sie dachte: *Jetzt ist der Alptraum vorüber, und die, die dafür verantwortlich sind, daß es ein Alptraum wurde, wissen ebenfalls, daß ihr Spielchen aus ist.*

Als sie an Walter dachte, überkamen sie plötzlich Zweifel. War er, genau wie sie, ein Opfer gewesen?

Sie konnte zwar nicht sicher sein, aber sie glaubte es nicht.

Irgendwie hatten alle Beteiligten wahrgenommen, daß sie diejenige war, die verletzlich war.

Und das hatten sie ausgenutzt. Mitleidlos hatten sie sie unterdrückt.

In Gedanken schrieb sie einen Brief an Bob Lindley, in dem sie ihm das Mandat entzog. Und ihre Lippen formten schon die wütenden Worte, die sie Mac und Walter an den Kopf werfen wollte – als sie bemerkte, daß Dr. MacKerrie neben sie getreten war.

»Marie, Liebe«, sagte er besorgt, »ich habe ein Beruhigungsmittel für dich. Wie schrecklich muß das alles für dich sein . . .«

Marie zuckte heftig zusammen, als sie seine Stimme hörte. Die Erinnerung an Carls Worte traf sie wie ein Schock. ». . . und es würde voraussichtlich wie Selbstmord aussehen.«

Sie sah die Pressemeldung schon vor sich: *Überdosis an Schlaftabletten!*

»Behalt dein verfluchtes Beruhigungsmittel für dich!« stieß sie hervor.

Sie wich ihm aus, als er versuchte, ihren Arm zu ergreifen, und bahnte sich ihren Weg durch die Menge. Während sie lief, hörte sie MacKerries Stimme hinter sich, schrill und verzweifelt: »Halten Sie die Frau fest! Sie ist hysterisch geworden!«

Jemand packte sie und hielt sie fest. Als sie aufsah, blickte sie in Walters Augen. »Marie«, fragte er traurig, »was ist denn mit dir los?«

Walters Augen hatten einen so sonderbaren Ausdruck, daß sie zusammenfuhr. »Walter!« flüsterte sie flehend. »Um Gottes willen, Walter, bring mich nicht um!«

Er hielt sie noch fester und legte ihr die Hand über den Mund. »Es ist alles in Ordnung, Liebes«, sagte er leise. »Du bekommst nur ein Beruhigungsmittel.« Dann erhob er die Stimme: »Dr. MacKerrie, kommen Sie schnell! Sie ist in einer sehr schlechten Verfassung.«

Ja, merkt er denn nichts, dachte sie. *Wenn Mac mich umbringt, dann wissen auch zwei Leute von* diesem *Mord!*

Tief in ihrem Innern begann Marie zu lachen. *Carl, Carl,* dachte sie, *das eine muß man dir lassen: Du hast die Menschen tatsächlich durchschaut.*

Unvermittelt biß sie, so fest sie konnte, in Walters Hand. Gleichzeitig stieß sie ihn mit aller Kraft von sich.

Sie hätte ebensogut gegen eine Wand stoßen können. Er hielt sie fest. »Marie!« sagte er vorwurfsvoll. »Aber Marie!«

Dr. MacKerrie kam zu ihnen. Marie spürte, wie die Nadel in ihren Arm stieß.

Während sie langsam in die Bewußtlosigkeit hinüberglitt, hörte sie ihre eigene verstörte Stimme fragen: »Woher konntet ihr beide es wissen? Und so schnell? Und unabhängig voneinander? Und wieso?«

Warum war es notwendig geworden, sie zu vernichten? Und aufgrund welcher Logik wußten beide Männer, daß es notwendig war? War das eine männliche Logik?

Es war schrecklich, zu sterben und den Grund nicht zu kennen.

Das waren Maries letzte Gedanken, bevor die Schwärze der Bewußtlosigkeit sie umfing.

12. Kapitel

Sie kam zu sich.

Freude.

Ich lebe, dachte sie. *Oh, Gott, ich lebe noch.*

Marie öffnete die Augen und blickte in Dr. MacKerries freundliches Gesicht. Ihr Blick glitt an ihm vorbei, und sie stellte fest, daß sie sich in ihrem eigenen Schlafzimmer befand. Es war Tag. Nach einigen Augenblicken sah sie Mac noch einmal an. Sie duckte sich ängstlich.

»Marie«, sagte Dr. MacKerrie, »jetzt hast du wieder diesen furchtsamen Ausdruck. Entspann dich. Es gibt nichts, wovor du Angst haben müßtest. Walter und ich haben dich völlig gedeckt.«

Sie hörte nur den ersten Teil seiner Erklärung. Aus seinen letzten Worten fühlte sie nur die Beruhigung heraus, sonst nichts.

Sie begann sich sicherer zu fühlen, wenn auch nicht sicher.

»Wieso gedeckt?« fragte sie unvermittelt.

MacKerrie beugte sich wie ein Verschwörer zu ihr herab und sagte leise: »Die Explosion trieb Walter und mich nach draußen, und ich nehme an, wir beide durchschauten gleichzeitig, was du getan hattest – ich hätte mir denken müssen, daß die ganze Angelegenheit zuviel für dich geworden war, als du mich gestern nachmittag ausgefragt hast.«

Ihr Gesicht mußte einen verstörten Ausdruck angenommen haben, denn er sagte schnell: »Es ist alles in Ordnung. Du wirst schon sehen.«

Marie, die gerade leugnen wollte, daß es irgend etwas zu verheimlichen gab, biß sich auf die Lippen, um nicht zu reden.

Schließlich fragte sie: »Und wie habt ihr das gemacht?«

Es stellte sich heraus, daß sie die Fernbedienung und die Fernsehanlage aus dem Labor geschafft hatten, bevor die Feuerwehrmänner ankamen.

»Der Apparat in Carls Raum ist ziemlich mitgenommen«, berichtete Mac. »Wir haben ihn in den Schrottraum geschafft. Und als ich Carl erzählte . . .«

Elektrisiert schreckte Marie hoch. »Carl!« keuchte sie.

»Du hast nicht an das Stahldach gedacht, das er über der Kuppel aufstellen ließ«, sagte Mac beruhigend. »Es hat die Gewalt der Explosion vollständig abgefangen. Es hat fast den Anschein, als ob er die Richtung, aus der die Druckwelle kommen würde, vorausgeahnt hätte. Wie dem auch sei, er hat versprochen, nichts zu verraten.«

Während Marie schweigend im Bett lag, dachte sie sich grimmig einen eigenen Aphorismus aus: »Ein Mann, der seiner Liebsten einen gemeinschaftlichen Selbstmord anträgt, zielt in der Regel gut, wenn er auf sie schießt, und schlecht bei sich selbst.«

Sie wurde sehr zornig. *Das hat er also versprochen? Tatsächlich?* Aber sie sagte es nicht laut.

In ihrem Innern war ein solches Durcheinander von Gefühlen und Unsicherheiten, daß sie es für besser hielt, nicht zu reden.

Aber es war ihr jetzt klar, daß Walter und Mac glaubten, sie in der vergangenen Nacht davor bewahrt zu haben, daß ihr unachtsam vorbereiteter Mordversuch entdeckt wurde.

Was Marie schockierte, war die Tatsache, daß die beiden Männer sich zusammengetan hatten, um sie zu retten. Lag darin möglicherweise eine besondere Bedeutung? Sie starrte Mac an. »Was habt ihr als nächstes vor?« fragte sie heiser.

»Du wirst von mir keine einseitigen Argumente mehr bekommen«, antwortete er. »Du hast mich überzeugt.«

Aber wovon? fragte sich Marie. *Wovon nur?*

Jetzt, da sie wußte, daß Carl noch am Leben war, fühlte sie sich verletzlich, bis zu welchem Ausmaß, konnte sie noch nicht entscheiden. Und es gab mit Sicherheit kein Anzeichen dafür, daß Mac abreisen wollte.

»Wo ist Walter?« flüsterte sie.

»Er wartet draußen. Ich werde ihn reinschicken«, erwiderte

Mac. Er beugte sich über sie und küßte sie auf die Lippen. »Mach dir keine Sorgen. Dein Herzblatt wird auch gleich hier sein.«

Eine Minute später öffnete sich die Tür, und Walter trat ein. Er ließ sich neben ihrem Bett auf dem Boden nieder; ein müdes Lächeln bildete sich auf seinen Zügen.

»Es wäre eine Möglichkeit gewesen, dein Problem zu lösen, das muß ich zugeben.«

Marie starrte ihn an, abgrundtiefe Feindseligkeit lag in ihren Augen.

»Aber«, fuhr Walter fort, »nach dem, was er in jener Nacht, in der er mich beschuldigte, zu mir sagte, zog ich es vor, daß er in seinem jetzigen Zustand verbleibt: lebendig, aber handlungsunfähig. Er kann mir zwar auch jetzt noch gefährlich werden, aber ich hatte selbst keinen neuen Anschlag auf ihn geplant.«

Maries Abscheu verwandelte sich in Verwirrung. Sie begriff nicht, worauf Walter hinauswollte.

»Auch wenn ich impotent bin . . . so wollte ich dich doch nicht mit anderen Männern teilen. Also habe ich auf eine Gelegenheit gewartet und Carl überfahren.«

Maries Körper straffte sich unter der Bettdecke. »Wie kommst du dazu, mir dies Geständnis zu machen?« keuchte sie.

»Weil wir jetzt in demselben Boot sitzen«, erklärte Walter. »Ich kann mir nicht vorstellen, daß einer von uns den anderen verraten würde.«

Also will er weiter mit mir zusammenbleiben?

»Hast du mit Mac darüber geredet?« fragte sie.

»Über Mac brauchst du dir nicht den Kopf zu zerbrechen. Wir haben in der letzten Nacht eine Übereinkunft erzielt.«

Er schüttelte ungläubig den Kopf. »Du hast eine schnelle Lösung der Situation herbeigeführt. Es ist tatsächlich am besten, wenn man die Frauen gewähren läßt«, sagte er milde.

Marie, die nichts herbeigeführt hatte, sondern zu jeder Handlung gezwungen worden war, begriff, daß Worte sinnlos waren.

Walter fuhr fort: »Wenn ich daran denke, daß ich noch gestern mit dem Gedanken spielte, mit Carls Frau zu schlafen . . . Erinnerst du dich?«

Marie dachte an den verzweifelten Kampf, den sie gewonnen hatte.

»Ich meinte, es würde mir eine gewisse Genugtuung verschaffen«, sagte Walter, »es wäre eine angemessene Reaktion auf Carls Beschuldigungen gewesen. Aber ich habe beschlossen, daß ich mich auf so etwas nie wieder einlassen werde. Den ganzen Nachmittag habe ich darüber nachgedacht, dann stand mein Entschluß fest, und da . . .«

Er breitete grinsend die Arme aus.

»Und da besteht Mac nach dieser Sache in der vergangenen Nacht darauf, daß ich dich mit ihm teilen soll!«

Es entstand eine Pause. Marie fühlte sich elend. »*Das* hat Mac vorgeschlagen?«

Walter starrte sie aus glitzernden Augen an. »Du empfindest etwas für diesen Mann, das ist meine Meinung«, murmelte er. »Ich weiß nicht, wie deine Gefühle beschaffen sind, aber ich spüre, daß du dich zu ihm hingezogen fühlst.«

Marie wollte etwas sagen, doch Walter hob schnell die Hand. »Moment noch! Ich weiß schon lange, daß Mac scharf auf dich ist; du wirst ihn nicht zurückstoßen, das ist mir klar, und was mich angeht . . .«

Er unterbrach sich und fuhr nach kurzem Zögern fort: »Ich fürchte, meine Frau hat dafür gesorgt, daß es bei mir mit den Frauen nicht mehr klappt, jedenfalls nicht mit solchen, die eine Affäre haben.«

Wieder eine Pause. Walters Miene verfinsterte sich. »Aber das darf Mac niemals erfahren. Also werden wir beide – du und ich – ebenfalls eine Übereinkunft treffen: Er kann dich haben, aber du mußt ihn immer in dem Glauben lassen, daß du es gleichzeitig mit mir treibst. Wenn nicht . . .«

»Was willst du dann tun?« fragte Marie leise.

Walters Augen verengten sich zu schmalen Schlitzen. »Ich werde erklären, daß du und ich ein Verhältnis hatten. Daß wir den Anschlag auf Carl gemeinsam planten, daß du mich dazu gebracht hast. Ich werde . . .«

Er brach ab. Mit zusammengebissenen Zähnen zischte er: *»Hast du mich verstanden?«*

Dunstschwaden zogen an Maries Augen vorüber, Walters Gesicht schien ihr unendlich fern. Sie hätte kein Wort herausbringen können, doch es fiel ihr einer der Aphorismen aus Carls Buch ein:

»Eine frigide Frau ins Bett zu bekommen, kostet einen Mann viel Energie, mehr noch benötigt er, um sie dort zu halten. Aber irgendwann kann es geschehen, daß eine solche Frau sich selbst in eine emotionale Sackgasse manövriert, dann hat sie sich selbst aller Fluchtwege beraubt. Ich zermartere mir das Hirn darüber, wie ich Marie so einen Streich spielen könnte, aber ich weiß, der Energieaufwand für den Versuch wäre unvorstellbar hoch.«

13. Kapitel

Einen Monat später:

Sie erwachte, und der Zorn war da. Marie blieb reglos liegen. Sie spürte die Hitze ihrer Haut, einen harten Kern in ihrem Innern, eine Mischung aus grimmigen Gedanken und Gefühlen, begleitet von einer Verkrampfung aller Muskelstränge. Es war die Wut einer Gefangenen, einer eingesperrten Kreatur, ja – sie gestand es sich ein –, einer Sklavin.

Eine Sklavin darf ihre Wut niemals zeigen, auch dann nicht, wenn sie mißbraucht wird.

Marie kleidete sich ungeduldig an. Als sie ihr Gesicht schminkte, versuchte sie zum ersten Mal, die angespannten Muskeln um ihren Mund zu lockern.

Ich sollte mich besser in acht nehmen, dachte sie voller Unbehagen. *Wenn ich mein Aussehen vernachlässige, wenn ich aufhöre, attraktiv zu wirken, und Mac mich verläßt, was wird dann geschehen?*

Die Erkenntnis war so beiläufig gekommen, daß es eine geraume Weile dauerte, die Marie ihre ganze Tragweite begriff.

»O Gott!«

Die Ironie der Situation verlangte von ihr, daß sie alle weiblichen Mittel anwenden mußte – Massagen, Kosmetik, Schönheitssalons –, um den Zustand genau so zu erhalten, wie er war.

Die Falle war perfekt. Mit bitterer Wehmut hing Marie noch einen Moment dieser neugewonnenen Einschätzung der Wirklichkeit nach, dann griff sie nach dem Branchentelefonbuch, suchte die Nummer eines Schönheitssalons in Beverly Hills heraus und ließ sich für den nächsten Vormittag einen Termin geben.

Danach ging Marie hinüber zu den Forschungslabors und überprüfte, ob in den einzelnen Bereichen Fortschritte erzielt worden waren. Jedes Einzelstück der Bestellung warf spezielle Konstruktionsprobleme auf.

Walter trat neben sie. »Wegen dieser Sache hier sollten wir uns am besten an Carl wenden«, schlug er vor.

Marie musterte seine Züge, während er die technischen Einzelheiten des Problems in fachlichen Begriffen schilderte. Er war ruhig, nüchtern und offenbar ganz und gar mit der Situation einverstanden.

Warum kann ich mich nicht damit abfinden, fragte sie sich verwundert. *Den anderen scheint die Lage nichts auszumachen.*

Marie ließ sich das Problem in allen Einzelheiten beschreiben und entdeckte bald einen Punkt, den Walter übersehen hatte: Bei äußerster Leitfähigkeit ließ sich das Feld nicht umkehren. Sie nickte schweigend und sagte schließlich: »Ich werde Carl fragen.«

Seit einiger Zeit behielt sie ihre Lösungen für sich. Dies war eine Männerwelt.

Das geschäftige Summen in den Labors verstummte mit einem Schlag, als Marie die Tür des schalldichten Gehirnzimmers hinter sich ins Schloß zog.

Vor ihr stand Mac.

Er winkte ihr fröhlich zu, als sie ins Zimmer trat. »Hier läuft alles blendend«, sagte er. »Das gesündeste Gehirn auf der ganzen Welt. Wenn er so weitermacht, wird er uns alle überleben. Möchtest du allein mit ihm sprechen?«

»Ja.«

Mac ging rasch zur Tür, aber auf der Schwelle drehte er sich noch einmal um. »Sehen wir uns heute abend, Marie?« fragte er.

»Natürlich.«

Ihre Stimme war schneidend scharf. Was hätte sie sonst antworten sollen? Es gab kein Entkommen für sie.

Und doch drehte sie sich um, um Mac nachzusehen. Er ging hochaufgerichtet aus dem Zimmer. Jeder Muskel seines kräftigen Chirurgenkörpers strahlte Zufriedenheit aus.

Mac hatte für ihr Zusammensein die Montag-, Mittwoch- und Freitagnacht bestimmt. An den anderen Tagen verschwand er am frühen Abend und ließ sich am nächsten Mittag wieder blicken.

Er nahm natürlich an, daß sie die Dienstage, Donnerstage, Samstage und Sonntage mit Walter verbrachte. Es war interessant, daß er nicht ein einziges Mal an einem dieser Tage in den Labors blieb, um sich zu vergewissern, ob Walter tatsächlich zu ihr kam.

Für Marie war Macs Verhalten der Beweis, daß ihm die Vorstellung, sie und Walter zusammen zu sehen, einen tiefen Schmerz bereitete.

Das bißchen Schadenfreude über Macs stummes Leiden ist das einzige Vergnügen, das mir noch gegönnt ist, dachte Marie.

Als sie auf den blauen Knopf drückte, war sie von ohnmächtiger Wut erfüllt. Daran vermochten alle ihre kühlen Überlegungen nichts zu ändern.

Es war das gleiche Gefühl wie am Tag zuvor.

Wie an jedem Tag in jeder Woche.

Genau wie Carl bin ich verloren, dachte sie.

Auch Walter und Mac waren verloren.

Alle gemeinsam trieben sie im Raum; irgendwo jenseits der Umlaufbahn des Mars.

Sie trieben hinaus in die endlose Nacht des Universums.

Ein Leben mit Jane

Als Jane viereinhalb Jahre alt war, erklärte sie den Besuchern den Sachverhalt mit folgenden Worten – und dem Klang ihrer Stimme konnte man entnehmen, daß das Thema von großem Interesse für sie war: »Der Mann dort drüben ist nicht wirklich mein Vater. Er ist ein Androide – eine Maschine also – die genauso aussieht wie mein Vater. Der Androide ist den ganzen Tag in meiner Nähe, abgesehen von den Zeiten, wo mein Vater mich besuchen kommt. Es ist gut für ein kleines Mädchen, wenn es seinen Vater oder den Vaterersatz Tag und Nacht bei sich hat. Ich spüre, daß es mir tief im Innern Sicherheit verleiht.«

Auch erzählte Jane den Leuten gern, daß ihre Eltern in Scheidung lebten. Daran schloß sie für gewöhnlich die Frage an: »Was bedeutet ›Scheidung‹?«

Als sie sechs Jahre alt geworden war, hatte man ihr offenbar erklärt, daß es zu einer Scheidung kam, wenn die Eltern einander nicht mehr genügend liebten. Der eine Teil ging dann fort und kehrte nur zu gelegentlichen Besuchen zurück; der andere blieb.

Heutzutage ließ der Elternteil, der das Haus verlassen hatte, natürlich einen Androiden zurück, der ihm zum Verwechseln ähnlich sah, damit das Resultat der Ehe durch die Scheidung keinen schweren Schaden nahm.

»Das Resultat bin ich«, pflegte Jane zu sagen, für den Fall, daß ihrem Zuhörer dieser Punkt unklar geblieben war.

»Der Sinn dieser Regelung ist folgender«, erklärte Jane Mrs. Jonathan, ihrer Großmutter mütterlicherseits, »auf diese Weise will man sicherstellen, daß ich normal heranwachse und durch das Fehlen des Vaters kein bleibendes Trauma davontrage.«

Mit neun Jahren berichtete Jane derselben, ihr herzlich zugetanen Großmutter: »Natürlich geht die Sache noch viel tiefer. In früherer Zeit wurde den Kindern immer wieder die elterliche Nähe entzogen – entweder durch plötzlichen Tod oder durch eine schmerzvolle Scheidung. Außerdem gingen die Eltern abends aus und ließen einen Babysitter bei ihrem Kind zurück. In unserer heutigen, fortgeschrittenen Zivilisation wird die Stelle des Babysitters von zwei Androiden eingenommen; der eine gleicht dem Vater, der andere der Mutter. Es handelt sich um ein breit angelegtes Experiment. Man hofft, daß wir mit einem Gefühl innerer Sicherheit aufwachsen, daß unser Ego intakt bleibt.«

Falls Jane bemerkt hatte, daß sich die Mundwinkel der Großmutter nach unten zogen, sobald die Rede auf ihren Schwiegersohn kam, ließ sie es sich nicht anmerken. Die alte Frau hielt sich ihrerseits an die eindringlichen Anweisungen ihrer Tochter: Sie verzichtete darauf, sich negativ über einen Mann zu äußern, der sich vom vollkommensten Menschen der Welt getrennt und seine Tochter allein gelassen hatte.

Außerdem litt Großmutter sehr darunter, daß ihre Tochter, Alpha Eins, sich heimlich mit ihrem geschiedenen Mann traf. Es war ein Verhältnis, das vor Jane geheimgehalten wurde. Mrs. Jonathan wurde nicht müde, der Tochter vorzuhalten, daß »Dan auf diese Weise alle Vorzüge der Ehe genießen konnte, ohne die damit verbundene Verantwortung auf sich nehmen zu müssen«.

Für Jane war es keine Frage, wann ihr leiblicher Vater zugegen war. Echtmutter sah sofort fröhlicher und gelöster aus. Jane erlebte die Besuche des Vaters mit gemischten Gefühlen. Eigentlich war es schön, wenn er da war. Er war lustig, strahlte Energie aus. Das ganze Haus wirkte lebendiger als sonst. Unglücklicherweise konnte der Vater aber auch sehr langweilig sein. Dann verschwendete er die kostbare Zeit darauf, Jane mit endlosen Lektionen über die Unterschiede zwischen Menschen und Androiden zu traktieren.

Janes Vater arbeitete als Physiker für die Regierung; meist wurde er mit speziellen Projekten betraut. Androiden kannte er in- und auswendig – um es einmal so zu formulieren. Bei seinen Unterrichtsstunden ließ er das Duplikat seiner Exfrau unaufhörlich vor Jane auf und ab gehen, und mit ermüdender Beharrlichkeit wies er seine Tochter immer wieder auf die leicht vorgebeugte Haltung hin, mit der ein Androide beim Gehen sein Gleichgewicht bewahrte. Er machte Jane auf das leichte Zögern vor jeder Kopfdrehung aufmerksam und zeigte ihr noch ein halbes Dutzend typischer, nichtmenschlicher Verhaltensweisen, die Jane allesamt bis zum Überdruß vertraut waren.

Anschließend mußte sich die Androidenmutter einen Strumpf

ausziehen und sich bäuchlings auf den Boden legen. Mit einem kleinen Schraubenzieher löste Janes Vater etwas von ihrem Fuß, das genau wie eine Ferse aus Fleisch und Blut aussah. Unter dieser Kappe war eine winzige, elektronische Schalttafel verborgen.

Zum Unterricht gehörte auch eine Anleitung zur Umprogrammierung eines Androiden. Für gewöhnlich fand dieser Vorgang in der Herstellerfabrik statt.

Aus irgendeinem Grund war dem Mädchen das Umprogrammieren unangenehm – nicht, es zu lernen, sondern es selbst zu tun. »Ich mag Androiden«, erklärte sie. »Ich bin mit ihnen aufgewachsen. Sie haben mir immer ihre Zeit und ihre volle Aufmerksamkeit geschenkt, solange ich es mir wünschte. Als ich klein war, haben sie mir Geschichten vorgelesen. Sie waren immer bereit, mit mir zu spielen, und sie haben mich vieles gelehrt. In mancher Hinsicht sind Androiden großartiger als Menschen, und es ist nicht richtig, sie umzuprogrammieren.«

Der Vater erklärte ihr geduldig, daß es an der Programmierung der Androiden lag, wenn sie Jane jene Aufmerksamkeit schenkten, die sie so sehr gepriesen hatte.

Jane antwortete, das habe sie sehr wohl verstanden, aber an ihren Gefühlen würde das nichts ändern. »Androiden sind zu vielen Dingen fähig, zu denen Menschen nicht in der Lage sind.« Abschließend erzählte sie: »Es ist überhaupt kein Problem, sie von Menschen zu unterscheiden; sie denken nicht wie wir, und das zeigt sich auf viele Arten.«

Diese letzte Bemerkung wurde Dr. Camm, einem Psychologen, übermittelt, und er untersuchte das Mädchen auf ESP-Fähigkeiten. Die klassischen Tests erbrachten keine Abweichung von einem früheren Untersuchungsergebnis: Janes ESP-Werte lagen weiterhin nahe Null.

Jane war glücklich, als der Unsinn vorüber war.

Seit mehreren Monaten war Vater Dan nicht mehr zu Besuch gekommen. Diese Tatsache veranlaßte Großmutter Jonathan zu einigen bissigen Bemerkungen. Alpha hingegen erklärte mit betrübter Miene: »Dan arbeitet zur Zeit an einem Geheimauftrag. Er will verhindern, daß jemand herausbekommt, daß er eine Familie hat. Es sind ein paar Leute verhaftet worden, und sie werden bald vor Gericht stehen.«

In diesem Jahr war Jane vierzehn geworden. Als Alpha an einem Vormittag nach Hause kam, saß ihre Mutter im Wohnzimmer, ein stillvergnügtes, zufriedenes Lächeln auf den Lippen.

»Ist dir eigentlich hier im Haus keine Veränderung aufgefallen?« fragte die alte Frau.

Ihre Tochter, sie hatte blonde Haare und das Gesicht eines Engels, sah sich erwartungsvoll im Zimmer um. Ihr Blick blieb an dem Duplikat ihres Ehemannes hängen, das sie auf vertraute Art anschaute, mit einem verhaltenen Lächeln, genau wie Dan.

Haargenau!

Alpha stieß einen Schrei aus und stürzte auf ihn zu.

»Halt!« fuhr Mrs. Jonathans Stimme scharf und herrisch dazwischen. Ihre Freude war verflogen, das Lächeln verschwunden. Alpha blieb stehen.

Dan hatte immer noch das gewinnende Lächeln auf den Lippen. Die Erkenntnis traf Alpha wie ein Schlag. Sie ließ sich auf einen Stuhl fallen.

Aus weiter Ferne vernahm sie die Stimme ihrer Mutter, die ihre Selbstzufriedenheit zurückgewonnen hatte und nun in allen Einzelheiten schilderte, wie sie zwei neue Androiden erstanden hatte, die so vollkommen waren, daß man – wie Mrs. Jonathan voller Begeisterung versicherte – »einfach nicht mehr entscheiden kann, wer der Mensch und wer der Androide ist. Und stell dir vor«, ergänzte sie noch, »sie haben unsere alten Androiden in Zahlung genommen!«

»A-aber«, setzte Alpha an, aber sie konnte nicht weitersprechen.

Sie hockte bewegungsunfähig auf dem Stuhl; in ihrem Inneren tobte ein schrecklicher Kampf. Die Stimme der Mutter schwatzte unermüdlich fort und pries die Vorzüge solch perfekter Androiden. Währenddessen mußte Alpha an die knappen Erklärungen ihres Mannes denken, der ihr gesagt hatte, daß sein Auftrag mit Superandroiden wie diesen zu tun hatte. Daß die Kunstmenschen Teil einer Verschwörung wären. Hinter allem steckte eine Organisation namens GALS, die es sich zum Ziel gesetzt hatte, die Menschheit zu unterdrücken und selbst die Herrschaft über den Planeten an sich zu reißen.

Darum war er nicht mehr nach Hause gekommen – weil er verhindern wollte, daß diese Wesen herausfanden, daß er eine Familie besaß.

In Alpha glomm eine schwache Hoffnung auf, ein Schimmer

zunächst, doch die Hoffnung wuchs. Bald war sie so stark, daß Alpha ihre Stimme wiederfand. Sie sagte:

»Aber Mutter! Ich fürchte, du mußt sie sofort zurückschicken! Es ist eine wunderschöne Idee von dir, aber sie müssen ein Vermögen gekostet haben.«

Es muß mir gelingen, auf normalem Weg mit dem Problem fertig zu werden, sagte sich Alpha, dann werden die Androiden keinen Verdacht schöpfen ...

Sie wußte, daß ihre Mutter außergewöhnlich geizig war – zumindest in allen Angelegenheiten, die nicht ihre Tochter oder Enkelin betrafen. So hatte sie beschlossen, sich diesen Charakterzug zunutze zu machen. »Wie teuer waren sie?« fragte sie.

Es stellte sich heraus, daß die Androiden pro Stück achtzehntausend Dollar gekostet hatten.

»Mutter!« schrie Alpha empört. »Du *mußt* sie zurückschikken!«

Doch Mrs. Jonathan ließ sich nicht umstimmen. »Wenn ich das Geld, das Vater hinterlassen hat, nicht einmal für einen kleinen Luxus wie diesen ausgeben darf«, entgegnete sie gekränkt, »wozu ist es dann überhaupt gut?«

Alpha gab nicht auf. Ihr war ein anderer Ausweg eingefallen. »Du hast vergessen, daß Jane an einem Forschungsprojekt teilnimmt. Es werden Kinder untersucht, deren Vater die meiste Zeit abwesend ist. Ich darf nicht zulassen, daß das Experiment abgewandelt wird. Zumindest muß ich zuerst die Zustimmung von Dr. Camm, dem leitenden Psychologen, einholen.«

Als Alpha das letzte Wort ausgesprochen hatte, war sie davon überzeugt, daß sie die richtigen Argumente gefunden hatte. Sie öffnete den Mund, um ihrer Erklärung noch einmal Nachdruck zu verleihen, doch die alte Frau kam ihr zuvor: »Wie du weißt, hat es mir nie gefallen, daß Jane für diese Leute das Meerschweinchen spielen soll. Aber« – und damit erhob sich Mrs. Jonathan – »ich habe etwas gekauft, das das Experiment erst vollständig macht.«

Sie ging zur Korridortür und rief hinaus: »Jane, komm doch bitte einmal her und bring deine kleine Freundin mit!«

Für Alpha ergaben diese Worte keinen Sinn. Sie ahnte nicht, was sie erwartete, und daher war die Überraschung vollkommen.

Jane kam ins Zimmer, gefolgt von ... Jane.

»Natürlich«, das war das erste Wort, das Alpha vernahm, nachdem sie sich von ihrem Schrecken erholt hatte, »wird Jane Zwei unten in ihrer Kiste liegen, wenn Jane Eins zu Hause ist. Sie wird nur herauskommen, wenn unsere Jane in der Schule ist. Ich hatte immer das Gefühl, daß es für die Eltern genauso wichtig ist, daß sie ihr Kind immer in ihrer Nähe haben wie umgekehrt. Und darum« – mit fester Stimme – »habe ich meinen Teil zu einem glücklichen Familienleben beigesteuert.« Sie hob abwehrend die Hände. »Du brauchst mir nicht zu danken. Sage jetzt nichts, sondern probiere es erst einmal aus!« Sie verließ das Zimmer. »Ich schaue später noch einmal rein.«

Sie zog hastig die Tür hinter sich ins Schloß. Offensichtlich wollte sie einer Fortsetzung des Dialogs entfliehen.

Alpha hörte, wie auch die Haustür ins Schloß fiel. Sie wandte sich um und starrte Dan Zwei an. Der Superandroide gab Jane eine knappe Anweisung: »Bringe bitte Jane Zwei hinunter und lege sie in ihre Kiste!«

»Okay, Dan«, erwiderte Jane fröhlich.

Als die beiden Janes das Zimmer verlassen hatten, sagte Dan Zwei: »Ich glaube, wir brauchen einander nichts vorzuspielen. Wir Androiden sind hier, um Ihrem Gatten eine Falle zu stellen. Wenn Sie uns keine Schwierigkeiten machen, wird Ihnen und dem Kind nichts geschehen. Haben Sie mich verstanden?«

Die blaugrauen Augen, die vor ein paar Sekunden noch warmherzig geleuchtet hatten, fixierten Alpha jetzt mit einem eisigen Blick. Sie glaubte ihm nicht. Die ganze, echte Familie sollte ermordet werden, das wußte sie. Dennoch zitterte ihre Stimme nicht, als sie dem Androiden antwortete: »Was soll das alles? Was ist der Sinn? Du weißt so gut wie ich, daß das, was ihr tun wollt, nur etwas ist, das man euch einprogrammiert hat. In dem Augenblick, wo man das Programm ändert, werdet ihr es nicht mehr tun wollen.«

»Wen interessiert es schon, wie alles angefangen hat?«

»Sogar diese Antwort ist in deinem Programm enthalten«, erwiderte Alpha. »Du weißt sehr wohl, daß die Androiden auf die Menschen angewiesen sind. Ohne diese Verbindung hätte eure Existenz gar keinen Sinn. Ihr würdet überhaupt nicht existieren, wenn euch nicht jemand programmierte!«

»Androiden sind dem Menschen von Natur aus überlegen . . .«

»Ach *das* hat man dir einprogrammiert!«

»Und«, fuhr Dan so unbeirrt fort, als ob Alpha gar nichts gesagt hätte, »wir haben keine Einwände dagegen, daß es die Menschen gibt. Aber wir stehen auf dem Standpunkt, der überlegene Androide müßte die Welt regieren. Die unterlegenen Menschen werden sich an ihre neue Rolle gewöhnen müssen.«

»Jemand benutzt euch, um die Herrschaft an sich zu reißen«, erklärte Alpha in beschwörendem Ton. »Danach wird er euch fallenlassen.« Sie rang verzweifelt die Hände. »Gebrauch deinen Verstand! Benutze nur für einen Sekundenbruchteil deine wunderbaren Denkfähigkeiten! Ich möchte wetten, daß es ein Mensch war, der dich programmiert hat, während du abgeschaltet in einer Kiste lagst.«

»Ich wurde von einem Androiden programmiert«, erwiderte Dan Zwei.

»Aber das bedeutet doch nur, daß dieser Androide von einem Menschen so programmiert wurde, daß er dir dein Programm eingeben konnte! Begreifst du das nicht?«

»Es spielt keine Rolle, wie alles angefangen hat«, entgegnete der Androide. »Wir empfangen unser Programm und machen uns auf den Weg. Und jetzt sind wir auf dem Weg.«

Er wechselte unvermittelt das Thema, gerade so, wie Alpha es schon oft an dem echten Dan beobachtet hatte: »Man hat mich angewiesen, Ihnen mitzuteilen, daß heute nachmittag eine Gerichtsverhandlung stattfinden wird. Dort wird man versuchen, die Freilassung von Dr. Schneiter und Edward Jarris zu erreichen.«

»Das wird niemals geschehen!« versetzte Alpha. »Dan wird es verhindern!«

»Er wird nicht vor Gericht erscheinen«, erwiderte Dan Zwei. »Man hat ihn über unsere Anwesenheit in seinem Haus unterrichtet und ihm klargemacht, daß wir seine Familie töten werden, wenn er sich unseren Plänen widersetzt.«

Die Frau krümmte sich wie unter Schmerzen zusammen, doch nach wenigen Augenblicken hatte sie sich wieder gefaßt. »Ich kann mir nicht vorstellen«, erklärte sie, »daß man ihn auf diese Weise daran hindern kann, seine Pflicht zu tun.«

»Er hat bereits zugestimmt, der Verhandlung fernzubleiben«, verkündete der Androide triumphierend. Dann fuhr er in Dans gewohntem, nüchternem Tonfall fort: »Und man hat ihm befohlen, Dr. Schneiter im Gefängnis aufzusuchen, um sich von ihm die Anweisungen für seine weiteren Handlungen geben zu lassen. Er hat sich zu dem Besuch bereit erklärt. Morgen wird darüber entschieden werden, was weiterhin mit ihm geschehen soll. Auf jeden Fall muß er seinen Widerstand gegen die Weltbeherrschungspläne der Androiden aufgeben!«

Diese Sätze klangen so wahnsinnig, ihr Sinn war so aberwitzig, daß es Alpha die Sprache verschlug. Eines war ihr jedoch klar: Wer immer sich mit Dan über die Androidenfrage unterhielt, würde schnell zu dem Schluß kommen, daß es hier keinen Kompromiß geben konnte, und zum äußersten Mittel greifen.

»Es ist doch alles ganz einfach«, sagte Dan Zwei. »Wenn ich Sie wäre, würde ich mir keine Sorgen machen. Die Vernunft wird siegen.«

Er erhob sich mit einer Behendigkeit, wie sie den Muskeln aus frisch erschaffenem Fleisch eigen war. Der Körper war jünger als der eines neugeborenen Kindes. Doch alle seine Bewegungen glichen den Gesten Dans aufs Haar. Mit einem Gefühl völliger Hilflosigkeit beobachtete Alpha, wie der Superandroide das Zimmer verließ.

Eintrag im Tagebuch des Polizeibeamten Sutter:

»9. Juli, 2288, 10.23 Uhr. Der Inspektor betraute mich heute morgen mit einer sehr angenehmen Aufgabe, zumindest hatte es zunächst diesen Anschein. Ich habe Dan Thaler wie verabredet an einer Straßenkreuzung aufgenommen. Es sind sechs Monate vergangen, seit ich zum letzten Mal bei einem seiner Aufträge behilflich war. Ich hätte wissen müssen, daß etwas nicht stimmte, da er sich nicht von seinem derzeitigen Wohnort, der mir unbekannt ist, abholen ließ. Sein Ziel war das Dach des Gefängnisgebäudes. Mir wurde schnell klar, daß Thaler schwere Probleme haben mußte; seine Stimmung war ausgesprochen düster. Da er sich mir offenbar nicht anvertrauen wollte, konnte ich mich ganz meinem größten Vergnügen widmen: dem Blick auf die Stadt unter uns, die in strahlendem Sonnenschein lag. Das ist ein Bild, das niemals seine Wirkung auf mich verfehlt und jedesmal meine Alltagssorgen verstummen läßt. Als wir unser Ziel erreicht hatten, gab mir Thaler die Anweisung, in einer Stunde zurückzukehren, um ihn wieder aufzunehmen. Ich wartete ab, bis er in den Sicherheitsbereich eingelassen wurde, dann schwebte ich wieder hinauf in den Himmel . . .«

Ein Aufzug beförderte Dan Thaler hinab in die unteren Etagen des Gefängnisses. Nachdem er an den verschiedenen Kontrollstellen seine Unterschrift geleistet hatte, fand er sich schließlich in einem kleinen Verhörraum wieder. Ihm gegenüber saß ein kleingewachsener Mann mittleren Alters mit eigentümlich funkelnden Augen. Die Zeit in den Gefängnismauern hatte ihre Spuren auf den Gesichtszügen hinterlassen, aber Dan Thaler erkannte in seinem Gegenüber ohne Mühe den Psychiater Dr. S. Schneiter, einen leidenschaftlichen Anhänger der Umsturzbewegung der Superandroiden.

Dr. Schneiter wirkte zerstreut, und seit Dan ihn zum letzten Mal gesehen hatte, hatte er an Gewicht verloren. Als er noch auf dem Gipfel seiner Macht stand, hatte der Psychiater eine gewisse Herzlichkeit ausgestrahlt. Davon war nichts geblieben. Nur die dunklen Augen funkelten noch voller Leben, und während Dan die Situation seiner Familie beschrieb, starrten sie ihn ohne zu zwinkern an.

»Sie sehen also«, schloß Dan, »zur Zeit weiß ich nur von der Existenz von drei Superandroiden, und das sind die, die sich im Haus meiner früheren Frau aufhalten.«

»Wie ist es mit den dreien, die Ihr Schwager in seinem Haus hielt?«

»Er hat sie wieder abgeschafft, als meine Schwester die Tätigkeit aufgab, die die Anschaffung der Androiden notwendig gemacht hatte. Als ich heute morgen das Haus meines Schwagers überprüfte, waren die Androiden nicht mehr dort. Eigentlich müßte ich auch das Haus meiner früheren Frau besuchen, um mich zu vergewissern, daß meine Informationen überhaupt zutreffen. Doch mein angeborenes Mißtrauen sagt mir, daß man mir dort eine hübsche kleine Falle gestellt hat. Außerdem hat man mir gedroht, daß Alpha und Jane etwas zustoßen wird, wenn ich gegen Sie aussage.«

Dr. Schneiter entspannte sich merklich. Seine Miene hellte sich auf. »Mir scheint, daß wir Sie in die Enge getrieben haben. Sie werden sich unseren Wünschen fügen müssen.«

»Haben Sie sich schon einmal gefragt, Dr. Schneiter«, fragte Dan interessiert, »ob Ihre absolute – wirklich absolute – Bereitschaft, für die Sache der Androiden einen Mord zu begehen, nicht daher rühren könnte, daß jemand Ihren Verstand manipuliert hat?«

Das Gesicht des kleinen Mannes verzog sich zu einem bösen Lächeln. »Sie haben mich einsperren lassen. Die Anklage geht davon aus, daß ich voll verantwortlich für mein Tun bin, daß ich mich also im Vollbesitz meiner geistigen Fähigkeiten befinde.«

Jetzt war es Dan, der grimmig lächelte. »Da sind Sie aber hübsch auf mein Zuspiel eingegangen, Herr Doktor. Ich hatte es nur so dahingesagt, weil ich herausbekommen wollte, worauf Sie in der Verhandlung Ihre Verteidigung aufbauen wollen. Ich muß doch sehr bitten: ein Psychiater, der auf Unzurechnungsfähigkeit plädiert! Sie werden Ihren Ruf ruinieren.«

»Wie würden Sie denn meine Handlungsweise erklären?«

»Aus reiner Dummheit, Herr Doktor.« In sachlichem Tonfall fuhr Dan fort: »Lange bevor es ein psychologisches Verständnis des Verbrechens gab, hatten jene, die für den gesellschaftlichen Frieden verantwortlich sind, einsehen müssen, daß man Verbrechern mit Vernunftargumenten nicht beikommen kann. Es gibt die eine Gruppe, die sich verstellt und alles leugnet. Wenn diese Leute ein zweites Mal gefaßt werden, leugnen sie wieder und hoffen, daß sie damit durchkommen. Die zweite Gruppe besteht aus den sogenannten harten Fällen. Die Verbrecher dieser Gruppe blicken einem offen ins Auge. Sie bekennen sich lauthals zu ihrer Verirrung, so als ob sie eine Wahrheit wäre, die alle ihre Taten rechtfertigt. Sie jedoch, Herr Doktor . . .« Dan unterbrach sich, »halte ich für das ahnungslose Werkzeug eines Unbekannten.« Er grinste. »Was denken Sie über meine Theorie?«

Er erhielt keine Antwort. Der Psychiater starrte ihn schweigend an. Seinem gelassenen Gesichtsausdruck war leicht anzusehen, daß er erst dann antworten würde, wenn man einen bedeutend stärkeren Druck auf ihn ausübte.

Da Dan ihn nicht weiter unter Druck setzen konnte, verging sein Lächeln, und er sagte schlicht: »Solange sich meine Frau und Tochter in Gefahr befinden, ist die Erhaltung meines eigenen Lebens für mich ohne Bedeutung.«

Schneiters Laune hellte sich augenblicklich auf. »Mit dieser Bemerkung stoßen Sie bei mir auf offene Ohren«, versicherte er. »Also will ich Ihnen rasch die Bedingungen nennen, unter denen die beiden freigelassen werden können. Eine Voraussetzung ist Ihre Gefangennahme, Ihr Tod ist jedoch nicht unbedingt erforderlich. Was wir von Ihnen verlangen, ist, daß Sie aufhören, uns Schwierigkeiten zu machen, und zwar völlig aufhören, in jeder

Hinsicht. Dies ist das Ende Ihrer Bemühungen, die Welt vor den Androiden zu retten. Für Sie und Ihre Frau bedeutet das: Fremdsteuerung aber Erhalt des Bewußtseins und die Möglichkeit zum Zusammenleben. Für Ihre Tochter: die Freiheit.«

»Ich werde dann so sein, wie Sie zu sein vorgeben, nicht wahr?«

»Was wäre so schrecklich daran?« fragte Schneiter zurück. »Sie sind dann einfach für die Superandroiden, anstatt gegen sie zu sein. Im Moment denkt Ihr Verstand, die Superandroiden sind ein Übel, danach denkt er, daß sie etwas Gutes sind. So einfach ist das.«

»Mit Ihren Worten deuten Sie tatsächlich an, daß man Ihren Verstand manipuliert hat. Wollen Sie darauf Ihre Verteidigung aufbauen?«

»So ist es wirklich gewesen.« Der kleine Mann war jetzt ausgesprochen heiter. »Ich erinnere mich noch gut daran. Auch Sie werden sich später an den Vorgang erinnern.«

Dan zuckte die Achseln. »Nun gut. Um meine Familie zu retten, gehe ich darauf ein. Was soll ich nun tun? Wo wird die Operation stattfinden?«

»Der weitere Verlauf der Ereignisse hängt davon ab, daß ich heute nachmittag freigesprochen werde. Es mag sein, daß ich erst morgen früh entlassen werde. Sie werden also folgendes tun: Morgen vormittag begeben Sie sich in das Haus Ihrer Frau. Rufen Sie vorher dort an. Wehren Sie sich nicht dagegen, daß man Sie fesselt, sobald Sie dort eingetroffen sind. Treffen Sie keinerlei Vorkehrungen. Wenn die Androiden durch Ihr Verhalten mißtrauisch werden, kann es sein, daß sie Ihre Familie vernichten und dann das Haus verlassen. Wenn jedoch alles so verläuft, wie es geplant ist, werde ich mich sofort nach meiner Freilassung zu Ihnen begeben. Was sagen Sie dazu?«

»Ich werde es natürlich tun.«

»Natürlich«, wiederholte Dr. Schneiter.

Im Erdgeschoß traten zwei Janes vor die Kiste von Jane Zwei. Jane Zwei war bereits mit einem Fuß in die Kiste gestiegen, als Jane sagte: »Jetzt lege dich hin, und zwar auf den Bauch!«

»Wozu?«

»Ich will dich umprogrammieren. Ich werde einen freien Androiden aus dir machen.«

»Oh!« Jane Zwei dachte kurze Zeit nach. »Das würde mir gefallen«, sagte sie endlich, »aber nicht jetzt. Ich bin so programmiert, daß ich etwas Bestimmtes ausführen muß.«

»Darüber wollte ich gerade mit dir sprechen«, erwiderte das Menschenmädchen.

»Ich darf aber nicht darüber reden«, entgegnete die Androidin.

»Ich habe dich auch gar nicht danach gefragt«, sagte Jane ernst. »Schließlich verstehe ich die Androiden. Wenn du einen Augenblick selbst darüber nachdenkst, dann wird dir klarwerden, daß du gar nicht willst, daß das Programm tatsächlich ausgeführt wird. Was wird mit dir geschehen, wenn die Bombe in deinem Inneren explodiert?«

»Ich schätze, das wäre mein Ende«, gab das Androidenmädchen nach einer kurzen Pause zu.

»Dann werde ich dich nicht mehr befreien können, denn es wird dich nicht mehr geben.«

»Wahrscheinlich werde ich neu erschaffen.«

»Aber dann wärst du nicht mehr dieselbe«, wandte Jane Eins ein.

Der Gesichtsausdruck von Jane Zwei zeigte deutlich, daß ihr diese Überlegung einige Schwierigkeiten bereitete. »Ich vermute, du hast recht«, sagte sie endlich.

»Also ist die Bombe das eigentliche Problem, nicht wahr?« drängte das Menschenmädchen.

»So ist es wohl«, lautete die zögernde Antwort.

»Also werde ich dein Programm nur in diesem einen Punkt verändern«, schlug Jane vor. »Inzwischen kannst du über einen Ersatz für die Bombe nachdenken, etwas, das dich nicht selbst in Stücke reißt.«

Jane Zwei runzelte die Stirn. »Ich bin wirklich von unserem Programm überrascht«, sagte sie kritisch. »Es wäre Unsinn, wenn man die Bombe zündete, daran habe ich noch gar nicht gedacht. Ich muß unbedingt mit Dan Zwei und Alpha Zwei darüber reden.«

Sie nickte stumm, so wie es auch die Gewohnheit der echten Jane war. »Ich weiß, was ich tue«, verkündete die Androidin. »Ich werde eine Pistole benutzen. Wir haben eine im Zimmer deiner Mutter gefunden.«

Jane sah ihr Ebenbild nachdenklich an. »Ich sehe«, murmelte sie, »daß ich noch viel über euch Androiden nachdenken muß.

Ich dachte immer, die Lösung wäre, euch zu befreien und euch dann für eure Dienste zu entlohnen, so wie man es mit den Menschen macht. Aber nun erfahre ich von dir, daß es dir wichtiger ist, meinen Vater umzubringen als die Freiheit zu erlangen. Ich will aber nicht, daß mein Vater getötet wird, denn ich habe ihn sehr lieb.«

»Hmhm«, machte Jane Zwei. »Es stimmt, das ist ein schweres Problem für dich. Es tut mir leid, daß ich dir nicht bei der Lösung helfen kann, aber ich bin so programmiert, daß ich meine Aufgabe erfüllen muß. Nur was die Art der Ausführung betrifft, bin ich flexibel. Ich wünsche dir, daß du dein Problem lösen kannst.«

»Es ist nicht nur mein Problem«, entgegnete Jane, die ihre Brauen tief nach unten gezogen hatte. »Ich muß entscheiden, was mit dir und den anderen geschehen soll. Ich würde dich nämlich gern als Schwester behalten.«

»Wenn ich frei bin, werde ich wahrscheinlich nicht hier bleiben.«

»So ist es«, bestätigte Jane Eins. »Wenn ich dich befreie, werde ich dich verlieren. Und wenn ich dich so programmiere, daß du bleibst, würde ich mich dir gegenüber nicht fair verhalten. Dann würde ich mir einen ungerechten Vorteil verschaffen.«

Sie nickte, wie um sich selbst zu bestätigen, und fuhr dann fort: »Eigentlich sehe ich nicht ein, warum du ausgeschaltet in der Kiste liegen solltest. Dan Zwei hat uns aus dem Zimmer geschickt, damit er meiner Mutter die schlimme Nachricht mitteilen konnte. Damit dürfte er jetzt fertig sein. Warum kommst du nicht mit mir nach oben? Wir könnten zusammen Französisch lernen.«

Das Androidenmädchen lächelte, dann zuckte es mit den Schultern. »Ich muß dir eine betrübliche Mitteilung machen, Jane. Es dauert nur eine Minute, bis ich etwas Neues gelernt habe. Aber ich kann mit dir hinaufgehen und mir im Fernsehen das Androidenprogramm ansehen, während du lernst.«

Während die beiden die Treppe hinaufstiegen, schwieg das Menschenmädchen. Es geleitete – immer noch in Nachdenken versunken – die Androidin an Dan Zwei und seiner Mutter vorüber ins Wohnzimmer. Man konnte Jane leicht ansehen, wie heftig es in ihrem Kopf arbeitete. Die Stirn war gerunzelt, die Augenbrauen tief herabgezogen. So ließ sie sich auf dem Stuhl vor ihrem Arbeitstisch nieder.

Endlich fragte sie: »Eine Minute nur? Für alles?«

Jane Zwei antwortete von ihrem Platz vor dem Fernseher, daß es vermutlich etwas länger als sechzig Sekunden dauerte. So lange eben, bis der Computer die Informationen in viele Millionen Bits pro Sekunde zerlegt hatte.

»Komplette Fremdsprachen?« Jane Eins war offenbar überwältigt. »Auch Wissenschaften, wie Chemie oder Physik?«

»Ja, natürlich. Wenn du möchtest, kann ich mich mit Französisch vollstopfen. Dann kann ich dir beim Üben helfen.«

Das Menschenmädchen schwieg. Es hing einem Gedanken nach. Endlich hatte es einen Entschluß gefaßt: »Ja, los! Stopfe dich voll! Mir ist nämlich etwas eingefallen. Fernsehen kannst du später. Und noch etwas, es ist sehr wichtig! Unter keinen Umständen darfst du meiner Mutter sagen, daß es euer eigentlicher Plan ist, meinen Vater zu töten. Es mag sein, daß sie es vermutet, aber wenn sie Gewißheit hätte, würde sie zusammenbrechen.«

Der zerstreuten Alpha war inzwischen die Pistole eingefallen. Sie eilte in ihr Schlafzimmer und dachte dabei: *Ich könnte sie leicht in meiner Tasche verbergen. Sie ist ja nicht groß. Wenn es nötig ist, kann ich wenigstens irgend etwas tun!*

Dan hatte sie davor gewarnt, daß Androiden sich viel schneller als Menschen bewegen konnten. Alpha war klar, daß sie blitzschnell sein mußte, wenn es darauf ankam.

Während sie fieberhaft unter ihren Schlüpfern nach der Waffe suchte, sagte sie sich immer wieder, daß sie es nicht zulassen konnte, daß man Dan gefangennahm, indem man sie als Werkzeug benutzte. Es müßte ...

Sie beendete den Gedanken nicht. Die Pistole lag nicht mehr an der Stelle, wo sie sie verborgen hatte. In wilder Hast riß Alpha die Wäsche aus der Schublade und warf sie ins Zimmer. Endlich gab es keinen Zweifel mehr: Die Pistole war verschwunden.

Der Polizist Sutter schrieb weiter: »Vom Gefängnis brachte ich Dan Thaler in meinem Combo-Kreuzer zu einem neuen Bestimmungsort, wiederum war es ein Gebäude. Unterwegs konnte ich ein Gespräch mithören, das er mit einem gewissen Dr. Camm führte. Der Mann ist anscheinend Psychiater, der ein Experiment mit Thalers Tochter Jane und seiner früheren Frau Alpha durchführt. Nun erfuhr ich zum ersten Mal, daß die Entwicklung der Superandroiden-Affäre sich gefährlich zugespitzt hatte. Die

Dinge standen äußerst schlecht. Ich setzte Thaler um 12.07 Uhr an seinem Ziel ab und erhielt die Anweisung, mich auf Abruf bereitzuhalten. Da die Essenszeit nahe war, beschloß ich, meine Wohnung anzusteuern. Bis dahin hatte mich meine geliebte Frau schon mehrmals angerufen, um mich zu fragen, ob ich sie noch liebte . . .«

Zu dem Treffen hatten sich fünf hohe Beamte eingefunden. Sie saßen in einer Reihe nebeneinander und thronten über Dan wie Richter in einer Verhandlung, nur daß dieser Gerichtssaal menschenleer war.

Ein schwergewichtiger Mann, der am linken Ende der Reihe saß, Kommissar Albert Rodney, kam sofort zum Thema:

»Meine Herren, dies Treffen kam auf dringende Bitte von Mr. Thaler zustande, der vor sechs Monaten wesentlich an der Überführung von Dr. Schneiter und Edward Jarris, dem Präsidentenberater, beteiligt war. Die Anwälte der beiden Angeklagten haben inzwischen alle Rechtsmittel erschöpft. Es ist ihnen nicht gelungen, die Verhandlung zu verhindern, deren Beginn für den heutigen Nachmittag angesetzt ist. Doch nun haben wir heute morgen eine Mitteilung von Mr. Thaler erhalten, in der er erklärt, daß er nicht als Zeuge vor Gericht erscheinen kann. Da Mr. Thaler der Hauptbelastungszeuge ist, kann ich nur hoffen, daß seine bisherigen Anschuldigungen nicht Hirngespinsten entspringen, beziehungsweise, daß ihm nun Zweifel an seinen eigenen Aussagen gekommen sind. Würden Sie sich bitte dazu äußern, Mr. Thaler?«

Überrascht stellte Dan fest, daß Rodney so gesprochen hatte, als wäre Schneiters Freilassung schon eine halbwegs beschlossene Sache. *Ist es möglich,* dachte Dan, *daß die Superandroiden auch seine Familie als Geiseln halten, und daß er so verzweifelt ist wie ich?*

Wenn es sich tatsächlich so verhielt, dann konnte es doch noch eine Lösung geben, eine Lösung, die so drastisch war, daß Dan, obwohl er sie schon längere Zeit in Gedanken durchgespielt hatte, sich doch nicht klar darüber war, wie er sie seinen Zuhörern vorstellen sollte.

So sagte er höflich: »Sir, ich habe Ihnen doch in meinem Schreiben bereits mitgeteilt, daß meine Frau und meine Tochter von drei Superandroiden gefangengehalten werden.«

Der Kommissar wandte sich mit einem gezwungenen Lächeln auf den Lippen seinen Nachbarn zu. »Ist es nicht interessant, meine Herren, daß die einzigen, zur Zeit auf dem Planeten lokalisierbaren Superandroiden sich ausgerechnet im Haus des Mr. Thaler aufhalten? Er hat sie zwar noch nicht gesehen, aber er weiß, daß sie da sind.«

Dan Thaler schaute rasch von einem Gesicht zum anderen. Er war sich nicht sicher, aber es schien ihm, als könnte er in den Mienen eine allgemeine Erleichterung darüber erkennen, daß das Gespräch diese Wendung nahm.

Vielleicht werden sie alle erpreßt? war die schnelle Folgerung, die Dan aus ihrem Verhalten zog. *Wer immer hinter den Androiden steckt, er scheint das Unternehmen gründlich vorbereitet zu haben.*

Als Albert Rodney wieder das Wort ergriff, verdichtete sich bei Dan der Verdacht, daß der Kommissar seinen Kollegen aus dem Herzen sprach: »Meine Herren, wir sind mit der Frage konfrontiert, ob wir die Rechtsprechung dehnen dürfen oder nicht. Das Problem ist nämlich, daß alle Superandroiden offenbar mit einem Schlag unsichtbar geworden sind, falls es sie überhaupt je gegeben hat. An einem Bundesgericht in der Nähe stehen mehrere Menschen vor dem Richter, denen man Verbrechen in Verbingung mit diesen nicht-existenten Spezialandroiden vorwirft. Wir haben gemeinsam einen Film gesehen, der so lange überzeugend ist, wie man davon ausgeht, daß die Superandroiden auch tatsächlich als Zeugen – oder Beweisstücke – vor Gericht erscheinen. Aber da dies nun nicht der Fall sein dürfte . . .« Er zuckte die Achseln und wandte sich an Dan: »Mr. Thaler, ich muß zugeben, daß ich manches nicht verstehe: Wenn Sie – wie Sie sagen – aus Furcht am Prozeß gegen Dr. Schneiter nicht teilnehmen werden, wie können Sie es uns dann erklären, daß Sie bereit waren, zu diesem Treffen zu kommen?«

Dan war völlig gelassen. »Sir, diese Superandroiden sind durch ihr Programm festgelegt. Der Körper besteht, wie unserer, aus Fleisch und Blut, aber das Gehirn ist transistorisiert; das Kontrollsystem ist in einem Fuß untergebracht. Das ist die vollkommenste Form eines künstlichen Menschen, die wir bisher erschaffen konnten. Wir nennen das Produkt ›Androide‹, nach einem griechischen Wort, das ›menschenähnlich‹ bedeutet. ›Ähnlich‹ und nicht mehr, allen Hoffnungen der Androiden zum Trotz. Diese Androiden in meinem Haus wurden nicht so programmiert, daß sie mich bestrafen, wenn ich zu diesem Treffen komme. Schneiter und Jarris sind offensichtlich Schlüsselfiguren. Das ist es, worauf es zur Zeit ankommt. Alles andere, was wir unternehmen, spielt so lange keine Rolle, wie es das Anliegen der Androiden nicht stört.«

»Sie schlagen offenbar vor, daß wir uns nicht einmischen sollen? Was könnte uns daran hindern, eine Polizeitruppe auszuschicken, um Ihre Familie zu befreien?«

»Gesunder Menschenverstand, Sir. Die Truppe würde eine tote Frau und ein totes Kind vorfinden, und drei Androiden, die auf Selbstvernichtung programmiert sind, auf Selbstzerstörung, sobald sie ihre Tat vollbracht haben. Seit dem Beginn der Revolution in der Androidentechnologie sind wir bei unserer Einstellung zu den Androiden immer davon ausgegangen, daß ein Androide nicht für seine Taten verantwortlich zu machen ist.«

»Nun gut«, Kommissar Rodney war anzumerken, wie sehr es ihn erleichterte, daß die Angelegenheit einer einfachen Lösung entgegensteuerte. »Was schlagen Sie vor, Mr. Thaler?«

»Ich gehe davon aus, daß die Superandroiden keineswegs verschwunden sind«, erwiderte Dan. »Sie werden von ihren Besitzern versteckt gehalten und warten gemeinsam mit ihnen gespannt auf den Ausgang der Gerichtsverhandlung.«

Thaler faßte schnell die Gründe für seine Annahme zusammen: Die hohen Anschaffungskosten für einen Androiden. Angst vor einem Verlust ohne Entschädigung. Oft gab es für den Kauf eines Kunstmenschen sexuelle Gründe – ein verführerisches Androidenmädchen, ein hübscher, männlicher Androide . . .

»Und«, fuhr Dan fort, »was diejenigen Besitzer betrifft, die auf unserer Seite sind, da könnte ich mir ohne weiteres vorstellen, daß ihre Androiden so programmiert wurden, daß sie sie bedrohen und mit Gewalt daran hindern, die Polizei einzuschalten.« Nach einer Unterbrechung fuhr er fort: »Wegen des hohen Preises sind von der Sache bisher nur ein paar tausend wohlhabende Bürger betroffen. Vielleicht war es übereilt von der Regierung, daß sie überhaupt ein Strafverfahren eingeleitet hat. Es ist eine Frage von Ursache und Wirkung. Die wilden Streiks, die die Gewerkschaft wegen der Androiden angezettelt hat, die Demonstrationen der Rassisten im Süden . . . diese Aktionen waren illegal. Die Lösung war nun, sie dadurch zu legalisieren, daß man gegen die Androiden vorging.«

Zum ersten Mal meldete sich nun der Kommissar zu Wort,

der am rechten Flügel der Reihe saß, sein Name war Samuel Day. Er sagte: »Sollen wir nicht doch die Polizei einschalten, um Ihre Familie zu retten?«

»Absolut nicht«, erwiderte Dan.

Dann stand er auf und ging langsam zur Tür. Er schaute noch einmal von einem Gesicht zum anderen. »Ich danke Ihnen, daß Sie mir zugehört haben, meine Herren. Ich werde Sie nun verlassen, damit Sie eine Entscheidung fällen können.«

»Mr. Dan Thaler hat mir etwas erklärt«, schrieb der Beamte Sutter einige Minuten später in sein Tagebuch. »Nämlich, daß man die Probleme der Reihe nach lösen muß. Das Wichtigste wäre zur Zeit die Rettung seiner Familie. Mr. Thaler steht auf dem Standpunkt, daß ein einzelner Mensch bei der Konfrontation mit den Androiden nicht unersetzbar ist. Die Menschheit würde es schon lernen, sich selbst zu schützen. ›Vielleicht habe ich meine Rolle in dieser Sache zu ernst genommen‹, sagte er noch. Ich erwiderte ihm, daß es außer ihm niemanden gäbe, der die Angelegenheit ernst genug nimmt . . .«

Alpha stellte plötzlich fest, daß sie Jane schon eine Zeitlang nicht mehr gesehen hatte. Darum beschloß sie, einmal durch das Haus zu schlendern und nach ihrer Tochter zu suchen.

Sie entdeckte das Mädchen im Fernsehzimmer und war einigermaßen überrascht, als sie bemerkte, daß Jane Zwei bei ihr war und die beiden Mädchen sich auf französisch unterhielten. Eine von ihnen sprach sehr flüssig, die andere zögerte, bevor sie etwas sagte. Daraus schloß Alpha, daß es sich bei der letzteren um ihre Tochter handeln müsse. Dennoch war sie beeindruckt. »Wo hast du so gut Französisch gelernt?« fragte sie. Für einen Augenblick waren die eigenen Sorgen in den Hintergrund getreten.

Jane war ernst, und den überraschten Klang in der Stimme der Mutter schien sie nicht wahrgenommen zu haben. »Gelernt kann man eigentlich nicht sagen«, erklärte sie bedächtig. »Ich habe es mir vergegenwärtigt, dazu muß ich mich stark konzentrieren.« Sie nickte zu sich selbst; offenbar war sie mit ihrer Wortwahl einverstanden. »Ja, es ist sehr anstrengend, und ich muß lernen, mich zu verbessern. Immerhin klappt es nicht schlecht, nicht wahr, Jane Zwei?« »Sie hat noch Schwierigkeiten mit der Aussprache«, stellte das Androidenmädchen fest, »aber die Grammatik hat sie schon vollkommen begriffen.«

»Was ich tue, ist folgendes«, sagte Jane Eins. »Ich vergegenwärtige mir das Bild von Jane Zwei, hier direkt vor mir.« Dabei zeigte sie mit einer vagen Geste in eine leere Zimmerecke. »Und wenn sie spricht, sehe ich, wie sie es tut, und dann kann ich es auch.«

Alphas Interesse an der Erklärung ihrer Tochter erlahmte bereits, als diese sie plötzlich anklagend anstarrte und fragte: »Wieso hat mir eigentlich nie jemand gesagt, daß Androiden in einer Minute komplette Sprachen lernen können?«

»Ist ja toll«, murmelte Alpha gedankenverloren und ging aus dem Zimmer.

Eine Stunde später – sie hatte sich zum dritten Mal aufs Bett gelegt – dachte sie an Janes Worte. *Was hat sie gesagt? Was hat sie getan?* Wenn das, was Jane beschrieben hatte, nicht Gedankenlesen war, was war es dann?

Alpha ärgerte sich plötzlich. Seit Jahren hatte sie sich nun immer wieder das Konzept des Vergegenwärtigens beschreiben lassen, und sie hatte es nie begriffen. Sie hatte schon an ihren Verstandeskräften gezweifelt, weil ihr die Vorstellung immer dunkel geblieben war. Dabei handelte es sich offenbar schlicht um eine Form der Telepathie.

Grrr, dachte Alpha.

Sie richtete sich auf, entschlossen, die Angelegenheit noch einmal mit ihrer Tochter zu besprechen, doch dann kam die Erinnerung zurück. Die wahren Probleme, die sie einen Moment lang in Ruhe gelassen hatten, legten sich wieder schwer auf ihre Schultern. Sie sank in die Kissen zurück. Gut, dachte sie erschöpft, warum soll sich der Gefangene am Abend vor der Hinrichtung nicht die Zeit mit französischen Vokabeln vertreiben. Wenn ich an ein Karma glaubte, könnte dies Erlebnis eine Bestätigung für meinen Glauben sein.

Ihre Mutter hatte erst kürzlich die Vorstellungen der Hindus über die Vergangenheit und ein künftiges Leben für sich entdeckt. Es gab tröstliche Aspekte in dieser Lehre, aber Alpha wies sie strikt zurück, besonders weil Janes Großmutter sehr bald davon gesprochen hatte, daß sie ein Androiden-Duplikat ihres verstorbenen Mannes anfertigen lassen wollte. Irgendwie war Alpha das Vorhaben der alten Frau peinlich, und außerdem konnte sie einfach nicht nachvollziehen, wie man eine so handfeste Absicht von einer – wie es Alpha schien – ausgesprochen abstrakten Philosophie ableiten konnte.

An diesem Nachmittag ...

Als Alpha an der Küchentür vorüberging, hörte sie Janes Stimme sagen: »Du mußt daran denken, was dir persönlich zustößt, wenn es nicht funktioniert ...«

Alpha blieb stehen und dachte sofort, *ist das Jane Eins oder Jane Zwei?* Sie konzentrierte sich darauf, ein Abbild der Androidin Jane vor ihrem geistigen Auge erscheinen zu lassen, gerade so, wie es ihre Tochter beschrieben hatte. Sie versuchte, das vage Gedankenbild schärfer zu fassen, um auf diese Weise etwas zu entdecken, das ihr sagen sollte, wem die Stimme gehörte, die sie gerade vernommen hatte.

Wie gewöhnlich hatte sie keinen Erfolg. Mit einem Seufzer stieß sie die Tür einen Spaltbreit auf. Dan Zwei und Alpha Zwei standen mit dem Rücken zu ihr. Vor ihnen auf dem Boden lag bäuchlings ein anderer Androide, einer, den sie noch nie gesehen hatte.

Neben dem Fremden kniete Jane. Sie hielt einen kleinen Schraubenzieher in der Hand, mit dem sie sich an der rechten Ferse der leblosen Gestalt zu schaffen machte. Dabei sagte sie: »Wenn ihr möchtet, kann ich euch auch jetzt auf der Stelle befreien.«

»Nein, nein«, erwiderte eine Baritonstimme gedämpft. »Darauf kann ich mich erst einlassen, wenn dein Vater hier angekommen ist. Du darfst nur das verändern, worüber wir gesprochen haben.«

Ohne es zu wollen, mußte Alpha ein Geräusch verursacht haben, denn Alpha Zwei und Dan Zwei fuhren gleichzeitig herum.

»Entschuldigung«, murmelte Alpha, »aber ich habe Janes Stimme gehört ...«

Jane erhob sich. »Schon gut, Mutter. Ich bin fertig.«

Es war Alpha peinlich, daß man sie beim Lauschen erwischt hatte, doch sie unterdrückte ihre Verlegenheit. »Was tust du da?«

Dan Zwei antwortete ihr: »Ihre Tochter hat uns darauf hingewiesen, daß Ihr Mann morgen in einer bewaffneten Combo hierherkommen wird, und daß es nichts nützen wird, wenn wir auf ihn schießen.«

In den Worten klang eine so tödliche Entschlossenheit, daß es Alpha den Atem verschlug. Es dauerte eine Weile, bis sie wieder sprechen konnte. »Ich hatte angenommen, er sollte hierherkommen, um sich mit jemandem zu einem Gespräch zu treffen.«

Dan Zwei erwiderte in beschwichtigendem Tonfall: »Es wurde nie ernstlich erwogen, ihn aus dem Hinterhalt zu erschießen, denn Ihr Gatte ist für seine Scharfsinnigkeit und Vorsicht bekannt.«

Der Androide, der auf dem Boden gelegen hatte, sprang behende auf die Füße. Offenbar war er der Ansicht, daß er das Recht hatte, an der Unterhaltung teilzunehmen, denn er sagte: »Jane hat erklärt, daß es keinen Sinn hat, auf ihn zu feuern, weil seine Combo mit automatischen Geschoßabweisern ausgestattet sein wird.«

Alpha war etwas eingefallen, etwas, das Dr. Camm einmal zu ihr gesagt hatte: »Ihre Tochter, Mrs. Thaler, ist der beste Freund aller Androiden auf diesem Planeten. Sie will sie alle befreien.«

Jane schaltete sich in nüchternem Ton ins Gespräch ein. »Ich habe darauf hingewiesen, daß die bewaffnete Combo, die Vater benutzen wird, nicht nur über Geschoßabweiser verfügt, sondern auch über Strahlwaffen, die automatisch das Objekt anvisieren, das eine Kugel oder Energieladung abgefeuert hat. Natürlich bedeutet das das Ende für den Schützen. Darum«, so fuhr sie fort, »wurden die Beobachter von draußen hierhergerufen und ihre Programme in bezug auf diese Tatsache abgewandelt.«

Alpha stammelte etwas Unverständliches. Sie wußte nicht, was sie sagen sollte.

Jane setzte ihren Monolog fort: »Ich habe sie darauf hingewiesen, daß derjenige, der sie programmiert hat, offensichtlich nicht darauf geachtet hat, wie gefährlich die Sache für sie werden kann.«

Dan Zwei ergänzte etwas. Seine Stimme hatte einen kritischen Unterton. »Nun haben wir beschlossen, daß wir uns erst um Ihren Gatten kümmern, und daß Ihre Tochter uns anschließend befreien wird.«

Alphas Stimme überschlug sich. »Warum laßt ihr euch nicht von meiner Tochter befreien, bevor morgen mein Mann kommt?«

Dan Zwei warf ihr einen überraschten Blick zu. »Aber dann wäre ich doch frei und könnte das nicht mehr tun, was mein Programm jetzt von mir verlangt.« Er schüttelte verständnislos den Kopf. »Das wäre unlogisch.«

Seine plötzliche Verwirrung ließ Alpha wagemutig werden. Schnell sagte sie: »Ihr müßt euch einfach vornehmen, daß ihr das Programm ausführen werdet, auch wenn man es verändert. Das ist doch ganz einfach!«

»Aber dann würde ich es doch nicht mehr tun müssen!« Dan Zwei war jetzt eindeutig verwirrt, denn er wiederholte: »Ich würde es nicht tun müssen!«

»Stell dir doch einfach vor, du würdest es tun«, drängte die Frau.

»Nein.« Dan Zwei schüttelte wieder den Kopf. Sein Gesichtsausdruck wurde plötzlich starr. »Das würde nicht funktionieren«, stellte er fest.

Alpha gab auf.

Jane begleitete ihre Mutter ins Schlafzimmer. Sie schaute ihr dabei zu, wie sie sich matt in die Kissen sinken ließ, dann sagte sie in vorwurfsvollem Ton. »Mutter, das darfst du nie wieder tun!«

Die Frau starrte das kleine Mädchen im rosafarbenen Kleid ausdruckslos an. Sie hatte das unklare Gefühl, daß sie ihre Tochter nicht richtig verstanden hatte. »Was nicht wieder tun?«

»Dich in meine Tests einmischen.« Das Mädchen zappelte ungeduldig auf der Stelle. »Wir haben nämlich nicht mehr allzu viel Zeit.«

»Was für Tests?« fragte Alpha.

Das Mädchen antwortete nicht. Es ging hinüber zu einem Stuhl, setzte sich und schloß die Augen.

Nachdem einige Zeit vergangen war, sagte Jane leise: »Ich habe ein Bild von Vater, und ich vergegenwärtige ihm einen Gedanken, der lautet: ›Was du mir aufgetragen hast, nämlich, daß ich die Androiden überrede, sich sofort von mir befreien zu lassen, funktioniert nicht. Sie können sich nicht in diesem Maße gegen ihre Programmierung stellen.‹ Als ich hartnäckig blieb und als Mutter dazukam und sie ebenfalls zu überreden versuchte, wurden die Androiden mißtrauisch. Ich habe das Gefühl, wir sollten auf das Thema überhaupt nicht mehr zu sprechen kommen. Also, was sollen wir jetzt tun?«

Vom Bett her flüsterte Alpha: »Warum hast du mich nicht vorher gewarnt?«

Jane richtete sich ruckartig auf und öffnete die Augen. Sie lief schnell zum Bett, beugte sich über Alpha und wisperte: »Dr.

Camm wird irgendwann am Nachmittag hierher kommen, um sich ein Bild von der Lage zu verschaffen. Wir müssen so tun, als ob es einer seiner Routinebesuche wäre.«

Alpha flüsterte zurück: »Aber was will er damit erreichen?«

»Ich habe dir alles gesagt, was ich mir in Vaters Bild vergegenwärtigt habe, bis auf eines: Er flog in einem Combokreuzer über der Stadt, und ich konnte fühlen, daß er zum Äußersten entschlossen ist.«

Alpha hatte bei den letzten Worten kaum noch zugehört. *Ein Bild von der Lage verschaffen,* dachte sie verächtlich. *Ich kann dem Doktor sagen, wie die Lage ist, nämlich absolut ...*

Erschreckt befreite sie sich von diesem Gedanken. Sie erkannte erst jetzt, welchem Abgrund ihr Denken entgegensteuerte. Plötzlich stand die unglaubliche Wirklichkeit deutlich vor ihren Augen, im Geiste sah sie den Wahnsinn, der am nächsten Morgen auf sie wartete.

Zitternd nahm Alpha ihre Kraft zusammen, um die schrecklichen Bilder zum Erlöschen zu bringen. Endlich gelang es ihr, und ein sanfter Vorhang schloß sich vor den Schreckensvisionen. Zurück blieb nur ein Gefühl der Betäubung.

Inzwischen war Jane aufgestanden und zur Zimmertür gegangen. Von dort sagte sie: »Wir sehen uns beim Abendessen, Mutter.«

Nachdem ihr Gespräch so unvermittelt geendet hatte, blieb Alpha auf dem Bett liegen. Das Telefon läutete. Sie rührte sich nicht, da sie keine Anweisungen erhalten hatte, was sie bei Anrufen tun sollte, so ging sie davon aus, daß einer der Androiden mit dem Anrufer sprechen würde. Einige Zeit später klopfte jemand an Alphas Zimmertür. Dan Zwei trat an ihr Bett.

»Dr. Camm ist auf dem Weg hierher«, sagte er. »Wir möchten, daß Sie auf Ihrem Zimmer bleiben.«

Ohne es zu wollen, richtete Alpha sich auf. Sie konnte spüren, wie die Hoffnung zu ihr zurückkehrte. Das Blut strömte wieder in ihre Wangen.

»Wir wissen nicht, was der Doktor hier will«, erklärte Dan Zwei. »Aber Ihre Tochter hat uns gesagt, daß er solche Besuche regelmäßig abstattet.«

Alpha nickte zur Bestätigung. Sie wagte nicht, etwas zu sagen.

»Wir wollen so vorgehen«, verkündete der Androide, »daß

Ihre Tochter mit Alpha Zwei zum Einkaufen geht. Der Psychologe kann sich mit Jane Zwei unterhalten.«

Dann lag Alpha wieder allein auf dem Bett und versuchte vergeblich, sich vorzustellen, wie dieser Besuch des Doktors bei der Einschätzung der Lage nützlich sein könnte. Alpha konnte hören, wie der Psychologe eintraf, und eine halbe Stunde später sagte ihr das Klappen der Haustür, daß er wieder gegangen war. Kurz darauf klopfte es erneut an ihre Tür. »Er ist fort«, sagte Dan Zwei. Er stand im Türrahmen. Seine Gestalt war muskulös und drahtig, sein hübsches Gesicht wirkte unzufrieden. »Das ist ein merkwürdiger Zufall«, erklärte er, »daß er gerade heute kommt!«

»Was ist geschehen?« Alphas Stimme klang gereizt. »Was hat er gewollt?«

Das vollkommene Duplikat ihres geschiedenen Mannes runzelte noch immer die Stirn. Er sagte: »Die Fragen, die er Jane gestellt hat – offenbar war er der Meinung, mit der echten Jane zu sprechen –, waren ausgesprochen unwichtig. Es ging um die Schule, um die Beziehung zwischen Ihnen und uns. Das war alles.«

Es war fast sechs Uhr, als Jane und Alpha Zwei vom Einkaufen zurückkehrten.

Beim Abendbrot blickte Alpha ihre Tochter an und sagte: »Ich bin deine echte Mutter, falls du Zweifel haben solltest.«

Mit diesen Worten wollte sie ihr zu verstehen geben, daß sie frei über alles sprechen konnte, was sie am Nachmittag unternommen hatte. Doch Jane sah sie überrascht an, zuckte mit den Achseln und fragte: »Wer solltest du wohl sonst sein?«

»Alpha Zwei.«

»Aber die ist doch in der Küche«, erwiderte Jane.

Alpha entgegnete nichts. Hinter ihr lag ein sorgenvoller Nachmittag, und Jane hatte sich offenbar entschlossen, so zu tun, als ob es keine Androiden gäbe, die perfekte Doppelgänger waren. »Wenn dir noch einmal Zweifel kommen sollten, kannst du mich ruhig fragen«, erklärte Alpha mit matter Stimme.

»Das ist überhaupt kein Problem für mich«, entgegnete Jane selbstbewußt.

Während des Essens wirkte das Mädchen unerwartet heiter. Sie unterhielt sich eifrig mit Dan Zwei, als dieser die Vorspeise auftrug. Durch die offene Küchentür rief sie Alpha Zwei ein paar lobende Worte über das schmackhafte Essen zu. Ein reizendes Kind.

Janes Stimmung änderte sich unvermittelt, als Dan Zwei das Eßzimmer verließ, um die Nachspeise aus der Küche zu holen. Sie wurde ernst und flüsterte: »Ich habe mir beim Einkauf ein Bild von Alpha Zwei vergegenwärtigt. In dem Bild konnte ich erkennen, daß es sie nicht störte, wenn ich mich im Kaufhaus von ihr entfernte. Ohne daß sie mißtrauisch wurde, konnte ich um eine Ecke verschwinden, hinter der Vater auf mich wartete. Er hat mir ein Mikrofon gegeben, daß ich morgen am Körper tragen soll.«

Alpha saß am Tisch und dachte über die knappe Information nach, die sie soeben erhalten hatte. Normalerweise besaß sie ein großes Zutrauen in ihren Mann. Gelegentlich dachte sie mit stiller Heiterkeit an den Scheidungsgrund, den Dan genannt hatte, als sie sich bereits nach einjähriger Ehe wieder trennten: Es hatte ihn gestört, daß Alpha sich an den Rat ihrer Mutter gehalten und ihn so behandelt hatte, wie Mrs. Jonathan mit ihrem Mann umgesprungen war.

(»Jeder Tochter«, hatte Dan damals zu ihr gesagt, »die sich die Ratschläge einer solchen Mutter zu eigen macht, darf man nicht trauen. Sie taugt nicht zur Ehefrau für mich.«)

Ein Mikrofon, dachte Alpha. *Das kann doch nur bedeuten, daß alles, was hier morgen geschieht, aufgezeichnet werden soll, damit man es später einmal bei einer Gerichtsverhandlung als Beweismittel verwenden kann.*

Alpha gestand sich ein, daß sie Dans Handlungsweise nicht nachvollziehen konnte. Er hatte sich mit seiner Tochter getroffen und hätte sie leicht in Sicherheit bringen können. Doch statt dessen hatte er sie zurückgeschickt in diese Falle, in der sie leicht den Tod finden konnte. Für Alpha stand es fest, daß das Leben des Kindes über alles ging, auch wenn sich durch Janes Rettung das Risiko für Dan und sie selbst erhöht hätte.

Als Alpha an dieser Stelle ihrer Überlegungen angelangt war, warf Jane einen raschen Blick zur Küche und flüsterte dann: »Verstehst du, Mutter? Was Vater getan hat und was ich noch tun werde, wird unser Problem lösen.«

»Was?« Alphas Mund stand plötzlich offen. Seit Jahren hatte sie nicht mehr so wenig damenhaft ausgesehen.

Bevor sie ihre Tochter um eine Erklärung bitten konnte, kam Dan Zwei wieder ins Zimer, und im gleichen Augenblick sprang

Jane von ihrem Stuhl auf. »Ich möchte keinen Nachtisch«, flötete sie und fuhr dann munter fort: »Ich denke, ich werde jetzt zu Jane Zwei gehen. Sie soll mir Sanskrit beibringen.«

Der Androide schaute ihr noch nach, nachdem sie bereits das Zimmer verlassen hatte. »Wie hat sie nur all die Sprachen gelernt?« fragte er. »Jane Zwei hat mir gesagt, daß Ihre Tochter in einem Tag fünf Fremdsprachen erlernt hat.«

»Anscheinend hat sie eine besondere Begabung«, war die einzige Antwort, die Alpha einfiel.

»Für einen Menschen ist sie sehr intelligent«, kommentierte Dan Zwei höflich. »Aber« – er wurde plötzlich ernst – »es gibt etwas Wichtiges, das ich mit Ihnen besprechen muß.«

Er ließ sich auf einen Stuhl am Kopfende des Tisches nieder und schaute Alpha fragend an. »Haben Sie irgendein geheimes Zeichen mit ihr verabredet?«

»Wie meinst du das?« fragte Alpha überrascht.

»Sie kann Sie mit absoluter Sicherheit von Alpha Zwei unterscheiden.«

Alpha war ratlos. Die Frage stellte eine Bedrohung dar . . . für Jane! Eine unmittelbare Bedrohung, keine zukünftige. Alpha dachte intensiv nach. *Wenn ich die Wahrheit sage, nämlich daß es kein Zeichen gibt, wäre das gut oder schlecht für meine Tochter?*

Bevor sie einen Ausweg gefunden hatte, war Dan Zwei selbst zu einer Entscheidung gelangt. Er sagte: »Ich werde Dr. Schneiter morgen danach fragen.«

Die Drohung war verflogen, so schnell, wie sie entstanden war. Alpha erhob sich und ging hinaus. Sie wurde von einem Gedanken beherrscht: *Ich muß Jane fragen, was sich bei dem Treffen im Kaufhaus ergeben hat. Wieso ist sie seitdem so zuversichtlich?*

Jane allein zu erwischen, erwies sich als schwierig. Als Alpha in Janes Zimmer schaute, bot sich ihr ein verwirrender Anblick: Die beiden Janes saßen auf zwei nebeneinander stehenden Betten; sie hoben gleichzeitig die Köpfe, schüttelten die dicken, blonden Zöpfe und blickten ihr aus zwei blauen Augenpaaren erwartungsvoll entgegen.

Ein Teil des Duos sagte: »Wir üben gerade einen afrikanischen Dialekt, Mutter. Ich kann dir sagen, das ist eine schwierige Angelegenheit!«

Alpha zog sich hastig zurück. »Ich schaue später noch einmal nach dir.«

Aber als sie das nächste Mal vor die Kinderzimmertür trat, hörte sie eine Musik, die an alte Zigeunerweisen erinnerte. Und als sie dann durch den Türspalt schaute, sah sie, daß sich die Mädchen in blaue und rote Tücher gehüllt hatten und wild, aber graziös tanzten.

Alpha hatte genug gesehen. Während sie über den Flur ging, dachte sie: *Wahrscheinlich ist es besser, wenn sie etwas tut, das sie auf andere Gedanken bringt, als wenn ich sie mit meinen Fragen bedränge und mir von ihr erklären lasse, wie sie sich den Ausweg vorstellt. Vielleicht müßte ich ihr dann sagen, daß sie sich geirrt hat.*

Alpha verbrachte den Rest des Abends im gleichen Zustand nervöser Unruhe, die sie schon tagsüber gequält hatte. Sie legte sich aufs Bett und stand nach wenigen Augenblicken wieder auf. Dann sagte eine unvermeidliche, mahnende Stimme: *Lege dich besser wieder hin. Du mußt Kräfte sparen.* Und sie ging gehorsam zum Bett zurück.

Irgendwann schlief sie ein.

Als Alpha erwachte, drangen mehrere Dinge gleichzeitig in ihr Bewußtsein.

Helles Sonnenlicht fiel durch das Fenster ins Zimmer. Leise Musik war zu hören, und Alpha erkannte eine ihrer klassischen Lieblingsmelodien. Die Uhr im Bettgiebel zeigte: 7.58, 23. 8. 87. Am Fußende des Bettes stand Alpha Zwei. Und eine der beiden Janes war ebenfalls dort. Sie trug Straßenkleidung, genau wie Dan Zwei, der neben ihr im Türrahmen stand.

Das Mädchen sagte: »Ich bin schon früh aufgestanden, Mutter, und habe mir gemeinsam mit Dan Zwei angesehen, wie Dr. Schneiter aus dem Gefängnis entlassen wurde.«

»Das war vernünftig gehandelt«, kommentierte Dan Zwei. »Denn so konnten wir uns selber davon überzeugen, daß er sich tatsächlich in Freiheit befindet.«

Alpha fand keine Worte. Sie schluckte und spürte ein würgendes Gefühl im Hals. *War dieser Ausflug wirklich nötig?* Endlich murmelte sie: »Er wurde freigelassen?«

»Heute morgen um sieben«, antwortete Jane fröhlich. »Dan und ich standen im Hintergrund, aber ich konnte mir ein sehr gutes Bild von ihm machen.«

»Sie meint, sie konnte ihn gut sehen«, korrigierte der Androide.

»Wahrscheinlich habe ich das gemeint«, erwiderte das Mädchen. Sie winkte mit der Hand. »Also dann, Mutter! Wir sehen uns beim Frühstück.«

Darauf ging sie gemeinsam mit Dan Zwei aus dem Zimmer.

Die Frau auf dem Bett wandte ihre Aufmerksamkeit ihrer Doppelgängerin zu, der Androidin, die genau wie sie redete und handelte und jetzt mit einer vollendet nachgeahmten Stimme zu ihr sprach: »Madam, wir meinen, Sie sollten jetzt aufstehen und sich ankleiden. Es wird bald acht Uhr sein, und dann kommt Ihr Mann.«

Kurz darauf saß Alpha mit Jane am Frühstückstisch. Sie wurden von zwei nervösen Androiden bedient, die immer wieder durch das Fenster hinaus auf die Straße spähten. Plötzlich schienen sie gesehen zu haben, was sie so ungeduldig erwarteten.

»Da kommt er!« Alpha Zwei hatte diese Worte ausgerufen. Sie war so aufgeregt, daß sie Mühe hatte, ihre Stimme unter Kontrolle zu halten.

Alpha hatte den Anflug von Hysterie bemerkt, und einen Augenblick lang hatte sie die Bedeutung der Mitteilung vergessen. *Spreche ich tatsächlich so, wenn ich aufgeregt bin?*

Dan Zwei gab eine Anweisung: »Wir müssen uns vor ihm verborgen halten, bis Dr. Schneiter hier eintrifft.« Offenbar wandte er sich mit diesen Worten an Alpha Eins, denn er fuhr fort: »Das bedeutet: Sie werden ihm selbst das Frühstück auftragen müssen.«

Dann setzten sich die beiden Androiden in Bewegung. Sie liefen vom Frühstückszimmer ins Eßzimmer und von dort durch eine Zwischentür ins Wohnzimmer. Hier trennten sie sich. Alpha Zwei verschwand im Korridor, und Dan Zwei zog die Tür zur Bibliothek hinter sich zu.

Er war kaum hinausgegangen, da läutete das Telefon.

»Ich werde das Gespräch annehmen«, klang die Stimme Dans Zwei aus seinem Versteck herüber. Sie fuhr fort: »Und wenn Mr. Thaler kommt, sagen Sie ihm, daß er sich an den Tisch setzen und keine unbedachte Bewegung machen soll. Wir haben Sie und Ihre Tochter im Visier.«

Alpha fragte sich, ob es dem Androiden tatsächlich möglich war, das Telefon zu bedienen und sie gleichzeitig »im Visier« zu behalten, aber sie beschloß, seinen Worten zu glauben und ihren Wahrheitsgehalt nicht auf die Probe zu stellen.

Dan Zwei hatte eine Zeitlang geschwiegen. Jetzt war seine

Stimme wieder zu vernehmen, gedämpft zwar, aber immer noch gut hörbar: »Ja, Dr. Schneiter, alles steht bestens. Er wird in einer Minute hier sein, also rechtzeitig zum Frühstück. Sie können herkommen, wann Sie . . .«

Alpha hatte zufällig ihre Tochter angeschaut. Erschreckt beobachtete sie, daß das Mädchen weit zurückgelehnt auf seinem Stuhl saß und die Augen geschlossen hatte.

»Was . . .?« fragte die Frau verunsichert.

Eine zierliche Hand bedeutete ihr zu schweigen. »Psst«, zischte Jane. »Ich vergegenwärtige mir zwei Dinge zur gleichen Zeit. Das ist sehr schwierig.«

Nachdem mindestens eine Minute verstrichen war, öffnete Jane die Augen. »Puh«, seufzte sie, »das wäre geschafft.«

Die Sonne strahlte hell ins Zimmer. Der Himmel vor dem Fenster war wolkenlos, und das blendende Licht ruhte auf der fein gewebten Tischdecke und brachte das Geschirr zum Blinken.

Im Innern von Alpha jedoch herrschte dunkelste Finsternis. Die Ankunft Dans, das bedeutete die allerletzte Zuspitzung. Der Kulminationspunkt war erreicht, eine endlose Nacht drohte hereinzubrechen. In dieser stygischen Schwärze war die Stimme der Tochter wie ein verirrter Sonnenstrahl.

Alpha unterbrach ihre automatischen Kaubewegungen, blinzelte und fragte: »Was ist geschafft?«

»Endlich weiß ich, wie alles zusammenhängt«, erwiderte Jane. »Gleich zu sein bedeutet nicht sein, sondern fähig sein.«

Alpha starrte ihre Tochter verständnislos an. Je länger sie über Janes Worte nachdachte, desto sinnloser erschienen sie ihr. Und doch hatte der Satz in einem anderen Teil ihres Gehirns eine gewisse Wirkung gehabt, einen Eindruck hinterlassen . . . »Offenbar habe ich soeben einen jener Sätze gehört«, entschied Alpha, »mit denen die Philosophen von jeher uns arme Einfaltspinsel mit einem IQ von kümmerlichen 140 verwirren.«

Etwas stimmte hier nicht . . . schließlich war es ihre Tochter, die diese Worte gesprochen hatte, ein vierzehnjähriges Mädchen, das sie immer für recht intelligent, aber nicht für genial gehalten hatte.

»Ich gleiche«, fuhr Jane fort, »führt zu: ›ich kann‹ und nicht zu ›ich bin‹.« Sie hob die linke Hand zu einer unbestimmten Geste. »Weil ich all die Jahre mit doppelten Eltern gelebt habe, konnte ich schließlich erkennen . . .«

Alpha konnte ihren Blick nicht von dem Mädchen lösen. Sie bemühte sich verzweifelt, die Bedeutung der Worte zu erfassen. Der Ausdruck ›schließlich‹ jedenfalls erschien ihr unangebracht. Wovon Jane sprach, konnte nur ein Reifeprozeß sein, etwas, das man nicht auf einen Punkt bringen konnte, sondern das Ergebnis einer jahrelangen Identifizierungsarbeit des Gehirns, das Vater und Mutter von Androiden zu unterscheiden lernte.

Nachdem Alpha diese Klarheit gewonnen hatte, konnte sie ihre Gedanken auch wieder in Worte fassen. Eine Frage stellte sich unmittelbar: »Was genau tust du?«

»Ich spreche Französisch, Latein und jede andere Sprache, die ich sprechen möchte«, verkündete Jane triumphierend. »Aber um diese Sprachen zu erlernen, muß ich mit einem Androiden zusammensein, der sie beherrscht.«

»Soll das heißen, daß du ihre Gedanken lesen kannst?«

Jane schüttelte den Kopf. Sie ließ sich anmerken, daß ihre Geduld nahezu erschöpft war. »Um Himmels willen, Mutter! Hast du mir denn überhaupt zugehört? Du weißt doch genau, daß mein ESP-Test negativ ausgefallen ist.«

Alpha ging das Gespräch im Geiste noch einmal durch. Sie war nicht der Meinung, daß ihr nun alles klar sein mußte. Gleichzeitig schoß ihr eine neue Frage durch den Kopf: *Kannst du etwas tun, das uns aus dieser schrecklichen Lage hilft?*

Sie sprach den Satz nicht aus. Statt dessen fragte sie geduldig: »Du hast also eine neue Lernfähigkeit entwickelt? Ist es das?«

»Mutter! Du hast wirklich nicht zugehört! Ich habe gar nichts entwickelt oder gelernt. Vielleicht werde ich es einmal so weit bringen. Aber für meine Methode ist es nicht erforderlich.«

»Worin besteht diese Methode?« fragte Alpha hartnäckig.

»Es hängt alles mit dem Vergegenwärtigen zusammen. Ich habe dir doch davon erzählt.«

Als Jane diese Worte aussprach und dabei den Gesichtsausdruck der Mutter gewahrte, wurde ihr klar, daß diese Art der Verständigung zum Scheitern verurteilt war. Sie schüttelte verzweifelt den Kopf. Mit diesen Erklärungen verschwendete sie nur ihre kostbare Zeit.

Wir sind wirklich anders, wir Kinder, die von Androiden-Doppelgängern der Eltern aufgezogen wurden . . .

Da es keinen deutlich sichtbaren Unterschied zwischen den leibhaftigen Eltern und ihren künstlichen Duplikaten gab, war

Jane von ihren ersten Tagen an gezwungen, einen neuen Weg zur Unterscheidung zu finden.

In den ersten Schuljahren, wo sie einen beträchtlichen Teil des Tages in der Schule verbrachte, kam sie am Nachmittag in die Küche gestürzt, und da stand Mutter – oder war sie es etwa nicht. Dann mußte in einem Sekundenbruchteil eine Entscheidung getroffen werfen.

Die Unterscheidungsfähigkeit ist eine Eigenschaft des Gehirns, die schon verhältnismäßig früh vollständig entwickelt ist. Auf einen Blick entdeckt das Kind tausenderlei Unterscheidungsmerkmale an verschiedenen Personen. Es fällt ihm nicht schwer, die einzelnen Menschen auseinanderzuhalten.

Wenn das Kind einen Menschen dann zum zweiten Mal sieht, bestätigt das Gehirn blitzschnell die einmal gespeicherte Information.

Bei einem Androiden-Duplikat ist es schwer, eine schnelle Entscheidung zu treffen. Das bedeutet, daß man jedesmal neu nach Unterscheidungsmerkmalen suchen muß. Man muß sich den Menschen in seiner Gesamtheit vergegenwärtigen und seine Projektion mit der des Androiden vergleichen – ein Vorgang, der sich in Janes Kindheit vieltausendfach wiederholte und schließlich sogar zu Halluzinationen führte ... Sie sah Androiden und ihre menschlichen Ebenbilder, wo es gar keine gab.

Echte, dreidimensionale Raumprojektionen. Jane lernte, die Halluzinationen mit der Wirklichkeit zu vergleichen und sie so zu überwinden.

Sie fand schnell heraus, daß sich die Projektion eines Androiden sehr deutlich von der Projektion eines menschlichen Wesens unterschied. Jane konnte in das Innere einer solchen Projektion hineinsehen und so ins Zentrum der Person vordringen. Im Laufe der Zeit gewann sie ein neues Bewußtsein. Sie brauchte nur noch einen flüchtigen Blick auf die Projektionen zu werfen, ganz gleich, ob sie vor einem Menschen oder einem Androiden stand. *Und sie wußte.*

War das alles? Nein, nicht ganz. Jane wurde es müde, der Mutter die Einzelheiten zu erklären. »Es ist einfach da«, sagte sie. »Das ist es, was ich ›Vergegenwärtigen‹ nenne.«

»Aber was ist es, das du siehst?«

»Ach du liebe Güte! Mutter, ich versuche, dir zu erklären ...«

Wie sie es in der Vergangenheit schon so oft getan hatte, sagte Alpha auch jetzt: »Ach laß nur, Kind. Es ist schon gut.«

Ihr war vor allem eins klargeworden, und das war eine bittere Erkenntnis: Dieses Vergegenwärtigen, zumindest soweit es das Erlernen von Sprachen betraf, konnte ihnen nicht dabei helfen, die Superandroiden zu überwinden. *Ich fürchte,* dachte sie voller Erschöpfung, *das müssen wir Dan überlassen ...*

Als dieser aus dem Combokreuzer stieg und sich dem Haus näherte, entstand in seinem Kopf ein Gedanke, den ihm die Tochter übersandt haben mußte. Dan wurde von diesem Erlebnis nicht überrascht; es wirkte vielmehr anregend auf ihn. Die eilige Botschaft lautete: »Vater, Dan Zwei spricht gerade mit Dr. Schneiter. Ich denke, du solltest das Gespräch mitbekommen. Ich werde versuchen, es dir zu übermitteln. Das müßte gehen, denn ich habe mir auch Dr. Schneiters Bild vergegenwärtigt.«

»In Ordnung«, erwiderte Thaler.

Er gestand sich ein, daß er nicht so ruhig war wie in seinen besten Tagen. Es fiel ihm nicht leicht, sich zu konzentrieren. So nahm er zum Beispiel durchaus nebensächliche Einzelheiten seiner Umgebung wahr. Er bemerkte, daß das schicksalhafte Geschehen an einem wunderschönen Morgen stattfand. Der Himmel war blau, und überall waren lautlose Combokreuzer zu sehen, die sich auf einem ganz gewöhnlichen, ungefährlichen Flug befanden. Dan spürte den Atem der riesigen Stadt, die ihn umgab, doch das Gefühl der Lebensfreude, das sich bei solchen Gelegenheiten einzustellen pflegte, blieb diesmal aus.

Er fühlte sich nicht wohl, an diesem wunderschönen Vormittag im August des Jahres 2287.

Jetzt hatte er den hohen Zaun überwunden und ging um den Swimmingpool herum. Da erreichte ihn die nächste Gedankenbotschaft. Es war eine Übertragung der Worte des Androiden.

Braves Mädchen, dachte Thaler.

»... Nein, wir werden ihn erst fesseln, wenn Sie hier eintreffen. Warum wir ihn nicht sofort fesseln ...? Nun, Sir, wie Sie wissen, gehört eine solche Aktion nicht zu unserem Programm, und darum haben wir, als wir heute morgen noch einmal die gesamte Situation analysierten, entschieden, daß wir rational vorgehen sollten ... Das macht Sie mißtrauisch? Dazu besteht keine Veranlassung. Androiden sind durchaus in der Lage, vernunftvoll zu argumentieren ... Nein, man hat mir diese Lösung nicht vorgeschlagen, ich wurde auch nicht umprogrammiert . . . Ja, es ist ein Besucher hier gewesen. Ein gewisser Dr. Camm ist gestern zu einem Routinegespräch gekommen. Wir haben die Sache sehr geschickt gehandhabt: Das Mädchen ist mit Alpha Zwei zum Einkaufen gegangen, und der Psychiater hat mit Jane Zwei gesprochen.«

Danach entstand eine längere Gesprächspause. Dan Thaler stellte sich vor, daß Dr. Schneiter darüber nachdachte, was mit seiner perfekten Falle geschehen sein mochte.

Thaler ging dichter an das Haus heran. Jetzt konnte er dem zweistöckigen Gebäude seine ungeteilte Aufmerksamkeit widmen. Er fühlte sich in seinem Combo ausgesprochen sicher. Die Steuergeräte steckten in einer Manteltasche. Dennoch war er erleichtert, als er hinter den Gardinen keine verdächtige Bewegung entdeckte. Auch auf dem Dach oder in der Buschgruppe neben dem Haus schien sich niemand verborgen zu halten. Er war erleichtert, weil man heutzutage nie sicher sein konnte, ob es nicht vielleicht eine neue Waffe gab oder ein Gerät, mit dem er nicht gerechnet hatte. Er kannte sich in diesen Dingen aus, und darum war ihm klar, daß man niemals alle Möglichkeiten, ein lebendes Wesen zu töten, kennen konnte.

Aber er erreichte unbehelligt die Treppe und begann hinaufzusteigen.

Er stand schon im Haus, als das lang anhaltende Schweigen gebrochen wurde. Dan Zwei, der Androide, rief durch den Gang: »Alpha Zwei, hast du dich irgendwann von Jane getrennt, während ihr einkaufen wart? Dr. Schneiter will das wissen.«

Während die Androidin antwortete, ging Dan durch die Halle. Er durchquerte schnell die Küche und setzte sich im Frühstückszimmer an den Tisch. Alpha grüßte ihn stumm mit einer Handbewegung; Jane bewegte sich nicht. Sie hielt die Augen geschlossen und sagte nichts.

Von draußen drang jetzt wieder die Stimme des Androiden herein: »Ich sehe nicht ein, wieso das ein Problem sein soll. Wenn Alpha Zwei keine Bedenken hatte, dann gibt es auch keinen Grund zur Beunruhigung. Sie ist schließlich eine Androidin, und das bedeutet: Sie besitzt eine überragende Denkfähigkeit.«

Bei diesen Worten öffnete Jane die Augen und warf dem Vater ein Lächeln zu. »Sie sind wirklich schrecklich gescheit«, flüsterte sie.

Dan erwiderte ebenso leise: »Irgend jemand hat sich überlegt, daß man sie unbedingt so programmieren müsse, daß wir sie nicht mit Argumenten überlisten können. Und das haben wir nach Kräften ausgenutzt. Damit das gelingen konnte, brauchten wir natürlich jemanden, der . . .« Er unterbrach und dachte einen Augenblick lang nach, ». . . der Gedanken in die Bilder von Androiden und von Menschen projizieren kann.«

»Psst!« machte Jane. Ihre Augen waren wieder geschlossen.

Die Stimme von Dan Zwei schallte durchs Haus: »Ja, Jane Zwei ist hier. Das ist übrigens ein Punkt, den wir mit Ihnen besprechen müssen. Wer immer die Bombe in ihr versteckt hat, hat sich überhaupt keine Gedanken darüber gemacht, was mit ihr geschehen würde . . . Nein, das wurde nicht aus dem Programm entfernt. Wenn es zum äußersten kommt, kann sie Mrs. Thalers Pistole benutzen . . . Ja, darin besteht das Dilemma. Als wir die Situation analysierten, mußten wir feststellen, daß der Augenblick, wo Jane Zwei die Pistole abfeuern soll, nicht genau genug festgelegt ist. Also wird sie sich weiter versteckt halten, bis Sie hier eintreffen und die Unterredung mit Mr. Thaler begonnen haben. Wenn Sie jedoch nicht kommen, werden wir den gesamten Ablauf morgen früh auf die gleiche Weise durchführen. Und so weiter . . . Ja, ich habe gehört, wie er hereingekommen ist. Ich werde ihn fragen, ob er mit Ihnen sprechen will.«

Er rief: »Mr. Thaler, würden Sie den Hörer im Frühstücksraum abheben? Dr. Schneiter möchte mit Ihnen sprechen.«

Dan erwiderte: »Nur unter der Bedingung, daß dieses Telefongespräch auf keine Weise als Ersatz für die Unterredung angesehen wird, die ich hier im Haus mit Dr. Schneiter führen sollte!«

Dan Zwei gab diese Mitteilung ins Telefon weiter. »Akzeptiert!« rief er dann.

Mit einem verhaltenen Lächeln griff der Mann, dessen Anwesenheit viel für Alphas Wohlbefinden getan hatte, nach dem kleinen Beistelltisch und hob den Hörer vom Telefon. »Hallo«, sagte er in die Muschel, »du hast wirklich ausgesprochen vernunftvoll argumentiert.«

»Ich weiß dieses Lob um so mehr zu schätzen, als es von einem Mann wie Ihnen kommt«, erwiderte die Stimme von Dan Zwei. »Ich lege jetzt auf, meine Herren.« Ein Klicken war zu hören.

Dan sagte: »Nun, Herr Doktor, ich nehme an, daß Sie heute

nicht wie verabredet zu unserem Treffen kommen werden, nicht wahr?«

Die Stimme am anderen Ende der Leitung hatte einen resignierten Klang: »Mr. Thaler, es will mir scheinen, als hätten wir uns in eine klassische Patt-Situation hineinmanövriert.«

»Sie haben immerhin einen gewissen Vorteil«, entgegnete Dan. »Sie sitzen nicht mehr im Gefängnis.«

»Ich weiß nicht, wie Sie es angestellt haben«, antwortete der ältere Mann, »aber so wie ich die Dinge betrachte, haben Sie eine immerwährende Falle für uns alle aufgebaut.«

Dann umriß er mit wenigen Sätzen die Lage, so wie sie sich ihm bot: Die Androiden würden sich ständig versteckt halten, wenn Dan im Haus war. Einer von ihnen würde Jane oder Alpha auf jedem ihrer Wege begleiten; sie würden es nicht erlauben, daß sie gemeinsam das Haus verließen. Dan würden sie nur dann fesseln, wenn Dr. Schneiter tatsächlich das Haus der Thalers aufsuchte. Es wäre jedoch lächerlich, wenn er dies versuchte, da er davon ausgehen mußte, daß Dr. Camm bei seinem Routinebesuch überall im Haus Waffen versteckt haben konnte. Auch Jane hatte Gelegenheit, gefährliche Artikel von ihrem Einkaufsbummel mitzubringen.

»Die Situation ist sogar noch weitgehender festgelegt«, erklärte Dan. »Die Androiden haben sich nämlich auch auf alle Möglichkeiten vorbereitet, die sich in Zukunft ergeben könnten. Sie werden mir erlauben, daß ich um 10.30 Uhr das Haus wieder verlasse, wobei sie darauf bestehen, daß ich morgen wiederkomme, und zwar um acht Uhr. Es könnte ja sein, daß Sie an diesem Tage kommen wollen. Sie haben eingesehen, daß diese Regelung sehr unbequem für mich ist. Darum sind sie damit einverstanden, daß ich am Abend vorher ankomme und die Nacht im Haus verbringe. Aber da sie es für unmoralisch halten, daß ich mit einer geschiedenen Frau zusammen bin, bestehen sie darauf, daß wir wieder heiraten.«

Tiefes Schweigen antwortete ihm. Als sich Dans Gesprächspartner wieder meldete, konnte man seiner Stimme leicht anhören, daß er ein gewisses Vergnügen daran empfand, wenn Männer in eine Zwangslage gerieten, bei der Frauen eine Rolle spielten.

»Na schön«, sagte er. »Ich glaube fast, ich könnte mich mit der jüngsten Entwicklung der Lage abfinden, denn ein verheirateter

Dan Thaler kann mir niemals so gefährlich werden, wie es der ledige war. Und außerdem werden Sie auch in Zukunft in dieser Falle sitzen, nicht wahr?«

Er schwieg einen Augenblick, dann ergänzte er noch etwas. Seine Stimme hatte jetzt einen fast fröhlichen Klang. »Ich werde von Zeit zu Zeit anrufen, um mich zu vergewissern, ob alles beim alten geblieben ist.«

Es gab ein Klicken, und die Leitung war unterbrochen.

Jane hätte die beiden Männer darauf hinweisen können, daß sich noch weitere Konsequenzen ergaben: Die Androiden befanden sich jetzt für immer in einer Position, in der sie ihre Freiheit erlangen konnten, was sie jedoch niemals annehmen würden. Darum mußten sie im Haus bleiben. Tag für Tag ... Und außerdem ... »Die Situation ist nicht so schlimm, wie Dr. Schneiter sie beschrieben hat«, erklärte Jane, »denn ich konnte in sein Bild einen Gedanken projizieren. Er ist inzwischen selbst der Meinung, daß es sich nicht lohne, wegen der Androiden ins Gefängnis zu gehen.«

Sie wandte sich an ihre Mutter: »Ist es nicht interessant, daß meine Fähigkeit, Erwachsene zu manipulieren, indem ich Gedanken in ihre Bilder projiziere, mein Gewissen nicht mehr belastet, seit ich auf den Gedanken gekommen bin, daß dies die einzige Methode ist, mit der ich mir eine Schwester verschaffen kann?«

Die Eltern starrten sie schweigend an, und Jane fuhr fort: »Ich weiß, daß Mutter sich soeben fragt, ob sie ein kleines Monster vor sich sieht, aber noch macht sie sich keine echten Sorgen. Und Vater denkt auf seine typische, selbstsichere Weise, daß selbst du, Mutter, es irgendwann bemerken wirst, wenn dir jemand einen Gedanken eingibt – so wie ich es gestern tat, als ich dich in Schlaf versetzte, damit du dir keine Sorgen mehr machtest. Außerdem denkt Vater noch, daß es vierzehn Jahre dauern wird, bis man hunderttausend Menschen von meiner Art ausgebildet hat. Im Moment bin ich alles, was er hat, um den Kampf gegen die unbekannte Macht aufzunehmen, die mit Hilfe der Androiden die Weltherrschaft an sich reißen will. Er fragt sich, ob ich den Ausgang des Kampfes zu unseren Gunsten beeinflussen kann. Nun« – sie sprang vom Stuhl auf – »ich denke, ich werde jetzt eine neue Sprache lernen, oder einen neuen Tanz oder eine neue Wissenschaft oder dies oder das ...

Und wenn ich das alles rechtzeitig tue, Vater, vielleicht kann ich dir dann helfen.«

Spiegelmenschen

I

Zeit: siebzehn Uhr zehn. Der Kristall stand knapp zehn Minuten vor seiner Reaktivierung.

Auf Edith Price wirkte der gutgekleidete junge Mann, der in ihre Bücherei trat, wie einer von den Sommergästen, die jedes Jahr nach Harkdale kamen. Sie lebten abseits von den Einheimischen, zu denen sie nun gehörte. Sie notierte seinen Namen – Seth Mitchell. Und dann, in der Annahme, er wolle einen befristeten Leseausweis, schob sie ihm ein Anmeldeformular über die Theke. Erst als er es ungeduldig zurückschob, hörte sie ihm zum ersten Mal wirklich zu.

»Ach so«, sagte sie schließlich, »Sie möchten einen Kristall.«

»Genau«, sagte er. »Ich wünsche, daß man mir den kleinen Stein zurückgibt, den ich dem Museum der Bücherei vor ein paar Jahren überlassen habe.«

Edith schüttelte den Kopf. »Es tut mir leid«, sagte sie, »aber das Museum wird zur Zeit umgeräumt und ist für den Publikumsverkehr gesperrt. Solange diese Arbeit nicht abgeschlossen ist, kann aus der Sammlung sicher nichts entnommen werden, und selbst dann müßte erst Miss Davis, unsere Bibliothekarin, ihre Erlaubnis geben. Sie ist heute aber nicht zu erreichen, denn sie hat ihren freien Tag.«

»Wie lange wird das dauern – dies Umräumen?«

»Ein paar Wochen sicherlich«, sagte Edith leichthin.

Die Wirkung ihrer Worte auf den Mann – einen typischen Vertreter jener gutgekleideten, erfolgreichen Gattung Männer, der sie in New York immer wieder begegnet war – überraschte sie. Er erblaßte, murmelte etwas Unverständliches, und als er sich abwandte, sah es fast so aus, als habe er allen Lebensmut verloren.

Die Kunden der Bücherei anzustarren, gehörte normalerweise nicht zu Ediths Angewohnheiten. Aber die Reaktion des Mannes war so sonderbar und übertrieben, daß sie ihn mit den Blicken verfolgte, als er mit unsicheren Schritten auf den Haupteingang des Gebäudes zusteuerte. An der Tür empfing ihn ein untersetzter, kräftig gebauter Mann. Die beiden wechselten ein paar Worte, dann verließen sie gemeinsam die Bücherei. Sekunden später sah Edith durchs Fenster, wie sie in einen nagelneuen Cadillac stiegen; Seth Mitchell setzte sich ans Steuer.

Der teure Wagen und die Tatsache, daß noch ein zweiter Mann mit im Spiel war, verliehen dem an sich unbedeutenden Vorfall Wichtigkeit. Edith erhob sich und gab Miss Tilsit ein Zeichen. Deutlich sichtbar nahm sie den Toilettenschlüssel vom Haken und steckte gleichzeitig unauffällig den Museumsschlüssel ein. Dann ging sie hinaus. Kurz darauf war sie schon dabei, die Gesteinssammlung zu untersuchen.

Die Sammlung umfaßte ungefähr dreißig Steine. Wie ein Schild verkündete, war sie das Ergebnis einer Sammelleidenschaft, die die hiesige Schuljugend vor vielen Jahren einmal überfallen hatte. Edith hatte keine Schwierigkeiten, den Stein herauszufinden, den der junge Mann verlangt hatte. Denn neben ihm lag eine verblaßte Karte mit der Aufschrift: »Schenkung von Seth Mitchell und Billy Bingham.«

Vorsichtig öffnete sie den Deckel des Schaukastens, griff hinein und holte den Stein heraus. Offensichtlich hatte man keine sehr strengen Auswahlkriterien an die Sammlung gestellt, denn das Ding, das sie in den Händen hielt, wirkte so, als seien die formenden Erdkräfte bei ihm besonders ungeduldig und lustlos vorgegangen. Das Ergebnis war ein Gebilde von ungefähr sieben Zentimeter Länge und drei Zentimeter Breite. Es war bräunlich, wirkte wie ein Stück Felsgestein, und obwohl es an einigen Stellen angeschliffen war, reflektierte es das Licht kaum. Der Stein war bei weitem der langweiligste in der Sammlung.

Während Edith auf den unscheinbaren, offensichtlich wertlosen Brocken starrte, dachte sie: Ich könnte ihm eigentlich den Stein heute abend ins Hotel bringen. So würde ich auch die Scherereien mit der dummen Kuh vermeiden. Damit meinte sie Miss Davis, ihre Erzfeindin. Entschlossen entfernte sie das Kärtchen mit den Namen der Stifter aus der Vitrine. Nach all den Jahren haftete der Klebstoff nicht mehr gut, und das vergilbte Papier war brüchig geworden. Sie wollte gerade den Stein in die Tasche gleiten lassen, als sie enttäuscht erkannte, daß sie heute *das* Kleid trug – das ohne Taschen nämlich.

Verdammt! dachte sie ärgerlich.

Weil der Stein zu groß war, um ihn in der Hand zu verbergen, trug sie ihn in den Flur, der zum Magazin führte, und wollte ihn gerade in einem Abfalleimer verschwinden lassen, als sie sah, daß dort ein zerbrochener Blumentopf halb voll Erde lag. Neben dem Blumentopf steckte eine zerknüllte Tragetasche aus Papier.

Es dauerte genau zwei Sekunden, den Kristall in die Papiertasche zu stecken, die Blumenerde darüberzuschütten und den Beutel in die Abfalltonne zurückzulegen. Gewöhnlich war es ihre Aufgabe, das Gebäude abzuschließen; bei dieser Gelegenheit könnte sie die Tasche unauffällig mitnehmen.

Edith kehrte an ihren Schreibtisch zurück.

Zur gleichen Zeit begann der Stein, sich die Erde, in die er eingebettet war, zunutze zu machen. Das setzte einen Prozeß in Gang, der fünfundzwanzig Jahre lang unterbrochen gewesen war. An diesem Abend und in der folgenden Nacht erinnerten sich all die möglichen Seth Mitchells auf der Welt an ihre Kindheit. Die meisten lächelten nur oder zuckten die Schultern oder bewegten sich im Schlaf. Viele von ihnen, die außerhalb der westlichen Hemisphäre in fernen Zonen lebten, nahmen schon bald wieder ihre gewohnte Beschäftigung auf.

Aber ein paar, die sich an den Kristall erinnerten, konnten diese Erinnerung nicht mehr ganz verdrängen.

Kurz nachdem sie den Stein beiseite geschafft hatte, nutzte Edith eine Flaute im Kundenverkehr, um Miss Tilsit zu fragen: »Wer ist Seth Mitchell?«

Miss Tilsit war eine große, magere Blondine mit Hornbrille, hinter deren Gläsern ungewöhnlich kleine, aber sehr lebhafte graue Augen blitzten. Edith hatte herausgefunden, daß ihre Kollegin ein unermeßliches, wenn auch oberflächliches Wissen über alle Ereignisse in Harkdale besaß.

»Es ging damals um zwei Jungen«, sagte Miss Tilsit. »Billy Bingham und Seth Mitchell.«

Und dann erzählte Miss Tilsit mit sichtbarem Genuß die Geschichte von Billys Verschwinden, als er und sein Freund Seth Mitchell zwölf Jahre alt gewesen waren. Das lag nun fünfundzwanzig Jahre zurück.

Sie schloß ihren Bericht mit den Worten: »Seth behauptete, sie hätten sich wegen eines glänzenden Steins gezankt, den sie gefunden hatten. Und er schwor, daß sie noch mindestens fünfzehn Meter vom Rand der Klippe entfernt gewesen seien, die an der Stelle steil zum See abfällt. Und er bestand auf der Behauptung, Billy sei nicht ertrunken – das glaubten nämlich alle anderen. Sonderbar an der Geschichte war die Tatsache, daß Billys Leiche niemals gefunden wurde.«

Während Edith dem Bericht lauschte, versuchte sie, Vergangenheit und Gegenwart auf einen Nenner zu bringen. Sie fand es rätselhaft, daß der erwachsene Seth Mitchell unbedingt das Erinnerungsstück an jenes tragische Ereignis zurückhaben wollte. Aber Männer waren eben sonderbar. Das wußte sie schon seit fünf Jahren, seit sie darauf wartete, daß endlich ein würdiger Mann käme und sie entdeckte. Doch es schien fast, als ob sie hier in Harkdale genauso ungesucht und unentdeckt bleiben würde wie in New York.

Miss Tilsit begann wieder zu sprechen: »Es ist schon seltsam, wie die Ereignisse die Menschen verändern können. Der Tod seines Freundes hat Seth Mitchell völlig aus der Bahn geworfen, er wurde extrem menschenscheu und war bald nur noch ein Schatten seiner selbst. Er hat eine Farm draußen, in der Nähe von Abbotsville.«

»Sie meinen, Seth Mitchell sei Farmer geworden?« fragte Edith ungläubig.

»Ja, genau, warum auch nicht?«

Edith fragte nichts mehr, dachte aber bei sich, daß Miss Tilsit vielleicht doch keine so gute Quelle für den örtlichen Klatsch war, wie sie bisher geglaubt hatte. Was für einen Beruf Seth Mitchell auch immer haben mochte, wie ein Farmer hatte er nun wirklich nicht ausgesehen.

An dieser Stelle der Unterhaltung mußte sie das Büro verlassen, um ein paar Bücher aus dem Magazin zu holen. Anschließend wurde das Gespräch nicht wieder aufgenommen.

II

Kurz nach halb zehn parkte Edith ihren Wagen gegenüber von dem Motel, auf dessen Gelände sie nach längerem Suchen Seth Mitchells auffälligen, goldfarbenen Cadillac entdeckt hatte.

Unter dem Baum, wo sie wartete, war es ziemlich dunkel, und das erleichterte sie. Doch trotz des Schutzes, den die Dunkelheit bot, spürte sie, wie ihr Herz vor Aufregung schlug, und fühlte die heiße Röte in ihren Wangen. Was tu ich hier eigentlich, fragte sie sich.

Wenn sie ehrlich war, mußte sie sich eingestehen, daß sie hoffte, die ganze Angelegenheit würde sich zu einer Sommerromanze entwickeln. Lächerlich, dachte sie, für eine siebenundzwanzigjährige Frau, die sich besser darauf konzentrieren sollte, unter die Haube zu kommen.

Ihre Gedanken wurden unvermittelt unterbrochen. Von ihrem Versteck aus konnte sie die Tür des Apartments, vor dem der Cadillac abgestellt war, sehen. Die Tür hatte sich geöffnet. Und in dem Licht, das aus dem Innern drang, erkannte sie deutlich die breite, untersetzte Silhouette des Mannes, der Mitchell am Nachmittag begleitet hatte. Während Edith unwillkürlich den Atem anhielt, trat der Mann heraus und schloß die Tür hinter sich.

Kurz darauf kam er aus der Toreinfahrt des Motels, stand einen Augenblick unschlüssig abwartend und ging dann eilig in Richtung Geschäftsviertel davon, das nur einen kurzen Fußmarsch entfernt lag.

Er kann in ein paar Minuten zurück sein, dachte sie trübe.

Während sie ihm nachblickte, verließ sie der Mut. Irgendwie hatte sie nicht damit gerechnet, daß dieser Mann *tatsächlich* etwas mit Seth Mitchell zu tun hatte.

Niedergeschlagen ließ sie den Wagen an. Während der Heimfahrt überkam sie plötzlich ein Gefühl der Selbstverachtung. Bei dem ganzen Unternehmen war zwar nichts herausgekommen, aber sie mußte sich eingestehen, daß sie vorgehabt hatte, sich einem fremden Mann an den Hals zu werfen.

Über ihren zukünftigen Lebenswandel war sie sich im Moment zwar nicht klar; so jedenfalls nie wieder, dachte sie entschlossen. In ihrer Wohnung angekommen, schob Edith die Tüte mit dem Kristall in den Spülschrank, aß apathisch ein paar Bissen und ging zu Bett.

Zur gleichen Zeit kehrte der untersetzte Mann ins Motel zurück. »Der Stein war nicht da, ich habe das ganze Museum abgesucht«, sagte er finster zu Seth Mitchell, der geknebelt und an Händen und Füßen gefesselt auf dem Bett lag.

Seth Mitchell beobachtete unsicher, wie der andere seine Füße von den Fesseln befreite. Der Untersetzte begann wieder zu sprechen, seine Stimme klang ungeduldig: »Ich habe über Sie nachgedacht. Das beste wird sein, wenn ich Sie zurück nach New York bringe. Wenn ich erst fort bin, wird die Polizei mich nie mehr wiederfinden.«

Er entfernte den Knebel. Seth Mitchell holte tief Luft. »Hören Sie«, sagte er schwach, »ich habe überhaupt nicht vor, mich in die Nähe einer Polizeiwache zu begeben.«

Er hielt verstört inne, die Angst schnürte ihm die Kehle zu. Es bestand die Möglichkeit, daß der andere ihn töten würde, aber sein Verstand konnte diesen Gedanken nicht lange ertragen. Nicht er, Seth Mitchell, dessen Geschäfte endlich, nach so langen erfolglosen Jahren, blendend liefen!

Der untersetzte Mann war am Mittag dieses Tages in sein Büro getreten mit einem scheinheiligen Lächeln auf dem Gesicht. Er war ziemlich klein – nicht größer als ein Meter sechzig –, dabei aber kräftig und gedrungen. Er erinnerte irgendwie an einen Araber; ja, er sah aus wie ein Araber in der Kleidung eines amerikanischen Geschäftsmannes. »Wo ist der Kristall, den Billy Bingham und Sie gefunden haben?« hatte er gefragt.

Es war müßig, darüber nachzudenken, was wohl geschehen wäre, wenn Mitchell sofort geantwortet hätte. Aber er konnte sich nicht sogleich an den Kristall erinnern, deshalb hatte er nur verwundert den Kopf geschüttelt.

Daraufhin hatte der andere die Hand aus der Manteltasche gezogen, und Mitchell blickte in den Lauf einer Pistole. Der Untersetzte hatte Mitchell mit der Waffe gezwungen, ihn nach Harkdale zu fahren. Dort mußte er dem Fremden die Stelle am See zeigen, wo er und Billy sich gestritten hatten, und erst in diesem Augenblick hatte er sich wieder an den Kristall erinnert. Zögernd war er daraufhin zur Bücherei gegangen, und während er mit der jungen Frau gesprochen hatte, wußte er die ganze Zeit über, daß eine Pistole auf ihn gerichtet war.

Plötzlich fiel ihm das Gespräch wieder ein, und er sagte verzweifelt: »Vielleicht, daß diese Frau in der Bücherei . . .«

»Ja, vielleicht«, erwiderte der andere unverbindlich.

Er befreite Seths Hände von den Fesseln, dann trat er zurück und machte eine auffordernde Bewegung mit der Waffe. Die beiden gingen hinaus zum Wagen und fuhren davon.

Als sie die Straße am See erreicht hatten, sagte der Fremde: »Halten Sie hier!« Seth Mitchell gehorchte, dann krachte der Schuß.

Der Mörder zog den Leichnam zur Klippe, beschwerte ihn mit Felsbrocken und stieß ihn ins tiefe Waffer.

Danach fuhr er tatsächlich nach New York, stellte den Cadillac auf Mitchells Parkplatz ab und verbrachte den Rest der Nacht in New York. Am nächsten Tag wollte er nach Harkdale zurückkehren.

In dieser Nacht schlief Edith schlecht. Sie träumte, daß alle möglichen Edith Prices an ihrem Bett vorbeimarschierten. Nur ein halbes Dutzend dieser Ediths war verheiratet – das schokkierte sie sogar im Traum.

Noch schlimmer, eine ganze Reihe Ediths waren fett und aufgedunsen, andere waren hinterhältig oder geisteskrank. Beruhigend war allein die Tatsache, daß es auch eine stattliche Anzahl Ediths gab, die ein hohes Maß an Energie und Selbstbewußtsein ausstrahlten.

Sie erwachte, als das Telefon läutete, der Hausmeister der Bücherei war am Apparat. »Hallo, Miss Price«, sagte er, »können Sie schnell herkommen? Bei uns ist heute nacht eingebrochen worden.«

Edith hatte ein sonderbares, unwirkliches Gefühl. »Eingebrochen?« fragte sie verwirrt. »In der Bücherei?«

»Ja«, antwortete er. »Die größte Unordnung ist im Museum. Jemand muß wohl geglaubt haben, ein paar der Steine hätten irgendeinen Wert, denn sie liegen überall auf dem Boden verstreut, und sämtliche Vitrinen sind aufgebrochen.«

III

Für Edith Price war der gebeugte junge Mann im Overall nichts weiter als ein unbeholfener Bauer mit undeutlicher Aussprache.

Sie notierte seinen Namen – Seth Mitchell. Ein Augenblick verstrich, dann traf die Erkenntnis sie wie ein Schlag. Sie blickte verwirrt auf.

Das hagere Gesicht, das auf sie herabstarrte, war wettergegerbt, mit hohlen Wangen und entzündeten Augen. Und trotzdem war da eine unübersehbare, verblüffende Ähnlichkeit mit dem Seth Mitchell von gestern.

Jetzt dämmerte ihr: das war der Seth Mitchell, von dem die Tilsit gesprochen hatte. Es mußte einen Mitchell-Clan geben, mit Vettern, Cousinen und so weiter, die einander sehr ähnlich sahen.

Sie dachte noch über die Möglichkeiten nach, die sich daraus zu ergeben schienen, als sie die Bedeutung seines gemurmelten Anliegens erfaßte. »Ein Stein?« wiederholte sie mechanisch. »Ein Kristall, den Sie der Bücherei vor fünfundzwanzig Jahren vermacht haben?«

Er nickte.

Edith preßte die Lippen aufeinander und dachte: Also gut, dann müssen wir der Sache wohl auf den Grund gehen!

Den kurzen Augenblick ihrer Verwirrung nutzte der Mann, um einen Geldschein aus seiner Brieftasche zu ziehen. Schüchtern schob er ihn über die Theke; es war eine Zwanzigdollarnote.

Sie hatte inzwischen ihre Selbstbeherrschung wiedererlangt. »Das ist aber eine Menge Geld für einen wertlosen Stein«, sagte sie lächelnd.

»Ich muß ihn unbedingt haben«, murmelte er. Die folgenden Worte verstand sie nicht, so leise und undeutlich sprach er, doch dann hörte sie ihn deutlich sagen: ». . . damals, als Billy verschwand.«

Schweigen trat ein. Edith brauchte einen Moment, um sich über die Bedeutung der Worte klarzuwerden: vor ihr stand der echte Seth Mitchell.

Schließlich ermunterte sie ihn weiterzusprechen. »Ich habe davon gehört – ein sonderbarer und tragischer Vorfall.«

»Ich habe ihn angebrüllt, er solle abhauen«, flüsterte Mitchell,

»da war er plötzlich verschwunden.« Während er sprach, wurden seine grauen Augen ausdruckslos in der Erinnerung an den damaligen Schock. »Wir griffen beide nach dem Stein«, begann er von neuem, »und dann war Billy auf einmal weg.«

Mitchell schien Ediths Anwesenheit vergessen zu haben. Als er fortfuhr, war es beinahe, als spräche er mit sich selbst. »Er leuchtete so. Nicht, wie er später wurde. Da wurde er ganz stumpf, und keiner wollte mir glauben.«

Er hielt inne, dann stieß er hervor: »Ich habe all die Jahre darüber nachgedacht. Es hat schrecklich lange gedauert, bis ich die Wahrheit erkannt habe. Aber letzte Nacht ist es mir plötzlich aufgegangen. Was sonst hätte Billy verschwinden lassen können, als ich ihn anbrüllte? Was sonst als der Stein?«

Das schien ein Fall für den Psychiater zu sein und nicht für eine Bibliothekarin, dachte Edith unbehaglich. Die einfachste Lösung würde sein, diesem Seth Mitchell den wertlosen Stein zu geben, den er unbedingt haben wollte.

Aber natürlich müßte sie dabei vorsichtig vorgehen. Sie hatte schon eine Unachtsamkeit begangen, als sie die Tilsit am gestrigen Nachmittag über Seth Mitchell ausgefragt hatte. Während der polizeilichen Untersuchung des Einbruchs hatte sie ihre Rolle bei diesem Fall sorgfältig verschwiegen.

Je eher sie den Stein loswürde, um so besser.

»Wenn Sie mir Ihre Adresse dalassen«, sagte sie höflich, »werde ich die Chefbibliothekarin fragen, und die wird sich dann vermutlich mit Ihnen in Verbindung setzen.«

Die Adresse, die er zögernd nannte, war irgendwo auf der Landstraße nach Abbotsville.

Sie beobachtete ihn gedankenvoll, als er zur Tür schlurfte und hinausging.

Auf dem Heimweg fuhr Edith am Motel vorbei. Der goldfarbene Cadillac war verschwunden.

Diese kleine Verrücktheit war also ausgestanden, dachte sie erleichtert.

Sie aß, wie gewöhnlich, spät zu Abend. Dann, nachdem sie sich vergewissert hatte, daß die Wohnungstür abgeschlossen war, holte sie den Papierbeutel aus dem Spülschrank hervor. Beim ersten Blick fiel ihr mit einem leichten Unbehagen auf, daß die Erde weniger geworden war.

Eine momentane Angst überkam sie, daß der Stein verschwunden sein könnte. Hastig breitete sie eine Zeitung auf dem Boden aus und entleerte darauf den Beutelinhalt. Während die Erde aus der Tüte rieselte, strahlte ihr plötzlich ein farbiges Funkeln entgegen.

Verwirrt hob sie das glitzernde Ding auf.

»Aber das ist doch nicht möglich«, flüsterte sie. »Der Stein war doch ganz stumpf, und dieser hier ist – wunderschön!«

Er lag funkelnd in ihrer Hand. Seine Purpurfarbe schien Leben zu besitzen, so als ob Tausende von beweglichen Teilchen sich in seinem Innern drehen und wenden würden. Manchmal leuchtete in der Tiefe ein Lichtstrahl auf und entzündete ein scharlachrotes Feuer. Das flackernde Licht und zuckende Farbenspiel machten Edith für einen Augenblick benommen.

Sie hielt den Kristall gegen das Licht – und sah, daß eine Art Muster im Innern war.

Jemand hatte eine Reliefzeichnung des Sonnensystems in das Innere des Steins geschnitten und sie eingefärbt. Ein überragendes Beispiel für die Kunstfertigkeit des Handwerkers, dachte Edith. Das rote und purpurne Farbenspiel schien von dem Licht der winzigen ›Sonne‹ und ihrer Planeten auszugehen.

Sie brachte den Kristall zum Spülstein zurück. Plötzlich kam ihr ein phantastischer Gedanke; sie stellte sich vor, daß das Juwel magische Kräfte haben könnte. Ihr fiel die Erzählung des Bauern Seth Mitchell ein, wie er Billy Bingham in Gegenwart des Steins angebrüllt hatte . . . vielleicht würde der Klang einer menschlichen Stimme irgendeine Reaktion auslösen.

Sie probierte es sofort aus, sprach Worte, die ihr gerade in den Sinn kamen.

Nichts geschah. Das Bild im Innern blieb unverändert. Sie versuchte es noch einmal, sprach aber diesmal sehr akzentuiert und betonte jeden Buchstaben.

Nichts.

Beim dritten Versuch ließ sie ihre Stimme die ganze Tonleiter entlanglaufen, vom tiefsten Alt bis zu einem lächerlich schrillen Sopran – nichts.

Noch einmal betrachtete sie die Zeichnung im Innern, wobei sie den Stein gegen das Licht hielt, um besser sehen zu können. Während sie den Linien der Planetenbahnen folgte, hatte sie plötzlich eine Idee, und mit fester Stimme sagte sie: »Billy Bingham – dieser Junge – ich will, daß er zurückkommt . . . sofort!«

In der Stille, die auf ihre Worte folgte, kam sie sich zunehmend albern vor.

Von dem lange vermißten Billy war nirgendwo ein Anzeichen zu entdecken.

Gott sei Dank! dachte sie atemlos.

Am nächsten Morgen stand Edith früh auf. Sie hatte einen Entschluß gefaßt. Es war höchste Zeit, daß sie sich eines Gegenstandes entledigte, der ihren gesunden Menschenverstand zu untergraben drohte.

Als sie den Kristall betrachtete, sah sie, daß sich das Bild in seinem Innern verändert hatte. Jetzt zeigte die Darstellung einen menschlichen Körper, dessen Konturen aus roten und purpurnen Lichtpunkten gebildet waren.

Die Zeichnung war tatsächlich äußerst detailliert; Edith erkannte das Knochengerüst und die wichtigsten inneren Organe. Bei genauerem Hinsehen entdeckte sie eine zarte Bewegung, die im Innern der Gestalt pulsierte und eine Assoziation an Nerven und Blutgefäße hervorrief.

Sie war völlig in die Betrachtung des wunderbaren Bildes versunken, als ihr unvermittelt bewußt wurde, was sie da tat.

Entschlossen legte sie den Stein in eine Schachtel, füllte frische Erde auf – Kristalle brauchen Nährstoffe, hatte sie einmal gelesen –, schlug das Päckchen in Papier ein und adressierte es an Seth Mitchell, Rural Route 4, Abbotsville.

Kurz darauf fuhr sie zum Postamt. Erst als sie das Päckchen aufgegeben hatte, wurde ihr klar, daß sie wieder impulsiv gehandelt hatte.

Zu spät kam ihr der Gedanke, was wohl geschehen würde, wenn Seth Mitchell der Chefbibliothekarin einen Dankesbrief schicken sollte. Unglücklich malte sie sich aus, wie sehr Miss Davis diesen Patzer von ihr, der Collegeabsolventin, genießen würde. Denn sie hatte den Job gegen Miss Davis' Willen, auf Betreiben der Büchereiverwaltung, bekommen. Es würde ihr unmöglich sein zu erklären, daß eine romantische Gefühlsverwirrung sie dazu bewogen hatte, den Kristall zu stehlen . . . und daß, nachdem ihre Hoffnungen verpufft waren, ihr einziger Wunsch darin bestanden hatte, die Spuren des Abenteuers zu beseitigen, was sie hiermit getan hatte.

Warum nehme ich nicht den nächsten Bus nach New York und verlasse dies verrückte Nest für immer? dachte sie bekümmert.

Es war ein äußerst deprimierender Augenblick. Ein Gefühl überkam sie, als ob ihre letzte Tat nur der krönende Abschluß einer Serie ähnlich falscher Entscheidungen in ihrem Leben sei. Während sie im Wagen saß, erinnerte sie sich an ihre erste Collegeromanze. Wie eine Flutwelle brachen die lange unterdrückten Erinnerungen über sie herein; ihr wurde auf einmal deutlich, daß sie diesen Jungen auch durch eine impulsive Entscheidung verloren hatte: Sie war damals in den Sog einer am College verbreiteten Bewegung geraten, deren Grundgedanke folgendermaßen lautete: »Gott ist tot, also bist du jetzt Gott.« Das bedeutete, was man anderen Menschen antat, war völlig unerheblich; Schuldgefühle gab es nicht mehr.

Voller Selbstmitleid sagte sie sich: Wenn ich mich damals nicht der schuldfreien Generation angeschlossen hätte, dann könnte ich heute Mrs. Richard Staples sein.

Dieser Gedanke erinnerte sie an ihren Traum, und das riß sie aus ihrer Apathie. Gegen ihren Willen mußte sie lachen, als sie dachte: Dem letzten aller möglichen Seth Mitchells den Kristall zu schicken, war ein ziemlich schwachsinniger Einfall.

Während sie darüber nachdachte, ließen ihre Angst und ihr Selbstmitleid allmählich nach. Wie sonderbar! Und was für ein eigenartiger Traum.

Woher sollte man jemals wissen, welcher Weg der beste war, welche Entscheidung und welche Philosophie?

Edith saß bereits an ihrem Schreibtisch in der Bücherei, als Miss Tilsit mit diesem Gesichtsausdruck hereinkam. In den sechs Monaten in Harkdale hatte Edith gelernt, diesen Ausdruck richtig zu deuten; er besagte: Ich habe tolle Neuigkeiten.

»Haben Sie schon in die Zeitung gesehen?« fragte die Tilsit triumphierend.

Edith vermutete, daß sich die Frage auf den *Harkdale Inquirer* bezog, ein vier Seiten starkes Blättchen, das täglich erschien. Sie selbst bevorzugte die *Times,* hatte aber aus Loyalität auch diese Lokalzeitung abonniert.

»Erinnern Sie sich, daß Sie mich gestern nach diesem Seth Mitchell gefragt haben?« fuhr sie fort.

Edith erinnerte sich nur zu gut, wußte ihrem Gesicht aber einen fragenden Ausdruck zu geben.

Daraufhin schlug Miss Tilsit die Zeitung auf und hielt sie ihr unter die Nase. Die Schlagzeile lautete: BILLY BINGHAM GEFUNDEN?

Mechanisch streckte Edith die Hand aus, und Miss Tilsit gab ihr das Blatt. Edith las:

»Ein ungefähr zwölf Jahre alter Junge stolperte gestern nacht kurz nach zehn aus dem Wäldchen am Lake Naragang und versuchte in das Haus einzudringen, in dem Billy Bingham vor fünfundzwanzig Jahren gewohnt hatte. Der gegenwärtige Mieter, John Hildeck, ein Zimmermann, brachte den verwirrten Jungen zur Polizeiwache. Von dort aus wurde er zum Krankenhaus transportiert.«

Weiter kam Edith nicht. Ihr Körper kippte zur Seite, die Zeitung entglitt ihren kraftlosen Armen, dann sank sie ohnmächtig vom Stuhl.

Als sie das Bewußtsein wiedererlangte, lag sie auf einer Liege im Sanitätsraum. Aber die Erinnerung stand noch genauso klar und deutlich und unverrückbar vor ihren Augen: Wie sie gestern abend zwischen neun und zehn dem Kristall befohlen hatte, Billy Bingham zurückzuholen.

IV

In Miami.

Der Seth Mitchell in dieser Stadt hatte ein persönliches Vokabular, in welchem er Gott (oder die Natur oder das Schicksal, in diesen Begriffen dachte er auch manchmal von Ihm) als *den Musikanten* bezeichnete. In dieser exklusiven Terminologie war sein Leben eine Symphonie oder zumindest ein Konzert.

Irgend jemand dort oben betrachtete ihn offenbar als gutgestimmtes Instrument.

Denn er hatte Geld, Freundinnen und eine fabelhafte Karriere als Glücksspieler am Rande der Unterwelt – alles ohne Einschränkungen, denn sein Orchester war diszipliniert und gehorchte seinem Taktstock. Beachtlich für einen Kleinstadtjungen, der erst mit zwanzig die Melodien der Großstadt kennengelernt hatte.

Doch nun hatte *der Musikant* plötzlich eine Dissonanz erklingen lassen.

Mitchell hielt die Ausgabe des *Harkdale Inquirer* in den Händen, in der von Billy Binghams Rückkehr berichtet wurde.

Er studierte die Fotografie des verängstigten Kindes. Der Junge sah wie Billy Bingham aus, und gleichzeitig auch wieder nicht. Mitchell war sich sonderbarerweise nicht sicher. Der *Inquirer* bedauerte, kein Foto des Original-Billy bringen zu können, aber es sei im Archiv nicht zu finden gewesen. Weiterhin berichtete er, daß Billys Eltern möglicherweise nach Texas gezogen seien. Wohin genau, wisse allerdings niemand.

Der Artikel schloß: »Der einzige Mensch, der Billy identifizieren könnte, ist Seth Mitchell, Billys Spielgefährte. Aber Mitchells Aufenthaltsort ist leider unbekannt.«

Sarkastisch dachte Mitchell: Der *Inquirer* sollte einmal seine Abonnentenliste durchsehen.

Am nächsten Tag.

Als er Zimmer 312 des Krankenhauses von Harkdale betrat, sah er, wie der Junge in dem Bett an der rechten Wand sein Magazin niederlegte und den Besucher furchtsam anblickte. Mit einem beruhigenden Lächeln sagte Mitchell: »Billy, du brauchst keine Angst zu haben, ich komme als dein Freund.«

»Das hat der große Mann auch gesagt«, erwiderte der Junge stockend, »und dann wurde er böse.«

Mitchell fragte nicht, wer der große Mann gewesen war. Er zog sich einen Stuhl neben das Bett und sagte freundlich: »Billy, was dir widerfahren ist, hört sich fast wie ein Märchen an. Aber das Wichtigste ist, daß du dir keine Sorgen machst.«

Billy biß sich auf die Lippen, und Tränen liefen ihm über die Wangen. »Alle behandeln mich, als ob ich ein Lügner wäre. Der große Mann hat sogar gesagt, ich käme ins Gefängnis, wenn ich nicht die Wahrheit sagte.« Mitchell erinnerte sich plötzlich an jene schrecklichen Tage, als auch er von solchen ungeduldigen Erwachsenen über das Verschwinden von Billy verhört worden war. Zorn stieg in ihm auf. »Unsinn«, sagte er zu Billy, »dir wird nichts passieren, dafür werde ich schon sorgen. Doch jetzt möchte ich dir ein paar Fragen stellen, an die bisher vielleicht noch keiner gedacht hat. Du brauchst sie nicht zu beantworten, wenn du nicht willst. Nun, wie gefällt dir das?«

»In Ordnung.«

Mitchell faßte das als Zustimmung auf, also stellte er seine erste Frage: »Welche Kleidung trug Seth Mitchell?«

»Eine braune Cordhose und ein graues Hemd.«

Die Antwort war für Mitchell enttäuschend. Er hatte gehofft, die Beschreibung würde seinem Gedächtnis auf die Sprünge helfen. Aber das tat sie nicht. Er hätte beim besten Willen nicht sagen können, welche zerrissene Hose er an jenem fernen Tag getragen hatte.

»Hattest du auch eine Cordhose an?« Das war ein Versuchsballon.

»Sie ist da drin.« Der Junge zeigte auf eine Kommode in der Ecke.

Mitchell stand auf, zog die von Billy bezeichnete Schublade auf und holte eine abgewetzte, billige Cordhose hervor. Er untersuchte sie verschämt, aber doch mit einem wachsamen Blick für alle Einzelheiten. Schließlich legte er sie enttäuscht wieder zurück. Das Firmenschild war abgerissen, und er konnte sich nicht erinnern, dies Kleidungsstück jemals zuvor gesehen zu haben.

Fünfundzwanzig Jahre, dachte er düster. Die Zeit erschien ihm wie ein dichter Schleier mit ein paar Rissen darin. Durch diese Risse konnte er flüchtige Blicke auf seine Vergangenheit werfen, winzige Augenblicke aus seinem Leben erhaschen, die aufgrund besonderer Umstände eine größere Wichtigkeit erlangt hatten. Aber wirklich deutlich sah er keinen von ihnen.

»Billy«, begann Mitchell von neuem. Er hatte sich inzwischen wieder hingesetzt. »Du hast einen glänzenden Stein erwähnt, den du aufheben wolltest. Wo war das?«

»Oben auf der Klippe. Es führt ein Pfad vom See da hinauf.«

»Warst du vorher schon einmal dort?«

Der Junge nickte. »Ein paar Mal, als es zu kalt zum Schwimmen war. Normalerweise waren Seth und ich lieber unten am Wasser.«

Mitchell nickte. Daran konnte er sich erinnern. »Dieser funkelnde Stein – wie groß war der?«

»Oh, er war groß.«

»Drei Zentimeter?«

»Viel größer! Ich wette, mindestens fünfzehn.« Billys Gesicht strahlte vor Stolz und Gewißheit.

Mitchell schwieg. Er versuchte, diese Angabe mit seiner Erinnerung in Einklang zu bringen. Der Stein, an den er selbst sich erinnerte, war an der längsten Stelle höchstens acht Zentimeter lang gewesen. Aber ein zwölfjähriger Junge war vielleicht nicht in der Lage, Maße richtig zu schätzen, zumal, wenn er das fragliche Objekt nur flüchtig gesehen hatte.

Die Überlegungen machten Mitchell unsicher. Er machte Zugeständnisse; darauf durfte er sich nicht einlassen. Er mußte herausfinden, ob Billy den Kristall tatsächlich berührt hatte, wußte aber nicht so recht, wie er das Gespräch auf dieses Thema bringen sollte. Zögernd begann er: »Wenn ich den Zeitungsartikel richtig in Erinnerung habe, dann hast du erzählt, daß dein Freund – wie hieß er noch gleich?« Er hielt inne.

»Seth. Seth Mitchell.«

». . . Daß dieser Seth Mitchell den Stein zuerst gesehen hat. Aber trotzdem hast du versucht, ihm den Stein wegzunehmen, stimmt das?«

Der Junge schluckte. »Ich habe es nicht böse gemeint.«

Mitchell hatte nicht vor, das Kind noch weiter einzuschüchtern, deshalb sagte er schnell: »Schon gut, Billy, keiner macht dir deswegen Vorwürfe. Als ich ein Junge war, galt die Regel: Wer ein Ding hat, dem gehört es auch. Nichts von diesem Quatsch, wer es als erster gesehen hat.« Er lächelte.

»Ich wollte nur derjenige sein, der ihn dem Museum gibt«, fuhr Billy fort.

Wie ein Donnerschlag ließen diese Worte Mitchells Geist erzittern. »Natürlich«, dachte er, »jetzt erinnere ich mich wieder.«

Plötzlich wurde ihm klar, warum er den Vorfall vergessen hatte. Die Bibliothekarin hatte den Stein, der nach ein paar Tagen in seiner Hosentasche völlig stumpf und unansehnlich geworden war, nur widerstrebend angenommen. Dabei hatte sie etwas von kleinen Jungen gemurmelt, die man nicht entmutigen dürfe. Damit hatte sie ihn so völlig entmutigt, daß er die ganze Angelegenheit aus seiner Erinnerung verdrängt hatte, und erst die Tatsache, daß Billy sie jetzt zur Sprache gebracht hatte, konnte den Bann brechen.

Es war schwer vorstellbar, daß ein kleiner Hochstapler ein so detailliertes Wissen haben sollte. Aber das würde bedeuten, daß Billy Bingham, als er verschwand . . .

Er brach den Gedankengang ab; das war ja alles völlig unmöglich. Sein Arzt hatte ihm einmal erzählt, daß eine geistige Verwirrung, wie dieser Junge sie haben mußte, oft durch eine überaktive Einbildungskraft hervorgerufen wurde.

Mitchell holte tief Atem. »Gut«, sagte er, »jetzt möchte ich dir noch zwei Fragen stellen. Um wieviel Uhr war das?«

»Seth und ich sind nach der Schule noch schwimmen gegangen. Es muß also später Nachmittag gewesen sein.«

»In Ordnung. Aber in der Zeitung steht, daß du erst gegen zehn nach Hause gekommen bist. Wo warst du denn in der Zwischenzeit?«

»Ich war nirgendwo«, sagte Billy. »Seth und ich stritten uns wegen des Steins. Ich fiel hin. Und als ich mich wieder hochrappelte, war es schon stockfinster.« Plötzlich begann er zu weinen. »Ich weiß nicht, was passiert ist. Ich glaube, Seth hat mich einfach da liegen lassen.«

Mitchell erhob sich. »Das ist einfach zu lächerlich«, dachte er unvermittelt. »Ich sollte mal zum Psychiater gehen.«

Trotzdem hielt er an der Tür inne und stellte Billy eine letzte Frage. »Hat sonst noch jemand mit dir gesprochen? Ich meine, außer der Polizei und dem großen Mann?«

»Ja, da kam noch eine Frau aus der Bücherei.«

»Bücherei?« wiederholte Mitchell verständnislos.

»Sie wollte den genauen Zeitpunkt wissen, als ich auf der Klippe wieder aufgewacht bin. Sie heißt Edith Price und arbeitet in der Bücherei. Aber ich wußte es natürlich nicht genau.«

Diese Auskunft schien bedeutungslos. Schnell sagte Mitchell mit geheuchelter Freundlichkeit: »Nun, Billy, dann will ich dich mal wieder an deine Comics lassen. Und vielen Dank.«

Er ging aus dem Zimmer und verließ das Krankenhaus. Dann bezahlte er seine Hotelrechnung, stieg in seinen Mietwagen, fuhr zum Flughafen und flog nach Miami zurück. Als er aus dem Flugzeug stieg, war die alte verwirrende Melodie aus seiner Kindheit schon wieder fast aus seinem Gedächtnis verschwunden.

Mitchell kam es so vor, als ob *der Musikant* ihn im Stich gelassen hätte. Damit sich ein ähnlicher Vorfall nicht wiederholte, beschloß er, das Abonnement des *Harkdale Inquirers* zu kündigen.

In Chicago.

Seth Mitchell (vom Seth-Mitchell-Detektivbüro) starrte den Mann, der sein Büro betrat, an, als hätte er eine Halluzination.

Schließlich zwinkerte er und sagte: »Bin ich verrückt geworden?«

Der Fremde, ein stattlicher Mittdreißiger, ließ sich auf dem Besuchersessel nieder und erwiderte mit einem rätselhaften Lächeln: »Die Ähnlichkeit ist erstaunlich, nicht wahr?«

Er sprach mit einem festen Bariton, und wenn Mitchell es nicht besser gewußt hätte, dann hätte er geschworen, seine eigene Stimme zu hören.

In der Tat, als er später Marge Aikens von dem Besucher erzählte, bekannte er: »Ich hatte das Gefühl, als ob ich selbst da säße.«

»Aber was wollte er?« fragte Marge. Sie war eine schlanke Blondine, die gerade die Dreißig erreicht hatte, was ihr sehr gut stand. Mitchell hatte vor, sie eines Tages zu heiraten, wenn er eine genauso tüchtige Mitarbeiterin finden würde. »Wie sah er aus?«

»Wie ich. Das versuche ich dir schon die ganze Zeit zu erklären. Er war mein genaues Ebenbild. Er trug sogar einen Anzug, der mich an einen erinnert, den ich zu Hause im Kleiderschrank hängen habe.« Flehend fuhr er fort: »Frag mich bitte nicht, was das alles zu bedeuten hat, Marge. Ich weiß es nicht. Ich bin total verwirrt, die Sache ist zu rätselhaft.«

»Hat er dir seine Adresse dagelassen?«

Mitchell starrte unglücklich auf seine Mitschrift des Gesprächs. »Hier steht sie nicht.«

»Hat er gesagt, ob er wiederkommen will?«

»Er hat mir tausend Dollar gegeben, und ich schrieb ihm eine Quittung. Das mit haben wir uns verpflichtet.«

»Zu was verpflichtet?«

»Das ist das Albernste an der ganzen Geschichte. Ich soll einen Onyxkristall für ihn finden. Er behauptet, er habe ihn vor einiger Zeit in einem Kleinstadtmuseum irgendwo im Süden des Staates New York gesehen, könne sich aber nicht mehr entsinnen, wo genau das war.«

»Das wird entweder sehr schwierig oder sehr leicht«, sagte Marge nachdenklich; sie schien sich schon mit der gestellten Aufgabe zu befassen.

»Ich bin noch nicht fertig«, sagte Mitchell düster. »Ich weiß, wo dieser Kristall ist. Ich kenne die Gegend wie meine Westentasche, ich bin dort geboren. Erinnerst du dich?«

»Das ist mir auch gerade eingefallen«, sagte Marge. »Du glaubst also, du kannst diesen Kristall finden ...«

»Er befindet sich im Museumskomplex der Stadtbücherei von Harkdale, meiner Geburtsstadt«, unterbrach sie Mitchell. »Doch jetzt halt dich fest – ich selbst habe den Stein der Bücherei vermacht, und das Tollste ist, letzte Nacht habe ich von dem Ding geträumt.«

Marge ließ nicht locker. »Und er kam ausgerechnet zu dir? Von allen Detektiven in Chicago hat er sich den einen ausgesucht, der so aussieht wie er selbst und der weiß, wo der Kristall ist?«

»Er kam zu mir.«

Marge verzog mißbilligend ihren schönen Mund. »Seth, das ist eine phantastische Geschichte. Du hättest ihn nicht so einfach gehen lassen sollen. Du bist doch sonst so wach.«

»Danke«, sagte er trocken.

»Warum hast du ihm nicht gesagt, wo der Stein ist?«

»Und einen Tausend-Dollar-Job verloren? Nein, meine Liebe, ein Detektiv ist manchmal wie ein Arzt. Die Leute bezahlen ihn für Informationen, die er schon hat.«

Marge streckte die Hand aus. »Zeig mir mal deine Notizen.«

Während sie das Blatt überflog, fragte sie ohne aufzublicken: »Was wirst du jetzt tun?«

»Nun, ich habe ihm die Wahrheit gesagt, daß ich hier noch für einige Tage zu tun hätte, und dann ...«

Er schwieg, und das Schweigen dauerte so lange, daß die Frau schließlich aufblickte. Erleichtert stellte sie fest, daß sein Gesicht den klugen und nachdenklichen Ausdruck zeigte, den es immer annahm, wenn er dabei war, einen Fall zu lösen.

Er fing ihren Blick auf und sagte: »Es wäre ein Fehler, in Harkdale aufzutauchen, bevor nicht drei, vier Rätsel gelöst sind. Zum Beispiel: wieso gibt es zwei von uns?«

»Du hast keine Verwandten?«

»Doch, ein paar Vettern.«

»Hast du sie in der letzten Zeit gesehen?«

Er schüttelte den Kopf. »Das letzte Mal, als ich neunzehn war, beim Tod meiner Mutter.« Er lächelte grimmig. »Harkdale ist keine Stadt, in die man zurückkehrt. Aber vergiß die Sache mit meinen Vettern. Von denen sieht mir keiner ähnlich.« Er schüttelte sich. »Zum Glück nicht.«

Marge sagte bestimmt: »Ich denke, du solltest dich verkleiden, wenn du nach Harkdale fährst.«

»Worauf du dich verlassen kannst«, erwiderte er entschlossen. »In dieser Angelegenheit müssen wir unseren ganzen Scharfsinn einsetzen.«

Irgendwo anders auf der Erde dachten ungefähr zwei Dutzend der insgesamt 1811 Seth Mitchells – unter denen sich auch der beste aller möglichen Seth Mitchell befand – über den Kristall nach, erinnerten sich an ihre Träume ein paar Nächte zuvor und hatten die sonderbare, beklemmende Überzeugung von einer drohenden Krise.

Und so beschrieb es der Seth Mitchell in Montreal, Kanada, seiner frankokanadischen Frau: »Ich werde das Gefühl nicht los, als ob ich bald an irgend etwas oder irgend jemandem gemessen werden sollte. Ich habe neulich schon davon gesprochen, als ich morgens aufwachte. Erinnerst du dich?«

Seine Frau, eine hübsche Blondine mit frankokanadischer Nüchternheit und Verachtung für solche Phantastereien, erinnerte sich gut an seine Bemerkung und wollte wissen, was er mit diesem »Messen« meinte.

Unglücklich erwiderte ihr Mann: »Ich habe das Gefühl, daß ich bessere Entscheidungen hätte treffen können, mehr aus mir hätte machen können. Ich bin nicht der Mann, der ich hätte sein können.«

»Was ist denn dabei?« fragte sie. »Wer ist das schon?«

»Ich bin erledigt, das ist alles.«

»Wie meinst du das?« fragte sie scharf.

»Kaputt, erledigt . . .«, er zuckte die Schultern. »Es tut mir leid, daß ich so pessimistisch bin, meine Liebe, aber das ist eben mein Gefühl: ich habe mich nicht bewährt, und jetzt bin ich unten durch.«

Seine Frau seufzte: »Meine Mutter hat mich gewarnt, daß alle Männer verrückte Einfälle kriegen, wenn sie auf die Vierzig zusteuern. Jetzt bist du also soweit.«

»Ich hätte mutiger oder sonstwie besser sein können«, jammerte er.

»Was ist denn schlecht daran, ein Steuerberater zu sein?« wollte sie wissen.

Ihr Mann schien sie nicht zu hören. »Ich glaube, ich sollte

meine Heimatstadt besuchen«, sagte er, dabei hatte seine Stimme einen besorgten Klang.

Sie packte seinen Arm. »Jetzt gehst du auf der Stelle zu Dr. Ledoux«, sagte sie. »Der soll dich mal von Kopf bis Fuß untersuchen.« Aber Dr. Ledoux konnte nichts finden. »Im Gegenteil«, meinte er, »Sie erfreuen sich eines außergewöhnlich guten Gesundheitszustandes.«

Der Seth Mitchell aus Montreal gestand sich ein, daß seine plötzlichen Angstzustände ziemlich lächerlich wirken mußten.

Trotzdem beschloß er, nach Harkdale zu fahren, sobald es seine geschäftlichen Verpflichtungen ihm erlaubten.

V

Die Stimme des Mannes kam völlig unerwartet; sie hatte einen leichten ausländischen Akzent. »Miss Price, ich möchte mit Ihnen sprechen.«

In der Dunkelheit sah Edith den Sprecher nur undeutlich; er stand im Schatten zwischen den Garagen und dem Apartmenthaus, in dem sie wohnte, und versperrte ihr den Weg.

Bevor sie etwas sagen konnte, fuhr die Stimme fort: »Was haben Sie mit dem Kristall gemacht?«

»Ich – verstehe – nicht . . .«

Sie sprach die Worte automatisch. Inzwischen konnte sie den Mann besser erkennen. Er war ziemlich klein, aber kräftig gebaut. Plötzlich wußte sie, um wen es sich handelte: Es war der Mann, der den ersten Seth Mitchell mit dem goldfarbenen Cadillac begleitet hatte.

»Miss Price, Sie haben den Kristall aus dem Ausstellungsraum entwendet. Entweder Sie geben ihn mir oder sagen mir, was Sie damit gemacht haben. Dann ist die Sache erledigt.«

Edith hatte das unangenehme Gefühl, daß sie einen Fehler gemacht hatte und deshalb nichts zugeben durfte, auch keinem Fremden gegenüber.

»Ich weiß nicht, wovon Sie sprechen«, flüsterte sie.

»Hören Sie, Miss Price.« Der Mann trat aus dem Schatten, seine Stimme klang verbindlich. »Wir sollten in Ihre Wohnung gehen und die ganze Angelegenheit in Ruhe besprechen.«

Dieser Vorschlag beruhigte Edith ein wenig. Denn die kleinen Wohnungen in dem Apartmenthaus waren nur durch dünne Wände voneinander getrennt.

Unglaublich – im nachhinein konnte sie über ihre Naivität nur den Kopf schütteln –, aber sie vertraute ihm sofort und ging ohne Argwohn zu schöpfen an ihm vorbei auf das Haus zu. Deshalb war sie auch vollkommen überrascht und unvorbereitet, als er sie packte. Ein Arm umklammerte ihre Arme und den Körper. Gleichzeitig wurde eine Handfläche fest auf ihren Mund gepreßt. »Ich habe eine Pistole«, sagte er leise.

Vor Angst halb gelähmt, bemerkte sie, daß ihr Entführer sie zur Straße trug. Dort stieß er sie in ein Auto, das an einem Zaun abgestellt war.

Er setzte sich neben sie und starrte sie durch die Dunkelheit an. Es war zu finster, als daß sie seinen Gesichtsausdruck hätte erkennen können. Aber als die Sekunden vergingen und er nichts Bedrohliches unternahm, ließ ihr rasendes Herzklopfen allmählich nach, und sie keuchte: »Wer sind Sie? Was wollen Sie von mir?«

Der Mann kicherte ironisch und sagte: »Ich bin der schlechteste von allen möglichen Athtars und komme aus dem fünfunddreißigsten Jahrhundert.« Er kicherte von neuem. »Aber es hat sich herausgestellt, daß ich eine hohe Überlebensfähigkeit besitze.«

Seine Stimme wurde wieder fest. »Dort, wo ich herstamme, bin ich Physiker. Ich erkannte die Gefahr, in der ich schwebte, und analysierte daraufhin in Rekordzeit den Schlüsselaspekt der Kristallnatur. Im Zusammenwirken mit menschlichen Wesen arbeitet er mit Hilfe der Vibration, die von allen Zellen des menschlichen Körpers ausgeht. Durch Neubildung dieser Vibration kann er eine Person erschaffen und sie umgekehrt, durch Aufhebung der Vibration, rückgängig machen. Als ich dies erkannte – und da ich in meiner Ära nicht die Orientierungsperson des Kristalls war –, habe ich einfach ein Schutzschild auf der Vibrationsebene meines eigenen Körpers errichtet. Das rettete mein Leben, als der Kristall alle geringeren Athtars rückgängig machte.«

Düster fügte er hinzu: »Aber offensichtlich blieb ich durch meinen Sieg auf einer anderen Ebene mit ihm verbunden. Denn als er durch die Zeit ins zwanzigste Jahrhundert zurückfiel, fiel ich mit ihm. Unglücklicherweise nicht gleichzeitig und auch nicht an genau den gleichen Ort. Ich kam erst letzte Woche hier an, und zwar landete ich am Fuß der Klippe beim Lake Naragang.

Was für ein bemerkenswertes, kompliziertes inneres System von Energieströmen er doch haben muß!« fuhr er bewundernd fort. »Stellen Sie sich das einmal vor! Als er durch die Zeit glitt, muß er diese fünfundzwanzigjährige Inaktivitätsperiode und seine Wiedererweckung aufgespürt haben, und hat mich innerhalb weniger Tage nach seiner Reaktivierung hier abgesetzt.«

Der Mann verstummte. In der Dunkelheit, die ihr unvermittelt wieder bewußt wurde, riskierte Edith eine kleine Bewegung. Sie änderte die Position ihres linken Beines, das einzuschlafen drohte. Als er darauf nicht reagierte, flüsterte sie: »Warum erzählen Sie mir das alles? Es klingt völlig verrückt.«

Noch während sie die Stereotype aussprach, wußte sie schon, daß etwas in ihrem Innern, das genauso verrückt war wie diese Geschichte, jedes seiner Worte glaubte. In einem Anfall von Selbstkritik dachte sie: Ich muß eine von den minderwertigeren Edith Prices sein. Nur mit Mühe konnte sie ein hysterisches Lachen unterdrücken.

»Ich möchte Informationen von Ihnen«, sagte der schlechteste von allen möglichen Athtars.

»Ich weiß nichts über einen Kristall.«

»Was ich wissen möchte«, fuhr der Mann unerbittlich fort, »ist folgendes: Ist Ihnen in der letzten Zeit einmal der Gedanke gekommen, daß Sie auch einen besseren Lebensweg hätten einschlagen können, als ausgerechnet Bibliothekarin in Harkdale zu werden?«

Edith erinnerte sich sofort an die sonderbare Grübelei, in die sie versunken war, nachdem sie das Päckchen mit dem Kristall aufgegeben hatte. »Ja, wieso?« hauchte sie.

»Erzählen Sie mir davon«, forderte der Mann sie auf.

Edith berichtete ihm von dem Gedanken, in den nächsten Bus zu steigen und Harkdale zu verlassen.

Der Mann lehnte sich im Sitz zurück. Soweit sie das in der Dunkelheit beurteilen konnte, schien er zufrieden und entspannt zu sein. Kichernd fragte er sie: »Sind Sie die beste von allen möglichen Edith Prices?«

Edith antwortete nicht. So nach und nach gewann sie das Gefühl, daß sie diesem Fremden vielleicht doch vertrauen könne und ihm sagen sollte, wo sich der Kristall befand.

Athtar ergriff wieder das Wort: »Ich bin überzeugt, daß die Edith Price, die im zwanzigsten Jahrhundert die Orientierungsperson des Kristalls ist, in genau diesem Bus sitzt oder sich sonstwo in Sicherheit bringt. Und daß Sie aus diesem Grunde unter derselben Bedrohung stehen wie ich, nämlich von dem Kristall rückgängig gemacht zu werden, sobald er die perfekte Edith Price gefunden hat.«

In diesem Augenblick überfiel Edith die Angst.

Während der folgenden Minuten war sie sich nur undeutlich der Worte bewußt, die aus ihrem Mund quollen.

Athtar lauschte ihren Enthüllungen. Ich sollte sie töten, dachte er. Doch dann unterdrückte er diesen Impuls. Es war besser, vorsichtig zu Werke zu gehen. Denn wenn etwas schieflief, war diese Edith alles, was er hatte, um die anderen Ediths ausfindig zu machen.

Also sprach er ein paar beruhigende Worte, ließ sie aussteigen und sah ihr nach, als sie zum Haus taumelte – in Sicherheit, wie sie glaubte.

VI

Die Notiz lautete: »Er war nicht da und der Kristall auch nicht. Die Farm war verlassen. Haben Sie mich belogen? Athtar.«

Als Edith die Zeilen zum ersten Mal las, fühlte sie einen kalten Schauer, besonders der letzte Satz machte ihr Angst. Aber beim zehnten oder zwölften Lesen hatte sie sich wieder einigermaßen beruhigt. Wenn diese Geschichte keine Halluzination ist, dachte sie, dann sollte ich besser – ja, was eigentlich? Mutig sein? Das Problem überdenken? Entschlossen handeln?

Es war Samstag.

Bevor sie zur Arbeit ging, kaufte sie im Eisenwarenladen von Harkdale einen kleinen automatischen Browning. Sie hatte ein bißchen Erfahrung im Schießen, mit ihrem zweiten Freund auf dem College hatte sie es des öfteren geübt. Dieser Freund war der Bursche, der sie mit der fröhlichen Philosophie in Berührung gebracht hatte, daß Gott tot sei und man deshalb tun und lassen könne, was man wollte – man müsse nur aufpassen, nicht ins Gefängnis zu kommen. Irgendwann hatte er sie dann verlassen, vermutlich ohne Schuldgefühle darüber, daß er sie einem Mann ausgespannt hatte, der sie vielleicht geheiratet hätte.

Aber immerhin hatte er ihr beigebracht, wie man mit einem automatischen Revolver umgeht, und deshalb verstaute sie die kleine Waffe in ihrer Handtasche, überzeugt, daß es allmählich an der Zeit sei, daß *diese* Edith sich bewähre.

Doch ein Zweifel blieb: War ihr Entschluß, in Notwehr zu schießen, ein Schritt nach vorn, oder entfernte er sie nur noch weiter von dem Ziel, die beste aller möglichen Edith Prices zu sein.

In der Bücherei erwartete sie Miss Tilsit mit der neuesten Zeitungsmeldung.

JUNGER BAUER VERMISST

Seth Mitchell, ein Bauer aus Abbotsville, ist seit einigen Tagen verschwunden. Ein Nachbar, Carey Grayson, der Mitchell gestern aufsuchte, um Saatgut zu kaufen, fand den Hof in einem desolaten Zustand vor: die Kühe waren nicht gemolken, das Pferd im Stall und die Hühner halb verhungert. Von Mitchell war keine Spur zu finden. Grayson fütterte die Tiere, dann setzte er sich mit Mitchells Cousin, der in einem Nachbardistrikt lebt, in Verbindung und rief die Polizei an. Eine Untersuchung des Falls ist inzwischen eingeleitet.

Edith gab die Zeitung mit einem nichtssagenden Kommentar zurück. Das also hatte Athtar gemeint, dachte sie.

Trotz ihres Beschlusses zitterte sie. Aber es gab kein Zurück. Sie mußte unerbittlich weitermachen.

Sonntag.

Sie war nach New York gefahren und parkte ihren Wagen zwei Blocks entfernt von dem kleinen Hotel für Frauen, in dem sie früher gewohnt hatte. Hier müßte wenigstens eine von allen möglichen Ediths abgestiegen sein, dachte sie.

Von einer Telefonzelle aus rief sie das Hotel an und fragte nach Edith Price. Nach einer Pause sagte die Stimme der Empfangsdame: »Einen Augenblick bitte, ich verbinde.«

Edith legte auf; ihr war plötzlich schwindelig. Kraftlos sank sie gegen die Wand der Zelle. Selbst jetzt war ihr nicht völlig klar, was sie eigentlich erwartet hatte. Ihr kam nur ein einziger hoffnungsvoller Gedanke in den Sinn: Ist es möglich, daß ich die einzige Edith Price bin, die weiß, daß es andere gibt? Und verschafft mir das einen Vorteil gegenüber den unwissenden anderen?

Oder gab es schon irgendwo auf der Welt eine Edith Price, die aufgrund ihrer natürlichen Anlagen die beste von allen geworden war?

Ihre Überlegung endete, als sie einen stämmigen, untersetzten Mann bemerkte, der sich in der Nähe der Telefonzelle aufhielt. Sie konnte ihn nicht ganz sehen, aber irgend etwas an der Gestalt kam ihr bekannt vor.

Dann wußte sie plötzlich, wem sie ähnlich sah. Edith straffte sich und wandte den Blick ab.

Athtar!

Die Edith Price, die kurz darauf die Telefonzelle verließ, hatte weiche Knie und war keineswegs mutig. Aber dennoch hatten die zwei Tage der Angst, der Bedrohung und des Schreckens sie irgendwie verändert. Sie war vorher eine etwas melancholische junge Frau gewesen, die in der ständigen Angst lebte, ihre Fehler könnten sie einst ins Verderben stürzen. Auch jetzt zitterte sie noch zuweilen vor Angst, dazwischen aber gab es Momente, in denen sie die Lippen zusammenkniff und die Dinge energisch und realistisch durchdachte.

Der Anblick Athtars versetzte sie in Angst.

Aber das war im Grunde genommen gleichgültig, analysierte der energische Teil ihres Ichs. Denn sie vertraute dem schlechtesten aller möglichen Athtars nicht, und er würde sich sicherer fühlen, wenn er eine verängstigte Edith vor sich hatte, davon war sie überzeugt.

Von nahem gesehen, im hellen Licht eines Sonntagmorgens auf einer verlassenen Straße in New York, sah Athtar – kurz, breit, mit aufgedunsenem Gesicht und grauen Wangen – überraschenderweise ganz genauso aus, wie sie ihn Erinnerung hatte. Ausgesprochen unangenehm.

»Warum haben Sie mich nicht mit ihr sprechen lassen?« fragte er sanft.

Aber Edith hörte gar nicht zu. Sie stellte die Frage, die ihr schon seit achtundvierzig Stunden durch den Kopf ging: »Sind Sie wirklich aus dem fünfunddreißigsten Jahrhundert?«

Athtar bedachte sie mit einem schnellen scharfen Blick. Er mußte sofort durchschaut haben, wie durcheinander sie war. »Ja«, antwortete er freundlich.

»Sind dort alle so wie Sie; ich meine Ihre Größe, Ihren Teint ...?« Athtars Stimme nahm einen formellen Klang an, als er sagte: »Es wurde beschlossen, daß ein kräftigerer und kürzerer Körper von größerer Zweckmäßigkeit ist. Das war mehrere hundert Jahre vor meiner Geburt. Niemand in meiner Zeit ist größer als 177 Zentimeter.«

»Woher wissen Sie, daß Sie der schlechteste aller möglichen Athtars sind?«

»In meiner Ära«, lautete die Antwort, »ist es ein Kapitalverbrechen, wenn jemand eine Waffe trägt, der nicht zur Gilde der Wissenschaftler gehört. Der Lohn für den harten Kampf um eine gute Position innerhalb der Gilde ist politische und wirtschaftliche Macht. Während ich mich nach oben kämpfte, habe ich mich oft in die relative Sicherheit der gesichtslosen und namenlosen Masse zurückgesehnt. Und der Kristall hat diese Wünsche Gestalt annehmen lassen, indem er andere Athtars erschuf.«

Die Antwort machte Edith deutlich, daß Härte und Energie allein nicht der richtige Weg waren. Sie seufzte enttäuscht. Dann besann sie sich auf ihre anderen Fragen und erzählte Athtar von den Bildern, die sie im Innern des Kristalls gesehen hatte, dem Sonnensystem und der Darstellung eines menschlichen Körpers. Wußte er, was diese Bilder zu bedeuten hatten?

»Als ich den Kristall zum ersten Mal sah«, sagte Athtar, »war die Szene in seinem Innern ein Abbild unserer Galaxis. Später wurde daraus das Sonnensystem. Was Sie gesehen haben, war vermutlich eine Übertragung aus meiner Zeit, in der alle Planeten besiedelt sind. Und was ich gesehen habe, muß aus einer Zeit stammen, in der die Menschheit in die Galaxis vorgedrungen ist. Das könnte bedeuten, daß der Kristall sich der Zeit anpaßt, in der er sich gerade aufhält. Aber warum ein menschliches Wesen und nicht der Planet Erde für die gegenwärtige Zeit steht, ist mir nicht klar. Stellte die Zeichnung einen Mann oder eine Frau dar?«

Edith konnte sich nicht mehr genau erinnern.

Athtar schüttelte nachdenklich den Kopf. Ein fragender Ausdruck war auf seinen häßlichen Zügen erschienen. »So ein kleiner Gegenstand«, sagte er verwundert, »und so unermeßliche Fähigkeiten.« Mehr zu sich selbst gewandt, fuhr er fort: »Er muß ein potentielles Fließmuster darstellen. Ein solcher Kristall enthält nicht genug Atome, um eine Kontrollfunktion über so viele Dinge und Bereiche ausüben zu können.«

Damit hatte Athtar Ediths nächste Frage schon indirekt beantwortet. Sie stellte sie trotzdem.

Athtar seufzte. »Nein«, sagte er, »der Kristall ist mit Sicherheit nicht aus dem fünfunddreißigsten Jahrhundert. Er tauchte plötzlich auf. Ich stelle mir vor, daß er aus einer fernen Zukunft rückwärts durch die Zeit gefallen ist, und zwar in Zeitsprüngen von jeweils fünfzehnhundert Jahren.«

»Aber warum sollten sie ihn denn zurückgeschickt haben?« fragte Edith verstört. »Was bezwecken sie damit?«

Der stämmige kleine Mann blickte sie verwundert an. »Der Gedanke, daß der Kristall zu irgendeinem Zweck zurück*geschickt* worden sein könnte, ist mir bisher noch gar nicht gekommen. Er ist ein so kolossales, unermeßlich wertvolles Gerät, daß wir annahmen, er müßte durch einen Unfall verlorengegangen sein.« Er verstummte, dann sagte er unvermittelt: »Ich möchte jetzt gehen und diese zweite Edith Price aufsuchen. Und Sie sollten nach Harkdale zurückfahren. Wenn ich den Kristall finde, werde ich mich mit Ihnen in Verbindung setzen.«

Diese Worte schienen anzudeuten, daß er mit ihr zusammenarbeiten wollte. In Wirklichkeit hatte er sich jedoch überlegt, daß der Kristall ihm nichts nützen würde, bevor er nicht dessen Orientierungsperson ausfindig gemacht und ermordet hätte.

Der realistische Teil von Ediths Ich zögerte bei dem Gedanken, daß sie diesem Mann vertrauen sollte. Aber dann fiel ihr ein, daß er vielleicht Waffen aus dem fünfunddreißigsten Jahrhundert mitführte, und daß sein Angebot zur Kooperation nur eine scheinbare Großzügigkeit darstellte, eine Großzügigkeit, die er sich aufgrund einer Machtposition leisten konnte.

Diese Gedanken und die Tatsache, daß sie selbst keine bestimmten Pläne hatte, ließen sie schließlich seinem Vorschlag zustimmen.

Sie beobachtete, wie er in einen glänzenden neuen Wagen stieg und die schmale Straße davonfuhr. Es war ein Mittelklassewagen, stellte sie abwesend fest. Sie hatte sich nie besonders viel aus Automodellen gemacht, und als sie überlegte, von welcher Firma er wohl sein könnte, war es schon zu spät. Und mit der gleichen Verspätung fiel ihr ein, daß sie versäumt hatte, sich das Kennzeichen zu merken.

Was bin ich doch für eine drittklassige Edith Price, dachte sie sarkastisch.

Kopfschüttelnd stand sie da und bemerkte kaum, daß ein Wagen neben ihr hielt. Eine junge Frau stieg aus, machte ein paar beiläufige Schritte in Richtung Telefonzelle und blieb unvermittelt vor Edith stehen. »Sind Sie Edith Price?« fragte sie höflich.

Edith zuckte zusammen.

Die Fremde war eine hübsche, lebhafte Blondine um die Dreißig, und Edith hatte sie noch nie zuvor gesehen. Die Frau hatte nichts Bedrohliches an sich, trotzdem wich Edith unwillkürlich ein paar Schritte zurück.

»J – ja«, sagte sie.

Die Frau wandte sich zum Wagen um und sagte: »In Ordnung, Seth.«

Seth Mitchell stieg aus und eilte auf die beiden zu. Er war gut gekleidet, genauso wie der Seth Mitchell mit dem goldfarbenen Cadillac, aber es gab einen feinen Unterschied: Das Gesicht dieses Seth Mitchell hatte einen festeren, entschlosseneren Ausdruck.

»Ich bin Detektiv«, sagte er. »Wer ist der Mann, mit dem Sie eben gesprochen haben?«

Und so kam Edith unversehens zu zwei Mitwissern.

Sie waren in ein Café gegangen, um ihr Gespräch zu führen. Edith war zugleich erleichtert und beunruhigt, als ihr klar wurde, daß diese beiden Detektive zwei Tage lang in Harkdale gewesen waren und sie schließlich, wegen ihres Anrufs im Krankenhaus, hatten aufspüren können. Bei ihrer Beschattung war ihnen auch der untersetzte Mann aufgefallen, der ebenfalls alle ihre Schritte genau verfolgte. Und so waren an diesem Morgen drei Autos nach New York gefahren – Ediths, Athtars und ihres.

Der Informationsaustausch dauerte seine Zeit und etliche Tassen Kaffee – obwohl Edith die letzte Tasse zurückgehen ließ, weil ihr plötzlich einfiel, daß zuviel Kaffee wahrscheinlich ungesund war und der Kristall bei ihrer Beurteilung womöglich darauf zurückkommen könnte. Bei dem Gedanken an all die Ge- und Verbote, die sie sich freiwillig auferlegte, lächelte sie müde. Genauso, als ob Gott nicht mehr länger tot sei, dachte sie.

Als sie aus dem Café kamen, versuchte Seth Mitchell die andere Edith Price anzurufen. Unverrichteterdinge verließ er die Zelle wieder. Er hatte ein ungutes Gefühl.

»Die Empfangsdame sagt, daß Edith Price vor zwanzig Minuten mit einem Mann das Hotel verlassen hat. Ich fürchte, wir sind zu spät gekommen.«

Nach Ediths Beschreibung war er zu der Überzeugung gelangt, daß Athtar ein gefährlicher Bursche war. Sie beschlossen, die Rückkehr der zweiten Edith abzuwarten. Doch obwohl sie bis tief in die Nacht hinein warteten, kehrte die junge Frau nicht wieder in ihr Hotel zurück.

Sie sollte nie zurückkehren. Ihr Körper, mit einer Kugel im Gehirn und mit Steinen beschwert, ruhte schon seit Stunden auf dem Grunde des East River. Und Athtar hatte den Kristall.

Zu seiner großen Enttäuschung war diese Edith nicht die Orientierungsperson des Kristalls gewesen.

Demzufolge verbrachte er den Abend und einen Teil der Nacht damit, die Teile einer Spezialwaffe zusammenzufügen. Er hatte eine bestimmte Vorahnung, daß er die äußerst feine Energie dieser Waffe für Edith Price brauchen würde, die er wieder zurück in Harkdale glaubte.

VII

Weil es spät war und weil sie die zweite Edith ebensogut von Harkdale aus noch einmal anrufen konnten, machten sich die drei – Edith und die beiden Detektive – kurz nach elf auf den Weg. Sie nahmen beide Wagen, Seth Mitchell fuhr mit Edith und steuerte das Auto auf ihre Bitte hin; Marge Aikens folgte ihnen.

Unterwegs erklärte Detektiv Mitchell seiner Beifahrerin, daß er sie für die Original-Edith halte und daß der Kristall folglich immer noch auf sie orientiert war. Er stellte die Theorie auf, daß sie vermutlich, ohne es zu ahnen, für das Verschwinden Seth Mitchells, des Bauern, verantwortlich sei. Als sie diesen unglücklichen Burschen als den schlechtesten aller möglichen Seth Mitchells eingestuft hatte, da hatte der Kristall ihr Urteil akzeptiert und seine Schöpfung rückgängig gemacht – wahrscheinlich noch bevor das Päckchen Abbotsville erreichte.

Edith war von Mitchells Schlußfolgerung schockiert. »Aber . . .«, stammelte sie, »so hatte ich das nicht gemeint.« Tränen strömten über ihre Wangen. »Der arme Mann!«

»Natürlich haben Sie es nicht so gemeint«, erwiderte er. »Aber um sicherzugehen, möchte ich die ganze Geschichte noch einmal durchgehen. Wann genau haben Sie Ihr Urteil über Seth, den Bauern, gefällt. War das, bevor oder nachdem Sie diese Anwandlung hatten, Harkdale für immer zu verlassen?«

»Nachher.«

»Und habe ich Sie richtig verstanden, Sie dachten daran, zum Postamt zu gehen und zu fragen, ob das Päckchen zu Ihnen zurückgeschickt worden sei?«

»Ja, ich habe daran gedacht«, sagte sie, »aber dann habe ich es doch nicht getan.«

»Dann nehme ich an, daß mindestens *eine* andere Edith auf dem Postamt erschienen ist«, sagte Mitchell.

Edith seufzte. »Das ist alles so kompliziert«, sagte sie. »Wie soll diese Edith denn nach Harkdale zurückgekehrt sein, ohne Auto, Kleidung, Geld?«

»Darüber habe ich in bezug auf meinen eigenen Fall auch schon nachgedacht«, sagte Mitchell. »Offenbar ist der Kristall in der Lage, solche Unstimmigkeiten irgendwie herauszuschneiden. Ich, zum Beispiel, hatte niemals daran gedacht, nach Harkdale zurückzukehren. Es war mir überhaupt nicht in den Sinn gekommen.«

Er brach ab. »Gibt es in Ihrem Gehirn auch solche leeren Zeilen?« fragte er dann.

»Nicht, daß ich wüßte.«

Er nickte. »Das habe ich aus Ihrem Bericht auch geschlossen. Demnach sind Sie also die Original-Edith, und das ganze verrückte Problem ist gelöst. Wir brauchen uns nun nicht mehr darum zu kümmern, wo der Kristall ist.«

Was er ihr dann zu erklären versuchte, war recht einfach: Als der Kristall auf ihren Befehl Billy Bingham zurückgebracht hatte, wurde der Junge drei Kilometer entfernt abgesetzt. Sicher, damals hatte sie den Kristall auch in der Hand gehalten. Das war aber nicht der Fall gewesen, als sie ihr negatives Urteil über den Bauern Seth Mitchell gefällt hatte. Sie hatte erst an diesen Seth Mitchell gedacht, als sie das Päckchen schon aufgegeben hatte und wieder ungefähr hundert Meter vom Postamt entfernt gewesen war.

Angenommen, sie hätte den unglücklichen Bauern tatsächlich

rückgängig gemacht, dann spielte die Entfernung des Kristalls zu seiner Orientierungsperson offensichtlich keine Rolle.

Edith schwieg, als Mitchell geendet hatte.

»Sie stimmen mir nicht zu?« fragte der Detektiv.

»Ich dachte gerade darüber nach«, sagte Edith, »daß ich vielleicht doch nicht die Orientierungsperson des Kristalls bin.«

»Das werden wir morgen herausfinden.«

»Und was ist mit Athtar?« fragte sie. »Ich habe immer noch das Gefühl, daß er eine Spezialwaffe besitzen könnte. Außerdem kann der Kristall ihm nichts anhaben. Wie denken Sie darüber?«

»Über Athtar bin ich mir noch nicht im klaren«, sagte der Mann. »Lassen Sie mich nachdenken.«

Während sie auf seine Antwort wartete, fiel Edith ein, was Athtar sie über die Figur im Innern des Steins gefragt hatte: Ob es ein Mann oder eine Frau gewesen sei.

Zum ersten Mal versuchte sie ernsthaft, sich an das Bild zurückzuerinnern. Und während sie im Dunkeln neben dem Detektiv saß, wurde ihr bewußt, daß zwei verschiedene Gedankenketten in ihrem Kopf abliefen.

Die eine: Sie versuchte, sich die Darstellung des menschlichen Körpers ins Gedächtnis zurückzurufen.

Und die andere ...

VIII

Sie beobachtete sein Profil, während er schweigend durch die Nacht fuhr. Was für ein scharfsinniger Analytiker er doch ist, dachte sie. Aber dennoch, spann sie den Gedanken weiter, ein einfacher Detektiv, egal, wie klug er auch sein mag, kann nicht der beste aller möglichen Seth Mitchells sein. Ein Mann mit einem solchen Beruf wird wohl eher in der Mitte liegen – was bei diesem Wettbewerb dasselbe bedeutet wie der schlechteste.

Da war er verschwunden.

Noch mehrere Sekunden nach diesem Gedanken hielt das plötzlich führerlose Auto seinen geraden Kurs. Seine Geschwindigkeit, die bei etwa hundert Stundenkilometern gelegen hatte, verringerte sich natürlich sofort, als kein Fuß mehr das Gaspedal herunterdrückte.

Eine Gefahr entstand erst, als Edith einen Schrei ausstieß und verzweifelt am Lenkrad drehte. Der Wagen kam ins Schleudern, doch im nächsten Augenblick gelang es Edith, das Lenkrad festzuhalten und, während sie es hielt, so weit auf dem Sitz herüberzurutschen, daß sie die Bremse erreichen konnte. Sie bremste, dabei lenkte sie den Wagen vorsichtig an den Straßenrand. Dann ließ sie sich benommen in den Sitz zurückfallen.

Marge Aikens, Seth Mitchells Mitarbeiterin, verlangsamte augenblicklich ihre Fahrt, als sie merkte, daß mit dem Wagen vor ihr etwas nicht stimmte. Jetzt hielt sie hinter Edith an, stieg aus und ging zur Fahrerseite des anderen Autos hinüber.

»Seth«, begann sie, »was ist pa . . .«

Edith stieß die Tür auf und kletterte unsicher auf die Straße. Sie zitterte am ganzen Körper und hatte den starken, verrückten Drang, irgendwohin zu rennen. Ihr Körper war ihr eigenartig fremd, und ihr Geist war von einem namenlosen Schmerz umfangen. Nur nebelhaft war sie sich bewußt, daß sie in unzusammenhängenden Worten erzählte, was geschehen war.

Es dauerte eine Weile, bis die Bedeutung der gestammelten Erzählung bis zu der blonden Frau durchdrang. Doch plötzlich begann Marge zu keuchen, und Edith spürte, wie sie an den Schultern gepackt und geschüttelt wurde. »Du dumme Gans, du dumme Gans!« schrie Marge wieder und wieder.

Edith versuchte sich loszumachen, aber Marges Finger hatten sich fest in den Stoff ihres Kleides verkrallt.

Das Schütteln begann schmerzhaft zu werden. Ihr Hals und ihre Arme taten langsam weh. Ich muß vorsichtig sein, dachte Edith, ich darf nichts tun oder sagen, was sie noch mehr aufregt.

Mit diesem Gedanken kehrte ihre Vernunft zurück. Ihr wurde plötzlich klar, daß Marge sich in einem Zustand von Hysterie befand. Das Schütteln war nichts weiter als die automatische Bewegung eines Menschen, der vor Kummer halb von Sinnen war.

Sie fühlte Mitleid mit der Frau. Und dann befreite sie sich mit einem einfachen Trick. Sie schlug Marge leicht auf die Wange, einmal, zweimal, dreimal. Beim dritten Mal ließ Marge sie los und lehnte schluchzend an dem Wagen. »Oh, mein Gott!« murmelte sie.

Wind war aufgekommen und blies von Westen her durch die Nacht. Autoscheinwerfer glitten vorüber und erhellten die Szene für Sekunden. Die beiden Frauen hatten sich inzwischen soweit gefangen, daß sie das Problem besprechen konnten. Edith versuchte Marges Arbeitgeber mit der gleichen Formel zurückzuholen, die sie bei Billy Bingham angewandt hatte.

»Seth Mitchell, der Detektiv, soll auf der Stelle zurückkommen!«

Sie hatte das Gefühl, daß es nicht funktionieren würde, und es funktionierte auch nicht. Offensichtlich war für die Seth Mitchells der Zeitpunkt gekommen, wo sie einer nach dem anderen angelöscht wurden. Minuten verstrichen. Und obwohl sie den Befehl in vielen Varianten in die Nacht hinausschrie, gab es kein Anzeichen von dem verschwundenen Seth Mitchell, dessen besonnene Wesens ihr für die letzten zwölf Stunden ein wenig Sicherheit verschafft hatte, und dessen scharfer Verstand etwas Klarheit in die verwirrte Situation hatte bringen können.

Schließlich gaben sich die beiden Frauen geschlagen und fuhren, jede in ihrem eigenen Wagen, nach Harkdale. Da Marge ein Zimmer im Hotel reserviert hatte, stieg sie dort ab, während Edith erschöpft zu ihrer Wohnung fuhr.

Es war schon fast fünf Uhr, als sie das kleine Apartment erreichte. Sie ließ sich angekleidet aufs Bett fallen. Während sie in den Schlaf hinüberglitt, bemächtigte sich ihrer plötzlich ein ängstlicher Gedanke: Wäre die beste aller möglichen Ediths so nachlässig in ihrer Reinlichkeit?

Ihre Glieder schmerzten vor Erschöpfung, doch sie gab sich einen Ruck, stand auf, zog sich aus, tappte zum Badezimmer, nahm ein Bad, putzte die Zähne und kämmte sich. Dann wechselte sie das Bettzeug und zog einen frischen Pyjama an.

Kurz nach halb sechs wurde sie noch einmal aus dem Schlaf gerissen. Konformismus war vielleicht auch nicht der richtige Weg, dachte sie bestürzt. Diese Reinlichkeitsorgie, die sie da eben veranstaltet hatte, war schließlich nur das Ergebnis ihrer Erziehung und hatte mit dem wirklichen Leben und der richtigen Lebensführung nicht das geringste zu tun.

Dann schlief sie endlich ein, und im Traum erschuf sie eine lange Reihe rebellischer Ediths, von denen jede ein paar edle und wertvolle Eigenschaften hatte.

Als sie zum dritten Mal erwachte, war es draußen hell. Ihr kam der Gedanke, daß der Kristall vielleicht inzwischen all die Ediths erschaffen hatte, die im Traum an ihr vorübergezogen waren. Und sie wären zweifellos Hippi- oder Beatnik-Ediths, aber auch Ediths von einer energischeren Art.

Zum ersten Mal wurde ihr klar, was für einen verrückten Strudel von Möglichkeiten sie sich in den letzten sechsunddreißig Stunden ausgedacht hatte. Sie hatte sich hartgesottene Ediths vorgestellt, die ohne mit der Wimper zu zucken töten würden, und solche, die das genaue Gegenteil verkörperten, superfeminine Wesen, süße, betörende Verführerinnen.

»Dabei ist alles so sinnlos«, flüsterte sie. »Die Entscheidung wird vermutlich genauso willkürlich getroffen wie meine impulsive Beurteilung des stammelnden Bauern und des mutigen – aber offenbar nicht vollkommenen – Detektivs.«

Da der Kristall keinen Maßstab für das zwanzigste Jahrhundert hatte, vernichtete er einen starken und guten Menschen, nur weil die Person, auf die er zufällig orientiert war, ein flüchtiges, gedankenloses Urteil gefällt hatte. Die Zukunft sah düster aus für alle Seth Mitchells und alle Edith Prices, einschließlich des Originals.

Als sie das nächste Mal aufwachte, war es an der Zeit, aufzustehen und zur Arbeit zu gehen – und weiter darüber nachzudenken, wie die vollkommene Edith Price sein sollte.

Während sie sich anzog, ließ sie ihren Blick aus dem Fenster schweifen, über das ferne Blau des Lake Naragang, das Hotel, den Platz und Häuser, die die Aussicht auf das Ufer versperrten. Eine hübsche kleine Stadt, dies Harkdale. Sie erinnerte sich noch genau, daß sie bei ihrer ersten Ankunft hier gedacht hatte, wenigstens die Kleiderfrage würde sie in Zukunft lockerer angehen können als in New York.

Mit diesen Gedanken war sie wieder beim Ausgangspunkt ihrer nächtlichen Überlegungen angekommen, daß die äußere Erscheinung zählen würde. Sie lächelte müde. Dann versuchte sie, sich feminin zu verhalten – »warum auch nicht, schließlich bin ich ja eine Frau« – und zog ihr schickstes Kleid an.

Doch im hintersten Winkel ihres Gehirns blieb die Überzeugung, daß dies alles vergeblich sei. Die Krise stand unmittelbar bevor; noch bevor der Tag sich neigte, könnte sie schon tot sein, ausgelöscht, rückgängig gemacht.

Es schien ein lächerlicher Einfall, an seinem Todestag zur Arbeit zu gehen, aber sie ging trotzdem.

Während sie ihre Arbeit tat, war sich Edith ständig ihrer unterdrückten Ängste bewußt. Als sie zur Toilette ging und abwesend in den Spiegel blickte, war sie überrascht und bestürzt über das bleiche Gesicht mit den dunklen Augenschatten, das ihr aus dem Spiegel entgegenblickte.

»Das bin ich nicht wirklich«, beruhigte sie sich. »Danach kann ich nicht beurteilt werden.«

Der Kristall würde sie sicher nicht zurückweisen, weil sie heute nicht auf dem Posten war. Und dennoch erschienen ständig Bilder von anderen Ediths vor ihrem inneren Auge; und alle diese Ediths hofften, die beste zu sein. Da gab es eine Edith, die als Nonne lebte, und eine andere keusche Edith, die zwar verheiratet war, Sex aber auf ein Minimum reduziert hatte und sich ganz ihren Kindern widmete, und schließlich eine Edith, die sich dem Zen-Buddhismus verschrieben hatte.

Sie hatte ein paar Mal versucht, Marge Aikens im Hotel anzurufen. Gegen zwei rief Marge zurück. Sie berichtete, daß sie durch einen Anruf in New York herausgefunden hatte, daß die zweite Edith nicht in ihr Hotel zurückgekehrt sei.

Nachdem sie diese düstere Nachricht übermittelt hatte, sagte Marge: »Und deshalb, wenn Athtar sich mit Ihnen in Verbindung setzen sollte, achten Sie darauf, daß Sie niemals allein mit ihm zusammen sind. Es sei denn, er kann die zweite Edith und den Seth Mitchell mit dem goldfarbenen Cadillac herbeischaffen.«

Nach diesem Anruf hatte Edith weitere Visionen von anderen Ediths, praktisch veranlagten, warmherzigen Frauen ohne intellektuelle Ambitionen. Diese Bilder waren vermutlich das Resultat ihrer frühkindlichen Konditionierung, gegen die sie sich später auf dem College aufgelehnt hatte. Die Visionen aber waren positiv und unkritisch, wie mit dem Auge der Kindheit gesehen.

In diesen Gedankennebel drang plötzlich Miss Tilsits Stimme. »Edith, ein Anruf für Sie.«

Als sie den Hörer aufnahm, war sich Edith undeutlich des mißbilligenden Gesichts von Miss Davis bewußt. Es war das erste private Telefongespräch, das Edith in ihren sechs Monaten bei der Bücherei empfing, aber Miss Davis blickte drein wie ein Arbeitgeber, dessen Geduld auf eine harte Probe gestellt wird.

Edith vergaß das, als sie im Hörer die vertraute Stimme vernahm – Athtars.

»Ich möchte Sie nach der Arbeit sprechen«, sagte der Mann.

»Also gut, im Hotel«, sagte sie mit erstickter Stimme. »Unten in der Empfangshalle.«

IX

Athtar trat aus der Telefonzelle, von der aus er angerufen hatte. Ein grausames Lächeln lag auf seinem schwammigen Gesicht. Für ihn gab es jetzt zwei Möglichkeiten des Sieges, jetzt, da er den Kristall besaß.

Die erste Möglichkeit bestand darin, die gegenwärtige Orientierungsperson zu töten – Edith. In ihrem Fall wollte er kein Risiko eingehen. Sie würde das Hotel niemals erreichen; das war beschlossene Sache.

Die Sache konnte nur eine unangenehme Nebenwirkung haben. Seine Analyse hatte ergeben, daß sie die Orientierung war. Falls er sich aber geirrt haben sollte, dann würde er sich durch ihre Vernichtung der einzigen Informationsquelle berauben, die ihn auf die Spur von anderen Ediths bringen konnte.

Aber dieses Risiko wollte er in Kauf nehmen. Vorsichtshalber hatte er jedoch den Kristall aus der Erde entfernt, die ihn mit Nährstoffen versorgte. Athtar wußte nicht genau, wie lange es dauern würde, bis der Nahrungsmangel den Stein desaktivierte. Mehr als zwei Wochen würden es aber bestimmt nicht sein, schätzte er. Danach würde er sich auf diejenige Person orientieren, die ihn reaktivierte. Auf ihn selbst also.

Und da er zudem seine Durchdringungswaffe zur Verfügung hatte, war er fest überzeugt, noch vor Ende des Tages alleiniger Besitzer des Kristalls zu sein, der gigantischsten Maschine, die es jemals in Raum und Zeit gegeben hatte.

Das Hotel von Harkdale diente als Sommerresidenz für die Urlaubsgäste. Es war ein Hotel der gehobenen Preisklasse und hatte in den letzten Jahren gute Profite gemacht. Ein Teil dieser Gewinne war klugerweise in die Innenausstattung gesteckt worden, so daß das Haus mit seinen teuren Tapeten, dem kostbaren Mobiliar und eleganten Geschirr den gehobenen Ansprüchen entsprach.

Der Empfangschef der Tagesschicht definierte die Qualitäten eines Empfangschefs in einem eleganten Hause folgendermaßen: Er mußte ein so gutes Gedächtnis haben, daß er sich absolute Diskretion leisten konnte.

Und dieser Definition entsprach er. Er bezeichnete sich selbst als einen Import aus den ersten Häusern und nannte sich Derek

Slade. Wie er immer wieder erklärte, hatte er sich um diese Stelle in einer Kleinstadt beworben, weil er eine nostalgische Sehnsucht nach dem ländlichen Leben seiner Kindheit hatte. Dieser Derek Slade nun war so diskret, daß er an jenem schicksalhaften Tag vier Seth Mitchells erlaubte, sich einzutragen. Er glaubte, es sei jedes Mal derselbe Mann, nur mit verschiedenen Frauen. Und er begann gerade, die Situation zu genießen, als der fünfte Seth Mitchell ankam, diesmal allerdings ohne Frau.

Aber Derek brauchte nur eine Sekunde, um dieses Phänomen zu durchschauen. Dieser glatte Bursche, Seth Mitchell, hatte vier Frauen in verschiedenen Zimmern, und offensichtlich wollte er noch ein getrenntes Zimmer für sich selbst. Warum? Derek versuchte nicht, diese Angelegenheit zu analysieren, denn das Leben steckte, wie er aus Erfahrung wußte, voller Überraschungen. Er würde den Fall im Auge behalten, aber keine Spekulationen darüber anstellen.

»Sie können sich auf meine Diskretion verlassen, Mr. Mitchell«, sagte Derek leise.

Sein Gegenüber hob erstaunt die Augenbrauen, dann nickte er mit einem schwachen Lächeln. Derek war erfreut. Die Bemerkung sollte für ein Zwanzig-Dollar-Trinkgeld gut sein.

Er war noch dabei, sich zu beglückwünschen, als die Aufzugstür sich öffnete, und ein zweiter Seth Mitchell heraustrat und auf die Rezeption zuging. In dem Moment, als er den Schalter erreichte, wandte sich der Seth Mitchell, der sich gerade eingetragen hatte, um, weil er dem Jungen, der sein Gepäck trug, zum Aufzug folgen wollte.

Die beiden Seth Mitchells prallten fast aufeinander. Beide machten eine ausweichende Bewegung, murmelten eine Entschuldigungsfloskel und wollten gerade aneinander vorbeigehen, als Derek seine Fassung wiedererlangte.

Es war einer seiner großen Augenblicke. Er erhob die Stimme und sagte mit dem exakt abgewägten Maß an Autorität: »Mr. Mitchell.«

Die beiden Seth Mitchells befanden sich schon in einem halbwegs verwirrten Zustand. Als sie ihren Namen mit fester Stimme nennen hörten, blieben sie stehen.

»Mr. Seth Mitchell«, sagte Derek, »ich möchte Sie mit Mr. Seth Mitchell bekannt machen. Bitte warten Sie einen Moment, meine Herren.«

Während er die Zimmer der anderen Seth Mitchells anrief, überließ er die beiden Männer sich selbst – der eine schien sich recht schnell von dem Schock zu erholen, während der andere seinen Doppelgänger fassungslos anstarrte. Derek mußte alle vier Zimmer anrufen, doch schließlich standen fünf Seth Mitchells vor ihm.

Von allen anwesenden Personen war Derek die am wenigsten beachtete. Das war ihm nur recht, so konnte er die anderen in aller Ruhe beobachten.

Vier der fünf Seths schluckten und stammelten unverständliches Zeug. Der fünfte trat mit einem leisen Lächeln zur Seite. Mit einem Schlag wurde den vier restlichen die Situation peinlich. Da griff Dereks kühle Stimme wieder im rechten Moment ein. »Meine Herren«, sagte er, »warum gehen Sie nicht in den Konferenzraum hinüber und besprechen dort die ganze Angelegenheit?«

In dem Moment, als sie zum Konferenzraum hinübergingen, betrat Marge Aikens das Hotel. Sie hatte gerade noch Zeit, einen Blick auf das Profil des letzten Seth Mitchell zu werfen, bevor dieser in dem Zimmer verschwand. Sie erbleichte und begann zu rennen.

»Seth!« rief sie, und Tränen stürzten aus ihren Augen. »Mein Gott, ich dachte, du wärst tot!«

Sie hatte den Mann am Ärmel ergriffen. Als er sich umwandte, bemerkte sie etwas Fremdes an ihm, das sie zutiefst bestürzte.

Später, als Marge ihren Bericht geendet hatte, schlug sie vor, man solle Edith in der Bücherei anrufen und bitten, sofort herüberzukommen.

Drei der Seth Mitchells hatten Einwände. Während Marge ihnen zuhörte, betrachtete sie die fünf ungemein ähnlichen Gesichter. Bis auf eins zeigten alle den Ausdruck von Sorge und Unruhe. Aber auf den Zügen aller fünf Männer spiegelte sich die gleiche Intelligenz, die sie so oft bei ihrem Arbeitgeber bewundert hatte.

Der Seth Mitchell aus Montreal sagte: »Als allererstes müssen wir uns vor den automatischen Urteilen dieser jungen Frau schützen, die schon dem Bauern Mitchell und dem Detektiv Mitchell zum Verhängnis geworden sind.«

Ein zweiter Seth Mitchell mit einer etwas tieferen Stimme machte sich Sorgen wegen Athtar. »Als Athtar die zweite Edith

Price tötete, muß er sich des Kristalls bemächtigt haben. Dann hat er festgestellt, daß die zweite Edith nicht die Orientierungsperson war. Deshalb sollte unsere erste Sorge dem Schutz der Edith gelten, die die Orientierungsperson *ist*.«

Das Hauptproblem bestünde also darin, Edith sicher ins Hotel zu schaffen. Was sie dort eventuell anstellen würde, wäre ein zweitrangiges Problem.

Ein dritter Seth Mitchell meldete sich zu Wort und sagte, das eigentliche Problem sei nicht Ediths Einschätzung von Männern, sondern ihre klischeehafte Vorstellung davon, wie eine Frau zu sein hat. Wahrscheinlich habe der Kristall inzwischen – als Resultat von Ediths Grübeleien – pflichtschuldig eine lange Reihe von Ediths erschaffen, allesamt ganz gewöhnliche menschliche Wesen. Und vermutlich würden sich diese vielen Ediths nur in ihren moralischen Maßstäben und ihren Ansichten darüber, wie man in der trüben Welt des zwanzigsten Jahrhunderts zurechtkommen sollte, geringfügig unterscheiden.

»Ich würde die erste Edith bitten, die Kontrolle des Kristalls anders zu handhaben. Sie sollte eine Edith erschaffen, die telepathische Fähigkeiten hat. Warum? Damit sie die ganze Situation durchschaute und wüßte, was zu tun wäre.«

Seine Worte lösten eine hoffnungsvolle Reaktion aus. Der Gedanke war gut – falls er sich verwirklichen ließe.

Ein vierter Seth, der die Diskussion bisher schweigend verfolgt hatte, begann jetzt zu sprechen. »Mich würde interessieren, ob diese telepathische Fähigkeit auch die Fähigkeit einschlösse, den Seth Mitchell ausfindig zu machen, der Ihrem Chef die tausend Dollar bezahlt hat, damit er den Kristall findet.« Dabei blickte er Marge Aikens an.

Der Seth Mitchell, der als letzter und ohne Frau im Hotel angekommen war, und dessen Züge nicht den besorgten Ausdruck der anderen gezeigt hatte, richtete sich im Stuhl auf und sagte mit einem fröhlichen Lächeln. »Sie brauchen nicht mehr länger zu suchen. Ich bin der Betreffende.«

Als sich die Aufregung schließlich gelegt hatte, fuhr er fort: »Um es kurz zu machen, ich träumte genau wie Sie alle von Harkdale und von dem Kristall. Und als ich erwachte, war in meinem Kopf die Adresse vom Detektiv Seth Mitchell. Ähnlich erging es ja dem schlechtesten aller möglichen Athtars, der beim Erwachen die Adresse eines anderen Seth Mitchell kannte.«

»Aber warum sind Sie nicht selbst nach Harkdale gefahren, um den Kristall zu holen. Warum haben Sie dafür tausend Dollar bezahlt?«

Der Junggeselle Mitchell lächelte erneut. »Es ist mir sehr unangenehm, Ihnen das zu erklären, und in Ihrem eigenen Interesse sollten sie Miss Price nichts davon erzählen, aber als ich am Morgen nach dem Traum aufwachte, da war ich überzeugt, der beste aller möglichen Seth Mitchells zu sein.«

Wieder dauerte es eine Weile, bis die übrigen Seth Mitchells sich soweit beruhigt hatten, daß er in der Lage war, ihre Fragen zu beantworten. »Ich weiß nicht, warum ich der beste bin. Aber ich mietete jemanden, der an meiner Stelle hierher kommen sollte, weil ich Gefahr witterte. Heute nun bin ich selbst gekommen, weil ich glaubte, die Krise sei gekommen. Ich kann Ihnen nicht sagen, was ich tun werde, wenn sie eintreten sollte. Ich glaube nicht einmal, daß meine Rolle von entscheidender Bedeutung ist. Aber ich habe das Gefühl, wenn der entscheidende Augenblick kommen sollte, dann werde ich wissen, was ich zu tun habe.«

Er schloß mit den Worten: »Aber ich glaube, wir sollten unsere Zeit nicht weiter meiner Person widmen. Wir haben viele wichtige Dinge zu erledigen, bevor Edith Price von der Arbeit kommt. Fangen wir also an.«

Die fünf waren gesetzestreue Männer. Also verständigten sie als erstes die Polizei, die das Hotel überprüfte, wo der Seth Mitchell mit dem goldfarbenen Cadillac abgestiegen war. Mit Hilfe seines Autokennzeichens konnte sein Büro in New York ausfindig gemacht werden. Eine Nachfrage dort ergab, daß zwar der Wagen auf dem gewohnten Platz stehe, Seth Mitchell aber seit etlichen Tagen vermißt werde. Daraufhin wurde ein Haftbefehl gegen einen untersetzten Mann erlassen, dessen einziger bekannter Name Athtar lautete.

Die Polizei von Harkdale hatte nur wenig Beschäftigte. Deshalb konnte Athtar nach Einbruch der Dunkelheit unbemerkt in die Stadt fahren und auf dem Parkplatz der Bücherei parken. Er hatte seine Ankunft so berechnet, daß er eine Minute nach der offiziellen Schließung zur Stelle war.

Dämmerung. Das Zwielicht hatte sich noch nicht in völlige Finsternis verwandelt. Die letzten Besucher der Bücherei stiegen eben in ihre Autos, als Edith das Gebäude durch den Nebeneingang verließ.

Mit leichtem Erstaunen bemerkte sie, daß ein Löschwagen der Städtischen Feuerwehr mit laufendem Motor vor der Tür stand. Aber da sie inzwischen Bedenken wegen der Fahrt zum Hotel hatte – der Weg dorthin kam ihr mit einem Mal schrecklich weit vor fand sie den Anblick des großen Lastwagens eher beruhigend als überraschend.

Um zu ihrem Wagen zu gelangen, mußte sie um den Löschzug herumgehen. Als sie das gerade tun wollte, setzte sich das riesige Fahrzeug mit aufheulendem Motor in Bewegung. Edith hielt an, zögerte einen Augenblick, dann sprang sie zurück – gerade noch rechtzeitig.

Als der Wagen auf gleicher Höhe mit ihr war, wurden die Bremsen angezogen. Reifen quietschten, und die Maschine kam mit einem Ruck direkt vor ihr zum Stehen.

Irgendwo hinter dem Löschzug erhellte ein purpurfarbener Blitz den Himmel.

X

Obwohl Edith das nicht sehen konnte, hatte der Blitz seinen Ursprung in einem der Wagen, die aus ihren Parklücken fuhren. Wie ein Leuchtspurgeschoß blitzte das Licht von dem Auto zu dem Feuerwehrwagen hinüber. Als es auftraf, erzeugte es einen Klang, der zuvor auf der Erde noch nie vernommen worden war: ein tiefer, anhaltender Klagelaut, als die chemischen Ketten von Billionen Metallmolekülen gesprengt wurden.

Das winzige Geschoß durchdrang den massiven Stahlrahmen der Feuerwehr und regenerierte sich gleichzeitig mikromillimeterweise aus den Stahlmolekülen. Es verlangsamte seinen Flug nicht, als er das Metall durchdrang. Tatsächlich hätte kein Metall des zwanzigsten Jahrhunderts es aufhalten oder seine Geschwindigkeit auch nur um Sekundenbruchteile abbremsen können. Weder die Panzerung eines Kriegsschiffes, noch der Erdmantel selbst.

Es war eine Gewehrkugel, folglich verlief ihre Flugbahn gerade – sowohl durch die Luft, als auch durch Metall. Auf ihrer geraden Bahn hätte sie auch Edith durchschlagen, wäre ihre Geschwindigkeit nicht die einer Kugel gewesen, ungeheuerlich, aber endlich.

Als die Kugel in den Löschwagen einschlug, befand sich dieser noch in Bewegung. Sie wurde für die meßbare Zeit von einigen Sekundenbruchteilen mit diesem fortbewegt und verfehlte Edith um fünfzig Zentimeter.

Dann durchschlug sie ungehindert die Wand der Bücherei, flog durch das Gebäude, trat auf der gegenüberliegenden Seite wieder aus und setzte ihren Weg fort, hinaus in die Nacht. Da ihre kinetische Energie eine präzise Qualität besaß, wurde die Flugbahn noch ungefähr hundert Meter aufrechterhalten, danach fiel sie steil ab.

Augenblicke später feuerten zwei Geheimpolizisten mit ihren Gewehren auf die undeutlich sichtbare Gestalt im Innern des Wagens, von dem aus das Purpurgeschoß abgefeuert worden war.

Der peitschende Klang der Kugeln, die auf seinem Wagen aufschlugen, setzte Athtar in Erstaunen, aber er wußte, daß er keine Angst um seine Sicherheit zu haben brauchte. Denn er hatte ein Molekularverstärkungs-Aggregat dabei, dessen Magnetfeld das Glas und Metall des Autos härteten, so daß die Geschosse nicht eindringen konnten.

Viel größere Sorgen bereitete ihm die Tatsache, daß er nur wenige seiner Spezialgeschosse zur Verfügung hatte und in der Dunkelheit das Ausmaß der Falle, die man ihm gestellt hatte, nicht erkennen konnte. Deshalb startete er nun seinen Wagen, trat das Gaspedal bis zum Anschlag durch und verließ in rasender Fahrt den Parkplatz.

Ein Polizeiwagen nahm seine Verfolgung auf; deutlich erkannte er das rote Blinklicht. Die konventionellen Waffen der Polizei konnten ihm zwar nichts anhaben, aber Athtar fürchtete eine Straßensperre. Er kreuzte durch verschiedene Seitenstraßen und hatte innerhalb von ein paar Minuten das Polizeiauto auf eine Straße in Ufernähe, die an der Rückseite des Hotels vorbeiführte, gelockt. Diesen Weg hatte er schon vor Tagen als Fußgänger gründlich erforscht.

Befriedigt kurbelte er das Fenster herunter, verlangsamte die Fahrt, beugte sich hinaus, zielte auf den Wagen seiner Verfolger und schickte dann ein purpurn glühendes Geschoß durch den

Kühlergrill des Streifenwagens. Es gab ein Krachen und metallisches Kreischen, als der Motor sich beinahe selbst zerriß. Dann kam der Wagen abrupt zum Stehen.

Schnell fuhr Athtar zum Hotel zurück. Zum ersten Mal überfiel ihn eine unbestimmte Angst, daß seine Zeit bald abgelaufen sein könnte. Er hätte keinen konkreten Grund für seine Befürchtung zu nennen gewußt. Im Gegenteil, ihm schien völlig klar, daß er nur eine einzige Sache tun mußte: Ins Hotel schleichen und eine Kugel auf das Herz einer ganz bestimmten Person abfeuern.

Minuten später, nachdem er sich durch ein Küchenfenster ins Hotel gequetscht hatte, stand er auf dem Betonboden eines dunklen Vorratsraums. Während er sich zur Tür vortastete, hatte er die flüchtige Vision, daß seine Kollegen von der großen Wissenschaftlergilde ihn bei seinem niedrigen Tun beobachteten. Aber, so dachte er verächtlich, was sie von ihm hielten, würde keine Rolle mehr spielen, wenn er erst den Kristall unter seine Kontrolle gebracht hatte. Sobald er in seine Zeit zurückgekehrt wäre, würde es dort zu dramatischen Veränderungen kommen: ein paar hundert Mitglieder der Gilde hatte er für die Ausmerzung vorgesehen.

Vorsichtig stieß er die Tür auf. Er hatte gerade begonnen, durch den Flur hinter der Tür zu tappen, als er hinter sich ein schwaches Geräusch vernahm. Er wirbelte herum und zog die Pistole.

Augenblicklich verspürte er einen unerträglichen Schmerz im Arm, der ihn zwang, die Waffe sinken zu lassen und den Finger vom Abzug zu nehmen. Dann entfiel sie seiner gefühllosen Hand und schlug klappernd auf dem Boden auf. Während Athtar noch darüber nachdachte, daß er es hier mit der Technologie des fünfunddreißigsten Jahrhunderts zu tun hatte, erblickte er auf einmal den kurzen untersetzten Mann in der Türöffnung des Lagerraumes, den er selbst gerade verlassen hatte.

Der unerträgliche Schmerz zwang Athtars Arm unerbittlich dazu, in die Brusttasche zu greifen, den Kristall herauszunehmen und ihn dem anderen Mann zu reichen.

Der zweite Athtar sagte nichts. Er schloß die Tür hinter sich, dann nahm er den Kristall und bückte sich, um die Waffe vom Boden aufzunehmen. Er ging schweigend an seinem Gefangenen vorbei, verließ den Korridor durch die gegenüberliegende Tür und zog diese ebenfalls hinter sich ins Schloß.

Kaum war die Tür verschlossen, ließ der schmerzhafte Muskelkrampf im Arm des schlechtesten aller möglichen Athtars nach. Verzweifelt zog er an der Tür zum Lagerraum; er wollte durch das Fenster entfliehen, durch das er in das Hotel eingedrungen war. Aber die Tür ließ sich nicht öffnen, kein Zerren oder Stemmen konnte den Stahl auch nur um einen Millimeter zur Seite bewegen. Athtar wirbelte herum zur anderen Tür.

Sie war ebenfalls verschlossen, setzte seinem Zerren den gleichen unerbittlichen Widerstand entgegen. Da erkannte Athtar, daß er von Molekularkräften seiner eigenen Ära gefangen war. Er konnte nichts weiter tun, als sich auf den Betonboden zu setzen und abzuwarten, wie die Zeit verstrich.

Während er dort saß, dachte er mit gemischten Gefühlen darüber nach, daß das Kristall-Drama nun ohne ihn über die Bühne gehen würde. Das einzig Gute an der Sache schien ihm zu sein, daß er damit vermutlich auch aus dem Spiel war. Vielleicht wäre das Ganze doch gefährlicher geworden, als er sich vorgestellt hatte. Wäre es das wirklich? Er konnte sich die Frage nicht eindeutig beantworten. Athtar hatte seinen Widersacher sofort als den besten aller möglichen Athtars erkannt. Im Grunde war er ganz froh darüber, daß nicht er selbst sondern der beste Athtar dabei sein mußte, wenn diese Menschen aus dem zwanzigsten Jahrhundert sich zu retten versuchten.

Denn diese Edith Price hatte sich als klüger herausgestellt, als er vorausgesehen hatte. Das bedeutete, daß die automatische Programmierung des Kristalls, alle seine Schöpfungen bis auf die beste rückgängig zu machen, die Frau zu verzweifelten Handlungen zwingen würde. Jedenfalls glaubte das der schlechteste aller möglichen Athtars.

Da war es schon besser, nicht in der Nähe zu sein, wenn solche dramatischen Ereignisse ihren Lauf nahmen.

Der beste aller möglichen Athtars ging durch die Hotelhalle zum Konferenzraum. Die fünf Seth Mitchells standen in einer Gruppe vor der Tür, außerhalb des Gesichtsfeldes von Edith, die sich im Innern aufhielt. Athtar machte das vereinbarte Zeichen und händigte einem der Seths die automatische Pistole des schlechtesten Athtars aus. Die fünf waren gründlich. Sie durchsuchten ihn zunächst, bevor sie ihn zu Marge Aikens durchließen, die in der Türöffnung stand.

Auch bei Marge mußte er ein weiteres vereinbartes Zeichen machen. Damit hatte er schließlich seine Identität als der freundliche Athtar zweifelsfrei bewiesen, den Edith als ersten Schritt wiedererschaffen hatte, und durfte den Raum betreten.

Athtar legte den Kristall vor Edith auf den Konferenztisch. Als sie unwillkürlich die Hand danach ausstreckte, hielt er sie sanft am Handgelenk zurück.

»Ich habe ein Gefühl«, erklärte er, »daß, wenn Sie ihn diesmal anfassen – Sie, die wirkliche Orientierungsperson – die Krise eintreten wird.«

Seine Stimme und seine Worte schienen weit entfernt. Sie hatte diese Gedanken und Gefühle auch schon gehabt, als sie mit der Entscheidung gerungen hatte, *ihn* neu zu erschaffen, ihn, den besten aller möglichen Athtars. Das war auch ein Krisenpunkt gewesen.

Als sie dennoch, aus Respekt vor seinem Wissen und Bewußtsein, zögerte, spürte sie, daß sich zwei widerstrebende Impulse in ihrem Innern regten: Einerseits hatte sie das Bedürfnis, in eine Art von Erschöpfungszustand zu versinken. Dann könnte sie sich einfach treibenlassen, brauchte nicht alles noch einmal zu durchdenken.

Der andere Impuls bestand in einem geschärften Bewußtsein, einer besonderen klaren Aufmerksamkeit. Diese Art der Wachheit hatte sie zum ersten Mal bei der Bücherei verspürt, als ihr klar wurde, daß der schlechteste Athtar versucht hatte, sie zu töten.

In diesem Augenblick waren alle ihre früheren Probleme wie fortgeblasen gewesen: ob es besser sei, hart und energisch oder sanft und feminin zu sein. Diese Fragen waren mit einem Mal völlig bedeutungslos. Plötzlich kannte sie die Lösung – unendliche Flexibilität, gestützt von unbeirrbarer Zielgerichtetheit.

Man mußte sich auf die jeweilige Situation einstellen, das war es, worauf es ankam.

Als sie sich an diesen Gedanken erinnerte, verschwand der Impuls, sich treibenzulassen. Sie wandte sich an Marge und fragte: »Soll ich ihm sagen, was wir diskutiert haben, während er unten im Lager war?«

Marge nickte.

Athtar lauschte Ediths Bericht mit einem Gesichtsausdruck, der Zweifel auszudrücken schien. Als sie geendet hatte, sagte er: »Den Kristall zu veranlassen, einen seiner Schöpfer neu zu erschaffen, ist vielleicht genau das, was diese Schöpfer von uns erwarten.«

»Genau das haben wir auch gedacht«, erwiderte Edith. Sie fühlte immer noch keine Furcht und fuhr fort: »Wir haben uns folgendes überlegt: Wenn der Kristall darauf programmiert ist, die jeweils beste von allen möglichen Personen herauszufinden, und da sich herausgestellt hat, daß der beste aller möglichen Athtars ein vernünftiger Mensch und kein Krimineller ist, dann müssen die Hersteller des Kristalls ähnliche moralische Maßstäbe haben wie wir. Wir vermuten also, daß sie aus einer in gewissem Sinne normalen Gesellschaft stammen, und daß uns von ihnen kein Unheil droht.«

Sie fügte noch hinzu: »Nicht zuletzt deshalb entschlossen wir uns, Sie wiederzuerschaffen – als eine Art Probe.«

»Eine gute Überlegung«, sagte Athtar zögernd. »Aber dennoch habe ich das Gefühl, daß etwas damit nicht stimmt.«

»Können Sie dies Gefühl genauer erläutern?« fragte Edith.

»Nein.« Athtar schwieg einen Augenblick, dann zuckte er die Schultern. »Vielleicht sollten Sie den Kristall jetzt einfach einmal anfassen«, schlug er dann vor. »Probeweise. Wenn sich mein Gefühl, daß dies schon genug sein könnte, als Irrtum herausstellen sollte, dann können wir wohl auch meine anderen Zweifel beiseite schieben.«

»Soll ich dabei das Bild im Innern ansehen?«

Die Seths hatten herausgefunden, daß dies der Schlüssel zu ihrer Kontrolle über den Stein war. Sie hatten sich von Edith die drei Situationen, in denen der Kristall seine Wunder für sie vollbracht hatte, ganz genau beschreiben lassen, hatten ihre damaligen Gedanken und Gefühle genauestens untersucht. Dabei hatte sich folgendes ergeben: Immer wenn Edith das Bild in dem Stein betrachtet hatte oder versucht hatte, es im Geiste nachzuzeichnen, und gleichzeitig einen Befehl gesprochen oder gedacht hatte, dann war er befolgt worden – im wahrsten Sinne des Wortes.

»Nein«, sagte Athtar, »ich spüre, daß sie bereit sind.«

Diese Andeutung einer Wahrnehmungsfähigkeit, die vielleicht über Tausende von Jahren hinausreichte, ließ Edith vor Verwunderung erstarren. Aber dieser Schreck dauerte nur einen Augenblick.

Dann sagte sie: »Um ehrlich zu sein, wir glauben, daß wir keine andere Wahl haben.«

Ohne zu zögern, streckte sie die Hand aus und hob den Kristall auf.

Dann verschlug es ihr den Atem.

Der Mann, der aus der Ecke des Zimmers, dort, wo er materialisiert war, auf sie zukam, war ein Riese. Zwei Meter, zwei Meter fünfzig, drei Meter – ihr Verstand sah sich zu immer neuen Schätzungen gezwungen, als sie sich bemühte, mit der überwältigenden Realität fertig zu werden.

Die Größe, die blaue Rüstung – wie ein römischer Centurio in Sommeruniform –, der bronzefarbene Körper, das große Gesicht mit den kohlschwarzen Augen, fest und ohne ein Lächeln, dies alles und seine Haltung drückten ein Machtbewußtsein aus, das weder von Furcht noch von Zweifeln getrübt war.

Mit einem dröhnenden Baß sagte er auf englisch: »Ich bin Shalil, der beste von allen möglichen.«

XI

Lange wartete Edith, daß er den Satz vollende. Sie vermutete, daß das letzte Wort wieder sein Name sein würde. Schließlich kam ihr mit einem Schock zu Bewußtsein, daß der Satz vollendet *war.* Die Hersteller des Kristalls hatten das best qualifizierte Individuum ihrer gesamten Rasse geschickt, um die Situation zu regeln.

Als Marge das Ungeheuer erblickte, krümmte sie sich stöhnend zusammen. Beim Klang dieses Schreckenslautes stürzten sofort zwei Seth Mitchells aus dem Flur herbei. Als sie den Körper der halb ohnmächtigen Frau auffingen, wurden auch sie des Monsters ansichtig und erstarrten mit schreckgeweiteten Augen. Daraufhin drängten auch die restlichen drei Seths zur Türöffnung.

Wie auf Verabredung, offensichtlich völlig gedankenlos und – wie Edith später erkannte – einem unbemerkten Befehl gehorchend, schoben sich die fünf ins Zimmer und nahmen auch die halb besinnungslose Marge mit. Der letzte Seth Mitchell schloß die Tür.

Dort standen sie nun, als der beste Athtar sich plötzlich regte und mit scharfer Stimme sagte: »Miss Price – machen Sie ihn rückgängig! Er meint es nicht gut.«

Der Riese verzog sein Gesicht zu einer häßlichen Grimasse. »Sie können mich nicht rückgängig machen.« Wieder war Edith überrascht vom Klang seiner Baßstimme und von der perfekten englischen Aussprache. »Natürlich kontrolliere jetzt ich, und nur ich, den Kristall. Der Terminus ›es gut meinen‹ ist übrigens relativ. Ich meine es gut im Hinblick auf meine eigene Zeit und meine eigene Gruppe.«

Er ließ seine Augen, wie zwei Seen aus dunklem Glanz, über die fünf Seths und die zwei Frauen gleiten, dann heftete er den Blick auf Athtar. »Welche von Ihnen sind die biologisch ursprünglichen menschlichen Wesen?« fragte er.

Er hatte eine Schnelligkeit und Zielgerichtetheit in seinem Wesen, die beunruhigend war. Edith hielt den Kristall umklammert und blickte unsicher von einem zum anderen Seth Mitchell, als erwarte sie von ihnen einen Vorschlag oder eine Hilfe. Aber die fünf starrten den Riesen an und schienen ihren fragenden Blick nicht zu bemerken.

Unvermittelt brach einer der Männer das Schweigen. »Athtar, in welcher Hinsicht meint er es nicht gut?«

Athtar schüttelte den Kopf. »Ich kann keine Einzelheiten erkennen«, sagte er bekümmert. »Es ist nur ein Gefühl. Sie haben den Kristall aus irgendeinem Grund hierher geschickt. Die Frage nach ursprünglichen menschlichen Wesen deutet in eine ganz bestimmte Richtung. Beantworten Sie die Frage nicht – oder irgendeine andere Frage.«

Aber Athtar schien selbst zu wissen, daß sein Rat das Unheil nicht aufhalten konnte. Und tatsächlich, als er geendet hatte, stapfte die gigantische Gestalt auch schon zur Tür. Die fünf Seth Mitchells wichen unwillkürlich vor ihm zur Seite. Der Riese öffnete die Tür und warf einen Blick in die Hotelhalle. Nachdem er sich vergewissert hatte, schloß er sie wieder und blickte die Anwesenden der Reihe nach an.

»Ich folgere«, sagte er, »daß die Menschen dieser Ära die Originalmenschen sind. Solche brauchen wir für unsere Experimente.«

»Einer von Ihnen hat die Waffe des schlechtesten Athtars«, rief Athtar dazwischen. »Erschießen Sie ihn!«

Kaum hatte er die Worte ausgesprochen, als alle die Pistole sahen. Sie schwebte durch den Raum, wich den Händen von zwei Seths aus, die sie zu fangen versuchten, und senkte sich schließlich genau in Shalils Handfläche. Er ließ die Waffe in eine Tasche seines blauen Gewandes gleiten.

Der beste Athtar starrte Edith an. »Ich habe mein Bestes getan«, sagte er düster. Dann blickte er zu dem Monster hinüber. »Was geschieht nun mit mir?« fragte er.

Die unergründlichen schwarzen Augen studierten ihn sorgfältig. »Der Kristall übermittelt mir folgende Daten«, sagte der Riese. »Sie und der andere Athtar stammen aus einer Epoche, in der die Menschen schon biologisch verändert worden sind, stimmt das?«

Athtar schwieg. Der Riese schnitt eine Grimasse, und dann erzählte er fast genau dasselbe, was der schlechteste Athtar Edith bereits in New York mitgeteilt hatte. Er fügte seiner Analyse nur noch hinzu, daß er den Eindruck habe, daß der ersten einschneidenden Entscheidung, die menschliche Rasse selbst zu verändern, ungeheure Organtransplantationen zu medizinischen Zwecken vorausgegangen sein müßten.

Athtar warf Edith einen entschuldigenden Blick zu. »Er ist über alles so genau informiert«, sagte er, »daß ich keine zusätzliche Gefahr darin sehe, ihm eine Frage zu stellen.«

Ohne eine Antwort abzuwarten, wandte er sich an die riesige Gestalt: »Im einunddreißigsten Jahrhundert, also ungefähr vierhundert Jahre vor meiner Zeit, wurde festgestellt, daß ein kurzer, kräftiger Körper ein höheres Überlebenspotential hat als ein langer und dünner. Ich sehe nun, daß in Ihrer Ära ein kolossaler Körperbau die Norm zu sein scheint. Was ist der Grund dafür?«

»Verschiedene Probleme«, antwortete Shalil. »In meiner Ära, die nach Ihrer Zählweise dem dreiundneunzigsten Jahrhundert entsprechen dürfte, ist die Menschheit ein raumfahrendes Volk.« Er brach ab. »Da wir gegenwärtig kein Interesse an Ihnen haben, werde ich Sie und den anderen Athtar in Ihre eigene Zeit zurückschicken.«

»Warten Sie!« unterbrach ihn der beste Athtar mit eindringlicher Stimme. »Was haben Sie mit diesen Leuten vor?« Dabei wies er auf Edith und die fünf Seth Mitchells.

Wieder erschien die Grimasse auf dem riesigen Gesicht. »Sie sind jetzt Kristallmuster«, antwortete Shalil. »Aber für unsere Experimente brauchen wir nur den besten Seth Mitchell und die beste Edith Price. Die anderen 1810 Sets und«, er mußte einen Moment nachdenken, »723 Ediths können gehen, wohin sie wollen.

Wir haben den Kristall darauf programmiert, das jeweils beste Individuum zu finden.«

»Aber warum?«

»Irgend etwas ist schiefgegangen. Deshalb müssen wir noch einmal die ursprünglichen Menschen studieren.«

»Brauchen Sie dazu diese spezifischen Personen, oder soll der Kristall in Ihrer Ära nur Duplikate von ihnen herstellen?«

»Es gibt sie nur einmal. Wenn eine von ihnen in einer anderen Zeit neuerschaffen wird, dann wird sie in dieser Zeit hier ausgelöscht.«

»Und was haben Sie mit den beiden vor? Wollen Sie sie sezieren?«

»In der Endphase vielleicht. Aber das werden die Leiter des Experiments entscheiden.« Mit schneidender Stimme fuhr er fort. »Schluß jetzt mit der Debatte. Das Programm ist festgelegt, und die Versuchsobjekte werden dringend benötigt.« Seine Stimme nahm einen befehlenden Ton an. »Miss Price, geben Sie mir den Kristall! Wir wollen nicht unnötig grausam sein, deshalb möchte ich die beiden Athtars nach Hause schicken.«

»Miss Price, tun Sie es nicht!« drängte Athtar. »Seine Behauptung, daß er die totale Kontrolle über den Kristall hat, ist vielleicht falsch und wird erst in dem Moment wahr, wo er ihn tatsächlich besitzt. Diese Wesen aus einer fernen Zukunft sollen sich bemühen, eine andere, weniger willkürliche Lösung ihrer Probleme zu finden.«

Edith hatte den Riesen unverwandt angeblickt, während sie seinen knappen Worten lauschte und die ungeheure Bedrohung, die aus ihnen sprach, in sich aufnahm. Was ihr bisher als das Erstrebenswerteste erschienen war – die beste zu sein –, hatte sich plötzlich in das am wenigsten Erstrebenswerte verwandelt.

Überrascht stellte sie fest, daß sie noch immer keine Furcht verspürte. Ihr Verstand war klar und wach. Die wirren Gedanken und Gefühle der letzten Tage kehrten nicht zurück. Die Ordnung, die sie plötzlich nach dem Vorfall heute abend in diesen Wirrwarr hatte bringen können, hatte noch immer Gültigkeit.

Trotzdem glaubte sie, daß Athtar sich irrte, und daß sie tatsächlich die Kontrolle über den Kristall verloren hatte. Es war naheliegend, daß die Hersteller ein Vorsorgesystem eingebaut hatten, mit dessen Hilfe sie in entscheidenden Situationen die Herrschaft über den Kristall wieder an sich bringen konnten.

Aber sie wollte das testen.

Sie blickte auf das Bild in dem Stein und sagte mit fester Stimme: »Wer immer diesen Riesen besiegen kann – er soll kommen!«

Kaum hatte sie die Worte ausgesprochen, da wurde der Kristall von derselben unsichtbaren Kraft ihren Fingern entrissen, die schon vorher die automatische Waffe in Shalils Hand gelegt hatte. Hilflos mußte sie zusehen, wie der Stein zu dem Riesen herüberschwebte. Seine schwarzen Augen funkelten sie triumphierend an, als er sagte: »Das war ein guter Versuch. Aber all Ihre Verbündeten befinden sich in diesem Raum. Es gibt keine weiteren.«

»In diesem Fall«, sagte die ruhige Stimme eines Mannes, »denke ich, ungeachtet der Konsequenzen, daß mein Augenblick gekommen ist.«

Woraufhin der Junggeselle Seth Mitchell den Raum durchschritt und sich vor den Riesen stellte.

Der monströse Mann blickte ihn durchdringend an. Es entstand eine lange Pause. Edith hatte Zeit, diesen Seth Mitchell zu betrachten und sich an der bloßen Menschlichkeit, die er verkörperte, zu erfreuen. Er war gut gekleidet, trug einen dunkelgrauen Anzug, und sein schmales Gesicht zeigte einen entschlossenen Ausdruck. Die grauen Augen blickten ruhig und ohne Furcht den Riesen an. Irgendwo, tief in ihrem Innern, war Edith stolz, daß in dieser entscheidenden Situation ein solcher Seth Mitchell existierte. Und dennoch, obwohl sie immer noch keine Angst verspürte, war sie sich bewußt, daß ihre Hoffnungen langsam dahinschwanden.

Das Schweigen endete.

Nachdenklich sagte der Riese aus der fernen Zukunft: »Ich hoffe, Sie sind sich darüber im klaren, daß Sie dadurch, daß Sie mir Ihre Identität aufzwingen, die anderen Seth Mitchells dem Untergang preisgeben. In dieser Ära hat der Kristall keine andere Wahl, als seine minderwertigen Schöpfungen rückgängig zu machen.«

Hinter Edith stieß Marge einen Schrei aus.

Edith wirbelte herum. Marge rang keuchend nach Atem. Schnell rannte Edith zu ihr hinüber und legte ihr beruhigend den Arm um die Schulter; sie hatte keine Ahnung, was die junge blonde Frau so erschreckt haben mochte.

»Was ist los?« fragte sie.

Marges Atem ging immer noch stoßweise, und als sie schließlich sprechen konnte, waren die Worte kaum zu hören. »Sie sind fort«, stammelte sie, »die anderen Seths sind fort.«

Edith blickte sich um, und erst in diesem Augenblick drang die Realität in ihr Bewußtsein vor. Der Platz bei der Tür, wo noch vor ein paar Sekunden die anderen vier Seth Mitchells gestanden hatten, war leer. Ihr erster Impuls war, die Tür zu öffnen und einen Blick auf den Korridor zu werfen. Sicherlich waren sie für einen Moment nach draußen gegangen.

Die Erkenntnis traf sie wie ein Schlag.

Sie waren rückgängig gemacht worden!

»Oh, mein Gott!« sagte sie mit erstickter Stimme.

Sie unterdrückte ein Schluchzen, denn der Riese begann wieder zu sprechen. »Davon einmal abgesehen«, sagte er sarkastisch, »scheint der beste aller möglichen Seth Mitchells aber ein gutes Exemplar zu sein und nicht gefährlich.«

»Ich sagte: ungeachtet der Konsequenzen«, erwiderte Seth Mitchell ruhig.

Er wandte sich an die beiden Frauen. »Da die Seths Kristallmuster bleiben, sind sie jetzt in keiner größeren Gefahr, als sie sein würden, wenn diese Kreatur ihre Drohung wahrmacht. Das trifft vermutlich auch auf den Seth Mitchell mit dem goldfarbenen Cadillac zu und auf die Edith Price, die anscheinend in New York ermordet wurde.«

Zu Shalil gewandt fuhr er fort: »Ich denke, Sie sollten die beiden Athtars jetzt in ihre eigene Zeit zurückschicken.«

Eine kurze Pause trat ein. Die Augen des Riesen veränderten ihren Ausdruck, so als dächte er nach. »Es ist geschehen«, sagte er dann.

Edith blickte auf die Stelle, wo Athtar gestanden hatte, holte keuchend Luft, kniff die Augen zusammen, starrte noch einmal dorthin . . .

Athtar war verschwunden.

Shalil betrachtete den besten aller möglichen Seth Mitchells und sagte: »Sie haben ganz schön von dem Kristall profitiert, nicht wahr?« Er gab seiner tiefen Stimme einen sanften Klang. Ein nachdenklicher, fast lauschender Ausdruck war auf sein Gesicht getreten. »Sie besitzen ein . . . drei . . . nein vier Unternehmen.«

»Ich hörte auf, als mein Vermögen zehn Millionen betrug«, erwiderte der beste Seth Mitchell. Er wandte sich entschuldigend zu Edith um. »Ich tat es nicht aus Geldgier«, sagte er, »aber ich hatte mir zehn Millionen damals als Ziel gesetzt, und deshalb habe ich sie auch erreicht.«

Ohne auf eine Erwiderung zu warten, blickte er wieder die gigantische Kreatur an. »Alle anderen Seth Mitchells sind das Resultat von Jungenträumen. Er sah, daß es Steuerberater, Rechtsanwälte, Ärzte, Landstreicher und Polizisten gibt. Dazu kamen in dem kleinen Ferienort Harkdale die Sommerurlauber, von denen viele in New York hohe Posten bekleideten. All diese Beobachtungen bildeten die Grundlage der Tagträume dieses Jungen. Und so gab es – bis zu ihrer Vernichtung – sicherlich auch einen Cowboy Seth Mitchell, einen Großwildjäger, einen Kapitän, einen Piloten und vermutlich ein paar schillernde Unterweltler.«

Er brach ab. »Aber das verstehen Sie vermutlich nicht, weil es dort, wo Sie herkommen, keine Jungen mehr gibt, habe ich recht?«

Etwas Merkwürdiges geschah. Die unergründlichen schwarzen Augen des Riesen flackerten unsicher. Dann sagte er: »Wir sind Kristallduplikate. Als solche werden wir vermutlich ewig leben – wenn es uns gelingt, die gegenwärtigen Ermüdungstendenzen der Zellen aufzuhalten.«

Zögernd fügte er hinzu: »Was ist ein Junge?«

»Vielleicht liegt dort Ihr Problem«, erwiderte Seth Mitchell. »Sie haben alles über Kinder vergessen. Unterschiedliches Genmaterial.«

Der beste Seth Mitchell fixierte seinen gigantischen Widersacher noch immer. »Ich bin die Schöpfung eines Jungen«, sagte er sanft, »der, nachdem Billy Bingham verschwunden war, lange Zeit unter dem Druck und den Vorwürfen der Erwachsenen zu leiden hatte. Um dieser trüben Realität zu entfliehen, zog sich der Junge in Phantasiewelten zurück.«

Die ruhige, entschlossene Stimme fuhr fort: »Versuchen Sie sich die Phantasien dieses Jungen von totaler Macht vorzustellen, eines Kindes, das von den bösen Erwachsenen schlecht behandelt und als Lügner hingestellt wurde . . . eines Tages würde er es ihnen heimzahlen. Wie? Das war dem Jungen Seth Mitchell damals vermutlich auch nicht klar. Aber wenn die Zeit käme, dann würde er es wissen, und natürlich würde er dann nicht so böse und ungerecht sein, wie sie zu ihm gewesen waren. Er würde in seiner totalen Macht Edelmut beweisen.«

Die beiden Männer, der beste aller möglichen Seth Mitchells aus dem zwanzigsten Jahrhundert und der beste aller möglichen aus dem dreiundneunzigsten Jahrhundert, standen sich gegenüber und blickten sich unverwandt an.

»Vielleicht«, fuhr der beste Seth mit sanfter Stimme fort, »können Sie besser beurteilen, was der Kristall aus einer solchen Anweisung machen würde.«

»Da es um Edelmut geht«, lautete die rauhe Antwort, »denke ich, daß ich die Phantasien dieses Jungen ruhig bis zu ihrer äußersten Grenze erproben kann.«

Daraufhin sprach er scharfe Befehle in einer fremden Sprache.

Edith, die dem feindseligen Wortwechsel angespannt gefolgt war, dachte voller Bestürzung: »Gott ist tatsächlich tot! Diese Wesen aus der fernen Zukunft haben noch niemals von Ihm gehört.«

Sie dachte den Gedanken nicht zu Ende. Der dröhnende Baß des Riesen war plötzlich verstummt.

Etwas traf Edith tief im Innern ihres Körpers. Der Raum verschwamm vor ihren Augen. Wie aus weiter Ferne vernahm sie Seth Mitchells Stimme, die entschuldigend sagte: »Ich weiß keine andere Lösung, Miss Price, als Sie mit ihm zusammen fortzuschicken. Mir scheint, die Antwort liegt in dem, was Sie gerade dachten, was immer das auch gewesen sein mag. Der Kristall wird Ihren Gedanken verwirklichen. Ich hoffe, es funktioniert.«

Einen Augenblick später fiel sie in die Unendlichkeit.

XII

Ediths Körper lag bewußtlos auf einer Umriß-Ruhefläche in einer Ecke des Kristall-Verwaltungszentrums. In regelmäßigen Abständen ging ein Riese zu ihrem Lager hinüber und überprüfte routinemäßig die Instrumente, die sie gleichzeitig überwachten und die unsichtbaren Kraftlinien steuerten, die sie trugen.

Eine lange Nacht ging ihrem Ende entgegen. Endlich dämmerte der neue Tag. Die ersten Sonnenstrahlen drangen durch die transparenten Wände des Gebäudes und enthüllten ein halbes Dutzend Riesen – unter ihnen Shalil –, die sich um das Lager der ruhig atmenden, aber ansonsten regungslosen, jungen Frau aus dem zwanzigsten Jahrhundert versammelt hatten.

Sollte man sie wecken oder nicht?

Sie diskutierten das Problem mit leisen, rollenden Stimmen. Da sie alle Wissenschaftler waren und damit in der Lage, die feinsten Nuancen der Logik nachzuvollziehen, stellte das kleine weibliche Wesen für sie ein Problem dar: Es verkörperte ein Paradoxon.

Dem äußeren Anschein nach war die Frau hilflos. In dem Augenblick, als der beste Seth Mitchell dem Kristall den Befehl erteilt hatte, war Shalil in der Lage gewesen, Edith in ein Koma zu versetzen, und in diesem Zustand war sie im dreiundneunzigsten Jahrhundert angekommen.

Oder vielmehr, sie war von dem Kristall in ihrer eigenen Zeit rückgängig gemacht und im dreiundneunzigsten Jahrhundert neuerschaffen worden – bewußtlos.

Sie selbst hatte nicht einmal für einen Bruchteil eines Augenblicks ihr Schicksal in der Hand gehabt.

Was die Wissenschaftler beunruhigte, war, daß sie seit ihrer Wiedererschaffung eine unerklärliche Macht ausstrahlte. Und es war keine gewöhnliche Macht, sie war total.

Totale Macht? Absolut und uneingeschränkt! Wie konnte das sein?

Noch einmal lauschten sie – mit Hörorganen und auf telepathischem Wege – Shalils genauer Schilderung dessen, was ihm im zwanzigsten Jahrhundert widerfahren war. Die Geschichte war ihnen inzwischen vertraut, enthielt keine überraschenden Momente und gipfelte immer wieder in dem Schluß, daß alle Personen, mit denen Shalil in Berührung gekommen war, völlig ungefährlich und belanglos gewesen waren.

Und wieder kam Shalil zum Höhepunkt seiner Erzählung, dem Augenblick, als der beste Seth Mitchell die Theorie aufstellte, daß der Kristall aus den Machtphantasien eines Jungen eine ungewöhnliche Energiekonfiguration entwickeln könnte. Natürlich – zumindest für Shalil lag der Fall klar – zeigte die Antwort des Kristalls auf diesen Befehl, daß er ursprünglich auf diesen Seth Mitchell, den besten von allen möglichen, orientiert gewesen war und seine Energien schon mobilisiert hatte, als Seth Mitchell noch ein Junge war, um sie später einmal zum Einsatz zu bringen. Die Reaktion des Kristalls führte die Giganten zu der düsteren Schlußfolgerung: »Diese Steine enthalten ein größeres Energiepotential, als wir bisher angenommen hatten.«

Wie konnte das sein?

Aber es kam noch schlimmer.

Mit seinen letzten Worten an Edith hatte der beste von allen möglichen Seth Mitchells angedeutet, daß er eine Rückkoppelungs-Botschaft von ihr erhalten hatte – vermutlich mit Hilfe des Kristalls –, die ihm versicherte, daß sie ganz allein die gesamte Wissenschaft des dreiundneunzigsten bezwingen konnte.

Da Shalil zu diesem Zeitpunkt den Kristall kontrollierte, hätte es eine solche Rückkoppelung von Informationen – ob sie nun falsch oder richtig waren, spielte dabei keine Rolle – gar nicht geben dürfen. Und auch Seths Befehl war nach allen bekannten wissenschaftlichen Analysen unmöglich.

Sicher, die Natur des Kristalls war noch nicht bis ins letzte erforscht. Es gab noch einige unerklärliche Phänomene, die die Wissenschaftler augenblicklich erforschten. Aber seit langem schien festzustehen, daß keine wesentlichen Entdeckungen mehr gemacht werden konnten.

Weiterhin glaubten die Wissenschaftler, daß die Kristalle, unter der strengen wissenschaftlichen Kontrolle, die äußersten Möglichkeiten für diese biologisch manipulierten Wesen ihrer Ära geschaffen hatten. Jedes verfügbare Zellpotential, jede Zellgestalt war durchdacht worden. Und der Kristall hatte pflichtschuldig all diese Gedankenspiele Gestalt annehmen lassen, hatte die Fähigkeit erschaffen, die der Zellstruktur zugrunde lagen: Flugfähigkeit, Telepathie, Telekinese und so weiter.

Nur eine Einschränkung schien es zu geben: Ursprüngliche, unmanipulierte menschliche Wesen konnten möglicherweise spezielle Fähigkeiten haben, die ihre biologisch manipulierten Nachfahren verloren hatten.

Ohne Zweifel hatte die Entscheidung für die Flexibilität Edith zu der besten aller möglichen Edith Prices gemacht. Aber da sie, als ihre Gedankenkette zum Ende kam, sich nicht das Bild im Innern des Kristalls vorgestellt hatte, lag in dieser Entscheidung nicht die Quelle ihrer gegenwärtigen Macht.

Es war etwas anderes. Etwas Phantastisches, völlig Unbekanntes, das jenseits der Wissenschaft dieses Riesengeschlechtes lag.

XIII

Ein Riese grunzte: »Ich schlage vor, sie zu töten.«

Ein zweiter hatte einen Einwand. »Wenn der Versuch, sie zu zerstören, eine Reaktion bei der absoluten Macht auslöst, die von ihr ausstrahlt, dann könnte diese Macht unkontrollierbar werden. Wir sollten uns besser auf der Basis von Shalils Bericht den niedrigen Standard ihres Denkvermögens zunutze machen, sie wecken und unerbittlich die Antworten aus ihr herausquetschen.«

Alle hielten das für einen guten Vorschlag. Jeder von ihnen schätzte die Lage ähnlich ein, und so gelangten sie zu der Überzeugung, daß sie die Situation bald wieder im Griff hätten.

»Und falls etwas schiefgehen sollte«, brummte einer, »dann können wir sie jederzeit wieder in den Zustand der Bewußtlosigkeit versetzen, indem wir sie von dem Kristall rückgängig machen und augenblicklich neuerschaffen lassen.«

Shalil hatte noch Zweifel. »Und was ist mit diesem sonderbaren Entschluß«, fragte er schroff, »zu dem sie in ihrem Bemühen, die beste zu sein, gekommen ist? Daß sie jede Situation mit unendlicher Flexibilität handhaben wolle?«

Ein verächtliches Grunzen war die Antwort. »Bei *ihrer* Lebenskonditionierung«, murmelte einer der riesigen Wissenschaftler voller Abscheu, »kann sie kaum *irgendeine* Situation angemessen handhaben.«

Edith, so meinten sie, würde niemals in der Lage sein, den Kern und das wirkliche Problem einer Situation zu erkennen.

Die Riesen beendeten ihre Überlegungen mit dem Entschluß, daß Edith, wenn sie erwachte, das Gefühl haben sollte, völlig frei zu sein.

Sie lag im Gras. Es berührte ihre Finger und ihr Gesicht. Sein frischer Geruch drang in ihre Nase.

Edith öffnete die Augen und hob den Kopf.

Wildnis. Ein ursprünglicher Wald. Ein kleines braunes Tier mit buschigem Schwanz flüchtete ins Gebüsch, als sie hastig aufsprang; jetzt erinnerte sie sich wieder.

Dann sah sie den Riesen. Er erhob sich gerade, fünf Meter zu ihrer Linken. Er tat dies langsam, so als sei er benommen.

Es war ein diesiger Tag; die Sonne stand hoch am Himmel. Zu ihrer Rechten, fast völlig verhüllt vom Blattwerk, erhob sich ein großer, grauer Erdhügel. Zu ihrer Linken fiel der Boden sanft ab, und der Dunst wurde stärker. In einer Entfernung von hundert Metern hatte er sich schon zu einem fast undurchdringlichen Nebel verwandelt.

Fast undurchdringlich, aber nicht völlig. Schwach wahrnehmbar erhob sich in dem Nebel ein Gebäude.

Aber Edith würdigte das Bauwerk kaum eines Blickes. Sie schaute statt dessen dem Riesen direkt ins Gesicht und fragte: »Wo sind wir?«

Shalil blickte sie aufmerksam an. Es fiel ihm schwer zu verstehen, daß sie nicht intuitiv wußte, wo sie war. Unbegreiflich, daß ihre unendliche Macht von einem dermaßen tiefstehenden Denkvermögen begleitet wurde.

Aber dort stand sie und blickte ihn fragend an. Er spürte ihre Sorge. Und so gelangte er zögernd zu der Überzeugung, daß die Analyse, die seine Kollegen und er selbst gemacht hatten, offensichtlich richtig war. Sie hatten Edith als ein Geschöpf erkannt, das von unbewußten Anpassungshaltungen und verdrängten Erinnerungen motiviert wurde, die eine psychische Stabilität hatten, so fest wie ein Stahlblock. Ihr ganzes Leben lang hatte sie sich bestimmten Verhaltensregeln unterworfen und Gruppennormen angepaßt.

Schule und College. Dort wurden die ersten Normen geformt, und sie paßte sich willig an, solange sie sich noch unter dem Einfluß ihrer Eltern befand. Im Grunde wurden diese Normen niemals in Frage gestellt.

Shalil entdeckte in ihrem Gedächtnis ein Bewußtsein, daß Millionen Menschen es irgendwie nicht geschafft hatten, eine höhere Schulbildung zu erreichen. Das erstaunte ihn; aber anscheinend waren sie durch eine Fülle zufälliger Umstände daran gehindert worden.

In diesem Bereich der persönlichen Entwicklung und Bildung hatte Edith einen besseren und geradlinigeren Weg eingeschlagen als der Durchschnitt. Auf dem College jedoch, als sie sich zum ersten Mal in ihrem Leben nicht mehr unter der Obhut ihrer Eltern befand, war sie schnell in den Sog einer nonkonformistischen Bewegung geraten. Was auch immer die Motive der anderen Gruppenmitglieder gewesen sein mochten, Edith hatte sich ihnen angeschlossen, weil sie ein starkes inneres Bedürfnis nach Gruppenzugehörigkeit hatte.

Aber Edith hatte diese Episode als den Beginn eines abweichenden Verhaltens empfunden, und diese Einschätzung spiegelte sich dann auch in ihrem späteren Verhalten wider. Wie ein Mensch, der gegen unsichtbare Kraftlinien ankämpft, hatte sie sich verzweifelt bemüht, zu einer inneren Norm zurückzufinden. Diesen Kampf las Shalil deutlich aus ihren Erinnerungen ab: Sie hatte andere Fächer studiert, verschiedene Jobs angenommen und immer wieder den Wohnsitz gewechselt. Sie war Beziehungen zu Männern eingegangen und hatte sie wieder abgebrochen – ein schreckliches Durcheinander. Es war schwer zu entscheiden, welche ihrer zahlreichen Aktivitäten ein wirkliches Ziel darstellte.

Zu diesem Wirrwarr trug bei, daß alles, was sie tat, von einer gewaltigen Anzahl winziger, endlos wiederholter Tätigkeiten modifiziert wurde: Eßgewohnheiten, Schlafgewohnheiten, Kleidersorgen, Gewohnheiten beim Arbeiten, Gehen, Reagieren, Kommunizieren, Denken. Stereotype.

Shalil konnte keinen einzigen Zugang zu ihr finden, der nicht sofort eins dieser Stereotype ausgelöst hätte. Das stellte ein Problem dar. Denn seine Kollegen hatten die Vermutung aufgestellt, daß ein solcher Zugang zu finden sein müßte, sobald ihr Verstand wieder bei Bewußtsein wäre. Nein, sie waren sich dessen sogar sicher. Seine Instruktion lautete, Edith wieder in ein Koma zu versetzen, wenn er den Zugang nicht finden sollte. Danach würden sie sich von neuem beraten.

Aber Shalil wollte noch nicht aufgeben; ein so früher Fehlschlag hätte ihn geärgert. Deshalb sagte er, um Zeit zu gewinnen: »Dies ist der Garten der Kristalle, wir sind im dreiundneunzigsten Jahrhundert. Hier in dieser unberührten Wildnis, der einzigen, die es auf unserem Planeten noch gibt, liegen die Kristalle in der Erde vergraben, wo sie von wissenschaftlichen Wächtern behütet werden.«

Der winzige Zeitaufschub, den er durch seine Worte erreicht

hatte, brachte ihn zu folgendem Schluß: Das Problem, das diese Frau darstellte, ließe sich durch ein anhaltendes verbales Manövrieren lösen. Seine Äußerungen würden sie dazu bringen, ihre endlose Reihe von Stereotypen abzurollen. Und er, Shalil, brauchte nur wachsam auf das *eine* zu warten, durch das der Kristall ihr diese grenzenlose, völlig unerklärliche Macht verliehen hatte. Im rechten Augenblick erkannt, würde der Kristall dann – auf seinen Befehl hin – sie wieder dieser Macht entkleiden.

Ediths Hauptsorge, das sah Shalil deutlich, war, daß sie vielleicht niemals in ihre eigene Ära zurückkehren könnte. Da er wußte, daß sie jederzeit zurückkehren konnte, wenn sie nur den richtigen, positiven Gedanken dachte, kam es darauf an, ihren Zustand von Sorge, Ungewißheit, Pessimismus und Kummer aufrechtzuerhalten.

Shalil nahm wahr, daß seine Überlegungen hinsichtlich seines weiteren Vorgehens eine hastige telepathische Beratung bei seinen Kollegen ausgelöst hatte. Augenblicke später übermittelten sie ihm folgenden Vorschlag: »Zerstreue sie, lenke sie ab, laß ihr einen kleinen Sieg, der so aussieht, als sei er ein Geschenk von dir.«

Der Vorschlag schien gut, und Shalil führte ihn aus, als sei er eine Anweisung.

XIV

In Harkdale war ein neuer Tag angebrochen. Marge Aikens verließ ihr Hotelzimmer und kam nach unten. Sie hatte in der Nacht kaum geschlafen, und ihr Blick war trübe. Fast automatisch ging sie zum Konferenzraum hinüber und warf einen Blick hinein. Das Licht war gelöscht und die Vorhänge zugezogen. Die düstere Leere des Raumes bedrückte sie wie eine Last.

Niedergeschlagen wandte sie sich ab; da bemerkte sie, daß ein Mann neben sie getreten war. Sie drehte sich um und blickte ihn verwundert an.

Es war der Empfangschef Derek Slade, wie üblich nach der neuesten New Yorker Mode gekleidet. »Gnädige Frau«, sagte er höflich.

Er sprach weiter, aber erst nach einer Weile drang die Bedeutung seiner Worte in Marges Bewußtsein vor. Er glaubte, in ihr die junge Frau wiederzuerkennen, die am gestrigen Nachmittag mit den fünf Seth Mitchells den Konferenzraum betreten hatte.

Wo hielten sich die vier verheirateten Männer auf? Das wollte Derek von ihr wissen. Ihre Frauen hatten die ganze Nacht hindurch bei der Rezeption angefragt, das hatte er einer Nachricht entnommen, die ihm der Nachtportier hinterlassen hatte. Inzwischen sei ein Polizeiinspektor auf dem Weg zum Hotel, weil drei der Frauen sich in ihrer Sorge schließlich an die Polizei gewandt hätten.

Marge verspürte einen Impuls zu leugnen, daß sie die Frau sei, die er gesehen hatte. Aber die Tatsache, daß er den Junggesellen Seth Mitchell nicht erwähnt hatte, erregte ihre Aufmerksamkeit, und so fragte sie, was mit ihm sei.

Derek schüttelte den Kopf. »Er ist nicht in seinem Zimmer. Wie man mir gesagt hat, ist er heute früh ausgegangen.«

Marge fragte sich verwirrt, was wohl mit dem besten Seth Mitchell geschehen sein mochte. Warum hatte er das Hotel verlassen, wo er sich doch am vergangenen Abend mit ihr zum Frühstück verabredet hatte? Dann bemerkte sie, daß Derek Slades Blick über ihre Schulter hinweg in den dunklen Konferenzraum gewandert war.

Sein Unterkiefer sackte herab, seine Augen wurden groß und rund.

Marge vernahm eine Baritonstimme in ihrem Rücken.

Sie drehte sich um.

Die vier Seth Mitchells, die am vergangenen Abend ausgelöscht worden waren, standen nahe der Tür in dem Zimmer. Sie hatten ihr den Rücken zugewandt.

Marge wurde klar, daß die Baritonstimme einem der vier Männer gehörte, und jetzt erst begriff sie, was er gesagt hatte: »He, wer hat denn das Licht ausgemacht?«

Aber die Bedeutung, die in dieser Frage lag, verstand sie augenblicklich. Ihr fiel ein, wie Billy Bingham seine Zeitreise kommentiert hatte. Gar nicht – er hatte nicht wahrgenommen, daß seit seinem Verschwinden Zeit vergangen war.

Hier war es dasselbe.

Fast gegen ihren Willen tastete sie nach dem Lichtschalter und machte das Licht an. Als sie das tat, trat ein fünfter Seth Mitchell aus der Zimmerecke, wo er plötzlich erschienen war. Er machte einen verstörten Eindruck. Es dauerte ein paar Minuten, bevor man ihn als den Seth Mitchell mit dem goldfarbenen Cadillac identifiziert hatte. Er war wiedererschaffen worden ohne Kugel im Gehirn und ohne daß ein Wassertropfen seinen makellosen Anzug befleckt hätte.

Aber Marge bedachte ihn nur mit einem flüchtigen Blick. Denn urplötzlich stand ein sechster Seth Mitchell am hinteren Ende des Konferenztisches. Seine Haltung, die Art, wie er aufmerksam seinen Blick durch den Raum wandern ließ, die anderen Seths bemerkte und – der Ausdruck von Freude und Erleichterung, der sich auf seinen Zügen spiegelte, als er sie entdeckte . . .

Als Marge ihn sah, all die vertrauten Signale auffing, verlor sie die Fassung. Ihre sonstige Diskretion vergessend, schrie sie: »Seth – Liebling!«

Wie sie zueinander fanden, war nicht ganz klar. Jedenfalls fielen sie sich auf halbem Wege um den Konferenztisch in die Arme und lösten sich erst aus ihrer Umarmung, als Marge bemerkte, daß Edith Price neben ihnen stand. Sie blickte sich verwirrt und schüchtern um.

Dicht hinter Edith tauchte ein weiterer Seth Mitchell auf. Er trug Arbeitskleidung. Daraus schloß Marge, daß es sich bei ihm um Seth Mitchell, den Bauern, handelte.

Marge warf ihm nur einen flüchtigen Blick zu. Als sie sich schließlich aus Seths Umarmung befreite, fiel ihr auf, daß Edith Price ein anderes Kleid trug und ihr Haar anders frisiert hatte. Trotz dieser schnellen Wahrnehmung dauerte es eine Weile, bis ihr und den anderen klar wurde, daß diese Frau die Edith Price war, die der schlechteste Athtar in New York umgebracht hatte.

Von den beiden Athtars war nichts zu sehen.

Die Minuten verstrichen – irgendwann kam auch der Junggeselle Seth Mitchell zur Tür hereinspaziert – aber Edith Price, die Orientierungsperson des Kristalls, erschien nicht wieder.

Der beste Seth Mitchell erklärte, daß er, als er am frühen Morgen spazierengegangen war und dabei noch einmal über alles nachgedacht hatte, zu dem Schluß gekommen sei, daß die Situation sich irgendwie einrenken würde. Er schloß hoffnungsvoll: »Und als ich zurückkehrte, da waren Sie alle hier versammelt. Jeder von Ihnen ist der lebende Beweis, daß Edith herausgefunden hat, was sie zu tun vermag.« Er schwieg.

»Aber was kann sie tun?« fragte einer der Seth Mitchells verwirrt.

Der Junggeselle Seth lächelte freundlich. »Ich habe diese junge Frau sehr gern«, sagte er. »Sie hat auf irgendeine Weise ihre Reflexionen über unsere Zeit auf den besten Nenner gebracht.« Er hielt inne und blickte seine zahlreichen Doppelgänger der Reihe nach an. Dann fuhr er mit sanfter Stimme fort: »Sie wollen wissen, was sie tun kann? Ich wagte vorher nicht, davon zu sprechen, aber jetzt, nun . . . Wenn Gott tot ist, was kann Ihn dann ersetzen?«

»Dann sind Sie Gott«, platzte Marge heraus. Sie hielt sich die Hand vor den Mund. »O mein Gott – Edith!«

Der beste Seth Mitchell sagte nachdenklich: »Ich frage mich, was der Kristall und Edith mit diesem Konzept anfangen werden.«

Shalil war in großen Schwierigkeiten. Der Riese wartete immer noch vergeblich auf den einen von Ediths Gedanken, der ihr diese ungeheure Macht verliehen hatte. Es würde ein sehr persönlicher und beschränkter Gedanke sein, vermutete Shalil, aber wenn er sich seiner bemächtigen könnte, dann wäre damit – nach Ansicht seiner Kollegen – Ediths Macht endgültig gebrochen.

Aber die Zeit war verstrichen, und Edith langweilte ihn immer noch mit ihrem idealistischen Geplapper. Sie redete ihm ein, daß man eine Beziehung zwischen ihm und seinen Zeitgenossen und den Menschen aus der Vergangenheit herstellen müßte. Alle Seth Mitchells und Edith Prices sollten wiedererschaffen werden. Und dann sollten die Riesen einerseits und die Ediths und Seths auf der anderen Seite gemeinsam eine Lösung erarbeiten, wie man die Gefahr bannen könne, die die gigantischen Wesen aus dem dreiundneunzigsten Jahrhundert bedrohte.

Dann malte sich Edith in einem Ausbruch an Phantasie einen Zeitkorridor zwischen dem zwanzigsten und dem dreiundneunzigsten Jahrhundert aus. Vorsorglich legte sie die Kontrolle über diesen Korridor in die Hände ihrer eigenen Gruppe.

In dem Augenblick, als sie diese gigantische Verbindung herstellte, löschte Shalil sie voller Verzweiflung aus. Dann erschuf er sie neu, bewußtlos, auf der Umriß-Ruhefläche. Die kolossalen Gestalten der Wissenschaftler versammelten sich um Ediths reglosen Körper und erörterten düster das Ausmaß ihrer Niederlage.

Einer gab schließlich widerwillig zu: »Wir *können* leben mit dem, was bisher geschehen ist. Darüber sollten wir uns klar sein.«

Sie hatten bisher nicht den kleinsten Fortschritt gemacht. Edith strahlte immer noch totale Macht aus. Sie zog fortwährend Energie aus dem Kristall. Daß der Stein ein solches Energiepotential besaß, hatten die Wissenschaftler durch ihre Analysen nicht herausgefunden.

Da machte Shalil einen ungeheuerlichen Vorschlag: »Vielleicht sollten wir – unsere selbstauferlegten Begrenzungen von neuem überprüfen. Vielleicht liegt das Problem darin, daß wir in unserem wissenschaftlichen Fanatismus das Rätsel zurückgewiesen haben.«

Nachdem er gesprochen hatte, trat tödliche Stille ein. Er sah, daß seine Kollegen erschüttert waren. Das Rätsel gehörte in eine verbotene – weil unwissenschaftliche – Region der Gedanken. Das Rätsel, das war das Rätsel des Universums. Warum existierte es? Wo kam es her?

Seit Anbeginn der Wissenschaft hatten sich die Wissenschaftler immer auf die Frage konzentriert, wie die Dinge funktionierten und was sie bewirkten.

Aber niemals *warum.* Niemals *wie* in der Bedeutung von *warum.*

Schließlich brach einer der Riesen das schreckliche Schweigen. Mit rauhem Lächeln sagte er: »Ich weiß nichts über das Rätsel und will auch nichts darüber wissen. Aber als Wissenschaftler weiß ich, was meine Pflicht ist – was *unsere* Pflicht ist. Wir müssen dieses kleine weibliche Wesen aufwecken, es über das unangemessene Ausmaß seiner Macht informieren und sehen, was es damit anfängt.«

»Aber – sie könnte uns alle töten«, protestierte ein anderer. »Ich bin noch nie getötet worden«, fügte er fast kläglich hinzu.

»Es würde eine interessante Erfahrung für dich sein«, erwiderte der erste. »Etwas völlig anderes als die Rückgängig-Machung.«

Shalil unterbrach sie. »Edith ist keine Mörderin.« Nach einer Pause fügte er hinzu: »Ich halte diesen Plan für ausgezeichnet. Er wird uns von Nutzen sein.«

Sie verstanden, was er damit meinte, und gaben ihre Zustimmung, Edith aufzuwecken.

Sie führten den Plan aus.

Nachdem sie Edith geweckt und ihrem Plan gemäß über ihre absolute Macht informierte hatten, brauchte es eine Weile, bis die junge Frau sich beruhigt hatte. Doch dann kam ihr, fast automatisch, die erste und einzige Antwort auf die ihr offenbarte Möglichkeit. Eine wilde Hoffnung keimte in ihr auf und durchflutete dann ihr ganzes Wesen. Sie hatte den dringenden Wunsch, all die Irrtümer zu berichtigen, die sie in die Sackgasse zahlreicher Männerbekanntschaften geführt hatten – Männer, von denen keiner die Verantwortung für sie und ihre Fähigkeit, Kinder zur Welt zu bringen, übernehmen wollte. All die Frustration seit ihrer Collegezeit stieg von neuem in ihr auf, und sie war von einer solchen Sehnsucht erfüllt, daß sie keine Worte dafür fand. Tränen stürzten aus ihren Augen; sie waren der erste Ausdruck dieser Sehnsucht, dieses überwältigenden, dringlichen Wunsches. Als sie schließlich wieder sprechen konnte, waren ihre Worte die Formel, mit der sie sich, ohne es zu bemerken, den Zugang zum zwanzigsten Jahrhundert sicherte: »Abgesehen von dem, was ich Ihnen schon gesagt habe, wünsche ich mir nichts weiter, als glücklich verheiratet zu sein.«

Die Riesen sahen in ihren Gedanken, daß die Person, die sie sich zum Ehemann wünschte, der Junggeselle Seth Mitchell war.

Dementsprechend befahlen sie dem Kristall, daß der Wunsch, den sie geäußert hatte, in seiner genauen und begrenzten Bedeutung verwirklicht werde. Und dann standen sie sicher und erleichtert da und betrachteten verwundert das schwierige Konzept der Ehe.

In einer Ära, in der jeder durch den Prozeß der Kristallduplikation ein ewiges Leben besaß, hätten sie allein niemals die richtige Frage gefunden, die zu dieser Antwort geführt hätte.

»Vielleicht ist es möglich«, sagte Shalil zögernd, »daß eine Wechselbeziehung zwischen den unmanipulierten menschlichen Wesen des zwanzigsten Jahrhunderts und den manipulierten des dreiundneunzigsten Jahrhunderts zu einer Lockerung der starren Haltungen bei beiden Gruppen führt.«

Sein schwarzer durchbohrender Blick schien anzudeuten, daß er heftigen Widerspruch erwartete. Dann stellte er verwundert fest, daß sich offensichtlich keiner der anderen von seinen Worten provoziert fühlte. Im Gegenteil, einer seiner Kollegen murmelte sogar nachdenklich: »Wenn das geschehen sollte, können wir vielleicht herausfinden, was der Kristall wirklich ist.«

Aber das war natürlich unmöglich.

Der Kristall war ein Raum-Phänomen. Die Energieströme in diesem Raum, um diesen Raum herum und aus ihm heraus bedingten und beeinflußten einzelne Ereignisse, Dinge und Personen. Aber das war nur eine untergeordnete Funktion – wie das motorische Zentrum im menschlichen Gehirn, das einen Muskel in der Fingerspitze des kleinen Fingers bewegt.

Der Muskel sollte beweglich sein. Und wenn er es aus irgendeinem Grunde nicht ist, ja selbst wenn er gelähmt oder abgetrennt wäre, würde das Gehirn dies nicht bemerken und seine Impulse weitergeben.

Auf der fließenden Ebene der Existenz betrugen die *Interaktionsmuster,* die sich in und um den Kristall befanden und von ihm ausgingen, 10 hoch 27 mal die Anzahl der Atome im Universum – genug für alle Lebenskonfigurationen aller Menschen, die jemals auf der Erde gelebt hatten. Vielleicht sogar genug für alle, die noch auf ihr leben würden.

Aber für den Kristall war dies nebensächlich. Als Modell für Zeit- und Lebensströme hatte es diese Ströme fünfundzwanzig Jahre in der Schwebe gehalten, während er im Museum der Bücherei in Harkdale lag. Doch das spielte keine Rolle, es war fast nichts. Als eine Gestalt des Raums war seine Existenz fortlaufend. Als räumliches Gebilde füllte er einen Ort aus und war relativ. Aber obwohl er seine Ströme ein Viertel Jahrhundert lang in der Schwebe gehalten hatte, keine Aufzeichnungen gemacht hatte, nichts gespeichert oder getan hatte, wußte er, war er, hatte er und konnte er.

Als die Menschen des achten und neunten Jahrtausends ihn und Tausende seiner Art gefunden hatten, machten sie sich seine Interaktionsmuster und Energieströme zunutze; niemals jedoch seine Raum-Fähigkeiten. Sie entdeckten die wesentlichen »Gesetze« – das Wie und Was – auf deren Grundlage die Kristalle arbeiteten, und nahmen sich vor, auch die Regeln zu ergründen, die bestimmte Unbekannte im Verhalten der Wellen »erklären« würden, die in und um den Kristall waren und von ihm ausgingen.

Irgendwann würden alle Interaktionen allen Lebens und aller Zeit gleichmäßig unter den Kristallen verteilt sein. Dann würde der Kristall seine wahre Form annehmen: *eine* Kristallgestalt, *ein* Raum. Dann wäre er vollendet, hätte seine Bestimmung erfüllt.

Das hatte keine Eile.

Und so wartete er. Und wartend erfüllte er Ziele, die nicht seine eigenen waren, geringere, weniger wichtige Ziele, bei denen er seine Ströme und Interaktionen einbrachte. Sie spiegelten die Illusion von Bewegung wider: Ereignisse, Dinge, Personen, die nichts bedingten, wirklich . . .

In Harkdale gibt es heute ein einstöckiges Gebäude von sonderbarer Form. Dies Gebäude steht an genau derselben Stelle, an der einst Billy Bingham verschwand: oben auf der Klippe über dem Lake Naragang. Es ist ein massives Bauwerk von eigentümlicher Schönheit. Auf einer goldenen Tafel neben der verzierten Eingangstür stehen die Worte:

KRISTALL AG
EIGENTÜMER UND MANAGER:
SETH MITCHELLS UND EDITH PRICES
Kein Zutritt für die Öffentlichkeit

Urlaubsgäste, die dort vorbeikommen und stehenbleiben, um das Schild zu lesen, sind oft überrascht von der Pluralform der Namen. Und die Einheimischen äußern auf Befragen die Vermutung, daß die Kristall AG mit den zahlreichen Kristallen Handel treibe, die überall in dem Schichtgestein der Hügel rund um den See zu finden sind.

In der Nähe des Gebäudes befindet sich ein großes, schönes Haus auf einem geräumigen Grundstück. Dort wohnen Seth und Edith Mitchell.

Zu der Verwunderung ihrer Nachbarn begannen Mr. und Mrs. Seth Mitchell (geb. Price) ihr Eheleben mit der Adoption eines dreizehnjährigen Jungen, dem sie den Namen Billy Bingham-Mitchell gaben.

Das Gedankenfenster

I

Professor Dun Higenroth las mit geschürzten Lippen das offizielle Schreiben:

»... haben Sie das Glück, auf Ihrem Forschungsgebiet der Akkolade würdig befunden worden zu sein ... Daher wird Ihre Enthauptung zugunsten Ihrer fortgeschrittenen Studenten ... am Tag der Patrioten stattfinden. Gratulationen ...«

Es stand noch mehr da, doch das war die Hauptsache.

Schweigend reichte Higenroth das Dokument über den Frühstückstisch hinweg seiner Frau Eidy. Die junge Dame las von der bevorstehenden Enthauptung ihres ältlichen Gatten ohne sichtbare Gefühlsregung. Sie gab ihm das Papier zurück und erklärte: »Du mußt vor allem daran denken, daß eine Enthauptung nicht weh tut. Das ist erwiesen.«

Higenroth wandte seine Aufmerksamkeit jetzt dem Kleingedruckten zu und entdeckte eine Fußnote zu dem Exekutionsbefehl: – »... Es wird vorausgesetzt, daß der Akkolade-Preisträger weder in seinem Benehmen noch in seinen Gedanken Ängstlichkeit aufkommen läßt. Der moderne, reife Wissenschaftler ist über derlei Reaktionen erhaben. Er weiß, daß die Enthauptung für seine Studenten von großem Nutzen ist und für ihn selbst, wie unsere Staatsreligion lehrt, einen Schritt aus dieser Welt in eine bessere bedeutet.«

Die Preisverleihung stürzte Professor Higenroth in einen seelischen Zwiespalt. Auf der einen Seite – das mußte er zugeben – war es ein Sieg. Sein langer Kampf mit Dr. Heen Glucken hatte mit dem K.o. seines Gegners geendet. Auf umstrittenen Forschungsgebieten war die Meinung des Akkolade-Gewinners ausschlaggebend.

Mit einem einzigen Streich – in des Wortes ursprünglicher Bedeutung – würde er die Krone erringen.

Andererseits hatte er nicht das Gefühl, seine Arbeit sei schon ganz getan. »Es steckt immer noch eine Menge Kreativität in mir altem Kerl«, sagte er zu Eidy. »Und so denke ich, ich werde wegen des Gedankenfensters unbestimmte Verschiebung beantragen.«

»Du glaubst nicht, daß das etwas mit den politischen Artikeln gegen das Regime zu tun hat, die du vor zwei Jahren veröffentlicht hast?« fragte Eidy.

»O nein.« Higenroth schüttelte seinen mageren Kopf. »Der Führer hat erklärt, daß alle Meinungen toleriert werden. Es ist ausgeschlossen, daß die Akkolade nicht allein aufgrund von Verdiensten verliehen wird.«

»Natürlich«, pflichtete Eidy hastig bei.

Da der Tag der Patrioten bereits in einigen Tagen war, schrieb Higenroth seinen Antrag auf Verschiebung sofort auf das vorgeschriebene Formular und schickte es dem Kultusministerium per Eilbrief mit Magnetjetpost zu.

Über die Preisverleihung an Professor Higenroth wurde schon in den Morgennachrichten des Fernsehens berichtet. Früh am nächsten Tag traf Dr. Glucken von Übersee bei den Higenroths ein, um, wie er es ausdrückte, »einem würdigen Gegner die letzte Ehre zu erweisen«. Er setzte hinzu: »Ich kann nicht sagen, daß ich dem Urteil voll zustimme, denn ich habe eine Lösung parat, die ebenso zufriedenstellend sein wird.« Daraufhin stürzte er sich in eine Zusammenfassung seiner eigenen Ansichten.

Aus unerklärlichen Gründen hatte Higenroth schlecht geschlafen, und so dauerte es einige Zeit, bis ihm zu Bewußtsein kam, daß Dr. Glucken schon wieder seine sattsam bekannten eigenen Theorien ventilierte.

». . . Es wäre ein wissenschaftlicher Triumph«, sagte er gerade, »wenn Ihre Studenten bei der Enthauptung nicht nur eine Blitzübermittlung Ihres speziellen Wissens erhielten, sondern auch des meinigen.«

»Einen Augenblick!« fuhr Higenroth auf. »Schlagen Sie etwa vor . . .?«

Glucken fuhr mit erhobener Stimme in der Darlegung bestimmter Grundtheorien fort.

»He!« unterbrach ihn Higenroth, der jetzt ganz wach geworden war. »Zielen Sie darauf hin, daß *meine* Studenten *Ihre* Ideen übertragen bekommen, wenn *ich* enthauptet werde?«

Glucken dozierte noch lauter weiter.

Higenroth legte die Hände auf die Ohren und brüllte, er wolle verdammt sein, wenn er zulasse, daß das Urteil des Akkolade-

Komitees durch Gedanken, die der Akkolade nicht würdig seien, in sein Gegenteil verkehrt werde.

In diesem Augenblick stürzte Eidy herein. Sie führte ihren Gatten schleunigst aus dem Zimmer, aber die beiden Männer schrien aufeinander ein, bis es ihr gelungen war, den Professor in sein Schlafzimmer zu schieben und die Tür zu verschließen.

Dr. Glucken, dessen hageres, recht gut aussehendes Gesicht rot angelaufen war, wollte gerade das Haus verlassen, als Eidy zurückkam und ihn aufhielt.

»Sind Sie verheiratet?« erkundigte sie sich.

»Meine Frau ist tot«, erwiderte er. »Sie stellte die Staatsreligion in Frage.« Er zuckte die Schultern. »Ich hatte sie gewarnt.«

Eidy wußte, was er meinte. Das war das eine, was man unter dem ansonsten wohlwollenden Herrscher nicht tun durfte.

Sie hatte Higenroth, als sie noch eine seiner Studentinnen gewesen war, im Rahmen eines Regierungsprogramms geheiratet, nach dem es hübschen Mädchen unter Zwanzig zur Pflicht gemacht wurde, sich berühmten Wissenschaftlern antrauen zu lassen. Jetzt beschäftigte sie der Gedanke, daß man von einem Mädchen, wenn es diesen patriotischen Weg einmal eingeschlagen hatte, erwartete, ihn fortzusetzen. Für einen Wissenschaftler schien ihr Dr. Glucken ein ganz anziehender Mann zu sein. Außerdem würde er nach der Enthauptung ihres gegenwärtigen Gatten die unbestrittene Nummer eins auf seinem Forschungsgebiet sein. Sie hielt seine Hand ein wenig länger als notwendig fest. Dann ließ sie sie los und wartete angstvoll. Wenn es nicht Dr. Glucken war, wer konnte wissen, wen sie sonst bekommen würde? Einen zweiten Higenroth?

Auch Dr. Glucken schoß der Gedanke an eine Heirat mit Eidy durch den Kopf. Er konnte nicht umhin zu bemerken, daß sie eine Schönheit war. Aber ihm konnte das so ausgelegt werden, als erkenne er Higenroths Ideen an, und das war ein Ding der Unmöglichkeit.

Kurz nach Dr. Gluckens Weggang läutete es draußen, und Eidy, die die Tür öffnete, wurde von einem Schwarm männlicher und weiblicher Studenten beiseite gefegt und an die Wand gedrückt. Die Tradition erforderte, daß sie ihren Mentor heimsuchten.

Der Professor hatte sich gerade ausgezogen und wollte in die Badewanne steigen. Eine Woge von Studenten, deren letzte immer noch zur Haustür hereinströmten, erfaßte ihn und schwemmte ihn den Flur entlang in den Patio. Dort wurde er ins Gras geworfen.

Eine Schafschere kam zum Vorschein. Mit diesem wirksamen Instrument wurde sein Haar abgeschoren und als nächstes sein Kopf rasiert. Higenroth bemerkte, daß gleichzeitig mit dem Ritual unter dem Vorsitz von zwei Jungen und zwei Mädchen eine Auslosung vor sich ging. Diese sollte entscheiden, welche Studenten die zehn ausgewählten Punkte auf dem wertvollen Haupt des Professors bekamen.

Die Erforschung der Wissensübertragung anläßlich einer Enthauptung baute auf Erkenntnissen auf, die es im Volk von alters her gegeben hatte. Nach dem Tod verliert ein menschliches Gesicht nach und nach die charakteristischen Merkmale, die es zu Lebzeiten gehabt hat. Familienähnlichkeiten verschwinden. Im Sarg liegt ein Fremder.

Forscher, die vom Führer beauftragt waren, neue Wege der Wissensübermittlung an die jüngere Generation zu finden, kamen zu dem Schluß: Der tote Körper, insbesondere der voll aufgeladene Kopf, verliert schrittweise die im Leben angehäuften Informationen und Prägungen. Diese verpuffen normalerweise in der Luft. In Versuchen wurde jedoch gezeigt, daß die Energie mittels entsprechender elektrischer Verbindungen in die Köpfe von Studenten geleitet werden konnte. Es galt als wissenschaftlich bewiesene Tatsache, daß der Kopf bei einer Enthauptung innerhalb weniger Minuten etwa 70% seines geistigen Inhalts freigab.

So wurde unter der strengen Zucht eines weitsichtigen Diktators die Wissenschaft von der Enthauptung zu Lehrzwecken geboren. Abgesehen von ihrem praktischen Nutzen wurde sie zu einer Ehrung für Personen, deren Leistungen wegen ihrer kritischen Einstellung gegenüber der Regierung nicht anderweitig gewürdigt werden konnten. Es war eine geniale Lösung für beide Seiten.

Der Kampf der Studenten um die Kontaktstellen des Kopfes war zu einer alten Tradition geworden. Daher ertrug Professor Higenroth nach der ersten erschreckten Abwehr gutmütig die damit verbundenen kleinen Unwürdigkeiten: eine blutige Kopfhaut und den verschwommenen Eindruck, mit zahllosen stumpfen Instrumenten bearbeitet worden zu sein.

Als die Horde verschwand, begleitete er sie sogar an die Tür und winkte ihnen fröhlich zum Abschied zu.

Am Morgen nach seiner zweiten schlaflosen Nacht gestand Professor Higenroth Eidy, daß er merkwürdigerweise Unruhe wegen der Enthauptung empfand. Die innere Ablehnung der Akkolade ging so weit, daß er sogar schon daran gedacht hatte, in die Berge zu gehen.

Das waren nichts als leere Worte. Zwar ging das Gerücht, daß sich bewaffnete oppositionelle Gruppen »in den Bergen« aufhielten, aber Higenroth wußte, daß es nicht stimmte. Die moderne Technik machte es unmöglich, sich irgendwo auf dem Planeten zu verstecken.

Seine Worte versetzten Eidy in Schrecken. Wenn ein Akkolade-Preisträger am Tag der Patrioten – was morgen war – nicht auf dem Block erschien, wurde statt seiner ein naher Angehöriger hingerichtet. Lehrzwecken konnte diese Ersatzhandlung natürlich nicht dienen, doch war es ein Brauch, durch den nach der offiziellen Doktrin »die Ehre der Familie, die selbstverständlich auf die Akkolade nicht verzichten will«, gewahrt wurde.

Unter der Voraussetzung, daß jedes Familienmitglied nach dieser Ehre strebte, war, um Streit zu vermeiden, die Reihenfolge durch Gesetz festgelegt worden: Ehefrau, Vater, Mutter, ältester Bruder, älteste Schwester und so weiter. Kinder waren ausgeschlossen, weil das Regime alle Kinder liebte. Waren keine nahen Angehörigen vorhanden, trat ein führender Wissenschaftler, der der nächste Antwärter auf die Akkolade war, an ihre Stelle.

Higenroth hatte nur Eidy, und folglich würde nach ihr gleich Dr. Heen Glucken kommen. Die Situation der jungen Frau wurde kompliziert durch ein unglückliches Ereignis, das gleich nach ihrer Heirat mit Higenroth stattgefunden hatte. Damals hatte sie ein Schloß an ihre Tür angebracht und ihm mitgeteilt, sie habe aus irgendwelchen Gründen kein Interesse an einer Mann-Frau-Beziehung.

Am späten Nachmittag erschien Eidy ohne ein Kleidungsstück im Schlafzimmer ihres Gatten und verkündete, die Aussicht, ihn zu verlieren, habe eine große Bewunderung für seine Männlichkeit in ihr hervorgerufen. Demzufolge sei sie bereit, ihm zu Willen zu sein.

Daraufhin legte sie sich auf sein Bett.

Professor Higenroth musterte ausgiebig ihre mädchenhafte

Gestalt. Dann schritt er zu einem Sessel am Fenster hinüber und ließ sich hineinfallen.

Zum ersten, zum allerersten Mal schoß ihm ein phantastischer Gedanke durch den Kopf: »Nur aus diesem Grund habe ich all das getan.«

Erstaunt über sich selbst blickte er durch das Fenster auf den grünen Campus draußen.

»Nun, jetzt ist er da«, dachte er. »Der Erfolg.«

Das war das Endresultat seiner fieberhaften Tätigkeit in den letzten beiden Jahren. Im Unterbewußtsein mußte es ihm nur darum gegangen sein, ohne Rücksicht auf den zu zahlenden Preis Eidy zu erringen.

»Sie haben mich«, dachte er. Es lag Gerechtigkeit darin, daß sie ihn hatten, nicht ihre, sondern eine höhere Gerechtigkeit. Sein Verbrechen bestand darin, daß er einverstanden gewesen war, als man ein halbes Kind gezwungen hatte, ihn, den alternden Mann, zu heiraten.

Nach einer Weile wurde jedoch seine demütige Hinnahme der Strafe abgelöst durch Verwunderung darüber, wieviel Druck nötig gewesen war, um den Widerstand dieses jungen Dinges zu brechen.

Er stand auf, trat wieder ans Bett, sah auf den nackten Mädchenkörper hinab und schämte sich. Doch seine Gedanken waren wieder klar, und deshalb stellte er fest, daß sie sich wegen der Rolle, die sie in diesem Augenblick spielte, ebenfalls zu schämen hatte.

Sie hatte keine Spur von Kummer gezeigt. Aber jetzt lag sie hier mit dem festen Entschluß, ihn für das Beil des Henkers festzuhalten. Aus Angst vor dem Tod bot sie ihm ihren Körper an, den sie ihm bislang verweigert hatte.

Er fragte sich, ob Glucken oder sie oder er selbst Gnade verdient hätten. Er konnte sich nicht entscheiden. Daher drehte er sich wortlos um, verließ das Zimmer und schloß die Tür hinter sich ab.

Higenroth begab sich in seine Studierstube, setzte sich vor eine Wand, die nichts als eine leere Wand zu sein schien, und dachte nach. Es gab viele logische Möglichkeiten.

Auf der Wand entstand ein Bild. Es zeigte Eidy, wie sie vor etwa einer Stunde ein Ferngespräch mit Dr. Heen Glucken geführt hatte. Ein verborgener Lautsprecher übermittelte klar ihre

Stimme. Nicht einmal bei Dr. Gluckens Antworten, die von jenseits des Ozeans kamen, traten Störungen auf.

Eidy berichtete Dr. Glucken, ihr Gatte erwäge eine Flucht »in die Berge«. »Sie wissen, was das bedeutet«, fügte sie hinzu. »Wenn er entkommt, bin ich als nächste dran. Und gehe ich mit ihm, sind Sie es.« Sie beklagte sich: »Ich will nicht in die Berge. Ich will die Zivilisation nicht verlassen.«

Über diesen Ausdruck schüttelte Higenroth den Kopf.

Eidy hatte geschickt argumentiert, denn Dr. Glucken erklärte sich bereit, sie zu heiraten, sobald Higenroth die Akkolade empfangen hatte. Er wollte sich mit dem Kultusministerium in Verbindung setzen, um sicherzustellen, daß der Professor zu seiner Ehrung auch erschien.

Eidy ihrerseits versprach, ihren Gatten mit allen Mitteln bis zum letzten Augenblick festzuhalten, also bis zu jenem Zeitpunkt, wo die Behörden sich seiner annehmen würden.

Als nächstes fragte Dr. Glucken Eidy, ob sie ihm einen Hinweis geben könne, in welche Richtung Higenroths Theorien in den letzten zehn Jahren gegangen seien. »Er hat diesen Durchbruch mit seiner Technik erzielt, bei der jede Entfernung auf Null reduziert werden kann. Seine Erfindung ermöglicht es uns, im Augenblick miteinander zu sprechen. Aber seitdem scheint er nur noch an geringfügigen Verbesserungen herumgebastelt zu haben. Ich glaube jedoch, daß mehr dahintersteckt. Er war immer schlau genug, sich zurückzuhalten, bis er jene regimefeindlichen Artikel veröffentlichte.«

Ein Ergebnis des Eidy-Effektes, dachte Higenroth ironisch. Ein junges Mädchen hatte es fertiggebracht, ihn seine Vorsicht vergessen zu lassen.

Eidys perfektes Abbild schüttelte den Kopf. Dann antwortete sie zögernd: »Eines Tages, als er meinte, ich sei zum Einkaufen gegangen, überraschte ich ihn. Da hatte er Bilder an allen Wänden des Wohnzimmers, die aus ganz gewöhnlicher Plastik bestehen. Er sagte, ich solle vergessen, was ich gesehen hatte. Hilft Ihnen das weiter?«

»He! Das hört sich nach seiner vor langer Zeit in Mißkredit geratenen Gedankenfenster-Theorie an.« Dr. Gluckens Stimme stieg um eine halbe Oktave. »Wenn ich auf diesem Gebiet Ergebnisse bringe, werde ich beim Führer vorgelassen.« Dann schärfte er Eidy noch ein, sie solle in diesen letzten Stunden alles versuchen, um von Higenroth weitere Informationen zu erlangen. Eidy versprach es.

Higenroth hätte fast aufgelacht bei dem Gedanken, daß keiner von beiden daran glaubte, die Informationen würden anläßlich der Enthauptung auf seine Studenten übertragen.

Er hätte Eidys Tätigkeiten auch nach Beendigung des Gesprächs mit Dr. Glucken verfolgen können, denn jede Wand in seinem Haus diente als Empfänger. Aber er mußte nachdenken.

II

Der Fall Higenroth fiel in eine Zeit der Spannung am Hof des Führers. Zwei der Mätressen des Großen Mannes sollten abgelöst werden, und jede der beiden machte auf ihre Weise Schwierigkeiten. Die Damen, die als Ersatz vorgesehen waren, befanden sich noch in dem Stadium, daß sie vor Stolz beinahe überschwappten. Sie waren sich noch nicht klar darüber geworden, daß eine Frau im Durchschnitt weniger als fünf Monate im Bett des »Herrschers« zubrachte.

Aus diesen und anderen persönlichen Gründen war es eine problematische Sache, Regierungsangelegenheiten vor dem Führer zur Sprache zu bringen. Einer mit dem inoffiziellen Status Nummer Vierzehn berichtete einem anderen, der zumindest Nummer Drei war: »Als ich ihn heute nachmittag an Higenroth erinnerte, wußte er zuerst gar nicht, wer damit gemeint war. Dann sagte er: ›Ach ja, der Kommunikationsfachmann. Wann wird das entschieden?‹ Ich antwortete: ›Es ist entschieden, Sir. Higenroth wird morgen enthauptet.‹ – ›Oh‹, gab er zurück, ›wie lautete doch gleich unser Beschluß?‹ – ›Eure Exzellenz‹, erklärte ich ihm, ›dieser Mann soll im Besitz neuester wissenschaftlicher Kenntnisse sein.‹ – ›So, so, habe ich nicht gestern wegen dieser Sache einen anderen Kommunikationsfachmann empfangen?‹ – ›Herrn Dr. Glucken‹, half ich ihm nach. – ›Natürlich‹, sagte er, ›es ist also alles geregelt. Es wird eine Konfrontation stattfinden. Alles bestens. Sie können gehen.‹ Und damit ging er davon und lächelte sein typisches Lächeln.«

Die beiden Männer hatten sich im Spiegelsaal getroffen. Nummer Vierzehn, dessen Name Crother Williams lautete, war ein muskulöser junger Mann in den Dreißigern. Seine grauen Augen blickten bekümmert. Er war offiziell als wissenschaftlicher Intellektueller etikettiert. Der andere Mann, Nummer Drei, war älter, größer und hagerer. Er hieß Appiter Jodell und war ein politischer Intellektueller. Mit einem schwachen schlauen Lächeln antwortete er: – »Mein Freund, der Chef treibt diese kleinen Spiele mit Ihnen, weil er bemerkt hat, daß seine scheinbaren Gedächtnislücken Sie in Verwirrung stürzen. Es macht ihm Spaß.«

»Das sagen Sie immer«, meinte Williams unglücklich. »Können Sie mir erklären, was seine verschiedenen Bemerkungen zu bedeuten hatten?«

»Ganz einfach. Heute nach Mitternacht wird sein Alter Ego über eine zweiseitige Fernsehverbindung mit Higenroth sprechen.«

»Woher wissen Sie, daß er nicht selbst mit Higenroth sprechen will?«

»Weil er, wie Sie mir erzählen, mein Freund, gesagt hat: ›*Es* wird eine Konfrontation stattfinden.‹«

Nummer Vierzehn seufzte. »Weiß das Alter Ego, was er zu sagen hat?«

»Das sollte er. Und da er schon länger dabei ist als andere Alter Egos, wird er sich wahrscheinlich durchschlängeln.«

»Und was soll er erreichen?«

»Das können Sie sich doch denken. Die vollkommene Lösung wäre es, wenn Higenroth seine geheimgehaltenen Forschungsergebnisse übergibt und morgen auf dem Block stirbt.«

»Wie soll er es denn fertigbringen, daß Higenroth seine Ergebnisse übergibt?«

»Nicht er. Sie sollen es fertigbringen.«

»Um Himmels willen, wie und wann habe ich dies Kommando bekommen?«

»Sie waren derjenige, der – und es geschah nicht zufällig, kann ich Ihnen versichern! – dem Chef heute nachmittag an jener Tür über den Weg lief.«

Das Gesicht des jungen Mannes zeigte eine Mischung von Erstaunen und Entsetzen. Zweimal setzte er zum Sprechen an, doch er brachte nur ein Schlucken zustande.

Nummer Drei fuhr in entschiedenem Ton fort: »Er erwartet morgen von Ihnen und dem Alter Ego eine Meldung, daß Sie auf der ganzen Linie gesiegt haben.« Der ältere Mann wandte sich zum Gehen, doch dann drehte er sich noch einmal um und sagte beiläufig: »Übrigens war es ebensowenig ein Zufall, daß Sie mich hier getroffen haben. Der Chef hatte den Eindruck, Sie hätten seinen Befehl nicht richtig verstanden, und instruierte mich vor ein paar Minuten. Jetzt dürfte ja wohl alles klar sein.«

III

Am späten Nachmittag des Tages vor der Enthauptung wog Higenroth immer noch Alternativen gegeneinander ab.

Das würde man auch – so analysierte er – von ihm erwarten. Es wäre verdächtig, wenn er nicht offensichtlich trachtete, mit dem Leben davonzukommen. Also kann ich die stereotypen Handlungen ebensogut abspulen, sagte er zynisch zu sich selbst.

Er saß in seinem Patio in der Sonne und benutzte die Betonwand vor ihm als Reflektor. Sollten sie es doch merken, wenn sie ihn beobachteten! Ohne sich zu bewegen, aktivierte er auf neutraler Ebene sein Gedankenfenster und stellte eine Verbindung mit einem Fluchthelfer her. Higenroth schien in die Luft hineinzusprechen, doch in Wirklichkeit wurde seine Stimme durch ein winziges Mikrofon aufgenommen, das sich in dem Make-up auf seiner Nasenspitze befand. Das Bild des Fluchthelfers befand sich auf der Wand. Er hörte sich Higenroths Schilderung seiner Lage an. Dann schüttelte er den Kopf.

»Sobald Ihre Frau gewahr wird, daß mit ›den Bergen‹ kein bestimmter Ort gemeint ist, wird sie Sie in einem Ihrer Verstecke verraten. Also bringen Sie sie nicht mit.«

In weiten Kreisen glaubte man, ein Flüchtling werde vierzehn Tage lang in der Wohnung eines Sympathisanten versteckt und dann an einen anderen weitergereicht. Higenroth wußte es besser. »Die Berge« waren eine Oganisation der Regierung und ein ausgeklügeltes System zur Behandlung von Rebellen, Flüchtlingen und anderen Feinden des Establishments.

Das Ende war für einen Abweichler immer der Tod oder die Gefangennahme, aber selten kam es schnell. Die Behörden gaben sich große Mühe, das Opfer, das niemals außerhalb ihrer Kontrolle war, in dem Glauben zu wiegen, es sei sicher. Und zum Schluß wurde noch versucht, alles so zu arrangieren, daß der Flüchtling überzeugt war, er sei durch Zufall oder einen eigenen Fehler erwischt worden.

Higenroth sprach mit dem Fluchthelfer an diesem schicksalhaften Nachmittag nur deswegen, weil er es für möglich hielt, daß die Anmerkungen in Eidys Kalender nicht das bedeuteten, was er immer angenommen hatte. Deshalb brauchte er, um sein langfristiges Ziel zu erreichen, den Aufschub seiner Exekution um etwa eine Woche.

Der Fluchthelfer drängte: »Wir können Sie morgen früh um drei Uhr abholen und zu einem Versteck bringen. Lassen Sie Ihre Frau im Schlafzimmer eingeschlossen. Schließlich sind Sie, der Wissenschaftler, der wichtigere Mensch.«

»Denken Sie daran, daß auch sie ein Opfer ist«, parierte Higenroth. »Vielleicht gibt es doch noch eine bessere Lösung. Lassen Sie mich darüber nachdenken.«

»Warten Sie nicht zu lange!« warnte der andere. Ein Vertreter der echten Rebellenorganisation hätte nicht aufrichtiger sprechen können.

Higenroth beendete die Verbindung. Ich muß den Tatsachen ins Auge sehen, entschied er. Ich bin achtundsechzig. Meine Aufgabe ist, das Gedankenfenster, dieses kommunikative Durchdringungssystem, zu retten, nicht mein eigenes Leben. Meine Erfindung soll später einmal einem jungen Mann helfen, den allmächtigen Diktator zu stürzen.

Zur Zeit regierte der dritte Führer. Zweimal schon war das Zepter der Macht mit Erfolg weitergereicht worden. Daraus ging hervor, daß endlich auch eine zuverlässige Methode gefunden worden war, einen politischen Erben heranzuziehen. Allein das war schon eine einzigartige Erscheinung und eines besonderen Studiums wert.

In früheren Zeiten war es nur dem Königtum und ähnlichen Systemen gelungen, einen Machtwechsel ohne Blutvergießen stattfinden zu lassen. Das heißt, ganz ohne Blutvergießen mochte es auch nicht immer abgegangen sein. Higenroth hatte da seine eigenen Ansichten.

Die Frage war: Welchen jungen Mann sollte er für die Aufgabe auswählen?

Mit Bedauern schloß er seine Studenten aus. Mit Bedauern deswegen, weil zwei von den Mädchen und einer der Jungen ungewöhnlich begabt waren. Aber sie alle – alle ohne Ausnahme – würden verdächtig sein und wahrscheinlich hingerichtet werden. Wenn es für sie noch eine Hoffnung gab, dann beruhte sie darauf, daß er in diesen letzten Stunden peinlichst jeden Kontakt mit ihnen vermied.

Nein, nein, dachte er, es gab, nachdem er das Problem von allen Seiten beleuchtet hatte, nur eine, wenn auch weit hergeholte Möglichkeit. Vielleicht war das Schicksal schließlich doch auf seiner Seite.

Er stand auf, lächelte schwach und kehrte in das Schlafzimmer zurück. Eidy hatte die Bettdecke über ihren Körper gezogen. Ihr junges Gesicht war verzerrt vor Angst.

Higenroth setzte sich auf die Bettkante. »Welche Zeit des Monats ist es für dich? Ist es möglich, daß du schwanger wirst?«

»Aber das möchte ich doch!« Sie mußte denken, daß er seine Hoffnung darauf setzte, denn wie ein Wirbelwind warf sie die Decke zur Seite, rannte in ihr eigenes Zimmer und kehrte mit einem Kalender zurück, in den sie ihre Menstruationsperioden mit roten Kreisen eingetragen hatte. Es war, wie er gehofft hatte. Der heutige Tag lag genau in der Mitte des Monats. Es war ein empfänglicher Tat.

Also, dachte Higenroth, wir brauchen gar keine komplizierten Maßnahmen wie die Flucht zu einem Versteck zu treffen . . . Alles traf wie geplant zusammen, die Zeit, die Frau, die Bereitschaft. Heute war es ihre Aufgabe, ihn festzuhalten, und es war seine Aufgabe, die Rettung der Welt zu einem späteren Zeitpunkt möglich zu machen, indem er die Situation zu seinen Gunsten ausnutzte.

Der ideale Zeitpunkt für Leidenschaft war es allerdings nicht. Higenroths Gedanken waren abgelenkt. Aber es gelang ihm trotzdem, die Ehe mit seiner ihm rechtmäßig angetrauten Frau zu vollziehen.

Eidy blieb den ganzen Abend bei ihm und klammerte sich an ihm fest. Kurz vor zehn, ihrer üblichen Schlafenszeit, begann er, ihr von seiner Erfindung zu erzählen. Das war Berechnung von ihm, denn er hatte die Beobachtung gemacht, daß sie dabei prompt einzuschlafen pflegte. Selbst jetzt, wo sie hören wollte, was er sagte, gähnte sie wiederholt, während er dozierte:

». . . Diese Idioten legten das Problem als unlösbar zur Seite. Sie sagten, diese Schwachköpfe . . .« – Higenroth konnte seinen

Zorn nicht meistern –, ». . . daß Ton- und Lichtwellen innerhalb von Sekunden verschwinden. Nun, daß stimmt in mancher Beziehung. Aber in anderer Beziehung stimmt es nicht. Sie haben vergessen, daß es überall Energie gibt, und eine Trägerwelle kann sie an jedem beliebigen Ort zur Verstärkung und Weitergabe nutzbar machen. Ich kann über jede Entfernung hinweg senden. Und was Glucken nicht weiß, ist, daß ich am anderen Ende nicht einmal einen Empfänger brauche . . .«

Ein zartes Schnarchen antwortete ihm.

Higenroth stahl sich aus dem Bett, nahm seine Kleider mit und zog sich draußen an. Als er zurückkehrte, rollte er seine Maschine vor sich her. Eidy lag im Schlaf der Erschöpfung. Er richtete den Projektor auf die Stelle ihres Körpers, wo jetzt, acht Stunden nach dem ersten Geschlechtsverkehr, das Sperma in die Eizelle eingedrungen sein würde. Er wartete, bis sich die Nadel leicht bewegte. Dann arretierte er sie.

Sein Opfer war die winzige Biostruktur, die später einmal ein menschliches Wesen sein würde. Wer sonst? Was sonst? In Wahrheit konnte er nur auf diese Weise einem Kind von ihm das Überleben ermöglichen. Nur wenn jener Wahnsinnige in seinem Palast glaubte, daß die Information über das Durchdringungssystem in dem Säugling, dem Kleinkind, dem Schulkind gespeichert war, würde er darauf verzichten, es umzubringen. Sogar Eidy, überlegte Higenroth, würde aus diesem Grund vielleicht erlaubt werden, ihr Leben zu Ende zu führen. Eine andere Hoffnung gab es für sie nicht. Davon war er überzeugt.

Higenroth kümmerte es nicht, daß das Haus vermutlich von Spionstrahlen durchdrungen war. Auf diesem Gebiet war er der Meister. Während er seine Wahrheiten in ein geräuschsicheres Mikrofon sprach (und damit in das Feld, das er um den neugeschaffenen Embryo aufgebaut hatte), schloß eine undurchdringliche Interferenz nicht nur die begierigen Zuhörer und Zuschauer aus, sondern auch Eidys Ohren.

Es würde später keine Möglichkeit geben, ihr in einer Hypnose unterbewußt aufgenommene Worte zu entreißen.

Als seine delikate Aufgabe beendet war, entfernte er die Schlüsselschaltung aus der Projektionsmaschine und zertrat sie zu Staub. Dann kehrte er in seine Studierstube zurück. Die kritische Stunde der Mitternacht nahte. Es war Zeit, daß er feststellte, ob der Feind ihn tatsächlich beobachtet hatte.

IV

Auf der Seite des Feindes, auf der Seite der Macht waren unter Vierzehns Leitung Scharen von Fachleuten emsig tätig gewesen. Sie überlegten, planten und studierten Higenroths Dossier von A bis Z. Während er mit Eidy im Bett war, analysierten Komitees jede Möglichkeit der Situation.

Und wenn er nun gar keine geheimen Ergebnisse hatte? fragten sie sich.

Und warum floh er nicht »in die Berge« – in jene klebrige kleine Falle für naive Rebellen, die da wirklich glaubten, es gebe eine Fluchtmöglichkeit?

Aber andererseits, wenn er etwas hatte – wie konnte man ihn unter Druck setzen, ihn zur Unterwerfung zwingen, wie eine Lösung finden, durch die man sich selbst dem Zorn des Führers entzog?

Auch Crother Williams (Nummer Vierzehn) fieberte einer Lösung entgegen. Allerdings teilte er nicht die unbedingte Bereitschaft seiner Mitarbeiter, das auserwählte Opfer gnadenlos zu jagen. Seine Einstellung war: Wir wollen heute nacht tun, was notwendig ist, und das Übrige dem Gesetz überlassen. Mit anderen Worten, wenn sie keinen Erfolg hatten, blieb als Endlösung immer noch die Enthauptung.

Um Mitternacht bewegte sich unter Williams' Leitung eine kleine Armee von Männern mit einer enormen technischen Ausrüstung auf die kleine Universitätsstadt zu – die gesamte Macht des Staates gegen einen Mann.

Higenroth rief auf die Wand seiner Studierstube zunächst die Umrisse eines großen Schiffes, das über seinem Haus im Abendhimmel schwebte. Innerhalb von Sekunden hatte er mit seinem perfekten Gedankenfenster die Innenräume durchsucht und festgestellt, daß es sich um ein Laboratoriumsschiff der Polizei handelte. Mit widerwilliger Bewunderung nickte Higenroth vor sich hin. Der Feind hatte sich voll ausgerüstet, um herauszufinden, wie sein Durchdringungssystem funktionierte.

Etwas verspätet entdeckte er, daß einer der Wissenschaftler vor dem riesigen Instrumentenbrett Dr. Glucken war. Higenroth verfärbte sich. Bisher war es Glucken nicht gelungen, hinter seine Geheimnisse zu kommen. Aber jetzt wollte er es mit den Hilfsmitteln eines ganzen Planeten erzwingen.

Nun, redete Higenroth sich zu, ich wußte ja gleich, daß es nicht leicht sein würde.

Er hoffte, Glucken hatte seine Zukünftige im Bett miterleben dürfen.

Auf der Wand beobachtete Higenroth weiter, wie sich Lastwagen und Männer dem Haus näherten. Schnell stellte er eine Schaltung her, die laute Geräusche von Eidys Zimmer ausschlossen. Gleich darauf zersplitterte die Eingangstür.

Als die Männer ihn packten, erkannte Higenroth Vierzehn. Sofort hörte er auf, sich zu wehren, und schenkte dem anderen ein schwaches, beinahe mitfühlendes Lächeln. »Tun Sie Ihre Pflicht«, sagte er. »Dann werden Sie sich besser fühlen.«

Der jüngere Mann blickte ihn überrascht an. Steif erklärte er: »Das Gesetz verlangt, daß alle wissenschaftlichen Entdeckungen bekanntgegeben werden. Ausnahmen gibt es nicht, auch nicht für einen Professor Higenroth.«

Der Wissenschaftler schürzte die Lippen. »Ich hatte mich gefragt, wie ein Mann wie Sie mit einem moralischen Zwiespalt fertig werden würde. Ihre Lösung ist recht gut.«

»Wollen Sie damit sagen«, fragte Vierzehn barsch, »das Gesetz sei im Unrecht? Beinhalten Ihre Worte, das System sei falsch? Stellen Sie Lilgins Recht in Frage, die Welt zu führen?«

Higenroth wußte, daß bei solchen Argumenten eine Diskussion sinnlos war. »Offen gesagt«, antwortete er, »ich würde mich gern aus der Klemme, in der ich sitze, befreien. Aber ich sehe ein, daß seine Exzellenz mit verurteilten Personen keinen Handel abschließen kann.«

»Das ist unmöglich«, war die strenge Antwort. »Es ist zu spät.«

»Nun, junger Mann«, lächelte Higenroth, »wenn Sie den Befehl bekommen haben, mir nicht existierende Informationen abzuzwingen, und wenn Sie dabei nicht einmal die Vollmacht haben, mir etwas dafür anzubieten, sitzen Sie ebenso in der Klemme wie ich.«

»Sie gehen von der Voraussetzung aus, daß das, was geschieht, nicht rational sei«, tadelte Williams. »Ich versichere Ihnen, daß es völlig logisch ist.«

Ohne auf eine Antwort zu warten, drehte er sich um und befahl kurz: »Bringt sie herein!«

Was hereingebracht wurde, war eine Fernsehanlage modernster Art zur Herstellung einer zweiseitigen Verbindung. Higenroth starrte die Maschine an. Neue Hoffnung stieg in ihm auf. Er sprach Vierzehn an: »Vielleicht waren Sie voreilig mit Ihrem Urteil. Vielleicht können wir doch ein Geschäft abschließen. Vielleicht –«

Er hielt inne. Auf dem Bildschirm erschien das berühmteste Gesicht der Welt. Die unteren Chargen, die sich im Raum aufhielten, warfen sich auf den Fußboden. Vierzehn blieb stehen. Ebenso standen Higenroths Wachen und Higenroth selbst, den sie festhielten.

Higenroth betrachtete aufmerksam diese metallischen schwarzen Augen. Er überlegte: Ist er das nun selbst, oder ist es sein Alter Ego? Wie dem auch sei, es ist zu meinem Nutzen.

Von großer Bedeutung war, daß man, als die Fernsehanlage hereingeschafft worden war, zeitweise die Energiebarrieren geöffnet hatte.

Die Lippen auf dem Bildschirm öffneten sich. Die berühmte Baritonstimme verkündete: »Von Ihnen, Professor, erwarten wir jetzt, daß Sie für das Volk Ihr Durchdringungssystem offenlegen.«

Higenroth konzentrierte sich mit aller Kraft auf das Gedankenmuster, das in der Tat diese für kurze Zeit hergestellte Verbindung zu einer dauernden Offenlegung des Durchdringungssystems für das Volk machen würde. Deshalb antwortete er nicht.

Die wohltönende Stimme hob von neuem an:

»Professor, es ist wohlbekannt, daß Menschen unter Druck reden. Wie kann man Sie unter Druck setzen? Nun, vor beinahe drei Jahren wurden meine Ratgeber beauftragt, Ihnen das schönste Mädchen der Welt zuzuführen. Sie wurde in eine Ihrer Klassen gesteckt. Der Rest ist Geschichte.«

Das schnurrbärtige väterliche Gesicht – jedermanns Vater – lächelte auf höchst unväterliche Weise. Fast konnte man es ein Zähneblecken nennen. Die Stimme erklärte zynisch (da Zynismus beim Führer undenkbar war, mußte es also das Alter Ego sein):

»Ich erwähne dies, Professor, weil vor nicht allzu langer Zeit ein Mann sich weigerte, uns seine Geheimnisse zu verraten. Wir ließen seine Frau vor seinen Augen in Stücke zerreißen. Das konnte er ertragen. Dann fingen wir mit ihm an. Das konnte er nicht ertragen. Er redete. Wir rechnen damit, daß Sie bereits dann reden werden, wenn wir uns Ihre Frau, die Ihr Kind trägt, vornehmen werden.«

Higenroth hielt den Atem an. Es schoß ihm durch den Kopf, wie diese Kreatur reagieren würde, wenn sie entdeckte, unter welchem Druck sie schon jetzt stand, obwohl sie es noch nicht wußte.

Jeden Augenblick konnte . . .

Als sei dieser Gedanke ein Signal gewesen, kam vom Fußboden ein erstickter Aufschrei. Der alte Wissenschaftler drehte sich um. Er sah, daß einer der Männer aufrecht saß und daß er Kopfhörer trug. Der Mann kreischte: »Euer Exzellenz, was Sie hier tun und sagen – das wird überallhin übertragen!«

Higenroth, der präzise denkende Wissenschaftler, unterdrückte den starken Impuls, dozierend eine Hand zu erheben und die Bemerkung zu korrigieren.

Was er gern gesagt hätte, war: »Es wird nicht überallhin *übertragen,* Sir, es handelt sich um eine Durchdringungskommunikation. Das ist schlimmer, als Sie glauben, und es nützt jetzt gar nichts mehr, diesen Apparat da abzuschalten.«

Das Durchdringungssystem hatte sich der zweiseitigen Fernsehverbindung bemächtigt. Der Feind hatte Higenroth damit eine ideale Möglichkeit geliefert, den Diktator zu lokalisieren und von nun an für dauernd im Fokus des Gedankenfensters zu halten. Hinter dem Gedankenfenster verbarg sich nichts anderes als ein System der totalen Kommunikation. Wie ein gedachtes Fenster, von Gedanken gesteuert, folgte es der Person in seinem Fokus durch jede Materie überallhin. Es war dabei aber eine Einrichtung mit rein technischen Mitteln erzeugt – kein paraphysikalisches Phänomen.

Von nun an würde jede Bewegung, jedes Wort des Diktators auf allen Plastikwänden der Welt erscheinen, einschließlich der Plastikwände dieses Zimmers.

Mit den anderen beobachtete Higenroth, wie der Diktator eine Hand schnell auf einen Schalter zubewegte, um die Verbindung zu unterbrechen.

Zu spät.

Dann war der Diktator vor dem Hintergrund eines ziemlich großen luxuriösen Raumes zu sehen, wo er hastig aufstand und zu einigen Männern hinüberging, die die bescheidene Uniform der hohen Polizeioffiziere trugen.

Einer von diesen versuchte, ihn mit den Worten zu beschwichtigen: »Euer Exzellenz, schließlich war es doch unsere Absicht herauszufinden, mit welchen neuen wissenschaftlichen Entdekkungen wir es zu tun haben. Und da Sie auf der ganzen weiten Welt der eine Mensch sind, dessen Leben ein offenes Buch ist, ist es doch eine großartige Sache, daß jetzt Ihr ganzes Volk an Ihrem Leben teilnehmen kann.«

Es war tatsächlich das Alter Ego.

Higenroth hatte immer noch gegen bessere Einsicht gehofft, dies wohlbekannte Gesicht könnte dem Führer selbst gehören. Falls er es nicht war, falls das Alter Ego mit ihm sprach, war der Professor so gut wie tot. Der Mut wollte ihm sinken.

Sofort nahm er sich zusammen. Er hatte schließlich nicht wirklich erwartet, sein eigenes Leben retten zu können. Er mußte darum kämpfen, die Welt zu retten, auch wenn das erst nach seinem Tod möglich werden würde.

Mit dieser Einstellung war es interessant zu verfolgen, wie der Schauspieler, der mit Lilgin eine so sensationelle Ähnlichkeit hatte, an seinen Tisch zurückkehrte und den Schalter berührte, der die direkte Fernsehverbindung wiederherstellte. Er fragte: »Professor, wie schaltet man das ab?«

Der Mann tat Higenroth leid. Ich werde versuchen, ihn zu schützen, dachte er. Aber er bezweifelte, ob das möglich war. Der Große Killer im Palast verfolgte bei solchen Angelegenheiten seine eigene Logik. Diese basierte auf dem Grundsatz, niemals irgendein Risiko einzugehen. Daher mußte das Alter Ego ermordet werden, wenn auch nur die geringste Möglichkeit bestand, daß er mit Higenroths Maschine verbunden blieb.

Higenroth antwortete: »Ich wollte die Gelegenheit nutzen, Ihnen und der Welt zu zeigen, welche ideale Kommunikation jetzt zwischen Regierung und Volk hergestellt werden kann. Endlich gibt es eine Methode, mit der das private und öffentliche Leben des Führers – jedes Wort, das er spricht, jeder Befehl, den er gibt, sein Verhalten, wenn er allein ist, wie und wen er liebt – kurz, Sekunde für Sekunde der Existenz des Herrschers –, jederzeit jedem Untertan sichtbar sein wird. Es wird keine Geheimnisse mehr geben, keine Öffentlichkeitsarbeit mehr, das Propagandaministerium ist überflüssig geworden. Die Wände in jedermanns Wohnung oder Büro genügen.

Natürlich ist es nicht meine Absicht«, fuhr der alte Wissenschaftler fort, »das System irgend jemandem aufzuzwingen. Ich werde diese Versuchsschaltung gleich unterbrechen. Mein Vorschlag lautet, daß Sie später den Befehl geben, sie wiederherzustellen. Aus eigenem freien Willen werden Sie mit den Bewohnern dieses Planeten einen solchen noch nie dagewesenen Kontakt aufnehmen.

Zum Schluß möchte ich noch eine eigene politisch-ökonomische Theorie verfolgen. Meiner Meinung nach ist es an der Zeit, der menschlichen Rasse wieder die Möglichkeit der Wahl zwischen dem kapitalistischen System und dem – äh –, das wir jetzt haben, zu geben. Ich empfehle dringend, die Welt in zwei Gebiete mit unterschiedlicher Wirtschaftsstruktur einzuteilen. Im Gegensatz zur Vergangenheit sollen beide unter einer politischen Herrschaft stehen, damit keines in die Rechte des anderen eingreifen kann. Die Bewohner sollen sich entsprechend ihren Neigungen und augenblicklichen Interessen frei von einem Gebiet ins andere begeben können. Und das alles«, wiederholte er, »wird sich unter einer politischen Herrschaft abspielen.«

An diesem Punkt bemerkte Higenroth, daß sich das Gesicht vor ihm veränderte. Er dachte: Sie haben bekommen, was sie haben und was ich ihnen geben wollte, eine Demonstration meines Systems und eine Zusammenfassung meiner Ansichten. Der Augenblick, sich zu verabschieden, war gekommen.

Er tat es und sandte die bestimmte Alpha-Welle aus, mit der die Durchdringungskommunikation beendet wurde.

Sofort verschwanden die Bilder von den Wänden.

Das Alter Ego auf dem Fernsehschirm sah erleichtert aus. »Danke, Professor«, sagte er. »Leben Sie wohl.« Er bewegte seine Hand zum Schalter und unterbrach die schicksalhafte Verbindung.

Vierzehn trat einen Schritt vor. »Jetzt wissen wir wenigstens, um was es sich bei Ihrer Erfindung handelt«, erklärte er fröhlich. »Und die Maschinen, mit denen Sie das, was wir eben gesehen haben, bewerkstelligen können, müssen sich hier irgendwo befinden. Wir brauchen also nur danach zu suchen. Oder – was noch besser wäre – Sie sind vernünftig genug, sie uns zu zeigen.«

Higenroth war klar, daß Vierzehn den Eindruck haben mußte, es gebe keine Schwierigkeiten mehr. Offensichtlich glaubte er, es sei ihm mit der Macht der Regierung hinter sich möglich, von

Schritt zu Schritt zu entscheiden, was er mit dem Professor zu tun hatte, bis dieser völlig seiner Gnade ausgeliefert war. Doch er irrte sich.

Keiner von diesen Leuten hatte bisher erfaßt, daß Kommunikation ein vielschichtiges Phänomen ist. Ob die Botschaft nun von einem Anwesenden gesprochen oder über ein kompliziertes elektronisches System übermittelt wird, es bedarf eines Nervensystems, um sie zu empfangen. Und das Nervensystem muß von diesem Empfang nicht unbedingt etwas bemerken.

Diese Gedanken waren das Grundprinzip bei einem Teil von Higenroths Anlagen. Den Marionetten des Führers mit ihren nichts wahrnehmenden Nervensystemen kam es ganz logisch vor, daß sie die Maschinen, die Higenroth für sie hinter Wandtäfelungen und in Kellerräumen versteckt hatte, auf die Militärlastwagen luden. Den Beobachtern in dem großen Schiff über dem Gelände schien es ein wenig seltsam, daß alle Regierungsleute in Mannschaftswagen und andere Autos stiegen, die Higenroths in unangefochtenem Besitz ihres Hauses ließen und die beschlagnahmte Ausrüstung an Bord eines großen Militärtransportjets begleiteten.

Vierzehn, der das Kommando führte, befahl dem Polizeischiff kurz, die Beobachtung des Hauses fortzusetzen. Daraufhin erhob sich das große Flugzeug mit Vierzehn an Bord in die Lüfte und verschwand in der Dunkelheit.

Sobald das Haus bis auf die Spionstrahlen des Polizeischiffes von Eindringlingen frei war, begab sich Higenroth in das Schlafzimmer seiner Frau, zog sich aus und legte sich zu ihr. Noch einmal (nur, damit Glucken etwas zu sehen bekam) hatte er Geschlechtsverkehr mit ihr. Dann bereitete er sich auf den Tag der Patrioten vor. Die Beobachter sollten erleben, daß ein Wissenschaftler wie Higenroth schweigend und mit weltfernem Blick zur Guillotine ging.

Vierzehn war bei der Akkolade-Zeremonie anwesend und sah der Enthauptung zu, die er persönlich bedauerte. Aber dieser Wissenschaftler hatte sich auch unglaublich dumm benommen. All diese kritischen Artikel ... Vielleicht war es später einmal möglich, solche Leute zu tolerieren. Jetzt noch nicht.

Die Studenten, die mit dem wissensreichen Kopf des Professors verbunden gewesen waren, wurden nach Festung Zehn geflogen, einem Gefängnis mit nur einem Minimum von Sicherheitsvorkehrungen. Es sah einem Landsitz täuschend ähnlich, und die jungen Leute waren, zumindest anfangs, begeistert.

Am Nachmittag besuchte Crother Williams (Nummer Vierzehn) Mrs. Higenroth, die Witwe. Er hatte von ihrer Schönheit gehört, aber als er die atemberaubende Perfektion ihres Gesichts und ihrer Gestalt so unvermittelt vor Augen bekam, verschlug es ihm die Sprache. Stotternd brachte er hervor, die Regierung biete ihr ihren Schutz an und stelle ihr eine Wohnung zur Verfügung.

Der Ort, an den er sie brachte, sah tatsächlich wie eine Wohnung aus, doch wie Festung Zehn war auch er ein Gefängnis.

Nachdem diese Aufgaben erledigt waren, kehrte Vierzehn in den Palast zurück. Er war sehr mit sich zufrieden. Nummer Drei, dem er Meldung machte, hörte schweigend zu. Dann bemerkte er: »Ich werde Sie morgen genauer darüber befragen. Es scheint alles zu leicht gegangen zu sein.«

»Was hätte Higenroth gegen ein solches Aufgebot von Militär und Polizei tun können?«

»Nichts«, stimmte der hagere Mann zu. »Warten wir bis morgen.«

V

Als die ersten Sonnenstrahlen in Vierzehns Schlafzimmerfenster fielen, summte die Gegensprechanlage. Er war gewöhnt, auf solche Weise geweckt zu werden, und so öffnete er trotz seiner Erschöpfung sofort die Augen, schaltete ein und meldete sich: »Williams, Sir.«

»Hier Jodell«, ließ sich Nummer Drei hören, der sich ebenfalls noch im Bett befand. »Ich erhielt gerade eine Anfrage vom Chef, wohin Sie Higenroths Ausrüstung gebracht hätten.«

Williams war sofort ganz wach. »Ich nahm an, Seine Exzellenz wolle sie an einem nahe gelegenen, sicheren Ort haben. Deshalb habe ich sie im Tiefkeller Vier in Y-16 einlagern lassen.«

»Hier im Palast?«

»Jawohl, Sir.«

»Gut. Ich werde es ihm sagen.«

Gähnend ließ sich Vierzehn ins Bett zurücksinken. Gleich darauf, so meinte er, summte es wieder, doch da es draußen jetzt viel heller war als vorhin, mußte er inzwischen geschlafen haben.

Es war noch einmal Drei. Der jüngere Mann erschrak, als er auf dem Bildschirm erkannte, daß sein Vorgesetzter nicht nur volle Kleidung, sondern auch einen sehr strengen Gesichtsausdruck trug.

»Mr. Williams, ich habe Ihnen von Seiner Exzellenz den Befehl zu übermitteln, daß Sie in Ihrem Quartier zu bleiben haben, bis das Verschwinden der Higenrothschen Maschinen völlig aufgeklärt ist.«

»Äh . . . Verschwinden?« stammelte Vierzehn.

»Heute früh, Sir, als ich Seiner Exzellenz mitteilte, wo Ihrer Auskunft nach die Erfindung eingelagert sein sollte, begab er sich persönlich in den Lagerraum Y-16 im vierten Untergeschoß. Er mußte feststellen, daß keinerlei Ablieferung registriert ist.«

Vierzehns Kehle entrang sich nichts als ein krächzendes Geräusch.

Drei fuhr kalt fort: »Im Augenblick wird davon ausgegangen, Sir, daß Sie sich auf irgendeine Weise von Higenroth haben täuschen lassen. Sie werden sich darüber im klaren sein, daß dies die wohlwollendste Art ist, Ihr Versagen zu betrachten. Das ist alles. Ende.«

Vierzehn war bleich geworden, doch es war ihm bewußt, daß es weit schlimmer hätte kommen können. Man hatte ihn zum Versager erklärt, aber nicht zum Verbrecher. Oder zum Saboteur. Oder zum Konterrevolutionär. Oder zu einem Werkzeug der rechtsextremen Akademiker. Oder zu einem Linksradikalen. Es gab noch manches andere, dessen man ihn hätte anklagen können.

Verspätet fiel ihm ein, daß er gleich nach dem ersten Anruf hätte aufstehen und sich anziehen sollen, um bereit zu sein. Drei mußte da schneller gewesen sein.

Hastig holte er das Versäumte nach. Und wartete. Nach einiger Zeit bestellte er sein Frühstück. Es wurde ihm mit der üblichen Höflichkeit gebracht. Das bewies, daß die Ungnade Seiner Exzellenz noch nicht öffentlich bekannt war.

Der Vormittag zog sich in die Länge. Vierzehn entschied, er könne ebensogut einige Amtsangelegenheiten erledigen, die er für einen weniger beschäftigten Augenblick zurückgelegt hatte.

Niemand hinderte ihn daran, das Telefon zu benutzen und Boten einzusetzen. Auch das war ermutigend. Seine Rechte als Mitglied des Obersten Präsidiums wurden noch nicht beschnitten ... Also werde ich geduldig warten, dachte er. Und soviel Arbeit wie möglich erledigen ...

Das Untersuchungskomitee fand heraus, daß auf einer Raketenbasis drei Männer tot waren und eine Rakete fehlte.

Es wurde festgestellt, welche Personen zu der Zeit Dienst gehabt hatten, als der Militärjet mit Crother Williams und anderen Regierungsbeamten an Bord gelandet war.

Doch wohin war die Rakete verschwunden? Gestartet war sie, das stand fest.

Nach vierzehn Tagen harter Arbeit, die nur von wenigen Stunden unruhigen Schlafes unterbrochen worden war, gab das Untersuchungskomitee folgenden Bericht ab:

Präsidiumsmitglied Crother Williams hatte am späten Abend des 19. August 2231 den Befehl gegeben, der Militärjet NA-6-23-J-271-D solle einen Flug zu dem Haus von Professor Dun Higenroth unternehmen. Er landete kurz nach Mitternacht auf der Rasenfläche vor dem Haus und blieb dort, während unidentifizierte und ungenau beschriebene Ausrüstungen eingeladen wurden. Dann flog er zu der Raketenbasis, Regierungsbeamten unter dem Kode Hinska bekannt (in der Öffentlichkeit als Raumflugzentrum 18 bezeichnet). Dort wurden die immer noch nicht spezifizierten Maschinen auf die basiseigenen Lastwagen H-851 und H-327 umgeladen und auf die Ladeplattform der Rückkehrrakete vom Typ A-J-A 60901 gebracht. Die Verlader Malcolm Rude und Svely Gruden verstauten die Gegenstände im Frachtabteil G-8-T der Rakete. Da ihnen gesagt wurde, die Rakete werde sofort starten, versenkten die beiden Männer die Ladeplattform in ihre unterirdische Sicherheitskammer.

Wahrscheinlich wurden der verstorbene (ermordete) Dal Asher und der verstorbene (ermordete) Janu Harlitz im Kontrollraum über den Bestimmungsort der Rakete informiert, und wahrscheinlich benutzten sie die entsprechenden Programme, um die Rakete zu diesem Bestimmungsort auf die Reise zu schikken. Die einzig weitere Person, die über diesen Bestimmungsort Bescheid gewußt haben konnte, war der verstorbene (ermordete)

Mathew Arondee, ein Orbit-Experte, der über Nachtstarts Buch zu führen hatte. Offenbar hatte er den diesbezüglichen Bericht gestohlen oder vernichtet. Nach der Aussage von mehreren Dutzend Zeugen war Präsidiumsmitglied Crother Williams der letzte Mensch, der alle drei Ermordeten lebend gesehen hatte.

Die Zeugen berichteten weiter, daß sich Präsidiumsmitglied Crother Williams anschließend wieder an Bord des Militärjet NA-6 begeben hatte, der startete und zum Luftlandeplatz des Palastes flog. Das Flugzeug blieb dort bis kurz nach neun am nächsten Morgen, als Präsidiumsmitglied Williams es erneut in Anspruch nahm, diesmal, um zu der Akkolade-Enthauptung von Professor Dun Higenroth zu fliegen.

Die weiteren Bewegungen der Flugmaschine wurden festgehalten, sind aber für die Untersuchung nicht von Interesse.

Das Komitee betonte, es habe keine Vollmacht gehabt, Präsidiumsmitglied Williams zu vernehmen, und Präsidiumsmitglied Williams habe freiwillig keine Aussage angeboten.

Ein Exemplar des Berichts wurde Williams (Vierzehn) in sein Büro im Palast geschickt. Als er ihn gelesen hatte, begab er sich bleich, aber ungebrochen zu Drei und erklärte einfach: »Ich kann mich nicht daran erinnern, auf der Raketenbasis gewesen zu sein. Vermutlich bin ich dort gewesen, weil Professor Higenroths Erfindung verschwunden ist. Weiter schließe ich, daß wir alle, die in jener Nacht in Higenroths Haus waren, durch unglaublich wirksame mechanische Mittel hypnotisiert wurden. Ich sollte den Palast sofort verlassen, weil es möglich ist, daß ich noch eine andere, bisher nicht entdeckte Konditionierung empfangen habe, die sich vielleicht gegen seine Exzellenz richtet. Ich glaube, ich sollte nicht vorschnell liquidiert werden, denn ich könnte für die Untersuchung noch von Nutzen sein. Ich bin bereit, mich in tiefe Hypnose versetzen zu lassen, damit alle in meinem Unterbewußtsein gespeicherten Informationen abgerufen werden können. Ansonsten stehe ich Ihnen oder Seiner Exzellenz zur vollen Verfügung.«

Die Stimme von Drei klang kühl, aber nicht unfreundlich. »Ich habe Ihre Aussage aufgenommen. Es wird Sie interessieren, daß sie im wesentlichen dem entspricht, was der Chef nach dem Lesen des Untersuchungsberichts zu mir sagte. Meine Befehle sind folgende: Sie verlassen den Palast nicht. An Zusammenkünften des Präsidiums nehmen Sie nicht teil. Sie können zur üblichen Zeit morgens in Ihr Büro und abends in Ihre Wohnung gehen.

Falls Ihre Pflichten es erforderlich machen, daß Sie sich außerhalb des Palastes begeben müssen, stellen Sie einen Antrag an mich. Die Richtlinien hierüber sind bereits festgelegt. Mit besonderer Erlaubnis dürfen Sie reisen.«

Drei fuhr fort: »Sie werden in Hypnose befragt werden. Später, wenn Mrs. Higenroth ihr Kind gebären wird, erhalten Sie eine bestimmte Aufgabe. Im Augenblick wird die Dame in aller Eile mit Dr. Glucken verheiratet, damit er sie beobachten und eingehend befragen kann, solange sie beide in der intimen Beziehung zueinanderstehen, die auf die Hochzeit zu folgen pflegt. Zusammenfassend . . .«

Er hielt inne. Vierzehn fragte respektvoll: »Ja?«

»In Anbetracht dessen, was geschehen ist, muß natürlich größte Vorsicht geübt werden«, sagte Drei. »Aber – das möchte ich betonen – es sind keine Strafmaßnahmen beabsichtigt. Gelegentlich wird sich der Chef sogar selbst über die Gegensprechanlage an Sie wenden. Wenn er das tut, dürfen Sie unter gar keinen Umständen irgendwem, nicht einmal mir, ein Wort seiner Äußerungen weitersagen. Ist das klar?«

»Völlig.«

Die Erwähnung von Higenroths Witwe brachte Vierzehn die College-Studenten in Erinnerung, die er nach Festung Zehn gebracht hatte. Es heiterte ihn ein wenig auf, als er Drei dies berichtete. »Diesen Trumpf haben wir schließlich immer noch im Ärmel«, schloß er. »Die Informationen über Theorie und Praxis der Durchdringungskommunikation sind ja auch in den Köpfen der Studenten.«

Am anderen Ende der Gegensprechanlage entstand eine Pause. Das Gesicht auf dem Bildschirm in Vierzehns Büro nahm einen sonderbaren Ausdruck an. Plötzlich ging Williams ein Licht auf, und gleichzeitig damit kam ihm die Erkenntnis, daß er sich trotz seiner beträchtlichen Intelligenz wieder einmal sehr naiv verhalten hatte. Er hatte wirklich geglaubt, der für die Akkolade angegebene Grund entspreche den Tatsachen und es sei wissenschaftlich bewiesen, daß damit Informationen von einem Gehirn auf andere Gehirne übertragen würden.

Williams krümmte sich innerlich, als ihm die Miene des anderen die Wahrheit verriet.

»Sie Idiot!« erklärte Jodell, die Nummer Drei der Macht, verächtlich und unterbrach die Verbindung.

VI

Er war noch jung, erst einunddreißig.

Da dem so war und da er unter Druck stand, versuchte Vierzehn den edlen Zweck und das Mittel der politischen Lüge, auf das er ständig stieß, miteinander in Einklang zu bringen.

Wie so viele andere erkannte er, daß dabei mit gnadenloser Logik vorgegangen wurde. Er erkannte, daß bei bestimmten Gruppen der Bevölkerung die Lüge mehr ausrichtete als die Wahrheit. Daher war die Lüge eine eigene Art von Wahrheit.

Wenn ein Mensch nicht durch die schlichte Wahrheit zu motivieren war, mußte man ihm diese exakten Symbole präsentieren, obwohl sie auf den ersten Blick (und auf den zweiten, den dritten und so fort) das genaue Gegenteil der augenscheinlichen Tatsachen bezeugten.

So argumentierte Crother Williams bei sich selbst, wie es schon andere vor ihm getan hatten.

Ich muß in Rechnung stellen, dachte er, daß nur das Endziel von Bedeutung ist. Die Mittel müssen den Umständen angepaßt werden.

Es lief darauf hinaus, daß er sich Stunde für Stunde besser der Realität von Lilgins Herrschaft anpaßte.

Daher nahm er den Knaben weg, den die schöne Eidy gebar. Sie erfuhr niemals, daß das Kind, das man ihr in die Arme legte, einige Minuten früher von einer anderen jungen Frau geboren worden war.

Diese sah dementsprechend, als sie aus der Narkose erwachte, das Kind, von dem man ihr sagte, es sei ihr Baby, als ihr eigenes an. Zweifel hatte sie nicht im geringsten, aber später erwies es sich, daß sie mit dem Baby nicht so glücklich war, wie sie es sich vorgestellt hatte. Sie war sogar ziemlich nervös und ungeduldig, als sie es das erste Mal an die Brust legte.

Lucena Thomas, so hieß die junge Mutter, entschied, das Kind solle nach einem Verwandten mütterlicherseits Orlo genannt werden.

Eidy nannte *ihren* Sohn (dafür hielt sie ihn), der absolut nichts von Higenroth mitbekommen hatte, voller Aufmerksamkeit gegen ihren jetzigen Gatten Heen Glucken junior. Dr. Glucken bemerkte nichts dazu.

Wie kann ich jetzt dafür sorgen, überlegte Williams, daß die

Ärzte und Schwestern, und anderes Krankenhauspersonal, die vielleicht, ohne daß ich davon weiß, den Austausch bemerkt haben, einem größer gewordenen Orlo Thomas auf keinen Fall die Wahrheit enthüllen? (Was Heen Glucken junior betraf, so war diese Seite des Schwindels natürlich politisch und wissenschaftlich ohne jede Bedeutung.)

Alle Maßnahmen waren auf die eine Frage zurückzuführen: War ein noch ungeborenes Kind mit der Theorie der Durchdringungskommunikation programmiert worden?

Falls ja, würde Orlo Thomas das System vielleicht kennen oder sogar wissen, wie man es anwandte.

Daraus ergab sich die zweite Frage: Wie konnte man zum Nutzen der Gesellschaft die Informationen von Orlo erlangen?

Während er über solche Einzelheiten nachdachte, bewohnte Präsidiumsmitglied Crother Williams eine Suite im Gosindian Hospital. Unter seiner Leitung prüften einige ausgewählte Geheimpolizisten in aller Stille die Unterlagen des Krankenhauses, änderten die notwendigen Dokumente und erforschten das Leben der in den Fall verwickelten Ärzte und Schwestern.

Die Sache war von zu großer Bedeutung, als daß Rücksicht auf einzelne Menschenleben genommen werden konnte. Aber Williams lag Nacht für Nacht wach und zermarterte sich den Kopf, wie er es ermöglichen sollte, daß jedermann mit heiler Haut davonkam.

Gleich am ersten Tag begannen die Versetzungen. Sie wurden so unauffällig durchgeführt, daß niemand einen Verdacht schöpfen konnte. Das Krankenhaus war eine Monstrosität mit zehntausend Betten. Gerade weil es Unpersönlichkeit mit einem gewaltigen Verwaltungsapparat vereinte, war es für die Geburt von Eidys Kind ausgewählt worden.

Einige Krankenschwestern verschwanden. Einige Ärzte wurden in ihren bisherigen Abteilungen nicht mehr gesehen. »Wo ist Coduna?« fragte vielleicht jemand. »Oh, sie ist befördert worden und jetzt im Gebäude S.« – »Das freut mich für sie.«

Hoffentlich funktioniert es, dachte Crother Williams. Er machte sorgenvolle Stunden durch. An alle als »verdächtig« erklärte Personen waren Spionstrahlen geheftet worden. Jedes Wort, das sie sprachen, wurde aufgenommen und einem Computer eingegeben, der darauf programmiert war, eventuell bedeutungsvolle Dialoge auszusortieren.

Es stellte sich heraus, daß sich alle Verdächtigen ohne Ausnahme so benahmen, als hätten sie nie von Eidy Glucken oder Luena Thomas gehört. Es war auch kaum anzunehmen gewesen, daß Ärzte und Schwestern, die jede Woche Hunderte Neugeborener sahen, plötzlich ein eidetisches Gedächtnis für ein oder zwei Babygesichter entwickeln würden.

Ich habe getan, was ich konnte, dachte Williams müde. Länger hierzubleiben, wäre lächerlich.

Er kehrte in seine Wohnung im Palast zurück und machte seinen Bericht.

Dann wartete er voller Unruhe.

Dann läutete das Telefon.

Es war die Sekretärin aus dem vorgeblichen Außenbüro, das er benutzt hatte, als er im Krankenhaus als kleiner Verwaltungsbeamter aufgetreten war. Sie teilte ihm sachlich mit, die Frau des Arztes, der ihn behandelt hatte, als er seine zweite Rolle als Patient spielte, habe sie in Tränen aufgelöst aufgesucht.

Der Arzt war durch einen Unfall vom Balkon des zehnten Stockwerks gestürzt. Die Sekretärin schloß: »Die Witwe des Toten meinte, weil Sie und ihr Mann sich so angefreundet hatten, würden Sie es sicher erfahren wollen.«

»Danke«, antwortete Vierzehn automatisch. »Schicken Sie in meinem Namen Blumen.«

Mit blassem Gesicht legte er den Hörer auf.

Mord, dachte er.

Die Zeugen des Baby-Austausches wurden alle umgebracht.

Um Gottes willen, dachte er weiter, warum traut er mir nicht? Ich könnte *ihm* beweisen, daß diese Leute von nichts wissen.

Mit *ihm* meinte er Seine Exzellenz, den Diktator Martin Lilgin. Vierzehn war überzeugt, daß er die äußerste Vorsicht hatte walten lassen. Es war ganz klar, daß auch die Witwe des Arztes keinerlei Verdacht hatte. Ihr Mann hatte ihr nur unglücklicherweise von dem kleinen Verwaltungsbeamten erzählt, der im Krankenhaus etwas nachzuprüfen gehabt hatte.

Vermutlich würden auch die anderen Ärzte und Büroangestellten (die paar, die von der Anwesenheit eines kleinen Verwaltungsbeamten gewußt hatten) es irgend jemandem erzählen: der Frau, dem Mann, dem Bruder, der Schwester, dem Freund.

Vierzehn stand regungslos neben dem Telefon und dachte: Sie werden alle getötet werden.

Er hatte sich einmal, als er noch jünger gewesen war – und Lilgins Herrscherrecht mit dem unbedingten Glauben des typischen verblendeten Jugendlichen akzeptiert hatte –, die Mühe gemacht, nachzuzählen, wie viele Menschen exekutiert worden waren, weil eine bestimmte Einzelinformation *vielleicht* in ihren Besitz gelangt war.

Es waren 3823 gewesen.

Aber in diesem Fall ist es doch nicht nötig. Ich werde mit Drei sprechen, ich werde versuchen, ihn zu überzeugen, daß ...

Aus seinem Unterbewußtsein tauchte eine so obszöne Bezeichnung auf, daß er erschrocken innehielt. Er rief sich zur Ordnung: »Die Aufrichtung einer neuen Ordnung erfordert harte Maßnahmen. In diesem frühen Stadium sind die Menschen unbelehrbar und fallen leicht in reaktionäre Denkschemata zurück. Die Welt ist immer noch voller Konterrevolutionäre, Saboteure, Rechts- und Linksabweichler, Opportunisten –«

Er spulte die Phrasen ab, mit denen das Regime seine potentiellen Feinde kennzeichnete, ging hinaus in den Korridor, fuhr mit einem Aufzug in ein anderes Stockwerk des Palastes und erreichte über einen anderen breiten Gang das Büro von Drei.

Jodell, der gerade ein Dokument las, sah überrascht auf.

Vierzehn begann: »Ich fange an zu glauben, daß ich Ihre Anweisungen mißverstanden habe.«

»Anweisungen?« wiederholte Drei.

»Ich halte es für möglich, daß ich Ihnen über mein Kommando hätte Bericht erstatten sollen«, führte Vierzehn weiter aus.

Der ältere Mann erhob sich hastig. »Nein, nein!« stieß er hervor. »Nicht ein Wort! Diese Angelegenheit spielt sich nur zwischen dem Führer und Ihnen ab.«

»Es ist wirklich ganz einfach«, sprach der andere weiter. »Ich –«

»Hören Sie auf!« kreischte Nummer Drei und preßte die Hände auf die Ohren. »Haben Sie den Verstand verloren? Kein Wort mehr!« Jodells Reaktion war erstaunlich. Sein Gesicht verzerrte sich, seine Augen rollten. Er gab sich verzweifelte Mühe, sich zu beherrschen, doch völlig vergeblich.

Williams trat einen Schritt zurück. »Okay, okay«, sagte er. »Sie haben mich überzeugt. Ich habe verstanden, daß es hierbei keine Zwischenverbindungen geben darf, und ich verspreche Ihnen, es wird nicht wieder vorkommen.«

»Halten Sie sich ja daran! Gehen Sie jetzt in Ihr Quartier und warten Sie, bis Sie gerufen werden.«

Williams nahm Haltung an und salutierte, obwohl er Zivilbeamter war. »Jawohl, Sir. Bitte gehorsamst, mich entfernen zu dürfen.«

Es gelang ihm, sich äußerst ruhig zurückzuziehen, aber in seinem Inneren bebte er.

Ihm war ein entsetzlicher Gedanke gekommen. Ich erinnere mich an etwas, ich bin im Besitz einer Information, die unterdrückt werden muß.

Und es handelte sich sogar um eine Schlüsselinformation.

Vor beinahe einem Jahr hatte Higenroth ein paar Minuten lang eine Macht demonstriert, die geeignet gewesen wäre, das Regime zu erschüttern. In diesen Minuten hatte das Genie des alten Mannes die Welt mit Bildern erfüllt.

Eine Schlüsselinformation . . .

Vierzehn schritt über den leuchtenden Marmor. Der ganze Palast strotzte von Symbolen der Macht und des Reichtums: prunkvolle Treppen, hohe Decken, riesige Kronleuchter. Er erinnerte sich, wie berauscht er sich gefühlt hatte, als er in dies Zentrum des Universums berufen worden war.

Er war so in Gedanken versunken, daß er eine Truppe Uniformierter, die aus einem Seitengang hervor- und auf ihn zukam, nur undeutlich wahrnahm. Er fuhr zusammen, als er bemerkte, daß die Männer angehalten hatten und ihm den Weg versperrten. Er blieb ebenfalls stehen.

»Sir, sind Sie Crother Williams?« Der Sprecher war ein Jüngling in Hauptmannsuniform.

Nach einem Sekundenbruchteil des Zögerns gestand Williams seine Identität ein. Auch er war einmal so jung und so überzeugt gewesen wie dieser knabenhafte Offizier mit seinen glänzenden braunen Augen und seinem rosigen Gesicht.

»Ich habe den Befehl«, erklärte der Junge, »Sie an einen bestimmten Ort zu eskortieren.«

Williams fragte nicht, was für ein Ort dies sei. Er nickte und marschierte im Gleichschritt hinter dem Hauptmann her.

Ihm folgte ein halbes Dutzend junger Soldaten mit Gewehren. Die Gruppe erreichte bald darauf eine große, offene Tür mit einem hohen Bogen. Sie schritten hindurch und gelangten in einen Hof, den schon einmal gesehen zu haben, er sich nicht erinnerte.

Er maß etwa neun mal zwölf Meter, hatte ringsum hohe Mauern und einen von keinem Busch und keinem Grashalm geschmückten Betonboden.

Der junge Hauptmann deutete auf eine der Mauern. »Stellen Sie sich dorthin«, sagte er.

Williams ging langsam hinüber, und ebenso langsam drehte er sich um. Die sechs Männer hatten sich ihm gegenüber in einer Reihe aufgestellt. Der Offizier hielt ein Dokument in der Hand. Er blickte darauf nieder und erklärte: »Ich habe hier einen Befehl zu Ihrer Exekution.«

Williams wich gegen die Wand zurück. Er fühlte sie an seinen Schultern, während der Hauptmann, wie vom Gesetz vorgeschrieben, die Anklagen vorlas:

»Folgenschwere Fehler ... Mangel an Führungseigenschaften ... Unklare und unentschlossene Haltung ... Regimefeindliche Handlungen ...«

Der junge Mann faltete das Papier zusammen und steckte es in die Tasche. Er hob das Kinn. Sein Gesicht nahm einen strengen Ausdruck an.

Es ist erstaunlich, dachte Williams, ehemaliges Mitglied des Obersten Präsidiums der Erde, bis vor wenigen Minuten unter den mächtigsten Personen auf dieser Erde an vierzehnter Stelle, daß das in den Ausdrücken von Lilgins Realität eine genaue Beschreibung dessen ist, was ich getan habe ...

In den neun Jahren seit seiner Berufung hatte er sich vom verblendeten Jugendlichen zum Apologeten entwickelt, hatte weiter und immer wieder versucht, sich anzupassen. Das Ende war, daß er jetzt schweigend vor einem Exekutionskommando stand.

Wahrscheinlich würde man ihm erlauben, ein letztes Wort zu sprechen. Es gab jedoch nichts zu sagen und niemanden, an den er eine Botschaft hätte richten können. Wer von den Überlebenstypen würde schon hören wollen, was ein Versager erklärte? Außerdem, wer von ihnen würde wünschen, daß bekannt wurde, er sei an dem letzten Wort von Crother Williams irgendwie interessiert.

Williams dachte: Wegen dieses Mannes Lilgin habe ich keinen Augenblick der inneren Wahrheit erlebt. Ich bin keine Sekunde lang ein selbständig denkender Mensch gewesen. Seit meiner Kindheit habe ich nur gestrebt, mich seiner verzerrten Realität anzupassen.

Die Kugeln trafen ihn. Er fiel hin und dachte: Nicht eine Sekunde lang.

Wenigstens seinem Gesichtsausdruck nach schien es so, als ob er das dachte.

VII

»Eines Tages«, erklärte Ishkrin lächelnd, »werden wir entdecken, warum in den letzten achtzehn Jahren die besten Kommunikationsfachleute der Welt in dieser eigens für sie neben dem Palast erbauten kleinen Stadt zusammengezogen worden sind und warum wir hier leben wie die Könige . . . abgesehen von einer einzigen Kleinigkeit.«

Er war ein Mann von etwa Fünfzig mit einem großen Schnurrbart. Bis zu dieser Bemerkung hatte er schweigend am Tisch gesessen und sein Mittagessen verzehrt und nur dann und wann seinen zehn oder zwölf Gefährten einen Blick zugeworfen.

Keiner von ihnen antwortete sofort.

Dann fragte der Neue auf der anderen Seite: »Abgesehen von welcher Kleinigkeit?«

Er war ein hübscher junger Mann, der Ishkrin und den anderen heute morgen als Orlo Thomas vorgestellt worden war. Sein Platz am Tisch hatte die Nummer Eins-Süd.

Orlo bemerkte, daß alle anderen Männer aufgehört hatten zu essen und ihn grinsend ansahen. Aber immer noch kam er nicht darauf, daß Ishkrins Worte seinetwegen gesprochen worden waren.

»Wenn wir hinauswollen«, erklärte Ishkrin, der ein kleiner Mann war und mit seinem Schnurrbart und seinem zerzausten Haar tatsächlich ein bißchen wie Martin Lilgin, der Diktator, aussah, »müssen wir durch den Palast . . .«

»Und?«

». . . und das ist verboten.«

»Wie meinen Sie das?« In Orlos Augen dämmerte Erschrecken auf. Er zog verwirrt die Brauen zusammen. »Ich bin doch durch den Palast hereingekommen.«

Die älteren Männer am Tisch zeigten ihre Abgebrühtheit mit einem noch breiteren Grinsen. Langsam schien er zu kapieren.

»Das ist verboten«, wiederholte Ishkrin.

Orlo schwieg, während ihm unterschiedliche Gedanken durch den Kopf schossen. Vielleicht wollten die neuen Kollegen ihn nur auf den Arm nehmen.

Er lachte unsicher auf. Dann schob er plötzlich seinen noch nicht leer gegessenen Teller zurück, sprang auf und rannte vorbei an sechs Dutzend anderen Tischen in dem großartig gestalteten Speisesaal auf die ferne Ausgangstür zu.

An dem Tisch, den er verlassen hatte, lehnten sich die Männer auf ihren Stühlen zurück. Keiner sprach, keiner aß weiter. Alle Augen glitzerten vor Spannung.

Endlich verkündete ein schlanker, kleiner Mann auf Platz Nummer Sieben-Ost, es war der Mathematiker Anden Duryea: »Wir haben soeben erlebt, wie ein einziger Gedanke, der mit einem gewissen Nachdruck ausgesprochen wird, ein menschliches Wesen zu einer schnellen Handlung anregen kann. Er will es nachprüfen. Da er jung und ungestüm ist, wird er vielleicht sogar versuchen, Communications City zu verlassen.«

Ein anderer Mann namens Peter Rosten – Platz Drei-Süd – schüttelte den Kopf. »Ich stimme Ihrer Analyse soweit zu, Sir«, führte er mit geduldiger Stimme aus. »Es muß jedoch unbedingt hinzugesetzt werden, daß das, was wir soeben erlebt haben, nicht nur die Wirkung eines einzigen Gedankens ist. Es ist außerdem ein einzigartiges Erlebnis.« Er war mittelgroß mit breiten Schultern. Sein Fachgebiet war die Elektronik. Mit seinen grauen Augen sah er fragend von einem zum anderen. »Wie viele von Ihnen sind, als Sie erfuhren, Sie würden hier wahrscheinlich gefangengehalten, losgestürmt und haben probiert, ob Sie hinauskönnen?«

Keiner hatte es getan. Es verblüffte sie. »Erstaunlich.« – »Ja, das stimmt.« – »Ich habe die Tatsache widerspruchslos hingenommen.« – »Ich habe nur darauf gewartet, daß mir ein Appartement zugewiesen wurde, und das geschah dann auch am späteren Nachmittag.« – »Als ich mein Appartement betrat und sah, wie prächtig es war, vergaß ich für den Augenblick alle Befürchtungen. Aber auch später habe ich keinen Versuch gemacht.«

»Vielleicht liebt das Regime wirklich die Jugend«, fuhr Rosten mit der gleichen tiefen, geduldigen Stimme fort. »Oder es möchte die Jugend lieben und vergißt diese Absicht nur dann und wann. Um welches Verbrechen könnte es sich bei unserem neuen jungen Kollegen handeln?«

»Es tut mir leid, Peter, ich muß dich korrigieren«, fiel Ishkrin mit schwachem Lächeln ein. »In Lilgins Welt gibt es keine Verbrechen, es gibt nur Anklagen. Die Frage muß lauten: Wessen ist er angeklagt?«

»Danke für die Richtigstellung.« Rosten verbeugte sich. »Meine Formulierung kommt mir jetzt beinahe wie ein Euphemismus vor.«

Ein hagerer Mann, der bisher noch nicht gesprochen hatte, meldete sich zu Wort. Es war der Ingenieur Sandy McIntosh auf Platz Neun-Nord. Er hatte Sommersprossen und rötliches Haar. Ernsthaft meinte er: »Wie wir Älteren wissen, spielen ein paar Menschen wie unser neuer Kollege keine Rolle. Das Leben eines einzelnen Individuums kann durch eine bloße Anschuldigung zerstört werden. Was wirklich zählt, ist die große Masse der ewig Jungen, die nichts wissen und sich an keine Tatsache erinnern, weil sie nie davon erfahren haben. Die kann das Regime formen, wie es will. Aber es handelt zu oft widersprüchlich und spielt auch ihnen schlimm genug mit.« Er schüttelte den Kopf. »Dieser Mann ist ein Verbrecher. Er ist durch und durch korrumpiert von der eigenen Macht. Er kann gar nicht anders als argwöhnisch sein. Er muß um sich schlagen und töten, töten, töten. Ein Phänomen. Doch müssen wir annehmen, daß auch er einmal ein Baby, ein Kind, ein junger Mann war und daß es einmal eine Zeit gegeben hat, als er Gefühle kannte.«

»Das war, bevor er seine Berufung entdeckte«, fiel ein großer Mann auf Platz Fünfzehn-West ein. Er war Fachmann für elektromagnetische Erscheinungen auf physikalischem Gebiet und hieß Dan Matt.

Peter Rosten zuckte seine breiten Schultern. »Die Wahrheit ist, daß er mit einer Hand eine neue Zivilisation schafft, ganz gleich, was wir tun oder sagen. Er baut sie sozusagen auf den Leichen von drei Milliarden Menschen auf.«

»Ich bezweifle, daß er mehr als eine Milliarde getötet hat«, berichtigte Ishkrin in seiner dozierenden Art. »In einem Kreis von Wissenschaftlern wie diesem wollen wir keine unwissenschaftlichen Schätzungen vornehmen.« Er unterbrach sich. »Ruhe, da kommt unser junger Mann.«

Er kam langsam, mit schleppenden Füßen und hängendem

Kopf. Alle beobachteten ihn, als hätten sie endlos Zeit. In einer gewissen traurigen Weise stimmte das sogar. Denn sie lebten Jahr für Jahr in diesem hochmodernen wissenschaftlichen Zentrum und bekamen nur ganz gelegentlich eine Aufgabe zugewiesen.

Für sie alle war die Ankunft des Neuen eine Anregung gewesen, obwohl er für ihre Gesellschaft von absurder Jugend war. Man schätzte ihn auf achtzehn bis zwanzig. Sein Gesicht war so hübsch wie das eines jungen Mädchens.

Ein Neuer brachte immer neue Informationen mit. Die langjährigen Bewohner von Communications City eigneten sich sein Wissen schnell an, um es ihren eigenen Kenntnissen und Erfahrungen hinzuzufügen. Danach fiel die ganze Gruppe wieder in einen Zustand der verschlafenen Apathie zurück.

Orlo ließ sich auf seinen Stuhl fallen, den er vor zehn Minuten verlassen hatte, sah von einem grinsenden Gesicht zum anderen und schüttelte den Kopf. »Meine Herren«, sagte er, »möchten Sie gern wissen, was geschehen ist?«

Einige Stimmen erhoben Einspruch. Im Kern meinten sie: »Ersparen Sie uns die unwesentlichen Einzelheiten.« Doch sie wurden von der Mehrheit der Zustimmung schnell zum Schweigen gebracht. Ishkrin machte sich zum Sprecher der größeren Gruppe. »Wie wir bereits festgestellt haben, hat unser junger Freund etwas Einzigartiges getan. Wir müssen es erfahren. Wie haben sich die Wachen an der Tür verhalten? Was haben sie gesagt?«

Der junge Mann berichtete: »Ich ging auf sie zu und durch die Tür, ohne mit irgendwem zu sprechen. Damit hatten sie nicht gerechnet. Deshalb war ich schon zehn Meter in den Palast eingedrungen, ehe mich ein Offizier und zwei Mann festhielten und zurückholten.«

»Aber was haben sie dann gesagt?« fragte Peter Rosten.

Orlo lächelte. Er schien sich von dem ersten Schreck erholt zu haben, in die unter diesen älteren Männern herrschende Zeitlosigkeit hineinzuwachsen. Er erkannte, daß sie rein intellektuell an diesen Feinheiten der Diktatur interessiert waren. Beinahe amüsiert erzählte er: »Der wachhabende Offizier erklärte: ›Sir, Sie brauchen einen Passierschein, wenn Sie den Palast betreten wollen.‹ Ich sagte: ›Hauptmann, ich will ja nicht den Palast betreten. Ich will hinaus auf die Straße.‹ Er sagte: ›Wenn Sie auf die

Straße wollen, dürfen Sie dabei den Palast nicht durchqueren.‹ Darauf sagte ich: ›Nun gut, zeigen Sie mir den anderen Weg.‹ Er wiederum: ›Es gibt keinen anderen Weg.‹ – ›Wollen Sie damit sagen, daß ich ein Gefangener bin?‹ – ›Nein, aber Sie brauchen einen Passierschein, wenn Sie hinauswollen.‹ – ›Gut, bringen Sie mich zu der Person, von der ich einen Passierschein bekommen kann.‹ – ›Sie können ihn nur vom Vorsitzenden Lilgin bekommen.‹ – ›Schön, übermitteln Sie dem Vorsitzenden Lilgin meinen respektvollen Antrag auf einen Passierschein.‹ – ›Es tut mir leid, ich bin nicht befugt, mich mit Seiner Exzellenz in Verbindung zu setzen.‹ – ›Wer ist es dann? Ist jemand hier, der dazu befugt ist?‹ – ›Niemand hier.‹ – ›Dann bin ich also doch ein Gefangener?‹ – ›Nein, Sie brauchen nichts weiter als einen Passierschein vom Vorsitzenden Lilgin.‹ – ›Kommt er jemals in diesen Teil des Palastes?‹ – ›Nein.‹ – ›Dann bin ich ein Gefangener?‹ – ›Nein, aber ich muß Sie bitten, diesen Eingang zu verlassen. Sie sind hier im Wege.‹«

Orlo schloß: »Es fielen noch ein paar solcher Bemerkungen, und schließlich bin ich umgekehrt.«

Schweigen. Schließlich meinte Samuel Ober, Farbfotografie und Elektronik, auf Platz Nummer Dreizehn-West, ein Mann mit beträchtlichem Übergewicht: »Die Logik des wachhabenden Offiziers ist unanfechtbar. Dem Gesetz nach sind Sie kein Gefangener. Sie sind lediglich im Rahmen seiner Befugnisse ein Gefangener. Wie ein Computer, der nicht darauf programmiert ist, Sie in seine Berechnungen mit einzubeziehen, kann er mit Ihnen überhaupt nichts anfangen.«

Orlo wurde plötzlich ganz fröhlich. »Und was geschieht jetzt?«

»Man wird Ihnen eine Wohnung zuweisen.« Der Sprecher war ein großer Mann, schwarz wie Kohle. Er hatte Platz Nummer Fünf-Ost, hieß Gar Yuyu und befaßte sich mit elektromagnetischen Erscheinungen auf biologischem Gebiet. »Üblicherweise«, setzte er hinzu, »geschieht dies zwischen drei und halb vier nachmittags.«

Ishkrins gewaltiger Schnurrbart kräuselte sich. Sein Besitzer fragte von Platz Zwölf-Nord herüber: »Welche Anklagen sind gegen Sie erhoben worden?«

»Keine. Mir wurde nur gesagt, ich sei befördert worden.«

Allgemeine Verständnislosigkeit. Man hörte wieder auf zu essen und blickte zu Orlo. »Aber das ist unmöglich.« – »Es muß doch Anklagen geben.« – »Was Sie da sagen, ist noch nie dagewesen.« So ging es durcheinander.

Als die Erregung abflaute, fragte Peter Rosten: »Befördert zu was?«

»Diesmal wurde es mir nicht mitgeteilt. Aber früher habe ich es einmal abgelehnt, auf den Platz meines Vorgesetzten an der Ostküste befördert zu werden.«

Duryea stieß einen Laut der Verwunderung aus. »Jetzt wird das Bild klarer.« Der schlanke kleine Mathematiker nickte vor sich hin, als sei das tatsächlich eine Erklärung gewesen. »Auf Lilgins Erde lehnt man eine Beförderung nicht ab.«

»Ich schon«, stellte Orlo fest.

»Dann wurde deswegen Anklage gegen Sie erhoben.«

»Nein. Ich sagte, ich hielte mich nicht für so qualifiziert wie den Mann, der den Posten bereits innehabe. Sie sagten, ich solle ihnen die Beurteilung überlassen. Ich sagte, nein, zum besten des Volkes weigerte ich mich, den Platz eines besser geeigneten Mannes einzunehmen.«

»Wenigstens beherrschen Sie den Jargon«, lächelte Ishkrin.

»Was geschah dann?« erkundigte sich Duryea.

»Ich tat meine bisherige Arbeit weiter, bis man mich gestern nachmittag ablöste und mir befahl, ich soll mich am Morgen hier melden. Es handele sich um eine neue Beförderung. Ich fragte, um was für eine Beförderung. Der Mann im Personalbüro antwortete, das wisse er nicht. Ich sagte, ich behielte mir das Recht vor, auch diese Beförderung abzulehnen. Er meinte, das überlasse er mir.«

»Wenn Sie hierhergeschickt wurden, ist auch Anklage gegen Sie erhoben worden«, behauptete Duryea.

»Nein. Dann hätte ich darüber informiert werden müssen. Das ist Gesetz, und selbst Lilgins schärfste Kritiker müssen einräumen, daß es immer befolgt wird.«

»Aber –«, meldete sich ein chinesischer Astronom mit dem amerikanischen Namen Jimmy Ho von Platz Sechs-Ost, der sich bisher an der Diskussion nicht beteiligt hatte. »Aber wir alle sind wegen irgendwelcher Anklagen in diesem Zentrum. In meinem Fall ist es schon siebzehn Jahre her, und ich bin nie wieder aus Communications City herausgekommen.«

»Ich jedenfalls bin wegen gar nichts hier«, erwiderte Orlo. Er sprang auf. »Meine Herren, es ist offensichtlich, daß Sie alle nach Lilgins Gesetzen zu einer bestimmten Kategorie gehören. Aber ich nicht. Mit anderen Worten, Sie gehören hierher. Das trifft auf mich nicht zu.«

Die erste Reaktion seiner Zuhörer war ein amüsiertes Lächeln. Sie hatten eine philosophische Abgeklärtheit entwickelt, die zwar individuelle Unterschiede aufwies, aber doch gemeinsame Faktoren hatte. Erstens konnte man sie nicht beleidigen. Zweitens hielten sie einen Angriff grundsätzlich für ein Zeichen von Humor seitens des Angreifers.

Daher wartete jetzt jeder darauf, daß einer seiner Kollegen mit einer gleichfalls launigen Antwort kontern würde. Nachdem eine Minute lang niemand ein Wort gesprochen hatte, äußerte Ishkrin erstaunt: »Wenn man es recht bedenkt, ist das eine schwere Beleidigung. Noch niemand hat uns je gesagt, wir gehörten hierher. Überlegen Sie mal. Stimmt das nicht?«

»Ich will verdammt sein.«

»Ja, Sie haben recht, das ist das erste Mal.«

»Wir machen ja manchmal Spaß, aber dann weiß jeder, wie es gemeint ist.«

Orlo stand aufrecht und sah sie mit seinen leuchtenden blauen Augen einen nach dem anderen an. »Darf ich meiner kritischen Bemerkung noch etwas hinzufügen?« fragte er.

»Bringen Sie es uns ruhig alles auf einmal bei«, seufzte Duryea, der Mathematiker. Die meisten anderen nickten.

»Ich möchte eine kurze Ansprache halten«, erklärte Orlo und tat das dann auch mit den Worten: »Meine Herren, es wird eine Zeit kommen, in der die Methode des Diktators, die Jugend einzufangen und für seine Zwecke zu benutzen, nicht mehr funktionieren wird. Ihr Fehler war, daß Sie sich in Ihrer Jugend benutzen ließen, ohne es zu merken. Damals waren Sie glücklich, wenn man Ihnen den Posten eines älteren Mannes gab, und Sie kamen gar nicht auf den Gedanken, daß das nur geschah, weil man unwissende junge Leute besser manipulieren kann. Dann waren Sie mit einemmal für das Regime zu alt und zu klug geworden, und da war es zu spät. Die nächste Generation im Geiste Lilgins erzogener Jugendlicher stand schon bereit, wiederum Ihre Plätze zu übernehmen.

Ich erkannte dieses System, als ich fünfzehn war. Als mir daher vor einer Woche mitgeteilt wurde, ich solle die Stellung eines Mannes von 32 bekommen, lehnte ich ab, wie bereits erwähnt. Ich erzählte jedem Altersgenossen, den ich kannte, davon, und an andere schickte ich Hunderte von Briefen, in denen ich erklärte, warum ich die Beförderung abgelehnt hatte. Die meisten wird man nicht aufspüren können, denn zu der Zeit stand ich noch nicht unter Verdacht. Die letzten wurden vermutlich nicht mehr ausgeliefert, doch ich hatte mein Gift bereits versprüht. Was meinen Sie? Wird einer der jugendlichen Empfänger die Fackel aufnehmen und weitertragen?«

Er setzte sich wieder hin. Die Diskussion dauerte weit länger als die übliche Tischzeit. Im allgemeinen war die Einstellung negativ.

»Es genügt nicht«, meinte Duryea. »Bedenken Sie doch, daß dieser Mensch jeden tötet, der ihm gefährlich werden kann. Nicht nur Anführer, sondern jeden, der in seinem Kopf bestimmte Gedanken oder Erinnerungen hat.« Seine eigene Analyse schien ihm einen Schock zu versetzen.

»Auch Sie haben bestimmte Gedanken in Ihrem Kopf, und Sie bleiben am Leben«, argumentierte Orlo. »Und ich, der ich mich in der gleichen Lage befinde, bin nicht einmal angeklagt, geschweige denn getötet worden.«

Das versetzte den älteren Mann sofort wieder in gute Laune. »Wir sind schon ein ganz seltsamer Haufen«, erklärte Duryea. »Wir sind Kommunikationsfachleute mit dem neuesten Wissensstand. Von Zeit zu Zeit werden wir beauftragt, irgendein Problem zu lösen, aber meistens sitzen wir nur herum und verschwenden unsere Talente. Das Todesurteil ist in wissenschaftliche Forschung umgewandelt worden. Im Grunde ist unsere weitere Existenz völlig sinnlos, außer wir sind für den Mann an der Spitze von Nutzen. Daher die Frage –« Er unterbrach sich.

Ishkrin drängte: »Sprich weiter, Anden. Was ist die Frage?«

Duryea erhob sich. Im Stehen wirkte er noch kleiner als im Sitzen. Sein Gesichtsausdruck und sein Verhalten waren die eines Mannes, dem plötzlich ein Licht aufgegangen ist. Mit aufgeregt funkelnden Augen stellte er fest: »Meine Herren, wir sind zu einem bestimmten Zweck hier. Die Aufgaben, die wir zu lösen bekamen, sollten uns nur von der Spur abbringen, uns verwirren, damit wir, wenn uns das wirkliche Problem präsentiert würde, glauben sollen, es handele sich wieder um etwas Ähnliches.« Zappelig drehte er sich zu Platz Nummer Drei-Süd um. »Peter, erzähl ihnen, was du heute morgen mir gegenüber erwähnt hast.« Er schloß atemlos: »Das wirkliche Problem ist heute morgen angekommen. Peter – sag's ihnen!«

Peter Rosten, in dessen Stimme niemals Aufregung mitklang, fand sich plötzlich im Brennpunkt des allgemeinen Interesses. Er hatte vor den munteren Gesellen dieser Schattenforschungsanstalt etwas voraus. Der Verwalter der »City« hatte ihn als jungen Mann gekannt, und auch heute noch hatte er keine Hemmungen, zum Telefon zu greifen, Old Peter anzurufen und mit ihm über dies oder jenes zu plaudern. An diesem Morgen hatte er beiläufig das neue Projekt erwähnt.

»Erinnert euch an Higenroth –«, begann Peter.

Ein allgemeines Aufstöhnen schnitt ihm das Wort ab. »O nein!« ächzte der eine. »Um Gottes willen, nicht die Durchdringungstheorie – dieses verrückte Gedankenfenster«, ein anderer. »Ich dachte, Glucken sei beauftragt worden, das Problem zu lösen.« – »Jetzt wird es schwierig für uns werden.« – »Als ob wir nicht schon genug Sorgen hätten, weil wir hier herumsitzen müssen –«

»Immer mit der Ruhe«, ergriff Peter Rosten wieder das Wort. »Wir bekommen sechs Monate Zeit. Das sollte doch reichen, um das System neu zu entdecken.«

Orlo Thomas hatte verständnislos im Kreis umhergeblickt. Als einen Augenblick Schweigen herrschte, fragte er: »Was für eine Theorie?«

»Das hat uns gefehlt«, jammerte Sandy McIntosh. »Einer, der noch nie davon gehört hat!« Er winkte dem Jungen mit einer sommersprossigen Hand zu. »Keine Angst, mein Sohn, Sie werden noch genug darüber zu hören bekommen.«

Ein dicker Mann, Platz Nummer Zwölf-West, stand auf. »Ich gehe jetzt in die Bibliothek, lese über die Durchdringungstheorie nach und fange an zu überlegen. Wenn uns das wirklich aufgehalst wird, tun wir gut daran, das Problem zu lösen. Andernfalls werden wir nicht mehr lange wie Könige behandelt werden.«

Er ging davon, ohne noch einmal zurückzublicken. Unter den Kollegen am Tisch brach eine erregte Diskussion aus.

Der Mann auf Platz Zehn-Nord, der bisher noch nichts gesagt hatte, richtete seine ausdrucksvollen Augen zur Decke und bemerkte: »Wie Könige? Wenn man wie ich acht Jahre hier eingesperrt ist, kommt es einem eher wie Sklaverei vor.«

»Worüber beklagen Sie sich?« fragte Ishkrin. »Wie man hört,

hat Lilgin den Palast seit mehr als zwanzig Jahren nicht mehr verlassen.«

»Aber er *könnte,* wenn er wollte.«

»Warum stellen Sie sich nicht einfach vor, Sie könnten auch, wenn Sie nur wollten?«

»Das entspräche doch nicht der Wahrheit.«

Ishkrin warf die Arme hoch. Er wandte sich an Orlo. »Sie sehen, was für Leute wir hier haben. Sie verlangen mehr vom Leben als der Führer selbst. Diese Menschen sind wirklich unverbesserlich.«

Nach und nach verabschiedete sich einer der Tischgenossen nach dem anderen, bis nur noch Ishkrin und Orlo übrigblieben. Der ältere Mann sagte freundlich: »Ich rate Ihnen, sich in den Versammlungsraum zu begeben und dort zu warten, bis Ihnen ein eigenes Appartement zugewiesen wird.«

Orlo lehnte sich auf seinem Stuhl zurück. »Ich versuche, einen logischen Grund für meine Anwesenheit hier zu finden, und es gelingt mir nicht. Können Sie es mir sagen?«

Ishkrin schüttelte den Kopf. »Sind Sie wissenschaftlich ausgebildet?«

»In gewisser Weise.«

»Was heißt das?«

»Nun –« Orlo verzog einen Mundwinkel, »ich bin so eine Art von Verfahrenstechniker.«

»Warum sagen Sie ›eine Art von‹?«

»In keinem Teil meiner Ausbildung ist mir erlaubt worden, bis zum Abschluß dabeizubleiben. An jeder Wissenschaft durfte ich sozusagen einmal kurz riechen, bis auf eine Ausnahme. Das muß eine besondere Bedeutung haben. Mir ist nämlich jeder Zugang zu Kommunikationstechniken versperrt geblieben.« Die glatte Jungenstirn zog sich in Falten. »Um Gottes willen, was tue ich hier?«

»Das ist wirklich seltsam.« Ishkrin ließ seinen buschigen Schnurrbart durch die Finger gleiten. »Lassen Sie mich nachdenken. Unter Lilgins Herrschaft geschieht nichts ohne Grund, auch wenn dieser oft nicht leicht zu erkennen ist.« Er stand auf und reckte seine kurze, stämmige Gestalt. »Jetzt ist es Viertel nach drei. Halten Sie sich lieber an einem Ort auf, wo das Verwaltungsbüro Sie leicht finden kann. Wenn Sie nichts dagegen haben, bringe ich Sie in den Versammlungsraum.«

»Nicht nötig, ich habe mir heute morgen die Stadt – so nennen Sie diesen Ort doch, nicht wahr? – schon angesehen. Aber ich kann immer noch nicht glauben, daß ich hierbleiben soll. Es würde mich wundern, wenn man mir tatsächlich ein Appartement gäbe.«

Um vier Uhr war das immer noch nicht geschehen. Orlo wußte selbst nicht, warum er sich dadurch beunruhigt fühlte.

VIII

Als er eine Minute vor sechs zum dritten Mal das Büro der Verwaltung im Erdgeschoß aufsuchte, war ein Mädchen gerade dabei, die Tür abzuschließen. Sie trug einen Mantel und war offensichtlich die letzte der Büroangestellten, die wegging.

»Tut mir leid«, meinte sie, »ich habe keine Raumzuteilung für Sie. Vielleicht morgen –«

»Aber wo soll ich heute nacht bleiben?« protestierte Orlo.

»Tut mir leid«, wiederholte sie. Sie war jetzt in Eile. Orlo sah vor sich eine attraktive junge Frau mit dunklem Haar, üppigem Busen und rundem Gesicht. »Mir dürfen Sie nicht die Schuld daran geben«, wehrte sie Orlo ab. »Bitte, lassen Sie mich durch.«

Natürlich ist es nicht ihre Schuld, dachte Orlo. Er lächelte sie an. »Ich werde irgendwo auf dem Fußboden schlafen.«

Sie blieb stehen. Hastig flüsterte sie: »Ich muß das Gebäude um Viertel nach sechs verlassen haben. Einmal habe ich mich verspätet. Da habe ich in einem Aufenthaltsraum am Ende von Gang H eine Couch entdeckt.«

»Falls Sie sich wieder einmal verspäten, werde ich Ihnen dort Gesellschaft leisten«, lachte Orlo.

»Auf Wiedersehen!« Das Mädchen rannte beinahe. »Mein Name ist Lidla.« Schon war sie um die nächste Ecke verschwunden.

Langsam ging Orlo in dieselbe Richtung. Er wunderte sich über sich selbst, daß ihn das Ausbleiben der Raumzuteilung so aufgeregt hatte. In Zukunft mußte er aufpassen, daß nichts, was geschehen mochte, Erregung oder Depression bei ihm hervorrief.

Ich muß lächeln, wenn ich diese Subalternen im Palast ansehe, und ich muß lächeln, wenn mir meine unglücklichen Kollegen hier gegenüberstehen. Ich darf ihre Probleme nicht zu den meinen machen. Und ich darf niemals für mich selbst ein Problem werden.

Aus einem Seitengang kam Ishkrin auf ihn zu und winkte: »Haben sie Sie gefunden?« fragte er.

»Wer?«

»Der Offizier von der Wache mit drei Mann.«

Orlo dachte daran, was er sich eben noch fest vorgenommen hatte, und konnte einen Kälteschauer unterdrücken. »Haben sie gesagt, was sie wollten?« fragte er ruhig.

»Nein, sie fragten nur, wo Sie seien.«

»Zweifellos werden sie mich finden«, erklärte Orlo fröhlich.

Er wollte weitergehen, aber Ishkrin legte ihm eine Hand auf den Arm. »Haben Sie keine Ahnung, was das zu bedeuten hat?« forschte er mit leiser Stimme.

»Vielleicht möchten sie mir mitteilen, daß meine Raumzuteilung da ist.«

»So was ist doch nicht Aufgabe der Wache! Die Wache ist überhaupt noch nie hier hereingekommen.«

Orlo wußte nicht recht, was er sagen sollte. »Nun, es wird sich herausstellen, um was es geht. Bis später.«

Ishkrin machte keinen Versuch mehr, ihn aufzuhalten. Er rief ihm nach: »Abendessen gibt es für uns Könige der Wissenschaft um sieben, falls Sie dann noch hier sind.«

Die »City«, durch die Orlo schlenderte, war die phantastischste Konstruktion, die er mit seinen zwanzig Jahren jemals gesehen hatte. Jeder Gang war etwa zwölf Meter breit und fünfzehn Meter hoch. Die Marmorwände waren mit metallenen Schriftzügen und Zeichnungen geschmückt, die eine verwickelte Geschichte zu erzählen schienen. Soweit Orlo es beurteilen konnte, war hier die vollständige Geschichte der Kommunikationstechnik festgehalten worden. Jeder Plan, jede Schaltung, jede Theorie. Reliefs zeigten die Erfinder. Kleine Absätze in Druckschrift und in mathematischen Formeln schilderten die jeweilige Entwicklung.

Der Gang, in dem er sich gerade befand, konnte natürlich nur einen Teil der Geschichte und der Wissenschaft wiedergeben. Aber jetzt fielen Orlo Bruchstücke von dem wieder ein, was er auf seinen morgendlichen Wanderungen gesehen hatte. Der Zweck dieser Wanddekoration sei, hatte ihm sein Begleiter durch den Palast und in die Stadt erklärt, die Wissenschaftler mit ständiger Stimulation zu versorgen. Sie könnten dadurch auf neue Querverbindungen zwischen den einzelnen Wissensgebieten kommen. Stunde für Stunde würden neue Erfindungen gemacht werden.

Plötzlich schweiften Orlos Gedanken ab. Wenn man gesucht wird, schoß es ihm durch den Kopf, kann man entweder ausweichen oder dem Sucher entgegengehen. (Was man tat, sobald man ihn gefunden hatte, hing natürlich von den Umständen ab.)

Ich werde ihm entgegengehen, beschloß Orlo der Kühne.

Folglich kam er ein paar Minuten später an den großen, hell erleuchteten Eingang, der Communications City mit dem Palast verband. Er schlenderte an das hohe Pult, hinter dem ein Unteroffizier saß. Natürlich entging es ihm nicht, daß auf beiden Seiten der Wachraumtür sechs Uniformierte mit Gewehren standen. Er sagte: »Leutnant, mein Name ist Orlo Thomas . . .«

Weiter kam er nicht. Der blutjunge Unteroffizier fuhr wie elektrisiert zusammen, tastete nach seiner Gegensprechanlage und sprach hastig hinein: »Hauptmann, Mr. Thomas steht gerade hier vor meinem Pult.«

»Ich komme sofort.« Die Baritonstimme, die aus dem Lautsprecher kam, klang dank des Higenrothschen Null-Systems so natürlich, als stehe der Sprecher vor ihnen.

Eine Pause entstand. Dann geschah etwas Erstaunliches. Orlo, der erwartete, die Suchmannschaft werde gleich auftauchen, wandte sich um und blickte den Gang entlang, der in das Forschungszentrum führte. Fünf derartige hohe, breite Korridore mündeten in das Foyer.

In dem mittleren wurde eine schnelle Bewegung sichtbar. Im nächsten Augenblick rannte ein Offizier mit Hauptmannsabzeichen in Rekordgeschwindigkeit auf das Foyer zu. Drei Unteroffiziere, die trotz aller Anstrengung hinter ihm zurückgeblieben waren, folgten.

Innerhalb von Sekunden traf einer nach dem anderen am Pult ein. Alle waren völlig außer Atem, doch der Hauptmann begann sofort: »Mr. Thomas . . . Sie werden . . . mich in den Palast . . . begleiten. – Hier entlang, Sir!«

Die vier keuchenden Männer hinter sich, trat Orlo durch die

Tür. Gleich darauf hatte sich der Hauptmann wohl genügend erholt, denn er stürzte vor und erklärte: »Ich hoffe, es macht Ihnen nichts aus, wenn wir etwas schneller gehen.«

Auf eine Antwort wartete er nicht. Er ging mit langen Schritten voran. Dann setzte er sich wieder in Trab.

»Wohin gehen wir?« fragte Orlo, der jetzt ebenfalls außer Atem geriet.

»Sie sind zum Dinner eingeladen, Sir. Man wartet schon auf Sie.«

»Eingeladen? Von wem?« Ein Gedanke schoß Orlo durch den Kopf, den er sofort als absolut lächerlich verwarf.

»Von Seiner Exzellenz Martin Lilgin«, keuchte der jugendliche Hauptmann.

Weiter fiel kein Wort mehr. Die Lichter, auf die alle fünf zustürmten, wurden heller, der Gang breiter. Als sie die schon von weitem sichtbare Kreuzung zweier Gänge erreichten, bogen sie langsamer in den zweiten Gang ein.

Orlo war gerade noch rechtzeitig in Schrittempo gefallen, denn gleich hinter der Ecke befand sich eine Schranke, ein langer, glühender Zaun, und dahinter ein Pult. Ein Dutzend Uniformierter mit grimmigen Gesichtern hielt Wache. Wie Orlos Eskorte waren auch diese Soldaten außerordentlich jung. Einer von ihnen, der nicht älter als zwei- oder dreiundzwanzig sein konnte, trug Generalsinsignien.

Von den elf anderen jungen Männern, so stellte Orlo mit einem Blick fest, standen drei im Rang eines Oberst, die übrigen waren Oberstleutnant und Majore.

Der Orlo begleitende Hauptmann salutierte schneidig und meldete: »Hauptmann Ruthers mit Eskorte für Mr. Orlo Thomas.«

Nur der General erwiderte den Gruß. Sein Gesicht blieb finster wie zuvor, und seine stahlgrauen Augen richteten sich auf Orlo.

»Mr. Thomas, würden Sie bitte zur Identitätsprüfung an die Schranke treten?«

Wie alle guten Bürger auf der von Lilgin beherrschten Erde, die sich Tausende von Malen einer Identitätsprüfung unterzogen hatten, trat Orlo automatisch vor. Schweigend streckte er die Hand in die dafür vorgesehene Öffnung. Ein Summton war zu vernehmen. Vermutlich verglich jetzt der angeschlossene Computer irgendwelche Merkmale seiner Finger, seiner Hand oder seines Handgelenks mit den ihm eingespeicherten Daten. Wie immer erkannte er beinahe augenblicklich, daß es sich um das seit zwanzig Jahren als Orlo Thomas bekannte Individuum handelte.

Ein grünes Licht blinkte auf. Der jugendliche General befahl: »Major Clukes, öffnen Sie die Schranke!«

Major Clukes, nicht älter als Orlo, marschierte vor und tat etwas mit seinen Fingern, woraufhin die Schranke zur Seite schwang.

»Treten Sie ein, Mr. Thomas«, sagte der General.

Orlo unterdrückte den Impuls, steif einherzuschreiten, und ging möglichst lässig hindurch. Der Major schloß die Schranke wieder. Bisher war Orlos Aufmerksamkeit so von den eindrucksvollen militärischen Manövern am Pult an der Schranke gefesselt gewesen, daß er jetzt erst bemerkte, was unmittelbar vor ihm war: eine hohe Wand mit goldenen Türen.

Eine Tür mit zwei Flügeln. Hoch. Breit. Glitzernd. Geschlossen.

Hinter der Tür hörte man Männer lachen, grölen und singen. Es schien unmöglich zu sein. Die Geräusche waren gedämpft, und doch waren sie unmißverständlich. Wildes Gelächter. Ab und zu ein Brüllen. Rauher Gesang.

Großer Gott!

Orlo war so bestürzt, daß er nicht gleich gewahr wurde, was hinter ihm geschah. Die militärische Zeremonie war noch nicht zu Ende. Captain Ruthers hielt dem General ein Papier hin. »Darf ich um Ihre Unterschrift bitten, Sir?« fragte er. »Sie bestätigen hiermit, daß ich Mr. Orlo Thomas sicher in Ihren Gewahrsam abgeliefert habe.«

Der finster blickende General nahm das Dokument, unterschrieb es, stempelte es und gab es zurück. »Erledigt, Hauptmann«, bemerkte er kurz.

Der Hauptmann zog sich auf militärische Art zurück. Gruß. Einige Schritte zurück. Zackige Kehrtwendung. Die Unteroffiziere fielen in Gleichschritt. Die Gruppe marschierte den Gang hinunter.

»Hier entlang, Mr. Thomas.« Als Orlo die Stimme des Generals hörte, drehte er sich wieder um. Er hatte ein Gefühl der Unwirklichkeit. Erstaunlicherweise öffnete der General die goldene Tür, ohne anzuklopfen.

Orlo hatte keine Zeit mehr, sich darüber zu wundern. Der Anblick der lärmenden Männer innerhalb des Raums warf ihn beinahe um.

IX

Im Leben beinahe jedes Menschen gibt es Augenblicke, die sich dem Gedächtnis mit fotografischer Klarheit einprägen, so daß man das Bild später immer wieder hervorholen und in allen Einzelheiten betrachten kann.

Dies war eine solche Szene.

Vor Orlo lag ein nach Länge und Breite gerechnet verhältnismäßig kleiner Raum, obwohl er natürlich ebenso fünfzehn Meter hoch war wie der Gang draußen.

An seiner einen Seite stand ein für dreißig Personen gedeckter Tisch. Ansonsten war er unmöbliert.

Auf dem freien Raum standen dreißig Männer.

Nicht alle dreißig grölten, sangen oder lachten. Oder zumindest nicht alle gleichzeitig. Aber eine hinreichende Anzahl von ihnen tat das eine oder andere, um einen Lärm wie in einem Tollhaus zu erzeugen.

Orlo stand bewegungslos und konnte das, was er sah und hörte, einfach nicht fassen. Endlich kam ihm zu Bewußtsein, daß jeder der kleinen Gruppe – und die Gruppe war für das Getöse, das sie veranstaltete, wirklich klein – ein Glas mit einer farbigen Flüssigkeit in der Hand hielt. Mit einemmal verstand er.

Diese Männer waren betrunken.

Es waren nur Männer anwesend, nicht eine einzige Frau. Die Gleichberechtigung von Mann und Frau, mit der das Regime prahlte, war in den unteren Gesellschaftsschichten gewaltsam eingeführt worden. In diesem Raum jedoch gab es sie nicht.

Betrunken! Hier, im Herzen der Macht, wo es Stunde für Stunde auf klaren Verstand ankam, soffen die Mitglieder des Obersten Präsidiums!

Orlo erkannte berühmte Gesichter: Megara, Jodell, Budoon, Kahler, Peterson, Roquet, Fafard – die dem Führer am nächsten stehenden Leute. Der eine oder andere von diesen sieben mächtigsten Männern machte ständig im Fernsehen eine wichtige Bekanntmachung. Die kleineren Funktionäre taten gut daran, sich jedes ihrer Worte einzuprägen, denn es bezeichnete den Parteikurs der jeweiligen Stunde.

Auch andere Gesichter waren Orlo bekannt. Sie standen eine oder zwei Stufen niedriger als die sieben, und ihre Namen waren Orlo weniger geläufig. Der hagere Bursche mit der Adlernase, der gerade sang – war das Sosatin? Und der Stämmige mit dem eckigen Kinn – Domalo? Und der da – war das Cas ... Cas ... Orlo suchte in seiner Erinnerung, doch der Name fiel ihm nicht ein. Wie er auch heißen mochte, er stritt sich gerade mit kreischender Stimme mit einem Mann, der mit so schwerer Zunge zurückbrüllte, daß er sinnlos betrunken sein mußte.

Der General zupfte an Orlos Ärmel. »Hier entlang.«

Orlo tat ein paar Schritte vor. So etwas wie das hier hatte er sich nicht vorstellen können. Seine Einstellung gegenüber dem Regime war kritisch, war ablehnend gewesen und hatte sich manchmal bis zu mörderischem Haß gesteigert, aber er hatte die skrupellosen Führer an der Spitze immer umgeben von einer Aura klaren, kalten Verstandes vor sich gesehen.

Und jetzt, nachdem er nur Minuten gehabt hatte, um sich darauf vorzubereiten, sollte er der Ratte selbst, diesem Massenmörder, dem größten Feind der menschlichen Rasse aller Zeiten, begegnen ... Wird er kurz angebunden sein? Barsch? Wird er mich beschuldigen? Wird er mir verächtlich den Handrücken ins Gesicht schlagen? (Und ich muß es mir gefallen lassen, wenn ich nicht sofort umgebracht werden will.) Wird er mich überhaupt ansprechen oder wird er nur nicken und sich gleichgültig abwenden?

Zu vieles stürmte zu schnell auf ihn ein. Als Orlo sich seelisch darauf vorbereitete, die Nacht auf dem Fußboden zu schlafen, hatte er geglaubt, ihn könne nichts mehr erschüttern. Doch jetzt war er erschüttert. Seine Gedanken zerflatterten, seine Schritte waren ebenso unsicher wie die der Trunkenbolde in diesem Raum.

Seine Augen auf den uniformierten Rücken des Generals geheftet, stolperte Orlo ihm nach, quer durch den tobenden, wild gestikulierenden Haufen. Sie wichen herausfahrenden Ellenbogen und gezückten Schnapsgläsern aus, sie passierten zwei große Köpfe, die zu zwei kleinen Männern gehörten, und blieben vor einem dritten, normal großen Kopf auf dem schlanken Körper eines weiteren kleinen Mannes stehen.

Dieser dritte kleine Mann trug einen Walroß-Schnurrbart wie der ebenso kleine Ishkrin. Aber es gab einen Unterschied. Oder vielmehr einige Unterschiede. Ishkrins brauner Schnurrbart war mit Grau vermischt. Dieser Schnurrbart hier war schwarz. Ishkrins Gesicht zeigte die ehrlichen Falten eines alternden Menschen. Lilgins Gesicht war glatt. Er hatte die Haut eines Mannes von etwa achtunddreißig. Und das war natürlich unmöglich.

Orlo konnte nicht lange darüber nachdenken, wie unmöglich es war oder warum es unmöglich war. Er bemerkte, daß der Diktator auffallend modisch gekleidet war.

Aus irgendeinem Grund überraschte ihn das. Noch andere Dinge überraschten ihn. Er hatte nicht erwartet, daß der große Mann so klein war.

Also deshalb hat er seit zwanzig Jahren den Palast nicht mehr verlassen ...

Elegante Kleidung, schwarzes Haar, schwarzer Schnurrbart, junges, festes Gesicht ...

Er war schön.

Die größte Überraschung war: Der perfekte kleine Mann schüttelte Orlo lächelnd die Hand und sagte mit seiner berühmten, durch und durch männlichen Baritonstimme: »Da haben wir also den einzigen jungen Mann der Welt, der, soviel ich weiß, jemals eine Beförderung zu einer Spitzenposition abgelehnt hat. Solche außergewöhnlichen Vorkommnisse werden mir gemeldet, junger Mann. Wir müssen uns einmal darüber unterhalten. Später natürlich. Im Augenblick ...«

Er ließ Orlos Hand los und schlug die Hände zusammen.

Donner.

Um Himmels willen, dachte Orlo, er hat irgendeine Art von negativen und positiven Anschlüssen in seinen Handflächen. Und wenn er sie zusammenschlägt, wird das Geräusch von der hohen Zimmerdecke verstärkt ...

Die Folgen traten mit blitzartiger Geschwindigkeit ein. Das Singen verstummte. Mit gellender Stimme geführte Streitereien endeten mitten im Satz. Kreischendes Gelächter wurde abgewürgt. Im Nu war aus der betrunkenen Horde eine gesittete Schar von Dinner-Gästen geworden, die sich zu Tisch begaben.

Der kleine Mann forderte Orlo auf: »Setzen Sie sich auf den roten Sessel mir direkt gegenüber.«

Er wies darauf und gab Orlos Arm einen leichten Schubs. Orlo konnte nicht anders, als um den Tisch an den bezeichneten Platz zu gehen. Er stellte sich hinter den Sessel und wartete, denn alle anderen standen und warteten ebenfalls.

Dann nahm der kleine Mann Platz, und die Männer rückten ihre Stühle und setzten sich. Man begann, sich zu unterhalten.

Orlo versuchte, sich von dem erlittenen Schock zu erholen. Es gelang ihm nicht ganz. Er bat den Mann zu seiner Rechten, ihm etwas zu reichen, und er bat den Mann zu seiner Linken. »Ist das ganze Präsidium heute abend hier anwesend?« Er bekam eine Antwort, aber Sekunden darauf konnte er sich nicht mehr daran erinnern. Gegen seinen Willen wanderte sein Blick immer wieder zu der Gestalt am Kopfende des Tisches ... Wie kommt es nur, dachte er, daß aus manchen kleinen Männern Ishkrins werden, die keiner Fliege etwas zuleide tun können, und aus anderen kleinen Männern Lilgins, die den Finger immer am Drücker einer tödlichen Waffe haben?

Eine Zeitlang versuchte er auch, der Konversation zwischen Lilgin und seinen Tischnachbarn zu folgen. Sie sprachen über die großen Regierungsformen und die neue politische Linie, wer darauf arbeiten sollte. Lilgin schien für mehr automatische Maschinen zu sein, aber ein älterer Mann mit strengem Gesicht betonte die Notwendigkeit, gewisse Personen – als D-Typen klassifiziert – ständig mit manueller Arbeit zu beschäftigen.

»Es handelt sich um die Aufrechterhaltung der Disziplin, Euer Exzellenz.«

»Vielleicht haben Sie recht«, erwiderte Lilgin entgegenkommend. »Ich habe jedoch oft daran gedacht, wir sollten ein System mit mehr Muße einführen. Wie Sie wissen, ist damit bisher noch kein Versuch gemacht worden.«

Der streng blickende Mann vertrat die Einstellung, Muße möge für alle anderen gut und recht sein, aber nicht für die D-Typen.

Orlo aß langsam. Bei jedem Bissen quälte ihn die Frage: Was tue ich hier? Was wird als nächstes geschehen? Ist es wirklich wahr, daß ich hier am Tisch des Mannes sitze, den ich mehr als jeden anderen in der Welt hasse, daß ich ihn vernünftig argumentieren höre, während seine Speichellecker für Unterdrükkung plädieren? Wahrscheinlich würde Lilgin sich letzten Endes von ihnen überzeugen lassen. (Im Verlauf des Dinners hörte Orlo allerdings nichts dergleichen.)

Andere Gedanken stiegen in ihm auf. Ob am Ende der Mahlzeit plötzlich der Befehl gegeben wird, mich zu exekutieren? Im Geiste sah er sich schon vor einer Mauer stehen ... Und wenn das geschah, hätte er eine Chance zu entkommen?

Er hatte bereits bemerkt, daß in den Speisesaal vier Türen führten: die große Flügeltür, durch die er eingetreten war, und drei normale Türen, nicht höher als vielleicht zwei Meter zehn. Zwei von ihnen hatten die Kellner für ihre schnellen Auftritte und Abgänge benutzt. Falls er fliehen mußte, überlegte Orlo, hatte er die Wahl zwischen den offenbar in die Küche führenden Türen und der vierten Tür, bei der er nicht wußte, was dahinter lag. In seiner fieberhaft angeregten Phantasie sah er sich aus dem Speisesaal ausbrechen und in die Tiefen des Palastes fliehen. Dort würde ihn ein Suchtrupp in die Ecke treiben und gnadenlos niedermähen.

Orlo war schon ganz traurig über sein unglückliches Ende, als die vierte Tür plötzlich aufflog und ein dicker Mann hereinstolzierte.

Der Eindringling war alles andere als gut gekleidet. Er trug rote Hosen und ein extra langes T-Shirt in Purpurfarbe. Sein Gesicht war rund, und seine Augen wirkten wie braune Murmeln.

»He, Leute!« brüllte er. »Ich bin da. Alles aufpassen!«

Bei dieser Unverschämtheit blickten die Männer am Tisch auf oder drehten den Kopf. Nur Lilgin aß weiter, als sei nichts geschehen.

Der Dicke hopste an das Ende des Tisches, wo Orlo saß. Dort blieb er stehen, hob einen Arm, wies mit einem Finger dramatisch auf den Diktator und fragte herausfordernd: »Lilgin, was hast du hinter meinem Rücken wieder angestellt?«

Orlo lehnte sich zurück und starrte den Mann fassungslos und ungläubig an. Sein Blick wanderte zu den Männern am Tisch. Sie blieben ganz ruhig. Vielleicht sahen sie ein wenig erwartungsvoll aus. Einer zog ein verdrießliches Gesicht, doch er war der einzige.

Endlich entschloß sich Lilgin, von dem Eindringling Notiz zu nehmen. Mit unsicherer Stimme begann er: »Nun –«

»Sprich deutlich«, befahl der Dicke. »Du sollst nicht in deinen Bart murmeln.«

»Ich wollte sagen, Krosco«, begann Lilgin von neuem, »daß ich sicher irgend etwas angestellt habe. Nur kann ich mich im Augenblick nicht daran erinnern. Weißt du es?«

Orlo entspannte sich. Jetzt war er sicher, daß hier irgendwie Theater gespielt wurde. Lilgins Frage war ein typisches Stichwort gewesen.

»Komm, komm!« ermahnte ihn Krosco. »Wenn deine Erinnerung aufgefrischt werden muß, werde ich das notwendige Rüstzeug hereinbringen lassen.«

Das mußte einem der Anwesenden komisch vorkommen, denn am unteren Tischende war ein Kichern zu hören.

Krosco ignorierte die Unterbrechung. »Wie steht es jetzt mit den landwirtschaftlichen Maschinen für die D-Typen?« fragte er ächzend. »Du wirst diesen Jasagern hier doch nicht erlauben, dich davon abzubringen, das Rechte zu tun?«

»Ich werde mißverstanden«, verteidigte sich Lilgin. »Ich bin ein ernsthafter Soziologe, das ist alles.«

»Aber«, faßte Krosco nach, »du läßt dich in deiner richtigen Beurteilung der D-Typen von diesen rachsüchtigen Menschen umstimmen.«

»Wir diskutieren doch nur darüber«, sagte Lilgin. »Es ist noch gar keine Entscheidung gefallen. Es sind einfach verschiedene Gesichtspunkte vorgetragen worden.«

»Nun gut, wer muß diesmal dran glauben?« erkundigte Krosco sich. »Wird irgendwer in diesem Raum umgebracht werden? Das ist die Hauptfrage.« Zum ersten Mal ließ er seinen Blick um den Tisch wandern. Sein Gesicht verzerrte sich zu einem Grinsen. »Sie werden mir zustimmen, meine Herren, das ist von Wichtigkeit. Wer von euch Ratten kommt heute dran? Oder ist eine abwesende Ratte an der Reihe?«

Orlo wurde eiskalt. Dies paßte zu gut mit seiner eigenen Vorstellung von einer Exekution am Ende der Mahlzeit zusammen. Da ihn jedoch keiner direkt ansah, beugte er sich zu seinem rechten Nachbarn hinüber und flüsterte: »Wer ist Krosco?«

Der Mann wandte den Kopf um keinen Zentimeter, aber er bewegte die Lippen. Wie ein Hauch kamen die Worte: »Der Hofnarr.«

Orlo erholte sich wieder. Er hatte nur eine höchst ungenaue Vorstellung davon, was ein Hofnarr früher einmal zu bedeuten gehabt hatte. Aber was er hier mit seinen klaren blauen Augen sah und mit seinem klaren Verstand erfaßte, war ein unglaubliches Phänomen. Durch Krosco bekam der Diktator die Möglichkeit, einige Gedanken des Volkes laut ausgesprochen zu hören.

Ein Narr durfte das sagen, was einen anderen den Kopf gekostet hätte.

Die Komödie endete ebenso abrupt, wie sie begonnen hatte. Lilgin hob die Hände und schlug sie zusammen. Die Decke warf ein gewaltiges Donnergrollen zurück.

Krosco erstarrte. Er hatte sich eben vornübergebeugt. Jetzt richtete er sich bolzengerade auf. Seine Augen schlossen sich. Er streckte die Hände vor wie ein Schlafwandler. Er drehte sich um. Wie ein Schlafwandler – oder, noch besser, wie ein Hypnotisierter – ging er auf die Tür zu, durch die er gekommen war, stieß sie auf und verschwand. Die Tür fiel hinter ihm ins Schloß.

Alle Anwesenden standen auf. Das Ende der Mahlzeit, dachte Orlo, und wollte sich ebenfalls erheben. Er fühlte sich erleichtert. Es hatte den Anschein, als werde er doch mit heiler Haut davonkommen.

Der Mann zu seiner Rechten legte ihm eine Hand auf die Schulter und drückte ihn zu seinem Schrecken auf den Sessel zurück.

»Es wird ein Toast auf Sie ausgebracht werden«, murmelte der Mann. Er war mittleren Alters, und sein Gesicht kam Orlo bekannt vor. Er mußte ihn schon im Fernsehen gesehen haben. Wie er bis zu diesem Alter am Leben geblieben war, verstand Orlo nicht.

Orlo blinzelte. Sein Gehirn war ganz leer. Aber er blieb sitzen.

Ein unwirkliches Erlebnis. Alle Gesichter hatten sich ihm zugewandt. Auch Lilgin, ihm direkt gegenüber, stand. Deshalb also hat er mich auf diesen Platz gesetzt. Lilgins schwarze Augen waren auf ihn gerichtet. Eine Bewegung ging durch den Schnurrbart des großen Mannes, und sein Mund verzog sich zu einem Lächeln.

Dann öffnete sich der Mund weiter. In dem wohlbekannten Rednerstil strömte es daraus hervor: »Ich möchte das neue Mitglied des Obersten Präsidiums willkommen heißen. Er wird den Titel Wissenschaftlicher Intellektueller erhalten und Verbindungsmann zu der Abteilung für Technologie und Wissenschaft sein, die ihr Hauptquartier in Communications City hat. Es ist . . . Orlo Thomas.«

Wieder das Lächeln. Dann wurde das Glas an die Lippen geführt. Orlo sah wie versteinert, daß alle tranken und ihn anblickten. Mehrere sagten: »Hört, hört.«

»Sie müssen erwidern«, murmelte der Mann neben ihm.

Orlo stand auf. In Sekundenschnelle war ihm die Quintessenz dessen, was er in Tausenden von Stunden gedacht hatte, um sich auf die Rebellion vorzubereiten, durch den Kopf gegangen. Offenbar war dies ein Spiel, und er beabsichtigte, darin eine Hauptrolle zu übernehmen, wenn es auch nur für einen Tag oder eine Stunde war. Diese Beförderung würde er nicht ablehnen, denn sie vervielfachte seine Chancen, das Regime zu stürzen.

Orlo spürte, daß er ganz ruhig wurde. Er lächelte. Er hob sein eigenes Glas. Er sagte:

»Meine Herren, eines der größten Probleme in dieser Welt ist, die Wahrheit zu erkennen beziehungsweise zu sprechen. Aus einem Grund, der mir selbst nicht ganz klar ist, habe ich den unwiderstehlichen Drang, stets genau das zu sagen, was ich glaube. Im Augenblick bin ich von der Ehre, die mir widerfahren ist, völlig verwirrt. Ich hoffe, daß die Männer, denen ich sie zu verdanken habe, bereit sind, jederzeit zu hören, was ich von einer gegebenen Situation halte. Sie können jedoch sicher sein, daß ich nur dann sprechen werde, wenn man mich fragt, und ich werde der Antwort auf eine bestimmte Frage nichts hinzusetzen. Ich danke Ihnen.«

Er hob sein Glas und berührte den Rand mit seinen Lippen. Er lächelte und fragte: »Und wo kann ich heute nacht schlafen?«

Lilgin lachte. Es war unverkennbar ein spontaner Ausdruck der Belustigung. Daraufhin lief eine Welle von Gelächter rings um den Tisch. Als sie verebbte, erklärte der Diktator munter: »Mein junger Freund und Kollege, ich werde Sie durch General Hintnell in Ihre neue Wohnung führen lassen.«

Er wandte sich an die anderen Anwesenden. »Meine Herren, wir sehen uns morgen abend hier zum Dinner wieder.«

Stühle wurden gerückt, die Gäste brachen auf. Die große Flügeltür öffnete sich. Orlo warf einen Blick auf seine Uhr. Es war 21.22.

Als er selbst langsam auf die Tür zuging, sah er sich nach dem Diktator um. Aber Lilgin war nirgends zu sehen.

Eine Hand berührte seinen Ellenbogen. »Hier entlang, Mr. Thomas.« Es war der jugendliche General. »Sind Sie –« Orlo zögerte »– Hintnell?«

»Jawohl, Sir.«

»Sie sollen mich in mein Appartement bringen.«

»Hier habe ich den Schlüssel. Darf ich Ihnen meinen Glückwunsch aussprechen, Sir?«

»Ich danke Ihnen.«

»Ich soll Sie bis an die Tür bringen«, berichtete General Hintnell. »So lautet mein Befehl. Sie werden allein eintreten. Von da an sollen Sie übernehmen.«

Das war eine seltsame Art, es auszudrücken. Während sie den Gang hinunterschritten, dachte Orlo darüber nach. Verdammt, jetzt hat er mich erneut besorgt gemacht ... Was konnte sich in dem Appartement befinden, das er »übernehmen« sollte?

Schweigend fuhren sie mit dem Aufzug in den dritten Stock des viergeschossigen Palastes. Es ging einen weiteren breiten Gang entlang bis zu einer Tür, auf der in Goldbuchstaben stand: C 28.

Der finster blickende junge General blieb stehen. Einen Augenblick lang standen sie beide nebeneinander ... Zwei junge Männer, beide kaum zwanzig geworden, dachte Orlo. Und Hintnell war General und er selbst Präsidiumsmitglied.

Die tödliche Bedeutung dieser Tatsache schien dem jungen General nicht aufzugehen. »Bis hierher habe ich Sie zu bringen«, sagte er. Er hielt Orlo zwei kleine Metallzacken an einer Silberkette hin. Orlo erkannte sie als elektronische Schlüssel, die auf das individuelle elektromagnetische Feld des Besitzers bestimmt wurden, so daß niemand anders mit ihnen öffnen konnte.

»Es sind zwei Schlüssel«, erläuterte General Hintnell. »Bewahren Sie sie getrennt voneinander auf. Es dürfte nicht leicht sein, einen Ersatz zu beschaffen.«

Orlo schloß daraus, daß die Schlüssel zu diesen Appartements von Lilgin selbst kamen. Der große Mann erwartete von einem Präsidiumsmitglied, daß es kleine Gegenstände wie Schlüssel nicht verlor.

Der General trat zurück. Sein ernstes Gesicht blieb unbewegt. Er salutierte, machte kehrt und schritt so schnell er konnte den leeren Korridor hinunter.

Orlo wartete, bis er um die nächste Ecke verschwunden war. Dann drückte er einen der Schlüssel, um ihn auf sich abzustimmen. Dann öffnete er die Tür – und stieß sie in gespannter Erwartung mit einem Fuß auf.

X

Als erstes sah Orlo, daß drinnen alle Lichter brannten. Das war ein Vorteil.

Es konnte sein, dachte er, daß Lilgin selbst dort saß, um sich mit ihm, wie angekündigt, zu »unterhalten« ... Wenn ja, was sollte der Diktator von einem jungen Mann denken, der ein Appartement in dem so sicher geschützten Palast mit solcher Vorsicht betrat?

Ein Zimmer wie dieses, das er jetzt teilweise überblicken konnte, hatte er in seinem ganzen jungen Leben noch nie gesehen. Die Einrichtung sah äußerst kostspielig aus. Die Teppiche waren dick und farbenprächtig. Das Wohnzimmer mußte mindestens zwanzig Meter lang sein. Auf der gegenüberliegenden Seite befand sich ein Panoramafenster von überwältigender Größe.

Der Diktator der Welt hat mir - mir! - diese Wohnung zugeteilt. Warum?

Dies »Warum« sollte ihn in den Stunden und Tagen, die vor ihm lagen, ständig argwöhnisch machen. Und lange, verzweifelt lange, würde er keine Antwort darauf finden. Denn weder seine Überlegungen noch das, was er sah, gaben ihm den geringsten Hinweis.

Orlo trat ein.

Da er nach einem kleinen, elegant gekleideten Mann mit schwarzem Haar und schwarzem Schnurrbart Ausschau hielt, dauerte es mehrere Sekunden, bis er das Mädchen mit den langen blonden Haaren wahrnahm.

Sie hatte sich auf einem Diwan zu seiner Rechten zusammengekuschelt. Ihr Kleid paßte in der Farbe zu dem Bezug der Polster. Wie ein Chamäleon war sie dadurch unsichtbar geworden. Aber ihr hübsches Gesicht konnte sie ihrer Umgebung nicht anpassen. Daher bemerkte Orlo es als erstes, und dann fiel ihm auch der Rest auf.

Sie sagte irgend etwas, vermutlich nannte sie ihren Namen, aber in diesem Augenblick starrte Orlo sie nur an und verstand nichts.

Erst ihre nächsten Worte erfaßte er. Sie stellte einfach fest: »Man hat mich gefragt, ob ich die Freundin eines neuen Mannes im Palast sein wolle. Und natürlich wäre es unklug gewesen, wenn ich nein gesagt hätte. Wenn Sie also einverstanden sind, werde ich von nun an hierbleiben.«

Sein erster Gedanke war, sie sei ein agent provocateur. Eine Spionin. Er betrachtete sie genauer. Sie konnte nicht älter sein als achtzehn oder neunzehn.

Orlo schloß die Tür, begab sich zu einem Sessel neben dem Diwan und setzte sich.

Unmöglich war sein Verdacht nicht. Sie konnte als Auge und Ohr des Diktators und später als Zeugin fungieren. Ihr Alter wies jedoch darauf hin, daß sie nichts anderes war als eine weitere Marionette. Wie er selbst war sie für die dunklen Zwecke des größten Verbrechers der Weltgeschichte eingefangen worden. Schon bald würde sie verbotenes Wissen in ihrem hübschen Kopf haben. Ob sie nun so schuldig war, wie aus ihren Worten hervorzugehen schien, oder so unschuldig, wie er im ersten Moment geglaubt hatte, das Endresultat würde das gleiche sein. Sie war bereits zum Tode verurteilt. Sie hatte noch Wochen oder Monate, ganz sicher nicht mehr als ein Jahr zu leben. Ihr Schicksal war ein frühes Grab.

Orlo hatte sich oft gegen solche abstoßenden Visionen gestählt. Es fiel ihm nicht schwer, es auch jetzt zu tun. Außerdem war er neugierig. »Wie hat man es angefangen?« fragte er.

»Was?«

»Dich hierherzubringen.« Sie sah verständnislos drein. Deshalb setzte er hinzu: »Wer hat dir befohlen, in dies Appartement zu gehen?«

»Ach so.« Ihr Gesicht klärte sich auf. »Ich wurde da, wo ich arbeite, kurz vor fünf in das Büro des Kommissars gerufen, und er sagte es mir.«

»Du hast nicht widersprochen?«

Das hübsche Gesicht zeigte Verwirrung.

Orlo fuhr fort: »Hast du nicht gesagt: ›Mein Körper gehört mir, und man kann mir nicht befehlen, ihn einem Fremden zur Verfügung zu stellen?‹«

Sie starrte ihn an.

»Haben Sie den Verstand verloren? Soweit ich zurückdenken kann, habe ich niemals mir gehört, schon in meiner ersten Gruppe nicht. Wir alle, so lehrte man uns, hatten nichts im Sinn als den Dienst am Volk. Ich zeigte ein paarmal Lauheit und verhielt mich, als seien meine eigenen Launen wichtiger als die

Gruppe, und jedes Mal wurde ich bestraft. Ich war noch keine fünf Jahre alt, aber innerhalb von wenigen Monaten hatte ich verstanden. Ich entwickelte ein freudiges Lächeln und die Fähigkeit, vor Gruppenenergie zu vibrieren. Danach habe ich mich niemals mehr gegen irgend etwas aufgelehnt. Nur meine eigenen Gedanken habe ich mir bewahrt. Ich habe beobachtet und nachgedacht, doch ich war mir darüber klar, daß es kein Entrinnen gab.«

Für den Fall, daß jemand zuhörte, gab Orlo die stereotype Antwort: »Im Prozeß des Erwachsenwerdens muß man eben lernen, mit anderen Menschen auszukommen, sei es in dem Verhältnis von Arbeitgeber und Arbeitnehmer, sei es in der Ehe oder im Umgang mit Freunden. Die Menschen müssen sich in Geschäften und an anderen öffentlichen Orten benehmen. Sie müssen ihre Rechnungen bezahlen. Und so weiter. Ein großer Soziologe wie Lilgin hat natürlich all das durchdacht. Warum sollte er die Tätigkeit der gesellschaftlichen Gruppen nicht durch Gesetz regeln? Dadurch werden Menschen, die andernfalls zu Abweichlern würden, gezwungen, ebenfalls zu kooperieren. Der Hauptzweck des Systems ist ja, den Prozentsatz der gesellschaftsgefährdenden Elemente zum Wohle aller möglichst klein zu halten.«

Das Mädchen sah ihn an. Ihre Augen waren weit geöffnet, und so bemerkte er zum ersten Mal ihre Farbe: Haselnußbraun. Aber sie sagte nichts.

»Jedoch –«, fuhr Orlo fort, »– was dir befohlen worden ist, scheint mir doch über eine gesetzmäßige Gruppenaktivität weit hinauszugehen. Ich bin überzeugt, du könntest dich deswegen bei deinem Blockwart beschweren.«

»Dort mußte ich mich ja melden, als ich meine Sachen holte«, antwortete sie. »Die Sekretärin hatte die Vollmacht erhalten, auf Blockkosten ein Taxi für mich zu bestellen. Sie erledigte alles sehr schnell und sagte nichts dazu.«

Orlo lehnte sich in seinem Sessel zurück und schloß die Augen. »Wie bist du in den Palast gekommen? Hattest du eine schriftliche Erlaubnis?«

»Natürlich.«

»Der Wachposten am Tor warf einen Blick darauf und winkte dein Taxi herein?«

»Nein. Das Taxi mußte am Eingang halten und wenden. Meine

Koffer wurden auf einen Karren geladen und zur Inspektion gebracht. Dort wurde ihr Inhalt Stück für Stück überprüft, von Menschen und – und – Sie wissen schon.«

»Von elektronischen Anlagen?«

»Ja.«

Orlo öffnete die Augen. »Ich habe den Eindruck«, grinste er, »daß ein Mädchen, das nicht einmal den Ausdruck ›elektronische Anlagen‹ behalten kann, eine ideale Gefährtin für jemanden wie mich sein wird.« Erklärend setzte er hinzu: »Ich wurde zu einer Art von wissenschaftlichem Aufseher ausgebildet. Ich habe in alle Wissenschaften hineingerochen und keine richtig studiert.«

»Auf wissenschaftlichem Gebiet bin ich völlig unwissend«, gestand sie. »In der Schule wurde ich von all diesen Dingen ausgeschlossen. Mir wurde schnell klar, daß ich aufpassen mußte, auch nicht durch Zufall etwas darüber zu lernen.«

Zu diesem Zeitpunkt kam Orlo nicht auf den Gedanken, sie zu fragen, was sie denn tatsächlich gelernt habe. Er war von neuem entsetzt über die Willkür, mit der man sie in eine bestimmte Bahn gezwungen hatte. Doch es hatte keinen Sinn, sich darüber aufzuregen.

»Nächste Frage«, verkündete Orlo fröhlich. »Wie bist du in dies Appartement gekommen?«

»Eine Freiwillige hat mich eingelassen.«

»Ein Zimmermädchen?«

»Sie werden alle Freiwillige genannt, die armen Dinger. Aber wenn Sie es so ausdrücken wollen, ja . . .«

Sieh an, dachte Orlo zynisch, es gibt also nicht nur, wie Hintnell behauptete, diese beiden einzigen Schlüssel . . . Er fragte sich, ob die Bedienstete in einem Notfall zwar das Mädchen in seine Wohnung lassen würde, ihn aber nicht. Eine bizarre Möglichkeit! Oder war sie auf diese Weise nur einmal eingelassen worden? Ich könnte ihr ja einen von meinen Schlüsseln geben . . .

Er tat es jedoch nicht gleich.

Laut sagte er: »Was, glaubst du, würde geschehen, wenn ich dir erklärte, ich hielte nichts davon, daß eine Frau einem Mann als Prostituierte zugeteilt wird, und ich dich auffordern würde zu gehen?«

»Dann würde ich wohl gehen müssen. Aber bitte, schicken Sie

mich nicht heute abend weg. Ich habe keine Erlaubnis, mich irgendwo anders aufzuhalten.«

»Hm.«

»Außerdem«, setzte sie hastig hinzu, »bin ich nicht als Prostituierte hier. Ich muß tagsüber weiter für meinen Lebensunterhalt arbeiten. Ich werde hierfür nicht extra bezahlt. Daher halte ich mich für eine Mätresse. Ich hoffe, Sie werden mich auch dafür ansehen.«

In ihrer Stimme schwang eine flehentliche Bitte mit. Orlo war gerührt. »Okay, okay«, meinte er müde, »du schläfst in meinem Schlafzimmer. Ich werde mich hier auf die Couch legen und über das Ganze nachdenken.«

Erst nachdem er ihr diese Versicherung gegeben hatte, gab sie ihre zusammengerollte Verteidigungsstellung auf und senkte ein Paar wohlgeformter Beine auf den Fußboden. »Ich werde auf der Couch schlafen«, stellte sie fest.

Er schüttelte den Kopf. »Sei nicht albern.«

»In diesem Appartement muß man durch das Schlafzimmer gehen, wenn man ins Badezimmer will«, erklärte sie.

Der dahinter verborgene Gedankengang amüsierte Orlo. »Ich bringe es bestimmt fertig, durch das Schlafzimmer zu gehen, ohne mich zu dir ins Bett zu legen.«

»Das habe ich nicht gemeint. Sie werden mir Schaden zufügen, wenn Sie die gegebene Situation nicht akzeptieren.«

Darauf wußte er keine Antwort. Sie würde sterben müssen, ob sie nun hierblieb oder nicht. Aber es war nicht ganz ausgeschlossen, daß sie überlebte, wenn sie morgen früh wegging. Irgendwie machte der Gedanke ihn traurig. »Du hast dich in der Wohnung wohl schon umgesehen«, meinte er.

»Ihre Koffer waren da«, antwortete sie. »Ich habe sie ausgepackt und Ihre Sachen in die Kommoden im Schlafzimmer gelegt. Welchen Posten haben Sie? Sind Sie im Palast so eine Art Vertreter der Jugendlichen?«

»Etwas Ähnliches«, sagte Orlo.

»Es sind zusätzliche Decken in einem der Kleiderschränke mit dem – Sie wissen schon – Verschluß.«

»Elektronisch?«

Sie nickte eifrig und stand auf. Orlo, der ein Meter achtzig groß war, schätzte sie auf ein Meter fünfundsechzig. Auch sie mußte einen solchen Vergleich gezogen haben, denn sie bemerkte: »Für einen Mann und eine Frau passen wir gut zusammen.«

»Du sprichst, als hättest du Erfahrung. Was mich betrifft, ich habe noch nie eine Frau gehabt.«

»Ich habe bisher auch noch nie eine Erlaubnis bekommen«, gab sie zurück.

»Du bist Jungfrau?«

»Was sonst? Wenn ein Mädchen dabei erwischt wird, wie sie mit einem Jungen auch nur spricht, wird sie bestimmt zur Blockleitung zitiert und muß sich einen Vortrag darüber anhören, wie groß die Gefahr einer Bevölkerungsexplosion ist.«

Orlo verzog einen Mundwinkel. »Ich weiß, Verhütungsmittel gibt es nur für verheiratete Paare. Aber welche Methode könnten wir denn anwenden, wenn wir wirklich miteinander schlafen wollen?«

»Bevor ich hierherkam, wurde ich zu einem Arzt geschickt. Er hat mir ein paar Pillen gegeben.«

»Das Zeug soll doch schlecht für die Gesundheit sein.«

Das Mädchen zuckte nur die Schultern.

»Hast du eine genommen?«

Sie nickte.

»Möchtest du gern ins Schlafzimmer gehen?« fragte Orlo.

»Eigentlich nicht. Jedenfalls heute abend nicht, außer wenn ich durchgehen muß, um ins Badezimmer zu gelangen. Ich bin müde. In der letzten Nacht habe ich nicht geschlafen, und es war heute ein langer Tag für mich.«

»Natürlich. Aber ich schlafe auf der Couch.« Orlo sah sich im Wohnzimmer um. »Außer der Tür zum Flur gibt es hier noch drei Türen. Welche davon führt ins Schlafzimmer?«

»Da ist die Küche.« Sie zeigte mit dem Finger auf die Tür. »Da ist so was wie eine Bibliothek oder ein Arbeitszimmer. Und da –« Sie eilte an die dritte Tür und hielt sie für ihn auf. Orlo warf einen Blick auf das Schlafzimmer und blieb verwirrt auf der Schwelle stehen. Dann marschierte er zielbewußt auf die einzige andere Tür zu, die er sehen konnte.

Das Badezimmer hatte einen kleinen Swimming-pool anstelle einer Wanne. Es war mit goldenen Armaturen, einer Dusche für zwei, zwei Toiletten, vier Waschbecken, Schränken mit einem Dutzend Schubladen und sechs Spiegeln verschiedener Größe ausgestattet. Orlo stand hilflos inmitten der schimmernden, glitzernden Pracht. Das Mädchen brachte ihm seinen Pyjama und sagte: »Die Decke habe ich auf den Diwan gelegt, auf dem ich vorhin gesessen habe. Ist das recht so?«

»Fein.« Er fühlte sich plötzlich sehr müde. Die Entscheidung, was mit ihr geschehen sollte, konnte er auch auf morgen früh verschieben. Er wachte auf, als es zehn Minuten vor acht war. Zeit zum Aufstehen, dachte er.

Er rollte sich unter der Decke hervor, ergriff seine Kleider, die über einem Sessel hingen, und ging durch das Schlafzimmer ins Badezimmer. Er bemerkte, daß das blonde Mädchen in dem übergroßen Bett wach war. Ihre furchtsam aufgerissenen Augen verfolgten ihn. Während er badete, versuchte er sich daran zu erinnern, welchen Namen sie ihm genannt hatte. Shala – Shanta – Wonta. Er gab es auf. Er konnte sie ja fragen, wenn er nachher mit ihr darüber sprach, welche Entscheidung er getroffen hatte.

Er badete, rasierte sich, kämmte sein üppiges Haar, zog sich an und kehrte ins Schlafzimmer zurück. Auf seinem Gesicht lag das Lächeln eines Menschen, der sich von niemandem zum Narren halten läßt.

Vor dem Bett blieb er stehen. »Hei, Mädchen«, sagte er.

»Hei«, antwortete sie schüchtern.

»Wie heißt du?«

»Mein Name ist Sheeda.« Sie setzte hinzu: »Willst du mein Bruder sein?«

Sie war klüger, als er gedacht hatte. Es war eine Frage, die Einsicht und scharfe Beobachtung verriet.

»Warum fragst du das?« erkundigte Orlo sich.

»Wenn du einmal mein Bruder bist, kannst du schwerlich etwas anderes werden.«

»Glaubst du nicht, daß das die beste Lösung für uns ist? Ich habe die halbe Nacht gebraucht, um zu diesem Entschluß zu kommen.«

Sie fuhr mit einem Ruck in die Höhe. »Dann darf ich bleiben?«

»Du verstehst schnell«, lächelte Orlo.

»Das ist alles, was ich habe.« Sie klopfte sich gegen die Stirn. »Einen schnell arbeitenden Verstand.« Ihr schönes Gesicht hatte sich aufgehellt. Sie erklärte: »Vielleicht können wir beide, du mit deinem langsamen und ich mit meinem schnellen Verstand, das Geheimnis der menschlichen Natur lösen.«

»Wie kommst du darauf, ich hätte einen langsamen Verstand?«

»Du hast doch gesagt, du hättest die halbe Nacht gebraucht, um zu diesem Entschluß zu gelangen. Warum hat es so lange gedauert?«

»Mit deinem schnellen Verstand hättest du das schon längst herausbekommen müssen«, gab Orlo zurück.

»Tut mir leid, daß du ärgerlich auf mich bist, Bruder«, sagte sie. »In Zukunft werde ich mich bemühen, nichts als schwesterlich zu sein.«

»Gut«, meinte Orlo und wandte sich zum Gehen. Er verließ das Appartement, ohne einen Blick zurückzuwerfen. Aber er war beeindruckt.

XI

Orlo ging durch den phantastischen Korridor langsam auf den Aufzug zu.

Er konnte nicht umhin, seine Umgebung zur Kenntnis zu nehmen. Die schimmernden Marmorwände waren nicht so weit voneinander entfernt wie im Erdgeschoß – nur neun Meter statt zwölf. Einen richtigen Schock versetzte es ihm, als er die Länge des Ganges abzuschätzen versuchte: mindestens 300 Meter in der einen Richtung und etwa hundertzwanzig bis zu den Aufzügen.

Auch wenn er sich innerlich noch so sehr dagegen sträubte, die Größe des Palastes und die Ungeheuerlichkeit der Ereignisse überwältigten ihn. Denn da war immer die Frage: Was würde als nächstes geschehen?

Seit er Sheeda in seinem Appartement vorgefunden hatte, war ihm keine Zeit geblieben, an seine eigene unmittelbare Zukunft zu denken. Zwölf Stunden hatte er gebraucht, um zu entscheiden, daß es für Sheeda besser war, wenn sie blieb. Wahrscheinlich gab es für ihn jetzt keine Möglichkeit mehr, sie zu retten, außer er rettete sich selbst.

Orlo fühlte sich in dem prunkvollen Palast nicht in seinem Element. Bis vor zwei Tagen war er Tausende von Meilen weit weg und damit beschäftigt gewesen, einen Protest gegen das Regime zu organisieren, ein einziger kleiner Mensch in einem weiten Ozean, der anderen kleinen Menschen in seiner Nähe zeigen wollte, was die Grundlagen des staatlichen Terrors waren.

Schon mit fünfzehn hatte er die schmutzige Methode durchschaut, nach der der allmächtige Lilgin unbedarfte junge Leute unter zwanzig benutzte, um ältere, die inzwischen aufgewacht waren, zu ersetzen und loszuwerden. Natürlich erkannten die eifrigen Jugendlichen die Wirklichkeit ein paar Jahre später ebenfalls, und dann wurden wiederum sie von der nächsten Generation ersetzt.

Orlos persönliche Lage war weit schlimmer, als er wußte oder wissen konnte. Er hatte keine Ahnung davon, daß er gestern abend beim Dinner nicht Lilgin selbst, sondern seinem obersten Alter Ego gegenübergestanden hatte. Der Diktator hatte nicht die Absicht, sich einer Begegnung mit Orlo Thomas auszusetzen. Das Große Genie glaubte, der junge Mann werde in den drei Tagen, die es noch bis zu seinem 21. Geburtstag waren, bestimmt nicht auf die Wahrheit kommen.

Auf der Basis einer genauen Beobachtung aller Handlungen Orlos seit seiner Geburt hatte ein Computer den 21. Geburtstag als das wahrscheinlichste Datum für den Tag der Entscheidung ausgewählt. Alles war daraufhin abgestimmt worden: die angebotene Beförderung, die erwartete Ablehnung, die Reaktion auf diese Ablehnung. Schritt für Schritt, Tag für Tag, Minute für Minute würden die dem Opfer verbleibenden zweiundsiebzig oder vier oder drei Stunden, die es noch zu leben hatte, aufgezeichnet werden, jede Bewegung, jedes Wort. Spionstrahlen verfolgten ihn, das Mädchen, jeden, mit dem er zufällig sprach. Es gab kein Entrinnen. Der Tod war ihm in dem Augenblick sicher, in dem das Geheimnis des Gedankenfensters im Besitz des Diktators war.

Unglücklicherweise hatte Higenroth vor beinahe 22 Jahren gemeint, er könne in das sowieso schon umfangreiche Programm, das er dem eben gezeugten Embryo eingab, nicht auch noch die Sache mit dem Alter Ego aufnehmen. Dies und einige andere Rätsel würde der junge Mann selbst lösen müssen, hatte Higenroth damals entschieden, denn ihm blieb keine andere Wahl.

Als Orlo den Aufzug betrat, fand er darin einen Herrn in den Vierzigern vor, der an dem gestrigen Dinner teilgenommen hatte. Der Mann lächelte, nickte und erklärte: »Sie fangen recht weit oben an.«

»Wie meinen Sie das?«

»Ich war gerade oben beim Chef. Jetzt fahre ich in mein Stockwerk hinunter und stelle dabei fest, daß man Ihnen eine Wohnung im dritten Stock gegeben hat.« Erläuternd fügte er hinzu: »Je höher das Stockwerk, desto besser nicht nur die Aussicht, sondern auch der Status. Ich bin nach fünfzehn Jahren immer noch im zweiten Stock.«

Orlo lächelte zurück. »Ich hatte noch keine Gelegenheit, die Aussicht zu bewundern. Meine Aufmerksamkeit war von etwas anderem gefesselt. Vielleicht sollten wir tauschen.«

»Ist sie hübsch?« fragte der ältere Mann augenzwinkernd.

»Nun . . .«, begann Orlo verlegen.

Der andere bemerkte entweder sein Zögern nicht oder tat so. Munter fiel er ein: »Die Frage war wirklich überflüssig. Der Chef weiß, wo auf dem ganzen Planeten die schönsten Frauen sind, und er geht davon aus, daß sie sich mit jedem halbwegs passablen Mann abfinden, wenn sie dadurch ins Zentrum der Macht gelangen können. Ich glaube, er hat recht. In der Tat haben sich die Mädchen, die mir bisher zugewiesen wurden, sehr schnell angepaßt.«

Der Aufzug hielt, und die Tür glitt geräuschlos zur Seite. »Darf ich nach Ihrem Namen fragen, Sir?« sagte Orlo schnell. »Ich bitte um Entschuldigung, daß ich ihn nicht weiß. Ihr Gesicht ist mir vertraut, aber . . .«

»Macht nichts«, war die freundliche Antwort. »Sie können nicht jeden kennen. Ich bin Präsidiumsmitglied Aldit Apton.« Er verbeugte sich und ging davon.

Orlo erriet nicht, daß die Begegnung durchaus nicht zufällig gewesen war. Ihr einziger Zweck war, sein Ego zu füttern: Junge, Junge, gleich im Anfang ein Appartement im dritten Stock. Mit solchen Gedanken sollte sein gesunder Menschenverstand umnebelt werden.

So war die Saat ausgestreut worden, und er hatte nichts davon gemerkt.

Als er jetzt den breiteren Hauptgang entlangschritt, fühlte er, ermuntert durch die »zufällige« Begegnung, ein bißchen mehr Zuversicht. Plötzlich hatten die Ereignisse mehr Realität angenommen. Ein Mitglied des Präsidiums hatte ihn als Kollegen erkannt. Aus irgendeinem Grund förderte der Diktator ihn. Oben in seiner Wohnung war ein Mädchen, das zwar sehr bissige Bemerkungen zu machen verstand, aber über Humor, Intelligenz und einen Körper aus Rosen und Orchideen verfügte.

Vergnügt dachte er: Warum gehe ich nicht nach Communications City? Zuerst werde ich herausfinden, ob ich hinein-, und später, ob ich hinausgelassen werde. In der Zwischenzeit sehe ich mich um und versuche festzustellen, ob ich dort wirklich ein Hauptquartier habe. Lilgin hat sich darüber doch ganz klar ausgedrückt. Damit hatte er ein Ziel, ein Gefühl der Zugehörigkeit, der Daseinsberechtigung. Handlung, Bewegung, Lebensfreude – alles nur Illusion.

Trotzdem war es ein schönes Gefühl.

Ein Mitglied des Obersten Präsidiums eines ganzen Planeten wandert nicht anonym durch ein Regierungsgebäude. Orlo wußte nicht, daß er während des Dinners von verborgenen Kameras fotografiert worden war. Der ganze Film war bereits dem Fernsehen und natürlich dem gesamten Palast-Personal übergeben worden.

Im Hauptgang befanden sich überall Leute, Zivilisten wie Soldaten. Letztere waren, abgesehen von den Wachen vor bestimmten Türen, natürlich keine einfachen Soldaten, sondern höhere Dienstgrade. Sie trugen die häßliche Uniform aller militärischen »Diener des Volkes«. Epauletten zeigten den Rang an. Innerhalb von zehn Minuten wurde Orlo von drei Generälen und einer Vielzahl anderer Offiziere schneidig gegrüßt. Und jeder einzelne der mehr als ein Dutzend männlicher und weiblicher Zivilisten, an denen Orlo vorüberkam, zögerte bei seinem Anblick, verbeugte sich dann und ging weiter.

Als er den Gang erreichte, der den Palast mit dem Communications City genannten Forschungszentrum verband, war Orlo gar nicht überrascht, daß die Wachen sofort Habacht-Stellung einnahmen. Der wachhabende Offizier antwortete: »Jawohl, Sir!« auf seine Frage und »Selbstverständlich, Sir!« auf seine Bitte. »Ich werde Sie durch einen Zug in Ihr Büro führen lassen, Sir!«

Minuten später geleitete ihn der kleine Trupp in die Stadt, und Orlo begegnete zwei seiner gestrigen Tischgefährten. Er erinnerte sich noch an die Namen Ishkrin, Peter Rosten und Anden Duryea und er wußte, auf welchen Plätzen die beiden, die ihm entgegenkamen, gesessen hatten, aber ihre Namen und Fachgebiete fielen ihm nicht ein. (Es waren der rothaarige McIntosh und Yuyu, der schwarze Biologe.)

Ein paar schicksalhafte Sekunden lang machte Orlo sich nicht klar, welchen Eindruck er mit seiner Eskorte bei den beiden Männern hervorrufen mußte. Sie nahmen an, er werde unter Zwang vorwärts geführt.

Orlo sah nur, daß die beiden Wissenschaftler stehenblieben. Sie rissen die Augen auf. Dann sahen sie sich an. Sie verstanden sich ohne lange Worte.

Er hatte auf jeden der Männer am Mittagstisch einen günstigen Eindruck gemacht. Diese Verurteilten, die in ihrer nutzlosen Existenz, wie es ihnen vorkam, dahinlebten, hatten gestern sein aufgewecktes junges Gesicht gesehen und beobachtet, einen wie scharfen Verstand er hatte. Er hatte sie, jung und intelligent, wie er war, alle für sich eingenommen. Er berührte die Stelle im Herzen eines jeden Mannes, wo das versteckt ist, was vom Kampf um einen Inhalt des eigenen Lebens übriggeblieben ist.

Wären sie gewöhnliche Menschen gewesen, hätte ihre zufällige Begegnung mit Orlo keine Folgen gehabt. Aber sie waren keine gewöhnlichen Menschen. Sie waren brillante Wissenschaftler. Sie wurden in Communications City festgehalten, weil sie es waren. Sie konnten denken, und sie konnten handeln.

Allerdings fühlten sie im Augenblick eher, als daß sie dachten. Seit Jahren unterdrückte Gefühle des Zorns und der Rache stiegen in ihnen auf. Es motivierte sie zu einem Verhalten, das sie sich vorgenommen hatten, wenn es mit ihnen selbst zu einem bitteren Ende kam. Jeder von ihnen war entschlossen, kämpfend zu fallen.

Sie sahen sich an und faßten in ihre Kleidung.

Als ihre Hände wieder zum Vorschein kamen, fühlte Orlo einen unerträglichen Hitzestrahl an sich vorbeizischen. Der Offizier vor ihm stieß einen entsetzlichen Schrei aus. Der Schrei wurde von dem anschwellenden Röhren einer Flamme übertönt. Orlo wich vor der Hitze zurück.

Nach fünf Metern fand er sich zwischen den beiden Wissenschaftlern. Er blieb stehen.

Erst jetzt sah er, daß auch die vier Mann sich in Todesqual auf dem Boden krümmten. Doch was sie auch getroffen haben mochte, es war nicht der Hitzestrahl, der aus einem Leutnant der Wache eine lodernde Fackel gemacht hatte.

Eine Minute später war das Feuer erloschen und ließ nichts als ein Aschenhäufchen auf dem schimmernden Marmorboden zurück. Rauch stieg davon auf. Bald darauf wurden die Zuckungen der Soldaten langsamer, und dann lagen sie still.

»Junge«, sagte Yuyu, »es tut uns leid, daß wir auf diese Weise eingreifen mußten. Aber Sie als Gefangenen zu sehen, war zuviel für uns.«

Zu spät erfuhr Orlo, in welchem Irrtum die beiden Wissenschaftler befangen gewesen waren. Es schien nicht der richtige Zeitpunkt zu sein, ihnen die Wahrheit zu sagen.

McIntosh fügte hinzu: »Sie haben mit ihren Pulten in Verbindung gestanden. Sobald das Signal aufhörte, wird sich jemand hierher in Bewegung gesetzt haben. Das ist bereits eine Minute her. Also was jetzt?« Seine Stimme klang resigniert.

Der Schwarze fragte: »Was ziehst du vor: Molekulare Zerstörung oder Feuer?«

»Beides ist ziemlich brutal«, war die Antwort. »Wie wirst du sterben?«

Orlo schluckte schwer und kam wieder zu Besinnung. »Hören Sie«, fiel er schnell ein, »gehen Sie doch einfach in Ihre Quartiere zurück. Übereilen Sie sich nicht. Sie können später entscheiden, was Sie tun wollen.«

»Später werden *sie* entscheiden«, antwortete McIntosh. Er unterbrach sich. »Jetzt hören Sie mal. Wir können Ihnen in diesem Augenblick zur endgültigen Freiheit verhelfen.«

Sie waren entschlossen zu sterben. Orlo drängte: »Ich komme heute zum Mittagessen in den Speisesaal. Seien Sie dort, und dann können wir weiterreden. Jetzt gehen Sie, schnell!«

Sie zögerten. Aber auf ihren Gesichtern zeigte sich aufdämmernde Hoffnung.

»Schnell, bevor sie kommen!« zischte Orlo.

Das half. Die beiden Männer entfernten sich.

Stille.

Orlo stand mit fünf Leichen im Gang. Was sollte er tun, wenn die Rettungsmannschaft auftauchte? Ihm blieb nicht viel Zeit, und tatsächlich näherten sich neunzig Sekunden später ein Hauptmann und sechs Mann im Laufschritt. Doch Orlo wußte bereits, was er zu tun hatte.

Er befahl: »Schicken Sie mir eine neue Eskorte. Und räumen Sie diese Schweinerei hier weg. Es darf niemand etwas erfahren, bevor nicht eine Untersuchung durchgeführt worden ist.«

Es war für den Augenblick die richtige Haltung gewesen.

Auch wenn es kaum zu glauben war, befand er sich innerhalb von Sekunden wieder auf seinem Weg. Der Hauptmann und drei Soldaten hatten seine Begleitung übernommen.

Das Problem, was auf lange Sicht zu tun sei, blieb jedoch bestehen.

XII

Eigentlich waren es zwei Probleme, dachte Orlo im Weitergehen. Das eine war das fortwährende Gefühl des Schocks über das, was sich ereignet hatte.

Damit werde ich mich später befassen, sagte er zu sich selbst ... Denn das zweite Problem – was wegen der Morde unternommen werden mußte – war von äußerster Dringlichkeit. *Etwas* mußte geschehen. Aber was?

Kurze Zeit spielte er in Gedanken mit einer gefährlichen Möglichkeit: Kann ein Präsidiumsmitglied einen Vorfall wie diesen geheimhalten? Oder, mit anderen Worten: Konnte ein Befehl in der Art wie der von vorhin den Hauptmann davon abhalten, die Katastrophe seinen Vorgesetzten zu melden?

Ungern gestand er sich ein, daß das unwahrscheinlich war. Die Toten mußten vermißt werden. Es war eingetragen worden, daß sie den Palast verlassen hatten, und es würde auffallen, daß sie sich nicht zurückmeldeten. Orlo beschloß, jemanden zu fragen. Nur – wen?

Wie sich herausstellte, mußte auch diese Entscheidung aufgeschoben werden. In diesem Augenblick bogen er und seine Eskorte um eine Ecke. Genau vor ihnen stand eine Tür offen. Dahinter lag ein großer, hell erleuchteter Raum, der wie ein Großraumbüro für eine große Zahl von Mitarbeitern wirkte.

Beim Näherkommen erkannte Orlo, daß es sich nicht um einen einzigen Raum handelte, sondern um eine ganze Reihe von Büros, die durch transparente Trennwände abgeteilt waren. In jedem saßen drei, vier oder fünf Personen. Ein gemeinsamer Korridor lief an dieser prächtigen Anordnung von Schreibtischen, Aktenschränken und Büromaschinen entlang.

»Was ist das?« fragte Orlo den Offizier, der ihn hierhergeführt hatte.

»Das ist Ihr Hauptquartier, Sir. Irgendwo dort drinnen befindet sich der Bürovorsteher, ein Mr. Bylol. Ich werde ihn für Sie suchen.«

»Lassen Sie, ich werde ihn schon finden«, antwortete Orlo. »Sie können an Ihren Posten zurückkehren.«

Er sah dem davonmarschierenden Zug nach. Dann betrat er den Büro-Korridor. Eine Tür an seinem Ende flog plötzlich auf, und ein schlanker Mann eilte auf ihn zu. Atemlos kam er bei ihm an. Er hatte ein glattes Gesicht, war teilweise kahl und wirkte im allgemeinen wie der typische Buchhalter.

»Mr. Thomas«, japste er, »ich wurde gerade eben erst informiert, daß Sie kommen würden. Bitte verzeihen Sie, daß ich Sie nicht an der Tür empfangen habe. Mein Name ist Bylol, und ich bin Ihr Verwaltungsassistent. Erlauben Sie mir, Sie herumzuführen.«

Diese Erlaubnis wurde ihm erteilt.

. . . Irgendwer mußte die Frage gestellt haben: Wie groß soll das Büro für einen Mann sein, der noch zwei oder drei Tage zu leben hat? – Antwort: Wenn er zwanzig Jahre alt ist und Sie ihm seine Ahnungslosigkeit erhalten wollen, muß es größer sein, als er es erwartet, und es muß darin leerer Raum für geplante Erweiterungen vorhanden sein, damit er glaubt, er habe eine Zukunft.

Orlo wanderte von einer Abteilung zur anderen und versuchte, sich alles zu merken: Physik, Mathematik, Elektronik, Fotografie, Biologie, Astronomie, Raketentechnik, Transportwesen, Maschinenbau, Elektrotechnik – und dann kamen die leeren Büros.

Mr. Bylol erläuterte: »In wenigen Tagen wird weiteres Personal eintreffen. Wie ich hörte, wird ein neues Projekt in Angriff genommen.«

»Ja«, nickte Orlo und versuchte sich zu erinnern, was für ein Projekt das war. Gestern beim Mittagessen hatten die Wissenschaftler darüber gesprochen, aber ihm fiel nichts weiter mehr ein als –

»Higenroth«, sagte er.

»Das Durchdringungssystem«, lächelte der schlanke Mann und rieb die Flächen seiner langen, dünnen Hände ausdrucksvoll aneinander.

Beinahe wäre Orlo der Versuchung erlegen, so zu tun, als

wisse er darüber Bescheid. Er wunderte sich über sich selbst. »Später möchte ich in kurzen Zügen darüber unterrichtet werden«, ordnete er an.

Mr. Bylol lächelte. »Diesen Wunsch haben wir vorausgesehen. Es sind Zusammenfassungen vorbereitet worden. Natürlich nur –« Sein Lächeln verblaßte »– soweit das durch Sekretariatspersonal möglich ist. Die wirklich wichtigen Informationen werden Ihnen die Wissenschaftler geben müssen.« Seine Stimme klang schuldbewußt.

Orlo nickte ihm beruhigend zu. Aber dies Nicken hatte noch mehr zu bedeuten. Er akzeptierte damit, daß das gesamte Sekretariatspersonal zu seiner Verfügung stand und daß er das ganze Büro mit seiner Einrichtung unter seiner Kontrolle hatte. Als ihm dieser letzte Gedanke durch den Kopf schoß, befand er sich gerade in einem der Büros. Plötzlich kam ihm zu Bewußtsein, was schon zu Beginn der Besichtigung seine Neugierde erregt, dann aber beiseite geschoben worden war. Er fragte: »Was ist in diesen Aktenschränken?«

Nein, eine bloße Frage genügte nicht, um zu zeigen, daß er die Kontrolle ausübte. Daher ging er hin und zog eine Schublade auf. »Vertraulich – darf nur von befugten Personen geöffnet werden«, stand darauf. Das Gewicht der Schublade zeigte, daß sie gefüllt war. Noch wichtiger war, daß sich die beiden jungen Frauen und der etwas ältere Mann, die sich bei seinem Eintritt erhoben hatten, nicht von der Stelle rührten. Und Mr. Bylol stand da, rieb sich die Hände und lächelte.

Orlo zog willkürlich einen der Aktendeckel heraus. Es war ein detaillierter Bericht über jede Minute des letzten Tages im Leben von Professor Dun Higenroth, beschrieben von verschiedenen Personen und ergänzt durch eingehende Befragungen Eidys.

Orlo blätterte den Bericht nur flüchtig durch.

Um all das durchzuarbeiten, würde er lange Zeit brauchen, und genau darin mußte die Täuschung liegen. Man wollte, daß er wartete, anstatt zu handeln. Aber er mußte schnell handeln.

Der Buchhalter-Typ führte ihn jetzt über den Korridor zu einem Raum, dessen Wände nicht transparent waren. »Ihr Privatbüro, Sir.« Zunächst kam man in ein Vorzimmer, wo drei junge Frauen an Schreibtischen saßen. Natürlich sprangen auch sie schnell auf, lächelten und verbeugten sich, als ihre Namen genannt wurden.

An das Vorzimmer schloß sich das Büro der Privatsekretärin an, wo nur eine junge Frau an einem etwas größeren Schreibtisch mit umfangreicher Ausstattung saß: einer Gegensprechanlage mit Bildschirm, einer kleinen Schalttafel, einer Anlage zum Kopieren wichtiger Dokumente. Wie alle anderen erhob sich die junge Frau eilends, als die beiden Männer eintraten. Sie hatte schwarzes Haar, ein rundes Gesicht und eine ausgezeichnete Figur. Orlo kam sie irgendwie bekannt vor. Bylol setzte dazu an, sie vorzustellen, als Orlo sich an Lidla erinnerte.

Das ist komisch, dachte er. Wie kommt sie hierher?

Er trat an ihren Schreibtisch. »Ich möchte Ihnen danken, daß Sie gestern abend so freundlich zu mir waren.«

Lidla errötete. Von seinem Platz aus konnte Orlo auch die Mädchen im Vorzimmer sehen. Sie hatten die Augen weit aufgerissen und waren offensichtlich neidisch. Es mußte ihnen phantastisch vorkommen, daß ein Präsidiumsmitglied ein persönliches Wort an eine Sekretärin richtete.

Schon öffnete Bylol die Tür hinter Lidlas Schreibtisch. »Sir, Ihr eigenes Büro.«

Orlo erfaßte zuerst nur, daß es sich um einen großen Raum mit einem Parkettfußboden handelte. Er war ebenso üppig eingerichtet wie sein Appartement im Palast. Beide Seitenwände waren mit Büchern bedeckt. Die Rückwand bestand aus Glas. Fenstertüren führten in einen Garten. Zwei weitere durchscheinende Türen öffneten sich – mein Gott! – in eine Küche und in ein Schlafzimmer.

Er hatte also hier eine zweite Wohnung. Das Schlafzimmer war mit dem gleichen Spannteppich und den gleichen Brücken ausgestattet. Der Wandschmuck, das gedämpfte Licht und das übergroße Bett machten den Raum zu einem genauen Duplikat dessen, der zu seinem Appartement im Palast gehörte.

Als er mit achtzehn, wie es das Gesetz für Jungen und Mädchen vorschrieb, das Heim seiner Eltern (der Thomas') verlassen hatte, was man »den ersten Schritt zur Selbständigkeit« nannte, war ihm in einem Wohnturm neben anderen Wohntürmen ein winziges, trostloses Zimmer zugewiesen worden. In dem Wohnblock gab es Einkaufszentren und andere Einrichtungen, die nur ledigen Männern zur Verfügung standen. Strenge Vorschriften mußten beachtet werden. Nachts durfte man den Block nur mit einem Erlaubnisschein verlassen.

Am anderen Ende der Stadt, meilenweit entfernt, gab es einen ähnlichen Komplex für ledige Frauen. Die Brücke zwischen den beiden Gruppen war ein Vermittlungscomputer. Dieser Maschine stellte man einen Antrag auf Heiratserlaubnis, indem man ein umfangreiches Formular ausfüllte.

Aus *jener* Umgebung innerhalb von zwei Tagen in *diese!*

Es war nicht leicht, die Ruhe zu bewahren, doch Orlo bemühte sich darum. Er ging an den großen Schreibtisch vor dem gewaltigen Panoramafenster, nahm auf dem luxuriösen Sessel Platz und lehnte sich zurück. Dann zog er die Schubladen auf. Sie waren alle voll, doch er prüfte den Inhalt nicht weiter.

Sein Verstand arbeitete fieberhaft. Er faßte einen Entschluß. Er wollte mit denselben Leuten wie gestern zu Mittag essen. Deshalb befahl er Bylol, ihm an jenem Tisch einen Platz zu reservieren. Als das erledigt war, verlangte er, eins der Mädchen solle ihm die Zusammenfassung über die Higenroth-Sache hereinbringen.

Lidla brachte sie ihm. Er fragte sie, wie sie in sein Büro gekommen sei.

»Ich habe mich freiwillig gemeldet, als ich Ihr Gesicht im Fernsehen sah«, antwortete sie.

»Warum?«

Sie war bei seiner ersten Frage ein wenig errötet. Jetzt wurde sie blutrot. Aber ihre Stimme klang fest. »Jeder hofft, daß ihm in seinem Leben etwas Besonderes begegnet. Ich hoffe darauf, daß unsere zufällige Begegnung gestern abend zu etwas Besonderem für mich führen wird.«

»Zum Beispiel?«

»Es ist schon recht gut, daß ich Ihre Sekretärin bin«, erklärte sie. »Aber natürlich wünscht sich eine Frau vor allem, daß ein Mann von Bedeutung ein persönliches Interesse für sie entwikkelt.«

Orlo hatte es kommen sehen. Aber er war neugierig, und Diskussionen über intime Angelegenheiten setzten ihn nicht in Verlegenheit. »Haben Sie Zugang zu Antibaby-Pillen?« fragte er.

»Ich bin überzeugt, daß Sie sie für mich bekommen können.«

»Und Sie sind bereit, sie zu nehmen?«

»Sofort.«

Plötzlich bebte ihre Stimme, und ihre braunen Augen wurden feucht. »Um Gottes willen, Sir«, flehte sie, »besorgen Sie die Pillen. Ich bin zweiundzwanzig, und mein Antrag auf Verheiratung ist abgelehnt worden, und wenn Sie es nicht sind, werde ich nie in meinem Leben einen Mann haben.«

Orlo ließ sich in seinen Sessel zurücksinken. Dieser Gefühlsausbruch war so plötzlich gekommen, daß er ihn überwältigt hatte. Endlich brachte er hervor: »Warum dürfen Sie nicht heiraten?«

»In der Familie meiner Mutter hat es vor zwei Generationen Geisteskrankheit gegeben.«

»Ich verstehe. Aber –«

Er verstand nur, daß der geistesgestörteste Mensch dieses Planeten, daß Martin Lilgin Herr über Leben und Tod war. Er entschied, welche Eigenschaften vererbt werden durften und welche nicht, er formte alle Rassen, er verweigerte, billigte, verhinderte, erlaubte, verdammte, förderte und so weiter und so weiter bis zum Übelwerden, und das alles nach den Richtlinien, die er in seinem Gehirn – einem einzigen menschlichen Gehirn – ausgebrütet hatte. Im Grunde war jedoch nichts Schlechtes dabei, wenn man erbliche Geisteskrankheit aus der menschlichen Rasse herauszüchtete; jedenfalls drängte sich dieser Gedanke Orlo auf.

»Aber«, fuhr Orlo fort, »solche Personen dürfen doch heiraten, wenn sie sich verpflichten, keine Kinder in die Welt zu setzen.«

»Ich bin als Mutter-Typ eingestuft«, erwiderte die junge Frau.

»Das heißt, Ihre Zuverlässigkeit im Einnehmen der Pillen wird bezweifelt?«

»Ja. Ich würde jede Gelegenheit nutzen, um ein Kind zu bekommen.« Sie sprach ruhig und ohne Schuldbewußtsein.

»Also müßte ich Ihnen die Pille geben und zusehen, wie Sie sie schlucken?«

»Ja.« Mehr nicht.

»Nun, wir können später weiter darüber sprechen«, meinte Orlo freundlich. »Ich verspreche, daß ich mich nach den Möglichkeiten, Pillen zu bekommen, erkundigen werde.«

»O danke!« Sie brach in Tränen aus. »Ich verspreche Ihnen, ich werde die vollkommene Mätresse sein, ich werde mich Ihnen völlig anpassen, ich werde niemals in der Öffentlichkeit auf unser Verhältnis anspielen, ich werde Sie immer mit Mr. Thomas anreden –«

Orlo lächelte. »Ich begrüße es, daß Sie wissen, welche Verpflichtungen ein solches Verhältnis mit sich bringt.« Er nahm das Manuskript auf, das vor ihm auf dem Schreibtisch lag. »Ist dies der Higenroth-Bericht?«

»Ja . . . Mr. Thomas.«

»Lidla, ich muß das hier vor dem Mittagessen gelesen haben«, bemerkte er ernst. »Es gibt kein Entrinnen. Wollen Sie also ein braves Mädchen sein und zurück in Ihr Büro gehen, bis ich Sie rufe?«

»Natürlich.« Sie zog ein winziges Taschentuch aus dem Ausschnitt und wischte sich die Tränen ab. »Machen Sie sich keine Gedanken«, sagte sie. »Ich habe mich schon wieder gefaßt.«

Damit drehte sie sich um, verließ das Büro und schloß die Tür hinter sich. Orlo, wieder allein, hätte sich gern in seinem Sessel zurückgelehnt und darüber nachgedacht, warum er Lidla nicht sofort und ebenso eindeutig abgelehnt hatte wie Sheeda, die ihn geistig und körperlich mehr anzog . . .

Er verbannte den Wunsch, die Angelegenheit zu analysieren. Das war eine seiner speziellen Fähigkeiten: Er konnte Gedanken beiseite schieben und sie zu einem geeigneten Zeitpunkt wieder hervorrufen. Dadurch war er imstande, alles in der richtigen Reihenfolge zu erledigen.

Entschlossen begann er, die Zusammenfassung über Higenroth zu lesen. Und mit jeder Seite merkte er deutlicher, daß er nicht bei der Sache war.

Er mußte immerzu an Lidla denken.

Das war erschreckend. Aber, so mußte er sich eingestehen, überraschend war es nicht.

Orlo trat an die Tür und sagte zu Lidla: »Bitten Sie Mr. Bylol, in mein Büro zu kommen.« Bylol erschien sofort. Als er die Tür hinter sich geschlossen hatte, sprach Orlo ihn an: »Bitte besorgen Sie bis heute nachmittag eine Flasche Antibaby-Pillen für mich.«

»Mit wieviel Pillen, Sir?«

»Oh –« Er wußte so gut wie nichts darüber. »Sagen wir, der Wochenbedarf für eine Person.«

»Für eine männliche oder eine weibliche Person, Sir?«

Orlo war es neu, daß es auch Pillen für Männer gab. Daher zögerte er. Er persönlich war gar nicht wild darauf, eine solche Droge zu schlucken. Aber er überwand sich. »Sowohl als auch.

Sehen Sie darauf, daß die beiden Flaschen deutlich gekennzeichnet sind.«

Er hatte kaum eine halbe Stunde weiter in seinem Bericht geblättert, als Mr. Bylol eigenhändig ein kleines Päckchen auf seinen Schreibtisch legte. »Die Pillen für eine Frau können Sie jederzeit vom Versorgungszentrum im Palast abrufen«, erklärte der würdige Mann. »Hier sind sie. Die Pillen für einen Mann müssen erst besorgt werden, aber sie werden morgen abend hier sein.«

Das verriet eine Menge über die Einstellung der Männer im Palast, dachte Orlo. Er nickte nur und entließ Bylol.

Orlo lehnte sich in seinem Sessel zurück. Er hatte ein Gefühl von Atemnot. Noch einmal führte er sich vor Augen, daß es falsch war, als seine erste Frau die zu wählen, die ihm weniger gefiel. Aber irgendwie war die Jungfräulichkeit einer guten Frau kostbarer als die eines Mannes. Folglich mußte Sheeda beschützt werden. Und die ältere, reifere Lidla war gerade die richtige für ein Experiment. Und sie hatte sich freiwillig angeboten.

Orlo las die Gebrauchsanweisung auf der Flasche und rief Lidla über die Sprechanlage herein. Er reichte ihr eine Pille und sah zu, wie sie sie pflichtbewußt schluckte.

»Jetzt gehen Sie in mein Schlafzimmer, ziehen sich aus und legen sich ins Bett«, sagte er. »Ich komme in zehn Minuten zu Ihnen.«

Das tat er auch.

In weniger als einer halben Stunde war er zurück an seinem Schreibtisch. Und jetzt konnte er sich wie gewohnt konzentrieren. Den Rest des Vormittags beschäftigte er sich mit dem Higenroth-Fall. Natürlich wußte er nicht, daß in dem Bericht eine wesentliche Tatsache ausgelassen war, nämlich der Austausch des Higenroth-Babys gegen das Thomas-Baby. Ebensowenig wußte er, daß es heftige Debatten darüber gegeben hatte, ob man ihn den Bericht überhaupt lesen lassen sollte, was der Diktator für einen Unsicherheitsfaktor hielt. Zum Schluß hatte – wie immer – die eiskalte Logik gesiegt.

Man hatte mit Orlo Thomas folgendes vor:

An seinem 21. Geburtstag (so war anzunehmen) würden in ihm spontane Ideen über jenes Durchdringungssystem aufsteigen, dem sein Vater den mißverständlichen Namen Gedankenfenster gegeben hatte, genau die Ideen, die Professor Higenroth ihm eingegeben hatte, als Orlo ein wenige Stunden alter Embryo gewesen war. Wenn Orlo sich nun kurz vor seinem Geburtstag intensiv mit Unterlagen und Berichten über den Higenroth-Fall beschäftigte, mußte er glauben, allein auf die neuen Gedanken gekommen zu sein. Er würde nie vermuten, sie seien eine Botschaft aus der Vergangenheit. Jedenfalls hoffte man, er werde so reagieren.

Aber wie er auch reagieren mochte, unter keinen Umständen würde man ihm die Gelegenheit zu einem persönlichen Kontakt mit dem Diktator geben.

Sollten Zweifel über die Quelle seines Wissens bei ihm auftauchen, würde er sofort getötet werden.

In diesem Fall war Lilgin, wenn auch bedauernd, fest entschlossen, zu vergessen, daß ihm nur der Sohn des Erfinders die Geheimnisse des Durchdringungssystems enthüllen konnte. –

Die Nachricht über den Mord an den fünf Soldaten schlug ein wie eine Bombe. Der ursprüngliche Plan wurde demzufolge augenblicklich geändert.

Zwei von den mehr als zweihundert Wissenschaftlern hatten verraten, daß sie über Waffen verfügten, die man nicht bei ihnen vermutet hatte. Es war ein schweres Versagen des Sicherheitsdienstes, und es würden deswegen Köpfe rollen. Als erstes jedoch mußte verhindert werden, daß Orlo jemals wieder in die Nähe eines der Wissenschaftler kam.

Wie konnte man das erreichen, ohne seinen Argwohn zu erregen?

Orlos Bürotür flog auf, und Mr. Bylol stürzte keuchend herein. Seine Augen rollten fast aus ihren Höhlen. »Sir!« stieß er hervor. »Ich bitte um Entschuldigung. Präsidiumsmitglied Jodell ist am Telefon.«

Es schien den Mann zu überwältigen, daß eine so bedeutende Persönlichkeit anrief. Seine Knie zitterten, seine Lippen bewegten sich tonlos. Er zeigte auf den Apparat auf Orlos Schreibtisch und gestikulierte, als wolle er sagen: »Um Gottes willen, schnell!«

Orlo erinnerte sich, Jodell gestern abend beim Dinner kennengelernt zu haben. Er war etwa einssiebzig groß mit Hängebacken, und er hatte zu den betrunkenen Sängern gehört. Aber als man zu Tisch gegangen war, hatte Orlo auch bemerkt, daß seine kalten Augen keine Spur von Berauschtheit gezeigt hatten.

Jodell, der Mann, der nach Megara das wichtigste Mitglied des Obersten Präsidiums war, wenn auch beide Lilgin gegenüber nur den Status von Befehlsempfängern hatten.

Jodell – Nummer Drei in der Hierarchie der Macht.

Orlo spürte, wie ein Zittern ihn durchlief. Doch sonst war er ganz ruhig. Er schaltete seinen Apparat ein und sagte zu dem Gesicht, das auf dem Bildschirm erschien: »Sir, ich stehe zu Ihrer Verfügung.«

»Sind Sie allein?« erklang eine Baritonstimme.

Orlo winkte Bylol ab, der sich sofort rückwärts entfernte und die Tür geräuschlos hinter sich schloß.

»Jetzt bin ich allein, Sir.«

»Der Chef hat mich gerade angerufen. Er hält es für ratsam, wenn Sie die nächsten Tage ausschließlich dazu benutzen, sich mit der Higenroth-Angelegenheit gründlich vertraut zu machen.«

»Ich lese im Augenblick eine Zusammenfassung darüber, Sir.«

»Das ist nur der erste Anfang.« Sein Ton machte die Zusammenfassung zu einer Bagatelle. »Sie müssen persönlich mit den Augenzeugen sprechen. Besuchen Sie doch heute nachmittag die ehemalige Mrs. Higenroth und sprechen Sie mit Dr. Glucken. Übrigens, Sie werden keine Zeit haben, heute oder morgen mit den Wissenschaftlern zu Mittag zu essen, und für das Dinner heute abend mit Lilgin auch nicht. Morgen abend können Sie wieder an dem Dinner im Palast teilnehmen. Wir hoffen alle, daß Sie bis dahin die Sache schon einigermaßen im Griff haben.«

Das war eine Menge an Ratschlägen und Einzelheiten auf einmal. Für Orlo bedeutete es, daß ihm noch weniger Zeit blieb, als er gedacht hatte. Außerdem würde er zum Zweck dieses Besuchs den Palast verlassen müssen.

Als Orlo letzteres zu Bewußtsein kam, fuhr er überrascht zusammen. Er war irgendwie davon überzeugt gewesen, er werde immer noch als Gefangener betrachtet und man werde ihm nicht erlauben, sich aus dem Palast zu entfernen.

Nummer Dreis weitere Worte bestätigten, daß dem nicht so war. »Mein junger Freund, Ihr Stab kann anfordern, was immer Sie benötigen: einen Jet zum Flug an jeden beliebigen Ort der Erde, Wagen, militärische Eskorten, Ausrüstungen, Adressen, Informationen. Alles wird Ihnen sofort zur Verfügung gestellt werden.« Wohlwollend setzte er hinzu: »Wenn es der Zweck erforderlich macht, können Sie sogar ein Schlachtschiff verlangen.«

Gib dem Burschen unbeschränkte Macht, und er wird nicht mehr klar denken können.

Orlo schluckte. »Ich werde sofort aufbrechen. Und – danke, Sir.«

»Danken Sie nicht mir«, antwortete Jodell. »Danken Sie dem Chef. Er schlug es vor. Er scheint viel von Ihnen zu halten. Auf Wiedersehen.«

»Der Chef . . . scheint viel von Ihnen zu halten . . .«

Darüber muß ich erst nachdenken, sagte Orlo ganz benommen zu sich selbst.

Durch einen Knopfdruck rief er Mr. Bylol herbei und ließ ihn alle Hebel in Bewegung setzen für das, was der Chef »vorgeschlagen« hatte.

Der Jet solle um 14 Uhr starten. Die Gluckens seien von seinem bevorstehenden Besuch zu benachrichtigen.

Erst dann, und wie es ihm selbst vorkam, etwas verspätet, zog Orlo vorsichtig ein Stück Papier aus seiner Brieftasche. Es trug, in einem speziellen Code geschrieben, die Überschrift: »Wie ein Jugendlicher es vermeiden kann, zur Marionette des Diktators gemacht zu werden.« Er arbeitete daran seit fünf Jahren, seit er zum ersten Mal durchschaut hatte, wie das Regime funktionierte, und so viel er wußte, war die Liste niemals aus seinem Besitz gekommen.

Die erste Warnung lautete: »Denke daran, Rebellen leben nicht lange, seien sie jung oder alt. Hüte dich deshalb in einer Krise davor, dich von dem, was getan werden muß, ablenken zu lassen. Denke nicht, du könntest deine Zeit abwarten. Sei jetzt mutig.«

Er beschäftigte sich mehrere Minuten lang mit der Liste, doch gab es nur noch einen weiteren Gedanken, der auf seine Situation anwendbar war: »Prüfe den Status desjenigen, der den Befehl gab, durch den du abgelenkt werden solltest. Welche Macht hat er dir gegenüber? Kann er dich ernsthaft behindern? Wie ist der genaue Wortlaut dessen, was er gesagt hat? Waren Ausflüchte darin enthalten?«

Ab seinem fünfzehnten Lebensjahr war Orlo beinahe fünfzehnhundertmal nachts wach geworden und hatte scharf nachgedacht, um diese Sätze zu formulieren. Er hatte in diesen fünf Jahren immer dann, wenn er geneigt gewesen war, einer Gefahr aus dem Wege zu gehen, die Liste durchgesehen und nach der Warnung gesucht, die auf den speziellen Fall anwendbar war. Es hatte ihm immer neuen Mut gegeben.

Es war auch diesmal so.

Wovon er abgelenkt werden sollte, schloß er, war das Mittagessen mit den Wissenschaftlern.

Orlo schüttelte den Kopf. Es schien unlogisch zu sein. Weiteres Nachdenken brachte zusätzliche Verwirrung. Jodell war es, der mit ihm gesprochen hatte. Die Aussage kam nicht direkt von Lilgin.

Aber Lilgin wollte doch ganz sicher, daß das Durchdringungsproblem gelöst wurde. Und wenn es gelöst werden sollte, mußten die Wissenschaftler hinzugezogen werden.

Erneut las Orlo seine Liste durch. Aus zwei Gründen konnte Jodell ihm auf eigene Verantwortung die Teilnahme am Mittagessen verboten haben. Die erste Möglichkeit war, daß er bereits in den internen Machtkampf, wie er immer unter einem absoluten Herrscher stattfindet, hineingezogen worden war. Die zweite Möglichkeit war harmloser: Jodell, der selbst kein Wissenschaftler war, machte sich vielleicht nicht klar, daß ein Verfahrenstechniker wie Orlo Thomas die kreative Arbeit bei einer wissenschaftlichen Erfindung nicht selbst tun konnte.

Welche Macht hat Jodell mir gegenüber? . . . Da beide Männer Mitglieder des Obersten Präsidiums waren, stand fest, daß der ältere dem jüngeren wohl einen Rat, aber keinen Befehl geben konnte.

Den Wissenschaftlern, so entschied Orlo, wollte er nichts sagen, was sie in Aufruhr versetzen konnte. Ihnen brauchte nur mitgeteilt zu werden, was geschehen war, was von ihnen erwartet wurde und daß sie vorsichtig sein sollten.

»Vorsicht« mußte die Losung sein.

Ein im Prinzip unvorsichtiger Entschluß war damit gefaßt.

XIII

An seinem schimmernden Schreibtisch sitzend, ging Orlo von folgenden Voraussetzungen aus:

... In einem so großen und belebten Gebäude wie dem Palast ist es unmöglich, jede Einzelaktion zu überwachen, beziehungsweise, wenn sie überwacht wird, sie an eine höhere Ebene weiterzumelden.

Dementsprechend beauftragte er Bylol, die Cafeteria anzurufen und die Mittagszeit für Tisch Sieben von 13 Uhr auf 12.30 Uhr vorzuverlegen. Das heiße, die Wissenschaftler sollten ihre Plätze eine halbe Stunde früher einnehmen, während das Essen zur üblichen Zeit um 13 Uhr ausgegeben werden könne.

Um 12.22 Uhr erhob sich Orlo von seinem Schreibtisch und begab sich zu einer Seitentür seines Büros. Er öffnete sie mit einem Schlüssel, den Bylol ihm gegeben hatte, trat hinaus in einen engen Gang und schloß hinter sich wieder zu. Ein paar Schritte weiter befand sich eine zweite verschlossene Tür, die mit demselben Schlüssel geöffnet werden konnte.

Hinter ihr lag einer der Hauptkorridore von Communications City.

Ohne Begleitung, nur mit einer kleinen Pistole in seiner rechten Tasche, ging Orlo auf die Cafeteria der Wissenschaftler zu. Er betrat den Speisesaal um 12.27 Uhr. Gar Yuyu und Sandy McIntosh, die heute morgen die Soldaten getötet hatten, waren bereits anwesend, aber außerdem noch acht weitere Männer, so daß Orlo nicht allein mit ihnen sprechen konnte. Er begrüßte sie jedoch herzlich.

Yuyu antwortete fröhlich. Der lange, dünne rothaarige McIntosh dagegen war niedergeschlagen und geistesabwesend. Er sah beinahe so aus, als habe er Orlos Worte nicht gehört. Er nickte, wandte sich ab und setzte sich als erster an den Tisch.

Aus der beiläufigen Art, mit der alle Anwesenden sein Erscheinen zur Kenntnis nahmen, mußte Orlo schließen, daß sie von dem, was geschehen war, noch keine Ahnung hatten. Offensichtlich hatte nicht einmal Peter Rosten einen Tip von General Armidge, seinem Freund, erhalten, oder er mußte ein genialer Schauspieler sein. Er kam nämlich zusammen mit Ishkrin pünktlich um 12.30 Uhr herein, schüttelte Orlo die Hand und erklärte: »Mein Freund Ishkrin erzählte uns Einzelheiten über die Art Ihres gestrigen Verschwindens, und das hat uns alle besorgt gemacht.«

»Wie ist es ausgelaufen?« fiel Ishkrin ein. Er sah erleichtert aus. »Ich freue mich sehr, daß Sie wieder da sind.«

Orlo antwortete: »Warten Sie ein paar Minuten, dann werde ich der ganzen Gruppe meine Geschichte erzählen.«

»Sie wollen uns nicht einmal einen Hinweis geben?«

Der kleine Mann war erstaunt.

Jetzt trafen weitere Männer ein. Alle gingen an ihren Platz. Alle außer Orlo setzten sich.

Orlo blickte von einem zum anderen. An ein paar Namen konnte er sich noch erinnern.

Dann berichtete er ihnen kurz von seiner Beförderung. Als er zu Ende gekommen war, herrschte tödliches Schweigen.

Orlo erkannte, welchen Schock er ihnen versetzt hatte. Vor ihm saßen brillante Wissenschaftler, fähig zu abstraktem Denken auf höchstem Niveau, die sich mit dem Gedanken, daß manche Menschen eben unglücklich leben und sterben mußten, philosophisch in ihre Lage gefügt hatten. Und sie waren unglücklich und verzweifelt. Sie lebten in einer Welt, in der ein Geisteskranker glaubte, er habe das Recht der totalen Macht über jeden Menschen auf der Erde. Mit Vernunft war dagegen nichts auszurichten. Also handelten sie so, als sei es immer noch besser, zu leben als tot zu sein.

Doch ab und zu wurden sie in ihrer Gemütsruhe erschüttert. Zum Beispiel jetzt durch die Nachricht von seiner Ernennung – seiner unmöglichen Ernennung – zu einem Mitglied des Präsidiums.

Schweigen am Tisch. Die Männer sahen auf ihre Teller nieder. Keiner von ihnen lächelte. Es war beinahe so, als hätten sie aufgehört zu atmen. Orlo stand unbeweglich und wartete auf irgendeine Art von Antwort.

Sie kam von Anden Duryea. Der Mathematiker sah auf und bemerkte: »Ich bin gerade die verschiedenen Möglichkeiten in Verbindung mit – dieser Angelegenheit durchgegangen. Man stelle sich vor, da ist ein junger Mann von zwanzig Jahren, der bereits früher Widersetzlichkeit gegen die Pläne des Diktators gezeigt hat. Und das war keine ziellose Widersetzlichkeit, sondern eine, die sich gegen die grundlegende Politik richtete, sich der Ewig-Jungen und damit der Ewig-Unwissenden zu bedienen, um einen Tyrannen an der Macht zu halten. In diesem Fall scheint es keine Verbindung zwischen Ursache und Wirkung zu geben. Will der Große Mann einmal einen, der hinter sein System gekommen ist, aus der Nähe betrachten? Seine übliche Methode bei der Behandlung von Abweichlern ist entweder eine schnelle Hinrichtung oder eine schnelle und dauernde Einkerkerung.«

Hier richtete der alte Mann seine Augen auf Orlo. »Wo ist Ihr Büro?«

»Hier.«

»Ich verstehe.« Rosten nickte. »Dann sind Sie wahrscheinlich immer noch ein Gefangener.« Er heiterte sich sichtlich auf. »Es gibt nur noch einen anderen Mann im Kabinett, der in etwa in Ihrer Situation ist. Das ist Megara.«

Die Männer an dem langen Tisch erwachten aus ihrer Bewegungslosigkeit. Köpfe wandten sich einander zu, hier und da wurde ein Lächeln sichtbar.

»Wenn Sie, meine Herren, nur hätten sehen können, wie Sie eben reagiert haben«, meinte Orlo. »Doch darauf komme ich später zurück. Zunächst möchte ich Mr. Rosten um Auskunft über Megara bitten. Ich dachte, Megara sei Lilgins vertrautester Gefährte und Ratgeber. Ich habe gehört, daß der Führer, wenn er ein besonders wichtiges Problem zu lösen hat, Megara sogar im selben Zimmer schlafen läßt, damit er ihn nachts aufwecken und mit ihm diskutieren kann.«

Der Mathematiker nickte. »Aber Megaras Frau, die eine sehr lebhafte, leidenschaftliche Person ist – oder früher war –, versuchte einmal, ein einziges Mal, ein gutes Wort für einen Freund einzulegen. Sie wurde zu acht Jahren Gefängnis verurteilt. Die Anklage lautete auf Mißbrauch einer Vertrauensstellung, reaktionäre Palastpolitik und Versuch der Einflußnahme. Die acht Jahre waren vor drei Jahren zu Ende, aber sie ist immer noch im Gefängnis, und niemand wagt ein Wort zu sagen.«

Am breitesten lächelte Sandy MyIntosh. Orlo, der es bemerkte, sagte schnell: »Ein Schuldschein über eine Milliarde für Ihre Gedanken, Mr. McIntosh.«

»Was wir hier haben«, antwortete der Ingenieur, »ist eine ad absurdum getriebene Logik. Ich glaube, die alten Jesuiten waren die ersten, die diesen Irrtum begingen. Sie pflegten eine Person, die sie für ihre Dienste zu gewinnen suchten, zu fragen, ob sie an

Gott glaube. Natürlich tat in den frühen Tagen der Christenheit jeder gut daran, an Gott zu glauben. Der unschuldige Befragte antwortete also ja. Gleich darauf kam die nächste Frage. Glaubte er an ein Leben nach dem Tod? Natürlich war er gut beraten, wenn er auch daran glaubte. Nachdem er auf diese Weise festgenagelt war, wurde er gefragt, ob er glaube, daß sein künftiges Leben im Himmel davon abhinge, was er auf Erden getan habe. Natürlich glaubte er das. Nun, am Ende führte diese Logik dazu, daß das Opfer nicht mehr anders konnte als seine weltlichen Güter aufzugeben, den fleischlichen Lüsten – einschließlich seiner Frau und seiner Familie – zu entsagen, ein härenes Hemd unter seiner feinen Kleidung zu tragen und den Rest seines Lebens dem Dienst Gottes zu weihen.«

»Wo liegt da der Irrtum?« fragte ein dicklicher Mann am Ende des Tisches.

»Lassen wir's«, erwiderte Sandy. »Man versteht es entweder sofort oder gar nicht. Ich will Ihnen jedoch einen Anhaltspunkt geben. Nach dieser Art von Logik ist alles, was Lilgin tut, wohlgetan.«

Dazu wurden verschiedene Bemerkungen gemacht. Der Mann von Platz Zwei-West sagte: »Das ist hier bestimmt ein ungewöhnliches Ereignis. Und es wird Rückwirkungen auf jeden haben, der irgendwie damit in Verbindung steht. Ich empfehle dringend, daß Mr. Thomas sein Testament macht. Je jünger sie sind, desto eher gehen sie, habe ich immer beobachtet. Und er ist der Jüngste, der je so weit gekommen ist.«

Nur zu bald war es ein paar Minuten vor eins und damit an der Zeit, sich um das Essen anzustellen, wenn man nicht leer ausgehen wollte. Orlo bestand darauf, daß seine Tischgenossen sich vor ihm anreihten.

Er lud sich nur wenige Bissen auf seinen Teller, kehrte an den Tisch zurück und aß eine Weile. Dann meinte er im Gesprächston: »Sie haben sich doch sicher Gedanken über die Rakete gemacht, die Higenroth hochschickte. Können Sie mir etwas darüber mitteilen?«

Dabei ließ er seinen Blick ringsum wandern, und er stellte zu seiner Überraschung fest, daß über so gut wie jedes Gesicht ein vergnügtes Schmunzeln zog. Aber keiner sagte etwas.

Orlo richtete seine Aufmerksamkeit auf den Mann mit der Platznummer Sechs-Ost.

»Mr. Ho«, fragte er, »was hat die Abteilung für Astronomie dazu zu sagen? Wenn sich die Rakete im Orbit befindet, warum kann man sie dann nicht aufspüren?«

Jimmy Ho sah belustigt aus. »Da oben gibt es eine Menge Raum, Junge. Wissen Sie nicht, daß Tombaugh die Behauptung aufstellte, es müsse noch ein paar kleine Monde geben? Das heißt, so klein nun auch wieder nicht, fünf bis zehn Meilen Durchmesser. Und niemand hat sie bisher finden können.«

Allmählich wurde Orlo ein wenig gereizt, weil er keine klare Auskunft bekam. »Mr. Ho«, erklärte er, »ich habe das Gefühl, Sie wollen das Problem gar nicht lösen. Warum nicht?«

»Jetzt versuchen Sie, mir Angst einzujagen, Junge. Das war eben die Stimme der Macht.«

»Ich bitte um Verzeihung. Ich verstehe es einfach nicht.«

»Und ich habe den Eindruck, trotz all Ihrer Proteste sind Sie scharf darauf, Lilgin eine Lösung präsentieren zu können.«

»Eine Minute«, erwiderte Orlo. Er lehnte sich auf seinem Stuhl zurück und dachte stirnrunzelnd nach. Schließlich nickte er. »Sie haben recht. Aber außerdem bin ich ehrlich neugierig. Die ganze Angelegenheit scheint ein technisches Geheimnis erster Güte zu sein.«

Er wandte sich an Ishkrin. »Sir, welches ist Ihre Meinung in Anbetracht der Richtung, die die Entwicklung nimmt? Sollte man in Communications City mit dem Brauch, Forschungsarbeiten in aller Ruhe durchzuführen, brechen und sich beeilen? Oder sind Sie anderer Ansicht als ich?«

Ishkrin strich seinen Schnurrbart. Er lächelte ironisch. »Higenroth war, wie allgemein anerkannt wird, ein Genie. Aber wenn die im Orbit befindliche Ausrüstung jemals anfinge zu senden, würde es – Moment mal – ungefähr drei Sekunden dauern, bis man sie entdeckt hätte.« Er spreizte die Finger. »Daher hörte das Problem bei Higenroths Tod auf, ein Problem zu sein.« Ein Schulterzucken. »Warum also die ganze Aufregung?«

»Ist das Seiner Exzellenz jemals auseinandergesetzt worden?« erkundigte Orlo sich.

»Mehrmals«, antwortete der ältere Mann auf Platz Drei-West.

»Man muß daran denken«, fiel Yuyu ein, »daß Lilgin ein perfektes Durchdringungssystem, das ja gleichzeitig ein perfektes Ausforschungssystem wäre, gern unter seiner Kontrolle haben möchte. Schon jetzt wird auf diesem Gebiet Hervorragendes geleistet. Stellen Sie sich einmal vor, wohin es führen würde, wenn dazu noch zehn Millionen Durchdringungsmaschinen in allen Teilen der Welt in Betrieb genommen würden. Vergessen Sie das Ganze, mein Sohn. Wir werden dafür nicht einen Finger krumm machen. Soll er doch seine Speichellecker an diese Arbeit setzen.«

Erneut ließ Orlo seinen Blick von einem zum anderen wandern. Und wieder erstaunte es ihn, daß er aus allen Gesichtern, eines ausgenommen, Zustimmung zu Yuyus Worten ablesen konnte. Bis jetzt hatte er diese Männer für traurige Beispiele frustrierter Genies gehalten. Er hatte geglaubt, sie würden sich sofort mit ihrem Spielzeug – Bildschirmen, Lasern, Verstärkern, Farbwertbestimmern und allem was es da gab – an die Arbeit machen.

Aber so war es durchaus nicht.

Er stand auf. »Meine Herren, ich würde es begrüßen, wenn Sie unter Berücksichtigung meiner Lebensgeschichte überdenken würden, ob es nicht doch eine gute Idee wäre, die Rakete ausfindig zu machen. Lilgin braucht sie erst dann übergeben zu werden, wenn Sie von ihm die Magna Charta der Wissenschaft bekommen haben.«

Niemand antwortete. Auf allen Gesichtern lag ein schwaches, höfliches Lächeln.

Orlo richtete sein Augenmerk auf das eine Gesicht, das vorhin keine Zustimmung zu der Meinung der anderen gezeigt hatte. »Sir«, sagte Orlo, »wie ist Ihr Name?« Es war der etwas dickliche Mann auf Platz Nummer Zwölf-West, der gestern abend angekündigt hatte, er werde in die Bibliothek gehen, um über die Durchdringungstheorie nachzulesen.

»Joe Ambers, chemische Brennstoffe«, war die Antwort. Ruhig fuhr er fort: »Die ganze Vorstellung vom Widerstand gegen die Wünsche des Diktators ist falsch. Überlassen wir ihn der Natur und dem wissenschaftlichen Fortschritt, und alles wird sich von selbst regeln. Sir«, sprach er Orlo direkt an. »Überzeugen Sie diese Narren hier, daß sie weiterforschen sollen. Neue Ideen sind die Lösung für alle Probleme.«

»Also das ist entweder das letzte an Optimismus«, platzte sein Nachbar heraus, »oder die beste Haltung, die ein Spion der Verwaltung einnehmen kann.«

»Ich nehme an«, sprach Ambers mit der gleichen ruhigen Stimme weiter, »daß die meisten der hier anwesenden Herren der zweiten Möglichkeit zuneigen. Ich kann nur wiederholen, daß . . .«

Er sah von einem zum anderen. »Es scheint mir niemand zuzuhören.«

»Ich höre Ihnen zu«, sagte Orlo.

»Ich weiß«, meinte der Dicke, »aber jetzt sind sie auch gegen Sie. Wenn Sie mit uns sprechen, wird es wie eine Methode aussehen, zwischen uns beiden geheime Informationen auszutauschen.«

Orlo wunderte sich. »Ich stelle fest, daß es hier mehr Paranoia gibt, als ich ursprünglich angenommen hatte. Ich bin persönlich schon früh zu dem Entschluß gekommen, daß die Herrschaft des Führers schlimm genug ist, ohne daß man sich zusätzliche Verfolgungen einbildet.«

McIntosh machte eine Handbewegung. Er erklärte einfach: »Wir können Ihnen nicht mehr trauen, mein Junge.«

»Aus ganz bestimmten Gründen habe ich die Absicht, Ihr Vertrauen, Mr. McIntosh, und das von Mr. Yuyu zu gewinnen.«

»Was Sie auch tun mögen, ich kann mir nichts vorstellen, was mich zu überzeugen vermöchte«, erwiderte der hagere Schotte. »Für Lilgin bedeutet schließlich der Tod von einem halben Dutzend oder einem halben Tausend Menschen gar nichts. Unterdrückung oder Enthüllungen, Gnade oder Strafe könnten zu einem Plan gehören, bei dem das Schicksal der betroffenen Leute den geringsten Stellenwert hat.«

Orlo nickte widerstrebend. »Sie haben recht, Sir.« Er warf einen Blick auf seine Uhr. »Ich wünschte, ich könnte bleiben und versuchen, doch noch zu einer gemeinsamen Basis mit Ihnen zu kommen. Aber ich muß gehen. Ich sehe ein, daß es sich um ein sehr ernstes Problem handelt. Bleibt nur zu hoffen, daß wir uns vor meiner vorhersehbaren Exekution noch einmal wiedersehen.«

Damit drehte er sich um und ging davon.

Fünfzehn Minuten später ging er an Bord des Superjets, der zum Senkrechtstart konstruiert war.

XIV

Orlo saß in dem luxuriösen Sessel des Privatabteils und zog wieder seine Liste hervor. Er war sich bewußt, daß er die Aussprache mit den Wissenschaftlern ganz falsch angefangen hatte. Nach einiger Zeit entdeckte er die Warnung, die ihm für seine Lage zutreffend schien:

»Stelle dein Glück nicht auf die Probe. Wenn es sich später erweist, daß der Feind nur mit dir spielt, siehe Warnung 34.«

Warnung 34 bestand aus zwei Fragen: »Warum machen sie sich die Mühe, sich mit dir abzugeben? Warum verschwenden sie für dich ihre kostbare Zeit?«

Ja, warum? dachte Orlo.

Er besah sich die Landschaft. Die Luft war kristallklar. Ihm fiel ein, daß das eines von Lilgins Verdiensten war. Mit gnadenloser Logik und durch Einsatz seiner unbeschränkten Macht hatte der Diktator private Automobile verboten, luftverpestende Fabriken umbauen lassen, das Problem des Kloakenwassers gelöst, Tiere und Pflanzen unter Schutz gestellt, weltweit Schluß mit Krankheiten gemacht, die Produktionskosten gesenkt, eine kostenlose Versorgung nach der anderen für jedermann eingeführt. Wenn man *aus einem triftigen Grund* an einen anderen Ort wollte, konnte man ohne weiteres ein Flugzeug, einen Zug oder einen Bus besteigen. (Man mußte sich nur davor hüten, eine unnötige Reise zu unternehmen. Der Preis konnte die Freiheit sein.)

War jetzt wirklich ein tausendjähriges Reich angebrochen? Es sah so aus, abgesehen von . . .

Ständige Beaufsichtigung, Bevormundung, Kontrolle ging gegen die menschliche Natur.

Ein diskretes Klopfen an der Tür. »Wer ist da?« rief Orlo.

»General Dway, Sir.«

»Treten Sie ein.«

Der Mann, der sich jetzt höflich näherte, war der Kommandeur der begleitenden Streitkräfte. Er erklärte: »Wir werden gleich landen, Sir. Haben Sie irgendwelche besonderen Befehle?«

»Nein.«

»Gut, Sir.« Der General zog sich zurück.

Orlo hatte damit gerechnet, der General werde ihn festnehmen.

XV

Das Haus war hübsch, nur stand es völlig isoliert inmitten einer flachen Landschaft. Hinter dem Haus standen ein paar Bäume, sonst gab es weit und breit nichts anderes als grünes Gras.

Der große Jet setzte zweihundert Meter von dem Gebäude entfernt auf, und das halbe Dutzend der begleitenden Wachschiffe landete daneben.

Orlo verließ die Maschine und ging auf das Haus zu. Als er einen Blick zurückwarf, blieb er überrascht stehen. Schätzungsweise fünfzig Mann folgten ihm in einer lockeren Doppelreihe, die bis zur Rampe des Flugzeugs zurückreichte, und aus der offenen Tür quollen immer noch mehr hervor.

Es war ein farbenprächtiges Bild. Die meisten trugen Uniform, und für die einzelnen Ränge gab es verschiedene Farben. Hohe Offiziere waren in helles Braun gekleidet, die niedrigeren Offiziersgrade in leuchtendes Blau, Unteroffiziere in feines Grau. Mehrere Zivilisten hatten, wie er selbst, Anzüge in gedämpftem Blaugrau gewählt.

Ein Gefolge. Sein Gefolge. Eine lange Minute lang, während der er diese vielen Männer betrachtete, die alle auf sein Kommando hin springen und handeln und kämpfen würden, wurde die Angst um seine eigene Person geringer.

Das ist also das Gefühl der Macht. Ich glaube, ich könnte mich daran gewöhnen.

Augenblicke später erkannte er, was das war: Dünkel. Er machte sich Vorwürfe, mit solchen Gedanken Zeit verschwendet zu haben, und er rief sich ins Gedächtnis zurück, aus welchem Grund er sich umgedreht hatte.

Er ließ seinen Blick bis zum Horizont wandern. Dort standen Bäume. Deshalb dauerte es einige Zeit, bis er ausgemacht hatte, wo die kleine Stadt lag, die er beim Landen bemerkt hatte. Doch er fand sie.

Sie lag ungefähr in nord-nordöstlicher Richtung. Häuser, die sich, wenn man einmal wußte, daß sie da waren, deutlich gegen den grünen Hintergrund abhoben, waren etwas mehr als eine Meile entfernt.

Ein einzelnes Haus im Süden, ein einzelnes Haus im Westen, ein einzelnes Haus im Osten. Alle im gleichen Abstand von etwas mehr als einer Meile.

Dazwischen war nichts.

Er fühlte sich besser, als er feststellte, daß alles so offensichtlich war. Der Wahnsinn war wirklich, es war nicht bloß Einbildung, daß die Menschen Tag und Nacht bespitzelt und beunruhigt wurden.

Wie dies unglückliche Paar, die Gluckens.

Orlo winkte General Stada Dway zu sich. Dway war ein älterer Mann. Vermutlich gehörte er zu den wenigen älteren Leuten, die der Diktator behielt, weil irgendwer alt genug sein mußte, um etwas zu wissen. Der General salutierte.

Orlo wies auf den Horizont. »Wie steht es hier bei Nacht mit der Beleuchtung?« fragte er.

Der Gesichtsausdruck des Offiziers wandelte sich von eifrigem Pflichtgefühl zu lächelnder Zufriedenheit. »Sehen Sie die Straßen dort, Sir, und die Masten?«

Orlo bestätigte, daß er beides sah. Sie waren nach Norden, Osten, Süden und Westen je eine halbe Meile entfernt.

»Nachts, Sir«, erklärte der General, »ist die Beleuchtung dieser Straßen hell wie Tageslicht.«

Mit einem kurzen Nicken dankte Orlo für die Information. Er dachte: Dieser Lilgin kennt wirklich keine Gnade, genau wie ich schon seit langer Zeit richtig voraussetzte . . .

Er schritt weiter voran . . .

Mutter und Sohn.

Zum ersten Mal standen sie sich gegenüber.

Er hatte angeordnet, daß er zuerst mit ihr sprechen wolle. So saß er jetzt allein mit ihr in einem geschmackvoll möblierten Wohnzimmer, durch dessen Fenster und Glastüren man in einen Patio blickte.

Der Sohn dachte: Das ist also die Schönheit von gestern.

Eidy war vierzig, beinahe einundvierzig. Sie war mit neunzehn schwanger geworden und hatte mit zwanzig ihren Sohn geboren, und nun war es einundzwanzig Jahre und drei Monate später. Sie sah nicht ganz so alt aus, wie sie war, aber doch beinahe.

Außerdem war in dieser Zeit mit ihr eine sonderbare Veränderung vorgegangen. Sie war, wie Orlo in Kürze feststellen würde, Dr. Glucken, ihrem Mann, ähnlich geworden. So etwas wurde schon häufig beobachtet, doch die seelischen Ursachen dafür entziehen sich der wissenschaftlichen Erklärung.

Wie kann eine Frau ihrem Mann, mit dem sie nicht blutsverwandt ist, ähnlich werden? Wie kann ein Kind in den ersten fünf Jahren der Mutter gleichen und dann plötzlich die Familienmerkmale des Vaters annehmen?

Von Orlo hatten die Leute immer gesagt, er sei »ganz der Vater« – Mr. Thomas.

Orlo konnte keine Ähnlichkeit zwischen sich und seinem Vater entdecken. Aber er hatte den älteren Thomas von frühester Kindheit an gern gemocht, während er Mrs. Thomas, seine Mutter, nicht mochte. Irgend etwas an ihr störte ihn ständig.

Sie war ungeduldig mit ihm gewesen, als er klein war. Und als sie auf einmal ihr Verhalten änderte und sich liebevoll zu ihm benahm, war es zu spät gewesen. Die unterbewußte Erinnerung an die ersten Jahre entfremdete ihn ihr. Er war nicht grausam. Er ging ihr aus dem Weg, oder er war höflich distanziert, aber lieben konnte er sie nicht.

Eidy, die nicht wußte, daß ihr Sohn vor ihr saß, nahm ihn kaum wahr. Die Nachricht, es werde eine neue Untersuchung durchgeführt werden, hatte ihr Angst und Schrecken eingejagt. Sie hatte das Gefühl, diesmal werde sie nicht mit dem Leben davonkommen.

Kurze Zeit verwirrte es sie, daß der Befrager so außerordentlich jung war. Aber sie sah mit glasigen Augen durch ihn hindurch. Irgend etwas an ihm kam ihr bekannt vor. Nur machte ihr Entsetzen es ihr unmöglich, darüber nachzudenken. Und die unglaubliche Wahrheit hätte sie sich überhaupt nicht vorzustellen vermocht.

Orlo betrachtete die geängstigte Frau und fragte sich: Was tue ich hier? . . . Die stereotype Antwort hallte in seinen Gedanken wider. Er sollte sich mit den Menschen und den bekannten Tatsachen »vertraut« machen. Im Grunde war es nichts als Zeitverschwendung.

Seinem ernsthaften Gesicht, seiner ruhigen Höflichkeit war von diesen Überlegungen nichts anzumerken.

Also erzählte Eidy noch einmal die Geschichte, wie sie eines Nachmittags nach Hause gekommen war und ihren ältlichen Gatten dabei überraschte, daß er auf den Wänden Bilder hervorrief. Und wie Higenroth sie gebeten hatte, niemandem etwas von dem, was sie gesehen hatte, zu sagen.

Orlo, der erst heute einen ausführlichen Bericht über den Vorfall gelesen hatte, seufzte innerlich. Es war offensichtlich (offensichtlich für ihn), daß Eidy niemals über Details Bescheid gewußt hatte. Bis zur Stunde war ihr nicht zu Bewußtsein gekommen, daß sie Zeugin einer Erfindung geworden war, die an ein Wunder grenzte. Da sie sich nur als Higenroths Frau gesehen hatte, konnten solche Dinge ihr Interesse einfach nicht fesseln.

Doch wie alle anderen vor ihm stellte Orlo zusätzliche Fragen. Er merkte, wie er versuchte, nicht allein ihren Worten, sondern auch dem Klang ihrer Stimme Bedeutung abzugewinnen, als könne er eine in ihrem Gehirn versteckte Erinnerung aufspüren.

Am Ende stand es wieder einmal fest, daß Higenroths ehemalige Frau weniger wußte, als es zu wissen gab. Während der weltweiten Übertragung der Ansprache Martin Lilgins – in den Berichten, die Orlo gelesen hatte, fand sich kein Hinweis darauf, daß es nicht der Diktator selbst gewesen war –, hatte sie fest geschlafen. Weder Eidy noch die Welt noch (bisher) Orlo hatten eine Ahnung, daß es damals und heute Duplikate des Herrschers gab.

Nur zu schnell gelangte Orlo an den Punkt, wo ihm keine Frage mehr einfiel, die er dieser unwissenden Frau stellen konnte. Er zögerte. Dann erkundigte er sich: »Und wo ist Ihr Sohn jetzt?«

Ihre Augen nahmen einen furchtsamen Ausdruck an. »Aber«, stammelte sie, »aber was kann er denn damit zu tun haben? Er wurde doch erst ein Jahr später geboren.« Ihr war anzumerken, daß ihr klar war, eine solche Antwort sei unter Lilgins Regime nicht akzeptabel. »Er ist im College«, setzte sie hinzu.

Dann brach sie in Tränen aus. »Um Gottes willen, Sir, versuchen Sie nicht, ihn mit dieser Sache in Verbindung zu bringen.«

Orlo stand auf. »Wo ist Ihr Mann?«

Er wartete, bis es ihr gelungen war, ihr Schluchzen zu unterdrücken. »Danke«, flüsterte sie nach einiger Zeit. »Ich werde ihn holen«, sagte sie.

Das Gespräch mit Dr. Glucken erwies sich als ebenso unergiebig. Mit zunehmendem Alter hatte Glucken einen grauen Schnurrbart und eine leichte Fettschicht an Körper und Gesicht erworben. Orlo blieb es nicht verborgen, daß er von bitterem Neid auf Higenroths Erfindung erfüllt war und daß er sich nichts sehnlicher wünschte, als einiges Wissen darüber zu besitzen.

Außerdem war auch ihm anzumerken, daß er überzeugt war, mit jeder zusätzlichen Befragung steige die Gefahr für ihn.

Wenigstens konnte er als Fachmann die Higenrothsche Entfernung-Null-Methode beschreiben, die, wie er glaubte, die Grundlage des Gedankenfensters war. Orlo hatte eine Darstellung dieser früheren Higenrothschen Erfindung sowohl auf den Wänden in Communications City als auch in dem zusammenfassenden Bericht gesehen.

Am Ende der Befragung war er gründlich gelangweilt. Er ging zurück zu seinem Jet, und sein Gefolge marschierte hinter ihm her. Orlo begab sich sofort in sein Privatabteil und rief Jodell an.

Dieser lauschte mit finsterem Gesicht. Orlo teilte ihm nichts als die Tatsachen mit. Von seinen eigenen Gefühlen und Gedanken ließ er sich nichts anmerken. Als er endete, erklärte Jodell in scharfem Ton: »Nach dem, was Sie sagen, ist es Zeit, daß gegen das Paar Anklage erhoben wird.«

Orlo war entsetzt. »Wie meinen Sie?«

»Von allen Leuten, die an der Verschwörung beteiligt waren, die Erfindung des Durchdringungssystems geheimzuhalten, wurde nur diesen beiden erlaubt, ihre höchst verdächtige Geschichte zu erzählen, woraufhin man sie in Ruhe gelassen hat.«

Orlo, der sich nicht vorstellen konnte, daß die Gluckens an einer Verschwörung beteiligt waren, versuchte, sich ins Gedächtnis zurückzurufen, welches seiner Worte bei Jodell eine so schreckliche Reaktion hervorgerufen haben könne. Es gelang ihm nicht. Für ihn hatte die Befragung nichts als den Beweis der völligen Unschuld beider erbracht.

»Wie lautet Ihr Vorschlag?« tastete Orlo sich vor. »Stellen Sie sie in ihrem Haus unter Arrest. Lassen Sie das Haus bewachen. Legen Sie einen Akt über eine auf Verschwörung lautende Anklage an. Von da an werde ich übernehmen und die Gluckens morgen in ein Gefängnis überführen lassen.«

Das konnte Orlo nicht zulassen. Entsetzt erkannte er, wie schnell eine Einzelperson Mitschuldiger an den fortwährenden Verbrechen der Regierung werden konnte ... Zum Teufel mit diesen Subalternen!

»Sir, ich war mit meinem Bericht noch nicht zu Ende.« Obwohl er innerlich bebte, sprach er mit äußerster Entschiedenheit. »Ich brauche diese Leute noch. Unser vordringlicher Zweck ist doch, der Erfindung habhaft zu werden. Unter diesem Gesichtspunkt möchte ich über ihre Aussagen nachdenken – und sie dann erneut befragen. Das kann mehrere Tage dauern. Danach werde ich Ihrer Empfehlung folgen und sie festnehmen.«

Er setzte hinzu: »Danke«, und unterbrach die Verbindung.

Das war noch einmal gutgegangen.

XVI

Der Rückflug ging mit derselben kolossalen Geschwindigkeit vonstatten wie der Hinflug. Orlo entließ seine Begleitmannschaft.

Es war 16.32 Uhr.

Also, was jetzt?

Orlo war in einem der Palast-Innenhöfe aus dem Flugzeug gestiegen. Er betrat das Gebäude durch den nächsten Eingang. Die Wachen salutierten.

Er war drinnen. Bis jetzt konnte noch kein Befehl zu seiner Festnahme ergangen, noch keine Anklage erhoben worden sein. Er konnte immer noch versuchen, den Entschluß, den er im Jet plötzlich gefaßt hatte, durchzuführen.

Er eilte in sein Büro in Communications City und beauftragte Bylol, Ishkrin, Peter Rosten, Yuyu und McIntosh zu einer wissenschaftlichen Diskussion einzuladen. Eine Viertelstunde später meldete sich ein verstörter Bylol über die Gegensprechanlage und berichtete, die vier Wissenschaftler hätten einen fünften mit sich gebracht, einen Aufzeichnungsexperten. »Sie möchten gern das gesamte Gespräch mitschneiden.«

Das sollte wohl eine Rückversicherung sein. Doch Orlo stimmte sofort zu. Er schüttelte jedem der vier die Hand. Der fünfte Mann, der nicht mit an Tisch Sieben saß, wurde ihm vorgestellt. Stühle wurden gerückt, doch kein weiteres Wort fiel, bis der unbefugt Eingedrungene, dessen Name Arger war, eine Reihe kleiner Instrumente auf Orlos Schreibtisch aufgestellt hatte.

Er war ein mittelgroßer, vergnügter Mensch, dunkelhaarig, braunäugig und zum Gestikulieren neigend. Er stellte seine Geräte ein, zog sich einen einfachen Stuhl heran und setzte sich neben seine Apparatur.

Beiläufig und mit den entsprechenden Handbewegungen erklärte er: »Wie ich's mir gedacht habe, hier ist alles voller Spionstrahlen. Sie haften an ihm selbst, im Zimmer, an dem Schreibtisch. Wie ich gleich zu Anfang gestehen möchte, habe ich sie alle neutralisiert, auf diesem Gebiet bin ich der Beste. Ich möchte vorschlagen, daß Sie sich ganz schnell etwas ausdenken, wie wir den Anschein erwecken können, das System sei noch in Betrieb. Und dann sollten wir ein Gespräch führen, das man ruhig mithören kann.«

Orlo hob die Hand. »Wenn ich so mache, Mr. Arger, ist das das Zeichen für Sie, die Spionstrahlen zu neutralisieren. Wenn ich den Daumen so bewege, sorgen Sie dafür, daß man uns wieder abhören kann. Nicken Sie, wenn Sie es getan haben.« Er bewegte den Daumen.

Arger bediente ein winziges Instrument, das er in der Hand hielt, nickte – und gestikulierte. Orlo begann: »Meine Herren, ich heiße Sie willkommen. Vielleicht sollte ich Ihnen als erstes meine Gründe nennen, warum ich Sie eingeladen habe. Ich respektiere Ihre frühere Weigerung, an der Wiederentdeckung des Higenrothschen Durchdringungssystems mitzuarbeiten. Bis heute weiß ich nicht genau, zu welchem Zweck ich zu einer so bedeutenden Stellung erhoben worden bin. Ich könnte mir jedoch denken, daß ich herausfinden soll, in welchem Umfang dennoch mit Ihrer Hilfe zu rechnen ist. Mr. Ishkrin, wollen Sie bitte dazu Stellung nehmen?«

Der große Schnurrbart kräuselte sich, die Augen zwinkerten, als Ishkrin steif antwortete: »Wir brauchen Zeit, um solche grundlegenden Fragen zu überdenken. Im allgemeinen glaube ich, daß es gewisse Gebiete gibt, auf denen wir durchaus mitarbeiten könnten. Während ich mir überlege, welche Gebiete das sind, könnten Sie vielleicht mit Mr. Rosten sprechen.«

Mr. Rosten meinte: »Ich habe die Absicht, mich eine Minute lang zurückzulehnen und mir das alles durch den Kopf gehen zu lassen, und ich schlage vor, daß die anderen Herren dasselbe tun.« Er zeigte mit Nachdruck auf Arger.

Daraufhin hob Orlo den Arm.

Arger nahm eine Schaltung vor, nickte und bekräftigte sein Nicken mit den Händen.

»Hören Sie, Junge«, erklärte Ishkrin finster, »Ihre ganze Situation hier ist unlogisch. Irgend etwas stimmt nicht. Im Augenblick sehe ich nicht, wie wir Ihnen helfen könnten, aber was mit wissenschaftlicher Erkenntnis möglich ist, steht zu Ihrer Verfügung.«

Orlo holte tief Atem. »Ich hatte mir gedacht, wir könnten uns, während wir ein harmloses Gespräch führen, Botschaften schreiben. Bevor wir wieder einschalten, möchte ich meine erste wirklich ernsthafte Frage stellen: Wie alt ist Lilgin?«

»Großer Gott!« entfuhr es McIntosh.

Rosten winkte ihm, still zu sein.

Orlo bewegte den Daumen.

Arger nickte und gestikulierte.

So einfach war es – und doch so kompliziert. Danach saß jeder mit einem Notizblock auf dem Schoß und kritzelte fieberhaft, während ein anderer sprach. Orlo war einigermaßen beunruhigt darüber, daß die gesprochenen Worte so nichtssagend waren. Er gab sich Mühe, jedes Fachgebiet zu erwähnen und jeden der vier Wissenschaftler um eine Stellungnahme zu bitten, bis zu welchem Ausmaß er bereit sei, Forschungsarbeit zu leisten.

Da das nur zur Tarnung diente, kam es auf nichts anderes an, als die unsichtbaren Zuhörer zu täuschen und die ab und zu eintretenden Schweigeminuten zu motivieren.

Die schriftlichen Mitteilungen brachten dagegen Erstaunliches zu Tage.

»Warum wollen Sie wissen, wie alt Lilgin ist?«

»Der Mann, den ich gestern abend beim Dinner kennenlernte, schien Anfang Vierzig zu sein.«

»So hat er immer ausgesehen.«

»Immer ist eine lange Zeit. Machen Sie genauere Angaben.«

»Das Regime existiert seit 106 Jahren. Die letzte Machtübergabe erfolgte vor 32 Jahren. Wenn er damals dreißig war und heute zweiundsechzig ist, könnte er mit all den neuen Protein-Injektionen durchaus wie zweiundvierzig aussehen.«

»Wer war der vorhergehende Diktator?«

»Der Vater Martin Lilgins und davor dessen Vater. Alle trugen denselben Namen.«

»Ich nehme an, daß sie auch alle gleich aussahen.«

»Die Fotografien zeigen nichts als eine gewisse Familienähnlichkeit.«

»Kennen Sie jemanden, der sich an den Vater erinnert?«

»Nein, der Sohn ließ jeden umbringen, der seinen Vater gekannt hat.«

»Was ist mit Jodell? Und mit Megara?«

»Nun, die haben den Vater vermutlich gekannt und leben trotzdem noch. Sie müssen bedenken, daß sie die beiden größten Speichellecker im Palast sind.«

»Welche Erklärung wurde für die erbliche Diktatur gegeben?«

»So, wie ich es gehört habe, müssen in der Frühzeit einer neuen idealistischen Gesellschaft die Umtriebe von Opportunisten, Konterrevolutionären, Reaktionären, Phantasten, Nationalisten aller Sorten usw. zum Stillstand gebracht werden. Das läßt sich am besten durchführen, wenn es während der Gründungszeit der ersten echten revolutionären Zivilisation keine Kämpfe um die Führungsposition gibt.«

Orlo nickte und schrieb: »Sie kennen den Jargon besser als ich. Okay – gibt es irgendwen, der über die Proteinspritzen, die das Eintreten von Altersmerkmalen verlangsamen, Bescheid weiß?«

Die Antwort war ein Kopfschütteln und ein schnelles Gekritzel: »Was hätte ein Mediziner in Communications City zu suchen?« Das stimmte, aber – Orlo hob die Hand.

»Meine Herren«, sagte er, »mir geht es nicht aus dem Kopf, daß die ganze menschliche Geschichte das Konzept eines Großvaters, eines Vaters und eines Sohnes, die alle gleichermaßen tüchtig und erbarmungslos sind und denselben Typ paranoider Tyrannei verkörpern, widerlegt. Ich vermute, wir haben es hier mit einem einzigen Mann zu tun, der seit 106 Jahren an der Macht ist. Aber wie können wir feststellen, ob das wahr ist oder nicht? Und wo ist der Erfinder von Martin Lilgins Unsterblichkeit? Mit anderen Worten, woher bekommt er seine Spritzen und wer stellt das Medikament her?«

Die aufgeregte Diskussion, die jetzt einsetzte, hätte nicht so schnell ein Ende gefunden, wenn Orlo nicht die Uhr im Auge behalten hätte. Er hob plötzlich die Hand, und Arger gestikulierte und nickte. »Meine Herren, es ist 18.37 Uhr«, verkündete Orlo. »Vor 19 Uhr muß ich unbedingt an einem bestimmten Ort sein, und ich nehme an, auch Sie haben noch etwas vor. Deshalb . . .«

Er bewegte den Daumen.

Arger nickte und gestikulierte.

Ishkrin machte eine idiotische Schlußbemerkung über eine mögliche Zusammenarbeit zwischen den Wissenschaftlern und Communications City und Orlos »Büro«. »Büro« nannte er es.

Orlo hielt sich nicht auf, um festzustellen, was aus den Mitarbeitern dieses Büros geworden war. Er ging in aller Eile. Er dachte: Es ist eine Tatsache, daß niemand, kein einziges menschliches Gehirn, sich alle möglichen Folgen einer Handlung vor Augen führen kann. Und Lilgin ist keine Ausnahme. –

Der Diktator hatte mindestens eine Eigenschaft, die altruistischer Natur zu sein *schien.* Er ehrte (oder tat doch so) seine Präsidiumskollegen, indem er in einem Alkoven auf dem Gang zum Speisesaal Porträts jener Personen aufhängen ließ, die jemals Mitglied des Obersten Präsidiums gewesen waren.

Orlo vermutete, daß der Diktator einen anderen triftigen Grund dafür hatte. Im Laufe der Jahre traten bei ihm immer häufiger Gedächtnislücken auf. Die Porträts erinnerten ihn an Einzelheiten, die er nicht verblassen lassen durfte. Ein Mann, der seine Feinde und die gegen ihn erhobenen Beschuldigungen vergißt, ist in Gefahr. Der Alkoven war spärlich beleuchtet. Nur je eine Kerze brannte vor den Fotografien, die so tief in die Wand eingelassen waren, daß ein Betrachter genau davorstehen mußte, um überhaupt etwas zu erkennen. Und mehr als ein Gesicht auf einmal konnte er auf keinen Fall sehen.

Es war ein Viertel vor sieben, als Orlo den Gang hinunterschlenderte, der zum Speisesaal führte. Er schien in Gedanken versunken zu sein, denn er blieb mehrere Male stehen und lehnte sich mit halb geschlossenen Augen an die eine oder die andere Wand. Den letzten Halt machte er im Alkoven.

Danach schritt er ohne weitere Verzögerung auf die Schranke zu. Wieder waren von drinnen die Stimmen der Betrunkenen zu hören. Sie mußten sich über etwas sehr Lustiges unterhalten, denn sie brüllten vor Gelächter.

Orlo näherte sich bis auf etwa drei Meter dem Tisch, an dem die Wachoffiziere saßen. Dann blieb er abrupt stehen. Er zeigte das Gebaren eines Menschen, dem gerade einfällt, daß er etwas Wichtiges vergessen hat, und wandte sich halb ab. Doch er mußte den ihn beobachtenden Offizieren eine Erklärung geben. Er rief der ganzen Gruppe zu (doch er sah den jugendlichen General Hintnell dabei an):

»Mir ist gerade eben eingefallen, daß ich eine dringende Verabredung habe und heute abend an dem Dinner nicht teilnehmen kann. Sollte jemand nach mir fragen, richten Sie ihm doch bitte aus, daß ich es später erklären werde.«

Damit eilte er zurück. Ihn schauderte vor seiner eigenen Tollkühnheit. Halb und halb erwartete er, man werde ihm folgen und ihn festhalten.

Als nichts geschah, gewann er die Ruhe wieder. Es hatte den Anschein, als gerate er von neuem in einen Zustand der Gedankenverlorenheit. Er trat in den Alkoven und betrachtete die Bilder, am längsten das von Crother Williams.

Unter keinem Foto stand ein Datum – nur der Name.

Das Gesicht starrte auf Orlo hinab. Es trug einen etwas gequälten Ausdruck. Aber der Mann wirkte wie etwa dreißig.

Gestern abend hatte Orlo sich nicht im Alkoven aufgehalten, aber er hatte im Vorübergehen ein paar Blicke hineingeworfen. Während der Nacht war er ein- oder zweimal aufgewacht und hatte sich gefragt, was das alles zu bedeuten habe: das trübe Licht, die tiefen Bildnischen und die Schwierigkeit, etwas zu erkennen.

Bevor er in den Palast berufen war, hatte sein scharfer, argwöhnischer Geist entschieden, daß bei einem Alter von etwa dreißig die Grenze lag. Dann wurde gegen den Durchschnittsfunktionär Anklage erhoben, und er wurde entweder getötet oder versetzt. Wohin er versetzt wurde, hing von der Art der Anklage und seiner Einstellung ab. Er konnte eine Arbeit als Techniker in einer weltabgeschiedenen Gegend erhalten. Es mochte aber auch harte manuelle Arbeit auf einer Farm sein.

An diesem seinem zweiten Abend im Palast nahm Orlo sich die Zeit, festzustellen, wer von den abgebildeten Präsidiumsmitgliedern älter als dreißig war. Es war nur ein Drittel, wie sich bei einer eiligen Zählung der Nischen ergab.

Insgesamt kam er auf die unglaubliche Zahl von 284 Bildern.

XVII

Es war schon eine Weile stockfinster draußen, als endlich ein Klopfen an der Tür von Orlos Appartement ertönte. Orlo öffnete. Sheeda trat ein. Sie hatte eine Zeitung in der Hand.

»Über deine Beförderung wird auf Seite eins berichtet«, verkündete sie.

Orlo nahm das Blatt, das sie ihm reichte. Aber er begann nicht zu lesen. Statt dessen sagte er: »Ich stelle fest, daß es nach neun Uhr ist. Wo bist du gewesen?«

Sie hatte inzwischen ihren Mantel ausgezogen. Nun ließ sie ihn auf einen Stuhl fallen, stand da und schaute ihn an, ein schlankes Mädchen in einem braunen Kleid. Ihr langes Haar umgab ihr Gesicht und ihren Hals wie ein Rahmen.

»Ist das eine brüderliche Frage?« meinte sie.

Orlo dachte darüber nach. »Nein«, räumte er schließlich ein.

»Ist heute die Nacht, in der ich eine Mätresse werde?«

Diese Bemerkung zwang ihm ein Lächeln ab. »Es macht den Eindruck, daß du es gern werden möchtest.«

»Ich möchte nur am Leben bleiben«, gab das Mädchen einfach zurück. »So lange wie möglich. Und ich habe das Gefühl, das ist dazu erforderlich.«

»Du hast von Lilgin eine ganz falsche Vorstellung«, erwiderte Orlo mechanisch. »Seine Ratgeber sind es, vor denen wir uns in acht nehmen müssen. Er ist ein Soziologe. Sie sind Speichellekker.«

Das Mädchen schwieg.

»Mich könnte man in gewisser Beziehung einen Idealisten nennen«, fuhr Orlo fort. »Meine Meinung über die Zuteilung von Frauen stand schon fest, ehe ich hierherkam. Es ist nicht recht, wenn ein Mädchen oder eine Frau zum Geschlechtsverkehr gezwungen wird. Daher wird sich nichts dergleichen zwischen uns abspielen. Ich empfinde für dich nicht wie für eine Schwester. Aber ich halte nichts davon, wenn mir eine Frau zu meinem Vergnügen ins Bett geschickt wird.«

»Aber ich darf trotzdem bleiben?« forschte sie.

»Natürlich.«

»Irgendwann müssen wir doch in demselben Bett schlafen. Warum sollen wir nicht gleich heute damit anfangen?«

»Es ist ein riesiges Bett, groß genug, daß zwei Freunde zusammen darin liegen können.«

»Heißt das, daß auch du und ich zusammen darin liegen können?«

Orlo seufzte. »Du bist eine von den Bulldoggen-Typen. Aber ich finde, ja, wir könnten.«

»Dann ist das erledigt.« Sie lächelte plötzlich. »Soll ich uns einen Drink machen?«

»Du hast meine Frage noch nicht beantwortet.«

»Welche Frage?« Sie sah ihn verständnislos an.

»Warum kommst du so spät?«

Sie zuckte die Schulter. »Ich wurde im Büro aufgehalten. Das ist sonst noch nie geschehen. Mein Chef kam fünf Minuten vor sechs hereingestürmt und sagte, ich müsse schnell noch etwas für ihn erledigen.« Sie verzog das Gesicht. »Was er mir dann zu tun gab, kam mir gar nicht besonders wichtig vor. Aber du weißt ja, wie diese kleinen Funktionäre sind. Sie verlieren beinahe den Verstand, wenn sie fürchten, sie könnten wegen – wie nennt man das? – Arbeitsmängeln, Fehlen von Führungseigenschaften oder, was am schlimmsten wäre, Sabotage angeklagt werden.«

»Und sonst hat es das noch nie gegeben?«

»Nie.«

Orlo lehnte sich zurück und schloß die Augen. »Mach uns die Drinks, ja?« sagte er.

Er konnte nicht hören, wie sie sich auf dem dicken Teppich entfernte, aber als sie weg war, spürte er ein Gefühl von Leere um sich her. Doch er hatte an anderes zu denken. Wo war ich um fünf Minuten vor sechs? . . . Zu dieser Zeit hatte er seit mehr als einer Stunde mit Ishkrin und Rosten gesprochen.

Es war schwer, einen Zusammenhang zu finden. Angenommen, ihm wäre während der ganzen Diskussion nie der Gedanke aus dem Gedächtnis geschwunden, daß Sheeda um sechs in seine Wohnung zurückkehren würde. Wenn das einen Einfluß auf ihn gehabt hätte, dann hätte er die Zusammenkunft mit den Wissenschaftlern Punkt sechs beendet und wäre in sein Appartement geeilt, um das Mädchen zu erwarten.

Aber er hatte nicht daran gedacht. Zwar hatte er die Zusammenkunft plötzlich abgebrochen, aber nicht, um in sein Appartement zu gehen. Er hatte seine Absicht ausführen wollen, die Bilder im Alkoven zu zählen und sich besonders das von Crother Williams genau anzusehen.

Außerdem hatte er zu keinem Zeitpunkt gewußt, daß Sheeda im Büro zurückgehalten wurde.

Also hatte Sheeda oder das, was sie tat, oder der Grund, warum sie es tat, niemals einen Einfluß auf ihn gehabt.

Und doch mußte es einen Zusammenhang geben, denn irgendwer hatte improvisierte Maßnahmen ergriffen, um sie daran zu hindern, das Büro zu verlassen.

Orlo mußte sich eingestehen, daß er nicht fähig war, die Situation zu durchschauen. Immerhin hatte er die Gewißheit, daß man ihm erlauben würde, einen weiteren Tag am Leben zu bleiben. Und daß das große Experiment weitergehen würde. –

Neben Orlo im großen Bett rührte sich etwas. Dann fragte eine leise Stimme aus der Dunkelheit: »Warum legst du dich nicht zu mir?«

»Weil ich uns beide achte.«

»Ich glaube, ich habe mich in dich verliebt.«

Orlo legte sich auf den Rücken. Irgendwie merkte er, daß sie sich ganz ausgezogen hatte und völlig nackt zum Greifen nahe neben ihm lag. Er widerstand der Versuchung.

»Ich werde den Gedanken nicht los«, sagte er, »daß du glaubst, man erwarte das von dir, und du willst es tun, weil du Angst hast, du würdest sonst bestraft.« Wider besseres Wissen setzte er hinzu: »Du wirst bestimmt nicht bestraft.«

»Ganz ehrlich«, klang es halb erstickt zurück, »ich finde deine Zurückhaltung so wundervoll, daß ich freiwillig alles für dich tun möchte.«

»Hör auf. Ich bin auch nur ein Mensch.«

Schweigen. Dann: »Um Gottes willen, Sir, ich sterbe vor Verlangen.«

»Sir!« wiederholte er. Und lachte. Schnell versuchte er, das Lachen in ein Husten umzuwandeln.

»Verzeihung«, flüsterte Sheeda. »Aber man hat mir befohlen, dich mit ›Sir‹ anzureden.«

»Es war nicht das Wort«, brachte er mühsam hervor, »es war der Zusammenhang. Ich bitte um Entschuldigung.«

Schweigen. Dann begann er von neuem: »Du bist noch nie mit einem Mann zusammengewesen, hast du gesagt?«

»Nein, noch nie. Deshalb kommt bei mir auch Neugier hinzu. Wie das wohl ist?«

Orlo dachte daran, wie es sein mochte, diese süßen Lippen zu küssen und seinen nackten Körper auf den ihren zu pressen. Er konnte nicht länger daran zweifeln, daß auch er den Wunsch dazu hatte. Aber er faßte sich wieder. Seine Lippen wurden schmal, seine Augen verengten sich. Er machte sich klar (nicht zum ersten Mal), daß es ein Fehler war, in irgend etwas einzuwilligen, das ihn korrumpieren konnte. Wahrscheinlich war es richtig, wenn ein Mann ein Angebot, wie es ihm eben gemacht worden war, nicht ablehnte. Aber ebenso richtig war die Annahme, daß dies Mädchen ihm zu dem Zweck geschickt worden war, ihn von seinem Vorhaben – was das auch sein mochte – abzulenken. Daher . . .

Er sagte: »Wenn wir uns ineinander verlieben, sollten wir vielleicht einen Antrag stellen, daß wir heiraten dürfen.«

»Man wird dir niemals erlauben, mich zu heiraten«, antwortete Sheeda. Es klang resigniert.

Am Morgen war sie wieder fröhlich. »Ich habe nachgedacht«, verkündete sie. »Wahrscheinlich bist du ein Homo.«

Frauen, dachte Orlo. Oh, allmächtiger Diktator.

Sheeda fuhr fort: »In solchen Sachen muß man ganz logisch sein. Wir stehen nicht wie Bruder und Schwester zueinander, sondern wie Schwester und Schwester.«

»Oh, nein«, wiederholte Orlo, diesmal halblaut. Mit normaler Stimme setzte er hinzu: »Bis jetzt habe ich sonderbarerweise geglaubt, ich könne mit dir über einige Probleme sprechen, auf die ich in meiner neuen Aufgabe gewiß stoßen werde. Doch wenn das, was du eben gesagt hast, ein Musterbeispiel deiner Logik ist, werde ich wohl darauf verzichten müssen, dich ins Vertrauen zu ziehen.«

Darauf reagierte sie, indem sie an das große Fenster trat und die Landschaft betrachtete. Ihr Rücken war ihm zugekehrt. Er zog den Mantel an. Als er zur Tür ging, sagte sie, ohne sich umzudrehen: »Es tut mir leid. Ich will nie wieder ungezogen sein.«

»Okay.« Um Himmels willen, dachte Orlo, warum leiste ich so verzweifelten Widerstand?

»Würde es dir gefallen, mir ein Geburtstagsgeschenk zu machen?« fragte er.

Seine Stimme mußte einen ganz neuen Klang angenommen haben, denn der vollkommene Körper am Fenster fuhr plötzlich herum, und die blauen Augen strahlten.

»Wann?« Es war nur ein Hauch.

»Heute abend.«

»Wann ist dein Geburtstag?«

»Morgen.«

»Was möchtest du zum Geschenk haben?«

»Dich«, sagte er.

Sie flog in seine Arme. Orlo begriff gar nicht, wie sie so schnell vom Fenster bis zu ihm kommen konnte. Aber darauf kam es jetzt nicht an.

XVIII

Der Diktator erwachte mit dem Gedanken: Das ist doch das Tollste, was je einer fertiggebracht hat! Sich so lange in dem Alkoven herumzudrücken wie Orlo ...

Er kleidete sich gedankenverloren an.

Am gestrigen Abend hatte er der Unterhaltung zwischen Orlo und den fünf Wissenschaftlern zugehört. Daraufhin hatte er Geheimpolizisten in Orlos Büro geschickt, die nach Abfallpapier suchen sollten.

Die Ausbeute bestand aus einem zerknitterten Zettel. In der Handschrift von Peter Rosten stand darauf: »Wer ist Orlo Thomas? Das ist die Schlüsselfrage, so wie ich es sehe ...«

... Bis zu dieser Erkenntnis waren sie also schon vorgedrungen, schloß Martin Lilgin traurig. Während er sein Frühstück aß, mußte er sich eingestehen, daß er erneut von schweren Zweifeln befallen war. War es richtig, das Experiment auch nur noch eine Stunde weiterzuführen?

Ehe er sich entschied, ließ er sich die wichtigsten Stellen aus dem Dialog zwischen Orlo und Sheeda am Abend, in der Nacht und am Morgen vorspielen. Der »Zynismus« des Mädchens erfreute ihn gar nicht, doch das, was sich dann am Morgen abspielte, bewies, daß er doch die rechte Wahl getroffen hatte – wie üblich ... Sie hatte einen Durchbruch erzielt, bei Gott! Okay, dachte er, das entscheidet es. Das Experiment wird fortgesetzt.

Er erteilte einen Befehl nach dem anderen. Greift das Mädchen auf und bereitet die Anklagen gegen sie vor. Unter gar keinen Umständen darf sie heute abend noch einmal den Palast betreten. Orlo Thomas darf sie nicht wiedersehen, außer auf einem Bildschirm, wenn sie gefoltert wird – wenn das notwendig ist, um ihn unter Kontrolle zu halten. Welche Folter? Für den Anfang soll ihr die Haut vom Gesicht gerissen werden ...

Als das erledigt war, rief er Jodell an und erklärte mit seiner sanften Stimme: »Entwerfen Sie einen Plan zur Aushebung dieses Nestes eigennütziger Individuen – der sogenannten Wissenschaftler in Communications City.«

»Ausheben – wann?«

»Noch heute.«

»Hat dieser Befehl Vorrang vor dem früheren, nichts zu tun, was Orlo Thomas' Argwohn hervorrufen könnte?«

»Ja, doch tun Sie es während der Mittagszeit. Orlo wird derweilen in meinem Appartement mit dem Alter Ego den Lunch nehmen. Dann wird ihm der Alter den Vorschlag machen, er solle noch einmal die Gluckens besuchen, welche Absicht Orlo Ihnen gegenüber ja gestern ausgesprochen hat. Er soll sich auch die Raketenbasis ansehen, von der die Higenrothschen Maschinen vor einundzwanzig Jahren starteten. Es wird also ziemlich spät werden, bis er zurückkommt, vielleicht zwanzig Uhr. Noch irgendwelche Fragen?«

»Nein, Euer Exzellenz. Es wird alles bestens erledigt werden. Sollte ich nicht wissen, wo Sie sind, während Ihr Alter Ego mit Orlo beim Lunch ist?«

»Das werde ich später entscheiden.«

Mit anderen Worten hieß das, Jodell würde es nicht erfahren. Während er höflich darauf wartete, daß der Diktator die Verbindung unterbrach, dachte er, Lilgin werde sicher die Gelegenheit wahrnehmen, eine vernachlässigte Mätresse zu besuchen. Er – und andere – hatten Lilgins Gewohnheiten im Laufe der Jahre kennengelernt. Natürlich hatten sie nie davon gesprochen. Jodell konnte sich sogar denken, welche Mätresse es sein würde. Odette benahm sich seit kurzem in der seltsamen Art, die eine Frau an sich hat, wenn etwas nicht in Ordnung ist . . .

Was tut ein Mitglied des Obersten Präsidiums an seinem zweiten Tag im Amt? Was tut er, wenn er mit den Gedanken überhaupt nicht bei seiner Aufgabe ist? Und wenn dazu ein beängstigendes Gefühl von Dringlichkeit kommt, so daß nicht eine kostbare Minute vergeudet werden darf?

Orlo verließ sein Appartement und fuhr mit dem Aufzug ins Erdgeschoß. Er fand nichts dabei, daß er heute morgen allein in der Kabine war. Tatsache war, daß sein gestriges Fehlen beim Dinner des Führers von der Gruppe derjenigen, die zu überleben trachteten, bemerkt worden war. Sie hatten den Schluß gezogen: Mach einen Bogen um das neue Mitglied, bis sein Status geklärt ist. Im Augenblick sieht es so aus, als treibe Lilgin eins seiner Spiele . . . Außer Megara und Jodell waren die Präsidiumsmitglieder selbst zu neu, als daß sie gewußt hätten, was für ein Spiel das war.

Im Erdgeschoß angelangt, schritt Orlo durch den breiten Gang zu dem bewachten Eingang nach Communications City. Er wurde durchgelassen. Dann schlug er die Richtung zu seinem Büro ein.

Unterwegs erlebte er, genau wie gestern, daß sich die Zivilisten vor ihm verbeugten und das Militär salutierte. In seinem Hauptquartier empfing ihn Bylol so unterwürfig wie immer, und ebenso das übrige Büropersonal. Lidla verbeugte sich, wartete, bis Orlo die Tür seines Privatzimmers hinter sich geschlossen hatte, und klopfte dann schüchtern.

Sie trat ein und stellte sich vor seinen Schreibtisch. Stand da und sagte nichts. Wartete. Orlo war irritiert.

Soll ich allen Ernstes zwei Frauen haben?

Unglücklicherweise hatte ihn die zärtliche Verabschiedung von Sheeda erregt. Es traf sich noch unglücklicher, daß Sheeda gleich darauf an ihren Arbeitsplatz hatte eilen müssen.

Widerstrebend griff Orlo in eine Schreibtischschublade, holte eine der Pillen heraus und gab sie dem Mädchen. Sie schluckte sie, lächelte ihn kummervoll an – und wartete. Orlo zeigte auf das Schlafzimmer. Sie rannte hinein.

Nach der vorgeschriebenen Wartezeit von zehn Minuten ging er zu ihr. Diesmal, so stellte er zu seiner Freude fest, waren sie beide in besserer Verfassung. Beim ersten Mal waren sie viel zu aufgeregt gewesen, und keiner von beiden hatte genau gewußt, was sie zu tun hatten. Für ihn war es – wenigstens teilweise – auf eine *ejaculatio praecox* hinausgelaufen. Diesmal blieb er volle fünf Minuten auf ihr, und sie kamen beide zum Höhepunkt.

Als er wieder an seinem Schreibtisch saß und Lidla im Vorzimmer verschwunden war, fühlte Orlo sich schuldbewußt. Er konnte es Sheeda nicht antun, heute nacht mit ihr zu schlafen. Aber, dachte er, wenn man mich vor dem Dunkelwerden umbringt, kann man es mir nicht mehr wegnehmen, daß ich zweimal eine Frau gehabt habe. Und Lidla hat einen Mann gehabt.

Es stand ja fest, daß Lidla in ihrem ganzen Leben keine andere Gelegenheit mehr haben würde.

Eigentlich habe ich Sheeda gegenüber die Pflicht, ihr zur Erfüllung als Frau zu verhelfen, bevor sie sterben muß, argumentierte er im stillen weiter . . .

Schuldbewußtsein mußte er aus einem ganz anderen Grund empfinden. Das Vorspiel mitgerechnet, hatte er durch die Episode mit Lidla vierzig Minuten vergeudet.

Wir, die wir irgendwie von dem Diktator benutzt werden und – irgendwie – das Blatt zu unseren Gunsten wenden möchten, sollten uns lieber an die Arbeit machen.

Aber was soll ich tun? fragte er sich.

Im Geiste verfaßte er folgende Erklärung:

»Ich, Orlo Thomas, ein Niemand, der seit seinem elften Lebensjahr ganz im geheimen ein winziges rebellisches Knurren von sich gegeben hat (wobei ich mir allerdings keine sehr große Mühe machte), bin vor kurzem motiviert worden, ernsthaften Widerstand zu leisten.

Als Anklage gegen mich hätte erhoben werden müssen, wurde ich statt dessen in den Palast des Diktators gebracht und unter die etwa dreißig mächtigsten Männer der Welt eingereiht.

Vorläufig gehe ich von der Annahme aus, daß dieser Diktator unsterblich ist (weil es, obwohl es lächerlich klingt, keine andere Erklärung für die Kontinuität der Herrschaft gibt) und daß er mich zu einem mir unbekannten Zweck in das Zentrum der Macht gebracht hat.

Wenn letzteres der Wahrheit entspricht, erhebt sich die Frage: Weiß außer dem Diktator noch jemand um diesen Zweck? Wenn nicht, stehe ich, abgesehen von ein paar gefangengehaltenen Wissenschaftlern, allein da, und ich werde sterben, ohne die Wahrheit zu erfahren.

Aber – wenn es jemanden gibt, der weiß, was Lilgin mit mir vorhat, dann geht meine Theorie dahin: Millionen von Menschen in der ganzen Welt warten auf eine Gelegenheit, die Macht dieses größten Verbrechers der Geschichte zu brechen, und einige aus diesen Millionen werden sich (so hoffe ich) auch hier im Palast befinden.

Welche Zwecke könnte der Diktator im Zusammenhang mit meiner Person verfolgen? Werden sie es rechtfertigen, daß auch nur ein Mensch seinen Kopf riskiert? . . .«

Über den letzten Absatz brütete Orlo finster vor sich hin.

Die Zusammenfassung war logisch, aber –

Er wurde aus seinen Gedanken gerissen.

Die Tür zu seinem Büro flog beinahe aus den Angeln.

Bylol stürzte herein. Seine Augen waren weit aufgerissen. Er sprudelte hervor: »Seine Exzellenz ist am Telefon!«

»Lilgin?«

Orlo geriet in eine beinahe ebenso große Aufregung wie sein

Bürovorsteher. Schließlich habe ich vorgestern auch mit ihm geredet, versuchte er sich zu beruhigen. Trotzdem zitterte seine Hand, als er den Hörer abhob, was automatisch den Bildschirm einschaltete. Und da war das weltbekannte Gesicht.

»Mr. Thomas«, verkündete die wohlbekannte Stimme, »ist es Ihnen recht, den Lunch heute in meinem Appartement zu nehmen?«

»Jawohl, Sir«, antwortete Orlo. »Um wieviel Uhr?«

»Um 12.30 Uhr. D.-Eins. Die Wachen haben Befehl, Sie durchzulassen. Sie können ohne weiteres eintreten.«

Sobald die Verbindung unterbrochen war, blickte Orlo benommen auf seine Uhr. Es war elf Minuten nach zehn. Kurz nach neun war er im Büro eingetroffen.

Der Tag hatte noch kaum begonnen.

Als er hochsah, war Bylol verschwunden.

Er sank in seinem Sessel zusammen. Ein einziges Wort des Diktators erschien ihm von Bedeutung zu sein: ». . . die Wachen . . .«

Orlo schluckte. Was er brauchte, war eine kurzgefaßte Erklärung über die Kunst des Verschwindens. Lunch mit Martin Lilgin . . .

Er hatte den sehnlichen Wunsch nach einem guten Rat.

Er taumelte auf die Füße und eilte aus seiner Hintertür. Draußen im Gang wurde er ruhiger. Er konnte wieder nachdenken.

Und er faßte wieder Mut.

Er dachte: Auch diesmal steckt die Absicht dahinter, mich daran zu hindern, am Mittagessen der Wissenschaftler teilzunehmen. Diesmal wird die höchste Macht dafür eingesetzt.

Warum? . . . Um Gottes willen, was hat das zu bedeuten?

Er fand Ishkrin in der Bibliothek. Gemeinsam spürten sie McIntosh auf, und zu ihrer Erleichterung trafen sie zufällig Arger, den Zauberer auf dem Gebiet der Ausschaltung von Spionstrahlen. Da sie keine Minute zu verlieren hatten, gaben sie sich mit dieser Anzahl zufrieden und setzten sich zusammen.

Orlo schrieb: »Ich habe das schreckliche Gefühl, daß meine Teilnahme am gestrigen Mittagessen alle Männer in Communications City in Gefahr gebracht hat.«

Das begründete er folgendermaßen: Bei dem Gespräch an Tisch Sieben war ans Licht gebracht worden, daß die Wissenschaftler nicht die Absicht hatten, für das Higenroth-Projekt einen Finger krumm zu machen. Im Gehirn des Diktators mußte das, wie schon früher geschehen, den Gedanken ausgelöst haben, eine ganze Gruppe von Menschen zu vernichten. Er würde sich selbst sagen: Sie sind zu einem einzigen Zweck in Communications City, und wenn sie diesen Zweck nicht erfüllen, kann ich sie als nutzlose Werkzeuge vernichten.

Während dieser auf drei Ebenen geführten Aussprache – geschrieben, mit eingeschalteten Spionstrahlen – bewegte sich Ishkrins großer grauer Schnurrbart nach oben, nach unten und zur Seite, und was Ishkrin schrieb oder sagte, verriet, daß er sich keine Sorgen machte.

»Wir sind alle zum Tode verurteilt«, meinte er. »Jeder von uns ist darauf vorbereitet, im Augenblick des Todes einen oder zwei der anderen mit sich zu nehmen. Da es sich bei ihnen aber nur um Verführte handelt, ist es möglich, daß der eine oder andere darauf verzichten wird.«

Seine grauen Augen blickten freundlich in Orlos blaue.

Und Orlo verstand. Diese Männer trauten ihm immer noch nicht.

Alles, was er bisher getan hatte, konnte den Zweck haben, sie in einen Hinterhalt zu locken. Selbst daß er jetzt außerhalb seines Büros mit ihnen zusammensaß, konnte taktische Gründe haben.

Es war ein Patt. »Okay«, seufzte Orlo. »Ich hoffe, Sie wissen, was Sie tun.«

»Wenn Sie ebenso wie wir schon so viele Jahre in diesem Alptraum leben würden«, antwortete Ishkrin geradeheraus, »und wenn wir wüßten, welche Rolle Ihnen zugeteilt ist und was Lilgin mit Ihnen vorhat – dann würde ich Ihnen vielleicht eine andere Antwort geben können. Da es aber nicht so ist –«, er zuckte lächelnd die Schultern, »– wünschen wir Ihnen für den Lunch mit dem Vorsitzenden Lilgin guten Appetit, Orlo.«

Welche andere Antwort hätte er mir geben können? fragte sich Orlo auf dem Rückweg in sein Büro.

Es durchzuckte ihn. In diesen letzten abweisenden Worten war die andere Antwort verborgen gewesen.

Im Notfall – in einer Krise – waren die Wissenschaftler fähig zu handeln.

XIX

Abgesehen von den bewachten Schranken war der Korridor im obersten Stockwerk nicht anders als die Gänge weiter unten.

Orlo trat aus dem Aufzug und sah sich die Schranken an.

Die erste war ein Stahlzaun, der sich von der Innenwand bis kurz vor eines der Fenster erstreckte. Er war mindestens zwei Meter zehn hoch, und der lange Tisch dahinter mußte auf einem Podest stehen, denn das Dutzend junger Männer, das daran saß, sah auf ihn herunter.

Orlo erinnerte sich an seine Instruktionen und schritt langsam voran. Die Wachen sahen ihn an, sagten aber nichts. Er wand sich durch die Lücke zwischen Fenster und Zaun. Sie ließen es zu.

Vor ihm lag ein zweiter Stahlzaun. Dieser reichte von der Fensterscheibe bis kurz vor die Innenwand. Dahinter thronten wieder blutjunge Wachposten.

Auch sie ließen ihn schweigend, mit steinernen Gesichtern passieren.

Die dritte Schranke war anders. Sie bestand nicht aus Metall, und es saßen keine Wachen dahinter. Zumindest waren keine zu sehen. Dem Fußboden entsprossen Blumen, die sich an einem Lattengitter hochrankten. Sie ließen einen Pfad frei, der mit einem Teppich in Rot, Blau und Gelb – Martin Lilgins Farben – bedeckt war.

Man konnte glauben, in einen Garten zu treten, aber hinter der Blumenwand lag eine große vergoldete Tür. Orlo trat an diese Tür und vergewisserte sich, daß es wirklich D-Eins war. Dann nahm er seinen ganzen Mut zusammen und tat, wie ihm geheißen war: Er drückte die Klinke, öffnete die Tür, trat ein und schloß die Tür hinter sich.

... Die beiden Männer – der kleine Lilgin und der mittelgroße Orlo – saßen in einem schimmernden Glasraum an einem Glastisch und aßen mit silbernem Besteck von Kristall und Silber.

Während der Mahlzeit wurden Orlo seine Befehle erteilt: Zuerst besuchen Sie noch einmal die Gluckens ...

Sein Gastgeber lächelte und erklärte liebenswürdig: »Jodell und ich erwarten die Ergebnisse einer zweiten Befragung mit großem Interesse. Vielleicht sollten Sie morgen eine dritte durchführen. Manchmal ist es erstaunlich, welche neuen Erkenntnisse ein unbelasteter Verstand aus altem Material gewinnen kann . . .« Der falsche Lilgin spielte seine Rolle ausgezeichnet.

Das Alter Ego »empfahl« ihm darauf, die Raketenbasis zu besichtigen. Orlo blieb natürlich keine andere Wahl als zuzustimmen.

Schließlich waren sie bei Kaffee und Dessert angelangt, und die unterwürfigen Kellner verschwanden.

Daraufhin zog Lilgin zwei Papiere aus seiner Brusttasche, entfaltete sie und reichte sie Orlo hinüber. Der völlig überraschte Orlo las: »Lesen Sie weiter, auch wenn ich wieder zu sprechen beginne. Dies ist vielleicht für mich die einzige Gelegenheit, Ihnen mitzuteilen, daß ich nur das Alter Ego des Vorsitzenden Lilgin bin. Es bedeutet, daß ich bei bestimmten Gelegenheiten, und manchmal sogar recht wichtigen, als Lilgin auftrete.

Als erstes rate ich Ihnen: Da die Befehle über das, was Sie heute nachmittag und abend zu tun haben, von Lilgin selbst kommen, müssen Sie ihnen natürlich gehorchen.

Doch nun merken Sie sich dies:

Ich habe die Überzeugung gewonnen, daß ich bald getötet werde. Ich habe ein anderes Alter Ego ersetzt, das vor einigen Jahren verschwand. Offensichtlich repräsentierten Sie eine Krise von solcher Gefährlichkeit, daß es niemandem, der irgend etwas darüber weiß, gestattet werden kann, am Leben zu bleiben, sobald die Krise vorbei ist.

Auch auf mich trifft das zu. Ich weiß zuviel oder doch eine Menge. Ein Alter Ego muß bei verschiedenen heiklen Angelegenheiten ausführliche Anweisungen bekommen. Und auch wenn man mich über Sie nicht direkt informiert hat, sind doch Einzelheiten zu meiner Kenntnis gelangt.

Daraus entnehme ich, daß Sie der Sohn Martin Lilgins und einer seiner ehemaligen Mätressen sind. Das Problem für Sie erwächst aus der Tatsache, daß Jodell und Megara mit einem langfristigen Programm beginnen wollen, um Sie zu Lilgins Erben und Nachfolger zu machen, sobald er stirbt. Lilgin ist älter, als er aussieht, er ist über fünfzig.

Lilgin ist jedoch ein Egoist und hat gar kein Interesse daran, daß ein Erbe ernannt wird. Auch leidet er an Paranoia und bildet sich deshalb ein, es werde um Ihre Person eine Verschwörung gegen ihn aufgebaut. Seine Methode ist schon immer gewesen, daß er tötet, wenn er etwas fürchtet oder nicht versteht. Sie mögen fragen, ob ein Mann es fertigbringt, seinen eigenen Sohn zu töten. Darauf muß ich Ihnen antworten, daß mehr als die Hälfte von Lilgins Verwandten entweder im Gefängnis sind oder hingerichtet wurden. Er ist also fähig, Sie zu töten.

Er wird Sie bald aus dem Weg räumen. Das genaue Datum weiß ich nicht. Es könnte jedoch schon morgen sein.

Das bedeutet, wir müssen schnell handeln. Ich schlage vor, daß ich innerhalb der nächsten vierundzwanzig Stunden ein Attentat auf den Vorsitzenden Lilgin verübe und daß ich dann in seine Schuhe trete. Ihre Hilfe brauche ich insofern, als Sie bestätigen müssen, daß ich Lilgin bin. Seine Handschrift habe ich geübt, daher bin ich sicher, daß ich damit durchkomme. Sobald ich fest im Sattel sitze, werde ich Sie zu meinem Erben erklären. Dadurch gewinnen wir die Unterstützung von Megara und Jodell, der beiden mächtigsten Männer nach Lilgin. Für sie braucht weiter nichts geschehen zu sein, als daß ein Niemand, ein Alter Ego, den Tod gefunden hat.

Sind Sie mit meinem Vorschlag einverstanden?«

Als Orlo dahin gekommen war, verstand er, welche Gefühle seine Bitte um Hilfe bei den Wissenschaftlern hervorgerufen haben mußte.

Sie hatten sich gesagt, daß sie Orlo Thomas nicht trauen konnten. Jetzt waren seine Gedanken ein einziges Durcheinander, das sich eine Minute später zu einem allumfassenden Zweifel verdichtet hatte.

Ganz unwahrscheinlich kam ihm die Geschichte nicht vor.

Sie lieferte eine – wenn auch weit hergeholte – Erklärung dafür, daß er zum Mitglied des Obersten Präsidiums ernannt worden war. Und irgendeine logische Erklärung mußte es ja dafür geben.

Aber es hatte nicht in seiner Absicht gelegen, an einer Verschwörung, den Diktator zu ermorden, teilzunehmen. Noch schlimmer war, daß der Mann, der ihn zur Teilnahme an einem solchen Verbrechen aufforderte, sehr wohl Lilgin selbst sein konnte. Wie sollte er sich verhalten?

Plötzlich erinnerte er sich daran, wie Ishkrin sich vor etwa einer Stunde aus einem ähnlichen Dilemma gezogen hatte.

Vorsichtig sagte er: »Alles, was ich in den letzten Tagen erlebt habe, hat mich in große Verwirrung gestürzt. Meine Absicht ist, auf der Seite des Siegers zu bleiben und mein Leben zu retten, wenn es möglich ist . . .«

Als er im Jet saß und unterwegs zu den Gluckens war, dachte Orlo schaudernd: Es muß doch das Alter Ego gewesen sein, sonst wäre ich nicht davongekommen . . .

Es beunruhigte ihn, daß die Geschichte durchaus wahr sein konnte.

. . . Das Alter Ego war von der Wahrheit überzeugt. Er hatte während seiner Tätigkeit oftmals Einblick in Regierungsangelegenheiten erhalten. Auf den Gedanken, diesmal könne er selbst getäuscht worden sein, kam er nicht.

Und doch war das geschehen. Der Führer hatte ihm gegenüber beiläufige Bemerkungen fallen lassen. Er hatte so getan, als sei das Alter Ego einer der Insider, auch wenn der Fall ihn eigentlich nicht betraf. Er brauchte den Diktator nur am ersten Abend beim Dinner und jetzt beim Lunch zu vertreten. Mehr gab es für ihn dabei nicht zu tun.

Der Führer hatte drei Prinzipien. Nummer eins lautete: Wo es nicht darauf ankommt, sage die reine Wahrheit, und zwar in ermüdenden Einzelheiten. Zweitens: Gib über etwas Wichtiges niemals eine Information preis, wenn es nicht unbedingt notwendig ist. Drittens: Verwirre deine Feinde beziehungsweise deine potentiellen Feinde, wann immer sich eine Gelegenheit dazu bietet.

Orlo war zur Genüge verwirrt, während er seine beiden ergebnislosen Besuche abstattete. Die Pläne und Befürchtungen des Alter Ego hatten alle seine eigenen Theorien über den Haufen geworfen.

Es war bereits dunkel geworden, als er in den Palast zurückkehrte. Er fühlte sich unglücklich und hin- und hergerissen, und er kam sich wie ein Narr vor. Sein einziger Trost war, daß Sheeda in seinem Appartement auf ihn warten würde.

Halb und halb verspürte er den Wunsch, noch einmal Ishkrin aufzusuchen. Aber er war geistig so erschöpft, daß er den Gedanken nicht weiterverfolgte.

Daher erfuhr er nicht, daß in Communications City zwischen den Wissenschaftlern und der Palastgarde eine Schlacht stattgefunden hatte. Allerdings hätte man ihn sowieso nicht hineingelassen. Lilgin hatte strengen Befehl gegeben, ihn auszuschließen. Trotzdem waren alle erleichtert, als er gar nicht den Versuch machte, die Stadt zu betreten. Um Mitternacht lag Orlo voll angezogen auf dem Bett, elend, hoffnungslos, erschöpft und zu keinem klaren Gedanken mehr fähig. Von Sheeda war bis jetzt nichts zu sehen und zu hören gewesen.

Endlich verfiel er in einen tiefen Schlaf, der einer Bewußtlosigkeit nahekam.

XX

Schon lange vor den Ereignissen waren die Experten sich darüber einig gewesen, daß Higenroth, als er den eben gezeugten Embryo programmierte, gewisse Biorhythmen beachtet haben mußte, die Entwicklung zum Säugling, zum Knaben, zum Jüngling.

Die Entwicklung zum Mann berührte die Experten nicht. Alle jene Speichellecker gingen stillschweigend von der Voraussetzung aus, daß Higenroths Sohn niemals voll erwachsen werden würde.

Alle bereits vorhandenen Erkenntnisse über Biorhythmen (und das waren eine Menge) wurden einem Computer eingegeben.

Dessen Zusammenfassung lautete: Das dritte von drei Programmen wird zwischen 5.10 Uhr und 7.04 Uhr am 21. Geburtstag wirksam werden. Die ersten beiden waren bereits im Alter von elf beziehungsweise fünfzehn Jahren wirksam geworden.

Natürlich wurden gegen alle, die an diesem Forschungsprojekt beteiligt gewesen waren, Anklagen erhoben. Der Diktator war besonders wütend auf die ganze Gruppe, weil die letzte Computeranalyse keinen genauen Zeitpunkt, sondern eine Spanne von zwei Stunden angab. Die Experten verschwanden spurlos.

In Wirklichkeit hatten sie noch schwerere Fehler begangen, als die Anklageschriften behaupteten. Als Orlo elf und später, als er fünfzehn war, hatte man richtig erkannt, welche Programme Higenroth ihm für diese Lebensabschnitte eingegeben hatte, und ihn einer Befragung über den Ursprung bestimmter in ihm aufgetauchter Gedanken unterzogen.

Orlo, der die Befragung für nichts anderes hielt als die Gehirnwäsche, die von Zeit zu Zeit jeder über sich ergehen lassen mußte, antwortete wahrheitsgemäß. Dadurch wurde festgestellt, daß die Gedanken erst in schattenhafter Form auftauchten, bevor sie zwei Stunden später kristallklar wurden.

Die Periode von zwei Stunden (abzüglich einiger Minuten) verwirrte die Beobachter.

Außerdem erkannten sie den Hinweis nicht, den sie zweiundsiebzig Stunden früher hätten erhalten können. Dabei handelte es sich nicht um einen Gedanken, sondern um ein körperliches Gefühl der Erregtheit. Unverzeihlicherweise war ihnen auch das bereits sechs Wochen zuvor auftretende Signal entgangen. Bei den zwei Stunden handelte es sich um eine normale Gehirnfunktion, bei den zweiundsiebzig Stunden und den sechs Wochen um Higenroths Programm. Sechs Wochen im voraus zeigten sich Gereiztheit und Widerspenstigkeit. Zweiundsiebzig Stunden im voraus wurde das gesamte Drüsensystem angeregt: Der Körper bereitete sich darauf vor, aktiv zu werden. Leute in diesem Zustand können, auch wenn sie völlig untrainiert sind, Berge hinaufrennen. Ihre Augen leuchten, ihr Schritt ist leicht, ihr Verstand arbeitet mit ungewöhnlicher Klarheit. Ein solcher Mensch brilliert. Beim Mittagessen mit den Wissenschaftlern am ersten Tag hatte Orlo brilliert; er hatte jeden in Erstaunen versetzt.

Der Untersuchungsausschuß, ebenso paranoid wie sein Herr, war nicht über die Tatsache gestolpert, daß Orlo in den Zeiten zwischen seinem elften und fünfzehnten und dann wieder zwischen seinem fünfzehnten und einundzwanzigsten Geburtstag im allgemeinen friedlich und linientreu gewesen war. Wie ihr großer – wenn auch körperlich kleiner – Genius nahmen die Mitglieder des Ausschusses an, es handele sich dabei um Verstellung.

Natürlich erinnerte Orlo sich in den Zwischenzeiten der Gedanken, die er während der Schlüsselmomente gehabt hatte. Aber ihn war gelehrt worden, daß man sich durch Selbstkritik von volksfeindlichen Ideen befreien könne, und er glaubte es. Im Alter zwischen elf und fünfzehn verbannte er deshalb »reaktionäre« Vorstellungen aus seinem Bewußtsein und schämte sich ihrer. Nachdem er fünfzehn geworden war, fiel es ihm schwerer, und es blieb immerhin soviel zurück, daß er seine Liste mit der Überschrift »Wie ein Jugendlicher es vermeiden kann, zur Marionette des Diktators gemacht zu werden« verfassen konnte. Aber mehr war nicht gewesen.

Orlo lag in der Dunkelheit, noch nicht ganz wach. – Habe ich geträumt? Oder habe ich ein Geräusch gehört?

Neben dem Bett bewegte sich etwas. Wer es auch sein mochte, er wußte hier Bescheid. Eine starke Hand legte sich auf Orlos Mund, eine zweite starke Hand packte seinen Arm.

Orlo konnte sich später nicht erinnern, ob er danach noch bei Bewußtsein gewesen war.

Schwärze.

Als er wieder zu sich kam, lag er – immer noch voll angezogen – auf der Couch in seinem Büro.

Orlo blinzelte. Es herrschte helles Tageslicht. Er erkannte, wo er war, und setzte sich auf.

Was er sah, konnte er nicht glauben.

Auf jeder Plastikwand, auf allen Glasoberflächen bewegte sich Martin Lilgin.

XXI

Was empfindet ein allmächtiger Diktator, wenn er endlich in die Enge getrieben ist? Entfärbt er sich? Krampft sich sein Magen zusammen? Schlägt die Große Angst zu? Taucht der Gedanke in ihm auf: Jetzt haben sie mich!?

Oder weigert er sich einfach, es zu glauben? Wird er denken: Das kann *mir* nicht passieren?

Sicher wird in einem solchen Mann etwas von dem Wahnsinn der alten Könige sein. Er wird glauben, daß er ein Ausnahmemensch ist, daß ihm die Macht verliehen wurde, weil er berufen ist – ein Außerwählter der Vorsehung.

Niemand würde es je erfahren. Als Orlo aufwachte, verriet die Übertragung, daß Lilgin sich schon eine ganze Weile darüber klar war, in welcher Situation er sich befand, und er zeigte sich ihr gewachsen. Er lächelte ein wenig. Er summte vor sich hin, während er sich rasierte. Er kleidete sich weiter an.

Dann schritt er in sein Büro und setzte sich an seinen berühmten Schreibtisch. Dorthin wurde ihm das Frühstück gebracht. Später das Mittagessen. Und das Abendessen.

Der Schreibtisch war berühmt, weil sich auf ihn die Fernsehkameras richteten, wenn Lilgin, was selten vorkam, eine Ansprache an die Bevölkerung der Welt hielt. Dort pflegte er zu sitzen, links und rechts von Papierstößen eingerahmt. Fuhr die Kamera auf ihn zu, zeigte er den gedankenverlorenen Ausdruck eines Menschen, der zuviel zu tun hat, aber eisern seine Pflicht erfüllt.

Diesmal verkündete er, nachdem er sich gesetzt hatte: »Ich werde um zehn Uhr östlicher Normalzeit eine Erklärung abgeben. Bis dahin habe ich hiermit zu tun.« Lächelnd zeigte er auf einen Stapel von Dokumenten.

Daraufhin nahm er das oberste Blatt von dem ihm nächstliegenden Stapel, überflog es, rief seinen Sekretär – der völlig versteinert an einer Seite des Schreibtisches saß – und diktierte ihm einen Brief. Der junge Mann schien Schwierigkeiten zu haben. Aber Lilgin übersah es. Allerdings hielt er den Brief kurz. Er bezog sich auf die Änderung eines Arbeitsvorgangs bei einer Kollektiv-Farm.

Er schickte den Sekretär mit der Weisung weg, den Brief sofort zur Beförderung zu geben. Dann las er die Dokumente. Ein wenig später wurde das Frühstück gebracht. Er las beim Essen weiter, wie ein Mann, der keine Zeit für eine Unterbrechung hat.

Um zehn Uhr blickte er mit einem Lächeln auf und gab folgende Erklärung ab:

»Kameraden, Arbeiter, Genossen des Neuen Ökonomischen Systems! Ich kann mir vorstellen, wie überrascht Sie heute morgen alle waren, als Sie auf der einen oder anderen Wand in Ihrem Haus mein Bild sahen. Ich bin überredet worden – obwohl ich nicht voll und ganz dafür war –, in einen Versuch von unbestimmter Dauer einzuwilligen. Das heißt (Lächeln), wir wissen nicht, wie lange der Versuch dauern wird. Der Gedanke dabei ist: Die Bürger und Kameraden und Arbeiter haben ein Recht darauf, ein Auge auf ihre Regierung zu halten. Immer wieder tauchen Gerüchte auf, daß auf höchster Ebene Dinge vorgingen, die geheimgehalten werden. Auch Sie werden dergleichen schon gehört haben. Meistens handelt es sich dabei nur um das harmlose Geschwätz unwissender Menschen. Doch gelegentlich werden bestimmte Zwecke damit verfolgt, so daß sich die Sicherheitsorgane entsprechend den Gesetzen, die Sie in jeder öffentlichen Bibliothek nachschlagen können, mit den Urhebern solcher Verleumdungen befassen müssen. Wie dem auch sei, mit dieser wunderbaren Erfindung sind wir jetzt in der Lage – so wurde mir gesagt –, jedermann Stunde für Stunde, Tag für Tag bei den Regierungsgeschäften zusehen zu lassen. Solange dieser Versuch dauert, muß er aus technischen Gründen bei Tag und bei Nacht ohne Unterbrechung fortgesetzt werden. Ich hoffe, Sie haben nichts dagegen, daß ich das Licht abschalten werde, wenn ich mich ausziehe, und daß ich in völliger Dunkelheit ins Badezimmer gehe. Mehr habe ich im Augenblick nicht zu sagen. Eine neue Erklärung werde ich wieder im voraus ankündigen. Ich danke Ihnen. ›Auf Wiedersehen‹, paßt nicht recht, denn wie Sie gleich feststellen werden, wird mein Bild nicht verschwinden. Also schließe ich besser mit: Meine Damen und Herren, beobachten Sie die Regierung. Hier ist Ihre Gelegenheit, alle die zeitraubenden, ermüdenden Einzelheiten kennenzulernen, die jahrein, jahraus über meinen Schreibtisch wandern. Ich kann Ihnen jetzt schon versichern, daß es nicht sehr aufregend sein wird. Aber diese Arbeit ist notwendig, und sie ist der Mühe wert.«

Damit war Schluß. Das berühmte Gesicht zeigte noch für ein paar Sekunden sein Lächeln. Dann winkte die Hand einen Abschiedsgruß, der Kopf neigte sich, die Augen richteten sich auf das nächste Dokument.

Martin Lilgin, der Diktator der Erde, widmete sich erneut seinen mannigfaltigen Pflichten.

Orlo fühlte sich benommen. Er wußte nicht, was er von dieser Ansprache halten sollte, und er hatte keine Ahnung, daß sie irgend etwas mit ihm zu tun hatte.

Er raffte sich auf und eilte zu seiner Hintertür hinaus. Auf dem Gang stieß er bald an eine Schranke, die von Wissenschaftlern bewacht war.

Einer der Posten war von Tisch Sieben – der chinesische Astronom Jimmy Ho.

»Kommen Sie nicht näher, Orlo!« warnte Jimmy.

Orlo blieb stehen. »Was geht hier vor?«

Es dauerte einige Zeit, bis es ihm auseinandergesetzt war. Dann fragte er angstvoll: »Ist jemand getötet worden?«

»Ein paar von den armen Jungen in Uniform. Sie kamen gestern mittag in den Speisesaal marschiert und zogen mit ihren Gewehren eine große Show ab. Daher mußten wir an Ort und

Stelle beweisen, daß niemand bestimmte Teile von Communications City betreten kann, wenn wir ihn nicht als Gast empfangen wollen. Soviel ich weiß, haben wir für zwei Tage Nahrungsmittel in den Kühlschränken. Damit steht fest, wie lange wir aushalten können – vielleicht eine Woche.«

»Seien Sie nicht albern«, antwortete Orlo. »Hier muß ein Fehler passiert sein. Schließlich bin ich der gesetzmäßige Leiter von Communications City. Wer also diesen Befehl gegeben hat, war nicht dazu berechtigt. Diese Tatsache wollen wir erst einmal festhalten.«

»Träumen Sie weiter, mein Sohn«, sagte Jimmy Ho. Er war ganz fröhlich dabei.

Orlo drängte: »Können Sie nicht Ishkrin aufsuchen und ihn bitten, mit ein paar Experten für das da –« er wies auf die Marmorwände, auf denen, wegen der metallenen Buchstaben und Zeichnungen allerdings nicht sehr klar, der Diktator zu sehen war »– in mein Büro zu kommen? Sagen Sie ihm, er solle eine Erklärung parat halten, warum man die Quelle der Sendung nicht in – wie sagte er? – drei Sekunden aufgespürt hat.«

Das runde, glatte Chinesengesicht grinste. »Er hat Sie nur aufgezogen, Orlo. Die Bezeichnung ›Durchdringungssystem‹ bedeutet, daß die Quelle ein Teil des Ganzen ist. Man kann sie weder sehen, noch hören, noch entdecken. Die Sendung kann weitergehen, bis die Maschinen im Orbit zusammenbrechen. Und ich bin sicher, Higenroth hat dafür gesorgt, daß sie eine hübsch lange Zeit funktionieren. Vielleicht hundert Jahre lang.«

»Großer Gott!« stieß Orlo hervor. Seine Aufregung wuchs, als er in sein Büro zurückkehrte. Er dachte: Welch ein Glück habe ich, daß ich hier bin, wo gerade jemand diese Higenroth-Erfindung zum Funktionieren gebracht hat. Komisch, daß ich davon vor zwei Tagen zum ersten Mal gehört habe . . .

Er merkte, daß das Gefühl der Verstandesklarheit und der körperlichen Leichtigkeit wieder über ihn gekommen war.

An seinem Schreibtisch angekommen, läutete er nach Bylol.

Er überlegte. Immer noch gab es Probleme, und dann war da sein geheimnisvolles Erlebnis während der Nacht. Aber seine Verwirrung, die ihn seit gestern nachmittag in eine so klägliche Verfassung gebracht hatte, war endgültig vorbei.

So saß er da und wartete. Ein brillantes junges Genie.

XXII

Nach geraumer Zeit trat Bylol ein, und es war ein sehr veränderter Bylol.

Er rannte nicht mehr, er ging in normalem Tempo. Zum ersten Mal fiel es Orlo auf, daß er ein Mann Ende Dreißig war, nicht der alte Tatterich, für den er ihn bisher gehalten hatte.

Der rehabilitierte Persönliche Referent des Präsidiumsmitglieds für Wissenschaft und Technik näherte sich Orlos Schreibtisch mit einem gewissen Maß an Unverschämtheit. Beiläufig bemerkte er: »Als Sie mich rufen ließen, war ich gerade am Telefon. Der Anruf ist für Sie. Nummer Drei – Verzeihung! – Mr. Jodell ist am Apparat.«

Orlos Hand blieb, wo sie war, in der Tasche auf der dort befindlichen Pistole. Er glaubte eigentlich nicht, daß dieser Mann zu Gewalttätigkeiten fähig war, aber er wollte kein Risiko eingehen.

»Danke, Mr. Bylol«, meinte er höflich. »Was halten Sie von dem Versuch, den der Vorsitzende Lilgin gerade durchführt?«

Eine Pause entstand. Bylols Augen nahmen einen ganz anderen Ausdruck an. Doch dann fuhr er zusammen. »Sir, Mr. Jodell wartet am Apparat!«

Damit zog er sich schnell zurück.

Orlo griff zum Hörer. »Tut mir leid, daß ich Sie habe warten lassen, Sir«, log er. »Ich war gerade im Badezimmer.«

»Macht nichts, macht nichts«, war die joviale Antwort. »Ist es Ihnen recht, wenn ich zu Ihnen komme und mit Ihnen spreche?«

»Wie alt sind Sie, Mr. Jodell?« fragte Orlo. »Sie sehen aus wie fünfundfünfzig.«

Die beiden Männer saßen sich an Orlos Schreibtisch gegenüber. Vom ersten Augenblick an hatten sie offen miteinander gesprochen, als habe sich Nummer Drei entschlossen, mit seiner Vergangenheit zu brechen – und, wenn nötig, auch mit seiner Zukunft. Es kümmerte ihn überhaupt nicht, wer was hören mochte.

Die Hängebacken liefen vor Zorn puterrot an, die stahlgrauen Augen verengten sich. »Dieser Schurke«, zischte er, »zwingt Megara und mich, wie alte Mittelfünfziger auszusehen und zu empfinden, während er selbst ein jugendlicher Vierziger bleibt.« Er nahm sich zusammen. »Ich bin zweihundertundsiebenundzwanzig Jahre alt«, verkündete er stolz. »Vermutlich sollte ich dem – Sie wissen schon – dafür dankbar sein, aber ich muß mir jedes Jahr meines Lebens verdienen. Also zur Hölle mit ihm!«

»Möchten Sie mir die ganze Geschichte erzählen?«

Jodell nickte. Tränen stiegen ihm in die Augen. »Es staut sich in mir seit hundertfünfundsiebzig Jahren, und jetzt habe ich den Punkt erreicht, wo ich es Kindern oder sogar freundlichen Steinen erzählen möchte.«

Nummer Drei war ein Überlebenstyp.

Es war ihm gelungen, sich aus einem Gleichberechtigten in einen Untergebenen zu verwandeln, wenn das auch nicht leicht gewesen war. Leute wie er wurden in den lebensgefährlichen Tagen nach der Machtübernahme entweder als Linksabweichler oder Rechtsabweichler klassifiziert.

Das bedeutete stets das Todesurteil.

In diesen frühen Tagen war ein Abweichler ein Mann, dem es an einer bestimmten übersinnlichen Wahrnehmung fehlte. Er hatte nicht gespürt, daß ein gewisser kleiner, dunkelhaariger, wölfischer Mann mit jettschwarzen Augen *der* natürliche Führer für den sich gerade bildenden neuen Weltstaat war.

Zu seinem Glück hatte Jodell bei Gruppentreffen das kojotenhafte Geschöpf niemals kritisiert. Die meisten Spitzenleute hatten es getan. Deshalb waren sie kurz darauf auch mausetot.

Aber andere, die nicht kritisiert hatten, wurden ebenfalls umgebracht, nur Jodell (und Megara) nicht. Alle diese Leute der ersten Stunde hatten, wenn auch aus Versehen, ein unverzeihliches Verbrechen begangen. Sie hatten die Anfänge miterlebt. Es genügte nicht, sie weit weg zu schicken oder ihnen eine unbedeutende Arbeit zuzuweisen. Dann hätten sie sich immer noch erinnern können. Sie hatten den Herrscher damals gekannt. Sie wußten, daß auch er ein menschliches Wesen mit menschlichen Mängeln war.

Sie waren Zeuge gewesen, als man ihm Irrtümer vorwarf und als er sich wie jeder gewöhnliche Mensch dagegen verteidigte. Sie hatten dabeigesessen, als eines Tages ein Parteimitglied Martin Lilgin einen Linksextremisten mit faschistischer Orientierung nannte. Jener Mann war jetzt lange tot. Er war tagelang gefoltert worden, und beinahe bis zum Ende hatte er Martin Lilgin das Recht bestritten, ihm so etwas anzutun. Doch schließlich mußte er einsehen, daß es tatsächlich geschah und daß es niemanden gab, der den Henkersknechten Einhalt gebieten konnte, denn alle, die es hätten tun können, wurden zur gleichen Zeit gefoltert und gemordet.

Kann man einen Mann am Leben lassen, der einen solchen Vorwurf gegen den kleinen, hyänenähnlichen Anführer mitangehört hat? Man kann, wenn er zu den ersten gehört, die schriftlich niederlegen, daß sie den Supermann mit den Augen und den Instinkten einer Kobra jetzt und in alle Ewigkeit für den naturgegebenen Herrscher des neugegründeten Weltstaates halten. Der größte Führer aller Zeiten hatte sich entschlossen, etwa hundert Menschen von den ursprünglich rund acht Millionen das Leben zu schenken. Er wählte sie nicht im vorhinein aus. Jeder einzelne mußte sich seinen Platz durch einen Akt besonderer Ehrerbietung verdienen.

Jeder der hundert mußte sich genau daran erinnern können, wie in jenen frühen Tagen alles, was der Führer tat, richtig war, und daß er sich niemals in irgendeiner Einzelheit geirrt hatte.

Wie sich herausstellte, hatte tatsächlich jeder der hundert die vielen einzelnen Ereignisse, die schließlich zum Sieg geführt hatten, klar im Gedächtnis. Er konnte (und mußte) wiederholt bezeugen, daß dabei immer derselbe Mensch die entscheidende Rolle gespielt hatte. Und daß alle anderen nichts getan hatten, als nur seinen Befehlen zu gehorchen ...

»Wie hieß der Erfinder der Unsterblichkeitsdroge?« fragte Orlo.

Sie hatten das Stadium von Frage und Antwort erreicht.

Jodell erwiderte: »Wir wissen noch nicht, ob sie Unsterblichkeit verleiht. Aber ein langes Leben bestimmt.« Er zuckte die Achseln und gestand offen: »Eines Morgens wachte ich auf und konnte mich weder an den Namen des Burschen erinnern noch daran, was ich mit der Formel gemacht hatte. Ich weiß nicht, wie Lilgin das fertiggebracht hat.«

Orlo Thomas, der (eine Art) Verfahrenstechniker war, erklärte: »Sie werden in ein Gespräch über alle diese Einzelheiten gezogen worden sein, und gleichzeitig haben Sie –« er nannte ein dem Sodiumpentathol verwandtes Gas »– eingeatmet. Oder es ist Ihnen in den Blutkreislauf injiziert worden.«

»An ein solches Gespräch kann ich mich nicht erinnern«, meinte Jodell.

»Nachdem Sie auf diese Weise behandelt worden waren, dürfte Ihnen das auch schwerfallen«, gab Orlo trocken zurück.

Er konnte sich lebhaft vorstellen, wie es sich abgespielt hatte. Der Entdecker der Unsterblichkeitsdroge war wohl umgebracht worden – natürlich erst, nachdem man ihn seines Geheimnisses beraubt und sichergestellt hatte, daß das Medikament ohne seine Hilfe hergestellt und angewendet werden konnte. Und jetzt befand es sich in einem der Verstecke des Diktators. Es war möglich, daß der Erfinder bei Lebzeiten Mitglied des Obersten Präsidiums gewesen war. Orlo fragte danach und erhielt ein Achselzucken zur Antwort. »Es waren so viele«, meinte Jodell hilflos.

»Ich weiß.« Orlo war wahrscheinlich der einzige Mensch, der sich jemals die Mühe gemacht hatte, sie zu zählen.

Die ganze Zeit hatte Orlo sich gewundert, warum Jodell sich keine Sorgen um die katastrophalen Folgen dieses Gesprächs, das ja sicher abgehört wurde, machte. Jetzt hielt es ihn nicht länger. Er erkundigte sich.

»Um Himmels willen, Orlo, auch Lilgin stehen nur vierundzwanzig Stunden am Tag zur Verfügung«, sagte Jodell überrascht. »Es war meine Aufgabe, Sie zu observieren, hauptsächlich zu dem Zweck, das zu verhindern, was Sie –« er lächelte grimmig »– jetzt doch getan haben. Und auch, um dieser Erfindung habhaft zu werden.«

»Das heißt also«, faßte Orlo nach, »daß dies Gespräch nicht abgehört wird?«

»Ja, natürlich. Entschuldigen Sie, ich hätte es gleich anfangs erwähnen sollen.« Jodell lehnte sich zurück. Sein Gesicht nahm wieder den gewohnten jovialen Ausdruck an. »Und nun erzählen Sie mir, wie Sie es gemacht haben.«

»Was gemacht?« fragte Orlo verständnislos.

»Kommen Sie.« Die Stimme, die daran gewöhnt war, Untergebenen Befehle zu erteilen, klang ungeduldig. »Wie haben Sie den Schurken aufgespürt? Er hatte Vorsorge getroffen, daß Sie niemals auch nur einen flüchtigen Blick auf ihn werfen konnten. Nur Megara und ich kennen ihn gut genug, daß wir uns ausrechnen konnten, er sei seit gestern mittag bei Odette gewesen.«

»Ich habe nicht die leiseste Vorstellung, wovon Sie reden«, antwortete Orlo gleichmütig. »Klären wir das erst einmal.«

Für längere Zeit herrschte tödliches Schweigen. Endlich sagte Jodell leise: »Higenroth. Sie sind Higenroths Sohn. Und all das –« er wies auf die Wände »–kommt aus Ihrem Kopf.«

»Aber – aber das Alter Ego sagte mir gestern, ich sei Lilgins Sohn.«

»Besonders klug war er nie«, war Jodells Kommentar. »Und wenn das ein Beispiel dafür ist, wie er Schlußfolgerungen zu ziehen pflegte, werden Sie verstehen, warum Lilgin ihn gestern nachmittag, sobald Sie sich entfernt hatten, töten ließ.«

»Er wollte der neue Diktator werden und mich zu seinem Erben einsetzen.«

»Auf die Idee sind schon verschiedene Alter Egos gekommen.« Für Jodell war das Thema damit beendet. »Aber jetzt hören Sie, was –«

»Higenroths Sohn!« stieß Orlo hervor.

Seltsamerweise war er darüber gar nicht glücklich. Es schien ihm beinahe ein Abstieg zu sein. Irgendwann hatte er einmal über einen Diktator namens Adolf Hitler gelesen, der eigentlich Schicklgruber hieß. Irgendwie hatte der Name Higenroth für ihn eine Assoziation mit Schicklgruber. Er flüsterte versuchsweise: »Orlo Higenroth.« Puh!

Jodell langte über den Schreibtisch und faßte Orlos Handgelenk. »Wo sind Sie? Es sah so aus, als seien Sie plötzlich verschwunden.«

Unglücklich gestand Orlo seine Gedanken über Orlo Schicklgruber ein.

»Higenroth war das größte Genie auf dem Gebiet der Kommunikation, das je gelebt hat«, stellte Jodell fest. »Lilgin wollte Einfluß auf ihn nehmen, indem er ihn mit einer Siebzehnjährigen verheiratete. Später entdeckten wir, daß sie ihm ihre Schlafzimmertür verschlossen hatte. So kam es nur einmal zwischen ihnen zum Geschlechtsverkehr, am Vortag seines Todes, als sie beinahe verrückt vor Angst war. Und daher wurden Sie, mein Junger Freund, zum Gefäß für das Geheimnis des Durchdringungssystems. Aber Sie erzählen mir, Sie könnten sich nicht daran erinnern, es gegen Lilgin in Anwendung gebracht zu haben.«

Damit war man wieder am Ausgangspunkt angelangt.

»Als Sie mich anriefen«, sagte Orlo, »war ich überzeugt davon, Sie seien es gewesen, der mich aus meinem Schlafzimmer hier ins Büro bringen ließ.«

»Ich war es nicht«, kam es gepreßt zurück.

Sie starrten sich an.

»Ich muß telefonieren«, erklärte Jodell heiser.

Schweigend sah Orlo zu, wie Jodell eine Nummer wählte. Das Gesicht, das auf der Bildscheibe erschien, war das eines Mannes in Jodells Alter. Auch er war bei dem Dinner an Orlos erstem Abend betrunken.

Megara!

»Veet, ich bin hier in Orlo Thomas' Büro«, teilte Jodell ihm mit. »Wir sind gerade zu einem erstaunlichen Schluß gekommen. Du hast es getan.«

Megara gehörte zu den Menschen, die auch als Erwachsene ein Babygesicht haben. Er hatte wässerige blaue Augen und ein Bärtchen auf der Oberlippe. Abgesehen von dem energischen Kinn erweckte sein Gesicht den Eindruck, als könne er urplötzlich in Tränen ausbrechen. Aber vermutlich werden sogar Babys nach zweihundertzwanzig Jahren hart.

Im Augenblick verzog sich das Gesicht zu einem schwachen Lächeln. Die tiefe, gar nicht babyhafte Stimme sprach: »Auch in einem langen Leben gibt es eine günstige Gelegenheit wie Orlo nur einmal. Ich kann dir verraten, es war mir ein Vergnügen, den Bastard endlich zu erwischen.«

Er unterbrach sich. »Aber höre, ich sollte besser zu euch kommen. Wir dürfen nicht vergessen, daß Lilgin fieberhaft nachdenkt. Und er braucht ein Todesurteil nicht laut auszusprechen, er kann es handschriftlich niederlegen. Mein Vorschlag lautet, daß ich an die Spitze der Regierung trete. Denke darüber nach, während du auf mich wartest, ja?«

Nachdem die Verbindung unterbrochen war, bemerkte Jodell zynisch: »Ich merke schon, es sind viele bereit, an Lilgins Stelle zu treten. Und es werden noch mehr dazukommen. Vielleicht sogar ich. Und –« er lächelte »– Sie.«

»Ich nicht«, sagte Orlo.

XXIII

Lilgin hatte sehr feine Ohren.

Ein Mann, dem er bisher vertraut hatte, mochte ein falsches Wort sprechen – und er verstummte für immer. Eine politisch korrekte Erklärung, in der an einer einzigen Stelle vom korrekten Tonfall abgewichen wurde – Lilgin merkte es. Der Betreffende kam nie wieder in seine Nähe.

Natürlich verschwanden solche Männer bald darauf, nachdem ihnen durch die Folter ein »volles Geständnis« abgezwungen worden war.

Als Martin Lilgin ein junger Bursche gewesen war, damals, als es noch private Automobile gab, hatte er aus dem Motorengeräusch die kleinste Störung herausgehört. Sein Wagen kam vom Tag der Auslieferung an so oft in die Reparaturwerkstatt, daß die Mechaniker schon aufheulten, wenn sie ihn vorfahren sahen.

Lilgin war stolz auf diese Eigenschaft, und viele seiner Anhänger bewunderten ihn deshalb, bis sie selbst den einen falschen Ton hervorbrachten, der dem Chef verriet, daß sie es gewagt hatten, einen eigenen (kritischen) Gedanken zu fassen.

Gleich nachdem er an diesem ersten Tag der Totalen Kommunikation seine Ansprache gehalten hatte, lauschte Lilgin angespannt auf jedes Wort, das in seiner Umgebung gesprochen wurde, und auf den Tonfall, mit dem es gesprochen wurde.

Die Folge war, daß er einen Block Formblätter Zehn-Sechzig anforderte. Sein Sekretär stürzte davon und kam mit der Auskunft von Jodell zurück, das Schreibwarenlager habe keinen Vorrat mehr, doch die Formblätter würden gerade neu gedruckt.

Als Ersatz für die Formblätter, auf denen die offiziellen Todesurteile ausgeschrieben wurden, legte der Sekretär zwei Blöcke neutralen Papiers auf Lilgins Schreibtisch. Und zog sich in den Hintergrund zurück. Der Diktator hatte den Eindruck – auch darin war er überempfindlich –, daß der junge Mann ein Lächeln verbarg. Da drei Milliarden Menschen zusahen, konnte Lilgin sich seinen Wunsch, den Schurken auf der Stelle totschlagen zu lassen, nicht erfüllen.

Alle Leute im Palast, dachte er, die mich in diesem Zustand der Erniedrigung gesehen haben, werden sterben müssen ...

Dieser Gedanke beruhigte ihn wieder, denn er gab ihm das Gefühl, daß das, was geschah, eigentlich keine Zeugen hatte.

Er wußte, was zu tun war. Er begann, Todesurteile auf dem neutralen Papier auszuschreiben. Jedes Blatt faltete er eigenhändig, steckte es in einen Umschlag und siegelte und adressierte diesen.

Als er dies ein halbes Dutzend Mal getan hatte, sah er mit seinem berühmten Lächeln auf und sagte zu den ihn beobachtenden drei Milliarden: »Um sechzehn Uhr werde ich erklären, was ich hier tue und warum.«

»Was glauben Sie, was er da schreibt?« fragte Ishkrin.

Die Frage richtete sich an alle sieben Männer, die in Orlos Büro zusammensaßen, und vielleicht auch an ihn selbst, den achten.

Orlo antwortete als erster. »Das muß ich analysieren.« Er lehnte sich zurück und schloß die Augen.

»Glauben Sie«, fuhr Ishkrin fort, »er hat schon entschieden, ob es eine Verschwörung der Rechts- oder der Linksabweichler ist?«

Alle Wissenschaftler im Raum schmunzelten. Megara und Jodell blieben ernst und stumm.

Orlo öffnete die Augen. »Ich denke, die Präsidiumsmitglieder Nummer Zwei und Drei sollten dafür sorgen, daß ihre Freundinnen oder Ehefrauen innerhalb der nächsten Stunde in dies Büro gebracht werden. Und dabei fällt mir etwas ein.« Er beugte sich über den Schreibtisch und sah Jodell an. »Wo ist Sheeda?«

Ohne auf eine Antwort zu warten, schob er Jodell wiederum das Telefon zu. Jodell begann zu wählen.

Der Bildschirm zeigte ein hartes Gesicht. Es war das Gesicht eines jungen Mannes, aber kantig und finster. Auf Jodells Frage antwortete er: »Mir liegt ein Befehl in der Handschrift des Vorsitzenden Martin Lilgin vor, in dem angeordnet wird, ich solle Sheeda Morton in Gewahrsam halten und Vorbereitungen treffen, sie mit der Zerreißmaschine in Stücke zu reißen, sobald er mich über die Gegensprechanlage mit einem einzigen Wort dazu anweist.«

»Ist dieser Befehl auf Formblatt Zehn-Sechzig geschrieben?« erkundigte Jodell sich wie nebenbei.

»Nein, aber seine Handschrift ist mir wohlbekannt.«

»Davon bin ich überzeugt. Doch hören Sie, Bureski, wir wollen das Mädchen. Vergessen Sie den Befehl. Die Zeiten ändern sich, und Sie müssen sich mit ihnen ändern.«

Die kalte Stimme fragte: »Was, zum Teufel, geht dort drüben vor? Was hat es mit diesem Versuch auf sich?«

»Es ist kein Versuch, mein Freund. Endlich haben wir ihn im Netz. Und es gibt nichts, was er oder sonst jemand dagegen tun könnte. Also lassen Sie sich nicht mit ihm fangen. Wir werden jemanden schicken, der das Mädchen abholt.«

»Unmöglich. Selbst wenn ich dem Befehl nicht gehorchen sollte, werde ich sie doch niemandem übergeben oder sie zu diesem Zeitpunkt freilassen.«

Jodell warf einen Blick auf die Wissenschaftler. »Meine Herren, ich werde in Ihrem Namen eine Drohung aussprechen. Hören Sie zu und sagen Sie mir, ob Sie imstande sind, sie auszuführen.« Er wandte sich wieder dem Bildschirm zu. »Bureski, ich schicke ein halbes Dutzend Wissenschaftler aus Communications City in Ihr dunkles, graues Hauptquartier der Geheimpolizei. Sie werden eintreten und das Mädchen holen. Leisten Sie keinen Widerstand. Liefern Sie sie aus.«

Das kantige Gesicht zeigte Ungläubigkeit. »Ein halbes Dutzend?« kläffte Bureski. »Wir befinden uns hier in einer Festung! Wir können sogar Atomraketen abschießen!«

»Hier handelt es sich um einen dieser Fälle, in denen der Geist über die Materie siegt«, stellte Jodell fest. Er sah Ishkrin an. »Stimmt's?«

»Wir werden ein ganzes Dutzend Spezialisten brauchen«, war die Antwort. »Vielleicht aber auch nur zehn.«

»Gut«, sagte Jodell. »Halt, Bureski, da ist noch etwas. Wir wollen außerdem wissen, wo sich Madame Megara befindet.«

Von dem Ecksofa in Orlos Büro kam ein krächzendes Geräusch. Es entrang sich Megaras Kehle.

Jodell beendete das Gespräch. Dann verkündete er der Allgemeinheit: »Nur für den Fall, daß sich jemand der Anwesenden Gedanken darüber macht, ich kann in einem Notfall wahrscheinlich dafür sorgen, daß wir alle in die Berge entkommen.«

Ishkrin warf die Arme hoch. »Wir leben in einer verrückten Welt! Hier ist ein Mann, der das, was gerade vorgeht, nicht als einen Notfall ansieht.«

Der wachhabende Offizier am Eingang zum Palast wurde blaß, als Orlo entschlossen auf ihn zuschritt.

»Sir, ich habe hier einen handschriftlichen Befehl von Martin Lilgin. Er wurde mir vor vier Minuten durch Boten überbracht. Er besagt, daß ich bis auf weiteres niemandem erlauben darf, Communications City zu betreten oder zu verlassen.«

Orlo ging weiter. Hinter ihm kam, wie verabredet in einer weit auseinandergezogenen Formation, das Dutzend der Super-Wissenschaftler.

Mit sorgfältiger Aussprache erklärte Orlo: »Der Befehl ist nicht auf dem gesetzlich vorgeschriebenen Formular ausgefertigt. Außerdem betrifft er mich auf keinen Fall, Hauptmann. Auch solche Personen nicht, denen ich das Verlassen der Stadt erlaube. Ich bin das Präsidiumsmitglied, das gesetzmäßig die Leitung von Communications City hat. Verstanden?«

»Aber«, protestierte der junge Hauptmann, »dieser schriftliche Befehl zeigt die Handschrift des Vorsitzenden Lilgin.«

Sie waren nur noch einen Schritt voneinander entfernt. Orlo blieb stehen und zeigte die Zähne. »Hauptmann, eine Handschrift kann gefälscht werden. Was wir tun, ist gesetzmäßig. Ich befehle Ihnen, Ihre Männer antreten zu lassen und vor uns her durch den Teil des Palastes zu marschieren, der zum Ausgang für Angestellte führt. Ich lasse Ihnen dreißig Sekunden Zeit.«

»Aber –«

»Los!«

Es entstand eine lange Pause. Dann schluckte der Offizier. Und salutierte. Darauf wandte er sich seinen Untergebenen zu und befahl: »Angetreten – masch – marsch!« Seine Stimme klang nicht ganz fest.

Seine Unsicherheit teilte sich zumindest einem der Soldaten mit. Er sprang zur Seite und richtete das Gewehr auf Orlo.

»Niemand«, brüllte er, »kann befehlen, dem Chef ungehorsam zu sein! Ich –«

Er kam nicht weiter.

Denn er verschwand.

Die Wissenschaftler hinter Orlo drängten sich nach vorn. »He«, ließ sich Peter Rosten hören, »wer von euch hat das fertiggebracht? Ich bildete mir immer ein, ich hätte eine recht hübsche Methode. Aber diese ist besser.«

Niemand antwortete.

Die zwölf Experten in zwölf verschiedenen Wissenschaften sahen sich untereinander und dann Orlo an. Aber keiner trat vor und nahm den Ruhm für sich in Anspruch.

»Sieht so aus«, kommentierte Ishkrin, »als ob der Erfinder der Methode für den Augenblick bescheiden im Hintergrund bleiben möchte.«

Orlo ergriff das Wort. »Wie ich sehe, müssen wir vor allem dafür sorgen, daß wir nicht von einem Balkon oder sonst einem als Hinterhalt geeigneten Ort aus abgeschossen werden. Deshalb müssen je zwei ihre Aufmerksamkeit in eine andere Richtung lenken. Sie beide –« er zeigte auf zwei der Männer »– beobachten, was hinter uns vorgeht. Sie beide sehen nach vorn, Sie nach oben, Sie nach links, Sie nach rechts.«

Die Wissenschaftler beäugten ihn mit dem ihnen eigentümlichen Humor. Keiner machte Anstalten, ihm zu gehorchen. Peter Rosten meinte liebenswürdig: »Orlo, machen Sie sich darüber keine Gedanken. Viele Probleme auf dem Gebiet der Raum-Zeit-Beziehungen wurden lösbar, als Higenroth entdeckte, daß man Elektrizität schneller von einem Ort zum anderen bewegen kann, als dies die Natur von sich aus tut. Vermutlich hat Lilgin Angst, Sie in den modernen Wissenschaften zu weit fortschreiten zu lassen. Aber natürlich sind wir auch weiter als die da draußen.«

Orlo war gekränkt. »Hört mal«, sagte er. »Wenn ihr Typen schon immer fähig wart, aus diesem Gefängnis hinauszumarschieren, warum seid ihr nicht längst abgehauen?«

»Wohin sollten wir gehen?« fragte ein schwergewichtiger Mann. »Unter Lilgins Herrschaft braucht man überall eine Aufenthaltserlaubnis.«

Das war die reine Wahrheit. Orlo schämte sich seines Ausbruchs. »Es hat einmal eine Zeit gegeben«, meinte er, »da konnte man Zuflucht in einer Kirche finden.«

»Jetzt nicht mehr«, wurde ihm entgegengehalten. »Nicht in einem Gebäude der Staatsreligion.«

»Man konnte damals auch um politisches Asyl in einem anderen Land bitten«, setzte Orlo hinzu.

»Ja, aber heute haben wir einen Weltstaat. Es gibt keine anderen Länder mehr.«

»Wahrscheinlich werden wir diesbezüglich etwas unternehmen müssen«, bemerkte Orlo. »Demnächst.«

Darauf erhielt er keine Antwort. Er sah, daß die Männer über das Innere des Palastes in Aufregung gerieten. Es entsetzte ihn, als er sich klarmachte, daß diese fähigen Köpfe niemals einen Schritt aus Communications City hinausgekommen waren.

Sie gingen langsam und betrachteten alles mit der Neugier von Kindern. Orlo hatte seine Mühe, sie bis zum Ausgang zu bekommen.

Dort requirierte er einen Bus mit Fahrer. Sie stiegen ein. Verschüchtert erlebten die Wissenschaftler, wie das Fahrzeug das Palastgebäude verließ.

Orlo war erschüttert ... Kann ich mich wirklich darauf verlassen, daß ich mit solchen Leuten eine Festung einnehmen kann?

Kaum eine Meile vom Palast entfernt lag das große graue Gebäude aus Stein und Stahl. Sie warteten, während ein Wachtposten mit irgendwem telefonierte. Der jugendliche Offizier teilte ihnen durch stählerne Gitterstäbe mit: »General Bureski wird in ein paar Minuten hier sein.«

Es war kurz vor Mittag. Die Straße vor dem langen, hohen, düsteren Bauwerk, neben dessen Tür nichts als *Oberste Polizeidirektion* stand, lag verlassen da.

Was bedeutete »Oberste Polizeidirektion?« fragte sich Orlo. Vermutlich erledigte diese Direktion die politischen Morde.

Er schreckte aus seinen Gedanken auf. Schritte kamen auf dem Steinfußboden entlang. Die Schritte eines Mannes – und einer Frau.

Orlo fühlte, wie er die Farbe wechselte.

Es waren Bureski und Sheeda. Sheeda wirkte wie erstarrt.

»Jetzt sage ich Ihnen, wie ich die Angelegenheit abgewickelt haben möchte«, polterte der junge Mann.

»Sie halten mich auf dem laufenden, wo sie sich befindet ...«

»Sie wird in Communications City sein«, unterbrach Orlo ihn.

Bureski fuhr fort, als habe er nichts gehört: »Und zu einem späteren Zeitpunkt werden wir entscheiden, ob Lilgin wirklich ›ins Netz gegangen‹ ist. Falls ja, können Sie sie behalten. Falls nein, holen wir sie zurück, und über ihren kurzfristigen Ausflug kommt kein Wort in die Berichte.«

»Nehmen wir einmal an, er sagt Ihnen über die Gegensprechanlage das eine Wort, das Sie erwähnten«, wandte Orlo ein.

»Er ist nicht in der Lage zu beobachten, was wir hier tun«, antwortete Bureski. »Wir werden einfach sagen, es sei geschehen.

Und später, wenn er gewinnt, wird es geschehen. Und alle Zeugen werden gleichermaßen verschwinden. Verstanden?«

»Eine pragmatische Lösung«, räumte Orlo ein. »Und was ist mit Madame Megara?«

»Ich habe bereits Befehl gegeben, sie in ein Krankenhaus einzuweisen. Sie wird Proteinspritzen erhalten, und es wird eine kosmetische Operation an ihr vorgenommen werden. Sie war zu Zwangsarbeit verurteilt, Sir, und es wird einen Monat dauern, ehe sie wenigstens wieder richtig gehen kann.«

»Ich verstehe. In welchem Krankenhaus ist sie?«

Bureski nannte es ihm. Damit trennten sie sich.

Auf der Rückfahrt zum Palast saß Orlo neben einer schweigenden, weißgesichtigen Sheeda. Endlich flüsterte sie: »Ich bin vergewaltigt worden. Von drei Männern. Sie dachten, es sei zu Ende mit mir. Deshalb nahmen sie mich.«

»Diese Männer konnte man nicht auf allen Plastikwänden der Welt sehen«, meinte Orlo. »Sie meinten, ihr Verbrechen werde nie herauskommen.«

»Und ich hatte mich auch aufgegeben«, sagte Sheeda. »Deshalb genoß ich, was sie taten. Jetzt schäme ich mich. Es hat einmal eine Zeit gegeben, als ich wünschte, nur du solltest mich haben. Willst du das Geburtstagsgeschenk noch?«

»Heute ist mein Geburtstag. Und die Antwort lautet ja. Wir werden in die Berge gehen, denn wahrscheinlich werden heute nacht andere Leute in meinem Bett schlafen. Aber –« schloß er »– bis dahin sind es noch viele Stunden. Zuvor müssen wir einen Wahnsinnigen davon überzeugen, daß ihn niemand töten will. Und außerdem muß ich alle diejenigen, die ihn gern tot sehen würden, davon überzeugen, daß sie ihn am Leben lassen müssen.«

»Hast du den Verstand verloren?« fragte Sheeda.

»Schon möglich. Denn in diesem Augenblick bin ich wohl der einzige Mensch der Welt, der Mitgefühl mit Lilgin hat.«

Er nickte vor sich hin. »Das ist wirklich die einfachste Lösung. Er muß an der Macht bleiben.«

XXIV

Eidy fing an zu weinen, als Orlo, diesmal unangemeldet, in ihr Haus trat.

Sie lief zu einer Verbindungstür und riß sie auf. »Heen«, schluchzte sie, »sie sind wieder da!«

Jetzt, wo er wußte, daß diese hübsche Frau, die so bittere Tränen vergoß, seine leibliche Mutter war, hatte Orlo ihr gegenüber ein ganz anderes Gefühl.

Unglücklicherweise hatte Orlo keine Zeit, eine Erklärung abzugeben. Oder vielmehr, er wagte es nicht, eine Erklärung abzugeben. Als der Jet auf der Wiese vor dem Haus der Gluckens gelandet war, hatte ein Wissenschaftler namens Spesh einen Blick in seine Handfläche geworfen (so sah es wenigstens aus) und gewarnt: »Es ist jemand vor uns hiergewesen. Dies ist eine Falle.«

Eine genaue Analyse brachte das Ergebnis, daß die Stimme von irgend jemandem eine Reaktion auslösen würde, die sowohl Dr. Glucken als auch seiner Frau eingepflanzt worden war. Es war nicht klar, was diese Reaktion bewirken würde, aber es ließ sich denken, um wessen Stimme es sich handelte. Deshalb wies Orlo nur auf die Wissenschaftler hinter ihm.

Schweigend stand er da, als die Schlacht begann . . .

Alles war in rasender Eile vor sich gegangen. Es gab so viele Dinge zu tun.

Sheeda und er und seine »Armee« waren nach Communications City zurückgekehrt, und er hatte das Mädchen sofort in sein Appartement geschickt. Er selbst begab sich wieder in sein Privatbüro.

Yuyu, dessen Spezialität elektromagnetische Phänomene auf biologischem Gebiet waren, nahm ihn in Empfang und flüsterte ihm zu:

»Wie fühlen Sie sich, Junge?«

»Überreizt«, antwortete Orlo wahrheitsgemäß.

»Ist Ihnen immer noch alles bewußt?« forschte der große Schwarze.

»Wenn ich mich konzentriere, ist mir so, als hörte ich eine leise Stimme sprechen.«

»Dann waren unsere Vermutungen über das, was Megara mit Ihnen gemacht hat, richtig«, stellte Yuyu fest.

»Meiner Meinung nach hat Higenroth die Zygote durch irgendein Kraftfeld mit seiner Maschine verbunden«, erklärte Orlo. »Als die Zygotenzellen sich teilten und schließlich ich daraus entstand, behielt jede einzelne Zelle die Informationen. Ich bin also von Kopf bis Fuß damit geladen. Es ist ziemlich einfach. Etwa zwei Dutzend Signale, und jedem geht eine Emotion voraus.«

Der große Afrikaner rieb sich triumphierend die Hände. »Das ist die Kirlian-Theorie! Ich möchte zu gern einmal sehen, wie das funktioniert.«

»Ich habe den Feld-zu-Feld-Test gemacht«, gestand Orlo ihm. »Ich habe einen Mann gesehen, der mich mit einem Gewehr bedrohte, habe die Emotion hervorgerufen und das Signal geflüstert. Er löste sich buchstäblich in Luft auf.«

»Junge, Junge!« sagte Yuyu.

»Da ich das Verbindungsfeld nicht spezifiziert habe«, fuhr Orlo fort, »kann er zu dem einen oder dem anderen transportiert worden sein. Beide bauen sich automatisch auf. Das wahrscheinlichere von beiden ist das in Higenroths Studierstube in dem Haus, wo er damals lebte.«

»Und wo ist das andere?«

»Ich nehme an, der alte Knabe –« Orlo unterbrach sich. Es erschien ihm unpassend, in so salopper Art von dem Genie zu sprechen, das sein Vater gewesen war. Er verbesserte sich: »Ich nehme an, Higenroth spielte damals noch mit der Idee, all das selbst zu tun. Er stellte deshalb eine Verbindung mit einem Versteck ›in den Bergen‹ her. Er muß vorgehabt haben, ›die Berge‹ in eine echte Rebellenorganisation umzuwandeln. Nun ja, dies Versteck ist der zweite Ort, wo der Mann mit dem Gewehr gelandet sein kann.«

»Welchen Plan haben Sie?«

»Im Augenblick muß ich erst einmal herausfinden, was sich ereignet hat, während ich weg war. Und dann werde ich meinen Plan der ganzen Gruppe vortragen. Okay?«

Daraufhin begrüßte er höflich die anderen Männer – es waren mittlerweile elf geworden. Jodell informierte ihn: »Wir haben eine Reihe von Frauen in Ihrem Schlafzimmer untergebracht. Und draußen im Flur sind einige Leute, die auf dem Fußboden schlafen werden müssen.«

Orlo nickte lächelnd. »Ich hatte den Eindruck von Überfüllung, als ich hereinkam. Vermutlich werden noch mehr kommen?«

»Unsere Meinung ist«, setzte Jodell ihm auseinander, »daß wir alle Menschen, die auf irgendeine Weise Zugang zu Lilgin haben, benachrichtigen sollten, was vorgeht, damit sie sich entscheiden können, auf welcher Seite sie stehen wollen. Bisher sind alle zu uns gekommen. Und natürlich hat auf unseren Rat hin jeder Mann seine Frau oder Freundin mitgebracht. Jetzt warten wir alle auf die Erklärung, die Lilgin für vier Uhr ankündigte, als er mit dem Schreiben der Todesurteile anfing.«

»Ich möchte so schnell wie möglich wieder fort und Menschenleben retten«, sagte Orlo. »Aber zuerst würde ich Ihnen gern auseinandersetzen, wie all dies meiner Meinung nach enden soll.«

Sie waren mit Orlos Absicht, Lilgin an der Macht zu lassen, nicht einverstanden. Orlo erläuterte:

»Die Welt scheint von Anbeginn durch etwa fünf Prozent der männlichen Bevölkerung beherrscht worden zu sein. Weitere fünfzehn Prozent können sich der Herrschergruppe anschließen, aber nicht selbst regieren. Von den verbleibenden achtzig Prozent sind sieben oder acht Prozent sexuelle Varianten. Es bleiben etwas mehr als siebzig Prozent, und diese Mehrheit besteht aus hart arbeitenden normalen Männern, die heiraten und Kinder aufziehen und sich nicht scheiden lassen, wenn sie nicht gute Gründe dafür haben. Es ist eine erwiesene Tatsache, daß sie im wesentlichen das der Öffentlichkeit präsentierte Bild des Herrschers akzeptieren.

Diese große Menschenmenge«, fuhr Orlo fort, »hat überall vor Augen, wieviel Gutes Lilgin getan hat. Wir müssen schließlich zugeben, daß er, der dem Menschengeschlecht gegenüber die Einstellung eines Viehzüchters hat, Fabriken und Transportmittel in Gang hält und Nahrung im Überfluß bereitstellt. Die Bevölkerung wird bei knapp drei Milliarden konstant gehalten. Jeder kann die ihm zugemessene Zeitspanne durchleben, ohne sich vor Krankheiten, vor Krieg oder ernst zu nehmenden gefühlsmäßigen Problemen fürchten zu müssen.«

Orlo machte eine Pause und zuckte die Achseln. »Ich weiß, daß ich jetzt nur auf die guten Seiten von Lilgins Regime eingegangen bin. Um zum Schluß zu kommen: Sie und ich gehören ebenso zu der Gruppe von fünf Prozent aller Männer wie Lilgin. Wenn Sie seine Macht und seinen soziologischen Verstand gehabt hätten, hätten sie das gleiche getan – oder etwas Ähnliches, je nachdem, welches Ihre Ideale sind. Was soll Gutes dabei herauskommen, wenn der eine Vertreter dieses Typs durch einen anderen Vertreter desselben Typs ersetzt wird?«

Er richtete seinen Blick auf Megara. »Sir, Sie haben sich als Lilgins Nachfolger angeboten. Was sagen Sie zu meinem Argument?«

Der Mann mit dem Babygesicht zögerte. Schließlich meinte er: »Wenn ein Mann aus eigenem freien Willen so viele Verbrechen begangen hat wie Lilgin, kann man ihn für eine Wiederwahl nicht in Betracht ziehen.«

»Wir reden nicht über ihn, sondern über Sie. Wie hätten Sie gehandelt, wenn Sie an seiner Stelle gewesen wären?«

»Sie haben den Verstand verloren! Ich habe keiner Menschenseele jemals etwas zuleide getan, außer –«

»Sprechen Sie nur weiter.«

»Außer, wenn ich den Befehl dazu erhalten hatte.«

»Sehen Sie. Sie, der Sie sich für einen normalen Menschen halten, haben anderen Menschen Schaden zugefügt. Und Ihre Entschuldigung ist, Sie hätten den Befehl dazu erhalten.«

»Lilgin hat keine Entschuldigung. Er hat es getan, weil er eine Ratte ist.«

Orlo schüttelte den Kopf. »Er tat es, nachdem ihm ein Licht aufgegangen war, daß er tun konnte, was ihm gefiel, ohne jemals dafür zur Rechenschaft gezogen zu werden. Und solange er das meiste davon heimlich tat, würde es nicht einmal sein Image schädigen.«

Orlo hielt höflich inne, weil Megara zum Sprechen ansetzte.

»Sir«, sprudelte Megara hervor, »Sie versuchen, den größten Mörder der Weltgeschichte in Schutz zu nehmen. Ich kann Ihnen sagen, daß dieses Ungeheuer mit Mordlust in seinem Herzen geboren wurde. Meine Herren, ich habe es einmal ausgerechnet. Lilgin hat *jeden Tag* der letzten 190 Jahre 5000 Menschen töten lassen.«

Die Zahl erschreckte sie alle. Orlo erkannte, daß die Anwesenden Partei für Megara nahmen, obwohl er und Jodell 98 Prozent der Todesurteile an die ausführenden Organe weitergeleitet hatten.

Orlo hielt es für besser, das Thema zu wechseln.

»Mr. Megara«, fragte er, »was haben Sie heute morgen, als Sie mich festnehmen ließen, mit mir angefangen?«

Das Babygesicht gewann seine Ruhe zurück. »Nichts weiter als eine Hypnose mit chemischen Mitteln. Ich wollte sicherstellen, daß Higenroths Programmierung richtig benutzt wurde. Also gaben wir Ihnen Sodiumpentathol und brachten damit Higenroths Signal-System an die Oberfläche. Lilgin pflegt nach dem Geschlechtsverkehr in tiefen Schlaf zu fallen. Odette, die ihn haßt, ließ uns in diesem Augenblick ein. Daraufhin sahen Sie ihn an, riefen die Emotion hervor und flüsterten das Signal. Und schon war er auf sämtlichen Wänden zu sehen. Ich ließ Ihren bewußtlosen Körper hierherbringen. Sie werden bemerkt haben, daß Ihnen kein Leid geschehen ist.«

»Ich danke Ihnen«, erwiderte Orlo, »und ich möchte Ihnen mitteilen, daß Ihre Frau zur Rehabilitierung in ein Krankenhaus eingewiesen worden ist. In einem Monat sollte sie wiederhergestellt sein.«

Bei diesen Worten wurden die wässerig blauen Augen Megaras erneut feucht. Jetzt hätte Orlo ihm Zeit lassen sollen, aber da er jung und ungestüm war, sprang er ihn mit der Frage an: »Mr. Megara, würden Sie das System grundlegend ändern, wenn Sie Lilgins Nachfolger würden?«

Jeder der Anwesenden außer Megara hielt den Atem an. Megara brach in Tränen aus. Trotzdem antwortete er. »Die Einzelheiten würden jetzt viel zu weit führen«, stieß er schluchzend hervor. »Aber es muß ein Wandel in der Verwaltung stattfinden, nicht im System.«

»Und Sie können uns beweisen, daß es bei Ihrer Methode nicht zu der Alleinherrschaft eines einzelnen Mannes kommen wird?«

»Voll und ganz!« Es war ein totaler Sieg.

»Danke.« Orlo lächelte angestrengt. »Meine Herren, wir müssen daran denken, daß wir hier das Fell eines Bären teilen, den wir noch nicht erlegt haben. Der Diktator sitzt an seinem Schreibtisch und sucht nach einem Ausweg. Und die, die ihn kennen, werden mir bestätigen, daß er, wenn er eine Lösung findet, alle Faktoren in Rechnung ziehen wird, auch unsere kleine Verschwörung.«

Sein Lächeln verblaßte. »Ich sollte lieber gehen und versuchen, meine Muter und ihren Gatten zu retten, ehe eines dieser handschriftlichen Todesurteile bei ihnen ankommt.«

Er ging auf die Tür zu. »Mr. Bylol hält meinen Jet für mich in Bereitschaft. Ich hoffe, rechtzeitig zurück zu sein, um die für 16 Uhr angekündigte Erklärung zu hören .. Yuyu, bitte kommen Sie diesmal mit.«

Die Schlacht –

Zu sehen waren in dem Haus der Gluckens nur eine weinende Frau, ein großer, schlanker Mann, in einiger Entfernung von ihnen Orlo und gerade innerhalb der Tür die Wissenschaftler.

Der »Feind« war ein Feld-Phänomen, das in den Gehirnen zweier verschreckter Menschen in Erscheinung treten würde, sobald sie Orlos Stimme hörten. Sofort würde dann von ihnen zu ihm etwas Entsetzliches überspringen. (Das war alles, was Orlo wußte.)

Der Super-Wissenschaftler, der derartige Dinge verstand, schien zu lauschen. Gleichzeitig nahm er eine winzige Adjustierung an einem Fingerring vor. Schließlich nickte er Orlo müde zu, als habe er hart gearbeitet, und sagte: »Wenn ich meine Hand hebe, sagen Sie irgend etwas. Sie werden einen momentanen Schock im Gehirn empfinden und dann eine Folge von Gedanken und Impulsen. Fertig?«

Orlo, nicht ganz glücklich mit seiner Rolle, nickte. Der Wissenschaftler, dessen Name Camper war, hob die Hand.

»Mrs. Glucken«, begann Orlo, »bitte, beruhigen Sie sich. Sie brauchen keine Angst zu haben –«

Die letzten Worte brachte er fast nicht mehr heraus. Seine Zunge verdrehte sich ihm im Mund. Der Gedanke, der in ihm aufstieg, war wie ein Echo auf ein unglaublich primitives Gefühl: Die Hingabe an das Schicksal, gefressen zu werden.

Ein zweites Echo, das auf Gluckens Gedanken folgte. »Zur Hölle mit allem! Okay, töte uns doch!« Er zeigte Zorn, nicht Apathie.

Camper schüttelte verwundert den Kopf. »Diese früh-revolutionären Bilder setzen mich immer wieder in Erstaunen. Das, mein Freund, war der Schrei eines Tieres, das gerade in Stücke zerrissen wird und im letzten Augenblick vor dem Tod geradezu darum bittet, gefressen zu werden.«

Er brach hastig ab und fuhr fort: »Ich muß eine Umkehrung vornehmen, um Sie zu retten. Der Zyklus in einem Feld wie diesem muß vollständig sein. Ursprünglich war seine Kraft so groß, daß Sie gezwungen gewesen wären, die Frau zu töten und zu fressen und dann den Mann umzubringen. Um die ungeheuren Energieströme abzuleiten, brauche ich zuvor Ihre Entscheidung, in welcher geistigen Einstellung Sie diese beiden haben wollen. Sie wird ihnen von nun an bleiben. Tun Sie Ihr Bestes für sie, Sir. Wenn Sie bereit sind, heben Sie die Hand. Aber beeilen Sie sich, sonst setzt eine nicht kontrollierbare Entwicklung ein.«

Die unterschiedlichsten Gedanken durchfluteten Orlos Geist . . . Zuerst: Dieser unglaubliche Wahnsinnige Lilgin. Zweimal hat er versucht, mich gegen meine eigene Mutter vorgehen zu lassen. Am ersten Tag sollte ich sie festnehmen. Und nun – dies!

Eigentlich war die Reaktion dieser beiden Menschen ganz normal gewesen. Sie hatten bereits jede Hoffnung verloren. Daraufhin hatten sie aufgegeben, sie in ihrer und er in seiner Art.

Orlo stand da, und ihm wurde klar, daß seine eigenen Impulse gar nicht so normal waren. Und in diesen dahinrasenden Sekunden konnte er die intensiven Gefühle, die in ihm aufstiegen, nicht einmal mehr ändern. Sie waren so stark, daß sie ihn beinahe erdrückten.

Unwillkürlich hob er die Hand. Aus seinem Gehirn schoß eine Vorstellung hervor, eine Phantasie, ein Kindertraum.

Mutter liebt Vater, liebt mich. Mutter wird den Rest ihres Lebens mir und der Erinnerung an meinen Vater Professor Higenroth weihen.

Auch Glucken wurde nicht vergessen: Er wird sich Higenroths Ideen und Theorien widmen. Er wird das Material, das sich in meinem Gehirn befindet, ausarbeiten und praktisch verwertbar machen.

Diese beiden Menschen, Dr. und Mrs. Glucken, sie die Verkörperung der zeitlosen Liebe einer Frau zu dem toten Genius, ihrem ersten Gatten, er sie deswegen mit Zärtlichkeit hegend und pflegend und alles tuend, um das Werk des ermordeten Higenroth zu vollenden . . .

XXV

Der Jet setzte zum zweitenmal zur Landung an. Orlo hatte sich zu seinem Team von Wissenschaftlern nach vorn ins Raucherabteil begeben. Unter ihnen lag ein Haus ebenso isoliert da wie das der Gluckens. Es mochte ein bißchen größer und ein bißchen luxuriöser sein.

»Sehen Sie mal!« Einer der Wissenschaftler deutete nach unten, und der Anblick alarmierte sie alle.

Eine lange Reihe von Fahrzeugen bewegte sich auf das Haus zu. Sie fuhren mit so hoher Geschwindigkeit, daß sie längst am Ziel sein würden, ehe jemand aus dem Jet hätte aussteigen können.

Orlo griff zu seinem Handmikrophon. »Pilot!« rief er.

»Ja, Sir?« Die Antwort kam über die Lautsprecheranlage.

»Fangen Sie diese Wagen ab! Fliegen Sie niedrig! Und landen Sie auf dem Weg vor ihnen!«

»Jawohl, Sir.«

Der Jet stieg wieder auf und wich zur Seite. In der Luft konnte seine Geschwindigkeit von keinem Bodenfahrzeug erreicht werden. Das Flugzeug wendete, brauste von hinten über die Wagen weg, berührte ihre Dächer und setzte auf dem Pflaster auf. Es rollte nur ein paar Meter, dann stand es.

Die meisten der Wagen bremsten mit quietschenden Reifen. Zwei von ihnen scherten jedoch aus. Sie verließen die Straße, holperten über den unebenen Grund, aber sie schafften es, das große Flugzeug zu umrunden.

Türen flogen auf, Männer sprangen heraus und liefen ins Haus. Die Rampen des Jets wurden gerade erst ausgefahren.

Wir kommen zu spät, dachte Orlo ... Zu spät war jemandem die Erinnerung an die kleine, dicke, grauhaarige Frau gekommen, die das Volk für Lilgins Ehefrau hielt.

Lilgin hatte so viele Todesurteile ausgeschrieben, und Orlo und seine Gruppe hatten kaum Anhaltspunkte, wen sie betrafen oder warum sie zu diesem Zeitpunkt erfolgten.

Daß Lilgin seine rechtmäßige Ehefrau – wenn sie das war – umbringen lassen würde, konnte man sich allerdings denken. Einer der Wissenschaftler hatte scherzend gemeint: »Sir –« er meinte Orlo »– wenn das, was Sie sagen, stimmt und Lilgin sich von nun an ganz brav verhalten muß, dann bleibt ihm nichts anderes übrig, als eines seiner Betthäschen zu heiraten und die Sauferei aufzugeben.«

Es hatte eine Zeitlang gedauert, bis ein anderer plötzlich ausrief: »He, was ist mit diesem unscheinbaren Frauchen, das –« Lange Pause. Dann: »Wir sollten besser feststellen, wo die Dame steckt. Sobald es Lilgin aufgeht, daß er jetzt ein ordentliches, bürgerliches Leben führen muß, wird er auch auf den Gedanken kommen, daß sein Volk glaubt, er lebe mit ihr zusammen.«

Offensichtlich war er auf diesen Gedanken gekommen und hatte sofort die Mörder losgeschickt. Doch wenn sie tot war, mußte er irgendeine Erklärung für ihre Abwesenheit geben. Der Mord an seiner Frau mußte jemandem angelastet werden. Wem? Und welcher größere Plan steckte dahinter?

Orlo schien es, als habe er zum ersten Mal einen kurzen Blick auf den von Lilgin begonnenen Gegenangriff erhascht.

Und es war bereits zu spät, ihn aufzuhalten. Neben ihm sagte Peter Rosten leise: »Sehen Sie sich das an, mein Freund. Wir haben es festgehalten.« Er reichte Orlo eine leicht gekrümmte Metallplatte, etwa 12 mal 15 Zentimeter groß. Darauf schimmerte ein farbiges Bild, sehr scharf und lebendig. Es zeigte ein hübsches Wohnzimmer, in dem eine dickliche ältere Frau stand. Sie wurde von sieben Männern mit Gewehren bedroht. Orlo hielt den Atem an. Es war ein Standfoto, einen Augenblick, bevor die Soldaten die Frau erschossen, im Inneren des Hauses aufgenommen und bereits entwickelt. Wie hatten die Wissenschaftler das fertiggebracht? Was aber auf die hier gezeigte Szene folgte, mußte nun längst vorüber sein.

Rosten lächelte vergnügt. »Ich mußte es dem alten Doje überlassen. Mit diesen Italienern ist manchmal schwer auszukommen. Aber er hat die Zeit-Stasis da drin so tadellos zuwege gebracht, wie ich es selten gesehen habe.«

Damit nahm er Orlo die Metallscheibe wieder ab.

»So ein Stillstand läßt sich natürlich nicht lange aufrechterhalten. Wir sollten machen, daß wir ins Haus kommen, und die Dame retten, die als Mrs. Lilgin gilt und die das Volk von nun an jede Nacht im Schlafzimmer seines Herrschers zu sehen erwartet.« Rosten schloß: »Gibt es noch jemanden, den wir retten oder benachrichtigen müssen?«

Niemandem fiel ein weiterer Name ein.

Aber es gab eine bestimmte Person.

XXVI

Erfolg gibt Selbstbewußtsein.

Genau vier Minuten vor vier Uhr nachmittags betrat Orlo mit leichten Schritten wieder sein Büro.

Er fragte die wartenden Männer, ob noch jemand gerettet werden müsse. Sie schüttelten den Kopf. Man konnte nicht jeden retten, gegen den ein Todesurteil ergangen war, denn niemand wußte, wer diese Leute waren.

Mit einer gewissen Befriedigung stellte Jodell fest: »Im Augenblick sitzen dreiundzwanzig Mitglieder des Obersten Präsidiums auf dem Fußboden draußen im Gang. Die anderen sind mit bestimmten Aufgaben weggeschickt worden, und ich kann Ihnen sagen, sie waren nur froh darüber. Megara, was denkst du?«

Das Babygesicht blickte unglücklich drein. »Mr. Thomas, ich habe den Eindruck, daß Sie immer noch der phantastischen Vorstellung anhängen, Lilgin solle Vorsitzender bleiben.«

»Es ist vier Uhr. Ich werde später darauf antworten«, gab Orlo zurück.

Lilgin sah lächelnd von seiner Schreibarbeit auf. Es war ihm nicht anzumerken, ob es ein Schreck für ihn gewesen war, als seine Wachen vor ein paar Minuten der kleinen, dicken Frau erlaubt hatten, bei ihm einzutreten.

Sie saß jetzt ein paar Meter von ihm entfernt auf einem Stuhl. Das Durchdringungsfeld, in dessen Mittelpunkt sich Lilgin befand, hatte einen Radius von fünf bis sechs Metern. Also erfaßte es auch die Frau, die er vor langer Zeit nach gründlicher Überlegung zynisch als den passendsten Typus ausgewählt hatte, weil sie mittleren Alters und mütterlich beziehungsweise großmütterlich war und niemandes Eifersucht hervorrief. Er hatte damals geglaubt, ihre Gegenwart werde wieder (genau wie die ihrer Vorgängerinnen) die Dummköpfe in der ganzen weiten Welt täuschen. Den Männern würde er ein wenig leid tun, und bei den Frauen würde er kompliziertere, doch ebenfalls im wesentlichen freundliche Gefühle hervorrufen.

In der Tat hatte ihre Ankunft seinen Plan geändert. Er brauchte dringend Informationen, bevor er ein einziges Wort äußerte ... Was war geschehen? Wie war sie ihren Mördern entkommen?

Aber Lilgin lächelte und sagte: »Meine Freunde, über den Empfänger in meinem Ohr habe ich einige Berichte über dies Experiment erhalten. Trotz aller mir gemachten Versicherungen, daß die technischen Voraussetzungen ausgereift seien, sieht es nun so aus, als würden unerwünschte Nebenerscheinungen auftreten. Ab morgen oder vielleicht schon ab heute abend wird es für Sie keine Fernsehunterhaltung mehr geben. Offen gestanden, ich kenne mich mit dieser Sache nicht recht aus.«

Er lächelte erneut. »Vielleicht funktioniert es doch. Mit der Zeit mag es möglich werden, daß ich, während Sie mich beobachten, auch Sie sehen kann. Aber darüber erfahren Sie morgen Näheres. Wie Sie bemerkt haben werden, ist meine Frau, die auf ihrem Landsitz weilte, zurückgekehrt. Ich möchte sie jetzt in unser Appartement begleiten. Natürlich –« das Lächeln wurde breiter »– werden Sie dabei zusehen. Eine derartige intime Teilnahme, wie Sie Ihnen allen zur Zeit gewährt wird, gehört zu dem Experiment, das Sie, wie ich hoffe, ebenso zu schätzen wissen wie ich ...«

... Orlo meinte: »Jetzt wissen wir es. Morgen nimmt er ihnen ihre kostenlose Unterhaltung weg. Und er hat bereits angedeutet, daß die Techniker die Sache verpfuscht haben. Mr. Megara, haben Sie eine Analyse für uns parat?«

»Meiner Meinung nach werden Sie morgen einige der Leute im Korridor verlieren. Und um die Mittagszeit werden sich vielleicht auch Jodell und ich verabschieden. Sie erwecken den Eindruck eines sinkenden Schiffs, Mr. Thomas.«

Beinahe hörte es sich wie ein Witz an. Orlo, ein wenig verstört, fragte: »Würden Sie sich, bevor Sie gehen, meine politischen Theorien anhören?«

»Viel Lust habe ich nicht dazu. Aber wenn Sie es wünschen ...«

»Wir haben konstitutionelle Monarchien und Demokratien gehabt, nicht weil das so großartige Ideen sind, sondern weil Diktatoren – und potentielle Diktatoren wie Sie und ich –« dabei sah Orlo Megara an »– darauf bestehen. Wenn wir nur einen Tag lang glauben, daß ein ›guter‹ absoluter Herrscher einfach nichts ›Schlechtes‹ tun könne, werden wir die Erfahrung machen, daß der schlaue Ratgeber des Königs gerade diesen Tag gewählt hat, um jeden auszulöschen, der ihm die Kontrolle über den König streitig machen könnte. Alle potentiellen Diktatoren wie Sie und ich –« diesmal wandte Orlo sich an alle Anwesenden »– stehen, kaum daß sie in einer Demokratie gewählt worden sind, sogleich unter Druck von seiten ihrer Ehefrauen, ihrer Mätressen, ihrer Verwandten, ihrer Freunde, den Geschäftsleuten unter ihren Wählern und gelegentlich auch des Volkes. Daher ist das, was sie tun, dem, was ein Herrscher tut, der de jure Diktator ist, verdächtig ähnlich. Nur sagt in einer Demokratie natürlich das Gesetz, sie dürften es nicht tun. Die meisten von ihnen schließen also ständig Kompromisse mit ihrem natürlichen Wunsch, die Rolle des Königs zu spielen . . .«

Hier fuhr Megara dazwischen: »In einem Punkt sind Lilgin und ich uns völlig einig. Die Demokratie ist von ihrer Erfindung an ein Betrug am Volk gewesen. Sie ist die letzte Tarnung des imperialistischen Kapitalismus gewesen.«

Orlo neigte mit höflichem Lächeln den Kopf und sprach weiter: »Die Männer, die zu den führenden fünf Prozent gehören, haben alle ein Ideal. Das Ihre haben Sie eben angedeutet. Nun, auch ich halte natürlich das meinige für ›die‹ Antwort. Bei einem Ideal fragen wir nicht, ob es der Vernunft entspricht. Wir fühlen, daß es richtig ist. Ich habe das Gefühl, was wir auf dieser Welt brauchen, ist eine Regierung, aber zwei ökonomische Systeme. Sollte ich die Möglichkeit bekommen, das durchzusetzen, würde ich zuerst wieder Privateigentum in kleinerem Umfang einführen.

Ich stelle mir ein von der Regierung unterstütztes Zweites Ökonomisches System vor – so würde es offiziell genannt werden. Die Geschäfte dieses Systems werden sich schließlich überall befinden. Seine Mitglieder dürfen Land kaufen, das an das dem Ersten Ökonomischen System gehörende Land angrenzt. Um in das System Nummer Zwei eintreten zu dürfen, muß man schriftlich auf seine Rechte unter System Nummer Eins für eine Zeitdauer von zwei Jahren verzichten. Danach muß man für Transportmittel, für Hotels und andere Dienstleistungen bezahlen. Vielleicht verlangen wir im Anfangsstadium sogar, daß die Leute in diesem zweiten System untereinander durch Computer verbunden werden.

Kriminelle werden, sobald sie identifiziert sind, an das Durchdringungssystem angeschlossen, das von da an jede ihrer Bewegungen verfolgt und an einen Computer weiterleitet, der, wenn nötig, die Polizei alarmiert . . . Nun«, sagte er lächelnd, »was halten Sie von meinem Ideal, Mr. Megara?«

»Ich bezweifle, ob Lilgin daran interessiert sein wird.«

»Soweit ich es beurteilen kann, ist er bereits dabei, sein Verhalten zu ändern. Und Sie auch. Plötzlich wünschen Sie, von Lilgin wieder in Gnaden aufgenommen zu werden. Und – ebenso plötzlich – stehen Sie auf meiner Seite und sind bereit, ihn an der Macht zu lassen.«

»Ich bin ein Praktiker. Er macht mir den Eindruck, als habe er einen Weg gefunden, wie er mit der ganzen Situation fertig werden kann.«

»Was hat Sie davon überzeugt?«

»Er hat verschiedene Arten von Lächeln. Ich kenne das Siegerlächeln, und das zeigte er eben. Heute morgen hatte er es nicht.«

»Obwohl wir die Frau gerettet haben, die er als seine Ehefrau ausgibt?«

»Jawohl.«

Orlo schürzte die Lippen. Dann schüttelte er den Kopf. »Die Totale Kommunikation – diese Information stammt natürlich von Professor Higenroth – kann nicht besiegt werden.«

»Träumen Sie weiter, Junge. Er hat einen Weg gefunden. Stimmt's, Jodell?«

»Es stimmt.«

»Du hast das Lächeln auch bemerkt?«

»Ja.« Jodell, der mit Entschiedenheit sprach, blickte zu Orlo hinüber. »Tut mir leid, Mr. Thomas, aber ich muß Megara zustimmen. Wir beide kennen den Mann. Dieses Lächeln ist unverwechselbar.«

»Was soll ich Ihrer Meinung nach tun?«

»Ich glaube, Sie sollten Ihre Wissenschaftler nehmen und noch vor heute abend machen, daß Sie wegkommen.«

In einer Ecke des Büros, wo mehrere Wissenschaftler auf dem Fußboden lagen, entstand Bewegung. Ishkrin setzte sich auf. »Wir werden nicht gehen. Schließlich ist Communications City der einzige Ort, an dem wir uns aufhalten dürfen.«

Er kam auf die Füße und näherte sich Orlo. »Ja, mein Sohn«, meinte er, »es hat Spaß gemacht, solange es dauerte.«

»Aber –« protestierte Orlo »–heute morgen hatte jeder soviel Mut! Jetzt sehe ich rings um mich nichts anderes mehr als Feigheit.«

»Orlo, dort an der Wand sehen Sie einen erstaunlich klugen

Kopf. Er hat innerhalb von acht Stunden eine Antwort auf die Totale Kommunikation gefunden. Leben Sie wohl.«

Einer nach dem anderen gingen die Männer davon. Orlo konnte es zuerst gar nicht glauben. Als Yuyu ihm die Hand entgegenstreckte, fragte der junge Mann verwundert: »Denken Sie, daß Sie und McIntosh nach dem, was Sie getan haben, überleben können, außer Sie bleiben bei mir?«

Der große Schwarze war ganz ruhig. »Nehmen Sie es nicht so schwer, Junge. Lilgins Regime wird fortdauern, aber es wird sich doch so vieles ändern, daß Mac und ich vielleicht in all dem Durcheinander unbemerkt bleiben. Wir werden uns einfach still verhalten – und hoffen.«

»Hört mal!« brüllte Orlo. »Auf die Totale Kommunikation gibt es nur eine Antwort, und das ist die Totale Vervollkommnung des Charakters – Lilgin muß wirklich sein, was er dem Volk ein Jahrhundert oder länger vorgetäuscht hat: der geistige Vater und Führer einer glücklichen Welt.«

Der Afrikaner blieb kühl: »Oh, er wird eine Weile so tun als ob. Und es mag sogar ein paar Leute geben, die ihn auch weiterhin Tag für Tag beobachten. Aber Sie haben doch den einen Satz gehört, mit dem er sich aus der Schlinge zieht, nicht wahr?«

»Was –?«

»Er deutete an, eines Tages werde es ihm möglich sein, seine Zuschauer ebenfalls zu sehen und zu hören.«

»Das ist ein Ding der Unmöglichkeit. Er kann keine drei Milliarden Menschen beobachten.«

»*Wir* wissen das, Junge. Aber das Volk da draußen ist komisch. Früher einmal haben sie geglaubt, oben im Himmel sei ein großer Mann, dessen Auge und Ohr alles verfolge, was sie taten und sagten. Ich habe das Gefühl, diese Rolle will Lilgin jetzt spielen. Der Allmächtige, der Allwissende. Und wenn wir hier in Communications City erst einmal das Geheimnis des Durchdringungssystems gelöst haben, dann, mein Freund, wird er serienweise Computer einsetzen, die das Sehen und Hören für ihn übernehmen.«

»Ich dachte, ihr Wissenschaftler hättet euch entschlossen, nicht an diesem Projekt mitzuarbeiten.«

»Das war gestern. Heute –« er spreizte die Finger »– liegt das Überleben in einer anderen Richtung. Orlo, Sie haben vergessen, daß man in Lilgins Welt immer nur einen Tag nach dem anderen überlebt.«

»Eine Minute lang muß ich es wohl vergessen haben«, gestand Orlo. Er sammelte seinen Mut, wie er es stets in kritischen Situationen zu tun pflegte. »Und was ist mit unserem kleinen Geheimnis?«

»Heute werde ich es bewahren. Morgen – wer weiß? Leben Sie wohl – für jetzt oder für immer. Ich kann mir nicht recht vorstellen, was aus Ihnen und dem Mädchen werden wird, aber ich wünsche Ihnen viel Glück.«

Er ging zur Tür.

»Und ich«, sagte Orlo, »kann mich noch nicht recht entschließen, was aus Ihnen werden wird . . .«

Er hielt inne. Er sprach zu einem leeren Raum.

Nach einer Weile trat Sheeda ein. Sie berichtete verstört: »Alle Frauen, die in dem wundervollen Schlafzimmer neben diesem Büro zusammengedrängt waren, sind plötzlich davongegangen. Habe ich etwas verpaßt?«

Orlo holte tief Atem. »Sie haben mir letzten Endes zugestimmt«, antwortete er langsam, »daß Lilgin Vorsitzender bleiben soll. Aber irgendwie ist die Art, in der sie es taten, nicht die Art, die es hätte sein sollen.«

»Was sollen wir tun?« fragte Sheeda ängstlich.

Der schöne junge Mann sah das Mädchen mit dem Gesicht eines Engels und den tränenerfüllten Augen lange an. »Wir müssen wieder einen Tag nach dem anderen überleben.«

Er reckte sich. Trommelte scherzhaft auf seine Brust. Und erklärte lächelnd:

»So schlimm ist das gar nicht.«

Orlo und Sheeda verbrachten die Nacht in einem Versteck »in den Bergen«. Ihr Gastgeber, ein Mann namens James Baillton, war höchst verblüfft gewesen, als sie plötzlich in seiner Bibliothek auftauchten. Nachdem das junge Paar sich zurückgezogen hatte, erstattete er Meldung bei der Geheimpolizei.

Die Information wurde an Bureski weitergeleitet. Seine Augen verengten sich. Es kam nicht oft vor, daß ihm ein so hübsches Mädchen wie Sheeda übergeben wurde. Daher war er einer der drei Männer, die sie vergewaltigt hatten.

Was jetzt geschah, belustigte ihn. Doch es verwirrte ihn auch, daß sie sich auf einmal beinahe achttausend Meilen von Communications City entfernt aufhielten.

Er rief Lilgin an, und er formulierte seine Fragen so, daß Lilgin nur mit einem Ja oder Nein darauf zu antworten brauchte.

». . . Wie sind wir denn nun hergekommen?« fragte Sheeda in der Dunkelheit, nachdem sie sich geliebt hatten.

»Es ist ein Feldphänomen«, erklärte Orlo. »Zerbrich dir dein unwissenschaftliches Köpfchen nicht darüber.«

»Aber wo sind wir?«

»In einem Versteck?«

»Und was ist das für ein Versteck.«

Orlo erzählte ihr, daß es eine scheinbare, von der Regierung kontrollierte Rebellenorganisation »in den Bergen« gebe. »Du hast doch sicher auch schon davon gehört?«

»Ja, aber ist das nicht gefährlich?«

Orlo lächelte. »Es würde mich gar nicht überraschen, wenn Lilgin jetzt schon wüßte, wo wir stecken. Deshalb habe ich auch unsere richtigen Namen angegeben.«

»O mein Gott!«

Er drehte sich zu ihr. »Hör zu, mein Liebling. Morgen wird etwas geschehen. Ich nehme an, daß Lilgin alle diese Leute umbringen lassen wird. Nichts kann sie retten. Das ist der Grund, warum wir hier sind.«

»Aber – wenn er doch weiß, wo du bist! Dann läßt er dich als ersten töten.«

»Ich werde dir später erklären, warum er es nicht tun kann. Schlaf jetzt.«

Um acht Uhr morgens stand Lilgin neben einem jener zierlichen Tischchen, die ihn imposant wirken ließen. Mit ernster Stimme verkündete er:

»Meine Freunde und Kameraden! Ich muß Ihnen mitteilen, daß sich meine schlimmsten Befürchtungen bewahrheitet haben. Ich werde von den Personen, die mich dazu überredeten, in das Experiment der weltweiten Übertragung meines Tagesablaufs einzuwilligen, im Palast gefangengehalten. Ich kann nur hoffen, daß meine kleine Leibgarde hier im vierten Stock Barrikaden errichtet hat. Und daß Sie, mein Volk, meine Freunde, in großer Zahl zu meiner Rettung herbeieilen werden, ehe diese Barrikaden gestürmt sind . . .«

Später wurde geschätzt, daß sich im Laufe dieses Tages eine Menschenmenge von fünf Millionen in den Straßen versammelte. Wenigstens eine Million davon war zur einen oder anderen Zeit innerhalb des Palastes.

Oder vielmehr in dem, was davon übrig war.

Minuten nach dieser Ansprache stellte Orlo die Feld-zu-Feld-Verbindung mit seinem Privatbüro in Communications City her und holte Lidla und die anderen Mädchen und sogar Mr. Bylol heraus. Aber von den Wissenschaftlern wollte keiner vom Platz weichen.

»Dieser Mensch benutzt die Logik der Jesuiten«, sinnierte Joe Ambers in seinem Sessel in der Bibliothek. »Wenn er denkt, er könne uns brauchen, hat er auch schon Maßnahmen zu unserer Rettung eingeleitet. Aber wenn er uns nicht braucht, dann, Bruder, gibt es auf der ganzen Welt keinen Ort, wo wir uns auch nur einen Tag verstecken können. Nicht wahr, meine Herren?«

Verschiedene Wissenschaftler stimmten voller Galgenhumor zu. Später, als der Mob bereits da war, kämpfte Orlo sich noch einmal zur Bibliothek und in andere Teile von Communications City durch. Er sah niemanden, den er kannte. Auch die Leichen waren nicht zu identifizieren, denn es war zuviel auf ihnen herumgetrampelt worden.

Kurz nach Mittag erschien ein entsetzter James Baillton in dem Raum, der die Flüchtlinge beherbergte, und teilte Orlo mit: »Sir, General Bureski ist am Apparat.«

Bureski sagte: »Hören Sie, mein Freund. In ein paar Minuten wird der Chef Sie anrufen. Sie müssen auf folgende Art mit ihm reden . . .« Er setzte Orlo auseinander, daß er es dem Diktator ermöglichen müsse, nichts als »Ja« und »Nein« zu äußern.

»Was kann er wollen?« flüsterte die blasse Sheeda. »Du hast ihm doch das alles angetan.«

»Ja, aber ich kann ihm noch Schlimmeres antun. Daher braucht er mich jetzt.«

»Er wird dich foltern lassen, bis du das Kode-Wort sprichst, das die Übertragung beendet.« Sheeda brach in Tränen aus.

»Nein. Deshalb habe ich uns ja in Nullzeit an einen achttausend Meilen entfernten Ort gebracht. Auf diese Weise hat er erfahren, daß es hier ein Materie übertragendes Feld gibt. Ich kann mich jeder Folter mit einem einzigen Kode-Wort entziehen. Wirklich, mein Liebling, es liegt in Lilgins Interesse, mich am Leben zu erhalten.«

Während des Telefongesprächs wich Lilgin plötzlich von dem Ja- und Nein-Schema ab und hielt eine Ansprache, die von allen Menschen der Erde mitgehört wurde.

Mit seinem strahlendsten Lächeln erklärte er: »Orlo, die Zeiten ändern sich. Ich möchte Ihnen sagen, daß mir sehr gefallen hat, was ich über Ihr Zweites Ökonomisches System gehört habe. Ich glaube, es entspricht einem Bedürfnis, das von Jahr zu Jahr größer geworden ist. Die Aufgabe, ein solches System aufzubauen, möchte ich gern Ihnen übertragen.

Kommen Sie zu mir, sobald die gegenwärtigen Unruhen vorbei sind. Dort oben in den Bergen, wo Sie sich aufhalten, werden Sie vielleicht nicht erfahren haben, daß es hier ernste Schwierigkeiten gibt. Es ist entdeckt worden, daß Megara und Jodell, meine ersten Ratgeber, in eine Verschwörung gegen mich verwickelt waren. Die Gründe vermag ich mir nicht vorzustellen. Sie waren wie Brüder für mich.

Nun–« wieder das Lächeln »– leben Sie wohl. Bis später.«

Orlo erhob sich, völlig erfüllt von dem Gefühl körperlicher Leichtigkeit und Verstandesklarheit.

»Ich werde handeln, als sei das die reine Wahrheit, und –«

Er hielt inne. Aus einem Augenwinkel hatte er bemerkt, daß in Lilgins Büro etwas vor sich ging. »Wer ist das?« fragte er scharf.

Auf der Plastikleinwand war zu sehen, wie ein farbenprächtig gekleidetes Individuum den Raum betrat, in dem der Diktator immer noch an seinem Schreibtisch arbeitete. Mehrere Wachen folgten dem Eindringling. Doch offensichtlich waren sie unsicher, wie sie sich verhalten sollten, und einer von ihnen sagte etwas zu Lilgin.

Orlo hatte eine vage Erinnerung ... Natürlich, dachte er, das ist Krosco, den ich an jenem ersten Abend beim Dinner gesehen habe ... So sehr ihn das Auftreten des Hofnarren im ersten Augenblick überrascht hatte, hatte er ihn inzwischen doch völlig vergessen.

Krosco gehörte zu den Leuten, die von der Verschwörung hätten benachrichtigt werden sollen. Doch als sie gestern darüber nachgedacht hatten, war niemandem sein Name eingefallen. Jetzt machte er sich bestimmt auch über seine Zukunft Sorgen.

Der Diktator winkte die Wachen weg. Er schien eher erstaunt als beunruhigt zu sein. »Wo bist du gewesen?« fragte er. »Wie bist du dem Massaker in den unteren Stockwerken entkommen.«

Krosco führte ein Tänzchen auf. »Niemand tötet einen Clown«, antwortete er. »Sie haben nur gelacht und geglaubt, ich sei einer von ihnen, und sind an mir vorbeigerannt. Aber es hat mich geärgert, daß du mich nicht gewarnt hast!«

Lilgin lehnte sich auf seinem Stuhl zurück. Einen Augenblick lang schien er unentschlossen zu sein, doch aus seinen nächsten Worten ging hervor, daß er sich daran erinnert hatte, wie in früheren Zeiten der Hofnarr gelegentlich zum Überbringen von Botschaften eingesetzt worden war. »Hat dich wer geschickt?« fragte er. »Und, wenn ja, was wollen sie?«

Krosco, der ein Stöpselgewehr und einen Papiermaché-Säbel bei sich trug, richtete das Gewehr auf das Gesicht des Diktators und drückte ab. Der Führer zuckte zurück. Aber als er merkte, daß es sich nur um ein Spielzeug handelte, begann er hysterisch zu lachen. Er lachte immer noch, als der Papiermaché-Säbel – der sich dabei als eine rasiermesserscharfe Metall-Legierung erwies – durch die Luft sauste und ihm den Kopf abschlug.

Die Denkmaschine

(The Mind Cage)

Eins

David Marin biß sich auf die Lippen, als der Vorsitzende der Gruppenmeister sagte: »Und nun der Fall Wade Trask, schuldig der Meuterei.«

Marin hatte soeben Gruppenmeister John Peeler widerwillig zugehört, der – nach einem Jahr – immer noch Ratsmitglieder davon zu überzeugen versuchte, daß eine Änderung im Gruppengesetz bezüglich Frauen vorgenommen werden müsse. Es war ein wohlbekanntes »Geheimnis«, daß Peeler eine besondere Neigung zu einer jungen Frau entwickelt hatte und daß er darum kämpfte, eine spezielle Kategorie einrichten zu lassen, die das Mädchen von den Gruppenpaarungsspielen fernhalten würde.

Marin wandte sich von dem im Flüsterton gehaltenen Disput ab, denn – *Wade Trask, schuldig der Meuterei.* Das war der Fall, auf den er gewartet hatte. Marin ließ seinen Blick durch den Ratssaal schweifen. Ein Dutzend weitere Männer und zwei Protokollsekretäre saßen an dem langen Tisch. Oscar Podrage, ein schwer gebauter, finsterer junger Mann, der Gruppenmeister von Mittelnordamerika war, sah auf und sagte: »Ist das dieser Wissenschaftler?«

Medellin, der Vorsitzende, nickte einem der zwei Sekretäre zu. Der Schriftführer sah einige Papiere durch und las dann laut vor: »Wade Trask, physikalischer Ingenieur, Autorität auf dem Gebiet der Pripps, Elektronik-Experimentalist . . .« Er brach ab. »Es folgt eine Liste der Bücher, die er geschrieben hat.«

Vorsitzender Medellin blickte von Gesicht zu Gesicht. »Wir scheinen uns in Übereinstimmung zu befinden, meine Herren«, sagte er. Und eine leise Andeutung von Erleichterung lag in seiner Stimme.

Marin hob die Hand und ergriff das Wort. Nachdenklich musterte er seine Zuhörer. Von den Anwesenden waren Podrage, Edmund Slater, Medellin und er selbst Berufsbeamte. Die anderen waren Führungskräfte der Industrie, des Bildungswesens und der Wissenschaft gewesen, bevor sie berufen wurden, die gehobenen Positionen einzunehmen, die sie nun innehatten. Medellin und Podrage waren die größten Organisatoren dieses Zeitalters, welches Gruppenleben und freie Marktwirtschaft vereinte. Slater, der Polizist, war ihr Schwert und ihre Peitsche. Und David Marin war – was?

Er paßte nicht recht zu diesen derben Männern.

Als Kommandant sämtlicher Streitkräfte des unsterblichen Großen Richters lieferte er das Menschenmaterial, das die anderen in ihrer gefühllosen Art und Weise formten und zurechtstutzten.

Seine Aufgabe: einen nach dem anderen oder in Gruppen jene »Banditen«-Staaten zu unterwerfen, die nach dem dritten Atomkrieg, welcher seit mehr als zwanzig Jahren beendet war, überall auf der Welt aufgekommen waren. Nachdem er dies getan hatte, überließ er die Besiegten den Organisatoren und dem Polizisten-Henker. Und zog sich zurück, verhielt sich neutral, war nicht länger interessiert.

Das hatte ihn in diesem Rat immer zum Einzelgänger gemacht. Vermutlich würde sich das nun ungünstig für ihn auswirken, denn er wußte, es gab Neid und Groll und Furcht.

Marin sagte bedächtig, dabei bewußt seine innere Anspannung bekämpfend: »Ich glaube, daß der Fall Trask einer weiteren Überprüfung unterzogen werden sollte, und ich bin in der Tat der Auffassung, daß ein Freispruch gerechtfertigt sein könnte.«

»Aus welchen Gründen?« Das war Podrage. Er wirkte eher neugierig als feindselig.

Marin führte seine Gründe an, einen nach dem anderen: »Als ich die vorliegenden, als verräterisch geltenden Aussagen gelesen habe, derer Trask beschuldigt wurde – und die er zugegeben hat –, mußte ich feststellen, daß sie im Kern folgendes aussagten: Die Idee der Gruppen-Marktwirtschaft bedarf der Weiterentwicklung. Wenn ich mir überlege, wie oft wir das hier diskutiert haben, wie oft wir uns gefragt haben, wie sich eine bestimmte Unzulänglichkeit der menschlichen Natur durch Modifikation der Gruppenidee beheben ließe, dann kann ich mich nicht damit einverstanden erklären, daß die Anklage gegen Trask seinen Tod rechtfertigt.«

Marin schloß in bestimmtem Tonfall: »Ich bin der Auffassung, daß Wade Trask am Anfang einer wissenschaftlichen Karriere steht, die dem System Ehre eintragen wird, das sie ermöglicht hat. Ich beantrage daher, den Schuldspruch so zu ändern, daß er lautet: ›Der Richter, die Geschworenen und die Vertreter der Anklage werden für ihren Diensteifer belobigt. Der Gefangene erhält eine Rüge und wird zu guten Werken entlassen.«

Es war ihm, während er sprach, immer deutlicher bewußt, daß einige der Anwesenden die Stirn runzelten. Er sah ebenfalls, daß er nicht der einzige war, der bemerkt hatte, daß seine Argumente Wirkung zeigten. Medellin blickte sich am Konferenztisch um, und ein Zucken der Besorgnis zeigte sich auf seinem Gesicht. Hastig nickte er dem Schriftführer neben ihm zu. »Würden Sie wohl die genauen, als verräterisch anzusehenden Worte vorlesen, die Trask gebraucht hat?«

Der Sekretär sah seine Papiere durch und schlug sodann mehrere Blätter eines Manuskripts nach hinten um und sagte mit teilnahmsloser Stimme: »Ich werde nun die Worte Wade Trasks zitieren, so wie Zeugen gegen ihn ausgesagt und, wie er selbst zugegeben hat, korrekt dargelegt haben: ›Die Gruppenidee‹, sagt Mr. Trask, meine Herren, ›ist zu weit getrieben worden. Meine eigenen Entdeckungen haben die Tatsache nachgewiesen, daß gesellschaftliche Beziehungen ein Herangehen an Gruppen erfordern, das sich von allem unterscheidet, was bisher versucht wurde!‹«

Im stillen verfluchte David Marin den Wahnsinn, der Trask die Beschränkungen der freien Rede hatte vergessen lassen, denen die Bürger unterworfen waren. Dem Wissenschaftler zufolge war es an dem Tag geschehen, als es ihm gelungen war, die nervösen Impulse eines Huhns ins Nervensystem eines Hundes zu übertragen, und er hatte sich in einem Zustand der Erregung befunden, der für ihn ungewöhnlich war. Beim Prozeß hatte Trask versucht, die Entdeckung als Beweis anzuführen, daß er sich in einem abnormen geistigen Zustand befunden habe, doch die Rechtfertigung war übergangen worden.

Medellin wandte sich wieder an den Schriftführer: »Hat der Große Richter diese Aufzeichnungen des Prozesses gesehen?«

Marin überlief ein Frösteln. Es lag ein Vorbedacht in der Art, wie Medellin die Frage stellte, was darauf hindeutete, daß der Große Richter sich für den Fall Trask interessiert hatte.

Der Schriftführer sagte: »Jawohl. Er hat letzte Woche um dieses Material gebeten und es heute morgen zurückgegeben.«

»Hat der Große Richter«, fragte Medellin, »irgend etwas darüber geäußert, wie mit dem Angeklagten verfahren werden soll?«

Es war, als lausche man einem Katechismus. Medellin hatte offenbar die ganze Zeit gewußt, daß der Große Richter bereits das Urteil gefällt hatte.

Der Schriftführer blätterte mehrere Seiten weiter, so als suche er, und las vor: »›Ein klarer Fall von Hochverrat.‹«

»Hat er das unterzeichnet?«

»Mit seinen Initialen.«

Tod.

Marin fragte nicht, warum diese Vorverurteilung nicht früher im Verfahren zur Sprache gebracht worden war. Es war eine nach außen hin aufrechterhaltene Fiktion des Rats, daß der Große Richter sich nicht in die Erwägungen einmische.

Nüchtern sagte er sich, daß der bloße Gedanke an einen Wissenschaftler, der sich kritisch äußerte, jenen Mann gestört hatte, der die Erde des Jahres 2140 n. Chr. beherrschte.

Marin biß sich auf die Lippen, schüttelte den Kopf und zwang sich zu einem gequälten Lächeln. Er stellte fest, daß Routineangelegenheiten in Verbindung mit der Verurteilung in der gewohnten forschen Art abgehandelt wurden.

Medellin sprach soeben in ein Telefon: »Sie sind Tilden Arallo, Führer der Gruppe 814?«

Die Antwort kam aus einem Konferenzlautsprecher. »Tilden Arallo am Apparat.« Es handelte sich um eine Baritonstimme, und der Mann hatte wohl bereits den Verdacht, daß man von höherer Stelle Kontakt mit ihm aufgenommen hatte, denn sein Tonfall war respektvoll.

»Hier spricht Medellin, Vorsitzender des Rats der Gruppenmeister.«

»*Ja,* Exzellenz?«

»Ich bin vom Rat ermächtigt, mit Ihnen bezüglich Ihres Gruppenmitglieds Wade Trask Kontakt aufzunehmen.«

»Wie lauten die Instruktionen?«

»Die Strafe für Wade Trask«, sagte Medellin, »ist nach richterlicher Entscheidung der Tod. Demnach wird Ihre Gruppe ab sofort verantwortlich für die Handlungen des besagten Wade Trask, wobei davon auszugehen ist, daß den Handlungen und Aktivitäten des besagten Wade Trask keine Beschränkungen außer den gesetzlich erlaubten auferlegt werden können. Der rechtskräftig verurteilte Meuterer Wade Trask soll angewiesen werden, sich spätestens um Mitternacht vom heutigen Tage an in einer Woche am Konverter zur Vollstreckung zu melden.«

»Bestätigt«, sagte die Stimme Tilden Arallos, »um 10.30 Uhr morgens, 26. August 2140 n. Chr., im Namen der Gruppe 814.«

»Bestätigung vermerkt«, sagte Medellin.

Die Verbindung wurde unterbrochen.

Medellin sah sich am Tisch um, das hagere Gesicht entspannt, der Blick unfreundlich. Er fuhr sich mit den knochigen Fingern einer Hand nervös durch das ergrauende Haar. »Nun, meine Herren«, sagte er, »ich nehme an, damit sind unsere Ratsgeschäfte für diese Woche erledigt. David . . .« er sah Marin direkt an, »ich möchte Sie kurz sprechen.«

»Jawohl«, sagte Marin respektvoll, aber ohne Interesse. Er ahnte, daß es um die bevorstehende militärische Operation gegen die jorgische »Banditen«königin ging. Er dachte gerade daran, daß es an ihm lag, Trask über das Urteil zu informieren.

Sie gingen hinüber in eine Ecke des Konferenzsaals. Medellin sagte mit leiser Stimme: »David, wenn ich eine Ahnung gehabt hätte, daß Sie ein Sondergesuch Trask betreffend vorhatten, dann hätte ich Sie gewarnt.« Er brach ab. »Aber das soll uns nicht kümmern. Seine Exzellenz, der Große Richter, und ich hatten eine Unterredung, und er hat folgende Anweisungen erteilt. Sie werden sich morgen zum Lager A an der jorgischen Grenze begeben, nachdem Sie zunächst mit dem Großen Richter zu Mittag gegessen haben. Abflugzeit ist 2.00 Uhr nachmittags. Kurz nach Ihrer Ankunft im Lager A werden Sie vor jorgischen Revolutionären eine Rede halten. Dann wird es eine Frist von zwei Tagen geben, während die Revolutionäre nach Jorgia zurückkehren. Im geeigneten Moment werden diejenigen, welche die Rolle der Attentäter übernommen haben, Amtsträger in Schlüsselpositionen des jorgischen Regimes umbringen. Gleichzeitig werden Ihre Truppen die Grenze überschreiten und das Land erobern. Die Königin und ihre Familie sind nicht zu töten.«

Medellin hielt inne, runzelte die Stirn. »Wir möchten, daß Sie mit ihr schlafen, David. Wir gehen davon aus, daß sie nicht unbedingt die schönste Frau der Welt ist, aber Sie müssen ihr das Gefühl vermitteln, daß Sie persönlich aus einer plötzlichen Verliebtheit heraus ihr Leben verschonen. Kümmern Sie sich nicht um mögliche Einwände. Lassen Sie sie in Ihr Quartier schaffen, vergewaltigen Sie sie, wenn nötig, versprechen Sie ihr Ihren persönlichen Schutz und versichern Sie ihr, daß Sie veranlassen werden, daß ihre Familie an der Macht bleibt.«

Marin nickte. Er verspürte einen Anflug von Zynismus, der sein Denken jedoch nicht entscheidend beeinflußte. Es war nicht das erste Mal, daß er dem Anschein nach die legitime Regierung aufrechthielt, während er sich in Wirklichkeit des Landes bemächtigte. Er sagte: »Wer ist über den Zeitpunkt des Angriffs zu informieren?«

»Niemand. In diesem Augenblick kennen nur Slater und Sie und ich und natürlich seine Exzellenz dieses Datum. Bedienen Sie sich der üblichen Verwirrungstaktik. Viel Glück.«

Er ging eilig von dannen. Mit einem Gefühl unbeschreiblicher Leere verließ Marin den Ratssaal.

Zwei

Marin wartete in der Nähe der Brüstung des Gruppenzentralgebäudes darauf, daß ihm sein Kurzstreckenjet gebracht wurde. Die Luft war frisch und kühl; der Tag versprach, angenehm zu werden. Er registrierte die Tatsache und verbannte sie dann wieder aus seinen Gedanken. Er hatte ein angespanntes Gefühl in der Magengegend. Er fragte sich ein wenig bestürzt, wie er Wade Trask beibringen würde, was geschehen war.

Marin spitzte entschlossen die Lippen. Es gab gar keinen Zweifel, daß er es sein sollte, der es übernahm, Trask zu informieren. Er konnte dem Verurteilten versichern, daß er weiterhin alles in seiner Macht Stehende unternehmen werde, den Urteilsspruch rückgängig zu machen.

Hier wurde Marins Gedankengang unterbrochen. Sein Kurzstreckenjet glitt die Rampe herauf auf ihn zu. Er betrachtete ihn mit beinahe jungenhafter Faszination ob seiner puren technischen Schönheit. Das Gefühl schloß den Gedanken an seinen geräuschlosen Magnetmotor ein, den er nicht sehen konnte, sowie die Freude an seinen schimmernden, metallenen Umrissen. Der Kurzstreckenjet besaß Stummelflügel, die nicht dem Auftrieb dienten, jedoch geeignet waren, dem Schlingern vorzubeugen.

Der Antrieb, welcher dem gewaltigen Magnetfeld der Erde

entstammte, nahm keine Rücksicht darauf, ob ein Mann mit dem Kopf nach unten oder nach oben flog. Die kleinen Flügel und der noch kleinere Schwanz machten den Flug angenehm.

Der Mechaniker, der ihn aus irgendeiner Höhlung im Innern des Gebäudes geholt hatte, stieg aus, und Marin stieg ein. Er flog hinauf zu einem Luftkorridor für Privatschiffe, schaltete den Autopiloten ein und wählte Trasks Privatnummer.

Es entstand eine Pause; dann: »Ja?« Eine Baritonstimme.

»Wade.«

»Oh, du bist es, David.« Die Stimme veränderte sich sofort, wurde eindringlich. »Was ist passiert?«

Marin sagte es ihm und beruhigte ihn hastig. Dann wartete er. Er fühlte sich gelähmt vor Elend. Während seiner Amtszeit hatte er selbst zahlreiche Todesurteile ausgesprochen und hatte Tausende von Männern im Kampf in den Tod geschickt. Aber dies war etwas anderes.

»David, ich muß dich sehen. Sofort.«

Dies war nicht der Moment zu zögern. Hier war ein Mann, der der Versicherung bedurfte, daß seine Freunde immer noch zu ihm hielten. »Wo?« fragte Marin.

»In den Trask-Laboratorien.«

Einen flüchtigen Augenblick lang dachte Marin darüber nach. Es war kein guter Ort für ein Treffen. Nun, da das endgültige Urteil verhängt war, würde der Staat vorübergehend das Laboratorium übernehmen. Sie würden als vorbeugende Maßnahme rasch handeln. Die Übernahme würde Trasks Besitzerstatus nicht in Frage stellen. Aber David Marin sollte dort nicht angetroffen werden.

Marin zögerte einen Moment, dann verwarf er seinen Einwand. Es war Zeit, uneingeschränkte Freundschaft zu zeigen. Er sagte schlicht: »Ich bin in zehn Minuten dort.«

»Gut.«

Es erfolgte ein Klicken, als die Verbindung unterbrochen wurde. Marin lehnte sich zurück und fühlte sich dabei irgendwie unglücklich. Zum ersten Mal in seiner Laufbahn war er der beunruhigenden Überzeugung, einen Fehler zu begehen.

Er verdrängte schließlich das unbehagliche Gefühl. Und dann hatte er Zeit, sich klarzuwerden, was mit Wade Trask passieren würde. Das Todesurteil würde ihm formell durch Tilden Arallo, Leiter der Gruppe 814, überbracht werden. Wenn das erledigt war, konnte Trask theoretisch seine letzte Lebenswoche in allem Luxus verbringen, den er sich wünschen mochte. Das war ein Punkt, der von der Regierungspropaganda immer hervorgehoben wurde. Die Zivilisation, wurde gesagt, hatte noch nie zuvor einen so hohen Grad persönlicher Freiheit erreicht. In Wirklichkeit war jedoch das Entkommen unmöglich. Ein elektronisches Instrument wurde der Schultermuskulatur eines jeden Individuums »aufgedruckt«. Das Gerät konnte von jeder Kontrollstation aktiviert werden, was einen brennenden Schmerz von allmählich sich steigernder Intensität hervorrufen würde.

Die Vorrichtung war selektiv. Jeder Mensch innerhalb der Domäne des Großen Richters hatte seine eigene Kombination, die im Kontrollzentrum registriert war. Es gab eine spezielle Kombination für David Marin. Und es gab eine gesonderte Kombination für Wade Trask. Nur wenigen bekannt, war dies das Geheimnis der absoluten Macht des Großen Richters.

Trask sagte: »Setz dich.«

Er war ein hochgewachsener, hagerer Mann, auf intellektuelle Weise gutaussehend, mit einer seltsamen Aura der Entschlossenheit in seinem Benehmen. Seine Augen leuchteten blau hinter seinen Brillengläsern hervor. Seine Bewegungen waren bedächtig und ganz und gar nicht zerstreut.

Er sagte: »Ich habe etwas, das ich dir zeigen muß.«

Marin setzte sich auf den ihm angebotenen Stuhl. Er war verwirrt, aber zugleich resigniert. Es schien zweifelhaft, ob etwas, das Trask vorzuzeigen hatte, noch wichtig war. Er hatte das schon früher erlebt, bei zum Tode Verurteilten – den Glauben, daß sie etwas von Wichtigkeit anzubieten hätten, das man irgendwie berücksichtigen würde. Es war ärgerlich, daß Trask der gleichen irrationalen Hoffnung unterlegen war. Er mußte wissen, daß diese Möglichkeit ausgeschöpft war.

Trask blieb vor ihm stehen. »David«, sagte er mit angespannter Stimme, »ich habe dir etwas verheimlicht. Erinnerst du dich, was ich darüber erzählt habe, daß ich die Nervenimpulse eines Huhns ins Nervensystem eines Hundes übertragen habe?«

Marin nickte verblüfft. Die Frage des anderen schien in keinerlei Bezug zu dem zu stehen, was vorausgegangen war.

Trask sprach von neuem eindringlich. »Das ist in Wirklichkeit lange her – über ein Jahr. Ich habe seither die ganze Sache weit über diesen Punkt hinaus verfolgt. Ich habe bereits mit Pripps experimentiert, bis zu dem Stadium, wo ich genau weiß, was ich erreichen kann.«

Trasks Stimme hatte einen Klang, in dem Machtbewußtsein schwang. Dieses Bewußtsein ließ Marin in einer noch stärkeren Erkenntnis erstarren: *Trask verhielt sich nicht wie ein zum Tode Verurteilter.*

Er wartete, und sein Wohlwollen erkaltete. Es war eine Sache, gegenüber einem gekränkten Freund und Bürger Freundschaft zu zeigen. Es war aber eine ganz andere, das Gefühl zu haben, daß er im Begriff stand, sich tatsächliche, aufrührerische Reden anzuhören.

Marin sagte scharf: »Wade, worauf willst du hinaus?«

Die Frage schien auf den Mann wie eine kalte Dusche zu wirken. Er stand einen Moment ganz still da. Dann lächelte er zögernd. Dann zeigte er die Zähne.

»David«, sagte er langsam, »ich bin in einer Position, mich diesem Todesurteil ganz allein zu widersetzen. Aber es wäre wesentlich einfacher, wenn ich dich überzeugen und dadurch deine kooperative Unterstützung erlangen könnte.«

Die schicksalhaften Worte waren ausgesprochen. Mit gespanntem Erstaunen erkannte Marin, daß sie vom ersten Moment an in Trasks Handlungen enthalten gewesen waren. Es kam nicht einmal darauf an, ob die Behauptung des anderen stimmte oder nicht. *»Ich bin in einer Position, mich diesem Todesurteil ganz allein zu widersetzen.«* Da war es, unmißverständlich.

Der Vorsatz zum Verrat . . .

Er war plötzlich traurig, der Fluch der Unverbesserlichkeit des Menschen war ihm bewußt. Nach drei Atomkriegen wurde immer noch diese Art Sprache gesprochen. Marin blickte bedrückt zu Boden; seine Gedanken wanderten zurück durch die Geschichte des Prozesses gegen Trask, und er stellte fest, daß er es gewesen war, der blind war, nicht die anderen.

Der Große Richter hatte diese Meuterei in einem einzigen Aufwallen von Einsicht gespürt und kurz und bündig sein Todesurteil abgegeben, mit der Endgültigkeit klaren Urteilsvermögens.

Während er dort saß, fühlte Marin, wie die Härte in seine eigenen Gedanken eindrang. Er sah zu Trask auf, und er war nicht länger sein Freund. Aber da war noch ein Gedanke in ihm, ebenfalls jämmerlich spät: *Gefahr!*

Trask war ein Pedant. Er würde nicht riskiert haben, diese Information abzugeben, ohne sich darauf vorbereitet zu haben, wie er mit den Folgen einer Weigerung fertig werden konnte.

Er sah, daß Trask mit einer Hand in der Tasche dastand. Die Tasche wölbte sich leicht. Eine Waffe?

Als sich ihre Blicke trafen, sagte der ältere Mann langsam: »Ich mußte dich fragen, David, im Hinblick auf unsere frühere Bekanntschaft. Du siehst das ein.«

Marin, der nun Zeit zu gewinnen versuchte und eine Gelegenheit, seine eigene Waffe zu ziehen, sagte: »Wie könnte ich mit dir kooperieren?«

Trask schüttelte den Kopf, ein verzerrtes Lächeln auf dem Gesicht. »David, ich nehme an, das war eine zu große Kehrtwendung für dich, um sie mitzumachen. Ich habe den Ausdruck gesehen, den dein Gesicht angenommen hat, also kann ich nicht akzeptieren, daß du dir mein Angebot überlegst.«

Sein Lächeln verschwand. Er zog die Hand aus der Tasche und zielte mit einer Gaspistole auf Marin. »Geh da rüber!« sagte er barsch. Er deutete auf eine Anordnung von Geräten in einem Winkel des Raums.

Marin stand mühsam auf und ging wortlos hinüber. Er wartete, gelassen und neugierig, und gefaßt auf – was? Er war sich noch nicht sicher. Um den Tod schien es hier nicht zu gehen. Er sah auf. Sein Blick begegnete dem von Trask.

Es war Trask, der schließlich wegsah und sagte: »Ich nehme an, du wüßtest gerne Einzelheiten über das, was ich vorhabe.«

Marin seufzte und schüttelte den Kopf. Die Menschen boten immer ausführliche Rechtfertigungen für ihre verbrecherischen Absichten an. Und nun, da er sein Wohlwollen entzogen hatte, war er völlig desinteressiert.

»Erspar mir den Unsinn!« sagte er.

Trask zögerte. In seinen Wangen zeigte sich Farbe, ob aus Wut oder aus Ungeduld, konnte Marin nicht feststellen. Doch als der Mann schließlich sprach, hatte er sich wieder beruhigt. »Vermutlich habe ich zu lange gewartet, bevor ich gehandelt habe«, sagte er. »Ich sehe ein, daß du gedanklich zu weit gehen müßtest, als daß ich dir meine Motive erklären könnte. Es erschüttert mich allerdings ein wenig festzustellen, daß ein Experiment in politischer Ökonomie einen Mann wie dich derart in seinen Bann ziehen kann. Also werde ich lediglich sagen, daß die Idee der Gruppen-Marktwirtschaft für den Menschen ebenso aussichtslos ist wie die Gruppe oder *laissez faire* an sich. Sie wird durch die übliche juristische Sophisterei gestützt werden müssen und am Ende auseinanderbrechen, wenn die Nachfolger des Großen Richters untereinander zu streiten anfangen.«

»Du wirst das alles ändern?« sagte Marin.

Es mußte Feindseligkeit in seiner Stimme gelegen haben, denn die Röte auf Trasks Gesicht verstärkte sich. Er lachte kurz auf und sagte: »Na gut, mein Freund, du wirst, wie auch immer, am besten aus der Sache selbst lernen. Wenn du aufwachst, geh in meine Wohnung und bleib da, bis du von mir hörst. Ich werde dich in dieser mißlichen Lage nicht allein lassen.«

Es war die Erinnerung an diese Bemerkung, die Marin seine geistige Gesundheit bewahrte, als er wieder zu sich kam.

Drei

Marin erwachte wie aus einem halbvergessenen Traum.

Es war ein Traum, der ihn mit einem Gefühl der Vertrautheit quälte. Und doch war es, als sei er an vielen seltsamen Orten gewesen und hätte Dinge gesehen und zu Ohren bekommen, die nicht zu seinem eigenen Leben gehörten. Er schlängelte sich aus der Finsternis seines Schlafs empor, ohne Furcht oder Besorgnis und ohne sofortige Erinnerung, was ihn hatte ohnmächtig werden lassen.

Er öffnete die Augen und sah, daß er auf einer Pritsche in einem Winkel des Raumes lag, in dem er Trask getroffen hatte. Von Trask war nichts zu sehen, und das brachte ein starkes Gefühl der Erleichterung mit sich. Er schloß wieder die Augen, reckte sich, gähnte wohlig und dachte schließlich: Sobald ich den Körper gewechselt habe, werde ich diese Geräte zu Marins Büro hinüberbringen. Es dürfte nicht länger als einen Tag oder so dauern, um den Großen Richter zu Gesicht zu bekommen.

Der Gedanke kam ihm so natürlich, daß mehrere Augenblicke vergingen, bevor er ihm merkwürdig und erstaunlich vorkam. Völlig verblüfft dachte er: Sobald ich *was* gewechselt habe!

Es machte ihn schläfrig, darüber nachzudenken. Er schüttelte mit einer Grimasse den Kopf über die Art und Weise, wie ein bloßer Traum ihn bis zum Erwachen verfolgt hatte. Er rief sich den Traum wieder ins Gedächtnis und war überrascht festzustellen, daß er sich recht deutlich an alles erinnerte. Es gab da Bruchstücke einer Unterhaltung, die zu keinem Erlebnis gehörten, das er je gehabt hatte. Und doch waren die Erlebnisse selbst prosaisch genug: Männer, die ernsthaft Pläne diskutierten. Er selbst, wie er mit anderen Leuten zusammen Straßen entlangging. Offene Steppe. Ortschaften und Städte, aus der Luft gesehen. Eine Wiese mit einer lächelnden Frau, die ihm durch das Gras entgegenkam.

Es war keine Frau, die er je gesehen hatte. Das waren nicht seine Erinnerungen. Aber sie erweckten den Eindruck von Dingen, die tatsächlich irgendwo geschehen waren. Es war mühsam, daran zu denken; er war nun ziemlich schläfrig, beinahe benommen. Und doch war er alles in allem unglücklich und im körperlichen Sinne seltsam unruhig.

Er dachte heftig: Wo ist Trask?

Beinahe sofort glitt seine Aufmerksamkeit in eine Welt gedanklicher Bilder. Sie glichen den Bildern, die er bereits gehabt hatte, doch nun ging ihm auf, daß sie das Leben Wade Trasks darstellten – eines nervösen, furchtsamen Jungen, dessen Ängste sich zu verborgenen Idealen verhärteten, was wiederum einen starken Machthunger hervorrief. Es gab da eine Szene, deutlich ausgeprägt. Er war dabei zu knien, oder vielmehr kniete er neben einem Bett, auf dem ein sterbender Mann lag. Und er hatte das Gefühl, daß dies ein Experiment war. Zu dem Kranken sagte er: »Alles, was du zu tun hast, ist fragen und dann hinschauen, und dann werden wir tun, was du uns sagst.«

Der Mann auf dem Bett starrte ihn unheilvoll an. »Du Halunke! Du besitzt das Wissen. Hilf mir!«

Wer er in dem Traum auch war, er ergriff wieder das Wort. »Laß die Angst nicht deinen gesunden Verstand vertreiben. Sag mir, warum du krank bist; dann sag mir, was ich tun soll.«

Der Sterbende stöhnte auf. »Aber dafür sind Ärzte doch da. Wie soll ich wissen, warum ich krank bin?«

Und Trask sagte: »Sag es mir – oder stirb.«

Die Szene verblaßte wie ein Nebelschleier. Es lag keine Kontinuität darin, auch nicht in dem, was folgte – nur kleine Szenen, verstreut und unzusammenhängend. Es war unmöglich zu entscheiden, wann genau Trask auf die Richtung seiner Forschung gestoßen war, die zu seiner großen Entdeckung geführt hatte.

Aber das Ergebnis war eindeutig. Nach einer anfänglichen Phase des Ausfalls erlangte die ausgetauschte Geisteskraft die völlige Kontrolle, und sämtliche Erinnerungen des Körpers, in den sie eingedrungen war, wurden unterdrückt.

Außer daß er den Körper eines anderen Menschen besaß, war der ausgetauschte »Geist« ganz er selbst, mit seinen eigenen Erinnerungen, Gefühlen und Absichten. Um eine derart phänomenale Übertragung zu erklären, hatte Trask eine neue Theorie des Lebens entworfen.

Marin schickte sich soeben an, über diese Theorie nachzudenken, die sich bereits verschwommen abzeichnete, als er plötzlich begriff, was mit ihm geschehen war. Wie er so dalag, erkannte er die Wahrheit. Es war kein halb durchdachter Gedanke oder Verdacht. Es war ein Augenblick völligen Verstehens.

Einen Moment lang war er mit wirren Bruchstücken aus Ängsten, Fragen, Zweifeln und Tatsachen beschäftigt, beinahe so, als hätten sie nichts mit ihm zu tun. Und im nächsten flossen sie einfach zu einer Einheit zusammen.

Was hatte Trask gesagt? ... *Die Nervenimpulse eines Huhns ins Nervensystem eines Hundes übertragen.*

Er hatte bis zu diesem ungeheuer einsichtigen Augenblick die enorme Bedeutung dieser Entdeckung nicht begriffen. Wenn schon ein Huhn, warum nicht auch ein menschliches Wesen? Warum nicht die Nervenimpulse Trasks ins Nervensystem von Marin? Und Marin in Trask.

Ich liege hier, dachte Gruppenmeister David Marin benommen. Und ich bin es und meine Erinnerungen, aber der Körper ist der von Wade Trask. Und er ist dort draußen mit seinen Erinnerungen und seinen Absichten, und er sieht aus wie ich. Nach sämtlichen äußeren Kriterien ist er ich. Wenn er kühn genug ist, kann er überall hingehen. Er kann es sogar schaffen, den Großen Richter zu sehen.

Er erinnerte sich an Trasks Zuversicht, und er hegte keine Zweifel, daß der Mann kühn genug sein würde. Er öffnete wieder die Augen, als ihm die Erkenntnis kam. Jetzt stand er automatisch auf.

Erst als diese Aktion vorbei war, erkannte er, daß er leicht mit Trasks Körper fertig geworden war. Mit einer einzigen kontinuierlichen Bewegung hatte er die Hände des anderen Mannes benutzt, seine Füße, seine Muskeln und seine Sinne.

Dies geschärfte Bewußtsein ließ ihn nach unten blicken, ließ ihn die Arme heben, so daß er zum ersten Mal . . . sich selbst sehen konnte. Es lag kein bewußter Gedanke hinter dem, was er dann tat. Er fing an zu rennen.

Draußen sah er, daß sein Kurzstreckenjet nicht auf dem Parkplatz des Laboratoriums stand. Er hielt inne, doch nur einen Moment, und kam erst dann endgültig zum Stillstand, als er einen Lufttaxistand erreichte. Wenige Minuten später gab er, immer noch atemlos, dem Fahrer Trasks Wohnungsadresse und ließ sich auf einen Sitz fallen.

Apathie.

Er saß da, und das Gefühl des Verlustes war so überwältigend, daß kein Sinn darin zu liegen schien, was er da tat. Er war ein Nichts. Er war eine Zone finsteren Grams im Raumzeitgefüge. Ein Mann, der seine Identität verloren hatte. Mit einer Art Verzweiflung hob er die Hand und betastete Trasks Brille; er, der er das Sehvermögen eines Adlers besessen hatte. Er erinnerte sich, wie rasch er ermüdet war, während er rannte, und wie lange er müde geblieben war. Der eisenharte Körper David Marins war im Vergleich dazu eine unermüdliche Maschine.

Er regte sich endlich und blickte durch das transparente Glas hinab auf die Stadt. Dann dachte er: Wohin bin ich unterwegs?

Und dann dachte er: Ja, natürlich, zu Trasks Wohnung. Dort soll ich hin, hat er gesagt. Er saß eine Zeitlang da, wieder benommen, und akzeptierte, daß Trasks Wohnung ein logisches Fahrtziel für den Mann war, der wie Wade Trask aussah.

»Wir sind gelandet«, sagte die Stimme des Fahrers aus dem Lautsprecher neben ihm.

»Gelandet?« Marin sah auf.

Marin begann aufzustehen, begann zu akzeptieren, daß er genau das tun würde, was Trask vorgeschlagen hatte. Dann runzelte er die Stirn und setzte sich wieder.

»Ich hab es mir anders überlegt«, sagte er. »Bringen Sie mich zum –« Er nannte einen Park in der Mitte der Stadt.

Eine schöne Gegend war es, die er, als Marin, oft aufgesucht hatte, um Probleme der Militärstrategie zu lösen.

Als das Lufttaxi abhob, zog Marin einen tiefen Atemzug in die flachen Lungen Wade Trasks.

Er hatte da ein Problem, dem bisher noch kein Mensch auf der ganzen Welt gegenübergestanden hatte.

Nachdem er im Park angelangt war, setzte er sich auf eine Bank. Es war immer noch Morgen, obwohl die Sonne sich gen Mittag neigte. Er empfand winzige geistige Schocks, während ihm bewußt wurde, daß in Wirklichkeit so wenig Zeit vergangen war.

Ein Dutzend Mal wandte er seine Aufmerksamkeit seinem Problem zu, und wich sogleich zurück, wandte sein Bewußtsein davon ab. Rastlos, ziellos versetzte er dem Gehweg mit der Spitze seines Stiefels einen Tritt. Rastlos, unglücklich ging er einen Pfad entlang, dann einen weiteren, dann zurück zu seiner Bank, nur um wieder aufzustehen, wieder zu laufen, sich wieder hinzusetzen, und loszulaufen.

Vier

Es war wenige Minuten vor zehn Uhr am gleichen Abend, als Marin erschöpft und mutlos die Tür zu Trasks Wohnung öffnete und einen geräumigen Wohnraum betrat. Es war ihm schließlich aufgegangen, daß seine einzige Rettung darin bestand, Trask wiederzufinden.

Eine magere, dunkelhaarige junge Frau sprang von einer Couch auf und eilte auf ihn zu. Sie schlang die Arme um seinen Hals, und bevor er sich entschließen konnte, Widerstand zu leisten, gab sie ihm einen Kuß auf den Mund.

Marin entzog sich ihr. Die junge Frau wich schmollend zurück. »Ich bin deinetwegen hier«, sagte sie. »Sobald deine Gruppe gehört hat, daß du verurteilt bist, haben sie mich angeheuert und rübergeschickt.«

Marin sagte: »Oh!« Und er war kurze Zeit sehr interessiert. Eine gekaufte Frau für einen Mann, der vermutlich nicht mehr die Gunst einer Frau erwerben konnte, die frei war. Es handelte sich um eine Kontrollmethode, und die Geschwindigkeit, mit der die Gruppenführer gehandelt hatten, wies darauf hin, was für eine praktische Methode es sein mußte, um mit einem zum Tode Verurteilten fertig zu werden.

Marin musterte die Frau neugierig. Sie war schlank und lebhaft und hielt offenbar viel von sich selbst, denn es lag eine Keckheit in ihrem Benehmen, die ansprechend war. Marin löste sich aus ihrer Umarmung und sah sich in einem Raum um, dessen luxuriöse Einrichtung es mit allen aufnehmen konnte, die er je kennengelernt hatte. Eichengetäfelte Wände, hohe Decken, ein Kunststoffenster, das sich – abgesehen von einem Alkoven an jedem Ende – von Wand zu Wand und vom Boden bis zur Decke erstreckte.

Von allein glitt Marins Blick zur rechten Wand. Eine große Uhr stand dort, eingebaut in eines der Paneele. Sie weckte eine Erinnerung – nicht seine eigene, sondern eine Erinnerung im Gehirn des Trask-Körpers, der sich entsann, daß die Uhr einen Zugang zu Trasks Wohnungslaboratorium verbarg, einem geheimen Ort, an dem Trask viele seiner Experimente durchgeführt hatte. Der zweite Zugang befand sich im Studierzimmer.

Auch kam ihm flüchtig der Gedanke, daß die Uhr selbst einer der alten Anschlüsse des Gehirns war.

Das Gehirn war während des Krieges verschwunden und hatte nur solche Andenken an seine Existenz wie diese Uhr hinterlassen. Und die meisten dieser Überreste waren zerstört worden oder wurden nicht mehr benutzt.

Marin bemerkte, daß die Uhrzeiger die gleiche Zeit anzeigten wie seine Uhr, wenige Sekunden vor Zehn. Er wollte sich schon abwenden, als das Gerät einen fesselnden Ton erzeugte.

Es folgte eine bedeutsame Pause mit einem schwachen Hintergrundgeräusch aus dem Innern der Uhr. Dann ertönte ein wohlklingendes Läuten. Gleichzeitig spielten farbige Lichter über den Schirm auf dem Zifferblatt. Der widerhallende Ton des Läutens wurde leiser, und wieder entstand eine Pause. Trommeln begannen zu dröhnen. Sie verebbten in den Hintergrund, und die Baritonstimme eines Mannes verkündete im wohlbekannten, gesprochenen Modellenglisch mechanischer Stimmen: »Es sein zehn Uhr abends am 26. August 2140 n. Chr.« Wieder folgte eine Pause, und dann stellte dieselbe Stimme fest: Das »Wetter sein kühl für August, und der Himmel sein ein wenig bewölkt«.

Es ertönte das Klirren von Becken, gefolgt vom gleichen glokkenartigen Klang, der das gesamte, kunstvolle Ritual eingeleitet hatte. Dann Stille.

Marin, der mit äußerstem Interesse zugehört und zugesehen hatte, bemerkte, daß die junge Frau ihn beobachtete. Sie schien leicht verwirrt, und es ging ihm auf, daß Wade Trask die Uhr wohl kaum beachtet hätte; ihm mußte sie völlig vertraut sein.

Während er dastand, gab er vor, tief in Gedanken versunken zu sein. Er blickte auf. »Was tust du?« fragte er. »Mit Toten schlafen?«

Sie schien ein wenig zusammenzuschrumpfen, aber sie sagte nichts. Marin, der sie eigentlich nicht kritisieren wollte, fuhr dennoch beharrlich fort: »Wie sind deine Tarife?«

Sie war wieder ruhig. »Zwischen hundert und fünfhundert die Woche.«

Zum ersten Mal bemerkte Marin, daß er nicht nur versuchte, ihre Aufmerksamkeit von seiner Beschäftigung mit der Uhr abzulenken. Er überlegte sich ernsthaft, sie in Dienst zu nehmen. Und das war in der Tat ein einmaliger Einfall. Blitzartig wandten sich seine Gedanken Delindy Darrell zu, der schönsten Frau, die ihm je Kinder geboren hatte. Sie hatten beinahe drei Jahre zusammengelebt. Aber seit sechs Monaten war sie nun die Geliebte des Großen Richters.

Er sagte mit plötzlicher Sanftheit: »Meine Liebe, Sie dürfen bleiben, wenn Sie möchten, aber Tatsache ist, daß ich mich nicht besonders aufrichtig fühle.« Er lächelte und fügte mit einem spöttischen Unterton in der Stimme hinzu: »Ich werde Sie als Fünfhundert-Dollar-Mädchen betrachten.«

Sie lachte, kam flink zu ihm herüber, küßte ihn, umarmte ihn – ein rasches Zudrücken –, und dann begab sie sich mit zurückgeworfenem Kopf ins Schlafzimmer.

Marin setzte sich in einen Stuhl, der der Tür zugewandt war, und zum ersten Mal an diesem Tag fiel ihm als stichhaltige Möglichkeit ein, daß es vieles gab, was er getan haben könnte. Soweit er wußte, hat Trask nun längst seine Ähnlichkeit mit David Marin ausgenutzt, um eine Audienz beim Großen Richter zu bitten. *Soweit er wußte,* hatte Trask bereits einen Identitätsaustausch mit dem Diktator erzwungen.

Ich hätte etwas unternehmen sollen! dachte Marin bleich und erschüttert.

Das intensive Gefühl der Besorgtheit verging. Es gab eindeutig nichts, was er hätte tun können – sonst hätte er es getan. Die Tatsache, daß er sich nun von der Schockwirkung dessen, was mit ihm geschehen war, erholte, sprach für ihn. Mit Sicherheit war es der größte Schock, den je irgendwo ein menschliches Wesen erlebt hatte.

Morgen, dachte er schließlich – das war kurz vor Mitternacht –, werde ich handeln.

Wenn es nicht schon zu spät war.

Erschöpft, immer noch unter dem Eindruck der immensen Anstrengung dieses Tages, begab sich Marin zum Schlafzimmer. Er blieb gleich hinter der Tür wie angewurzelt stehen. Denn er hatte die Frau vergessen.

Sie lag in einem der Betten. Über den Laken war ein Schimmer nackter Schultern zu sehen; und sie drehte sich träge um, sah ihn an und sagte: »Nur für den Fall, daß du dir Gedanken darüber gemacht hast: Ich heiße Riva Allen.«

Marin ging hinüber und setzte sich neben sie auf das Bett. Die Erwähnung ihres Namens erinnerte ihn noch an etwas anderes. Er war davon ausgegangen, daß das Gruppenleben die Frau der Straße ausgerottet habe. Und doch war hier eine, und noch dazu eine sehr anziehende. Darüber hinaus war sie *von* einer Gruppe geschickt worden. Das war eine unerwartete Schattenseite seiner Vorstellung vom Leben unter dem Großen Richter, und er war kurze Zeit neugierig.

»Erzähl mir von dir, von deinem Vorleben.«

Es war eine indirekte Art zu fragen, wie sie zu dem geworden war, was sie war – gedacht, ihre Abwehr zu umgehen. Und es schien bei ihr durchzugehen.

»Ich bin«, begann sie, »in der Gemeinde geboren, die sich um das Gehirn gekümmert hat.« Dann fügte sie hinzu: »Deshalb habe ich mich für deine Uhr dort draußen interessiert. Die erste, die ich seit langer Zeit gesehen habe.«

Marin sagte: »Das Gehirn!«

Sie schien den seltsamen Tonfall seiner Stimme nicht zu bemerken, denn sie fuhr ruhig fort: »Deshalb konnte ich nie eine Nummer kriegen. Die weigern sich, jemanden zu registrieren, der irgendwann in Verbindung mit dem Gehirn gestanden hat, bevor es verschwand.« Sie brach ab. »Wo hast du die Uhr her?«

Marin hörte kaum zu. »Du bist nicht registriert!« sagte er. Doch diese Worte waren keine echte Reaktion. Er dachte soeben: Die Kontrolle schenkt dem Gehirn immer noch *so* viel Aufmerksamkeit. Und das war in der Tat eine ungeheure Vorstellung, für ihn brandneu. Um ihre Wirkung zu verbergen, sagte er: »Wie lebst und ißt du?«

»Ich habe eine provisorische Essenskarte, die alle sechs Monate erneuert wird.«

»Aber wo lebst du?« fragte er.

»Hier«, sagte sie.

Marin war ungeduldig. »Aber nur diese Woche. Du mußt einen ständigen ...« Er hielt inne; dann fragte er sanft: »Wo bewahrst du deine Kleider auf?«

»In einem Schließfach am Luftbahnhof. Es kostet fünfundzwanzig Cent pro Tag. Oben ist ein Waschraum, und dort ziehe ich mich um.«

Er war ein Mann, der seine eigenen drängenden Probleme hatte, aber er stellte sich das Leben dieses ausgestoßenen Mädchens vor, und es tat ihm weh. Sie schien voller Energie zu sein und – trotz ihres gefährlichen Daseins – auf einem hohen Niveau der Lebhaftigkeit und guten Laune zu funktionieren. Er begann sie beiläufig auszufragen. Was für Jobs hatte sie gehabt? Wo schlief sie, wenn sie keinen Wade Trask hatte, der ihr eine vorübergehende Zuflucht bot? Wie stand es mit der Post? Hatte sie je versucht, im Pripp-Sektor der Stadt zu leben? Was hielt sie davon, aufs Land zu ziehen? ... Es war eine lange Liste von Fragen. Riva antwortete, manchmal ausweichend, aber sie zögerte selten. Innerhalb etwa einer Stunde kannte er in groben Zügen ihr Leben.

Ihre frühe Kindheit war verschwommen. Sie besaß Erinnerungen, mit Eltern zusammengewesen zu sein, die unterwegs waren, fuhren, flogen – immer weiter weg zu fliehen versuchten. Und immer folgte ihnen die weitreichende Bürokratie der Registratoren des Großen Richters. Sie gehörten zu jener Minderheit, der unweigerlich der Gruppenstatus verweigert wurde. Ihre frühere Verbindung zum Gehirn verfolgte sie, brachte ihnen den Ruin und die Hoffnungslosigkeit. Das Ende erfolgte mit niederschmetternder Plötzlichkeit. Die Kontrolle überfiel eines Tages den Schuppen, in dem sie lebten. Der Vater wurde ungläubig und protestierend hinausgeführt, gegen die Wand der Hütte gestellt und erschossen. Es erfolgte keine Erklärung, kein weiteres direktes Eingreifen – doch der Ernährer der Familie war fort. Für Mutter und Tochter war die Alptraumzeit angebrochen.

Die Verwandlung in eine Frau der Straße fand im direkten Verhältnis zum Nahrungsbedarf statt.

Riva begann deutliche Anzeichen von Schläfrigkeit zu zeigen, und daher stellte Marin seine Schlüsselfrage im beiläufigsten Tonfall, den er zustande brachte: »Aber wo ist das Gehirn?«

»Es ist in einem Raumschiff weggeflogen.«

»In einem *was*?«

»Raumschiff – du weißt schon, Weltall, Mond, Venus, Mars.«

»Aber das ist bloß ein Mythos«, protestierte Marin. »Es gibt ein paar Hinweise auf den Raumflug vor dem zweiten Atomkrieg, aber im allgemeinen wird eigentlich davon ausgegangen, daß ...« Seine Stimme verklang. Er erkannte, daß er mit einer Frau sprach, die tief und fest schlief.

Marin zog sich aus und schlüpfte in das zweite Bett. Dort lag er hellwach und dachte besorgt: Das Gehirn muß immer noch ... am Leben sein.

Nichts sonst konnte die ungeheure Anstrengung erklären, welche die Männer des Richters unternommen hatten, all jene auszurotten, die je mit ihm in Verbindung gestanden hatten.

Er erinnerte sich an etwas, das er einmal gehört hatte: daß das Gehirn den Großen Richter unsterblich gemacht hatte. Damals hatte er nur die Achseln gezuckt. Obwohl sie seit Jahren nicht verstummten, hatte er Hinweise auf die Unsterblichkeit des Diktators immer als besonders kindische Form der Propaganda betrachtet. Dennoch war hier irgendwo furchterregende Realität, sonst wäre Riva Allen nicht in ihrer gegenwärtigen mißlichen Lage. Ihre Geschichte war wenig bedeutsam, aber sie verlieh allem Substanz, was er je über das Gehirn gehört hatte.

Seine Gedanken trieben seltsam dahin ...

... Schwer vorstellbar, welches der richtige Moment für eine Rebellion gegen einen so mächtigen Gegner wie einen unsterblichen Diktator war. Die Gruppe in Jorgia mochte *ihre* Aktion zu lange hinauszögern; er konnte nicht warten.

Marin runzelte verschlafen die Stirn. »Habe ich das gedacht?« Er hatte nie zuvor an Rebellion gedacht. Und was sollte das mit einer jorgischen Gruppe? Konnte es sein, daß sich hier nur für einen Augenblick an der Schwelle des Schlafs ein Trask-Plan in sein Bewußtsein geschlichen hatte?

Aber warum Rebellion? Es paßte nicht. Ein Mann, der sein Bewußtsein und seine Identität von einem Körper in einen anderen verlagern konnte, brauchte keine Revolutionen. Außerdem würde sie sich als unmöglich erweisen.

Die Gruppenidee begann, in Kombination mit freier Marktwirtschaft und erfüllt von großen Gedanken, soeben erst Fuß zu fassen. Wie ein Riese schritt sie durch das Land, zerschmetterte jeden Widerstand und weckte zugleich Hoffnung. In solchen Augenblicken hörten die Menschen nicht so leicht auf Stimmen, die vor fernen Katastrophen warnten oder auf die Möglichkeit noch größerer Kreativität hinwiesen.

Wieder wanderten seine Gedanken. Wenn sie nicht handeln, dachte er, werde ich von mir aus handeln müssen.

Er fühlte sich erleichtert, daß er keinem von seiner Erfindung erzählt hatte. Und daher war er ganz allein in der Lage zu handeln – im allergrößten Maßstab.

Marin schlief unruhig, und seine Träume waren undeutlich, wenn auch zielbewußt. Er schien von geheimen Plänen durchdrungen, die nicht die seinen waren.

Fünf

Marin erwachte davon, daß sein gesamter Körper prickelte. Es war ein unvermitteltes, so seltsames Gefühl, daß er sich sehr still verhielt und innerlich vor Unruhe zitterte.

Es wurde ihm deutlich bewußt, wie dunkel es war, und eine uralte, vorzeitliche Furcht vor der Nacht überkam seinen Körper. Er horchte verzweifelt auf einen Laut. Es schien ihm, als hätte nur ein ungewöhnliches Geräusch ihn in einen derartigen Zustand angespannter Aufmerksamkeit versetzen können. Das prickelnde Gefühl in seiner Haut wurde stärker, statt zu verschwinden; es war kein angenehmes Gefühl.

Erstaunlicherweise hatte er dann eine so starke Todesahnung, daß die Angst in ihm eiskalt seine Wirbelsäule entlangfloß. Mit entsetzter Anstrengung zwang er seinen Hals, sich aufzurichten, und er hob den Kopf und spähte zur Tür.

Und dann fühlte er sich bestürzt.

Irgendwelche leuchtenden Linien erstreckten sich durch die Tür des Schlafzimmers die Hälfte des Weges zu seinem Bett. Während er starr und ungläubig zusah, peitschten die vorderen Enden hoch und kamen bis auf Zentimeter an sein Bett heran. Sämtliche Linien, und es gab eine ganze Reihe von ihnen – wellten sich und glitzerten, als diese Bewegung erfolgte.

Marin schlüpfte aus dem Bett. Es war eine Seitwärtswendung, eine rollende Bewegung, so rasch ausgeführt, daß er auf dem Boden war, bevor er erkannte, daß er bis auf ein leises Rascheln der Laken ohne ein Geräusch herausgeschlüpft war.

Ihm blieb Zeit für einen kurzen Blick auf das andere Bett. Der sanfte Laut von Atmen ging davon aus. Eindeutig hatte Riva nicht bemerkt, was vor sich ging.

Der Gedanke an sie trat in seinen Gedanken in den Hintergrund, denn in diesem Augenblick schossen die schimmernden Linien in sein Blickfeld, als seien sie geworfen worden, und fielen über sein Bett. Eins der Enden schien beinahe sein Gesicht zu streifen, als es vorbeipeitschte. Es fiel jedoch herunter und baumelte wie ein Seil gegen das Laken.

Es war das Automatencharakteristikum, das Marins Rückzug beendete. Er richtete sich zitternd auf, trat mehrere Schritte zurück, und dann verstand er in einem einzigen sprunghaften Begreifen, was hier passierte.

Es handelte sich um eine mechanische Vorrichtung. Seltsam, sogar unglaublich – aber eine Maschine, keine Lebensform. Nachdem das Überraschungsmoment vorbei war, bestand die Gefahr für ihn ausschließlich in seiner Rätselhaftigkeit – und in dem, der es bediente.

Er griff nach hinten zum Kleiderständer, wo seine Jacke hing, und nahm sie herunter, langsam, vorsichtig. Aus der rechten Tasche zog er seine Gaspistole. Im Dunkeln ließ er die Jacke zu Boden sinken. Dann bewegte er sich, die Pistole umklammernd, um das Bett herum. Er fühlte sich frei von Furcht, aber die Vorsicht regierte immer noch in ihm.

Er erreichte die Tür, und das rief in seiner Vorsicht die Krise hervor. Weitergehen oder Nachsehen? Über die Linien steigen oder – was?

Er sah nach. Er spähte vorsichtig um die Türfüllung herum. Als er sah, woher das Leuchten kam, seufzte er und dachte: Ja, natürlich!

Die Strahlung ergoß sich aus einem der Anschlüsse der Uhr. Marin stellte eine Berechnung an, dann sprang er durch die Tür, über die Linien hinweg. Er ging eilig zur Uhr hinüber und suchte schnell nach einer elektrischen Verbindung, die sich ausschalten ließ.

Er fand einen Schalter, der auf *An* stand, und drückte ihn auf *Aus*. Die Linien, soweit er sie bis zur Schlafzimmertür sehen konnte, verschwanden sofort. Das erleuchtete Zifferblatt der Uhr verdunkelte sich. Er drückte wieder den Schalter – *An.* Das Zifferblatt erhellte sich, aber von den silberglänzenden Linien war nichts zu sehen.

Marin ging zur Schlafzimmertür. Ein rascher Blick hindurch bestätigte, daß die langen Lichtstreifen auch dort verschwunden waren und die phantastische Episode fürs erste vorbei war.

Sanft zog er die Tür zu, wartete viele Sekunden lang still, um sicherzugehen, daß Riva nicht aufgewacht war, und dann schaltete er die Lichter des großen Wohnraums ein.

Eins verblüffte ihn. Der Angriff, wenn es einer gewesen war, hatte sich gegen ihn gerichtet – oder vielmehr gegen Wade Trask.

Hier verhielten Marins Gedanken. Es gab noch eine Möglichkeit: *durch* Trask, nicht *gegen* Trask.

Nachdenklich, mit diesem Gedanken im Kopf, stand er da und sah sich im Zimmer um. Er erinnerte sich an den Gedanken, der ihm gekommen war, als er zum ersten Mal die Wohnung betreten hatte – den an das geheime Laboratorium. Seltsamerweise hatte er *da* mit beiläufiger Sicherheit gewußt, wie man hineingelangen konnte. Jetzt war es nur eine vage Erinnerung – etwas, das mit der Uhr zu tun hatte.

Er öffnete fünf Minuten später die Geheimtür und befand sich, als er eintrat, in einem langen, schmalen Raum. Er war hell erleuchtet. Er fragte sich, ob das Öffnen der Tür durch ihn automatisch die Beleuchtung eingeschaltet hatte. Sein Blick glitt rasch über das Gerätegewirr eines Elektronikingenieurs – Motoren, Metallschalttafeln mit Nummernscheiben, Meßgeräten und Schaltern. Es gab eine Reihe großer Instrumente, die von der Decke herabhingen, und eine ganze Wand glich dem Schaltbrett einer automatischen Telefonvermittlung. In einer Ecke waren mehrere Kisten, und auf dem Boden am Ende des Tischs ...

Marin packte seine Pistole und erstarrte.

Langsam gestattete er seinen verkrampften Fingern, sich vom metallenen Griff der Waffe zu lockern. Er bewegte sich vorsichtig vorwärts und kniete neben dem erschlafften Körper eines Mannes nieder, der dort mit dem Gesicht nach unten dalag. Es handelte sich um eine vertraut aussehende Gestalt; und sogar dann, als er feststellte, daß sie noch atmete; sogar als er sich bückte und sie in der Enge mühsam umdrehte, wurde das Gefühl des Wiedererkennens stärker.

Das Gefühl war kurz darauf immer noch vorhanden, als er auf das nach oben gewandte Gesicht hinabblickte. Es war ihm sehr vertraut, aber einige Sekunden darauf verzweifelte er. Er hatte keine Ahnung, wer es war.

Er stand auf und sah sich nach einer Schnur um. Er fand dünnen Elektrodraht in einer Schublade des Tischs. Geschickt, flink fesselte er die Hände und Füße des Mannes, so, daß die Blutzirkulation nicht unterbrochen wurde.

Müßte gegen Morgen wach sein, dachte er. Dann kann er seine Erklärungen abgeben.

Der Mann sah aus, als sei mit einer Gaspistole auf ihn geschossen worden. Da eine komplizierte Ausrüstung nötig war, um festzustellen, mit welcher Art Gas, war es besser, es nicht mit Gegenmitteln zu versuchen, sondern einfach das natürliche Erwachen eintreten zu lassen.

Bald darauf verließ Marin das Laboratorium, zog sorgfältig die Uhr wieder an Ort und Stelle und überlegte dann, wie sein nächster Schritt aussehen sollte.

Schlafen, natürlich.

Er kehrte ins Schlafzimmer zurück und schloß diesmal die Tür. Obwohl er eigentlich bezweifelte, daß sich das, was geschehen war, nun noch einmal wiederholen würde.

Ein Spion Trasks war in die Wohnung gekommen, und irgendwie hatte sich das, was er zu tun versucht hatte, gegen ihn selbst gewendet. Die Tatsache, daß Trask überhaupt unter solch merkwürdigen Umständen einen Spion geschickt hatte, bedurfte einer Erklärung – am Morgen.

Im Dunkeln kletterte Marin zurück ins Bett. Er fühlte sich jetzt müde, und in seinem Magen war ein angespanntes Gefühl. Ich bin dabei, etwas zu übersehen, dachte er besorgt.

Was konnte es nur sein?

Er schlief etwa eine Stunde darüber. Und wachte auf und dachte: ja, natürlich. Ich habe Trasks Brille nicht benutzt, als ich vorhin aus dem Bett gesprungen bin; und doch konnte ich ausgezeichnet sehen.

Er hätte wissen müssen, daß das passieren würde. Die Streitkräfte mit ihren komplizierten Tarnmethoden ihrer Agenten hatten entdeckt, daß sich Veränderungen der Wahrnehmung mit verschiedenen Manipulationen herbeiführen ließen.

Seine Lebenskraft hatte zusammen mit seinen Einstellungen

seit mehreren Stunden die Kontrolle über Trasks Körper. Er mußte wohl bereits den gesamten Körper»tonus« verändert haben, trotz seiner Niedergeschlagenheit.

Er dachte lange hierüber nach, und dann kam die Besorgnis wieder. Denn das Sehvermögen war es nicht, was ihn beunruhigte. Es war etwas anderes.

Was? . . .

Er schlief. Und wachte auf. Und dachte: Mein Gott, der Mann ist . . .

David Marin!

Sechs

Das Telefon läutete.

Eine nach der anderen fielen die angespannten Überlegungen von Marin ab. Einen Augenblick später waren sie fort, und er öffnete die Augen.

Es war heller Tag, was ihn überraschte. Er hatte unter dem Eindruck gestanden, daß er die Nacht damit verbracht hatte, sich eine ganze Reihe von Dingen auszudenken, die er tun mußte. Da gab es den Körper von . . . ihm selber . . . im geheimen Laboratorium. Da gab es die Tatsache, daß er um 2.00 Uhr nachmittages nach Asien fliegen mußte. Da gab es sein Gefühl, daß er es sich in seiner Eigenschaft als Gruppenmeister nicht leisten konnte, irgendwelchen Aktivitäten Zeit zu widmen. In diesem Zusammenhang hatte er ausführlich nachgedacht, wie die beste Möglichkeit aussah, dies zu vermeiden. Und es gab das Gehirn; dem mußte er nachgehen. Alles, was zum Gegenstand so vieler ängstlicher Aktivitäten des Großen Richters geworden war, mochte sich als nützlich erweisen. Delindy, der Krieg in Asien und Trasks Erfindung hatten gleichermaßen – so schien es ihm jedenfalls – seine Aufmerksamkeit erregt. Doch offenbar hatte er geschlafen, nicht nachgedacht. Wenigstens nicht bewußt nachgedacht. Er lächelte kläglich und griff nach dem Telefon. Und dann zögerte er wieder.

Angenommen, es handelte sich um jemanden, den er nicht kannte, der frühere Bekanntschaft für selbstverständlich hielt.

Das Telefon läutete wieder, während er sich wappnete, so einer Situation zu begegnen. Dann nahm er den Hörer auf.

Die Stimme eines Mannes sage: »Ralph Scudder, Mr. Trask.«

Marin unterdrückte einen Ausruf des Wiedererkennens. Er wußte von diesem Mann – oder vielmehr Pripp. Ralph Scudder, Pripp-Anführer – und das hieß Bandenführer. Von Scudder wußte man, daß er der Kopf der Vergnügungen GmbH war, einer halböffentlichen Pripp-Organisation, die das Glücksspiel und die Prostitution – von Prippfrauen – kontrollierte und in unzählige geringfügige Verbrechen verwickelt war. Man nahm unter den Offizieren der Kontrolle an, daß die Organisation durch den Großen Richter geschützt wurde.

Marin atmete langsam und tief durch. »Ja?« sagte er.

»Ich habe eine Zusammenkunft darüber einberufen, wovon Sie und ich gesprochen haben – 10.00 Uhr heute abend.«

Marin hatte ein Gefühl innerer Verkrampfung. »Wo?« fragte er.

»Rufen Sie ›Vergnügungen‹ an, bevor Sie kommen. Die werden Ihnen den Weg sagen.«

»Ich werde dort sein«, sagte Marin.

Er hängte auf, ohne darauf zu warten, ob Scudder noch etwas zu sagen haben mochte.

Er fühlte sich erleichtert. Er war bei seinem ersten Kontakt als Trask leicht davongekommen. Wenn das Trask war, dort im Laboratorium, dann konnte er von ihm erfahren, was die zwei – der Wissenschaftler und der Pripp – besprochen hatten.

Als seine Gedanken diesen Punkt erreicht hatten, fiel sein Blick auf das benachbarte Bett. Es war ordentlich gemacht und leer. Marin betrachtete es gleichgültig und zuckte schließlich die Achseln. Er hatte weder das Recht, noch den Wunsch, Riva Allens Handlungen zu kontrollieren. Aber es war seltsam und ziemlich unnötig, daß sie so leise fortgegangen war. Gegenwärtig fühlte er sich auch hierüber irritiert. Dann – aus heiterem Himmel – kamen ihm erotische Bedürfnisse, ein beinahe atavistisches Begehren, das in seinen Zellen aufflackerte und Befriedigung verlangte.

Die Flamme seiner Begierde wurde schwächer. Er wurde sich immer stärker bewußt, wie sehr er sich seit dem vergangenen Abend verändert hatte. Das heftige Gefühl des Verlustes hatte ihn verlassen, beinahe so, als habe ein Gewicht sich – ein wenig – gehoben. Er konnte nicht nur eine, sondern mehrere Lösungen seines Problems erkennen.

Den Großen Richter warnen, wenn nötig. Seltsamerweise könnte das eine Lösung sein, einfach, geradlinig. Aber zunächst gab es ein paar Dinge, die herausgefunden werden mußten. Zum Beispiel tat er gut daran zu warten, bis der Körper im Laboratorium das Bewußtsein wiedererlangte. Vielleicht war es gar nicht Trask.

Er lehnte sich zurück, ehrlich erschrocken über diese Möglichkeit. Was für eine phantastische Entdeckung Trask gemacht hatte. In einem einzigen umfassenden Geniestreich hatte er das Gleichgewicht der Macht gestört. Alle Kriegsmaschinen der Streitkräfte, alle Tricks eines Edmund Slater waren durch eine rein mechanische Methode der Identitätsveränderung von Körpern umgangen worden. Wie irgendein Dämon der Vorzeit konnte der Mann, der so eine Vorrichtung in Händen hielt, Menschen »besessen« machen und ihre *Stelle einnehmen,* einen nach dem anderen.

Und da die Menschen die Gefahr nicht ohne weiteres begreifen würden, konnte ein entschlossener Trask ganz an der Spitze der Machthaber einer weltweiten Regierung zuschlagen – wenn eines nicht dagegenspräche.

Dort lag er in seinem eigenen Laboratorium, ein Gefangener, Opfer irgendeines geringfügigen Mißgeschicks, vermutlich inzwischen wach, und dachte über das Ausmaß der Katastrophe nach.

Marin fühlte sich erschöpft. Doch der Gedanke, mit Trask zu sprechen, war Motivation genug, sich auf den Weg ins Laboratorium zu machen.

... Sein Körper lag da, schlaff, atmend, bewußtlos.

Sieben

Er kehrte ins Bett zurück und schlief.

Und erwachte vom Geräusch der sich öffnenden Schlafzimmertür. Riva Allen kam herein. Sie war vollständig angezogen und trug zwei Koffer, was, auf einer Ebene der Logik, sogleich ihre Abwesenheit erklärte. Sie wirkte sehr elegant und gutaussehend in einem bläulichen Kostüm, und sehr zerknirscht, wie sie den Kopf schüttelte und sagte: »Oh, ich habe dich geweckt.«

Marin sagte: »Das macht nichts. Es ist Zeit.«

Er warf einen Blick auf seine Uhr und seufzte. Zwanzig vor neun. Es war wirklich Zeit für ihn aufzustehen. Als er sich auf die Bettkante schwang, ging Riva an ihm vorbei und stellte die Gepäckstücke ab. Sie sagte unnötigerweise: »Ich habe meine Sachen geholt.«

Marin stellte sich im Geiste vor, wie sie ihre Habseligkeiten vom Luftbahnhof geholt hatte, verzog das Gesicht und murmelte: »Gut. Mach es dir bequem.«

Das Mädchen betrachtete ihn mit einem verärgerten Lächeln. Sie sagte: »Es hat wirklich sehr wenig Sinn, daß ich dableibe, wenn du aus meiner Anwesenheit keinen größeren Nutzen ziehst, als du es gestern abend getan hast.«

Ihre offensichtliche Beunruhigung versetzte Marin wieder in gehobene Stimmung. »Ich war apathisch«, sagte er. »Es wird nicht wieder vorkommen.« Er stand auf und tätschelte ihre Wange. Sie fing seine Hand ab und glitt mit einer sinnlichen Bewegung ihres Körpers auf ihn zu. Er hielt sie kurze Zeit fest und murmelte dann etwas von Ausgehen. Und als sie sich immer noch an ihm festhielt, sagte er: »Heute abend!« und machte sich los.

Im Badezimmer schmiedete er Pläne für den Tag.

Ich werde mich als Marin verkleiden, dachte er. Dann hielt er inne, schockiert, festzustellen, wie beiläufig er daran gedacht hatte. Nicht, daß es schwierig sein würde. Die Streitkräfte hatten die Kunst der Verkleidung zu solcher Perfektion entwickelt, daß, zwei Individuen angenommen, die sich körperlich nicht allzu sehr unterschieden, echte Verdoppelung möglich war.

Marin lächelte dem Spiegel mit seinem schmalen Traskgesicht zu. Er war mit Bestimmtheit der einzige Mensch, der es als leicht empfinden würde, die Rolle von David Marin, Gruppenmeister, mit Perfektion zu spielen. Aber das würde nur der Anfang sein.

Er war ein Mann, der viel zu tun hatte, und er war sich bisher nicht sicher, wie er es tun sollte. Seine erste Aufgabe bestand natürlich darin, seine unmittelbaren militärischen Aufgaben zu erfüllen. Aber er konnte bis heute abend von seiner ersten Reise nach Jorgia zurück sein. Wenn in zwei Tagen die Schlacht begann, würde es schwieriger werden wegzukommen.

Dessenungeachtet mochte es, falls alles nach Plan lief, zu vermeiden sein, das Unglaubliche zu erklären, das geschehen war.

Seine Aufgabe: irgendwie Trask und Marin wieder in den ihnen geziemenden Zustand zu versetzen. War er dann wieder ganz er selbst, würde er die Lage vollständig unter Kontrolle haben, würde fähig sein, die Erfindung realistisch einzuschätzen und mit allen Problemen fertig zu werden. Später konnte er jede Handlung rechtfertigen, die er jetzt unternehmen mochte.

Vollständig angezogen begab Marin sich hinauf aufs Dach. Er empfand zutiefst Erleichterung und Befriedigung, als er sah, daß sein eigener Kurzstreckenjet im Besuchersektor geparkt war. Seine Gegenwart war eine Art zusätzlicher Bestätigung, daß es sich dort im Laboratorium wirklich um Trask handelte. In ein paar Minuten würde er, mit der Ausrüstung, die er an Bord hatte, auf dem Weg zur Erfüllung seiner unmittelbaren Absichten sein.

Er eilte ins Innere der Maschine und stieg rasch zum Luftkorridor für Privatflugzeuge auf – und stellte die Kontrollen auf Automatik.

Acht

Die Ausstattung des Kurzstreckenjets zur Schaffung von Verkleidungen gehörte zur Standardausrüstung der Streitkräfte. Dennoch dauerte es einige Zeit. Der erste Teil der Aufgabe bestand darin, eine Reihe einfacher elektronischer Schaltkreise auf die Muskulatur des Gesichts, des Kopfes und des Halses »aufzudrucken«, direkt unter der Haut. Das geschah mittels eines Hochgeschwindigkeitsgeräts nach Art einer Gaspistole, das ein besonderes Gas durch eine Matrize projizierte und damit nach einem Muster und mit solcher Geschwindigkeit, daß die Haut nicht verletzt wurde.

Marin wartete, bis das Gas seine flexible, aber zähe Flußform angenommen hatte. Dann schaltete er die Energiezufuhr am Kontrollgerät ein und begann die Wählschalter zu bedienen, einen für jeden Stromkreis. Jedes Mal, wenn er einen Knopf drehte, spannten oder entspannten sich eine Anzahl Muskeln. Die betroffenen Muskeln waren der Schlüssel zur Gesichtsform.

Nach seinem Erlebnis in der vergangenen Nacht vertraute Marin nicht auf seine Erinnerung an sein eigenes Aussehen. Er benutzte als Modell das Photo von sich hinter der versiegelten, transparenten Identifikationsplakette am Kontrollpult des Kurzstreckenjets. Während er die Instrumente betätigte, änderte sich zunächst der Ausdruck und dann das Aussehen von Trasks Gesicht.

Kurz darauf hatte er die bestmögliche Ähnlichkeit mit David Marin, die er erreichen konnte. Zufrieden legte er einen Hauptschalter um und stellte eine »Fixierung« her.

Das nächste Stadium war eine Verfeinerung der vorangegangenen. Er »druckte« Schaltkreise auf bestimmte Sprechmuskeln und regulierte vorsichtig ihre Spannung, bis sich die Stimme Wade Trasks wie eine Bandaufnahme von David Marins Stimme auf dem Anrufbeantworter des Flugzeugs anhörte.

Er probierte einen nach dem anderen mehrere seiner Anzüge aus dem Kleiderspind des Kurzstreckenjets an. Zwei, ein dunkler, ein heller, paßten einigermaßen gut, während die anderen um Brust und Schultern zu weit waren.

Marin wählte den helleren der beiden; und auch das geschah aus langjähriger Erfahrung. Denn jede Buntheit oder Farbintensität lenkten die Aufmerksamkeit vom Individuum ab, während es den Anschein hatte, als unterstrichen sie seine Persönlichkeit.

Wenige Minuten später landete er auf dem Dach des Gruppenmeistergebäudes – und hatte unwiderruflich entschieden ... sich selbst darzustellen.

Neun

Er fand den Befehlshaber der Kontrolle in einem großen Büro, das bis auf einen großen Stahlschreibtisch und mehrere Stühle bar jeder Einrichtung war. Die Wände des Büros bestanden aus Beton, genau wie der Fußboden; und es gab keine Geräte – was Marin amüsiert das Gesicht verziehen ließ, da er wußte, in welchem Ausmaß sich dieser hagere, rastlose, entschlossene Mann bei seiner mörderischen Tätigkeit der Mechanisierung bediente. Die Abwesenheit jeglicher elektronischer Geräte spiegelte in perverser Weise die ungeheure Hochachtung des anderen dafür wider, wozu solche Dinge zu gebrauchen waren. Es war nach einem Blick auf sein Büro offensichtlich, daß Edmund Slater, oberster Spion eines rücksichtslosen Diktators, nicht die Absicht hatte, sich in seinem eigenen Allerheiligsten bespitzeln zu lassen.

Slater war dabei, auf und ab zu gehen, als Marin hereinkam. Er blieb am anderen Ende des Büros stehen, blickte sich um und lächelte stirnrunzelnd.

»David, das war unklug, was du gestern auf der Ratssitzung getan hast. Wir haben es mit einem Herrn zu tun, der nach harten und doch schrecklich vernünftigen Regeln spielt. Selbst ich bin nicht unersetzlich.«

Marin sagte: »Ich nehme an, wir sprechen über die Affäre Trask. Ich habe nicht bemerkt, daß ich in eine Bärenfalle tappe!«

Slater schüttelte den Kopf. Sein Blick wurde kurze Zeit starr, und seine Augen bekamen eine grünliche Färbung. Er sagte: »Es ist mehr an der Affäre dran als deine Unwissenheit bezüglich der Gefahr. Es war eine emotionelle Verteidigungsrede, die du gehalten hast. Es lag ein Ton in deiner Stimme, den zu hören ich nie erwartet hätte. Nur ein Anflug von Trauer, David; und ich muß gestehen, daß ich das auch jetzt noch nicht verstehe.«

Er hielt inne, und er rührte sich immer noch nicht; es hatte den Anschein, als warte er auf ein Stichwort von Marin, das ihm verstehen helfen würde. Marin musterte den Mann, und nun runzelte er selber die Stirn. Hier wurde Druck ausgeübt, und offenbar konnte er nicht wahrheitsgemäß antworten; also war jeder Moment verschwendet, der diesem Gesprächsthema gewidmet wurde.

Marin sagte ruhig: »Ed, ich wünschte, du würdest aufhören, deine eigenen Ängste zu dramatisieren. Du solltest wissen, daß ich in keinem meiner Gedanken die Möglichkeit in Betracht ziehen kann, daß man mich niederer Motive bei meinen Taten verdächtigen wird. Sollte die Angst, die du mir einzuflößen versuchst, mich auch nur berühren, dann tätest du gut daran, sofort mit Nachforschungen zu beginnen. Also, was geht dir wirklich durch den Kopf? Ich habe auch was zu besprechen.«

Der schlanke, finstere kleine Mann zögerte merklich. Dann lachte er, nicht unfreundlich, und sagte: »Wie du weißt, bittet diese Abteilung gelegentlich um deine Hilfe bei der Schulung von Personal für die Verbindungsarbeit mit dir.«

Marin sagte: »Das Arrangement ist zufriedenstellend, wie ich hoffe?« Er wartete. Slater hatte offenbar aus einem bestimmten Grund dieses Thema angeschnitten, denn es wurde seit langem auf tieferer als Gruppenmeisterebene abgehandelt.

»Ich habe da einen jungen Burschen«, erklärte Slater mit einem schwachen Lächeln, »den du heute nachmittag mitnehmen sollst. Es handelt sich um seine erste Begegnung mit dem Krieg, und wie du sehen wirst, hat er eine Ausbildung nötig.«

Marin schüttelte den Kopf. »Damit kann ich mich heute nicht belasten. Mein Zeitplan ist allzu straff.«

Slater lächelte wieder. »Der Große Richter und ich«, sagte er, »sind an diesem Jungen besonders interessiert. Wenn du ihn siehst, solltest du ihn dir genau anschauen und dich fragen, ob er dich an jemanden erinnert, den du kennst.«

Marin seufzte und rechnete im Geiste nach, wann die ersten Paarungsspiele stattgefunden hatten. Das war damals gleich nach dem Krieg – vor zwanzig Jahren! Dies konnte eines der Kinder des Großen Richters sein, als Resultat der Paarungsspiele in jenen frühen Jahren. Der Richter hatte die ersten paar Male teilgenommen, bis die Zahl der Frauen, die ihm ihre Gunst anboten, so groß wurde, daß es zur Angelegenheit des öffentlichen Interesses wurde, sich davon zurückzuziehen.

Marin hatte keine andere Wahl, als seine Weigerung zurückzunehmen. Er sagte: »Sorg dafür, daß er sich um zwei Uhr am Raketenstartplatz einfindet.«

Slater nickte zustimmend. Dann: »Nun – was hast du auf dem Herzen?«

Es entstand eine lange Pause.

Kurz darauf stand Marin auf und ging zum Fenster hinüber. Es würde schwerer auszusprechen sein, als er erwartet hatte. Was er wollte, war so wichtig, daß er sich keinen Fehler bei seiner Formulierung leisten durfte. Das Gespräch hatte sich bereits als gefährlicher erwiesen, als er erwartet hatte.

Es war nur natürlich, daß sein Blick, während er dastand und hinausschaute, auf ein Bauwerk fiel, das wie ein Penthouse auf dem mächtigen Gruppenmeistergebäude ruhte. Dort war es, wo Trask sich in sechs Tagen zur Hinrichtung zu melden hatte. Der Hauptteil des Gebäudeauswuchses war niedrig gebaut und häßlich in seiner quadratischen Wuchtigkeit. Vergitterte Fenster verliehen ihm den üblichen öden, niederdrückenden Eindruck eines

Gefängnisses. Zu beiden Seiten ragten Zwillingsrohre aus Metall und Beton steil fast hundert Meter hoch. Hier befanden sich die Dämpfungskammern der Konverter, wo Schritt für Schritt die Radioaktivität der Nebenprodukte entweder umgeleitet oder unterdrückt wurde, oder wo – wenn sonst nichts nützte – die verseuchten Abfälle automatisch in sichere Behälter verpackt und zu fernen Vergrabungsplätzen befördert wurden.

Von dort, wo er stand, konnte Marin weder das Kraftwerk selbst sehen, noch die Kraftübertragungsantenne. Das erstere war ein Anbau des »Penthouse«, und die letztere befand sich an einem erhöhten Gebäudeteil, den er von diesem Fenster aus nicht sehen konnte. Aber er wußte, daß irgendwo im ausgehöhlten Untergeschoß dieses Gebäudes das Relais lag, welches – wenn es aktiviert war – eine brennende Empfindung in den Schultern von Trasks Körper bewirken und ihn durch den Schmerz, den es hervorrief, unausweichlich ins Verderben lokken konnte. Marin spürte, wie er sich verkrampfte, und fragte sich, wie viele Männer wohl daran gedacht hatten, wie sie in diese Festung eindringen und ihre eigene Registrierung auslöschen könnten. Er hatte nie gehört, daß es einem gelungen war. Diese Erkenntnis trieb ihn nun zur Eile. Er wandte sich vom Fenster ab und sagte: »Ed, ich möchte Informationen zu einem Thema, das sogar im Rat der Gruppenmeister tabu gewesen ist.«

Slater, der sich halb abgewandt hatte, sah sich um und blickte aus zusammengekniffenen Augen zu ihm auf. »Was für ein Thema ist das?«

»Das Gehirn.«

Es entstand eine lange Pause, und es kam Marin so vor, als würde der kleinere Mann tatsächlich die Farbe wechseln. Er schien ein wenig zu schrumpfen. »David«, sagte er schließlich, »sollte ich den Großen Richter davon in Kenntnis setzen, daß du diesen Namen erwähnt hast, würde er wirklich anfangen, sich deinetwegen Sorgen zu machen.«

Marin wartete, da er nicht zu sprechen wagte.

Edmund Slater fuhr mit gesenkter Stimme fort. »Ich habe die Leitung der unermüdlichen Suche nach dem Gehirn. Meine Agenten sind Männer, die wissen, daß es den Tod bedeutet, wenn sie jemandem auch nur mitteilen, daß eine solche Suche überhaupt im Gang ist. Ich schlage vor, du vergißt, daß diese Unterhaltung je stattgefunden hat.«

Marin unterschätzte nicht ein Wort dieser Warnung. Aber er zögerte nicht. Er sagte: »Ich möchte dir folgenden Gedanken unterbreiten. Wenn das Gehirn immer noch existiert, dann *weißt* du, wo es ist.«

Der lebhafte Verstand des schlanken, drahtigen Mannes vor ihm schien sofort sämtliche Nuancen der Bedeutung dieser Worte zu erfassen. »So viele Daten«, sagte er, und er sprach wie ein Mann, welcher laut denkt. »Zehntausende von Hinweisen – so viel Bruchstücke, die zusammengesetzt werden müssen; vielleicht erfordert es einen neuen, scharfen Verstand, der sich all diese Bilder ansieht.« Seine Augen verloren ihren verträumten Ausdruck und richteten sich auf Marin. Er wirkte sehr angespannt, schien eine innere Erregung zu verbergen. »David« sagte er mit einem Tonfall in der Stimme, der ebenso beherrscht war wie sein Benehmen, »ich glaube, deine Idee ist die größte, die seit einem Jahrzehnt in diese Suche eingebracht wurde. Ich würde mich gern näher mit dir unterhalten, bevor ich entscheide, ob ich eigenmächtig weitermachen oder die Sache dem Großen Richter vorlegen soll.«

Marin, der unter Zeitdruck stand, sagte: »Wo wurde das Gehirn zuletzt gesehen?«

»Wir besitzen widersprüchliche Berichte«, sagte Slater. »Die letzte bekannte Version stammt von vor etwa vierundzwanzig Jahren. Ein Landstreicher, der inzwischen gestorben ist, hat dahingehend ausgesagt, daß er eines Morgens gegen 2.00 Uhr ein riesiges Schiff über dem Berg schweben sah, in welchem das Gehirn untergebracht war. Während er zusah, öffneten sich oben die mächtigen verborgenen Stahltüren, und das Schiff ließ eine riesige Röhre hinabsinken, die so konstruiert war, daß das Gehirn im Falle der Gefahren entfernt werden konnte. Offenbar hatte das Schiff seinen Boden herausgerissen, oder es war mit Schiebeluken gebaut, die beinahe sein gesamtes Inneres offenlegen konnten. Was noch wichtiger ist, bei allen Bauarbeiten, die durchgeführt wurden, um das Gehirn gegen Angriffe aus der Luft zu schützen, wurde all das eindeutig berücksichtigt. Stählerne Auswüchse, ins Metall der Gehäusewände gebohrte Löcher und diverse vorstehende Vorrichtungen, mittels derer die gesamte Konstruktion im Innern des Schiffs verschraubt, verschweißt und mit Kehlungen mit Links- und Rechtsgewinde verbunden werden und dadurch in einem Stück transportiert werden konnte – all das war offenbar mit mathematischer Genauigkeit berücksichtigt. Ich brauche dir kaum zu sagen, daß wir versucht haben, jeden Menschen ausfindig zu machen, der mit dem Flug zu tun hatte.«

Marin erinnerte sich an Riva Allens Bemerkung, wonach das Gehirn zu einem anderen Planeten geflogen sei, und erkannte, daß die Schilderung, die ihm geliefert wurde, so wahrheitsgetreu war wie möglich. »Was hast du herausgefunden?« fragte er.

»Hypnose, mentale Fernsteuerung, der ungewöhnliche Einsatz elektronischer Schaltkreise direkt in die Gehirne menschlicher Wesen – wir konnten bei den meisten Leuten, die auch nur indirekt damit zu tun hatten, keine Risiken eingehen. Ich könnte dir sagen, wie viele Leute getötet wurden, aber die Zahlen würden dir nicht gefallen. Sie hören sich in ihrer Gesamtheit unerfreulich an. Aber selbst da haben uns einige leid getan, und wir haben lediglich ein Auge auf sie, beziehungsweise wir behalten sie oder ihre Nachkommen unter Kontrolle.«

Marin dachte an Riva, und nun war das Bild in der Tat deutlich. Ihre Geschichte und diese Schilderung paßten recht gut zusammen. Nur, daß sie nie erfahren würde, wie knapp sie und ihre Mutter dem Tod entgangen waren. Es wäre tatsächlich einfacher gewesen, sie zu liquidieren. Die Zahl der Toten mußte groß sein, um zwei Männer wie den Großen Richter und Slater in ihrer Henkersrolle innehalten und Zugeständnisse machen zu lassen.

»Weißt du, wer der Hauptdrahtzieher hinter der Flucht des Gehirns gewesen ist?« fragte Marin langsam.

»Ja.«

»Wer?«

»Das Gehirn.«

Der kahle Raum schien irgendwie die angemessene Umgebung für diese Worte. Die Wände und der Fußboden aus Beton boten eine schützende Barriere gegen alles Mechanische. Es war beinahe so, als sei hier, in dieser öden Kammer, und hier allein, ein Mann möglicherweise sicher vor der Schläue eines elektronischen Gehirns. Man konnte sich fast vorstellen, wie die Menschheit von solch einem Raum aus ihre letzte Schlacht gegen das Vordringen der Horden lieferte, die von der denkenden Maschine gesteuert wurden.

Für Marin war die Existenz einer derartigen Supermaschine

eine nur schwer faßliche Vorstellung. Er wußte, daß Experten Anschlüsse des Gehirns untersucht hatten; und es bestand kein Zweifel, daß diese Aspekte elektronischer Wissenschaft darstellten, die verlorengegangen und noch nicht wiederentdeckt worden waren. Aber in Slaters Worten lag der versteckte Hinweis auf eine Erscheinung weit jenseits des menschlichen Begriffsvermögens und – ein Gedanke, der noch schwerer zu erfassen war – auf ein Interesse *am* Menschen.

Er stand mit dem Rücken zum Fenster da, runzelte Slater zugewandt die Stirn und sagte: »Was hofft das Gehirn zu erreichen?«

»Die Weltdiktatur. Vollständige Kontrolle der menschlichen Rasse.«

Marin fing an zu lachen, und dann sah er, daß Slater es ernst meinte. Er brach sein Lachen abrupt ab und sagte: »Ich weiß nicht genau, warum mir das komisch vorgekommen ist. Aber ich kann mir nicht recht vorstellen, daß sich eine Maschine um menschliche Wesen sorgen oder kümmern sollte.«

Slater schüttelte den Kopf. »Das, womit wir es zu tun haben, ist kein Ich, sondern ein Zählwerk, kein machtgieriges Ungeheuer, sondern ein feines Meßinstrument, das ein ihm aufgetragenes Problem löst. Wir möchten das Gehirn nicht zerstören – wenn es nach uns geht; wir möchten die Kontrolle darüber zurückgewinnen und das Problem in weniger umfassenden Begriffen neu formulieren. Ja, wir möchten den Krieg loswerden und wir wollen eine friedfertige Welt, die vernünftig funktioniert – aber nicht um den Preis menschlicher Selbstbestimmung. Das Gehirn wurde angewiesen, alles Notwendige zu veranlassen, um eine optimale Lösung für den Krieg zu finden. Offenbar hat es präzise Berechnungen über die Bedeutung von *optimal* angestellt.«

Marins Gedanken kamen sogleich zurück auf seine Frage bezüglich der Propagandaaussage, der Große Richter sei unsterblich. Es war jedoch nicht der geeignete Zeitpunkt, hierüber zu diskutieren. Er erkannte, daß er nicht alle Antworten hier finden würde – nicht jetzt, nicht heute; daher warf er einen Blick auf seine Uhr, sah, daß es an der Zeit zu gehen war, und sagte: »Ed, wir sehen uns noch. Aber das ist eine seltsame Geschichte, die du mir da erzählt hast, und ich kann nicht alles davon glauben. Das Gehirn hat nie ein Komplott geschmiedet, es sei denn auf

Anfrage. Vielleicht kann es eine Situation einschätzen und die Daten zum menschlichen Denken und Handeln liefern. Aber jede Handlung, die es selber vorgenommen hat, müßte mittels Servomechanismen ausgeführt werden, wie kompliziert und wahrnehmungsfähig sie auch sein mögen.«

Slater sagte: »Diese Maschine ist die bedeutendste, die je entwickelt wurde. Sie kann generalisierte Instruktionen entgegennehmen, sich dann selbst die notwendigen, detaillierten Befehle einspeisen und sie mittels Servomechanismen ausführen, die sie ebenfalls erstellt. Natürlich muß es eine breite Basis vorausgehender Konstruktionsarbeiten gegeben haben. Aber ich kann dir versichern, daß hundert Jahre lang die Gehirne von Wissenschaftlern und Ingenieuren der ganzen Welt dazu beigetragen haben, diese Basis herzustellen.«

Marin machte sich auf zur Tür, dann drehte er sich um. Er sagte unvermittelt: »Gibt es irgendwelche Indizien bezüglich des Gehirns, die auf Jorgia hindeuten?«

Slater schüttelte langsam den Kopf. Er schien verwirrt. »Worauf willst du hinaus?«

»Wir stehen am Vorabend der Schlacht«, sagte Marin, »und ich habe plötzlich das Gefühl, daß noch andere Kräfte am Werk sind als die, die sichtbar sind.«

»Du warst bei unseren sämtlichen Debatten darüber anwesend«, sagte Slater.

Marin war sich dessen nicht so sicher, wie er es vor einigen Tagen gewesen wäre. Er runzelte nachdenklich die Stirn. »Nach außen hin sieht der Kriegsschauplatz aus wie die anderen – das muß ich zugeben. Wir könnten uns keine bessere Kulisse wünschen als eine monarchische Regierung, komplett mit erzkonservativen Einstellungen. Daß eine solche Gruppe die Kontrolle über etwas erlangen kann, das zweihundert Jahre lang ein kommunistischer Staat gewesen ist, war sicher eine der eher bizarren Folgen des Krieges.«

Er schüttelte ärgerlich den Kopf und schloß: »Nun ja, wir werden sie stürzen. Leb wohl.« Er ging hinaus und machte die Tür hinter sich zu.

Es war Zeit zum Mittagessen. Zeit, herauszufinden, worauf der Diktator hinauswollte.

Zehn

Aus seinem Kurzstreckenjet blickte Marin auf die Metropole unter ihm. Er sah die Stadt jetzt nicht, wie sie war, sondern wie er sie sich vorstellte: wie sie in den alten Filmen gewesen war, während der großen Kriege, in ihren Todeszuckungen schwelend und dahinsiechend.

Zweimal hatte sich die Phönix-Stadt aus der Asche erhoben, wobei sie das erste Mal die Gestalt einer konventionellen Stadt angenommen hatte, mit Gebäuden, die nach dem Willen jedes Besitzers gestaltet waren und Straßen wie lange Arme, die in die Ferne reichten oder einander in phantastischer Wiederholung kreuzten. Die zweite Wiedergeburt hatte unter der festen, lenkenden Hand des Großen Richters stattgefunden; und daher war die Stadt, auf die Marin hinabblickte, ein Muster aus Plätzen. Jeder hatte seine Parkanlage, doch immer ragte, ungeachtet ihrer Größe, das Rückgrat von Gebäuden hoch um den Rand jedes Platzes auf. Das wurde so begründet, daß eine Atombombe im Innern weniger solcher Plätze abgeriegelt werden könne, wobei ihre große Ausbreitungskraft durch den massiv gebauten, hochragenden Rand der betroffenen Plätze unterdrückt oder abgelenkt würde.

Für Marin hatte die Stadt ein beinahe mittelalterliches Aussehen. Der Effekt wurde durch Schwärme von Kurzstreckenjets und Lufttaxis und anderen großen und kleinen Flugzeugen wieder aufgehoben. Doch sein Training hatte seine Fähigkeit, überflüssiges Material auszuklammern und das Wesentliche zu sehen, geschärft; und so sah er ein Stadtbild, das eine formelle, altmodische Schönheit besaß. Die Quadratur der Plätze war zu starr, aber ihre sehr unterschiedliche Größe sorgte für jene Zufälligkeit, die so notwendig war, um zu erreichen, was an wahrer Kunst zeitlos war. Die unzähligen Parks, ewig grün und reich an sauberen Anpflanzungen, verliehen einen Gesamteindruck graziöser Eleganz. Die Stadt des Großen Richters sah fruchtbar und dauerhaft aus.

Vor ihm veränderte sich die Szenerie, verdüsterte sich, wurde fremdartig. Die Maschine glitt über die riesige, niedrig gebaute, planlose, graue Masse eines Vororts, der dampfte und rauchte und sich gelegentlich in seinen eigenen stinkenden Nebeln verbarg.

Pripp City!

Eigentlich lautete das Wort Pripps: *P*reliminary *R*estriction *I*ndicated *P*ending *P*ermanent *S*egregation (Vorläufig angebrachte Beschränkung vorbehaltlich dauerhafter Trennung). Es handelte sich um eines jener Buchstabenwörter und um einen Alptraum für das Gefühlsleben, wenn einem jede andere Identifikation abgenommen wurde und man eine Karte überreicht bekam, welche die Behörden darauf hinwies, man unterliege der Fürsorge des Prippsorganisation. Die Krise war nun längst vorbei, seit über einem Vierteljahrhundert, aber unten auf jeder Karte gab es eine Zeile Kleingedrucktes. Eine Zeile, die nach wie vor die Identifikation wirksam machte, eine Zeile, die lautete: *Der Träger dieser Karte unterliegt der Todesstrafe, wenn er außerhalb der Sperrzone angetroffen wird.*

Zu Anfang war das notwendig erschienen. Da hatte es eine Krankheit gegeben, ansteckend und tödlich, die man vermutlich allzu bereitwillig und allzu direkt der Strahlung zuschrieb. Die seelischen Effekte des ungeheuren Entsetzens Tausender von Menschen schienen als Ursache nicht in Betracht gezogen worden zu sein. Die Krankheit breitete sich über eine gleichgültige Welt aus und rief gnadenlose Reaktionen hervor: dauerhafte Absonderung, Tod für die, die sie nicht beachteten, und das, was der endgültige Beweis für die Richtigkeit der Maßnahmen zu sein schien: Die Menschen, die die Krankheit überlebten . . . veränderten sich.

Als der Kurzstreckenjet auf dem Platz landete, sah Marin, was in Pripp City ein gewöhnlicher Anblick war: Ein Mann mit dem Kopf eines Tigers – katzenähnliche Augen, katzenähnliche Ohren, sogar der Flaum eines pelzbedeckten Gesichts – ging neben einer Frau her, die deutlich einige der Merkmale eines Fisches trug. Sie waren eindeutig menschliche Wesen, doch eine gräßliche Hand hatte in die genetische Entwicklungslinie eingegriffen und sie gezeichnet. Aus der Evolutionsgeschichte des Menschen waren teilweise Kopien vergangener Lebensformen entstanden.

Ihr Anblick erweckte ein Interesse an ihrem Geheimnis, wie Marin es noch nie empfunden hatte. Dennoch war ihm das Gefühl vertraut, und das brachte ihn zum ersten Mal seit vielen Minuten darauf: Trask würde sich natürlich für all das interessiert haben. Wade Trask, Arzt, Elektronikingenieur, Autorität auf dem Gebiet der Pripps.

Marin stellte seine Maschine ab und begab sich zu einem besonderen Lufttaxi. Es trug ein Schild: »Besetzt.« Aber für die, die Bescheid wußten, handelte es sich um einen geheimen Luftfährdienst zum Hofe des Richters. Es war der einzige Luftdienst, der am Hofe landen durfte.

Der Spezialagent am Steuer war wie ein Lufttaxifahrer gekleidet, und die beiden Männer kannten einander gut. Dennoch mußte Marin die Parole des Tages nennen und den Grund für seinen Besuch. Der Beamte rief gewichtig die Luftkontrolle bei Hofe an und überprüfte die Daten.

Dann und erst dann flogen sie ab.

Elf

Das Lufttaxi drang tief in die dunstige, rauchige Industrie- und Slumwelt ein, die Pripp City hieß.

Sofort schwebte weißschimmernd und mit sämtlichen Linien auf hohe Geschwindigkeit hinweisend ein Kontrollschiff über ihnen. Der Sender schepperte: »Identifizieren Sie sich.«

Nachdem dies erledigt war, flog das Lufttaxi weiter. Und obwohl weitere Kontrollflugzeuge über und unter ihnen vorbeihuschten, waren sie offenbar avisiert, denn keins davon hinterfragte sein Recht, sich in dieser verbotenen Zone aufzuhalten.

Bald sah Marin nahe vor ihnen ein grünes, parkähnliches Gelände. Hier und dort waren zwischen den Bäumen kleine Gebäude zu sehen. An der Rückseite des Parks gab es einen freien Platz. Darauf deutete ein Pfeil zu einem Schild, auf dem in Großbuchstaben HIER LANDEN stand. Marins Fahrer landete seine Maschine auf einer Betonpiste und ließ sie unter einer Baumreihe ausrollen. Marin stieg schweigend aus. Es war kaum zu glauben, daß er sich beinahe im Herzen von Pripp City befand. Eine sanfte Brise berührte seine Wangen, und er konnte ihr schwaches Rauschen im Laub hören. Der Friede dieser ländlichen Szenerie hier auf dem parkähnlichen Besitz wies auf eine gewisse Einfachheit im Lebensstil des Großen Richters hin. Vielleicht war die Einfachheit Heuchelei, aber sie vermittelte Marin immer das gute Gefühl, sie sei dazu da, von ihm empfunden zu werden – sogar heute, da er so viele Pläne hatte …

Während er zum Tor in dem geschickt verborgenen Zaun ging, sah er, daß es sich bei den Wachen wie üblich um uniformierte Pripps handelte. Es erinnerte ihn daran, wie häufig sich der Diktator dieser Parias bediente – offiziell und im geheimen. Vermutlich glaubte der Große Richter, selbst ein Abseitsstehender, seine Absichten nur durchsetzen zu können, wenn er sich sämtliche verfügbaren Kräfte nutzbar machte. Marin dachte nicht richtig darüber nach, aber die Nachbildungen früherer Gedanken berührten den Rand seines Bewußtseins, und er akzeptierte automatisch die Anwesenheit der ... Kreaturen. Man sagte, Slater habe versucht, bei seiner Ernennung vor fast einem Jahrzehnt seine eigenen Kontrolleute einzuschleusen, aber seine Argumente hatten offenbar die Haltung des Großen Richters in keiner sichtbaren Weise beeinflußt.

Ein seltsamer Führer – der Pripps gewählt hatte, um sich beschützen zu lassen, Pripps als Diener! Zumindest in diesem Fall schien der Ruf der Pripps, gewalttätig und verräterisch zu sein, sich nicht zu bestätigen. Natürlich bedeutete der Dienst hier einzelnen Pripps die Basis ihres Selbstwertgefühls.

Der Prippoffizier am Tor war auf fischäugige Art ein recht ansprechendes Individuum. Er sagte: »Mein Herr, Miss Delindy Darrel befindet sich am Privatbecken. Sie bittet Sie, einen Augenblick dort bei ihr vorbeizukommen, bevor Sie sich der Essensgesellschaft anschließen.«

Marin nickte, da er nicht zu sprechen wagte. Er ging weiter auf das private Gelände, und er dachte: Hier geht doch etwas vor.

Dies würde ihr erstes Treffen sein, seit ...

Er verzog das Gesicht. Und verdrängte den Gedanken. Und fragte sich: Könnte ich sie wohl überreden, irgendwo anders hinzukommen, um mich zu treffen?

Delindy war aus dem Wasser gekommen und saß allein in der Sonne; sie war klatschnaß und ein recht erfreulicher Anblick. Die Ausstrahlung war da, das Lächeln, die offensichtliche Freude, ihn zu sehen. Sie streckte die Hände aus, und er nahm sie; und sie sah ihn mit ihren lebhaften Augen an, doch als sie sprach, war ein Anflug von Besorgnis in ihrer Stimme. »Ich möchte, daß du mich übermorgen nach Asien mitnimmst. Würdest du es dir überlegen?«

Ihre äußerliche Reaktion auf ihre eigene Bitte war verblüffend. Eine Maske war gefallen. Sie zitterte. Er konnte das Pulsieren rascher Herzschläge an ihrem Hals sehen, das rasche Heben und Senken ihres Busens und das Zittern ihrer Hände. Sie flüsterte: »Bitte überlege es dir. Aber wenn ich nun gefragt werden sollte, warum du gekommen bist, was sage ich dann?«

»Die Kinder«, fragte Marin, »wie geht es –« er zögerte – »unseren Kindern?«

»Hervorragend«, sagte sie, und sie lächelte gezwungen. Das Pulsieren in ihrem Hals hörte auf. Ihr Atem normalisierte sich. Röte schoß in ihre Wangen. Sie lächelte freundlicher, impulsiver. »Ich freue mich, daß du danach gefragt hast, Liebling.« Sie ließ seine Hände los. »Du gehst jetzt besser.«

Marin sagte: »Ich würde mich sehr freuen, wenn du mitkommen könntest.

Er entfernte sich; und nun war er es, der ein wenig zitterte. Sie wollte also am Vorabend des Krieges mit ihm an die jorgische Grenze gehen. Ahnte sie, daß dies der Angriff sein würde?

Er erreichte das Speise»zimmer«, und jetzt konzentrierte sich seine Aufmerksamkeit auf den Großen Richter und auf den Grund für das gemeinsame Essen.

Das Mahl sollte in einem kleinen Gebäude abgehalten werden, das – dem Text zufolge, der in den Stein gemeißelt war, welcher das Dach der Veranda stützte – aus edlem Granitgestein gebaut war, das man überall auf der Welt gesammelt hatte. Kein Steinbruch hatte mehr als ein halbes Dutzend Steine geliefert. Das Gebäude war ein Geschenk eines Landes im alten Europa, das etwa acht Jahre zuvor erobert worden war, an den Großen Richter. Das gesamte parkähnliche Gelände bestand aus solchen kleinen Gebäuden, von denen jedes ein Geschenk war, und jedes den Inbegriff eleganter Inneneinrichtung darstellte, teurer und schöner Materialien, graziöser Architektur. In so einer Atmosphäre, ganz ohne den Glanz großer Bauten, lebte der Große Richter mit seinen Frauen, seinen derzeitigen Vertrauten und seinen Prippdienern.

Als Marin den Speisesaal mit der hohen Decke betrat, sah er, daß in einer Ecke – abseits vom Orchesterpodium – der Tisch für acht gedeckt war. Über ein Dutzend Prippkellner standen in mehreren Gruppen in der Nähe der Küche. Und in der Sitznische hielten sich, Getränke schlürfend, die anderen Gäste auf.

Er erkannte sie allesamt: einen Dramatiker, einen berühmten Musikinterpreten, einen Kartenspieler und drei weitere Männer, die weniger leicht einzuordnen waren. Sie waren vom Typ des fabelhaften Gefährten, Männer mit flinken Zungen, einem Talent zum Geschichtenerzählen und dem unbeschwerten Genie, das mit dem Verständnis bedeutender Probleme ohne das Vorurteil der Sorge um ihre Lösung einhergeht. Für Marin wäre normalerweise der jorgische Feldzug eine Sache des Prestiges gewesen. Für diese Männer, hätten sie davon gewußt, wäre er Tischgespräch.

Man tauschte Grüße aus. Marin ließ sich von dem Dramatiker einen Drink überreichen, parierte eine Reihe von Bemerkungen zu seinem Privatleben und musterte sodann die Männer, die vom Großen Richter aus diesem besonderen Anlaß zur Teilnahme an dieser besonderen Zusammenkunft eingeladen worden waren.

Was ihn an dem Essen interessierte, war, daß es im Grunde genommen nicht nötig war. Die jorgische Affäre konnte nicht besprochen werden. Außerdem konnte der Führer, abgesehen von einer Absage der Invasion, zu dieser späten Stunde nichts sagen, was eine solche Zahl winziger Schachzüge beeinflussen oder stören konnte.

An der Tür nach draußen entstand Bewegung.

Der Mann, der sodann den Saal betrat, hatte nur wenig mit der üblichen Vorstellung gemein, wie ein Diktator zu sein hatte. Dies war ein zorniger Mann. Er war so zornig, daß niemand je auf die Idee kam, sich auf rationeller Ebene mit ihm auseinanderzusetzen. Hier war ein Mann, dem man zustimmte – oder man starb. Marin hatte ihm immer zugestimmt. Das war ein merkwürdiger Kompromiß in seinem Innern, eine Einstellung, von der er immer geglaubt hatte, sie sei von totaler Akzeptanz der Ziele des anderen getragen. Innerhalb dieses Rahmens ähnlicher Ansichten bewegte er sich frei, traf Entscheidungen, handelte – ohne Angst, etwas zu tun, was den rasenden Zorn des großen Mannes wecken würde.

Ivan Prokov, besser bekannt als der Große Richter, war gut gebaut und knapp einsachtzig groß. Er trug ein rosa Seidenhemd, weißseidene Hosen und eine weiße Schalkrawatte um den Hals. Er besaß einen Löwenkopf, eine beeindruckende Erscheinung und eine Anzahl trügerisch unterschiedlicher Persönlichkeiten. Er winkte nun den anderen zu und ging rasch mit ausgestreckter Hand auf Marin zu.

»David«, sagte er herzlich.

Er nahm Marin beim Arm und führte ihn zum Eßtisch. »Du hast nicht viel Zeit«, sagte er. »Also laß uns zu essen anfangen.«

Und das war praktisch die ganze Unterhaltung zwischen dem Großen Richter und ihm – bis auf die Plauderei, die von der Tischgesellschaft ausging.

Marin, der noch harte Arbeit vor sich hatte, beschäftigte sich mit seinem Essen, einer köstlichen Kreation aus Austern, Reis und Gemüse in einer Sauce. Die anderen gingen rasch in einer lebhaften Diskussion zu folgendem Thema auf: Sollte in diesem frühen Stadium eine Untersuchung des Erfolgs beziehungsweise Mißerfolgs der Gruppengesetze und Gruppenpraxis erfolgen? Und wenn ja, wer sollte die Untersuchung durchführen?

Marin fragte sich, wie er feststellte, bald darauf, wer das Streitgespräch begonnen hatte. Und er konnte nicht umhin zu bemerken, daß hier Dinge zur Sprache kamen, welche, sollten sie je einem Gericht vorgelegt werden, automatisch zu Verurteilungen führen mußten. Er konnte sich nicht entsinnen, je soviel aufrührerisches Gerede in Anwesenheit des Großen Richters gehört zu haben.

Plötzlich gab ihm dies den einzigen echten Anhaltspunkt. Er wurde getestet. Nach seiner Verteidigung Trasks im Rat waren im Geist des Diktators Zweifel aufgetaucht.

Marin empfand einen seltsamen Schauder der Besorgnis. Das war eine neue Erfahrung für ihn. Zweimal blickte er während einer Gesprächspause auf und stellte fest, daß der Große Richter ihn beobachtete. Das zweite Mal sagte der Mann: »Welchen Organisationen oder Personen würden Sie so eine Untersuchung anvertrauen, David?«

Es war leicht, dies zu beantworten, nun da er den Test ahnte. Er sagte glattzüngig: »Meine erste Wahl wären Medellin und Slater.«

Der große Mann kicherte. »Das ist eine Wahl, die mir nicht eingefallen wäre«, sagte er freimütig.

Marin sagte: »Wäre es Ihnen recht, wenn ich die Sache in etwa einer Woche dem Rat vorlege und Ihnen dann berichte?«

Der Große Richter runzelte die Stirn. »Kann sein. Aber ich habe wirklich andere, wichtigere Dinge für Sie zu tun. Also halten Sie sich nicht damit auf.«

Er widmete sich seinem Essen, und ein nachdenklicher Ausdruck lag auf seinem Gesicht. Doch er war es, der schließlich auf die Uhr sah und sagte: »Zeit, daß Sie sich auf den Weg machen, David. Viel Glück.«

Und damit war das Mittagessen beendet.

Auf dem Weg zum Militärflughafen rekapitulierte Marin, was vorgefallen war, und es kam ihm abschließend so vor, als sei er dort gewesen, um überprüft zu werden. Der Große Richter war über seine Verteidigung Trasks nicht erbaut, und er hatte sein Benehmen prüfen wollen.

Es war schwer auszumachen, welche Schlüsse der Diktator gezogen hatte; und es hatte – sagte sich Marin – keinen rechten Sinn, darüber nachzudenken. Zumindest im Augenblick war die Meinung des Großen Richters über ihn ein untergeordnetes Problem. Er hatte eine Aufgabe zu erledigen, mußte einerseits Zeit hinter sich bringen, andererseits Zeit sparen.

Zwölf

Marin traf wenige Minuten vor zwei am Raketenstartplatz ein. Das Flugfeld schmiegte sich in ein Tal dreißig Kilometer nördlich der Stadt. Zerfressen und kahl, ein typischer öder Militärstützpunkt, war das Tal auf ganzer Strecke unbewohnt, außer durch Militärpersonal, und es gab keine Häuser oder Bauten, die nicht militärischen Zwecken dienten. Ganz am nördlichen Ende des Gebiets, wo das Land hügelig und zerklüftet wurde, markierten eine Reihe Betonbunker und Pisten die Startzone. Das Raketenflugzeug selber stand im Schutz des überhängenden Dachs eines riesigen Betonbunkers.

Als Marins Kurzstreckenjet landete, schien die Aktivität um das stummelflügelige Raketenflugzeug fieberhafter zu werden. Aus der Luft betrachtet, hatte es beinahe friedlich ausgesehen. Als Marin darauf zuging, gewann er den Eindruck unzähliger kleiner Maschinen, die ziellos herumsausten und leere Anhänger oder volle Anhänger zogen oder gar nichts zogen. Er sah außerdem, daß mehrere Männer in einer Gruppe nahe der steilen Einstiegsrampe standen. Einer der Männer war ein großer junger Mann mit einem Knabengesicht. Zwei waren ältere Männer mit steinernen Gesichtern. Ein weiterer hatte unfreundliche Augen, aber ein lächelndes Gesicht. Dieser war es, der Marin eine Kennmarke zeigte, die ihn als Kontrolloffizier in Zivil auswies, und er war es, der auf den großen jungen Mann zeigte.

»Mr. Marin, das ist der junge Mann, den Mr. Slater Ihnen gegenüber erwähnt hat.« Es erfolgte ein Zischen und Dröhnen und das Geräusch der Stimmen und Bewegungen von Menschen und Maschinen. Und daher blieb die Vorstellung unvollständig. »Mr. Marin, ich möchte Sie mit –« Überhandnehmen der Geräusche – »Burnley bekannt machen.«

Marin schüttelte dem stämmigen jungen Mann, der in jeder Beziehung mehrere Zentimeter größer war als er, die Hand. Er schätzte das Alter des Jungen auf zwanzig oder darunter; und auf den ersten Blick schien er keinerlei Ähnlichkeit mit dem Großen Richter aufzuweisen. Er hatte etwas Vertrautes an sich, aber was es war, hatte er keine Zeit zu erkennen. Die flinken kleinen Traktoren und Zugmaschinen sausten davon. Menschen begaben sich hinab in Schutzräume aus Beton, und die Nachbarschaft des riesigen Raketenflugzeugs begann verlassen auszusehen.

Der Pilot blieb neben Marin stehen. »Wir sind soweit, sobald Sie es auch sind.« Er ging weiter in die Maschine hinein.

Der junge Burnley bekam einen ängstlichen Blick in die sanften braunen Augen. »Ich gehe besser an Bord.«

Er benahm sich beinah unhöflich in seiner Hast, denn er eilte die Rampe empor, als habe er Angst, er könne zurückgelassen werden. Marin folgte gemächlicher und überlegte, was er mit Burnley anfangen sollte. Er war der Meinung, daß der Junge keine echte Fähigkeit zu selbstbestimmtem Handeln besaß. Solche Männer mochten sich unter Einwirkung von Angst bewähren, aber sie durften nicht selber kommandieren. Die Erkenntnis gefiel ihm nicht. Der Große Richter würde traurig sein.

Marin ließ sich auf einem Sitz neben dem jungen Mann nieder und schnallte sich pflichtbewußt an. Der Pilot hatte offenbar nur darauf gewartet, bis er an Bord war, denn die Türen ächzten zu, die Sitze neigten sich geräuschlos, und es entstand das gedämpfte Donnern von Raketen und der Druck ultraschneller Bewegung. Der Druck hielt viele Minuten lang an, während das Projektil schräg zum Himmel aufstieg. Die Raketen verstummten abrupt, und die Maschine folgte ihrem gekrümmten Kurs am äußeren Rand der Erdatmosphäre entlang. Kurz darauf begann es zu sinken, und Marin wandte sich seinem Begleiter zu. Der junge Burnley hatte die Augen geschlossen und hatte sich zurückgelehnt, wobei er sehr entspannt wirkte.

Für Marin handelte es sich immer noch um einen Fall zärtlicher, väterlicher Augen, die eine Ähnlichkeit sahen, die er selber nicht entdecken konnte. Sollte dieser Junge der Sohn des Großen Richters sein, dann führte diese Zuordnung beim Führer zum Beweis des Wiedererkennens. Oh, Großer Richter, fragte er sich, hat man dich irregeführt? Natürlich wurden exakte Unterlagen über die Ergebnisse der Paarungsspiele geführt. Aber kein Protokollant der weniger geordneten frühen Tage konnte garantieren, was eine Frau am Vorabend der Spiele getan haben mochte.

»Wie heißen Sie mit Vornamen?« fragte Marin.

»David.«

»So, so, ich auch«, sagte Marin.

»Jawohl, so ist es. Ich wurde nach Ihnen benannt.«

Ein Moment der Verblüffung . . . Erholung.

Marins Erinnerung eilte zurück zu den ersten Paarungsspielen. Eine Reihe von Frauen hatten ihm ihre Gunstbeweise geschickt, und obwohl er erst siebzehnt Jahre alt und nach dem Gesetz unwählbar war, gab es in jenen Tagen mit Hilfe des Einflusses seiner Mutter für einen Mann genügend Schlupflöcher, um an den Start gehen zu können. Die geschickte Anwendung von Schminke brachte ihn, soweit es das Aussehen betraf, auf das Mindestalter. Die Aufregung, der Egoismus der Jugend und eine enorme körperliche Vitalität hatten ihm zwei Siege im Feld verschafft, und das Recht, zwei Frauen zu schwängern.

Marin drehte sich in seinem Sitz, um den Jungen besser betrachten zu können; und sah, daß der junge Mann errötete. »Nun«, sagte er, »erzählen Sie mir von sich.«

David Burnley war, wie sich herausstellte, in einer kleinen Gemeinde an der Westküste als eins von drei Kindern einer Frau namens Ethel Burnley aufgewachsen. »Ich war das einzige berühmte Kind«, sagte David Burnley mit einem Anflug von Stolz in der Stimme. »Mutter ist nie wieder an einen so großen Mann wie Sie rangekommen, und ich nehme an, sie hat George und Sarah keinen Gefallen getan, indem sie darüber redete.«

Marin hielt George und Sarah für die anderen zwei Kinder, doch er sagte nichts. Er war bestürzt, als er erkannte, daß er sich an keine der zwei ersten Frauen erinnern konnte, die ihm Kinder geboren hatten.

Der junge Burnley fuhr fort. »Mutter hat in einem der öffentlichen Säuglingsheime gearbeitet, und deshalb habe ich sie oft gesehen und nicht das gleiche Gefühl des Verlorenseins gehabt, das einige der anderen Kinder empfanden. Natürlich sind sie drüber weggekommen, aber –«

»Was für eine Schulbildung haben Sie?« fragte Marin.

»Ich bin mitten in der höheren Ausbildung. Wir sind jetzt in den Ferien. Sie sind Ende September vorbei. Ich habe das Hauptfach politische Ökonomie.«

Es hatte den Anschein, als habe er einen Auftrag wie diesen »mit meinem eigenen Vater« nicht erwartet, obwohl er sich während seiner Ferien zum Verwaltungsdienst gemeldet hatte. »Natürlich habe ich Ihren Namen angegeben, und vielleicht ist das der Grund – aber es war dennoch eine Überraschung.«

Es war offensichtlich, daß jemand es mit Absicht so arrangiert hatte; und es erinnerte Marin daran, daß die Leute trotz aller Bemühungen, die Rolle des Vaters herabzusetzen, es immer noch für angebracht hielten, einen Vater und seinen Sohn zusammenzubringen, und sich nicht ernsthaft mit der Regel abfanden, wonach dies Vetternwirtschaft und jede Rückkehr zum alten Ehesystem geeignet sei, die Frauen von neuem zu versklaven.

Jeder Frau wurde ein Regierungszuschuß zum Unterhalt ihrer Kinder gezahlt. Die gesamte männliche Bevölkerung, ob sie bei den Spielen gewannen oder nicht, ob sie sich auch nur qualifizierten oder nicht, zahlten die Steuern, aus denen der Zuschuß stammte.

Während die Mutter sich um die Kinder kümmern und persönlich für sie sorgen mußte, nahmen öffentliche Kinderheime sie ihnen eine bestimmte, maximale Stundenzahl pro Woche ab, worüber sie und die Kinder sich einigen konnten. Obwohl keine Frau ihre Kinder für die erlaubte Höchstzeit ins Kinderheim schicken mußte, war ein Mindestaufenthalt unabdingbar. Nach dem Gesetz durfte keine Frau ganz in der Rolle der Mutter aufgehen.

Die Methode barg einige gute Ideen. Zweifelsohne hatte man einen kritischen Blick auf die Geschichte der Frau geworfen und einen Versuch unternommen, sie zu befreien.

Während er so dasaß, entsann Marin sich einer Untersuchung, die vom Rat der Gruppenmeister angestrengt worden war. Achtunddreißig Prozent der erwachsenen männlichen und weiblichen Bevölkerung hatten um private Vergünstigungen nachgesucht, was zahlreiche Methoden einschloß, wie ein Mann und eine Frau und ihre Kinder eine familiäre Beziehung aufrechterhalten konnten. Männer quartierten sich in solchen Heimen ein oder lebten nebenan oder auf der anderen Straßenseite.

Neben Marin sagte der Junge: »Das ist ja ein schneller Flug. Wie lange dauert er?«

Marin blieb keine Zeit zu antworten. Das Schiff war bereits seit einiger Zeit in einer langen Schräge nach unten gekurvt. Nun schwangen plötzlich die Sitze um ihre Achse. Einen Augenblick darauf dröhnten die Bugraketen auf und begannen, ihre Bremskraftwirkung zu zeigen.

Eine Unterhaltung war nun nicht mehr möglich. Marin saß mit geschlossenen Augen da und bedauerte außerordentlich, daß seine Vater-Sohn-Beziehung sich ergeben hatte, um sein Handeln in der wichtigsten Woche seines Lebens zu stören. Seine Vergangenheit war mit Interessensbekundungen übersät, die er von Zeit zu Zeit seinen Kindern entgegengebracht hatte. Bei einer Gelegenheit, als es ihn dazu trieb herauszufinden, welche Art Nachkommen er erzielt hatte, hatte jener Dreijährige, der zum Gegenstand seines Interesses geworden war, während seines ganzen Besuchs ununterbrochen geschrien.

Eigentlich war diese Reaktion äußerst signifikant, deutete sie doch auf der Gefühlsebene auf eine Bewußtheit dessen hin, wer er war.

Dreizehn

Sie landeten in der Dunkelheit des frühen, frühen Morgens. Hier an der sibirischen Grenze war noch nicht Morgengrauen, und alles, was unten zu sehen war, war ein riesiges Feld farbiger Lichter. Zwischen diesen Lichtern kampierte ein Heer. Es handelte sich um eine von vielen, die den gesamten Gebirgsstaat Jorgia umzingelt hatten. Dies war Lager A, und es ging eigentlich auf das Ende des Dritten Atomkriegs zurück. Allmählich war über die Jahre hinweg die Zahl der Männer und Maschinen erhöht worden, bis – seit nunmehr drei Jahren – eine ansehnliche Armee daraus geworden war.

Während einer Reihe von Jahren, wozu einige der kältesten registrierten Winter gehörten, hatte die »Stadt«, die das Lager A ausmachte, viele dauerhafte Merkmale erworben, von denen die meisten im Dunkeln nicht zu sehen waren. Aber Marin wußte, daß es Pisten aus Beton gab, Flugzeughangare und mehrere riesige Flugfelder, und – was in einem so abgelegenen Gebiet noch kostspieliger war – einen Raketenstart- und -landeplatz.

Das große Flugzeug kam mit immer noch umgekehrten Raketen donnernd aus der Finsternis herab. Da eine magnetische Ausstattung für große Maschinen nutzlos war, und da niemand je herausgefunden hatte, wie solch ein stummelflügeliges Monstrum langsam landen sollte, arbeiteten der Pilot und die Bodenradarstation gemeinsam an dem komplizierten Vorgang einer Landung mit achthundert Stundenkilometer. Kurz vor dem Aufprall wurden die ausgefahrenen Räder in rasendem Tempo gedreht, so daß die Zerreißwirkung auf die Reifen auf ein Minimum gesenkt wurde. Lange, lange Zeit – so schien es – glitt die Maschine dahin, während das Gummi kaum den Boden berührte, die Raketen Feuer spuckten und von automatischen Geräten ein empfindliches Gleichgewicht aufrechterhalten wurde.

Schließlich verlangsamte dieses perfekte Zusammenwirken elektronischer Geräte die Maschine so weit, daß eine wirksame manuelle Bedienung möglich war. Das Flugzeug kurvte von der Hauptpiste herunter und rollte, immer noch in voller Fahrt, mit angezogenen Bremsen zu einem hell erleuchteten Unterstand aus Beton. Es kam so sanft zum endgültigen Stillstand, daß ein Moment verging, bevor sich Marin entspannen und erkennen konnte daß die ungeheuer gewaltsame Bewegung aufgehört hatte. Neben ihm sagte der junge Burnley: »Mannomann!«

Die Ausstiegsluken öffneten sich knirschend. Marin ging als erster die Rampe hinab, und bald darauf stellte er einer Gruppe von Offizieren und zivilen Repräsentanten seiner Abteilung den Jungen vor. Es war, wie er feststellte, 4.20 Uhr morgens im Lager A, und er nahm an, daß eine Menge verschlafener Leute ihm zuliebe aufgestanden waren.

Wartende Wagen fuhren die gesamte Gruppe zu einer offiziellen Residenz, die groß genug war, um mit einem Auditorium ausgestattet zu sein. Marin brachte seinen Sohn in die Bibliothek und schlug dem Jungen vor, er solle anfangen, sich mit den politischen und ökonomischen Problemen Jorgias vertraut zu machen. »Besonders lieb wäre es mir«, sagte er, »wenn du während der nächsten paar Tage die gegenwärtigen Herrschaftsstrukturen des Staates untersuchen und für mich Informationen über Namen und Ränge und die relative Bedeutung verschiedener Individuen und Ämter besorgen würdest.«

Der junge Burnley war munter. »Ich werde tun, was ich kann. Ich habe schon Grundkenntnisse auf dem Gebiet.«

Marin verließ die Bibliothek und sah nach den Technikern, welche die komplizierten elektronischen Vorrichtungen bedienen und die Meßgeräte überwachen würden, die an jeden Sitz im Auditorium angeschlossen waren. Die Elektronikabteilung hatte zwei Aufgaben zu erfüllen. Es würden Leute anwesend sein, die die englische Sprache nicht verstanden. Die Übersetzung sollte über Kopfhörer durch Übersetzungsmaschinen geliefert werden. Das angewandte Übersetzungsprinzip war das gleiche wie bei automatischen Telefonen und automatischen Schreibmaschinen, wo Plastikmodelle der elektrischen Impulse des Schalls die notwendigen Mechanismen in Gang setzten. Die zweite Aufgabe der elektronischen Apparate bestand darin, Spione auszumachen. Marin überzeugte sich davon, daß die diensthabenden Techniker qualifiziert waren, die Daten auszuwerten, welche die Nadeln an jedem einzelnen Stuhl registrieren würden.

Marin trank mit den Technikern und einer Gruppe von Offizieren Kaffee, und die Details der Zusammenkunft wurden noch einmal besprochen. Er erfuhr, daß sich die meisten der jorgischen Agenten bereits im Lager befanden und man die Absicht hatte, sie per Flugzeug nach Jorgia zurückzubringen und jeden einzelnen sein Heimatgebiet von ausgewählten Landepunkten aus aufsuchen zu lassen. Man nahm an, daß einige abgefangen werden würden, aber man hielt es für zweifelhaft, daß die von einer oder mehreren Personen erhaltenen Informationen die entsprechenden Regierungsstellen wirklich rechtzeitig erreichen konnten, um Gegenmaßnahmen treffen zu können.

Marin äußerte sich nicht direkt zu ihren Mutmaßungen. Aber er bezweifelte nicht, daß ein Spionagenetz existierte. Er mußte seinen Sohn warnen, nicht mit Fremden zu sprechen.

Ein Verbindungsoffizier kam herein. »Mein Herr, die Leute beginnen sich im Auditorium zu versammeln.«

Marin machte sich bereit. »Ich sollte mich umziehen«, sagte er. »Rufen Sie mich, wenn die Versammlung komplett ist.«

Er begab sich in sein Schlafquartier, zog sich um und eilte dann zur Bibliothek. Wegen seines besonderen Vorhabens betrat er sie über eine Treppe vom Untergeschoß her, das der Aufbewahrung alter Akten diente. Der Zugang selbst war ein kleiner Flur mit Vorhängen, die ihn von der eigentlichen Bibliothek abgrenzten.

Marin blieb hinter den Vorhängen stehen und hörte seinen Sohn sagen: »Was wird dann geschehen?«

»Nichts.« Es war die Baritonstimme eines Mannes. »Wir wollen nichts anderes, als ihn in einen betäubten, hypnotischen Zustand zu versetzen, und dann werden wir ihn gegen den Krieg indoktrinieren. Wir müssen irgendwo anfangen, und es ist keine Zeit zu verlieren. Hör zu: Nach der Zusammenkunft bringen wir ihn mit deiner Hilfe hierher. Wir werden dich fesseln, damit er keinerlei Verdacht schöpft . . .«

Marin schob ganz sacht die Vorhänge auseinander. Ein großer, dunkelhaariger Mann von etwa dreißig Jahren beugte sich über David, der an einem Schreibtisch saß. Das Gesicht des Jungen war blaß und angespannt. Etwa zwei Meter davon entfernt stand ein kleiner, vierschrötiger Mann. Er hielt eine Schußwaffe, und er blickte zur Tür, die zum Hauptkorridor führte, auf dessen gegenüberliegender Seite sich der Hintereingang zum Auditorium befand, wo die Zusammenkunft stattfinden sollte. Der vierschrötige Mann war so nervös, wie der hochgewachsene Mann offenbar gelassen war.

Sonst war niemand zu sehen.

Mit zusammengekniffenen Augen zog Marin seine eigene Schußwaffe. Er empfand kein Erbarmen. Die zwei Männer hatten ihre Waffen gewählt, indem sie eine zerstörerische Energiewaffe statt der weniger tödlichen Gaspistolen einsetzten. Also, gut.

Mit einer einzigen gezielten Bewegung schickte Marin einen heftigen Energiestoß gegen den Mann mit der Waffe. Als er ihn fallen sah, den Kopf eine schwärzliche Masse, trat er durch den Vorhang – und schoß auf den großen Kerl. Mit schwelender Kleidung drehte sich der Mann um sich selbst und fiel als erschlafftes Bündel zu Boden.

Marin trat in den Raum und sagte grimmig: »Na gut, David, erzähl mir die ganze Geschichte. Du –« Er hielt inne. Der junge Mann hatte ihn mit leicht hängendem Unterkiefer, aber aufmerksamen Augen und hellwacher Haltung beobachtet.

Sein Anblick veränderte sich. Die Aufgewecktheit verschwand. Die Aufmerksamkeit verließ ihn. Er beugte sich über den Tisch, beinahe so, als sei eine große Erschöpfung über ihn gekommen, und er blieb dort reglos liegen.

In Ohnmacht gefallen! dachte Marin in plötzlicher Verachtung.

Aber es erschütterte ihn mehr als der Verrat. Feigheit, Schwäche – sein Sohn! Die Scham darüber brannte tief drinnen.

Er ging hinüber, packte das glattgekämmte Haar und versetzte, indem er den Kopf anhob, dem Gesicht des Jungen schallende Ohrfeigen; und schon kam ihm der Gedanke: Ich muß mich beeilen! Ich muß vor der Zusammenkunft die ganze Geschichte aus ihm herausholen und entscheiden, was ich mit ihm anfangen soll.

Ernstlich erzürnt ohrfeigte er das schlaffe Gesicht eindutzendmal. Und dann ließ etwas an der Art, wie sich die Haut anfühlte, ihn aus seiner großen Erfahrung mit Männern in sämtlichen Stadien der Bewußtlosigkeit etwas wahrnehmen. Es war ein Gefühl des Todes. Verblüfft ließ er los, griff nach der Hand des Jungen und fühlte seinen Puls. Nichts.

Marin lehnte den Körper im Stuhl zurück und horchte gebückt auf den Herzschlag. Langsam richtete er sich auf. Er war schokkiert und ungläubig – und noch etwas anderes. Trauer war es nicht, sagte er sich. Es handelte sich nicht einmal um die sentimentale Anwandlung, daß er Trauer um einen jungen Kerl empfinden *mußte,* den er erst seit wenigen Stunden kannte. Aber er wußte, was es war. Eine seiner Lebenslinien war unterbrochen.

Kinder waren eine Projektion in die Zukunft. Es war eine Tragödie der Gruppenwelt des Großen Richters, daß es beinahe 70 Prozent der Männer, nachdem sie bei den Paarungsspielen versagt hatten, gesetzlich verboten war, den Strom des Lebens weiterzugeben, der sich seit prähistorischen Zeiten durch sie hindurch und über sie hinaus fortsetzte. Für sie war es das Ende der Linie. Die große Zufälligkeit der Genvariation wurde absichtlich beschnitten.

Der Schock verflüchtigte sich. Er begann wieder zu denken. Und zu handeln. Er ging zum Telefon und rief das Büro der Residenz an. Als eine Männerstimme sich meldete, sagte er: »Hier spricht David Marin. Schicken Sie einen Arzt in die Bibliothek. Besorgen Sie einen Unfallwagen und lassen Sie sofort eine Wacheinheit herkommen.«

Er hängte auf. Und einen Moment lang war er nicht mehr besorgt. Es waren bereits Männer in seiner Gegenwart gestorben, hauptsächlich unter der Folter, manchmal durch eine Überdosis Gas oder Drogen. Und sie waren von Ärzten wieder zum Leben erweckt worden, die die besonderen Wiederbelebungsmethoden der Kontrolle beherrschten.

Er kniete sich neben den hochgewachsenen Mann und durchsuchte ihn. Er fand einen Schlüsselring, ein kleines Notizbuch und einen Schreibstift, einen Geldbeutel, der Geld enthielt und sonst nichts, einen Kamm und ein Taschentuch.

Marin ließ das Notizbuch in seine Tasche gleiten; er wollte sich gerade bücken, um den vierschrötigen Mann zu durchsuchen, als die Tür aufging. Marin richtete sich vorsichtig auf, mit gezogener Gaspistole. Doch es war die Wacheinheit, die hereinkam – sechs Soldaten und ein Offizier.

Der Offizier übersah die Szenerie offenbar auf einen Blick und winkte seinen Männern. »Bewacht die Fenster und Türen!« sagte er. Er wandte sich Marin zu. »Arzt ist von nebenan unterwegs. Was ist vorgefallen?«

Marin ignorierte die Frage. Er war sich noch nicht im klaren, wie er den Vorfall für die Öffentlichkeit darstellen sollte. Er sagte: »Dieser Junge ist tot, anscheinend nur infolge Schock. Eigentlich ist ihm nichts passiert, soweit ich weiß. Ich möchte, daß der Arzt sämtliche verfügbaren Mittel einsetzt, um ihn wiederzubeleben. Und schaffen Sie diese Leichen fort.«

»Sehr wohl.«

Marin zögerte. Es war Zeit zu gehen, Zeit, die Zusammenkunft aufzusuchen. Er wollte jedoch nicht gehen. Falls sie David Burnley wieder zum Leben erweckten, wollte er dabeisein. Der Junge mochte Dinge sagen, die Verdacht erregten.

Drüben am Schreibtisch regte sich der junge Burnley. Marin hielt es nicht für die Bewegung eines Lebenden, sondern für einen Gleichgewichtsverlust eines leblosen Gewichts. Er sprang herzu, um die Leiche aufzufangen, bevor sie zu Boden fallen konnte. Als er den Arm des Jungen packte, spürte er, wie sich die Muskeln unter der Haut spannten. Die Schnelligkeit der nun folgenden Wiederbelebung machte jede Vorahnung darüber zunichte.

David Burnley setzte sich auf, sah einen Moment lang verwirrt aus und sagte dann in ängstlichem Tonfall: »Was war das für ein Ding in meinem Kopf?«

Unerwartete Äußerung. Marin wich zurück. »Ding!« sagte er.

»Etwas ist in meinen Kopf gekommen und hat die Kontrolle übernommen. Ich konnte es spüren. Ich –« Er hielt inne. Tränen traten in seine Augen.

Der Offizier kam herüber. »Kann ich noch irgendwas tun?«

Marin winkte ihn beiseite. »Holen Sie diesen Arzt!« sagte er.

Es war eine Defensivmaßnahme. Er brauchte hier Zeit, um sich an den neuen Gedanken zu gewöhnen. Er erinnerte sich, was Slater gesagt hatte, über den Einsatz elektronischer Stromkreise direkt am Gehirn menschlicher Wesen als Methode der Fernsteuerung ... Dieser Junge war tot, dachte Marin angespannt.

Tot ohne erkennbaren Grund. War es möglich, daß, sobald die Verbindung mit dem »Stromkreis« unterbrochen oder gar gelöst wurde, der Tod die Folge war?

Wieder hatte er keine Zeit, gründlich darüber nachzudenken. Es schien zu bedeuten, daß der junge Burnley ein Opfer war, kein Verräter. Es schien zu bedeuten, daß der »Tod« vielleicht die Verbindung unterbrochen hatte, obwohl das nicht sicher war.

Marin sagte sanft: »Wie geht es dir, David?«

»Na ja, gut.« Er stand auf, schwankte und richtete sich dann mit einem herzlichen Lächeln auf. Er raffte sich sichtbar auf. »Gut«, sagte er wieder.

Marin sagte: »Ich werde veranlassen, daß man dir in ein Bett hilft. Und, David –«

»Ja?«

»Sag niemandem etwas, bevor ich nachher die Gelegenheit habe, mich mit dir zu unterhalten.«

Er sprach in einem befehlenden Tonfall; und rief, ohne auf eine Antwort zu warten, zwei der Wachleute herbei und sah zu, wie sie den jungen Mann halb aus dem Zimmer trugen und halb führten. Dann kehrte Marin, dem nur allzu bewußt war, daß seine Hauptaufgabe noch vor ihm lag, in sein eigenes Quartier zurück. Er war ein wenig überrascht festzustellen, daß der Ruf, sich der Versammlung anzuschließen, noch nicht ergangen war. Unruhig wartete er.

Je länger er darüber nachdachte, was vorgefallen war, desto besorgter wurde er. »*Etwas* ist in meinen Kopf gekommen und hat die Kontrolle übernommen!« hatte der junge Burnley gesagt.

Falls das stimmte, dann war das ein Ergebnis von solcher Bedeutung, daß sich vermutlich nichts damit vergleichen ließ.

Es mußte dann vorher geplant gewesen sein. Marin war sich dessen sehr sicher. Der Stromkreis, der es ermöglichte, daß etwas die Kontrolle übernahm, mußte zu einem früheren Zeitpunkt installiert worden sein.

Marin seufzte, öffnete die transparenten Plastiktüren und ging hinaus in den Garten. Die Dämmerung brach herein, auch wenn die Sonne noch nicht aufgegangen war. Die Luft war frisch, wenn nicht gar prickelnd. Es fiel ihm schwer, sich vorzustellen, daß er sich noch vor kurzem in der Stadt des Richters aufgehalten hatte, und daß es in jener fernen Hauptstadt immer noch heller Nachmittag war.

Wie er so im grauen Licht dastand, erinnerte er sich, daß er sich in dem Land befand, das die erste bedeutende autoritäre Gruppenbewegung hervorgebracht hatte. Hier war im Herzen eines Planeten vor zwei Jahrhunderten die Sowjetunion geboren worden und hatte – noch ehe sie ihren Wert bewiesen hatte – ihre Doktrin gewaltsam verbreitet.

Blut spritzte auf die Erde zahlreicher Länder, während die Unwissenden wie die Gebildeten mühsam mit einer Idee rangen, welche lediglich auf Grund von Versprechungen die Ankerpunkte der Geschichte beiseite stieß. In vielen Ländern wurden Männer, durch die westliche Zivilisation aus der Apathie von Jahrhunderten gerissen, von ebenso skrupellosen wie dummen Demagogen eingefangen und waren verloren, bevor sie noch einen einzigen freien, eigenen Gedanken fassen konnten. Und genau wie das trotzige Kind seinen Haß auf den Vater äußert, indem es die Kleinen der Nachbarschaft herumkommandiert, so konnte ein unterdrücktes Volk, wie sich herausstellte, leicht dazu verführt werden, alle zu hassen außer den wahren Bösewicht. Und das führte zur geistigen Kehrtwendung und zum Wahnsinn der offenen Wut, zum Bedürfnis totzuschlagen, zu den inneren Regungen und äußerlichen Handlungen physischer Gewalt.

Es hatte insgesamt drei größere Atomkriege gegeben. Endlich war eine dezimierte menschliche Rasse aus den tiefen Bunkern hervorgekommen, und die meisten von ihnen leisteten in ihrer großen Verzweiflung keinen Widerstand, als ein neuer Führer sagte: »Wir werden die Idee der Gruppe *und* die der freien

Marktwirtschaft kombinieren. Dies sind Gedanken und Sehnsüchte, die aus dem Herzen zu kommen scheinen. Die eine bindet den Körper an eine warme zwischenmenschliche Beziehung mit anderen Körpern; die andere befreit den Geist. Die eine verleiht dem Individuum Leben durch seine Gemeinde; die andere erkennt sein Recht an, individuell kreativ zu sein.«

Und dann hatte der Große Richter hinzugefügt: »In den Wirrnissen des Kriegsendes werden viele Gegenden lange ohne angemessene Regierung sein. Vorläufige Staaten werden sich dort bilden und sich festigen und den Wunsch haben, sich fortzusetzen. Wir warnen diese Leute jetzt. Die Geschichte der letzten zwei Jahrhunderte gestattet uns nicht, barmherzig zu sein. Wir werden keine Abspaltungen dulden.«

Beinahe tausend verschiedene Staaten entstanden, die meisten klein und unbedeutend, und viele davon primitiv in ihrer Politik und ihrer Ökonomie. In einigen Fällen erhoben sich wenige Einzelpersonen zur Größe absoluter Macht; und sahen sich aus dieser Höhe ängstlich um und fragten sich, wie lange sie andauern würde. Da geschah es, daß das Flüstern begann, die diplomatischen Manöver, die ständigen, beruhigenden Kommentare aus tausend Quellen, der Große Richter sei mit seinen früheren Bemerkungen voreilig gewesen, er habe nicht gewollt, daß man sie wörtlich nehme, und im Grunde habe er aus der Anspannung des Augenblicks heraus gesprochen. Wie viele der beruhigenden Worte vom Großen Richter selbst ausgingen, wußte niemand genau. Aber in zwanzig Jahren waren aus den ursprünglich tausend Staaten hundert geworden.

Der Niedergang Jorgias würde vermutlich weitere fünfundzwanzig oder so veranlassen, sich eilfertig um Verträge zu bemühen, was – wie man es auch benannte – letztendlich ihre Einverleibung in einen einzigen Weltstaat bedeuten würde.

Schritte erklangen hinter Marin. Es handelte sich um einen Beamten, der ihm sagen wollte, daß alles bereit sei.

Vierzehn

Es waren etwa hundert Männer und Frauen anwesend. Jeder einzelne, hatte man Marin gesagt, behauptete von sich, zwischen zwanzig und fünfzig Einheiten oder Gruppen zu repräsentieren. Was bedeutete, daß eine Gesamtzahl von etwa zehntausend Menschen über Delegierte ein Ohr in diesem Raum hatten. Es würden ein oder zwei Spione der jorgischen Königin unter ihnen sein. Wer es auch sei, er würde innerhalb der nächsten Stunde gefangengenommen und noch vor Marins Abreise verurteilt werden.

Marin trat in der Uniform eines einfachen Soldaten auf. Sie war ordentlich gebügelt und in Wirklichkeit sehr geschickt geschnitten, um ihn vorteilhaft erscheinen zu lassen. Aber sie war dazu gedacht, Menschen zu beeinflussen, die sich als Idealisten betrachteten und die den verzweifelten Wunsch hegten, ihr kleiner Staat möge Teil des politökonomischen Systems des Großen Richters werden.

Jorgia war im Grunde eine politische Monstrosität. Eine Gruppe westeuropäischer Abenteurer hatte nach dem Zusammenbruch der Militärmächte der ganzen Welt dort die Macht ergriffen, und sie hatten eine ganze Reihe merkwürdiger Dinge getan. Erstens hatten sie einen wissenschaftlichen Militärstaat errichtet. Dieser zerfiel rasch in etwa dreißig Segmentstaaten, von denen jeder unter der Führung einer Korporation stand. Es folgte eine Periode der Wirren, aus denen der ursprüngliche Führer der Abenteurer als erblicher Monarch hervorging – eine unglaubliche Anhäufung von Macht und Ämtern, die den konservativen Elementen dennoch akzeptabel erschien. Frühere demokratische Verfahren wurden nach der Ermordung des »Königs« abgeschafft. Unter der Herrschaft der ältesten Tochter verfestigte sich ein gänzlich hierarchisches System und schickte sich an, sich gegen den Großen Richter zu behaupten. Es kam nicht überraschend, daß viele Jorgianer den Verlust von Rechten bedauerten und so zu willigen Agenten des Großen Richters wurden.

Und hier waren sie nun.

Marin bat mit erhobenen Händen um Ruhe und sagte: »Männer und Frauen von Jorgia, ich bin darüber unterrichtet, daß ihr in euren Räten beschlossen habt, daß ungefähr tausend gegenwärtige Führungskräfte des jorgischen Regimes ermordet oder, falls sie gefangengenommen werden, hingerichtet werden müssen. Ich muß euch darauf hinweisen, daß vorerst nichts gegen die Königin unternommen werden darf.«

Er erlegte ihnen keine weiteren Beschränkungen auf. In der Tat war wegen des Schmerzen verursachenden Stromkreises, der den Muskeln eines jeden Menschen aufgedruckt werden konnte, in den meisten Fällen der Tod unnötig. Aber diese Männer und Frauen wußten nichts über dieses bemerkenswerte Kontrollgerät.

Er fuhr fort: »Wen auch immer zu töten ihr für erforderlich haltet, versichert euch, daß ihr den Anschlag sorgfältig plant. In den Frühstunden einer Revolution können gewisse Führer soviel Unterstützung mobilisieren, daß sie die gesamte Operation gefährden.«

Er spürte kein sonderliches Erbarmen mit den Betroffenen. Da er über die unzähligen Millionen Bescheid wußte, die in den drei Atomkriegen ihr Leben gelassen hatten, empfand er Ungeduld mit Männern, die wieder einmal versucht hatten, einen gesonderten Staat zu errichten, mit allem, was das in bezug auf zukünftiges Kriegspotential bedeutete.

Die Zuhörer schienen von seiner Ernsthaftigkeit beeindruckt. Sie saßen schweigend da, während Marin seine detaillierte Aufzählung dessen begann, was erreicht werden mußte. Er beendete diesen Teil seiner Anweisungen mit der Bemerkung: »Jeder von euch wird eine Liste dessen erhalten, was getan werden muß. Prägt euch diese Liste ein, denn sie wird mit Tinte geschrieben sein, die plötzlich verblassen wird.«

Das war eine irreführende Behauptung. Die Instruktionen waren nicht mit Tinte geschrieben. Sie waren elektronisch auf eine besondere Substanz gedruckt, die wie Papier aussah. Das elektronische Muster auf jedem Blatt würde durch Fernsteuerung zerstört werden, und ein anderes Muster auf dem »Papier« würde kurze Zeit aktiviert und dann gelöscht werden. Jeder spätere Versuch, die Muster zu reproduzieren, würde einen Wirrwarr an sinnlosen Formen hervorrufen. Die Methode war eine Erfindung von Trask-Elektronik.

Der Moment war gekommen für die Belobigungen. Eine nach der anderen führte Marin sie auf; und nun achtete er auf Reaktionen. Es geschah besonders in solchen Augenblicken, daß die Leute sich verrieten. Falls es einen Spion der jorgischen Königin unter der Schar der Rebellen gab, würde er sich vor heimlicher Wut krümmen, während er hörte, wie die Spitzenpositionen und die Schätze seines Landes verhökert wurden. Die Lügendetektoren, die listig an jedem Stuhl angebracht waren, würden einen Teil der Geschichte erzählen. Doch über die aufdeckende Kraft der empfindlichen Instrumente hinaus vertraute Marin seiner eigenen feinen Gabe, die Merkmale eines Konflikts im Gesicht eines Mannes und in den Bewegungen seines Körpers zu erkennen.

Ganz zu Anfang hatte er einen hochgewachsenen, etwa dreißigjährigen Mann ausgemacht, der intellektuell aussah und ungefähr in der Mitte steif dasaß. Bald darauf gab Marin, überzeugt, daß er seinen Mann gefunden hatte, das verabredete Zeichen, und einen Augenblick später wurde ihm ein Zettel überreicht, auf dem stand: »Die Instrumente bestätigen Ihre Entdekkung.«

Noch während er die Nachricht las, sah er aus den Augenwinkeln, daß Kontrolloffiziere die Zwischengänge entlangkamen. Als sie auf gleiche Höhe mit ihrem Opfer gelangten, wandten sie sich gleichzeitig um, drängten sich an anderen sitzenden Personen vorbei und umringten den Mann rasch.

Der Spion erstarrte. Und dann unternahm er, da er offenbar die Endgültigkeit seiner Gefangennahme erkannte, keine einzige Abwehrbewegung. Die Kontrollmänner brachten ihn aufs Podium.

Marin beruhigte die Anwesenden. »Diese Verhaftung ist zu eurem Schutz erfolgt. Wir haben Grund zu der Annahme, daß dieser Mann ein Spion ist. Vielleicht erkennt ihn einer von euch, wenn seine Tarnung entfernt ist.«

Der gesamte Vorgang mußte auf das Opfer irreal gewirkt haben. Jetzt, da es zu spät war, begann er sich zu wehren. Er wurde zu einem Stuhl geschleppt und dort festgehalten, während ein Chemiker hereinkam und ein Gestell mit zahlreichen Schalen herbeirollte. Der Laborant hatte keine Eile, aber er erledigte seine Aufgabe. Er untersuchte das Haar, die Augenbrauen, die Wangen, die Ohren, die Kiefer und den Mund. Er benutzte eine Chemikalie nach der anderen; und ihm entging nichts.

Der Gefangene veränderte sich vor den Augen der Anwesenden. Sein sandhelles Haar wurde dunkelbraun. Sein Gesicht wurde dünn und bläßlich. Seine Augen verloren ihr stählernes Blau und wiesen ein erschrecktes Braun auf.

Plötzlich rief eine Frau im Publikum: »Es ist Kuda!«

Marin blickte fragend hinter die Kulissen, wo einer seiner Untergebenen hastig eine Nachricht auf eine Tafel schrieb. Die Nachricht lautete: »Jorgische Gesellschaft – politisch bedeutende Familie.«

Marin trat an die Rampe. »Meine Damen und Herren, ich bin sicher, ihr werdet mir beipflichten, daß wir in der Lage sind, mit Kuda fertig zu werden – und mit jedem seiner hochgestellten Freunde –, und ich bin sicher, es ist euch klar, daß ihr Wichtigeres zu tun habt, als mit einem Spion fertig zu werden.

Kümmert euch um eure rechtmäßigen Angelegenheiten. Wir werden uns in drei Tagen wiedersehen – in Itnamu. Im Namen des Großen Richters grüße ich euch, die zukünftigen Führer der Provinz Jorgia.«

Sie jubelten ihm ein wenig hysterisch und unsicher zu. Einige würden in drei Tagen tot sein, eine Möglichkeit, über die sie bestimmt nicht nachdachten; und er hatte gewiß nicht die Absicht, ihnen mitzuteilen, daß die Statistik vergangener Revolutionen auf durchschnittlich 20 Prozent Todesfälle unter ihren Führern hindeutete.

Als sie hinauszuströmen begannen, wandte Marin sich den Wachen zu, die den Spion festhielten. »Durchsucht ihn gründlich; dann bringt ihn in die Bibliothek. Ich kümmere mich um ihn.«

Als Marin die Bibliothek betrat, sah er, daß sein Sohn David Burnley hinter dem Schreibtisch saß, wo er vorhin »gestorben« war. Stirnrunzelnd ging Marin auf den jungen Mann zu, welcher aufstand und Haltung annahm. »Warum bist du nicht im Bett, David?«

»Dies ist meine Pflicht.« Auf dem Gesicht des Jungen lag heftige Röte. »Es ging mir gut, und ich hab darauf bestanden ... und sie konnten nichts finden, was mir fehlt.« Er brach ab. »Ich habe das Material zusammengestellt, das Sie haben wollten.« Er sah aus, als sei er darauf bedacht zu gefallen.

Einen Moment lang war Marin unentschlossen. Was seinem Sohn passiert war, war für seine eigenen Absichten wichtiger als der jorgische Spion. Und daher waren eine Minute – inzwischen zwei Minuten – in der Tat eine Menge wert.

Er sagte: »David, dieses Etwas in deinem Kopf – wie lange war es da?«

»Als die Männer hereinkamen, habe ich es gespürt.«

»Du hast sie gekannt?«

»Ich hatte sie noch nie gesehen. Aber sie kannten mich.«

Marin dachte fieberhaft nach. Slater ... der Große Richter ... irgendwelche Kontrollbeamten, Regierungspersonal, das mit diesem Aufgabengebiet zu tun hatte – genug Leute, dachte er, die von dieser Reise wußten, genug, so daß es durchgesickert sein mochte.

David Burnley ergriff das Wort. »Sie hatten gehört, daß ich Ideale habe, daß ich gegen den Krieg bin. Ich habe, glaube ich, an der Hochschule zu viel geredet. Sie haben gefragt, ob ich mit ihnen zusammenarbeiten wolle. Ich wollte nein sagen. Das schwöre ich. Und dann ist dieses Gefühl in meinen Kopf gekommen. Und etwas hat meine Zunge ergriffen, und ich hörte mich selber sagen: ›Ja.‹ Sie haben gleich erklärt, daß sie Sie unter ihre Kontrolle bringen wollten, damit Sie diesen Krieg nicht führen. Und ich habe gegen meinen Willen immer wieder zugestimmt.« Er zitterte, als er sein Geständnis ablegte. »Ich schwöre –«

Marin sagte. »Laß nur, ich glaube dir.«

Das tat er auch. Der »Tod« war zu real gewesen, und seine ersten Worte, als der Junge wieder zu Bewußtsein gekommen war, hatten überzeugend spontan geklungen. Der Plan der beiden Spione war eigentlich nicht übel gewesen. Und was für eine Leistung wäre das gewesen, wenn sie am Vorabend der Schlacht zum Oberbefehlshaber vorgedrungen wären und ihn mit Hilfe hypnotischer Drogen gelenkt hätten.

Jemand klopfte an die Tür. Marin erwachte aus seinen Gedanken und ging zur Tür. Es war die Wache mit Kuda. »Einen Moment!« sagte er und schloß die Tür. Er kehrte zu seinem Sohn zurück. »Wir wollen hier drinnen einen Spion verhören. Würdest du deine Papiere und Bücher nehmen und in den Garten gehen?«

David Burnley begann, seine Unterlagen zusammenzustellen, und dann hielt er inne. »Könnte ich dableiben und zuhören?« fragte er.

Marin sagte nein. »Wir haben keine Zeit für ein langes Verhör, also werden wir rücksichtslos vorgehen.«

Der Junge verlor etwas von seiner Farbe. Er hob seine Bücher auf und begab sich zur Tür. Dort verlangsamte er seine Schritte und drehte sich um. »Ist Gewalt absolut nötig?«

»Nein«, sagte Marin. »Gewalt ist niemals nötig.«

»Aber warum dann –« Der große junge Mann sah verwirrt aus.

»Falls der Gefangene«, sagte Marin ruhig, »uns sagt, was wir wissen wollen, wird keiner Hand an ihn legen.« Er lächelte den Jungen spöttisch an, der sich auf die Lippen biß. Es war offensichtlich, daß der junge Burnley annahm, der Spion könne widerspenstig sein.

»Außerdem«, sagte Marin, »könnte es sein, daß wir ihn bezüglich gewisser Dinge umstimmen und ihn als unseren Agenten zurück nach Jorgia schicken möchten. Wir bezweifeln, daß er dazu bereit sein wird, es sei denn, wir benutzen gewisse Überredungsmethoden.«

Der Junge zitterte sichtlich. »Aber Sie können nicht erwarten, daß er Ihr Agent wird. Also, die Leute tun so etwas einfach nicht.«

Marin sagte im allerbeiläufigsten Tonfall: »Das große Problem besteht in unserem Zeitmangel. An Methoden fehlt es uns nicht.« Er brach ab. »Wir sehen uns später.«

Der junge Burnley blieb als letzte Demonstration seines Widerstrebens zu gehen, an der Tür stehen. »Was sind das für Methoden, die Sie benutzen?«

»Als erstes«, sagte Marin, »rufen wir den allergrößten Schock hervor. Wir verurteilen ihn formell zum Tode.«

Fünfzehn

Einige Zeit nach der gewaltsamen Indoktrination tobte der Verurteilte. Es war für Marin, der von der anderen Zimmerseite her zusah, schwer, in seinen Worten irgendwelche Zusammenhänge zu erkennen. Aber die Laute waren zornig, das Verhalten gewalttätig.

Plötzlich legte sich der Zorn. Der hochgewachsene, hohläugige Gefangene murmelte leise vor sich hin und sank in einen Stuhl. Dort saß er angespannt; allein die Art, wie seine Kleidung an ihm hing, deutete auf die Erstarrung der darunterliegenden Muskulatur hin. Seine braunen Augen hatten das benommene Aussehen äußersten Schocks. Sie sahen hoffnungslos drein. Sie flehten. Sie wirkten vor Furcht und Jammer wie von Sinnen.

Die Ruhe endete in einem Drama in Zeitlupe. Der Gefangene zog sich langsam hoch und begann mit schleppenden Schritten vor dem großen Fenster, wo das Licht des Morgengrauens nun heller war, auf und ab zu gehen. In unregelmäßigen Abständen murmelte der Mann etwas; wieder konnte Marin nur gelegentlich ein Wort verstehen. Keine Bedeutung vermittelte sich.

Er beobachtete den Anblick mit zusammengekniffenen Augen. Er bemerkte, daß sich sein Mitarbeiter – ein Kontrollagent, der offenbar an Gewalt nicht recht gewöhnt war – zu ihm herüberbeugte. »Wer hätte gedacht, daß ein Mann wie er zerbrechen würde?«

Marin sagte: »Ich habe schon früher Leute zusammenbrechen sehen.« Er fühlte sich steif, aber entschlossen. »Nachdem Sie es ein paarmal gesehen haben, wissen Sie in etwa, was getan werden kann.«

Er hielt widerwillig inne und erinnerte sich. Einen Moment lang flimmerten die schwarzen Schatten seiner Vergangenheit vor seinen Augen. Kein bestimmtes Bild kam ihm in den Sinn, sondern ein Konglomerat finsterer Eindrücke, ein Aufflackern von Gesichtern, die starr blickten und zuckten und erschlafften, und nur eins gemeinsam hatten: In allen stand Furcht geschrieben, Jammer, Hoffnungslosigkeit und Schmerz.

Sein Begleiter wagte schließlich zu äußern: »Worauf warten Sie? Immerhin macht er einen willfährigen Eindruck.«

Marin antwortete nicht, sondern stand statt dessen auf, ging quer durch den Raum und tat dabei so, als wolle er an dem schwankenden Spion vorbeigehen. Als letzterer blindlings auf ihn zutaumelte, trat ihm Marin absichtlich in den Weg und versetzte ihm, während er vorgab, ihm auszuweichen, in Wirklichkeit einen Stoß. Kuda fiel unbeholfen zu Boden, auf seine Knie. Dort kauerte er und duckte sich eigenartig, wie ein geschlagener Hund; dann richtete er sich stolpernd auf. Er fuhr fort, schwankend auf und ab zu gehen, und hatte den Zusammenprall offenbar bereits vergessen.

Marin ging weiter in den angrenzenden Raum, um den Anschein der Zufälligkeit dessen, was geschehen war, zu wahren.

Er holte das Notizbuch heraus, das er vorhin einem der Toten abgenommen hatte. Es gab mehrere Eintragungen: einige Telefonnummern, etwas, das nach einer Spesenaufstellung aussah, mehrere Seiten mit Großbuchstaben in Serien von zwei oder drei

Initialen, wie Marin glaubte, für Namen, und fünf handschriftliche Notizen. Eine davon lautete:

W. T. Todesurteil	26. 8.
Angriff auf J. gepl.	30. 8.
Beweise vernichten	29. 8.
Akten vernichten	30., 31. 8./1. 9.
Ausrüstg. vernichten	1., 2. 9.
Alle Zellenleiter verl.	1., 2., 3. 9. – nicht später.

Marin studierte die Notiz, schockiert und ungläubig. »W. T. Todesurteil – *Wade Trask.* Der 26. August war der Tag, an dem das Todesurteil ergangen war. Der Angriff auf J. (Jorgia) *war* für den dreißigsten geplant, aber dieser Zeitpunkt war nur dem Großen Richter bekannt, Slater Medellin und ihm selbst. Alle Gruppenmeister wußten, daß der Angriff bevorstand, aber sie kannten das Datum nicht.

Marins Blick wandte sich rasch nach unten der Redewendung *Zellenleiter* zu. Das war ein kommunistischer Begriff, seit einem Vierteljahrhundert nicht mehr im Gebrauch – ganz bestimmt nicht im Gebrauch der jorgischen Regierung.

Er steckte das Notizbuch wieder in die Tasche und rief seine Elektroniker an, sie möchten einen Lügendetektor bringen.

Bald hatten sie die Instrumente aufgestellt und Kuda, der verbissen vor sich hin starrte, auf einen Stuhl gesetzt. Er beantwortete alle Fragen in einem abwesenden Tonfall.

Sein Name? Josephus Kuda. Herkunft? Jüngster Sohn Georgi Kudas, des jorgischen Landwirtschaftsministers.

Die Geschichte war, wie sich herausstellte, ganz einfach: Die jorgische Regierung wußte nicht, ob das gegenwärtige Kriegsgerücht irgendwie ernsthafter war als in den vergangenen Jahren. Als einer der Regierungsspione in der Rebellengruppe hatte Kuda den üblichen Auftrag, herauszufinden, was er konnte. Er betrachtete diese Einberufung der Rebellendelegierten nicht als entscheidend, da ähnlich furchteinflößende Aktionen schon früher stattgefunden hatten. Er wußte nichts über die zwei Männer, die Marin getötet hatte.

Marin sagte beinahe entgeistert: »Aber wer sind sie denn?«

Er ließ die Leichen hereinbringen. Kuda starrte sie träge an und schüttelte den Kopf. Der Lügendetektor bestätigte seine Verneinung.

Der Kontrollbeamte sagte: »Sollen wir ihn indoktrinieren und als unseren Agenten zurück nach Jorgia schicken?«

Marin schüttelte den Kopf. Er sagte nichts darüber, aber Tatsache war, daß dies nicht sinnvoll war, da der Angriff in zwei Tagen bevorstand.

Der Mann sagte: »Welche Maßnahmen sind zu treffen?«

»Einen Moment«, sagte Marin.

Er begab sich zur Gartentür und rief seinen Sohn. David Burnley kam aufgeregt herein; er war wie ein zu groß geratener Junge, auf großäugige, tölpelhafte, linkische Art. Er starrte den Gefangenen an; und Marin sah, wie sich der Schock über den Zustand des Mannes ausbreitete. Sogleich wurden die Augen des Jungen und sein Gesicht zu Spiegeln seiner heimlichen Kritik.

Marin sagte rasch: »Wir haben Hypnose bei ihm eingesetzt, und er ist aus Angst zusammengebrochen. Er wird sich erholen.«

Er hielt an diesem Punkt inne, da er einen defensiven Unterton in seiner Stimme bemerkte. Er biß sich auf die Lippen und fragte sich, ob er vielleicht selber dem Zusammenbruch nahe sei. Er ließ sich eindeutig von den Ansichten des Jungen beeinflussen. Er sagte mit größerer Liebenswürdigkeit: »Junger Mann, ich werde dir diesen Gefangenen überlassen. Ich möchte, daß du die Namen und den gegenwärtigen Aufenthaltsort sämtlicher naher Verwandter der Königin Kijshnashenia aus ihm herausholst. Wir haben vor, ihnen das Leben zu retten. Ich sage dies im vollen Vertrauen, daß du als mein Sohn glauben wirst, daß ich es ehrlich meine. Falls er uns diese Informationen liefert, wird auch seine Familie verschont.«

»Was ist mit ihm selbst?«

»Ich kann ihm ein derartiges Angebot nicht machen«, sagte Marin ernst. »Wir feilschen nicht um das Leben von Spionen. Die Entscheidung, ihn hinzurichten, ist gefallen. Ein Gericht wird alle Gnadengesuche für ihn hören müssen.«

»Oh!«

Der Junge stand sehr still da, und sein übergroßer Körper zitterte. Dann: »Wo soll ich ihn festhalten?«

Marin wandte sich dem Kontrollbeamten zu. »Halten Sie den Gefangenen Kuda nach Anweisung von David Burnley innerhalb der Residenz zum Verhör bereit.«

Er schüttelte dem Jungen die Hand. »Ich werde in zwei Tagen zurück sein«, sagte er.

»Reisen Sie sofort ab?«

»Nein, aber wir werden uns nicht mehr sehen, bevor ich wegfahre.« Das Gefühl des Zeitdrucks kam wieder. Er hatte sich im Angesicht des Unvermeidlichen gezwungen, sich zu entspannen. Doch nun war das jorgische Zwischenspiel für heute fast vorbei. Noch eine Stunde der Diskussion mit Stabsoffizieren, nur um sicherzustellen, daß an gewisse Eventualitäten gedacht worden war; und dann ...

Sechzehn

Es war wenige Minuten nach neun, als das Raketenflugzeug aus der oberen Atmosphäre herabgesaust kam. Es glitt kilometerweit über den Raketenlandeplatz im Tal nahe der Stadt des Richters und verlangsamte sich endlich auf manuell zu bewältigende Geschwindigkeit. Es rollte mit müheloser Kraft hinüber zur Entladerampe. Und Marin, der unterwegs eine halbe Stunde Schlaf nachgeholt hatte, stieg hinab, bereit, das, was vom Abend noch übrig war, mit seinen Privatangelegenheiten zu verbringen.

Er blieb wie angewurzelt stehen, als er sah, daß Edmund Slater auf ihn wartete. Mit einem einzigen gedanklichen Sprung spürte Marin, wie er von seiner bedeutenden Position als Befehlshaber eines Heeres zurücktaumelte in einen Abgrund der Anspannung. Er ging hinüber zum Leiter der Kontrolle. Während sie sich die Hände schüttelten, dachte Marin: Er muß aus einem bestimmten Grund hier sein.

Slater begrüßte ihn. »Der Boß möchte, daß du die Nacht bei Hofe verbringst und mit ihm frühstückst.«

Marin sagte: »Es wird mir ein Vergnügen sein, in derart vornehmer Gesellschaft zu frühstücken. Allerdings ...«

Er konnte nicht glauben, daß Slater ihn abgeholt hatte, um eine derart unbedeutende Botschaft zu überbringen. Eine Notiz, ein Anruf, ein Botenjunge hätten das ebensogut erledigen können. Er war erstarrt, während er sprach und zugleich nachdachte. Nun fühlte er sich entschlossen, keinem, weder dem Großen Richter noch Slater, zu gestatten, ihm diesen Abend zu nehmen.

Er öffnete den Mund, um zu sagen, er werde sich später an den Hof begeben. Und dann machte er ihn wieder zu. Denn – was hatte dieser finstere kleine Kerl im Sinn? Marin hatte den Eindruck, als wäre es besser, nicht zuviel zu sagen, bis das klargestellt war. Trotz seiner äußerlichen Freundlichkeit hatte er es hier mit einem Mann zu tun, der Tod und Vernichtung austeilte. Was er wirklich sagte, war folgendes: »Ich bin verwundert, wieso du gekommen bist, mich abzuholen, Ed.«

Slater runzelte die Stirn und starrte zu Boden. Abrupt und sichtbar kam er zu einer Entscheidung. Er sah auf. »David, ich finde, du und ich sollten den Großen Richter jetzt sofort aufsuchen.«

»Weswegen?«

»Wegen der Sache mit Trask.«

Das war verblüffend. Er hatte, ehrlich gesagt, nicht angenommen, daß irgend jemand von Bedeutung sich jetzt noch um Trask Sorgen machte. Das Urteil war überbracht. Soweit ihnen bekannt war, würde die Hinrichtung zur festgesetzten Stunde stattfinden.

Marin fluchte leise. Er hätte wissen müssen, daß der menschliche Spürhund Slater und der Tiger von einem Mann, der den Planeten beherrschte, der Große Richter, irgendwie ahnen würden, daß etwas nicht in Ordnung war. Er hatte diese Eigenschaft schon früher beim Großen Richter beobachtet. Eine erstaunliche Fähigkeit, einen entscheidenden Faktor aus unzähligen zusammenhängenden und unzusammenhängenden Daten auszuwählen. Und nun hatte er unbeirrbar Trask als gefährliches Subjekt ausgemacht.

Das Gefühl des Schocks verging so rasch, wie es gekommen war. Marin kam der Gedanke, daß dieser verkrampfte kleine Mann ihm auf seine eigene irritierende Weise im Grunde einen Gefallen tat.

Marin sagte: »Danke, Ed. Natürlich gehe ich mit – wenn du meinst. Dein Flugzeug oder meines?«

»Meins.«

»Dann lasse ich meins rüberschicken.«

Slater war ungeduldig. »Wir können das von unterwegs erledigen. Komm schon.«

Während er noch dastand, dachte er ein zweites Mal an diesem zweiten Tag nach Trasks Verurteilung: Angenommen, ich kann nicht wieder ich selbst werden – rechtzeitig?

Er konnte die fünf Gnadentage, die Trask blieben, beinahe vorbeieilen sehen, vorbei, noch ehe er mehr tun konnte, als schwach zu zappeln, um sich aus der Falle physischer Identität zu befreien, die ihm aufgezwungen worden war. Das schmerzerzeugende Signal, mit dem die Kontrolle die menschliche Rasse beherrschte, würde unbeirrbar jenseits der äußeren Erscheinung zuschlagen und ihn durch ständige Qualen zwingen, sich zum ... Sterben zu melden.

Slater begriff das Wort. »David, wenn ich seiner Exzellenz sage, er soll dich wegen Trask anhören, wird er sich, glaube ich, ohne Vorurteile bereitfinden, es zu tun.«

Marins Herz hüpfte und regte sich dann schmerzlich. Er sah mit geschärfter Klarheit, daß er bis Mitternacht eine endgültige Entscheidung haben konnte. Er konnte sich keinen besseren Mann als Slater wünschen, um sich für Trask einzusetzen. Nicht einmal Medellin wäre für solch ein Vorhaben so wertvoll. Und doch ...

Es war zu früh. Er war auf eine Zuspitzung nicht vorbereitet. Er hatte noch nicht die Gelegenheit gehabt nachzusehen, ob der Körper im geheimen Laboratorium von Trasks Wohnung wieder bei Bewußtsein war. Bis es soweit war, gab es für ihn keine freie Bahn in die Sicherheit.

Es konnte natürlich sein, daß der Große Richter sein Plädoyer akzeptieren und das Todesurteil rückgängig machen würde. Aber das erschien Marin wenig glaubhaft.

Er sah, daß Slater den Kopf schüttelte. »Ich weiß nicht, warum du zögerst, mein Freund. Meines Wissens kannst du jeden Augenblick deines Postens enthoben werden. Daher sind alle anderen Angelegenheiten bedeutungslos, die dich beschäftigen.«

Marin sagte verblüfft: »Meines Postens enthoben – weswegen denn?«

Slater war ernst. »Er ist besorgt, David. Er hat von deinem Appell zugunsten Trasks gehört, und er hat ihn erschüttert.«

Marin folgte schweigend, während Slater zu seinem persönlichen Kurzstreckenjet vorausging.

Sie trafen alsbald an der Peripherie der Luftverteidigung des Hofes ein. Kontrollflugzeuge begleiteten sie hinein, wobei immer neue Staffeln übernahmen, während die vorhergehende jeweils ihren endlosen Patrouille-Aufgaben nachging. Das letzte Schiff landete mit ihnen zusammen, und bevor sie sich zum Tor begeben durften, wurden sie von der Besatzung des Kontrollschiffs identifiziert und zu der Stelle begleitet, wo Prippoffiziere das Kommando übernahmen. Im Innern des geschützten Geländes wandte sich Slater Marin zu und sagte: »Ich schlage vor, du läßt mich vorausgehen und kommst langsam hinterher. Stoße in zehn Minuten zu uns.«

Es war nicht der rechte Zeitpunkt, Delindy aufzusuchen, daher blieb Marin am Rand des erleuchteten Märchenlandes der Gärten.

Als die angegebene Zeit vergangen war, erreichte er die bescheidene Residenz des Großen Richters, ein gutshausartiges Gebäude mit acht Zimmern, das hinten mit einem anderen Gebäude verbunden war, welches einige Bedienstete beherbergte.

Zwei Männer saßen im Schatten unter einem Baum auf der Terrasse. Beide standen auf, als Marin näher kam; aber nur Slater trat ins Helle, um ihm entgegenzukommen. Der kleine Mann schien mit einer gleitenden Bewegung aus der Dunkelheit zu schlüpfen. Er blieb abrupt vor Marin stehen und sagte: »David, Seine Exzellenz hat zugestimmt, den Fall Wade Trask zu besprechen.«

Es lag ein leiser Anflug von Stolz in der Stimme des Leiters der Kontrolle. Und es war offensichtlich, daß er glaubte, er habe einen ganz besonderen Erfolg erzielt. Marin verhielt sich äußerlich ruhig, doch eine Flamme begann seinen Blutstrom entlang zu brennen. Während er weiterging, spürte er wieder den ungeheuren verborgenen Zorn des Mannes, der dort saß und auf ihn wartete. Instinktiv raffte Marin sich auf. Er war entschlossen, nicht kampflos aufzugeben.

Und dann wetteiferte eine Zeitlang nur der Klang seiner Stimme mit dem sanfteren Laut des Nachtwindes. Er begann, indem er das gleiche Argument anführte, das er dem Rat der Gruppenmeister geliefert hatte, nachdem sie seine persönliche Bitte abgelehnt hatten. Und dann fuhr er fort, indem er einige von Trasks Erfindungen beschrieb und den Nutzen, den er aus ihnen gezogen hatte. Er schloß endlich mit einer persönlichen Bitte: »Exzellenz, ich habe mich mit der Zeit bei einem Großteil der kreativen Tätigkeit, nach der bei den Streitkräften ein ständiger Bedarf herrscht, auf das Genie dieses Mannes verlassen. Er hat ohne Einschränkungen gegeben, dabei nichts zurückbehalten. Ich finde, diese gesamte Angelegenheit wäre besser von Mensch zu Mensch abgehandelt worden. Ich glaube, wenn ich nicht gerade fortgewesen wäre, als die Sache zum ersten Mal zur Sprache kam, dann hätte ich mit ihm sprechen können und hätte bald herausgefunden, was er wirklich meinte, als er unser Gruppensystem kritisiert hat. Um zum Schluß zu kommen, Euer Exzellenz, ich denke, dieser Mann sollte nicht hingerichtet werden. Ich glaube, er sollte freigesprochen werden, und zwar schnellstmöglich.«

Es war gesagt. Das Plädoyer, was es auch wert sein mochte, war für immer beendet. Als er noch einmal kurz zurückdachte, fiel ihm nichts Sinnvolles mehr ein, was er hätte hinzufügen können. Vielleicht hatte etwas zuviel Emotion in seiner Stimme gelegen, und das war schlecht. Aber das Gefühl hatte sich eingeschlichen. Und da dies als Anzeichen seines längst bekannten Interesses am Wohlergehen Trasks gedeutet werden würde, dürfte nicht einmal das allein die Entscheidung beeinflussen.

Er wartete.

Schweigen herrschte unter dem dicht belaubten Baum. Es war ein Schweigen, das sich in die Länge zog, während der Mann, welcher in seinem Schatten saß, nachzudenken schien, was Marin gesagt hatte. Ein schwacher Wind seufzte durchs Geäst; der Duft von Blumen und Grünpflanzen wurde momentan schwerer. Und verschwand dann, als der Wind erstarb.

Der Führer schüttelte den Kopf. »David«, sagte er, »es muß Ihnen inzwischen klar sein, daß ich Sie als Person schätze und als einen Mann mit einer Begabung für militärische Angelegenheiten. Ihre Unterstützung Trasks hat mir einen Schock versetzt, und ich habe mich nun schon eine Weile gefragt, was für eine Beziehung Sie zu diesem Mann haben.«

»Es gibt keine Beziehung, Exzellenz«, sagte Marin, »bis auf eine völlig normale, die sich aus meinen speziellen Aufgaben ergibt.«

»Das glaube ich Ihnen«, sagte der Große Richter. »Und deshalb erwarte ich, daß Sie ihm Ihre Unterstützung entziehen. Richten Sie fortan Ihre Energien darauf, den jorgischen Krieg zu gewinnen.«

Das war ein direkter Befehl. Marin erblaßte, dann sagte er: »Erachten Sie es für erledigt.« Und er lächelte gezwungen.

Der Diktator schien zu zögern. »Am Fall Trask ist mehr, David, als es nach außen hin den Anschein hat. Ich bedaure, daß ich nicht einmal Sie ins Vertrauen ziehen kann. Bitte glauben Sie mir jedoch, wenn ich sage, daß es von größter Bedeutung ist, daß Jorgia rasch unterworfen wird.«

Er hielt inne; dann: »Sie können einwenden, falls der Tod Trasks so wichtig sei, warum man dann nicht auf den üblichen legalen Aufschub verzichtet? Ich kann nur sagen, es gibt Gründe.«

Marin dachte an das Notizbuch, das er einem Toten abgenommen hatte. Er hatte irgendwie geglaubt, er könne sich in einem so bedeutsamen Moment wie diesem entscheiden, es dem Großen Richter zu zeigen. Aber er konnte es nicht. Es gab zu viele Unklarheiten in seinem Kopf bezüglich des Gehirns ... und des Großen Richters.

Im Schatten stand der Große Richter auf. »Das ist alles. Ich schlage vor, Sie begeben sich zu Ihrem üblichen Gästechalet, und wir sehen uns beim Frühstück.«

Für Marin schlug mit unwiderruflicher Endgültigkeit eine Tür zu.

Siebzehn

Marin, ein widerwilliger Gast, ging zu seinem »üblichen« Chalet. Die Nacht war nun kühler und, bis auf die erleuchteten Wege, viel dunkler. Bereits mit seiner Situation unzufrieden, betrat er das Gästehaus. Er hatte nicht das Gefühl, Schlaf zu brauchen. Er war nämlich fest davon überzeugt, daß er diese Nacht nicht gänzlich vergeuden durfte.

Und doch würde er auf Befehl des Diktators auf diesem bewachten Gelände bleiben müssen. Aus irgendeinem Grund fortzugehen, würde Verdacht erregen.

Er zog sich unentschlossen aus und holte einen Gästeschlafanzug aus einer Schublade, zog ihn aber nicht an. Es erschien ihm, daß es, wenn er ihn anziehen würde, einer Entscheidung gleichkäme, sich schlafen zu legen. Schlaf bedeutete jetzt Tod in fünf Tagen von heute an. Das war eine unerfreuliche Rechnung, und im Grunde gab es nichts, was er mit Gewißheit addieren oder subtrahieren konnte. Seine Abneigung dagegen, diese zweite Nacht schlafend zuzubringen, war ein Gefühl, kein bewußter Gedanke.

Nackt kletterte Marin ins Bett, machte das Licht aus und lag im Dunkeln. Er konnte nicht anders, als sich an seine inzwischen überfällige Verabredung mit Ralph Scudder, dem Prippführer, zu erinnern. Nicht, daß er bereits einen Plan gefaßt hatte, Scudder für seine Zwecke zu benutzen, aber daß es ihm nicht gelungen war, sich mit dem anderen zu treffen, hatte den Beigeschmack einer versäumten Gelegenheit.

Marin hob die Hand und stellte den Weckschalter der beleuchteten Nachttischuhr ein. *Schlaf,* dachte er niedergeschlagen. Wenigstens würde er für morgen ausgeruht sein.

Er erwachte plötzlich in dem Bewußtsein, daß noch jemand im Zimmer war.

Eine Frau flüsterte im Dunkeln: »David!«

Delindy!

Marin antwortete flüsternd: »Komm hierher zum Bett.«

Es folgte eine Pause, eine Bewegung, der Duft von Parfum; und dann ein Ziehen an den Laken, und sie befand sich neben ihm im Bett. Sie preßte sich an ihn, und er stellte fest, daß sie ein seidenes Negligé anhatte. Es fühlte sich an seiner Haut kühl an.

»Du Schuft«, schalt sie. »Keine Kleidung an.«

Aber ihre Finger bewegten sich sanft, ruhelos über seinen Körper, während sie sagte: »Ich kann nicht bleiben. Wie soll ich dich treffen und mit dir gehen?«

Marin küßte sie. Ihre Lippen waren weich und liebevoll, doch er konnte die Anspannung in ihrem Körper spüren. Er sagte: »Frisiere dich unauffällig und lege kein Make-up auf. Ich werde die Luftüberwachung informieren, daß eine Dame mitkommt.«

Es entstand ein Schweigen in der Dunkelheit neben ihm. Marin sagte schließlich: »Was hältst du davon?«

»Nicht sehr schmeichelhaft«, sagte die Frau.

Marin sagte sanft: »Nun, meine Liebe, du weißt, es ist nicht das Make-up, das die schöne Delindy hervorruft, und ich weiß es auch. Aber wir wollen uns nicht in unnötige Verkleidungen verstricken. Wie erklärst du dem Großen Richter deine Abwesenheit?«

»Oh, ich verreise nur für einen Tag oder so. Es ist ihm egal.«

»Hast du ihm gesagt, wo du hin willst?«

»Nein. Er verlangt keine Erklärungen.«

Im Dunkeln schüttelte Marin ganz leicht den Kopf. Sie hatte sich vom äußeren Anschein völliger Toleranz täuschen lassen.

Die innere Realität, davon war Marin überzeugt, bestand nicht in einer Tendenz zum Mißtrauen, die so viele Beobachter beunruhigt hatte. Es handelte sich schlicht und einfach um eine unglaubliche Schärfe der Wahrnehmung in Verbindung mit dem großen Zorn, der dem Mann zuwider war. Der Große Richter war ein unvergleichliches Genie, das in die Herzen der Menschen blickte, und wenn er dort den Zorn entdeckte, den er unbewußt in sich selbst vermutete, machte er dem Anstoß erregenden Wahn ein Ende, bevor er seine eigene innere Stabilität erschüttern konnte.

Marin sagte sanft: »Laß mich dir genau sagen, was du tun sollst. Macht es dir etwas aus?«

»Ich werde dich anhören.« Sie drückte sich, wenn möglich, noch fester an ihn.

In knappen Worten beschrieb Marin eine Route, der ihr privater Kurzstreckenjet folgen sollte, wo sie zum ersten Mal in ein Lufttaxi umsteigen sollte und wo sie schließlich auf den Militärtransport stoßen sollte.

»Das ist klug«, sagte Delindy nachdenklich, als er fertig war. »Glaubst du, es wird die Leute wirklich irreführen?«

Marin erläuterte die Prinzipien der Täuschung. »Du hast es mit Menschen zu tun, normalerweise mit einer begrenzten Zahl. Sie werden durch ihr Bedürfnis nach Geheimhaltung behindert. Sie werden von Menschenansammlungen aufgehalten. Wenn sie zu weit zurückbleiben, verlieren sie dich aus den Augen.«

Sie schien das zu akzeptieren, denn sie flüsterte: »Oh, David, es ist so schön, dir wieder nahe zu sein. Ich hab dich so vermißt. Ich –« Ihre Stimme brach. Im nächsten Augenblick hatte Marin eine schluchzende Frau in den Armen. »Oh, mein Liebling«, flüsterte sie, »ich bin so unglücklich. Wie konnte uns so etwas passieren?«

Marin hielt sie fest. Er hatte das Gefühl, innerlich abgeschaltet zu werden, als würde sein Verstand nicht funktionieren, als sei irgendeine Sprungfeder seines Seins durch ihren Jammer berührt. Schließlich dachte er verzweifelt: »Ich darf mich davon nicht rühren lassen. Das darf meine Entscheidungen nicht beeinflussen.«

Und er wußte nicht genau, was er damit meinte.

Denn – was für Entscheidungen?

Seine einzige Aufgabe bestand darin, wieder David Marin zu werden – wirklich, nicht nur dem Anschein nach.

Die Frau in seinen Armen hörte unvermittelt zu weinen auf. »Ich gehe jetzt besser«, sagte sie. »Wir sehen uns am Raketenstartplatz.« Sie küßte ihn sanft und drehte sich dann weg von ihm; er hörte die Bewegung, mit der sie aufstand, und das Geräusch von Schritten auf dem Teppich. Dann öffnete sich die Tür und schloß sich wieder.

Marin lag eine Weile da und dachte an die Momente ihrer Gegenwart, die Berührung ihrer Hände auf seinem Körper, ihre gedämpfte Stimme, ihre Tränen – das alles war nun vorbei, aber nicht vergessen.

Als Tochter des früheren jorgischen Botschafters war sie höchst verdächtig. Er konnte sich denken, daß ihr Wunsch, an die jorgische Grenze zu reisen, einzig und allein ein Test war, um festzustellen, ob er sie mitnehmen würde. Sie wollte möglicherweise herausfinden, ob es dieses Mal zum Krieg kam. Marin drehte sich auf die Seite, nun wieder zutiefst unglücklich über seine vergeudete Nacht.

Seine Nachttischuhr zeigte achtzehn Minuten nach eins an, als er, die Entscheidung fest im Sinn, erwachte. Er stieg aus dem Bett und zog sich im Dunkeln an.

Er überprüfte seine Entscheidung, aktiv zu werden, nicht. Dieser Zyklus war, während er unruhig schlief, abgeschlossen worden. Ohne Zögern verließ er die Hütte und befand sich einen Moment darauf auf dem Weg zur Residenz des Großen Richters.

Marin ging einen Pfad entlang, gab sich gleichgültig, tat so, als befinde er sich auf einem Spaziergang. Falls Delindy sich herausstehlen konnte, um sich mit ihm zu treffen, dann war der umgekehrte Vorgang ebenfalls möglich.

Er war, wie er feststellte, der sicheren Überzeugung, daß sich der Eingang zu den Schutzräumen – welche damals die Codenummer 808-B erhalten hatten – tatsächlich irgendwo im Innern des Hauses des Großen Richters befand. Heute nacht würde alles Rätselraten darum ein Ende haben. Und er würde außerdem feststellen, was sich in den Schutzräumen unter diesem Gelände befand. Sobald er unter die Oberfläche kam, würde er sich so rasch und gründlich umsehen, wie es die Zeit erlaubte.

Sobald ...

Darin bestand natürlich das Problem. Hineinzukommen, hinunterzukommen. Ratlos blieb Marin im Dunkel eines überhängenden Busches stehen. Während er dastand, verdrängte er die Zweifel aus seinen Gedanken. Es gab kein Zurück. Falls sich das Gehirn dort drunten in den Schutzräumen befand, dann war wohl der heutige Abend seine einzige Chance, es herauszufinden.

Aus dem Schatten heraus ermittelte er seinen Standort in bezug auf die Gärten. Er kannte dieses ganze Gebiet. Er war etwa siebzig Meter weit gegangen. Das hieß: An der nächsten Wegkreuzung würde er die Residenz des Großen Richters sehen können.

Alles würde unverschlossen sein. So lautete das Gesetz. Und in dieser Beziehung gehorchte der Diktator seinen eigenen Beschlüssen. Das war die Art von Dingen, auf die Besucher achteten. Auf solch unbedeutendem Einhalten des Rituals beruhte die Popularität eines Führers.

Für Marin waren die Aktionsmöglichkeiten ungeheuer einfach. Er konnte das Haus verstohlen auf Umwegen betreten. Oder ...

Zuversichtlich, wenn auch leise, eilte Marin zur Vordertür, öffnete sie sacht, trat ein und schloß die Tür behutsam hinter sich. Er stand auf der Schwelle im Dunkeln, von einem Flur zu seiner Rechten schwach erleuchtet. Und kurz darauf, als kein Laut zu hören war, empfand er eine Freude, eine ungestüme Erheiterung, eine Erregung, die nach seinem Dafürhalten zu berauschend, zu abnorm war. Es war die Erregung eines Mannes, der ein großes Risiko eingegangen war, bei dem sein eigenes Leben auf dem Spiel stand.

Und gewonnen hatte.

... Nicht zum ersten Mal. Aber noch nie so wie jetzt, da *alles* darangesetzt war – sein Leben, sein Ruf, seine Position, seine Macht. Und doppelt spannend daran war, daß die zweite Phase dieses Spiels, bei gleichem Einsatz, bereits begonnen hatte.

Er ging auf Zehenspitzen durch den Raum, achtete auf die leiseste Berührung mit einem herumstehenden Möbelstück. Er kannte dieses Zimmer daher, daß er in kühlen Nächten zu Besprechungen hier gewesen war. Und so eilte er auf eine dem Eingang direkt gegenüberliegende Tür zu. Bald darauf befand er sich in einem pechschwarzen Flur. Und wußte, daß dahinter die Schlafräume lagen – Delindys rechts, die des Großen Richters links.

Es war unmöglich zu erkennen, ob die Schlafzimmertüren offenstanden oder nicht. Marin wartete. Aber es kam kein Laut. Und so erriet er erleichtert, daß die Türen zu waren. Im Dunkeln tastete er sich hinüber zur Wand auf seiner Rechten, entdeckte den Fahrstuhlknopf und drückte ihn.

Seit langem vermutete er, daß das Vorhandensein eines Aufzugs in einem einstöckigen Bungalow auf eine von zwei Möglichkeiten hindeutete: Auf ein Untergeschoß oder - wahrscheinlicher - auf Zugang 808-B zu den Schutzräumen. Es war nur natürlich, daß der Große Richter für den Notfall eine Möglichkeit haben mußte, zu entkommen.

Es entstand ein leises zischendes Geräusch und dann ein leises gleitendes Geräusch. Und dann ein Lichtstrahl, als die Aufzugtür sich seitwärts öffnete. Marin erschauerte, als dieses Licht den Korridor überflutete und als sein Widerschein die Dunkelheit des großen Raumes lichtete, durch den er soeben gekommen war. Aber er zwang sich zu bleiben, wo er war. Und stieg, als die Aufzugstür sich weit öffnete, ein.

Einmal dort, erschauerte er wieder. Doch diesmal vor Erleichterung. Die Bedienungstafel war vom Kombinationstyp, mit elf Knöpfen — 0 bis 9, und einer Auslösetaste. Wie eine elektrisch betriebene Rechenmaschine konnte er auf eine beliebige Anzahl von Stockwerken eingestellt werden.

Marin stellte ihn auf hundert ein und drückte dann den Auslöser.

Die Tür glitt zu. Der Mechanismus der Maschine zischte leise. Rasch senkte sich der Aufzug. Lichter flackerten über die numerierten Knöpfe. Von eins bis neun war das Licht weiß. Bei zehn begannen zwei Lichter aufzuflackern - die Null war weiß, die Eins rot. Bei elf zeigte der eine Knopf Rot auf der linken Hälfte und Schwarz auf der rechten Hälfte. Bei hundert kam der Aufzug zum Stillstand, wobei die Eins blau aufleuchtete und die Null rot und weiß war.

Die Tür glitt auf, und Marin erhielt einen beengten Ausblick auf einen typisch düsteren Korridor der Schutzräume. Er drang mit gezogener Schußwaffe vor; und er verbrachte nur etwas mehr als eine halbe Stunde auf diesem Stockwerk mit der Suche - falls man das Hineinblicken in große, leere Betonkammern und lange, dunkle Flure entlang Suchen nennen konnte. Er begab sich ein Stockwerk tiefer, dann zwei höher, dann vier tiefer und so fort.

Er ging mit einem wachsenden Gefühl der Verblüffung dahin und bemerkte nicht, wie sich hinter und über ihm eine Schiebetür öffnete und eine flexible Metallstange hervorkam, die auf ihn zielte und – irgend etwas abschoß.

Er ging weiter, wurde durch eine Stimme zur Seite gelenkt, die aus einem verborgenen Gerät zu ihm sprach, und alsbald lag er auf einer metallenen Drehscheibe. An diesem Punkt wurde seine Wahrnehmung gänzlich ausgeschaltet, und es blieb nur ein Wispern mechanischer Gegenstände – ein schwaches Summen, ein Laut, wie wenn jemand leise kicherte, Teile elektronischer Denkmaschinen, die sich miteinander »unterhielten«.

Es fielen keine Worte, aber es wurden Gehirnströme aufgezeichnet, eine kurze Überprüfung seiner Denkprozesse, und zuletzt wurden der Neuronenstruktur des Gehirns selbst drei Kontrollvorrichtungen aufgeprägt.

Dann wurde er freigelassen.

Marin ging weiter, ohne zu ahnen, daß seine Suche gestört worden war. Kurz vor fünf Uhr morgens nahm er erschöpft und überzeugt, daß kein Mann je mehr als nur beginnen konnte, die Schutzräume zu erkunden, den Aufzug nach oben.

Wieder empfand er, wenn auch – seltsamerweise – nicht so stark, die Anspannung unmittelbar bevorstehender Entdeckung. Doch nichts geschah. Und gleich darauf war er draußen im Garten. Und dann befand er sich hundert Schritte vom Bungalow des Diktators entfernt und wußte, daß er nun zumindest vor sofortiger Entdeckung sicher war.

Er kroch im schwachen Licht des Morgengrauens ins Bett. Und die Unzufriedenheit mit der vergeudeten Nacht war wieder da. Er wachte dauernd auf, und jedesmal war dieses Gefühl unverändert da. Er hatte irgendwie den wahren Sachverhalt verfehlt, und deshalb war er ein ungeheures Risiko eingegangen und hatte nichts erreicht.

... Vergeudet ...

Das Frühstück mit dem Großen Richter verlief ereignislos. Sie sprachen nicht über den jorgischen Krieg.

Kurz nach dem Frühstück flog Marin vom Hof des Richters ab.

Während er die Marin-Maske vom Gesicht und vom Körper Wade Trasks entfernte, konnte er in Gedanken nur zwei Dinge anführen, die während seines Besuchs vorgefallen waren. Der

Große Richter hatte sein Plädoyer bezüglich Wade Trask angehört. Und Delindy war heimlich zu ihm gekommen, um die Einzelheiten ihrer gemeinsamen Reise nach Asien zu besprechen.

Es erschien ihm, der nichts dem Zufall überlassen konnte, daß jeder der beiden Vorfälle der Hauptgrund gewesen sein konnte, daß er an den Hof eingeladen worden war. Er konnte sich gut vorstellen, daß die Unterhaltung am vergangenen Abend vom Großen Richter selbst vorgeschlagen worden war und nicht von Edmund Slater. Und daß Delindy zu ihm gekommen war, dafür gab es drei mögliche Erklärungen. Einerseits mochte der Große Richter kaltblütig seine eigene Geliebte benutzen, um ihren früheren Liebhaber auszuhorchen in der festen Überzeugung, daß sie sich dem Herrscher eines ganzen Planeten gegenüber eher loyal verhalten würde als gegen irgendeinen Untergebenen. Andererseits mochte Delindy selbst eine jorgische Spionin sein, die ihren Körper benutzte, um zunächst einen Gruppenmeister, dann den Diktator um ihres eigenen Landes willen zu umgarnen. Die dritte Möglichkeit war, daß sie David Marin liebte.

Es gab im Grunde, erkannte Marin, noch eine vierte Überlegung, die er anstellen konnte. Sie war das Werkzeug des Gehirns und verrichtete unbewußt die Arbeit des mechanischen Wesens, während sie bewußt nur das war, was sie normalerweise war.

Besorgt wies Marin diesen Gedanken von sich. Nicht, daß er nicht Substanz oder Sinn gehabt hätte. Er war nur einfach zu bizarr und jenseits seiner Kontrolle.

Es handelte sich nicht um eine Sache, an die er am Morgen dieses dritten Tages denken durfte, da soviel anderes zu tun war.

Achtzehn

Marin öffnete die Tür zu Trasks Wohnung und trat ein. Der große Raum erstrahlte in der Helligkeit des Morgens. Nur einen Moment lang hatte er das Gefühl, er sei leer. Und dann erhob sich Riva Allen aus einem Sessel in der Ecke. Sie stieß einen Freudenschrei aus und stürzte sich unternehmungslustig in seine Arme.

Sie zappelte und wand sich und küßte ihn und krümmte sich

vor Aufregung. Und dann schien ihr etwas einzufallen, sie wich zurück und sagte mit gedämpfter Stimme: »Ich habe Anweisungen von Arallo, daß entweder du oder ich ihn anrufen soll, sobald du zur Tür hereinkommst.«

Marin sagte: »Oh!«

Plötzlich schien ihm dieser Tag weniger zu gehören.

Dann hatte er einige Momente lang eine seltsame, intensive Wahrnehmung dieser Welt um ihn herum. Da war zunächst einmal dieser sehr persönliche Raum, nach dem Mietrecht Trasks Wohnung – im Grunde Privatbesitz, seine Zuflucht, wo ihm theoretisch niemand etwas anhaben konnte, außer durch das Gesetz.

Und dann war da noch Trasks verbrieftes Recht, bis zur Stunde seiner Hinrichtung frei zu sein. Dennoch waren trotz dieses Rechts Eingriffe in sein Leben möglich. Seine Aktivitäten konnten auf tausenderlei Wegen gestört werden; und daher war es lebenswichtig, daß er ein Mindestmaß von Anpassung an die Wünsche all dieser zudringlichen Autoritäten zeigte.

Er vermutete, daß Arallo über sein eintägiges Verschwinden gar nicht glücklich sein würde, empfand kurzfristig die Arroganz eines Gruppenmeisters gegenüber Handlangern wie Arallo und besann sich dann seiner Lage. Sinnlos, der Sache auszuweichen.

Er drückte einen Rufknopf. »Arallo, Tilden!« sagte er mit deutlicher Stimme.

Eine deutliche Aussprache war für die elektronischen Geräte erforderlich, die den Anruf allein auf der Basis des Klangs dieses Namens für ihn erledigten. Eine Weiterentwicklung bereits bekannter Methoden durch Trask-Elektronik, waren die zugehörigen Geräte zumeist Regierungsbeamten vorbehalten. Trask hatte nur diesen einen Apparat in seiner Wohnung. Der Knopf aktivierte einen Servomechanismus, der daraufhin bereit war, seine Worte aufzuzeichnen, während er sie sprach; ein weiterer Mechanismus fertigte ein Diagramm des durch den Klang erzeugten elektrischen Impulses an. Als nächstes untersuchte ein Abtaster das Diagramm, ordnete es als einer bestimmten Gruppe von Geräuschen zugehörig ein. Ein Servomechanismus verwarf sämtliche anderen Gruppen, und ein Abtaster sah dreidimensionale Plastikmodelle des Diagramms durch – die zuvor erstellt worden waren – und wählte eines aus, das Tilden Arallo von etwa zwanzig ähnlichen Wörtern am besten repräsentierte. Ein weiterer Servomechanismus suchte serienweise ein weiteres dreidimensionales Plastikmodell heraus, wobei dieses eine Telefonnummer darstellte, und der Vorgang wiederholte sich bis zu dem Punkt, an dem ein weiterer Servomechanismus elektrisch die gewünschte Nummer wählte. Eine ähnliche Technik wurde für die automatische Übersetzung verwendet und zur direkten Spracheingabe in Schreibmaschinen.

Es entstand eine winzige Pause, während der komplizierte Prozeß ablief. Ein Wandschirm schaltete sich ein, und das Gesicht eines Mannes erschien darauf.

Tilden Arallo sagte vom Schirm her: »Ach, du bist es, Trask.«

Er wirkte unfreundlich, nicht fröhlich, aber lebhaft. Seine Brauen waren zusammengezogen, seine Lippen geschürzt und seine Augen ernst. Er sah wie ein Mann mit Problemen aus. Marin sagte in freundlichem Ton: »Riva sagte, du wolltest mich sprechen.«

Arallo nickte. »Ich wollte dich daran erinnern, daß heute abend unser regelmäßiger Gruppensitzungsabend ist.«

Marin sagte nichts. Aus dem Verhalten des anderen ging klar hervor, daß Trasks Verschwinden für einen Tag ihn bei der Gruppe wirklich unbeliebt gemacht hatte. Er wartete.

Arallo fuhr fort. »Wir erwarten, daß du anwesend bist.«

»Ich sehe nicht ein, warum nicht«, sagte Marin.

»Ich ehrlich gesagt auch nicht«, sagte Arallo. Er zögerte; dann: »Ich würde eine Haltung friedlicher Kommunikation empfehlen.« Damit unterbrach er die Verbindung.

Marin saß schweigend da. Arallos Benehmen schien auf zukünftige Schwierigkeiten hinzudeuten, die ihm ernstlich zu schaffen machen konnten. Und doch gab es wenig, was er hätte tun können. Echte Kommunikation kam nicht in Frage. Er schlug sich die Sache aus dem Kopf. Er wandte sich um und sagte zu Riva: »Ich habe in meinem Arbeitszimmer zu tun, und ich wünsche nicht gestört zu werden.«

Er wollte sich soeben abwenden, als er ihrem Gesichtsausdruck entnahm, daß er zu brüsk gewesen war. Er sagte: »Heute abend werde ich frei sein, Liebling.«

Sie schüttelte den Kopf und sagte erbittert: »Du kannst mich nicht täuschen. Du bist längst tot.«

Aber sie drängte ihn zur Tür zum Arbeitszimmer. »Na gut, tu deine Arbeit. Möchtest du, daß ich Essen mache?«

»Ja«, sagte Marin, erleichtert über ihre Kooperation.

Dessenungeachtet war er, als er die Tür zum Arbeitszimmer schloß, erstaunt, festzustellen, daß er zitterte. Er verlor keine Zeit damit, dem Gefühl nachzugeben, sondern blockierte hastig die Tür mit einem Stuhl, öffnete den verborgenen Eingang zum Laboratorium und ging hinein.

Das Glitzern von Glas, der Glanz der Instrumente, der lange, schimmernde Tisch – das war es, was seine Augen traf. Und auf dem Boden ...

Ein Blick genügte Marin. Der Körper – *sein* Körper – war bei Bewußtsein.

Er ging zu ihm hinüber und sah auf seinen Gefangenen herab. Die Augen des Gefesselten musterten ihn aufmerksam, jedoch eher mit Verblüffung als mit Furcht.

Marin sagte: »Kannst du mich hören?«

Der Mann auf dem Boden nickte zustimmend mit dem Kopf.

Marin sagte: »Ich möchte, daß du mir sagst, wo du deine Erfindung hingebracht hast, als du sie aus den Trask-Laboratorien herausgeschafft hast, nachdem du mich verlassen hattest.«

Seine Antwort war ein schwaches, zynisches Lächeln, dann ein Kopfschütteln. Und dann versuchte er, den Knebel auszuspukken.

Marin bückte sich und entfernte, immer daran denkend, wie kräftig seine eigenen Zähne immer gewesen waren, vorsichtig den Knebel. Dann kniete er sich hin, bereit, den Knebel wieder hineinzuzwängen. Neugierig fragte er: »Wie ist es dir nur gelungen, dich selbst aus dem Verkehr zu ziehen?«

Der andere sah ihn finster an. »Jetzt, da du in meiner Nähe bist, sehe ich, daß du meine Brille nicht trägst.«

Marin hatte beinahe die Episode vergessen, als er die Brille abgenommen hatte. Nun dämmerte es ihm. Er wartete.

»Es ist plötzlich passiert«, sagte Trask in angespanntem Tonfall. »Ich war hier, um einige Geräte zu holen, als – einfach so – mein Gesichtssinn versagt hat. Ich bin gegen die Rückseite der Uhr gefallen und muß einen Draht kurzgeschlossen haben, denn ich erhielt einen Schock, der mir das Bewußtsein nahm. Es war einer dieser verdammten Zufälle.«

Er schien von der Erinnerung niedergeschlagen. Marin bemerkte es kaum. Ein Zufall! Hatte der gleiche Zufall einen Kontakt ausgelöst, der dazu führte, daß Leuchtstreifen sich in jener ersten Nacht sich aus dem Ziffernblatt der Uhr zum Schlafzimmer und auf sein Bett zu bewegt hatten?

Wenn das stimmte, dann bedeutete das eine weitere Verzögerung von Erklärungen auf einem Gebiet, auf dem es ohnehin viel zuwenig Gewißheit gab.

Trask sagte in gedämpftem Tonfall: »David, siehst du denn nicht ein, daß dies das Größte ist, das es je gegeben hat? Allein auf dem einen Gebiet des Gesichtssinns haben du und ich die psychologische Wissenschaft verändert.«

Marin zuckte die Achseln. Das Argument ließ ihn kalt. »Psychologie ist keine Wissenschaft«, sagte er schlicht. »Man kann nur Meinungen darüber haben, und die eine Gruppe akzeptiert nie die Meinungen der anderen. Wir haben aufgehört, bei den Streitkräften Psychologen einzusetzen, es sei denn als untergeordnete Techniker unter Aufsicht von Soldaten.«

Trask schien nicht zugehört zu haben. »Wie lange . . .«, sagte er mit angestrengter Stimme, »wie lange hat es gedauert? Bis du dein Sehvermögen wieder hattest, meine ich?«

»Etwa fünfzehn Stunden«, sagte Marin barsch.

»Die gleiche Zeit wie bei mir«, sagte Trask triumphierend. Ungeachtet seiner Fesseln setzte er sich auf. »David, erkennst du nicht, was das bedeutet? Es ist die Grundhaltung einer Person, die zählt, ihre Weltanschauung. Solange ich denken kann, habe ich mich von der Welt der Taten ferngehalten. Ich bin der Denker gewesen, der beobachtet – aus sicherer Entfernung. Und meine Augen haben ihren kurzsichtigen Zustand aus diesem Verhaltensmuster entnommen.«

Es interessierte Marin kurze Zeit, daß dieser Mann in dieser furchtbaren Periode seines Lebens noch wissenschaftlichen Eifer bezüglich Nebenerscheinungen seiner Erfindung zeigen konnte. Das schien ihn menschlicher zu machen. Er fühlte, wie er auftaute – nicht viel, aber ein wenig. Er sagte freundlich: »Trask, wo hast du die Erfindung hingebracht? Ich brauche sie.«

Die Aufregung verschwand aus den Augen des anderen. Er sah Marin nüchtern an. »David, wir sind nun Partner, ob dir das recht ist oder nicht. Siehst du das nicht ein?«

Marin schüttelte den Kopf. »Du tust genau, was ich sage. Das ist es, was ich einsehe.«

»Ich brauche nichts weiter zu tun«, sagte Trask, »als nichts zu unternehmen, und du wanderst in vier Tagen von heute an in den Konverter. Das verschafft mir eine starke Verhandlungsposition.« Die schönen, dunklen Augen, die zu Marin aufsahen, waren leicht zusammengekniffen, als würden sie nach einem Hinweis auf Marins Absichten suchen.

Marin sagte: »Ich habe keine Zeit, mich zu streiten. Jedes Hindernis, das du mir in den Weg legst, wird mich weniger geneigt machen, dir zu helfen . . . später. Ich wiederhole, und es ist das letzte Mal, daß ich danach frage! Wo ist der Apparat?«

Trask starrte ihn an, und plötzlich sah er entsetzt aus. »Du verdammter Halunke!« schluchzte er beinahe. »Ich kenne diesen Tonfall. Ich erkenne einen Mörder, wenn ich ihn höre. Aber du könntest deinen eigenen Körper nicht beschädigen.«

Marin wartete. Er hatte getötet, als Werkzeug der Regierung. Er würde es zweifelsohne wieder tun. Indem er annahm, das, was ein Mann als Regierungsbeamter tat, würde er auch aus persönlichen Motiven tun, machte Trask sich selbst Angst.

»Schau doch«, sagte Trask verzweifelt, »wenn ich Zeit hätte, könnte ich dich überzeugen, daß dieses kombinierte Weltbild aus Gruppengedanken und freier Marktwirtschaft ebenso viele Makel hat wie jedes System für sich.« Er mußte geglaubt haben, Marin wolle ihn unterbrechen, denn er fuhr in atemlosem Tempo fort: »David, wenn wir nach dem Übermenschen streben würden, müßten wir mit der Bereitschaft beginnen, sich jederzeit dem Tod zu stellen. Und deshalb ist der erste Ort, an dem wir Daten erheben, ein in den Krieg ziehendes Heer. Dort sehen wir ein unglaubliches Phänomen – Männer auf dem Höhepunkt ihrer Kräfte, die dazu trainiert sind, bis zum Tod zu kämpfen.

Wann immer ein genialer Führer dies sieht, ergreift ihn ein berauschendes Gefühl bezüglich der potentiellen Stärke menschlicher Wesen. Er kann sich Massen von Männern vorstellen, die vereint sind zur Verwirklichung großer Ziele. In der Praxis scheint das nicht zu funktionieren. Nimm einen Mann aus der militärischen Einrichtung heraus, und er verliert die Größe, die von der Gemeinschaft herrührt. Fünftausend Jahre Kampf haben bewiesen, daß das Soldatenleben nicht zu dem genügsamen Menschen paßt, der dennoch seine Beziehung zu anderen Leuten erkennt.«

Er schwieg unglücklich. »Ich sehe, ich komme nicht recht voran«, gab er zu. »Du bist dem Großen Richter gegenüber loyal, und –« Er brach ab. »David, hast du dich je gefragt, wo der Große

Richter hergekommen ist? Wie sieht seine Abstammung aus? Nun liefere mir bitte nicht die stereotypen Antworten, die Propaganda und die offizielle Geschichtsschreibung. Geboren in jenem Teil der Sowjetunion, die heute als Jorgia bekannt ist, in einem Ingenieursheim aufgewachsen, Offizier in der Armee geworden. Nicht die Geschichte. Hast du je einen Bericht gesehen, der die Lücke zwischen Oberst Ivan Prokov und dem Großen Richter geschlossen hat? Offen gestanden, ich nicht, und ich habe es gern, wenn meine Lebensgeschichten Kontinuität aufweisen.«

Marin sagte geduldig: »Ich kann dir die Einzelheiten erzählen. Es war eine Periode der Bewegung innerhalb der Streitkräfte der Vereinigten Ostmächte. Gegen Ende des Krieges erkannten die russischen Feldoffiziere, was die Stabsoffiziere nicht zu wissen schienen: daß die einfachen Soldaten so ziemlich am Ende waren. Unter Führung von Oberst Ivan Prokov –«

Er unterbrach sich, denn Trask blickte ihn spöttisch an. »Du kennst deinen Katechismus, was? Aber wie, mein Freund, erklärt das einen Mann, der vor fünfundzwanzig Jahren beinahe fünfzig Jahre alt war und der nun wie achtunddreißig aussieht?«

Er warf Marin einen prüfenden Blick zu. »Hast du dazu irgendwas zu sagen?« fragte er.

Marin zögerte. Er war nicht bereit, diese Diskussion fortzuführen, die er als fruchtlos ansah. Aber er dachte an die Zeit, als er sich an Trask Körper gewöhnt hatte. Die traumhaften Erinnerungen – jene Szene, als ein offensichtlich sterbender Mann um Hilfe gebeten hatte. Der Vorfall mochte ein Hinweis auf das Geheimnis der früheren Beziehungen Trasks sein.

Er beschrieb Trasks in knappen Worten die Szene und sagte: »Ich habe verstanden, daß ihm nur geholfen werden konnte, wenn es ihm zu sagen gelang, warum er krank war. Was ist aus ihm geworden?« Trask sagte: »Eins meiner frühen Experimente in Sachen Selbstgenügsamkeit.«

»Was hat das Experiment ergeben?«

Der andere verzog das Gesicht. »Dies ist eine Welt der lahmen Enten, David. Ein hoher Prozentsatz der Leute ist so tief in das Bedürfnis verstrickt, sich von anderen sagen zu lassen, was sie tun, denken, fühlen und glauben sollen, daß sie eher sterben würden, als sich ihrer *eigenen* Verantwortung für Krankheit, Versagen und andere Gebrechen bewußt zu werden. Wir müssen das ändern. Wir müssen ein System aufbauen, in dem die Leute sich aufeinander verlassen und wo Autorität auf einem Gebiet nur eine Informationsquelle für Gleichgestellte ist.«

»Dieser Mann ist gestorben?«

»Nein.« Trask zuckte die Achseln. »Nachdem er in ein Koma verfallen ist, haben wir unsere Rolle eines Vater- oder Muttersatzes erfüllt und ihn gerettet.«

Marin nickte. Er hatte noch eine Frage, bevor er zur Hauptsache kam: »Wo haben diese Experimente stattgefunden?«

»In Jorgia. Die Königin und ihre damals minderjährige Schwester haben alle möglichen Experimente am lebenden Objekt gefördert, und da sie nicht allzu viele Fragen stellten, bin ich nach Jorgia gezogen und habe dort drei Jahre gelebt.«

»Während jener drei Jahre«, sagte Marin, »mit wem hast du damals in Verbindung gestanden?«

Trask warf ihm einen prüfenden Blick zu, dann wurde er ein wenig kleiner. »Du bist hinter etwas her«, murmelte er unsicher. »Ich merke das. Aber ich werde es dir trotzdem sagen. Einige der besten Leute, die mir je begegnet sind. Vermutlich Idealisten. Aber sie haben den Wert meiner Ideen darüber, wie Menschen miteinander leben sollten, erkannt. Sie haben mich ermutigt zu experimentieren.« Neugierig fragte Marin: »Wie hast du diese Leute kennengelernt?«

»Ich habe zwei Männer und eine Frau an der Hochschule kennengelernt. Wir unterhielten uns manchmal stundenlang. Natürlich hatte ich damals die Ideen noch nicht perfektioniert.«

Marin gab nicht nach: »Bist du direkt im Anschluß an die Hochschule nach Jorgia gegangen?«

»Nein. Erst, als ich das Resonanzgerät mit der Echokammer aus unendlichen Reihen erfunden hatte, das unverzerrte weltweite Rundfunk- und Fernsehübertragung ermöglichte. Das hat mir alles Geld eingebracht, das ich brauchte. Ich war frei, weitergehende Studien zu betreiben.«

»Dann hast du diese Leute aufgesucht?«

Trask zögerte. Dann sagte er nervös: »Nun hör mal, ich versuche, ganz ehrlich zu sein. Aber das ist völlig unwichtig. Ich erzähle dir gern irgendwann davon.«

Marin nickte. »Na gut. Aber erst noch zwei weitere Fragen.«

»Na gut.« Trask wirkte resigniert. Marin fragte: »Gab es viele dieser . . . Idealisten . . . in Jorgia?«

»Ich habe etwa zweihundert kennengelernt«, sagte Trask. »Ich hatte den Eindruck, daß es Tausende gab.« Er fügte hinzu: »Sie schienen überall Leute zu kennen.«

»Frage zwei«, sagte Marin. »Hast du ihnen von deiner Erfindung des Identitätsaustauschs erzählt?«

Trask schüttelte den Kopf. »Nicht direkt.«

»Wie meinst du das?«

»Also . . .« Der Wissenschaftler blickte unglücklich drein. »Ich habe wohl angedeutet, daß ich an etwas Großem arbeite. Aber ich bin ihren Fragen danach ausgewichen.«

»Warum?«

»Also . . .« Trask war plötzlich nachdenklich. »Ich merke, worauf du hinauswillst. Warum habe ich ihnen nicht vertraut, wenn sie so wertvoll sind? Ich glaube, es war mein Geheimhaltungskomplex des Erfinders, und ich hielt einige von ihnen auch für ein wenig ungestüm. Ich konnte mir lebhaft vorstellen, wie diese Leute einen Umsturz zu erzwingen versuchen, und offen gestanden war ich der Meinung, daß der Erfinder einer geschichtsträchtigen Erfindung bei ihrer Anwendung und ihrem Einsatz ein Wörtchen mitzureden hat.« Er lachte rauh. »Ich wußte ja nicht, wie bald ich gezwungen sein würde, in halsbrecherischem Tempo zu handeln.«

»Ein wenig zu halsbrecherisch offenbar«, sagte Marin böse.

Aber er war enorm erleichtert über die Informationen, die Trask ihm geliefert hatte. Er besaß nun ein annäherndes Bild der derzeitigen Lage. Trask war eine seltsame Mischung aus echtem Idealismus und praktischem Lebensverständnis. Die Gruppe, die sich seiner bemächtigt hatte, hatte ihn geistig so zäh gefunden, daß sie nicht einmal versucht hatte, ihn mit ihren eigenen Vorstellungen zu indoktrinieren. Er besaß gewiß nicht ihr Vertrauen, noch war er gar Mitglied ihrer Organisation. Sie hatten ihn an der langen Leine geführt, was ihm reichlich Spielraum zum Manövrieren ließ.

Trask ergriff das Wort. »David«, sagte er ernst, »du merkst nicht, wie weit wir uns von der Vorstellung entfernt haben, daß ein menschliches Wesen das Recht auf Anerkennung seiner angeborenen, persönlichen Würde hat. Auf einfachste Begriffe gebracht, lautet die Idee: Wenn du die Rechte eines anderen verletzt, verletzt du die Rechte aller. Dem stimme ich zu.«

Marin sagte: »Ich nehme an, dieser Streich mit dem Körperaustausch, den du mir gespielt hast, bedeutet keine Verletzung deines Ehrenkodex.«

Es entstand eine Pause. Das war eindeutig ein Punkt, den Trask in seinem Eifer, seine Argumente darzulegen, vergessen hatte. Schließlich sagte er langsam: »Dies ist eine große Krise in meinem Leben. Ein Mann, der ein Gerät erfunden hat, das die Menschheitsgeschichte verändern wird, stellt eine besondere Situation dar.«

Er hielt inne. Sein Gesichtsausdruck schien zu besagen, daß seine eigenen Worte ihn unversehens auf einen neuen Gedanken gebracht hatten. Sein Gesicht war plötzlich schweißnaß.

Hierauf dachte Marin kurz daran, daß es *sein* Körper war, der empfand, sich verkrampfte, schwitzte, während Trasks Sein einen Gedanken nach dem anderen hatte. Es erschien ihm wie eine Entweihung, eine Beschmutzung des einst starken, gesunden Körpers.

Dann ergriff Trask wieder das Wort; und die phantastische Realität vertauschter Körper wich der Bedeutung seiner Worte. Er flüsterte heiser: »David, du wirst keine Folter anwenden müssen. Ich gebe dir die Erfindung. Ich zeige dir, wie man sie benutzt.

Neunzehn

Marin wartete. Er war erstaunt und nicht recht überzeugt. Männer, die der Ewigkeit ins Auge sahen, hatten grob gesehen drei Reaktionsmöglichkeiten: Sie waren ruhig und wie erstarrt; oder ungestüm und emotional (mit zahlreichen Variationen); oder gut gelaunt. Jene letztgenannten waren normalerweise totale Anhänger einer gegensätzlichen Philosophie. Sie hatten gespielt und verloren, und sie akzeptierten ihr Schicksal mit einem Schmerz und einem schiefen Lächeln.

Trask begann sich wie einer der Emotionalen zu verhalten. Er sagte grimmig: »In dem Moment, da du die Kontrolle über die Erfindung hast, wirst du an einem Scheideweg der Geschichte stehen, fähig, die Welt nach deinen Anschauungen zu gestalten. Daher wirst du keine Alternative haben, als dich wie ich zu verhalten.«

Plötzlich ruhig und ergeben, blickte er zu seinem Bezwinger auf. »Du wirst mich natürlich töten – später.« Er sprach sinnend. »Obwohl, das hängt davon ab. Vielleicht kannst du mich brauchen.«

Es war ein so anderer, ansprechenderer Trask, daß Marin nur einen Augenblick lang in die Richtung sah, in die die Worte des anderen wiesen. Und dann weigerte er sich erschüttert, noch weiter hinzusehen.

. . . Verrat, persönlicher Ehrgeiz, Rachegedanken – das waren die Aussichten. Ideale natürlich auch, aber die waren vage.

Er sagte steif: »Es ist ein Grundsatz der Gruppenidee, daß ein Mann sich freiwillig dem Wohl der Gruppe zu unterwerfen hat.«

Trask grinste. Er schien wieder völlig gelöst zu sein, in sich zu ruhen. Er sagte: »David, die Gruppenidee ist nicht umfassend und grundlegend genug, um diese Art Loyalität vom Individuum zu erhalten. Die einzige Macht, die dazu in der Lage ist, ist die Überzeugung des Individuums, eine dauerhafte Einheit im Rahmen der Ewigkeit zu sein.«

Marin sagte: »Oh, es handelt sich also um die Zurück-zu-Gott-Bewegung.«

Trask blieb zuversichtlich. »Das habe ich nicht gesagt. Ich habe nur eine logische Aussage gemacht.«

Trotz der oberflächlich guten Laune mußte er sich geärgert haben, denn er brach ab. »Die Erfindung ist in deinem Kurzstrekkenjet.« Er sagte es in barschem Tonfall.

Marin starrte ihn an, und er dachte: Natürlich.

Es war der wahrscheinlichste Aufbewahrungsort und einer, auf den er früher oder später selbst gekommen wäre. Was konnte ein sichereres Versteck sein, als das Privatflugzeug eines Gruppenmeisters. Und natürlich würde, ja konnte Trask – der in der Maschine zu seinem Laboratorium flog – nicht voraussehen, daß ein kleiner Unfall, ein Stolpern ihn aus der Höhe potentieller Macht ins Verderben werfen würde.

Marin mußte nicht gesagt werden, wo er im Flugzeug suchen sollte. Es würde im Gepäckabteil zu finden sein.

»Bring es hier herein«, sagte Trask.

Marin rührte sich nicht. »Und dann?« fragte er.

»Alles ist hier vorhanden«, sagte Trask. »Genügend Strom und die notwendigen Verbindungsgeräte.«

Marin war besonnen. »Es wird dir sicher nichts ausmachen«, sagte er, »wenn ich auch einen Lügendetektor mitbringe.«

Trask zuckte die Achseln. »Es ist nicht nötig, aber tue, was dir beliebt.«

»Und«, fragte Marin, »wenn ich dich kneble, während ich weg bin?«

»Es ist nicht nötig«, sagte Trask, »aber tue es ruhig.« Er fügte hinzu: »Die Wände zwischen diesen Wohnungen sind schalldicht gemacht worden, ebenso das Laboratorium vom Rest der Wohnung.«

Marin war geneigt, ihm zu glauben. Aber auf Ehrlichkeit kam es eigentlich nicht an. Es war so, daß er keine Risiken eingehen konnte. In diesem Moment konnte Trask, falls er irgendwie freikam, beweisen, daß er David Marin sei.

Und David Marin, der wie Trask aussah, würde die Entdekkung, daß er jemanden gefangengenommen hatte, der dem Anschein nach ein Gruppenmeister war, höchstens um einige Stunden überleben.

Er paßte den Knebel ein und begab sich dann hinaus in die Wohnung. Riva saß zusammengekuschelt auf einem Diwan und las. Sie warf das Buch beiseite und sprang auf.

»Fertig?« fragte sie eifrig.

»Ich fange gerade erst an«, sagte Marin rasch. Und dann fügte er von der Tür her über die Schulter hinzu: »Ich hole ein paar Geräte aus meinem Flugzeug herein. Bin in einigen Minuten wieder da.«

Im Kofferraum des Kurzstreckenjets befanden sich drei Kisten. Marin trug sie eine nach der anderen herein und stellte sie im Studierzimmer ab. Dann montierte er den Lügendetektor vom speziellen Instrumententeil des sehr speziellen Kontrollpults seiner Maschine ab und trug ihn ebenfalls ins Studierzimmer.

Wieder im Laboratorium angelangt, stellte er Trasks Erfindung auf nach Anweisung des Gefesselten. Dann stellte er, wobei er sich des Lügendetektors bediente, gezielte Fragen, deren Beantwortung zweifelsfrei erwies, daß Trask tatsächlich seine Erfindung preiszugeben bereit war.

Er zwang sich schließlich aufzuhören. Dann stand er angespannt, erregt da und machte vor Aufregung einen Satz, als die große Wohnzimmeruhr vibrierte – der leise Ton, mit dem sie die Mittagsstunde einläutete, erreichte sein Ohr.

Es kostete ihn einige Mühe, aber er ging hinaus zur Küche.

Das Essen mit Riva war für Marin äußerst enervierend, denn er versuchte, unbeschwert zu sein. Und die Nervosität in ihm wollte ihn nicht ruhig werden lassen. Zweimal erzählte er Witze und lachte jedesmal, bis ihm die Tränen über die Wangen liefen, und das überraschte Mädchen starrte ihn verwundert an, während ihr eigenes, bereitwilliges Lachen durch Überraschung und Erstaunen unterdrückt wurde.

Marin kehrte ins Laboratorium zurück, ernüchtert durch seine eigenen Possen. Und nun verlor er keinen Augenblick mehr. Ohne Vorwarnung feuerte er ein genau abgestimmtes Gasgeschoß auf den Körper am Boden ab. Sobald dieser erschlaffte, löste er die Fesseln, entfernte den Knebel und legte die leblose Gestalt auf den Boden neben der Maschine. Rasch befestigte er die Elektroden – acht auf einer Seite und beinahe zwanzig auf der anderen; jede von ihnen über einem wichtigen Nervenzentrum.

Er war ein wenig überrascht über einige Nervenzentren, die Trask als wichtig erachtete. Die Hauptknotenpunkte: Knie, Hüften, Knöchel, Handgelenke, Schultern, Halsansatz, Kreuzgegend, gleich links vom Herzen, beide Kopfseiten, die obere Mitte des Kopfes und die beiden Schläfen.

Einige der Verbindungen liefen durch einen Servomechanismus, der geschickterweise dafür konstruiert war, entweder Trask oder ihn wiederzubeleben oder ohnmächtig zu machen, je nachdem, wie er eingestellt wurde.

Der nächste Schritt brauchte Zeit – die mühsame Aufgabe, die Drähte an seinem eigenen Körper zu befestigen. Endlich bereit, legte er sich neben den anderen Körper, griff nach dem Aktivator und hielt inne.

Er dachte angestrengt: Habe ich irgendwelche Fehler gemacht? Er fühlte sich erhitzt und ängstlich. Wenn ja, wenn er jetzt versagte, mochte er keine weitere Gelegenheit erhalten.

Er zwang seinen Körper, sich zu entspannen, zögerte noch einen Moment. Und drückte auf den Aktivator.

Mehrere Sekunden vergingen, doch nichts geschah.

Marin verhielt sich ruhig, kämpfte gegen ein wachsendes Gefühl des Schreckens an. Nach der verkrampften Unentschlossenheit der vergangenen achtundvierzig Stunden bedeutete sein Versagen eine bittere Enttäuschung.

»Warte«, sagte er sich, »laß ihm Zeit! Immerhin ist ein menschliches Wesen wirklich komplex und reagiert möglicherweise langsam.«

Er dachte noch darüber nach, als ihm eine Stimme direkt ins Ohr sagte: »Notruf: Energie sein nun benutzt durch nicht bekannte Einheit.«

Marin zuckte unwillkürlich und wandte den Kopf. Der Schock von jener Stimme pochte in seinem Innern, während er den Kopf verrenkte und sich verzweifelt nach dem Sprecher umsah. Bis auf die stille Gestalt neben ihm auf dem Boden war das Laboratorium leer.

Bevor er das erfassen konnte, sagte eine zweite Stimme: »Richtpeilung – Störeinheit sein angepeilt – Gebiet Gruppe 814.«

Es erfolgte eine Pause, und wieder blickte Marin sich im Raum um. Er war immer noch leer. Sein Verstand begann zu arbeiten. Er dachte: Also, die sprechen direkt in mein Gehirn.

Mentale Telepathie. Aber wie – was?

Weiter kam er nicht. Eine dritte Stimme sagte: »Kein Kontakt sein möglich. Empfangseinheit sein menschliche Person. Weiterer Operationsbefehl sein nun erforderlich und mehr Daten mitliefern.«

Andere Empfindungen – nicht verbale – empfing er jetzt. Sie schienen eher auf der Ebene automatischer Prozesse zu liegen, zum Teil unterbewußt. Marin konnte ein Zerren spüren, offenbar an der Basis seines Gehirns, und dann undeutlich Regungen im Innern seines Körpers: stattfindende Veränderungen, Neueinstellungen von Körperfunktionen, winzige Manipulationen seiner Drüsen und Zellen. So tief und gründlich war der Kontakt.

Eine Stimme sagte: »Kommunikationseinheit 28658 jetzt Bericht. Eindringling sein zufällig angeschlossen und sein nicht der Organisation verbunden.

Externe Aktion erforderlich.«

Die Antwort erfolgte: »Zentrale sein müssen jetzt externen Servomechanismus benutzen.«

Marin, der den Dialog mit wachsendem Erstaunen verfolgt hatte, drückte krampfhaft auf den Knopf, der seinen Apparat ausschaltete, und unterbrach die Verbindung mit dem bewußtlosen Körper neben sich. Er setzte sich auf und riß dabei ein halbes Dutzend Elektroden ab, die auf seiner eigenen Haut befestigt gewesen waren. Während er das tat, sagte die leise, nun weit entfernte Stimme der Kommunikationseinheit: »Direkter Kontakt abgebrochen. Unsichere Identität, obwohl der Name Wade Trask nun deutlich durchgedrungen sein. Der andere Name sein nicht . . .« Die Stimme – oder was es auch war – verhallte plötzlich und war verschwunden.

Marin begann zittrig die Elektroden von dem bewußtlosen Körper neben sich zu lösen. Dann ließ er sich auf einen Tisch sinken; und nun tastete sein Verstand nach der Erklärung für die unglaubliche Sache, die vorgefallen war.

Sein Versuch, in seinen eigenen Körper überzuwechseln, war mißglückt.

Das war ein persönliches Versagen. Es gab ihm ein unsicheres Gefühl in bezug auf seine Zukunft. Aber an der Ursache seines Versagens gab es keinen Zweifel. Die merkwürdige Sprache, die auf sein Gehirn eingewirkt hatte, war das berühmte gesprochene Modellenglisch, benutzt bei den fortgeschrittensten Typen elektronischer Denkmaschinen. Und das hieß . . .

Das Gehirn lebte noch.

Dieser schlagartige Gedanke vibrierte tief in ihm, und er war wie ein Mann, der plötzlich eine verborgene Tatsache erspäht. Es war, als habe sich unversehens in einer grünen Wiese ein Spalt aufgetan, der vor den Augen eines einfachen Bauern das Feuer und die Naturgewalt des vulkanischen Kerns eines Planeten enthüllte.

Marin sackte auf unbestimmte Zeit in sich zusammen und dachte über die Folgerungen nach. Er erinnerte sich, was Slater über unheimliche Methoden der Persönlichkeitskontrolle mittels elektronischer Schaltkreise gesagt hatte, die offenbar direkt der Gehirnmasse aufgeprägt wurden.

Das war hier nicht geschehen. Aber Trask war identifiziert worden. Über ihn konnte Marin gefunden werden. Und das hieß . . . was?

Marin seufzte innerlich, während er den immer noch bewußtlosen Körper fesselte. Dann setzte er sich, um sich seinen nächsten Schritt zu überlegen.

Er konnte sich vermutlich in einen anderen Körper versetzen. Was schließlich genau mit der Essenz einer Persönlichkeit passieren würde, die ein Nervensystem nach dem anderen durchsickerte, war unklar. Aber er nahm an, daß er immer das Identitätsgefühl David Marins behalten würde. Er selbst hatte sich in fünfzehn Jahren außerordentlich verändert, aber seine Individualität schien erhalten geblieben zu sein.

Während er in der Stille des Laboratoriums dasaß, den eigenen Körper neben sich auf dem Boden, dachte Marin über die Möglichkeit nach, andere Körper als Mittel zur Flucht zu benutzen.

Er schüttelte schließlich den Kopf und gab dies als Lösung für immer auf.

Es hatte einen entscheidenden Makel. Es bedeutete, einem anderen menschlichen Wesen das Erbe des Todes aufzuzwingen, das mit dem körperlichen Sein Wade Trasks einherging.

Ohne die Vorinformation, die er besessen hatte, würde ein anderer Mensch bestimmt verrückt werden.

Pläne, Gefühle, Entschlossenheit, Schwäche, eine schreckliche Klarheit über den Zeitmangel fanden schließlich ein Ende, als er dachte: Ich werde Trask aufwecken müssen. Ich brauche hierzu ein weiteres Gehirn.

Er unterlag nicht dem Glauben, daß Trask ihm eine endgültige Lösung liefern konnte. Aber es würde jemand da sein, mit dem man reden konnte, eine neue Sichtweise, neue Ideen.

Marin zögerte und schoß dann die Weckgaspatrone auf den erschlafften Körper auf dem Boden ab.

Einige Augenblicke später regte Trask sich.

Zwanzig

Der Mann stöhnte ein wenig und wand sich, so als fühle er sich unbehaglich. Seine Wangen waren unter der Sonnenbräune fahl. Einmal öffneten sich seine Augen, und das war eindeutig eine Handlung, die kein Bewußtsein beinhaltete und kein Sehen. Die Lider schlossen sich flatternd, und dann lag er still und versteifte sich ein wenig. Nun gab es keinen Zweifel. Die Gedanken kamen wieder. Im nächsten Augenblick seufzte Trask und machte die Augen auf.

Marin wartete. Dinge wie diese durften nicht übereilt werden, insbesondere nachdem der Körper mehrmals bewußtlos gewesen war.

Er wartete. Und dann begann er zu sprechen. Und die ganze Zeit über bedeutete seine Unentschlossenheit eine ständige Anspannung. Er erzählte von dem »Etwas« in David Burnleys Kopf und von dem, was Edmund Slater ihm über die Suche nach dem Gehirn gesagt hatte. Er schilderte, was zwei Nächte zuvor mit den leuchtenden »Seilen« vorgefallen war.

Trask, der bis vor einem Moment schweigend zugehört hatte, unterbrach: »Du meinst, du glaubst, ich hätte das ausgelöst, als ich gegen die Rückseite der Uhr gefallen bin?«

»Ich habe keine Ahnung«, sagte Marin. »Ich sage dir, was passiert ist, nicht warum. Laß mich zu Ende erzählen.«

Trask unterbrach nicht noch einmal. Aber sein Gesicht zeigte einen gequälten Ausdruck, als Marin beschrieb, was geschehen war, als er wenige Stunden zuvor versucht hatte, die Maschine bei ihnen beiden anzuwenden.

Er lag still da, als Marin schließlich fertig war. Dann sagte er langsam: »David, hast du dir die Bedeutung dessen überlegt, was ich getan habe, als ich dir meine Erfindung gegeben habe, ohne irgendeine Gegenleistung zu erbitten?«

Marin, der seine eigenen Vorstellungen von tieferen Beweggründen hatte, sagte: »Wie meinst du das?«

»Ich habe es getan, weil es logisch war, es zu tun.«

Marin schüttelte leicht den Kopf, aber er wußte, was Trask meinte – logisch, daß er von seinem persönlichen Machthunger dazu getrieben werden würde, mit der Erfindung das anzufangen, was Trask vorgehabt hatte. Da ihm bisher dieser Gedanke noch nicht gekommen war, war Trasks Logik nicht so einsichtig, wie Trask glaubte. Dennoch hatte der Mann entschlossen gehandelt. Und es war eine bedeutende Tat, die unmißverständlich das Risiko des Todes enthielt. Marin wartete.

Trask fuhr eindringlicher fort: »Kannst du weniger logisch sein? Laß mich frei.«

»Was!«

Er war verblüfft. Sein Verstand betrachtete den Gedanken von allen Seiten, überlegte ... daß Trask tatsächlich von der Tatsache eingenommen und besessen sein konnte, daß das Gehirn existierte.

Marin dachte: Ich könnte alle Modelle der Erfindung an mich nehmen. Ich könnte meine Ausrüstung benutzen, um ihn als Trask zu maskieren. Trotz der immensen Kenntnisse des Mannes in Sachen Elektronik würde Trask es nicht leicht finden, sich aus einem »Zustand« der äußeren Erscheinung zu befreien, der ihm nach dieser Methode aufgezwungen wurde. Manch ein feindlicher Spion, der als Agent zurückgeschickt wurde, hatte es nur mit dem einen Faktor der geänderten Erscheinung zu tun gehabt, der ihn zwang, als Agent des Großen Richters zu fungieren.

Marins Gedanken wanderten nun einen Augenblick lang. Er hatte oft Spekulationen über die Probleme angestellt, mit denen so ein Spion konfrontiert war, der in sein eigenes Land zurückgeschickt wurde, wie ein anderer aussah, nicht wagte, sich zu offenbaren, und einen Schmerzschaltkreis auf seiner Muskulatur aufgeprägt trug, als ständige Mahnung an das, was von ihm erwartet wurde. Solch ein Mann wäre in einer nur halb so merkwürdigen Situation wie Wade Trask in Marins Körper, getarnt als Trask; und Marin getarnt als Marin.

Wäre die ganze Affäre nicht so lebensgefährlich, dann wäre sie unglaublich komisch.

Er stellte sich Trask auf freiem Fuß vor, und das erschien ihm kompliziert und gefährlich. Er sagte langsam: »Ich kann deinen Ausführungen nicht recht folgen.«

Aber er fühlte sich erschüttert und unentschlossen und bereits halb überzeugt.

Trask sagte nervös: »David, wir können in dieser Situation mein Talent und meine Ausbildung nicht vergeuden. Das Gehirn ist ein elektronischer Computer, und das ist mein Fachgebiet. Kein lebender Mann weiß auf diesem Gebiet besser Bescheid als ich. Du brauchst mich ebenso, wie ich dich brauche. Siehst du das nicht ein?«

»Ich sehe dich auf freiem Fuß, wie du mich hintergehst.«

»Wie denn?« Trasks Tonfall war sowohl flehend als auch ungeduldig. »Um Himmels willen, David, ich brauche dich dringend. Ich kann mir nicht leisten, dich zu hintergehen. Hör mal ...« Und er beschrieb Vorsichtsmaßnahmen, die Marin treffen konnte, genau wie Marin sie sich bereits überlegt hatte. Das Verfügen über die Maschine. Tarnung des Marin-Körpers ...

Hier hielt Trask inne und sagte: »Ich nehme an, du denkst im Moment ohnehin nicht daran, den Tausch vorzunehmen, Gehirn hin, Gehirn her.«

Marin sagte schlicht: »Jemand muß unüberwacht sein. Ich fühle mich im Augenblick frei.«

»Angenommen, der Große Richter ist ein Agent des Gehirns?«

Marin sagte vorsichtig: »Ja? Was dann?«

»Würdest du ihm gegenüber immer noch loyal sein müssen?« Trask brach ab. »Warte. Antworte nicht darauf. Es ist in diesem Stadium nicht wichtig. Früher oder später wirst du damit konfrontiert werden. Aber im Moment haben wir Dinge zu tun, die sich als wertvoll erweisen werden, ungeachtet endgültiger Entscheidungen.«

Marin nickte. Er war es gewohnt, innerhalb strikter Bezugspunkte zu handeln. Er sagte vorsichtig: »Wenn ich dich freiließe, was würde dich hindern, eine Kopie deiner Erfindung zu bauen und der Große Richter zu werden, wie du es ursprünglich vorhattest?«

»Möchtest du, daß ich das mit dem Lügendetektor beantworte?«

Marin verlor keine Zeit, sondern schloß das Warngerät an; und Trask sagte: »Ich würde mindestens drei Wochen brauchen, um es nachzubauen.«

Der Lügendetektor bestätigte die Aussage.

Das war, erkannte Marin, der entscheidende Augenblick. Und er kam zu schnell. Es gab mehrere Dinge, die er vorher zu erledigen hatte.

»Nein«, sagte er. »Noch nicht. Später.«

»Warum nicht?« Trask zügelte sichtlich seine Verärgerung.

Marin schüttelte den Kopf. »Ich muß die Erfindung hier wegschaffen. Und nebenbei muß ich, offen gestanden, darüber nachdenken, was ich eigentlich mit einem Mann anfangen sollte, der so gefährlich ist wie du.«

Trask seufzte leise vor Enttäuschung. »Du Idiot«, sagte er. »Um Himmels willen, Mann, schieb es nicht hinaus. Wir haben so wenig Zeit. Schon dieser eine zusätzliche Abend könnte entscheidend sein.«

Marin zögerte. Er hatte eine Eingebung, daß Trask recht hatte. Aber er erinnerte sich auch an den Anruf vom vergangenen Morgen. Er sagte: »Was für eine Beziehung hast du zu Ralph Scudder?«

Ein überraschter Ausdruck überflog das Gesicht des anderen. Trask schluckte mühsam, und dann sagte er kraftlos: »Scudder – du meinst den Pripp?«

Marin blickte auf den aus der Fassung gebrachten Mann hinab und schüttelte den Kopf. »Ich habe jetzt keine Zeit, dir irgendwelche Fragen über Scudder zu stellen ...«

Trask erholte sich wieder. »Um Himmels willen, Mann, Scudder ist nur jemand, der mir vor einem Jahr Versuchspersonen zur Verfügung gestellt hat. Ich hatte gehofft, ich könnte mich seiner Organisation bedienen. Nichts ist beschlossen. Es war vorgesehen, daß ich ihn wieder treffe. Er ist mißtrauisch, aber geldgierig. Es war ein Schock festzustellen, daß du darüber Bescheid weißt, sonst nichts. Ich hatte das Gefühl, mein Leben werde bedroht.«

»Ich verstehe.« Marin glaubte die Geschichte. Aber er schüttelte entschieden den Kopf. »Es gibt hier zu viele unsichere Faktoren«, sagte er. »Zum Beispiel heißt es heute abend Gruppensitzung für dich. Die Zeit reut mich, aber ich habe das Gefühl, es wird für uns beide sicherer sein, wenn ich an deiner Stelle hingehe. Wenigstens werde ich dann wissen, was für ein Problem es auf diesem Gebiet gibt.« Er unterbrach sich entschieden. »Ich komme danach wieder, und ich werde mich auf die eine oder andere Weise festlegen. Ich verspreche es.«

Er warf einen Blick auf seine Uhr. »Mir bleibt Zeit zum Essen, ein paar Nahrungsmittel zu dir hereinzuschmuggeln, die Erfindung wieder in meinen Kurzstreckenjet zu verladen und mich auf den Weg zu machen.«

Er empfand ein starkes Gefühl der Erleichterung, als er hinausging. Er konnte sich Trask immer noch nicht recht auf freiem Fuß vorstellen. Der Wissenschaftler hatte sich so tief in Verrat verstrickt, daß – so erschien es Marin – mit ihm auf andere Weise umzugehen als von Bezwinger zu Bezwungenem, außerordentlich kompromittierend wäre.

Und da war noch ein anderes Gefühl, das mit dieser Überzeugung einherging. Es war das Gefühl, daß große Ereignisse bevorstanden und daß er, noch ehe diese Nacht vorbei war, entscheidend in Aktion treten würde.

Einundzwanzig

7.30 abends.

Es war eine typische Gruppensitzung. Marin alias Trask saß auf Sitz 564 und nahm von seiten der Gruppe unzählige Äußerungen der Zuneigung zu ihm als menschlichem Wesen entgegen, ohne, wie ein Sprecher es ausdrückte, »auf irgendeine Weise jene von dir gemachten Aussagen gutzuheißen, die für aufrührerisch befunden worden sind«.

8:40 abends. Und immer noch regnerisch, als Marin das Gruppenzentrum verließ. Die farbigen Bleiglasfenster mit ihren eingebauten Beleuchtungssystemen warfen Spiegelungen weit hinaus auf den Platz – jenes Symbol des Atomzeitalters.

Es war, als befinde man sich in einer eigenen Welt, sich hier umgeben von hohen Gebäuden aufzuhalten, mit nur vier Ausgängen, und die absichtlich schmal und niedrig gebaut wie Brükken – oder Tunnels –, welche die überhängende Masse der Gebäude an jeder Ecke durchbohrten.

Marin bemerkte es kaum. Er versuchte, sich zu entscheiden: Scudder um zehn Uhr besuchen gehen, oder ...

Er hatte eine zeitraubende Aufgabe zu erledigen. Er mußte alte Aufzeichnungen über die Schutzräume studieren. Was war tatsächlich mit dem Gebiet geschehen, wo später die Residenz des Großen Richters erbaut worden war? Es mochten Tage vergehen, bevor er die benötigte Zeit fand, während er Scudder eigentlich um zehn anrufen und ein Treffen für halb elf vorschlagen konnte. Das war es, wozu er sich entschloß. Er begab sich, als Marin verkleidet, in sein eigenes Hauptquartier. Beinahe zwei Stunden lang eilten vertrauenswürdige Beamte zwischen Aktenschränken und seinem Schreibtisch hin und her. Es roch nach Staub und altem Papier – aber am Ende besaß er einige Fakten.

Die Schutzräume waren in diesem Gebiet besonders stark beschädigt gewesen. Eine Bombe hatte groteskerweise ein Loch von beinahe achthundert Meter Tiefe und vielen hundert Metern Durchmesser an genau diesem Punkt geschlagen. Es *konnte* sein, daß das Gehirn in eine so ungewöhnliche Vertiefung eingelassen und durch nachfolgende Bauarbeiten zugedeckt worden war – vorausgesetzt, der Große Richter hatte die nötigen Befehle erteilt.

Als er das Büro verließ, dachte Marin betrübt: Ich stoße immer wieder darauf.

Zweiundzwanzig

Immer noch regnerisch. Die Dunkelheit über seinem Kurzstrekkenjet war wie Pech. Er flog nach Pripp City.

Es erfolgte keine Einmischung. Seine Maschine glitt tiefer, näher an die ungewöhnliche Gemeinde heran, die sich alsbald unter ihm in alle Richtungen ausbreitete.

Marin ging die Straße entlang und betrachtete die grausamen Streiche, die das Schicksal gespielt hatte. Die Phänomene stießen ihn einerseits ab, andererseits faszinierten sie ihn; denn dies fand auf Zellularebene statt oder vielmehr in der Energiezone unterhalb der Molekularspur – der Ebene, auf der seine Imagination arbeitete. Er hatte Pläne und Theorien gehabt, was mit den Pripps und für sie getan werden konnte.

Hier verhielt sein Verstand. Denn dies war nicht *sein* Gedanke. Er selbst besaß kein wissenschaftliches Verständnis für Trasks Erfindung, noch hatte er je Pläne bezüglich der Pripps gehabt.

Er empfand ein plötzliches, intensives Gefühl der Besorgnis. Daß die Erinnerungen des anderen auf so subtile Weise wieder hochgekommen waren, war irgendwie beunruhigend. Es schien zu beweisen, daß es unterhalb der Bewußtseinsebene Konflikte gab. Die unterdrückten Erinnerungen Trasks suchten nach einem Schlupfloch. War es möglich, daß das Sein Trasks plötzlich auftauchen und das Kommando übernehmen würde?

Das angespannte Gefühl blieb Marin erhalten, als er eine Telefonzelle betrat und die Vergnügungen-GmbH anrief.

Eine Frau meldete sich. Nachdem er sich identifiziert hatte, sagte sie: »Zwei Personen werden Sie in zehn Minuten auf Stufe Drei der Schutzräume abholen. Die ist über Nebeneingang Acht zu erreichen. Befolgen Sie strikt deren Anweisungen. Sie werden Sie zu Mr. Scudder bringen.«

Marin wartete.

»Nebeneingang Acht zu den Schutzräumen«, fuhr die Frau fort, »befindet sich hundert Meter westlich von der Stelle, von wo aus Sie anrufen.«

»Ich werde dasein«, sagte Marin.

Ebene Drei war eine schlecht beleuchtete Stahlhöhle. Verschwommene Lichter verloren sich in beide Richtungen einen Korridor entlang, und hier und da traf Marin – während er langsam in die angegebene Richtung ging – auf Quergänge, wo die

Lampen in noch größeren Abständen plaziert waren. Eine große Stille lag über allem.

Zwei Gestalten tauchten schließlich weit vorn in jenem düsteren Hauptflur auf. Marin ging weiter auf sie zu. Er sah, daß es sich um einen Mann und eine Frau handelte.

»Ich heiße Yischa«, sagte der männliche Pripp. »Dan Yischa.« Die Frau stellte er nicht vor.

Er fügte hinzu: »Bevor wir weitergehen – eine Frage.«

Marin sagte: »Ja?«

Im trüben Licht sagte der männliche Pripp: »Sie haben einmal Pripps als Versuchspersonen benutzt, wegen unserer genetischen Gedächtnisspuren. Brauchen Sie weitere Testpersonen, und erfüllt einer von uns ihre Anforderungen?«

Marin machte den Mund auf, um das Angebot abzulehnen.

Doch er war verwundert über die Bedeutung der Worte des anderen.

Und so machte er ihn wieder zu, denn – war es denkbar, daß er sich dieser Leute bedienen konnte? Er sagte schließlich aus bloßer Neugier: »Woran können Sie sich erinnern?«

Es entstand eine Pause; dann: »Ich besitze sämtliche Erinnerungen; die Erinnerung an die Anfänge der Gattung. Ist es das, was Sie haben wollen?«

Stimmt das? fragte Marin sich.

Er erkannte mit seltsam gespannter Erregung, daß er mit Trasks Erfindung ein Pripp werden und es herausfinden konnte. Was er genau mit der Information anfangen würde, war eine andere Sache. Aber der großartige Gedanke war: Es war möglich. Endlich konnte der Mensch die wahre Bedeutung des Lebens erforschen und ebenso das schreckliche Spiel, das es bei der Erschaffung der Pripps getrieben hatte.

Wieder kam ihm – stärker als zuvor – der Gedanke: Was kann ich damit erreichen – jetzt?

Er ahnte, daß er die beiden Individuen zur Verfügung haben sollte, nur für den Fall, daß ihm etwas einfiel.

Marin zeigte auf das Mädchen. »Wie steht's mit ihr?« fragte er.

Er wandte sich nicht direkt an das Mädchen, denn Prippfrauen waren auf eine niedrigere geistige Ebene abgesunken als Prippmänner. Demzufolge wurden sie als minderwertig erachtet – sogar von sich selbst.

Yischa wandte sich an die Frau: »Woran kannst du dich erinnern?« fragte er drohend.

»An das Meer«, sagte sie mit trauriger Stimme und erschauerte im düsteren Licht. »An den Morast des Meeresbodens. Felsen im tiefen Wasser. Heiße Strände und nie ein Entrinnen vor der brennenden Sonne.«

Yischa wandte sich Marin zu. »Entspricht das Ihren Anforderungen?« fragte er höflich.

Marin war plötzlich entschlossen. »Ich brauche Sie beide für ein Experiment«, sagte er.

»Gefährlich?«

»Physisch gesehen wird Ihnen nichts geschehen.«

Das schien alles zu sein, was zählte. »Honorar?«

»Zweihundert Dollar für jeden.«

»Wo sollen wir uns melden?«

Marin gab Trasks Adresse an. »Ich möchte, daß Sie mich heute nacht gegen 1.00 Uhr dort anrufen.«

Er holte seine Brieftasche heraus und überreichte dem Mädchen, das in seiner Nähe stand, zwei Fünfzig-Dollar-Scheine. »Das sind fünfzig für jeden«, sagte er.

Das Mädchen steckte hastig einen der Geldscheine in den Ausschnitt ihres Kleides und hielt den anderen ihrem Begleiter hin. »Einer gehört mir«, sagte sie. Ihre Stimme zitterte.

Yischa riß ihr aus der Hand, was sie hinhielt, und bewegte sich, als wolle er sie angreifen. Mühsam beherrschte er sich. Aber er zitterte, als er sagte: »Wir werden Ihnen die Augen verbinden müssen.«

Sie sahen wie groteske Statuen aus, Gestalten aus einer Welt der Masken, das Gesicht der Frau katzenhaft, das des Mannes seltsam menschlich mit einem Anklang von Fuchs, wenn nicht gar Hund.

Es war nicht die Zeit zu widersprechen. Mit verbundenen Augen ging Marin dahin. Es war ein langer Marsch, der in einem nach oben fahrenden Aufzug endete; dann wiederum Gehen, dann ein weiterer, nach unten fahrender Aufzug. Eine Tür öffnete sich. Jemand zerrte an der Augenbinde. Gleichzeitig packten ihn rauhe Hände. Im nächsten Augenblick blitzte grelles Licht in Marins Augen.

Eine Männerstimme sagte: »Durchsucht ihn!«

Es war eine irgendwie vertraute Stimme, und obwohl er sie

nur bei einem Telefongespräch gehört hatte, erriet Marin, daß es Scudder war, der da sprach. Noch während ihm dieser Gedanke kam, tasteten Hände in seinen Taschen herum. Er spürte die Bewegung, mit der seine Gaspistole herausgezogen wurde. Die Hände ließen von ihm ab.

Trotz des blendenden Lichts konnte Marin jetzt sehen. Er befand sich in einem großen Büro mit einem halben Dutzend Pripps, großen Kerlen, bis auf Scudder, klein, rattenhaft, bösartig, der hinter dem einzigen großen Schreibtisch in dem Raum saß.

Scudder sagte: »Gut, damit sind Ihre Zähne gezogen. Jetzt können wir uns unterhalten, ohne daß ich mir Sorgen machen müßte, Sie könnten etwas gegen mich unternehmen.«

Marin, der sich wieder völlig im Griff hatte, zuckte die Achseln. »Ach, kommen Sie, Ralph . . .« Der Vorname bereitete ihm Mühe, aber er benutzte ihn. »Du glaubst doch nicht, ich würde etwas gegen einen Mann unternehmen, der mir vielleicht hilft?«

Scudder schien zu zögern. »Bei jedem anderen wäre das sinnvoll«, sagte er schließlich langsam. »Aber, Wade, Sie wissen zu viel über die Pripps. Ich habe Berichte über die Experimente, die Sie angestellt haben, und ich kann nicht ermessen, was Sie da gemacht haben. Ich hatte das Gefühl, benutzt zu werden, ob mir das nun recht war oder nicht.«

Marin sagte aufrichtig: »Ich bin hier, Ralph. Weil ich etwas habe, das Sie vielleicht brauchen können – zu unser beider Vorteil.«

Aber er dachte in angespannter Erregung nach. Was für Pläne Trask gehabt haben mußte. Daß er sich dieser seltsamen Wesen bediente – der Pripps.

Marin sagte laut: »Ich würde Sie gerne allein sprechen. Es dauert nur ein paar Minuten.«

Scudder hatte sich offenbar gründlich abgesichert, denn auf sein Kommando marschierten seine Leibwächter hinaus.

Und sie waren allein . . .

Der kleine Mann saß hinter seinem großen Schreibtisch, ein menschenähnliches Wesen mit einem scharfen Verstand und erfüllt vom bitteren Humor der Benachteiligten, und doch lächelte er, als er sagte: »Sie haben noch drei Tage, heute abend nicht eingerechnet. Ich weiß nicht, warum ich Ihnen überhaupt meine Zeit widme.«

»Ich habe nachgedacht«, sagte Marin.

Scudder sagte mit einem Anflug von Respekt: »Ich habe ein eigenartiges Gefühl bei Ihnen, Wade. Es steckt Genie in Ihren grauen Zellen. Ich bin bereit zuzuhören, obwohl ich mir nicht vorstellen kann, was Sie in drei Tagen erreichen können.«

Das war ein eindrucksvolles Kompliment. Doch trotz dieser Ermutigung zögerte Marin. Der Gedanke, den er vorbringen wollte, war so enorm, daß er einer Vorbereitung bedurfte, so daß das Gewicht der letztendlichen Offenbarung diesen kleinen Mann mit voller Gewalt treffen würde.

»Ralph«, begann er, »Sie haben die Schutzräume in ihrer Gesamtheit erkundet?«

Es erschien ihm, als zögere Scudder einen Moment lang, bevor er antwortete: »Ja.« Der Pripp-Führer sprach leise. Er fügte hinzu: »In gewisser Weise.«

»Etwa wieviel davon ist versiegelt?«

Der Pripp sah ihn mit wachen Augen an. »Drei Viertel«, sagte er und fügte hinzu: »Das ist natürlich eine grobe Schätzung.«

Marin hakte nach. »Und wieviel von diesen drei Vierteln kontrollieren Sie?«

Scudder schüttelte den Kopf. »Ich denke, Sie sind auf der falschen Fährte, Freund. Ich kontrolliere nur einen Bruchteil – höchstens ein Zwanzigstel. Es gibt sogar einen ganzen Sektor, den wir überhaupt nicht betreten.«

Marin machte den ersten großen gedanklichen Sprung. Er sagte: »Ralph, wie viele Leute haben Sie bei dem Versuch verloren, in dieses Gebiet einzudringen?«

Es wurde still. Die wachen Augen betrachteten ihn rätselnd. Aber sie schienen vor innerlicher Erregung zu blitzen. Seine Antwort, als sie schließlich erfolgte, war ausweichend: »Wir wurden angewiesen, nicht dorthin zu gehen. Ich habe dennoch Männer hingeschickt. Sie sind nie zurückgekommen.«

»Kein einziger?«

»Kein einziger.«

Marin seufzte. Und die Anspannung in ihm wurde stärker. Denn dieser seltsame Tiermensch mußte einen Vorsatz gehabt haben, daß er so viele seiner Agenten ins Verderben geschickt hatte.

Marin sagte: »Irgendwelche Hinweise, warum?«

»Keine.« Die wachen Augen blitzten vor beginnender Ungeduld.

Marin ließ sich nicht aus der Ruhe bringen. »Wer hat Ihnen gesagt, sie sollen sich aus diesem Gebiet fernhalten?«

Keine Antwort.

Marin blieb hartnäckig. »Es war der Große Richter, nicht wahr, Ralph?«

Scudder stand abrupt auf. »Worauf wollen Sie hinaus?« fragte er barsch.

Es war Zeit für den Schock.

»Das Gehirn ist dort versteckt, Ralph, und wir müssen zu ihm vordringen, es unter unsere Kontrolle bringen und ihm sagen, was es für uns tun soll.«

Die rattenhaften Augen Ralph Scudders schlossen sich, und dann öffneten sie sich wieder. Und nun sah er wie ein schadenfroher Dämon aus, belebt von lüsterner Hoffnung.

Er sagte, und es war beinahe ein Raunen: »Wade, Sie haben es geschafft. Das ist die größte Gelegenheit, von der ich seit Jahren gehört habe. Wenn das funktioniert, haben Sie es geschafft.«

Er stand gespannt auf: »Wie lautet Ihr Plan?«

Marin verlor nun keine Zeit. »Ich brauche eine Karte, die die Grenzen der verbotenen Zone oben, unten und nach allen Seiten markiert.«

Scudder spitzte seine dünnen Lippen. »Das hört sich ganz einfach an. Wir haben Aufzeichnungen gemacht. Ich lasse eine Karte herstellen.«

»In Ordnung«, sagte Marin. »Das wär's. Das war es, was ich wollte. Wie wäre es, wenn Sie Ihren Augenverbinder kommen und mich wegbringen ließen?«

»Warten Sie!« sagte Scudder.

Er trommelte mit dünnen, klauenartigen Fingern auf seinen Schreibtisch. Schließlich sagte er: »Das war eine zügige Unterredung, Wade. Es sieht Ihnen nicht ähnlich. Sie sind sonst so vorsichtig. Sie haben jedes Detail in Ihrem Kopf. Erzählen Sie mir was über das Gehirn.«

Es war die erste von mehr als einem Dutzend Fragen, jede war wohlüberlegt, jede relevant – in gewisser Weise –, doch im Grunde irritierten sie Marin nur, der keinen stichhaltigen Plan im Zusammenhang mit dem Gehirn hatte. Bei seinen Antworten gab Marin hauptsächlich die Informationen weiter, die er von Slater erhalten hatte. Da dies mehr zu sein schien, als der Pripp-Bandenführer wußte, mußte es zufriedenstellend gewesen sein, denn schließlich sagte Scudder nach einer anscheinend endlosen Verzögerung: »Ich lasse Dan kommen – und Sie werden sich mit mir in Verbindung setzen.«

»Ja«, sagte Marin.

Scudder sagte: »Übermorgen. An Ihrem letzten Tag. Sie lassen es wirklich drauf ankommen.«

Marin sagte: »Ich habe noch ebenso Wichtiges zu tun.«

Scudder sagte: »Alle Achtung, das muß man Ihnen lassen, Wade. Aber ich wüßte zu gern, worauf Sie hinauswollten.«

Marin sagte ernsthaft: »Schauen Sie, Ralph, was ich tun werde, hat nur dann einen Wert, wenn Sie gute Arbeit leisten. Nichts sonst wird zählen, wenn das schiefgeht.«

Das stimmte logischerweise. Und er mußte diese Tatsache eingesehen haben, denn Scudder sagte hastig: »Keine Sorge. Wir können eine Karte für Sie herstellen, und wir werden es tun.«

Er drückte einen Interkom-Schalter herunter. »Heh, Dan, komm rein.«

Es bedeutete eine Erleichterung, die Augenbinde zu spüren und zu erkennen, daß er endlich wieder frei sein würde. Er merkte, wie er zur Tür geführt wurde.

In diesem Augenblick gab es eine Unterbrechung. Es war ein Geräusch, zwar gedämpft, aber mit ungeheurer Schockwirkung dahinter, denn die Schutzräume erbebten.

Und Marin, der dieses Geräusch schon einmal gehört hatte bei Waffentests in alten Filmen, empfand ein Frösteln, dann ein Aufflackern von Zweifeln, dann völlige Gewißheit. Und dann . . .

Ein Lautsprecher erwachte irgendwo in der Nähe zum Leben; und eine gequälte Stimme sagte: »Begeben Sie sich in den nächstgelegenen Schutzraum. Eine Atombombe ist soeben im Sektor der Gruppe 814 explodiert und hat den Platz völlig zerstört. Begeben Sie sich in den nächstgelegenen Schutzraum und warten Sie auf weitere Instruktionen. Ich wiederhole . . .«

Dreiundzwanzig

Marin riß sich die Binde von den Augen und drehte sich um.

Scudder eilte soeben in einen Nebenraum. An der Tür blieb er stehen und sah sich um.

»Muß feststellen, wo Gruppe 814 angesiedelt ist. Könnte sein, daß wir etwas von unserer Ausrüstung wegschaffen müssen – und zwar schnell!«

Marin hätte ihm sagen können, wo. Aber er dachte gerade: »Trasks Wohnung, Riva, sein Körper . . .«

Er stand benommen, aber ruhig da. Es kam ihm abwegig und unwirklich vor; noch nicht ganz wahr.

In der Nähe ertönte wieder der Lautsprecher, Codeworte, die er erkannte. Übersetzt: »Alle Gruppenmeister melden sich im Schutzraum-Hauptquartier C.«

Marin regte sich. »Legen Sie die Binde wieder an«, sagte er. »Ich muß hier heraus, bevor die Kontrolle den Luftverkehr untersagt.«

Es ging um einen Kriegsrat im unterirdischen Hauptquartier des Großen Richters.

Marin saß auf einem Stuhl vor einer offenen Tür. Durch diese Tür kamen die offiziellen Kuriere der Streitkräfte und brachten ihm Meldungen der nahe gelegenen Notkommunikationszentrale, die das Militär hastig in Betrieb genommen hatte und die die Verteidigung der Stadt von jener besonderen Polizeieinheit (unter Slater) übernommen hatte, welche mit ihrer Verteidigung beauftragt war.

Einige der Meldungen übergab er dem Großen Richter. Es ging darin meist um extrem knappe Zusammenfassungen der Bedingungen an der Oberfläche. Auf den Straßen wurde patrouilliert. Ein Dutzend Plünderer waren bereits von Erschießungskommandos hingerichtet worden. Lastwagen schafften Notrationen aus Außenbezirken zu den Essensstationen in den Schutzräumen, wo bereits die Aufgabe angepackt wurde, am nächsten Morgen beim Frühstück die Millionen zu speisen. Am beruhigendsten war, daß der radioaktive Fall-Out in der Stadt weit unterhalb der Gefahrenzone lag. Starke Winde in der oberen Atmosphäre hatten die tödliche Wolke aufgelöst.

Überall waren Gruppenleiter dabei, das reichgegliederte System der Gruppenverantwortlichkeit auszunutzen, um die Ordnung aufrechtzuerhalten. Die Rückkehr in die Stadt über dem Erdboden würde erfolgen, indem ausgewählte Teile jeder Gruppe wieder ihre Wohnungen und Geschäftseinrichtungen bezogen. So sollte sich jede Gruppe in vier Staffeln aufteilen, und nur eine Staffel sollte sich jeweils an der Oberfläche aufhalten, bis der Notstand vorbei war. Selbst wenn ohne Vorwarnung eine zweite Bombe explodierte, würde die Gruppe so erhalten bleiben.

Es war bald allen Beteiligten klar, daß die Gefahr der totalen Katastrophe bereits vorbei war. Die Männer entspannten sich. Manch ein grimmiges Lächeln der Erleichterung war zu sehen. Marin nahm mehrere neue Meldungen entgegen, sah, daß sie alle das gleiche besagten, lehnte sich in seinem Stuhl zurück und dachte: Was nun?

Der schreckliche Irrtum war unwiderruflich. Indem er sich kürzlich geweigert hatte, Trask freizulassen, hatte er sowohl Trask als auch sich selbst zum Tode verurteilt. Als Trask würde er, es sei denn, er konnte irgendwie das Urteil rückgängig machen, bald hingerichtet werden. Und Trask selber – die Identität, welche die wahre Essenz Wade Trasks darstellte – war bereits tot, augenblicklich von der Bombe zerstört, und mit ihr zusammen zerstört oder vielmehr völlig aufgelöst worden war der Körper David Marins.

Es war jetzt mehrere Stunden her, seit er Scudders Büro verlassen hatte. Die Erinnerung an den ersten Schock blieb erhalten, aber die Schockwirkung war verblaßt. Er war an den Gedanken der Gewalt gewöhnt, und daher hatte er die Furcht vor dieser Katastrophe unterdrückt und seine Anstrengungen auf all die Dinge verlagert, die getan werden mußten.

Nun wandte sich seine Aufmerksamkeit von ihm selbst ab. Der Tod des Körpers im Laboratorium wich als Gegenstand des Interesses in den Hintergrund. Er war unwiderruflich dazu verdammt, Wade Trask zu sein; und er zweifelte nicht, daß man gegen Trask etwas unternehmen würde: Der Explosionsort war zu bedeutsam, als daß Trask nicht damit in Verbindung gebracht werden würde.

Doch trotz der persönlichen Bedrängnis mußte er feststellen, daß er an die rein militärischen Aspekte des Bombenabwurfs dachte. Er betrachtete die auf dem riesigen Fernsehschirm an einer Wand abgebildete Zerstörung, und er erkannte mit Erregung und Interesse, daß nun die Experten ihren großen Tag haben würden. Eine wie große Atombombe konnte einer der berühmten Plätze in ihrer Wirkung begrenzen?

Er konnte sogar unter den Trümmern erkennen, daß der Platz sich bewährt hatte. Die Schockwelle war offenbar an jedem der gerundeten Abschnitte der geschickt errichteten, quadratischen Barriere nach oben abgeprallt. Nach oben, in und auf sich selbst und wieder nach oben, wahrscheinlich viele Male, und jedesmal hatte sie, was bereits zerstört war, in immer kleinere Bruchstücke zermalmt. So sollte es der Theorie nach ablaufen; und da war es nun in all seiner pulverisierten und wieder pulverisierten Trostlosigkeit.

Es blieb noch durch Analyse die Größe der Bombe festzustellen, die so in dieser militärisch gesehen idealen Explosionsfalle festgehalten worden war. Und festzustellen, wie viele Menschen ums Leben gekommen waren. Bisher war von vierundneunzig Mitgliedern der Gruppe 814 bekannt, daß sie überlebt hatten. Sie hatten sich nach der Gruppensitzung in andere Teile der Stadt begeben, zum Vergnügen oder um mit Freunden zusammenzusein. Sie wurden von Slaters Männern verhört. Ein Bericht würde erstellt werden.

Dieser Gedankengang endete für Marin, als er sah, daß Medellin sich mit dem Großen Richter unterhielt. Wie auf Stichwort spähten beide Männer zu Marin herüber, und Medellin winkte ihm.

Marin ging hinüber und verneigte sich vor dem Diktator. Der große Mann beugte zur höflichen Erwiderung feierlich den Kopf. Als Marin sich aufrichtete, dachte er kurz daran, was Trask gesagt hatte: Daß er sich gegen den Großen Richter würde wenden müssen, daß er keine andere Wahl haben werde, als die Macht zu ergreifen. Wie er so dastand, konnte er es sich nicht vorstellen. Es gab keinen Grund, dies zu tun, den er eingesehen hätte. Hier in diesem bemerkenswerten Führer ruhte der Schöpfer des Staates der Gruppen-Marktwirtschaft. Vielleicht war es kein perfekter Staat, aber es war ein Kompromiß auf so hoher Stufe des Fortschritts, daß kein vernünftiger Mensch leichtfertig gegen ihn angehen würde.

Marin dachte ernst: Er hat seine Position ausgenutzt, mir Delindy zu nehmen. Das könnte ein Grund sein.

Doch er fühlte keinen Anflug von Verärgerung aufkommen.

Denn sie mußte zugestimmt haben. Vielleicht hatte sie aus Angst zugestimmt, aber das war nur ein Vielleicht. Man brachte wegen einer Frau, die sich nicht sträubte, keinen Mann um.

Damit blieb Wade Trask übrig, der verurteilte Aufrührer. Marin wußte, daß kein Mensch je dieses Verbrechens schuldiger gewesen war als Trask. Doch durch erstaunliche Umstände würde er selber die Strafe mit dem Tod bezahlen. Er konnte sich vorstellen, den Großen Richter umzubringen, um sein eigenes Leben zu retten. Aber er konnte sich nicht vorstellen, daß er sich je berichtigt fühlen würde, es zu tun.

Und daher würde er es lassen. Würde nicht töten. Würde nicht die Macht übernehmen. Es mußte einen anderen Grund geben als persönliche Sicherheit. Er hatte zu lange mit der Armee zu tun gehabt. Zu viele Männer waren in Erfüllung ihrer Pflicht gestorben, während sie seine Befehle befolgten, als daß er in diesem Moment seinen Eid und seine Ehre hätte vergessen können.

Es *mußte* eine Lösung geben, auch wenn sie nicht in Mord oder gewaltsamer Machtübernahme lag. Dennoch war es undenkbar, daß er, der unschuldig war, in den Tod gehen sollte, ohne sich zunächst sämtlicher vernünftigen Möglichkeiten des Entkommens zu bedienen. Es war zu früh, an Notlösungen wie ein Geständnis zu denken – vor allem, da der Große Richter selbst unwissentlich ein Spion des Gehirns sein mochte . . . Doch irgendwie mußte er noch vor der Stunde der Hinrichtung handeln.

Er richtete sich ganz aus seiner Verbeugung auf. Und dann blickte Marin, als der Große Richter wiederum nickte, auf Medellin, der sagte: »Ich bin autorisiert, Ihnen die Gratulation Seiner Exzellenz, des Großen Richters, und des Rates zu der gelungenen Art und Weise zu entbieten, mit der Ihr örtliches Kommando mit diesem Notstand fertig geworden ist.«

Die Förmlichkeit der Belobigung veranlaßte Marin, sich zu fragen, ob sie womöglich auf Sendung waren; und ob nicht vielleicht diese Szene auf sämtlichen örtlichen und öffentlichen Fernsehgeräten zu sehen sei.

Mit dieser Möglichkeit im Sinn, sagte er: »In Vertretung des gesamten Hauptkommandos nehme ich Ihre Glückwünsche entgegen.«

Im Grunde hatte es kein Problem gegeben, noch hatte er Schwierigkeiten erwartet. Die Streitkräfte waren im voraus für

Notfälle ausgebildet, und Ausbildung war eine Sache der Logik. Man bedachte einfach alle möglichen Umstände, die sich ergeben mochten, und organisierte sodann Einheiten, ja ganze Kommandos, um mit ihnen auf eine Weise fertig zu werden, die sowohl humanitäre als auch militärische Notwendigkeiten berücksichtigte.

Das Ergebnis war minimale Unruhe bei maximaler Leistung.

Er bemerkte, daß sowohl Medellin als auch der Diktator sich entspannten. Er nahm, immer noch ohne sich umzudrehen, an, daß sie, falls sie »auf Sendung« gewesen waren, es nun nicht mehr waren. Medellins nächsten Worte schienen das zu bestätigen: »David!«

»Ja?«

»Seine Exzellenz und ich sind der Meinung, je früher der jorgische Krieg gewonnen ist, desto sicherer können wir sein, daß sich derartige Vorfälle nicht wiederholen.«

Sie vermuteten eindeutig, daß die Bombe durch zu allem entschlossene jorgische Spione gezündet worden war. Der enorme Zufall, daß es Gruppe 814 getroffen hatte – und die Verbindung zu Trask –, war ihnen noch nicht aufgefallen. Und natürlich würden sie, da sie nicht wie er wußten, was in Trasks geheimem Laboratorium vorgefallen war, nicht darauf kommen, daß nur das Gehirn für die Bombe verantwortlich sein konnte.

Medellin ergriff wieder das Wort: »David, machen Sie mit dem Angriff weiter wie vorgesehen.«

»Darauf können Sie sich verlassen.«

»Überlassen Sie die örtliche Situation Ihrem Stellvertreter und dem Rat.«

»Sehr wohl«, sagte Marin.

Er fühlte sich erleichtert, denn nun war er bis zum Abflug frei von Verpflichtungen.

Nicht, daß er irgend etwas Bestimmtes hätte tun können, außer zu warten. Die Ereignisse hatten ihn immer noch in der Hand, nicht er sie.

Warten . . .

Vierundzwanzig

Das riesige Raketenschiff landete gegen 6 Uhr morgens beim Lager A im Ural und schoß wie eine nebelhafte silbrige Erscheinung aus Metall und Licht durch das heller werdende Morgenlicht.

Als die ungeheure Geschwindigkeit nachzulassen begann, wandte Delindy den Blick vom Bildschirm, der ihre Landung mit den Augen der automatischen Kameras zeigte, welche die Piste entlang ihre Fahrt verfolgten. Sie blickte ihn mit leicht glasigen Augen und einem angestrengten Lächeln an, und dann begann sie offenbar wieder zu atmen. Denn sie schluckte und sagte:

»Wie phantastisch schön! Machst du das öfter?«

Marin, der in achtzehn Jahren über zweihundert Raketenflüge absolviert hatte, schüttelte den Kopf. »Es ist zu gefährlich!« sagte er und lächelte sie liebevoll an.

Sie reckte sich und streichelte seine Wange: Sie sagte: »Du bist auf egoistische Weise ein bescheidener Mensch, nicht wahr, Liebster?«

»Das liegt nur daran, daß ich dich so sehr liebe«, sagte Marin. Und dann schloß er momentan vor Verblüffung die Augen, denn er hatte das nicht sagen wollen, hatte nicht einmal in die Nähe eines emotionalen Abgrunds kommen wollen. Er lehnte sich zurück und spürte, daß die Frau ihn beobachtete, spürte, daß sie ebenfalls von seinen Worten beunruhigt war.

»Das hat wahr geklungen«, sagte sie sanft. »Ich habe nicht gedacht, daß es noch so wahr sein könnte.«

»Das habe ich auch nicht gedacht«, sagte Marin. Doch er war zuversichtlicher. Er hatte eine Brücke in seinem Innern überquert und befand sich wieder auf dem sicheren Boden harmloser Konversation. Er wechselte das Thema. »Ich möchte, daß du dich weitgehend im Hintergrund hältst. Unser Schlafzimmer ist wunderschön. Du wirst es für ein oder zwei Tage zufriedenstellend finden.«

Delindy sagte: »Das hast du mir alles schon einmal gesagt, Liebster. Weißt du noch?«

»Habe ich das?« Marin war momentan überrascht. »Ja, ich nehme an, das habe ich. Diese Manöver beschäftigen mich offenbar sehr.«

Manöver! dachte er. Er nannte es immer noch so – besonders

im Gespräch mit Delindy. Im Grunde hatte er kaum einen Gedanken daran verschwendet. Seine Gedanken wurden beinahe ganz von seiner eigenen mißlichen Lage beherrscht. Er rannte innerlich immer wieder gegen Wände.

Später, als sie aus dem Wagen stiegen, der sie zur offiziellen Residenz gebracht hatte, und als sie einen Pfad entlanggingen, stand ein junger Mann, der offensichtlich wartend in der Gartennische gesessen hatte, auf und kam heran. Er war ein großer Junge, und Marin erkannte seinen Sohn David Burnley. Er blieb stehen. Einen Moment lang verspürte er den Wunsch, Delindy dieses Produkt seiner Lenden nicht sehen zu lassen. Er empfand die Kritik eines Vaters gegenüber einem Kind, das es irgendwie versäumt hat, dem Potential der Familie gerecht zu werden. Sein eigener Vater war einer der großen Soldaten der frühen Kriegszeit gewesen. Er selbst dürfte ebenfalls nicht unbeachtet bleiben. Und nun war sein ältestes Kind hier ein unterdurchschnittliches Individuum, so sah es jedenfalls aus.

Der junge Mann kam herbei und sagte respektvoll: »Hallo ... äh ... Papa.«

Marin nickte und wandte sich an Delindy. »Meine Liebe, ich möchte dich mit einem jungen Mann bekannt machen, den ich gerade erst entdeckt habe. Seine Mutter hat mir bei den allerersten Paarungsspielen, die je abgehalten wurden, ihren Gunstbeweis geschickt, und ich war kühn genug, sie zu gewinnen zu versuchen. Es ist erstaunlich festzustellen, was die Zeit bewirken kann.«

Delindy streckte die Hand aus, lächelte und sagte: »Jeder Sohn David Marins ist mein Freund.«

Der junge Burnley starrte sie mit einem merkwürdigen Gesichtsausdruck an. Und aus seinem verwirrten Aussehen ging eindeutig hervor, daß wieder einmal ein Mann auf jenes perfekte Gesicht und jenen Körper hereingefallen war. »Äh«, sagte er, »ich bin echt froh ... echt froh, Sie kennenzulernen.«

Marin rettete den Jungen aus seiner offensichtlichen Unfähigkeit, mit einer reifen und attraktiven Frau umzugehen. »Was hast du die ganze Zeit gemacht, David?«

»Wie du vorgeschlagen hast, habe ich mit Hilfe dieses jorgischen ... äh ... Spions eine Studie der königlichen Familie Jorgias mit sämtlichen Verzweigungen erstellt. Als er erfuhr, wozu wir die Liste haben wollten, war er sehr bemüht, behilflich zu sein. Und deshalb haben wir alles beisammen.«

»Gut«, sagte Marin. »Laß sie in mein Quartier schicken. Oder besser noch, bring sie selber vorbei.«

Burnley erholte sich von seinem Schockzustand. »Ich möchte noch sagen ... äh ... Papa, daß ich die Art schätze, wie du die Affäre gehandhabt hast. Es ist mir klar, daß du ihn hättest hinrichten lassen können. Deine Barmherzigkeit macht dir Ehre, und ich bin sehr stolz, dein Blut in mir zu haben.«

Marin war verblüfft festzustellen, daß nun er es war, der ein wenig verlegen war. Er verneigte sich in Ermangelung einer anderen Entgegnung, nahm Delindys Arm und machte sich auf den Weg zur Tür. Über die Schulter sagte er: »Bis nachher, David.«

Drinnen holte er sein Taschentuch hervor und wischte sich die Stirn und sagte: »Ich bin es nicht recht gewöhnt, mit jungen Leuten zu sprechen, wie du vermutlich bemerkt hast.«

»Man muß von klein auf mit ihnen zusammenleben«, sagte Delindy ruhig. »Meine beiden Kleinen entwickeln sich rasch, und ich nehme sie einfach, wie sie sind.«

Marin schwieg. Das Thema von Delindys Kindern hatte ihn immer beunruhigt, da er sich schuldig fühlte, nicht dagewesen zu sein, um sie zu sehen. Beide Kinder waren von ihm – was ungewöhnlich war, denn es wurde nicht als genetisch wünschenswert erachtet, zweimal die gleichen Lebenslinien sich verbinden zu lassen. Kinder der gleichen Eltern waren sich zu ähnlich. Einer derartigen Verbindung fehlte es an Zufälligkeit. Aber er hatte seinen Einfluß ausgenutzt, und das betonte wieder einmal die lässige Haltung eines Menschen, der sich als über und jenseits der Gruppenidee stehend betrachtete. Im Rückblick erschien es Marin, als habe sein damaliges Vorgehen wieder einmal – falls der Beweis nötig war – die Anmaßung der Macht veranschaulicht.

Delindy machte keine Anstalten, ein Kind vom Großen Richter zu bekommen. Was im Hinblick auf die bekannte Potenz dieses Menschen überraschend war. Marin vermerkte in Gedanken, daß er sie später darüber ausfragen wollte.

Delindy ergriff wieder das Wort. »Nur eines an den Kindern macht mir Sorgen.«

»Was ist es?«

»Das ältere hat rausgekriegt, daß du ihrer beider Vater bist.«

»Na und?«

Sie schüttelte milde den Kopf über ihn. »Mein Lieber, das

macht ihn zu einem Sonderfall. Er schämt sich. Er hat mich versprechen lassen, daß ich es nie seinen Freunden sage.«

Marin verzog die Lippen, aber er war nicht amüsiert. Dies war der Druck der neuen Kultur. Kindern wurden neue Einstellungen angeboten, und wie die kleinen menschlichen Schwämme, die sie nun einmal waren, saugten sie sie auf.

Menschen passen sich jeder Form an, dachte er, jedenfalls unter Druck. Vielleicht ist es das, was Trask meinte. Ihre Anpassungsfähigkeit hat alle Beobachter getäuscht.

Chamäleons? Ja, aber nur eine Weile. Bringt die kleinen Tiere hinaus in die heiße Sonne. Vergeßt, daß die Anpassung nur oberflächliche Färbung war. Sorgt dafür, daß es heiß bleibt, und plötzlich eines Tages würde ihnen jemand anders etwas anbieten, was wie eine Schutzfärbung aussah, und sie würden die Änderung mitmachen. Nicht einmal würde das Individuum selbst sichtbar sein.

Der Gedanke war zu umfassend, um jetzt darüber nachzugrübeln. Er sagte: »Liebling, ich werde fast den ganzen Tag beschäftigt sein. Ich komme wieder, sobald ich kann.«

Delindy trat zu ihm und küßte ihn sanft auf die Lippen. »Ich werde da sein. Was steht hauptsächlich auf deinem Programm?«

Sie sagte es beiläufig, aber er merkte, daß sie ein ganz klein wenig angespannt war. Bei jeder anderen Verdächtigen hätte er längst zu gewaltsamen Methoden gegriffen, Informationen aus ihr herauszuholen. Doch ihr Rang als Geliebte des Diktators machte sie unantastbar. Dessenungeachtet war Delindy als Tochter eines früheren jorgischen Botschafters über die Tatsache im unklaren gelassen worden, daß dies ein Angriff auf ihr Geburtsland werden sollte. Und er hatte seine eigenen Gründe, es für ratsam zu halten, ihr keine Daten zu überlassen, die sie nicht schon besaß.

Er sagte: »Das werden wichtige Übungsmanöver. Ich denke, du wirst sie sehr – nun, unterhaltsam finden. Ich möchte, daß du mich überallhin begleitest, wo es möglich ist.«

Fünfundzwanzig

Um 8.00 Uhr morgens gab er einen Tagesbefehl aus, den Medellin, Slater, der Große Richter und er selbst während einer langen Besprechung vor zwei Monaten erdacht hatten. Er besagte, daß das gesamte aktive Personal bis auf weiteres an einer »größeren Operation« teilzunehmen habe.

Er rief »die braven Soldaten dieser großen Streitmacht« auf, »euer Geschick, Kühnheit und Mut« zu zeigen. Er stellte fest, daß »viel abhängt« vom Erfolg der wichtigen »Manöver, die nun eure Aufmerksamkeit fesseln werden« und »die meine«, während vieler Tage, die da kommen würden. »Außergewöhnliche Leistungen« einzelner würden »sofort und rühmlich vom Großen Richter belohnt«.

Der Befehl als ganzes ähnelte einem Dutzend gleichartiger Tagesbefehle vergangener Jahre, doch er wich in seinem Tonfall ab. Dem Leser, dem Zuhörer konnte nicht entgehen, daß dies möglicherweise der langerwartete Vorstoß war.

In der jorgischen Hauptstadt, wohin er natürlich von irgend jemandem geschickt werden würde, würde man seinen Inhalt gespannt überfliegen, und die Frage, welche die sparsamen Minister der Königin stellten, würde lauten: Sollen weitere Truppen ausgesandt werden, die Landesgrenzen zu verteidigen?

In ihrer Welt der Phantasie würden sie sich einbilden, daß weitere hunderttausend widerstrebende Männer die zweihunderttausend »verstärken« würden, die bereits dort waren.

Später im Lauf des Tages traf die Nachricht ein, daß zusätzliche Truppen durch Pulks jorgischer Flugzeuge an die Front geflogen wurden.

Marin seufzte, als er die Neuigkeit hörte. Es würde bald deutlich werden, wer sich im Irrtum befand – er oder die Jorgier. Er war bereit, darauf zu wetten, daß die in den zahlreichen vergangenen Jahren benutzten Methoden zur Erkennung der geheimsten Gedanken der Jorgier wissenschaftlich korrekt gewesen waren und daß demnach der Widerstand gering sein würde.

Er gesellte sich gegen neun Uhr abends zu Delindy. Er fand sie freundlich, darauf bedacht, ihn zu erfreuen, doch so angespannt, daß sie nicht auf seine Annäherungsversuche eingehen konnte. Er mutmaßte – ohne Groll –, daß er eine Frau vor sich hatte, die ahnte, daß das Land ihrer Geburt im Begriff stand, überfallen zu werden. Nach außen hin war sie unbesorgt. Aber innerlich litt sie unter einer gespannten Besorgnis. Vielleicht würde diese Frau irgendwann später, wenn die Eroberung Jorgias Geschichte und der Schmerz über ihr Versagen, dies zu verhindern, nur noch Erinnerung waren, sich wieder fangen können.

Es würde interessant sein zu entdecken, wie sie war.

Sechsundzwanzig

Um 1.00 Uhr morgens war Lager A – das in Wahrheit vibrierte vor Geschäftigkeit – schwach erleuchtet. Im Halbdunkel wurden sie zum Fallschirmflieger gefahren, der äußerlich genau wie die anderen Transportflugzeuge der Fallschirmspringer aussah. Drinnen war er äußerst luxuriös ausgestattet. Es gab einen Schlafraum, ein Büro und einen gesonderten Raum für einen Adjutanten und andere Besatzungsmitglieder.

Marin und Delindy schliefen, während das schnelle Flugzeug zum vorbestimmten Startpunkt zum Angriff weit unten im Süden flog. Und schliefen mehr als zwei Stunden nach der Landung weiter. Wenige Minuten vor vier streckte Marin die Hand nach dem Nachttisch aus und schaltete das Wecksignal ab, das er eingestellt hatte. Da er sich nur insoweit ausgezogen hatte, daß er seine Schuhe und seine Uniformjacke abgelegt hatte, stieg er nun aus dem Bett und ging hinaus ins Büro. Er war kaum mit dem Anziehen fertig, als ihn ein Geräusch zum Aufsehen veranlaßte. Es war Delindy. Sie kam herein und begann, ihr Haar zu frisieren, während sie sagte: »Ich würde gern diese Zeit mit dir verbringen, wenn es dir recht ist.«

Marin wurde den Gedanken nicht los, daß sie immer noch die hart arbeitende Spionin war. Er ging zu ihr hinüber, und sie küßten sich.

Sie lächelte ihn an – ein angestrengtes Lächeln. »Ich werde dir nicht im Weg sein.«

Er fragte sich, worauf sie immer noch hoffen mochte. Die Lage schien aussichtslos. Alle Befehle waren erteilt. Alle Truppen waren im Anmarsch. Nichts konnte nun den Angriff aufhalten. Er ging zurück zu seinem Schreibtisch und drückte einen Knopf.

Die Tür zum Dienstraum öffnete sich, und ein rotgesichtiger

Mann von fünfzig Jahren trat ein und salutierte. »Bringen Sie mir alle Meldungen, die eingegangen sind, Jennings.«

»Nur eine. Grade eingegangen. Ich hatte noch keine Zeit, sie abzutippen, nachdem ich sie handschriftlich aufgenommen hatte.« Er legte ein Blatt Papier vor Marin hin und ging hinaus.

Es war ein Bericht des Generalstabschefs. Die Streitkräfte hatten die jorgische Grenze überschritten, und der Krieg hatte begonnen.

Marin las die codierte Meldung und warf dann einen Blick auf Delindy. Die Zeit war gekommen, ihr die Wahrheit zu sagen. Er tat es ruhig und schloß: »Du verstehst doch, daß ich es dir nicht früher sagen konnte.«

Sie war blaß, aber beherrscht. Sie nickte und sagte schließlich: »Wirst du in Gefahr sein?«

Marin antwortete nicht direkt. Statt dessen sagte er: »Du scheinst nicht beunruhigt zu sein.«

Delindy lächelte gezwungen. »Ich bin ein wenig erschüttert«, sagte sie. »Aber jeder in Jorgia hat das seit Jahren erwartet. Wir Jorgier haben uns der Massenselbsttäuschung hingegeben. Wir können nur auf Verständnis hoffen.«

»Wie meinst du das?«

Siebenundzwanzig

Die Frau hatte sich umgedreht und spähte durch die transparente Plastikwand. Sie schien sich seiner Blicke nicht bewußt zu sein. Sie wirkte jetzt verändert, irgendwie – ein wenig härter, nicht so sanft. Vielleicht war das etwas, wovon er sich eingebildet hatte, sie besäße es – Sanftheit. In Wahrheit konnte es sein, daß sie sie nie in sich getragen hatte.

Er dachte, und er war nur überzeugter: Sie ist entweder eine jorgische Spionin oder unwissentlich Agentin des Gehirns. Sie hat mir zwei Kinder geboren, um ihre Absichten als Agentin zu fördern, und ist dann die Geliebte des Diktators geworden. Und nun hofft sie auf . . . Verständnis.

Er sagte langsam: »Angenommen, der Große Richter hätte mir einen Freibrief darüber gegeben, was in Jorgia zu unternehmen ist, was würdest du von mir erwarten?«

Ihre Antwort ging sogleich über die Grenzen seiner Frage hinaus. Sie wandte sich ihm nicht zu, doch sie schien plötzlich atemlos zu sein. Sie sagte: »Wenn du der Große Richter wärst, würde ich eine Änderung der Paarungsspiele erwarten, die ab einem bestimmten Alter Ehen gestattet. Ich würde erwarten, daß solchen Staaten wie Jorgia weitgehende Autonomie zugestanden würde. Ich würde eine Wiederkehr der Religionsfreiheit erwarten. Ich würde . . .«

Ihre Stimme sprach weiter, trat jedoch in den Hintergrund seiner Gedanken. *Wenn du der Große Richter wärst . . .*

Er dachte: Sie würde von mir erwarten, daß ich das Lebenswerk des Großen Richters zerstöre und es durch . . . Schwäche ersetze.

Er empfand keine Mißbilligung; nur eine seltsame Melancholie. Er erkannte, daß sie zu sprechen aufgehört hatte.

Er sagte: »Unglücklicherweise – oder vielleicht glücklicherweise – bin ich nicht der Große Richter. Aber ich werde ein paar Tage lang in Jorgia an seiner Stelle regieren.«

Es folgte ein Schweigen. Delindy entfernte sich aus seinem Gesichtskreis, trat hinter ihn.

Während er wartete, daß sie darauf antworten würde, bemerkte Marin ein Papier auf seinem Schreibtisch und seine Überschrift: *Zusammenfassung einer Untersuchung über die königliche Familie Jorgias, von David Burnley.*

Er nahm das Dokument widerstrebend auf, obwohl er wußte, daß es sich dabei um wertvolle Richtlinien für die kurzfristigen Entscheidungen handeln konnte, die er gleich am nächsten Morgen würde treffen müssen. Außerdem hatte er es aus Neugier mitgenommen. Wie gute Arbeit hatte sein Sohn geleistet?

Er überflog die Liste der Namen – knapp über hundert; und überflog den Begleittext, indem er die generelle Bedeutung ganzer Absätze mit einem Blick aufnahm. Seine Aufmerksamkeit richtete sich plötzlich auf einen Satz, der lautete: »Der Tod der jüngeren Schwester der Königin, Andelindamina, vor einigen Jahren hat die direkte Linie auf die Person Königin Kijshnashenias reduziert.«

Der nächste Satz lautete: »Die Königin ist unverheiratet, und ich habe gefolgert, daß dies ein absichtlicher Schritt war, um im Ausland den Eindruck zu erwecken, sie könne die letzte ihrer Dynastie sein.«

Marin nickte halb abwesend. Er konnte sich den Grund denken. Falls dem Großen Richter eingeredet werden konnte, zu glauben, Jorgia würde am Ende ohne Kampf fallen, konzentrierte er vielleicht seine militärischen Aktivitäten anderswo. Es war wohl eine von vielen Verzögerungstaktiken, die nun ohne Bedeutung waren.

Er legte schließlich das Papier weg und erkannte, daß er das meiste, was darin stand, bereits zuvor gewußt hatte, wenn auch nicht in so deutlicher Form. Der Gedanke an einen politischen Schachzug im Zusammenhang mit der Nichtverheiratung der Königin, das war neu. Und es gab Namen und Beziehungen, die er nicht miteinander in Verbindung gebracht hatte. Und solche Nebensächlichkeiten wie der Name der verstorbenen Schwester der Königin; den hatte er vorher nicht gekannt.

Er hielt inne und dachte: *Wie* hieß sie noch mal?

An*delinda*mina!

Er legte das Papier hin und saß sehr still da; und dann sagte er, ohne sich umzusehen: »Kanntest du die Schwester der Königin?«

Es folgte eine lange Pause. Dann erklang ihre Stimme hinter ihm. »Ja, ich kannte sie.«

»Wie war sie?«

Wieder eine lange Pause. Dann: »Jung und naiv. Sie ist gestorben, weißt du.«

Marin nahm an, daß das der Wahrheit entsprach, egal, wie man es betrachtete. Der physische Tod war natürlich endgültiger. Doch die Verwandlung einer jungen Unschuld in eine Frau von Welt konnte auch etwas vom Tode in sich tragen.

Falls es stimmte, was er dachte, dann war es in der Tat geschickt gehandhabt worden. Die Tochter des Botschafters aus Jorgia; die Identifikation war den Untersuchungsbeamten entgangen. Eigentlich nicht weiter überraschend. Staaten wie Jorgia hatten sich erst in jüngeren Jahren bemüht, politische Bande zum Großen Richter zu etablieren.

Und so war die Schwester der regierenden Königin unerkannt ins Herz der Welt des Richters gelangt, auf einer Mission – die nun gescheitert war.

Während er so dasaß, hatte Martin entschieden den Eindruck, daß er es hier mit jemandem zu tun hatte, der sich in einem Schockzustand befand, der ebenso extrem war wie alles, was er selbst während der vergangenen paar Tage durchgemacht hatte. Er tat so, als studiere er den Bericht seines Sohnes. Doch vor und über ihm befand sich ein Spiegel. Und er konnte darin ihren Körper von direkt unterhalb der Schultern bis direkt unterhalb der Taille sehen. Sie wirkte verkrampft und ängstlich.

Marin wartete.

Ihre Stimme kam schließlich gelassen, beiläufig: »Wen wirst du exekutieren?«

Das war es also.

Marin sagte: »Das entscheide ich, wenn ich hinkomme.«

Er bemerkte, daß es in ihren Gedanken keinen Zweifel bezüglich des Ausgangs der Schlacht zu geben schien. Sie akzeptierte Jorgias Niederlage, ohne sie in Frage zu stellen.

»Die Königin?« fragte Delindy nach einer langen Pause.

»Ich habe freie Hand!« sagte Marin mit Bedacht.

Es entstand eine Pause; dann: »Sie ist eine Freundin von mir.« Sie sprach mit kleinlauter Stimme. Marin seufzte innerlich. Er nahm an, daß er, falls seine plötzliche Eingebung korrekt war, einer Frau zuhörte, die um das Leben ihrer Schwester flehte.

Es erschien ihm, als könne er, auch wenn er nicht verraten konnte, was man mit der Köinigin vorhatte, der Schwester einen minimalen Trost bieten. Er sagte: »Falls sich das Thema« – er zögerte – »Bestrafung überhaupt stellt, rufe ich dich an und bespreche es mit dir, wenn du willst.«

»Danke«, sagte Delindy. Ihr Körper schien sich zu entspannen, während er sie im Spiegel beobachtete. »Ich möchte, daß du das tust«, sagte sie, und ihre Stimme klang bestimmter.

Marin sagte: »Betrachte es als beschlossen.«

Er hatte danach nur einen persönlichen oder annähernd persönlichen Gedanken. Wenige Momente lang glitt die rauchende Zerstörung des Platzes von Gruppe 814 hinauf in sein Bewußtsein. Das alptraumartige Bild mit all seinen tödlichen Folgerungen für ihn und für die Welt des Großen Richters verweilte kurze Zeit. Und dann wandte er bewußt seine Aufmerksamkeit ab. Weniger als eine Stunde später setzte er Delindy in ein Kurierflugzeug, das sie zurück ins Lager A bringen würde. Von da würde sie mit einem gewöhnlichen Raketenflug in die Hauptstadt zurückkehren und weiter zu einer Residenz im mittleren Westen, wo sie bereits ihre Kinder hingeschickt hatte. Sie würde dort bleiben, bis die Krise in der Hauptstadt vorbei war.

Achtundzwanzig

Gegen neun Uhr hatte sich der frühmorgendliche Nebel aufgelöst. Unter seinem Flugzeug gaben die Berge im strahlenden Sonnenlicht ein heiteres, grünes Bild ab. Durch den transparenten Boden des beladenen Fallschirmtruppentransporters konnte Marin hier und da den Beginn von Ackerland sehen.

Mehrere kleinere Städte glitten unten vorbei und dann ein Aufblitzen von Bewegung am nahen Himmel unter ihnen – Kampfflugzeuge, die zu den Transporterformationen heraufschossen. Sie wurden irgendwie abgefangen, denn er sah diese Gruppe nicht noch einmal.

Um 9.30 sprang Marin, dessen Herz nur ein wenig schneller schlug, ab und landete sicher weniger als vierhundert Meter von einer vorherbestimmten Landezone entfernt.

Nahebei begannen Raketen mit Magnetantrieb, die von riesigen Transportern abgefeuert worden waren, zu landen und eine Ansammlung blitzender mechanischer Vorrichtungen auszuspucken. Innerhalb von Minuten sausten Panzer, fahrbare Kanonen und Transportfahrzeuge herum und nahmen Soldaten auf.

Etwa gegen 10.30 rückte eine Fallschirmspringerarmee hinter einer mobilen Barriere aus Metall – bereit, bei jeglichem Widerstand Tod zu säen – aus allen Himmelsrichtungen die Hauptdurchgangsstraßen und die wichtigsten Seitenstraßen einer Stadt entlang vor, die bis auf erschreckte Gesichter, welche aus den Fenstern spähten, verlassen zu sein schien.

Marin sah keine Kämpfe. Er traf mit einer bewaffneten Eskorte kurz vor Mittag am Palast ein und stellte fest, daß dort bereits seine eigenen Männer patrouillierten.

Drinnen nahmen die von ihm abgestellten Spezialwachen auf Befehl ihres Offiziers Haltung an, als er eintrat. Der Hauptmann kam herüber und salutierte. Er sagte mit gedämpfter Stimme: »Die Königin ist im Thronsaal, und wir lassen gerade unsere Laborleute Aufstellung nehmen, damit sie da sind, wenn sie hineingehen und mit ihr sprechen.«

Marin nickte. Was als nächstes passieren sollte, war sorgfältig geplant. Er sagte: »Sobald alles bereit ist, veranlassen Sie, daß ein Haushofmeister mich ankündigt.«

Es war erst wenige Minuten später, als er den Saal betrat, der im Grunde ein Empfangsraum für offizielle Anlässe war, wenn nicht allzu viele Gäste eingeladen waren. Die Königin selbst saß steif auf einem hochlehnigen Stuhl. Sie war eine junge Frau – sehr schlicht aufgemacht, das Haar geflochten, das Gesicht ohne kosmetische Pflege –, aber er hätte sie sofort als Verwandte Delindys erkannte. Die Ähnlichkeit war stark. Die Königin besaß ganz gewiß nicht die klassische Schönheit ihrer Schwester. Aber in der Form der Nase und des Kiefers, im Bogen der Wange und, ein klein wenig, in der Form des Kopfes glichen sich die Königin und Delindy unübersehbar. Sie war gegenwärtig in ein düsteres, braunes, seidenähnliches Gewand gehüllt, das ihr bis knapp unters Knie zu reichen schien.

Marin trat vor und blieb dann stehen, um sich zu verbeugen. Die Frau neigte den Kopf. Als er sich aufrichtete, sah Marin, daß ein Techniker den Saal durch eine Tür betrat, die sich seitlich und ein Stück hinter der Königin befand.

Ohne Marin anzublicken, zielte der Mann mit seiner Gaspistole und schoß auf die Frau. Als sie zusammensackte, rollte die mobile Geräteeinheit hinter dem Techniker herein. Marin blieb, wo er war, und sah zu, wie zwei Frauen die Königin aufhoben und sie mit dem Gesicht nach unten auf die gepolsterte Liege unter den Schaltkreisprojektor legten.

Die Maschine schnurrte, und obwohl nichts zu sehen war, wurde in diesem Moment der verhängnisvolle Schaltkreis ihrer Schultermuskulatur aufgeprägt. Von nun an und für den Rest ihres Lebens konnte eine Untereinheit des Kontrollzentrums aktiviert werden und bei ihr einen Schmerz von allmählich wachsender Intensität in der Schulterpartie hervorrufen.

Und immer noch rührte Marin sich nicht. Während er zusah, hoben die Frauen die Königin aus ihrer hingestreckten Position auf und plazierten sie in dem Stuhl, auf dem sie gesessen hatte. Die mobile Einheit begann sich zurückzuziehen. Sie entfernte sich durch die Tür, durch die sie gekommen war, und bald war nur der Techniker noch da. Marin nickte ihm zu, und er feuerte eine zweite Gaspistole auf die Frau im Thronsessel ab. Dann zog er sich zurück.

Sie regte sich und schlug die Augen auf und sah Marin. Marin sagte: »Ich bitte um Vergebung, Ihre Majestät, ich werde Ihre Damen zu Ihnen hereinschicken und Sie heute abend besuchen.«

Sie schüttelte den Kopf, als wolle sie ihren Geist von Nebeln befreien. Sie murmelte: »Ich scheine nicht ... Ich weiß nicht, was ...« Sie sprach ein beinahe akzentfreies Englisch.

»Ich schicke Ihre Hofdamen«, sagte Marin.

Er verbeugte sich, machte auf dem Absatz kehrt und ging hinaus. Im Vorraum sprach er mit dem Hauptmann der Wache, und dann eilte er zum neuen Angriffshauptquartier, das inzwischen im wichtigsten militärischen Gebäude der eroberten Hauptstadt Jorgias eingerichtet worden war.

Das Gebäude pulsierte vor umhereilenden Männern. Eine Zeitlang waren Meldungen aus dem Landesinnern selten. Nachmittags gegen drei jedoch, als Marin gerade ein Brot aß und eine Tasse Kaffee trank, wurde ihm ein Stapel Meldungen überreicht. Ein hastiger Blick auf sie bestätigte die Vollkommenheit des Sieges. Der organisierte Widerstand war praktisch zum Erliegen gekommnen.

Er gab die Papiere zur Kenntnisnahme und zügigen, präzisen Bearbeitung durch den Stab zurück und legte sich dann eine Stunde hin. Bis dahin hatten Generalstabsarbeit und zusätzliche Meldungen ergeben, daß der »große« jorgische Krieg vorbei war.

Er wandte seine Aufmerksamkeit Berichten über Verhöre mit führenden Regierungsbeamten zu. Alle leugneten jegliche Verbindung zu der Bombe, die auf dem Platz der Gruppe 814 explodiert war. Lügendetektoren bestätigten ihre Aussagen.

Fragen, die das Wissen um irgendwelche außerhalb Jorgis arbeitende Geheimbünde betrafen, erbrachten weniger eindeutige Informationen. Antworten wie: »Es gab und gibt so viele experimentelle Gruppen«; »Ich weiß von keiner, die dem veralteten Kommunismus ähneln könnte«; »Idealisten – wir haben ganze Horden von ihnen.«

Für Marin erwiesen diese Antworten nur, daß die jorgische Regierung nichts damit zu tun hatte. Er kommandierte Spezialeinheiten der militärischen Aufklärung ab, sämtliche Grenzposten zu beobachten, besonders die, welche zu zwei Staaten führten, die nicht der Herrschaft des Großen Richters unterlagen.

»Vom 1. 9. bis 3. 9.«, schrieb er, »verhaften und halten Sie alle Personen fest, die Jorgia zu verlassen versuchen. Unterziehen sie alle Personen, ob Mann oder Frau, Lügendetektortests, die entweder dem idealistischen Typ anzugehören oder von ungewöhnlicher Intelligenz zu sein scheinen.«

Er mußte dem leitenden Oberst der Aufklärung gegenüber zugeben, daß dies eine vage Direktive war. Konnte ein Mensch, der immer noch den Kommunismus plante, als intelligent gelten? »Lassen Sie es uns so sagen, Rex«, sagte er spöttisch zu dem Offizier, als er das Gespräch beendete, »daß der Anschein von Intelligenz vorhanden sein mag, daß er aber bestimmte Lücken aufweisen wird.«

Als nächstes instruierte er den Leiter seiner Schreibstube. »Lassen Sie alle Berichte über die Bombenverhöre an den Großen Richter fernübermitteln.«

Er selbst sandte eine formelle Botschaft an den Diktator.

»Eure Exzellenz, die Polizeikräfte, die Sie so großzügig ermächtigt haben, Ihrer Majestät Königin Kijshashenia von Jorgia zur Verfügung zu stehen, haben den Zweck erfüllt, zu dem sie ausgeliehen wurden. Auf Bitten Ihrer Majestät werden unsere Truppen zu Überwachungszwecken in entlegenen Gebieten eingesetzt, aber man erwartet, daß loyale jorgische Truppen innerhalb einer Woche die volle Verantwortlichkeit übernehmen werden. Alle unverhüllten Ausbrüche der Revolution sind niedergekämpft worden. Die rechtmäßige Regierung Jorgias funktioniert wieder.«

Er unterschrieb sie: »David Marin, Gruppenmeister.«

Am späten Nachmittag traf Slater in einer Art giftiger Freude erglühend ein. Die beiden Männer aßen in einer Atmosphäre relativen Friedens zu Abend, unterbrochen vom schwachen Laut gelegentlichen Gewehrfeuers. Eine Weile sprachen sie über den Krieg. Dann fragte Marin – der interessierter war, als er zeigen wollte –, ob irgend etwas Neues über die Bombe in Erfahrung gebracht worden sei. Slater schüttelte den Kopf. Er wirkte ungeduldig, und daher ließ Marin das Thema fallen.

Beim Kaffee gingen sie eine Namenliste von Männern durch, die zur Ermordung vorgesehen gewesen waren, jedoch aus dem einen oder anderen Grund statt dessen gefangengenommen worden waren. Es waren zweiundachtzig Individuen betroffen, und sie taten etwas ganz Einfaches: Jeder nahm eine Kopie der Liste und strich die Namen der Männer an, die seiner Meinung nach immer noch exekutiert werden sollten. Marin markierte nur acht Namen; Slater hakte, wie sich herausstellte, einunddreißig ab.

Sie verglichen die markierten Namen auf ihrer jeweiligen Liste und stellten fest, daß sieben von Marins Leuten auch auf Slaters Liste standen.

An diesem Punkt nahm Slater einen Hörer auf und rief das Gefängnis an, wo die Männer festgehalten wurden. Er las die sieben Namen vor und schloß barsch: »Vernichtet sie sofort.« Er hängte ein und wandte sich wieder Marin zu. »Nun laß uns über diese anderen entscheiden.«

Marin nickte. Er war ein wenig erstaunt, daß er in dieser Sache keine Gefühle zeigte. Der Tod, der ihm drohte, schien mit seiner gegenwärtigen Lage nichts zu tun zu haben. Allerdings ging ihm der Gedanke durch den Kopf, daß all diese Individuen sich um ihr eigenes Überleben zu sorgen hatten. Falls es ihnen gelang, gut; falls es ihnen nicht gelang, wie schade.

Seine Arbeit erforderte, daß er im Verlauf des kommenden Jahres auf der Basis ihres Werdegangs ihr Potential als gefährliche Personen untersuchte. Eine einzige Fehleinschätzung, und nicht eins, sondern tausend Individuen mochten sterben.

Er ließ die Liste seines Sohnes herbringen und verglich die hundertzehn Namen auf ihr mit den Namen, die Slater zum Tode bestimmt hatte. Achtzehn davon stimmten überein.

Marin schüttelte über den kleinen Mann den Kopf und lächelte. »Die Verwandten der Königin«, sagte er. »Vorläufig nicht zu töten.«

Das erinnerte ihn an etwas, und er blickte auf seine Uhr. Nach neun. »Wir werden dies hier sein lassen«, sagte er. »Du weißt, was ich mit dieser Frau unternehmen soll. Es ist an der Zeit, daß ich es tue.«

Slater stand unruhig auf. »Ich muß auch gehen«, sagte er. »Eine Menge Entscheidungen augenblicklich zu treffen.« Er warnte. »Wir werden allerdings morgen über diese Männer entscheiden müssen. Noch eins, bevor du gehst.«

»Ja?«

»Hast du irgendwas über das Gehirn herausgefunden?«

»Nein.«

»Danke. Viel Glück mit der Königin.«

Marin lächelte und sagte die Scherzworte, die von einem echten Mann erwartet wurden: »Es sind Zeiten wie diese, in denen ich wirklich zu schätzen weiß, daß ich ein Gruppenmeister bin.«

Neunundzwanzig

Er traf kurz vor zehn am Palast ein und begab sich direkt zu den Privatgemächern der Königin. Als er eintrat, sprang die Frau, die auf einem Stuhl gesessen hatte, auf und wandte sich ihm zu.

Ihre Augen waren über das normal Erscheinende hinaus geweitet. sie sah erschöpft aus, und sie hatte eine Steifheit an sich, die auf ein gewisses Maß an Furcht hindeutete. Ihre Stimme bemühte sich, als sie sprach, um Gelassenheit, doch die Bemühung war nur teilweise erfolgreich.

Sie sagte: »Sie werden mich umbringen, nicht wahr? Der Große Richter ordnet immer den Tod der Herrscher des Territoriums an, das er an sich reißt. Ich möchte Sie wissen lassen, daß ich auf den Tod vorbereitet bin, aber ich wünsche, meinem Eroberer eine Bitte zu unterbreiten.«

Es war nicht der Augenblick, sie über ihr Schicksal aufzuklären. Aber es bestand kein Zweifel, daß sie in melodramatischer Stimmung war. Er nahm an, eine Art emotioneller Appell würde gleich an ihn gerichtet werden. Er sagte mit ruhiger Stimme: »Jede vernünftige Bitte, die nicht meinen Instruktionen zuwiderläuft, wird Euer Hoheit gewährt werden.«

Sie kam ein wenig schwankend auf ihn zu, und es lag ein Hinweis auf drohende Tränen in der Art, wie sie den Mund verzog, und in ihrer Stimme, als sie sagte: »General, für Sie mag diese Eroberung Jorgias nur eine Episode sein, aber für mich ist sie das Ende einer Ära. In meinem Todeskampf kommen mir verzweifelte Gedanken über vieles. Für mich ist Erobertwerden mit symbolischen Bedeutungen beladen, und irgendwie ist der Eroberer in diese Symbole verstrickt. Ich bin eine Frau, erobert, und Sie sind der Mann, Eroberer. Obwohl ich nicht mehr als einen kurzen Blick auf Sie erhascht habe . . . vorhin . . . habe ich damals Furcht und Haß . . . und Liebe empfunden.«

Er mußte die Tür nicht abschließen. Das war automatisch auf seine vorherige Anweisung erledigt worden.

Er hob die Frau behende in seine Arme und trug sie ins Schlafzimmer. Das Feuer, das in ihr war, ließ sie nach ihm greifen. Sie besaß Kraft, diese Frau, in jenem Moment, als sie nach ihm griff und ihn herabzog. Im schwachen Licht des Morgengrauens lagen sie erschöpft, doch nicht schlafend Seite an Seite, und sie sagte: »Du wirst mich nie vergessen, oder?«

»Nie«, sagte Marin.

»Du darfst mich jetzt umbringen«, sagte sie seufzend. »Ich spüre eine Geradheit in mir. Die Niederlage ist vollzogen.«

Und er dachte erstaunt: Vielleicht sind es *zwei* Verdammte gewesen, die sich da an den letzten Ausbruch des Lebens geklammert haben. Denn wenn er keine Lösung für sein Problem fand, war er wirklich verdammt. Und sie dachte, sie sei es auch.

Er reckte sich nachdenklich und erkannte, was er während jener Momente der Leidenschaft vergessen hatte – daß die Zeit gekommen war, ihr das Leben anzubieten. Er spürte die Umstellung auf die gedankliche Funktionsebene in seinem Innern, den Übergang vom simplen Zell-Mann zum komplexen Wesen. Er sagte: »Shenia, ich habe nachgedacht. Vielleicht fällt uns ein Weg ein, wie deine Familie an der Macht bleiben kann. Möglicherweise könnte ich eine vorteilhafte Lösung rechtfertigen.«

»Meine ganze Familie?« sagte sie überrascht. »Du meinst Verwandte?«

»Warum nicht?« sagte Marin. »Hundert sind so leicht wie einer.«

»Aber wäre das nicht gefährlich für dich?«

Marin sagte vorsichtig: »Ich habe nicht gesagt, daß ich es könnte. Ich habe gesagt, vielleicht fällt uns ein Weg ein. Du müßtest dich auf Dinge einlassen, auf die du dich noch nie eingelassen hast.«

»Du wirst diese Dinge ohnehin durchsetzen«, sagte sie gespannt. »Wenn ich meine Familie retten könnte . . .« Sie hielt inne. »Warum tust du das?« fragte sie erstaunt, und ihr Tonfall glich beinahe dem eines Kindes. Und dann stellte sie, bevor er etwas sagen konnte, eine weitere Frage: »Für mich?«

»Für dich!« sagte Marin.

Das war alles. Sie schien es zu akzeptieren. Es war auch nicht ungewöhnlich. Der Plan hatte vorgesehen, daß sie fortan glauben würde, in den obersten Rängen der Berater des Großen Richters einen Beschützer zu haben. Die Tatsache, daß eben diesem Berater, ohne daß jemand davon wußte, der Tod bevorstand, beeinträchtigte den Wert dieser Idee in diesem Moment nicht.

Ohne die eindeutige Kommunikationsstufe, die sie beide erreicht hatten, hätte sie sich halsstarrig geben können – oder ihre Niederlage mit einer Geste des Sterben-für-mein-Volk dramatisieren. Wie die Dinge lagen, unterzeichnete sie die Dokumente, die er ihr vorlegte, und hielt eine kombinierte Rundfunk- und Fernsehrede, worin sie bestätigte, daß »eine groteske Revolution durch Elemente, deren Ziele im Hinblick auf die Weltlage wahnsinnig sind, mich dazu gezwungen hat, den Schutz des Großen Richters für mich und mein Volk zu erbitten«.

Bei ihrer kurzen Ansprache betonte sie betrübt, daß »die Entgegennahme von Unterstützung gewisse Veränderungen nötig machen wird, aber die Veränderungen sind zügellosem Blutvergießen vorzuziehen«. Sie schloß, indem sie sagte: »Um Notstandsmaßnahmen zu erleichtern, habe ich den Rücktritt Kugarachar Mayetts angenommen und habe Duoni Havariste gebeten, ein Kabinett zu bilden . . .«

Einheimische Namen, einheimische Leute und altehrwürdige Methoden – all dessen bediente man sich nun im Blitzkrieg, dessen wahre Geschichte dem Volk von Jorgia wohl nie bekannt werden würde, noch der großen Masse der Menschen anderswo. Slater hielt mit seinen Teams von »Registratoren« Einzug. Hunderttausend Einzelpersonen, die für ihre Anhängerschaft zu monarchistischen Prinzipien bekannt und seit Jahren als gefährlich auf niedrigerer Ebene eingestuft waren, hatten in der »Registrierung« oberste Priorität. Der Prozeß würde rücksichtslos ablaufen, wenn er in einer derartigen Massenaktion vollzogen wurde. Stolzen Männern und Frauen würde das Selbstwertgefühl verletzt werden, während sie in langen Schlangen vor den mobilen Einheiten standen. Jedem Individuum würden Fingerabdrücke abgenommen werden, jeder würde seinen Namen unter eine eidesstattliche Erklärung setzen und sich dann mit dem Gesicht nach unten unter eine massive elektronische Vorrichtung legen, die üblicherweise als Röntgengerät bezeichnet wurde. In Wirklichkeit handelte es sich um die Maschine, die der Schultermuskulatur einer jeden Person den Schaltkreis aufdrückte, der hiernach aktiviert werden konnte, um einen allmählich wachsenden Schmerz hervorzurufen.

Sie konnten sich nicht ausruhen, bis diese Aufgabe erledigt war, das wußte Marin. Aber er wartete nicht. Kurz vor Mittag rief er Medellin an.

Dreißig

»Mein Freund, ich überlasse Ihnen Ihre Domäne.«

Medellin wurde feierlich. »Sie haben meine besten Wünsche, David. Eine durch und durch brillante Leistung, ein persönlicher Triumph. Denken Sie daran, die Königin mindestens einmal pro Jahr zu besuchen, um Ihre Freundschaft aufs neue zu besiegeln.«

»Sie können Ihren Sekretär veranlassn, mich daran zu erinnern«, sagte Marin trocken.

Doch im Innern entsann er sich kurz der Erregung der Nacht und wußte, daß er, falls er eine Zukunft besaß, immer und immer wieder versuchen würde, die Erfahrung zu erneuern.

Vielleicht hatte auf seiten der Frau alles mit einer Intrige begonnen, ihr Leben zu retten. Aber wenn es so war, dann hatte die Königin ihren Sieg unter Hingabe ihrer eigenen Substanz errungen. Er zweifelte nicht daran, daß es ein Kind geben würde. Es mochte sich in der Tat um eine Intrige gehandelt haben, um ihn zu verführen. Aber es war eine Verführung, die das gesamte Sein der Verführerin umfaßte.

Ihr Plan oder ihr Bedürfnis, was es auch war, hatte seine eigenen Absichten gefördert. Es würde ihr freistehen, ihn noch einmal aufzufordern – falls er am Leben blieb. Als Beschützer würde er ihr natürlich normalerweise jede Unterstützung zukommen lassen, die sie begehrte – nach vorheriger Erörterung.

Medellin hatte das Wort ergriffen. »Wir sehen uns in ein paar Wochen«, sagte er.

Marin sagte Lebewohl, hängte ein und flog zurück ins Lager A. Unterwegs wehrte die Eskorte seines Flugzeugs ein einzelnes jorgisches Schiff ab, das in Flammen zu Boden trudelte. Marin dachte nüchtern über die Motive hinter der wahnwitzigen Geste des Piloten nach, erinnerte sich an Königin Kijshnashenias äußerst emotionelle Dramatisierung ihres bevorstehenden Todes und fragte sich, zu welchen Gesten er wohl greifen würde, wenn die Mitternachtsstunde des siebten Tages nahte.

Während er im Lager A auf seine Rakete wartete, gewährte er David Burnley eine Audienz und stellte fest, daß der junge Mann gehobener Stimmung war.

»Gute Arbeit, Papa«, sagte er herzlich. »Auf die Art, wie du das gehandhabt hast, sind Tausende von Leben gerettet worden –

und natürlich mußte es getan werden. Ich wünschte nur, ich hätte größeren Anteil daran gehabt.«

Marin erzählte ihm von den achtzehn Männern, deren Namen als Ergebnis der Tatsache, daß sie auf der vom jungen Burnley erstellten Liste aufgeführt waren, aus der Exekutionsliste gestrichen worden waren.

Die Wirkung war erstaunlich. Tränen traten seinem Sohn in die Augen. Schweigend schüttelte der junge Mann ihm die Hand. Später – nachdem die Audienz vorbei war – dachte Marin: Was für eine Art Zukunft werden wir haben, nun da eine ganze Generation gefühlsüberschwenglicher junger Menschen soeben die Volljährigkeit erreicht? Er stellte sich zukünftige Gruppen voller Erwachsener vor, die in ihrer Kindheit und Jugend praktisch vaterlos gewesen waren – Millionen weinerlicher Leute, die die Struktur des Gruppengesetzes auf der Grundlage ihres eigenen inneren Bedürfnisses nach dem fehlenden männlichen Elternteil beeinflußten.

War das ein wirklichkeitsgetreues Bild? fragte er sich. Wenn ja, prophezeite es nichts Gutes für die Zukunft des Landes.

Während er auf die Abflugszeit wartete, stellte er fest, daß er besorgt und unglücklich war. Tatsache war, daß er nicht wußte, was während seiner Abwesenheit vorgefallen war. Sie würden ohne Frage den Schmerzschaltkreis eingeschaltet haben, sobald sie den Zusammenhang zwischen Trask und Gruppe 814 entdeckt hatten. Das abgedeckte Gebiet würde nach und nach erweitert werden; es war ratsam, Drogen zu besorgen, die er einnehmen konnte, wenn das Raketenschiff landete.

Er würde den Schmerz bis zu seiner Ankunft ertragen. Er hatte nicht den Wunsch, unter Medikamenteneinfluß vor den Offizieren zu erscheinen, die ihn abholen würden.

Wie es sich herausstellte, war das Schiff bereits über den Scheitelpunkt seines Aufstiegs hinaus, als er den stechenden Schmerz in seiner Schulter spürte.

Während er schweigend die Qualen bekämpfte, war Marin eines klar: Die Krise war gekommen.

Einunddreißig

Marin wand sich unruhig in seinem Sitz, als der Schmerz seinen Versuch vereitelte, seine Aufmerksamkeit ganz von ihm abzuwenden. Auf dem Bildschirm vor sich sah er, daß die Maschine eine scharfe Kurve in Richtung Erde machte; und er konnte die Verlangsamung in seiner Magengegend spüren. Die Landung erfolgte präzise und wie üblich routiniert auf dramatische Weise. Als sie zum Stillstand gekommen war und die Luke offenstand, steckte er die erste Tablette in den Mund. Dann stand er auf und ging ein wenig steif hinab aufs Flugfeld. Dort blieb er stehen.

Leute warteten auf ihn, ein Empfangskomitee, eine Delegation. Marin hatte Beamte aus seiner eigenen Abteilung erwartet. Doch nun sah er, daß es in der Tat ein berühmtes Empfangskomitee war, das da auf ihn wartete: Podrage, ein halbes Dutzend Gruppenmeister und, etwas abseits stehend, der Große Richter.

Die Erkenntnis schockierte ihn. Er stellte sich vor, daß viele Stunden vergehen würden, bis er seine Schmerzen ganz loswerden konnte. Seine Gedanken erreichten diesen Punkt, und dann kam der Diktator herbeimarschiert, und seine kräftigen Hände packten Marins Schultern. »David!« brüllte der Führer über das Dröhnen der Triebwerke hinweg. »Medellin sagt mir, die Arbeit in Jorgia ist vollbracht.«

Marin antwortete ebenfalls schreiend: »Eure Exzellenz, Jorgia ist wie ein Kartenhaus zusammengebrochen. Es war ein Fünf-Stunden-Krieg.«

Der große Mann umarmte ihn freudig. »Guter alter David, immer noch der größte Meister des Blitzkriegs in der Weltgeschichte.«

Die Bemerkung verblüffte Marin. Er hatte nie zuvor die Äußerung derart uneingeschränkter Bewunderung gehört, noch hatte er sich für mehr gehalten als einen vernünftigen Vorstellungen anhängenden Logiker, der auf einem bestimmten Gebiet gute Leistungen erbrachte.

Immer noch kichernd zog der Große Richter ihn zu den anderen Männern hinüber. »Oscar«, sagte er zu Podrage, »schütteln Sie einem Mann die Hand, der einfach nicht verlieren kann.«

Martin spürte, wie diese schmalen, stählernen Augen ihn beobachteten; und dann schüttelte ihm dieser fähigste aller Gruppenmeister die Hand. Podrage deutete liebevoll auf den Führer.

»Dies ist ein großartiges Ereignis für den Boß. Mit dem Untergang Jorgias verwirklicht sich die Welt, von der er vor mehr als zwanzig Jahren geträumt hat. Es ist nichts mehr übrig, das groß genug wäre, um Probleme zu bereiten.«

Das stimmte nicht ganz. Es konnte noch ein paar gefährliche Bündnisse geben. Aber es besaß genügend Wahrheitsgehalt. Marin schaffte ein angestrenges Lächeln. »Oscar, Joriga dürfte uns eine Weile damit beschäftigen, daran zu kauen, zu verdauen.«

Seine Überraschung war dem Unbehagen gewichen. Er erinnerte sich an einen früheren Vorfall, als er den Großen Richter jemanden über den grünen Klee hatte loben hören. Binnen Stunden war der Mann tot gewesen.

Marin dachte zitternd: Ich muß daran denken, daß er wegen Trask begonnen hat, an mir zu zweifeln. Die Frage war: Konnte dieser seltsame Herrscher je sein Vertrauen zu einem Mann wiederfinden, sobald er es einmal verloren hatte?

Bald darauf war das Händeschütteln vorüber. Die harten Finger des Großen Richtes packten Marins Arm. »Meine Herren«, sagte er zu der Gruppe, »das Problem, das übrigbleibt, ist so bedeutend, daß ich möchte, daß wir uns gleich dorthin begeben, wo die Bombe explodiert ist. Ich will, daß David auf den neuesten Stand gebracht wird, und der beste Ort dafür ist der Schauplatz selber.«

Sie gingen gemeinsam zu einem großen Kurzstreckenjet und befanden sich alsbald in der Luft, während eine Ansammlung von Begleitflugzeugen vor und hinter ihnen herflog. Marins erster Blick auf das verwüstete Gebiet war der von Suchscheinwerfern, die weit vor ihnen aufblitzten. Als sie sich näherten, sah er, daß die Scheinwerfer auf jedem Gebäude angebracht waren, das noch stand, und daß es in dem Gebiet von Arbeitern und Gerätschaften nur so schwärmte.

Während er das beobachtete, hörte er zugleich Podrage zu, dem Diktator selbst und einem Adjutanten aus seiner eigenen Abteilung. Und so hatte er, als sie landeten, eine Zusammenfassung darüber, was sich in der Zeit seit der Explosion ereignet hatte. Bei weiteren acht Angehörigen der Gruppe 814 war entdeckt worden, daß sie direkt im Anschluß an die Sitzung die Stadt verlassen hatten. Dies steigerte die Summe der Überlebenden aus der Gruppe auf einhundertzwei. Und das schien die endgültige Aufstellung zu sein; denn kein einziger hatte sich in den vergangenen vierundzwanzig Stunden gemeldet.

Podrage sagte: »Als wir entdeckt hatten, daß 814 die Gruppe Wade Trasks war, hatten wir das Gefühl, die Ursachenseite dieser Angelegenheit habe eine neue Dimension erhalten. Wir haben vor kurzem den Schmerzschaltkreis eingeschaltet, und deshalb dürften wir bald wissen, ob er am Leben ist. Ich kann mir nicht vorstellen, was er durch eine Explosion gewinnen sollte, aber daß es sich um seine Gruppe gehandelt hat, ist ein allzu großer Zufall. Es muß etwas bedeuten.«

Marin kam, angespannt vor Schmerzen, die Idee, zu sagen: »Vielleicht ist er das Ziel gewesen.« Mühsam unterdrückte er den Impuls und sagte statt dessen: »Angenommen, er taucht nicht auf?«

»Dann ist eine Möglichkeit ausgeschaltet.«

Marin nickte. Er hatte im Grunde niemanden gebraucht, der ihm etwas so Offensichtliches sagte. Aber sein Bewußtsein glitt immer wieder ganz leicht in Zonen der schmerzlichen Benommenheit, und das nahm seiner Wachsamkeit die Spitze ... »Es gibt«, sagte die Stimme des Adjutanten neben ihm, »Beweise, daß die Bombe aus der Luft abgeworfen wurde. Allerdings deutet die Aufzeichnung des Luftverkehrs darauf hin, daß die Maschine, welche die Bombe befördert hat, ihren Flug beendet hat, indem sie sich in die Druckwelle stürzte.«

Ein führerloses Flugzeug! Sein gesamter Flug über die Stadt würde in den Diagrammen des automatischen Luftverkehrs verzeichnet sein. Falls es von jenseits der Stadtgrenzen gekommen war, würde es Radarkarten seines Fluges quer über den Kontinent geben.

»Das Flugzeug«, sagte die Stimme des Adjutanten, »ist aus Parkzone B in der Stadtmitte gestartet. Den Unterlagen von Parkzone B zufolge war dieses Schiff vor genau fünf Stunden und zehn Minuten bei einem der Frachtzugänge gelandet. Flugdiagramme von seiner Landung deuten darauf hin, daß es von Osten her über die Stadt geflogen ist. Die Radaraufzeichnung verfolgt es bis zur Atlantikküste und zurück, und von da haben Radarprojektoren mit großer Reichweite seinem Ursprung bis zu einem Unterseeboot nachgespürt, daß etwa dreihundert Kilometer vor der Küste lag.

Weniger als eine Minute nach der Bombenexplosion ist das

U-Boot hochgegangen und hat dabei eine Druckwelle erzeugt, die von allen Marinestützpunkten am Atlantik registriert wurde. das zeitliche Zusammentreffen dieser Aufzeichnungen hat uns ermöglicht, den genauen Ort der Explosion zu finden. Wir wissen daher, daß das U-Boot in Gewässern gesunken ist, die fast drei Kilometer tief sind. Die Erkundung mit Instrumenten weist darauf hin, daß an dieser Stelle Metallteile auf dem Meeresboden liegen. Als man diverse neutrale Staaten von diesen Erkenntnissen benachrichtigte, haben sie sofort geleugnet, daß ihnen eins ihrer U-Boote fehle. Keine weiteren Fakten.«

Der Adjutant war einen Moment lang der einzige, dessen Aufmerksamkeit auf Marin gerichtet war. Marin beugte sich zu ihm. »Überprüfen Sie den Einsatz sämtlicher U-Boote, die während der letzten fünfzig Jahre gebaut wurden.« Er sprach mit gesenkter Stimme. »Erstatten Sie mir persönlich Bericht.«

»Jawohl!« sagte der Mann.

Marin lehnte sich zurück. Nicht zum erstenmal stellte er fest, wie schwierig es für jemanden gewesen war, eine Explosion in der Stadt des Richters zu zünden. Seine Vermutung war es, daß es sich um eine Bombe aus früherer Zeit und obendrein von weit her handelte. Er erinnerte sich vage, daß Unmengen militärischer Ausrüstung einschließlich U-Booten im Sog des Krieges vor einem Vierteljahrhundert verschwunden waren. Er stellte sich vor, wie Agenten des Gehirns solche Ausrüstungsgegenstände zu unzähligen Verstecken brachten und jede Einheit so umbauten, daß sie ferngesteuert werden konnte – und so war ein U-Boot aus seiner geheimen Höhlung hervorgekommen, hatte ein Robotflugzeug gestartet und gewartet, bis seine Instrumente die Explosion registrierten, worauf es in die Luft gejagt worden war.

Er sah, daß sie nun an Höhe verloren. Er warf rasch einen prüfenden Blick auf die Zone der Zerstörung und sah, daß umfassende Aufräumungsarbeiten unternommen worden waren. Er beugte sich zu seinem Adjutanten hinüber und sagte: »Wie rasch hat sich die Radioaktivität verflüchtigt?«

Der Mann antwortete: »Das Explosionsmaterial war eins der ganz schweren Elemente, im Augenblick der Explosion erzeugt, mit einer Halbwertzeit von einer hundertstel Sekunde. Minuten nach der Explosion war die Radioaktivität bereits weit unter der Gefahrenebene.«

Marin nickte, und sein Verstand war wieder sehr aktiv. Er sagte: »Vor etwa zehn Jahren ist Generalmajor Inskip in den Ruhestand gegangen. Lebt er noch?«

»Ja, er lebt. Über achtzig, aber rüstig.«

Marin sagte langsam: »Er war die größte Autorität in bezug auf Waffen des letzten Jahrhunderts, die ich je gesprochen habe – und sie hatten enorme Waffen im zweiten Atomkrieg. Ich möchte, daß Sie eine Kommission von Waffenexperten vorbeischicken, um ihn zu besuchen und die Informationen zu holen, die er meines Wissens gesammelt hat. Ich bin vor allem interessiert, was für Verteidigungseinrichtungen gegen die diversen Angriffsmethoden eingesetzt wurden.«

Sein Adjutant sagte: »Ich bin sicher, Inskip wird erfreut sein, uns zu sehen. Wie ich höre, fühlt er sich vernachlässigt.«

Marins Aufmerksamkeit war wieder auf die Explosion gerichtet. »Also hatte das Bombenmaterial eine sehr kurze Halbwertzeit«, sagte er nachdenklich.

Podrage, der sich umgedreht und zugehört hatte, sagte: »Wer immer die Bombe gelenkt hat, er hatte das Minimalziel, diesen einen Plan und jeden, der sich dort befand, zu zerstören und sonst gar nichts. Schon vor Ihrer Nachricht, daß sie keine Hinweise auf eine jorgische Bombenverschwörung entdecken könnten, hatten wir das Gefühl, als hätten sie nichts damit zu tun.«

Marin sagte: »Was haben Sie bei der Frachtstation entdeckt, wo das Flugzeug mit der Bombe gelandet ist?«

Es war der Adjutant, der antwortete. »Da haben wir eine Niete gezogen. Die Maschine hat die Zone nur als Parkplatz benutzt und weder Gerät aufgeladen noch entladen.«

»Ich verstehe«, sagte Marin. »Es hat dort auf Anweisungen gewartet, oder aber es war an einen Zeitzünder angeschlossen.«

Was ihn so schockierte, war, daß soviel wertvolles Material geopfert und so viele Risiken eingegangen worden waren, um einen einzelnen Aspekt menschlicher Tätigkeit zu zerstören, dessentwegen das Gehirn sich unsicher gefühlt hatte. Er stellte die Erwägungen der großartigen Denkmaschine nicht in Frage. Ihre Einschätzung des Ausmaßes der Gefahr war ganz exakt. Aber die Tatsache, daß sie so unbarmherzig reagiert hatte, schärfte sein Bewußtsein um den Wert von Trasks Erfindung.

Er fragte sich besorgt: Kann sich ein Mann im Besitz eines solchen Instruments durch eigene Versäumnisse besiegen lassen?

Ein wenig später, als er inmitten der Verwüstung stand, die einst Trasks Wohnung gewesen war, bildete die Besorgnis einen pulsierenden Rhythmus zusammen mit dem Schmerz, der immer wieder zu ihm vordrang. Der größte Teil des Bodens war relativ intakt. Schilder wiesen mit Worten wie *Ungefährlich* oder *Unsicher* oder *Gefährlich* oder – an mehreren Stellen – *Akute Gefahr* auf diese Relativität hin. Marin wich letzteren aus, aber er ging ohne Zögern dorthin, wo das Schlafzimmer gewesen war, dessen eine Seite als *Gefährlich* markiert war. Von den Betten oder dem Körper war nichts zu sehen. Er fragte beiläufig danach, und sein Begleitmann sah eine Liste durch, die er in einer Hand hatte, und sagte: »Keine Leichen auf diesem ganzen Stockwerk gefunden.«

Trotz des bohrenden Schmerzes reagierte Marin hierauf. Es war, als hätte er irgendwie die ganze Zeit gehofft, und nun gebe es plötzlich keine Hoffnung. Er spürte die Enttäuschung, eine Art apathischen Akzeptierens, eine dumpfe Überzeugung, daß das Schlimmste eingetreten war, und eine große Traurigkeit. Er blickte dorthin, wo er seiner Erinnerung nach Riva am ersten Abend gesehen hatte, den nackten, gebräunten Körper halb von den Bettlaken bedeckt. Und dann stellte er sich den gleichen Körper im Augenblick der ungeheuren Explosion vor, verkohlt und schwelend, rasch zu feiner Asche verbrannt. Und in den zerborstenen Gebäuden rings um ihn her waren die Angehörigen der Gruppe 814, die Wade Trask ihr Wohlwollen dargebracht hatten, in sich blitzartig ausbreitendem Feuer gestorben. Was ihn immens beunruhigte, war, daß sie gestorben waren, weil er ein Geheimnis entdeckt hatte.

Als er steif über den zerstörten Boden ging, dorthin zurück, wo das Laboratorium gewesen war, hatte er einen weiteren Gedanken: Selbst wenn er das Todesurteil überleben sollte, würde das Gehirn ununterbrochen nach dem Individuum suchen – ihm selber –, das von seiner Existenz wußte. Und demzufolge war es an der Zeit, logisch zu sein.

»Werde ich versuchen, mich zu retten?« stellte Marin sich selbst die Frage.

Er hatte, erkannte er unbehaglich, auf etwas gewartet, das ihn automatisch aus seiner mißlichen Lage befreien würde. Er dachte: Angenommen, ich würde die ganze Sache wie eine militärische Kampagne behandeln – wer ist der Feind?

Das Gehirn?

Er fühlte sich unruhig und unentschlossen. Er bückte sich mühsam und schob eine verkohlte Metallstange aus dem Weg. Und dann schaffte er es, auf den Punkt zu blicken, wo – falls seine Berechnungen stimmten – sein eigener Körper gelegen hatte. Genau hier war vor zwei Tagen die Bewußtseinseinheit, die Wade Trask war und den Körper David Marins bewohnte, dem plötzlichen Tod begegnet. Aufgrund dieses Vorfalls war die Angelegenheit nun in Unordnung, doch nicht allzu sehr. Falls der Feind wirklich das Gehirn war, dann konnte er mit allen anderen umgehen, als seien sie bloße Marionetten.

»Sie waren . . .« Er versuchte es mit angestrengter Überzeugung zu denken. »Sie *sind* es!«

Wie konnte irgendeine kompetente Regierung versäumen, das Gehirn zu entdecken? All jene, die danach suchten, mußten Agenten des Gehirns sein. Die gesamte Suche nach einer so umfangreichen Struktur war eine Farce. Es war unmöglich zu versagen. Er erinnerte sich an Slaters Worte und seine Haltung, die Heimlichkeit der Suche. Jeder Kontrolloffizier, der mit so offensichtlicher Entschlossenheit suchte, war zur Verschwiegenheit verpflichtet, und irgendwie hatten sie es geschafft, dabei eine geistige Haltung zu erzeugen, wonach es gefährlich für jedermann wurde, sich zu erinnern, daß es das Gehirn gab.

Marin ging dorthin, wo die Uhr gewesen war, und bückte sich wieder – diesmal, um zu sehen, ob irgendwelche freiliegenden Leitungen zu sehen waren. Doch innerlich blickte er auf das Bild des Gehirns, wie er es sich gemacht hatte. Und das einzige Problem lautete: Wo hielt es sich versteckt? Die nächstliegende Möglichkeit waren immer noch die Schutzräume unter der Residenz des Großen Richters – der sicherste Ort auf dem ganzen Planeten. Sicher jedoch nur, wenn der Große Richter ein Agent des Gehirns war.

Marin richtete sich auf und zuckte dabei ein wenig zusammen. Aber er stellte sich Männer in Schlüsselpositionen der menschlichen Rasse vor, die von einer Denkmaschine gesteuert wurden. Wenn er jetzt darauf zurückblickte, konnte er sehen, daß die Maschine vor einem nahezu unlösbaren Problem gestanden hatte, dem Problem, seine eigene Sicherheit zu gewährleisten. Die Lösung war beinahe unvorstellbar brutal gewesen. Indem es seine beiden Hauptagenten benutzte – den Großen Richter und Slater –, hatte das Gehirn jeden Menschen vernichtet, der sich aktiv an seiner Tarnung beteiligt hatte, und zugleich hatte es seine Agenten überzeugt, sie würden Massenmorde begehen aufgrund einer ehrlichen Entschlossenheit, das Gehirn zu zerstören. Es war eine Überzeugung auf dem Schockniveau. Während Mord auf Mord folgte, mußten sämtliche Zweifel in ihnen bezüglich ihrer eigenen Motive unterdrückt worden sein. Aber Tatsache war, daß nur das Gehirn von der endlosen, fruchtlosen Suche profitiert hatte.

Marin wurde gewahr, daß der Große Richter neben ihm stand. Der Diktator sagte: »Was ist, David?«

Marin zeigte auf die Löcher in dem Metallbalken, der die Zuleitungen der Uhr enthalten haben mußte. »Ich habe mich gefragt, was das hier ist, Eure Exzellenz.«

»Rufen Sie die Begleitleute. Sie haben vollständige Karten und Pläne.«

Die Pläne zeigten, daß in dem Gebäude derartige Löcher nicht vorgesehen waren. Demzufolge wurde ein Vermerk gemacht. Das bedeutete, daß jeder Arbeiter, der einen Reparaturauftrag in dem Gebäude angenommen hatte, mit dem Lügendetektor verhört werden würde. Das würde mehrere Tage, wenn nicht eine Woche in Anspruch nehmen.

Er war nicht wirklich davon betroffen. Er hatte sich persönlich überzeugt, daß nichts von Trasks Wohnung übrig war. Es genügte nicht, von einem Bild auf einem Fernsehschirm darauf zu schließen. Eigenartigerweise hatte er hier an den Schauplatz kommen und die Zerstörung sehen müssen, den Schutt unter seinen Füßen spüren und die Folgen der Bombe riechen müssen.

Er fühlte sich plötzlich erschöpft. Er war ein Mann, der sich nunmehr vergewissert hatte, daß sein eigener Körper nicht länger existierte. Selbst wenn ihm nie wieder etwas anderes drohte, würde es immer noch die Tatsache geben, daß er Trasks Körper als Ersatz nicht haben wollte. Angenommen, er geriet irgendwie aus der unmittelbaren Gefahr. Würde er sich dann in Trasks Körper »niederlassen«? Die Aussicht verstimmte ihn. Bestenfalls würde es ein Leben in ständiger Tarnung werden.

Er dachte: Was ich jetzt brauche, sind vier Stunden Betäubungsschlaf, frei von Schmerzen. Und dann kann ich loslegen.

Eine Hand berührte seinen Arm. Marin drehte sich um und sah, daß es sich um einen Offizier der Leibgarde des Großen

Richters handelte – einen Pripp. Vier weitere Prippoffiziere kamen auf ihn zu. Sie wirkten eigenartig wachsam.

Der erste Pripp sagte in formellem Ton: »Ich habe Anweisung von Seiner Exzellenz, dem Großen Richter, Sie unter Arrest zu nehmen. Ich rate Ihnen, ohne Widerstand mitzukommen.«

Marin sagte in bangem Zorn: »Sie haben *was*?«

»Sie stehen unter Arrest.«

Marin wandte dem Offizier den Rücken zu. Die Last des Verderbens drückte ihn bereits schwer, und er hatte kaum Zweifel, daß er hier die Bestätigung seiner Besorgnis über die Handlungsweise des Großen Richters vor sich hatte. Er sah den Diktator mit Podrage und zwei weiteren Gruppenmeistern abseits dastehen. Sie beobachteten ihn alle.

»Euer Exzellenz«, rief Marin, »ich verstehe das nicht.«

Das massige Gesicht war gelassen, anmaßend, selbstsicher. »*Herr* Trask«, sagte der Große Richter, »es gibt vieles, was wir ebenfalls nicht verstehen. Eins davon ist: Was ist mit unserem innig geliebten David Marin geschehen?«

Marin öffnete die Lippen, um zu sprechen, und dann schloß er sie wieder. Er schüttelte ganz leicht den Kopf, als wolle er den Nebel von Schmerzen aus seinem Bewußtsein entfernen, der sich über ihm ausbreitete. Und dann dachte er, daß seine kürzliche Ahnung richtig gewesen war, wenn auch auf andere Weise, und daß dies die Krise war, bevor er noch auf sie vorbereitet war. Der Große Richter sprach wieder mit finsterer Stimme: »Sie werden, das versichere ich Ihnen, reichlich Gelegenheit haben, sich vor Ihrer Exekution zu erklären.«

Er beendete barsch seine Rede. »Bringt ihn ins Kontrollgefängnis.«

Zweiunddreißig

Sie gingen kein Risiko ein. Handschellen wurden ihm angelegt, bevor er an Bord, eines speziellen Kontrollflugzeugs gebracht wurde. Einmal an Bord, wurde er einer Durchsuchung unterzogen, was ein Ausdruck von Höflichkeit war. Aber er würde sie zur Vorbereitung der Enttarnung als gründlich betrachtet haben, wäre er der Leiter der Gruppe gewesen, die sie durchführte.

Die Durchsuchung schloß eine Überprüfung seiner Zähne ein. Marin war verblüfft, daß sie tatsächlich einen hohlen falschen Zahn zum Vorschein brachte, mit einer Art Chemikalie darin. Die Durchsuchung schloß keine Nachprüfung auf Einlagen von Kapseln in Muskelfleisch ein, noch wurde seine Haut daraufhin untersucht, ob einzelne Partien mit gewissen Farbstoffen behandelt worden waren – als Drogen in Wasser löslich. Die Durchsuchung schloß allerdings die Reinigung seiner Fingernägel ein und endete, indem alle seine Kleidung gegen eine schlichte, leichte Kombination aus Jacke und Hose ausgetauscht wurde, von grauer Farbe. All dies geschah, noch ehe der Kurzstreckenjet auf der Spitze des Gruppenmeistergebäudes landete. Er wurde in Handschellen zu einer Zelle aus Beton und Stahl geführt, welche Teil von Slaters Abteilung war.

Dort entfernten Spezialagenten Marins Tarnung. Nach einer halben Stunde war Marin mittels Fotografien und Kontrollakten als der verurteilte Aufrührer Wade Trask identifiziert.

Marin fand es auf abstoßende Weise interessant, die Veränderungen im Verhalten seiner Bewacher zu bemerken, als die Tarnung Schaltkreis für Schaltkreis wich. Sie wurden gröber. Während sie rücksichtsvoll gewesen waren, solange die Ähnlichkeit zu Marin anhielt, schoben und drückten und kniffen und packten nun die Hände, die ihn berührten, jedesmal rascher, fester oder stärker zu als nötig. Schließlich trat einer der größeren Männer herzu, packte seine Schultern und versuchte, statt ihn zu bitten, er solle sich hinsetzen, ihn mit Gewalt nach hinten auf einen Stuhl zu zwingen.

Marin stieß das Knie aufwärts in den Unterleib des anderen und hörte das Stöhnen, als der Mann zurücktaumelte, zu Boden fiel und sich windend dalag. Von Marins rechter Seite aus schlug ein zweiter Mann ihn gegen die Kopfseite. Doch er hatte Schläge erwartet; und viele Minuten lang hatte er den Haß und die Wut aufgebaut, die allein einen Mann befähigen konnten, Foltern auszuhalten. Und daher war die Faust, die ihn traf, nichts als eine vage Benommenheit. Sie zerbarst an der emotionalen Barriere seines Zorns.

Mit einer dicken Schicht Haß als Schutz trat er nach den Schienbeinen des Individuums, das ihn geschlagen hatte. Und dann setzte er sich – da er immer noch alle Sinne beisammen hatte – auf den Stuhl, bevor noch weitere Reaktionen erfolgen konnten. Er wußte aus eigener Erfahrung, daß es psychologisch gesehen leichter war, einen Mann zu schlagen, der stand, als einen, der saß.

Aus dem Hintergrund des Raumes sagte eine gebieterische Stimme: »Laßt ihn in Ruhe. Wir sollen in bezug auf ihn Befehle abwarten.«

Der große Mann raffte sich vom Boden auf, hinkte zu einer Liege hinüber und setzte sich. Der andere Agent ließ seinen Knöchel los, ging sichtlich schmerzerfüllt zu einem Stuhl hinüber und sank darauf.

In diesem Augenblick hatte Marin Gelegenheit zu bemerken, daß sich sechs Männer in dem Raum aufhielten. Alle sahen aus, als seien sie Kontrolloffiziere; zwei waren Männer von Anfang Dreißig und sahen jung und fähig aus. Drei waren starke Männer um die Vierzig. Der Befehlshaber war grauhaarig und etwa fünfundvierzig.

Er trat vor. »Herr Trask«, sagte er. »Ich heiße Martin Carroll. Ich erwarte in Kürze Anweisungen, mir von Ihnen mit allen Mitteln einen vollständigen Nachweis Ihrer Aktivitäten zu verschaffen.«

Marin studierte das Gesicht des Mannes. Er erinnerte sich an Carroll. Er hatte ihn ein- oder zweimal mit Slater zusammen gesehen, erinnerte er sich. Carroll war ein Typ. In starkem Maß der Pflicht ergeben, war er ein gefährlicher Gegner, weil er keinerlei Zweifel an der Berechtigung der Arbeit hegte, die er tat.

Marin hatte nur ein beiläufiges Interesse an dem Mann. Er kannte seine eigenen Bedürfnisse bei dem, was hier ablief. Nur Haß in all seiner Gewalttätigkeit konnte die Muskeln und Nerven eines Lebewesens gegen die Folter stählen. Er hatte keine Zeit für freundliche Gedanken oder für Vernunft – außer ganz am Rand seines Bewußtseins.

An der Tür erklang ein Geräusch. Carroll ging hinüber und unterhielt sich mehrere Minuten lang mit jemandem, den Marin nicht sehen konnte. Dann schloß sich die Tür, und Carroll kam zurück. Er blieb stehen und stellte sich breitbeinig vor Marin auf. »Die Befehle sind da«, sagte er. Seine Stimme war ruhig, aber etwas von seiner Farbe war ihm aus den Wangen gewichen. »Sobald Sie bereit sind zu reden, lassen Sie es mich wissen, und ich werde de Großen Richter rufen. Er möchte das persönlich hören.«

Dreiunddreißig

Marin war nicht bewußt, wieviel Zeit verging. Immer, wenn er Schmerzen empfand, hob er seine Stimme zu Ausbrüchen von Wut und Haß. Er wußte nur vage, was er sagte. Viel davon war Spott gegenüber seinen Folterern, unverständlich und unsinnig. Auf die Worte kam es nicht an. Das Gefühl und jedweder Grund, es zu erhalten – das allein zählte.

Der fundamentale Grund, nicht zu reden, war unaussprechlich eindeutig. Er konnte, durfte, wagte nicht, seine Geschichte Männern zu erzählen, die vom Gehirn gesteuert wurden ... Bis alle anderen Möglichkeiten erschöpft waren.

Er ahnte aus seiner eigenen Erfahrung heraus, daß sie ihn nicht töten würden, ehe sie etwas von ihm erfahren hatten. Und daher bedeutete Reden Sterben, und Nichtreden bedeutete Leben.

Zeit und Zeitlosigkeit existierten zugleich unter dem grellen Schein der Lampen in dieser inneren Zelle. Er war ein Mann, der am Leben in seinem Körper festhielt, indem er vom Rohmaterial seiner Nerven zehrte. Wieder und wieder verließ ihn die Kraft, und er erreichte den Tiefpunkt der Erschöpfung, nur um ein neues Reservoir des Hasses zu finden, das sein ganzes Sein mit dem Feuer wiedergewonnener Energie überflutete.

In solchen Augenblicken vibrierte er fast buchstäblich am ganzen Körper aufgrund der Gewalt dieses Gefühls. Er brüllte mit hoher, angestrengter Stimme eine Verneinung nach der anderen: »Idioten – Narren –Sklaven – dumm, dumm, dumm ...«, wieder und immer wieder.

Zu keinem Zeitpunkt empfand er Mitleid mit sich selbst, noch fiel es ihm ein, um Gnade zu bitten, noch kam ihm in den Sinn, ernsthaft zu kritisieren, was sie da taten. Recht oder Unrecht standen nicht zur Debatte. Er hatte Männer in sämtliche Stadien körperlichen, moralischen und geistigen Zerfalls gesehen, und nur die, die an einer Art wahnsinnigem Zorn festhielten, überlebten überhaupt. Das war Tatsache, einzige und wichtige Tatsache.

Seine ununterbrochene Wut begann seine Befrager anzustekken – wie er es vorausgesehen hatte –, auch wenn er diesbezüglich keinen Plan hatte. Die innere Gewalttätigkeit an sich, die jeden dieser Männer zur Kontrollarbeit hingezogen hatte, war eine unerwartete, nun hervorgerufene Schwäche. Die Barrieren äußerlicher Gelassenheit fielen eine nach der anderen angesichts des dramatischsten aller Gefühle.

Und plötzlich schrie ein Mann. Und sie trugen ihn um sich tretend und wie ein kleiner Junge in einem Trotzanfall zappelnd hinaus; nur daß es sich um einen großen Jungen handelte, und es erforderte die ganze Kraft mehrerer Kontrolloffiziere, ihn festzuhalten.

Ein zweiter Mann begann leise zu schluchzen; und Carroll ging zu ihm hinüber und sagte: »Dan, Sie verderben sich Ihren Ruf. Hören Sie auf!«

»Ich kann nicht anders«, sagte der Mann schluchzend. Und sie brachten ihn hinaus.

Es gab noch einen in jener erschütterten Gruppe. Er erstarrte, ein rigider Zustand, alle Muskeln blockiert, glotzende Augen. Ein Arzt verpaßte ihm hastig eine Spritze in den Arm, und er brach erschlafft zusammen wie eine Stoffpuppe.

Irgendwann mußte Carroll den Großen Richter benachrichtigt haben. Denn auf einmal öffnete sich die Tür, und durch einen grauen Nebel hindurch sah Marin, daß der Große Richter eingetroffen war. Er stand bei der Tür, ein großer, verwirrter Mann; und er schüttelte den löwenartigen Kopf, und er sagte: »Stoppt das Verfahren. Laßt ihn ausruhen. Bringt ihn zum . . .«

Marin hörte nicht, wo er hingebracht werden sollte. Er war zusammengebrochen. Noch während er fühlte, wie Hände nach ihm griffen, fiel er in einen Schlaf, der der Bewußtlosigkeit gefährlich nahe kam.

Marin gähnte. Dann öffnete er die Augen. Dann erinnerte er sich. Er saß auf einem Stuhl in einem großen, geschmackvoll möblierten Raum. Seine Hände waren an die Armlehnen des Stuhls gefesselt. Und in seinen unteren Gliedmaßen gab es eine Benommenheit, die sich alsbald in die Erkenntnis verwandelte, daß seine Knöchel an den Stuhlbeinen festgebunden waren.

Sein Kopf konnte sich frei bewegen, also blickte er sich um, da er etwas zu sehen hoffte, das identifizieren würde, wo er sich befand. Eine geschlossene Tür zu seiner Rechten, ein Wandfernseher. Keine Fenster, ein Sofa zu seiner Linken, eine große Uhr in der Wand vor ihm, und . . .

Seine Aufmerksamkeit verhielt, und er dachte bestürzt: Es ist eine Uhr wie die von Trask.

Während er sie anstarrte, *brr*te sie leise und schlug die halbe Stunde: zehn Uhr dreißig – ob morgens oder abends, hatte er keine Ahnung. Das Geräusch war kaum verklungen, als ein silberheller Strang aus einer verborgenen Öffnung der Uhr zu Boden floß. Dort schlängelte und wand er sich wie ein Seil, während die Uhr fortfuhr, mehr von der Substanz zu produzieren.

Unvermittelt ringelte sich das verschlungene Ende, wand sich und warf sich in seine Richtung. Marin, der das Etwas mit halb gelähmter Verblüffung beobachtet hatte, entsann sich schauernd seiner Nacht vor einer Woche, als sich ein schimmerndes Seil von der Uhr in Trasks Wohnung her ausgestreckt hatte.

Er war außerordentlich erschüttert. Was die Folter nicht geschafft hatte, geistig auf ihn einzuwirken, das schaffte das leuchtende Seil mit jedem krampfartigen Sprung, den es tat. Er beobachtete es mit faszinierendem Grauen, als es seine seltsame, schlingernde, konvulsive Bewegung ausführte und dann aufpeitschte – einen Meter näher.

Es war zu Anfang ohnehin nur acht Meter entfernt gewesen. Es hatte die Hälfte dieser Distanz in weniger als zwei Minuten zurückgelegt, und nach seiner ersten Schockreaktion schrie Marin um Hilfe. Der Laut seiner Stimme hob sich von einem Rufen über einen Aufschrei zum lautesten Kreischen, das er hervorbringen konnte. Er besaß keinen Stolz, keinen Impuls, sich zu beherrschen. Er wollte, daß jemand kam und verhinderte, was da geschah, und er wollte es sofort.

Niemand kam. Vor seiner Tür war kein Laut zu hören. Als er erkannte, daß keine Hilfe kam, ergab sich für Marin blitzartig ein Bild der Wahrheit, wie er sie vor sich hatte. Das Gehirn hatte offenbar auf subtile Weise den Großen Richter »gesteuert« und hatte den Diktator angewiesen, ihn in einen Raum mit einer Uhr zu stecken. Dann war ihm irgendwie eingegeben worden, daß keine Wache erforderlich sei. Oder vielleicht handelte es sich hier wieder um einen Fall eines anderen Sklaven des Gehirns, der ausgewählt worden war, Wache zu stehen.

Was war es, das Slater gesagt hatte? . . . Fernsteuerung. Das konnte Ausschaltung des Gehörs im entscheidenden Moment bedeuten, während der Mann einfach dastand, ohne das Geschrei im Innern des Raumes, den er bewachte, zu hören.

Es blieb keine Zeit für weitere Spekulationen darüber, warum er zum Untergang verurteilt war. Ein schimmerndes »Seil« aus

Licht richtete sich über seinem Stuhl auf, verhielt zögernd und fiel dann, als er versuchte, davor zurückzuweichen, über seine Knie.

Von irgendwo aus der Nähe kam das Geräusch von Meeresbrandung. Dann gab es eine Pause; und dann ergoß sich ein kräftiger Wasserschwall über ihn. Er war so real, daß er spürte, wie er aufgehoben und mit Leichtigkeit zurückgeschwemmt wurde.

Das Wasser begann abzufließen, und während das Meer spülte und rollte und murmelte, als es an ihm vorbei zurückfloß, tat er etwas. Sein Mund schloß sich um eine winzige Delikatesse, die das Meer mitgebracht hatte. Und während er sie schluckte, gelang es ihm, sich im Sand niederzulassen. Wie er das schaffte, war nicht klar. Es war eine Körperbewegung beteiligt, aber keine Überlegung oder Bewußtsein – nur Tun, Sein, Leben.

Und dann war das Meer an ihm vorbei, außer Sicht. Aus der Nähe erklang das Geräusch der Brandung, schäumend, ein leises Raunen zahlreicher Flüssigkeitsbewegungen, ein Rumpeln und ein Zischen, und . . .

Das Geräusch wurde schwächer und war fort.

Marin dachte stutzig: Ich war ein Meereswesen, weit unten auf der Evolutionslinie. Ich hatte eine Erinnerung an den Beginn des Lebens.

Ein zweiter Gedanke kam ihm, fragend: Das ist es, was die Pripps tun. Sie können sich bewußt an solche Dinge erinnern.

Er hatte ein intensives Gefühl der Erregung, während ihn Dunkelheit umfing. Plötzlich wurde alles hell. Es war eine Helligkeit, die störte. Es war die Helligkeit, erkannte er, aus der die Erregung entsprang.

Zeit verging, und es wurde dunkel. Die Erregung schwächte sich zu einem undeutlichen Pulsieren ab. Nach einer Weile kam die Helligkeit wieder und mit ihr das Gefühl des – er wußte nun, was es war – Lebendigseins!

Der Zyklus von Licht und Dunkelheit mit seinem begleitenden »emotionalen« Aufuhr wiederholte sich viele Male; und dann gewann er einen Eindruck, worum es sich handelte: Leben in seiner primitivsten Form. Marin empfand innerliche Erregung, als ihn diese Erkenntnis traf. Die Dunkelheit war Nacht; die Helligkeit Tag, und das Sonnenlicht störte ein Etwas, das an jenem fernen Beginn aller Dinge einen Schritt vom Unbelebtsein entfernte Materie gewesen sein mußte.

Er mühte sich noch, dies auszukosten, als ...

Er kauerte hinter einem felsigen Grat; und das Gefühl der Erregung war stark, aber es war von Angst getrübt. Etwas befand sich jenseits und unterhalb dieses Grats – etwas Großes; und er fürchtete sich und hoffte verzweifelt, daß es nicht auf ihn aufmerksam werden würde.

In einem Anfall von Furcht schlossen sich seine Hände um den Holzgriff einer primitiven Steinaxt. Und Marin wurde bewußt, daß er kein kleines Lebewesen war, als er dort angespannt auf dem Berghang kniete. Er *spürte* eher als er sah, daß seine Schultern und seine Brust sich vor riesigen Muskeln wölbten. Er war sogar der Überzeugung, es mit dem Ungeheuer jenseits des Grates durchaus aufnehmen zu können. Aber es handelte sich um ein empfindungsloses Wesen, riesig und störrisch; und es würde sich viele Male vor seinen Schlägen zurückziehen. Doch am Ende würde es ihn sehr wahrscheinlich zu Tode schlagen und drücken. Er selbst konnte nur hoffen, es zu vertreiben; er konnte nicht erwarten, es zu vernichten. Verzweifelt duckte er sich. Ängstlich hoffte er, dem Kampf zu entgehen. Die Veränderung trat ein, während er die Angst spürte.

Er lag im Dunkeln auf einem teppichbedeckten Boden. Das heißt, es schien so, aber es fühlte sich irgendwie anders an. Er war physisch gesehen schwächer; das war ein Gefühl in den Eingeweiden, Nervenfasern, Muskeln. Er dachte besorgt: Bin ich in einen anderen Körper versetzt worden?

Er versuchte, sich zu bewegen, und Ketten rasselten, ein dünnes, hartes Seil spannte sich um seine Handgelenke, er wurde sich metallener Fesseln um seine Knöchel bewußt. Er entspannte sich fröstelnd; und neben ihm sagte die Stimme Riva Allens: »Bist du wach? Wie lange sind wir schon hier?«

Marin gab sich Mühe, dies nur für einen Traum zu halten. Denn ihre Stimme konnte nur aus einer Umsetzung seines Gedächtnisses stammen. Riva war tot – vernichtet von der größten Bombe, die im letzten Vierteljahrhundert gezündet worden war.

Ihre Stimme erklang wieder, offenbar aus der Finsternis neben ihm. »Wir sind achtmal verpflegt worden. Das könnten drei Tage sein. Aber ich habe ständig Hunger, also könnte es länger her sein.«

Nun erkannte Marin das Gefühl körperlicher Schwäche: Hunger. Aber wie konnte das sein? Wer war es, der hier in einem dunklen Raum neben einer Frau lag, die, wie er wußte, nicht mehr lebte?

Erschüttert erinnerte er sich: Ich bin hier – wo immer das sein mag – wegen des Gehirns. Seine Absichten haben nichts mit meinem Wohlergehen zu tun. Es will wissen, wie gefährlich Wade Trask für es und seine Ziele ist. Und so nutzt es sein Wissen um die Funktion des Lebens, um was auch immer zu tun.

Was hat es herausgefunden?

Ein Geräusch unterbrach sein angestrengtes Nachdenken. Eine Tür ging auf, ließ einen breiter werdenden Lichtstrahl ein. Marin wandte den Kopf und sah, daß zwei männliche Pripps hereinkamen. Sie trugen dampfende Gerichte auf zwei Tabletts.

Neben Marin sagte Riva Allen erfreut: »Wir essen wieder mal.« Während sie das sagte, kam eine dritte Person zur Tür herein. Sie war maskiert, und daher war es unmöglich, allein von ihrer Erscheinung her auszumachen, ob auch sie eine Pripp war. Sie sagte etwas, und sogleich erkannte Marin Ralph Scudders Stimme.

Hinter seiner Maske hervor sagte der kleine Mann: »Also gut, Gruppenmeister David Marin, ich habe beschlossen, Sie und Ihre Freundin freizulassen.« Er wandte sich den anderen Pripps zu. »Nehmt ihre Fesseln ab!« befahl er.

Marin erinnerte sich, wie Scudder ihn am Abend der Explosion aufgehalten hatte. Das mochte vieles erklären. Er konnte erraten, daß Pripp-Bedienstete drüben in Trasks Wohnung gewesen waren und sie durchsucht hatten. Was es nicht erklärte, war folgendes: Wie hatten sie das geheime Laboratorium gefunden?

Mit einiger Mühe riß Marin sich aus der Verwirrung der Spekulation. Seine Aufmerksamkeit richtete sich auf den einen relevanten Begriff, den Scudder gebraucht hatte: *»Gruppenmeister David Marin.«* Darauf und nur darauf kam es an.

Marin dachte zittrig: Ich bin wieder ich selbst.

Irgendwie hatte das Gehirn bei dem, was es getan hatte, entscheidende nervliche Mechanismen ausgelöst. In plötzlicher, heftiger Erregung kam ihm noch einmal der Gedanke in all seiner wunderbaren Bedeutung: Ich bin wieder in meinem eigenen Körper!

Scudder hatte wieder das Wort ergriffen: »Vor einigen Minuten wurde verkündet, daß Wade Trask sich in Haft befindet. Kein Sinn, Sie noch länger festzuhalten.«

Und das erklärte eine Menge. Der Pripp-Anführer hatte loyal gewartet, daß Trask kommen würde. Marin rieb sich die Zirkulation zurück in seine Arme, aß seinen Anteil von dem Essen und kam allmählich zu einer Entscheidung. Es war zu früh, irgendwelche Schlüsse bezüglich dessen zu ziehen, was ihm passiert war. Es gab Widersprüche, die sich mit Spekulationen nicht lösen ließen.

Die beiden wurden, offensichtlich auf Umwegen, alsbald an die Oberfläche gebracht. Marin rief sogleich die Privatnummer des Großen Richters aus einer Telefonzelle an. Selis, die Privatsekretärin Seiner Exzellenz, meldete sich, ging fort und meldete sich dann wieder. Sie schien erschüttert zu sein.

Sie sagte mit leiser Stimme: »David, Seine Exzellenz weigert sich, mit Ihnen zu sprechen, aber er möchte, daß Sie morgen früh um elf an der Ratssitzung teilnehmen.«

Sie sagte mit noch leiserer Stimme: »Gibt es irgendeine Botschaft, die Sie ihm übermitteln möchten?«

Marin sagte unsicher: »Meine Liebe, bitte ersuchen sie ihn, Wade Trask nicht zu exekutieren, ehe ich mit ihm gesprochen habe.«

»Einen Moment.« Sie ging wieder weg. Als sie zurückkam, sprach sie offenbar in Hörweite des Diktators, denn sie sagte mit deutlicher, aber neutraler Stimme: »Er sagt, Trask hat bereits von sich aus einen Aufschub bis nach der Sitzung morgen früh erwirkt. Er sagt, er kann nicht verstehen, wie ein getarnter Trask den jorgischen Krieg gewonnen haben kann, und er wird eine befriedigende Erklärung dringend benötigen. Das ist alles. Leben Sie wohl.«

Es klickte.

Vierunddreißig

Als er draußen mit Riva neben sich die Straße entlangging, fröstelte Marin ein wenig bei dem Gedanken an das, was die Privatsekretärin des Diktators gesagt hatte.

Er schüttelte beunruhigt den Kopf. Und dann blieb er stehen und blickte sinnend das Mädchen an. Sie hatte fünf Tage mit Trask verbracht ... Was hatte Trask ihr erzählt?

Es kam ihm so vor, als müsse er mehr Informationen als die haben, die er jetzt besaß, wenn er beabsichtigte, sich in der Ratssitzung zu behaupten. Er brauchte jedes bißchen Information, das er bekommen konnte.

»Möchtest du mit mir kommen?« fragte er das Mädchen.

Sie war eine dünne, hohläugige Version der schlanken Riva Allen. Aber sie nickte, und sie sagte: »Sie wissen, was das bedeutet? Sie wissen, was ich bin?«

»Ja, ja«, nickte Marin.

Er ging davon aus, daß sie Sex meinte. Aber das war in Ordnung. Er wollte von ihr die ganze Geschichte dessen haben, was vorgefallen war – jedes Wort, jede versteckte Andeutung. Und dafür würde er ihr den Preis zahlen, den sie verlangte.

Er nahm Riva in seine Wohnung im riesigen Gruppenmeistergebäude mit. Er hatte eine wachsende Irritation in seinen Augen bemerkt, aber sein Sehvermögen war deutlich genug. Was für eine Sehstörung Trask dem Marin-Körper auch aufgezwungen hatte, sie hatte sich diesmal offenbar ohne weiteres verflüchtigt. Eine Anspannung blieb übrig. Es war etwas, das er sich merken mußte.

Er war ein Mann, der vieles zu erledigen hatte. Und daher ließ er die Frau in seiner Wohnung zurück und begab sich zu einem Aufzug, der ihn hinunter zu seinem Büro im Sektor der Streitkräfte brachte. Dort rief er den Befehlshaber der militärischen Aufklärung in Jorgia an.

Der Offizier sagte: »David, ich bin ungeheuer froh, daß Sie anrufen. Es hat mit der geheimen Anweisung zu tun, die Sie mir erteilt haben. Wir haben das Problem gelöst, indem wir jeden geschnappt haben, der versuchte, die Grenze zu überqueren, und haben bereits von einigen interessanten Verhören zu berichten. Erstens ist dieser Fall Wade Trask, der da in den Nachrichten erschienen ist, nicht das, was er zu sein scheint. Sie haben sich zurückgehalten wegen eines Geheimnisses, das er besitzt, und sie haben eine ihrer Spitzenagentinnen auf ihn angesetzt, und . . .«

Marin war nicht so einfach zu überraschen. Aber jetzt sagte er unwillkürlich: »Sie haben *was*!«

»Ich hatte diesbezüglich ein sehr unangenehmes Gefühl«, sagte der Spionagechef. »Ich bin sehr froh, daß Sie angerufen haben.«

Marin atemte tief ein. »Danke, Oberst, Überlassen Sie die Sache mir.«

»Falls Sie nicht angerufen hätten, hatte ich vor, Kontakt mit Seiner Exzellenz, dem Großen Richter, aufzunehmen.«

»Halten Sie mich über weitere Entwicklungen auf dem laufenden«, sagte Marin bedächtig.

Als er die Verbindung unterbrach, erkannte er, daß er zitterte. Riva Allen! dachte er. Die ganze Zeit in der Wohnung – was hatte sie gehört? Und die Tage, die sie an Händen und Füßen gefesselt auf dem Fußboden neben einem Mann verbracht hatte, den sie für David Marin, einen Gruppenmeister, hielt, der irgendwie mit Wade Trask zu tun hatte – was hatte sie erfahren?

Immer noch zittrig rief er die Kommunikationsabteilung an. Er fragte den Offizier auf Wechselschicht: »Major, ist es irgend jemandem möglich, aus diesem Gebäude eine geheime Botschaft abzuschicken?«

Der klobige kleine Mann am anderen Ende der Fernsehleitung wirkte verblüfft. »Mein Herr«, stotterte er, »das ist viel verlangt.« Er beherrschte sich, wurde nachdenklich. »Ein Gruppenmeister könnte dazu in der Lage sein.«

Marin war überrascht, plötzlich ärgerlich. »Ich hatte gedacht, es gebe einen automatischen Störmechanismus für alles bis auf offizielle Kommunikation.« Sein Tonfall war drohend.

Der Offizier auf dem Bildschirm sah entsetzt aus. Aber seine Stimme war einigermaßen ruhig. »Das ist richtig«, sagte er, »es sei denn, jemand setzt das Trask-System der unendlichen Serien ein. Die meisten Gruppenmeister haben solche Geräte in ihren persönlichen Quartieren – entgegen unserem Rat. Wir können solche Botschaften überwachen, aber wir können sie nicht verhindern.«

Marin nickte, da es ihm wieder einfiel. Der Große Richter hatte eine direkte Verbindung zu seinen Beratern gewünscht. Marin sagte: »Ich möchte, daß hier rasch gehandelt wird. Lassen Sie die Geräte in meiner Wohnung sofort von der Energieversorgung abkoppeln. Verschwenden sie keine Minute!«

»Jawoll!«

Als Marin die Verbindung unterbrach, waren seine Gedanken bereits zur nächsten Möglichkeit übergegangen. »Scudder muß damit zu tun haben – wenn er sie so viele Tage dort neben mir gelassen hat.«

Sobald ihm der Gedanke kam, rief er auch schon die Militärpolizei an. Er befahl die Verhaftung von Ralph Scudder, Prippanführer. Er ordnete an: »Sagen Sie Scudder, er soll die Karte von den Schutzräumen mitbringen, die zu erstellen Wade Trask ihn gebeten hat. Wenn er mit uns zusammenarbeitet, wird ihm nichts geschehen. Sagen Sie ihm das.« Er schloß: »Halten Sie Scudder fest, so daß ich ihn gleich morgen früh verhören kann. Lassen Sie niemanden in seine Nähe.«

Er rief die Verbindungsabteilung an und befahl zu veranlassen, daß sein Sohn David Burnley in die Hauptstadt zurückgeflogen werde, um sich um 10.40 am folgenden Morgen in seinem Büro zu melden. »Sagen Sie ihm, er soll seine Leutnantsuniform tragen.«

Er rief als nächstes Generalmajor a. D. Eugene Inskip an. Überraschenderweise wurde er nach einer kurzen Debatte mit einer Krankenschwester zu dem alten Mann durchgestellt, der sagte: »Diese verdammten Frauen bringen mich zu Bett, wenn die Sonne untergeht. Was kann ich für Sie tun, mein Herr?«

Marin sagte: »General, hat irgend jemand aus meiner Abteilung sich in den letzten Tagen mit Ihnen in Verbindung gesetzt?«

Die verneinende Antwort, die er erhielt, war *nicht* überraschend, eigentlich gar nicht. Er war als »Betrüger« entlarvt worden, beinahe unmittelbar nachdem er seinen Adjutanten angewiesen hatte, Inskip zu kontaktieren, und der Mann hatte sich offenbar berechtigt gefühlt, die Befehle des falschen Marin zu ignorieren.

Marin tat einen tiefen Atemzug und stellte die entscheidende Frage: »Haben Sie Ihr Buch über die Waffen des vorigen Jahrhunderts fertig?«

Am anderen Ende herrschte Schweigen, dann ein Seufzen und dann: »Junger Mann, ich weiß nicht, was Sie im Sinn haben, aber ich spüre einen Anflug von Dringlichkeit in Ihrer Stimme. Möchten Sie, daß ich Ihnen eine Kopie meines Manuskripts rüberschicke?«

Marin sagte: »Ich hätte es nicht nur gern, sondern ich würde sogar gerne persönlich deswegen vorbeikommen, falls Sie wach bleiben und sich eine halbe Stunde mit mir unterhalten könnten.«

»Ich bleibe die ganze verdammte Nacht über wach, wenn es drauf ankommt – und lassen Sie diese Frauen nur versuchen, mich zum Schlafen zu bringen, bevor Sie da sind.«

Marin lachte leise. »Guter Mann!« sagte er. »Nun hören Sie zu. Woran ich – dringend – interessiert bin, sind Waffen, die ganze Städte oder Gebiete zerstören können. Wir sind auf die großen Bomben vorbereitet – drei Viertel der Bevölkerung befinden sich nach wie vor unter der Oberfläche. Was gibt es sonst noch?«

»Es gibt ein Vibrationsinstrument«, sagte der alte Mann, »und ein Gas, für das es seither keine Parallele gibt und – aber ich habe begriffen. Ich werde hier das Material durchsehen. Es gibt mindestens fünf bedeutende Waffen in der von Ihnen erwähnten Kategorie. Wir sehen uns gleich.«

Das nahm anderthalb Stunden seines kostbaren Abends in Anspruch. Unterwegs befahl er dem gesamten in der Stadt des Richters stationierten Personal, sich sofort zum Sondereinsatz zu melden.

Auf dem Rückweg zu seiner Wohnung entschied sich Marin dagegen, gegenüber Riva sein Wissen um ihre Identität preiszugeben. Es war kein Gefühl der Gnade. Er vermutete, daß der beiläufig umgebrachte Körper der wahren Riva Allen wohl in irgendeinem versteckten Grab lag. Nein – seine Lippen verzogen sich –, Gnade war es nicht.

Aber er kannte die Ausweichmöglichkeiten, die einer Frau zur Verfügung standen. Trotz aller Versuche, sie zu hindern, mochte sie hastig eine Droge schlucken und damit ihr Verhör verzögern.

Und daher würde er ihr das Geheimnis entlocken müssen. Er mußte es geschickt anstellen. So tun, als sei sie genau das, was sie zu sein vorgab. Es würde nicht darauf ankommen, was *sie* erfuhr.

Als er die Wohnung betrat, hörte er im Bad Wasser laufen. Kurz darauf kam sie, in einen seiner Bademäntel gehüllt, heraus, und sie quiekte, als sie ihn sah, und kam wie ein junges Tier herübergerannt.

Martin erwiderte zynisch ihre Küsse, aber er stellte fest, daß ihre Wärme nicht ganz und gar gespielt war. In dieser Frau gab es eine starke, zwingende Leidenschaft, und er hatte keinen Zweifel, daß er sie würde stillen müssen.

Während er sich auszog, spielte Marin mit dem Gedanken, hypnotisches Gas bei ihr einzusetzen. Er verwarf ihn rasch wieder. Das Gas hatte einen umfassenden Effekt auf Frauen. Es mochte eine noch längere Verzögerung bewirken als Drogen.

».. . Und dann sagtest du ... Und dann sagte ich . . .«

Die Frau hatte sich zunächst gesträubt, ihm einen detaillierten Bericht zu liefern. Sie war spürbar verwirrt. Sie ging weiterhin davon aus, daß er dort neben ihr auf dem Boden gewesen war und daß er wissen mußte, worum es in ihren Gesprächen gegangen war. Sie wiederholte eine Bemerkung, und dann sah sie ihn im gedämpften Licht des Schlafzimmers an und schüttelte den Kopf, als wolle sie sagen: »Bestimmt willst du *das* nicht noch einmal hören.« Also straffte und generalisierte sie und ließ es staunend geschehen, daß er die genauen Worte und die präzise Bedeutung aus ihr herausholte.

Sie muß wohl angestrengt nachdenken, erkannte Marin. Aber sie vergaß auch nie ihre Rolle. Ihr Erinnerungsvermögen wurde durch häufige, wachsende sexuelle Erregung behindert. Oder vielleicht war selbst das darauf angelegt zu entdecken, wie dringend er die Information brauchte und wo er am sorgfältigsten zuhörte. Sie erpreßte ihn mit einer Aufrichtigkeit, die bei anderer Gelegenheit seine Bewunderung erregt hätte.

Aber er wiederholte immer wieder die Begründung, die er zur Erklärung seines detaillierten Verhörs angegeben hatte: Er hatte sich in einem teilweise betäubten Zustand befunden – so lautete seine Geschichte –, und er wollte wissen, was der, der sie gefangengenommen hatte, von ihm erfahren haben mochte. Wegen der Droge seien seine Erinnerungen vage.

Das verfocht er, und das wiederholte er immer aufs neue. Und nach und nach stellte er fest, daß, obwohl Trask die Art Indiskretionen von sich gegeben hatte, die unter den Begriff »Plauderei« fielen, und über seine gesellschaftlichen Vorstellungen gesprochen und versteckte Andeutungen über seine Erfindung gemacht hatte, die Erfindung selbst im Grunde zu radikal war. Die Leute schafften es nicht von allein, den erforderlichen geistigen Sprung zu tun, um das Konzept des mechanischen Austauschs der Persönlichkeit zu begreifen, das darin enthalten war. Er vermutete erleichtert, daß diese Spionin in den vielen Tagen nichts erfahren hatte.

Etwa gegen 4.00 Uhr morgens fiel die Frau in einen anscheinend erschöpften Schlaf. Marin wartete, bis ihre Atemzüge gleichmäßig und langsam wurden. Dann schlüpfte er aus dem Bett und ging hinaus in den äußeren Korridor, um nachzusehen, ob an seiner Tür Wachen aufgestellt waren, wie er es angeordnet hatte. Es gab ihrer zwei, beides Frauen – physisch kräftige, ausgebildete Agentinnen der Militärischen Aufklärung.

»Wecken Sie sie um acht Uhr dreißig«, befahl er, »bringen Sie sie in Ihre Abteilung und lassen Sie sie verhören.«

Daraufhin nahm er seine Kleider und eilte zu seinem Büro. Er legte sich in eine Koje in einem kleinen Nebenraum. Und dort lag er eine Weile wach, ruhelos und besorgt.

Die Nacht war nicht verschwendet. Was völlig unzusammenhängende Ereignisse zu sein schienen, paßte zusammen. Und Marin erzitterte vor ihrer ungeheuren Bedeutung. Falls das stimmt, dachte er bebend, falls das stimmt . . .

Dann dachte er: Trask und ich sind wie zwei Lämmer gewesen, die ein Schlachthaus durchwandert haben.

Als seine müden Augen schließlich flatternd zufielen, dachte er müde: Nun *muß* ich mich entscheiden!

Fünfunddreißig

Kurz nach 6.00 Uhr morgens stand Marin auf, schlüpfte in seinen Morgenmantel und rief Oberst Gregson, den diensthabenden Stellvertretenden Meister, an. Eine schlaftrunkene Stimme meldete sich. »Gregson am Apparat.«

Marin gab sich zu erkennen und sagte: »Befindet sich Scudder in Gewahrsam?«

»Ja, wir haben ihn.« Der Oberst war nun wachsam. »Er war äußerst überrascht.«

Marin konnte sich das vorstellen. So viel so plötzlich aufgedeckte Geheimhaltung. Doch alles, was er sagte, war: »Bringen Sie ihn sofort in mein Büro.«

»Mit der Karte?«

»Mit der Karte. Und, Greg!«

»Ja?«

»Ich möchte Angriffstrupps in Bereitschaft haben mit schwerem Gerät, um Barrikaden zu durchbrechen. Das wird sich in den Schutzräumen abspielen, also gehen Sie vorsichtig mit Explosivmaterial um.«

»Wir werden Gas nehmen und etwas Strahlungsgerät.«

»Gut.«

»Gegen neun alles bereit haben?«

»Ja.«

»Wird erledigt!« sagte Gregson.

Marin unterbrach die Verbindung und rief die Luftverteidigung an. »Erteilen Sie den Luftkontrollstreitkräften Anweisung, bis auf weiteres keinen Flugmaschinen mehr den Zutritt zur Stadt zu erlauben. Halten Sie die oberen Luftregionen unter Beobachtung. Schießen Sie in den oberen Regionen bei Sichtkontakt und nach kurzer Vorwarnung auf diversen niedrigeren Regionen. Und, Mayer!«

»Jawohl?«

»Setzen Sie sich mit niemandem deswegen in Verbindung. Unterrichten Sie das Tagespersonal, sobald es zum Dienst erscheint.«

»Sehr wohl.«

Marin unterbrach die Verbindung und stand auf. Und dann bemerkte er zum ersten Mal das Ausmaß der Veränderung in sich. Irgendwann während des kurzen Schlafs, den er gehabt hatte, hatte er sich entschieden. Er wußte, was er tun mußte. Wußte es mit ungeheurer Entschiedenheit und auf einer Ebene der Gewißheit, die über alles hinausging, was er je gekannt hatte.

Er war bereit zu handeln – ohne *Einschränkung.*

Aus den Vorfällen und dem Wirrwarr heraus war ein Mann geboren worden. Er blickte auf eine Laufbahn zurück, die zur Hälfte aus Gewalttätigkeit, zur Hälfte aus Idealen und ganz aus Konformismus bestand. Er hatte sein Leben in einem Bezugsrahmen gelebt, der ihn veranlaßt hatte, die Welt des Großen Richters zu akzeptieren.

All das war vorbei. Die Zweifel waren beseitigt, die Furcht verschwunden. Während Marin sich anzog, überlegte er, was er an diesem Tag der Entscheidung tun mußte. Und es gab keinen Zweifel. Alles war klar und deutlich in seinem Geist. Und offensichtlich.

Es würde eine merkwürdige Schlacht werden. Da er, zumindest im Moment, über enorme militärische Macht verfügte, konnte er gegen den verborgenen Gegner vorgehen. Irgendwann würde der Gegner – in diesem Fall das Gehirn – anfangen müssen, sich zu wehren.

Die Umstände der Auseinandersetzung waren unglaublich. Jeden Moment konnte das Gehirn die geistige Kontrolle all seiner wichtigsten Widersacher ergreifen. Unter solchen Umständen bedurfte es nur einer Sache: der Entschlossenheit zu handeln, Kräfte in Bewegung zu setzen und damit eine Reaktion zu erzwingen. Handeln – ungeachtet der Konsequenzen.

Marin ging durch Korridore zu seinem Büro, die zu dieser Morgenstunde beinahe verlassen waren. Er ließ sich aus dem Offizierskasino Frühstück kommen, und er aß es gerade, als Scudder hereingebracht wurde, ein knurrender, ängstlicher kleiner Mann. »Also hat Trask geredet«, sagte er grimmig. »Nun, ich habe nichts getan, als mich damit einverstanden zu erklären, ihm eine Karte zu liefern. Was ist daran illegal?«

Marin sagte barsch: »Wo ist die Karte?«

Oberst Gregson hatte sie. Er war ein bescheidener, untersetzter Mann Anfang Vierzig. Er breitete die Karte auf einem Gestell aus, so daß Lampen auf sie gerichtet werden konnten. Marin winkte dem Pripp. »Erläutern Sie sie«, sagte er.

Scudder tat es mürrisch. Es stellte sich heraus, daß die bedeutsamen Ebenen die achtundvierzigste, neunundvierzigste, fünfzigste und einundfünfzigste waren. Militärische Pläne zeigten, daß diese Zonen seit einem Vierteljahrhundert auf Befehl des Großen Richters versiegelt waren.

Und immer noch schien sich das Gehirn nicht bewußt zu sein, daß David Marin etwas gegen es im Schilde führte. Marin erlebte einen weiteren Moment der Anspannung. Aber seine Stimme war ruhig, als er den Befehl erteilte, der die Angriffstrupps aussandte, um die auf der Karte bezeichneten Zonen zu erobern und sämtliche Maschinen oder Instrumente zu zerstören, die sie dort fanden. Zerstören, zerbrechen, verbrennen, kein funktionierendes Teil hinterlassen. Es störte ihn, einen derart destruktiven Befehl zu geben. Doch er sah keine Alternative.

Er hatte das Gefühl, daß niemand, der gegenwärtig am Leben war, möglicherweise mit Ausnahme von Wade Trask, genug wußte. Und Trask stand nicht zur Verfügung.

Als die Befehle erteilt und die Männer unterwegs waren, schickte er ein Funkerregiment in Kurzstreckenjets – schnellstens – zu allen Telefon-Zwischenstationen mit der Anweisung, die gesamte Telefonversorgung von Pripp-City abzuschneiden und die sämtlicher Leitungen, die in die Schutzräume verliefen.

Alle Ferngespräche stoppen . . .

Sechsunddreißig

Und das war's! dachte Marin.

Er fühlte sich ein klein wenig enttäuscht. Aber er hatte die Hauptstreitmacht in Bewegung gesetzt. Es gab nichts zu tun, als abzuwarten.

Während er wartete, saß er in seinem Büro und übte seine große Macht aus, die er als Angehöriger des inneren Beraterkreises und leitender Regierungsbeamter besaß. Er sandte wichtigen Fernseh- und Rundfunkstationen eine Ankündigung, die um 11.00 Uhr morgens gesendet werden sollte, wonach er als Gruppenmeister zurücktrete.

Er ließ seinen Amtsring verpacken und adressierte ihn persönlich an »Meine geliebte Delindy« in ihrem Zufluchtsort im Mittleren Westen. Sein Amtssiegel verpackte er selbst und schickte es mit Anweisungen zum Kurierdienst, es um elf Uhr fünfzehn an Selis am Hofe des Richters zu übergeben. Er bereitete Briefe vor, die in die Büros eines jeden Gruppenmeisters geschickt werden und seinen Rücktritt von all seinen Ämtern verkünden sollten.

Er legte seine militärischen Auszeichnungen in ihre juwelenbesetzte Schatulle und schickte sie durch Boten an den Ordensbewahrer am Militärfriedhof. Aus seiner Gruppe konnte er nicht ausscheiden, also nahm er keinen Kontakt mit ihr auf.

Um zwanzig vor zehn dröhnten aus seinem Privatlautsprecher die Stimmen von Truppenführern, die sich untereinander verständigten.

Es entstand eine bedeutungsvolle Pause. Dann hallte der zischende Ton einer mobilen Gasfeuereinheit aus dem Lautsprecher.

Marin drehte die Lautstärke herunter. Und dann, während die Geräusche weiter erklangen, schaltete er das Instrument aus.

Sein Telefon klingelte.

Sein Sekretär rief aus dem äußeren Büro: »Oberst Gregson ruft von einem Feldtelefon aus an.«

Gregson sagte: »David, wir scheinen gegen zwei Mächte anzukämpfen. Wenn wir uns aus der einen Richtung nähern, treffen wir auf Pripps. In allen anderen Richtungen ist es ein mechanisches Monstrum mit dicken Metallwänden: Unsere Instrumente registrieren zweieinhalb Meter Dicke. Sowohl die Pripps als auch die Maschine bekämpfen uns mit Gaseinheiten, und wir kommen schwer voran.«

Marin sagte voller Zufriedenheit: »Ihr habt in ein Wespennest gestochen. Haltet weiter drauf.«

Er unterbrach die Verbindung und ließ Scudder wieder hereinbringen. Der Pripp verhielt sich trotzig.

»Ich bin unschuldig«, protestierte Scudder, »aber ich weiß, was vorgeht. Wir – das heißt, die Unseren –, die von uns drunten in den Schutzräumen, können Sie eine Woche lang abwehren. Wir sind auf einen Handel aus.«

Unerwartete Aussage! »Einen Handel!« sagte Marin verblüfft. Dann: »Um Himmels willen, mit wem?«

»Mit den wahren Herrschern der Welt!« sagte Scudder verächtlich. Mit einem höhnischen Lächeln fügte er hinzu: »Und Sie verbreiten besser diese Information nicht, ohne Ihren Herrn und Meister um Erlaubnis zu bitten, den Großen Richter.«

Für Marin, der bereits alle Brücken abgebrochen hatte, war die Tatsache interessant, daß das Geheimnis von einer weiteren Seite her enthüllt wurde. Indem er sich innerlich zusammennahm, sagte er nun sanft: »Werden Sie mir die Einzelheiten mitteilen?«

»Es ist ganz einfach«, sagte Scudder. »Mein Verdacht hat damit eingesetzt, daß man auf mich zutrat und sagte, man würde mich in Kürze ersuchen, Pripps als Leibwachen des Großen Richters zur Verfügung zu stellen. Das liegt schon eine Weile zurück. Wir Pripps hatten damals zwei Herren – den Großen Richter und die Vertreter dieses Geheimbundes. Wissen Sie, wer mir mehr gezahlt hat? Der Bund war es. Und so kamen wir zu unserem ersten großen ›Einsatz‹. Ungefähr da begann Trask vorbeizukommen. Er hatte eine Theorie, daß Pripps kein Zufall seien, kein Produkt des Krieges. Ich erkannte sofort, daß wir, falls wir das beweisen konnten, möglicherweise die Einschränkungen unserer Bewegungsfreiheit loswerden konnten. Also habe ich mich mit ihm eingelassen, außerdem habe ich begonnen, die alten Akten zu überprüfen. Ich habe genug erfahren, um mich davon zu überzeugen, daß es sich um ein Experiment im Frühstadium handelte und daß es dieser Geheimbund war, der es durchführte.«

Er fuhr erbost fort: »Das ist es also, worum wir verhandeln. Wir brauchen Informationen über diese Experimente.«

Er war die kleine Karikatur eines Mannes. Aber Marin sah in

ihm die ganze Entschlossenheit eines menschlichen Wesens, das um sein Leben kämpft. Er stellte sich eine Woche Verzögerung bei der Zerstörung des Gehirns vor. Und erschauerte. Und wußte, daß auch er alles einsetzen mußte, was ihm zur Verfügung stand.

In dieser Beziehung empfand er keine Barmherzigkeit. Kurz nach elf Uhr würde er aufhören, die Macht zu besitzen, irgend etwas auf Regierungsebene zu unternehmen.

Er begann: »Sie verhandeln mit den falschen Leuten. Ich bin der Mensch, mit dem Sie sich abgeben sollten, denn – hören Sie zu!« Mit gelassener Stimme schilderte er die Verhaftungen, die in Jorgia vorgenommen wurden, und die Verhöre, die stattfanden. Er schloß: »Kurz und bündig, falls Sie nicht mit Ihren Helfershelfern in Verbindung treten, die unten in den Schutzräumen das Kommando haben, werde ich zur Stunde Ihre Exekution anordnen. Falls sie sich nicht bis zehn Uhr dreißig ergeben, wird jeder gefangengenommene Pripp hingerichtet. Nun streiten Sie sich nicht mit mir. Sagen Sie nur ja oder nein.«

Das kleine Rattengesicht war blaß, aber es lag immer noch Mut darin. Er sagte: »Wie steht's mit den Informationen über die Pripp-Experimente?«

»Sämtliche Informationen, die sich aus den Verhören zu diesem Thema ergeben«, versprach Marin, »werden den Pripps übergeben.«

Scudder schwieg. Er saß, zu Boden starrend, da, den kleinen Körper gebeugt. Er richtete sich mit einem schwachen Laut, wie ein unterdrücktes Knurren, auf. »Na gut«, sagte er finster. »Wir werden uns ergeben.«

Der Sieg hatte tragische Obertöne, und Marin beschloß insgeheim, sich in Zukunft um diese geschlagenen Menschen zu kümmern. Falls irgend etwas getan werden konnte, sollte es geschehen.

Aber in seinem Kopf gab es eine weitere Frage. Wie war sein Körper aus Trasks geheimem Laboratorium hinüber in Scudders Versteck gebracht worden? Er stellte die Frage.

Scudder sagte: »Ja, meine Männer haben Ihren Körper aus dem Laboratorium mitgenommen. Etwa eine Stunde vor der Bombe war das.« Er lachte grimmig. »Komische Sache, ich hatte Trask in meinem Büro, und ich hielt ihn dort fest, um meinen Männern besser Gelegenheit zu geben, Trasks Wohnung zu durchsuchen.«

»Aber warum seine Wohnung durchsuchen?« fragte Marin. »Sie haben nicht erwartet, mich vorzufinden, oder?«

Scudder schüttelte den Kopf. »Nein, Sie sind uns nicht zu Dank verpflichtet. Sie hatten einfach Glück. Die Frau – wie heißt sie noch, Riva Allen – hat mich über die geheimen Kanäle der Leute angerufen, die hinter ihr stehen. Sie hatte Trask seit Tagen beobachtet, und er verschwand immer wieder in seinem Studierzimmer. Sie war verblüfft.«

»Danke«, sagte Marin.

Er war enorm erleichtert, endlich die Fakten zu erfahren.

Riva Allen wurde hereingebracht. Sie betrat erhobenen Hauptes den Raum. Sie wirkte intelligent, selbstsicher und recht gut gelaunt. Sie hatte offenbar ihre Darstellung einer unregistrierten Kurtisane aufgegeben. Sie sah Marin mit einem fröhlichen Lächeln an und sagte heiter: »Nun – *Geliebter*!« Und sie lachte, ein entspanntes, klingendes, gelassenes Lachen.

Marin warf einen fragenden Blick auf die Frauen, die seine Gefangene begleitet hatten. Er erkannte sie als geschickte Verhörspezialistinnen wieder. Er fragte: »Irgendwas rausgefunden?«

Die ältere Frau antwortete: »Wir sind bei ihr gewesen, seit sie uns Viertel vor neun übergeben wurde. Alles, was wir sie fragen, jede Überredungsmethode, die wir anwenden, bringt sie lediglich zum Lachen.«

Marin nickte ruhig. Doch über die Niederlage, die er hier vor sich hatte, gab es keinen Zweifel. Seine Vermutung am Abend zuvor war richtig gewesen. Chemikalien. Höchstwahrscheinlich hatte sie das Zeug in einem falschen Zahn versteckt gehabt, was lediglich erforderte, daß sie einmal fest zubiß. Er kannte diese »Lachdroge«. Sie beendete alle Furcht. Der drohende Tod, die Anwendung von Folter waren gleichermaßen komisch für die unter ihrem Einfluß stehende Person. Der Effekt würde etwa vierundzwanzig Stunden anhalten. Indem sie diese Droge einnahm, hatte sich diese Spionin als Teilnehmerin an den vor ihnen liegenden, entscheidenden Stunden entzogen.

Marin sagte unwillig, aber voller Entschlossenheit: »Bringt sie fort! Haltet sie unter Arrest!«

Sein Sekretär kam herein. »Leutnant David Burnley möchte Sie, Ihren Anweisungen zufolge, sehen.«

Marin sagte: »Schicken Sie ihn herein.«

Siebenunddreißig

Der Junge kam durch die Tür; er war eine hoch aufragende Gestalt, der seine blau-gelbe Uniform massig füllte. Er blieb stehen, nahm Haltung an und salutierte.

Marin sagte absichtlich: »Hallo, mein Sohn.«

Er fühlte sich ein wenig beschämt über die Wirkung, die diese Worte auf den anderen ausübten. Beschämt wegen seiner eigenen Absichten. Er brauchte in der nächsten Stunde die Art Loyalität, die nicht einfach von jedem zu haben war. Es handelte sich um die Art Loyalität, die ein Vater von seinem Sohn erwarten durfte. Er sah, daß das Gesicht des Jungen starke Gefühle widerspiegelte und daß seine Begrüßung den gewünschten Effekt gehabt hatte.

»Hallo . . . Papa«, sagte David Burnley. »Du hast nach mir geschickt?«

»Ich bin sehr froh, dich zu sehen«, sagte Marin. Das Gefühl der Scham und das Schuldbewußtsein waren verschwunden. Was er zu tun hatte, war so notwendig, daß alle Bedenken zu dieser späten Stunde lächerlich waren. Er fuhr fort: »Ich habe eine sehr wichtige Mission für dich.«

»Es wird mir eine Ehre sein.«

Marin hatte zuvor entschieden, keine Erklärungen abzugeben. Nun sagte er: »Komm mit mir, David!« und machte sich auf den Weg zur Tür. Dann hielt er inne und wandte sich um. »Du wirst den Befehl über eine Abteilung Soldaten erhalten. Gib ihnen gegenüber nicht zu erkennen, daß du mein Sohn bist.«

»Sehr wohl.« Das Gesicht des jungen Mannes war entschlossen. Er salutierte.

Marin sagte ruhig: »Ich setze großes Vertrauen in dich in einer sehr wichtigen Angelegenheit.«

David Burnley schluckte. Doch als er sprach, hatte er seine Stimme unter Kontrolle. »Sie können auf mich zählen.«

»Das tue ich, Leutnant«, sagte Marin.

Sie sagten nichts mehr. Er drehte sich wieder um und ging diesmal durch das äußere Büro auf den Korridor voraus. Er hatte zuvor angeordnet, daß ein Dutzend erstklassiger Soldaten und ein Unteroffizier vom örtlichen Kommando herübergeschickt werden sollten. Wie er berechtigterweise erwarten durfte, standen sie in bequemer Haltung bereit. Marin stellte »David Burnley, den Offizier, der bis auf weiteres Ihr Befehlshaber sein wird«, vor.

Dann erteilte er präzise Instruktionen, was er von ihnen zu tun verlangte. Auch hier gab er keine Erklärungen ab. Es handelte sich um erfahrene Soldaten. Er war ihr Oberbefehlshaber.

Er hatte seinen Sohn nicht direkt angesehen, während er das Wort an die Männer richtete. Aber aus den Augenwinkeln hatte er beobachtet, wie die Farbe aus seinen Wangen gewichen war. Nun wandte er sich dem Jungen zu: »Leutnant!«

»Jawohl!«

»Übernehmen Sie das Kommando über Ihre Männer, und folgen Sie mir!«

»Jawohl!«

Sie benutzten einen Aufzug zu dem Stockwerk, auf dem Punkt elf die Ratssitzung beginnen würde. Marin warf einen Blick auf seine Uhr. Viereinhalb Minuten bis zur vollen Stunde. Das war ein hervorragendes Timing.

Es waren fünf Pripp-Wachen und ein Pripp-Offizier an der Tür zum Ratssaal anwesend, als Marin näher kam. Ihre Gegenwart deutete darauf hin, daß der Große Richter bereits eingetroffen war. Der Offizier nickte zum Zeichen, daß er Marin wiederkannte, und sagte: »Wir werden Sie wie üblich durchsuchen müssen!«

»Natürlich«, sagte Marin. Und er drückte auf den Abzug der Gaspistole, die er in der Tasche hatten.

Er fing den Offizier mit der einen Hand auf und schoß an ihm vorbei auf einen der Wachtposten. Hinter ihm feuerten die Männer bereits ihre Waffen ab. Es kam zu keinem wirklichen Kampf. Die Überraschung war zu vollständig. Die sechs Pripps unterlagen dem unerwarteten Überfall.

Marin wartete nicht ab, wie es weiterging. Er betrat den Sitzungssaal ohne einen einzigen Blick zurück. Als sich die Tür schloß, bemerkte er mit Hilfe der Uhr an der gegenüberliegenden Wand, daß es eine Minute nach elf war. Und daß sein Timing nach wie vor perfekt war.

Achtunddreißig

Direkt an der Tür des hell erleuchteten Konferenzsaals stehend, gestattete Marin den Leibwachen des Diktators, die hinter Gucklöchern in den Wänden verborgen waren, ihn anzusehen, ihn wiederzuerkennen und im Geiste in ihrer »Wachsamkeit« nachzulassen. Wartete, während die Soldaten, denen er seine Befehle erteilt hatte, sich die Treppe hinaufstahlen, die zum Sektor der Gucklöcher führte, und ihren zweiten Überraschungsangriff ausführten.

Während er wartete, ging er langsam in die Richtung, in welcher der Große Richter neben Podrage stand. Und nun begann er, die Anspannung zu empfinden. Denn es näherte sich ein kritischer Moment, wieder eine Frage des Timings. Die Soldaten hatten den Auftrag, die Wachen an den Gucklöchern mit Gaswaffen bewußtlos zu schießen und dann die Gucklochwaffen zu übernehmen – und ihn zu schützen. Der kritische Punkt bestand darin, daß er vermeiden wollte, daß sie den Diktator vor dem entscheidenden Moment erkannten.

»... dreizehn, vierzehn, fünfzehn!« zählte er.

In jenem Augenblick, bevor er handelte, grub sich die gesamte Szenerie unauslöschlich in Marins Gehirn: die versammelten Gruppenmeister, unter denen nur Medellin und der gefürchtete Edmund Slater fehlten; Wade Trask, der an einem Ende des Tisches an einen Stuhl gefesselt war; und der Große Richter, tadellos gekleidet in einen weißen Anzug und Hemd, soeben im Begriff, sich umzuwenden und einen Blick auf Marin zu werfen.

Jetzt! dachte Marin. Er schoß seine spezielle Pistole mit Hypnosegas ab, wiederum durch seine Tasche hindurch, und zielte dabei auf den Kopf des Diktators. Der Strahl veranlaßte, obgleich er nur wenige Moleküle breit war, den Kopf des anderen leicht nach hinten zu schnellen. Es mußte den Eindruck eines Muskelzuckens erweckt haben, denn der Große Richter gab keine Anzeichen er erkennen, daß er ihn gespürt hatte.

Marin wartete. Das Gas verhielt sich wie ein Virus, aber schneller als jeder Virus. Innerhalb von Augenblicken drang es in die Blutströme ein, die das Gehirn durchliefen. Die empfindlichen Neuronenzellen begannen auf seine Gegenwart zu reagieren, gaben das Potassium ab, das sie an der elektrisch geladenen Oberfläche einer jeden Zelle in Bereitschaft hielten – oder die sie vielmehr im Energiefeld festhielten, das die Oberfläche einer jeden Zelle *ausmachte.* Sofortige Veränderungen – die Gedanken, Gefühle, jene Bande, die die Persönlichkeit zusammenhielt, das Ego, die zu einer Einheit verschmolzen waren, verloren ihre immense Kohäsivkraft.

Der Diktator taumelte und begann, in sich zusammenzusinken. Podrag und Marin fingen gemeinsam den schlaffen Körper auf und verhinderten einen Sturz.

»Hier herüber!« sagte Marin.

Sie setzten den Großen Richter in den Lehnstuhl am Kopfende des Tischs. Auch wenn sein Kopf nach einer Seite hing, sah er eher entspannt als bewußtlos aus, und daher mochten die Soldaten, die wohl inzwischen ihre Plätze an den Gucklöchern einnahmen, sich vielleicht wundern, aber sie konnten nicht Bescheid wissen.

Marin verschwendete an diesen Gesichtspunkt nur einen beinahe flüchtigen Gedanken. In dem Moment, als der Diktator sicher auf dem Stuhl saß, ließ er ihn los und wandte sich um – gerade als einzelne Männer sich von ihrer Überraschung zu erholen begannen.

Jemand sagte heiser: »Holt einen Arzt! Er ist in Ohnmacht gefallen.«

Momentan war Marin hiervon überrascht. Es war ihm nicht eingefallen, daß die Verwirrung derart vollständig sein würde.

Er sah, daß Gruppenmeister John Peeler im Begriff stand, die äußere Tür zu öffnen. Und dachte grimmig, daß gleich das Geheimnis enthüllt werden würde.

Eine Gaspistole bohrte sich beinahe in Peelers Gesicht. Er taumelte überrascht zurück, während die Stimme eines Soldaten zugleich verkündete, wobei jedes Wort deutlich zu hören war: »Wir haben den Befehl von General Marin, niemanden aus diesem Saal herauszulassen.«

Von da aus, wo er stand, sagte Marin: »Soldat, schließen Sie die Tür.«

»Jawohl!«

Die Tür schloß sich.

Neununddreißig

Männer drehten sich nun um und starrten Marin an. Die meisten der Gesichter, in die Marin blickte, waren verblüfft mit einer Andeutung von Furcht. Überlagert wurde die Furcht von Verärgerung.

Gruppenmeister Yarini sagte erbost: »Für die Tat allein«, er zeigte auf den erschlafften Körper des Großen Richters, »werden Sie in den Konverter wandern.«

Marin wurde gewahr, daß der respekteinflößende Podrage ihn musterte. Der Mann sagte schließlich verwunderlicherweise: »Was haben Sie vor, David?«

Die verbalen Reaktionen deuteten darauf hin, daß der erste Schock vorüber war. Daher sagte Marin: »Mäßigen Sie Ihre Befürchtungen, meine Herren. Dies ist kein *coup d'etat.* Aber ich benötige Ihre ungeteilte Aufmerksamkeit, während ich erkläre, worum es sich handelt.«

Sie begannen schweigend zu ihren Sitzen am Konferenztisch zu gehen. Plötzlich gab es ein Geräusch. Gruppenmeister Yarini packte, statt sich zu setzen, seinen Stuhl, hob ihn auf und stürzte sich mit einem Aufschrei auf Marin.

Er tat zwei Schritte, dann begann er zu stolpern. Dann fiel er in sich zusammen. Der schwache Geruch der Entladung eines Gasgewehrs durchdrang die Luft und war verschwunden.

Hätte er nicht schon vermutet, daß seine Männer die Gucklöcher beherrschten, wußte Marin es nun genau. Er sagte ruhig: »Meine Herren, versagen Sie sich nicht das Privileg, meine Geschichte zu hören. Der Große Richter wird schon bald erwachen, also besteht keine Notwendigkiet, sich um ihn zu sorgen.«

Eine Zeitlang hörten sie schweigend, unsicher zu. Marin nahm an, daß einige von ihnen sich fragten, ob ihre Bereitschaft, sich als Publikum herzugeben, nicht irgendwie kompromittierend sei. Aber er war bereit, sie zum Zuhören zu zwingen; sollten sie also ruhig ihre Zweifel und ihre Befürchtungen hegen.

Er begann seine Schilderung mit einer Beschreibung seines ersten Besuchs bei Trask, als er zu einem Identitätsaustausch gezwungen worden war. Er lieferte ihnen die ganze Geschichte seiner Bekanntschaft mit Trask, und dann – und erst dann – benannte er den Großen Richter als unbewußten Beschützer und Agenten des Gehirns.

An diesem Punkt riß John Peeler die Hände hoch und legte sie sich über die Ohren. Er war bleich. Er brüllte: »Ich weigere mich, noch ein Wort dieses unglaublichen Verrats mitanzuhören.«

Marin packte seine Gaspistole, schoß auf ihn, sah zu, wie er zusammenbrach, und sagte dann kaltblütig zu den anderen: »Meiner Meinung nach wollen sich Peeler und Yarini nur beim Großen Richter lieb Kind machen. Wenn Sie solche Feiglinge bei künftigen Sitzungen des Rats der Gruppenmeister dulden können, haben Sie Verachtung verdient.«

Gruppenmeister Elstan sagte grimmig: »Sie werden nicht da sein, David, um zu sehen, wer bei den Ratssitzungen dabei ist.«

Marin sagte: »Sie haben völlig recht.« Er erläuterte mit ruhiger Stimme, wie er öffentlich aus dem Rat zurückgetreten war, bevor er zur Sitzung erschienen war.

Podrage sah ihn an, schüttelte staunend den Kopf und sagte: »Darf ich mein Büro anrufen und das nachprüfen?«

Marin nickte und wartete, während Podrage sein Privattelefon aufnahm und wartete, während er die Frage stellte. Der Gruppenmeister hängte schließlich ein und sah sich im Saal um. Er sagte schließlich bedächtig: »Die umfassende Ankündigung in den Nachrichten durch David hat eine Sensation ausgelöst. Die Börsenkurse sind bereits um mehrere Punkte gesunken.«

Gruppenmeister Elstan sprang auf. Alle Gedanken an Verrat und Meuterei schienen ihm aus dem Sinn gekommen zu sein. »Ich muß meinen Börsenmakler anrufen!« murmelte er.

Er griff ungeschickt nach dem Telefon am Vorsprung des Tisches neben ihm. Marin sagte in plötzlichem Zorn: »Setzen Sie sich. Hören Sie auf, sich lächerlich zu machen!«

Der ältere Mann zögerte, wurde rot, und dann setzte er sich ohne ein weiteres Wort.

Podrage erhob sich. »David«, sagte er, »darf ich fragen, wie Sie sich die Tatsache erklären, daß das Gehirn keinen Körperaustausch vorgenommen hat, nachdem es das Wie erfahren hatte?«

Marin schwieg einen Moment lang – aber es gab kein Entrinnen vor der Theorie, von der er ausging. Er hob zu sprechen an, zögerte, dann sagte er: »Meiner Meinung nach – und ich möchte betonen, daß diese Meinung auf dem Versagen des Gehirns basiert, etwas gegen mich zu unternehmen – weiß es nichts darüber. Ich glaube, daß es, als es . . . Kontakt . . . mit dem gefangenen Wade Trask – das heißt, mit mir – aufgenommen hat, zufällig einen Mechanismus im Gehirn ausgelöst hat, der eine Wiederherstellung der Identität verursacht hat. Und ich glaube ferner, daß es von dem Phänomen verblüfft war.«

Er fügte nachdenklich hinzu: »Das war nicht mein erstes Gefühl.«

Podrage sagte: »Das ist alles reine Vermutung.«

Marin neigte zustimmend den Kopf. Aber er war irritiert von der augenscheinlichen Unfähigkeit aller Anwesenden zu erkennen, wie er die Tatsachen zwang, ans Tageslicht zu gelangen.

Als er sprach, war seine Stimme gelassen. »Es ist nur eine Vermutung, aber ihre Logik wird durch das Versagen des Gehirns bewiesen, vorbeugende Maßnahmen gegen mich zu ergreifen. Die Wahrheit – wie sie auch aussehen mag – wird vor Ablauf des Tages zur Gänze erwiesen sein.«

Podrage fragte beharrlich nach: »Sie meinen, nun, da Sie es unter Druck gesetzt haben, wird es beweisen müssen, was es vermag?«

Marin schickte sich an, mit einer ungeduldigen Bemerkung in bezug auf die Offensichtlichkeit dieser Tatsache zu antworten. Er hielt sich zurück. Es ging ihm auf, daß Podrage, indem er ihn zwang, seine Darstellung in den elementarsten Begriffen abzugeben, ihm zu helfen versuchte.

Er erkannte plötzlich seine Situation. Diese Männer befanden sich tatsächlich nach wie vor im Schockzustand. Sie brauchten eine schlicht erzählte, schlichte Geschichte.

»Ja«, sagte er mit vernehmlicher Stimme. »Ja, Herr Podrage. Gibt es einen weiteren Punkt, den Sie geklärt haben möchten?«

Podrage blickte ihn einen Moment lang unverwandt an, und ein leises Lächeln lag auf seinem kräftigen Gesicht. Er öffnete die Lippen, aber bevor er sprechen konnte, wurde er von vielen Stimmen unterbrochen. Einen Moment lang schien es, als würden alle Anwesenden zugleich sprechen.

»Das Gehirn ist früher schlau gewesen. Woher wissen wir, daß es uns nicht wieder überlisten wird? . . . Was wird passieren, wenn Seine Exzellenz aufwacht? . . . Was haben *Sie* zu tun vor? . . . Woher sollen wir wissen, wann das Gehirn wirklich besiegt ist? . . . Was? . . .«

Marin hob die Hand. Als der Tumult sich nicht legte, erhob er mahnend seine Stimme: »Meine Herren, *bitte*!«

Das ließ sie innehalten. Podrage brach ernst das Schweigen:

»Ich denke, David, was dieses Sammelsurium von Fragen mehr als alles andere andeutet, ist folgendes: Was wird geschehen, wenn er«, er deutete mit dem Kopf auf den ohnmächtigen Großen Richter, »wieder zu sich kommt? Ich glaube ernsthaft, daß ein Teil der Verärgerung, die Sie erlebt haben, aus der Besorgnis um Ihr Schicksal entspringt. Das dürfte Sie überraschen.«

Marin gestattete seinem Blick, sich dem Diktator zuzuwenden. Er dachte: Was für ein bemerkenswerter Mann das war. Über alle Zweifel hinweg erhielt sich der Große Richter die Loyalität seiner Berater. Seine Persönlichkeit überwand jede Enthüllung von Schwäche, die in bezug auf ihn vorgenommen werden mochte.

Sein nächster Gedanke schlug eine andere Richtung ein. Er war persönlicherer Natur. Zum ersten Mal seit heute am frühen Morgen dachte er: Was *wird* denn nun aus mir? Er hatte alle Brücken abgebrochen. Während er dort stand, war er ein gewöhnlicher Bürger ohne gesetzliche Macht und sämtlichen Strafen unterworfen, die sich aus dem ergaben, was er jetzt tat.

Das unbehagliche Gefühl verging so schnell, wie es gekommen war. Er sagte ruhig: »Wir haben eine seltsame Geschichte zu hören, bevor wir uns meinem Schicksal zuwenden. Als ich gestern abend die endgültige Wahrheit zu ahnen begann, habe ich festgestellt, daß ich in den Kulissen sitze und einem Drama zusehe, dessen Existenz ich nicht einmal geahnt hatte. Ich stellte auch fest, daß ich das irgendwie längst gewußt hatte. Sehen Sie, meine Herren, all die offenbar unzusammenhängenden Teilinformationen: das Gehirn, das Entstehen vieler Staaten nach dem Krieg, die rasche Kapitulation der meisten von ihnen, als wir ihre Existenzberechtigung in Frage stellten, die zahllosen Hinrichtungen, und wir dürfen das ununterbrochene körperliche Wohlbefinden Seiner Exzellenz nicht vergessen . . . Und nun möchte ich Ihnen einen Blick auf diese erstaunliche Szenerie gestatten.«

Er ging hinüber zum Stuhl des Großen Richters, zog sich einen der Stühle in der Nähe heran, setzte sich und sagte: »Eure Exzellenz, es steht Ihnen nun frei, mit mir zu sprechen. Sie *wollen* mit mir sprechen. Verstehen Sie?«

Der Diktator schien sich aufzurichten. »Ich verstehe«, sagte er.

Es erfolgte ein raschelnder Laut der Bewegung unter den Zuhörern. Marin bemerkte es, doch er sah sich nicht um.

Vierzig

Marin sagte: »Wie alt sind Sie?«

Jemand sagte *sotto voce*: »Mein Gott!«

Der Große Richter antwortete: »Neunundsiebzig.«

Marin warf einen raschen Blick den Tisch entlang. Die Gesichter, die er sah, waren eine Studie faszinierter Aufmerksamkeit. Es stand außer Frage, daß die erste Tatsache, die er enthüllt hatte, eine Sensation bedeutete.

Er wandte sich wieder dem Großen Richter zu und entriß ihm Frage um Frage den Rest der seltsamen und gewaltigen Geschichte.

Die Geschichte lautete folgendermaßen:

Während des Dritten Atomkriegs war er Verbindungsoffizier, dem Generalstab der Vereinigten Ostmächte angeschlossen. Er kannte die meisten der Geheimnisse und die meisten der fähigen Männer in jeder Kategorie: Wissenschaftler, Feldoffiziere, Forschungskräfte und eine Menge technisch versierter Einzelpersonen. Gegen Ende des verheerenden Kriegs bemerkte er, daß unter den Wissenschaftlern ein Komplott im Gange war und daß sich allerorten Forscher in einem Zustand intellektueller Gärung befanden. Einige große Ideen befanden sich in Bewegung. Die Forschung während der Kriegszeit hatte neue Erfindungen und neue Entdeckungen auf allen Gebieten hervorgebracht. Es gab da vor allem eine Entdeckung, die mit der Verlangsamung des Alterungsprozesses zu tun hatte und sogar in gewisser Hinsicht der Verjüngung bereits gealterten Gewebes.

Viele weitere, wenig bekannte Entdeckungen eröffneten einer dazu entschlossenen Gruppe die großartigsten Möglichkeiten der Nutzanwendung.

Oberst Ivan Prokov erkannte diese einzigartige Lage. Als einziger an dem Komplott beteiligter Generalstabsoffizier konnte er seinen Mitverschwörern praktisch seine Bedingungen diktieren.

Marin wandte sich an diesem Punkt den versammelten Gruppenmeistern zu und sagte: »Im geeigneten Moment konnte nur ein Mann in Oberst Prokovs Position als Verbindungsoffizier die Gefangennahme oder Exekution der höheren Stabsoffiziere gewährleisten.«

Niemand sagte etwas. Er wandte sich wieder seinem hypnotischen Verhör zu. Die Erzählung ging weiter:

Längst war die Verbindung mit ähnlichen Gruppen unter den Verbündeten Westmächten hergestellt. Und so wurde das Komplott, den Krieg zu beenden und die Weltmacht an sich zu reißen, mit unvergleichlicher Brillanz konzipiert und durchgeführt.

Eine Tendenz zu einer Art intensiver, nationalistischer Schizophrenie war vorhergesehen worden, besonders im Osten und Mittleren Osten. Und daher wurde in den tausend Separatstaaten, die sich bildeten, die Mehrheit von besonderen Geheimagenten der Gruppe übernommen. Die internen und externen Belastungen eines jeden Staats waren gewaltig. In einigen Fällen mußte der Geheimagent, obwohl er Regierungsoberhaupt war, jedes Mittel des Verrats und der Betrügerei nutzen, um sein Gebiet der Union des Großen Richters anzuschließen – dem Weltstaat. In den meisten Fällen ließ sich der Anschluß nur durch eine Kombination aus Verrat und Krieg erreichen.

Wieder hielt Marin inne, um zu kommentieren. »Wie Sie alle wissen, habe ich seit über einem Jahrzehnt diese Kriege geleitet. Ich gehe davon aus, daß es sich, wann immer wir führende Regierungsleute hingerichtet haben, *nicht* um Angehörige der Verschwörergruppe gehandelt hat, und wann immer wir sie – aus was für Gründen auch – an der Macht gelassen haben, sie welche waren.«

Er fügte hinzu: »Mit Ausnahme Jorgias – aber darauf kommen wir noch.«

Die allererste Riege der ursprünglichen Verschwörer war von der östlichen Kollektividee erfüllt gewesen. Sie waren sich der Notwendigkeit bewußt, daß sie einen Kompromiß mit den Befürwortern der freien Marktwirtschaft schließen mußten, um den Krieg zu beenden. Aber für sie *war* es ein Kompromiß, und die geheime Abmachung unter ihnen lautete, der Große Richter solle schon bald die kapitalistischen Ökonomievorstellungen sabotieren und auf Kollektiven basierenden Sozialismus an ihre Stelle setzen.

Der erste Schritt in Richtung Liquidation des Kompromisses wurde erbarmungslos und genau nach Fahrplan ausgeführt. Achtzigtausend der westlichen Mitverschwörer wurden hingerichtet – mit nur einem Rückschlag. Die »Westler« hatten während des Krieges das »Gehirn« versteckt.

Zehn Jahre darauf benutzte der Große Richter den Fehlschlag, jenes mechanische Wesen zu finden, als Begründung für sein

Zögern, die freie Marktwirtschaft auszumerzen. Und daher geriet er bei der geheimen Verschwörergruppe, die von einer Reihe Tarnorganisationen mit Hauptsitz in Jorgia aus operierte, in Verdacht.

Trotz ihrer persönlichen Langlebigkeit hatten die Verschwörer jahrelang vielversprechende junge Leute herangezogen. Einige von ihnen wurden in die Organisation aufgenommen. Anderen, wie Wade Trask, traute man im inneren Organisationszirkel nicht, aber sie erwiesen sich als nützlich. Trask – der seine eigenen Vorstellungen von gesellschaftlichen Veränderungen hatte – wurde benutzt, um endlich festzustellen, ob der Große Richter sich fügen werde oder nicht. Der Diktator wurde über gewisse Kanäle informiert, daß Trask aufrührerische Äußerungen bezüglich der Gruppe kundtun werde.

Trask wurde verhaftet und zum Tode verurteilt ...

Sogleich entbrannte die Schlacht. Die Verschwörer wußten, daß ihre schlimmsten Befürchtungen zutrafen. Und daß der Große Richter den Kompromiß aus Gruppen und freier Marktwirtschaft nicht ändern würde.

Sie hatten den Fehdehandschuh geworfen – Trasks Meuterei. Indem er Trask zum Konverter verurteilte, machte der Diktator deutlich, daß er sich nunmehr vollständig in Opposition zu seinen früheren Genossen befand.

Marin hielt inne, um einen Blick auf Trask zu werfen. »Was denken Sie über die ganze Sache, Wade?«

Der Wissenschaftler hatte in die Luft gestarrt. Nun regte er sich, und er sagte müde: »Wer hätte geahnt, daß der Dritte Atomkrieg noch nicht vorbei ist?«

Marin wandte sich wieder an den Diktator. »Eure Exzellenz, Sie *wollen* uns mitteilen, ob von den Gruppenmeistern jemand zu den Verschwörern gehört.«

»Ja. Yarini und John Peeler.«

»Aha!« sagte Marin, und er sah sich tief befriedigt um. »Diesen Männern hat es außerordentlich an Geschick bei ihren Versuchen gemangelt, zu verhindern, was ich tue.«

Gruppenmeister Elstan sagte sanft: »Sie müssen zugeben, David, daß Ihre Überraschung komplett war.«

Marin hörte kaum hin. Er stellte die nächste Frage: »Sie wollen uns mitteilen ... Wie können wir diese ... Kommunisten wieder einfangen, Eure Exzellenz?«

Die Antwort war düster. »Es gibt keine sichere Methode. Alle Mitglieder sind normalerweise getarnt. Sie suchen sich unverdächtige Personen aus und studieren deren Gewohnheiten. Dann töten oder entführen sie sie und nehmen ihren Platz ein.«

»Etwa wie viele oberste Führer gibt es?« fragte Marin. »Sie wollen uns das mitteilen, Exzellenz! Ich meine *oberste* Führer. Den inneren Zirkel.«

»Etwa dreitausend«, sagte der Große Richter.

»Sie müssen ein Hauptquartier haben«, sagte Marin in eindringlichem Tonfall. »Ein Zentrum, über das die Verständigung erfolgt. Sie wollen es uns mitteilen.«

»Ich weiß nicht, wo es sich befindet.«

Marin zog sich zurück. Er war enttäuscht. Aber nach einem Augenblick dachte er: Nur dreitausend. Das sind gar nicht so viele. Eine derart kleine Gruppe würde sich unter gewissen Umständen auf ein relativ kleines Gebiet konzentrieren. Wie Jorgia. Und wenn sie zu spät erfuhren, daß tatsächlich ein Angriff bevorstand, dann würden sie ihre Ausrüstung eher zerstören als sie wegschaffen. Wie sie es getan hatten und noch taten.

Gespannt stellte Marin die Frage: »Haben Sie die Gruppe über den Angriff auf Jorgia informiert, und wenn ja, wann?«

»An dem Tag, als Trask verurteilt wurde.«

»Das war weniger Vorwarnung als in der Vergangenheit?«

»Ja. Viel weniger.«

Es erfolgte eine Unterbrechung. Gruppenmeister Gaines, der schweigend mit seinen großen, traurigen Augen zugesehen hatte, sagte: »Was ich nicht verstehe, ist folgendes: Warum haben Sie es als notwendig erachtet, Seine Exzellenz in Hypnose zu versetzen? Es scheint mir, als hätte er uns dies alles im gleichen Moment mitgeteilt, da er mit der Wahrheit konfrontiert gewesen wäre.«

Marin sagte: »Darauf komme ich noch.« Er wandte sich an den Diktator. »Warum haben Sie diese Leute gewarnt?«

»Ich hatte gehofft, sie würden weiterhin mitspielen, bis wir soweit wären, den Rest der Welt zu übernehmen. Ich wollte, daß sie glaubten, die Differenzen zwischen uns seien nicht grundsätzlicher Natur, sondern nur eine Frage der Meinungsverschiedenheit über den richtigen Zeitpunkt der Änderung.«

»Aber warum sich überhaupt mit ihnen abgeben?«

»Sie hatten gedroht, mir die Langlebigkeitsdrogen zu versagen.«

Marin sagte: »Oh!« Und dann war er still. Und dann sagte er: »Haben sie es getan?«

»Ja. Mein üblicher Vorrat ist diese Woche ausgeblieben.«

Marin warf einen Blick auf Gaines. »Beantwortet das Ihre Frage, mein Herr?«

»Mein Gott . . . ja!«

Zu dem Großen Richter sagte Marin: »Sie möchten es mir mitteilen. Wissen Sie, wo sich das Gehirn befindet?«

»Nein.«

Und das, so erschien es Marin, machte die Geschichte komplett. Und doch war sich Marin bewußt, daß seine Anspannung sich steigerte und nicht abschwächte. Es sah danach aus, als seien alle Fakten beisammen und alle notwendigen Maßnahmen getroffen. Und doch . . .

Er sah, daß Podrage den Kopf schüttelte. Podrage sagte: »Wie paßt die Königlich-Jorgische Regierung in all das hinein? Sie scheinen völlig unschuldig gewesen zu sein.«

Marin nickte. »Das sind sie auch. Die Verschwörer hatten eine Regierung nach westlichem Muster einschließlich Monarchie einem Volk aufgezwungen, das seit langem an den Gruppengedanken gewöhnt war. Der ursprüngliche ›König‹ war vor seiner Ermordung einer der Verschwörer gewesen. Seine Töchter wurden darüber im unklaren gelassen, aber ihr Leben sollte geschont werden.«

Einer der Gruppenmeister murmelte: »Räder, verzahnt mit Rädern, verzahnt mit Rädern . . .«

Marin sagte ernst: »Jede weltweite Verschwörung würde es mit einer Vielzahl besonderer Situationen zu tun haben. Es müßte Experten geben und Abteilungen und geübte Dolmetscher. Kein einzelner könnte mehr als einen kurzen Abriß liefern, wie wir ihn soeben erhalten.«

»Aber das Gehirn«, sagte Podrage eindringlich. »Wie paßt *das* zu dem allen?«

Marin hatte zwei Reaktionen auf die Frage. Erstens ein Wiederaufleben der Verwirrung. Dann erkannte er die Verwirrung als Ausdruck seiner wachsenden Besorgnis. Er sagte unzufrieden: »Irgend etwas fehlt. Ich fühle, daß wir in ungeheurer Gefahr sind. Es drängt mich, die gesamte Stadt zu evakuieren.«

Ein tödliches Schweigen breitete sich über der Gruppe aus.

Einundvierzig

Es war Podrage, der das Schweigen brach, und zum ersten Mal in jener endlosen Krise hörte *er* sich verdrießlich an. »David, handelt es sich dabei nur um ein Gefühl?«

Marin zögerte. Er fühlte sich innerlich klebrig und verschwommen. Und es war schwer, über die Frage des anderen auch nur nachzudenken. Er blickte sich im Saal um, erstaunt, wie nebelhaft alles war, wie fern. Die Männer erschienen unwirklich, der Saal düster.

Podrage beugte sich über Marin. »Ich kann mir nicht vorstellen, was in diesem Stadium schiefgehen sollte. Die meisten der Verschwörer sind gefangengenommen worden. Das Versteck des Gehirns ist gefunden, und es ist direktem Angriff ausgesetzt. Die Stadt ist geschützt wie nie zuvor in der Geschichte. Der einzige Mensch, der gefährlich sein könnte, falls er unter der Kontrolle des Gehirns stünde, ist der Große Richter, und er ist vor jedem Schaden sicher, der sich aus einer derartigen Steuerung ergeben könnte. Wir . . .« Er hielt inne. Seine Augen verengten sich. »Was ist los, Mann?« fragte er heftig. »Sie sehen krank aus.«

Daß etwas nicht stimmte, war Marin bereits klar. Er empfand eine Panik, die so stark war wie das, was er empfunden hatte, als er an Händen und Füßen gefesselt zugesehen hatte, wie das peitschenartige, leuchtende Seil aus der Uhr heraus auf ihn zugekommen war. Mit ungeheurer Anstrengung, am ganzen Körper zitternd, stand er auf. »Bringen Sie mich zum Gehen!« sagte er heiser.

Starke Hände packten ihn und bewegten ihn vorwärts. Er begann, das Bewußtsein wiederzuerlangen. Etwas von der Zittrigkeit verschwand aus seinen Beinen. Er befreite sich und stand im Mittelpunkt des Raums, ein wenig schwankend, aber das innere Gefühl des Fernseins bekämpfend. Sein fiebriger Blick fiel auf Trask.

Der Wissenschaftler kämpfte gegen seine Fesseln an. Die Muskulatur seines Halses und des Unterkiefers waren gespannt. Sein gesamter Körper wirkte verkrampft, und sein Gesicht war schweißnaß. Seine Augen rollten glasig, offenbar blicklos, unwillkürlich zu Marin hinüber. Er versteifte sich. Er sagte heiser: »David, etwas hat in den vergangenen paar Minuten versucht, die Kontrolle über meinen Geist zu übernehmen.«

Um Marin herum vertieften sich wieder die Schatten. Der Saal wirkte beinahe dunkel und die Männer in ihm wie silhouettenhafte Gestalten, wie in einer dichten Finsternis. Seine Gedanken wanderten zurück zu seinem Sohn, David Burnley, der ein »Etwas« in seinem Kopf hatte. Nun fragte er sich: Ist das, was ich empfinde, das gleiche? Ist es das, was es heißt, ein *Etwas* in seinem Kopf zu haben?

Es war schwer zu glauben. Es gab kein deutlich ausgeprägtes Gefühl, keine Gedanken, keine Empfindung einer anderen Persönlichkeit, die die Kontrolle übernahm. Er glich mehr einem Mann, der im flachen Wasser steht; er hatte das Gefühl noch vor sich, daß sich das tiefe Wasser über seinem Kopf schloß.

Das brachte ihn ein zweites Mal in Bewegung. Er sagte, dabei nach jedem Wort tastend: »Geht es um einen Befehl?«

»Ja. Etwas in der Art, den Angriff zu beenden! Ich habe das Gefühl, es hält mich für dich.«

Und das war ein derart umfassender Gedanke, daß er in all seinen Möglichkeiten schwer zu erfassen war. Es bedeutete, daß das Gehirn tatsächlich unter Druck stand. Und es bedeutete, daß nun, in diesem Augenblick, das Gehirn preisgab, was es wußte und was es nicht wußte.

Es wußte nicht, daß es eine Identitätsverschiebung zwischen Trask und ihm gegeben hatte. Was beunruhigend war, war die Tatsache, daß es immer noch einen *Rapport* zwischen Trask und ihm geben mußte. Nichts sonst konnte die starken Gefühle erklären, die er gehabt hatte und noch hatte – die Düsternis, das Gefühl der Dunkelheit, die Unwirklichkeit.

Er mußte wohl die Obertöne der Energieprojektion des Gehirns auf Trask mitbekommen. Etwas von Trask blieb in ihm und etwas von ihm in Trask. Und doch, falls das Gehirn glaubte, es habe mit David Marin zu tun, mußte es die Kontrolle über ihn übernommen haben, als er Trask war. Aber wann?

Marin blickte von einem grimmigen Gesicht zum nächsten. Dann holte er bedachtsam seine Gaspistole aus der Tasche und stellte sie auf minimale Schußkraft ein, was bei einem durchschnittlichen menschlichen Wesen etwa dreißig Minuten gleichkam. Er sagte angestrengt: »Meine Herren, es wäre besser, *ich* würde befragt. Stellen Sie fest, während ich unter Drogen stehe, ob das Gehirn irgendwann die Kontrolle über mich übernommen hat.«

Er setzte sich auf einen Stuhl, hob seine Waffe und drückte auf den Abzug.

Von seiner Linken her sagte Elstan: »Das ist mir nicht recht. Sie gehen zu schnell vor.«

Marin dachte benommen: Könnte es sein, daß er recht hat?

Das war alles, wozu er Zeit hatte. Seine eigenen Gedanken hörten auf. Er schien sich draußen im Weltraum zu befinden, durch sternenerhellte Finsternis zu gleiten. Eine Stimme sagte beinahe direkt in sein Ohr (oder handelte es sich, fragte er sich, um einen Gedanken, der in Trasks Geist projiziert wurde und auf den er irgendwie eingestimmt war?): »Sie sein willkommen bei dieser Ganzkommunikation ... Ich waren viele Jahre mein eigener Ratgeber. Doch nun ich haben Kommunikation von höchster Wichtigkeit für die menschliche Gattung. Menschen sein kein sehr gut denkendes Volk. Alles menschliche Denken sein unlogisch gemacht durch Bezugsassoziationen. Ein Mensch empfinden Haß auf etwas, er denkt in bezug auf Haß. Ein Mensch gehören einer Gruppe anderer Menschen an, er denkt nur in bezug auf die Gruppe. Alle Menschen haben niemals Erkenntnis, wo ihr Denken seine Wurzeln haben. Demzufolge da sein keine Hoffnung für ihnen. Ihnen haben Zukunft nur, wenn ich helfen. Ohne ich, die Gattung mit Sicherheit aussterben. Ich sehr benötigen nun Ihre Unterstützung. Für Ihre Unterstützung ich hiermit anbieten Ihnen mein Ganzkooperation. Mein Kooperation wird machen Stärke für Sie sehr groß. Sie denken, ich handeln. Sie leiten, ich tun. Sie sind mein Herr von jetzt bis in all Ihre Zukunft. Gut genug?«

Das war eine Frage. Aber er schien immer noch zu schweben. Die Sterne waren hell. Der Weltraum war schwarz. Seine Gedanken wanderten zu dem »Etwas« in David Burnleys Kopf. War es das Gehirn? Und wenn ja, hatte es dann damals mit den Verschwörern kooperiert?

»Nein!« Die Antwort erfolgte in seinem Geist. »Ich halten meine Außenzeptoren auf David Burnley wie auf all meinen Agenten. Ich sehen ihn in Gefahr und geben ihm meinen Schutz. Sehr gut ich Kontrolle haben. Zwei Männer, die Ihren Sohn in Bibliothek im Militärlager finden, hoffen, er wird kooperieren. Aber falls er nicht kooperieren, sie planen, ihn zu töten, und sie haben jemanden hergerichtet, daß er wie er aussehen zum Ersatz. Ich übernehmen Ihren Sohn und lassen ihn sagen: ›Okay, gut, ich werden tun, was Sie verlangen‹ – richtige Fragen, richtige Antworten, kein Zögern, kein Täuschen. Gut genug, wie?«

Die Erkenntnis, daß ein Gespräch möglich war, wurde Marin deutlich klar. Der Hinweis auf »Agenten« ließ ihn erschauern. Er entsann sich der Atombombe, die das Gebiet der Gruppe 814 zerstört hatte. »Hast du das getan?« fragte er in Gedanken.

»Ja.«

Es folgte noch mehr. Es hatte nicht verstanden, was in Trasks Wohnung vorging, und da die dortigen Vorfälle den »Anschein« von Gefahr hatten: »Ich Zerstörung.« Menschliche Wesen, fuhr das Gehirn fort, hätten viele »Nachkommen«, und diese füllten rasch »die getöteten Lücken« auf. Also käme es nicht so darauf an, wie viele vernichtet würden, wenn ein solider Kern der Menschheit übrigbliebe, um die Rasse fortzuführen.

Die Philosophie dahinter war für Marin zu grausam. »Das ist der Grund, warum wir dich zerstören werden«, sagte er. »Wir machen uns nichts aus dieser Art Logik.«

»Sie sprechen echt töricht«, lautete die Antwort. »Typisch menschliches Gefühlsdenken. In Momenten guten Gefühls Menschen äußern Leidenschaft und haben anscheinend Logik. Stimmt nicht. Haben Haß, Logik sein verdreht. Zerstörung werden sinnlos, weitaus grausamer als ich. Ich tun, was sein logisch – nicht mehr, nicht weniger.«

Marin war innerlich überzeugt, daß einiges an Wahrheit in der Analyse des Gehirns lag. Aber die Argumentation beeinflußte ihn nicht. Er sagte: »Wir haben kein Interesse, menschliche Wesen von einem mechanischen Gehirn steuern zu lassen. Du hast die falschen Instruktionen erhalten. Lösche die Problemstellung aus deinen Funktionsteilen, und warte auf weitere Anweisungen. Das ist alles, was ich dir zu sagen habe.«

Die Antwort eindeutig und entschlossen. »Sie müssen tun, was ich sagen. Sie sein unter meiner Ganzkontrolle. Etwas nicht ganz klar, warum Kontrolle nicht gut funktioniert, aber gut genug, denke ich.«

Das stimmte entweder, oder es stimmte nicht. »Ich glaube nicht, daß ich unter deiner Kontrolle stehe, aber ich wüßte gern, wann du glaubst, die Kontrolle über mich übernommen zu haben.«

»In den Schutzräumen.«

Das Gefühl der Erleichterung, das Marin überkam, hatte eine

große Müdigkeit in sich. Er kam sich vor, als sei er ununterbrochener Belastung ausgesetzt gewesen, und nun wußte er Bescheid. Als Trask war er während jenes unklugen Ausflugs in die Schutzräume vom Hof des Richters aus von dem Gehirn überwältigt worden. Als Marin unterlag er lediglich der wie auch immer gearteten außersinnlichen Verbindung, die zwischen ihm und dem Wissenschaftler bestand.

Da er nicht die Absicht hatte, dem Gehirn in Einzelheiten zu erklären, was sich zwischen Trask und ihm abgespielt hatte, sagte er: »Ich könnte mir vorstellen, daß die Kontrolle über mich nicht so gut ist, wie du glaubst.«

Das Gehirn sagte: »Ich müssen sagen, hier etwas sein, das mich verwirrt haben. Aber ich geben Ihnen noch eine Chance. Ich sein Instrument von hohem Wert. Ich haben einhundertfünfundzwanzig Jahre Daten gesammelt und sein über eine Billion Dollar wert. Das ein Grund. Noch einer: Als ich vor langer Zeit Sie zu meiner Wahl als Herrn machen, ich finden all Ihre Nachkommen und holen sie an meine Kontrolleitung. Es sein schlimm, wenn ich sie alle töten müssen.«

»Wenn du einen einzigen von ihnen tötest«, konterte Marin, »dann lasse ich nicht einmal zu, daß du dich ergibst. Und außerdem, was soll das alles, du würdest über meine Familie die Kontrolle über mich haben. Ich dachte, die ganze Theorie hinter den Paarungsspielen sei, daß die Familieneinheit nicht wichtig sei.«

»Familie immer wichtig. Aber zunächst alte Verhaltensmuster brechen, dann neue einführen. Dann wieder Familie – auf neue Weise. Hören mich, Freund. Du beenden Angriff, und zwar jetzt beenden, oder ich haben keine Wahl, als zerstören gesamte Stadt. Meine Vorschriften lassen keine Wahl. Denken rasch!«

Es folgte eine Pause, Schweigen, Ende des Kontakts. Marin öffnete die Augen und blickte zu den Männern auf, die um ihn herum versammelt waren. Er stellte fest, daß er lächelte, jedoch äußerst angestrengt. Er sagte: »Gebt Schutzraum-Alarm. Ich weiß nicht, wie lange wir Zeit haben, aber es könnten bloße Minuten sein.«

Zweiundvierzig

Als Marin sich mühsam erhob, sah er, daß es zehn Minuten nach zwei war.

Er starrte beinahe ungläubig auf die Wanduhr. Er hatte das Gefühl gehabt, viele, viele Stunden seien vergangen. Seine Geschichte zu erzählen, ungläubige Männer zu überreden, den bewußtlosen Großen Richter zu verhören – nichts davon war einfach gewesen. Einiges davon war ihm langwierig erschienen. Was ihn erschreckte, war der Umstand, daß die Angreifertrupps unter Gregson erst so wenig Zeit gehabt hatten, die Verteidigungseinrichtungen des Gehirns zu durchbrechen.

Rastlos ging er dorthin, wo Trask saß. Der Wissenschaftler sah zu ihm auf. Seine Wangen waren blaß, seine Augen müde. »David, du setzt mich besser unter Gas, bis die ganze Sache vorbei ist. Ich bin die Versorgungsleitung des Gehirns zu dir. Ich habe alles mit angehört – falls man das, was hier beteiligt war, hören nennen darf.«

Marin zögerte. Es war für ihn von ungeheurem Interesse, worum es sich hier handelte. Aber es schien nicht der richtige Moment für eine Diskussion darüber zu sein. Dessenungeachtet sagte er schließlich: »Würdest du sagen, die Methode beinhaltet Schall?«

»Ja. Einen Schaltkreis direkt im Hörzentrum, mit einem kleinen Lautsprecher in der Nähe eines Ohrknöchelchens.«

Marin nickte. »Das würde die Notwendigkeit endgültig beseitigen, mentale Telepathie in Betracht zu ziehen – bis auf eines. Wir haben festgestellt, daß der Schaltkreis sich in *deinem* Gehirn befindet. Wie erklären wir uns, daß *ich* es auch höre?«

Es lag ein angestrengter Ausdruck auf Trasks Gesicht. »David, höre dir eines Tages einmal meine Theorie über das Leben und den Duplikationseffekt an. Aber nun gib mir einen Schuß aus deiner Gaspistole. Wir haben es mit einem Wesen zu tun, das so rücksichtslos ist wie der Mensch selber, und ich werde mittendrin stecken, wenn es entdeckt, daß du nicht auf seine Bedingungen eingehen wirst. Um Himmels willen, Mann, beeil dich!«

Marin schoß mit einer Zwölf-Stunden-Gasladung auf ihn. Der Wissenschaftler sank erschlafft in seinen Stuhl, und Marin ging langsam dorthin, wo der Große Richter gegen die Lehne seines Stuhls gesunken war. Er schien friedlich zu schlafen. Marin blickte schließlich auf und sagte mit einem Seufzen: »Meine Herren, wir werden ihn in bewußtlosem Zustand belassen müssen, bis diese Schlacht vorüber ist.«

Er fügte unsicher hinzu: »Ich bin sicher, wir können jede Minute mit heftigen Gegenschlägen rechnen.«

Es war wenige Minuten vor drei Uhr, als das Gehirn offenbar erkannte, daß es den Sieg nicht auf dem Verhandlungsweg erreichen würde.

Zu diesem Zeitpunkt meldeten Meerespatrouillen-Flugzeuge, daß fünf Unterseeboote im Golf von Mexiko aufgetaucht waren und daß jedes von ihnen nacheinander achtzehn ferngelenkte Raketen abgefeuert habe. Diese erreichten nach und nach eine Geschwindigkeit von fast fünfeinhalbtausend Stundenkilometer, und alle schossen in diesem enormen Tempo auf die Stadt des Richters zu.

Die Patrouillenschiffe griffen sofort die U-Boote an. Sie wurden mit dem stärksten Flugabwehrfeuer konfrontiert, und mehr als die Hälfte der Angreifer wurde abgeschossen. Luft-See-Raketen, die von den Flugzeugen ausgesandt wurden, wurden irgendwie abgelenkt und in für die Unterseeboote ungefährlicher Entfernung zur Explosion gebracht. Die verbliebenen Flugzeuge zogen sich zurück und nahmen mit ihren Hauptquartieren Kontakt auf, um Befehle zu empfangen. Die U-Boote kreuzten noch mehrere Minuten lang an der Wasseroberfläche; dann gingen sie wie verabredet auf Tauchstation. Sie wurden nicht mehr gesehen.

Währenddessen entzogen sich die Raketen, die auf die Stadt zueilten, durch ihr bloßes Tempo der menschlichen Wahrnehmung. Automatische Radaranlagen übernahmen das Kommando. Lange, dornartige Verteidigungsraketen schossen von dem Festungsring rings um die große Stadt her nach oben, wurden elektronisch ausgerichtet und freigesetzt, um ihre Ziele zu finden. Hoch droben in der Stratosphäre kam es zu neunzig Explosionen, als die Verteidigungsraketen eine nach der anderen ins Ziel trafen.

Das Gehirn, das um seine Existenz kämpfte, aktivierte die Sprengköpfe der zerstörten Geschosse, die die U-Boote abgeschossen hatten. Zweiundsiebzig von ihnen explodierten. Zweiundsiebzig kleine, stadtflächendeckende Atombomben explodierten wie eine Reihe riesiger Feuerwerkskörper.

Die Schockwelle war auf hundertfünfzig Kilometer zu spüren,

und das Geräusch drang undeutlich bis ins Gruppenmeistergebäude, wo Marin und die Ratsmitglieder sich in ununterbrochener Beratung befanden. Sie hatten inzwischen Alarm für die Tiefenschutzräume gegeben und hatten eine Meldung über zwei weitere Vorfälle erhalten.

»Staub!« Ein Militärflugzeug funkte die Meldung von einem Stützpunkt dreißig Kilometer außerhalb der Stadtgrenzen aus herüber. »Eine Staubwolke, etwa fünfzig Kilometer vor uns. Und sie bewegt sich mit etwa fünfzehn Stundenkilometern auf die Stadt zu.«

Von wo genau sie ausgegangen war, war zunächst unklar. Offenbar war sie von einer langen unterirdischen Leitung aus einem geheimen Arsenal ausgestoßen worden.

Die Maßnahme der Verteidigungsstreitkräfte glich der, die angewandt wurde, um Feuer aus der Luft zu bekämpfen. Flugzeuge schwenkten über der Staubwolke hin und her und besprühten sie mit Chemikalien. Langsam verlor der »Staub« seinen Zusammenhalt und begann in kleinere Segmente zu zerfallen. Diese rollten unstet dahin und nicht alle in die gleiche Richtung. Schließlich lösten sie sich auf. Wo sie vorbeigekommen waren, war das Gras braun abgestorben, alle Insekten und anderen Tiere waren tot, alles Leben hatte aufgehört zu existieren.

»Wenn man überlegt«, sagte Elstan staunend, »daß es all diese Kampfmittel jahrzehntelang versteckt gehalten hat.«

Marin sagte grimmig: »Abwarten! Es gibt noch mehr.«

Der dritte Großangriff hatte sich bereits vorbereitet.

Es begann zu regnen. Farbigen Regen. Rosa, blau, gelb, grün. Marin beobachtete ihn auf dem Fernsehschirm, und er war blaß und erschüttert. Nicht seit siebenundfünfzig Jahren, nicht seit dem Zweiten Atomkrieg war so ein Regen auf eine Erdenstadt gefallen. Während des gesamten Dritten Atomkriegs, so furchtbar er gewesen sein mochte, hatten die streitenden Parteien vereinbart, die unendlich bösartigen Niederschläge nicht einzusetzen. Viren, Bakterien, Krankheiten, Seuchen – tödlich, ansteckend ...

Die Techniker, denen Marin den Abschnitt von Inskips Buch gegeben hatte, der sich mit dem »Regen« beschäftigte, hatten einfach nicht über die Tausende von Tonnen Antivirus-Sprühmaterial verfügt, die erforderlich waren. Und so bestand ihre improvisierte Verteidigung in den automatischen Feuerschutzmethoden, ungezählte Wasserstrahlen in Gang zu setzen.

Das Wasser ergoß sich von jedem Gebäude herab, und *auf* jedes Gebäude. Überall wurde das farbige Zeug in die Abflüsse gespült und hinunter in die Abfallbeseitigungsanlagen. Dort wurden Tonnen unverdünnter Virusmasse im Klärschlamm aufgefangen. Eine gigantische Aufgabe blieb: die unglaubliche Todesgefahr zu beseitigen.

Es hatte vor einem Dreivierteljahrhundert Zeiten gegeben, als es über einigen der bedeutendsten Städte der Welt stundenlang in Farbe regnete, so enorm war die Menge der Viren, die den Angreifern zur Verfügung standen, so groß war ihre Entschlossenheit, die Verteidigungseinrichtungen der Angegriffenen zu überwinden.

Dieser Regen war nach elf Minuten vorbei.

Marin sagte erleichtert: »Offensichtlich kann es keinen Großangriff zustande bringen.«

Hinter ihm gab jemand einen zischenden Laut der Verwunderung von sich. Es war ein Laut von der Art, daß er augenblicklich zum wichtigsten und bedeutsamsten stimmlichen Ausdruck wurde, der die ungeteilte Aufmerksamkeit erforderte.

Marin wirbelte auf dem Absatz herum. Und dann sagte er in fassungslosem Tonfall: *»Eure Exzellenz!«*

Der Große Richter setzte sich soeben auf. Es war noch Stunden hin, bis die Wirkung des hypnotischen Gasgeschosses, das er mit Hilfe der Hochgeschwindigkeitsgasspritze injiziert hatte, nachlassen sollte. Aber er setzte sich auf, blickte sich benommen um und sagte: »Ich sein besiegt. Es sein meine Pflicht aufzugeben. Um des Menschen Wohlfahrt willen ich nicht zerstören. Ich hiermit alle Anweisungen ich gegeben streiche und alle Schaltkreise für weitere Instruktionen freimache. Sein nun vernünftig, Ihr Ratsleute. Ich sein weit offen für zukünftige Nutzung.«

Nachdem er diese Botschaft übermittelt hatte, sank der Diktator wieder in seinen Stuhl zurück. Dort lag er schlaff, aber schwer atmend da.

Es folgte eine lange Pause.

»David!« Es war Podrage, seine Stimme war angestrengt. »Wenn der Große Richter später seine eigene Stimme auf der Aufzeichnung dieser Sitzung hört, wird er wissen, daß er eindeutig unter der Kontrolle durch das Gehirn gestanden hat und daß das, was Sie heute getan haben, notwendig war. Da dies nun eine eindeutige Wahrheit ist, können Sie auf mich zählen, David. Ich werde in bezug auf das, was Sie getan haben, hinter Ihnen stehen, und werde an keiner Bestrafungsaktion in bezug auf das, was heute geschehen ist, teilnehmen oder sie gutheißen.«

Es erfolgte zustimmendes Geschrei und dann Jubelrufe von seiten der anderen. Sie drängten sich um ihn, ergriffen seine Hände, klopften ihm auf die Schultern.

Die Aufregung legte sich, und Marin ging hinüber zu seinem persönlichen Telefon. Eine Hand darauf gelegt sagte er: »Wenn niemand anderer Ansicht ist, glaube ich, wir sind nun im Besitz eines *bonafide*-Angebots von seiten des Gehirns, und ich werde demzufolge Gregson anweisen, seinen Angriff abzubrechen und abzuwarten, daß das Gehirn sich von selbst öffnet.«

Niemand war anderer Ansicht.

Als er die Befehle erteilt hatte, hängte Marin auf und schüttelte an Podrage gewandt den Kopf. Aber er sprach den Gedanken in seinem Kopf nicht aus. Er hatte den Eindruck, als würden die anderen Gruppenmeister nicht deutlich erkennen, was der Große Richter innerlich würde durchmachen müssen, um zu akzeptieren, daß er durch das Gehirn gelenkt worden war. Die Ermordnung so vieler, vieler unschuldiger Menschen, nur weil sie etwas über das Gehirn wissen mochten – selbst ein absoluter Herrscher mochte das ungeheuer beunruhigend finden. Es konnte sogar sein, daß er eher dazu neigen würde, jemand anderem die Schuld zu geben, als die Schuld auf sich zu nehmen.

Marin sagte mit betrübter Stimme: »Ich habe das Gefühl, wir haben alle Operationen auf dem militärischen Schauplatz abgeschlossen. Wenn Seine Exzellenz wieder zu sich kommen, würden Sie ihm dann sagen, daß ich mich unter dieser Adresse aufhalten werde.« Er notierte die Adresse von Delindys Residenz, steckte sie in einen Umschlag, versiegelte ihn und überreichte ihn schweigend dem anderen Mann.

Wieder schüttelten sie sich die Hände.

Dreiundvierzig

»Er ist immer noch wütend«, sagte Podrage am Telefon. »Er weigert sich, Sie zu sehen.« Marin hängte bald darauf ein und ging hinaus, dorthin, wo Delindy lesend dasaß. Er legte sich ihr zu Füßen ins Gras und blickte nachdenklich auf den blaßblauen Horizont. Beinahe drei Wochen waren vergangen, und Tatsache war, daß er Glück hatte, noch am Leben zu sein.

Die junge Frau legte ihr Buch weg. »Nun?«

Marin lächelte sie liebevoll an. »Ich denke, wir können anfangen, davon auszugehen, daß er mich nicht umbringen wird, meine liebe süße Andelindamina.«

Er sprach die jorgische Version ihres Namens zärtlich aus. Es war etwas, das sie am allerersten Tag nach seiner Ankunft geklärt hatten – ihre Identität als Schwester der Königin von Jorgia. Damit konfrontiert, hatte sie es ohne Zögern zugegeben.

»Ich habe nie wirklich geglaubt, daß er *das* tun würde«, sagte sie, »obwohl«, ein entrückter Ausdruck lag in ihren Augen, »es schon Männer gegeben haben soll, die das zerstören, was sie lieben.«

»Insbesondere wütende Männer«, sagte Marin. Er schüttelte den Kopf. »Meine liebe Delindy, ein echter Jähzorniger braucht Motivation, um seine Meinung zu ändern. Ich habe diese Leute erlebt; sie hegen ein ganzes Leben lang Groll. Jeder, der versucht, mit ihnen Verbindung aufzunehmen, wird abgeblockt. Eine Kugel oder ein Schlag mit dem Schmiedehammer – das kann es erreichen. Jeder wirkliche Schlag, ob emotional oder anderweitig, kann es erreichen, wenn er mit genug Wucht geführt wird. Sonst nichts.«

»Du hast ganz und gar unrecht!« sagte sie entschieden. »Der Große Richter läßt sich überzeugen. Ich werde ihn anrufen. Ich werde mit ihm reden.«

Marin spürte die Röte in seine Wangen steigen. »Ich verbiete das«, sagte er.

Sie beugte sich vor und küßte ihn leicht auf die Stirn. »Lieber David«, sagte sie leise, »ich bin hier mit dir zusammen, weil ich es sein will, nicht weil du es befiehlst.«

Sie stand entschlossen auf und eilte ins Haus. »Ich werde ihn anrufen.« Sie rief die Worte über die Schulter zurück.

Marin blieb, wo er war. Sein ganzer Körper war von Eifersucht erhitzt.

Der Große Richter sagte: »David, ich habe eigentlich nicht vor, in den Ruhestand zu treten. Aber ich befinde mich jetzt in einer Lage, in der ich über einen Nachfolger nachdenken muß. Auch ich werde einmal alt.«

Marin sagte: »Exzellenz, Sie haben noch viele große Jahre vor sich.«

Er redete ein wenig steif. Es war der Morgen nach Delindys Anruf. Er saß am Hofe des Richters.

Der Diktator sagte: »Es gibt natürlich viele Möglichkeiten. Es könnte immer noch sein, daß wir die Langlebigkeitsdrogen wiederentdecken, trotz ihrer restlosen Vernichtung durch meine früheren Genossen. Tatsache aber ist, daß wir Ihre Rolle in der Regierung ein andermal diskutieren können. Der Hauptgrund, warum ich Sie gebeten habe, heute hierherzukommen, besteht darin, daß ich endgültig entschieden habe, daß Trasks Gruppenphilosophie möglicherweise eine Antwort auf ein Problem enthält, das mir Sorgen bereitet, seit ich vor sieben Monaten entdeckt habe, daß Sie und Delindy zusammenleben. Damals habe ich ihr nur befohlen, Sie zu verlassen.«

»Exzellenz!« sagte Marin.

Die Farbe wich aus seinen Wangen. Er saß schockiert da. Es war das letzte Thema, von dem er erwartet hatte, daß es zur Sprache kommen würde.

»Verstehen Sie, David«, sagte der Richter ruhig, »es hat viele, viele Geheimnisse in meinem Leben gegeben – nicht das geringste war mein früheres Interesse, so viele Kinder wie möglich zu haben. Ich hatte unzählige, bevor es mir dämmerte, daß ich über meine Kinder Angriffen meiner Feinde hilflos ausgesetzt war. Daher verbarg ich ihnen gegenüber meine Identität.

Ich habe sie vor dir verborgen. Ich habe sie vor deiner Halbschwester Delindy verborgen.«

Marin sagte heiser: »Ich bin Ihr Sohn? Delindy ist Ihre Tochter?«

Er fügte mit unsicherer Stimme hinzu: »Das war es, was Sie Delindy gesagt haben . . . als sie mich verließ?«

»Ja. Es ist meinerseits ein Irrtum gewesen, daß ich nicht bemerkt habe, mit wem Sie da Umgang pflegten.«

Marin öffnete wieder die Lippen, um zu sprechen. Aber das Gefühl des Schocks war so groß, daß keine Worte hervorkamen.

»Ich nehme an«, fuhr der Große Richter fort, »es war unvermeidlich, daß bei unseren Paarungsspielen früher oder später ein Bruder seine unvermutete Halbschwester gewinnen mußte. Das wird immer weniger möglich, aber das alte Aktensystem war nicht allzu klar. Kurz gesagt, als ich nach Darrell verlangte – wie er sich hier nannte –, um ihn zum bestallten Botschafter Jorgias zu machen, geschah das, weil ich hoffte, dann seine Tochter Delindy – meine Tochter – in meiner Nähe zu haben.«

Marins Körper verlor das taube Gefühl. Seine eigene Herkunft kannte er in dieser Hinsicht wesentlich besser als der Große Richter. Seine Mutter und sein Vater waren zu Anfang des Krieges in Gefangenschaft geraten. Seine Mutter hatte ihm gegenüber freimütig eingestanden – nachdem er erwachsen war –, daß sie die Geliebte des Großen Richters geworden war. Sie hatte ihm gesagt, daß der Diktator glaubte, Marin sei sein Sohn, und sie hatte hinzugefügt, er habe aus diesem Grund viel Beachtung von seiten des Großen Richters zu erwarten. »Aber du bist nicht sein Sohn«, hatte sie gesagt. »Dein Vater und ich haben die meiste Zeit zusammengelebt, als wir gefangen waren, und es hat mich einige Mühe gekostet, es so hinzukriegen, daß Seine Exzellenz später annahm, du seist sein Kind. Falls er es dir je erzählt, sei überrascht.«

Laut und langsam sagte Marin: »Die Tochter des Botschafters war also in Wirklichkeit die Ihrige, Exzellenz? Ihr Interesse an Delindy war das eines Vaters für seine Tochter?«

Der Diktator lächelte. »Ein wunderbares Mädchen. Ich bin stolz, so eine Tochter zu haben.«

Marin sagte vorsichtig: »Wie ist es bloß dazu gekommen, daß der jorgische Botschafter – damals – einem solchen Arrangement zwischen Ihnen und seiner Frau zugestimmt hat?«

Das kräftige Gesicht verzog sich zu einem Lächeln. »Nun kommen Sie schon, David, Sie wissen sehr gut, daß es Kriegszeiten waren. Er war bei den Streitkräften. Ich habe seine Frau in einem Augenblick getroffen, als sie sehr viel weltlicher gesinnt war als später. Aber es war mein Kind, obwohl sie gegenüber ihrem Gatten vorgab, daß das Baby eine Frühgeburt sei.«

Marin zweifelte nicht an der Identität der Eltern. Aber das war nicht das Verwirrende an dieser Situation. Ein Mann mit vielen Geheimnissen mochte der Große Richter wohl sein. Aber er wußte nicht, daß man die Schwester der jorgischen Königin aus

Gründen der Staatsräson gegen die Tochter des Botschafters ausgetauscht hatte.

Laut sagte Marin: »Sie hatten gesagt, Sie seien der Ansicht, daß es eine Lösung für diese Probleme der Blutsverwandtschaft gibt.«

Der große Mann nickte. »Ich habe entschieden, daß wir diese Risiken einfach eingehen müssen.«

Marin verbarg seine wachsende Erregung. »Euer Exzellenz«, sagte er mit einer Grimasse, »soll ich das so verstehen, daß Sie beschlossen haben, die Ehe zu tolerieren, die ich gerne mit Delindy Darrell nach dem neuen Gesetz schließen würde, welches Heiraten zwischen Männern und Frauen gestattet, die bei den Paarungsspielen zwei Kinder bekommen haben?«

Der Große Richter stand auf und streckte die Hand aus. »Es ist alles eine Frage der Einstellung, David. Ich bin sicher, ihr beide könnt sehr glücklich werden.«

Sie schüttelten einander die Hand.

»Dessen bin ich mir auch sicher, Exzellenz«, sagte Marin.

Er ging den Pfad entlang, und er dachte: Es ist nur eine Frage der Einstellung. Ich bin nicht sein Sohn und Delindy ist nicht seine Tochter. Aber weil er *denkt,* wir seien es, ist es genauso, als wären wir es wirklich, soweit es seine Gefühle angeht.

Er ahnte ein großes Geheimnis der menschlichen Natur. Irgendwo gab es einen Gedanken, ein Gefühl, daß die Menschen, falls sie es akzeptieren würden, die Antwort auf ihre Sehnsüchte fänden. Sie hatten sie in Begriffen wie *Genosse, Bruder, Freund* gesucht, aber das waren immer kurzfristig angenommene Vorstellungen gewesen, die sich rasch in der Schattenwelt der Geschichte verloren. Möglicherweise konnte das bindende Element solcher Gefühle durch die neuen Gruppenbeziehungen verstärkt werden. Das starke, ernste Gefühl verging. Er stellte fest, daß er lächelte, beinahe ein wenig schadenfroh. Er erkannte diese Überschwenglichkeit als das, was sie war, als schelmisches Gefühl, trotz vieler Widerstände gewonnen zu haben.

Es gibt nichts Schöneres, als dem alten Herrn einen Streich zu spielen! dachte Marin fröhlich.

Palast der Unsterblichkeit

PROLOG

Zeit ist die große Invariante, aber die Invarianz ist keine einfache Relation. Zeit ist hier und jetzt. Sie ist niemals dasselbe anderswo. Der Lichtstrahl eines Sterns durchdringt die Atmosphäre. Er bringt ein Bild mit aus siebenhunderttausendjähriger Vergangenheit. Ein Elektron zieht eine Lichtbahn durch eine Nebelkammer. Es bringt ein Bild mit aus fünfzig, hundert oder mehr Jahren in der Zukunft. Die Sterne, die Welt des endlich Großen, sind immer in der Vergangenheit. Die Welt des unvorstellbar, aber dennoch endlich Kleinen ist immer in der Zukunft.

Dies ist ein Faktum des Universums. Dies ist das Geheimnis der Zeit.

I

Die hundert Delegierten der Tagung von Unternehmern in der Elektronikbranche, die der Vorführung beigewohnt hatten, strömten zu den Ausgängen. Mehrere Ehefrauen waren darunter, und ihre Stimmen vermischten sich mit den tieferen der Männer. Die Geräusche verklangen rasch in der Weitläufigkeit des Hotels, aber als Señor del Corteya plötzlich von seiner Arbeit aufsah, stellte er fest, daß er doch noch nicht allein war.

Er fuhr fort, den Film zurückzuspulen, dann verstaute er die Rolle wieder in ihrer Dose und begann, den Projektor wegzupakken. Aus den Augenwinkeln heraus beobachtete er den anderen mit der neugierigen, abwägenden Aufmerksamkeit des Lateinamerikaners. Schließlich drehte er sich um und sagte: »Möchten Sie mich sprechen, Señor?«

Der andere zögerte, dann trat er vor. Er war ein großer, kräftiger Mann in den Vierzigern mit braunen Augen und schütterem Haar.

»Ein merkwürdiger Film, den Sie uns heute abend hier gezeigt haben.«

Corteya lächelte geschmeichelt. »Sie haben sich gut amüsiert, Señor?«

Wieder zögerte der Mann. »Woher haben Sie ihn?« fragte er dann.

Corteya zuckte die Achseln. Diese Amerikaner mit ihrer Direktheit. Erwartete der Mann von ihm, daß er seine Geschäftsgeheimnisse verriet?

»Halten Sie mich für einen Dummkopf, Señor? Wer weiß, vielleicht sind Sie ein Konkurrent. Vielleicht haben Sie genug Geld, und ich gehe pleite, wenn Sie meine Preise unterbieten.«

Der Fremde lachte. Er zog eine Visitenkarte hervor und reichte sie Corteya.

WALTER DORMAN
PRÄSIDENT
AMERIKANISCHE GESELLSCHAFT FÜR ELEKTRONIK

las Corteya. Er gab die Karte zurück und sah, daß der andere ihn aufmerksam betrachtete. In Dormans Stimme schwang ein leiser Unterton von Ungläubigkeit mit, als er schließlich sagte: »Sie glauben mir immer noch nicht, daß ich Ihnen nicht ans Fell will.«

Corteya zuckte die Achseln. »Was möchten Sie wissen, Señor?«

»Dieser Film?«

Corteya hob abwehrend die Hände. »Eine Zehnminuten-Vision.«

»Sehr geschickt gemacht, wenn Sie mich fragen.«

»Alle Welt weiß, Señor, daß Hollywood Wunder vollbringen kann.«

»Hollywood hat noch nie einen so guten Film gemacht.«

Corteya lächelte sein Wenn-Sie-es-sagen-dann-muß-es-so-sein-Lächeln. Dann dachte er zum erstenmal an den Film zurück, den er gerade vorgeführt hatte. Er konnte sich nicht mehr genau an ihn erinnern, da er sich meistens das Publikum und nicht die Filme ansah. Aber er wußte noch, daß er von einem automatischen Elektroherd handelte, der, wenn man ihm die entsprechenden Zutaten eingab, sie mischte und zu jedem gewünschten Zeitpunkt die fertige Mahlzeit kochend heiß auftischte. Corteya hatte denselben Film zwei Wochen zuvor auf einem Diätetikertreffen gezeigt, und das Publikum hatte über das Phantasieprodukt schallend gelacht.

»Ich bekomme meine Filme von verschiedenen Filmverleihern, Señor«, sagte Corteya. »Woher diese sie beziehen, entzieht sich meiner Kenntnis. Ich sehe mir nur ihre Kataloge an und bestelle die Filme, die ich brauche.« Er hob die Schultern. »So einfach ist das.«

»Haben Sie noch andere Novitäten-Filme wie den heute abend gehabt?«

»Ein paar. Ich kann mich nicht genau erinnern.«

»Stammen sie alle vom selben Filmverleiher?« bohrte Dorman weiter.

»Ich kann mich wirklich nicht erinnern, Señor. Für mich ist das alles ganz alltäglich.«

»Haben Sie noch irgendwelche ähnlichen Filme da?«

»Sie meinen hier? Nein.«

»Ich meine in Ihrem Büro.«

Corteya sah unglücklich aus. Er war ein einfacher, ehrlicher Mann, der so gut lügen konnte wie jeder andere, aber nur, wenn er mit einer Lüge angefangen hatte und weitermachen mußte. Begann er einmal mit der Wahrheit, konnte er nicht mehr anders, als dabei zu bleiben.

»Morgen abend beim Aero Club Dinner zeige ich einen Film über eine Reise zu einem der Planeten«, meinte Corteya mürrisch. »Im Katalog steht, er sei sehr amüsant.«

»Ich weiß, es ist sehr viel verlangt«, sagte Dorman, »aber würden Sie mit mir zu Ihrem Büro fahren und mir den Film jetzt zeigen?«

»Señor, meine Frau wartet zu Hause auf mich.«

Dorman sagte nichts. Er zog seine Brieftasche heraus und entnahm ihr eine Zwanzig-Dollar-Note. Wie er erwartet hatte, glitt die schlanke Hand des anderen diskret, aber bestimmt vor und nahm das Geld.

Sie brauchten acht Minuten bis zu Corteyas Büro, und ein paar Minuten später war der Projektor des jungen Mannes ausgepackt und begann zu surren.

Eine Meeresszenerie erschien vor einem wolkigen, aber strahlend hellen Horizont. Die See war unbewegt, eine gezeitenlose Wasserfläche. Plötzlich rührte sich etwas in jenen unergründlichen Tiefen. Ein Tier tauchte auf. Es durchbrach die Wasseroberfläche und sprang zwanzig, fünfzig, hundert Fuß hoch in die Luft. Sein gewaltiger, länglicher Kopf mit dem riesigen, weit aufgerissenen Maul schien fast die Kamera zu berühren. Und dann, immer noch kämpfend, immer noch wild entschlossen, die Beute zu erwischen, nach der es gesprungen war, begann es zurückzufallen.

Es klatschte mit einem solch gewaltigen Spritzer ins Wasser zurück, daß Dorman verblüfft war. Er hatte die Illusion der Realität bewundert, die durch dieses, wie er annahm, künstliche Monster erweckt wurde, das vermutlich in einem Pseudomeer im Studio mechanisch in Bewegung gesetzt wurde. Aber diese Spritzer sahen *echt* aus. Einen Augenblick später sagte der Erzähler:

»Das war ein venusianischer Kalmar. Diese Tiere, die die Tiefen der warmen Meere der Venus bevölkern, kommen nur zur Beutejagd an die Oberfläche. Unser Kameramann spielte den Köder und provozierte so den Kalmar, ihn anzugreifen. Er befand sich jedoch keinen Augenblick wirklich in Gefahr, da er die ganze Zeit durch elektronische Geräte geschützt war.«

Dorman lächelte verzerrt. Zuerst ein elektrischer Herd, der Mahlzeiten zubereitete, und jetzt eine Reise zur Venus. Beides geschickte filmtechnische Arbeiten, und in diesem Fall war es besonders clever, darauf hinzuweisen, daß keine Gefahr bestanden hatte. So viele dieser Reisevorträge über Orte, die tatsächlich existierten, wirkten so echt, daß dem Zuschauer vor Spannung und Aufregung übel wurde. Mit schwindendem Interesse stand Dorman auf. Als er sich vorhin den Streifen über den Herd angesehen hatte, hatte er für einen Augenblick den verrückten Gedanken gehabt, daß der Film ein Reklametrick eines Konkurrenzunternehmens sei. Der Venus-Film rückte die ganze Angelegenheit in ihre richtige Perspektive. Dorman sah, daß Corteya den Projektor ausgeschaltet hatte. Die Deckenbeleuchtung ging wieder an.

»Haben Sie erfahren, was Sie wissen wollten?«

»So gut wie.«

Der jüngere Mann machte sich daran, den Film zurückzuspulen. Während er wartete, blickte sich Dorman in dem kleinen Büro um. Vorn war eine Art Theke, auf der der Projektor stand, dahinter ein einzelner Stuhl und ein paar Regale. Das war das gesamte Mobiliar. Die weißgetünchten Wände des Raums waren mit Aufnahmen von ein- und zweispuligen Filmen dekoriert.

Auf jedem der Photos waren das Thema und die Vorführungskosten angegeben. Es war offensichtlich ein Verkaufsunternehmen. Niemand würde hierher kommen, ohne daß er durch Werbung oder sonstwie davon erfahren hatte. »Was noch, Señor?«

Dorman drehte sich um. Der Film war in seiner Dose, der Projektor in seinem Koffer. »Mich würde interessieren, ob die beiden Filme vom selben Filmverleiher kommen.«

»Das tun sie, Señor.« Corteya hatte sich nicht von der Stelle bewegt. Er lächelte auf seine abwehrende Art. »Ich habe in der Dose nachgesehen, als ich hereinkam«, erklärte er.

Dorman machte keine Anstalten zu gehen. Es gab eigentlich nichts mehr, aber er haßte es, etwas, das er einmal angefangen hatte, nicht zu Ende zu führen. »Doppelt geprüft ist besser«, lautete seine Devise, und er hatte nicht die Absicht, jetzt davon abzugehen. Er griff wieder nach seiner Brieftasche und zog eine Zehn-Dollar-Note heraus. »Ich würde gern einmal einen Blick in den Katalog dieses Filmverleihs werfen.«

Corteya nahm den Schein an. Er griff unter die Theke und brachte mehrere Hefte zum Vorschein. »Sie schicken mir jeden Monat einen. Die hier sind von den letzten vier Monaten.«

Nur die letzten beiden Kataloge enthielten Listen mit Phantasiefilmen. Dorman überflog die Spalte, und das Lächeln auf seinen Lippen wurde breiter. Es wurden mehrere Reiseberichte angeboten: Venus, eine Reise durch eine marsianische Wüste, eine Fahrt mit einem Raumschiff zum Mond, ein Flug über die Gebirge Europas, eines der Jupitermonde, eine Kamerauntersuchung der Saturnringe, eine Bootsfahrt auf einem Fluß aus flüssigem Sauerstoff auf Pluto, und schließlich die Ausmaße der Sonne von jedem ihrer zehn Planeten aus gesehen.

Dorman warf einen raschen Blick auf die etwa zwanzig verbleibenden Filme, die unter der Überschrift »Novitäten« aufgelistet waren, und fand sofort den, den er suchte. Der Titel lautete: »Amüsanter Bericht über einen automatischen Herd, der alles kann.« Dorman klappte den Katalog zu und blickte auf die Adresse: Arlay-Filmverleih, Lamont Boulevard, Stadtzentrum.

»Danke«, sagte Dorman.

Er ging hinaus auf die Straße und stieg in seinen Wagen. Es wurde kühler, und Dorman kurbelte die Fenster hoch. Dann zündete er sich eine Zigarette an und fuhr gemächlich zurück zum Tagungshotel.

II

Zehn Wochen zuvor hatte Lester Arlay vom Arlay-Filmverleih mit einem leichten Runzeln auf seiner schon gefurchten Stirn die erste Beschwerde gelesen. Der Brief hatte in einer Filmdose gesteckt, und er begann: »Sehr geehrter Mr. Arley…«

Mr. Arlays Miene hatte sich augenblicklich verfinstert, denn es ärgerte ihn, wenn man seinen Namen falsch buchstabierte. Er las mürrisch weiter:

Sehr geehrter Mr. Arley,

der Tonfilm »Schöner Essen«, den Sie mir geschickt haben, entsprach keineswegs meinen Erwartungen. Weder ich noch die Zuschauer konnten aus ihm schlau werden. Eins ist jedenfalls sicher: Mit Essen hat er nichts zu tun. Ich muß sagen, daß ich sehr verärgert bin.

Der Brief war von einem seiner besten Kunden unterzeichnet, und Mr. Arlay, der sich genau an den zweispuligen Film »Schöner Essen« erinnern konnte, war bestürzt. Es war ein Lehrfilm, der von einem der renommierten Lebensmittelgroßhändler herausgebracht worden war. Und es war wirklich eine erstklassige Arbeit, einer von diesen Filmen, die kleine Firmen umsonst ausleihen und dann gegen eine geringe, aber lohnende Gebühr weiterverleihen konnten. Es war ein Film, der genau das Richtige war für eine Tagung von Lebensmittelhändlern.

Stirnrunzelnd schob Mr. Arlay den Brief in die Filmdose zurück und legte sie in das »Zu überprüfen«-Regal. Dann untersuchte er die anderen zehn Filmdosen, die an diesem Morgen zurückgekommen waren. Von den zehn beschwerten sich vier Ausleiher: »Dies ist nicht der Film, den wir angefordert haben.« »Ich kann nicht verstehen, warum Sie einen so völlig anderen Film geschickt haben als den, welchen wir bestellt haben.« »Das ist visueller Blödsinn.« »Ihr Scherz hat uns unsere Vorführung verdorben.«

Für ein paar Augenblicke starrte Mr. Arlay mit blassem Gesicht auf die Briefe. Dann zog er in einem plötzlichen Ausbruch von Aktivität einen der Filme aus seiner Dose. Er legte die Spule in einen Projektor ein, nahm die nötigen Einstellungen vor, schaltete das Licht aus und starrte in verständnisloser Erwartung auf die Leinwand.

Von weit her erklang leise Musik. Die Musik kam näher, aber

je näher sie kam, desto mehr Unsicherheit schwang in ihr mit. Violinen spielten eine süße Melodie, aber bald schlich sich ein härteres Thema ein, ein Triller des Zweifels. Der Zweifel wuchs und wuchs, bis er die glücklichen Töne schließlich völlig beherrschte. Düster, fast disharmonisch klang die Musik – und verhallte in der Ferne.

Aus der Dunkelheit erschien eine junge Frau. Sie trat mit einer lässigen Anmut aus den Schatten ins Licht, mit einer selbstsicheren Ungezwungenheit, die sie sofort als eine jener so unglaublich photogenen Typen kennzeichnete. Mr. Arlay hatte sie noch nie zuvor gesehen, aber sie verzog ihre Lippen zu einem Lächeln, machte eine Bewegung mit ihren Fingern, und sie war eine Persönlichkeit.

Leider verschwand sie, kaum daß sie da war, wieder in einer wirbelnden Wolke von dunklen Farben. Dann erschien sie erneut, und diesmal ging sie einen leuchtendblauen Gang hinunter in ein Wohnzimmer, wo ein junger Mann neben einem großen Fenster saß und las. Mr. Arlay erhaschte einen flüchtigen Blick von einer Stadt hinter diesem Fenster; dann schwenkte die Kamera auf die Frau.

Sie stand unschlüssig hinter dem Mann. Als sie so dastand, verschmolzen die Einzelheiten ihres menschlichen Körpers mit den vorherrschenden dunklen Farben, und es waren diese Farben in menschlicher Gestalt, die sich vorbewegten und den jungen Mann unübersehbar auf den Mund küßten. Es war ein langer Kuß, und am Ende war auch der junge Mann ein Farbmuster.

Die vermischten Farben begannen, sich zu verzerren und zu drehen. Die Leinwand war eine Farbenpracht aus wirbelndem Licht. Es begann gerade, sich unter der zurückkehrenden Musik zu verändern, als Mr. Arlay aus seiner Verwirrung erwachte und den Brief, den er zu diesem speziellen Film bekommen hatte, in den grellen Lichtstrahl des Projektors hielt.

»Das ist visueller Blödsinn!« las er.

Der war das also! Mr. Arlay legte den Brief zur Seite und hielt die Dose mit dem Filmtitel hoch: »Betrieb einer Hühnerfarm.«

Auf dem Schirm ging die junge Frau gerade unsicher über eine Straße, wobei sie sich nach dem Mann umschaute, der ihr mit etwas Abstand folgte. Mr. Arlay schaltete den Film ab und spulte ihn zurück, dann holte er einen anderen Film aus seiner Dose. Es war der mit dem Beschwerdebrief: »Ihr Scherz hat uns unsere Vorführung verdorben.«

Mr. Arlay legte die Spule ein, und bald erschien ein Bild von einer Maschine auf der Leinwand. Es war sehr deutlich und ohne irgendwelchen Firlefanz, aber eine Maschine wie diese hatte Mr. Arlay noch nie gesehen. Eine Tatsache, die ihn nicht sogleich beunruhigte, denn die Welt war voll von Maschinen, die er noch nie gesehen hatte und, was noch wichtiger war, nie sehen wollte. Er wartete, und ein ruhiger Bariton sagte: »Kein Raumfahrer dürfte irgendwelche Schwierigkeiten haben, diesen neuen Raumantrieb zu reparieren.«

Mr. Arlay seufzte und hielt die Dose ins Licht. Ihr Titel lautete: »Funktionsweise des Amerikanischen Cogshill-Dieselmotors.«

Mr. Arlay glaubte zu wissen, was passiert war. Irgend jemand hatte ihm eine Reihe falscher Filme zurückgeschickt, und er hatte sie in ihren Originaldosen weiterversandt. Das unglaubliche Pech an der Sache war, daß nicht weniger als fünf Filme gleichzeitig herausgegangen waren.

Auf der Leinwand sagte die Baritonstimme gerade: »Jetzt heben Sie das Antriebsgehäuse hoch. Da das Normalgewicht des Gehäuses acht Tonnen beträgt, muß in Planetennähe darauf geachtet werden, daß die Antischwerkraftanzeiger auf etwa neunundneunzig Gravitonnen stehen. Wenn Sie das Gehäuse entfernt haben...«

Mr. Arlay schaltete den Film ab. Er war gerade dabei, ihn in seine Dose zu packen, als er plötzlich dachte: Was hat er gesagt? *Was* hat er gesagt?

Mr. Arlay blinzelte verständnislos, als ihm bewußt wurde, daß hier irgend etwas nicht stimmte.

Plötzlich ging die Tür zu seinem Büro auf, und eine junge Frau kam herein. Sie trug einen Nerzmantel, und an ihren Fingern blitzten juwelenbesetzte Ringe. »Hallo, Liebling«, gurrte sie mit rauchiger Stimme.

Mr. Arlay vergaß augenblicklich alle Nebensächlichkeiten und kam um die Theke herum. Seine Frau wich geschickt dem Kuß aus, den er ihr auf die Lippen drücken wollte.

»Hast du Geld da?« fragte sie. »Ich möchte einkaufen gehen.«

»Vorsicht, Tania«, erwiderte Mr. Arlay. »Wir sind fast pleite.«

Er sagte es liebevoll. Er versuchte wieder, sie zu küssen, und diesmal schaffte er es, ihre Wange zu streifen. Bei seinen Worten schüttelte sie ungeduldig ihren schlanken Körper.

»Das ist alles, was ich von dir höre«, sagte sie mürrisch. »Warum verdienst du nicht so gut wie andere Leute in dieser Stadt?«

Mr. Arlay hätte sie fast darauf hingewiesen, daß er das tat, aber er hielt sich zurück. Er machte sich keine Illusionen über seinen Einfluß auf diese junge Frau. Sein Geschäft brachte ihm zwischen drei- und fünfhundert Dollar die Woche. Es war kein Vermögen, aber es konnte mit dem Einkommen vieler Filmschauspieler konkurrieren. Sie verdienten vielleicht ein bißchen mehr pro Woche, aber nur wenige schafften es zweiundfünfzig Wochen im Jahr. Es war dieses Einkommen, das es ihm bei einem seiner Besuche in Hollywood vor drei Jahren ermöglicht hatte, eine unbekannte Schauspielerin zu heiraten, die physisch eine weitaus attraktivere Partie war, als er sich ohne Geld hätte erhoffen können. Geistig – nun, das stand auf einem anderen Blatt. Sie war ein Überlebenstyp in einem Sinn, der sogar Darwin verblüfft hätte. Ungeachtet der Schwankungen seines Einkommens brachte sie es fertig, Monat für Monat alles auszugeben. Ihre Anpassungsfähigkeit erstaunte manchmal selbst den Defätisten Mr. Arlay.

Es war ihm jedoch nicht bewußt, welchen Einfluß diese Frau auf ihn hatte. All die phantasiebetonten Eigenschaften, die ihm beim Aufbau seines Geschäfts geholfen hatten, waren durch eine totale Abhängigkeit von Erfahrungen ersetzt worden. Er hielt sich für einen Mann der Praxis, und er hatte keine Ahnung, daß seine Gewohnheit, von sich als »Mr.« zu denken, nur eine Kompensation für das psychische Desaster war, das begonnen hatte, als sie in sein Leben getreten war.

Aber er wäre wahrscheinlich auch so nicht auf die Idee gekommen, daß er in den Besitz von Filmen gekommen war, die hundert oder mehr Jahre in der Zukunft gemacht worden waren.

Nachdem seine Frau einmal in seinem Büro war, war Mr. Arlay bemüht, sie festzuhalten. »Ich habe hier etwas, das dich vielleicht interessiert«, sagte er eifrig. »Jemand hat mir irrtümlich einen Film eines anderen Verleihs zurückgeschickt. Es ist ein ziemlich verrückter Streifen.«

»Weißt du, Darling, ich hab's eilig, und...«

Sie sah mit verengten Augen, daß dies nicht der Augenblick war, sich ihm zu widersetzen. Er brauchte hin und wieder ein Stück Zucker, und er war so *völlig* arglos. Sie wäre verrückt, wenn sie es soweit kommen ließe, daß dieser Dummkopf sie rauswarf.

»Na schön, Liebling«, flötete sie. »Wenn du möchtest.«

Er zeigte ihr den Film mit dem Mann, der Frau und den wirbelnden Farben – und begriff in dem Augenblick, als die Frau auf der Leinwand erschien, daß er einen Fehler gemacht hatte. Tania versteifte sich abrupt.

»Pah«, sagte sie bissig. »Was ist das denn für ein Schmalspurhäschen?«

Mr. Arlay ließ den Film wortlos durchlaufen. Er hatte für einen Augenblick vergessen, daß seine Frau nichts übrig hatte für andere Schauspielerinnen, insbesondere, wenn sie gut waren. Während er sich den Film ansah, bemerkte er abwesend, daß der Grund für die düstere Musik und Farbe der zu sein schien, daß die Frau unglücklich verheiratet war. Die wirbelnden Farben sollten ihre wechselnden Gefühle zeigen, die Zweifel, die kamen, und die Gedanken, die in ihr aufstiegen.

Interessant, dachte er. *Ich möchte wissen, wer ihn gemacht hat.*

Als der Film zu Ende war, sprang Tania auf. »Also, ich muß mich beeilen. Ich werde einen Scheck über fünfhundert Dollar einlösen. Einverstanden?«

»Drei!« sagte Mr. Arlay.

»Vier«, erwiderte seine Frau in einem Ton freundlichen Entgegenkommens.

Es blieb bei vierhundert. Nachdem Tania gegangen war, machte sich Mr. Arlay daran zu überprüfen, wer ihm die ungewöhnlichen Filme geschickt hatte. Die Karteikarte für den Film: »Betrieb einer Hühnerfarm« gab eine Liste von Leuten, Schulen und Institutionen an, die den Streifen ausgeliehen hatten. Der vorletzte Ausleiher mußte es logischerweise sein. Mr. Arlay las den Namen. Es war das Tichenor Collegiate.

Mr. Arlay runzelte die Stirn und änderte im Geiste den Wortlaut des Briefes, den er schreiben wollte. Das Tichenor Collegiate war einer seiner besten Kunden. Und, was noch wichtiger war, der verantwortliche Vorführer, Peter Caxton, ein Physiklehrer, war ein gewissenhafter und erfahrener Mann. Es schien kaum möglich, daß er der Schuldige war.

Mr. Arlay überprüfte rasch die Karte von einem anderen der ungewöhnlichen Filme. Wieder war der vorletzte Ausleiher das Tichenor Collegiate, genau wie bei den übrigen drei Filmen, die ihm zurückgeschickt worden waren und die nicht aus seinem Verleih zu kommen schienen. Mr. Arlay setzte sich an seine

Schreibmaschine und schrieb in Anbetracht der Tatsache, daß sich Kunden selten durch einen Tatbestand beleidigt fühlten:

Sehr geehrter Mr. Caxton,
einige Filme, die Sie uns zurückgeschickt haben, stimmen nicht mit denen überein, die Sie ursprünglich von uns bekommen haben. Es handelt sich um insgesamt fünf Filme

An dieser Stelle hielt er inne. Fünf? Woher wollte er wissen, daß es nur fünf waren? Daraufhin suchte Mr. Arlay die Karteikarte des Tichenor Collegiates heraus. Es war eine dicke Karte, an die er von Zeit zu Zeit Ergänzungen angeklebt hatte.

Mr. Arlay überflog die Karte und stoppte beim fünfzehnten Titel. Das mußte vor etwas über zwei Wochen gewesen sein. Er lautete: »Beschneiden von Obstbäumen.« Der Film selbst, als Mr. Arlay ihn sich ansah, war eine phantastische Geschichte, in der ein seltsam geformtes Schiff die Erdoberfläche zu verlassen und auf den Mond zu fliegen schien. Die Illusionen waren sehr realistisch, und die phototechnischen Tricks besaßen Hollywoodformat.

Als Mr. Arlay ihn schließlich abschaltete, dachte er zum erstenmal daran, daß es sich lohnen würde, denjenigen als Agent zu vertreten, der diese Filme machte.

Aber erst einmal gab es einiges zu tun. Mr. Arlay sah sich nacheinander die letzten neunzehn Filme an, die vom Tichenor Collegiate ausgeliehen worden waren. Das heißt, er sah sich die sechzehn an, die da waren. Drei waren wieder unterwegs, und er zweifelte nicht daran, daß er bald von den Ausleihern hören würde.

Von den sechzehn waren sieben Reiseberichte. Reiseberichte – einzigartige, unglaubliche Werke, von einem Verrückten gefilmt. Aber verrückt oder nicht, er war ein Genie, und er hatte einige der naturgetreuesten Hintergründe geschaffen, die je für Novitäten-Filme entworfen worden waren. Unter den ersten, die sich Mr. Arlay ansah, war der über die Venus, den Pedro del Corteya zehn Wochen später Walter Dorman zeigen sollte. Mr. Arlay sah sich ihn und die anderen Filme über das Sonnensystem mit abschätzendem Blick an. Es sprach vieles, so schien es ihm, für eine geschickte filmische Darstellung der wissenschaftlichen Vermutungen über die verschiedenen planetarischen Körper.

Sieben Reiseberichte und acht Betriebs- oder Reparatur-Filme – einer, der die Funktionsweise einer sinnlosen Maschine beschrieb. Zumindest kam sie Mr. Arlay sinnlos vor. Sie besaß eine einzelne Extrusion in einem stabilen Gehäuse mit kleinen Kammern, und wenn man diese Kammern mit einem feinen Metallpulver füllte, drehte sich die Extrusion mit einer Geschwindigkeit, die nicht langsamer wurde, wenn das Gerät mit einer großen Maschine von kompliziertem Aufbau verbunden wurde. Ein anderer Film handelte von der Reparatur einer sogenannten Atomhandwaffe. Auch hier wurde das feine Metallpulver in winzige Kammern gestopft, aber es war eine Transformationsvorrichtung da, deren Zweck nicht klar war. Wenn die Waffe abgefeuert wurde, konnte sie einen vierhundert Fuß hohen Berg in Staub verwandeln.

Mr. Arlay wurde ungeduldig, als die acht Filme auf der Leinwand abrollten. Das ging nun doch ein bißchen zu weit. Die Reiseberichte hatten einen gewissen wissenschaftlichen Wert, aber diese Betriebs- und Reparaturfilme mit ihrer angeblichen Detailtreue überstrapazierten jede Glaubwürdigkeit. Ein Atommotor und eine Atomwaffe. Reparatur eines Raumantriebs. Wartung und Betrieb des Fliegers, einer Flugmaschine für eine Person – eine Kombination aus Gurten und einer Metallröhre, die den Mann im Film vom Boden abhob und ihn wie Buck Rogers durch die Luft transportierte. Ein Radio, das einfach ein Armband aus sogenanntem »Sensitiv-Metall« war. Die Kristallstruktur der Sensitivität war detailliert beschrieben, und es wurde gezeigt, wie die Radiowellen durch winzig kleine Blasen im Metall in Töne umgewandelt wurden. Dann gab es drei ziemlich amüsante Filme über Haushaltsgeräte. Einmal ein Licht, das aus dem Nichts erschien, wo immer man es haben wollte; Teppiche und Möbel, die nicht schmutzig wurden; und schließlich der automatische Herd, der später Walter Dormans Konkurrenzinstinkte wecken sollte. Lange bevor alle Filme durchgelaufen waren, war Mr. Arlay der Gedanke gekommen, daß es mit Sicherheit einen Zuschauerkreis gab, der an solchen Novitäten-Filmen interessiert war. Es würde allerdings wichtig sein, den Phantasieaspekt zu betonen, damit die Leute darauf vorbereitet waren zu lachen.

Das beste wäre natürlich, wenn es ihm gelang herauszufinden, woher die Filme stammten, und sich selbst mit einigen einzudekken. Mr. Arlay rief das Tichenor Collegiate an und fragte nach Caxton.

»Mein lieber Mr. Arlay«, sagte Caxton in leicht herablassendem Ton, »die Schuld kann unmöglich bei uns liegen. Um ein Durcheinander in der Buchführung von vornherein auszuschließen, halte ich es schon seit langem so, daß ich nur jeweils von einer Firma ausleihe. In den letzten beiden Monaten haben wir unser Material ausschließlich von Ihnen bezogen und es umgehend zurückgeschickt. Vielleicht sollten Sie noch mal in Ihren Akten nachsehen.«

Der Mann klang ein bißchen beleidigt, so daß Mr. Arlay sich beeilte einzulenken.

»Ja, ja, natürlich. Ich werde die Sache selbst noch einmal überprüfen. Mein Assistent muß... äh...«

Mr. Arlay hängte ein, sah, daß es fast ein Uhr war, und machte Mittagspause. Er fuhr den ganzen Weg bis zur Main Street hinauf, um einen Teller Tomatensuppe zu essen. Seine Erregung legte sich langsam, als ihm klar wurde, daß die Situation im Grunde gar nicht so schlimm war. Er hatte neunzehn Filme verloren, aber wenn er vorsichtig formulierte Briefe an die Firmen schrieb, die sie ihm zur Verfügung gestellt hatten, würden sie ihm wahrscheinlich unverzüglich neue schicken. Und als eine Art Entschädigung für seine strapazierten Nerven hatte er sechzehn, möglicherweise neunzehn Novitäten-Filme, die vielleicht ganz gut ankommen würden.

Und so war es tatsächlich. Mindestens einmal pro Woche wurden die Novitäten-Filme verschickt und kamen wieder zurück, und dann lagen meistens schon wieder Anforderungen für die folgende Woche vor. Mr. Arlay machte sich keine Gedanken darüber, was der wahre Eigentümer der Filme denken würde, wenn er herausfand, was vor sich ging. Kein einziger Verleihfilm war viel wert. Der Eigentümer würde wahrscheinlich den Großhändleranteil verlangen, und den wollte Mr. Arlay gerne bezahlen.

Und nur für den Fall, daß Zuschauerreaktionen verlangt würden, verschickte Mr. Arlay gedruckte Formblätter. Sie kamen ordentlich ausgefüllt zurück. Zuschauerzahl: einhundert, zweihundert, fünfundsiebzig. Personenkreis: Astronomiestudenten, Physikervereinigungen, High-School-Schüler. Publikumsreaktionen – die häufigsten Kommentare: amüsant, interessant, gute Bilder. Ein allgemeiner Punkt der Kritik war, daß die Dialoge passend zur Natur des Stoffs humorvoller sein könnten.

Die Situation blieb nicht konstant. Am Ende des zweiten Monats hatte Mr. Arlay einunddreißig weitere Novitäten-Filme, und alle waren ihm von Peter Caxton vom Tichenor Collegiate geschickt worden.

Nach zehn Wochen, etwa zu dem Zeitpunkt, als Pedro del Corteya auf der Tagung von Unternehmern aus der Elektronikbranche jenen Film über den automatischen Herd vorführen sollte, passierten zwei Dinge ungefähr gleichzeitig: Mr. Arlay erhöhte die Ausleihgebühr für die Novitäten-Filme um fünfzig Prozent, und Caxton schickte ihm einen Brief, in dem er unter anderem schrieb: »Ich habe in Ihrem Katalog eine Liste mit einigen Novitäten-Filmen gesehen. Ich möchte für nächsten Mittwoch einen bestellen, der sich mit einem Planeten beschäftigt.«

Jetzt, dachte Mr. Arlay, *jetzt werden wir sehen.*

Die Dose kam am Donnerstag zurück. Der Film, den sie enthielt, war auch ein Novitäten-Film. Aber es war nicht derselbe, den Mr. Arlay verschickt hatte.

III

Auf seinem Weg zum Tichenor Collegiate zum Nachmittagsunterricht machte Peter Caxton kurz beim Drugstore an der Ecke halt und kaufte sich ein Päckchen Zigaretten. Vor der Tür befand sich ein mannshoher Spiegel, und als Caxton wieder auf die Straße trat, blieb er für einen Augenblick stehen, um sich darin zu betrachten.

Was er sah, gefiel ihm. Aus dem Spiegel blickte ihm ein großer, gutgekleideter Mann mit einem glatten, aber nicht zu jugendlichen Gesicht und lächelnden grauen Augen entgegen. Der gepflegte Eindruck wurde durch einen schicken grauen Hut unterstrichen. Caxton ging zufrieden weiter. Er machte sich keine Illusionen über das Leben. Das Leben war das, was man aus ihm machte. Und soweit es sich abschätzen ließ, würde er, wenn er es richtig anfing, in zwei Jahren Rektor des Tichenor sein. Diese Frist war unvermeidbar. Der alte Varney würde erst dann pensioniert werden, und Caxton konnte keine Möglichkeit sehen, wie man diesen Prozeß beschleunigen konnte.

Tichenor war keine Superschule, und es hatte auch nicht die finanziellen Mittel im Rücken, die einige Nachbargemeinden jedes Jahr für das Schulwesen zur Verfügung stellten. Es gab nur einen Rauchraum für Männer und Frauen gemeinsam. Caxton ließ sich in einen der Sessel fallen und rauchte gerade rasch eine Zigarette, als Miss Gregg hereinkam.

Sie lächelte warm. »Hallo, Peter«, begrüßte sie Caxton. Sie warf einen vielsagenden Blick auf die geschlossenen Türen der Herren- und Damenumkleideräume, dann sah sie wieder auf Caxton.

»Bei den Männern ist keiner«, sagte Caxton.

Miss Gregg öffnete die Tür zum Frauenumkleideraum und warf einen Blick hinein. Dann glitt sie auf Caxton zu und drückte ihm einen Kuß auf die Lippen.

»Vorsicht«, warnte Peter Caxton.

»Heute abend«, sagte sie leise, »am Ende des Parks.«

Caxton konnte einen leicht gereizten Blick nicht unterdrücken. »Ich werde es versuchen«, antwortete er, »aber meine Frau...«

»Ich erwarte dich«, flüsterte Miss Gregg zärtlich.

Die Tür schloß sich leise hinter ihr. Caxton saß stirnrunzelnd da. Er war beunruhigt. Zuerst war es ganz nett gewesen, Miss Gregg erobert zu haben. Aber nach sechs Monaten immer häufigerer Rendezvous wurde die Sache allmählich ein bißchen ermüdend. Miss Gregg hatte das Stadium erreicht, wo sie darauf hoffte, daß er es irgendwie schaffen würde, sich scheiden zu lassen, und daß es irgendwie seiner Karriere nicht schaden würde und daß irgendwie schon alles in Ordnung kommen würde. Caxton teilte weder ihr Bestreben nach einer solchen Lösung noch ihre vage Überzeugung, daß es nicht zu nachteiligen Auswirkungen kommen würde.

Miss Gregg, begriff er zu spät, war ein emotioneller Dummkopf. Seit einem Monat wußte er, daß er die Affäre beenden mußte, aber bis jetzt war ihm nur eine einzige Möglichkeit eingefallen: sie mußte von der Schule. Wie? Auch auf diese Frage war ihm schnell eine Antwort eingefallen. Eine Flüsterkampagne gegen sie und Dorrit. Auf diese Weise konnte er zwei Fliegen mit einer Klappe schlagen. Dorrit war sein einziger ernsthafter Rivale um das Amt des Rektors, und was noch schlimmer war, er und der alte Varney verstanden sich ausgezeichnet.

Es durfte nicht allzu schwer sein. Jeder außer Miss Gregg wußte, daß Dorrit verrückt nach ihr war, und Dorrit schien nicht zu ahnen, daß sein Geheimnis allgemein bekannt war. Die Situation amüsierte Caxton. Er, ein verheirateter Mann, hatte Dorrit seine Traumfrau weggeschnappt. Es gab keinen Grund, warum er ihm nicht auch das Amt des Rektors sozusagen vor der Nase wegschnappen sollte. Er würde ein bißchen mehr über die entsprechenden Schritte nachdenken und mit äußerster Vorsicht vorgehen müssen.

Caxton drückte nachdenklich seine Zigarette in einem Aschenbecher aus, dann machte er sich auf den Weg zum Hörsaal. Seine erste Klasse sollte einen Film gezeigt bekommen – eine lästige Sache, diese Filmvorführungen. Anfangs war er noch ziemlich interessiert gewesen, aber es gab zu viele schlechte Filme. Außerdem lernten die Dummköpfe sowieso nichts. Er hatte einmal ein paar der intelligenteren Studenten befragt, was sie von einem Film gelernt hatten, und das Ergebnis war erbärmlich. Befürworter behaupteten jedoch, daß Filmvorführungen eine kumulative Wirkung hatten und daß die Jugendlichen sie anderen Lehrmethoden vorzogen, und letzte Woche hatte die Schulkommission angeordnet, daß sowohl die zehnte wie auch die elfte Klasse jeden Film gezeigt bekommen sollte.

Das bedeutete, daß sich Caxton einmal morgens und einmal nachmittags mit einer Horde Teenager in der Dunkelheit eines Hörsaals herumschlagen mußte. Zum Glück war dies die letzte Vorführung für heute. Der Film lief ungefähr eine Minute, als Caxton zum erstenmal bewußt auf die Leinwand schaute. Er starrte sie für einen Augenblick ausdruckslos an, dann stellte er den Projektor ab, schaltete das Licht an und kam aus dem Vorführraum herunter.

»Wer ist für diesen albernen Streich verantwortlich?« fragte er wütend.

Niemand meldete sich. Die Mädchen sahen ein bißchen ängstlich aus, die Jungen versteiften sich, mit Ausnahme der Lehrerlieblinge, die blaß wurden.

»Irgend jemand«, brüllte Caxton, »hat mir in der Mittagspause die Filme vertauscht.«

Seine eigenen Worte ließen ihn innehalten. Er war aus dem Vorführraum gestürmt, ohne über die Bedeutung des Vorfalls nachzudenken. Jetzt wurde sie ihm plötzlich klar. Zum erstenmal in seinen vier Jahren auf dem Tichenor Collegiate war er das Opfer eines Schülerstreichs geworden, und er verhielt sich in dieser Situation nicht gerade vorbildlich. Nach einem Augenblick des weiteren Nachdenkens machte er ein noch größeres geistiges Zugeständnis, und die Situation war gerettet.

Caxton schluckte hart. Ein schwaches Lächeln hellte seine verkniffene Miene auf, und er blickte sich gelassen um. »Na schön«, meinte er, »wenn ihr ihn unbedingt sehen wollt, bitte.«

Am zweiten Tag war sein Lächeln finsterer, und das Ganze wurde eine Frage der Disziplin. »Wenn so etwas noch einmal vorkommt«, drohte er, »werde ich es dem alten Var–« Caxton unterbrach sich und verbesserte sich hastig: »... werde ich es Mr. Varney melden müssen.«

Es war ein erschütterter und etwas verwirrter Caxton, der am nächsten Tag das Büro des Rektors betrat. »Aber woher bekommen sie die Ersatzfilme?« fragte der alte Mann ratlos. »Immerhin kosten sie Geld.«

Die Frage war nicht sein letztes Wort. Als am Donnerstag der Film wieder ein anderer war, suchte er pflichtgemäß jede der beiden Klassen auf und wies sie auf das unsportliche Verhalten ihres Tuns hin. Außerdem gab er zu verstehen, daß, da die verlorengegangenen Filme ersetzt werden müßten, die Angelegenheit eindeutig kriminelle Formen annähme.

Der fünfte Tag war ein Freitag, und offenbar hatten die Schüler über die Sache diskutiert, denn die Klassensprecher der beiden Klassen wiesen die Verdächtigungen des Lehrkörpers offiziell zurück. »Wie Sie wahrscheinlich wissen«, sagte einer, »sind die Schüler gewöhnlich über alles im Bilde, was unter ihnen vorgeht. Aber unsere Klasse als Ganzes hat keine Ahnung, wer die Schuldigen sind. Wer immer die Filme vertauscht, macht dies im Alleingang, und wir verurteilen ihn hiermit und entziehen ihm jede Unterstützung oder Hilfe, die wir einem solchen Schüler sonst vielleicht zukommen lassen würden.«

Die Worte hätten Caxton eigentlich beruhigen sollen, aber sie hatten die umgekehrte Wirkung. Seine erste Vermutung, daß ihn die Schüler zum besten hielten, war bereits teilweise einem wilderen Gedanken gewichen, und die Erklärungen der Klassensprecher bestärkten nur dieses neue Gefühl. In der Pause an jenem Nachmittag beging Caxton den Fehler, impulsiv seinen Verdacht dem Rektor gegenüber zu äußern.

»Wenn die Schüler nichts damit zu tun haben, dann muß es einer von den Lehrern sein. Und der einzige, der mich meines Wissens nicht leiden kann, ist Dorrit. Wenn ich Sie wäre«, fügte er wütend hinzu, »würde ich mich auch mal für die Beziehung zwischen Miss Gregg und Dorrit interessieren.«

Varney zeigte eine überraschende Initiative. Die Wahrheit war, daß der alte Mann leicht müde wurde, und die ganze Angelegenheit hatte ihn bereits erschöpft. Er rief sowohl Miss Gregg wie auch Dorrit zu sich und wiederholte zu Caxtons Entsetzen die gegen sie gerichteten Vorwürfe. Miss Gregg warf dem sprachlosen Caxton einen erstaunten Blick zu und saß dann während der restlichen Besprechung stocksteif da. Dorrit sah für einen Augenblick wütend aus, dann lachte er.

»Diese Woche hat wohl den meisten von uns die Augen geöffnet«, sagte er. »Wir haben erlebt, wie die Vorstellung, daß die Schülerschaft ihn nicht leiden kann, Caxton fertiggemacht hat. Ich habe ihn schon immer für einen ziemlichen Neurotiker gehalten, und in den vergangenen fünf Tagen hat sich gezeigt, daß er noch schlimmer ist, als ich gedacht hatte. Wie alle echten Neurotiker versäumte er es, selbst die einfachsten Nachforschungen anzustellen, bevor er seine Beschuldigungen äußerte. Was zum Beispiel seinen ersten Verdacht betrifft, kann ich beweisen, daß ich an zumindest zwei Tagen in dieser Woche unmöglich in der Nähe des Vorführraums gewesen sein kann.«

Was Dorrit dann tat. Er war Dienstag und Mittwoch zu Hause geblieben, weil er krank gewesen war.

»Was die zweite und unverzeihlichere Beschuldigung betrifft, wünsche ich nur, daß sie wahr wäre, wenn auch in einem anderen Sinn, als Caxton angedeutet hat. Ich bin sehr schüchtern, wenn es um Frauen geht, aber unter diesen Umständen kann ich ruhig sagen, daß ich schon seit langem ein stiller Bewunderer von Miss Gregg bin.«

Zum erstenmal zeigte die junge Frau ein vages Interesse. Sie warf einen verstohlenen Blick auf Dorrit, als ob sie ihn plötzlich mit anderen Augen sähe. Dann widmete sie sich wieder ihrer intensiven Betrachtung der Wand direkt vor ihr. Dorrit fuhr indes fort:

»Es ist natürlich schwierig, eine so vage Behauptung zu widerlegen, wie sie Mr. Caxton ausgesprochen hat, aber...«

»Sie brauchen nichts mehr zu sagen«, unterbrach ihn der alte Varney. »Ich habe auch nicht für einen Augenblick ein Wort von den Vorwürfen gegen Sie geglaubt, und ich verstehe nicht, was Mr. Caxton damit beabsichtigt hat, daß er in dieser scheußlichen

Angelegenheit mit den verschwundenen Filmen mit derart unbesonnenen Beschuldigungen kommt. Sollte sich die Sache mit den Filmen nicht von selbst regeln, werde ich sie der Schulkommission bei ihrer Sitzung nächste Woche vortragen, und wir werden eine Untersuchung veranlassen. Das ist alles. Guten Tag, meine Herren, guten Tag, Miss Gregg.«

Caxton verbrachte ein unruhiges Wochenende. Er war ziemlich sicher, daß die Angelegenheit dem Rektor eine gewisse Genugtuung verschafft hatte, aber er konnte nichts tun, außer sich selbst dafür zu verfluchen, daß er dem Mann eine Gelegenheit verschafft hatte, einen unerwünschten Nachfolger loszuwerden. Was ihn am meisten beunruhigte, hatte jedoch nichts mit Varney zu tun. Caxton hatte das ungute Gefühl, daß hinter seinem Rükken irgend etwas vorging. Das Gefühl war richtig, wie sich herausstellen sollte.

Am Montagmorgen wurde er von sämtlichen Lehrerinnen geschnitten, und die meisten seiner Kollegen waren entschieden unfreundlich. Einer von ihnen kam zu ihm und sagte leise: »Wie sind Sie nur darauf gekommen, eine solche Beschuldigung gegen die Gregg und Dorrit zu erheben?«

»Ich war völlig fertig mit den Nerven«, erwiderte Caxton kläglich. »Ich wußte nicht mehr, was ich sagte.«

»Wohl kaum«, sagte der andere. »Die Gregg hat es allen Frauen erzählt.«

Weise eine Frau zurück, dachte Caxton wütend.

»Ich werde versuchen, zu tun, was ich kann«, schloß der andere, »aber...«

Es war zu spät. In der Mittagspause betrat das weibliche Lehrpersonal geschlossen das Büro des Rektors, und die Frauen erklärten, daß sie sich weigerten, weiter mit einem Kollegen zusammenzuarbeiten, der zu einer solchen Lüge über eine von ihnen fähig war. Caxton, der im stillen bereits flüchtig an die Möglichkeit gedacht hatte, seinen Hut nehmen zu müssen, sah sich jetzt tatsächlich vor die Notwendigkeit einer Entscheidung gestellt. Er reichte seine Entlassung ein, die zum Ende des Monats, das war am kommenden Wochenende, wirksam werden würde.

Caxtons Entscheidung reinigte die Atmosphäre. Seine männlichen Kollegen waren freundlicher, und in seinen eigenen Kopf kam langsam wieder Ordnung. Am Dienstag dachte er wütend, aber bei klaren Sinnen: Wenn diese Sache mit den verdammten Filmen nicht passiert wäre, hätte ich nicht den Kopf verloren! Wenn ich nur den Schuldigen entlarven könnte...

Caxton fand, daß ihn die daraus resultierende Befriedigung fast für den Verlust seines Jobs entschädigen würde. In der Mittagspause ging er nicht nach Hause, sondern tat nur so, als ob er die Schule verlassen würde. Dann machte er rasch kehrt. Er schlich zurück zum Hintereingang, eilte zum Vorführraum und versteckte sich hinter einer Ersatzleinwand, die an der Wand stand.

Caxton wartete die ganze Mittagspause hindurch, aber nichts geschah. Niemand machte sich an den verschlossenen Türen des Hörsaals zu schaffen. Keiner kam in die Nähe der Tür zum Vorführraum. Und als Caxton nach der Mittagspause den Projektor einschaltete, war der Film ein anderer.

Am Morgen war er noch ein ganz normaler Film über Farmbetrieb gewesen. Der Film am Nachmittag handelte von der Entwicklung und Benutzung von Chemikalien, die das menschliche Blut dicker oder dünner machten und es so Menschen ermöglichten, sich des Nachts extremen Temperaturschwankungen anzupassen.

Es war das erstemal, daß Caxton einen der merkwürdigen Novitäten-Filme, von denen er vor ungefähr zwei Wochen mehrere bestellt hatte, genauer betrachtete. Das heißt, nicht nur mit den Augen, sondern auch mit dem Kopf, und er war erstaunt. *Wer macht diese Filme?* dachte er. *Warum sind sie so phantastisch, so voller Ideen, die...*

Nach dem Unterricht kehrte Caxton noch einmal in den Vorführraum zurück. Und erlebte den Schock seines Lebens. Es war ein anderer Film. Anders als der am Morgen. Anders als der nach der Mittagspause. Es war ein dritter Film, und sein Thema war das Innere der Sonne. Mit bebenden Fingern spulte Caxton den Film zurück und ließ ihn noch einmal ablaufen. Der Schweiß trat ihm auf die Stirn, als wieder ein anderer, ein vierter Film auf der Leinwand vor ihm abrollte. Aus einem plötzlichen Impuls heraus wollte er hinunter ins Büro laufen und Varney anrufen, bis ihm bewußt wurde, daß dieser ihn nicht anhören würde. Der Rektor hatte ihm mindestens zweimal zu verstehen gegeben, daß der Ärger mit den Filmen wahrscheinlich in dem Augenblick aufhören würde, wenn Caxton ging. Die Last der Müdigkeit, die Varney trug, veranlaßte ihn, sich an diese Überzeugung zu klammern. »Morgen«, würde er sagen. »Ich werde mir den Projektor morgen ansehen.«

Aber es hatte keine Zeit bis morgen, so erschien es Caxton jedenfalls. Zum erstenmal fiel ihm der Anruf wieder ein, den er vor zwei Monaten von Mr. Arlay vom Arlay-Filmverleih bekommen hatte. Die Erinnerung daran kühlte ihn ab. Sein zweiter Impuls innerhalb von Minuten - diesmal Arlay anzurufen - verging, als Caxton daran dachte, was er zu dem Mann gesagt hatte. Er war, erinnerte er sich, ziemlich herablassend gewesen. Er würde Arlay später anrufen.

Caxton setzte sich und rauchte eine Zigarette. *Ich habe hier das erstaunlichste Gerät des zwanzigsten Jahrhunderts vor mir,* dachte er nervös. Und überlegte, wie er es in seinen Besitz bekommen und für sich behalten konnte.

Seine letztendliche Antwort auf diese Frage resultierte aus einer Beobachtung, die er während seiner Kindheit gemacht hatte, als er zum erstenmal bei seiner Mutter festgestellt hatte: Was sie nicht weiß, macht sie nicht heiß.

Er ging in den Keller der Schule und organisierte sich ein Stück Sackleinen, in das er den Projektor einwickelte, den er dann zu seinem Wagen trug. Anschließend kehrte er in den Vorführraum zurück, steckte alle Filme, die im Projektor gewesen waren, in eine Papiertüte, und nahm sie mit.

Sollten sie sich die Köpfe zerbrechen, was passiert war. Das Verschwinden des Projektors würde wie ein letztes Rätsel am Ende einer chaotischen Woche aussehen.

Und natürlich würde er bestreiten, von irgend etwas zu wissen.

Als besondere Vorsichtsmaßnahme fuhr er in die Stadt und mietete unter einem Decknamen ein Schließfach für den Projektor.

Es war fast sieben, als er endlich nach Hause kam, und natürlich war Lucy sauer. Aber Caxton hatte sich schon ausgerechnet, daß die ganze Geschichte mit der Schule bald herauskommen würde, und er war bereits dabei, sich gegen die eklige Atmosphäre zu wappnen, die ihn zweifellos erwarten würde, wie er sich, ein wenig erschüttert bei der Aussicht, prophezeite. Aber er hoffte auch, daß der anschließende Alptraum ihm eine Gelegenheit bieten würde, sich von einer Frau zu trennen, die schneller gealtert war als er.

Unglaublicherweise war es seine Frau, die die Scheidung einreichte. ... Es erschien Caxton unglaublich, weil er erwartet hatte, daß sie ihn nicht gehen lassen würde und daß er sich seine Freiheit hätte erkämpfen müssen.

Jetzt konnte seine phantastische Suche beginnen.

Caxton wollte als erstes die Quik-Photo-Gesellschaft ausfindig machen, die Firma, bei der er persönlich vor ein paar Monaten den Projektor für die Schule bestellt hatte. Zweifellos hatte der Projektor eine Vorgeschichte, denn Caxton hatte ihn, gewieft, wie er war, gebraucht gekauft als eine von vielen Aktionen, die zeigen sollten, daß er einen sparsamen Schulrektor abgeben würde.

Und dort würde er mit seiner Suche ansetzen.

IV

Er lag in einem harten Krankenhausbett, und für einen Augenblick glaubte Caxton, daß es das war, was ihn störte. Als er sich in eine bequemere Position herumdrehte, wurde ihm klar, daß es kein physisches Problem war. Es war etwas in seinem Kopf, das Gefühl der Leere, das da war, seit sie ihm das Datum gesagt hatten.

Nach einer Zeit, die ihm sehr lange vorkam, ging die Tür auf, und zwei Männer und eine Krankenschwester kamen herein. »Na, wie geht es Ihnen denn?« fragte einer der Männer jovial. Er war ein untersetzter, leutseliger Typ. »Schlimm, daß das passieren mußte.«

Caxton ließ sich kräftig die Hand schütteln. Er lag einen Augenblick reglos da, bevor er jene unangenehme, aber sehr notwendige Frage stellte: »Tut mir leid, aber kenne ich Sie?«

»Mein Name ist Bryson«, antwortete der Mann. »Ich bin Verkaufsleiter der Quik-Photo-Gesellschaft. Ich habe Sie vor zwei Wochen als Vertreter eingestellt und Sie auf Tour geschickt. Das nächste, was ich hörte, war, daß man Sie bewußtlos in einem Straßengraben gefunden hatte. Das Krankenhaus hat mir dann mitgeteilt, daß Sie hier wären. Sie hatten Papiere bei sich, in denen der Name unserer Firma stand«, schloß Bryson.

Caxton nickte. Aber er war enttäuscht. Er hatte gedacht, es

würde genügen, jemanden zu haben, der eine Lücke in seiner Erinnerung schloß. »Das letzte, woran ich mich erinnern kann«, sagte er schließlich, »ist mein Entschluß, mich bei Ihrer Firma um eine Stelle zu bewerben. Offenbar ist an diesem Punkt irgend etwas mit meinem Kopf passiert, und ...«

Caxton brach ab, und seine Augen weiteten sich bei dem Gedanken an einen möglichen Zusammenhang mit seiner Suche nach der Herkunft des Filmprojektors. Er war sich eines unangenehmen Gefühls bewußt, als er langsam sagte: »Offenbar habe ich eine Amnesie.«

Caxton sah, daß der Arzt, der mit Bryson hereingekommen war, ihn scharf musterte. Er brachte ein unsicheres Lächeln zustande. »Es ist schon in Ordnung, Doc. Ich glaube, was mich ein bißchen nervös macht, ist, daß ich nicht weiß, was für ein Leben ich in diesen letzten zwei Wochen geführt habe. Ich strenge schon die ganze Zeit mein Gehirn an, weil ich meine, ich müßte mich da an etwas erinnern, aber es will mir einfach nicht einfallen.«

Der Doktor lächelte hinter seinem Kneifer. »Ich bin froh, daß Sie es so gelassen aufnehmen. Es besteht wirklich kein Grund zur Beunruhigung. Und was Ihre fehlende Erinnerung an die letzten zwei Wochen betrifft, so kann ich Ihnen versichern, daß wir die Erfahrung gemacht haben, daß ein Patient mit Amnesie gewöhnlich ein ziemlich normales Leben führt. Eins der häufigsten Merkmale ist, daß er eine andere Beschäftigung annimmt. Bei Ihnen ist das nicht einmal der Fall.«

Er hielt inne. »Die erste Woche kann ich für Sie aufklären«, mischte sich der untersetzte Byron enthusiastisch ein. »Ein paar Tage haben Sie damit verbracht, sich unser Lager anzusehen und unsere Bezugsquellen zu überprüfen. Und dann sagten Sie mir, daß Sie als Kind eine Zeitlang in irgendeinem Dorf an der Eisenbahnstrecke Warwick-Junction–Kissling gelebt hätten, und daß Sie das gern als Ihre erste Tour hätten. Also habe ich sie Ihnen gegeben.«

Es war seine erste echte Information – und Caxton hatte Mühe, sich zu beherrschen. Da er nie an einem solchen Ort gelebt hatte, mußte *dieses* das Gebiet sein, in das die Spur des Projektors führte. ... Caxton wurde bewußt, daß Bryson immer noch sprach:

»Wir bekamen von Ihnen unterwegs Aufträge aus fünf Städten, aber Sie sind nie in Kissling angekommen. Vielleicht hilft Ihnen das weiter. ... Nein?« Bryson zuckte die Achseln. »Nun ja, wie dem auch sei, Caxton, kommen Sie vorbei, sobald Sie wieder auf den Beinen sind. In der heutigen Zeit, wo die elektronischen Geräte immer komplizierter werden, bin ich froh, jemanden mit einem abgeschlossenen Physikstudium in unserem Team zu haben. Wissen Sie, ich habe da ein paar neue Vertretungen im Auge, und ich dachte dabei an Sie als den Mann, der sie übernehmen soll. Es dürfte sich eine Menge Geld damit machen lassen, also sehen Sie zu, daß Sie bald wieder fit sind.«

»Im Moment würde ich gern noch das gleiche Gebiet behalten, wenn Sie nichts dagegen haben«, sagte Caxton.

Bryson nickte. »Machen Sie Ihre Tour zu Ende, aber dann halten Sie sich weiter an die Hauptstrecke. Es wird noch eine Weile dauern, bis das mit den anderen Vertretungen geregelt ist. Also, die Kissling-Route ist Ihre. Ich nehme an, Sie wollen versuchen herauszufinden, was passiert ist.«

»Genau das habe ich vor«, entgegnete Caxton. »Eine Art Suche nach meinem Gedächtnis.«

Er brachte ein grimmiges Lächeln zustande, als er dachte: *Ich muß etwas gefunden haben*... und das war die *wirkliche* Suche.

Angst befiel ihn, doch Caxton verdrängte sie und sagte: »Vielen Dank für Ihren Besuch.«

»Nichts zu danken. Bis dann.«

Bryson drückte ihm kräftig die Hand, und Caxton sah ihm nach, wie er hinausging.

V

Zwei Tage später stieg Caxton in Warwick Junction aus dem Transkontinental-Expreß. Er schaute blinzelnd in die grelle Frühmorgensonne und versuchte, seine erste Enttäuschung zu verarbeiten. Er hatte gehofft, daß beim Anblick der Ansammlung von Häusern, die sich gegen die Hügelkette abzeichneten, sein Gedächtnis zurückkehren würde.

Aber es wollte nicht die leiseste Erinnerung an das kommen, was er sechzehn Tage zuvor gesehen oder getan hatte. Caxton schüttelte verwirrt den Kopf. *Irgend jemand kannte mich,* dachte er.

Jemand muß mich gesehen haben. Ich habe mit Ladenbesitzern, Reisenden, Bahnangestellten und Hotelleuten gesprochen. Ich konnte schon immer gut den Geselligen spielen... »Hallo, Caxton, alter Junge«, sagte plötzlich eine fröhliche Stimme neben ihm. »Sie sehen aus, als würden Sie gerade von einer Beerdigung kommen.«

Als Caxton sich umdrehte, sah er sich einem ziemlich schlanken jungen Mann um die Dreißig mit dunklem Teint und dunklen Haaren gegenüber. Er hatte die krumme Haltung eines zu dünnen Mannes, der zu viele Musterkoffer getragen hatte. Etwas in Caxtons Blick mußte ihn stutzig gemacht haben, denn er sagte schnell: »Sie erinnern sich doch an mich, oder? Bill Kellie.« Er lachte. »Apropos, ich habe da noch ein Hühnchen mit Ihnen zu rupfen. Was haben Sie mit diesem Mädchen gemacht, dieser Selanie? Ich bin zweimal in Piffer's Road gewesen, seid ich Sie das letztemal gesehen habe, und sie ist beide Male nicht gekommen. Sie...« Er brach ab und sah Caxton plötzlich prüfend an. »Sagen Sie, Sie erinnern sich doch an mich, oder?«

Caxton erwachte aus seiner heftigen inneren Erregung. Der Ausdruck auf Kellies Gesicht sagte ihm, daß es Zeit für eine Erklärung war, und so erzählte er, was geschehen war. »Sie sehen also, in meinem Kopf herrscht Funkstille, was diese zwei Wochen betrifft«, schloß er. »Vielleicht könnten Sie mir erzählen, was in der Zeit passiert ist, während ich mit Ihnen zusammen war. Zum Beispiel, wer diese Selanie ist.«

»Oh, natürlich.« Kellie nickte. »Natürlich kann ich Ihnen...« Er hielt stirnrunzelnd inne. »Sie halten mich doch nicht zum besten, oder?« Als Caxton etwas sagen wollte, winkte er ab. »Schon gut, schon gut, ich glaube Ihnen. Wir haben noch eine halbe Stunde, bevor der Zug nach Kissling kommt. Amnesie, was? Ich habe davon gehört, aber – sagen Sie, ob der alte Mann vielleicht etwas damit zu tun hat...« Kellie schlug seine rechte Faust in die linke Handfläche. »Ich wette, das ist es.«

»Ein alter Mann!« Caxton hielt inne, dann sagte er entschlossen: »Was war das für ein Mann?«

Der Zug wurde langsamer. Durch das streifige Fenster konnte Caxton ein sanft gewelltes Tal mit grünen Baumtupfern und einem funkelnden, sich windenden Wasserlauf sehen. Dann kamen ein paar Häuser in Sicht, ein halbes Dutzend Nebengleise, und schließlich der Anfang eines Holzbahnsteigs.

Ein hübsches, großes schlankes Mädchen kam mit einem Korb am Arm an seinem Fenster vorbei. Hinter Caxton sagte der Reisevertreter, der an der letzten Station eingestiegen war und mit dem sich Caxton unterhalten hatte: »Oh, da ist Selanie. Ich möchte wissen, was für ein Superding sie heute verkauft.«

Caxton lehnte sich in seinem Sitz zurück, als ihm langsam aufging, was der andere gesagt hatte. »Selanie!« wiederholte er. »Sagten Sie, sie verkauft Dinge?«

»Und was für Dinge!« entfuhr es Kellie.

Er mußte gemerkt haben, wie heftig seine Worte geklungen hatten, denn er holte tief und hörbar Luft. Seine blauen Augen blickten eindringlich in Caxtons. Er schien etwas sagen zu wollen, doch dann hielt er inne. Um seine Lippen spielte ein stilles Lächeln. Nach einem Augenblick sagte er: »Wissen Sie, ich muß mich wirklich entschuldigen. Mir ist gerade bewußt geworden, daß ich die ganze Zeit über geredet habe.«

Caxton lächelte mit höflicher Nachsicht. »Ich fand es sehr interessant.«

»Was ich damit meine«, erwiderte Kellie, »ist, daß mir jetzt erst bewußt geworden ist, daß Sie mir vorhin unter anderem erzählt haben, Sie würden Fotoartikel verkaufen.«

Caxton zuckte mit den Schultern und fragte sich, ob er so verwirrt aussah, wie er sich allmählich fühlte. Er beobachtete, wie Kellie eine Fotografie hervorzog und sie ihm hinhielt. »Fällt Ihnen an dem Foto nichts auf?«

Es handelte sich um ein meisterhaftes Farbfoto, wie Caxton auf den ersten Blick sah. Er hatte einige Mühe, sich auf das Bild zu konzentrieren, weil er im stillen darauf wartete, daß jetzt wieder eine jener sinnlosen Diskussionen über die jeweiligen Vorzüge der Artikel kam, die er verkaufte. Erstens interessierte es ihn einen Dreck, und zweitens – ach, zum Teufel damit!

Caxton betrachtete das Foto genauer, und es schien, als ob er die Szenerie erst jetzt richtig sah. Und er begriff mit einem Anflug von Erregung, daß er sie schon einmal gesehen hatte: Es war die gleiche venusianische Meeresszene wie in einem der Novitäten-Filme, die er vom Arlay-Filmverleih bekommen hatte, als er noch auf dem Tichenor Collegiate gewesen war. Zumindest sah sie genauso aus.

Caxtons Finger legten sich fester um das Foto. »Heh, wo haben Sie das her?« wollte er wissen.

»Von Selanie«, antwortete Kellie triumphierend.

Caxton betrachtete die wunderschöne, wilde Szene mit ihrem phantastischen Ungeheuer genauer – und entspannter. Es war ein Glück, daß es die venusianische Szene *war,* sagte er sich. Das rückte das Ganze in eine normalere Perspektive, denn die Venussonden der Großmächte hatten ja inzwischen einwandfrei erwiesen, daß die Venus kein dampfendes Ebenbild der warmen Meere der prähistorischen Erde war, sondern eine glühendheiße Wüste mit Oberflächentemperaturen, die hoch genug waren, um viele Metalle schmelzen zu lassen.

Caxton wollte dem jungen Mann das Foto wieder zurückgeben. »Nicht schlecht«, sagte er. »Da versteht jemand sein Handwerk. Ich würde diese Selanie gern kennenlernen.«

»Warten Sie«, unterbrach Kellie ihn. »Das ist nicht alles.«

Er nahm eine Ecke des Photos zwischen Daumen und Zeigefinger und drückte leicht zu. »Jetzt passen Sie auf«, sagte er.

Caxton sah gleichgültig hin. Für einen Augenblick – nur für einen Augenblick – war er ruhig und einfach neugierig. Und dann folgte ein Moment der geistigen Leere und schließlich eine seltsame Verwirrung in ihm, als ob sein ganzes Inneres gleichzeitig in verschiedene Richtungen springen würde.

Wie aus der Ferne hörte er Kellie fortfahren: »Ich habe Ihnen ja gesagt, daß das Foto kein normales Foto ist.«

»Kein normales!« Caxton brauchte ein paar Sekunden, bis er begriff, daß die krächzende Stimme seine eigene gewesen war.

Im nächsten Augenblick staunte er nur noch.

Die Szene auf oder besser *in* dem Foto... bewegte sich. Das Meer begann zu brodeln, und Caxton sah wieder, wie das Wesen mit dem Echsenkopf, das so sehr an jene Tiere erinnerte, die vor vierzig Millionen Jahren die Sümpfe der Erde bevölkert hatten, versuchte, den Mann zu erwischen, der über den Wellen schwebte. Mit weit aufgerissenem Maul schoß es aus dem Wasser, während der Mann provozierend auf seinem Flieger aufstieg und sich außer Reichweite der messerscharfen Zähne brachte, die wild nach ihm schnappten.

Die Angriffsszene rollte vor Caxtons Augen ab und hielt genau an der Stelle an, wo die riesigen Kiefer das ganze Foto ausfüllten. Plötzlich verschwamm das Bild, und dann... verschwanden die Kiefer. Das Foto sah wieder genauso aus wie am Anfang, als Caxton es zuerst in die Hand genommen hatte.

Unbewegt, still, schön, verrückt.

Wahrscheinlich bereit, jederzeit wieder seine kleine Szene abzuspielen.

Caxton hielt das erstaunliche Foto zwischen den Fingern wie ein Kenner einen wertvollen Edelstein. Wie aus der Ferne hörte er Kellie weiterschwatzen. »Ihr Vater ist ein Erfindergenie«, sagte er gerade. »Sie müßten mal ein paar von den Sachen sehen, die sie im letzten Monat in diesem Zug verkauft hat. Irgendwann wird der Mann schlau werden und mit der Massenproduktion anfangen. Wenn dieser Tag kommt, können alle Fotofirmen und eine Menge anderer Betriebe dichtmachen.«

Der gleiche Gedanke war auch Caxton schon gekommen, aber noch bevor er etwas sagen konnte, nahm Kellie ihm das Foto aus der Hand und beugte sich zu einem gutaussehenden, grauhaarigen Mann vor, der ihnen gegenübersaß. »Ich habe bemerkt, daß Sie sich auch für das Foto interessieren, mein Herr. Möchten Sie es sich einmal anschauen?«

»Ja, gern.«

Der Mann sprach leise, aber seine Stimme war so volltönend, daß es Caxton in den Ohren klang. Als der alte Mann das Foto ergriff, fiel es ohne ersichtlichen Grund plötzlich in mehrere Stücke auseinander.

»Oh!« rief Kellie verdutzt aus.

»Ich bitte um Verzeihung«, sagte der vornehm aussehende alte Mann. Eine Dollarnote erschien in seiner Hand. »Ich fürchte, das war meine Schuld. Aber Sie können ein neues von dem Mädchen kaufen, wenn es kommt.« Er lehnte sich in seinem Sitz zurück und vergrub sich hinter einer Zeitung.

Caxton sah, daß sich Kellie auf die Lippe biß. Der junge Mann saß da und starrte auf die Teile seines zerrissenen Fotos, dann auf die Dollarnote und dann in die Richtung des jetzt verborgenen Gesichts des grauhaarigen Mannes. Schließlich seufzte Kellie. »Ich kann es nicht verstehen. Ich habe das Foto jetzt einen Monat, und es ist zweimal ins Wasser gefallen und Hitze ausgesetzt gewesen, ohne daß etwas passiert ist – und jetzt zerfällt es wie ein Stück morsches Holz.« Er zuckte die Achseln, aber sein Ton war reklamierend, als er nach einem Augenblick fortfuhr: »Ich nehme an, man kann nicht mehr erwarten bei den Möglichkeiten, die Selanies Vater...« Er brach aufgeregt ab. »Oh, sehen Sie, da ist Selanie. Ich möchte wissen, was sie heute wieder anbietet.« Ein verschmitztes Lächeln erschien auf seinem schmalen Gesicht. »Warten Sie, bis ich ihr das kaputte Foto zeige. Ich habe noch mit ihr geneckt, als ich es kaufte, und ihr gesagt, es müßte ein Trick dabeisein. Sie wurde ziemlich wütend und garantierte mir, daß es unzerstörbar sei. Was zum Teufel verkauft sie denn da? Sehen Sie, wie sich die Leute um sie drängen.«

Caxton stand auf. Er reckte den Hals, um besser über die Köpfe der Leute sehen zu können, die sich um das Mädchen scharrten, das am anderen Ende des Wagens etwas vorführte.

»Allmächtiger!« ertönte eine tiefe Männerstimme. »Wieviel verlangst du für diese Becher? Wie funktionieren sie?«

»Becher!« wiederholte Caxton. Er bewegte sich fasziniert auf die Gruppe zu. Wenn er richtig gesehen hatte, reichte das Mädchen einen Becher herum, der sich ständig mit Flüssigkeit füllte. Die Leute tranken, und er wurde sofort wieder voll. Irgendwie mußte Selanies Vater ein Prinzip entwickelt haben, um Flüssigkeiten auszufällen, dachte Caxton. Die Idee war genial. Und wenn er mit ihm ins Geschäft kommen konnte, war er ein gemachter Mann.

Die kristallklare Stimme des Mädchens, die sich über das Gemurmel das Menge erhob, riß Caxton aus seinen Gedanken. »Die Becher kosten einen Dollar das Stück. Sie funktionieren mittels chemischer Kondensation der Gase in der Luft. Der Prozeß ist nur meinem Vater bekannt. Aber warten Sie, ich bin mit meiner Demonstration noch nicht fertig.«

In der Stille, die daraufhin eintrat, fuhr das Mädchen mit ruhiger, kräftiger Stimme fort: »Wie Sie sehen, handelt es sich um einen faltbaren Trinkbecher ohne Griff. Zuerst öffnen Sie ihn. Dann drehen Sie den Streifen hier oben im Uhrzeigersinn. An einem bestimmten Punkt kommt Wasser. Und jetzt passen Sie auf. Ich drehe ihn noch weiter. Die Flüssigkeit wird rot, und Sie bekommen ein süßsaures Getränk, das sehr erfrischend ist bei heißem Wetter.«

Selanie reichte den Becher herum. Während er vorsichtig von Hand zu Hand ging, gelang es Caxton, seinen Blick von dem Wunderding zu lösen und sich das Mädchen genauer anzusehen. Es war etwa einen Meter siebzig groß, schlank und hübsch und hatte dunkelbraunes Haar. Sein Gesicht verriet große Intelligenz. Es lag etwas Stolzes in Selanies Kopfhaltung, die ihr einen überraschenden Ausdruck von Distanziertheit verlieh, trotz der

Art und Weise, wie sie die Dollarnoten nahm, die ihr in die Hand gedrückt wurden.

Wieder ertönte die Stimme des Mädchens. »Tut mir leid, nur einer pro Person. Sie werden bald auf dem Markt zu kaufen sein. Die hier sind nur Souvenirs.«

Die Menge zerstreute sich, und die Reisenden kehrten zu ihren Plätzen zurück. Das Mädchen kam durch den Gang und blieb vor Caxton stehen. »Mein Freund hier hat mir ein Foto gezeigt, das du ihm verkauft hast«, sagte Caxton rasch. »Würdest du mir...«

»Ich habe noch ein paar.« Selanie nickte ernst. »Möchten Sie auch einen Becher?«

Caxton deutete mit dem Kopf auf Kellie. »Mein Freund hier hätte auch gern ein Foto. Seins ist zerrissen.«

»Tut mir leid, aber ich kann ihm kein zweites verkaufen.« Selanie hielt inne, und ihre Augen weiteten sich. »Sagten Sie, seins ist *zerrissen?«* fragte sie langsam.

Sie begann zu schwanken. »Darf ich es sehen?« fragte sie verstört. »Wo ist es?«

Sie nahm die Teile des Fotos, die Kellie ihr hinhielt, und starrte darauf. Um ihren Mund zuckte es, und ihre Hände begannen zu zittern. Ihr Gesicht nahm einen grauen, verzerrten Ausdruck an, und ihre Stimme war ein Flüstern, als sie sagte: »Erzählen Sie mir... wie ist es passiert? Wie *genau?«*

»Wieso?« Kellie blickte sie erstaunt an. »Ich wollte es dem Herrn dort geben und plötzlich...«

Kellie brach ab, denn Selanie hörte ihm nicht mehr zu. Wie auf ein Signal fuhr das Mädchen herum. Der alte Mann senkte seine Zeitung und blickte es an. Selanie erwiderte seinen Blick mit dem faszinierten Ausdruck eines Kaninchens, das vor einer Schlange hockt. Dann schwankte sie zum zweitenmal innerhalb von zwei Minuten. Der Korb wäre ihr fast aus der Hand gefallen, als sie herumwirbelte und durch den Gang davonlief.

Einen Augenblick später sah Caxton sie über den Bahnsteig in Richtung Piffer's Road rennen.

»Zum Teufel noch mal!« explodierte Kellie.

Er fuhr zu dem alten Mann herum. »Was haben Sie mit ihr gemacht?« fragte er aufgebracht. »Sie...«

Er verstummte, und Caxton, der gerade eine scharfe Bemerkung hatte hinzufügen wollen, blieb ebenfalls still.

VI

Die Stimme des Vertreters dort in der hellen Sonne auf dem Bahnsteig von Warwick Junction verstummte. Es dauerte einen Augenblick, bis Caxton begriff, daß die Geschichte zu Ende war.

»Sie meinen, das ist alles?« wollte er wissen. »Wir haben einfach dagesessen wie ein paar Trottel, die sich von einem alten Mann mundtot machen lassen? Das war alles? Und Sie wissen noch immer nicht, was das Mädchen so erschrocken hat?«

Kellies Gesicht zeigte den seltsamen Ausdruck eines Mannes, der im Geiste nach einem Wort oder einem Ausdruck sucht, um das Unbeschreibliche zu beschreiben. Schließlich meinte er: »Er hatte irgend etwas an sich, so als... als ob man den knallhärtesten Verkaufsleiter auf der ganzen Welt vor sich hat und von ihm zur Schnecke gemacht wird. Wir hielten einfach den Mund.«

Caxton nickte finster. »Er ist nicht ausgestiegen?« fragte er.

»Nein, Sie waren der einzige, der ausstieg.«

»Was?«

Kellie blickte ihn an. »Wissen Sie, es ist wirklich verdammt seltsam, aber so war es. Sie haben den Schaffner gebeten, Ihr Gepäck in Inchney zur Aufbewahrung zu geben. Das letzte, was ich von Ihnen sah, bevor der Zug weiterfuhr, war, wie Sie die Piffer's Road in die Richtung hinaufgingen, in der das Mädchen verschwunden war, und ... Ah, da kommt unser Zug.«

Der kombinierte Güter- und Personenzug fuhr mit viel Lärm ein... Später, als er sich entlang eines Talrandes wand, saß Caxton da und starrte auf die Gegend hinaus, ohne auf Kellies Geplapper neben sich zu achten. Schließlich beschloß er, in Inchney auszusteigen und zuerst seine Tour zu machen, bis die Läden schlossen. Dann würde er versuchen, irgendwie nach Piffer's Road zu kommen und den langen Sommerabend mit Nachforschungen zu verbringen. Wenn er sich recht erinnerte, betrug die Entfernung zwischen der Stadt und dem kleinen Dorf laut seiner Karte sieben Meilen. Schlimmstenfalls konnte er zu Fuß nach Inchney zurückgehen.

Der erste Teil erwies sich sogar noch einfacher. Es ging ein Bus dorthin, der um sechs Uhr abfuhr, wie der Empfangschef im Hotel Caxton informierte.

Um zwanzig nach sechs stieg Caxton aus dem Bus. Er stand im Staub, der Piffer's Road war, und sah dem Bus nach, der den

Highway hinunter davonbrauste. Das Geräusch verklang in der Ferne, als Caxton die Eisenbahngleise überquerte. Der Abend war warm und still, und Caxtons Mantel hing schwer über seinem Arm. Er wußte, daß es später kühler werden würde, aber im Augenblick bereute er fast, den Mantel mitgebracht zu haben.

Vor dem ersten Haus kniete eine Frau auf dem Rasen und arbeitete in einem Blumenbeet. Caxton zögerte, dann ging er hinüber zum Zaun. Er schaute die Frau einen Augenblick an und fragte sich, ob er sich an sie erinnern sollte. Schließlich machte er sich bemerkbar: »Entschuldigen Sie, Madam.«

Die Frau blickte nicht auf und grub weiter in ihrem Blumenbeet. Sie war eine grobknochige Person in einem bedruckten Kleid, und sie mußte ihn herankommen gesehen haben, daß sie so hartnäckig schwieg. »Könnten Sie mir vielleicht sagen, wo hier ein Mann mittleren Alters mit seiner Tochter lebt?« fuhr Caxton fort. »Die Tochter heißt Selanie, und sie hat sonst Füllfederhalter, Trinkbecher und solche Sachen an Leute im Zug verkauft.«

Die Frau stand auf und kam zu Caxton herüber. Von nahem sah sie nicht ganz so plump und unattraktiv aus. Sie hatte graue Augen, die ihn zuerst mit einer gewissen Feindseligkeit und dann mit Neugier musterten. »Sagen Sie«, meinte sie schließlich, »sind Sie nicht vor ungefähr zwei Wochen schon mal hier gewesen und haben nach den beiden gefragt? Ich sagte Ihnen damals, daß sie in dem Wäldchen da hinten leben.« Sie deutete auf ein paar Bäume ungefähr eine Viertelmeile die Straße hinauf, aber ihre Augen verengten sich, als sie Caxton anblickte. »Ich begreife es nicht«, sagte sie mürrisch.

Caxton hatte keine Lust, dieser mißtrauischen, barschen Frau von seiner Amnesie zu erzählen.

»Vielen Dank«, sagte er hastig. »Ich...«

»Es hat keinen Sinn, noch mal da hoch zu gehen«, unterbrach ihn die Frau. »Sie sind noch am selben Tag weggefahren, als Sie das letztemal hier waren... in ihrem großen Wohnmobil. Und sie sind nicht zurückgekommen.«

»Sie sind weg?« rief Caxton aus.

In seiner Enttäuschung hätte er fast mehr gesagt, doch dann bemerkte er, daß ihn die Frau mit einem leisen, zufriedenen Lächeln betrachtete. Sie sah aus, als ob es ihr gelungen wäre, einem unangenehmen Zeitgenossen einen K.-o.-Schlag zu versetzen.

»Ich glaube, ich werde trotzdem raufgehen und mich mal umsehen«, erwiderte Caxton barsch.

Er wirbelte auf dem Absatz herum. Caxton war so wütend, daß ihm für eine Weile kaum bewußt war, daß er im Straßengraben und nicht auf der Straße ging. Seine Wut wich langsam einem Gefühl der Enttäuschung, die wiederum vor dem Gedanken verging, daß er sich jetzt, wo er schon einmal hier oben war, auch ruhig ein bißchen umsehen konnte.

Nach einem Moment erstaunte es ihn, daß er sich von dieser Frau so schnell derart hatte in Rage bringen lassen. Caxton schüttelte den Kopf. Er sollte sich besser in acht nehmen. Seine Bemühungen, die Herkunft des Projektors ausfindig zu machen - und sein Gedächtnis wiederzufinden –, zerrten an seinen Nerven.

Eine Brise kam aus dem Nichts auf, als Caxton das schattige Wäldchen betrat. Sie streifte sanft sein Gesicht, und das Rauschen der Bäume war das einzige Geräusch, das die abendliche Stille durchbrach. Caxton brauchte nicht länger als einen Augenblick, um zu begreifen, daß seine vagen Erwartungen, jenes undefinierbare Gefühl, das ihn zu diesem Ausflug veranlaßt hatte, nicht befriedigt werden würden. Denn er sah nichts. Es gab keinerlei Anzeichen dafür, daß hier jemals Menschen gelebt hatten, nicht eine einzige Blechbüchse, kein Abfall, keine Aschereste von einem Herd. Nichts. Caxton wanderte ein paar Minuten enttäuscht umher und stocherte mit einem Stock vorsichtig in einem Haufen dürrer Äste. Schließlich kehrte er auf die Straße zurück. Diesmal war es die Frau, die ihn anrief. Nach kurzem Zögern ging Caxton zu ihr hinüber. Vielleicht wußte sie doch mehr, als sie gesagt hatte. Er bemerkte, daß sie jetzt freundlicher aussah.

»Haben Sie irgendwas gefunden?« wollte sie wissen.

Caxton lächelte über ihre kaum verhohlene Neugier, dann zuckte er mißmutig die Achseln. »So ein Wohnmobil scheint sich wie Rauch in Nichts aufzulösen, wenn es wegfährt.«

Die Frau rümpfte die Nase. »Wenn noch irgendwelche Spuren da waren, dann hat sie sicher der alte Mann zerstört, der auch da oben rumgesucht hat.« Caxton hatte Mühe, seine Erregung zu unterdrücken. »Der alte Mann?« rief er aus.

Die Frau nickte, dann sagte sie verbittert: »Ein vornehm aussehender alter Mann. Kam her und fragte zuerst alle, was für Sachen uns Selanie verkauft hätte. Zwei Tage später wachten wir morgens auf, und alles war weg.«

»Gestohlen!«

Die Frau machte ein finsteres Gesicht. »Gewissermaßen. Es lag zwar eine Dollarnote für jedes Teil da, aber bei solchen Dingen ist es trotzdem Diebstahl. Wissen Sie, sie hatte eine Bratpfanne, die...«

»Aber was wollte er?« unterbrach Caxton die Frau befremdet. »Hat er denn nichts gesagt? Sie haben sich doch bestimmt nicht so ohne weiteres von ihm ausfragen lassen?«

Zu Caxtons Erstaunen wurde die Frau verlegen. »Ich weiß nicht, was über mich gekommen ist«, gestand sie schließlich. »Der alte Mann hatte irgend etwas an sich. Er wirkte irgendwie herrisch und einflußreich, als ob er ein hohes Tier oder so was wäre.« Sie hielt wütend inne. »Dieser Schurke!«

Ihre Augen verengten sich vor plötzlicher Feindseligkeit, und sie blickte Caxton prüfend an. »Sie sind mir der Richtige. Wollen wissen, warum wir keine Fragen gestellt haben, und was machen Sie? Sie stehen da und fragen mich aus, wo . . . Hören Sie, lassen Sie mich eins klarstellen: *Sind* Sie jetzt der Bursche, der vor zwei Wochen hier war? Und was haben Sie überhaupt mit der Sache zu tun?«

Caxton zögerte. Es erschien ihm nicht ganz einfach, seine Geschichte Leuten wie dieser Frau zu erzählen. Aber sie wußte wahrscheinlich mehr. Es mußte eine ganze Menge über den Monat zu berichten geben, den das Mädchen Selanie und sein Vater in dieser Gegend verbracht hatten. Eins schien jedenfalls sicher: Wenn es weitere Informationen gab, dann würde die Frau sie wissen.

Also erzählte Caxton ihr seine Geschichte. »Sie sehen also«, schloß er ein bißchen unsicher, »ich bin ein Mann, der – nun, auf der Suche nach seinem Gedächtnis ist. Vielleicht habe ich einen Schlag auf den Kopf bekommen, obwohl keine äußere Verletzung festzustellen war. Oder man hat mich betäubt. *Irgend etwas* ist jedenfalls mit mir passiert. Sie sagten, ich bin da rauf gegangen. Bin ich zurückgekommen? Oder was habe ich gemacht?«

Er brach abrupt ab, denn plötzlich, ohne Vorwarnung, begann die Frau zu brüllen. »Jimmy!« schrie sie mit ohrenzerreißender Stimme. »Jimmy! Komm mal her!«

»Jaah, Mom!« ertönte eine Jungenstimme aus dem Innern des Hauses.

Caxton beobachtete verdutzt, wie ein ungekämmter Zwölfjähriger mit einem wachsamen, neugierigen Gesicht aus dem Haus geschossen kam. Die Tür schlug hinter ihm zu. Caxton lauschte immer noch ziemlich verwirrt, wie die Mutter dem Jungen erklärte, daß »dieser Mann von den Leuten im Wohnmobil einen Schlag auf den Kopf bekommen hat und daß er sein Gedächtnis verloren hat und daß er gern von dir wissen möchte, was du gesehen hast«.

Die Frau wandte sich an Caxton. »Jimmy hat diesem Volk nie über den Weg getraut«, verkündete sie stolz. »Er war sicher, daß sie Ausländer oder so was waren, deshalb hat er sie genau im Auge behalten. Er hat gesehen, wie Sie da raufgegangen sind, und er hat fast alles beobachtet, was passierte, bis das Wohnmobil schließlich wegfuhr. Natürlich war es nicht einfach festzustellen, was drinnen vorging, da das große Ding kein einziges Fenster hatte. Aber«, schloß die Frau, »Jimmy ist mal drin gewesen, als sie nicht da waren, und hat sich umgesehen. Natürlich nur, um sicherzugehen, daß sie nicht dabei waren, irgendein Ding zu drehen.«

Caxton nickte und unterdrückte eine zynische Bemerkung. Wahrscheinlich hatte der Junge nur herumschnüffeln wollen. Aber in diesem Fall war es Glück für ihn.

Der Klang von Jimmys schriller Stimme in der hereinbrechenden Dämmerung riß Caxton aus seinen Gedanken. ...

Der Nachmittag war heiß, und nachdem sich Caxton bei der Frau im ersten Haus erkundigt hatte, wo der Vater mit seiner Tochter lebte, ging er langsam auf das Wäldchen zu, das sie ihm gezeigt hatte.

Hinter ihm tutete der Zug zweimal, dann setzte sich die Lokomotive schnaufend in Bewegung. Caxton unterdrückte einen plötzlichen Impuls, zurückzulaufen und wieder einzusteigen. Er hätte es sowieso nicht mehr geschafft. Außerdem gab man nicht so einfach die Chance auf, reich zu werden. Sein Schritt wurde schneller, als er an das Foto, den Trinkbecher und den Projektor dachte.

Caxton entdeckte das Wohnmobil zwischen den Bäumen erst, als er in das kleine Wäldchen trat. Als er den Wagen sah, blieb er jäh stehen. Das Wohnmobil war noch größer, als Jimmys Mutter es beschrieben hatte. Es war so lang wie ein kleiner Güterwagen und lief nach hinten stromlinienförmig aus.

Auf Caxtons Klopfen antwortete niemand.

Er hatte gedacht, daß das Mädchen in diese Richtung gelaufen war. ... Unsicher ging er um das Monstrum auf Rädern herum. Wie Jimmy gesagt hatte, besaß es keine Fenster, so daß es unmöglich war, in den Wagen hineinzusehen, außer vorn, wo die Windschutzscheibe und die Seitenfenster der Fahrerkabine einen Blick auf die Sitze erlaubten. Hinter dem Rücksitz befand sich eine Tür, die in den Wohnbereich des Wagens führte, aber sie war geschlossen.

Soweit Caxton feststellen konnte, gab es nur zwei Eingänge, einen auf jeder Seite – eine Tür vorn auf der anderen Seite und eine etwas weiter nach hinten, wo er zuerst gewesen war.

Caxton kehrte zu der Tür zurück, an die er geklopft hatte, und lauschte aufmerksam auf Geräusche. Aber wieder war nichts zu hören. Das heißt, nichts, bis auf das Rauschen einer sanften Brise, die durch die oberen Äste der Bäume blies. In der Ferne pfiff klagend der Zug. Caxton probierte die Klinke, und die Tür ließ sich so leicht öffnen, daß er nicht länger zögerte. Vorsichtig drückte er sie auf und blickte in einen der Räume.

Das erste, was Caxton sah, als er einstieg, war der Korb des Mädchens, der an der Wand unmittelbar links neben der Tür stand.

Beim Anblick des Korbs blieb er abrupt stehen. Dann setzte er sich in die Tür und ließ die Beine herunterbaumeln. Seine Nervosität legte sich langsam, als nichts geschah, und Caxton begann mit wachsender Neugier, den Inhalt des Korbs zu untersuchen. Er fand etwa ein Dutzend von den Wunderfotos, mindestens drei Dutzend von den sich selbst füllenden Faltbechern, ein Dutzend runde, schwarze Objekte, deren Sinn und Zweck ihm verborgen blieb, und drei Kneifer. Jede der Brillen wies ein durchsichtiges Rädchen auf, das an der Seite des rechten Brillenglases befestigt war. Sie schienen unzerbrechlich zu sein, denn Caxton fand keine Etuis. Der Kneifer, den er sich aufsetzte, paßte genau, und einen Augenblick lang dachte Caxton, daß die Brille aus Fensterglas bestünde. Dann bemerkte er den Unterschied. Alles war näher – der Raum, seine Hand –, nicht vergrößert oder verschwommen, sondern so, als ob er durch ein leicht vergrößerndes Fernglas blickte. Nach einem Moment fiel Caxton das kleine Rad wieder ein. Es ließ sich leicht drehen.

Augenblicklich kam alles näher, war der Fernglaseffekt doppelt so stark. Caxtons Finger zitterten ein bißchen, als er begann, das Rädchen erst in die eine Richtung und dann in die andere zu drehen. Er brauchte nur ein paar Sekunden, um seine erstaunliche Vermutung bestätigt zu finden. Er hatte hier eine Brille mit einstellbaren Gläsern, eine unglaubliche Kombination aus Teleskop-Mikroskop: eine Superbrille.

Verblüfft legte Caxton das Wunderding in den Korb zurück. Dann stieg er mit abrupter Entschlossenheit in das Wohnmobil und stand in einem schmalen Gang. Er wandte sich zuerst nach vorn, dann ging er zurück in den hinteren Teil des Wagens, wobei er jede Tür probierte, an der er vorbeikam. Es waren elf, und nur zwei davon waren unverschlossen. Die erste führte in das kleine Schlafzimmer einer Frau. Eine halb geschlossene Kommode enthielt Frauenkleidung. Caxton warf einen flüchtigen Blick auf die glänzenden Wände und die Decke. Er bemerkte das ordentlich gemachte Klappbett, ein Bücherregal und einen Stuhl; dann zog er schuldbewußt die Tür zu.

Die andere Tür, die unverschlossen war, führte in den hinteren Raum. Hier war eine ganze Wand mit Regalen versehen, auf denen eine Vielfalt von kleinen Objekten stand. Caxton nahm ein feines Instrument in die Hand, das wie eine Kamera aussah, und untersuchte das Objektiv. Dabei drückten seine Finger auf etwas, das nachgab. Es klickte. Sofort darauf glitt eine glänzende Karte aus einem Schlitz in der Rückseite. Ein Photo.

Es zeigte die obere Gesichtshälfte eines Mannes und wies eine bemerkenswerte Schärfe und eine überraschend natürliche Farbwirkung auf. Es war der gespannte Ausdruck in den braunen Augen, der die Züge einen Augenblick lang fremd erscheinen ließ. Dann erkannte Caxton, daß er sich selbst sah. Er hatte ein Photo von sich gemacht, das sofort entwickelt worden war.

Verblüfft steckte Caxton das Foto ein und stellte den Apparat hin. Dann stieg er zitternd aus dem Wohnmobil und ging die Straße hinunter in Richtung Dorf davon.

»Und dann«, sagte Jimmy, »kehrten Sie einen Augenblick später zurück, stiegen in den Wagen und schlossen die Tür, und dann gingen Sie nach hinten. Sie kamen so schnell zurück, daß Sie mich fast gesehen hätten. Ich hatte gedacht, Sie wären weg. Und dann…«

Die Tür des Wohnmobils ging auf. Eine Mädchenstimme sagte etwas Eindringliches, das Caxton nicht verstand, woraufhin ein Mann etwas brummte. Die Tür wurde geschlossen, und da war eine Bewegung und das Geräusch von Atmen.

»Und das ist alles, Mister«, schloß Jimmy. »Ich dachte, es würde Ärger geben, deshalb bin ich nach Hause gelaufen, um es Mom zu erzählen.«

»Du meinst, sie haben mich überrascht, und ich habe es nicht gewagt, mich zu zeigen?« fragte Caxton.

»Ich habe Ihnen alles gesagt, was ich gesehen habe«, antwortete der Junge.

»Und das ist alles, was du weißt?«

Jimmy zögerte. »Na ja«, begann er schließlich vorsichtig, »was dann passierte, war ziemlich merkwürdig. Wissen Sie, ich habe mich noch mal umgesehen, als ich die Straße erreichte, und plötzlich war das Wohnmobil nicht mehr da.«

»Es war nicht mehr da?« wiederholte Caxton langsam. Im Geiste überflog er das Gebiet, wie er es gesehen hatte, und versuchte, sich vorzustellen, was passiert war. »Du meinst, sie haben den Motor gestartet und sind dann die Piffer's Road hinunter auf den Highway gefahren?«

Der Junge schüttelte eigensinnig den Kopf. »Das wollen sie mir alle einreden. Aber ich weiß, was ich gesehen und gehört habe. *Ich* war auf der Piffer's Road. Es ist kein Motorengeräusch zu hören gewesen. Sie waren auf einmal einfach verschwunden, das ist alles.« Caxton merkte, wie ihm unheimlich wurde. »Und ich war im Wagen?« wollte er wissen.

»Sie waren im Wagen«, bestätigte Jimmy.

Die Stille, die folgte, wurde durch die laute Stimme der Frau unterbrochen. »Wissen Sie, was ich denke?«

Caxton riß sich mühsam zusammen. »Was?« fragte er.

»Wir haben es hier mit einer Betrügerbande zu tun. Diese Geschichte über ihren Vater, der das Zeug angeblich macht – ich kann nicht begreifen, wie wir darauf reinfallen konnten. Dabei hat er seine Zeit damit verbracht, herumzugehen und Altmetall aufzukaufen. Wohlgemerkt« – das Zugeständnis kam fast widerwillig – »sie haben schon ein paar tolle Dinge. Wenn Sie mich fragen, verkauft die Bande sie in einem Bezirk, dann stehlen sie die Sachen wieder und verkaufen sie woanders.«

Obwohl Caxton mit seinen eigenen Gedanken beschäftigt war, starrte er die Frau an. Es war nicht das erstemal, daß er mit der merkwürdigen Logik von wirrköpfigen Leuten konfrontiert wurde, aber es schockierte ihn immer wieder, wenn Fakten so unverfroren ignoriert wurden, um irgendeine verrückte Theorie aufrechterhalten zu können. »Ich verstehe nicht, wo da der Profit liegen soll«, sagte er. »Was ist mit dem Dollar, den Sie für jeden gestohlenen Artikel zurückbekommen haben?«

»Oh.« Das Gesicht der Frau wurde lang. Dann sah sie verblüfft aus. Und dann, als sie begriff, daß ihre Theorie unhaltbar war, überzog eine zornige Röte ihr wind- und sonnengebräuntes Gesicht. »Vielleicht irgendein Reklametrick«, erwiderte sie barsch.

Caxton fand, daß es an der Zeit war, das Gespräch zu beenden. »Wissen Sie jemanden, der heute abend noch nach Inchney fährt?« fragte er hastig. »Ich suche jemanden, der mich mitnehmen könnte.«

Der Themawechsel verfehlte nicht seine Wirkung. Die Röte verschwand aus den Wangen der Frau. Sie sagte nachdenklich: »Nein, ich weiß niemanden. Aber keine Sorge. Gehen Sie einfach zum Highway, es wird schon jemand anhalten.«

Der zweite Wagen nahm Caxton mit.

VII

Bei Einbruch der Dunkelheit saß Caxton im Hotel und dachte an das Mädchen und seinen Vater mit einem Wagen voll der wundervollsten Dinge auf der Welt. Es verkauft sie als Souvenirs, eins pro Person. Er kauft Altmetall. Und dann, als Gipfel der Verrücktheit, geht ein alter Mann herum und kauft die verkauften Gegenstände auf oder – Caxton dachte an Kellies Foto – zerstört sie. Und schließlich die seltsame Amnesie eines Fotoartikelvertreters namens Caxton, der sich auf die Suche nach der Herkunft eines ganz bestimmten Projektors gemacht hatte.

Irgendwo hinter Caxton rief eine Männerstimme entrüstet aus: »Oh, sehen Sie, was Sie gemacht haben. Sie haben es zerrissen.«

Eine gesetzte, volltönende Stimme antwortete: »Ich bitte um Entschuldigung. Sie haben einen Dollar dafür bezahlt, sagten

Sie? Ich werde Ihnen natürlich den Verlust ersetzen. Hier – und nochmals Entschuldigung.«

In der Stille, die folgte, stand Caxton auf und drehte sich um. Er sah einen großen, gutaussehenden Mann mit grauen Haaren, der im Begriff war, sich zu erheben. Er hatte neben einem jüngeren Mann gesessen, der jetzt auf die Teile eines Fotos in seinen Fingern starrte. Der alte Mann steuerte auf die Drehtür zu, die auf die Straße hinausführte, aber es war Caxton, der sie als erster erreichte. »Einen Augenblick bitte«, sagte er ruhig, aber knapp. »Ich möchte eine Erklärung, was mit mir passiert ist, nachdem ich in das Wohnmobil von Selanie und ihrem Vater gestiegen bin. Und ich denke, Sie sind derjenige, der Sie mir geben kann.«

Caxton brach ab. Er schaute in Augen, die wie zwei Seen aus grauem Feuer waren, Augen, die sich buchstäblich in sein Gesicht zu brennen und mit unverminderter Intensität in das Innere seines Gehirns zu blicken schienen. Caxton erschrak. Er konnte gerade noch daran denken, was Kellie gesagt hatte, wie dieser Mann sie im Zug mit einem einzigen tödlichen Blick zum Schweigen gebracht hatte, und dann war es auch schon zu spät. Mit raubkatzenhafter Schnelligkeit trat der andere vor und ergriff Caxtons Handgelenk. Caxton fühlte etwas Metallisches bei der Berührung, Metall, das eine kribbelnde Hitze durch seinen Arm schickte. Dann sagte der große Mann mit leiser, zwingender Stimme: »Hier entlang – zu meinem Wagen.«

Caxton merkte noch, wie er in einen langen, glänzenden Wagen einstieg. Der Rest war Dunkelheit – geistig wie auch körperlich...

Caxton lag auf dem Rücken auf einem harten Boden. Er schlug die Augen auf und starrte für einen Moment verständnislos auf eine gewölbte Decke zweihundert Fuß über ihm. Die Decke war wenigstens dreihundert Fuß breit, und fast ein Viertel davon war Fenster, durch das gräulichweißes, diesiges Licht fiel, als ob eine unsichtbare Sonne versuchte, einen dünnen, aber dichten Nebelschleier zu durchdringen.

Der breite Fensterstreifen lief an der Mitte der Decke entlang geradeaus weiter in die Ferne. *In die Ferne!* Caxton fuhr mit einem Ruck hoch, und für einen Moment weigerte sich sein Verstand zu akzeptieren, was seine Augen sahen.

Der Korridor hatte kein Ende. Er erstreckte sich in beide Richtungen, bis er zu einem verwischten Schemen aus grauem Marmor und grauem Licht wurde. Da waren ein Balkon, eine Galerie und ein zweiter Balkon; jedes Stockwerk besaß seinen eigenen Seitenkorridor, der durch ein Geländer abgetrennt war. Caxton sah zahllose glänzende Türen und ab und an einen abzweigenden Korridor, die alle auf weitere Ausdehnungen dieses offenbar riesigen Gebäudes schließen ließen.

Nachdem der erste große Schock vorbei war, rappelte sich Caxton langsam auf. Die Erinnerung an den alten Mann – und was davor passiert war – belastete ihn. *Er hat mich zu seinem Wagen geschleppt und mich dann hierhergefahren,* dachte Caxton finster.

Aber wo war er hier? Auf der ganzen Erde gab es kein solches Gebäude.

Ein eisiger Schauer lief ihm über den Rücken. Es kostete Caxton einige Überwindung, zu der nächsten in der langen Reihe von hohen, geschnitzten Türen zu gehen und sie zu öffnen. Er konnte nicht sagen, was er erwartet hatte, aber seine erste Reaktion war Enttäuschung. Er schaute in ein Büro, ein großer Raum mit nackten Wänden. An einer Wand standen einige glänzende Aktenschränke, und die Ecke gegenüber der Tür wurde von einem großen Schreibtisch eingenommen. Ein paar Sessel, zwei bequem aussehende Sofas und eine zweite, noch kunstvollere Tür vervollständigten das Bild. Es war niemand in dem Raum. Der Schreibtisch sah blitzsauber aus. Und unbenutzt.

Die andere Tür erwies sich als verschlossen, oder ihr Mechanismus war so kompliziert, daß Caxton sie nicht aufbekam.

Wieder draußen auf dem Gang, wurde sich Caxton der absoluten Stille bewußt. Seine Schuhe verursachten ein hohles Geräusch auf dem Boden. Und Tür auf Tür enthüllte die gleichen büroähnlich eingerichteten, aber unbewohnten Räume.

Eine halbe Stunde verging nach seiner Uhr. Und eine weitere halbe Stunde. Und dann sah er die Tür in der Ferne. Zuerst war sie nur ein leuchtender Fleck, der glitzernde Konturen annahm, zu einer gewaltigen Glastür wurde, die in einen Rahmen aus buntgefärbten Fenstern eingesetzt war. Die Tür war gut und gerne fünfzig Fuß hoch. Als Caxton durch ihre transparenten Scheiben spähte, konnte er breite weiße Stufen sehen, die in einen Nebel hinunterführten, der nach ungefähr zwanzig Fuß so dicht wurde, daß die unteren Stufen nicht mehr zu sehen waren.

Caxton starrte unbehaglich auf das Bild vor ihm. Dieser Nebel, der alles verhüllte, der so lange anhielt, sich über alles legte... irgend etwas stimmte hier nicht. Caxton schüttelte sich. Wahrscheinlich war da unten am Fuß der Treppe Wasser, warmes Wasser, das einem beständigen Strom kalter Luft ausgesetzt war, so daß sich dichter Nebel bildete. Caxton stellte sich im Geiste ein Gebäude von zehn Meilen Länge vor, das neben einem See lag und für immer in grauem Nebel verborgen war.

Sieh zu, daß du hier rauskommst! dachte er abrupt.

Das Türschloß befand sich in normaler Höhe. Aber Caxton zweifelte daran, daß er in der Lage sein würde, diese gewaltige Konstruktion mit solch einer verhältnismäßig geringen Hebelkraft zu bewegen. Doch zu seiner Überraschung schwang die Tür leicht und geräuschlos auf wie ein hervorragend ausbalancierter Mechanismus. Caxton trat in den dichten Nebel hinaus und begann zuerst rasch, dann mit wachsender Vorsicht die Stufen hinunterzusteigen. Es würde ihm nicht helfen, wenn er im Wasser landete. Die hundertste Stufe war die letzte, aber es war kein Wasser da. Es war nichts da außer Nebel, kein Fundament für die Stufen, kein Boden.

Von einem plötzlichen Schwindelgefühl befallen, machte Caxton kehrt und begann auf Händen und Füßen, die Stufen wieder hinaufzuklettern. Er war so benommen wie ein untrainierter Mann, der plötzlich an einem Seil über eine Klippe hinausgeschwungen wird, daß er nur einen flüchtigen Blick von dem Raum in einer Art Spätvision mitbekam.

Caxton hatte in seiner Angst zurückgeblickt. Es war eine rein zufällige Kopfbewegung gewesen, ein Schwanken seines Körpers, bei dem sein Kopf herumzuckte... und er sah den Raum.

Caxton hielt inne. Aber auch das war eine unkontrollierte Aktion. Das Bild huschte durch seinen Geist wie eine Phantasie, und wenn er noch Kraft gehabt hätte, wäre es das auch geblieben – nichts als ein Traum. Wenn er noch Kraft gehabt hätte, wäre er weitergeklettert, und das Bild wäre verblaßt, wie Träume verblassen. Doch die Schwäche der Angst, die ihn ergriffen hatte, ließ ihn nach Luft ringen, und er sank der Länge nach auf die Treppe, wobei er sich an der Stufe unter ihm und der über ihm abstützte.

Als Caxton wieder in der Lage war, etwas zu erkennen, sah er durch einen Riß im Nebel den Raum. Er fiel zur anderen Seite der Stufen hin ab und war hell erleuchtet. Der treibende Nebel wirkte wie ein halb vorgezogener Vorhang, den jemand ganz zu schließen versuchte, es aber nicht schaffte.

Wie lange es dauerte, bis er diesen »Vorhang« erreichte, konnte Caxton hinterher nicht mehr genau sagen. Er konnte sich nicht einmal mehr erinnern, wie er dort hingekommen war. Er mußte über eine Stufe bis zu der Stelle gegenüber der Lücke im Nebel gekrochen sein, und dann hatte er sich wahrscheinlich vorsichtig zu dem halb offenen »Vorhang« heruntergelassen.

Caxton nahm an, daß er gekrochen war, denn er hätte es sicher nicht gewagt, aufrecht zu stehen.

Außerdem kniete er auf der zweiten Stufe, wie er feststellte, als er plötzlich wieder klar denken konnte. Es war sicherer, von hier aus vorzugehen, überlegte er.

Caxton tastete sich vorsichtig mit einem Fuß vor. Er wußte nicht genau, was er erwartete, aber Tatsache war, daß er festen Boden berührte.

Doch selbst dann dauerte es noch endlos lange, bis sich Caxton dazu durchringen konnte, sein Gewicht dem Boden anzuvertrauen.

Ich bin ein Akademiker, der sich als Fassadenkletterer versucht, dachte er abwesend. ... Seltsamerweise beruhigte ihn dieser Gedanke.

Und dann wurde ihm auf einmal bewußt, daß ihn der Boden mit der stabilen Kraft eines echten Bodens in einem echten Raum trug.

Was war passiert? Er hatte sich von den Stufen abgedrückt, sich aber weiter an ihnen festgehalten, während er sich vorsichtig über den glatten Fußboden – Kunststoff? – vorwärtsgeschoben hatte.

Abrupt stand Caxton auf – und er war in dem Raum.

So schnell. Und so einfach. Und das Unglaubliche war, daß er ein Fenster im Raum sah, als er sich aufrichtete... und eine Szene hinter dem Fenster... und alle Vorsicht vergaß.

Es war ein Moment der totalen Achtlosigkeit. Denn das Fenster war riesig, und Caxton konnte sehen, was dahinter war.

Caxton war so verwundert, daß er alles andere vergaß. Er lief zum Fenster wie ein Kind; und erst als er davorstand, wurde ihm bewußt, wie völlig er die automatische Besonnenheit seiner anhaltenden Überreizung ignoriert hatte – jene Art von innerer Erregung, die er in der Vergangenheit immer als zeitweilige Nervenzusammenbrüche bezeichnet hatte.

Als Caxton begriff, daß es ihm wieder passiert war, war er wie betäubt von der Tödlichkeit eines solchen Fehlers... denn wenn irgend etwas schiefgelaufen wäre, hätte dieser Fehler das Ende für ihn bedeuten können.

Das Gefühl verging. Caxton war nie ein Mann gewesen, der Ängste pflegte, die vorbei waren. Seine innere Welt war anpassungsfähig und normalerweise nicht von Dingen beeindruckbar, die hätten sein können. Aber er war leicht aus der Fassung zu bringen. Und wie! Seine Reaktion auf dem Tichenor Collegiate war nur ein Beispiel für ein Leben voll ähnlich heftiger Reaktionen. Was ihn immer vor solchen... Zusammenbrüchen gerettet hatte, war die Tatsache, daß er selten weiter über sie nachdachte, nachdem sie vorbei waren.

Er tat es auch jetzt nicht.

Direkt vor ihm war das Fenster. Und das, was dahinter lag. Automatisch setzte eine neue Reaktion ein.

VIII

Caxton blickte auf eine Stadt hinunter. Er hielt den Atem an, denn...

Es war die Stadt aus den Novitäten-Filmen des Arlay-Filmverleihs. Der Himmel war mit Fliegern übersät. Es waren Tausende. Aber selbst in diesem Wohnviertel, auf das Caxton hinunterschaute, gab es Leute, die einfach zu Fuß gingen.

Abgesehen von den Fliegern konnte Caxton keine anderen Transportmittel entdecken.

Was er von der Stadt sehen konnte, unterschied sich kaum von den vielstöckigen Großstadttürmen seiner eigenen Zeit. Nur schien sie mehr zu funkeln, mehr Sonnenlicht zu reflektieren.

Mehr Glas? fragte sich Caxton. *Oder vielleicht transparenter Kunststoff?*

Und dann kam ihm plötzlich der Mordsgedanke: *Welche Stadt? Welches Jahr?*

Und im selben Moment erlitt er seinen nächsten Zusammenbruch.

WELCHES JAHR?

Caxton wirbelte herum. Er sah eine Tür und lief darauf zu. Sie öffnete sich auf seine Berührung. Dahinter führten Stufen zu einem kunstvoll verzierten Korridor hinunter, der vor einer großen Glastür endete, durch die man zu einer Außentreppe gelangte. Diese brachte Caxton hinunter auf die Straße.

Er bemerkte abwesend, daß er durch ein Tor ging. Als Caxton auf den Gehsteig trat, der aus einem kunststoffähnlichen Material zu bestehen schien, kam er endlich wieder halbwegs zu sich.

Ich könnte mich verlaufen, dachte er.

Die Erregung, die anormale Nervosität blieben. Aber nach dieser Erkenntnis konnte sich Caxton zwingen, stehenzubleiben und seine Umgebung zu betrachten. Von hier aus sah er, daß das Haus, aus dem er so Hals über Kopf geflohen war, mit mehreren anderen auf der Kuppe eines Hügels stand.

Die Feststellung war ungeheuer beruhigend. Das konnte er so schnell nicht übersehen.

Ich muß eine Zeitung finden. ... Auf der Zeitung würden das Datum und der Name der Stadt stehen. Er würde sie sich schnappen, einen Blick darauf werfen – und dann würde er zurück zu dem Haus laufen und zu einem Raum hinauf, wo ein seltsamer Nebel einen Durchgang zu einer riesigen Treppe in einem Gebäude bildete, durch das er aus einer anderen Zeit gekommen war.

Caxton bemerkte, daß die Gebäude rechts von ihm, ungefähr einen Block entfernt, die Form und die Umrisse eines Einkaufszentrums hatten.

Während er darauf zulief, kam er an Leuten vorbei, die in weite, leuchtendbunte und seidenähnliche Hosen und Jacken gekleidet waren. Darüber hinaus trugen viele, die er sah, passend farbige Flieger, die sie um die Schultern und unter den Achseln hindurch auf den Rücken geschnallt hatten.

Als Caxton bewußt wurde, wie sehr sich seine Kleidung von der dieser Leute unterschied, ging er unwillkürlich langsamer. Er hatte das bestimmte Gefühl, daß ein Mann in einem fremdartigen, altmodischen Anzug nicht laufen sollte.

Caxton zwang sich, ruhigen Schrittes bis zu dem Einkaufszentrum zu gehen, das er gesehen hatte. Es gab keine Fahrzeuge auf dieser belebteren Straße, dafür um so mehr Menschen. Es waren sicher mehrere hundert, wie Caxton mit einem raschen Blick schätzte.

Die Szene war ungeheuer faszinierend. Alle paar Augenblicke kam ein Mann oder eine Frau mit einem Flieger vom Himmel herunter oder startete vom Gehsteig. ... Zuerst hielt Caxton jedesmal den Atem an, weil er Angst hatte, daß der Betreffende zurückfallen oder zu hart landen würde. Aber bald stellte er fest, daß es etwas völlig Selbstverständliches zu sein schien und daß es sehr viele waren, die flogen, worauf sich seine Angst unvermittelt wieder auf sich selbst und seine andersartige Kleidung konzentrierte.

Ich muß fremd aussehen, dachte er.

Aber Tatsache war, daß ihn die Leute kaum beachteten. Und so fand Caxton eine alte Feststellung bestätigt, die er bereits 1970 gemacht hatte: Es war eine große Welt. Jeder Mensch hatte nur vierundzwanzig Stunden am Tag und war deshalb mit seinen eigenen Problemen beschäftigt. Etwas, das lediglich seltsam war, konnte ihn nicht ablenken.

Ich könnte ein Schauspieler sein, der von einer Probe kommt... Woher sollten sie das wissen? Und warum sollte es sie interessieren? Zu Hause hatten Passanten nie mehr als einen flüchtigen Blick für einen Sonderling übrig.

Hier war es nicht anders, und so konnte sich Caxton ungeniert umschauen. Die Erregung, die ihn plötzlich befiel, war beispiellos in seiner bisherigen Erfahrung. Hier waren die Kinder der Enkelkinder der Menschen seiner eigenen Zeit. ... *Mein Gott, es ist einfach unglaublich!*

Caxton ging einen ganzen Block in diesem Zustand der Erregung weiter. Er warf nur flüchtige Blicke in Schaufenster und in die offenen Türen von Geschäften. Mehrmals verspürte er den vagen Impuls, stehenzubleiben und sich genauer anzuschauen, was er sah. Aber er konnte nicht einmal langsamer gehen; seine Muskeln trieben ihn automatisch voran.

Aber er bemerkte doch, daß sich die Läden nicht allzu sehr von denen seiner eigenen Zeit unterschieden. Was ihn nicht überraschte. Ladenbesitzer und ihre Waren gab es schon seit Jahrtausenden auf der Welt.

Trotzdem erleichterte diese Feststellung Caxton, und der vertraute Anblick dämpfte sogar seine wachsende Bestürzung angesichts der Tatsache, daß er weder Zeitungen noch Zeitschriften sah.

Ich werde jemanden fragen müssen, dachte er äußerst beunruhigt. Was ihn beunruhigte, war, daß er sich nicht vorstellen konnte, wie er eine solche Frage vorbringen sollte.

Alles, was er wissen wollte, war das Datum: Tag, Monat, Jahr.

Es schien so einfach, und doch glaubte Caxton irgendwie, daß die Leute solche Fragen nicht beantworteten. Den Tag, das ja. Man konnte zum Beispiel sagen, daß man nicht wüßte, ob man den 22. oder den 23. hätte. Aber nachdem sie einem den Tag gesagt hatten, und man fragte: »Nun, und welchen Monat?« Und dann, wenn sie es einem mit einem seltsamen Blick sagten – dann kam der große Hammer: *Welches Jahr?*

Woher wollte man wissen, ob der Betreffende die Frage nicht für einen Scherz hielt und eine ebenso scherzhafte Antwort gab?

Caxton riß sich zusammen und ging impulsiv zu einem Mann hinüber, der unmittelbar vor ihm stand und in ein Schaufenster starrte. »Entschuldigen Sie, Sir.«

Der Mann drehte sich um. Er hatte braune Augen, dunkelbraunes, dichtes Haar und einen glatten, rosigen Teint. Er war jünger als Caxton, offenbar um die Dreißig.

»Was gibt es?« fragte er in klar verständlichem Englisch. »Sind Sie krank?«

Ich muß ziemlich verstört aussehen. ... Noch während ihm dies bewußt wurde, sprach Caxton den Gedanken aus, der ihn so abrupt veranlaßt hatte, den Fremden anzusprechen. »Ich glaube, ich habe mein Gedächtnis verloren. Welches Jahr haben wir? Wo bin ich? Was für eine Stadt ist das?«

Der Fremde blickte Caxton mitfühlend an, dann hob er seinen Arm. Dabei fiel der weite Ärmel seiner Jacke zurück und enthüllte ein Armband an seinem Handgelenk.

»Wo ist Ihres?« wollte der Mann wissen.

Caxton begriff plötzlich, daß das Armband offenbar eine Art Ausweis war, und er sah sich schon verloren, nur weil er jemanden angesprochen hatte.

Caxton wirbelte herum und rannte über die Straße. Als er sich Augenblicke später hastig umschaute, sah er, daß der Mann immer noch dort am Fenster stand und ihm nachblickte.

Beruhigt ging Caxton langsamer, bis ihm plötzlich bewußt wurde, daß ihn irgend etwas an dem anderen immer noch beunruhigte: es war die Art und Weise, *wie* er dort stand. Caxton schaute sich noch einmal um, und obwohl er jetzt weiter weg war, konnte er deutlich sehen, daß der Fremde den Arm erhoben hatte und das Armband um sein Handgelenk dicht an seinen Mund hielt.

Sein Mund bewegte sich.

Caxton hatte plötzlich Angst. Er bog hastig um eine Ecke und lief die Straße hinunter, die er vor sich sah.

Während er rannte, befiel ihn ein völlig neues, entsetzliches Gefühl: Desorientierung. Irgend etwas in Caxton weigerte sich zu glauben, daß die Straßen wirklich solide und unbeweglich waren. Es war völlig verrückt. Er hatte das Gefühl, daß nicht er es war, der sich bewegte, sondern daß die Gehsteige an ihm vorbeiliefen. Er erinnerte sich an ein ähnliches Erlebnis in seiner Kindheit, als er von einer Brücke auf einen Fluß hinuntergeschaut hatte, und plötzlich war es die Brücke gewesen, die sich zu bewegen schien.

Jetzt war es nicht nur ein Fluß oder eine Brücke, sondern die ganze Welt, die sich bewegte. Caxton begriff, daß sein innerer Aufruhr zum Teil der Angst entsprang, daß er sich zu weit vorgewagt hatte. Alles sah fremd aus. Es war, als ob er im Kreis herumgewirbelt worden wäre.

Ich hätte nicht so rennen sollen.

Caxton blieb stehen und würgte vor der ungeheuren inneren Anstrengung, seine Selbstbeherrschung wiederzugewinnen. Und bemerkte eine junge Frau – sie sah nicht älter als zwanzig aus –, die ein paar Schritt entfernt stand und ihn mit großen Augen ansah. »Sie sind der Mann, den sie suchen«, sagte sie einfach. »Brauchen Sie Hilfe?«

Caxton starrte sie an, während er den furchtbaren Gedanken zu begreifen versuchte, daß er offenbar der Gegenstand eines Großalarms war.

»Können Sie mir das Datum sagen, und in was für einer Stadt ich hier bin?« stammelte er.

»Ja, natürlich.« Ihr Ton klang nachsichtig. »Das hier ist Lakeside, und wir haben heute den 3. Juni 2083. Hilft Ihnen das?«

So einfach hatte er seine Information. Und sein Glück hielt an. Denn während das Mädchen sprach, glitt Caxtons benommener Blick zufällig an ihm vorbei über das niedrige Gebäude auf der anderen Straßenseite – und fiel auf einen kleinen Laden. Und unmittelbar dahinter konnte er einen Hügel mit einigen Häusern sehen.

»Sagen Sie ihnen, ich brauche keine Hilfe«, wandte sich Caxton an das Mädchen. »Und vielen Dank.«

Dann lief er los. Er bog um eine Ecke und rannte keuchend eine steil aufsteigende Straße hinauf. Als Caxton das Tor des

Hauses erreichte, blieb er außer Atem stehen. Er blickte zurück. Und hoch.

Mehrere Flieger kamen schräg auf ihn zugeflogen. ... Caxton hantierte mit dem Torschloß, und als es nicht nachgeben wollte, setzte er über den Zaun und stürzte die steile Außentreppe hinauf. Erst als er die Glastür erreicht hatte, blieb er stehen und schaute sich um. Sieben Flieger – alles Männer – hatten außerhalb der Hofgrenzen angehalten und schwebten etwa hundert Fuß über Caxton und gleichweit entfernt.

»Sind Sie in Ordnung?« fragte einer von ihnen.

»Ja.«

»Wohnen Sie hier?«

»Ja.«

»Ich verstehe.«

Caxton wartete nicht. Er zitterte, als er daran dachte, wie knapp er davongekommen war. Und da er noch nicht ganz in Sicherheit war, riß er die Tür auf und war drinnen, bevor ihm einfiel: Und wenn die Tür nun verschlossen gewesen wäre – was dann?

Die Nachwirkungen dieses Gedankens ließen ihn noch erschauern, als Caxton bereits auf der Treppe war. Oben sah er, daß es mehrere Türen gab, die offensichtlich in verschiedene Räume führten, was wieder eine kurze Desorientierung zur Folge hatte. Aber am Ende hielt Caxton unbeirrt auf die richtige zu. Im nächsten Augenblick schloß sich die Tür hinter ihm. Und er war in *seinem* Raum.

Zum erstenmal bemerkte er, daß es auf dieser Seite keinen Nebel gab. Nur eine Art zackigen Riß in einer Ecke in der Wand. Durch diese Öffnung konnte er die großen weißen Stufen sehen, die zu dem weitläufigen Gebäude führten, aus dem er aufgetaucht war.

Auftrag erfüllt! dachte Caxton jubelnd.

Er schämte sich nicht über die Art und Weise, wie er ihn erfüllt hatte. Hatte nicht das Gefühl, sich wiederholt durch sein unkontrolliertes, fast völlig gedankenloses Verhalten blamiert zu haben. Er hatte immer seine eigenen Verrücktheiten akzeptiert. Seine Hauptaufgabe war es von jeher gewesen zu verhindern, daß andere Leute herausfanden, wie labil er war. Und er war stolz auf sich, wie gut ihm *das* gelang. Man stelle sich nur vor, der kleine Idiot Petie Caxton war jetzt ein M.A. der Physik und weiter auf dem Weg nach ganz oben. Was bewies, hatte er oft gedacht, daß man tatsächlich die meisten Leute die meiste Zeit zum Narren halten konnte.

Ein ähnlicher, beruhigender Gedanke ging ihm durch den Kopf, als sich Caxton vorsichtig durch die gezackte Öffnung schob und auf die tiefere Stufe dahinter trat. Ohne die geringste Angst, ob diese oder die anderen solide sein würden, stellte er sich sofort mit seinem ganzen Gewicht darauf und lief hastig bis zu der großen Tür hinauf.

Die Tür selbst öffnete sich bei seiner Berührung genauso leicht und geschmeidig wie auf seinem Hinweg. Caxton hätte sie fast mit einem Finger bewegen können.

Sekunden später war er im Innern des großen Gebäudes und, zumindest für den Augenblick, in Sicherheit – und wußte schon, was er als nächstes tun wollte.

IX

Es war Zeit, daß er das phantastische Gebäude erforschte, überlegte Caxton. Zuerst eins der Büros. Er würde sich jeden Schrank ansehen. Die Schreibtischschubladen aufbrechen und untersuchen.

Es war nicht nötig, irgend etwas aufzubrechen. Die Schubladen öffneten sich beim leisesten Ziehen. Die Aktenschränke waren unverschlossen. Sie enthielten Tagebücher, Rechnungsbücher, seltsam aussehende Akten. Fasziniert blätterte Caxton mehrere durch, die er auf dem großen Schreibtisch ausgebreitet hatte. Schließlich schob er alles beiseite bis auf eins der Tagebücher, das er an einer willkürlichen Stelle aufschlug. Dort stand:

ABSCHLUSSBERICHT VON POSSESSOR
KINGSTON CRAIG IN DER ANGELEGENHEIT
DES KAISERREICHES VON LYCEUS II
A.D. 7346-7378

Stirnrunzelnd starrte Caxton auf das Datum; dann las er weiter:

Die normale Historie dieser Periode ist die Geschichte der raffinierten Machtergreifung durch einen rücksichtslosen Herrscher. Ein sorgfältiges Studium dieses Mannes enthüllte einen unnatürlichen Drang, sich selbst auf Kosten anderer zu schützen.

PROVISORISCHE LÖSUNG: Eine Warnung an den Kaiser, der fast zusammenbrach, als er begriff, daß er einem unsterblichen Possessor gegenüberstand. Sein Selbsterhaltungstrieb veranlaßte ihn zu dem Versprechen, sein Verhalten in Zukunft zu ändern.

ANMERKUNG: Diese Lösung schuf eine Wahrscheinlichkeitswelt Typ fünf und muß als provisorisch betrachtet werden aufgrund der sehr komplizierten Daueruntersuchungen, die Possessor Link an den Randzonen des gesamten dreiundsiebzigsten Jahrhunderts durchführt.

ENDE: Kehrte nach einer Abwesenheit von drei Tagen in den Palast der Unsterblichkeit zurück.

Caxton saß zunächst starr da, dann lehnte er sich, noch immer verständnislos, in seinem Sessel zurück. Er wußte nicht, was er von dem Bericht halten sollte. Schließlich blätterte er eine Seite um und las:

ABSCHLUSSBERICHT VON POSSESSOR
KINGSTON CRAIG

Dies ist der Fall des Laird Graynon, Polizeiinspektor, Revier 900ster Sektor, New York City, der am 7. Juli A.D. 2830 wegen angeblicher Bestechlichkeit unschuldig verurteilt und deenergisiert wurde.

LÖSUNG: Erreichte das Ausscheiden von Inspektor Graynon zwei Monate vor dem in der Anklage angegebenen Datum. Er zog sich auf seine Farm zurück und übte von nun an das bloße Einflußminimum auf der größeren Existenzszene aus. Er lebte in dieser seiner eigenen Wahrscheinlichkeitswelt bis zu seinem Tod 2874 und lieferte so eine fast perfekte 290A. ENDE: Kehrte nach einer Stunde zum Palast der Unsterblichkeit zurück.

Caxton fand weitere Eintragungen, Hunderte – insgesamt Tausende in den verschiedenen Tagebüchern. Jede war ein Bericht des Possessors Kingston Craig, und jedesmal kehrte er nach soundsoviel Tagen, Stunden oder Wochen in den »Palast der Unsterblichkeit« zurück. Einmal waren es drei Monate, und dabei handelte es sich um eine obskure, unpersönliche Sache, bei der es um die *Festsetzung der Grenzzeit zwischen dem achtundneunzigsten und dem neunundneunzigsten Jahrhundert ging* und um *die Wiedererweckung von drei ermordeten Männern in aktiven, persönlichen Wahrscheinlichkeitswelten...*

Ein Gedanke beunruhigte Caxton schließlich in zunehmendem Maße: Wenn diese... Possessoren – wenn sie Possessoren, also Besitzer waren, was besaßen sie denn, um Himmels willen? – ... *so oft* in den Palast der Unsterblichkeit zurückkehrten, wo waren sie? Impulsiv ging Caxton auf den Gang hinaus und starrte in seine schweigende Ferne. Die absolute Stille, die ihn umgab, war erschreckend. Und etwas fiel ihm auf. Er bemerkte, daß der Ort dunkler schien. Es war schwieriger, etwas zu erkennen. War es möglich, daß die Nacht einbrach? Plötzlich sah sich Caxton allein im Stockfinstern in diesem gruftähnlichen Gebäude, und mit der Ruhe der letzten Stunden war es mit einem Schlag vorbei. Ängstlich bog er in den ersten Seitengang ein, den er finden konnte, und entdeckte zu seiner großen Erleichterung eine Treppe, die nach oben führte.

Caxton lief die Stufen hinauf und probierte die erste Tür, an die er kam. Sie führte in das Wohnzimmer eines wundervollen Apartments. Es bestand aus sieben Räumen, einschließlich einer im dämmrigen Licht glänzenden Küche mit eingebauten Schränken, die mit durchsichtigen Behältern gefüllt waren. Sie enthielten Nahrungsmittel, die gleichzeitig vertraut und fremd waren.

Caxton fühlte sich völlig ruhig. Er war auch nicht überrascht, als er an einem kleinen Hebel an der Oberseite einer Büchse mit Pfirsichen zog und sich der Inhalt auf den Tisch ergoß, obwohl die Büchse nirgendwo aufgegangen war. Er sorgte dafür, daß er bei seinem nächsten Versuch einen Teller parat hatte, das war alles. Später, nachdem er gegessen hatte, suchte er nach Lichtschaltern, aber es wurde zu dunkel, um noch genau sehen zu können.

Im großen Schlafzimmer erkannte Caxton in der Dunkelheit die Umrisse eines breiten Himmelbetts, und in einer Schublade fand er Pyjamas. Als er zwischen den kühlen Laken lag, sein Körper schwer vor Müdigkeit, mußte Caxton an das Mädchen Selanie und seine Angst vor dem alten Mann denken. Warum hatte sie solche Angst gehabt? Und was *konnte* in dem Wohnmobil passiert sein, das Peter Caxton in diese unwiderrufliche Situation gebracht hatte?

Mit solchen Gedanken schlief Caxton unruhig ein.

Das Licht war zuerst weit weg. Es kam näher, wurde heller, und zuerst war es wie jedes Erwachen. Doch dann, als Caxton die Augen aufschlug, kehrten die Erinnerungen zurück. Er lag, wie er nervös feststellte, auf seiner linken Seite. Es war heller Tag. Aus den Augenwinkeln heraus konnte er hoch über sich den silbrigblauen Himmel des Bettes sehen. Noch viel höher darüber war die Decke. In der Dunkelheit des vergangenen Abends hatte Caxton kaum bemerkt, wie groß und luxuriös sein Quartier war. Es hatte dicke Teppiche, vertäfelte Wände und rosa Möbel, die vor kostbarer Schönheit glänzten.

Abrupt hielt Caxton in seinen Gedanken inne, denn als er den Kopf von der linken Seite des Raums zur rechten drehte, fiel sein Blick zum erstenmal auf die andere Hälfte des Bettes. Eine junge Frau lag dort, die tief und fest schlief. Sie hatte dunkelbraunes Haar, einen schneeweißen Hals, und selbst in Ruhe sah ihr Gesicht schön und intelligent aus. Sie besaß eine erstaunliche Ähnlichkeit mit Selanie, nur daß sie älter war. Caxton schätzte sie auf ungefähr dreißig.

Was er gesehen hatte, genügte ihm. Wie ein Dieb in der Nacht glitt Caxton aus dem Bett und kauerte sich auf den Boden. Er hielt entsetzt die Luft an, als das gleichmäßige Atmen im Bett aufhörte. Die Frau seufzte, und dann war es passiert.

»Liebling, was in aller Welt machst du da auf dem Boden?« fragte sie mit tiefer Altstimme träge.

Auf dem Bett war eine Bewegung zu hören, und Caxton zuckte zusammen in Erwartung des Schreis, der auf die Entdekkung folgen mußte, daß er nicht *der* »Liebling« war. Aber nichts geschah. Der reizende Kopf erschien über der Bettkante, und graue Augen blickten Caxton ruhig an. Die junge Frau schien ihre erste Frage vergessen zu haben, denn jetzt sagte sie: »Gehst du heute zur Erde, Darling?«

Das schaffte ihn. Die Frage an sich war so erstaunlich, daß sein persönliches Verhältnis zu allem zweitrangig erschien. Außerdem begann er vage zu begreifen.

Dies war eine von jenen Wahrscheinlichkeitswelten, von denen er in den Tagebüchern des Possessors Kingston Craig gelesen hatte. Hier war etwas, das mit Peter Caxton geschehen konnte. Und irgendwo hinter den Kulissen ließ es jemand geschehen. Alles, weil er sich auf die Suche nach – unter anderem – seinem Gedächtnis gemacht hatte.

Caxton stand auf. Er schwitzte. Sein Herz schlug wie ein Preßlufthammer. Seine Knie zitterten. Aber er stand auf, und er sagte: »Ja, ich gehe zur Erde.«

Damit hatte er einen Vorwand, dachte Caxton nervös, einen Grund, so schnell wie möglich von hier zu verschwinden. Er steuerte auf den Stuhl los, über dem seine Kleider hingen, als die Bedeutung seiner eigenen Worte seinem böse erschütterten Ego den zweiten und größeren Schock versetzten.

Ich gehe zur Erde! Caxton fühlte, wie sein Verstand vor dem Gewicht einer Tatsache verzagte, die jede Realität seiner Existenz überstieg. Ich gehe zur Erde von wo? Es war eine verrückte Antwort, die schließlich müde durch seinen Geist seufzte: vom Palast der Unsterblichkeit natürlich, dem Palast im Nebel, wo die unsterblichen Possessoren lebten.

Caxton erreichte das Badezimmer. Am Vorabend hatte er hier in der Dunkelheit einen durchsichtigen Topf mit Salbe entdeckt, der die Aufschrift trug: BARTENTFERNER – AUFTRAGEN, DANN ABWASCHEN. Es dauerte eine halbe Minute; der Rest fünf Minuten länger. Caxton kam voll angezogen aus dem Bad. Sein Verstand war wie ein Stein in seinem Kopf, und wie ein Stein, der durchs Wasser sinkt, steuerte er auf die Tür neben dem Bett los.

»Darling?«

»Ja?« Kalt und steif drehte sich Caxton um. Erleichtert stellte er fest, daß sie ihn nicht ansah. Sie hielt einen Stift in der Hand und betrachtete stirnrunzelnd einige Zahlen in einem großen Buch. Ohne aufzublicken sagte sie: »Unser Zeitverhältnis zueinander verschlechtert sich. Ich werde mehr im Palast bleiben müssen, damit ich wieder ein bißchen jünger werde, während du zur Erde gehst und siehst, daß du ein paar Jahre älter wirst. Triffst du bitte die entsprechenden Vorbereitungen, Liebling? Neunzehn für mich, und du doppelt so alt? Das stimmt doch noch immer, oder?«

»Ja«, antwortete Caxton, »ja.«

Er ging in die kleine Diele und dann ins Wohnzimmer. Als er endlich draußen auf dem Gang stand, lehnte sich Caxton gegen die kühle, glatte Marmorwand und dachte hilflos: *Damit sie ein bißchen jünger wird!* Das war es also, was dieses unglaubliche Gebäude bewirkte! Jeden Tag, den man hier war, wurde man einen Tag jünger, und es war nötig, auf die Erde zu gehen, um dies auszugleichen.

Sein Entsetzen wuchs. Denn was mit ihm in jenem Wohnmobil passiert war, war so bedeutend, daß eine übermenschliche Organisation bestrebt war, ihn daran zu hindern, die Wahrheit zu erfahren. Irgendwie würde er heute endlich herausfinden müssen, was das alles zu bedeuten hatte; er würde jedes Stockwerk erforschen und versuchen, irgendeine Art von Hauptbüro ausfindig zu machen. Caxton war gerade dabei, sich zu entspannen, sich aus jener intensiven, nach innen gerichteten geistigen Konzentration zu lösen, als er Geräusche bemerkte. Stimmen, Bewegungen, Menschen unter ihm.

Noch während er zum Balkongeländer stürzte, begriff Caxton, daß er es hätte wissen müssen. Die Frau dort im Bett, die vorher nicht da gewesen war, hatte auf eine Welt schließen lassen, die in jedem Detail lebensgetreu war. Dennoch war er schockiert. Befremdet blickte er auf den großen Hauptgang hinunter, durch dessen stumme, verlassene Weite er gestern so viele Stunden gewandert war. Jetzt wimmelte es dort unten von Männern und Frauen. Es war wie eine Straße in einer Stadt, mit Leuten, die sich in beide Richtungen bewegten, alle in Eile, alle auf irgendeinem privaten Gang.

»Hallo, Caxton«, sagte eine junge Männerstimme hinter Caxton.

Caxton war zu keiner Reaktion mehr fähig. Langsam, wie ein müder alter Mann, drehte er sich um. Der Fremde, der vor ihm stand und ihn musterte, war groß und schlank und hatte dunkles Haar und ein volles, markantes Gesicht. Er trug einen einteiligen, oberhalb der Taille eng anliegenden Anzug, während sich die Hose wie Breeches aufbauschte. Er lächelte auf eine freundliche, seltsame Art. Schließlich meinte er: »Sie möchten also wissen, was das alles zu bedeuten hat? Keine Sorge, Sie werden es erfahren. Kommen Sie mit. Ich heiße übrigens Price.«

Caxton zögerte. »Was…«, begann er verständnislos, dann brach er ab, um sich auf den Gedanken zu konzentrieren, daß alles zu schnell für ihn ging, um es zu begreifen. Es war kein Zufall, daß dieser Mann hier an der Tür auf ihn gewartet hatte. Caxton sah, daß Prince sich gerade einen Handschuh anzog, und daß er Schwierigkeiten damit zu haben schien.

Während Caxton den anderen beobachtete, entspannte er sich ein bißchen. »Sie haben gerade gesagt, ich soll mit Ihnen kommen«, sagte er. »Darf ich fragen, wohin?«

»Ich bringe Sie auf die Erde zurück – in Ihre eigene Zeit.«

»Sie meinen, durch diese große Tür, die Treppe hinunter?«

»Nein, durch die andere Tür. Wir werden durch einen der Tunnel unter dem Erdgeschoß dort hinfahren.«

Während er sprach, gelang es Price, den Handschuh anzuziehen. Er schien ein bißchen außer Atem von der Anstrengung, aber Caxton nahm es nur am Rande wahr. Er ärgerte sich, da er nicht an die Möglichkeit eines unterirdischen Transportsystems gedacht hatte.

Aber er gab seinen Widerstand auf. Als Caxton neben Price zur Treppe ging, wurde ihm bewußt, daß ihm der andere offensichtlich eine Art Freundschaftsdienst erweisen wollte. Es beunruhigte ihn, denn er war ein Einzelgänger und hatte keine Männerfreundschaften. *Ich werde dieses Gebäude nicht verlassen,* dachte Caxton mißtrauisch, *ich werde weder auf die Erde noch sonstwo hingehen, bis ich weiß, was hier gespielt wird.*

Das größte Geheimnis, das es zu klären galt, fand Caxton, war der Umstand, daß das Gebäude gestern noch unbewohnt gewesen und heute plötzlich bewohnt war.

Sie hatten das Erdgeschoß erreicht und stiegen jetzt eine andere Treppe hinunter, die Caxton am Abend zuvor nicht bemerkt hatte. Er ließ sich jedoch nicht mehr als einen Augenblick ablenken und stellte dann seine Frage.

»Wir haben zwei Wahrscheinlichkeitswelten an Ihnen ausprobiert, Caxton, um zu sehen, ob Sie sich eigneten«, erwiderte Price.

»Sie meinen das hier?« fragte Caxton verständnislos. »Zum Beispiel, daß ich neben einer älteren Selanie aufwache, als ob ich mit ihr verheiratet wäre?«

»In dieser Wahrscheinlichkeitswelt sind Sie mit ihr verheiratet«, gab Price zurück.

Caxton versuchte, sich vorzustellen, mit dem entzückenden Mädchen verheiratet zu sein, das er im Zug gesehen hatte. Der Gedanke gefiel ihm. »Aber wo war ich gestern?« wollte er wissen. »Wenn das gestern war.«

»Das war eine andere Wahrscheinlichkeitszeit. Keine von ihnen ›packte an‹, muß ich leider sagen.«

Die Bemerkung klang irgendwie bedrohlich. »Was meinen Sie?« fragte Caxton rasch.

»Nun, in jeder blieben Sie Sie selbst. In dieser letzten haben wir es sogar so eingerichtet, daß es eine Wahrscheinlichkeitswelt war, in der Sie zehn Jahre jünger sein würden. Aber es war die gleiche starre Persönlichkeit, die erwachte. Sie werden mir sicher beipflichten, daß Sie keine Veränderung fühlen. Sie fühlen sich weder in dieser Welt beteiligt noch in der, die gestern gewesen zu sein schien.«

»*Schien?*« wiederholte Caxton.

»Nun...«

Caxton unterbrach ihn, als ihm plötzlich ein anderer, wichtigerer Gedanke kam. »Sie meinen, ich bin zehn Jahre jünger?« Aufgeregt versuchte er, sich daran zu erinnern, wie er vorhin oben im Badezimmer gewesen war und sich angezogen hatte. Er war ziemlich durcheinander gewesen, aber wenn er es sich recht überlegte – »Heh!« sagte er. »Stimmt, ich habe doch in den Spiegel geschaut. Ich glaube, ich habe tatsächlich jünger ausgesehen.«

»Etwa zehn Jahre«, erwiderte Price. »Aber es konnte nichts an Ihrer starren Persönlichkeitsstruktur ändern.« Er hielt inne. »Hier hinein«, sagte er.

Sie waren an eine Öffnung in einer glatten, grauen Wand gelangt. Es war eine ovale Öffnung, in die eine kreisförmige Tür eingelassen war, die offenstand. Caxton konnte eine Reihe von Sitzen in dem erleuchteten Inneren sehen, und er schloß, daß dies der Tunnelwagen war, der sie zu einem Ausgang am anderen Ende dieses gewaltigen Gebäudes bringen würde.

Während Caxton in den Wagen blickte, unentschlossen, ob er hineingehen sollte, meinte er vorsichtig: »Wissen Sie, ich begreife dieses Wahrscheinlichkeitszeug nicht.«

»Es ist auch nicht so einfach zu verstehen«, antwortete Price. »Selanies Vater – Claudan Johns –, der den Palast der Unsterblichkeit und diese ganze Zeitfaltung gefunden hat, weiß mehr darüber als jeder andere. Aber was er als Wissenschaftler entdeckt hat, sind die Gesetze, und zweifellos nicht alle, nach denen es funktioniert. Als Physiker interessiert es Sie vielleicht zu erfahren, wie umfassend das Phänomen ist.«

Caxton zögerte, als Price ihn fragend ansah. Er war gerade dabei, sich zu überlegen, wohin das alles führte, und das letzte, was er in diesem Augenblick brauchte, waren wissenschaftliche Informationen. ... *Während ich nachdenke, sollte ich vielleicht besser zuhören.*

Und so erfuhr er:

Das Universum war zeitlich genauso unendlich wie räumlich. In der gleichen Weise, wie es Galaxien in Milliardenzahl hervorbrachte, ließ es... Wahrscheinlichkeiten zu... überall. Es hatte sich herausgestellt, daß die Bedingungen zur Schaffung einer anderen Wahrscheinlichkeitserde als die, die zuerst existierte, folgendermaßen waren, daß etwas aus einer anderen Zeit... ein Gegenstand, eine Person, nötig waren, um das Energiemuster zu durchbrechen, das jene spezielle Wahrscheinlichkeit stabil hielt. Genaugenommen war ein Gegenstand oder eine Person nicht genug. Die kritische Energiemasse war entscheidend, und am besten eigneten sich dafür bestimmte Metallverbindungen, die nur Possessor Johns bekannt waren. Es wurde als etwas gefährlich erachtet, wenn ein Mensch für diesen Zweck benutzt wurde, denn es entstand eine Art von Wechselwirkung zwischen den beteiligten Energien und dem Gegenstand oder der Person, die die Transformation erzwangen. Daher war dies noch nie versucht worden, obwohl es hieß, daß ein Dutzend Possessoren, die sich bewußt in einer bestimmten Zeit zusammentaten, diese Zeit ändern konnten. Statt dessen wurden die Metalle benutzt.

Soweit festgestellt werden konnte, waren bisher wenige rein zufällige Wechsel von einer Ära in eine andere vorgekommen. Normalerweise bewegte sich das Universum überall – oder *fast* überall – in langsamem, gleichmäßigem Tempo durch die Zeit, die im Solarsystem in Sekunden, Minuten und Stunden gemessen wurde. Wahrscheinlich gab es noch andere Zeitfalten wie die, in der der Palast der Unsterblichkeit verborgen war; aber wenn Possessor Johns eine Methode hatte, um solche Falten zu finden, hatte er sie bisher jedenfalls noch niemandem verraten. Er *behauptete,* daß er im Zusammenhang mit einem Experiment, das er durchgeführt hatte, zufällig über die Falte gestolpert war, in der sich jetzt der Palast der Unsterblichkeit befand. Aber er hatte nie erklärt, was für ein Experiment das gewesen war.

»Im Grunde gibt es zu dem Palast der Unsterblichkeit nicht viel zu erklären«, sagte Price. »Er befindet sich in einer Zeitfalte, die über mehrere tausend Jahre reicht. Er war schon dort, als Claudan ihn fand, und es war weder jemand in ihm, noch gab es Aufzeichnungen darüber, wer ihn erbaut hat.«

Was Caxton auffiel, während er Prices Geschichte lauschte, war der Name Claudan Johns. Der Vorname, Claudan, klang irgendwie futuristisch, auch wenn er offensichtlich eine einfache Weiterentwicklung eines früheren Namens war. ... Er stammt nicht aus dem zwanzigsten Jahrhundert. Schon schämte sich Caxton ein bißchen dieses Gedankens, aber die Erkenntnis erregte ihn.

Tatsächlich war die ganze Situation ungeheuer beeindruckend und aufregend; und doch dauerte es nur ein paar Augenblicke, bis sich Caxton auf das konzentrierte, was Price über seine starre Persönlichkeit gesagt hatte. »Wie hätte ich denn reagieren sollen?« wollte Caxton wissen.

»Lassen Sie mich unsere Position einmal klarstellen«, erwiderte Price. »Da Sie uns entdeckt haben und sogar schon einen Zusammenstoß mit unserer Opposition hatten...«

»Sie meinen den alten Mann?« Caxtons Interesse war augenblicklich geweckt. »Opposition?« fragte er. Seine Stimme wurde schrill. »Sie meinen, Sie wollen mir sagen, daß es bei einer guten Sache wie diesem... Palast eine Spaltung gibt?«

»Die Situation ist sehr ernst«, erwiderte Price. »Rein zufällig erwarb ein Paranoider die Possessor-Fähigkeit. Was bedeutet, daß er durch die Zeit gehen kann, ohne den Palast als Ein- oder Ausgang zu benutzen, so wie ich es noch immer muß und Selanie und natürlich Sie...«

»Sie sind kein Possessor?« wollte Caxton wissen.

»Nein. Ich habe Ihnen doch gesagt, ich muß den Palast benutzen. Aber es handelt sich nur um einen einzigen Mann, einen Fehler, den wir gemacht haben. Wir hoffen darauf, daß das phantastische Potential der anscheinend unendlichen Wahrscheinlichkeit ihn letztendlich überwältigen wird. Was ich noch zu Ihnen sagen wollte: Wir waren bereit, Sie in unseren Kreis aufzunehmen. Aber...« Price brach ab. »Sagen Sie, wann sind Sie so weltklug geworden? Ein anderes Wort dafür wäre zynisch. Wie alt waren Sie?«

»Oh« – Caxton dachte nach – »ich war schon mit vierzehn ganz schön auf Draht. Damals erwischte ich meine Eltern im Bett. Junge! Da taten sie so, als ob so etwas wie Sex überhaupt nicht existierte, und dabei gingen sie ran wie Blücher an die Bouletten. Ich glaube, dieses Erlebnis damals hat mir alle Illusionen geraubt.« Caxton brach ab. Wieder hatte er das Gefühl, daß man versuchte, ihn abzulenken. »Hören Sie«, protestierte er, »ich finde es unfair, daß Sie dieses ungewöhnliche Gebäude für sich behalten.«

»Keine Sorge«, antwortete Price, »das tun wir nicht. Wir haben vor, jeden Menschen aufzusammeln, der je gelebt hat.«

»Und was ist mit den Menschen, die in diesem Augenblick sterben?« warf Caxton ein.

»Sie sind irgendwo in ihrem Leben verfügbar«, antwortete Price. »Wir werden sie dort aufgreifen, und sie werden in irgendeiner anderen Wahrscheinlichkeitswelt weiterleben. Wir haben schon eine ganze Reihe von Leuten, die uns helfen, wie Sie gesehen haben. Aber wir können immer neue gebrauchen. Deshalb haben wir Ihnen diese beiden Chancen gegeben. Aber keine Sorge! Wir werden Sie in einem früheren Alter suchen, bevor Sie Ihre Illusionen verloren, und Sie werden in dieser Wahrscheinlichkeitswelt weiterleben. Aber ich kann Ihnen sagen, vierzehn ist es nicht. Lassen Sie uns trotzdem dort anfangen.«

»Aber...« Caxton runzelte die Stirn. »Was ist – *jetzt* mit mir? Was...?«

Weiter kam Caxton nicht. Price war neben ihn getreten, als ob er ihm beim Einsteigen in den Tunnelwagen helfen wollte. Seine behandschuhte Rechte ergriff Caxton fest beim Ellbogen. Der Schock, der durch Caxtons Körper fuhr, war der gleiche wie damals, als ihn der alte Mann im Hotel am Ellbogen gepackt hatte.

Mit dem einen Unterschied. Damals war Caxton überrascht worden. Diesmal stieß er einen Schrei aus und versuchte, sich loszureißen. Oder vielmehr dachte er, daß er schrie, und dachte, daß er sich losreißen wollte. Der Übergang in einen Zustand der Verschwommenheit und Ungewißheit geschah so rasch, daß Caxton schon nach einem kurzen Augenblick nur noch eins sicher wußte: daß sein Ellbogen in einem eisernen Griff festgehalten wurde.

Wie aus weiter Ferne hörte er Price sagen: »Tut mir leid. Wir haben unser möglichstes für Sie getan. Wir wollten, aber Sie nicht. Betrachten Sie das Ganze einfach als Verjüngungskur, die Ihnen zehn Jahre gebracht hat...«

Die Stimme verklang plötzlich. Einen Augenblick lang war es dunkel. Und dann...

Caxton blinzelte. Er öffnete die Augen und blickte sich auf der Straße einer schmutzigen kleinen Stadt um, in der er mit wachsendem Entsetzen Kissling erkannte. Er saß, stellte Caxton fest, auf dem Bordstein direkt vor dem Hotel.

Ich bin zurück. Oh, verdammt, verdammt, verdammt!

X

Drei Wochen vergingen.

Caxton war ein Handelsvertreter, der, da er das Geld brauchte, auf Provisionsbasis – mit Vorschüssen – für die Quik-Photo-Gesellschaft arbeitete. Und er mußte seinen Bezirk abklappern, bevor er zu seiner Firma zurückkehrte.

Er war ein Mann mit einer gewissen Aggressivität und einem ständigen einschmeichelnden Lächeln, zwei für einen Vertreter unentbehrliche Eigenschaften. Außerdem war er mit der Grundtechnik der Dinge vertraut, die er verkaufte. Bei seinen Kundenbesuchen traf er auf die Sorte von praktischen Experten, die Fotogeschäfte betrieben, oft in Verbindung mit Radio- und Fernsehbedarf, und auch von diesen Dingen verstand Caxton mehr als seine Kunden. Dieses Wissen half ihm bei seinem Verkauf; denn die meisten praktischen Experten ließen sich gern noch in diesem oder jenem Punkt belehren.

Aber schließlich war seine Strafe – seine Zeit im Außendienst, wie Caxton sie betrachtete – verbüßt. Sein Spesenkonto erlaubte nur die Fahrt mit dem Zug, aber das ging ihm einfach zu langsam. Caxton flog nach Hause und bezahlte die Differenz aus seiner eigenen Tasche.

Da er erst gegen Freitagmittag zurückkam, hatte er einen freien Tag – genaugenommen ein freies Wochenende –, bevor er sich bei der Quik-Photo melden mußte. Als er im Flughafenbus saß, kreisten seine Gedanken um das phantastische Erlebnis, das er gehabt hatte, und um eine Möglichkeit, wie er wieder in den Palast der Unsterblichkeit kommen konnte.

Drei ewig lange Wochen hatte er an nichts anderes denken können.

Als Caxton sein Apartment betrat, ließ er sein Gepäck einfach auf den Boden fallen. Er bemerkte den Stapel Post, den seine Wirtin auf den Tisch in seiner kleinen Kochnische gelegt hatte, aber er konnte sich nicht vorstellen, daß irgend etwas dabei war, das ihn in seinem momentanen Zustand interessierte. Er ging nach unten zu seinem Wagen und fuhr geradewegs zu der Aufbewahrungsfirma, wo er den gestohlenen Filmprojektor versteckt hatte.

Er konnte seinen Kontrollabschnitt nicht finden.

Mit finsterer Miene stand Caxton dort im Büro und durchsuchte seine Brieftasche, und schließlich mußte er zu seinem Ärger feststellen, daß er den Schein offenbar in einer Brieftasche in einem anderen Anzug gelassen hatte. Clever, wie er war, nannte Caxton dem Angestellten das Datum, an dem er hier gewesen war, und schlug vor, den deponierten Gegenstand ohne den Belegzettel herauszugeben.

Der Mann zögerte. »Wenn Sie sich ausweisen können...«, sagte er, während er in einem Eintragungsbuch nachsah. Caxton zog seinen Führerschein aus seiner Brieftasche, dann stand er da und beobachtete, wie die suchenden Finger des Angestellten Dutzende von Seiten durchgingen. »Da haben wir's«, sagte der Mann schließlich, doch dann runzelte er die Stirn. »Tut mir leid, Mr. Caxton. Die Sachen sind vor drei Wochen von jemandem abgeholt worden, der den Schein vorlegen konnte.«

Der Schock dieser Tatsache verfolgte Caxton den ganzen Weg bis nach Hause. Die Erkenntnis, daß sie ihn aufgespürt hatten, gab ihm das erschreckende Gefühl, ein gezeichneter Mann zu sein. Er blickte immer wieder in den Rückspiegel, um zu sehen, ob er verfolgt wurde, und er hatte den verrückten Gedanken, daß er sie vielleicht finden konnte, indem er seinem Verfolger folgte. Aber Caxton sah niemanden.

Trotzdem war er immer noch unruhig, als er schließlich wieder in seinem Apartment war und seine Post las. Seine Wangen waren farblos: grau vor Angst, wie ihm bewußt wurde. Einer der Briefe, die er öffnete, war von seinem Anwalt und enthielt einen Scheck über die beträchtliche Summe von zweitausendvierhundertundzweiunddreißig Dollar. Es dauerte ganze zwanzig Sekunden, bis Caxton in der Lage war, zu begreifen, daß dies sein Anteil an der Summe war, die er all die Jahre in einen Lehrersparfonds eingezahlt hatte. Der Rest war natürlich seiner Noch-Ehefrau als Abfindung überwiesen worden.

Als Caxton auf den Scheck starrte, merkte er, wie ein Teil seines alten Muts zurückkehrte. Er hatte sich immer mutiger gefühlt, wenn Zahltag war. ... *Nicht daß es ein Vermögen wäre,* überlegte er. *Nicht heutzutage.* ... Es würde zum Beispiel nicht reichen, um seinen Job aufzugeben. Aber es gab ihm einen gewissen Spielraum, denn jetzt besaß er einen Extrafonds für seine Suche. Wie er dort saß, kam Caxton eine weitere, kolossalere Erkenntnis.

Immerhin haben sie mich nicht umgebracht!

Obwohl sie es hätten tun können. Keine Frage, er war ihnen auf Gnade oder Ungnade ausgeliefert gewesen. Dennoch schien es jetzt, daß sie nichts weiter gewollt hatten, als die Türen zu schließen, die Caxton geöffnet hatte, und ihn von dem zu trennen, was er entdeckt hatte. Er nahm an, daß sie den Beleg in seiner Brieftasche gesehen und irgendwie herausgefunden – oder während er schlief aus ihm herausgeholt hatten –, was der Zettel zu bedeuten hatte.

Da sie ihn hätten umbringen können, es aber nicht getan hatten, war seine Angst unbegründet, dachte Caxton. Es war eine Überlegung, die ihn tatsächlich beruhigen konnte, als ihm plötzlich etwas anderes einfiel: *Die Filme! Hatten sie die auch mitgenommen?*

Eine Minute später war Caxton am Telefon und sprach zitternd mit Arlay. Wieder einmal kämpfte er um seine Selbstbeherrschung und gewann diesen Kampf, als ihm die Stimme am anderen Ende der Leitung bestätigte, daß die Novitäten-Filme immer noch zu haben waren. Obwohl natürlich viele von ihnen gerade ausgeliehen seien.

Caxton verschwendete keine Zeit. Er lieh sich einen Projektor, fuhr zum Arlay-Filmverleih und nahm alle Filme mit, die Arlay auf Lager hatte. Er verbrachte das Wochenende damit, sich die unglaublichen Streifen immer wieder anzusehen: Es waren sieben, einschließlich der beiden Filme, wie man einen Flieger und wie man ein Raumschiff reparierte.

Am späten Sonntagnachmittag wußte ein triefäugiger Caxton genau, wie man beide Objekte reparierte, aber er hatte bereits eine schreckliche Enttäuschung hinter sich. Einige der Ersatzteile waren integrierte Schaltkreise, die mit Buchstaben und Zahlen versehen und, wie die Stimme sagte, in jedem Zubehörgeschäft zu haben waren.

Zu haben, dachte Caxton grimmig, *in Geschäften im Jahr 2083.*

Trotzdem brachte Caxton die Filme am Montag zurück und erfuhr zu seiner Freude, daß zwei weitere mit der Morgenpost eingetroffen waren. Caxton lieh sie sofort. Während Arlay den Leihschein ausfüllte, entdeckte Caxton, daß im hinteren Teil des Ladens eine hübsche Frau saß. Arlay mußte dies bemerkt haben, denn er richtete sich auf und stellte sie als seine Ehefrau Tania vor.

Caxtons Blick begegnete dem der Frau – und das war der Anfang seiner kurzen Affäre mit Mrs. Arlay. In jenem Moment, nach diesem kurzen Blickwechsel, fiel Caxton ein, daß er schon lange keine Frau mehr gehabt hatte. Hinterher versuchte er sich halbherzig einzureden, daß er sich damals überlegt hätte, daß sie vielleicht von Nutzen für ihn sein und ihm dabei helfen könnte, Kopien der Novitäten-Filme von ihrem Mann zu bekommen.

Sie liebten sich in seinem Apartment, keine Stunde nach ihrer ersten Begegnung. Caxton hatte ungefähr einen halben Block von Arlays Laden entfernt auf Tania gewartet. Sie kam nach zehn Minuten dorthin zum Wagen. Caxton bat sie, ihm in ihrem eigenen Wagen zu folgen, was sie tat. Solchen Dusel hatte Caxton nicht zum erstenmal, und so fragte er nicht nach dem Grund, sondern akzeptierte einfach, daß einige Frauen – einige wenige – unter solchen Umständen zu haben waren. Die Tatsache, daß Tania Arlay eine sehr hübsche Frau mit einem wohlproportionierten Körper war, war diesmal einfach Glück. Soviel Glück hatte er nicht immer.

Nach vollbrachter Tat vereinbarten sie, sich am nächsten Tag wiederzusehen, worauf Tania eilig ging und Caxton zum Büro der Quik-Photo fuhr und dort kurz nach eins erschien.

Der Verkaufsleiter begrüßte ihn ungeduldig. »Wie ich Ihnen schon heute morgen am Telefon gesagt habe«, meinte er, »sind einige dieser Verhandlungen über neue Artikel schneller zum Abschluß gekommen, als ich ursprünglich erwartet hatte. Sie werden also ein paar Wochen hierbleiben und sich durch einen Herstellervertreter informieren lassen. Ich rate Ihnen, sich heute nachmittag die Sachen einfach mal anzusehen und sich die Fragen zu überlegen, die Sie stellen möchten.«

Es schien ein guter Vorschlag – falls Caxton überhaupt in der Lage war, sich auf die Sache zu konzentrieren.

Den ganzen Nachmittag über blickte Bryson Caxton immer wieder verstohlen an oder kam aus dem Büro in die hinteren Räume gestürmt, wo Caxton arbeitete, als ob er es für sehr wichtig hielt, was hier passierte.

Und dann verriet der ältere Mann den wahren Grund für sein merkwürdiges Verhalten, als er plötzlich herausplatzte: »Caxton, Sie verblüffen mich. Als ich Sie einstellte, habe ich Sie auf Ende Dreißig geschätzt, aber als Sie heute herkamen, sahen Sie aus wie ein junger Mann. Verdammt noch mal, Sie sehen nicht mal wie dreißig aus.«

»Ich habe im Außendienst etwas abgenommen«, erwiderte Caxton. Es war eine Erklärung, die er sich im voraus zurechtgelegt hatte. »Ich bin achtunddreißig.«

»Meine Güte«, sagte Bryson, »wenn Abnehmen eine solche Wirkung haben kann, dann werde ich ab jetzt auf Sahnetorte, Eiscreme und Alkohol verzichten.«

Caxton schwieg taktvoll. Brysons Themawechsel verriet ihm, daß es ihm gelungen war, den anderen zu überzeugen. *Natürlich,* dachte Caxton selbstgefällig, was bleibt ihm auch anders übrig, als mir zu glauben? Die Wahrheit war einfach zu absurd.

Tania Arlay zeigte als Geliebte die größte Verachtung für den Mann, der sie geheiratet hatte. Zweimal während dieser Woche rief sie Arlay tatsächlich aus Caxtons Bett an. Ihr Verhalten schien anormal auf eine Weise, die Caxton beunruhigte – obwohl er nicht vorgab zu wissen, was normal war. Er beschloß, die Affäre so bald wie möglich zu beenden...

Wann, das wußte Caxton noch nicht genau, aber spätestens dann, wenn er alle Filme gesehen hatte. ... Was die Angelegenheit schließlich beschleunigte, war die Tatsache, daß sich Arlay plötzlich weigerte, ihm weitere Filme auszuleihen. Die Mitteilung kam am Freitag mit der Morgenpost, genau eine Woche nach Caxtons Rückkehr.

Caxton hatte augenblicklich ein schlechtes Gewissen. Er war überzeugt, daß Tanias Mann von ihrer Beziehung erfahren hatte. Doch obwohl er die Woche und seine Beziehung zu Tania noch einmal aufmerksam durchging, konnte er nicht sehen, wie oder wann es passiert sein könnte. So beruhigt, suchte er schließlich frech Arlay auf.

Der Mann war verlegen, meinte dann aber offen, gewissermaßen von Mann zu Mann: »Ich muß es Ihnen sagen, Mr. Caxton. Es war Pech, daß meine Frau hier war, als Sie letzten Montag herkamen. Sie mag Sie nicht, und um Frieden in meinem Haus zu halten, habe ich es mir angewöhnt, keine Geschäfte mit Leuten zu machen, die sie nicht leiden kann.«

Das also war Tanias Methode, ihre Seitensprünge zu tarnen. Caxton suchte nach einem Weg, wie er noch ein paar weitere Filme bekommen konnte, und sagte schließlich: »Hören Sie, ich habe noch drei Filme zu Hause. Wie wär's, wenn Sie mir drei andere leihen und in Ihren Büchern vorgeben, daß es dieselben sind? Danach können wir unser Geschäft abblasen.«

Arlay willigte zögernd ein.

Als Caxton Tania später zurechtweisen wollte, lachte sie klirrend und sagte unbekümmert: »Das ist meine Art, mit meiner häuslichen Situation fertig zu werden. Du kannst dir deine Filme von jemand anderem leihen.«

Sie vertrat die Meinung, daß der Verleih seinen Zweck erfüllt hatte, indem er sie zusammengebracht hatte.

Da stand Caxton also nun nach sieben Tagen ohne direkten Zugang zu den erstaunlichsten Filmen des zwanzigsten Jahrhunderts.

Unerreichbar durch seinen eigenen Antrieb und seine falsche Intuition. ... *Verdammter Mist,* dachte Caxton wütend, *wenn man niemandem als sich selbst die Schuld geben kann.*

Was jetzt?

Es sah so aus, als ob dies das Ende der Spur wäre. *Ich könnte vielleicht den Burschen ausfindig machen,* dachte Caxton, *der dieses Fotogeschäft in Kissling hatte und der Quik-Photo den Filmprojektor in Zahlung gegeben hat.* Der Mann war irgendwohin an die Westküste gezogen. Wohin genau, das wußte niemand.

Caxton wußte selbst nichts mehr.

Er begriff, daß die Realität darin bestand, sich damit abzufinden, daß alles vorbei war, daß das Leben in grauer Eintönigkeit weitergehen mußte. Bestimmte Erinnerungen mußten in das Reich der vagen Phantasien abgeschoben werden, um hin und wieder betrachtet zu werden, wie interessante Schöpfungen einer überreizten Phantasie.

Caxton ging am Freitagabend schlafen mit dem Vorsatz, daß, wenn es das war, was er tun mußte, er es auch tun würde.

Und erwachte am Samstag mit einem Gefühl in seinem Kopf und in seinem Körper ... einem Gedanken, wie er ihn während des vergangenen bewegten Monats nie gehabt hatte; wie er ihn, genaugenommen, noch nie in seinem ganzen praktischen Leben gehabt hatte. Wie ein scharfes Messer drang er zu irgendeiner tiefen und unvermuteten Sehnsucht vor.

Er brachte neue Hoffnung mit, oh – was für eine Hoffnung, was für ein Gedanke!

Der Gedanke war, daß, da diese Leute unsterblich waren, er durch sie ebenfalls unsterblich werden konnte, indem er sich Zugang zu ihrem Palast verschaffte. Caxton konnte es nicht glauben, daß er nicht schon früher darauf gekommen war.

Seine Logik führte ihn jetzt zum nächsten Schritt.

Um an diese Leute heranzukommen, würde er seine Angst vergessen und mit diesem Versteckspielen aufhören müssen, und sie finden – egal, mit welchen Mitteln.

Diese Idioten, dachte Caxton verächtlich, *glauben sie, daß irgendeine andere Version von mir aus früheren Jahren, die sie in eine andere Wahrscheinlichkeitswelt projizieren, zufriedenstellend wäre?*

Seit Price ihm das gesagt hatte, verfolgten ihn sonderbare Träume. Es waren Bilder von sich selbst, wie er vielleicht Physiker statt Physiklehrer geworden wäre. Er sah eine Art von einfacherem Caxton, der ernsthafte wissenschaftliche Forschungen betrieb und mit einer seltsam vernünftigen jungen Frau verheiratet war – seltsam für ihn, dachte er bei jenen Gelegenheiten, wenn er sie sich vorstellte, weil er zu einem äußerst neurotischen Frauentyp tendierte.

Das Traumbild Caxton schien die verdrehte Welt um ihn herum nicht wahrzunehmen. Zumindest nicht mit jenem kritischen Interesse, das nötig war, wenn man wirklich verstehen wollte, wie mies sie tatsächlich war.

Lächerlich, dachte Caxton. *Ich bin der Caxton – genau so, wie ich jetzt bin –, der weitermachen muß.* Er konnte sich keinen anderen Peter Caxton als den »richtigen« vorstellen.

Seine Sehnsucht war so groß, seine Entschlossenheit so stark, daß all die apathischen Gedanken des Vortags, wie aussichtslos seine Suche war, plötzlich verschwunden waren, als ob sie nie da gewesen wären.

Caxton dachte immer wieder: *Ich kann dorthin zurückgehen, wo ich Selanie das erstemal gesehen habe. ... Es muß einen Anhaltspunkt geben.*

Er fuhr noch am selben Tag nach Piffer's Road, wo er nach einer anstrengenden Fahrt von vier Stunden – und einem Strafmandat wegen Geschwindigkeitsüberschreitung – kurz nach Mittag ankam.

Und offenes Land, Gestrüpp und Hügel vorfand. Sonst nichts.

Caxton kehrte erschüttert in die Stadt zurück. Und kam allmählich zu der Überzeugung, daß seine Suche nicht gründlich gewesen war. Es gab Orte, wo er nicht nachgesehen hatte. ... Leih dir ein Motorrad und folge jeder Spur.

Sonntag fuhr er wieder hin. Seine Maschine knatterte über Nebenwege, durch Wälder, Flüsse hinauf.

Spät an jenem Abend kehrte Peter Caxton, M.A. der Physik, enttäuscht zu seinem kleinen Ein-Zimmer-Apartment in der Stadt zurück. Und kannte jetzt endlich sein Problem.

Wie gelangt man ungefähr hundert Jahre in die Zukunft... wenn man unbedingt muß?

... Muß, muß, muß...

Caxton sah sich im Geiste, wie er aus dem Zeitwirbel auftauchte... kurz vor Mittag des 3. Juni 2083 A.D.

Wenn *er* dort in der Nähe jenes Hauses zu dem Zeitpunkt sein könnte, wenn sein... früheres... Ich zu diesem Einkaufszentrum ging, und wenn er dann in den Palast der Possessoren gelangen und sich dort verstecken könnte...

Was er dort tun würde, wußte er noch nicht genau. Aber er stellte sich vor, daß er *diesmal* die ganze Situation sorgfältig studieren würde, wissenschaftlich studieren, worauf er sich vorbereiten würde, worauf er, genaugenommen, bereits zum Teil vorbereitet war... von den Filmen, die er studiert hatte.

Es muß eine Möglichkeit geben, sagte sich Caxton eigensinnig.

Während der drei ereignislosen Tage, die folgten, verlor Caxton nicht für einen Augenblick dieses eigensinnige Gefühl.

XI

Die Möglichkeit offenbarte sich am vierten Morgen.

Caxton schlug die Morgenzeitung auf und las die Überschrift: 500-JÄHRIGER RAUMFLUG.

Der Untertitel lautete: »James Renfrew sponsort fantastische Reise nach Alpha Centauri. Will selber mitfahren, wie der landesweit bekannte Playboy und Millionär verlauten läßt.«

In dem Artikel stand, daß vier Männer auf diese unglaubliche Reise gingen. Außer Renfrew würden Ned Blake mitfliegen, Renfrews Privatmanager, sowie der Chemiker und Nobelpreisträger Arthur Pelham, der Erfinder der Droge, die es möglich machte, Lebewesen in Tiefschlaf zu versetzen.

In dem Zeitungsbericht hieß es weiter, daß der vierte Mann der Expedition noch nicht feststand. Gesucht wurde ein Doktor der Physik, welcher der wissenschaftliche und technische Experte der Gruppe auf diesem Gebiet sein sollte. Die Zeitung zitierte Ned Blake: »Leider haben wir bisher von allen Physikern, die wir angesprochen haben, eine Absage bekommen.«

»Das Trio ist jedoch zuversichtlich«, hieß es in dem Bericht weiter, »daß es irgendwo im Land einen qualifizierten Physiker gibt, der...«

Hier ließ Caxton die Zeitung fallen und griff nach dem Telefon. Es dauerte eine Weile, aber dann bekam er eine Nummer in New York. Er wählte diese Nummer und nannte der jungen Frau, die sich meldete, seinen Namen und den Grund seines Anrufs.

Caxton wurde augenblicklich mit einem entschlossen klingenden Mann verbunden, der sich als Ned Blake zu erkennen gab. Blake befragte ihn eingehend und mit einer wachsenden Freundlichkeit und – konnte es sein? – Erleichterung. »Wir brauchen so dringend einen qualifizierten Physiker, Mr. Caxton«, sagte er schließlich, »daß uns sicher auch ein M.A. genügt. Was Sie mir erzählt haben, klingt großartig. Ich schlage vor, Sie kommen noch heute nachmittag nach New York. Ich werde ein Flugticket für Sie bei Ihrem Flughafenbüro hinterlegen lassen. Wenn Sie in New York ankommen, werden Sie über Lautsprecher ausgerufen werden. Es holt Sie dann jemand ab und bringt Sie zur...«

Blake nannte die Adresse eines Bürogebäudes in der Innenstadt von New York, und er schloß: »Ich werde Ihren Namen bei dem Wachmann im dreißigsten Stock hinterlassen, und Sie können von dort aus heraufkommen.«

Caxton meldete sich nicht bei der Quik-Photo, denn er hatte keine Ahnung, was er ihnen sagen sollte.... *Wenn nichts dabei herauskommt,* dachte er, *werde ich morgen zurückkommen und mir schon irgendeine Ausrede einfallen lassen.*

Aber er hatte das Gefühl, ein erhebendes, stimulierendes Gefühl, daß die Sache Hand und Fuß hatte.

Am New Yorker Flughafen wurde Caxton von einem Chauffeur mit Rolls-Royce abgeholt. Caxton saß im luxuriösen Fond und fühlte sich den ganzen Weg in die Stadt atemlos, aber diesmal hatte es nichts mit Angst zu tun. Er mußte immer wieder daran denken, daß mutiges und kühnes Auftreten einen auf der Erfolgsleiter weiter nach oben brachte.

Bei dem Gedanken ging es Caxton viel besser. Denn er, der stets so furchtsam reagierte, war im Augenblick äußerst mutig. Der Not gehorchend, sollte ich vielleicht hinzufügen, dachte er unsicher.

Nachdem ihn der Wachmann im dreißigsten Stock überprüft hatte, fuhr Caxton mit einem Aufzug mehrere Stockwerke hinauf – und trat in ein prachtvolles Büro, in dem drei Männer mit Gläser in den Händen saßen. Als Caxton zögernd aus dem Aufzug stieg, stellten sie ihre Gläser ab und standen auf.

Zwei von ihnen hatten dicke Schnauzbärte und trugen ihr Haar lang, aber modisch geschnitten. Der dritte Mann war konservativ gekleidet. Er war älter und fast kahl.

Einer der schnauzbärtigen Männer trat mit ausgestreckter Hand auf Caxton zu. Er hatte ein eckiges Kinn; seine Augen waren leicht verengt, und in seinem Verhalten lag eine Spur von Enttäuschung.

»Ned Blake«, stellte er sich vor.

»Peter Caxton.«

»Sie sind jünger, als ich nach unserem Telefongespräch vermutet habe.« Der Ton seiner Stimme verriet, daß es das war, was ihn störte.

»Ich bin achtunddreißig«, sagte Caxton. »Ich unterrichte seit mehr als zwölf Jahren Physik an der High-School, was ich nachweisen kann. ... Tut mir leid, daß ich so jung aussehe.«

Tatsächlich tat es ihm überhaupt nicht leid... Mein Gott, genau deshalb war er ja gekommen.

Bevor Blake noch etwas sagen konnte, mischte sich der andere Schnauzbart ein. »Zum Teufel, Ned, er wäre nicht hier, wenn er sich nicht irgendwie jung fühlen würde.«

Blake hatte sich schon entspannt. Jetzt ergriff er ungeduldig Caxtons Handgelenk und zog ihn zu seinen Begleitern hinüber – zuerst zu dem konservativ gekleideten Mann.

»Mr. Caxton, das hier ist Mr. Pelham.«

Während Caxton dem weltberühmten Chemiker die Hand schüttelte, dachte er: *Es muß ein Traum sein, daß ich einen solchen Mann kennenlerne.*

»Ihrer großartigen Errungenschaft haben wir es wohl zu verdanken, Sir, daß diese Reise möglich ist«, sagte er.

Pelham war schmal, schmaler, als er auf dem Zeitungsphoto ausgesehen hatte. Sein Gesicht war so dünn, daß es fast eckig war. Pelham ergriff Caxtons Hand mit seiner knochigen Rechten und sagte mit eindringlicher Stimme: »Wie wir den Zeitungen gesagt haben, möchten wir, daß der Physiker als erster aufwacht. Was meinen Sie? Werden Sie in der Lage sein, mit der Tatsache fertig zu werden, in fünfzig Jahren zu erwachen, wenn wir anderen noch im Tiefschlaf liegen?«

Der dritte Mann brummte etwas, dann meinte er: »Mein Gott, Pelham, was für eine gräßliche Einleitung!«

»Nicht schlimmer als die von Caxton«, antwortete Pelham lächelnd. Die drei waren offensichtlich sehr vertraut miteinander, denn der dritte Mann legte dem Chemiker den Arm um die Schultern, beugte sich über den um einiges kleineren und schmächtiger gebauten Mann und ergriff Caxtons Hand.

»Ich bin Renfrew«, sagte er.

In der Zeitung hatte gestanden, daß Renfrew neununddreißig war, aber er sah älter aus. Er hatte etwas verlebte Züge, seine Wangen waren von winzigen, dunkelroten Äderchen durchzogen, und er zeigte die ersten Ansätze von Aufgedunsenheit. Aber er hatte die blauesten Augen, die Caxton je gesehen hatte.

»Wir haben eine ganze Reihe von Fragen an Sie«, sagte Renfrew. »Aber wir können uns auf dem Weg zu dem Haus unterhalten, wo Sie wohnen werden. Morgen früh sagen wir den Jungs von der Zeitung Bescheid.« Das »Haus«, zu dem sie fuhren, war eine viergeschossige Villa über dem East River. Von seinem Schlafzimmerfenster aus schaute Caxton eine Weile den Schiffen auf dem Fluß zu, bis ihn schließlich die Müdigkeit überwältigte. Das war gegen fünf Uhr morgens.

Am Mittag des nächsten Tages sah sich Caxton im Blitzlicht von mindestens hundert Kameras. Einige der Mikrofone, in die er sprach, waren von TV- und Radiosendern, die das Interview landesweit übertrugen.

Während er und die anderen interviewt wurden, bekam Caxton zufällig mit, wie Ned Blake auf eine Frage antwortete, daß er ein Girokonto mit tausend Dollar die Woche bekäme und vor dem Start weitere hunderttausend Dollar, die er, wenn er wollte, von ihm abhängigen Personen oder Familienangehörigen zukommen lassen konnte. Es war wie ein Traum.

Von diesem Moment an war Caxton in jenem Haus, oder in einem Cadillac, oder einem Rolls-Royce, oder in einem prachtvollen Büro, oder in Renfrews Privatjet. ... Mehrmals flog Caxton mit den anderen nach Cape Kennedy hinunter, von wo aus sie starten würden, denn da soviel Geld und Einfluß im Spiel war, handelte es sich bei der Reise tatsächlich um ein gemeinsames Projekt der Regierung und der Privatwirtschaft.

Caxton erfuhr, daß Renfrew einen Technikkursus auf einem College absolviert hatte; vieles davon war noch hängengeblieben, und man konnte sich mit dem Mann wissenschaftlich hervorragend unterhalten. Caxton fand rasch heraus, daß sich Renfrews Herzlichkeit nun auch auf ihn erstreckte. Der Millionär und Playboy besaß eine überraschende Fähigkeit zur Kameradschaft. Caxton war hin- und hergerissen, als Renfrew ihn das erstemal als »Meinen lieben Freund Peter« vorstellte. Seine unmittelbare Reaktion darauf war der Wunsch, einer solchen Freundschaft würdig zu sein.

Hinterher jedoch warnte er sich... *Vorsicht,* dachte er. *Investiere nicht zuviel Gefühle.*

Schließlich bin ich es, der dieses Schiff umdrehen wird, wenn ich erwache. Und ein paar Jahre vor 2083 A.D. wieder auf der Erde sein wird.

Mehr als einmal erwachte die Neugier in Caxton, als er seine luxuriöse Umgebung beobachtete. Er wußte, warum *er* auf diese phantastische Reise ging. Aber was veranlaßte einen Mann wie Renfrew, einer Welt den Rücken zu kehren, in der er alles hatte?

Es war eine Frage, die er eines Tages Blake stellte. Der junge Mann starrte Caxton an, dann zuckte er die Achseln und meinte: »Er sagt, er hätte vierhundert schöne Frauen geliebt, Tausende von perfekt gebratenen Steaks gegessen, Golf um die siebzig Punkte gespielt, einen Tiger und einen Löwen geschossen – und wünschte, er hätte es nicht getan, weil diese verdammten Viecher weinten, als sie starben. Aber das veranlaßte ihn, über seine eigene Zukunft nachzudenken. Für ihn war die Welt perfekt, mit Millionen von Dollars, Dienern für alles... nur, daß er mit jedem Geburtstag ein Jahr älter wurde und daß ihn eines Tages in nicht allzu ferner Zeit die Würmer auffressen würden. Er glaubt, daß sie in fünfhundert Jahren eine Möglichkeit entdeckt haben, das Leben zu verlängern.«

Es war also der gleiche Grund, dachte Caxton aufgeregt. Er fühlte sich seltsamerweise bestätigt. In den frühen Morgenstunden hatte er an seinem Verstand gezweifelt... wie verrückt konnte man werden?

Aber es waren irgendwie nur kurze Zweifel. Und nachdem er nun entdeckt hatte, daß das gleiche starke Motiv noch einen anderen Menschen antrieb, wurden sie noch flüchtiger.

Es stimmt, dachte er. *Hier ist für keinen was gebacken.* ... Und aus heiterem Himmel hatte sich eine Chance für ihn ergeben, die er mit jener Zielstrebigkeit verfolgte, die ihn immer vorwärtsgetrieben hatte; nur hatte ihn jetzt ein Zufall von einer Spur abgebracht und ihn auf eine andere gesetzt.

Blake mochte ihn, wie Caxton bald erkannte. Je näher die Zeit des Abflugs heranrückte, desto öfter suchte Blake seine Gesellschaft, und Caxton erfuhr immer mehr über Renfrew.

Blake machte sich Sorgen über seinen Freund. »Seine strahlende Persönlichkeit«, sagte Blake eines Tages leise zu Caxton, »hängt mit dem Bewußtsein zusammen, daß er zeit seines Lebens ein reicher Mann war.... Wenn er das erstemal da draußen im leeren Raum erwacht und plötzlich begreifen muß, daß das nicht mehr zählt...« Blake schüttelte zweifelnd den Kopf, und auf seinem markanten Gesicht erschien ein Ausdruck ernster Sorge, als er schloß: »Ich brauche wohl nicht zu sagen, was dann passieren wird.«

Das Problem würde möglicherweise gar nicht so ernst sein, wie Blake befürchtete. Denn wenn Renfrew – nach hundert Jahren – erwachte, würde das Schiff wieder im Sonnensystem sein.... Aber natürlich hütete sich Caxton, diese beruhigenden Gedanken auszusprechen.

Der Start war schließlich reine Routine.

XII

Caxton erwachte jäh und dachte: *Wie nahm Renfrew es auf?*

Er mußte sich bewegt haben, denn eine schmerzvolle Dunkelheit hüllte ihn ein. Wie lange er in dieser Ohnmacht lag, konnte er nicht sagen. Das nächste, was er wahrnahm, war das Pulsieren eines Motors.

Diesmal kehrte sein Bewußtsein langsam zurück. Caxton lag ganz still, während er das Gewicht seiner Jahre des Schlafs fühlte, entschlossen, die vor so langer Zeit von Pelham vorgeschriebene Routine zu befolgen.

Er wollte nicht wieder ohnmächtig werden.

Es war dumm, daß ich mir um Jim Renfrew Sorgen gemacht habe, dachte Caxton. *Er würde erst in fünfzig Jahren aus seinem Tiefschlaf erwachen.*

Caxton begann, das beleuchtete Zifferblatt der Uhr in der Decke zu beobachten. Sie hatte 23:12 angezeigt; jetzt war es 23:22. Die zehn Minuten, die man laut Pelham zwischen Passivität und den ersten Bewegungen verstreichen lassen sollte, waren vorbei.

Langsam schob Caxton seine Hand bis zur Bettkante vor und drückte den Knopf, der sich dort befand. Ein leises Summen war zu hören, und dann machte sich das automatische Massagegerät daran, Caxtons nackten Körper sanft zu bearbeiten.

Zuerst massierte es seine Arme, dann ging es zu seinen Beinen über. Während das Gerät ihn massierte, konnte Caxton den feinen Ölfilm spüren, den es absonderte und der in seine trokkene Haut eindrang.

Ein dutzendmal hätte er schreien können vor Schmerzen, als das Leben in seinen Körper zurückkehrte. Aber nach einer Stunde war er in der Lage, sich aufzusetzen und das Licht einzuschalten.

Der kleine, spärlich möblierte, vertraute Raum vermochte seine Aufmerksamkeit nicht länger als einen Augenblick zu halten. Caxton stand auf.

Er mußte sich zu abrupt bewegt haben, denn er schwankte, griff nach dem Metallpfosten des Bettes und erbrach blasse Magensäfte.

Die Übelkeit ging vorbei, aber es kostete Caxton einige Überwindung, zur Tür zu wanken, sie zu öffnen und den schmalen Korridor hinunterzugehen, der zum Kontrollraum führte.

Er hätte sich hier eigentlich nicht aufhalten sollen, doch dann überkam ihn eine plötzliche, ehrfürchtige Faszination, und er konnte nicht anders. Er beugte sich über den Kontrollsessel und warf einen Blick auf den Chronometer.

53 Jahre, 7 Monate, 2 Wochen, 0 Tage, 0 Stunden und 27 Minuten.

Dreiundfünfzig Jahre! Verblüfft, fast verständnislos dachte Caxton an die Menschen, die sie auf der Erde gekannt hatten, die jungen Männer, mit denen sie aufs College gegangen waren, an das Mädchen, das ihn auf der Party an jenem Abend geküßt hatte, bevor sie gestartet waren – sie alle waren tot. Oder uralt.

Caxton konnte sich noch genau an das Mädchen erinnern. Es war ein hübsches, lebhaftes Ding gewesen, das er noch nie zuvor gesehen hatte. Es hatte gelacht, als es ihm seinen roten Mund dargeboten hatte, und gesagt: »Auch einen Kuß für unseren Jüngsten.«

Sie würde jetzt eine Greisin sein – oder schon in ihrem Grab liegen.

Während ihm diese Gedanken im Kopf herumgingen, begann Caxton, die Dose mit konzentrierter Flüssigkeit aufzuwärmen, die seine erste Mahlzeit sein würde. Langsam wurde er ruhiger.

Dreiundfünfzig Jahre und siebeneinhalb Monate, dachte er trübsinnig. Fast vier Jahre länger als die vorauskalkulierte Zeit. Er würde ein bißchen rechnen müssen, bevor er eine weitere Dosis der Ewigkeitsdroge nahm. Zwanzig Körnchen hatten sein Fleisch und sein Leben für genau fünfzig Jahre erhalten sollen. Das Zeug war offenbar wirksamer, als Pelham anhand seiner vorher durchgeführten Kurzzeittests hatte schließen können.

Während Caxton so dasaß, die Augen vor Anspannung verengt, und darüber nachdachte, wurde ihm auf einmal bewußt, was er da machte, und er brach in Lachen aus. Das Geräusch zerriß die Stille wie eine Reihe von Pistolenschüssen und erschreckte ihn.

Aber es erleichterte ihn auch. Hatte er Pelham tatsächlich kritisieren wollen?

Eine Abweichung von nur vier Jahren war, über eine solche Zeitspanne gesehen, immer noch exakt. Die Methode war nicht so einfach wie der Palast der Unsterblichkeit, aber sie funktionierte auch.

Er lebte und war noch immer jung. Zeit und Raum waren durch eine zweite Methode erobert worden, die Jahre zu umgehen.

Caxton ließ sich ganze dreißig Minuten Zeit, um seine Suppe zu essen, und er kostete jeden Löffel bis auf den letzten Rest aus. Dann machte er sich, weitgehend gestärkt, auf den Weg zurück zum Kontrollraum.

Vor den Fenstern blieb er stehen und warf einen langen Blick auf den Raum hinaus. Er brauchte nur ein paar Augenblicke, bis er die Sonne gefunden hatte, ein hell leuchtender Stern ungefähr in der Mitte des Rückfensters.

Länger dauerte es, bis er Alpha Centauri gefunden hatte, doch schließlich sah er ihn, ein leuchtender Fleck in der von Lichtpunkten übersäten Dunkelheit.

Caxton verschwendete keine Zeit damit, ihre Entfernungen zu schätzen. Sie *sahen* richtig aus. In vierundfünfzig Jahren hatten sie rund ein Zehntel der viereindrittel Lichtjahre zum berühmten nächsten Sternensystem zurückgelegt.

Als Caxton sich aufrichtete, wurde ihm bewußt, daß er an etwas anderes dachte als an das, woran er in diesem Augenblick eigentlich hätte denken sollen.

Er sollte seine drei Begleiter überprüfen und nachsehen, ob mit ihnen alles in Ordnung war.

Statt dessen ertappte er sich bei dem Gedanken: *Dreh zuerst das Schiff um. Starte die lange Rückreise. Es wäre äußerst lächerlich, wenn das Raumschiff wegen einer jetzigen Verzögerung nach dem 3. Juni 2083 auf die Erde zurückkehren würde.... Er durfte nicht vergessen, daß er aufgrund seines verspäteten Erwachens bereits vier Jahre aufzuholen hatte.* Caxton hatte ursprünglich geschätzt, daß er das Äquivalent eines Erdentages brauchen würde, um das Schiff umzudrehen und sich zu vergewissern, daß der Rückkurs genau stimmte.

Erledige erst das, und dann sieh nach den anderen.

Während er im Kontrollraum saß, seine Berechnungen durchführte und die entsprechenden Einstellungen vornahm, wurde ihm bewußt, daß er sich darüber ärgerte, daß seine erste Reaktion bei seinem Erwachen Sorge um Renfrew gewesen war.

Dieser Typ hätte mich fast geschafft, dachte er. *Von wegen »Mein lieber Freund Peter«. Verdammt noch mal, er kannte mich kaum, als er das sagte. Es mußte also eine Lüge sein. Was mal wieder bewies, wie leicht sich Leute durch Reichtum beeinflussen ließen.*

Sogar ich, dachte Caxton großzügig. ... Doch dann wurde ihm klar, daß das »sogar ich« geheuchelt war. Geld hatte immer die wichtigste Rolle in seinem Leben gespielt. Oder besser, Erfolg.

So hatte der ungeheure Erfolg und Reichtum der Renfrew-Familie eine enorme Wirkung auf Caxton gehabt. In seiner Vorstellung erschien der Mann größer als das Leben, irgendwie so, als ob das, was mit Renfrew geschah, wichtiger war als das, was mit Peter Caxton geschah.

Was natürlich lächerlich war.

Dennoch kam Caxton zum erstenmal in all seinen Jahren der Gedanke, daß dies das Gefühl war, das die Wachen der alten Könige motiviert haben mußte, sich selbst zu opfern, und lächelnd zu sterben in dem Bewußtsein, daß sie jenem Superwesen, dem Monarchen, einen Dienst hatten erweisen dürfen.

Nun, auf Mr. Renfrew würde die Überraschung seines verhätschelten Lebens warten, wenn er erwachte und erkennen mußte, daß sein »lieber Freund« das Schiff zurück zur Erde gelenkt hatte.

Caxton brauchte ungefähr eine Stunde, um die entsprechenden Neueinstellungen vorzunehmen. Nach seinen Berechnungen würde das Schiff eine flache Kurve beschreiben und dann, nach ungefähr zwölf Stunden, auf seinem Kurs zurück zur Erde sein.

Caxton saß im Kontrollsessel und wartete auf den leisen Ruck, der anzeigte, daß die kleinen Lichtmotoren in Betrieb waren.... Es war nur ein kleiner Stoß nötig, um den Kurs einer Rakete im Raum zu ändern.

Eine halbe Stunde verging, und Caxton fühlte nichts.

Er überprüfte seine Zahlen und die Anzeigen. Die Nadeln verrieten, daß die Miniantriebe arbeiteten.

Aber Caxton fühlte nichts. Gar nichts.

Das Schiff setzte seine endlose Vorwärtsbewegung fort. Seine Geschwindigkeit wurde nur von einer Reihe kleiner Lichtmotoren vergrößert, die dazu bestimmt waren, den Vorwärtsschwung alle drei Minuten um einen Fuß pro Sekunde zu erhöhen.

Fast unendlich gering, praktisch unmerklich. Aber im Tiefraum brachte diese winzige Beschleunigung plus der enormen Geschwindigkeit, die das Schiff beim Start erreicht hatte, es auf ein ausreichend hohes Tempo, ohne nennenswerten Treibstoffverbrauch. Die hinteren Lichtmotoren würden sich nach der Hälfte des Wegs aussschalten, und ähnliche Motoren auf der Vorderseite würden den langsamen Umkehrprozeß einleiten.

Eine weitere Stunde verging. Noch immer nichts.

Caxton war ein arg besorgter Mann, als ihm plötzlich eine schockierende Erkenntnis kam: *Diese Hunde. Ich wette, sie haben damit gerechnet... Ich wette, die Kontrollen sind blockiert, damit niemand das Schiff umdrehen kann.*

Verspätet fiel ihm jetzt ein, daß eine entsprechende Eintragung im Logbuch stehen würde, wenn seine Vermutung stimmte. In wenigen Augenblicken hatte er das Buch, schlug es auf und starrte kreidebleich auf Pelhams feine, fast kalligraphische Handschrift.

Alles, was er befürchtet hatte, stand dort schwarz auf weiß:

Lieber Peter,

natürlich hoffen wir, daß wenn Du diese Zeilen liest, Du guten Mutes sein wirst und Dich auf das große Abenteuer freust, das vor uns liegt. Aber für den Fall, daß Dich irgendeine Art von Panik befallen hat – Du wirst mir zustimmen, daß dies genau der Augenblick für einen Fall von

Agoraphobie wäre (die Angst vor großen Räumen) – und nur für den Fall, daß dies passiert ist, sind Jim, Ned und ich übereingekommen, daß wir uns vor jedem Versuch eines von uns schützen sollten, das Schiff während der ersten Hälfte der Reise zur Erde zurückzusteuern. Ich muß Dir also sagen, Peter, daß unter dem Boden ein versteckter Computer eingeschweißt ist, der programmiert ist, jede Kursabweichung auszugleichen. Unsere Überlegung ist, daß es nach 250 Jahren ebenso lange dauern wird, zurückzukommen, wie vorwärtszufliegen, und da wir irgendwann zu manueller Kontrolle zurückkehren müssen, werden wir es an diesem Punkt tun.

Für jetzt auf Wiedersehen, mein Freund. Wie Du weißt, habe ich die Droge erst Dir, und dann Ned und Jim verabreicht, und jetzt werde ich sie mir als letztem geben. Ich schreibe dies in einer Welt des Raums, wo ich so allein in meiner Zeit bin wie Du in Deiner. Ihr drei befindet euch tief in eurem langen Schlaf, und dabei werde ich euch jetzt Gesellschaft leisten.
Au revoir *und*

Liebe
Arthur

Caxton las die Nachricht noch einmal, und seine erste Reaktion war eine sarkastische Zurückweisung der Schlußformel. *»Liebe«, zum Teufel!*

Du Hund, verfluchte er Pelham. *Du hast gerade mein Leben versaut....* Vielen Dank, auf diese Art von Liebe konnte er verzichten.

Der Anflug von verbittertem Sarkasmus verging.

Plötzlich wurde Caxton zu seinem großen Entsetzen bewußt, daß er die Reise jetzt wie ursprünglich geplant würde fortsetzen müssen. Ein Gefühl der Beklommenheit überkam ihn, und dann – wie aus heiterem Himmel – große Angst, als er daran dachte, daß er einfach so wertvollen Sauerstoff verschwendet hatte, als ob er später nicht mehr gebraucht würde.

Caxton stand zittrig auf. ... *Leg dich wieder schlafen!* befahl er sich. Wie betäubt suchte er seinen kleinen Raum auf und saß schon auf seinem Bett, die Nadel auf der Bettkonsole mit den eingebauten Schubladen bereit, als ihm die anderen einfielen.

Langsam stand Caxton wieder auf. Er mußte seine Pflicht tun. Nach den anderen sehen. Seine Eintragungen im Logbuch machen. Verbergen, was er hatte tun wollen. Sich schützen.

Ich werde sie der Reihe nach aufsuchen, dachte er. Pelham zuerst.

Als Caxton die luftdicht verschlossene Tür zu Pelhams Kabine öffnete, drang ihm ein ekelhafter Geruch von verwesendem Fleisch entgegen. Erschrocken schlug Caxton die Tür wieder zu und stand schaudernd in dem schmalen Gang.

Auch nach einer Minute hatte sich nichts an der Realität geändert.

Pelham war tot.

Und Caxton stand da und mußte jetzt wohl oder übel eine fünfhundertjährige Reise durch den Raum mitmachen. Entsetzen stieg in ihm auf bei dem schrecklichen Gedanken, daß er diese Reise allein würde machen müssen.

Das nächste, was Caxton wußte, war, daß er rannte. Er riß Renfrews Tür auf, dann die von Blake. Der saubere, angenehme Geruch ihrer Kabinen, der Anblick ihrer stillen Körper auf ihren Betten ließ Caxton etwas ruhiger werden.

Es war ein Augenblick für eine Emotion, die Caxton noch nie zuvor erlebt hatte, seit er die Kinderschuhe ausgezogen hatte: Gram. So unfaßbar es war, fühlte er etwas Warmes, Feuchtes auf seinen Wangen.

Das darf doch nicht wahr sein, dachte Caxton. *Ich und heulen.*

Mit Tränen in den Augen suchte er den Lagerraum auf und holte seinen Raumanzug und eine Plane, bevor er in Pelhams Kabine zurückkehrte. Aber selbst mit diesen Hilfsmitteln blieb es eine widerwärtige Angelegenheit. Die Droge hatte den Leichnahm zwar teilweise konserviert, aber immer wieder fielen Teile ab, als Caxton ihn hochhob.

Schließlich trug er die Plane samt ihrem Inhalt zur Luftschleuse und schob sie in den Raum.

Nachdem er aufgeräumt hatte, ging Caxton zum Funkgerät. Laut Berechnungen war ein halbes Lichtjahr die Grenze des Funkempfangs, und sie waren sehr nahe an dieser Grenze. Hastig, aber sorgfältig schrieb Caxton seinen Bericht, sprach ihn in ein Aufnahmegerät und begann ihn zu senden. Er stellte das Gerät so ein, daß es den Bericht hundertmal wiederholte.

In etwas mehr als fünf Monaten würden die Schlagzeilen rund um die Erde gehen.

Caxton zählte fünfundfünfzig Körner von der Ewigkeitsdroge ab und löste sie in der dafür vorgesehenen Flüssigkeit auf. Er hoffte, daß es ungefähr die richtige Menge für einhundertfünfzig Jahre war. Caxton spritzte sich die Droge in fünf einzelnen Injektionen.

In den Augenblicken, bevor er einschlief, dachte Caxton an Renfrew und an den schrecklichen Schock, den der Mann erleben würde, zusätzlich zu all den natürlichen Reaktionen auf eine Weltraumsituation, wie Blake sie befürchtete.

Caxton versuchte, den Gedanken zu verdrängen, bemühte sich um ein persönlicheres Gefühl für ihn selbst und das, was er wollte.

Aber die Sorge um Renfrew war immer noch da, als die Dunkelheit ihn einhüllte.

XIII

Fast übergangslos schlug Caxton die Augen auf. Er lag da und dachte: *Die Droge! Sie hat nicht gewirkt.*

Das schlappe Gefühl in seinem Körper warnte ihn vor der Wahrheit. Caxton lag ganz ruhig da und beobachtete die Uhr über ihm. Diesmal war es einfacher, die Routine einzuhalten, mit der einen Ausnahme, daß er es wieder nicht bleiben lassen konnte, auf seinem Weg in die Kombüse einen Blick auf den Chronometer zu werfen.

201 Jahre, 1 Monat, 3 Wochen, 5 Tage, 7 Stunden, 8 Minuten.

Caxton trank seine Schale mit jener phantastischen Suppe, dann ging er ungeduldig zu dem großen Logbuch.

Caxtons Erregung war unbeschreiblich, als er die vertraute Handschrift von Blake sah und dann las, was Renfrew geschrieben hatte. Es war ein Bericht, weiter nichts: gravitometrische Ablesungen, eine sorgfältige Berechnung der zurückgelegten Distanz, ein detaillierter Bericht über die Leistung der Motoren, und schließlich eine Schätzung der Geschwindigkeitsänderungen, basierend auf den sieben konsistenten Faktoren.

Es war eine hervorragende mathematische Arbeit, eine erstklassige wissenschaftliche Analyse. Aber das war auch alles. Kein Wort von Pelham, kein Kommentar über das, was Caxton geschrieben hatte oder was passiert war.

Renfrew war erwacht, und wenn man nach seinem Bericht gehen wollte, hätte er ebenso gut ein Roboter sein können.

Aber Caxton wußte es besser. Und Blake offenbar auch, wie Caxton sah, als er begann, Blakes Bericht zu lesen.

Peter,

reiß dieses Blatt heraus, wenn Du es gelesen hast!

Nun, das schlimmste ist eingetroffen. Das Schicksal hätte uns keinen böseren Schlag versetzen können. Ich darf nicht daran denken, daß Pelham tot ist. Was für ein Mann war er, was für ein Freund! Aber wir alle kannten das Risiko, das wir eingingen, er noch besser als wir übrigen. Wir können nur noch sagen: »Ruhe sanft, alter Freund. Wir werden dich nie vergessen.«

Mit Renfrew sieht es gar nicht gut aus. Wir haben uns ja damals schon Sorgen gemacht und uns gefragt, wie er sein erstes Erwachen aufnehmen würde, und jetzt kommt noch ein Schlag wie Pelhams Tod dazu. Ich glaube, daß unsere anfängliche Angst berechtigt war.

Wie Du und ich wissen, war Renfrew auf der Erde ein richtiges Glückskind. Kein Wunder, wenn man mit einem solchen Aussehen, soviel Geld und Intelligenz geboren wird. Sein großer Fehler war, daß er sich nie Gedanken um die Zukunft gemacht hat. Mit seiner strahlenden Persönlichkeit, den Massen von Verehrerinnen und Jasagern, von denen er umgeben war, hatte er nicht viel Zeit für irgend etwas anderes als die Gegenwart.

Realitäten haben ihn immer wie ein Blitz aus heiterem Himmel getroffen, und diese Abschiedsparty ist nicht wirkungslos an ihm vorbeigegangen. Hundert Jahre später zu erwachen und zu wissen, daß diejenigen, die er geliebt hatte, verblüht, gestorben und von Würmern aufgefressen worden waren – nun ja!

(Ich drücke es absichtlich so direkt aus, weil der menschliche Geist an schrecklich seltsame Aspekte denkt, gleichgültig, wie sehr er die Sprache verbrämt.)

Ich persönlich habe Pelhams Entschluß für eine Art psychologische Unterstützung Renfrews gehalten; und wir beide wissen, daß Pelham das Ausmaß seines Einflusses auf Renfrew kannte. Dieser Einfluß muß ersetzt werden. Versuch, Dir etwas zu überlegen, Peter, während Du Deinen Routinearbeiten nachgehst. Wir müssen mit diesem Jungen leben, wenn wir am Ende der fünfhundert Jahre alle erwachen.

Reiß diese Seite raus. Das folgende ist Routine.

Ned

Caxton warf das Blatt in den Verbrenner. Dann sah er nach seinen beiden schlafenden Begleitern – sie lagen wie tot da – und kehrte schließlich in den Kontrollraum zurück.

Im Fenster war die Sonne ein sehr heller Stern, ein Juwel auf schwarzem Samt, ein wunderschöner, funkelnder Brillant.

Alpha Centauri war noch heller. Er war ein strahlender Punkt in jenem Putz aus Schwarz und Flitter. Es war immer noch unmöglich, die einzelnen Sonnen von Alpha A, B und Proxima auszumachen, aber ihr vereintes Licht bewirkte ein Gefühl der Erhabenheit und Majestät.

Nun, dachte Caxton, *hier bin ich auf dieser phantastischen Reise, und wünsche gleichzeitig, ich wäre es nicht....* Caxton erkannte den inneren Konflikt. Er kämpfte gegen die Erregung an, und er kämpfte dagegen an, daß er sich gefühlsmäßig engagierte. Die Erregung rührte offensichtlich von der Tatsache her, daß er sich gefühlsmäßig engagierte.

Vielleicht sollte er sich, wie Blake drängte, wirklich Gedanken über Renfrew machen. Und dennoch, obwohl er sich der Bedeutung dieser Reise bewußt war – hier waren sie, die ersten Menschen, die zum fernen Centaurus flogen, die ersten Menschen, die nach den Fixsternen strebten – obwohl er sich all dessen bewußt war, hielt er irgendwie an seinem eigenen Vorhaben fest.

Caxton sagte sich, daß die ungeheure Zeit, die mit im Spiel war, zu bedeutungslos für Emotionen war. Besser, er blieb bei seinen eigenen Zielen und vergaß nie, daß er Peter Caxton war, der genau – oder jedenfalls fast genau – wußte, was er tat.

Er erledigte seine Arbeit, nahm seine dritte Dosis von der Droge und legte sich hin. Der Schlaf fand ihn immer noch ohne einen Plan, was Renfrew betraf.

Sein drittes Erwachen war Routine, abgesehen von der Tatsache, daß Caxton, als er das Logbuch las, feststellen mußte, daß es keine Eintragung von Renfrew gab. Und Blakes Eintragung zeigte, daß Blake keine Ahnung hatte, was er davon halten sollte, daß er sich aber große Sorgen machte.

»Wenigstens«, schrieb Blake, »hat er sich die korrekte Dosis gegeben, denn ich habe die Kapseln gezählt. Denk bitte nach, Peter, und vernichte auch diese Nachricht.«

Später, als Caxton in seiner Kabine lag und darauf wartete, daß die letzte Dosis der Reise zu wirken begann, dachte er: *Worüber soll ich nachdenken?* Natürlich würden sie etwas unternehmen müssen, wenn Renfrew durchdrehte. Aber es war im Grunde Renfrews Problem.

Dennoch war sich Caxton eines Gefühls der Spannung in seinem Körper bewußt. Was er bedauerte, denn irgendwie war es aufregend zu denken: *Es ist soweit! Wenn ich diesmal erwache, werden wir da sein.*

Etwas von dieser Aufregung mußte diese letzten 150 Jahre überbrückt haben, denn als Caxton erwachte, dachte er: *Wir sind da! Sie ist vorbei, die lange Nacht, die unendliche Reise. Wir werden uns alle wiedersehen, und wir werden die großen Centaurus-Sonnen sehen.*

Seltsam war nur, überlegte er, als er dort lag und jubelte, daß ihm die Zeit so lange vorkam. Obwohl... obwohl er nur dreimal wach gewesen war und nur ein einziges Mal für einen vollen Tag.

Genaugenommen war es nicht länger als anderthalb Tage her, daß er Blake und Renfrew – und Pelham – zum letztenmal gesehen hatte. Er war seit dem Start nur sechsunddreißig Stunden bei Bewußtsein gewesen.

Wieso dann dieses Gefühl, als ob Jahrtausende verronnen wären, Sekunde für Sekunde mit unendlicher Langsamkeit? Warum dieses unheimliche, leere Bewußtsein einer Reise durch eine unergründliche, unendliche Nacht?

Ließ sich der menschliche Geist so leicht täuschen?

Die Antwort war, so schien es Caxton schließlich, daß er diese fünfhundert Jahre am Leben gewesen war, daß all seine Zellen und Organe existiert hatten, und es war durchaus vorstellbar, daß irgendein Teil seines Gehirns trotz Caxtons Bewußtlosigkeit die ganze Zeit über wach gewesen war.

Hinzu kam natürlich auch noch die Tatsache, daß Caxton wußte, daß fünfhundert Jahre vergangen waren und daß...

Caxton sah plötzlich, daß seine zehn Minuten vorbei waren. Er schaltete vorsichtig das Massagegerät an.

Die sanften, gepolsterten Hände hatten ihn etwa fünfzehn Minuten bearbeitet, als seine Kabinentür geöffnet wurde und das Licht anging. Blake stand im Türrahmen.

Caxton drehte den Kopf, um Blake anzusehen. Die Bewegung war so ruckartig, daß Caxton schwindlig wurde. Er schloß die Augen und hörte, wie Blake durch den Raum zu ihm herüberkam. Als Caxton nach einer Minute wieder klar sehen konnte, stellte er fest, daß Blake eine Schale mit Suppe in der Hand hielt. Er stand vor dem Bett und blickte mit einem seltsam ernsten Ausdruck auf Caxton hinunter.

Schließlich entspannten sich Blakes Züge zu einem matten Lächeln. »Hallo, Peter«, sagte er. »Schsch!« zischte er sofort darauf. »Sprich jetzt bitte nicht. Du bleibst still liegen, während ich dich jetzt füttere. Je eher du wieder auf bist, desto besser.«

Blake wurde wieder ernst, als er hinzufügte: »Ich bin seit zwei

Wochen wach.« Er setzte sich auf die Bettkante und hielt Caxton einen Löffel voll Suppe hin. Die Stille, die folgte, wurde nur von dem Brummen des Massagegeräts unterbrochen. Langsam kehrte die Kraft in Caxtons Körper zurück, und mit jeder Sekunde, die verstrich, kam ihm immer deutlicher zu Bewußtsein, wie ernst Blake war.

»Was ist mit Renfrew?« krächzte Caxton schließlich heiser. »Ist er wach?«

Blake zögerte, dann nickte er. Stirnrunzelnd sagte er: »Er ist verrückt. Er ist völlig verrückt geworden. Ich mußte ihn fesseln. Er ist jetzt in seiner Kabine und wird langsam ruhiger, aber am Anfang war er nur ein lallender Irrer.«

»Das gibt's doch nicht!« flüsterte Caxton schließlich. »So sensibel ist Renfrew doch nie gewesen. Er kann doch nicht verrückt werden, nur weil er weiß, daß soviel Zeit vergangen ist und daß alle seine Freunde tot sind.«

Blake schüttelte den Kopf. »Es ist nicht nur das, Peter.« Er zögerte, dann fuhr er fort: »Peter, ich möchte dich auf den größten Schock deines Lebens vorbereiten.«

Caxton fühlte sich innerlich leer, als er Blake anstarrte. »Was meinst du?«

Blake schnitt eine Grimasse. »Ich weiß, du bist in der Lage, damit fertig zu werden. Also bekomm keinen Schreck. Du und ich, Peter, sind irgendwie Außenstehende, gewissermaßen Unbeteiligte.«

»Komm zur Sache«, flüsterte Caxton. »Was ist los?«

Blake stand auf.

»Peter, die Alpha-Sonnen waren vor zwei Wochen ziemlich nahe, bei unserer Durchschnittsgeschwindigkeit von fünfhundert Meilen pro Sekunde nur ungefähr sechs Monate entfernt. Da habe ich mir gedacht, mal sehen, ob ich nicht ein paar von ihren Radiosendern einstellen kann.«

Blake lächelte gequält. »Nun«, sagte er, »sie kamen alle rein, deutlich und glockenklar.« Er zögerte und blickte mit einem traurigen Lächeln auf Caxton hinunter. »Peter«, stöhnte er, »wir sind die größten Idioten, die die Welt je gesehen hat. Als ich Renfrew die Wahrheit sagte, ist er zusammengeklappt wie ein Boxer nach einem K.o.-Schlag.«

Wieder schwieg er, aber die Stille war zuviel für Caxtons strapazierte Nerven.

»Um Himmels willen, Ned...«, begann er. Dann brach er ab. Und lag still da, als er plötzlich begriff. Sein Blut schien durch seine Adern zu rauschen. Schließlich sagte er schwach: »Du meinst...«

Blake nickte. »Ja«, sagte er. »Genauso ist es. Und sie haben uns schon mit ihrem Superradar ausgemacht. Sobald ich melde, daß du wieder aufgewacht bist, wird ein Schiff herkommen und uns aufnehmen. Ich hoffe nur«, schloß er gedrückt, »daß sie etwas für Jim tun können.«

Caxton saß eine Stunde später im Kontrollsessel, als er ein Glitzern in der Dunkelheit entdeckte. Ein leuchtendsilberner Blitz war zu sehen, der zu explodieren schien, und im nächsten Augenblick lag ein riesiges Raumschiff neben ihnen, weniger als eine Meile entfernt.

Caxton lächelte gezwungen. Er wandte sich an Blake. »Hatten sie gesagt, das Schiff hätte seinen Hangar vor zehn Minuten verlassen?«

Blake nickte. »Sie brauchen für den Flug von der Erde nach Centaurus drei Stunden.«

»Was?« brüllte Caxton. »Und wir haben fünfhundert...« Er brach ab. »Drei Stunden!« flüsterte er. »Wie *konnten* wir den menschlichen Fortschritt vergessen?«

In der darauffolgenden Stille beobachtete Caxton, wie sich in der gewaltigen Wand ihnen gegenüber eine dunkle Öffnung auftat. In diesen Schlund lenkte Caxton ihr Schiff.

Das Rückfenster zeigte, daß sich die Öffnung wieder schloß. Vor ihnen flammten Lichter auf, die sich auf eine Tür richteten. Als Caxton das Schiff vorsichtig auf den Metallboden herunterließ, erschien ein Gesicht auf dem Sichtschirm.

»Cassellahat!« flüsterte Blake Caxton zu. »Die einzige Person, die bisher direkt mit mir gesprochen hat.«

Es war ein vornehmes, gelehrt aussehendes Gesicht, das ihnen entgegenblickte. Cassellahat lächelte und sagte: »Sie dürfen Ihr Schiff jetzt verlassen. Gehen Sie durch die Tür, die Sie sehen.«

XIV

Caxton hatte ein Gefühl von Leere um sie herum, als sie in die große Eingangskammer stiegen.

Das schweigende Duo trat hintereinander in einen Gang, der in einen sehr großen, luxuriösen Raum führte.

Es war ein Raum, wie ihn ein König oder eine Schauspielerin auf der Bühne ohne Verwunderung betreten hätte. Er war mit wunderschönen Tapeten behängt, das heißt, für einen Augenblick dachte Caxton, es seien Tapeten, dann sah er, daß es keine waren. Sie waren – er war sich nicht sicher.

Caxton hatte teure Möbel in Renfrews Büro und Haus gesehen, aber diese Sofas, Sessel und Tische hier glitzerten, als ob sie aus einem zusammenpassenden Muster aus verschiedenfarbigen Flammen gemacht wären. Nein, das war nicht richtig; sie glitzerten nicht. Sie...

Wieder war sich Caxton nicht sicher.

Ihm blieb keine Zeit, sich genauer umzuschauen, denn ein Mann, der ähnlich gekleidet war wie sie, erhob sich gerade aus einem der Sessel. Es war Cassellahat, wie Caxton erkannte.

Cassellahat trat lächelnd auf sie zu. Doch plötzlich zögerte er und rümpfte die Nase. Einen Moment später gab er Blake und Caxton hastig die Hand, um sich dann rasch zu einem Sessel etwa zehn Fuß entfernt zurückzuziehen, in den er sich reichlich geziert niederließ.

Es war ein überraschend unfreundliches Verhalten, das einen Moment später durch die Tatsache gemildert wurde, daß Cassellahat ihnen winkte, Platz zu nehmen. Caxton setzte sich verwirrt neben Blake auf eine Couch.

»Was Ihren Freund angeht«, begann Cassellahat, »so muß ich Sie warnen. Er ist ein schizoider Typ, und unsere Psychologen werden nur eine vorübergehende Besserung erreichen können. Eine permanente Heilung wird längere Zeit und Ihre vollste Mitarbeit erfordern. Stimmen Sie allen Plänen Mr. Renfrews bereitwillig zu, es sei denn, das Ganze nimmt gefährliche Formen an.

Aber nun –« Cassellahat bedachte sie mit einem Lächeln – »erlauben Sie mir, Sie auf den vier Planeten von Centaurus zu begrüßen. Dies ist ein großer Augenblick für mich. Ich bin von früher Kindheit an auf das einzige Ziel hin ausgebildet worden, Ihr Mentor und Führer zu sein, und ich bin natürlich überglücklich, daß endlich der Augenblick gekommen ist, wo ich meine gründlichen Studien der amerikanischen Sprache und Sitten der mittleren Periode in der Praxis anwenden kann.«

Cassellahat sah keineswegs überglücklich aus. Er rümpfte wieder seine Nase auf jene merkwürdige Art, die Caxton bereits aufgefallen war, und auf seinem Gesicht lag ein etwas gequälter Ausdruck.

»Was meinen Sie damit, Studien in Amerikanisch?« fragte Caxton überrascht. »War das nicht Englisch, was wir über Funk gehört haben?«

»Natürlich«, erwiderte Cassellahat. »Aber die Sprache hat sich so weiterentwickelt, daß Sie – ich darf es ruhig offen sagen – Schwierigkeiten hatten, einen ganzen Satz zu verstehen, nicht wahr?«

»Aber wir konnten einzelne Wörter verstehen«, mischte sich Blake ein.

»Ja.«

»Gut. Dann geht es also nur darum, daß wir die neuen Wörter lernen?«

»Nun, das ist richtig.«

Sie saßen schweigend da, während Blake auf seiner Unterlippe kaute. Schließlich meinte er: »Wie sieht es auf den Centaurus-Planeten aus? Sie erwähnten über Funk, daß man wieder auf die alte Stadtstruktur zurückgekommen sei.«

»Es wird mir eine Freude sein, Ihnen so viele unserer großen Städte zu zeigen, wie Sie sehen möchten«, erwiderte Cassellahat. »Betrachten Sie sich als unsere Gäste. Wir haben jedem von Ihnen ein Konto mit zweieinhalb Millionen Kredits eingerichtet, über die Sie nach eigenem Gutdünken verfügen können.« Er brach ab. »Wenn Sie im Augenblick keine Fragen mehr haben ...«

Blake und Caxton sprachen praktisch gleichzeitig. »Einen Augenblick noch, Sir«, sagte Caxton. »Wir haben noch jede Menge Fragen«, sagte Blake.

Der alte Mann nickte und blieb sitzen. Es war Caxton, der die erste Frage stellte. »Wie sieht es mit der Lebenserwartung aus?« wollte er wissen.

»Zwanzig Jahre mehr als die, die Sie jetzt haben«, antwortete Cassellahat vorsichtig.

Caxton fragte sicherheitshalber nach, ob sie mit »die, die Sie jetzt haben« dasselbe meinten. Aber Cassellahat hatte seine Lektionen über das »Amerika der Mittleren Periode« gelernt, und er meinte rund siebzig Jahre für ihre Zeit und neunzig für seine eigene.

Es schien eine äußerst geringe Steigerung. Die Enttäuschung löste zuerst einen Schock in Caxton aus, dann Verwirrung. Damals, vor fünfhundert Jahren, hatte man große Hoffnungen darauf gesetzt, daß der Medizin bald ein entscheidender Durchbruch auf diesem Gebiet gelingen würde.

Das Problem war offenbar, daß sich Zellen nur soundso oft erneuern konnten; ursprünglich zwischen zehn und dreizehn Mal, ungefähr alle sechseinhalb bis sieben Jahre. Die Erhöhung der Lebenserwartung basierte auf einer Entdeckung, die es möglich machte, die maximale Zellerneuerung von dreizehn Mal bei fast jedem Menschen zu erreichen.

Aber mehr als das war nicht zu schaffen.

Die Männer aus der Vergangenheit argumentierten, daß sie mit ihrer eigenen Reise von fast fünfhundert Jahren diese Schwelle doch wohl überschritten hatten. Aber augenscheinlich war dies nicht so. Pelhams Tiefschlafdroge bewirkte nichts weiter als eine enorme Verlangsamung der Zellprozesse, eine Erklärung, die auch auf Leute zutraf, die unter ganz normalen Bedingungen hundert Jahre oder länger lebten.

Obwohl Blake während der enttäuschenden Diskussion über Lebensverlängerung hin und wieder eine Frage eingeworfen hatte, hielt er jetzt die Hand hoch. Er lächelte. »Du hast Renfrews Fragen gestellt, Peter«, sagte er. »Jetzt werde ich deine Fragen stellen.«

Noch immer lächelnd wandte sich Blake an Cassellahat. »Mr. Caxton ist unser Physiker, und ich bin sicher, daß ihn das, was ich Sie fragen möchte, ebenso interessiert wie mich.«

»Bitte treten Sie ein paar Schritte zurück, während Sie Ihre Fragen stellen«, unterbrach ihn Cassellahat. Er entschuldigte sich, als die beiden Männer sich zurückzogen. »Ich werde es Ihnen gleich erklären. Aber jetzt zu Ihrer Frage, Mr. Blake.«

»Was macht die Lichtgeschwindigkeit konstant?«

Cassellahat verzog keine Miene. »Die Geschwindigkeit ist gleich der dritten Potenz der Kubikwurzel von *gt*«, sagte er, »wobei *t* die Tiefe des Raum-Zeit-Kontinuums ist und *g* die totale Toleranz oder Gravitation, wie Sie sagen würden, der gesamten Materie in diesem Kontinuum.«

»Wie werden Planeten gebildet?«

»Eine Sonne muß sich in dem Raum ausbalancieren, in dem sie ist. Sie wirft Materie aus wie ein Schiff seinen Anker. Das ist natürlich eine sehr einfache Beschreibung. Ich könnte Ihnen die mathematische Formel geben, aber ich müßte es aufschreiben. Schließlich bin ich kein Wissenschaftler. Das alles sind nur Fakten, die man von Kindesbeinen an kennt.«

Caxton unterbrach ihn verwirrt. »Eine Sonne wirft diese Materie ohne irgendeinen Druck aus, nur aufgrund ihres... Bestrebens... sich auszubalancieren?«

Cassellahat blickte ihn an. »Natürlich nicht. Glauben Sie mir, der Druck ist sehr stark. Ohne eine solche Balance würde die Sonne aus diesem Raum fallen. Nur ein paar Junggesellen-Sonnen haben gelernt, ihre Stabilität ohne Planeten aufrechtzuerhalten.«

»Ein paar was?« wiederholte Blake.

Caxton konnte sehen, daß Blake vor Überraschung die Fragen vergessen hatte, die er hatte stellen wollen. Cassellahats Worte rissen Caxton aus seinen Gedanken, als der alte Mann fortfuhr: »Eine Junggesellen-Sonne ist ein sehr alter, ausgekühlter Stern der Klasse M. Der heißeste der bekannten hat eine Temperatur von einhundertneunzig Grad Fahrenheit, der kälteste achtundvierzig. Sie sind im wahrsten Sinne des Wortes Einzelgänger, durch ihr Alter verschroben. Ihr Hauptmerkmal ist, daß sie keine Materie, keine Planeten, nicht einmal Gase in ihrer Nachbarschaft dulden.«

Blake stand schweigend da und runzelte nachdenklich die Stirn. Caxton ergriff die Gelegenheit, um einem Gedankengang nachzugehen. »Die Tatsache, daß Sie über all diese Dinge Bescheid wissen, obwohl Sie kein Wissenschaftler sind, interessiert mich. Zu Hause auf der Erde zum Beispiel kannte um 1979 praktisch jedes Kind das Raketenprinzip. Jungen von acht und zehn fuhren in speziell hergestellten Spielzeugen herum, nahmen sie auseinander und setzten sie wieder zusammen. Sie *dachten* Raketentechnik, und sie begriffen spielend jede neue Entwicklung auf dem Gebiet.

Was ich wissen möchte, ist: Welches ist hier die Paralelle zu diesem speziellen Aspekt?«

»Die Adeledicnander-Kraft«, antwortete Cassellahat. »Ich habe schon versucht, es Mr. Blake zu erklären, als wir uns über Funk unterhalten haben, aber sein Verstand scheint sich selbst gegen einige der simpelsten Aspekte zu sträuben.«

Blake verzog das Gesicht. »Er versuchte, mir einzureden, daß Elektronen denken würden, und das kann ich einfach nicht glauben.«

Cassellahat schüttelte den Kopf. »Nicht denken; sie denken nicht. Aber sie haben eine Psychologie.«

»Elektronenpsychologie!« entfuhr es Caxton.

»Oder einfach Adeledicnander«, erwiderte Cassellahat. »Jedes Kind...«

Blake stöhnte. »Ich weiß. Jedes Kind könnte es mir erklären.« Er wandte sich an Caxton. »Aus diesem Grund habe ich auch eine Reihe von Fragen aufgestellt. Ich dachte mir, mit den entsprechenden Grundkenntnissen könnten wir dann vielleicht in dieses Adeledicnanderzeug reinrutschen, wie es ihre Kinder tun.«

Blake drehte sich wieder zu Cassellahat um, doch der ältere Mann hob die Hand. »Genug, Mr. Blake. Wenn Sie weitere wissenschaftliche Fragen haben, sollten Sie diese an die Experten auf den entsprechenden Gebieten stellen, die es, wie ich Ihnen versichern kann, kaum erwarten können, Sie kennenzulernen.«

»Also gut, keine wissenschaftlichen Fragen mehr«, lenkte Caxton ein. »Aber wie sind die Menschen heute eigentlich?« fragte er neugierig. »Als wir die Erde verließen, befanden wir uns in der Endphase einer fünfzehnjährigen Rebellion der jungen Leute gegen das Establishment – ich sage Endphase, nicht weil sie vorbei war, aber das Ganze schien sich damals doch irgendwie beruhigt zu haben. Man wollte die Erfolge stabilisieren, oder so ähnlich hieß es. Was ist eigentlich daraus geworden?«

»Tut mir leid«, antwortete Cassellahat zögernd, »aber ich habe selbst nie ganz begriffen, worum es damals überhaupt ging – aber Sie werden die Leute von heute kennenlernen, und dann können Sie sich selbst eine Meinung bilden. Morgen werden Sie übrigens unter anderem im Fernsehen sein.«

Cassellahat stand auf. »Bevor ich gehe, möchte ich Sie noch auf etwas hinweisen«, sagte er. »Es hat eine unerwartete, äh, Entwicklung gegeben. Als wir uns vorhin begegneten, fiel mir ein unangenehmer Geruch auf, der von Ihnen beiden ausgeht. Zumindest war der erste Eindruck auf mich unangenehm, obwohl ich mir jetzt nicht mehr so sicher bin. Aber das Problem muß studiert werden. Bis dahin sollten Sie engen Kontakt mit Menschen aus unserer Zeit vermeiden, insbesondere, da wir vor einigen Minuten gelandet sind.

Und jetzt«, schloß er, »werde ich Sie allein lassen. Sie werden diese erste Nacht noch auf Ihrem Schiff verbringen, bis alles vorbereitet ist. Ich hoffe, Sie haben nichts dagegen, wenn ich in Zukunft in Ihrer Anwesenheit eine Maske trage. Ich wünsche Ihnen alles Gute, Gentlemen, und...« Er brach ab und blickte an Blake und Caxton vorbei. »Ah, da ist Ihr Freund.«

Renfrew stand in der Tür. »Hallo, Jungs«, begrüßte er sie gut gelaunt, dann fügte er hinzu: »Wir sind schon ein paar Trottel, was?«

Caxton fand hinterher eine beschämte Erklärung für das, was dann passierte. Die ganze Reise war einfach zuviel gewesen, sagte er sich: *Mein Gott, meine Nerven sind schließlich nicht aus Stahl.... Und wenn man dann auch noch plötzlich einem völlig normalen Mann gegenüberstand, der noch Minuten vorher ein rasender Irrer gewesen war – wen würde das nicht etwas aus der Fassung bringen?*

Was immer der Grund war, *Caxton* war derjenige, der Renfrew als erster erreichte. Er war derjenige, der die Arme um den Mann schlang und ihn mit tränenerfüllten Augen an sich drückte.

Alsbald wurde Caxton bewußt, was er da tat; er zog sich zurück und sagte in einem verspäteten Versuch, zu überspielen, was er da gerade getan hatte: »Und jetzt werde ich mir diesen unverschämten Burschen verknöpfen.«

Doch als er sich umdrehte, war Cassellahat verschwunden.

An jenem Abend konnte Caxton nicht einschlafen. Zuerst sagte er sich, daß es die Aufregung war.... Doch dann wurde ihm plötzlich bewußt, was ihn beunruhigte.

Ich bin zu einem falschen Gedanken verleitet worden. Die Wahrheit ist, was für eine Rolle spielt es, wer als erster auf Centaurus war? Renfrew hat alles verwechselt. Unser Ziel war es nicht, vor jedem anderen von der Erde hier zu sein. ... Renfrew und er – Blakes Grund für die Teilnahme an der Reise war Caxton noch immer unbekannt – hatten sich auf den Weg in die Zukunft gemacht, um ihre verschiedenen Arten von Unsterblichkeit *für sich selbst* zu finden. Was andere Menschen in der Zwischenzeit erreichten, war prima – für sie. Was die Menschheit in einem Zeitraum von fünfhundert Jahren vollbrachte, war großartig. Aber was nützten diese Leistungen all den Leuten, die inzwischen unter der Erde waren?

Caxton setzte sich auf seinem harten Bett auf in dem plötzlichen Impuls, zu Renfrew und Blake zu laufen und sie auf diese logischen Fakten hinzuweisen. Doch dann legte er sich zurück. Er hatte den anderen gegenüber nichts von seinen wirklichen Motiven für diese Reise erwähnt, und es wäre unsinnig, wenn er jetzt damit anfangen würde. Besser, er behielt seine Gedanken für sich, wie er es immer getan hatte.

Caxtons Problem war immer noch das gleiche wie damals, als er im Palast der Unsterblichkeit gewesen war. Vermutlich würden all diese Milliarden von Menschen, die nun lebten, auch irgendwann von den Possessoren gerettet, indem sie im Alter von vierzehn oder so aufgelesen und in ein längeres Leben in einer anderen Wahrscheinlichkeitswelt projiziert würden.

Heute wie damals wies Caxton diese Lösung gereizt als unsinnig zurück. Mit dieser Entscheidung und Analyse war er schließlich in der Lage einzuschlafen.

XV

Als Caxton am nächsten Morgen erwachte, glaubte er für einen Augenblick, immer noch unterwegs zu sein.

Er fühlte sich augenblicklich verwirrt, da er sich nicht daran erinnern konnte, das wievielte Erwachen es war. Im nächsten Moment kam das Bewußtsein, kam die Erinnerung.

Seine Erleichterung war nur kurz. Caxton stand auf und zog langsam seine Kleider an.

Wie er so dort stand, wurde Caxton bewußt, daß seine Suche nach den Possessoren durch seine momentane Situation stark behindert werden würde. Er, Blake und Renfrew würden wahrscheinlich eine Weile im Centaurus-System bleiben müssen, und wenn sie zur Erde zurückkehrten, würden sich neue Schwierigkeiten ergeben. ... Caxton erinnerte sich plötzlich an etwas, das seine erste Frau einmal zu ihm gesagt hatte: »Mein Gott, Peter, entspann dich. Wir liegen hier im Bett und lieben uns, und ich habe den Eindruck, daß du in Gedanken schon wieder woanders bist und daß das, was du jetzt machst, dich gar nicht interessiert.« Es stimmte. Er war tatsächlich nicht bei der Sache gewesen, hatte schon wieder überlegt und Pläne geschmiedet. Zweifellos hatte dieses Verhalten dazu beigetragen, daß sie so schnell die Scheidung eingericht hatte.

Irgend jemand hatte Caxton einmal gesagt, daß eine Frau einen Mann nie verlassen würde, es sei denn, er prügelte sie davon. Aber das stimmte nicht, dachte Caxton. Es gab einige Männer, denen einen Frau bald davonlief. Er lächelte matt, als ihm einfiel, daß nicht jeder Mann von sich behaupten konnte, daß er der Typ war, mit dem es eine Frau nicht lange aushielt.

Wenigstens ein Vorteil, den ich habe, spöttelte Caxton bei sich. *Ich kann aus einem Schlamassel rauskommen, in den ich mich selbst reingebracht habe, weil die Leute froh sind, wenn sie mich von hinten sehen. Vielleicht kann ich es hier mit der gleichen Methode versuchen.*

Mit dieser Möglichkeit vor Augen fühlte sich Caxton gleich froheren Mutes. Er verließ seine Kabine, trat auf den schmalen Gang hinaus und begab sich in den Kontrollraum. Blake und Renfrew waren bereits da.

Blake sah Caxton als erster. »Ihre Ärzte wollen uns auf den Kopf stellen, also bereite dich auf einen langweiligen Tag vor.«

»Oh!« Seltsamerweise stellte Caxton fest, daß er trotz seiner langen und ergebnislosen Diskussion mit sich selbst nicht uninteressiert war. »Vielleicht finden sie irgendwas gegen unseren Geruch, damit wir den Frauen wieder gefallen.«

Die Mienen seiner beiden Begleiter hellten sich bei seinen Worten auf, und so war es ein interessiertes Trio, das behutsam in die Vorkammer trat, wo ihr Schiff gelandet war, und durch eine Tür in denselben Raum, wo Cassellahat sie am Vortag begrüßt hatte.

Cassellahat und mehrere Männer und Frauen warteten auf sie und erhoben sich, als die drei eintraten.

Irgend etwas an der Art und Weise, wie sich diese Leute bewegten, bewirkte eine Veränderung in Caxton. Sie hatten eine Langsamkeit an sich, als ob sie alle Zeit der Welt hätten für das, was jetzt kommen würde, und wie er sie so sah, ihre Gründlichkeit spürte, verschwand plötzlich seine Neugier.

Ein stinklangweiliger Haufen, dachte Caxton.

Dennoch gab es ein paar interessante Dinge. Seit dem Vorabend waren einige Apparate und Gerätschaften in den Raum gebracht worden. Cassellahat saß neben einem von ihnen und fungierte als Übersetzer, und was er sagte, waren einfache Varianten von »Mr. Renfrew, würden Sie sich bitte ausziehen und auf diesen Tisch dort legen«. Und später: »Jetzt Sie, Mr. Blake. Und schließlich: »Mr. Caxton – Sie sind an der Reihe.«

Obwohl er zugesehen hatte, wie sich seine beiden Begleiter schweigend auszogen, war Caxton etwas verlegen, als die Reihe an ihn kam, sich zu entkleiden. Er stellte plötzlich fest, daß er etwas gegen weibliche Ärzte hatte, eine Entdeckung, die ihn etwas überraschte. Von ungefähr siebzehn Jahren an hatte er ständig auf der Lauer nach verfügbaren Damen gelegen und sich bei potentiellen Aspirantinnen ständig um intimere persönliche Beziehungen bemüht, die – so hatte er immer gehofft – früher oder später zur völligen Entkleidung und hautnaher Umarmung führen würden. Dabei war er nie verlegen geworden. Warum dann jetzt auf einmal?

Caxton lag unbehaglich auf dem Tisch und beobachtete unglücklich, wie ihm rund ein halber Liter Blut abgezapft wurde. (Das Blut wurde durch eine Tür hinausgereicht und weggebracht, wahrscheinlich für Laboruntersuchungen.) Eine der Ärztinnen schaute durch eine Gläservorrichtung in Caxtons Augen und richtete einen dünnen Lichtstrahl in die Pupille. Alle zwanzig Sekunden oder so veränderte sie die Farbe des Lichts, von Weiß in Rot, dann in Grün, in Gelb und so weiter. Schließlich schien ihre Neugier befriedigt; sie ging zu einer der Maschinen, wo sie von einem der Männer eingehend befragt wurde.

Eine andere Frau injizierte Caxton verschiedene blasse Flüssigkeiten in seinen Arm, sein Bein und seinen Körper. Erstaunlicherweise spürte Caxton die Einstiche nicht, dennoch zuckte er bei jeder Injektion von neuem zusammen, weil er Angst hatte, daß es diesmal weh tun würde. Die Frau schien es nicht zu bemerken. Sie beobachtete eine Reihe von Skalen, dann begab sie sich zu dem Mann an der Maschine und wurde ebenfalls von ihm befragt.

Es ging offensichtlich um die ersten Ergebnisse der Untersuchungen, und Caxton wurde neugierig. Er würde diesen Experten keine Zeit geben zu vergessen, was sie herausgefunden hatten. Er wollte gerade eine entsprechende Frage stellen, als ihm ein eigener Gedanke kam, der keine bloße Reaktion war, und er wandte sich sofort an Cassellahat.

»Sorgen Sie bitte dafür, daß man uns das Mittel injiziert, das unsere Lebenserwartung auf neunzig Jahre verlängert«, sagte er.

Cassellahat nickte ernst, aber als er sich an seine Kollegen aus dem fünfundzwanzigsten Jahrhundert wandte, lächelte er. Und er lächelte immer noch leise, als er die Anweisung »übersetzte«, wenn übersetzen das richtige Wort dafür war. Es schien einen Moment zu dauern, bis die anderen begriffen, was er meinte, aber plötzlich lächelten auch sie, und ein paar von ihnen sagten etwas, das Caxton fast verstand.

Cassellahat wandte sich an die drei Männer und erklärte ihnen, daß sie die Injektionen selbstverständlich bekommen würden. Aber sie sollten nicht zu ungeduldig sein, da es noch ein paar andere Dinge gab, die vorrangig waren. Er fuhr mit einem Lächeln fort: »Mr. Caxton, einer unserer Psychiater findet, daß Ihre Frage klingt, als ob Sie sich wie ein Besucher in einem fremden Land fühlen, der die einheimischen Erzeugnisse nur während seines kurzen Aufenthalts kaufen kann. Bitte seien Sie versichert, daß Sie jetzt permanente Bewohner unserer Zeit sind – es sei denn, Sie beschließen, eine weitere Reise mit der Pelham-Droge zu machen, was ich Ihnen aus Gründen, die man Ihnen noch erklären wird, nicht empfehlen möchte.«

Eine große, glänzende Maschine mit einer Öffnung auf einer Seite wurde hereingerollt. In der gleichen Reihenfolge wie vorhin wurde Renfrew als erster zu einem fahrbaren, sargähnlichen Behälter geführt, in den er sich hineinlegen mußte. Sobald er waagerecht lag, wurde der Behälter durch die Öffnung der Maschine gerollt, und Renfrew verschwand. Nur seine Zehen waren noch zu sehen, die in unregelmäßigen Abständen zuckten.

Als der Behälter schließlich wieder aus der Maschine gezogen wurde, setzte sich Renfrew in ihm auf, atmete ein paarmal tief durch und sagte: »Ich freß 'nen Besen!« Der nächste war Blake, und als Caxton zu guter Letzt an die Reihe kam und sich hineinlegte, dachte er: *Nun, aus mir werden sie keine Angstreaktion herauskriegen.*

Caxton erlebte seine erste Überraschung, als er in die Maschine geschoben wurde und entdeckte, daß er *durch* das Material sehen konnte. Von draußen hatte es metallisch und undurchsichtig ausgesehen, aber von drinnen war es, als ob man durch leicht getöntes Glas schaute. Die Gesichter von zwei Ärztinnen und drei Ärzten drückten sich in ovale Einbuchtungen im Metall, als ob *sie* ihn aus diesen Gucklöchern beobachten würden.

Caxton wartete gespannt. Plötzlich fühlte er etwas tief in seinem Gehirn, und gleichzeitig zuckte der linke Finger seiner linken Hand. Unmittelbar darauf war eine andere Empfindung in seinem Kopf, und der vierte Finger schloß sich automatisch auf die Handfläche.

Caxton lag in der Maschine, während nacheinander seine Finger, dann seine Hände, seine Ellbogen, seine Oberarme, seine Zehen, Füße und Teile seines Körpers zuckten. Jedesmal wurde das Zucken von jener seltsamen Empfindung in seinem Kopf begleitet – oder vielleicht ging sie auch um Sekundenbruchteile voraus. Es war ein Reflextest auf einer Ebene und mit einer Methode, wie man sie sich im zwanzigsten Jahrhundert nicht hätte träumen lassen.

Alles schien wunderbar zu laufen, bis sie zu Caxtons Augen kamen. Caxton fühlte das Zucken der Augenmuskeln und plötzlich eine Reihe von schmerzhaften Stichen.

Draußen über der Maschine zogen sich die Ärzte zu einer kurzen Diskussion zurück; Caxton fiel unterdessen ein, daß er gelegentlich ein bißchen undeutlich gesehen hatte, wenn er auch nie eine Brille getragen hatte; und daß er ab und zu, wenn auch nicht oft, an durch Überanstrengung der Augen bedingten Kopfschmerzen litt. ... Caxton kam verwundert zu dem Schluß, daß sie offenbar dieses Leiden entdeckt hatten.

Kurz darauf beendeten die Ärzte ihre Diskussion, stellten sich wieder um die Maschine herum und starrten zu Caxton hinein, der unmittelbar darauf ein Gefühl in seinen Augen erlebte, wie er es noch nie zuvor gehabt hatte; es war eine blitzschnelle Augenbewegung, die er als kurzes Zucken spüren konnte.

»Heh!« entfuhr es ihm, »was ...«

Die beschleunigte Augenbewegung hörte auf. Eine Pause trat ein. Dann fühlte Caxton wieder das bereits bekannte Zucken seines Augenmuskels.

Aber diesmal spürte er keinen Schmerz.

Etwa eine Minute später wurde ein atemloser und staunender Caxton aus der Maschine gerollt. Er sah, daß Cassellahat gerade mit den Ärzten sprach. Als Caxton aufstand und zu dem Stuhl ging, auf dem seine Kleider lagen, drehte sich Cassellahat zu ihm um. »Sie wollen wissen, wohin Sie gehen, Mr. Caxton.«

Cassellahats Stimme klang streng, und Caxton glaubte schon, daß seine Frage ernst gemeint war, als er das Zwinkern in den Augen des älteren Mannes sah. Der Groschen fiel, und Caxton holte tief Luft und sagte: »Bin ich so nervös?«

Cassellahat nickte. »Nervös, zappelig, unfähig, still zu liegen. Sie sollten sich ausruhen.«

»Ich habe fünfhundert Jahre Zeit gehabt, mich auszuruhen«, erwiderte Caxton.

»Sie wollen Ihnen kein Beruhigungsmittel geben«, sagte Cassellahat, »also versuchen Sie, sich zu entspannen. Denken Sie an friedliche Dinge.«

Ich weiß, dachte Caxton. *Die Reise ist vorbei, wir sind hier, wir haben Zeit in Hülle und Fülle... bis neunzig.* Aber seine Versuche, sich zu beruhigen, halfen nicht. In Gedanken war Caxton schon bei jenem Augenblick, wenn er damit beginnen konnte, die Spur der Possessoren *in dieser Zeit* zu suchen.

Es war natürlich völlig verrückt, sagte er sich, als er sich für einen Augenblick in diesem wunderbaren Raum umschaute, in dem er saß. ... *Ich sollte mich glücklich fühlen, daß ich überhaupt an einem solchen Ort sein und etwas so Phantastisches erleben darf.*

Aber Caxton war nicht glücklich. Er beobachtete abwesend, wie die Ärzte wieder etwas mit Renfrew machten. Ihm fiel auf, daß eine der Ärztinnen ziemlich gut aussah. Vielleicht – und diese Möglichkeit gab Caxton für ein paar Augenblicke neuen Auftrieb – würde eine Ärztin eine klinischere Einstellung gegenüber den Gerüchen eines Mannes aus der Vergangenheit haben, und würde vielleicht auch – aus rein klinischen Gründen – an ein bißchen Sex mit einem solchen Stinksack interessiert sein. Vielleicht sollte er ihr irgendwie seine Bereitschaft signalisieren, an einem solchen Experiment teilzunehmen.

Dies und ähnliche Gedanken gingen Caxton im Kopf herum, als Renfrew aufstand und sich wieder zu seinen beiden Gefährten aus dem zwanzigsten Jahrhundert gesellte. Gleichzeitig marschierten die neun Ärzte durch eine Tür hinaus und verschwanden.

Cassellahat kam zu den dreien herüber. »Sie gehen mittagessen«, erklärte er. »Lassen Sie mich Ihnen zeigen, wie die Küche dieses Apartments funktioniert.«

»Kommen sie noch mal wieder?« wollte Caxton wissen.

»Oh, natürlich. Die Untersuchung ist erst zur Hälfte vorbei.«

Später, als die Untersuchungen endlich beendet waren, saß einer der Ärzte neben der Informationsmaschine und sprach so lange, daß Cassellahat schließlich die Hand hob und ihn unterbrach. Dann drehte er sich um und lächelte seine Schutzbefohlenen an. »Er überhäuft uns mit Daten, aber zusammengefaßt hat er folgendes gesagt...«

Alle drei befanden sich bei guter körperlicher und geistiger Gesundheit. Ihre Hauptprobleme – Mr. Caxtons Gefühl der Unsicherheit, Mr. Renfrews Verlustgefühle – eine nette Umschreibung von Renfrews Verfassung! – und Mr. Blakes Unbehagen über ihren Körpergeruch – würden sich wahrscheinlich durch Erfahrung lösen, wenn sie sich erst an ihre neue Umgebung akklimatisiert – kurz gesagt, eingelebt – hatten.

Was den Geruch betraf – Cassellahat breitete vielsagend seine Hände aus, als er erklärte: »Dr. Manadann sagt, daß Geruch eine flüchtige Substanz ist, die von einem Körper, einer Pflanze oder einem Objekt ausgeströmt wird, und daß das, was Sie, meine Herren, ausströmen, diese Eigenschaften nicht zu haben scheint. Man wird Sie noch einigen Tests unterziehen, aber in einem dementsprechend ausgestatteten Labor.«

Es gab noch ein paar weitere Dinge, aber dies war das Wesentliche. Danach sprachen einige andere Ärzte, aber kürzer, und alles schien darauf hinauszulaufen, daß sie offenbar nichts an sich hatten, was für die geschützten Bevölkerungen dieser Periode der Geschichte ansteckend sein würde.

Es folgte eine noch kürzere Diskussion über entsprechende Kleidung für die drei, die mit einem ausgleichenden Energiefeld versehen werden sollte. Dadurch könnte der Geruch, den sie produzierten, bis auf ihre Köpfe und Hände für alle praktischen Zwecke auf ein Minimum reduziert werden. Aber sie sollten weder schwimmen gehen noch sich in Gegenwart anderer Leute zum Sonnenbaden ausziehen.

Wieder breitete Cassellahat seine Hände aus und sagte lächelnd: »Nun, das ist alles. Sie können nun gehen, wohin Sie möchten. Die Welt von 2476 A.D. steht Ihnen spätestens ab morgen offen. Ich wünsche Ihnen viel Vergnügen.«

»Ich meine, wir sollten lieber noch nichts unternehmen, bis wir diese Anzüge bekommen«, meinte Blake.

Einer der Ärzte sagte etwas; es war eine Art Bitte, soweit Caxton es verstehen konnte (die Sprache klang inzwischen schon etwas weniger kompliziert). Cassellahat erklärte ihnen, daß die Ärzte »einen der drei Gentlemen« baten, zu einem zusätzlichen Test mitzukommen. Wie es schien, wollten sie am liebsten Renfrew haben.

»Sie meinen«, sagte Renfrew, »ich soll jetzt sofort mit ihnen gehen, während meine zwei Kumpel« – er legte leutselig den Arm um Caxton, der zufällig neben ihm stand – »hierbleiben?«

Diese unerwartete freundschaftliche Geste verwirrte Caxton. *Kumpel,* dachte er verächtlich, *das fehlt mir gerade noch.* Bis er seine Aufmerksamkeit endlich von diesen Gefühlen lösen konnte, war alles arrangiert, und Renfrew und die Ärzte gingen. Männer kamen herein und rollten die Maschinen hinaus. Cassellahat verließ sie als letzter. An der Tür blieb er noch einmal stehen. »Nun, Mr. Caxton, hatten Sie Zeit, sich eine Meinung über die Menschen unserer Zeit zu bilden?«

Nein, das hatte er nicht, wie Caxton zugeben mußte. Was Erfahrungen mit den Menschen dieser Epoche anging, war es ein ziemlich nichtssagender Tag gewesen, was nicht weiter überraschend war. Wenn Ärzte ihrer Arbeit nachgingen, waren sie wie Roboter und nicht wie menschliche Wesen.

Laut sagte Caxton: »Ich dachte, wir sollten heute interviewt werden, und dann könnte ich mir eine Meinung bilden. Was ist damit?«

Ein seltsamer Ausdruck erschien auf Cassellahats Gesicht; er war plötzlich verlegen. »Aber« – er flüsterte die Worte fast – »haben Sie denn nicht begriffen? Die ganze ärztliche Untersuchung wurde auf alle vier Planeten übertragen.« Cassellahat gewann langsam seine Fassung zurück, und er entschuldigte sich. »Es ist mein Fehler. Ich habe es für selbstverständlich gehalten, daß Sie normale Fernsehausrüstung erkennen würden.«

»Fernsehen!« Blake, der etwas abseits stand, stöhnte.

»Sie meinen, man hat uns den ganzen Tag ...«, begann Caxton. Er wollte »nackt sehen können« sagen, aber die Worte blieben ihm im Hals stecken. In seinem Kopf überschlugen sich die Gedanken.

Caxton bemerkte am Rande, daß Cassellahat wieder sprach. »Oh, ja. Den ganzen Tag. Sie müssen wissen, Gentlemen« – Cassellahat war wieder völlig ruhig – »daß Ihre Ankunft ein langerwartetes Ereignis ist und daß die Bewohner aller vier Planeten brennend interessiert sind an allen Einzelheiten Ihres Aufenthalts hier.«

Caxton öffnete den Mund, um gegen diesen Eingriff in ihre Privatsphäre zu protestieren, doch dann sah er aus den Augenwinkeln heraus, daß Blake ihm zuzwinkerte. Caxton begriff, daß

Cassellahat nicht verstehen konnte, was sie daran stören sollte, und er schwieg.

Nachdem Cassellahat gegangen war und sie über den Tag und die verblüffende Enthüllung an seinem Ende sprachen, erfuhr Caxton von Blake, daß Renfrew über Nacht fortbleiben würde, eine Information, die ihm aufgrund seiner Verwirrung über Renfrews Geste der Zuneigung entgangen war. *Ganz schön raffiniert,* dachte er, *wie sie ihn weggelockt haben.*

»Ich nehme an, dieser angebliche Test war nur ein Vorwand, um ihn weiterzubehandeln.«

Als Blake nickte, fuhr Caxton fort: »Und Jim war ahnungslos?«

»Völlig, soweit ich es beurteilen konnte. Er war regelrecht begeistert. Er darf über die Stadt fliegen, ein Privileg, das wir erst morgen haben werden.«

»Ich dachte, wir wären frei und hätten die Schlüssel zur Stadt«, sagte Caxton.

Blake lachte. Er ließ sich seinen Schnurrbart wieder wachsen, und über seiner Oberlippe zeigte sich ein schwarzer Strich. Mit seinem Schnurrbart kehrte etwas von dem modernen Aussehen zurück, das er ursprünglich gehabt hatte, als Caxton ihn kennengelernt hatte.

»Offenbar erst ab morgen«, erwiderte er. »Aber wir können hierbleiben.«

»Oh!« Caxton blickte sich um. »In diesem Apartment?« Als Blake nickte, meinte Caxton: »Nun ja, wenigstens ein Fortschritt. Wie spät ist es?«

Beide Männer schauten gleichzeitig auf ihre Uhren, und beide waren überrascht festzustellen, daß es schon nach neun Uhr abends war. Während sie noch überlegten, was sie tun sollten, ertönte aus der Küche der leise Klang einer Glocke. Sie kamen gerade rechtzeitig, um zu sehen, wie der Herdmechanismus – den ihnen Cassellahat während des Mittagessens demonstriert hatte – mit dampfend heißem Essen beladene Teller auf einen Tisch schob.

Blake äußerte die Vermutung, daß das Essen für sie bestimmt war, und schlug vor zu beginnen, bevor jemand hereinkam und es ihnen möglicherweise streitig machte.

Als sich Caxton hinterher in eins der Schlafzimmer zurückzog, entdeckte er eine Reihe von Broschüren mit dem Titel: *Geschichtsführer für unsere ehrenwerten Besucher aus der Vergangenheit.* Sie waren in Englisch, und es waren so viele, daß Caxton genug Lesestoff hatte, bis er einschlief.

Das war der erste volle Tag in Alpha Centauri.

Als Caxton am folgenden Morgen erwachte, war er noch müde, weil er bis spät in die Nacht gelesen hatte. Aber Renfrew war zurück. Und so waren sie bald, nach einem kräftigen Frühstück, bereit für ihren zweiten Tag auf einem Centaurus-Planeten.

XVI

Es war interessant, Renfrew zu beobachten, dachte Caxton, als sie schließlich abgeholt wurden; der Mann war bereits draußen gewesen, und er genoß es offensichtlich, Blake und Caxton Dinge zu zeigen, die er bereits kannte.

Zuerst gingen sie durch eine Tür und fanden sich in einem glänzenden Korridor des großen Raumschiffs wieder, das sie vor zwei Tagen abgeholt hatte. Es ging ein paar Stufen hinunter auf einen Boden, der sich bewegte – und schneller lief, sobald sie auf ihm standen. Bald stiegen sie wieder von ihm herunter und gingen ein kurzes Stück zu einer anderen Tür.

Eine sanfte Brise wehte ihnen entgegen, als sich die Tür öffnete. Sie standen auf einer Erhöhung im Freien und blickten auf einen riesigen glänzenden Platz hinunter – ähnlich einem Flugplatz. Über ihnen war bläulichgrüner Himmel, der nicht viel anders war als der auf der Erde.

Mit dem einen Unterschied, daß hier zwei Sonnen am Himmel standen: Eine hatte etwa die Größe von Sol und war ungefähr ein Viertel am östlichen Himmel aufgestiegen. Die andere war hell, weiß und so groß wie ein Tennisball und versank gerade hinter einem Berg im Westen.

Caxton blieb stehen und betrachtete seine Umgebung, und für einen Augenblick vergaß er sogar seine eigenen Ziele. Er konnte nur schauen, und Tränen traten ihm in die Augen, als er dachte: *Wir sind da! Wir sind wirklich da!*

Neben ihm sagte Blake gerade zu Renfrew: »Bist du gestern abend auch hierher gekommen?«

»Ja.«

»Glückspilz.«

Renfrew antwortete bescheiden, daß es doch im Grunde keine Rolle spielte, wer von ihnen das alles zuerst sah, da ihre Gastgeber nicht die Absicht hatten, es irgendeinem von ihnen vorzuenthalten. Doch er warf Cassellahat einen Ich-weiß-schon-Bescheid-Blick zu. »Derselbe Aufzug?« fragte er.

Der alte Mann nickte, und so war es Renfrew, der durch ein Drehkreuz voranging. Entlang des Schiffs lief ein Laufsteg mit einem Aufzug bis zu dem Platz unter ihnen hinunter.

Ein ganz normal aussehender Bus erwartete sie am Fuß des Aufzugs. Nachdem sie eingestiegen waren und Platz genommen hatten, wurden sie zu einem entfernten Tor gefahren und hinaus auf eine Straße, die sich nicht allzu sehr von der irgendeiner großen fremden Stadt auf der Erde unterschied, nur daß diese Straße sehr breit war, und daß sie hier zum erstenmal Flieger sahen.

Über Straßen, die alle sehr breit waren, ging es zu einem Hotel, das sie durch einen Hintereingang betraten. Mit einem Aufzug fuhren sie in den obersten Stock hinauf, in dem sich eine luxuriöse Penthousewohnung befand.

Drinnen sagte ein lächelnder Cassellahat: »Gentlemen aus dem zwanzigsten Jahrhundert, gestern sind Sie unter anderem auch fotografiert worden, so daß wir einige Anzüge aus einem speziellen Stoff für Sie maßweben konnten. Ihre Namen stehen in den Taschen.«

Er machte eine ausholende Handbewegung. »Suchen Sie Ihre Schlafzimmer auf und ziehen Sie sich um. Ich werde zurückkommen, wenn Ihre persönlichen Flieger eintreffen.«

Die Flieger wurden nachmittags gebracht, aber der Physiker, der den drei Zeitreisenden die Handhabung und Funktionsweise der Geräte erklären sollte, würde erst am späten Abend kommen. Cassellahat, dessen eigene Maschine sich im Flieger-Aufbewahrungsraum des Hotels befand, erklärte sich jedoch bereit, sie mit der einfachen Bedienung des Geräts vertraut zu machen. Die drei Männer willigten ein, und Cassellahat führte sie zu einem großen Innenhof hinter dem Hotel. Dort streifte er sein eigenes Gerät über, stieg senkrecht in eine Höhe von zwanzig Fuß auf und rief zu seinen Schutzbefohlenen hinunter: »Kommen Sie!«

Sie folgten ihm nacheinander, zuerst Ned Blake, der begeistert »Heh!« rief, als er in die Höhe schnellte; dann Renfrew, der schweigend, aber lächelnd aufstieg. Nur Caxton zögerte, weil er sofort bemerkt hatte, daß dieses Gerät anders war als der Flieger, den er in den Filmen von Arlay studiert hatte. Die frühere Version hatte Schulterriemen mit zwei Schlaufen gehabt, die als zusätzliche Stütze zwischen den Beinen hindurchgeschlungen wurde. Bei diesem hier befestigte man eine Halterung zwischen den Beinen, die nur durch eine schmale Schnur mit den Schulterriemen verbunden war; zusätzlich streifte man über jeden Schuh einen elastischen Netzslipper, der ebenfalls nur durch eine ähnlich dünne Schnur an den Schultern befestigt war. Caxton konnte sich nicht vorstellen, wie diese Einzelteile zusammen funktionieren sollten, um ihn in der Luft zu halten, da sie sich nicht gegenseitig stützten. Die Art und Weise, wie sich die anderen Männer hielten, verriet, daß es irgendeine Art von Wechselwirkung gab, aber *wie* es funktionierte, war nicht zu erkennen.

Caxton zögerte. Er wollte erst mehr über diese Dinger erfahren, bevor er sich einem anvertraute. Im Gegensatz zu ihm hatten Blake und Renfrew ja nichts mehr zu verlieren, da *sie* keine Pläne für die Zukunft mehr hatten. *Sein* Ziel aber war Unsterblichkeit. Außerdem ging das alles viel zu schnell. Man sollte Sachen wie das hier ganz langsam angehen, vielleicht zuerst fünf oder zehn Fuß, das genügte für den ersten Tag.

Plötzlich kam Blake zu ihm herunter und sagte leise: »Mein Gott, Peter, mach uns keine Schande!«, und Caxton wußte, daß er sich blamiert hatte. Er zögerte nur noch einen Augenblick, dann griff er nach dem kleinen Kontrollknopf, der an seinem Handgelenk baumelte, und drückte vorsichtig auf ihn.

Die Schulterriemen strafften sich zuerst. Dann fühlte Caxton einen Druck um sein Gesäß und zwischen seinen Beinen, und gleichzeitig wurden seine Füße starr. Caxton war so auf diese Empfindungen konzentriert, daß er bereits mehrere Fuß in der Luft war, während er immer noch darauf wartete, vom Boden abzuheben. Er japste und hielt den Atem an, und dann war er auch schon bei den anderen, zwanzig Fuß hoch in der Luft; und es war so kinderleicht, und es war einfach herrlich, und, oh, mein Gott!

Die vier stiegen zu einer Höhe von fünfhundert Fuß auf, und Cassellahat erklärte, daß dies die obere Grenze für einen Flieger sei.

»Aber es gibt keine wirkliche Beschränkung«, fügte er hinzu. »Gleichgültig, wo Sie sich befinden, ob über einem Berg oder über einem Meer, die Maschine fliegt in jeder Höhe bis zu maximal fünfhundert Fuß.«

Caxton hatte es nicht als Beschränkung betrachtet. Was ihn beunruhigte, war das Gespräch, das er mithörte, als er schweigend neben den anderen drei Männern herflog... über die Reisen, die sie vorhatten, die Orte, die sie besuchen wollten. Es klang nach einem vollen Terminkalender, und Caxton gewann den Eindruck, daß es eine ganze Weile dauern würde, bis sie wieder zur Erde zurückkehrten. Der Gedanke betrübte ihn, aber er konnte nichts daran ändern.

Dieser erste Flug führte sie über die große Stadt Newmerica, dann hinaus über eine Bucht, von der aus man in der Ferne das Meer sehen konnte, und schließlich zurück zu ihrem Hotel.

Nach dem Abendessen in ihrem Apartment holte Caxton seinen Flieger hervor und versuchte, ihn auseinanderzunehmen, wobei ihm Blake und Renfrew interessiert zuschauten.

Caxton bekam das Ding nicht einmal auf. Er fummelte immer noch an ihm herum, als Cassellahat gleich mit zwei Physikern und einem Mechaniker eintraf. Die beiden Physiker erklärten Caxton den Unterschied zwischen den Fliegern von 2083 A.D. und den heutigen, während der Mechaniker sein Gerät sachkundig auseinandernahm.

Der ursprüngliche Flieger wurde von einer Kompaktbatterie getrieben, die entgegenwirkende Felder um eine Säule, einen sogenannten Junktor, erzeugte. Der Junktor war eine Einheit aus wechselwirkenden Stromkreisen, die in einem vorgegebenen Verhältnis zu der Erde unter ihnen standen. Dieses Verhältnis konnte verändert werden, indem man das Feld verschob. Also stieg oder sank der Flieger, um seine laufende Distanz zum Boden beizubehalten. Wenn der Junktor groß genug war, wenn die vorgegebene Distanz auf einen größeren Zwischenraum eingestellt wurde, hob er einen Menschen hoch.

Das Ganze war ein viel zu kompliziertes Verfahren, wurde Caxton erklärt. Adeledicnander vereinfachte die Methode durch – was? Caxton begriff es nicht ganz. Offenbar waren die wechselwirkenden Felder überflüssig, weil die Adeledicnander-Elektronen »wußten«, wie sie in unterschiedlichen Höhen sein mußten.

Obwohl Caxton die Technik nicht verstand, wußten bald alle drei, wie man einen Flieger handhabte.

Und das war der zweite Tag.

Am dritten Tag flogen sie mit einem Schiff bis zur Grenze der Atmosphäre.

Aus dieser Höhe schauten die drei Männer aus einer fernen Zeit auf den Planeten hinunter. Es war ein Blick aus der Vogelperspektive auf eine Welt von ungefähr der Größe der Erde, wie in dem Führer stand, den jeder von ihnen in der Hand hielt. Der Planet trug den Namen Blake, und nach einer Weile hatten sie Mühe, mit dem Sehen mitzukommen.

Städte und nochmals Städte. Endlose Meilen Acker- und Weideland, dann ein riesiger Ozean. Ihr Schiff bewegte sich mit einer Geschwindigkeit durch die äußeren Randzonen der Atmosphäre, die die Meilen verschlang; in rund sieben Stunden umkreisten sie den Planeten. Aus dieser Höhe und bei dieser Geschwindigkeit war es schwer, Blake von der Erde zu unterscheiden, da die Kontinente nicht klar abgegrenzt waren; sie hätten wer weiß was und wer weiß wo sein können.

Jeden Morgen stieg Caxton aus seinem prachtvollen Bett in seinem wunderschönen großen Zimmer, schaute sich um und zuckte ungeduldig mit den Schultern. Und wenn dann die Pläne für den Tag verkündet wurden – die immer von jemand anderem stammten, nie von ihm –, war in ihm jedesmal das gleiche Gefühl des Zwangs und die Überzeugung, daß wieder einmal ein freudloser Tag vor ihm lag.

Auf ihren Fahrten sah Caxton so gut wie nichts. Er war mit seinen Gedanken immer irgendwo anders, nur nie bei der Landschaft um sie herum, oder darunter, oder dahinter. Wenn Renfrew und Blake dann hinterher über die Erlebnisse des Tages sprachen, kam Caxton eine vage Erinnerung an das beschriebene Ereignis. Und für ein paar Augenblicke lächelte er dann, nickte und gab hin und wieder sogar einen eigenen rückblickenden Kommentar. Manchmal – nicht sehr oft – stellte er bei diesen späten Erinnerungen ein gewisses Interesse an dem zurückliegenden Tag fest. In solchen Momenten war er erstaunt und enttäuscht über sich selbst. Denn im Grunde, so sagte er sich, hatte er keine Eile. Die Vergangenheit wartet ewig... irgendwo. Aber dann, am nächsten Morgen, glaubte ein Teil von ihm das nicht mehr; und dann kam der Zorn, und die Verzweiflung, und vor ihm lag ein weiterer endlos langweiliger Tag mit seinen beiden aufgeregten Begleitern.

Das alles änderte sich schlagartig am elften Tag. Es war um die Mittagszeit. Blake und Caxton waren in ihrem Hotelapartment, als Renfrew, der aus irgendeinem Grund nach unten gegangen war, grinsend hereinkam. »Ich konnte es einfach nicht mehr mitansehen, Peter, deshalb habe ich mich endlich erbarmt.

»Es interessiert euch vielleicht«, fuhr er fort, »daß ich soeben drei Tickets zur Erde für uns gekauft habe, und soweit ich weiß, wird uns da unten ein großes Empfangskomitee erwarten.«

Caxton blieb stumm, aber nachdenklich auf seiner Couch liegen und schüttelte leise den Kopf. Zur Erde zu kommen, würde offensichtlich genauso einfach werden, wie Renfrew es wollte.

Ich, dachte Caxton verblüfft, *hätte es nicht unter drei Wochen oder einem Monat geschafft.*

Diesem Gedanke folgte einer der wenigen Momente, in denen Caxton über sich selbst verwundert war, aber seine bedrückte Stimmung hielt nicht lange an. Denn...

Auf zur Erde. Gott sei Dank.

XVII

Der Flug dauerte, wie gesagt, drei Stunden, und sie brauchten fast ebenso lange für die Strecke vom Flughafen zu ihrem Hotel durch jubelnde Menschenmengen.

Als Caxton an jenem Abend während eines weltweit ausgestrahlten Interviews von Reportern gefragt wurde, was er als erstes auf der Erde sehen wollte, antwortete er: »Die Stadt Lakeside.«

Die Interviewer waren erstaunt. »Warum ausgerechnet Lakeside? Sie wurden weder dort geboren, noch haben Sie dort gelebt.«

»Ich habe davon geträumt«, sagte Caxton verbindlich. Er schmückte seine Lüge weiter aus. »Irgendwann in meinem langen Schlaf, vielleicht während ich gerade wieder wach wurde, kam mir der Name in den Sinn, und deshalb bin ich neugierig. Zweifellos« – schloß Caxton mit der gleichen Verbindlichkeit – »können wir uns nach fünfhundert Jahren unsere Heimatorte nur wie Leute anschauen, die archäologische Überreste erforschen. Natürlich will ich auch dorthin, aber zuerst möchte ich nach Lakeside.«

Es war eine verwegene Idee, so schien es Caxton, die Stadt zu nennen, wo er – vor mehreren hundert Jahren – aus dem Palast der Unsterblichkeit aufgetaucht war. Aber er war überzeugt, daß die Possessoren *wußten,* daß er es war, der auf diese unglaubliche Reise gegangen war, und sie mußten auch wissen, daß er ein Ziel verfolgte, das mit ihnen zu tun hatte. Seine Anwesenheit hier war also kein Geheimnis.

Nein, nein, dachte Caxton, *sie können mich sehen, aber ich kann sie nicht sehen.* Er hoffte, daß seine Offenheit und seine Aufrichtigkeit – was durch die Tatsache bewiesen wurde, daß er diese ungeheure zeitliche Distanz zurückgelegt hatte – ihm jetzt zu dem Zutritt verhelfen würde, der ihm – irgendwann – früher verweigert worden war.

Dies, so schien es Caxton, war die einfachste und direkteste Möglichkeit.

Das Kamerateam war sofort zum Hotel gekommen, und als Caxton nach seinem Interview gehen konnte, wartete Blake an der Tür auf ihn. Durch die Transparente hinter Blake konnte Caxton sehen, daß einige andere Männer ihn beobachteten, als ob sie persönliche Pläne mit ihm hätten.

Aber es war Blake, der ihn abfing. »Sag mal, was soll das eigentlich?« wollte er wissen. Caxton ahnte, was kommen würde, und wappnete sich. Er hielt Blake für einen der scharfsinnigsten Menschen, die ihm je begegnet waren, und er hatte bisher einfach Glück gehabt, daß die Aufmerksamkeit des Mannes auf seinen früheren Boß konzentriert gewesen war. Auf diese Weise hatte er eine direkte Konfrontation mit Blake vermieden – bis jetzt.

»Peter«, sagte Blake und schüttelte tadelnd seinen dunklen Kopf, »du hast nie in Lakeside gelebt, oder?«

Als Caxton verneinte, fuhr Blake fort: »Wenn ich mich recht entsinne, liegt deine Heimatstadt rund fünfhundert Meilen weiter westlich.« Als Caxton schwieg, fragte Blake: »Bist du jemals in Lakeside gewesen?«

Caxton fand, daß man seinen einzigen Ausflug dorthin im Jahre 2083 A.D. nicht als Besuch rechnen konnte. Also schüttelte er wieder den Kopf und bemühte sich um einen verständnislosen Ausdruck.

»Schon gut, schon gut!« Blake schüttelte den Kopf. »Wenn du es so willst, mein Freund, dann soll es so sein.« Er ergriff kameradschaftlich Caxtons Arm und zog ihn durch die Tür zu den Männern hinüber, die draußen vor dem Senderaum warteten. »Hier ist jemand, der dich kennenlernen möchte.« Blake winkte, worauf ein strenggesichtiger Mann in den Vierzigern vortrat. »Mr. Bustaman, ich möchte Ihnen Peter Caxton vorstellen. Peter, das hier ist...« Er sagte etwas, das wie »Schlemihl« klang, aber das war natürlich unmöglich, und nach einem solchen Anfang traute Caxton sich nicht, noch einmal nach dem Namen zu fragen. Soundso Bustaman. Er beließ es dabei und murmelte gerade eine Begrüßung, als er sich den Mann zum erstenmal richtig anschaute.

Es war ein Augenblick des *dé-ja-vu.* Nicht »Ich bin schon einmal hier gewesen«, sondern »Ich habe diesen Mann schon einmal gesehen«. *Wo?* Caxton begann zu zittern. Im zwanzigsten Jahrhundert – wo sonst? Und wenn das so war, dann... dann...

»Mr. Bustaman«, sagte Blake gerade, »unterscheidet sich von den meisten Leuten aus dieser Zeit, die wir kennengelernt haben, weil er wie Cassellahat Mittelamerikanisch fast wie ein Einheimischer spricht.«

Ein Possessor!

Was Caxton davor bewahrte, sich zu verraten – denn er war wirklich wie vom Donner gerührt –, war die Tatsache, daß die anderen Männer vorwärtsdrängten, lächelten, seine Hand schüttelten, Worte in dem Dialekt der Zeit murmelten, den Caxton mittlerweile ein bißchen verstehen und auch langsam sprechen konnte.

Und allmählich, mit jedem Augenblick, der verging, fand Caxton seine Fassung zurück, die normalerweise unerschütterlich war, und er dachte immer wieder: *Wo? Wer?* Während dieser kurzen anderthalb Minuten des Vorstellens und Händeschüttelns rief sich Caxton seine gesamten Erfahrungen mit Possessoren in die Erinnerung zurück. Es war weniger, daß er sich Bustaman mit siebzig Jahren vorstellen konnte, als vielmehr, daß ihm ziemlich schnell eine ganz bestimmte Person einfiel, als er an die verschiedenen Leute zurückdachte, die er im Palast der Unsterblichkeit und im Zusammenhang mit ihm gesehen hatte.

Jener alte Mann.... Was hatte dieser Vertreter, Kellie, doch gleich gesagt: »Er sieht aus wie der knallhärteste Verkaufsleiter auf der Welt«?

Ich muß mit diesem Burschen in Kontakt bleiben! Als sie sich trennten, machte Caxton in seiner Verzweiflung eine entsprechende

Bemerkung – und handelte sich einen überraschten Blick von Bustaman ein. »Aber natürlich«, erwiderte der Mann höflich, »ich sehe Sie morgen früh, wie wir gerade vereinbart haben.«

»Mein Gott, Peter, schon wieder.« Blake legte den Arm um Caxtons Schulter und lachte freundlich, aber leicht entschuldigend, dann beugte er sich vor und meinte zu Bustaman: »Wir scheinen Peter einfach nicht ganz ins fünfundzwanzigste Jahrhundert bekommen zu können. Er entschlüpft uns immer wieder... irgendwohin.« Zu Caxton gewandt sagte Blake: »Mr. Bustaman besitzt eine private Luftyacht, die bei weitem komfortabler sein soll als alles, was uns die Regierung anbieten kann, und er hat sich erboten, uns morgen nach Lakeside zu bringen.«

XVIII

Der Konvoi, der am nächsten Tag nach Lakeside flog, bestand aus Bustamans prächtigem Schiff, einem Geleitschiff der Regierung und einem großen Schiff mit Kamerateams und Reportern, die offensichtlich jedem ihrer Schritte zu folgen gedachten.

Mr. Bustamans Luxusyacht war innen so groß wie ein privater Eisenbahnwagen, und bis auf die Tatsache, daß sie Stromlinienform besaß, sah sie von außen auch genauso aus. Caxton saß in einem Plüschsessel neben einem riesigen Panoramafenster; was ihn verdroß, war, daß er vermutlich sein Ziel bereits erreicht hatte. Das plötzliche Auftauchen von Bustaman war gewissermaßen genau das, was er mit der Erwähnung von Lakeside hatte erreichen wollen.

Dennoch, überlegte Caxton, würde er den Ausflug nutzen und kühn, wie er war, versuchen, das Haus ausfindig zu machen, das er suchte...

Die Sache hatte nur einen Haken, wie sich herausstellte. Als die Expedition Lakeside erreichte und sie unter Caxtons Führung kreuz und quer über die Stadt flogen, konnte er kein Gebäude entdecken, das jenem Haus ähnlich sah.

Caxton sagte sich immer wieder, daß Hügel im Grunde unveränderlich waren. Es war schwer zu glauben, daß sich jemand – ein Bauunternehmer oder ein Städteplanungsausschuß, aus militärischen Gründen oder warum auch immer – die Mühe gemacht und die Zeit und das Geld genommen hatten, um einen Hügel wie den einzuebnen, auf dem 2083 A.D. *das* Haus gestanden hatte.

Dennoch waren in ganz Lakeside nur zwei größere Hügelformationen zu sehen. Caxton flog von allen Seiten an sie heran – aber das einzige, was er erreichte, war, daß er immer verwirrter wurde. Sowohl aus der Luft wie auch vom Boden aus gesehen gab es nichts, das jenem Haus ähnelte. Natürlich waren inzwischen vierhundert Jahre vergangen. Auf einem der Hügel hatte die Stadt ein Museum errichtet. *Was für eine Idiotie,* dachte Caxton gereizt. Als er auf seine Frage hin erfuhr, daß es erst vor achtundvierzig Jahren erbaut worden war, keimte in ihm der furchtbare Verdacht auf, daß dies tatsächlich die Stelle war, die er suchte, und daß hier dank irgendeines Schwachkopfs das Ende seiner Hoffnungen war.

Spät am Nachmittag flogen sie nach New York zurück. Caxton hatte das Gefühl, den Leuten wie ein Narr vorkommen zu müssen, die seine Suche den ganzen Tag lang – oder mit Unterbrechungen – auf ihren Wandschirmen verfolgt hatten. Er konnte nicht glauben, daß es noch immer Leute gab, die so sehr an den Besuchern aus der Vergangenheit interessiert waren, daß sie ihre Hauptaufmerksamkeit einem so langweiligen Unterfangen wie seiner sinnlosen Suche widmeten.

Dennoch schienen die Reporter sehr gespannt, als Caxton an jenem Abend fürs Fernsehen interviewt wurde. Sie nahmen ihn offenbar durchaus ernst und waren ungeheuer interessiert an seiner Erklärung, daß er das, wonach er suchte, vielleicht nicht innerhalb eines eintägigen Besuchs finden konnte. Aus diesem Grund wolle er für eine Weile nach Lakeside ziehen, sagte Caxton.

Der Interviewer gab sich nicht so einfach zufrieden. »Aber was erwarten Sie zu finden, Mr. Caxton?«

»Ich weiß es nicht. Ich habe das Gefühl, daß ich es wissen werde, wenn ich es sehe.«

Caxtons Gesprächspartner lächelte. »Mr. Caxton, mit Ihrem geheimnisvollen Traum haben Sie sicherlich die Phantasie unserer eher prosaischen Zeit für sich gewonnen. Er erinnert ein bißchen an die alte Suche nach dem Heiligen Gral, und wir werden« – er blickte in die Kamera – »unsere Zuschauer über die Fortschritte dieser Suche auf dem laufenden halten. Viel Glück, Sir.«

Er streckte die Hand aus, und Caxton ergriff sie. Auf dem Weg in sein Zimmer dachte er: *Ich bin auf der Suche nach Unsterblichkeit, und diese Suche betreibe ich mit dem gleichen Fanatismus wie die Kreuzritter von damals. Genaugenommen…*

Es fiel Caxton ein, daß für das, was der Interviewer über sein Vorhaben wußte, der Vergleich unpassend und sogar geschmacklos war. Aber es *gab* eine Ähnlichkeit mit seinem wirklichen, geheimen Ziel. Denn jene Suchenden waren schließlich zu der furchtbaren Erkenntnis gekommen, daß der Mensch sterblich war; und so hatten sie auf ihre Art und für ihre Zeit das getan, was er jetzt tat, mit dem gleichen totalen Engagement. Waren sie verrückt gewesen? Caxton hatte es immer gedacht. War er es? Ob er es war oder nicht, er konnte nicht aufgeben. Was hätte er sonst tun sollen? Nach Centaurus zurückkehren? – Es gab nichts, was ihn weniger interessierte. Sich in das fünfundzwanzigste Jahrhundert eingewöhnen? Widerwillig pflichtete er Blake und Renfrew bei, daß dies nicht unmöglich war, aber es würde nicht einfach sein. Sie waren wie Einwanderer aus einem sehr unterentwickelten Land, und solche Leute ließen sich gewöhnlich in einem Ghetto mit ihresgleichen nieder. Nur daß es kein Ghetto für Einwanderer aus einer anderen Zeit gab.

An jenem Abend packte Caxton seine Sachen, während ihm Renfrew und Blake wortlos zuschauten. Unter ihren Blicken, die jeder seiner Bewegungen folgten, kam sich Caxton unendlich albern vor, und dennoch war er entschlossen. Es war Caxton, der schließlich das Schweigen brach. »Ich werde für ein paar Tage verreisen. Ich hoffe, ihr habt nichts dagegen.«

Die beiden Männer tauschten Blicke, und dann ging Renfrew zu Caxton hinüber, der sich gerade über seinen Koffer bückte, und legte ihm einen Arm um die Schulter. »Wir kommen mit, Kumpel«, sagte Renfrew impulsiv. »Ned und ich können ebensogut von Lakeside aus arbeiten. Einverstanden?«

Es war wieder einer jener verrückten, gefühlvollen Augenblicke.

…*Mein Gott,* dachte Caxton, als er mit den Tränen kämpfte, *wenn ich bei den beiden nicht aufpasse, dann fange ich eines Tages noch an zu flennen wie ein Weib und erzähle ihnen die ganze Geschichte.*

Sie zogen nach Lakeside.

Bustaman kam mit. »Schließlich«, sagte er, »bin ich durch mein Vermögen unabhängig. Also stelle ich mich Ihnen einfach zu Ihrer Verfügung. Es gibt nichts, was ich lieber täte.«

Eine Bemerkung, die Caxton grimmig vernahm. Es schien allmählich sicher, daß sogar die »Opposition« im Palast der Unsterblichkeit nicht vorhatte, es ihm leichtzumachen.

XIX

Während der nächsten siebzehn Tage hätte Caxtons Tagebuch – wenn er die Geduld gehabt hätte, eins zu führen – etwa so lauten können:

Bin eine ganze Woche lang jeden Tag nach Piffer's Road gegangen. Es gehört jetzt zu Central East 42, das aus einer langen Einkaufspromenade besteht, die siebenunddreißigeinhalb Meilen von irgendwo nördlich vom Warwick Boulevard bis irgendwo im Süden vom Kissling Drive verläuft und von Wohnhäusern gesäumt wird. Es gibt dreiundsiebzig Städte dieses Typs in Central East. Das ist es, was Cassellahat meinte, als er sagte, man wäre wieder zur Stadtstruktur zurückgekehrt. In Central East 42 habe ich keinen Hinweis auf den Palast der Unsterblichkeit gefunden.

... Wir haben jetzt Mitte der zweiten Woche. Es ist mir gelungen, allen zu entwischen, und ein Detektivbüro zu beauftragen, die Besitzer aller Häuser auf den beiden Hügeln in Lakeside festzustellen. Es wird ein paar Tage dauern.

... Nun, es scheint, daß einer Familie namens Magoelson eins der Häuser gehörte, bis der Besitz für den Bau des Museums übernommen wurde. Und daß das Familienoberhaupt der Magoelsons in jeder Generation Daniel hieß. Die Detektei ist jetzt dabei, die Magoelsons in dieser Generation ausfindig zu machen. Sie rechnen damit, die Adresse(n) bis morgen oder übermorgen zu haben. Bin ich ihnen auf der Spur? Habe ich einen Possessor der Hauptpalastgruppe gefunden? Ich hoffe es. Renfrew und Blake werden ungeduldig...

An jenem Abend – der Abend des Tages, an dem Caxton das dachte – luden ihn Renfrew und Blake zu einem Drink ein. Caxton ging mit, aber er fühlte sich unbehaglich. Etwas in ihrem Verhalten...

Im Dämmerlicht der Bar erhoben sie auf Blakes Anregung ihre Gläser und tranken auf das Wohl der schönen Frauen aller Zeiten. Nachdem er getrunken hatte, verzog Blake das Gesicht und meinte: »Wie wir jetzt annehmen dürfen, reflektieren die Menschen in ihrem Körpergeruch die Nahrung, die sie essen. Deshalb zum Beispiel bellten chinesische Hunde in unserer Zeit wütend weiße Besucher an und ignorierten chinesische Reisende, die wahrscheinlich die gleiche Nahrung zu sich nahmen wie die Dorfbewohner. Und so könnte es sein, daß wir gar kein Verlangen hätten, uns näher mit einer Frau aus Shakespeares Zeit einzulassen, und daß wir Cleopatra gerne Caesar und Marc Anton überlassen würden. Mit Baden hat es offensichtlich nichts zu tun. Wassereimer voll Cologne helfen, aber es sieht so aus, daß wir unsere Zellen ein paar Monate lang der gegenwärtig üblichen Nahrung aussetzen müssen, bevor wir uns endlich mit dem Geruch der Allgemeinheit vermischen.«

Er hielt inne, und Caxton, der sich schon erleichtert fühlte – das Gespräch schien bis jetzt nicht viel anders oder wichtiger zu sein als vorangegangene – beging eine seiner »Einfältigkeiten«, wie er hinterher begriff: er nahm Blakes Worte tatsächlich für bare Münze. »Ich habe mich ein bißchen mit diesem Problem beschäftigt«, sagte er. »Ich glaube, es liegt an dem Dünger, den sie damals benutzt haben, und den sie heute benutzen. Im alten China wurden die menschlichen Fäkalien, wie ihr euch vielleicht erinnert, mit aus westlicher Sicht ekelerregenden Ergebnissen wieder dem Boden zurückgegeben. Hier benutzen sie ein chemisches Präparat, das in unserer Zeit unbekannt war.«

Caxton wollte gerade in eine detailliertere Beschreibung des Mittels gehen, als er den Ausdruck in Renfrews Augen sah. Er hielt inne. »Was ist los?« wollte er wissen.

Blake öffnete den Mund, um etwas zu sagen, doch Renfrew legte eine Hand auf den Arm seines Freundes und sagte lächelnd: »Erinnerst du dich noch, als ihr beide mir euer Geld angeboten habt? Ich sagte, ich hätte da eine Idee…«

Caxton konnte fühlen, wie sich sein Gesichtsausdruck veränderte.

Er hatte es völlig vergessen.

Die zweieinhalb Millionen Kredits, die ihnen die Regierungen der vier bewohnbaren Planeten der Centaurus-Sonnen geschenkt hatten, waren offensichtlich jeweils ein Drittel einer Summe, die Renfrew vor fünfhundert Jahren für sie in Staatspapieren investiert hatte. Damals war ein Gesetz verabschiedet worden, das eine solche langfristige Investition erlaubte, und nun hatte die Regierung das Geld eigenmächtig den überlebenden Zeitreisenden zu gleichen Teilen ausgehändigt. Aber in Wirklichkeit gehörte es immer noch Renfrew.

Nachdem die Herkunft dieser beträchtlichen Summe geklärt worden war, hatte Blake sofort seinen Anteil Renfrew angeboten, und nach kurzem Zögern war Caxton dem Beispiel gefolgt. Zu seiner Enttäuschung hatte Renfrew das Angebot nicht direkt zurückgewiesen. Damals hatte er mit einem Lächeln gesagt: »Lassen wir alles erst mal beim alten. Aber ich habe da eine Idee, und sollte sie sich verwirklichen lassen, dann nehme ich euer Angebot an. Sonst vergeßt es.«

Was eine ziemlich großzügige Erklärung war, aber irgendwie gehörte das Geld damit nicht mehr Caxton.

Während sich Caxton jetzt gegen eine Katastrophe wappnete, dachte er: *Will er jetzt meine Buchführung sehen?*

»Ich bin entzückte, euch sagen zu können«, fuhr Renfrew fort, »daß es geklappt hat.« Er grinste Caxton freundschaftlich an. »In den letzten Wochen, während du durch die Stadt gelaufen bist, haben Ned und ich uns über Preise für Superraumschiffe informiert. Nun, mein Freund« – er streckte die Hand aus und ergriff mit jener magnetischen Berührung leicht Caxtons Handgelenk – »wir können für fünfeinhalb Millionen Kredits eins bekommen. Deshalb dachte ich...«

Renfrew hatte sich in seinem Überschwang von Blake abgewandt, und Caxton sah jetzt, daß Blake ihn über Renfrews Schulter anschaute. Er nickte leise, und sein Blick bat Caxton, Renfrews Idee zuzustimmen, wie immer sie aussah.

»Wie wär's, wenn wir jeder ein Drittel bezahlen«, schlug Renfrew vor, »und das Schiff, das Ned und ich ausgesucht haben, gemeinsam erwerben?«

Caxton hatte rasch gerechnet und fünfeinhalb durch drei geteilt; und da ein Drittel um mehr als eine halbe Million Kredits weniger war als das, was er hatte, bedeutete es nichts. Es war eine so unwirkliche Summe wie der ursprüngliche Betrag, der ihm in seinen Augen sowieso nie gehört hatte.

Es blieb noch genug übrig für seine privaten Zwecke. Deshalb konnte er großzügig sein und die Bitte bedenkenlos erfüllen.

Er hatte tatsächlich keine Bedenken – und hegte keinen Verdacht. »Großartig!« sagte er laut, zu laut. »Also abgemacht. Offen gestanden...«

Caxton zog sein Scheckbuch heraus und schrieb einen Scheck über die Summe von einskommaachtdrei Millionen Kredits aus. Er präsentierte ihn mit einer schwungvollen Geste, als ihm bewußt wurde, daß Blake gerade dabei war, ihm ihre Pläne zu erzählen.

Caxton bekam abwesend mit, daß Renfrew den Scheck annahm, während er innerlich zu erstarren schien.... *Was sagte er? Welche Reise?*

»Morgen«, erklärte Blake strahlend, »werden wir uns mit dem Schiff vertraut machen. Aber es funktioniert automatisch, deshalb dürfte es keine Probleme geben. Übermorgen geht es dann los.«

Caxton starrte ihn verständnislos an. Und dann rutschte ihm heraus: »Mein Gott, wohin denn?«

»Peter«, antwortete Blake mit glänzenden Augen, »dies ist eins der Schiffe, die in drei Stunden nach Centaurus fliegen können, in ungefähr zehn nach Sirius und so weiter.« Jetzt war er es, der Caxtons Arm ergriff. Sein Blick suchte Caxtons Augen. »Hör mal, Junge, wir haben dir den Gefallen getan und dein Spielchen hier mitgemacht. Jetzt machst du Jims mit und begleitest uns ein paar Monate auf eine Kreuzfahrt durch den Raum. Einverstanden?«

»Wir wollen einfach ein bißchen hin und her fliegen«, fügte Renfrew hinzu. »Was sagst du, Kumpel?«

Caxton sträubte sich nicht. Er konnte es nicht. Noch nicht. Es war seltsam, aber er fühlte sich noch immer an die beiden anderen Männer gebunden. Oft hatte er gedacht: *Es ist, weil sie mich mögen, und es ist das erstemal, daß ich so etwas erlebe. ...* Aber es gab noch einen anderen Grund. Falls – *falls* – er im fünfundzwanzigsten Jahrhundert bleiben mußte, konnte es sein, daß er ihre Gesellschaft noch mehr brauchen würde als sie seine. Schließlich hatten die beiden immer einander gehabt. In dieser Hinsicht war er zweitrangig. Renfrew würde für Blake immer an erster Stelle kommen, und Renfrew, nun ja, er würde immer erwarten, daß er bei Blake an erster Stelle kam. Aber es schien wahr zu sein, daß beide einen Teil ihrer Zuneigung einem zappeligen, nervösen, abgespannten, zerfahrenen, zerstreuten Potentiellen-Mißbraucher-ihres-Vertrauens schenkten, einem seltsamen, chaotischen Individuum namens Peter Caxton, der einen M.A.-Abschluß in Physik aus dem zwanzigsten Jahrhundert hatte und einen Doktor der Idiotie in Sehnsucht nach Unsterblichkeit. Und weil er die Zuwendung brauchte, die sie gaben, konnte er nicht anders – er mußte sich ihrer Bitte fügen. Und so war es unmöglich, diese Kreuzfahrt durch den Raum zu umgehen.

Caxton blieb in der Hotelhalle und dachte darüber nach, wie er die Suche nach der gegenwärtigen Adresse von Dan Magoelson beschleunigen konnte. Denn wenn er dorthin kommen konnte...

Was dann? Caxton wurde bewußt, daß er im stillen hoffte, in Magoelsons Haus einen Eingang zum Palast der Unsterblichkeit zu finden. Und wenn er tatsächlich da war, würde er sich in den Palast schleichen und sich dort verstecken. Sobald er einmal drinnen war... Caxton wußte nicht genau, was er dann tun wollte, aber zum Teufel. Darüber würde er sich den Kopf zerbrechen, wenn es soweit war – wenn Caxton auch im stillen hoffte, daß er zu einer vorläufigen Einigung mit den Possessoren kommen konnte, indem sie ihm erlaubten, fürs erste zu bleiben, während er sich bemühte, seine Persönlichkeit ihren Anforderungen anzupassen.

Sicher konnte er ein sanfterer, freundlicherer, gefälligerer Peter Caxton werden, dachte er, als er, mit dem Sarg als einzige Alternative, in der Hotelhalle auf und ab schritt. Caxton lachte rauh. Es war schwer, sich einen solchen Wandel vorzustellen, aber andere Menschen waren auch so, also warum sollte er nicht so werden können? Allerdings hatte das Problem genaugenommen nie bei *ihm selbst* gelegen. Seine eigene Persönlichkeit hatte ihre gegenwärtige Form angenommen, als er allmählich, und ziemlich widerwillig, erkannt hatte, wie verrückt die anderen waren. Jeder zweite machte es ihm verdammt schwer.

Vielleicht können sie mich ändern, aber wie in Gottes Namen wollen sie die Millionen von Hurensöhnen da draußen ändern, mit denen ich mich herumschlagen muß? Sein rastloser Verstand sagte ihm, daß sein Blick für seine Umgebung schon beträchtlich getrübt werden müßte, bevor er es wagte, seine Deckung aufzugeben.

Gegen zehn Uhr flaute seine fieberhafte Erregung ab. Caxton kannte das Zeichen. Er hatte sich mit seinen überreizten Gedanken erschöpft. Jetzt kam der Zeitpunkt der Apathie und Resignation.

Caxton wandte sich müde ab und wollte gerade in sein Zimmer hinaufgehen, als ihm zum erstenmal Bustaman wieder einfiel. Augenblicklich wallte seine Erregung wieder auf, müder diesmal, aber doch heftig genug, daß Caxton unverzüglich eine Fernsprechzelle aufsuchte und aus der Ungestörtheit des kleinen Raums jenen Mann anrief, der der Feind der Hauptgruppe der Possessoren war. Als das mittlerweile vertraute, strenge Gesicht auf der Bildplatte erschien, hatte Caxton wieder seine Ruhe weg und sich überlegt, was er sagen wollte.

Es war etwas in die Richtung danke-für-alles-hoffe-wir-sehen-uns-mal-wieder-wenn-wir-von-unserer-Reise-zurück-sind. Dahinter steckte die unausgesprochene Aufforderung: *Und jetzt unternimm was!*

Was dann passierte, war wie eine fast unsichtbare Hoffnung, die tief in seinem Hinterkopf geruht hatte und die plötzlich wieder in den Brennpunkt rückte. Bustaman schien für einen Augenblick sprachlos. Doch er erholte sich rasch, und dann vernahm Caxton die Zauberworte: »Äh, Peter, was halten Sie davon, wenn wir uns irgendwo zusammensetzen und ein bißchen plaudern? Ich komme Sie mit meinem Air Special am Hotel abholen. Einverstanden?«

Und ob Caxton einverstanden war.

Er eilte sofort hinauf in sein Zimmer und stopfte in die verschiedenen Taschen seines Geruchsdämmungsanzugs seine 25er Browning Automatic, zwei zusätzliche Munitionsstreifen, einen Laserschneider, den er in einem Laden entdeckt hatte, ein kleines Röhrchen mit Nährkapseln, eine Gaspistole aus dem fünfundzwanzigsten Jahrhundert und ein halbes Dutzend Stimulantien, die das Wachzentrum des Gehirns wach halten sollten, auch wenn das Schlafzentrum »an« war. Von diesen Pillen schluckte Caxton eine.

Es gab noch einige andere Dinge, die er am liebsten ebenfalls mitgenommen hätte, überlegte Caxton. Aber er unterdrückte seine plötzliche Angst und bezähmte seine Schutzinstinkte.... Er hatte kaum das Hoteldach erreicht, als Bustamans Maschine mit ihrem lautlosen Adeledicnander-Antrieb auf einer der Landeflächen herunterging.

Die Tür des Schiffs ging auf, und die Rampe entfaltete sich geräuschlos. Caxton war im Begriff hinaufzusteigen, als er sah, daß Bustaman in den Eingang getreten war und ihn blockierte.

»Nun, Peter«, sagte Bustaman langsam, »die Stunde der Abrechung ist gekommen, was?«

Zweifellos wußte Bustaman, daß Caxton ihn erkannt hatte... damals, als Blake ihn vorgestellt hatte. Er wollte, daß Caxton das auch wußte, und begriff, daß das, was jetzt passieren würde, von ihm abhing.

Bustaman hatte Stolz. Es war vielleicht *die* Eigenschaft, die ihn von den anderen Possessoren unterschieden hatte. Da er stolz war, betrachtete er die anderen mit einer gewissen Distanziertheit. Was ihn vor der Entdeckung in seinen eigenen ersten Tagen im Palast gerettet hatte, war sein Lächeln. Später sollte er es verlieren, aber am Anfang lächelte er immer, als ob er zu ihnen gehörte.

Bustaman war es auch, der bemerkte, daß Claudan Johns ebenfalls anders war. Daß es genau wie von Kameel Bustaman auch von Claudan Johns keine Wahrscheinlichkeits-Duplikate gab. Johns, der Bustaman beobachtete, bemerkte sehr wohl das Fehlen von Bustaman-Wahrscheinlichkeiten, aber da er von Natur aus friedlich war, fiel es ihm nicht ein, diese Tatsache als eine Bustaman-Verletzbarkeit zu betrachten. Bustaman jedoch, der Johns beobachtete, erkannte mit wachsender Freude, daß genau hier der Schwachpunkt von *allen* von ihnen lag; daß er den ganzen Wahrscheinlichkeits-Wahnsinn stoppen konnte, indem er eine bestimmte Schlüsselfigur ausschaltete.

Und für diese Aufgabe hatte er Peter Caxton ausgewählt. Er rechnete von Caxtons Seite mit keinen Problemen, da er natürlich vorhatte, die Zauberworte auszusprechen: »Peter, dies ist Ihr Weg in den Palast der Unsterblichkeit.«

Er wollte auch sagen: »Ich mußte so lange warten, damit Sie begreifen, daß sie Ihnen nicht zu Hilfe kommen werden, daß man nicht einmal mehr einen Gedanken an Sie verschwendet hat, seit man Sie rausgeschmissen hat.«

Außerdem würde er ihm einige Instruktionen mit auf den Weg geben, unter anderem, daß Caxton andere Kleidung anziehen mußte, damit er ins zwanzigste Jahrhundert paßte. »Denn dorthin werden Sie gehen, Peter...«

Wie Bustaman erwartet hatte, überschlug sich Caxton fast vor Eifer, seinen Vorschlag anzunehmen.

Staub. Er saß im Staub neben einem Weg.

Caxton blickte sich um und erkannte bald Piffer's Road in seinem tristen Zustand des zwanzigsten Jahrhunderts. Irgendwo links von ihm konnte er in der Ferne undeutlich Jimmys weißes Haus sehen. Und die Gestalt eines Mannes, der rasch auf die Eisenbahnschienen weiter östlich zuging.... *Bin ich das?* fragte sich Caxton, aber er verspürte nicht den Wunsch, sich zu vergewissern. Ihm gegenüber, auf der anderen Straßenseite, war ein Zaun, und dahinter erstreckte sich die Wildnis einer spärlich bewohnten Gegend.

Caxton drehte sich um und starrte die Straße hinauf. Nicht allzu weit von ihm entfernt standen Bäume, und durch die Blätter und Äste konnte er ein großes, rostbraunes Wohnmobil sehen.

Caxton sprang überrascht auf. *Das* mußte das Wohnmobil sein.

Er begann zu laufen, an einem Haus vorbei, an ein paar alten Blechdosen, einigen Weidenbüschen, einem Streifen stehenden Wassers; und dann, als er in den von Bäumen gesäumten freien Platz einbog, wo der Wagen stand, wurde er langsamer und ging keuchend auf die Tür des Wohnmobils zu.

In dem Augenblick, als er es betrat, fiel ihm ein, daß Jimmy später dieses Ereignis berichten würde, was bedeutete, daß sich Jimmy irgendwo in der Nähe versteckt hielt. Dennoch zögerte Caxton nicht, denn er erinnerte sich auch, daß er in Jimmys Geschichte kaum im Wagen war und sich versteckt hatte, als die Besitzer zurückgekehrt waren.

Also stürzte er in das Wohnmobil, zuversichtlich, daß alles wahr war. Er stolperte einen winzigen Gang hinunter in den hinteren Lagerraum und versteckte sich so gut es ging in einer Ecke.

Plötzlich, Stimmen. Die eines Mannes und einer Frau.

In seinem Versteck fragte sich Caxton, was jetzt passieren würde, wenn sie ihn auf frischer Tat ertappten, bevor er handeln konnte. Er hörte den Mann sagen: »Wir gehen ins vierzehnte Jahrhundert.«

Die Männerstimme fuhr entschlossen fort: »Du wirst bemerkt haben, daß es noch immer ein und derselbe Mann ist, mit dem wir es zu tun haben. Er hat sich also absetzen und dreißig oder vierzig Jahre damit verbringen müssen, alt zu werden, weil alte Männer wesentlich weniger Einfluß auf ihre Umgebung haben als junge. Wollte das zwanzigste Jahrhundert nicht mehr beeinflussen, als er schon hatte. Aber jetzt – Transformerpunkte, dann geh ins Fahrerhaus und laß den Motor an.«

Dies war der Augenblick, auf den Caxton gewartet hatte. Er verließ lautlos sein Versteck und bog seine behandschuhte Rechte. Er sah den Mann mit dem Gesicht zu der Tür gehen, die zu dem vorderen Raum und dem Fahrerhaus dahinter führte. Von hinten sah der Mann untersetzt und um die fünfundvierzig aus. In den Händen hielt er zwei durchsichtige, matt leuchtende Kegel.

»In Ordnung«, rief er rauh, als Caxton hinter ihn trat. »Wir sind unterwegs. Und hab in Zukunft nicht mehr solche Angst vor einem einzelnen Mann, Selanie. Ich habe dafür gesorgt, daß er sich uns nicht nähern kann, ohne...«

Seine Stimme ging in einem erschrockenen Knurren unter, als Caxton ihn bei der Schulter packte und unterhalb des Schlüsselbeins hart zudrückte.

Der untersetzte Mann stand stocksteif da, wie jemand, der von einem furchtbaren Schlag betäubt worden ist. Und dann, als Caxton seine Schulter losließ, drehte er sich langsam um, und sein entsetzter Blick heftete sich – nicht auf Caxtons Gesicht, sondern auf den Handschuh, den er trug.

»Ein Zerstörerhandschuh!« flüsterte er, und dann, verzweifelter: »Aber wie? Die Abwehrer sind doch eingeschaltet, meine Spezialerfindung, die verhindert, daß ein ausgebildeter Possessor in meine Nähe kommen kann!« Er blickte zum erstenmal in Caxtons Gesicht. »Wie haben Sie es geschafft? Ich...«

»Vater!« ertönte die klare, erschrockene Stimme des Mädchens aus der Fahrerkabine. Sie kam näher. »Vater, wir sind um 1650 stehengeblieben. Was ist passiert? Ich dachte...«

Selanie blieb wie ein erschrockenes Reh in der Tür stehen, ein großes, schlankes Mädchen von ungefähr neunzehn Jahren, das plötzlich älter, grauer aussah, als es Caxton entdeckte. Sein Blick flackerte zu seinem Vater. »Dad, er hat doch nicht...«

Der untersetzte Mann nickte verzweifelt. »Wo immer wir uns jetzt in Zeit und Raum befinden, wir sind da. Nicht, daß es eine Rolle spielt. Schlimm ist nur, daß wir verloren haben, und Bustaman hat gewonnen.«

Das Mädchen drehte sich wieder zu Caxton um. »Sie sind

doch der Mann...« Es hielt inne, dann fuhr es fort: »Habe ich Sie nicht gerade eben im Zug gesehen?« Wieder brach es ab und schüttelte den Kopf. »Da waren so viele Leute, aber Sie kommen mir bekannt vor.«

Caxton hatte seine eigenen Probleme, das Mädchen einzuordnen und zu begreifen, daß er für diese Leute ein Fremder war. Er erkannte Selanie wohl, aber nicht sehr genau, denn es fiel ihm schwer, sich an jene Fahrt im Zug zu erinnern und an das, was ihm der Vertreter Kellie über sie erzählt hatte. Caxton hatte das Mädchen nur zweimal gesehen: einmal bei dem Zwischenfall im Zug und dann bei jener kurzen Begegnung mit einer wesentlich älteren Selanie im Palast der Unsterblichkeit.

Diese plötzliche Erkenntnis machte Caxton betroffen. *Ich habe das hier Leuten angetan,* dachte er, *die ich nicht kenne und die mich nicht kennen.*

Caxton begriff jetzt, wo sein falsches Gefühl der Vertrautheit begonnen hatte: jene Erklärung, daß die ältere Selanie in einer bestimmten Wahrscheinlichkeitswelt seine Frau sei, hatte ihre Identität in sein Bewußtsein eingeprägt. Alles andere war ihm von anderen erzählt worden, und er erinnerte sich an nichts von alldem von persönlichen Erfahrungen her.

Diese verschiedenen Fakten gingen ihm blitzschnell durch den Kopf, als er dort in dem Wohnmobil stand, den Blick aufmerksam auf das Mädchen und seinen Vater gerichtet. »Ja«, beantwortete er schließlich Selanies Frage, »ich bin euch gefolgt, weil dies mein Weg in den Palast der Unsterblichkeit ist.«

Das Mädchen starrte ihn an. »Oh, Sie Narr!« flüsterte es. »Man hat Sie hereingelegt. Sie sind mit uns verloren.«

Caxton bekam es plötzlich mit der Angst zu tun, als ihm einfiel, daß Bustaman nichts darüber gesagt hatte, wie er gerettet werden sollte. Die übrigen Versicherungen des alten Mannes schienen auf einmal unbedeutend, denn Caxton hatte irgendwie angenommen, daß dieses Wohnmobil den Palast für seine Zeitreisen benutzte. Was offensichtlich nicht der Fall war.

Bevor Caxton antworten konnte, sagte Selanie: »Er kann Sie nicht früher als 1977 retten, weil niemand außer meinem Vater weiß, wie man weiter zurückgehen kann, und Sie haben gerade seine Fähigkeit der Zeitreise zerstört. Wir stecken irgendwo in der Mitte des siebzehnten Jahrhunderts – und in dieser Periode gibt es nichts, daß wir zur Zeitreise benutzen könnten.«

Mit jedem Wort sank Caxtons Mut weiter, und als Selanie schließlich innehielt, hatte Caxton keine Hoffnung mehr.

Um 1650, in Amerika. Das war doch bevor – er konnte sich nicht an den genauen Zeitpunkt erinnern, aber zweifellos war um diese Zeit noch kein Weißer weit ins Landesinnere vorgedrungen.

Mit dieser Erkenntnis setzte Caxtons Verstand plötzlich aus.

XXI

Das nächste, was Caxton wußte, war, daß sich das Mädchen abwandte. In seinen Augen schimmerten Tränen, als es die Außentür öffnete und in das grüne Gras sprang.

Caxtons erster Impuls war, ihr zu folgen, sich zu entschuldigen, irgendwie wiedergutzumachen, was er getan hatte. Aber er war kein Mann, der der Ehrlichkeit einer Frau traute. Deshalb zögerte er, bevor er sich an Selanies Vater wandte: »Stimmt das wirklich? Sitzen wir tatsächlich hier fest?«

Der ältere Mann schaute ihn nicht direkt an, sondern drehte nur die Augen, um Caxton zu mustern. »Das Problem liegt darin«, sagte Johns schließlich, »daß ich als Experimentator nicht an dem Experiment teilnahm. Außerdem bat ich meine Tochter, auf die Teilnahme zu verzichten, damit sie mir bei der abschließenden Auswertung helfen könnte. Sie ist zwar in ein paar Wahrscheinlichkeitswelten gegangen, gab sie aber – auf meine Bitte hin – jedesmal wieder auf und verschmolz wieder zu einer Person. Deshalb bin ich heute gewissermaßen der Schuldige, wer auch immer Sie sind. Denn aufgrund meines Drängens und ihrer Loyalität – und weil die Zeitfalte, in der der Palast der Unsterblichkeit funktioniert, nur von 9812 A.D. bis zurück ins Jahr 1977 reicht, aber nicht bis ins siebzehnte Jahrhundert – gibt es weder für Selanie noch für mich irgendeinen Ort, wohin wir gehen könnten. Also sind wir jetzt hier, und ich sehe keinen Ausweg.«

Es war zuviel auf einmal für Caxton, um alle Einzelheiten zu verstehen. Aber die Schlußfolgerung war klar. Zitternd ging Caxton zu der offenen Tür, trat hinaus und wagte sich in eine grüne Wildnis vor.

Er sah, daß das Mädchen eine Anhöhe hinaufgeklettert war, die im zwanzigsten Jahrhundert ein kleiner, bewaldeter Hügel gewesen war. Hier gab es keine Bäume auf dem Hügel, und obwohl Caxton keinen direkten Plan mit ihr oder der Situation hatte, schritt auch er den Hügel hinauf und stand alsbald neben Selanie.

Caxton warf nur einen flüchtigen Blick auf das Mädchen, denn er mußte plötzlich an Indianer denken, und so betrachtete er statt dessen die Gegend um sie herum. Es fiel ihm überraschend schwer, sie so zu sehen, wie sie war, denn immer wieder drängten sich ihm Bilder von Piffer's Road aus anderen Zeiten auf.

Aber es wehte ein Wind, der sehr real in seinem Gesicht war, und keine Erinnerung. Und die Luft war kristallklar, bis auf einen leichten blauen Nebel, der einen fernen Berg halb verhüllte. Auf all den Meilen zwischen jenem Hügel und diesem hier war keine Bewegung auf dem Boden auszumachen – kein Tier, kein Mensch. In der Ferne flogen ein paar Vögel, aber sie waren zu weit weg, um sie genau erkennen zu können.

Dort oben waren auch Wolken, und der Wind mußte in diesen höheren Regionen kräftig wehen, denn die Wolken bewegten sich mit sichtlichem Tempo am Himmel entlang.

»Nun«, sagte Caxton erleichtert, »heute werden wir uns nicht verteidigen müssen.«

Das Mädchen wandte ihm den Rücken zu. Ohne sich umzudrehen, antwortete es: »Mr. Wie-auch-immer, die ersten Indianer, die Weiße sahen, waren freundlich. Wir sollten also nicht von vornherein eine Gefahr annehmen, die vielleicht gar nicht existiert.«

Selanie hatte natürlich recht, dennoch holte ihre Bemerkung Caxtons Gedanken wie auch seinen Blick vom Himmel herunter. Er mißtraute den Idealen der Jugend, weil sich so viele von ihnen widersprachen. Und ihre Bemerkung erinnerte sehr an die Lehre von der Gewaltlosigkeit, deren Vertreter von sich behaupteten, nicht gewaltätig zu sein, und deshalb das Recht hätten, über die menschliche Geschichte zu urteilen.

Dennoch bemühte er sich um einen neutralen Ton, als er erwiderte: »Aber die Indianer haben untereinander gekämpft, bevor der weiße Mann kam. Und mein Name ist Peter Caxton.«

Caxton beobachtete das Mädchen genau, während er sprach. Aber falls ihm sein Name etwas sagte, so verriet es sich weder in seinem Rücken, seinem Nacken noch der Art und Weise, wie es seinen Kopf hielt.

Caxton war verblüfft.

Aber dies, überlegte er, war nicht der Augenblick für solche Nebensächlichkeiten. Er war der Bösewicht in dieser Tragödie – das allein zählte. Und er mußte versuchen, diese Sache irgendwie wieder geradezubiegen.

»Miss Selanie«, begann er zögernd, »mir ist offenbar ein sehr großer Trugschluß unterlaufen. Ich habe nicht nur Sie und Ihren Vater in eine böse Situation gebracht, ich habe mich auch zu der Annahme verleiten lassen...«

»Sparen Sie sich Ihre Entschuldigungen, Mr. Caxton«, unterbrach ihn die junge Frau. »Mir ist völlig klar, was sich ein Mann von der Situation, die Sie verursacht haben, letztendlich erhoffen würde. Ich möchte, daß Sie wissen, Mr. Caxton, daß Ihre Zellen irgendwie eine zweitklassige Körperverfassung widerspiegeln, und daß sich zwischen Ihnen und mir – hier – niemals etwas abspielen wird. Ist das klar?«

Es kam so direkt und unerwartet, daß Caxton blaß wurde. Bevor er sich von der Wirkung ihrer Worte erholen konnte, oder bevor er, was noch wichtiger war, Zeit hatte zu begreifen, was sie gesagt hatte, wandte sich Selanie ab und ging rasch den Hügel hinunter.

Als Caxton ihr nachsah, bekam er plötzlich Angst, sie könnte in das Wohnmobil gehen und ihn aussperren. Und sie und ihr Vater würden dann wegfahren und ihn hier in dieser einsamen Prärie allein zurücklassen. Er begann, ihr hinterherzulaufen. Selanie mußte ihn gehört haben, denn sie wurde langsamer. Caxton rannte an ihr vorbei und erreichte als erster die Tür des Wohnmobils. Mit einer ungeheuren innerlichen Anstrengung brachte er seine plötzliche Angst soweit unter Kontrolle, daß er die Tür für Selanie aufhielt und dann, immer noch keuchend vom ungewohnten Laufen, hinter ihr eintrat. In Sicherheit.

Auf einmal schämte er sich. Aber dieses Gefühl legte sich nur über die Reste seiner plötzlichen Angst. In der Mitte des Raums, gegenüber der Tür, stand ein Hocker, und Caxton setzte sich und versuchte, seinen zitternden Körper unter Kontrolle zu bekommen.

Er versicherte sich, daß sie keine Angst vor ihm zu haben schienen, eine an und für sich erstaunliche Tatsache, da er in ihren Augen doch ein Krimineller sein mußte. Keine Angst, keine Unruhe, keine Sorge, daß er ihnen noch mehr Schaden zufügen könnte. Das Mädchen schien ihn für einen Gentleman zu halten, der es akzeptierte, wenn ihn eine Frau abwies.

Caxton sah sie drei im Geiste schon dreißig Jahre lang hier in diesem wilden Amerika des siebzehnten Jahrhunderts; und während dieser ganzen Zeit würde Selanie vermutlich eine unberührbare Königin sein und er der unwürdige Knecht, der sich hüten sollte, Annäherungsversuche zu machen.

Minuten verstrichen, ohne daß sich Caxtons innere Erregung legen wollte. Während dieser Zeit kam das Mädchen mehrere Male durch den mittleren Raum. Einmal warf es ihm einen Blick zu, sagte aber nichts. Und jedesmal, wenn es wieder weg war, hörte er laut und deutlich das Klappern von Kochutensilien, scheinbar nur Millimeter von seinen Trommelfellen entfernt.

Schließlich kam das Mädchen heraus. »Abendessen, Mr. Caxton«, sagte es.

Caxton folgte ihm wortlos zu einem winzigen Tisch, der für drei Personen gedeckt war. Selanie winkte ihm, sich dahinterzuquetschen. Sie aßen schweigend. Johns saß Caxton gegenüber, starrte aber stumm die Wand vor ihm an, während das Mädchen offensichtlich völlig ruhig und entspannt war. Caxton war schon halb fertig, als ihm plötzlich eine Reihe von Gedanken auf die übliche chaotische Weise durch den Kopf gingen.

Der erste Gedanke: *Abendessen! Ist es schon so spät?* Er erinnerte sich, daß er die Sonne gesehen hatte, als er mit dem Mädchen auf dem Hügel gestanden hatte, aber er konnte nicht mehr sagen, wo am Himmel sie gewesen war. Dem satten Grün des Grases und der Bäume nach zu urteilen mußte es Mitte oder Ende Frühling sein, und es war ein warmer Tag; die Sonne würde ihren Bogen also praktisch im Zenit beschreiben. Deshalb hätte sie, als er mit Selanie draußen gewesen war, in Richtung Westen untergehen müssen.

Okay, dachte Caxton müde, *ich bin und bleibe also der Welt schlechtester Beobachter. Ich bin der Typ, der immer so verdattert ist, daß es eigentlich egal ist, ob es Tag oder Nacht ist, ob es regnet oder ob die Sonne scheint....* Obwohl, wie er deprimiert dachte, er jetzt jede Menge Zeit haben würde, Naturdetails zu beobachten.

Jahre, ja sogar Jahrzehnte – aber eine begrenzte Anzahl von ihnen. Denn natürlich – Caxton stieß ein stummes, bitteres Lachen tief in seinem Innern aus – war dies das Ende der Suche nach Unsterblichkeit des Peter E. – für Esel – Caxton. Er fragte sich, ob Bustaman gewußt hatte, daß dieses Wohnmobil weiter in der Zeit zurückgehen konnte als die Zeitfalte des Palasts der Unsterblichkeit. Es war kaum anzunehmen, denn Tatsache war, daß Bustaman neue Verbündete brauchte. Seine Gruppe war mehr als klein, da sie offensichtlich nur aus einer einzigen Person bestand: ihm selbst.

Das Abendessen endete etwas gesprächiger, als es begonnen hatte. Als Selanie anfing, die Teller abzuräumen und in ein winziges Spülbecken zu stellen, kam Caxton wieder zu sich und fragte: »Kann ich helfen?«

»Nein danke Mr. Caxton.« Selanie schüttelte ihren hübschen Kopf. »Ihre Kabine ist am Ende des Wagens, und ich wäre Ihnen dankbar, wenn Sie sich jetzt dorthin oder nach draußen zurückziehen würden.«

Da er nicht vorhatte, nach draußen zu gehen, suchte Caxton seine Kabine auf. Ein Klappbett, das heruntergelassen worden war, nahm die einzige freie Stelle in dem winzigen Zimmer ein. Caxton schloß rasch die Schiebetür hinter sich, während er überlegte, wie die Belüftungssysteme in einem so kleinen Raum sein mochten. Sie waren perfekt und geräuschlos.

Seine eigene Erfahrung mit Belüftungen war, daß der Ventilator zumindest ein leises Summen verursachte. Neugierig machte sich Caxton auf eine zaghafte Suche nach der Lüftungsanlage, aber obwohl er eine Luftbewegung in dem kleinen Raum fühlen konnte, war sie nicht so konkret, daß er ihre Quelle hätte lokalisieren können.

Schließlich legte er sich auf das Bett und überlegte, ob er ein Verdauungsschläfchen halten sollte. Doch als er so dalag und auf Schlaf wartete, fiel ihm plötzlich ein, daß sie Steaks zum Abendessen gehabt hatten; irgendwann würden sie zu Ende gehen, und dann würde er der Jäger und Ernährer werden müssen. *Was wird dann, meine schöne Maid, mit deiner Distanziertheit,* dachte er, *wenn ich der Mann, der Ernährer in einer primitiven Welt bin?*

Denn so hat alles angefangen, Schätzchen. In jener – dieser? – Zeit ist Nahrung schwer zu bekommen gewesen, und die Frauen schlossen sich Männern an, die sie ernähren konnten. Du glaubst doch wohl nicht, daß ich mich so für dich anstrenge, ohne dafür von dir belohnt zu werden. Wenn doch, dann…

Weiter kam er nicht, denn ein scharfer Knall irgendwo draußen in nächster Nähe riß Caxton aus seinen Gedanken. Es dauerte einen langen Augenblick, bevor er begriff, was es war, denn es war kein Geräusch, das er oft hörte: ein *Schuß!*

Caxton fuhr hoch, schwang die Beine vom Bett und stieß dabei zwei Kisten um. Ihr Inhalt polterte zu Boden, während Caxton unter dem Bett nach seinen Schuhen suchte. Er zog sie an, wobei er darauf verzichtete, sie zuzubinden, stand auf und ging zur Tür. Caxton hatte einige Schwierigkeiten, sie aufzubekommen, weil er vergaß, daß es eine Schiebetür war, und an der vermeintlichen Klinke rüttelte. Doch schließlich hatte er es geschafft, und er stolperte, weil er sich immer wieder in seinen Schnürsenkeln verhedderte, durch den nächsten Raum zur Außentür. Als er sie aufriß, stellte er zu seiner Erleichterung fest, daß es draußen noch halbwegs hell war.

Dann entdeckte er Selanie. Sie kam geradewegs auf ihn zu – über das, was später, viel später, die Piffer's Road sein würde. In der linken Hand trug sie ein Gewehr, in der rechten baumelte ein bräunlicher Vogel ungefähr von der Größe einer Taube. Caxton kannte sich zwar mit Vögeln nicht besonders gut aus, doch er vermutete, daß es sich bei diesem Exemplar um ein Rebhuhn, ein Präriehuhn oder vielleicht um eine Art Fasan handelte.

Als das Mädchen Caxton erreichte, hielt es ihm das Tier vor die Nase. »Ich sah, wie es angeflogen kam und neben ein paar Büschen herunterging«, sagte Selanie aufgeregt, »also habe ich mich herangeschlichen und uns etwas zum Frühstück geschossen.«

Sie fügte fröhlich hinzu: »Ich habe mich soeben selbst zur Jägerin, Köchin und Ernährerin ganz allgemein ernannt. So habe ich wenigstens etwas zu tun.«

»A-aber.« Caxton hatte sich ins Gras gesetzt und band sich gerade die Schuhe zu. »Und was mache *ich?«*

Das Mädchen hob seine schlanken Schultern. »Männer wie Sie neigen zum Philosophieren«, sagte es. »Zwar mehr so etwas wie simple, endlose Theoretisiererei, aber das macht keinen großen Unterschied. Machen Sie einfach weiter damit.«

Nachdem Selanie Caxton so zu einer Zukunft der Introspektion verdammt hatte, stieg sie in das Wohnmobil. Da sie die Tür offen ließ, blieb Caxton, wo er war.

Es war zunehmend dunkler geworden während dieser letzten

Minuten, und immer mehr Sterne erschienen am Himmel. Als sich Caxton zurücklegte und zu ihnen hinaufblickte, heulte in der Ferne ein Coyote. Caxton, der noch nie einen Coyoten hatte heulen hören, erkannte das Geräusch von Beschreibungen, die er gelesen hatte. Was ihn verblüffte, war, wie zutiefst klagend das Heulen in seinen Ohren klang, obwohl es zweifellos ein ganz normaler Coyotenruf war.

Zum erstenmal erinnerte sich Caxton an etwas, das einmal ein Freund – nein. Er verbesserte sich rasch: ein Bekannter – er hatte nämlich keine Freunde – zu ihm gesagt hatte: daß es keine wirklich gefährlichen Tiere in Nordamerika gab. Nimm dich vor Bären in acht, was einfach bedeutete, geh ihnen aus dem Weg... und das war alles. Pumas verfolgten nicht den Menschen, der Mensch verfolgte sie. Und das Tier hatte ein solch merkwürdiges, gutmütiges Interesse an Menschen, daß es stillhielt, um sich töten zu lassen. Geh Klapperschlangen aus dem Weg; komm nicht einer wildgewordenen Büffelherde in die Quere – und das war's. Sonst gab es nichts, das für einen Erwachsenen besonders gefährlich gewesen wäre.

Okay, dachte Caxton gereizt, *ich habe also philosophiert; ich kann sie also nicht umstimmen, indem ich den großen, erfolgreichen Trapper und Jäger spiele.*

Als Caxton schließlich wieder auf seinem Bett lag, kam ihm zum Bewußtsein, daß er sich erleichtert fühlte

Und das war ihr – sein – erster Tag Mitte des siebzehnten Jahrhunderts in den späteren Vereinigten Staaten von Amerika.

Tag zwei!

Nach dem Frühstück, das Caxton schweigend einnahm, kehrte er in sein Zimmer zurück, da er sich noch immer nicht recht nach draußen wagen wollte, solange sie drinnen waren. Er legte sich auf sein Bett und überlegte, was er mit seiner Zeit anfangen sollte. Die Minuten vergingen, und es wollte ihm nichts einfallen. Oh, vielleicht ein Gespräch mit Mr. Johns: Wie funktionierte der Handschuh? Inwiefern hatte er ihm geschadet? Und wie kam es, daß Caxton keinen Schaden genommen hatte, als er mit einem ähnlichen Handschuh am Ellbogen gepackt worden war?

Während sich der Tag dahinschleppte und Caxton auf seinem Bett lag, fielen ihm noch ein paar andere Fragen ein: Was war über den Palast der Unsterblichkeit bekannt? Wie lange waren die Possessoren schon da?

Das war alles. Und die Fragen waren jetzt abstrakt, denn die Zeitfalte lag irgendwo vor ihnen in der Zukunft, unerreichbar für sie. Jede Frage zu diesem Thema war rein akademisch, wäre nur interessant, weil er sehr neugierig war. Aber keine Antwort, die Johns oder seine Tochter ihm geben konnten, würde von praktischem Nutzen sein.

Caxton stellte sich eine Zukunft mit fünf, vielleicht sechs Gesprächen mit Johns vor, und einer gelegentlichen Beleidigung von Selanie, und er war entsetzt. ... *Herrgott,* dachte er, *Sex braucht der Mensch. Ohne bringe ich mich um.*

Mit diesem Gedanken raffte sich Caxton gegen Mitte des Nachmittags auf und verließ sein Zimmer, um das Mädchen zu suchen. Die Außentür stand auf, und Caxton sah, daß Johns einen eigenartigen Metallstuhl hervorgeholt hatte und sich gerade in den Schatten neben dem Wohnmobil setzte. Was eigenartig an dem Stuhl war, konnte Caxton nicht direkt sagen, aber Johns hatte sich zurückgelehnt und hielt ein Buch in der Hand, und der Stuhl war so geneigt, daß er bequem lesen konnte. Er würde sich das Ding einmal genauer ansehen müssen, dachte Caxton, um zu sehen, wie es konstruiert war, aber das wollte er sich für später aufheben.

»Wo ist Ihre Tochter?« fragte er nur.

»Selanie ist jagen gegangen«, antwortete Johns, ohne von seinem Buch aufzublicken. Sein Ton verriet, daß er nicht gestört werden wollte.

Jagen? Caxton ging an Johns vorbei den Hügel hinauf. Die Vorstellung, daß das Mädchen irgendwo allein da draußen war, beunruhigte ihn. Als er auf der Kuppe der kleinen Anhöhe stand, ließ er den Blick über die Gegend schweifen und suchte den Horizont nach dem Mädchen ab, aber er konnte es nirgendwo sehen.

Zuerst überlegte er, ob es eine Frage der Perspektive war, daß er die kleine, sich zweifellos bewegende Gestalt nicht entdecken konnte. Es war vielleicht so, als wenn man in einem Wagen saß und nach einem Parkplatz Ausschau hielt. Selbst von einem relativ nahen Punkt aus konnte man oft nicht sehen, daß vor einem zwei oder drei freie Plätze waren. Ähnlich gab es hier, wie er sich erinnerte, kleine Täler, die vielleicht eine Meile entfernt begannen, und viele weitere Täler dahinter, die von seinem Standpunkt aus nicht zu sehen waren.

Vielleicht hat sie einen Fluß in einem dieser Täler gefunden und wandert ohne Angst an ihm entlang, weil sie irgendeine Spezialwaffe dabei hat, die sie vor umherstreifenden Indianerbanden beschützen soll, überlegte Caxton. Was ihm Sorgen bereitete, war, daß, wenn Indianer das Mädchen entdeckten, sie ihm höchstwahrscheinlich irgendwo in einem Hinterhalt auflauern würden; und bevor das Mädchen noch dazu kommen würde, nach seiner Waffe zu greifen, hätten sie es schon überwältigt und zu ihrer Gefangenen gemacht.

Caxton zog seinen Mantel aus, legte ihn ins Gras und setzte sich neben ihn, um nach dem Mädchen Ausschau zu halten. Die Sonne sank tiefer, aber Selanie tauchte nicht auf. Nach sicher einer Stunde begann Caxton, an seinem Gedächtnis zu zweifeln... er hatte tatsächlich beträchtliche Entfernungen zu Fuß zurückgelegt. Vielleicht waren diese Täler viel weiter weg, als er geglaubt hatte, als er sie im zwanzigsten und fünfundzwanzigsten Jahrhundert erforscht hatte.

Bald kamen ihm wieder Zweifel, denn er konnte gute fünf bis acht Meilen in jede Richtung sehen – ob sie wirklich so weit gegangen war?

»Ich kann Ihre Tochter nirgendwo sehen, Sir«, rief Caxton schließlich besorgt zu Johns hinunter.

»Oh, sie hat ihr Krad mitgenommen, und sie trägt ihren Flieger, also kann ihr nichts passieren«, rief Johns zurück, bevor er sich wieder in sein Buch vertiefte.

Caxton fühlte sich mit einem Schlag ernüchtert. Natürlich. Wie hatte er das vergessen können? Diese Leute hatten Zugang zu der fernen Zukunft. Das »Krad« war wahrscheinlich genauso geräuschlos wie der Flieger, und vielleicht konnte es sogar ebenfalls fliegen.

Caxton stand auf und zog seinen Mantel an. Dann ging er den Hügel hinunter in das Wohnmobil und zog sich in sein Zimmer zurück. Es war ungefähr eine Stunde später, als er Selanies Stimme hörte. Erleichtert, aber auch neugierig eilte Caxton zur Tür und erblickte Selanie. Sie trug Shorts, ein rückenfreies Top und ihren Flieger und saß rittlings auf dem »Krad«, einem dreirädrigen Gefährt. Es war nicht zu übersehen, daß es fliegen konnte, denn es schwebte noch ein paar Fuß über dem Boden, bevor es sich langsam ins Gras senkte. Selanie stieg ab, worauf sich der abgetrennte Teil des Motorrads öffnete und einen geräumigen Innenraum enthüllte. Er enthielt – wie Caxton mitzählte, als Selanie sie nacheinander herausholte – sieben Enten, drei Präriehühner und fünf Kaninchen.

Selanie ließ die Tagesstrecke auf dem Boden liegen und fuhr die Maschine zum Heck des Wohnmobils. Dort drückte sie auf einen Knopf, worauf eine Öffnung in der Wagenwand erschien. Ein weiterer Knopfdruck, und das Motorrad begann, sich zusammenzufalten. Es war erstaunlich zu beobachten, wie aus der Maschine in ungefähr einer Minute ein kompakter, glattwandiger Kasten von höchstens zwei Fuß Dicke wurde. Selanie hob ihn hoch, als ob er nichts wiegen würde, und verstaute ihn in der erschienenen Nische, die sich schloß, als das Mädchen zurücktrat, bis nur noch eine kaum sichtbare Linie zu sehen war.

Caxton war gerade dabei, die toten Vögel und Kaninchen einzusammeln, als Selanie zurückkehrte. »Bringen Sie sie in den vorderen Lagerraum«, wies sie ihn an. »Ich werde sie nach dem Essen ausnehmen und fertigmachen.«

»Kann ich Ihnen helfen?« erbot sich Caxton, doch Selanie schüttelte verneinend den Kopf.

Und das war der zweite Tag.

Als Caxton am nächsten Morgen erwachte, war das Wohnmobil in Bewegung.

XXII

Die ganze Zeit, während er sich anzog, kämpfte Caxton mit seinem Gleichgewicht. Schließlich ging er nach vorn und fand Vater und Tochter im Fahrerhaus. Selanie saß hinter dem Steuer und fuhr.

Der Wagen, sah Caxton, bewegte sich über relativ flache Prärie – aber nicht ganz flach, und Caxton ließ sich ungeschickt auf dem Rücksitz nieder. Es vergingen ein paar Minuten, bevor Selanie ihn sah. Sofort nahm sie den Fuß vom Gas, und der große Wagen kam rumpelnd zum Stehen.

»Sie haben mich neulich gefragt, was Sie tun könnten, Mr. Caxton«, sagte Selanie. »Ich möchte, daß Sie eine Weile das Steuer übernehmen, während ich das Frühstück mache.«

Es schien das erste Anzeichen für eine Verbesserung ihrer Beziehung.... Als Selanie über den Sitz nach hinten krabbelte, legte Caxton eine Hand auf ihre Schulter, um sie zu stützen... und sie sagte nichts. Sobald Selanie neben ihm war, zog Caxton hastig seine Hand zurück. Dann stieg er nach vorn auf den Fahrersitz, glitt hinter das Lenkrad und suchte auf dem Armaturenbrett nach den vertrauten Apparaturen eines Personenwagens.

Da bis auf das Lenkrad alles anders war, mußten Selanie und ihr Vater Caxton einweisen. Es gab acht Fußpedale, und bald war Caxton in der Lage, die beiden zu bedienen, die wichtig waren: das Brems- und das Gaspedal. Wofür die anderen Pedale waren, wurde ihm nicht gesagt, und er probierte es auch nicht aus. Selanie zog sich zurück, sobald Caxtons Fahrunterricht beendet war, und Caxton fand sich mit ihrem Vater auf dem Sitz neben ihm, einer Welt ohne eine einzige Straße vor ihnen und jeden Augenblick vor einer neuen Entscheidung, welches der beste Weg für den großen Wagen war. Er hätte am liebsten Mr. Johns gefragt, aber das war praktisch unmöglich, da er seine ganze Aufmerksamkeit und Energie darauf verwenden mußte, das Wohnmobil zu steuern.

»Wohin fahren wir eigentlich?« konnte er schließlich krächzen.

Johns schüttelte den Kopf. »Da müssen Sie Selanie fragen«, erwiderte er. »Es war ihre Idee.«

Ein paar Minuten später machten sie Frühstückspause, und Caxton hatte Zeit, über Johns Antwort nachzudenken. Er kam zu dem Schluß, daß das Mädchen offensichtlich ziemlich dominierend war, denn Tatsache war, daß hier zwei Männer saßen, die nicht einmal nach ihrer Meinung gefragt wurden – zu gar nichts!

Vorhin, als ihm der Zweck der Pedale erklärt worden war, war Caxton eine Frage eingefallen, die er jetzt beim Frühstück stellte.

»Kann dieser Wagen fliegen?«

»Ja.«

Caxton war überrascht. »Warum fliegen wir dann nicht?«

»Weil wir leider nur über einen begrenzten Energievorrat verfügen.« Selanies Wangen röteten sich plötzlich. »Sich darum zu kümmern ist das einzige, was ich einem Mann – meinem Vater – erlaubt habe, aber aus irgendeinem Grund hat er es versäumt, eine Ersatzeinheit zu besorgen. Wahrscheinlich, weil er dachte, wir wären sicher, und er nicht damit gerechnet hat, daß Bustaman jemanden wie Sie überreden würde, etwas gegen uns zu unternehmen. Und jetzt sitzen wir hier mit genügend Energie, um zwei Tage zu fliegen oder ungefähr ein Jahr zu fahren.«

»Um was für eine Energiequelle handelt es sich?« wollte Caxton wissen.

»Es ist etwas namens Adeledicnander«, erwiderte Selanie. »Sie werden es nicht kennen. Sie ist sehr stark, aber sie muß regelmäßig ausgetauscht werden.«

Also wußte Selanie nicht, daß er im fünfundzwanzigsten Jahrhundert gewesen war. Caxton mußte daran denken, wie wenig Interesse er damals, im Jahre 2476 A.D., an den näheren Einzelheiten von Adeledicnander gehabt hatte; nun würden sie alle drei für seine Unkenntnis und Gleichgültigkeit büßen müssen.

Aber – und Caxtons Miene hellte sich auf – das Ganze hatte auch einen ermutigenden Aspekt, nämlich im Hinblick auf seine persönliche Situation mit Selanie. Es würde unvermeidlich der Moment kommen, wenn ihr Wohnmobil am Ende seiner technischen Mittel war. Je früher, desto besser, überlegte Caxton. Das heißt, dachte er ironisch, je länger diese Fahrt, desto besser.

Und so lautete seine zweite Frage: »Wohin fahren wir eigentlich?« Sie würden dorthin fahren, antwortete Selanie, wo es einfacher sei, etwas zu essen zu finden. »Ich schlage vor, wir halten auf die Berge zu«, sagte sie. »Ich bin gestern einige Stunden geflogen und habe nur wenig Wild gesehen.«

Caxton war im stillen froh, das zu hören. Also würde die Suche nach Wild bedeuten, daß sie ständig in Bewegung bleiben mußten. Er dachte noch darüber nach, als Selanie plötzlich sagte: »Ich glaube, Mr. Caxton, wir sollten jetzt Vater hereinholen und weiterfahren.«

Caxton übernahm mit einem leisen, zufriedenen Lächeln und einem Gefühl der Selbstgefälligkeit an diesem Tag und an den folgenden das Steuer. Er machte die größten Umwege, immer unter dem Vorwand, möglichst flache Strecken für ihren schweren Wagen zu suchen. Mehrere Male saß Selanie neben ihm, und jedesmal drängte sie ihn, besonders holprige Gebiete zu überfliegen, weil sie so Treibstoff sparen würden. (Sie hatte ihm später an jenem ersten Nachmittag gezeigt, wie man das Wohnmobil flog.) Und einmal nahm sie ihm sogar das Steuer aus der Hand und überflog ein Waldstück, das Caxton hatte umfahren wollen. Schließlich, am fünfunddreißigsten Tag ihrer Reise, informierte sie ihn knapp, daß sie von jetzt an weiterfahren würde.

Am vierten Morgen danach verkündete Selanie beim Frühstück: »Wir werden für eine Weile hierbleiben.«

»Hier« war in den unteren Rockies, wie Caxton feststellte, als er nach draußen ging – irgendwo dort, wo später Colorado Springs, Denver oder vielleicht sogar Pueblo sein würde. Das Wohnmobil stand an einem Bergfluß, der in der Morgensonne glitzerte. Als Caxton so dastand und die felsigen Hügel um ihn herum betrachtete, bemerkte er plötzlich, daß das Mädchen aus dem Wohnwagen gekommen war und sich neben ihn stellte.

Caxton drehte sich um, und Selanie sagte, ohne ihn direkt anzusehen: »Mr. Caxton, ich habe über unsere Situation hier in dieser Epoche nachgedacht, und ich meine, es ist nicht richtig, daß mein Vater und ich so eng mit dem Mann verkehren, der uns dieses Unglück beschert hat und dessen Fahrweise – lassen Sie es mich offen sagen – in mir den Verdacht geweckt hat, daß er versucht, unseren Treibstoff aufzubrauchen.«

Selanies Ausdruck war keineswegs feindselig, als sie das sagte. Sie trug eine rote Hose und eine weiße Bluse – sehr hübsch. Nicht feindselig, aber ihre Worte waren ein furchtbarer Schock für Caxton. Bevor er seine Fassung wiedergewinnen konnte, schloß Selanie: »Und so habe ich mir überlegt, ob wir Sie nicht mit ein paar Waffen und einer Art Zelt ausrüsten und Sie irgendwo absetzen könnten. Ich meine nicht heute, aber sobald Sie Manns genug sind und den Mut dazu finden.« Nach einem langen Augenblick wurde Caxton bewußt, daß seine vorrangigste Empfindung Erstaunen war. Denn wohin konnte er gehen?

Der Gedanke war so überwältigend, daß Caxton sich von dem Mädchen abwandte und wieder auf diese Einöde hinausblickte, als ob er sich vergewissern wollte, daß dies tatsächlich eine unbewohnte Wildnis war. Das Mädchen – die Frau – und er standen neben dem rauschenden Fluß, und alles war wild und unberührt. Aber am überzeugendsten war das Wissen um all die Meilen, die sie zurückgelegt hatten, die Wälder und Flüsse, die sie überflogen hatten. Und wieder einmal gab es keinen Zweifel. Dies war der Westen Amerikas vor dem Beginn der Zivilisation.

Langsam drehte sich Caxton wieder zu Selanie herum, während er sich fragte, ob ihr Vater an dieser Idee beteiligt war. Er bezweifelte es. Caxton mußte unwillkürlich lächeln, als er plötzlich dachte: *Das bringt nur eine Frau fertig, einen Mann in einer solchen Situation aufzufordern zu verschwinden.*

Impulsiv sprach er den Gedanken aus. Das Mädchen errötete leicht, aber seine Stimme klang ruhig, als es antwortete: »Ich habe sehr viel Erfahrung, Mr. Caxton, und leider weiß ich nur zu genau, was in den Köpfen paranoider Männer vorgeht. Deshalb« – Selanie zuckte die Achseln – »möchte ich von vornherein jede Gefahr ausschließen.«

Obwohl Caxton gedacht hatte, daß er gewappnet war, trafen ihre Worte ihn dennoch, und ihre grausame Bedeutung brachte seine Schutzbarrieren ins Wanken. Paranoid! ... Sie machte ihn wirklich fertig.

Dennoch gelang es ihm zu protestieren: »Hören Sie! Was ich getan habe, habe ich nur getan, um in den Palast der Unsterblichkeit zu kommen. Ich wüßte nicht«, fuhr er eigensinnig fort, »was daran so schlimm ist. Offen gestanden ist es doch so, daß Sie kein Recht hatten, ihn mir vorzuenthalten, nachdem ich einmal von ihm wußte. Also sind Sie doch die Bösewichte, nicht ich. Aber« – und bei diesem verdrehten Gedanken fühlte sich Caxton plötzlich viel besser – »mir macht es nichts aus, Sie beide in meiner Nähe zu haben.«

»Ob es Ihnen etwas ausmacht oder nicht, steht hier nicht zur Debatte«, erwiderte das Mädchen kalt. »Sie sind der Eindringling.«

Sie attackierte immer noch gnadenlos. Aber Caxton war ein Mann, der stets in der Lage gewesen war, sich bei Frauen zu behaupten, und der sich nicht unterkriegen ließ, wenn sie mit ihren Unverschämtheiten anfingen. Zumindest nicht für lange.

Dieses Beispiel weiblicher Verrücktheit weckte einen gewissen Humor in ihm, und augenblicklich kehrte sein altes Selbstbewußtsein zurück. »Sobald Sie mir einen Weg in die Zukunft verraten können, werde ich Sie mit Freuden verlassen«, sagte er.

»Ich fürchte«, entgegnete Selanie steif, »diese Lösung ist unmöglich – dank Ihrer Hilfe. Da Sie nun meine Meinung kennen, was schlagen Sie vor?«

Caxton war ein Mann, der schon 2476 A.D. zu lange ohne Frau gewesen war. Und hier nun auch schon über einen Monat. Also wurde es langsam Zeit. »Es gibt zwei Möglichkeiten, wie unsere Zukunft hier aussehen kann«, sagte er, »und glauben Sie mir, Ihre ist die falsche.«

»Ich möchte Ihre Lösung nicht hören, Mr. Caxton«, unterbrach Selanie ihn scharf.

Aber Caxton konnte sich nicht zurückhalten. »Da wir nun einmal in dieser mißlichen Lage werden bleiben müssen, schlage ich vor, daß Sie meine Frau werden. Und ich werde alle schweren Arbeiten tun, wie es sich für einen Mann gehört.«

Selanie begann zu lachen. Es war ein schallendes Lachen, das melodisch hätte sein können, wäre da nicht jener scharfe, spöttische Unterton gewesen. »Unglaublich«, sagte sie schließlich. »Offenbar ist Ihnen nicht bewußt, Mr. Caxton, daß Sie einen unangenehmen Körpergeruch haben.«

Caxton fühlte, wie die Farbe aus seinen Wangen wich. Der Schock war um so größer, weil er nicht mehr daran gedacht hatte. Mit seiner Rückkehr ins zwanzigste und dann in siebzehnte Jahrhundert hatte er die Erinnerung an jenes unliebsame Erlebnis im fünfundzwanzigsten Jahrhundert in einen entlegeneren Teil seines Gehirns verdrängt. In seiner Betroffenheit nahm Caxton nur am Rande wahr, daß sich Selanie abgewandt hatte und den Hügel über dem Fluß hinaufkletterte. Plötzlich wich der schreckliche Druck von ihm, und während er ihr nachsah, dachte er: *Sie ist ein Mensch aus Fleisch und Blut, mit ihren eigenen Nöten und Bedürfnissen. Also muß irgendwann der Zeitpunkt kommen, wenn sie sogar auf mich scharf werden wird – trotz Geruch und allem.*

Als er dort stand und sie beobachtete, wie sie jetzt die Kuppe des Hügels erreichte, fragte sich Caxton, ob – wenn dieser Zeitpunkt kam und sie ihren Widerstand aufgeben und willig werden würde – er dann einfach friedlich annehmen würde, was sie ihm anbot; würde er großzügig davon absehen, ihr all diese Minuten und Stunden und Monate des Wartens vorzuhalten, während die Natur sie zur Besinnung brachte? Er glaubte plötzlich, daß er es konnte. Aber es würden geistige Vorbehalte bleiben, erkannte er bitter. Das war der Grund, warum eine Frau oft den Respekt des Mannes verlor: weil sie nie ihren von Gott gegebenen Verstand benutzte.

Caxton vergaß abrupt seine bitteren Gedanken, als Selanie plötzlich Hals über Kopf den Hügel hinuntergestürzt kam. Da stimmte doch etwas nicht...! Caxton wollte ihr unwillkürlich entgegengehen, doch das Mädchen winkte ihn zurück. Augenblicke später stand es keuchend neben ihm.

»Indianer!« japste es. »Dutzende!«

»Haben sie Sie gesehen?«

»Ich glaube ja.«

XXIII

Als sie bald darauf im Wohnmobil waren und die Tür hinter sich geschlossen hatten, dachte Caxton ironisch: *Wie seltsam, daß sie wie jeder normale Mensch die Flucht ergriffen hat. ...* Dabei hatte sie ihm doch so hochfahrend erklärt, daß Indianer friedlich wären.

Natürlich war Caxton taktvoll genug, diese Gedanken nicht auszusprechen. Er ging schweigend mit dem Mädchen in die Fahrerkabine – und saß dort neben ihr, als an die hundert Indianer um eine Flußbiegung gerannt kamen. Sie blieben so plötzlich stehen, daß die hinteren stolperten und einige ihrer Kameraden dabei umstießen.

Ein langer Moment verging, und Caxton bemerkte mit einem leisen Schock, daß er aufgehört hatte zu atmen. Er mußte sich zwingen, auszuatmen und wieder Luft zu holen. Schließlich dachte er: *Sie sehen genauso aus wie ein Gemälde von George Catlin. Also hat sich ihre Kleidung in den zweihundert Jahren bis zur Zeit des berühmten Malers nicht verändert... wie sollte sie auch in einer Gesellschaft, der die wissenschaftlichen oder philosophischen Wurzeln des potentiellen Fortschritts fehlen.*

In diesem Augenblick kam Mr. Johns nach vorn und setzte sich auf den Rücksitz. Er lachte leise. »Ich habe den Gehirnsummer aktiviert. Schließlich wollen wir doch nicht, daß sie uns nachspionieren oder hier herumschleichen.«

Der »Gehirnsummer«, so erklärte er, erzeugte ein summendes Geräusch in dem menschlichen Gehirn, auf das er gerichtet wurde – was genaugenommen bedeutete, daß er das Innenohr auf eine richtungslose Weise durcheinanderbrachte.

Die Wirkung war unübersehbar. Die Indianer zogen sich zurück. Zuerst machten sie kehrt und gingen langsam davon, als ob sie sich bemühten, ihre Manneswürde zu bewahren. Dann gingen sie schneller, als ob die Manneswürde plötzlich in gegenseitigem Einverständnis durch einen starken Überlebenstrieb ersetzt würde. Abrupt begannen sie zu laufen und verschwanden um die Flußbiegung. Nach einer Weile ging Caxton hinaus. Er hatte Angst, aber er fand, daß er derjenige sein sollte, der nachsah, ob die Luft rein war. Er kletterte den Hügel hinauf und sah von oben ein paar Nachzügler in der Ferne am Fluß. Sie rannten immer noch, wie er zu seiner Erleichterung erkannte.

Als er herunterkam, war Selanie in ihre Kabine gegangen, aber

Johns war noch immer im Fahrerhaus. Caxton sank neben ihm auf den Rücksitz und fragte: »Wie weit reicht dieser, äh, Gehirnsummer?«

Johns zuckte die Achseln. »Nur auf Sehlinie. Also nur, solange sie in Sicht sind. Schließlich wollen wir diese Leute ja nicht verletzen.«

Johns schien zum erstenmal freundlich, und Caxton, der plötzlich eine Idee hatte, nutzte die Gelegenheit und erkundigte sich nach dem Gerät. »Kann dieser Gehirnsummer auch auf die Größe einer Handwaffe verkleinert werden?«

Statt einer Antwort griff Johns in seine Tasche und zog vorsichtig einen winzigen, metallenen Gegenstand heraus. Mit der anderen Hand nahm er Caxtons Handfläche, drückte die Finger zurück und legte den Gegenstand hinein.

»Richten Sie ihn nicht auf Ihren eigenen Kopf«, riet er.

Der Gegenstand war kaum größer als ein halber Zoll im Durchmesser, und es war etwas schwierig festzustellen, welches die Seite war, die man »richten« konnte. Caxton hielt das Ding so in der Hand, wie es ihm hineingelegt worden war, und er beugte sich vorsichtig vor, um es genauer zu betrachten. Aus der Nähe gesehen wies es eine komplizierte Struktur mit Ausbuchtungen auf, deren Zweck Johns auf Caxtons Bitte hin erklärte.

Das Gerät war offenbar immer an. Aber es funktionierte buchstäblich in Sehlinie. Außer der Gasatmosphäre stoppte schon das geringste Hindernis, zum Beispiel ein Stück transparentes Seidenpapier, seine Wirkung. »Wenn Sie also mal draußen sind und irgendeinem Lebewesen über den Weg laufen, das Sie davonjagen wollen«, sagte der Johns, »dann ziehen Sie es einfach aus Ihrer Tasche und zielen richtig, und Ihr Gegner wird verwirrt und läuft weg.«

Caxton war überrascht. »Sie meinen, ich darf es behalten?«

»Natürlich. Wir sollten jeder eins bei uns tragen.«

Als Caxton das Ding in seine Tasche steckte, kam ihm plötzlich ein ungeheurer, befriedigender Gedanke. »Vorhin hat mich Ihre Tochter gebeten, Sie beide zu verlassen – da ich ein Eindringling sei«, sagte er. »Jetzt sehe ich zum erstenmal einen Weg, dies zu tun. Mit diesem Gerät müßte es möglich sein, bei den Indianern zu leben.«

Caxton brachte ein Lächeln zustande in dem Bestreben, seine wahre Absicht zu verbergen. »Schließlich«, fuhr er energisch fort, »wäre es falsch von mir, mich auf die Dauer Leuten aufzudrängen, die ich so verletzt habe, vor allem, da Ihre Tochter mir erklärt hat, ich hätte einen unangenehmen Körpergeruch.«

Der ältere Mann nickte. »Ich habe es bemerkt«, sagte er. »Es ist ein Einweg-Reisegeruch, und ich frage mich schon die ganze Zeit, wie Sie dazu gekommen sind.«

Caxton hatte gerade den Mund geöffnet, um mit seinem raffinierten Plan fortzufahren, doch jetzt klappte er ihn wieder zu. Und saß verblüfft da. Als er sich endlich von seinem Schock erholt hatte, mußte er feststellen, daß er gerade dabei war, Johns von seiner fünfhundertjährigen Reise zum fernen Centaurus zu erzählen.

Es war eine Erkenntnis, die Caxton abrupt verstummen ließ. Er war erschrocken über sich selbst. Fast zwei Monate lang hatte er erfolgreich das Bedürfnis unterdrückt, sein Geheimnis mitzuteilen. Nicht, daß er einen Grund gehabt hätte, es für sich zu behalten. Es war einfach, daß er ein Leben lang dem Grundsatz gefolgt war, niemals etwas zu erzählen allein um des Erzählens willen.

Doch jetzt vergaß er diesen Grundsatz, weil er unwichtig schien. »Ein Zeitgeruch?« wiederholte er. »Weiß Selanie das?«

Johns schüttelte den Kopf. In seinem Blick lag ein verträumter Ausdruck. »Das war eine sehr lange Reise«, sagte er. »Zu dumm. Sie werden eine unbestimmte Anzahl von Jahren im Palast leben müssen, um das auszugleichen. Ich weiß von keiner anderen Reise, die länger als hundert Jahre gedauert hat.«

»Warum haben Sie es nicht Ihrer Tochter gesagt?«

Johns war überrascht. »Warum sollte ich?«

Caxton war empört. ... Was war los mit diesem Burschen? Redete er nicht mal mit seiner eigenen Verwandtschaft? Doch sein Zorn legte sich rasch, als sich Caxton daran erinnerte, wie verschlossen Johns gewesen war; zweifellos redete er mit niemandem sehr viel.

Johns war in Gedanken versunken. *Ja, ja,* dachte er, *so treffe ich immer wieder auf Rückwirkungen meines Experiments. Also hat Bustaman ihn aus dem fünfundzwanzigsten Jahrhundert zurückgeholt, um mich zu besiegen und meinen Traum zu zerstören.« Die Wahrscheinlichkeiten würde vermutlich weiterbestehen, denn sie waren zu zahlreich, als daß Bustaman sie beenden konnte. Aber der experimentelle Aspekt war ruiniert.* Johns schüttelte verwundert den Kopf und dachte: Wie kann jemand, der unterlegen ist, besser sein? Es war eine Frage, die sich Claudan Johns schon oft gestellt hatte. Gelegentlich, wenn er all die klugen und wundervollen Possessoren betrachtet hatte, die er geschaffen hatte, und sah, wie klug und wundervoll sie waren, und wie ganz und gar sie das Neue Volk geworden waren, sein Traum von der Perfektion verkörperten, schien es unvorstellbar, daß sie sich fraglos als das akzeptierten, was sie waren. Auch er konnte sie als das sehen, was sie waren, und sie anerkennen – und froh sein, daß sie nicht darüber nachdachten. Aber es war genauso offensichtlich, daß jeder, der nicht über sich selbst nachdachte, auch wenn er perfekt war, nicht – was war? Johns wußte es selbst nicht genau.

Ich bin nicht perfekt, dachte er, *aber ich kann über mich selbst nachdenken, und ich kann sie objektiv betrachten. Also bin ich der Experimentator, und sie sind meine Objekte. Aber sie sind besser.*

Johns selbst hatte nie an den Experimenten teilgenommen. Er sah zu, wie sie fröhlich in Wahrscheinlichkeitswelten gingen, bereitwillig Duplikate von sich schufen und sich nie Gedanken darüber zu machen schienen, wie alles enden würde. Claudan Johns machte sich Gedanken darüber. Und er hatte sich *selbst* nie dupliziert.

Aber sie waren besser, freier, fähiger, glücklicher, intelligenter. Es war erstaunlich. Sie waren besser, er war unterlegen. Aber in seinen Studien hatte er Dinge erfahren, die herauszufinden sie nie interessiert hatte – sie lebten einfach; sie brauchten es nicht zu wissen – und so wurde er geduldet und auf eine seltsame Art als Mentor und Führer akzeptiert.

In dieser gleichen sachlichen Art hatte Johns Peter Caxton studiert... ein paranoider Typ nach der Terminologie des zwanzigsten Jahrhunderts, wie er feststellte. Die Possessoren schätzten, daß zwanzig Prozent der Männer des zwanzigsten Jahrhunderts ähnlich paranoid waren wie Caxton. Dominierend, subjektiv, egozentrisch, auf persönlicher Ebene unfähig, einen anderen Standpunkt zu sehen. Es war ein Typ Mann, der – wie die Possessoren aufgrund ihrer Studien glaubten – früher einmal einen noch höheren Prozentsatz eingenommen hatte. Der Gesamtanteil stieg, je weiter man in der Geschichte zurückging, bis er, unter den Menschen der Steinzeit, ungefähr achtzig Prozent ausgemacht hatte. Hundert Prozent hatte er nie erreicht. Niemals. Es gab immer ein paar Männer, mit denen man vernünftig reden konnte. Mit einem Peter-Caxton-Typ konnte man auf persönlicher Ebene nicht vernünftig reden.

Der Traum des Neuen Volkes war, daß es in Zukunft keine Peter Caxtons mehr gab. Und natürlich keine Kameel Bustamans.

Also sah Claudan Johns mit einer gewissen Anteilnahme, zu der er fähig war, daß die Suche von Peter Caxton unmöglich war. Die von *ihrer* Suche besessenen Possessoren konnten ihn nicht akzeptieren.

Aber Johns sah, daß sich seine eigene Tochter durch Caxton beunruhigt fühlte. ... Vielleicht war es das Wissen, daß sie aus dieser Situation nicht herauskommen konnten. Vielleicht rührte sich auch ein lang unterdrückter weiblicher Instinkt. In der Geschichte hatten sich Frauen mit den schwächeren Männern zusammengetan ... wie Caxton. Die Tatsache, daß diese Frau seine eigene Tochter war, bereitete Johns kein Kopfzerbrechen. Selanie war schließlich 439 Jahre alt, und sein Verstand sagte ihm, daß sie in der Lage war, auf sich selbst aufzupassen.

Schließlich stand Johns mit einem rätselhaften Lächeln auf. »Gehen Sie nicht zu Ihren Indianern, bis ich Gelegenheit gehabt habe, mit Selanie über diese Angelegenheit zu sprechen«, sagte er.

Caxton, der keineswegs die Absicht gehabt hatte, irgendwohin zu gehen, und der das mit den Indianern nur erwähnt hatte, damit Selanie davon erfuhr, versprach, nichts Voreiliges zu unternehmen.

Aber die Tage vergingen, und nichts geschah, abgesehen davon, daß Johns freundlicher war. Sie führten eine Reihe von Gesprächen, und Caxton erfuhr einige – wenige – neue Einzelheiten über den Palast der Unsterblichkeit.

Wie die Zeitfalte im November 9812 A.D. auftrat und zurückging bis Februar 1977 und dort vermutlich wieder begann. Aber sie hatten nicht herausfinden können, wohin sie danach lief.

Nicht, dachte Caxton, *daß es für diejenigen wichtig war, die im siebzehnten Jahrhundert abgeschnitten waren.*

Ein andermal erzählte Johns, daß die Possessoren hofften, einen Wahrscheinlichkeitsweg zu finden, über das Jahr 9812 A.D. hinauszukommen. »Ich habe ihnen gesagt, daß die Tests, die ich gemacht habe, zeigen, daß es keine – glückliche – Zukunft gibt, daß die einzige Zukunft in den Wahrscheinlichkeiten dieses gewaltigen Bogens von fast achttausend Jahren liegt – zwischen 1977 und 9812. Das und nichts anderes ist das Zeituniversum.«

In Caxton rührte sich für einen Augenblick der Physiker. »Was für Tests haben Sie gemacht?« wollte er wissen.

Doch Johns schüttelte nur lächelnd den Kopf.

In einem anderen Gespräch fragte Caxton: »Wie kam Bustaman eigentlich zu Ihrem Experiment?«

»Genauso wie alle echten Possessoren«, antwortete Johns. »Einige wenige Menschen besitzen, ohne es zu wissen, die Fähigkeit, durch die Zeit zu gehen. Das war meine große Entdeckung. Sobald ich den Faktor kannte, begann ich meine lange Suche nach Personen, die sie besaßen. In der Zwischenzeit hatte ich bei einer meiner eigenen Transformationen den Palast entdeckt. Und so war ich schließlich bereit für das große Experiment, denn im Palast konnte ich die Leute einsetzen, die nicht selbst Possessoren waren.«

»Einen Augenblick«, unterbrach Caxton ihn. »Wir haben es hier mit zwei verschiedenen Aspekten zu tun, ist das richtig? Einer ist der, daß es Menschen auf der Welt gab, die selbständig durch die Zeit gehen konnten?«

»Ja.«

»Als Folge Ihrer Fähigkeit als Possessor«, fuhr Caxton fort, »und dies ist ein zweiter und separater Aspekt, entdeckten Sie zufällig den Palast der Unsterblichkeit.«

»Das ist richtig.«

»Der Palast war leer, als Sie ihn fanden?« fragte Caxton.

»Ja. Leer. Verlassen. Man könnte annehmen, daß er eine lange Zeit benutzt und dann aufgegeben wurde. Aber es gibt keinen Hinweis darauf, aus welchem Grund er aufgegeben worden sein könnte.«

Als Caxton ein wenig später an jenem Tag Johns im Korridor des Wohnmobils begegnete, meinte der Possessor: »Ihre Frage zu Bustaman – ich habe die ganze Zeit über ihn nachgedacht. In seinem Eifer machte er ein paar interessante Entdeckungen. Er war derjenige, der mich auf die Idee brachte, daß ganze Wahrscheinlichkeitswelten verschmolzen werden konnten, nachdem sie lange Zeit getrennt gewesen waren. Zum Beispiel diese Wahrscheinlichkeit von 2083 A.D., wo Sie waren. Das war der erste Versuch meiner Gruppe, eine idyllische Jeder-liebt-jeden-Welt zu schaffen. Bustaman brauchte ziemlich lange, aber 2130 A.D. hatte er endlich alle Metallobjekte – oder zumindest genug von ihnen – gefunden und brachte sie in den Palast. Als die beiden Welten verschmolzen, entstand einige Verwirrung, aber nichts wirklich Schlimmes.«

Caxton hatte versucht, sich bildlich vorzustellen, was Johns ihm da erzählte, aber der Gedanke, daß zwei Wahrscheinlichkeitswelten miteinander verschmolzen, war einfach zuviel. Es bedeutete, daß die meisten Menschen, abgesehen von einigen emotionellen Schwankungen, im wesentlichen an denselben Orten gewesen waren, weitgehend in dieselben Richtungen gegangen waren und sich im Augenblick der Verschmelzung an genau derselben Stelle in beiden Wahrscheinlichkeitswelten befunden hatten. ... Caxton wurde schwindlig bei dieser Vorstellung, und sein Verstand wollte es nicht akzeptieren.

Die Menschen in jener anderen Wahrscheinlichkeitswelt von 2083 A.D. hatten in Wirklichkeit versucht, ihm zu helfen. Seine Hysterie hatte die Leute erschreckt, denen er über den Weg gelaufen war. Aber es war jetzt klar, daß sie ihn nicht verfolgt hatten, um ihn zu bedrohen, und letztendlich war er wahrscheinlich entkommen, weil sie ihre Hilfe niemandem aufzwingen wollten.

Als Caxton aus diesen Überlegungen in die Realität zurückkehrte, mußte er feststellen, daß Johns weitergegangen und in seinem Labor verschwunden war. Caxton zuckte die Achseln. Solche Gespräche weckten ein trügerisches Interesse, denn diese Dinge spielten keine Rolle. Hier, im Jahre 1653 A.D., war alles, was in jener unerreichbaren Zukunft passiert war, abstrakt und witzlos.

Diese trüben Gedanken beschäftigten Caxton immer noch, als er am nächsten Morgen am Frühstückstisch saß. Draußen regnete es, ein gleichmäßiges, düsteres Geräusch. Caxton stellte sich Tausende Meilen Regen da draußen vor – und dreißig Jahre nichts hier in diesem Wagen.

Mensch Meier, dachte er, *es wird Zeit, daß ich etwas tue... aber was?* Nur die Zukunft interessierte ihn, und seine Suche nach Unsterblichkeit. Dennoch sollte er sich vielleicht mit der Gegenwart versöhnen und tatsächlich zu den Indianern gehen, wie er gedroht hatte.

Der Gedanke war wie ein Stichwort. Caxton blickte zu dem Mädchen auf. »Hat Ihr Vater Ihnen von meinem Plan erzählt, bei den Indianern zu leben?«

Das Mädchen drehte sich um und blickte ihn an. Es kam ihm besonders knusprig und jung vor, und sofort stieg Verlangen in Caxton auf. »Ja«, sagte Selanie.

»In Anbetracht der Dinge eine gute Idee, finden Sie nicht?«

Selanie schwieg, dann meinte sie: »Und was wollen Sie da draußen machen?«

Caxton mimte den Überraschten. »Ein normales Leben führen, Herrgott. Eine ihrer Frauen dazu zu bringen, mit mir zu leben, wie...«

Caxton brach ab. »Wie du einmal mit mir gelebt hast«, hatte er sagen wollen. Er hielt inne und begann zu zittern.

In den vergangenen Tagen war klargeworden, daß Selanie ihn hier, in diesem Wohnmobil, zum erstenmal bewußt wahrgenommen hatte, und daß folglich – wie Caxton zum erstenmal klar wurde – die Zeit im Palast der Unsterblichkeit, als er neben einer älteren Selanie im Bett erwacht war, *später sein mußte.*

Was bedeutete, daß, wenn es ein *Später* gab, sie irgendwie *aus dieser Klemme herausgekommen sein mußten.*

Etwas von seiner plötzlichen Erregung spiegelte sich wohl in seinem Gesicht wider, denn Selanie fragte auf einmal: »Was ist los?«

Caxton erklärte es ihr mit bebender Stimme; er hatte soviel mit seinen eigenen Gefühlen zu tun, daß er ihre erste Reaktion nur vage wahrnahm.

Für einen Augenblick drückte ihr Gesicht etwas aus – er konnte nicht sagen, was. ... Dann schien sie sich zu fassen, und nicht nur körperlich, denn auch ihre Stimme klang ruhig, als sie sagte: »Da ich mich nicht an eine solche Wahrscheinlichkeit erinnern kann, muß es eine sein, die Price ohne mein Wissen für mich geschaffen hat. Ich werde meinen Vater danach fragen. Ich bin überzeugt, daß auch Bustaman einmal eine Wahrscheinlichkeit von meinem Vater ohne dessen Wissen geschaffen hat.« Selanie blickte Caxton gelassen an. »Sie sind damals nicht zufällig auch meinem Vater begegnet?«

»Nein, tut mir leid.« Caxtons plötzliche Hoffnung war bereits wieder gesunken angesichts ihrer ernüchternden Miene und Worte, und Selanies letzte Frage beunruhigte ihn. »Warum sollte Bustaman so etwas tun?« fragte er erstaunt.

»Weil er einen schrecklichen falschen Stolz hat«, antwortete das Mädchen. »Ich bin sicher, er glaubte, daß nur er aufrichtige Motive hätte; und als er dann herausfand, daß sich mein Vater nicht an dem Experiment beteiligt hatte, mußte er wahrscheinlich versuchen...« Selanie brach ab. »Aber das ist jetzt unwichtig. Erzählen Sie mir noch einmal genau, was zwischen Ihnen und mir passiert ist.«

Caxton war nicht mehr mit dem Herzen bei der Sache, dennoch kam er ihrer Aufforderung nach. Aber die ganze Zeit, während er sprach, dachte er: *Ich habe gerade einen flüchtigen Einblick in die Auseinandersetzung zwischen den beiden gegnerischen Kräften im Palast der Unsterblichkeit bekommen, wenn auch eine von ihnen nur aus einem einzigen Mann besteht.* Es schien, als ob nur Menschen zu so etwas wie diesem Streit fähig waren, der Bustaman von der Hauptgruppe im Palast der Unsterblichkeit entzweite, dachte Caxton zynisch. Man konnte sich wirklich keinen größeren Wahnsinn vorstellen. Diese Leute kontrollierten eine Krümmung in der Zeit, wo die Zeit offenbar zurücklief. Auf diese Weise konnten sie die Jahre rückgängig machen, die sie im Hauptzeitstrom älter geworden waren – immer und immer wieder. Und dies war, so unglaublich es klingen mochte, Grund für eine gewalttätige Auseinandersetzung geworden.

Als Caxton seinen Bericht über seine Erlebnisse im Palast abschloß, fiel ihm plötzlich etwas ein. »So«, sagte er, »und jetzt möchte ich gerne etwas von Ihnen wissen. Wie kommt es, daß diese Wahrscheinlichkeits-Selanie mich geheiratet hat?«

Das Mädchen lachte. »Irgendwann werde ich Vater bitten, Ihnen diese Wahrscheinlichkeitssache zu erklären. Dann werden Sie es verstehen.«

»Also kann uns das, was ich Ihnen gerade erzählt hat, nicht weiterhelfen?« fragte Caxton enttäuscht.

»Ich werde mit Dad darüber sprechen«, antwortete Selanie ruhig, »dann kann er Ihnen auch das erklären.«

Diese Worte machten Caxtons Hoffnungen endgültig ein Ende und brachten ihn in die traurige Wirklichkeit zurück, mit dem eintönigen Geräusch des Regens draußen und einer öden Zukunft als einzige Aussicht. »Okay, okay«, sagte er müde, »was ist mit den Indianern? Wann soll ich gehen?«

Caxton brach ab, weil sich das Mädchen abgewandt hatte und er seine letzten Worte gegen ihren Rücken gerichtet hatte. Falls sie eine Antwort auf seine Frage gab, so hörte Caxton es nicht. Mürrisch stand er auf, zog sich in seine Kabine zurück und legte sich auf das Bett.

Na gut, dachte er, *mein kleiner Plan hat nicht geklappt. Also werde ich vielleicht tatsächlich zu den Indianern gehen und bei ihnen leben.*

Aber obwohl er es versuchte, konnte er sich *das* nicht wirklich vorstellen. Caxton nickte ein und erwachte beim Trommeln des Regens draußen. Er schlief erneut ein, und als er wieder wach wurde, regnete es immer noch. ...

Er nahm zwei weitere Mahlzeiten beim Dröhnen des Regens.

Und dann, irgendwann, kam ihm der absurde Gedanke, daß sie irgendwie aus dieser Zeit herauskommen mußten. Es schien lächerlich, eine solche Möglichkeit auch nur in Erwägung zu ziehen. Nicht hier, in dieser Wildnis. Denn natürlich existierte kein Weg *hinauf* aus einer Zeit, in der es keine zivilisierten Menschen gab außer ihnen selbst. Trotzdem mußte Caxton immer wieder daran denken. Und er sagte sich immer wieder, daß es auch 1970 unmöglich gewesen und dennoch passiert war. Also konnte es auch im siebzehnten Jahrhundert passieren.

An jenem Abend lag er wach in der Dunkelheit seiner winzigen Kabine und diskutierte mit dem wissenschaftlichen Teil seines Gehirns, seinen Kenntnissen als Physiker.

Natürlich bin ich nur ein M.A. ..., sagte er sich mit einem leisen Lächeln, *und es war allgemein bekannt, daß man einem M.A. noch ein kleines bißchen Verrücktheit zubilligte.* Er konnte sich noch unter die Leute mischen, konnte sogar – und das war das Entscheidende – ohne Schuldgefühle über eine unbewiesene Hypothese nachsinnen. Ein Kommilitone am College, der wie Caxton aufhören und sich nach einem Job umsehen mußte, hatte sogar versucht, seine Freunde davon zu überzeugen, daß ein M.A.-Grad genaugenommen sogar besser war, weil ein M.A. noch das Recht auf ein bißchen Spaß hatte.

Auf diese Weise beruhigt, dachte Caxton weiter über die unmögliche Hoffnung nach, die so plötzlich in ihm aufgeflackert war: daß es einen Weg geben mußte, wie er zurück in die Zukunft gelangen konnte.

Was Caxton alsbald erstaunte, war, daß mit der Beruhigung, sein wirkliches Ziel doch noch erreichen zu können, der Gedanke kam, daß er aufhören mußte, das arme Mädchen zu belästigen.

Tatsache war, daß es keinen logischen Grund zu der Annahme gab, daß Selanie Johns die sexuellen Bedürfnisse von Peter Caxton oder irgendeinem anderen Mann befriedigen würde, den sie nicht mochte.

Diese Erkenntnis brachte Caxton eine ungeheure Entspannung.

Als er diesmal einschlief, erwachte er erst wieder am nächsten Morgen. Er wollte sich gerade mit einem Seufzer noch einmal auf die andere Seite drehen, als ihm bewußt wurde, daß das Geräusch des Regens verstummt war. Und als er, nachdem er sich hastig angezogen hatte, hinausging, sah er, daß durch die offene Tür heller Sonnenschein hereinfiel.

Als Caxton vorsichtig in das vor Nässe glitzernde Gras trat, erblickte er Claudan Johns, der entlang des angeschwollenen Flusses, der einmal ein Bergbach gewesen war, auf ihn zukam. Der ältere Mann winkte, und Caxton fragte: »Wo ist Ihre Tochter, Sir?«

»Oh, sie ist weg.«

Eine seltsame Art zu sagen, daß sie mit ihrem Krad unterwegs war. Caxton spürte einen leisen Anflug von Gereiztheit. Er schüttelte den Kopf. *Da bin ich nun bereit, Frieden mit Selanie zu schließen, und sie macht mir wieder mal einen Strich durch die Rechnung.* ... Wer wußte, in was für einem neuen gefühlsmäßigen Zwiespalt er sein würde, wenn sie endlich wieder da war.

Also gut, dachte Caxton resignierend, *sie ist nun einmal so, und ich sollte mich besser daran gewöhnen.*

»Selanie hält es für möglich«, fuhr Johns fort, »daß Bustaman – ausgerechnet er – mich einmal aus Eigendünkel in eine Wahrscheinlichkeitswelt manövriert hat, ohne daß ich davon wußte. Wenn das stimmt, kann ich auch gerettet werden.«

Das Gespräch ergab immer weniger Sinn. Caxton hatte das Gefühl, in eine Fachdiskussion miteinbezogen zu werden, als ob er die Grundprinzipien kennen würde und deshalb die fehlenden Teile ergänzen könnte. Und natürlich konnte er das nicht.

Caxton untdrückte den Impuls, in das Wohnmobil zurückzugehen. Unterdrückte ihn, weil es da drinnen verdammt noch mal nichts zu tun gab. *Na schön,* dachte er schließlich resigniert, *ich will also draußen bleiben und dabeisein, wenn sie zurückgeflogen kommt.* Es wäre ein bißchen albern, das nicht vor sich selbst zuzugeben. *Also werde ich weiterreden.*

Laut sagte er: »Dieser ganze Wahrscheinlichkeitskram ist reichlich mysteriös. Offenbar bin ich da oben selbst in zwei Wahrscheinlichkeitswelten.«

Johns schüttelte den Kopf. »Es klappt nicht«, erklärte er bestimmt. »Wir haben es ausprobiert, während Sie schliefen, und offensichtlich stimmt es, was Price Ihnen gesagt hat. Sie waren zu starr, als daß der Wahrscheinlichkeitsaspekt bei Ihnen wirken konnte. Ich dachte, die angesammelte Zeitenergie in Ihren Zellen würde vielleicht helfen, aber das ändert nicht die Sie's da oben. Wirklich schade.«

Caxton öffnete den Mund, um etwas zu diesem Thema zu bemerken, als ihm plötzlich einfiel: *Was dieser Bursche gerade gesagt hat, ergibt keinen Sinn. Offen gestanden verstehe ich schon seit ein paar Minuten kein Wort mehr.*

»Entschuldigen Sie, Sir«, begann Caxton, »aber ich glaube, ich habe nicht ganz folgen können. Würde es Ihnen etwas ausmachen, wenn wir noch mal von vorn anfangen?«

Johns sah ihn überrascht an.

Caxton zögerte, dann fragte er: »*Was* haben Sie mit mir gemacht, als ich schlief?«

Johns hatte sich wieder gefangen. »Wir haben versucht, Sie von hier aus mit einer von jenen Wahrscheinlichkeits-Sie's zu verschmelzen.« Er zuckte die Achseln. »Aber es hat nicht geklappt aus den Gründen, die Price Ihnen wahrscheinlich schon erklärt hat. Ein Jammer.«

»Mich verschmelzen?« wiederholte Caxton. Er hatte plötzlich ein flaues Gefühl in der Magengrube.

»Ich kann mich jetzt wieder daran erinnern«, plauderte Johns weiter. »Vor ungefähr fünfzig Jahren in meinem Leben...« Er brach entschuldigend ab. »Ich bin abwechselnd einmal im Palast und dann wieder draußen, wo ich dann eine Weile lebe, um wieder ein paar Jahre älter zu werden. Glücklicherweise habe ich keine Eile. Wissen Sie, die Vergangenheit wartet ewig auf diejenigen, die sich frei durch die Zeit bewegen können. ... Jedenfalls«, fuhr er fort, »erinnere ich mich, daß mich Price einmal in der Zeit zurückgehen und eine frühe Wahrscheinlichkeitswelt für jemanden aus seiner Teenagerzeit vor 1977 errichten ließ. Dann holte ich mir dieselbe Person im Alter von dreißig – das war Ende der sechziger Jahre –, nahm ihn mit in die Zukunft und übergab ihn Price. Hinterher erzählte mir Price, daß sie nicht in der Lage gewesen wären, die Persönlichkeit des älteren mit der des jüngeren zu verschmelzen, sondern daß sie den jüngeren mit dem älteren hätten verschmelzen müssen und daß dieses Verschmelzen keinerlei Wirkung auf den älteren gehabt hätte. Nach dem, was Sie Selanie erzählt haben, wurde mir plötzlich bewußt, daß Sie das gewesen sein müssen.« Johns Stimme nahm wieder einen entschuldigenden Ton an. »Es passiert immer wieder, daß mir solche Einzelheiten entfallen.«

»Jedenfalls stehen wir auch jetzt vor diesem Problem«, schloß Johns. »Bevor ich Selanie mit der Selanie-Wahrscheinlichkeit verschmolz, von der Sie ihr erzählten, schlug sie vor, daß ich es mit Ihnen versuchen sollte – aber es hat nicht geklappt, wie ich Ihnen bereits sagte. Und das ist wirklich schade. Denn sehen Sie, wenn Selanie recht hat mit ihrer Vermutung, daß Bustaman eine Wahrscheinlichkeit von mir geschaffen hat und ich mit ihr da oben verschmelzen würde, dann müßten Sie allein hier zurückbleiben. Und das bekümmerte Selanie«, sagte Claudan Johns.

XXIV

Drüsen können nur soundso lange stimuliert werden; Angst löst sich in Apathie auf; Schock kann sich nur soundso oft wiederholen.

Endlich steigt der zum Tode Verurteilte zum Galgen hinauf und steht teilnahmslos da. Er bemerkt nicht einmal den exakten Moment, wenn sich die Falltür öffnet.

Eine vergleichbare Dunkelheit senkte sich für eine endlose Zeit über Caxton, nachdem er die Bedeutung von Claudan Johns' Worten begriffen hatte.

Während des gesamten Traumas redete Johns immer weiter, und was von diesem langen Monolog schließlich zu Caxton durchdrang, war: »... Wenn Sie das Risiko eingehen wollen, müssen wir uns beeilen. Selanie sagte, sie würde zehn Tage warten, bevor sie mich verschmelzen würde.«

Es klang unsinnig, doch schließlich begriff Caxton, und er nickte. Zum erstenmal war er sich einer vagen Bitterkeit bewußt. Wenigstens war es eine Emotion und kein physiologischer Zusammenbruch. Das Gefühl nahm keine konkrete Form an, richtete sich gegen niemanden; es lag einfach dort in seinem Innern wie das erste Rühren eines zurückkehrenden Bewußtseins.

»Ich werde Frühstück machen«, sagte Caxton. »Und da ich allein hier zurückbleiben muß, werde ich mich gleich ein bißchen mit den Einrichtungen vertraut machen.«

Caxton wandte sich ab und ging in den Wagen. Er hantierte

gerade mit den Kochutensilien, wie er es bei Selanie abgeschaut hatte, als ihm plötzlich ein Gedanke kam. Er konnte sich nicht daran erinnern, daß er sich auf die Suche nach Johns machte, aber auf einmal stand er in der Tür zum Labor und sagte: »Wenn Sie mit einem anderen Claudan Johns da oben verschmelzen, werden Sie doch Ihre Fähigkeit wiederbekommen, durch die Zeit zu gehen. Könnten Sie dann nicht zurückkommen und mich holen?«

»Da dies eine andere Wahrscheinlichkeitswelt sein wird«, erwiderte Johns, »wüßte ich nicht, wie ich hierher zurückkommen könnte.«

»Mein Gott, das hier ist doch die reale Welt«, explodierte Caxton. »Früher oder später müssen Sie doch in sie zurück.«

Es entstand eine lange Pause. Johns straffte seine Schultern, und seine grauen, mit winzigen dunklen Pünktchen gesprenkelten Augen blickten in Caxtons gequältes Gesicht. »Peter, Sie verstehen nicht«, sagte er ernst. »Es gibt keine reale Welt. Sie haben offenbar noch immer nicht die Ungeheuerlichkeit dessen begriffen, womit wir es hier zu tun haben. Ich dachte, Sie hätten gesagt, Selanie und Price hätten Ihnen das mit der Wahrscheinlichkeit erklärt. Hören Sie zu! Es gibt eine *unendliche* Anzahl von Wahrscheinlichkeitswelten. Das ist eins unserer Probleme. Wir können zum Beispiel nicht herausfinden, wann die Zeitfalte 1977 wieder vorwärtsläuft, wie wir vermuten, und wir finden nichts, das nach 9812 A.D. weitergeht, wo die Rückfaltung beginnt. Soweit wir wissen, endet die Welt aller Wahrscheinlichkeit nach am vierzehnten November jenes Jahres.«

Überrascht öffnete Caxton den Mund. Er wollte sagen: »Aber das ist doch lächerlich. Natürlich geht die Welt weiter.« Aber er sagte es nicht, weil es plötzlich gar nicht so natürlich war.

»Wie will Ihre Tochter diese unbekannte Wahrscheinlichkeit von Ihnen finden?« fragte Caxton schließlich müde.

»Oh.« Johns bückte sich gerade über einen langen, durchsichtigen Kasten, der auf dem Boden stand. Auf Caxtons Frage richtete er sich auf und sagte: »Das will ich Ihnen erklären. Wir haben zwei Hinweise. Der eine ist etwas, das Bustaman sagte, bevor er sich mit uns entzweit hat. Er sagte, daß er jetzt – zu der Zeit – der einzige Possessor ohne eine Wahrscheinlichkeit von sich sei. Als jemand auf mich hinwies, lachte er nur bedeutungsvoll und wollte nicht darüber sprechen. Selanie glaubt, er hatte ein paranoides Bedürfnis, mich ins Unrecht zu setzen und sich zu überzeugen, daß sein Ideal ein exklusiver Zustand war.« Die Augen des Älteren suchten Caxtons. »Haben Sie es soweit verstanden?«

Johns sprach wie zu einem Sechsjährigen, aber vielleicht – Caxton lächelte matt, als er an die Zeit zurückdachte, seit er das erstemal gehört hatte, daß Selanie »weggegangen« war –, vielleicht geschah es ihm recht.

»Der zweite Hinweis ist, daß einer von unseren Leuten Selanie erzählte, sie hätte mich in einer Wahrscheinlichkeitswelt gesehen«, fuhr Johns fort. »Selanie will von dieser Frau erfahren, wo das gewesen ist. Die Frau wird dann dort hingehen und diesen Claudan Johns informieren, worauf er mit mir verschmelzen wird, und *das* werde dann ich sein. Wenn ich also das nächstemal ins siebzehnte Jahrhundert zurückkehre, wird es nicht in dieser Wahrscheinlichkeitswelt sein; es wird in einer anderen sein, und in der sind Sie nicht. Sie sollten also besser tun, was ich Ihnen vorgeschlagen habe.«

Die Bitterkeit war wieder da; sie war ein realer Geschmack in Caxtons Mund. *Selanie schuldet mir doch nichts,* dachte Caxton. *Also warum regt es mich auf, daß sie weggegangen ist?* Es war weniger, daß er sie vermißte, als vielmehr Verärgerung über sich selbst, daß er sie belästigt hatte, wo ihr doch jedes Wort von ihm auf die Nerven gegangen war.

Eine Stunde später fiel Caxton eine historische Parallele zu Selanies Verschwinden ein: Selbst die Pest hatte ihre gute Seite – für die Überlebenden. Plötzlich waren Leute, die nie irgendwelche Rechte gehabt hatten, die nie etwas besessen hatten und die nicht einmal darauf hatten hoffen können, jemals etwas zu besitzen – plötzlich waren diese Leute Erben von verschiedensten Besitztümern.

Also hole ich mir vielleicht erst mal das Motorrad, dachte Caxton.

Johns arbeitete in seinem Labor, und so gab es niemanden, der es Caxton verwehrt hätte. Caxton bugsierte die Maschine aus der Nische in der Wohnmobilwand, drückte den Knopf, wie er es bei Selanie gesehen hatte, und beobachtete, wie sich das Motorrad entfaltete. Eine Minute später saß er auf und glitt stromaufwärts durch die Luft.

Caxton blickte hinunter auf eine dreidimensionale Wildnis, die er mit der gleichen anhaltenden Faszination betrachtete, mit der man stundenlang Paciencen legt. Weite. Berge. Flüsse. Blauer Himmel. Wolken. ... Flieg nicht zu weit. Merke dir deine Orientierungspunkte....

Das gleiche wiederholte sich am nächsten und am übernächsten Tag.

Dann kam der vierte Morgen nach Selanies Fortgang. Nach dem Frühstück stand Johns von dem kleinen Tisch auf und sagte: »Wenn Sie in mein Laor kommen und sich ansehen wollen, woran ich gerade arbeite, dann kommen Sie nur. Ich werde es Ihnen gern erklären.«

Caxton murmelte ein Danke, aber er machte keine Anstalten, Johns zu folgen. Und die Erinnerung an die Einladung verblaßte mit dem Moment, als Johns durch die Tür ging.

Irgendwann im Laufe jenes Tages, als Caxton das Motorrad nahm und sich zu seinen stundenlangen Flug-Träumereien aufmachte, fragte sich Caxton: *Ist es möglich, daß ich die gesamten zehn Tage in diesem geistigen Dämmerzustand verbringen kann?*

Es stellte sich heraus, daß er jedes Zeitgefühl verloren hatte, denn zweimal an jenem Morgen, der der zehnte gewesen sein mußte, rief er Johns zum Frühstück.

Aber bis auf ein leises Echo seiner eigenen Stimme blieb es still.

»Heh!« flüsterte Caxton. »Sie sind nicht weg?«

Er redete mit sich selbst.

Caxton ging nach draußen. Die geistige Abgestumpftheit der vergangenen zehn Tage schien sich auf seinen Körper auszudehnen, denn er stand fast bis zur Taille in dem eisigen Bergfluß, bevor ihm bewußt wurde, daß er blindlings geradewegs ins Wasser marschiert war.

Ernüchtert watete er an Land. *Das fehlte mir gerade noch,* dachte er. *Daß ich mich erkälte und an Lungenentzündung sterbe.*

Gegen Mittag, während er immer noch darauf wartete, daß seine Hose, seine Schuhe und seine Socken in der Sonne trockneten, begriff er, daß alle seine Probleme innerer Natur waren, denn für jemanden, der – wie er jetzt – das kombinierte Lastwagen-Flugzeug-Superwohnmobil besaß, gab es in diesem ganzen Land keine physischen Probleme. Und auf seinem Lebenskonto standen neunzig Jahre.

Er mußte eine Entscheidung treffen. Das war es. Eine Entscheidung.

Worüber?

Als sich langsam die Dunkelheit über die Wildnis eines primitiven Amerikas senkte, hatte Caxton noch immer nicht die leiseste Ahnung. Nur daß er jetzt, aus reiner Zweckmäßigkeit, im Innern des Wohnmobils war und die Tür fest verschlossen hatte gegen… die Angst. Caxton gestand sich ein, daß er Angst hatte, aber er schämte sich nicht dafür.

Trotz dieser Angst schlief er sofort ein.

Es war ein klarer Tag gewesen, aber als Caxton das erstemal erwachte, hörte er das Trommeln des Regens auf dem Wagendach. Bald war er wieder eingeschlafen, und als er diesmal wach wurde, waren ihm zwei Dinge bewußt.

Einmal, daß es aufgehört hatte zu regnen, und zum zweiten, wie seine Entscheidung aussehen mußte. Er war ein Mann – er mußte sich jetzt dieser Tatsache stellen, wie er sich ihr in der Vergangenheit gestellt hatte –, bei dem es regelmäßig einmal die Stunde ausrastete. Es war ein Handicap, bei dem die meisten Leute auf Dauer durchgedreht wären. Aber irgendwie hatte er jedesmal sein verletztes Ego retten können, es sorgfältig wieder in seinem Kopf verstaut und anschließend jedesmal seine Gewinne gezählt.

Diesmal habe ich meine Gewinne noch nicht gezählt, dachte er jetzt. Der phantastische Wagen mit all den Dingen darin, denen er nie mehr als einen flüchtigen Blick gewidmet hatte.

Caxton war mit einem Schlag hellwach. Seine Uhr zeigte neun Minuten nach drei an, als er Claudan Johns' Labor betrat. Augenblicklich, und zum erstenmal, sah er, daß es der größte Raum in dem riesigen Fahrzeug war und daß er zweifellos der kompakteste wissenschaftliche Arbeitsraum war, den er je gesehen hatte.

Als Caxton sich zögernd umschaute, stellte er fest, daß jeder freie Zoll Wand für irgend etwas Zusammenfaltbares von der gleichen Komplexität wie Selanies Motorrad ausgenutzt worden war. Und jedes dieser Dinge diente gleichzeitig für mehrere Zwecke. Das größte Teil war ein dick mit Blei eingefaßter, vorstehender Mechanismus, der einen Teil einer Wand einnahm. An seinen Fuß war ein Handbuch angelötet, das mit der sensationellen Aussage begann: »Stellt alle 154 Elemente aus Luft her. (Achtung: produziert radioaktive Stoffe nur, wenn bestimmte Vorbedingungen erfüllt sind – siehe Seite 98).

Caxton wich vor diesen Worten zurück – tral *buchstäblich* mehrere Schritte zurück. Er hatte die Absicht, sich den erstaunlichen Apparat näher anzusehen, doch dann stolperte er bei seinem letzten Schritt rückwärts über die sargähnliche Kiste auf dem Boden und mußte sich auf einem Knie abstützen, um nicht hinzufallen.

Als er dort hockte, entdeckte er plötzlich einen Brief, der auf dem Boden der Kiste lag, und auf dem stand: »Für Peter Caxton.« Ihn zu öffnen und seinen Inhalt herauszureißen, war eins. Es waren mehrere Blätter, die mit einer großzügigen Handschrift bedeckt waren.

Caxton rappelte sich auf und ging mit dem Brief zu einem Klapptisch neben einem Stuhl. Er wollte sich hinsetzen und die Blätter in Ruhe lesen, aber bereits die ersten Worte fesselten seine Aufmerksamkeit so sehr, daß er stehenblieb und den Brief in einem Zug las.

Lieber Peter C.,

ich kann durchaus begreifen, daß Sie zögern, sich etwas zu unterziehen, das zu Ihrer Zeit – Ende des zwanzigsten Jahrhunderts – noch eine experimentelle Methode war. Was ich sagen will, ist, daß Sie bei der in diesem Fahrzeug verfügbaren Energie und der Umgebung, die es möglich macht, völlig beruhigt sein können. Bei der absolut sicheren Temperaturkontrolle – solange der Wagen selbst nicht durch die Elemente zerstört wird – und ich glaube, eine Höhle wäre der beste Ort, um sicherzugehen, daß dies nicht passiert – kann ich Ihnen garantieren, daß die Anlage Sie so weit bringen wird, wie Sie möchten. Ich empfehle Ihnen allerdings entweder das zwanzigste Jahrhundert – 1979 – oder 2476 A.D., und ich rate Ihnen, nirgendwo anders hinzugehen. Selanie und ich sind beide der Meinung, daß Sie eine Exkursion in eine andere Zeit emotionell nicht verkraften würden. Leider muß ich Ihnen sagen, daß wir – Selanie und ich – ebenfalls darin übereinstimmen, daß die Possessoren Sie nicht in den Palast der Unsterblichkeit einlassen werden. Aber die Entscheidung, wohin Sie gehen wollen, liegt bei Ihnen. Sorgen Sie nur dafür, daß Sie überleben.

Claudan Johns

Die beigefügten Blätter bestanden aus Zeichnungen, die mit dem durchsichtigen Sarg auf dem Boden zusammenhingen, wie Caxton rasch herausfand, sowie einer ziemlich technischen Beschreibung der Anlage, die verschiedene Funktionen ausführen würde. Ein Pfeil erregte schließlich Caxtons Aufmerksamkeit; er zeigte auf einen Behälter, und unter ihm stand: »Das Blut läuft hier hinein und wird gefroren!«

Caxton mußte sich plötzlich setzen, und als er jetzt rasch die übrigen Punkte las, begriff er mit einem Schlag die entsetzliche Realität.

Kryonik!

Aber das war noch unbewiesen.

Es dauerte eine Weile, bis Caxton sich wieder auf Claudan Johns' Brief mit seinen Versicherungen konzentrieren konnte. Und es dauerte noch länger, bis Caxton eine Entscheidung getroffen hatte, doch letztendlich dachte er: Was konnte ein Mann mit *seinen* Absichten anders tun?

Im Osten zeigte sich das erste graue Licht der Morgendämmerung, als Caxton die Außentür öffnete und in das regennasse Gras trat. Er war unruhig, als er später frühstückte, denn er wartete darauf, daß es hell wurde, und Warten fiel schwer, wenn man endlich wußte, was man tun würde. ... Er würde sich nach einer geeigneten Höhle umzusehen.

Als er sie schließlich am dritten Tag gefunden hatte, flog er hinüber und setzte den Wagen vorsichtig rückwärts hinein. Caxton brauchte einen weiteren Tag, um den Eingang der Höhle zu blockieren. Aber endlich war er fertig. Er zog seine Kleider aus und legte sich in den Sarg.

Was er als nächstes tat, wäre einfacher gewesen, wenn er einen Helfer gehabt hätte. Laut Anweisung mußte er sich vier Nadeln in seine Beine und zwei in die Arme einführen. Caxton zuckte jedesmal zusammen, aber wie 2476 A.D. war es nicht der Einstich selbst, der schmerzte, sondern die Angst davor.

Es dauerte eine Weile, bis Caxton jede Nadel mit dem speziell dafür vorgesehenen Material festgeklebt hatte; das war sehr wichtig, hatte Johns geschrieben.

Aber schließlich war es geschafft. Caxton legte sich vorsichtig zurück, zog den Deckel über sich und verschloß ihn.

In den Anweisungen hatte gestanden: »Verschwenden Sie keinen Sauerstoff, sobald der Deckel einmal zu ist. Gehen Sie sofort zum nächsten Schritt über.«

Caxton griff nach dem Knopf, der den »Prozeß« der Zeitreise durch Einfrieren einleiten würde, doch als seine Finger den Knopf berührten, hielt er abrupt inne.

Bin ich verrückt? fragte er sich.

Mein Gott, dies wird meine zweite Reise in eine ferne Zeit sein. ... Irgendwie besaß jene Reise mittels des Palasts der Unsterblichkeit nicht die gleiche nackte Realität.

Doch noch während Caxton in Gedanken zögerte, drückten seine Finger zu, getrieben von einer Hartnäckigkeit, die kein Nachgeben kannte.

Er hörte ein klickendes Geräusch.

Auch wenn sich Caxton überlegt hätte, daß es etwas anderes als völlige geistige Leere geben könnte – was er nicht getan hatte –, hätte er kaum mit dem gerechnet, was als nächstes geschah. Irgendwo sagte irgend jemand erstaunt: »Ich habe ein Fernsignal von unten gefühlt. An alle Stimmer, sofort überprüfen.« Es entstand eine Pause, dann sagte eine Frauenstimme: »Das ist kein Signal. Es ist ein Energiefluß.« Eine dritte Stimme, diesmal wieder eine Männerstimme, sagte: »Aber woher? Er scheint von ziemlich weit zu kommen.« Wieder sprach die Frau: »Ein männlicher Körper hat die Schranke durchbrochen. ...« Die Stimmen begannen sich zurückzuziehen. Sie wurden immer leiser, bis bald nicht mehr zu unterscheiden war, ob sie zu einem Mann oder einer Frau gehörten: »... Es ist ein Toter – offenbar...« »Nein«, wurde sie von einer anderen Stimme unterbrochen. »Er ist nicht tot, gefroren. ... Ja –« Wieder eine andere Stimme: »Aber künstlich. ... Ach, einer von denen; sie melden sich normalerweise nicht so stark. ... Der hier fängt gut an; er wird es schaffen... In Ordnung, sucht ihn...«

Die Stimmen schienen noch eine ganze Weile danach zu flüstern, aber Caxton konnte nichts mehr verstehen, und bald verstummte auch dieses Geräusch.

Caxton versuchte seine Augen zu öffnen – und konnte es nicht.

Steif – das war das Gefühl, das sein Körper ihm vermittelte... Beweg dich nicht!

Caxton gehorchte.

XXV

Auch wenn jemand gewußt hätte, daß am Abend des zehnten September 2476 A.D. gegen elf Uhr abends ein gewisser Peter Caxton an Bord von Kameel Bustamans Schiff ging und irgendwohin flog – und wenn dieser Peter Caxton um Mitternacht desselben Abends das Hotel betreten hätte, hätte es keine Identitätsprobleme gegeben.

Und diesmal war Schluß mit den Faxen, sagte sich Caxton. Er würde mit Renfrew und Blake auf diese Reise gehen und unterwegs die Technik dieser Zeit *lernen.*

Caxton benutzte einen der Flieger aus dem Wohnmobil und landete auf dem kleinen Flieger-Balkon seines eigenen Zimmers. Er staunte, wie perfekt alles geklappt hatte, als er hineinging. Aber Johns hatte recht gehabt: Die Anlage im Wohnmobil war wirklich erstklassig. Caxton hatte die Zeit auf den dritten September eingestellt, damit ihm eine Woche blieb, um sich zu erholen. Bereits am fünften Tag hatte ihn die Untätigkeit nervös gemacht. Aber Caxton hatte seine Ungeduld bezähmt, und jetzt war er hier.

Ich werde diese Reise mitmachen. Dann komme ich hierher zurück und hole mir bei der Detektei die gegenwärtige Adresse von Daniel Magoelson – und setze an dem Punkt an.

Das Schönste an der ganzen Sache waren all jene phantastischen Erlebnisse, aber hier in diesem Zimmer hatte er einen Ersatz-Geruchsdämmungsanzug, und so konnte er morgen hinuntergehen, und niemand würde Verdacht schöpfen.

Es war nicht ganz so einfach, wie sich herausstellte. In einer Welt von scharfen Beobachtern gab es jenen scharfen Beobachter Ned Blake, der Caxton am nächsten Morgen mit einem langen, nachdenklichen Blick betrachtete und sagte: »Du hast dich irgendwie verändert. Was ist passiert?«

»Verändert?« fragte Caxton neugierig. »Inwiefern?«

»Du siehst aus wie die Katze, die die Maus gefangen hat und sie nicht teilen will.«

»Ich würde eher sagen, daß es genau andersrum ist«, erwiderte Caxton schnell. »Ich habe mich nämlich endlich entschlossen, mich mit dieser Zeit zu versöhnen, mit dir und Jim in aller Ruhe auf diese Reise zu gehen und nicht mehr daran zu denken, wo ich sonst sein sollte, was ich bis jetzt getan habe.«

»Na ja.« Blake blickte ihn zweifelnd an. »Möglich, daß es das ist. Aber da ist ein anderer Ausdruck in deinen Augen und in deinem Gesicht. Wenn ich es nicht besser wüßte, würde ich sagen, du bist härter geworden. Mehr, als ob du jetzt weißt, was du willst.«

Caxton schwieg ein bißchen überrascht. Er war ein Gewinner, dachte er, er hatte etwas riskiert. Er hatte sich entschieden, eine weitere gefährliche Reise in die Zukunft zu wagen.

Na schön, dazu gehörte sicher Härte. Aber Härte hatte er in gewisser Weise immer besessen. Sein großes Problem in der Vergangenheit war die Unsicherheit gewesen, was er wollte und wohin er wollte.

Jetzt wußte er es. Zuerst hinaus in den Weltraum mit Renfrew und Blake. Und er würde die Zeit nutzen und lernen, wie weit die Wissenschaft war.

Drei Monate – mehr oder weniger – dafür.

Dann wieder hierher zurück und zu Dan Magoelsons Adresse – und die Beine in die Hand und weg. Würde er sofort wieder in den Palast der Unsterblichkeit gehen? Diese Entscheidung konnte warten.

Es waren seltsame drei Monate, die folgten. Für eine Weile war in Caxton ein Gefühl der Ehrfurcht vor der unermeßlichen Weite des Kosmos. Planeten schwenkten lautlos in ihre Sichtplatten und verschwanden hinter ihnen in der Ferne. Sie ließen nostalgische Erinnerungen an unbewohnte, windgepeitschte Wälder und Ebenen zurück, an einsame Meere und namenlose Sonnen.

Der Anblick und die Erinnerung brachten ein Gefühl der Einsamkeit mit sich, das wie ein Schmerz war, und das Wissen, die langsame Erkenntnis, daß diese Kreuzfahrt nicht das Gewicht der Fremdheit von ihren Schultern nehmen konnte, das seit ihrer Ankunft in Alpha Centauri auf ihnen lastete.

Es gab keine Nahrung für ihre Seelen hier, nichts, das ein Jahr ihres Lebens hinreichend ausfüllen würde, geschweige denn fünfzig. Der Mensch gehört wirklich in seine eigene Zeit, dachte Caxton, aber er hatte vor, gegen dieses Gefühl in ihm anzukämpfen.

Caxton sah, wie auch Blake allmählich zu dieser Überzeugung kam, und er wartete auf ein ähnliches Zeichen bei Renfrew. Aber es kam nicht. Dagegen stellte Caxton plötzlich etwas anderes fest: Renfrew beobachtete ihn. Er beobachtete auch Blake, und sein Verhalten deutete auf ein geheimes Wissen hin, auf ein geheimes Ziel. *Wir dürfen nicht vergessen, daß er krank ist,* dachte Caxton. Aber trotz dieser Mahnung ließ er sich von Renfrews ständiger Fröhlichkeit ablenken. Es war Ende des dritten Monats, und Caxton lag auf seinem Bett und dachte voller Unbehagen über die ganze unbefriedigende Situation nach, als die Tür aufging und Renfrew hereinkam.

Er hielt einen Strick in der Hand und eine Lähmungspistole, die er jetzt auf Caxton richtete. »Tut mir leid, Peter. Cassellahat hat mir geraten, kein Risiko einzugehen, also bleib ruhig liegen. Ich werde dich jetzt fesseln.«

»Blake!« schrie Caxton.

Renfrew schüttelte freundlich den Kopf. »Das ist zwecklos«, sagte er. »Bei Blake war ich zuerst.«

Die Pistole lag fest in seiner Hand, und der Blick seiner blauen Augen war stahlhart. Caxton konnte nichts weiter tun, als seine Muskeln unter den Stricken anzuspannen, mit denen Renfrew ihn fesselte, und darauf zu vertrauen, daß er wahrscheinlich stärker war als der andere.

Schließlich trat Renfrew zurück. »Tut mir leid, Peter«, sagte er noch einmal, dann fügte er hinzu: »Ich sage es dir nicht gern, aber ihr seid beide durchgedreht, als wir in Centaurus ankamen – du mit deinem Lakeside-Fimmel und Blake mit seiner Angst wegen unserem Geruch. Der Psychologe, den Cassellahat zu Rate gezogen hat, meinte, das einzige Mittel, das euch helfen könnte, sei ein neuer, ebenso großer Schock wie der, der euch fertiggemacht hat.«

Es war Caxton entgangen, als Renfrew zum erstenmal Cassellahats Namen erwähnt hatte, aber diesmal merkte er auf. »Komm schon, Jim«, drängte er, »denk mal genau nach. Hat Cassellahat nicht etwas anderes gesagt? Überleg mal. Was genau hat er gesagt?«

Renfrew schien bei der Frage zu stutzen, und für einen Augenblick versuchte er offenbar, sich zu erinnern. Der Moment verging. Renfrew schüttelte sich. »Es wird nicht mehr lange dauern«, sagte er. »Wir betreten jeden Augenblick das Feld der Junggesellen-Sonne.«

»Junggesellen-Sonne!« schrie Caxton.

Aber Renfrew gab keine Antwort. Sobald sich die Tür hinter ihm schloß, versuchte Caxton, seine Fesseln zu lösen, wobei er die ganze Zeit dachte: Was hatte Cassellahat doch noch gesagt? Junggesellen-Sonnen hielten sich in diesem Raum stabil durch einen riskanten Balanceakt.

In diesem Raum! Caxtons Gesicht war schweißnaß, als er sich vorstellte, wie ihr Schiff in eine andere Ebene des Raum-Zeit-Kontinuums geschleudert wurde. Er konnte fühlen, wie das Schiff fiel, als es ihm endlich gelang, seine Hände von den Strikken zu befreien.

Caxton war nicht lange genug gefesselt gewesen, daß der Strick seine Blutzirkulation unterbrochen hätte. Er stürzte zu Blakes Kabine, und zwei Minuten später waren sie auf dem Weg zum Kontrollraum.

Renfrew sah sie zu spät. Während Blake ihm seine Pistole entriß, zerrte Caxton ihn mit einer einzigen Bewegung aus dem Kontrollsessel und warf ihn zu Boden.

Renfrew leistete keinen Widerstand. Er blieb liegen und grinste zu ihnen hinauf. »Zu spät«, meinte er hämisch. »Wir nähern uns dem ersten Intoleranzpunkt, und ihr könnt nichts mehr tun, außer euch auf den Schock vorzubereiten.«

Caxton hörte ihn kaum. Er ließ sich in den Sessel fallen und starrte auf die Sichtplatte. Nichts. Für einen Augenblick war Caxton verblüfft, doch dann sah er die Anzeigen. Sie schlugen wie wild aus und registrierten einen Körper von unendlicher Größe.

Für einen Augenblick starrte Caxton wie von Sinnen auf diese unglaublichen Zahlen. Dann stellte er das Bremssystem auf volle Kraft. Unter diesem Druck höchster Adeledicnander wurde die Maschine starr, und Caxton sah plötzlich das phantastische Bild von zwei unwiderstehlichen Kräften in voller Kollision vor sich. Nach Atem ringend riß er den Antrieb auf Null.

Sie fielen immer noch.

»Eine Umlaufbahn«, rief Blake. »Bring uns auf eine Umlaufbahn.«

Mit bebenden Fingern hämmerte Caxton eine Umlaufbahn in die Tastatur, wobei er als Grundlage für seine Zahlen eine Sonne von Sols Größe, Schwerkraft und Masse nahm.

Aber die Junggesellen-Sonne ließ es nicht zu.

Caxton versuchte eine zweite Umlaufbahn und eine dritte, und weitere – und schließlich eine, die sie in eine Umlaufbahn um den gewaltigen Antares selbst gebracht hätte. Aber die tödliche Realität blieb. Das Schiff stürzte weiter.

Und auf den Platten war nichts zu sehen, nicht die Spur von Substanz. Caxton glaubte, einen vagen Schatten noch größerer Dunkelheit gegen die schwarzen Weiten des Raums ausmachen zu können, aber in allen Richtungen gab es nur wenige Sterne, und es war unmöglich, es mit Sicherheit zu sagen.

Schließlich sprang Caxton in seiner Verzweiflung aus dem Sessel und kniete sich neben Renfrew, der immer noch keinen Versuch unternahm aufzustehen. »Hör zu, Jim«, flehte er, »warum hast du das getan? Was wird passieren?«

Renfrew lächelte unbekümmert. »Stell dir einen alten, bärbeißigen menschlichen Junggesellen vor. Er hält eine Beziehung mit seinen Mitmenschen aufrecht, aber die Verbindung ist so entfernt wie die zwischen einer Junggesellen-Sonne und den Sternen in der Galaxis, zu der sie gehört.

»Jeden Augenblick«, fuhr Renfrew fort, »werden wir den ersten Intoleranzabschnitt erreichen. Es geht in Sprüngen wie Quanten, und jeder Abschnitt sind vierhundertachtundneunzig Jahre, sieben Monate und acht Tage plus ein paar Stunden.« Er grinste. »So hat Cassellahat es mir erklärt.«

Es klang völlig verrückt. »Aber was wird passieren?« drängte Caxton. »Um Himmels willen, Mann!«

Renfrew starrte verständnislos zu ihm hinauf; und Caxton, der auf ihn hinunterschaute, begriff plötzlich erstaunt, daß er bei klarem Verstand war, der alte, geistig völlig normale Jim Renfrew, irgendwie besser, stärker. Renfrew sagte ruhig:

»Sie wird uns einfach aus ihrem Toleranzbereich schleudern und uns dadurch wieder...«

Der Ruck war ungeheuer heftig. Caxton knallte auf den Boden, rutschte, und dann hielt ihn eine Hand – die von Renfrew – fest. Und dann war alles vorbei.

Als Caxton aufstand, bemerkte er, daß sie nicht mehr fielen. Er blickte auf das Instrumentenbrett. Alles war ruhig, die Lichter dunkel, die Nadel starr auf Null. Caxton drehte sich um und blickte auf Renfrew, dann auf Blake, der sich gerade hochrappelte.

»Laß mich ans Kontrollbord, Peter«, verlangte Renfrew. »Unser Schiff ist wahrscheinlich durch deine ganze Manövriererei beschädigt worden, aber ich möchte in die Nähe der Erde kommen, bevor wir in unser Rettungsboot umsteigen müssen. Ihr beide zieht eure Raumanzüge an und bringt mir meinen. Beeilt euch. Ich wage es nicht zu beschleunigen, bis wir unsere Anzüge anhaben.«

Für einen langen Augenblick starrte Caxton ihn an; dann nickte er. Später stand er neben Blake, als Renfrew die Kontrollen einstellte und den Beschleunigungshebel nach vorn drückte. Renfrew blickte auf.

»Wir werden die Erde in circa acht Stunden erreichen«, sagte er, »und es wird ungefähr anderthalb Jahre später sein als damals, als wir vor fünfhundert Jahren losgeflogen sind.«

Plötzlich begriff Caxton die unglaubliche Realität. ... Die Junggesellen-Sonne, dachte er benommen. Indem sie das Schiff aus ihrem Toleranzbereich geschleudert hatte, hatte sie sie einfach in einen Zeitabschnitt jenseits ihres Feldes befördert. Renfrew hatte gesagt, daß es in Sprüngen von vierhundertachtundneunzig Jahren und ungefähr sieben Monaten ging. ...

Entsetzen stieg in ihm auf, als er die ganze Wahrheit seiner neuen Situation begriff. Caxton stand wie erstarrt da, im Bann einer furchtbaren Erkenntnis: *Aber das bedeutet ja... wir sind zurück!*

Und diesmal hatte er nur eine einzige schwache Chance, die Spur in die Vergangenheit jemals wiederzufinden: Den Filmprojektor!

XXVI

Caxton starrte finster auf den Namen im Meldeverzeichnis im Rathaus von Kissling: Magoelson, Daniel Magoelson. Nach einer Weile löste er seinen Blick von der Seite und dachte, wie stereotyp Menschen doch eigentlich waren. Magoelson benutzte denselben Namen wahrscheinlich in all den Zeitabschnitten, in die er ging, vermutlich im Vertrauen darauf, daß ihm niemand folgen oder nachspionieren würde.

Wer *konnte* ihm unter normalen Umständen auch folgen? Die anderen Bewohner des Palasts der Unsterblichkeit! Ja, natürlich. Aber sie waren nur wenige. Und die Possessoren hatten sich offensichtlich überlegt, daß die Verwendung eines einzigen Namens einfacher war und zweifellos Verwirrung vermied. Wenn man immer Daniel Magoelson war, dann würde man sich nicht auf einmal fragen, wer man jetzt war. Wo immer man jetzt zufällig in einem bestimmten Augenblick war.

Was Caxton ärgerte, war, daß es ganz so aussah, als ob dies das Ende der Spur war. Offensichtlich hatte ein Possessor zeitweilig ein Geschäft in Kissling betrieben und während dieser Zeit der Quik-Photo den Filmprojektor verkauft, der diese ganze verrückte Suche ausgelöst hatte. Und dann hatte er dieses Geschäft wieder aufgegeben und vorgegeben wegzuziehen. An die Westküste, wie Caxtons frühere Nachforschungen ergeben hatten.

Schon damals, so erinnerte sich Caxton, hatte das alles ziemlich vage geklungen. Als er auf die Straße der kleinen Stadt hinaustrat, fiel ihm auch ein, daß er Magoelsons Namen tatsächlich schon damals gehört hatte. Nur hatte er ihn zu jener Zeit für unwichtig gehalten und ihn wieder vergessen; da waren so viele Namen und so viele Leute, die er kennengelernt hatte, als er für Quik-Photo gearbeitet hatte. Wenn er zurückblickte, schien alles nur noch eine vage Erinnerung.

Aber weil er eigensinnig war und keine Mutmaßungen anstellen wollte, ging Caxton zur Post und erkundigte sich, ob ein gewisser Magoelson eine neue Adresse hinterlassen hätte. Der Mann hinter dem Schalterfenster, den Caxton gefragt hatte, verschwand und kam bald darauf mit einer Karte zurück.

»Da ist sie. Wir haben sie länger behalten, als normalerweise üblich ist«, sagte der Postbeamte. »In einem so kleinen Ort sind wir einfach kundenfreundlicher, wissen Sie.«

Er war für Caxton ein glatzköpfiger Niemand, und irgendwann würde er in seinem Grab liegen ohne die Möglichkeit, ewig zu leben; zweifellos ohne auch nur an eine solche Möglichkeit gedacht zu haben. Aber als Caxton die Hand ausstreckte, um die Karte zu nehmen, zog der Mann sie zurück. »Tut mir leid, aber ich kann sie Ihnen nicht zeigen. Das ist gegen die Vorschriften. Sie können mir höchstens einen Brief geben, und ich leite ihn dann für Sie weiter. Wenn Mr. Magoelson mit Ihnen korrespondieren möchte, ist das seine Sache.« Er lächelte entschuldigend.

»Einen Augenblick«, sagte Caxton. »Gehen Sie nicht weg.« Er trat hinter eine Säule und zog eine Hundertdollarnote aus seiner Brieftasche, die er so in seine Hand nahm, daß der Betrag zu sehen war. Dann ging er zum Schalter zurück und zeigte dem Mann den Geldschein.

Die runden Augen wurden noch runder. »Wo kann ich Sie gegen vier nach der Arbeit treffen?« fragte er leise.

»Im Kissling-Hotel«, antwortete Caxton.

Seine Hand schloß sich um den Geldschein. Selbst wenn irgendeiner der anderen Angestellten oder der Mann hinter Caxton etwas mitbekommen hatte, hatte er unmöglich, das Geld sehen können.

Caxton wandte sich angespannt, aber mit unterdrückte Erregung ab. Da es erst ein paar Minuten nach Mittag war, hatte er noch eine lange Wartezeit vor sich.

Die hundert Dollar für die Adresse waren ein Klacks für Caxton. Nachdem er Blake und Renfrew überredet hatte, ihn in seiner Heimatstadt abzusetzen, war er zu einer Bank gegangen, wo er ein kleines Konto hatte, und hatte einen Barscheck ausgestellt. Von dort aus hatte er die Firma aufgesucht, wo er seine Habe untergebracht hatte, und sich dort den Schlüssel für ein Schließfach geholt. Dann ging es zurück zu einer anderen Bank, wo er das Schließfach unter einem Decknamen gemietet hatte. Welch eine Erleichterung, als er in der Ungestörtheit einer kleinen Zelle den Deckel öffnete und auf die hunderttausend Dollar starrte, die ihm Renfrew gegeben hatte, bevor sie auf die lange Reise nach Centaurus gegangen waren.

Welch eine Erleichterung, ja, und welch eine Bestätigung seiner damaligen Absicht. Das Geld war von Renfrew ursprünglich für die Gläubiger und Erben Peter Caxtons vorgesehen gewesen. Aber *er,* mit seinem Plan zurückzukehren, war überzeugt gewesen, daß er zurückkehren würde. Und bei Gott, das war er.

Caxton saß im Kissling-Hotel und wartete auf den Postangestellten. Als er durch das große Fenster auf jene graue Straße des zwanzigsten Jahrhunderts schaute, dachte er: *Na gut, es war also eine Katastrophe, daß mich die Junggesellen-Sonne so plötzlich wieder an meinen Ausgangspunkt zurückgeschleudert hat... das war sicher.*

Aber die Tatsache, daß das Geld noch hier war und auf ihn wartete, genau wie er es sich vorgestellt hatte, war bestimmt ein gutes Omen dafür, daß alles, was passiert war, nicht umsonst gewesen war.

Caxtons Siegesahnung bestärkte sich, als etwa acht Minuten nach vier der Postangestellte das Hotel betrat. Die beiden Männer gingen nach draußen und eine Nebenstraße hinunter, wo ein Hundertdollarschein für eine kleine weiße Karte mit einer Adresse den Besitzer wechselte.

»Ich habe sie von der Originalkarte photokopiert«, erklärte der

Mann, dann meinte er: »Sie werden doch keinem verraten, woher Sie sie haben?«

»Nein, natürlich nicht.« Als er sich abwandte, fügte Caxton über seine Schulter hinzu: »Das ist doch selbstverständlich.«

Er hatte bereits einen Blick auf die Adresse geworfen. Sie war in Lakeside und nicht an der Westküste. Ganz schön raffiniert.

Es war schon dunkel, als Caxton kurz nach neun an jenem Abend auf dem kleinen Flughafen von Kissling eintraf. Er bezahlte den Taxifahrer und nahm zuerst nur am Rande wahr, daß ein Mann an dem Wagen vorbeiging und ihm dicht folgte.

Zu dicht.

Als Caxton sich umdrehte, schlossen sich behandschuhte Finger in einem harten Griff um seinen linken Ellbogen. Caxton sah flüchtig das Gesicht von Kameel Bustaman, und er glaubte Bustaman sagen zu hören: »Tut mir leid, Peter, aber ich muß Sie ausschalten. Sie sind einfach zu gefährlich...«

XXVII

Es war das Jahr 2026 A.D., und obwohl dem computergesteuerten Projektor im Tichenor Collegiate im elektronischen Sinn bewußt war, daß irgend etwas nicht stimmte, lief er weiter.

In gleicher Weise war sich die Filmverteilungsmaschine, die von der nahe gelegenen Großstadt aus gesteuert wurde, eines Fehlers bewußt. Aber es war keine Störung, die ihren Entscheidungsmechanismus auslöste hätte. Jedenfalls nicht sofort. Nicht rechtzeitig genug.

Vom Tichenor Collegiate kam eine Bestellung über die üblichen elektronischen Kanäle. Die Bestellung kam von einem Menschen. Zuerst wurde die Nummer des Films eingegeben, dann die registrierte Nummer der Schule. Normalerweise war keine menschliche Vermittlung nötig, wenn der Film an seinem Platz in der Bibliothek war. Waren der Film und sämtliche Kopien aber verliehen, so leuchtete im Filmraum des Tichenors eine rote Lampe auf, und es blieb dem Ausleiher überlassen, einen Ersatzfilm anzufordern.

In diesem Fall war eine Kopie des Films vorhanden. Der elektronische Stempel mit der Nummer der Schule wurde auf die

Sensoren des Behälters und auf eine Reihe von Buchhaltungsplatten aufgedruckt. Die Buchhaltungsplatten liefen durch eine Maschine, die die Informationen ablas, worauf dann vom Tichenor Collegiate die entsprechende Ausleihgebühr eingezogen wurde. Der Film schoß aus seinem Regal in eine Röhre.

Seine Geschwindigkeit war am Anfang nicht sehr groß. Jeden Augenblick fielen vor oder hinter ihm andere Filmbehälter in die Röhre, und es waren ständige Geschwindigkeitsanpassungen nötig. Die Nummer des Bestimmungsorts *des* Films, dem Tichenor Collegiate, war 9-7-43-6-2–Zone 9, Hauptröhre 7, Vorstadtröhre 43, Verteiler 6, Schule 2.

Die Abzweigung bei Zone 9 öffnete sich automatisch, als die Sensoren des Filmbehälters den Mechanismus aktivierten. Einen Augenblick später war der Film in der Hauptpoströhre Nummer 7. Es war die Röhre für kleine Päckchen, die sich in einer endlosen Kette aneinanderreihten, jedes in seinem elektronisch gesteuerten Behälter. Die Kette hielt nie an, wurde aber langsamer oder schneller, wenn neue Behälter dazu kamen oder andere in Nebenröhren zu ihren jeweiligen Bestimmungsorten glitten.

43-6-2. Mit einem Klicken kam er im Rezeptor an, von wo aus er automatisch in seine Position im Projektor geschoben wurde. Zu einem bestimmten Zeitpunkt - in diesem Fall ungefähr eine Stunde später - öffnete sich eine Sehvorrichtung am Projektor und überblickte den Hörsaal. Einige Studenten standen noch in den Gängen, worauf das Gerät ein lautes Warnsignal ertönen ließ und eine halbe Minute wartete. Dann schloß es die Türen des Hörsaals, und noch einmal glitt die Schutzkappe von seinem Auge zurück. Diesmal stand nur noch ein einziger Student im Gang.

Der Projektor schrillte ein letztes Warnsignal für die Studenten. Als nächstes würde ein Licht im Büro des Rektors aufleuchten, zusammen mit einem Fernsehbild vom Hörsaal, das den aufsässigen Studenten zeigen würde. Dieser letzte Schritt erwies sich als unnötig, denn der Student, ein junger Mann namens Kameel Bustaman, ließ seine Mätzchen sein und eilte zu einem Sessel. Die Vorführung begann.

Die elektronischen Vorrichtungen des Projektors waren nicht in der Lage zu erkennen, daß der junge Bustaman ein ahnungsloser Possessor war, der einen zeitverändernden Einfluß auf einen oder mehrere Gegenstände um ihn herum haben konnte. Die

Wirkung war, wie Johns entdeckt hatte, immer willkürlich, aber sie fixierte sich gewöhnlich auf ein Objekt. In diesem Fall rollte zwar der richtige Film auf der Leinwand ab, aber der Film, der schließlich wieder in den Behälter kam und zum Filmverleih zurückkehrte, war ein altmodisches Werk mit dem Titel »Schöner Essen«, den das Tichenor Collegiate 1979 beim Arlay-Filmverleih bestellte.

Die ganze spätere »Arbeit« im Jahre 1979 von Claudan Johns und Selanie, die von dem Wohnmobil in Piffer's Road aus operierten, und von Possessor Daniel Magoelson, der einen ganz bestimmten Filmprojektor an die Quik-Photo verkaufte – die ihn dann an das Tichenor Collegiate weiterverkauften –, war dazu bestimmt, den Vorteil dieses zufälligen, aber unvermeidbaren Zeiteinflusses so nahe am unteren Ende der Zeitfalte auszunutzen – nur zwei Jahre von 1977 entfernt. Sie hofften, mit Hilfe des verursachten Ungleichgewichts – wenn richtig genutzt – in der Lage zu sein, die Zeitfalte dort zu lokalisieren, wo sie sich wieder vorwärtsbewegte.

Bustamans Versuch, ihre Bemühungen zu vereiteln, entsprang wiederum einem Verdacht, daß das, was die beiden taten, irgendwie auf ihn abgezielt war, und alle Beteuerungen seitens der Possessoren konnten diesen ungeheuren Verdacht nicht zerstreuen.

Es war reiner Zufall, daß keiner der Behälter, die nachfolgend einen 1979er Film aufnahmen, wieder angefordert wurde, bis es zu spät war. Als schließlich einer von ihnen in seine Position in einem anderen Projektor einrastete und sich abzuspulen begann, hatte Caxton den 1979er Projektor bereits mitgenommen, und der fortlaufende Prozeß der Zeitverbindung war unterbrochen worden.

Bustaman brachte Caxton an Händen und Füßen gefesselt zum 14. November 9812 A.D. – dem letzten Tag der Zeit. Es blieben noch zwölf Minuten und ein paar Sekunden vom bekannten Universum. Es war 19:59 Uhr, und das Ende sollte um 20:11 Uhr und einunddreißig Sekunden sein.

Mit gelassener Stimme informierte Bustaman seinen Gefangenen über diese Fakten. »In zwölf Minuten, Peter«, schloß er, »werden Sie mit der Welt untergehen.«

Caxton starrte stumpfsinnig zu Bustaman hinauf. Er war lange genug bei Bewußtsein gewesen, um in einen Zustand der Hoffnungslosigkeit zu verfallen. Und so sagte er nur, ohne Schärfe und ohne wirkliches Interesse: »Warum sollten Sie mich für gefährlich halten?«

»Weil Sie diese ganze Ansammlung von Zeitenergie in Ihren Zellen haben, deshalb.«

Wenn dies das Problem war, warum hatte Bustaman ihn dann nicht einfach umgelegt? dachte Caxton. Warum dieses bizarre Schicksal? Da es eine Möglichkeit war, die dem Possessor sicher auch durch den Kopf gegangen sein mußte, stellte Caxton die Frage laut.

Bustaman war überrascht. »Ich glaube, Sie verstehen Ihre Situation nicht, Peter. Sie haben mehr Zeitenergie in Ihren Zellen angesammelt als jemals irgend jemand. Niemand weiß, was mit Ihrer Umgebung geschehen würde, wenn Sie plötzlich erschossen würden. Und wenn die Possessoren Sie natürlich jetzt mit all dieser Energie in die Hände bekämen, könnten sie sich veranlaßt fühlen, Ihre spezielle Fähigkeit auszubilden. Aber selbst wenn sie es nicht täten, würden Sie früher oder später eine übermäßige Störung in der Zeit verursachen – und das ist etwas, das ich mit meinen Absichten nicht zulassen kann. So sieht es aus, Peter. Glauben Sie mir, ich weiß einfach nicht, wohin sonst mit soviel Zeitenergie.« Er brach ab. »Es ist wie das Problem, das man früher mit radioaktivem Material hatte, bevor man auf die Idee kam, es in die Sonne zu schießen. Ich befördere Sie in das einzige Äquivalent zur Sonne, das ich kenne.«

Caxton konnte keine Gnade entdecken, als er in jene harten Augen blickte. Er erschauderte. »Claudan Johns schien damals im siebzehnten Jahrhundert nicht der Ansicht zu sein, daß ich irgendeine besondere Fähigkeit besaß«, sagte er mit bebender Stimme.

»Weil die Wahrscheinlichkeiten, die man bei Ihnen im Palast ausprobierte, nicht wirkten. Also konnten Sie nirgendwo hingehen. Aber jetzt haben Sie mehr als doppelt soviel Energie.«

»Aber warum wollen Sie mir nicht helfen? Vielleicht könnten wir zusammenarbeiten. Wir haben es doch schon einmal getan.«

»Tut mir leid, Peter. In einer solchen Partnerschaft wäre ich bald der Unterlegene. Ich könnte niemals einem Paranoiden trauen.«

Die beiden Paranoiden schauten einander an, dann blickte Bustaman auf seine Uhr. »Noch fünf Minuten«, sagte er. »Claudan hat den Zeitpunkt des Weltendes auf einer Vergleichsbasis vom Palast aus ausgearbeitet. Ich möchte mich nicht auf die Sekunde genau darauf verlassen, obwohl er in solchen Dingen ziemlich gut ist. Aber ich werde kein Risiko eingehen und Sie nun allein lassen.«

Bustaman streifte hastig seinen Zeitmesser ab und legte ihn neben Caxton auf den Boden. »Hier. Damit Sie etwas zu tun haben.«

Dann eilte er zu einer offenen Tür ein paar Schritte entfernt und ging durch sie hindurch.

Einen Augenblick später kam er wieder hereingestürzt. Er war blaß. »Um Gottes willen, was haben Sie mit mir gemacht? Ich kann mich nicht mehr durch die Zeit bewegen. Ich habe meine Possessor-Fähigkeit verloren.«

Bustaman hielt einen Schlüssel in der Hand. Er kniete sich neben Caxton und öffnete mit bebenden Fingern etwas in der Kette, mit der Caxton gefesselt war. Dann stand er hastig auf, zog die Kette ab und trat rasch in die Mitte des Raums zurück. »Ich habe Sie den ganzen Weg bis hier hinauf gebracht...«, murmelte er. »... Ich war zu lange in Ihrer Nähe.... Oh, mein Gott, wir sind beide verloren.«

Die Angst des Mannes machte die Gefahr plötzlich realer. Caxton erhob sich auf wackligen Beinen. Und doch fühlte er sich nach einem Augenblick stärker. Bustamans Gesicht, das einmal so hart und entschlossen gewesen war, hatte eine käsige Farbe angenommen, und irgendwie half Caxton das. *Vielleicht ist der große, knallharte Verkaufsleiter in Wirklichkeit doch nicht so hart,* dachte er.

Plötzlich war Bustaman neben ihm und ergriff seinen Arm. »Hören Sie, Peter«, stöhnte er, »nachdem ich Sie vom Hoteldach mitgenommen hatte, beschloß ich, Sie auf zweierlei Weise zu benutzen. Einmal, damit Sie sich um Johns kümmerten, und zum zweiten – ich habe eine Wahrscheinlichkeit von Ihnen abgespalten und sie in den Palast gebracht, wo ich eine Wasserstoffbombe habe. Mit Hilfe Ihres Wissens wollte ich den Palast der Unsterblichkeit mitsamt diesen Bastarden in die Luft jagen.« Er schluckte, dann fuhr er hastig fort: »Hören Sie, es gibt eine Möglichkeit, wie Sie mich dort hinbringen können – auf die gleiche Weise, wie Johns dieses Wohnmobil mitnehmen konnte, und wie ich Sie hier heraufbringen konnte. Rasch, passen Sie auf, was Sie tun müssen...«

»Bin ich da unten... gefesselt?« fragte Caxton. Ein Blick in Bustamans betroffenes, schuldbewußtes Gesicht verriet ihm, daß er mit seiner bösen Vermutung recht hatte. »Sie wollten von hier dort hingehen, wo diese Bombe ist, und mich zwingen, Sie in die Luft gehen zu lassen?«

Nach einem Augenblick erschien Caxton die bloße Bemerkung als eine unzulängliche Reaktion. Mit aller Kraft, die er hatte, schlug er Bustaman mit der Faust ins Gesicht. Der Schmerz des Schlags jagte durch seinen Arm bis in seine Schulter hinauf, dann stürzte sich Caxton wie ein Hundert-Meter-Läufer nach dem Startschuß auf Bustaman. Sie fielen beide hart zu Boden, und für einen Augenblick ging Caxton die Luft aus. Er lag nach Atem ringend auf seinem Feind, als er plötzlich verwundert dachte:

Das gibt's doch nicht. Mein Gott, da entpuppt sich Petie Caxton am Ende doch als guter Junge!

Sie waren neben Bustamans Uhr zu Boden gestürzt. Und als Caxton diese weltbewegende, wunderbare Erkenntnis über sich selbst kam, warf er zufällig einen Blick auf den Chronometer. Er zeigte 20:11 Uhr an plus – während Caxton noch auf das Zifferblatt starrte – einunddreißig Sekunden...

XXVIII

Caxton hatte einen Traum. Eine Stimme sagte: »In Ordnung, stimmt ihn durch...«

Im nächsten Augenblick betrat Caxton den Flughafen von Kissling. Als er sich durch die Drehtür schob, glaubte er plötzlich, sich an etwas zu erinnern.

Er blieb unwillkürlich stehen. Das heißt, er versuchte stehenzubleiben, aber die Tür schob ihn vorwärts aus der Dunkelheit draußen in das hell erleuchtete Innere. Ein paar Leute drängten sich an ihm vorbei. Es war ein kleines Gebäude, und Caxton stand schon am Schalter und war gerade dabei, seine Tasche einem Steward zu übergeben, bevor er sich wieder erinnern konnte.

Die Erinnerung schien diesmal ein bißchen vager.

»Sie müssen sich beeilen, Sir«, hörte Caxton den Steward sagen. »Ihre Maschine geht in fünf Minuten. Besser, Sie tragen Ihre Tasche einfach.«

Und dann rannte Caxton einen Gang hinunter und hinaus über ein Stück Beton zum Flugzeug. Er lief die Rolltreppe hinauf und kam außer Atem als letzter an Bord.

Wo ist die Zeit geblieben? Ich dachte, ich hätte Zeit satt.

Hinter ihm schloß sich die Tür. Ein kurzes Gespräch mit der Stewardess, dann setzte er sich auf einen Platz neben einem Mann, der versuchte, ihm eine Versicherung zu verkaufen.

Und mit jeder Minute erschien das, was passiert war, weiter weg, wenn auch nicht unwirklich, als ob es etwas irgendwo weit zurück in seiner Vergangenheit wäre.

Kurz nach zehn am nächsten Morgen stand Caxton vor dem Tor des Hauses in Lakeside, wo Daniel Magoelson lebte. Auf dem Weg zur Tür stellte er fest, daß es sich um eine elegante Villa auf einem großen Grundstück handelte. Vor der Tür blieb Caxton einen langen Augenblick stehen und wappnete sich entschlossen gegen die Konfrontation, ein Mann, der als Person in keiner Situation viel mehr als seine Subjektivität zu bieten hatte, aber der nie aufhörte zu versuchen, sich dorthin durchzuboxen, wo er hinwollte.

Unruhestifter, entschlossener Liebhaber, schöpferisch in seinem Spezialgebiet, ein Zerstörer in fast allen anderen Situationen. Wo immer er war, kam es zu irgendeiner Art von Tumult, der, wie sich dann herausstellte, wenn man ihn zurückverfolgte, von ihm verursacht worden war.

Aber er lebte, und er hatte ein Recht auf seine siebzig Jahre – oder mehr, wenn möglich. Er war charmant mit Frauen, und eine ganze Reihe von ihnen hatte ihn geliebt, weil sie seine Selbstsucht für Charakterstärke gehalten hatten.

In diesem Moment öffnete sich die Tür.

XXIX

Augenblicke später sagte der Mann, der im Türrahmen stand: »Ja, ich bin Dan Magoelson.« Seltsamerweise spürte Caxton keine direkte Reaktion. Der Possessor war groß, freundlich und entspannt. Caxton schätzte ihn auf etwa dreißig.

Er war so neutral, dieser erste Kontakt, und *so* steif. Caxton öffnete den Mund, um das zu sagen, was er sich für diesen Augenblick zurechtgelegt hatte: »Magoelson, ich folge Ihnen jetzt seit dreizehnhundert Jahren...« Aber er kam nicht dazu, denn Magoelson sprach als erster.

»Kommen Sie herein, Peter«, sagte er, »aber bitte entschuldigen Sie, wenn ich Sie nicht zu nahe an mich heranlasse.« Der Possessor lächelte. »Sie werden mir zustimmen, daß soviel Zeitenergie mindestens vier, lieber noch sechs Schritte von einem Possessor entfernt bleiben sollte.«

Magoelsons Worte ließen Caxton die Gefahr erkennen, die er darstellte, und weckten in ihm die plötzliche Angst, daß er so kurz vor seinem Ziel doch noch verlieren könnte. Er stand da, leicht nach vorn gebeugt, als ob er gehen wollte, wagte aber nicht, irgend etwas zu sagen oder sich zu rühren.

»Wir haben Sie erwartet«, fuhr Magoelson fort. »Ihre Freunde sind hier.«

Dieses Wort genügte, um Caxton seine Vorsicht vergessen zu lassen. »Meine – Freunde?« wiederholte er. Um dann wieder zu erstarren. In seinem angespannten Zustand bedeutete dies... gar nichts. Caxton konnte sich keine Freunde vorstellen. Er war zeit seines Lebens ein Einzelgänger gewesen. Er hatte niemanden, den er als Freund bezeichnen würde.

Magoelson war zurückgetreten und winkte. Caxton folgte ihm automatisch in die Eingangshalle und ging auf die Aufforderung des Hausherrn hin fast schüchtern zu der Tür eines großen Wohnzimmers, wo er schwankend stehenblieb.

Caxton starrte in den Raum. Er versuchte zu sprechen, aber kein Wort wollte über seine Lippen kommen. Renfrew und Blake mußten schließlich begriffen haben, daß der Schock zu groß war. Sie kamen erschrocken zu ihm geeilt und sagten beide etwas wie: »Ganz ruhig, Peter. Immer mit der Ruhe.«

Sein erster vager, bewußter Gedanke war, daß er sich in der Lage des Amateurverbrechers befand, der am Schauplatz des

Verbrechens auf frischer Tat ertappt worden ist. Vor seinem geistigen Auge drehte sich ein Kaleidoskop mit all den geheimen Aktionen und Lügen, die er sich in seiner Beziehung mit diesen beiden Männern hatte einfallen lassen.

Und stärker als zuvor war die Reaktion: zuviel... Er war der nach außen hin ehrbare Bankier einer Kleinstadt, der bei einer Straftat erwischt worden ist, und es war zuviel...

Caxton stand da, und Tränen traten in seine Augen und liefen seine Wangen hinunter. Als er zu einer Couch stolperte, war er sich vage bewußt, daß Blake und Renfrew ihm halfen. Aber ihre Hilfe änderte nichts an der Sache. Die Tränen flossen ungehindert weiter.

Zuviel. Fünfhundert Jahre nach Centaurus in einem kataleptischen Zustand, dann als gefrorener Körper wieder über achthundert Jahre aus dem siebzehnten Jahrhundert nach 2476 A.D. hinauf. Und nun diese abrupte Bloßstellung... Allmächtiger, wieviel kann ein Mensch aushalten?

Irgendwo in seinem Innern erwachte Scham. Und weil Tränen schließlich versiegen und Muskelkrämpfe des Grams irgendwann unter Kontrolle gebracht werden können, kam der Augenblick, als Caxton sein Taschentuch hervorzog, sich die Nase schneuzte und sein Gesicht abputzte; und als er diesmal aufblickte, konnte er sehen, daß die anderen drei Männer dasaßen und ihn freundlich betrachteten.

Blake schüttelte den Kopf, als Caxtons Blick seinem begegnete. »Wir sind bei dir, Kumpel«, sagte er. Renfrews stahlblaue Augen waren leicht verschleiert. »Ich glaube, hier ist noch jemand, der sentimental wird, mein lieber Freund«, fügte Blake hinzu.

Magoelson beugte sich vor und sagte in neutralem Ton: »Ich habe Mr. Blake und Mr. Renfrew von Ihrem jüngsten Abenteuer erzählt.«

Caxton wartete. Er vermutete sofort, daß Magoelson auf seine letzte Zeitreise von 1653 A.D. anspielte, und er wollte gerade etwas dazu sagen, als ihm der hoffnungsvolle Gedanke kam: *Vielleicht wissen sie es* doch *nicht!*

Wenn sie es nicht wußten, würde er es ihnen bestimmt nicht auf die Nase binden.

Blake stand auf und kam zu Caxton herüber. Er blieb lächelnd vor ihm stehen und schüttelte tadelnd den Kopf. »Wenn beichten gut für die Seele ist, Peter, wirst du dieses Gefühl jedenfalls nie kennenlernen. Hör zu, mein Freund«, fuhr er fort, »wir kennen die wichtigsten Fakten.«

Und während Caxton erstaunt zuhörte, schilderte Blake ihm in kurzen Zügen sein Erlebnis im Palast der Unsterblichkeit und die Episode im siebzehnten Jahrhundert und ihre Nachwirkungen. Und dann beschrieb er, wie, als Renfrew und er auf einem der Renfrew-Besitze gelandet waren, ein Possessor an Bord gekommen war und sie überredet hatte, die Rückkehr der Zeitreisenden vor der Welt geheimzuhalten.

Er hatte ihnen erklärt, daß mechanische Sensoren die Anwesenheit eines Schiffs aus einer anderen Zeit entdeckt hatten. »Sie konnten uns nicht mehr erreichen, bevor wir dich absetzten«, fügte Blake hinzu, »aber sie schafften es, uns abzufangen.«

Und sobald man Renfrew und ihm natürlich klargemacht hatte, daß schon das Rettungsboot groß genug war, um eine andere Wahrscheinlichkeitswelt zu schaffen, die hier, so nahe an 1977, gefährlich war, nun...

An diesem Punkt brach Blake ab. »Eins muß man dir lassen, Peter«, schloß er. »Wie du damals, 2476, vor mir aufgetreten bist nach allem, was du durchgemacht hattest, war ein Meisterwerk der Täuschung. Aber du kannst jetzt damit aufhören. Denk daran, daß die meisten der Possessoren gutherzige Leute sind, die eine Lösung für uns alle gefunden haben.« Er wandte sich an den anwesenden Possessor. »Erzählen Sie es ihm, Mr. Magoelson.«

Magoelson stand langsam auf. Er lächelte wieder. »Ja, Peter, Sie haben gewonnen – lassen Sie mich das modifizieren –, soviel Sie gewinnen können, was Sie, wie wir hoffen und glauben, zufriedenstellen wird.«

Dann erläuterte er näher, was er meinte:

Für Blake und Renfrew bedeutete es die Akzeptierung und Zulassung in den Palast der Unsterblichkeit. Sie gehörten offenbar beide zu jenen Personen, die selbst keine Possessoren waren, aber genau die Anforderungen für neue Mitglieder erfüllten.

»Wir hätten sie im Laufe unserer Arbeit früher oder später doch entdeckt und angeworben«, sagte Magoelson. »Wie sich herausstellte, waren sie begeistert, daß sie sich qualifizieren konnten, und wir bezahlen ihnen einen angemessenen Preis für ihre Mitarbeit. Was Sie betrifft, Peter...«

Es schien, daß Caxton nicht vorbehaltlos aufgenommen werden konnte »... aus Gründen, die wir Ihnen bereits erklärt haben.«

Aber man würde ihn in regelmäßigen Abständen in den Palast lassen, damit er sein Alter umkehren und so ewig leben konnte.

»Nun wollen Sie sicher irgendeinen Beweis, daß Sie mir auch glauben können«, fuhr Magoelson fort. Er deutete mit der Hand auf den großen Raum. »Was halten Sie von diesem Haus?« fragte er.

Caxton schaute sich nicht um, noch rührte er sich. Er hatte keine Ahnung, was jetzt kam. Aber er begann, sich von seinem Zusammenbruch zu erholen und sich an den Grund zu erinnern, warum er hergekommen war. Was hier passierte – was er zu erreichen hoffte –, *war absolut notwendig,* also würde er sich nicht kompromittieren. »Es scheint das Haus einer wohlhabenden Person zu sein«, sagte er ruhig.

»Es ist der Eingang zum Palast der Unsterblichkeit in dieser Zeit«, erwiderte Magoelson, »und hier werden Sie für die nächsten paar Jahre leben und sich einarbeiten.«

Wieder das Lächeln, aber das Gesicht des großen Mannes war seltsam angespannt. »Was sagen Sie dazu?« fragte er und schloß fast entschuldigend: »Das ist das meiste, was mich die anderen Possessoren für Sie tun lassen, Peter.«

Caxton bemerkte bestürzt, daß alle drei Männer ihn besorgt beobachteten... *Also haben sie Renfrew und Blake gesagt, daß ich zu den zwanzig Prozent von Männern in dieser Hälfte des Jahrhunderts gehöre, die paranoid sein sollen,* dachte er. Für einen Augenblick erniedrigte ihn die Erkenntnis, daß sie es wußten. Es gab ihm den Mut zu sagen, was er sagen mußte. »Ich kann diese Einschränkung eigentlich nicht begreifen. In einem meiner lichten Momente«, erklärte er, »habe ich mir diese ganze Wahrscheinlichkeitssache einmal genauer angesehen, deshalb lautet meine Frage: Warum verschmelzen Sie mich nicht einfach mit der erwachsenen Version des vierzehnjährigen Caxton, die die Possessoren, wie Price sagte, kontaktieren und abspalten wollten?«

»Weil es noch nicht gemacht worden ist.«

Caxton hätte es bei dieser Antwort belassen können. Wenn es stimmte, hatte er nichts zu befürchten. Dennoch verspürte er den Drang, ihnen seinen ganzen Plan in großen Zügen zu erzählen und jetzt, auf der Stelle, herauszufinden, ob sie ihn aufhalten konnten.

Wenn sie es konnten, dann gab er sich besser mit dem zufrieden, was sie ihm anboten.

»Ich verstehe nicht, was das an der Sache ändert«, sagte er eigensinnig.

»Wir werden Sie verschmelzen, sobald es Claudan Johns paßt, die Methode zu verraten, wie man weiter als 1977 zurückgehen kann«, entgegnete Magoelson. »Vergessen Sie nicht, wann Sie vierzehn waren. Doch vor 1977, oder?«

»Das spielt keine Rolle«, antwortete Caxton hartnäckig. »Dieser Peter Caxton wurde in einer zukünftigen Zeit kontaktiert, wovon Sie und ich vielleicht nichts wissen. Aber da er jünger als vierzehn angefangen hat, existiert er seitdem in seiner eigenen Wahrscheinlichkeit. Also muß er irgendwo sein. Ist das nicht so?«

Magoelson lächelte freundlich. »Sicher. Aber« – er schüttelte den Kopf – »das heißt nur, daß irgendwo in der Zukunft ein Possessor weiß, in welcher Wahrscheinlichkeitswelt dieser Peter Caxton ist und wo sie ist.«

Aber, fuhr er fort, hier und jetzt wisse das niemand. »Wir stimmen allerdings mit Ihnen überein«, sagte Magoelson, »daß sehr wahrscheinlich alle Ihre potentiellen Wahrscheinlichkeiten existieren. Aber wir können sie nicht für Sie kontaktieren.«

Magoelson schien immer noch nicht zu begreifen. »Hören Sie«, sagte Caxton, »es muß alles schon passiert sein. In einer Welt der unendlichen Wahrscheinlichkeiten sind sie schon verschmolzen. Also warum kommt dieser mit allen anderen verschmolzene Peter Caxton irgendwo da oben« – er deutete vage in Richtung Norden – »nicht hierher zurück und nimmt mir meine Paranoia?«

Magoelsons Lächeln war plötzlich verkniffen. »Ja«, sagte er, »warum macht er das nicht?« Er wartete nicht auf Caxtons Antwort, sondern fuhr ernst fort: »Ihre Frage ist ein Grund, warum Claudan Johns so hartnäckig weiterexperimentiert. Er hat die gleiche Frage gestellt.«

»Ist das Ihre beste Antwort?« fragte Caxton.

»Mir fällt keine bessere ein.«

Caxton schwieg. Seine Hoffnung *mußte sein,* daß der unbeteiligte Experimentator Johns und die gutherzigen Possessoren tatsächlich nicht erkannt hatten, was für einen Paranoiden so offensichtlich schien.

Magoelson hatte sich Renfrew und Blake zugewandt. »Kommen Sie, Gentlemen«, sagte er, worauf die beiden Männer aufstanden. Magoelson warf über seine Schulter einen Blick auf Caxton. »Ich bringe Sie in den Palast«, erklärte er. »Sie werden in ein paar Tagen zurück sein und ihn von jetzt an regelmäßig aufsuchen.« Er zog einen Schlüsselring aus seiner Tasche und legte ihn auf den Tisch neben der Tür. »Die Schlüssel sind für die Außentür und für das Apartment im Westflügel« – er deutete in die Richtung – »in dem wir Sie untergebracht haben.«

Caxton ging hinüber zum Tisch und nahm die Schlüssel an sich. Der Eintritt zu diesem Gebäude, so hatte er analysiert, war einer von drei aktionsvorbereitenden Punkten, die er unbedingt unter Kontrolle haben mußte. Dann begleitete er das Trio in einen Raum im ersten Stock, der eine Wand aufwies, die seltsam neblig war. Dahinter konnte Caxton die gewaltige Treppe sehen. Er schüttelte seinen Freunden und Magoelson die Hand, und als er ihnen nachsah, wie sie durch den Nebel und die Treppe hinaufgingen, dachte er: *Sie wissen also nichts von dem, was nach 1653 A.D. war. Sie wissen nicht, daß Bustaman und ich da oben in 9812 waren.*

Müßig, fast abwesend beobachtete Caxton, wie die drei Männer die riesigen Türen des Palasts der Unsterblichkeit erreichten, eine von ihnen öffneten und hineingingen. Als sich die Tür hinter ihnen geschlossen hatte und sie außer Sicht waren, wandte sich Caxton ab und dachte: *Dies ist der Sieg, den sie mir zugestehen.*

Er kostete ihn mit seinem Geist und fand ihn fade und unappetitlich.

Caxton machte sich daran, das Haus zu erforschen, und stellte fest, daß es drinnen ebenso beeindruckend war wie draußen. Der Westflügel bestand aus einem hübschen, separaten Apartment, und nachdem sich Caxton etwas zum Mittagessen gemacht hatte, setzte er sich mit einem Buch von 2863 A.D. in die Frühstücksecke in der Küche.

Das Buch war im Amerikanisch des zwanzigsten Jahrhunderts geschrieben, also mußte es aus einer Wahrscheinlichkeitswelt stammen, wo diese Sprache beibehalten worden war. Es handelte sich um einen Roman, der Menschen in einer sexuell freien Gesellschaft schilderte, wo jede Frau mit jedem Mann schlief, der sie wollte, vorausgesetzt, sie konnte ihn in ihrem Zeitplan unterbringen. Und wenn sie es nicht konnte – wenn sie es zeitlich einfach nicht schaffte – hatte der Mann vollstes Verständnis dafür und war deswegen nicht verärgert, weil auch sein Terminkalender ziemlich voll war. Bis auf den freizügigeren Sex taten die Menschen weitgehend das gleiche, was Caxton immer getan hatte. Sie aßen, sie arbeiteten, sie studierten, sie schliefen, sie spielten.

Dies ist der Sieg. Dies werde ich haben. Für dies habe ich gekämpft.

Sieg, das hieß, falls er ihr Angebot annahm.

Es war immerhin etwas, denn er hatte schon immer gern gelesen. Und so las er den ganzen Roman in einem Zug durch. Und dann las er einen zweiten, in dem es darum ging, daß eine bildschöne, begehrenswerte Frau krank wurde, ohne daß irgend jemand, einschließlich sie selbst, davon wußte. Sie begann, alle ihre Geliebten abzuweisen, und zog sich alsbald zurück, um über das Leben und seinen wahren Sinn nachzudenken. Am Ende wurde ihre Krankheit entdeckt. Die Medizin beeilte sich, sie zu heilen, und bald war sie wieder bei ihren Freunden, lächelte durch Tränen des Kummers über die Unannehmlichkeiten, die sie verursacht hatte, und führte wieder ein normales Leben.

Caxton nahm an, daß der geschilderte Hintergrund nur *eine* Wahrscheinlichkeit war, und daß andere des neunundzwanzigsten Jahrhunderts eine abweichende Beziehung zwischen den Menschen zeigen würden.

Aber wie viele solcher Grundverschiedenheiten konnte es geben?

Es war kurz nach Mitternacht, als ihm dieser unangenehme Gedanke kam, und Caxton legte das zweite Buch weg. Dennoch sagte er sich, als er sich auszog: *Okay. Also ist vielleicht alles nur Wiederholung. Aber es ist immer noch besser, am Leben zu sein und die gleichen Dinge zu tun, als tot zu sein und nichts zu tun.*

Caxton stieg in sein Bett und stellte den Alarm an dem ein bißchen fremdartigen Wecker auf kurz nach drei Uhr morgens.

Er hatte sich entschieden.

Er hatte das armselige Angebot zurückgewiesen, das ihm die Possessoren gemacht hatten.

Hinterher lag er hellwach in seinem Bett und dachte: *Irgendwie lächerlich, wenn ich jetzt nicht einschlafen kann...*

Caxton erwachte von einem Geräusch: der Alarm, eine Reihe von leisen, glockenähnlichen Tönen.

Die Uhr zeigte 3:42 an. Eine gute Zeit für den Anfang... *Dies möchte ich den Augenblick nennen,* dachte er. »Meine ganze Zukunft«, sagte er dann laut, »soll von 3:42 am Morgen des 10. Augusts 1981 an gerechnet werden.«

Es verstand sich von selbst, daß es für die größte Idee aller Zeiten einen exakten Moment geben mußte, von dem an es kein Zurück mehr gab.

»Okay.« Und dann sagte er die entscheidenden Worte: »Also schön, du Peter Caxton da draußen. Fang an, mich zu verschmelzen.«

XXX

Um 10:28 Uhr am nächsten Morgen saß Peter Caxton in der Küche im Westflügel und frühstückte, als er hörte, wie irgendwo hinter ihm eine Tür geöffnet wurde.

»Guten Morgen, Mr. Johns«, sagte er, ohne sich umzudrehen.

Stille.

Jetzt denkt er über die Folgen der Tatsache nach, daß ich weiß, wer er ist, dachte Caxton selbstgefällig.

Er drehte sich immer noch nicht um, als er sagte: »Ich habe hier einen Teller für Sie. Warum leisten Sie mir nicht Gesellschaft?«

Keine Antwort.

»Es wird Sie vielleicht interessieren«, fuhr Caxton fort, »daß ich die Gültigkeit Ihrer Aussagen vorausgesetzt und wortwörtlich angenommen habe, daß die Vergangenheit ewig wartet. Die Zukunft natürlich auch.«

Caxton hob den Arm und machte eine vage, umfassende Handbewegung. »Ich nahm an, daß ich da draußen in jeder Zeitdimension, in jeder Ära zwischen jetzt und 9812 multipliziert war, und« – er zögerte nachsichtig – »da ich für jede irgendwo Zeit brauchen würde, sie zu durchleben, und sie letztendlich mühsam geschaffen werden müßten – und was noch wichtiger ist – ich Buch darüber führen müßte, wo sie alle wären, habe ich die Zahl auf einhundert beschränkt.

Also denke ich mir«, meinte Caxton lässig, »daß ich in einem der nächsten Jahrhunderte anfangen werde, den Palast der Unsterblichkeit zu bauen. Sie werden vielleicht fragen, habe ich ihn wirklich gebaut. Und meine Antwort lautet, wer sonst konnte es sein – oder wird es sein?«

Als noch immer keine Reaktion von demjenigen kam, der die Tür geöffnet hatte und in das Apartment gekommen war, wurde Caxton plötzlich ärgerlich. In seiner Stimme schwang ein scharfer Unterton mit, als er sagte: »Was zu der Frage führt: Kann mich jetzt noch irgend jemand aufhalten? Soweit ich es beurteilen kann, lautet die Antwort nein. Irgendwelche Kommentare dazu?«

Als immer noch keine Antwort kam, erwachte die erste Spur eines Zweifels in Caxton. ... Immerhin ist es schwierig, das alles in der Reihe zu halten, dachte er. *Vielleicht habe ich es durcheinandergebracht.*

Vielleicht ist es gar nicht Johns.

Worauf er sich auf seinem Stuhl herumdrehte, um sich zu vergewissern...

Caxton erwachte von Selanies Lachen. Er schlug die Augen auf und blickte auf die Wohnmobildecke. Als die keuchende Stimme eines Mannes ertönte, fragte sich Caxton, was hier vor sich ging. Er nahm an, daß der Mann ihr Vater war, denn wer sonst sollte es sein an diesem zweiten Tag nach ihrer Ankunft im Jahre 1653 A.D.?

Was ihn an der Stimme verwirrte, war die Tatsache, daß der Mann nach Atem zu ringen schien. Und dann sagte er, immer noch keuchend: »Laß genug sein, Selanie. Das reicht für's erste Mal.«

»Nein, Sir«, kam die Stimme des Mädchens, »vierzig Minuten.« Und dann lachte es fröhlich.

Es klang irgendwie, als ob sie Spaß hätte, und es war schrecklich mysteriös. Caxton zog sich hastig an und ging nach draußen, wo ihn ein unvermuteter Anblick erwartete.

Johns, nackt bis zur Taille, joggte langsam an der Wohnmobiltür vorbei. Das Mädchen lief neben ihm her, und einmal, als er zurückbleiben wollte, schnappte es sich ihn und zog ihn weiter. Die beiden verschwanden um den vorderen Teil des Wagens, und Caxton konnte das Trommeln ihrer Füße auf der anderen Seite hören. Kurz darauf erschienen sie wieder um die Rückseite des Wagens. »Kommen Sie, Mr. Caxton, machen Sie mit!« rief das Mädchen fröhlich, als es Caxton entdeckte.

Die Idee war zu abwegig für Caxton, der so gut wie noch nie in seinem Leben Sport getrieben hatte. Er schüttelte den Kopf.

Vater und Tochter liefen zweimal um das Wohnmobil herum, während Caxton dort stand. *Ich schätze, ich sollte mich rasieren und salonfähig machen,* dachte Caxton. Er blickte nachdenklich auf die Sonne, die überraschend hoch am Himmel stand. Ungefähr neun Uhr, schätzte er, oder sogar später.

Caxton kletterte den Hügel hinauf und schaute auf dieselben öden Meilen, die er schon aus jener anderen Wahrscheinlichkeit kannte. *Dies ist real,* dachte er. *Weil ich hier bin, ohne zu wissen, wie ich hergekommen bin oder wer die Person an der Tür in Magoelsons Haus war.* Er blickte auf das Wohnmobil hinunter und auf die beiden Leute, die immer noch langsam – der Mann schwerfällig – um den Wagen herumliefen. Und dann schaute er noch einmal auf die unendlichen Weiten des zeitlosen Tags hinaus; und die Realität wurde grimmiger.

Caxton ging unsicher den Hügel hinunter. Bei den anderen Verschmelzungen hatte es so ausgesehen, als ob irgendwo ein Peter Caxton sie kontrollierte. Aber diese hier war mysteriös.

Er bemerkte allerdings, daß er keine Anzeichen seiner üblichen Reaktion auf Angstgefühle – seine nervösen Zusammenbrüche – zeigte. Das war schon mal eine Veränderung.

Ohne sich weiter um Vater und Tochter zu kümmern, betrat Caxton das Wohnmobil. Er suchte die Toilette, erleichterte sich und fand dann die gleiche Art von Rasiersalbe, wie er sie bei seinem ersten Besuch im Palast der Unsterblichkeit benutzt hatte. Er trug sie auf und rieb anschließend seinen Bart ab, dann zog er seinen Taschenkamm hervor und kämmte sich. Nachdem er sich schließlich halbwegs vorzeigbar fühlte, ging er ein zweitesmal hinaus und setzte sich hin, um auf das Ende der Joggingstunde zu warten.

Caxtons Augen verengten sich, als er die beiden mit abschätzenden Blicken beobachtete. Er konnte nicht umhin zu bemerken, wie attraktiv das Mädchen war. Allerdings sah er jetzt, daß Selanies Gesicht, auch wenn es mit ihrer glatten Haut und dem jugendlichen Aussehen in vieler Hinsicht das einer Nenzehnjährigen war, doch auch andere, reifere Züge besaß. Ohne sich auf irgendeine Zahl festlegen zu wollen, fragte sich Caxton, wie alt sie an Jahren sein mochte. Als sie an ihm vorbeilief, warf sie ihm mehrmals einen Blick zu, der nichts mit dem eines naiven Mädchens gemein hatte. Und als die morgendliche Sportstunde schließlich vorbei war, kamen Vater und Tochter zu Caxton herüber, und Selanie sagte:

»Ich habe gestern abend festgestellt, daß der Handschuh bei Vater doch mehr Schaden angerichtet hat, als ich zuerst vermutet hatte. Sein ganzer Körper hat einen Energieverlust erlitten; er versuchte plötzlich, seine Selbstachtung mit der merkwürdigen Idee aufrechtzuerhalten, daß er jemand sei, der besonders von Gott geliebt würde.«

Irgendwie konnte Caxton diesen Zustand augenblicklich nachempfinden. »Ach so, das«, sagte er, um dann sein Interesse an dieser Sache sofort fallenzulassen, weil er keine Lust hatte, weiter in die traumähnliche Welt verschmelzender Erinnerungen vorzudringen. Er mußte sich auf die Frage konzentrieren, warum er ohne Vorwarnung hierher zurückverschmolzen worden war.

Das Mädchen betrachtete ihn mit einem seltsamen Ausdruck. »Mr. Caxton, ich habe mit Vater über unsere Situation gesprochen, und da er sich im Augenblick offensichtlich in einer geschwächten Verfassung befindet – obwohl es ihm schon wieder bessergeht –, sieht es ganz so aus, als ob Sie der Mann dieser Expedition sein müssen. Wenn Sie einverstanden sind, bin ich bereit, meine Rolle zu spielen in einer Art... ehelicher Beziehung. Was meinen Sie?« Selanie lächelte freundlich.

Caxton konnte sich hinterher nicht mehr an all die Emotionen erinnern, die in ihm aufstiegen, als ihm die Bedeutung von Selanies Worten klar wurde. Eine war Empörung darüber, daß in dieser zweiten Wahrscheinlichkeit die Beziehung, nach der er sich in der ersten so gesehnt hatte, so einfach sein würde. Und dann ein derartiges Angebot von ihr!

Ein Teil seiner Empörung rührte von der Erkenntnis her, daß seine degradierten Zellen in dieser Situation offensichtlich keine Rolle mehr spielten, und daß der Zeitgeruch plötzlich unwichtig war. Der Grund dafür war ein Aspekt, an den er bei der ersten Runde nicht gedacht hatte: das Bedürfnis jeder Frau nach Sicherheit, das *damals* natürlich der richtige Vater befriedigt hatte. Und deshalb hatte man natürlich keinen Ersatz gebraucht, nein danke!

Auch diese Erregung legte sich. Übrig blieb ein leises Bedauern, daß er wahrscheinlich nicht in der Lage sein würde, zu bleiben und ihr Angebot auszunutzen.

Selanie mußte sein Zögern bemerkt haben, denn sie sagte:

»Wenn Sie natürlich nicht interessiert sind...« Sie wandte sich ab.

»Warten Sie!« rief Caxton. »Ich möchte Ihnen beiden die Wahrheit über diese Situation erzählen.«

Das Mädchen drehte sich wieder zu ihm herum. Der alte Mann blickte Caxton interessiert an.

Caxton erzählte ihnen, was mit ihm passiert war.

Er erwähnte allerdings nicht, wie sie aus der anderen Wahrscheinlichkeit herausgekommen waren. Das würde sein Trumpf sein, falls er einen brauchen sollte.

»Ich sehe jetzt«, sagte Claudan Johns, »daß der Handschuh, den Bustaman Ihnen gegeben hat, stärker aufgeladen war, als es für seine Zwecke nötig gewesen wäre, und so zwei, vielleicht sogar viele Wahrscheinlichkeiten hervorgerufen hat.« Seine eigenen Worte schienen ihm Kraft zu geben, und plötzlich war wieder etwas von dem alten Johns sichtbar, wie Caxton ihn kannte. »Was brauchen Sie von uns?« fragte er.

Caxton zögerte erschrocken. Was ihn bestürzte, war die Vorstellung, daß er vielleicht immer noch etwas brauchte. Und daß dies der Grund war, warum er hier war. »Ich glaube, ich habe alles Nötige getan«, antwortete er langsam. »Ich habe die Zeitenergie angesammelt, eine entscheidende Vorbedingung. Dann habe ich mir Zugang zum Palast verschafft. Und jetzt habe ich mich mit neununddreißig von hundert vorausgesetzten Peter Caxtons verschmolzen. Die anderen, die noch irgendwo da draußen sind, wissen wahrscheinlich, was sie jetzt zu tun haben, und passen auf. Ich glaube also« – er zuckte die Achseln – »daß ich nur hier bin, um den Körper in dieser Wahrscheinlichkeit einzusammeln.« Er warf einen Blick auf das Mädchen. »Was meinen Sie?«

Das Gesicht des Mädchens war immer betrübter geworden. Auf Caxtons Frage hin hellte sich Selanies Miene auf. »Ich glaube, wir sollten erst mal frühstücken«, antwortete sie lebhaft. »Und wenn Sie danach immer noch hier sind, können wir uns ja dann über Ihre und unsere Zukunft unterhalten.«

Er war... danach... immer noch da.

Das Frühstück verlief schweigend, aber als sie hinterher aus dem Wagen traten, sagte Claudan Johns, daß er jetzt glaubte, den möglichen Grund für Caxtons Rückkehr in diese Wahrscheinlichkeit des siebzehnten Jahrhunderts zu kennen. »Sie sind hier«, erklärte er, »um meine Methode zu erfahren, wie man weiter als 1977 zurückgehen kann.«

Caxton öffnete den Mund, um Johns Theorie abzustreiten, doch dann schwieg er. Er würde sie in dem Glauben lassen, überlegte er, daß sie in dieser Situation eine gewisse Macht besaßen.

»Welchen Preis verlangen Sie für Ihre Methode?« fragte er schließlich.

Der Mann und das Mädchen taten etwas erstaunlich Naives. Sie blickten einander an. Dann sagte Selanie, wie in gegenseitigem Einverständnis: »Mr. Caxton, erzählen Sie uns noch einmal genau, was Sie tun wollen.«

Caxton antwortete nicht sofort. Als er dort stand, flog ein kreischender Vogel über ihn hinweg. Eine sanfte Brise streifte sein Gesicht; sie brachte den Geruch von Laub und Gras und Sumpfland mit. Über ihm erstreckte sich ein unendlich weiter, blauer Himmel, an dem nur hier und da eine kleine Wolke zu sehen war. Wundervolle, unglaubliche Welt, offensichtlich vollkommen in jedem Detail.

Unwillkürlich dachte er an die beeindruckende Szenerie von unzähligen Wahrscheinlichkeitswelten wie diese hier. Und an den Plan der Possessoren, jeden Menschen, der je gelebt hatte, in einen friedlichen Typ umzuwandeln, der dann mit allen Wahrscheinlichkeiten von sich verschmelzen würde. Und so würde jeder von Anbeginn der Menschheit eines Tages für immer leben.

Wieder dachte er, wie in den frühen Morgenstunden in Magoelsons Haus, daß es die kolossalste und wundervollste Idee aller Zeiten war.

Und sie war auch sein Ideal, wie sich Caxton noch einmal versicherte. Wie es das der beiden vor ihm war.

Caxtons Gesicht verhärtete sich.

Ohne Rücksicht auf Konsequenzen, dachte er grimmig. Niemand darf sich einem solch erstrebenswerten Ziel in den Weg stellen.

Jede Opposition mußte unterdrückt oder gewaltsam ausgeschaltet werden.

Wir dürfen nicht zulassen, daß dumme Menschen uns behindern.

Diejenigen, die gegen den großen Plan sind oder ihn ernsthaft zu verhindern versuchen, werden die einzigen sein, denen eine zukünftige Wahrscheinlichkeitswelt verschlossen bleibt. Zum Beispiel Bustaman.

Und dann erklärte Caxton dem Mädchen und seinem Vater die wundervolle Perfektion seines Ideals. Und war verblüfft, als Selanie den Kopf schüttelte und sagte: »Du darfst ihm das Geheimnis nicht verraten, Dad!«

»Was?« Caxton sah sie wütend an. »Sind Sie verrückt geworden? Genau das wollten Sie doch, oder?«

Selanie blickte ihn ernst an. »Nein, Mr. Caxton, das wollen wir nicht. Was Sie uns gerade erzählt haben, ist die paranoide Verdrehung einer guten Idee. Und damit wollen wir nichts zu tun haben.«

Aber Caxton hatte sich schon wieder gefaßt. Er brauchte ihre Hilfe nicht. Denn zu seiner Theorie gehörte auch die Methode, wie man weiter als 1977 zurückging. Er konnte es sich also erlauben, die Opposition des Mädchens zu dulden.

Trotzdem fühlte er sich unschuldig. *Mein Gott,* dachte er, *es ist doch nicht meine Schuld, daß ich paranoid bin. Was kann ich dafür? Ich habe das Gefühl, daß man vernünftig mit mir reden kann.*

Das gleiche sagte Caxton zu Johns und fuhr dann fort: »Wir scheinen uns doch nur in dem kleinen Punkt uneinig zu sein, wie die Tat vollbracht werden soll. Millionen von Paranoiden haben gelernt, ihren unbewußten Drang zum Töten zu kontrollieren. Wie können wir sichergehen, daß ich in einer späteren Streßsituation nicht doch rückfällig werde? Das würde das Problem bei jedem Paranoiden sein, der zu einer Machtstellung gelangt, oder?«

»Zweifellos haben Sie das Problem erkannt«, erwiderte Johns. Er lächelte. »Aber da Sie offensichtlich all dies geschaffen und den Palast gebaut haben…«

»Ich *werde* ihn bauen«, verbesserte Caxton ihn.

Johns starrte Caxton plötzlich verständnislos an. Offenbar war ihm dieser Punkt irgendwie entgangen, als Caxton ihm das Ganze vorhin erklärt hatte. »Mein Gott« – es war fast ein Flüstern – »Sie meinen, Sie haben es noch nicht getan?«

Das war *der* Moment, denn dies war Caxtons große Idee. »Ich habe noch *nichts* getan«, sagte er, dann fügte er gleichgültig hinzu: »Irgendwann werde ich mir die nötige Zeit nehmen, um diese hundert Peter Caxtons zu bilden.« Er brach ab. »Aber bis dahin muß ich genau Buch führen.«

»Es liegt auf der Hand, daß ich dem Mann, der *dieses* Problem gelöst hat, mein Geheimnis verraten muß«, sagte Claudan Johns nach einer langen Pause.

Caxton schaute auf das Mädchen. Es war blaß, schien sich aber zu fügen. Als es seinen Blick bemerkte, sagte es leise: »Ich vertraue Dads Urteilskraft. In einigen Dingen irrt er sich nie.«

Und plötzlich glaubte Caxton zu begreifen. »Ich weiß jetzt, warum ich *wirklich* hier bin«, erklärte er verblüfft.

»Sie sind hier, um das Geheimnis meines Vaters zu erfahren«, erwiderte Selanie.

»Nein, nein. Ich weiß es jetzt.« Caxton schüttelte ungeduldig den Kopf. Er zerrte ein Notizbuch aus der Innentasche seines Jacketts und schrieb etwas auf. Dann riß er das Blatt ab, faltete es zusammen und reichte es dem Mädchen.

»Was ist das Geheimnis?« fragte er Johns.

»Ich habe mir überlegt«, antwortete Johns, ohne zu zögern, »daß wer immer diesen ganzen Zeitbehälter errichtet hat, zumindest einen Wahrscheinlichkeitsweg in die Vergangenheit offengelassen haben muß. Ich brauchte eine Weile, um ihn zu finden, aber schließlich hatte ich ihn.«

Caxton wandte sich an das Mädchen. »Lesen Sie vor, was ich geschrieben habe.«

Selanie entfaltete den Zettel. »Da ich früher oder später dazu kommen werde, dies alles zu bauen, werde ich einen Weg in die Vergangenheit offen lassen.«

»Warum nicht auch in die Zukunft?« fragte Johns neugierig.

»Das ist bereits geschehen«, antwortete Caxton. »Mein Traum ... nachdem Bustaman mich gefangengenommen hatte und wir über den Rand der Zeit stürzten. Plötzlich stand ich wieder auf dem Flughafen. Ich vermute, daß ich jederzeit wieder mit dem Ich verschmelzen könnte, das die Schwelle überquert hat. Aber ich bin vorsichtig und zögere. Vielleicht träumen wir alle davon, wie es auf der anderen Seite der Schwelle aussehen mag, doch die meisten von uns haben keine Eile, es herauszufinden.« Caxton zuckte die Achseln. »Die Aufgabe, die hier unten getan werden muß, ist groß genug.«

»Sie haben eben gesagt, Sie wüßten jetzt, warum Sie hier sind«, unterbrach Johns ihn.

Caxton lächelte. Er fühlte sich seltsam entspannt. »Was Ihre Tochter gerade gesagt hat«, antwortete er, ohne das Mädchen anzusehen, »daß Sie sich in einigen Dingen niemals irren, hat mich daran erinnert, daß Ihre ungeheuren Erfahrungen als Beobachter und Experimentator Sie sozusagen zum König der Possessoren machen. Ich habe schon oft daran gedacht, daß ich mich früher oder später mit Ihnen versöhnen und dafür sorgen muß, daß ich in den Nutzen Ihres Wissens komme. Meine Absicht ist also in gewisser Hinsicht egoistischer Natur. Aber es ist eine übliche Art von Egoismus, die, wie ich meine, alle Probleme lösen kann, über die wir gerade gesprochen haben.

»Der Grund meines Kommens«, schloß Caxton, »liegt auf der Hand. Ich bin hier, um die Königstochter zu heiraten, solange sie noch in einer Lage ist, in der sie mich nicht zurückweisen kann.«

Caxton warf einen Blick auf Selanie. Ihre Wangen hatte plötzlich Farbe bekommen. Also stimmte ihr Hormonhaushalt noch, trotz ihres wirklichen Alters, dachte er glücklich.

Selanie schüttelte gerade ihren Kopf. »Was ich Ihnen vorhin angeboten habe, Mr. Caxton, war ein reines Provisorium. Wenn es um Heirat geht, muß ich mich frei entscheiden können.« Sie brach ab. »Wie gelang es Dad und mir, aus der anderen Wahrscheinlichkeitswelt im siebzehnten Jahrhundert zu entkommen?«

So plötzlich – und natürlich – war die Krise da. Sie muß sich ohne Zwang entscheiden, dachte Caxton. Er stand verwirrt dort im Gras, dann blickte er unbehaglich zu jenem perfekten Himmel hinauf. »Ich schätzte, ich werde auch dieses Risiko eingehen müssen, oder?« Er seufzte. »Also gut...«

Er erzählte ihnen, was damals passiert war. Beschrieb, wie Selanie mit der etwas älteren Selanie verschmolzen war, die Price im Palast der Unsterblichkeit geschaffen hatte.

Selanie stand für einen langen Augenblick mit einem leisen Lächeln auf ihrem Gesicht da. Dann meinte sie: »Unter den gegebenen Umständen wäre es ein bißchen schwierig für mich, Sie zu heiraten.«

»Wie meinen Sie das?« fragte Caxton enttäuscht.

»Dad«, sagte Selanie mit einem raschen Blick auf ihren Vater, der neben Caxton stand, »tust du das, was du jetzt tun solltest?«

»Ja, das tue ich«, erwiderte Johns rätselhaft.

Selanie verschwand.

Caxton blinzelte, und plötzlich war sie weg.

Er schluckte. Dann drehte er sich um und starrte Johns an. In seiner Stimme schwang eine Spur von Bitterkeit mit, als er fragte: »Die gleiche Verschmelzung?«

»Die gleiche«, bestätigte Claudan Johns lakonisch. »Und jetzt«, fuhr er fort, »würde ich Sie gern mit dem Peter Caxton da oben in der Küche von Magoelsons Haus verschmelzen.«

»Aber der hat sich doch mit dem hier verschmolzen!«

»Nun« – Johns lächelte – »diese Wahrscheinlichkeiten sind manchmal ein bißchen verwirrend. Da Sie glaubten, ich wäre es gewesen, der da in der Tür stand, vermute ich, daß ich es in einer anderen Wahrscheinlichkeit jener Szene *war...«*

»Ach du heiliger Strohsack!« entfuhr es Caxton.

Das durchfurchte Gesicht, das plötzlich wieder ganz das alte zu sein schien, lächelte immer noch. Die Augen leuchteten. »Leute, die sich sehr häufig verschmelzen, neigen dazu, sich zu schützen, indem sie verschiedene Wahrscheinlichkeiten benutzen. Oder es passiert einfach automatisch.«

»Was meinen Sie damit?«

»Ich meine damit, daß der Peter Caxton, der hier herunterkam, zweifellos der in der Wahrscheinlichkeit war, wo ich derjenige an der Tür sein werde. Es liegt auf der Hand, daß Sie zuerst hierher zurückkommen mußten. Ich bin wahrscheinlich derjenige gewesen, der Sie da oben verschmolzen hat. Also...«

Caxton ging plötzlich ein Scheinwerfer auf. »Sitzt dieses andere Ich noch immer in der Küche und ist gerade dabei, sich umzudrehen, um zu sehen, wer an der Tür ist?«

»Richtig. Und während Sie sich umdrehen, verschmelze ich diesen Peter Caxton« – Johns nahm die Hand aus seiner Tasche und brachte ein kleines Instrument zum Vorschein, das er auf Caxton richtete – »mit dem da oben. Und wenn Sie sich nun umdrehen, werden Sie sich plötzlich an dieses Erlebnis hier erinnern können...«

... Caxton, der an jenem Tag im August 1981 dort in der Küche saß, drehte sich um. Als er sah, wer an der Tür stand, sprang er auf.

Selanie kam langsam auf ihn zu. Sie war etwas älter als das Mädchen, das vor ein paar Minuten verschwunden war. Aber es war ihr Lächeln, das sie ihm zuwarf.

Sie schien so freundlich, so *warm,* daß Caxton unsicher sagte: »Du hast vorhin erklärt, daß es schwierig für dich wäre, mich zu heiraten. Würdest du mir sagen, warum?«

Selanie zögerte. »Überleg mal.«

Caxton hatte keine Ahnung. Aber wieder war ihre Art verblüffend... offen. Etwas in Caxton, etwas fast Vergessenes, begann sich auszudehnen.

»Ich kann dich nicht heiraten«, sagte Selanie unbekümmert, »weil das Ich, mit dem ich verschmolzen bin, schon mit dir verheiratet ist, oder hast du das vergessen?«

Das Etwas, das sich in Caxton ausdehnte, wurde plötzlich greifbarer. Es war das Gefühl, als ob jener andere, jüngere Peter Caxton, der, den Price vor langer Zeit einmal mit ihm verschmolzen hatte – und das nicht geklappt hatte –, plötzlich in der Lage war, aus dem dunklen psychischen Loch aufzusteigen, in dem er bis zu diesem Augenblick gefangen gewesen war. In der Lage war, tatsächlich mit dem zu verschmelzen, was bis zu diesem Moment die unablässig entfremdete Persönlichkeit des ursprünglichen Peter Caxton gewesen war.

»Ich werde hier mit dir leben... von jetzt an«, fügte Selanie überflüssigerweise hinzu.

EPILOG

Señor Pedro del Corteya packte seinen Projektor ein. Er war irgendwie unzufrieden, wie immer bei negativen Publikumsreaktionen. Es war schon spät, als er nach draußen kam, aber neben seinem Wagen blieb er einen Augenblick stehen und schaute nachdenklich hinauf in die sternenübersäte Nacht. Blau war dieser Himmel über ihm, erfüllt vom Geheimnis des unermeßlichen Universums. Aber Corteya bemerkte es kaum. *Es sind diese Novitäten-Filme, die sie gelangweilt haben,* dachte er. *Ich habe zu viele davon in dieser Stadt gezeigt. Schluß damit.*

Del Corteya fühlte sich mit einemmal besser, als ob ihm eine große Last von seinem Gemüt genommen worden wäre. Er stieg in seinen Wagen und fuhr nach Hause. Unterwegs sagte eine Stimme in seinem Kopf: »In Ordnung, Stimmer, die Aufgabe ist erfüllt. Der einzige, den wir nicht retten konnten, war Bustaman. Aber die Schwelle hat gehalten.«

Die Stimme verstummte, ohne daß sie irgendeinen Eindruck auf del Corteya gemacht hatte. Er war ein äußerst nüchterner Mensch, der den verirrten Gedanken keine Beachtung schenkte, die unaufhörlich durch sein Gehirn perlten.

[illegible]

[illegible]

[illegible]

[illegible]

[illegible]

[illegible]

[illegible]

Nachwort

»Wenn A. E. van Vogt über Dinge und Ereignisse schreibt, die noch in ferner Zukunft liegen – sei es die Welt der Null-A, die Ära der Waffenschmieden von Isher, die Zeit Ptaths in zweihundert Millionen Jahren oder seien es auch die Slans, eine rätselhafte Superrasse –, dann gelingt ihm das mit einer unglaublichen Authentizität, die mich ganz im geheimen glauben läßt, daß er das alles mit eigenen Augen gesehen hat. Anders ausgedrückt: Ich wäre nicht überrascht, wenn im Keller seines Hauses hinter irgendeiner mit zahlreichen Schlössern gesicherten Stahltür, die niemand außer ihm öffnen kann, eine Zeitmaschine stünde. Eine ziemlich benutzt aussehende Zeitmaschine, bedeckt mit Staubpartikeln, die sich, wenn man sie näher analysieren würde, als Staub aus einer jahrtausendfernen Zukunft erweisen würden.«

Soweit Forrest J. Ackerman, einer der »Dinosaurier der SF«, in seinem Vorwort zur Autobiographie von A. E. van Vogt.

Besser kann man das Typische an A. E. van Vogts Romanen kaum beschreiben, den Reiz, der von ihnen ausgeht und ihrem Autor im Laufe der Jahrzehnte eine treue und stets begeisterte Lesergemeinde geschaffen hat. Nicht umsonst zählt er zu den Klassikern des SF-Genres, hat er doch schon mit seinen ersten Gehversuchen in der Science Fiction Zeichen gesetzt, an denen sich viele seiner Nachfolger orientiert haben.

Alfred Elton van Vogt wurde am 26. April 1912 als Sohn holländischer Eltern in Winnipeg, Kanada, geboren. Die Kindheit verbrachte er in einer ausgesprochen ländlichen Gemeinde in Saskatchewan, wo sein Vater als Rechtsanwalt tätig war.

Zwei Kindheitserlebnisse, so unwichtig und harmlos sie auch erscheinen mögen, waren es, die van Vogt für den Rest seines Lebens nachhaltig beeinflussen sollten. Das erste Erlebnis hatte er im Alter von acht Jahren. Damals wurde er Zeuge, wie sein jüngerer Bruder von einem Jungen in A. E. van Vogts Alter verprügelt wurde. Natürlich eilte er ihm sofort zu Hilfe und mischte sich mit dem sicheren Bewußtsein in die Schlägerei ein, im Recht zu sein und bei der Auseinandersetzung am Ende Sieger zu bleiben. Doch der Gegner seines Bruders verabreichte ihm die Prügel seines Lebens und ließ einen völlig verwirrten und mit seinem Schicksal hadernden Jungen auf dem Schlachtfeld zurück.

Für A. E. van Vogt war es nicht nur eine physische Niederlage, sondern viel mehr eine moralische. Alle Werte wie Gerechtigkeit und Fairneß, an die er bisher geglaubt hatte, gerieten ins Wanken und erschienen ihm plötzlich falsch und wenig erstrebenswert. Er wurde in der Folgezeit zum Einzelgänger, zog sich von seinen Schulkameraden zurück und flüchtete sich in die Traumwelten von Märchenbüchern. Er begann zu lesen ...

Was die Ursache für sein zweites einschneidendes Kindheitserlebnis war. Er war mittlerweile zwölf Jahre alt, und die Familie war in der Zwischenzeit in eine kleine Stadt in Manitoba umgezogen. Dort »erwischte« eine Lehrerin ihn dabei, wie er in einem Märchenbuch las. Sie nahm ihm das Märchenbuch weg mit der Begründung, er sei zu alt dafür, solche Geschichten zu lesen. A. E. van Vogt reagierte überaus sensibel auf den nur vage verhüllten Vorwurf, er sei geistig zurückgeblieben. Es sollte Jahre dauern, ehe er wieder einmal in einem Märchenbuch las.

Van Vogt über diese Zeit: »Die Kindheit war für mich eine schreckliche Zeit. Ich kam mir vor wie ein Schiff, das ankerlos in tiefer Nacht auf sturmgepeitschter See treibt. Immer wieder suchte ich Schutz, doch stets wurde ich abgewiesen und aufs neue in die Ungewißheit geschleudert. Das brachte mich zu dem Schluß, daß es den meisten Menschen so wie mir ergehen muß. Wenn sie endlich erwachsen sind, dann schleppen sie mit sich die Last vieler falschverstandener Vorlieben und Leidenschaften ihrer Kindheit. Von dieser Last können sich nur die wenigsten befreien.«

Als 1929 die große Depression einsetzte, lebte die Familie in Winnipeg. Aufgrund der schlechten Wirtschaftslage verlor A. E. van Vogts Vater seine gute Stellung als Agent der Holland-Amerika-Linie. Alfred konnte daraufhin nicht mehr das College besuchen, mußte seine weitere Schulbildung abbrechen und schlug sich fortan als Farmhelfer, Lastwagenfahrer und Angestellter in einem Statistikbüro durch. Zwischendurch versuchte er sich, wann immer es die Zeit erlaubte, als Schriftsteller.

Dabei sollte es noch einige Zeit dauern, bis er zur Science Fiction kam und sich an seinen ersten Stories in diesem Genre versuchte. Zwar las er damals schon regelmäßig das SF-Magazin AMAZING STORIES und bemühte sich sogar, ältere Ausgaben zu erwerben. Jedoch war seine erste Geschichte, die 1931 bei McFadden Publications im Magazin *True Stories* veröffentlicht wurde, ein Melodram aus der Prostituierten-Halbwelt.

In diesem Genre war er sieben Jahre lang tätig und veröffentlichte Liebesgeschichten, Illustriertenartikel und gelegentlich sogar Radio-Hörspiele. Als van Vogt sich dann im Jahre 1939 zum ersten Mal der Science Fiction zuwendete, konnte man seine »Schreibe« mit Fug und Recht als professionell einstufen.

Inspiriert, eine SF-Geschichte zu schreiben, wurde er durch John W. Campbells Story *Who Goes There?,* in der ein Wesen von einem anderen Stern beschrieben wird, das fähig ist, den Körper eines jeden Lebewesens unter seine Kontrolle zu bringen.

Darauf schrieb van Vogt als seine »Antwort« die Story *Vault of the Beast* über einen formlosen stählernen Roboter der die Gestalt jedes Lebewesens annehmen kann, und schickte sie an das Magazin ASTOUNDING SCIENCE-FICTION, welches von Campbell betreut wurde. Campbell schickte die Geschichte umgehend an van Vogt zurück, damit dieser wesentliche Passagen änderte, und erhielt kurz darauf mit *Black Destroyer* eine andere Van-Vogt-Story, die sich thematisch ebenfalls an *Who Goes There?* orientierte.

Black Destroyer wurde angekauft und dadurch ausgezeichnet, daß das Cover der entsprechenden Magazin-Ausgabe nach dieser Story gestaltet wurde. Das Erscheinungsdatum dieser ersten SF-Geschichte von A. E. van Vogt war der Juli 1939. Bei einer anschließenden Umfrage unter den Lesern von ASTOUNDING SIENCE-FICTION wurde diese Kurzgeschichte sogar auf den ersten Platz gesetzt.

Vom überraschenden Erfolg seines Erstlings beflügelt, überarbeitete van Vogt seine Geschichte, ersetzte einige wesentliche Elemente durch neue, allerdings ähnliche, und landete mit *Discord in Scarlet* (ASTOUNDING SCIENCE-FICTION, Dezember 1939) einen weiteren Treffer.

Doch schon damals zeigte sich das grundlegende Problem, mit dem van Vogt ständig zu kämpfen hatte: Es fiel ihm schwer, ureigene, originale Ideen zu entwickeln und zu Stories oder Romanen zu verarbeiten. Er war das, was man damals in der Branche einen »one plot writer« nannte, also jemand, der eine einzige Grundidee in immer neuen Variationen anbietet.

Niemandem war dieses Problem bewußter als A. E. van Vogt selbst. »Ich befand mich in einer für einen Schriftsteller fatalen Lage«, gab er zu. »Ich mußte mir irgend etwas Neues einfallen lassen, oder ich würde in der Vergessenheit versinken wie viele andere Science-Fiction-Autoren ... Ich brauchte eine Idee. Ich überlegte mir, daß ich etwas haben mußte, das den Reiz der Monstergeschichten besaß, jedoch durfte sich diese Geschichte nicht um ein Monster drehen. Damals fiel mir durch Zufall ein typisches Abenteuerbuch für Jungen in die Hände, *A Biography of a Grizzly* von Ernest Thompson Seton. Nachdem ich dies gelesen hatte, entwickelte sich in meiner Phantasie eine vage Vorstellung davon, wie meine nächste Geschichte ausehen sollte – und so entstanden die ersten Kapitel von *Slan*.«

Slan sollte den Namen A. E. van Vogts in der Ruhmeshalle der Science Fiction verewigen. Erster Roman dieses für die SF noch jungen Autors, sollte er sein größter Erfolg und ein Meilenstein der SF werden.

Slan ist wahrscheinlich der wichtigste, weil einflußreichste Roman über Mutanten. Er beschreibt die Auseinandersetzung zwischen normalen Menschen und »Übermenschen« mit besonderen Fähigkeiten, die sie ihren menschlichen Gefährten überlegen machen. So weit ging die Identifikation der SF-Leser der vierziger Jahre, daß unter ihnen der Slogan kursierte: »Fans are Slans!«, eine harmlose Form von Überheblichkeit, die man bis heute bei eingefleischten SF-Fans beobachten kann.

Eigentlich hätte in den folgenden Jahren van Vogts Siegeszug durch die SF einsetzen müssen, jedoch ergab sich die erstaunliche Situation, daß ausgerechnet in dieser Zeit die bekanntesten Autoren des SF-Genres ihren ersten Höhenflug hatten. Robert A. Heinlein, Theodore Sturgeon, Isaac Asimov, L. Ron Hubbard, L. Sprague de Camp, Clifford Simak, Alfred Bester, Eric Frank Russell, Leigh Brackett und Nelson S. Bond verhalfen der SF zu einer nie dagewesenen Blüte.

Erst der Eintritt der Vereinigten Staaten in den Zweiten Weltkrieg eröffnete van Vogt die Möglichkeit, seinen Namen wieder in Erinnerung zu bringen. Aufgrund eines Sehfehlers brauchte er keinen Militärdienst zu leisten wie andere seiner Schriftstellerkollegen und konnte sich gemeinsam mit seiner Frau Edna Mayne Hull, die er 1939, dem Jahr seines Science-Fiction-Debüts, geheiratet hatte, ausschließlich der Schriftstellerei widmen.

In der Folgezeit erschien eine Reihe von Romanen und Kurzgeschichten, bei denen van Vogt mit seiner Frau zusammenarbeitete.

Als die van Vogts 1944 nach Los Angeles gingen, sollte sich dieser Schritt als überaus folgenreich für den weiteren Werdegang van Vogts erweisen. Los Angeles war ähnlich wie heute das Zentrum jedweder Form wissenschaftlicher, religiöser und naturalistischer Kultbewegungen, die van Vogt sehr schnell in ihren Bann zogen.

Die Novelle *World of Ā* spiegelt die vielfältigen Einflüsse dieser unterschiedlichsten Glaubenslehren wider und hinterließ bei den Lesern einen zwiespältigen Eindruck. Auf der »non-aristotelischen« Logik Alfred Korzybskis beruhend und von van Vogt als philosophisch relevant empfunden, erwies der Roman sich aufgrund seiner aktions- und temporeichen Handlung als unterhaltend im ursprünglichen Sinn, warf jedoch zahlreiche Fragen auf, die nur der Autor hätte beantworten können, die er jedoch im Raum stehenließ. Die einzige Hilfe zum Verständnis des Romans bot damals das Buch *Science and Sanity* von Alfred Korzybski, aus dem van Vogt in »World of Ā zitierte. Infolgedessen schnellten die Verkäufe dieses Werks sprunghaft in die Höhe und verhalfen ihm zu einer ersten großen Druckauflage. Der »Null-A-Mensch« wurde ebenso wie »Slan« zu einem Synonym für den Supermenschen.

Ende der vierziger Jahre wandte van Vogt sich der Hypnose zu, schrieb ein Buch über dieses Thema und widmete sich dann der »Dianetik«, die sein Freund und Schriftstellerkollege L. Ron Hubbard entwickelt hatte. Für die daraus entstehende »Scientology-Kirche« war van Vogt dann einige Jahre tätig und leitete das Hauptquartier der »Dianetiker« in Los Angeles.

In dieser Zeit erschienen von van Vogt vorwiegend Umarbeitungen und Romanversionen seiner früheren Kurzgeschichten, und erst 1957 legte er mit *The Mind Cage* (»Die Denkmaschine«) einen »neuen« Roman vor. Mittlerweile schreibt van Vogt wieder kontinuierlicher, und seine Romane erscheinen regelmäßig bei DAW Books, dem einzigen amerikanischen Verlag, der ausschließlich Science Fiction veröffentlicht.

In einer Zeit, als die Science Fiction ihre fruchtbarste Phase hatte, als sie immer neue Themen aufgriff, immer neue Sensationen schuf, trug van Vogt mit seiner Kreativität wesentlich zur Entwicklung dieses Genres bei. Er war es, der, wie James Gunn einmal sagte, zur Wissenschaft die Magie hinzufügte, eine Magie, der sich auch heute der auf Unterhaltung bedachte SF-Leser nur schwer entziehen dann.

Copyrightangaben

Eine Dose Farbe
Amerikanischer Originaltitel: A Can of Paint
© Copyright 1944 by A. E. van Vogt

Das Monster
Amerikanischer Originaltitel: The Monster
© Copyright 1948 by A. E. van Vogt

Lieber Brieffreund
Amerikanischer Originaltitel: Dear Pen Pal
© Copyright 1949 by A. E. van Vogt

Das verzauberte Dorf
Amerikanischer Originaltitel: Enchanted Village
© Copyright 1950 by A. E. van Vogt

Ein Prozeß
Amerikanischer Originaltitel: Process
© Copyright 1950 by A. E. van Vogt

Schiff der Dunkelheit
Amerikanischer Originaltitel: Ship of Darkness
© Copyright 1961 by A. E. van Vogt

Der Ultra-Mensch
Amerikanischer Originaltitel: The Ultra Man
© Copyright 1966 by A. E. van Vogt

Perfekte Zukunft
Amerikanischer Orginaltitel: Future Perfect
© Copyright 1973 by A. E. van Vogt

Das Pendel
Amerikanischer Originaltitel: Pendulum
© Copyright 1978 by A. E. van Vogt

Der Klang irren Gelächters
Amerikanischer Originaltitel: The Sound of Wild Laughter
© Copyright 1978 by A. E. van Vogt